Arthur Schnitzler
Romane

Arthur Schnitzler

Romane

Herausgegeben und
mit einem Nachwort versehen
von Hartmut Scheible

ALBATROS

© 2003 Patmos Verlag GmbH & Co. KG
Artemis & Winkler Verlag, Düsseldorf

Die Deutsche Nationalbibliothek verzeichnet
diese Publikation in der Deutschen Nationalbibliographie;
detaillierte bibliographische Daten sind im Internet über
http://dnb.d-nb.de abrufbar.

© 2009 Patmos Verlag GmbH & Co. KG
Albatros Verlag, Düsseldorf
Alle Rechte vorbehalten.
Umschlaggestaltung: butenschoen.de
Umschlagmotiv: Max Kurzweil, Dame im gelben Kleid, 1899
Printed in Germany
ISBN 978-3-491-96249-1
www.albatros-verlag.de

FRAU BERTA GARLAN

Langsam schritt sie den Hügel hinab; nicht über die breite Fahrstraße, die in Windungen zur Stadt hinunterlief, sondern über den schmalen Weg zwischen den Weingeländen. Ihr kleiner Bub, den sie an der Hand hielt, ging immer einen Schritt voraus, denn für beide war nicht Platz genug. Die späte Nachmittagssonne strahlte ihr entgegen und hatte noch so viel Kraft, daß Berta ihren dunklen Strohhut ein wenig tiefer in die Stirn drücken und den Blick senken mußte. Auf den Hängen, an die die kleine Stadt sich lehnte, flimmerte es wie ein goldener Nebel, die Dächer unten glänzten, und der Fluß, der dort, außerhalb der Stadt, zwischen den Auen hervorkam, zog leuchtend ins Land. Die Luft war ganz regungslos, und die Kühle des Abends schien noch fern.

Berta blieb einen Augenblick stehen und sah um sich. Sie war ganz allein mit ihrem Buben, und eine merkwürdige Stille war um sie. Auch oben auf dem Friedhof hatte sie heute niemanden begegnet, nicht einmal die alte Frau, die sonst die Blumen begoß, den Gräberschmuck in gutem Stand erhielt, und mit der sie manchmal plauderte. Es kam Berta vor, als wäre sie schon recht lang vom Hause fort und hätte schon lang mit niemandem gesprochen. Jetzt schlug es von einem Kirchturme sechs Uhr. So war noch kaum eine Stunde verflossen, seit sie ihre Wohnung verlassen, und noch kürzere Zeit, daß sie auf der Straße mit der schönen Frau Rupius geplaudert. Und selbst die wenigen Minuten, die verstrichen waren, seit sie am Grabe ihres Mannes gestanden, schienen ihr schon weit zu liegen. »Mama!« hörte sie plötzlich ihren Buben rufen. Er hatte sich von ihrer Hand losgemacht und war vorausgelaufen. »Mama, ich kann schneller gehen als du!«

»So warte doch, Fritz!« rief Berta. »Du wirst die Mama doch nicht allein lassen.«

Sie folgte ihm und nahm ihn wieder bei der Hand.

»Gehen wir schon nach Hause?« fragte der Kleine.

5

»Ja, Fritz, wir wollen uns zum offenen Fenster setzen, so lang, bis es ganz dunkel wird.«

Bald waren sie am Fuß des Hügels angelangt und spazierten nun unter den schattigen Kastanien, neben der staubweißen Reichsstraße, dem Städtchen zu. Auch hier trafen sie nur wenige Menschen. Auf der Fahrstraße kamen ihnen ein paar Lastwagen entgegen, die Kutscher trotteten daneben, die Peitsche in der Hand, zwei Radfahrer kamen aus der Stadt und fuhren landeinwärts, Staubwolken hinter sich lassend. Unwillkürlich blieb Berta stehen, sah den beiden nach, bis sie beinahe ganz verschwunden waren.

Indes war der Kleine auf eine Bank geklettert. »Schau, Mama, was für eine Kunst ich kann!« rief er aus und machte sich bereit, herunterzuspringen. Die Mutter faßte ihn bei den Armen und hob ihn sorgsam herab. Dann setzte sie sich.

»Bist du müd?« fragte der Kleine.

»Ja«, sagte sie und wunderte sich selbst, daß es so war. Denn jetzt erst fühlte sie, daß die schwüle Luft sie bis zur Schläfrigkeit ermattet hatte. Sie erinnerte sich übrigens nicht, jemals Mitte Mai so warme Tage erlebt zu haben.

Von der Bank aus, auf der sie saß, konnte sie den Weg zurück verfolgen, den sie gekommen war, wie er zwischen den Weingeländen in der Sonne hinauflief, bis zu der hell glänzenden Friedhofmauer. Es war ein Spaziergang, den sie zwei oder dreimal in der Woche zu machen pflegte. Schon lange hatte dieser Weg für sie nichts anderes zu bedeuten. Wenn sie dort oben auf dem gepflegten Kies, zwischen den Kreuzen und Steinen umherwandelte, und am Grab ihres Mannes ein stilles Gebet verrichtete oder auch ein paar Feldblumen hinlegte, die sie auf dem Hinweg selbst gepflückt, empfand sie kaum mehr die leiseste schmerzliche Bewegung. Freilich waren nun drei Jahre hingegangen, seit sie ihn begraben, ebenso viele als sie mit ihm zusammen verlebt hatte. –

Ihre Augen schlossen sich. Sie gedachte ihrer Ankunft in der Stadt, wenige Tage nach ihrer Hochzeit, die noch in Wien stattgefunden. Sie hatten eine kleine Reise gemacht, wie sie sich eben ein Mann in geringen Verhältnissen gestatten konnte, der eine Frau ganz ohne Mitgift geheiratet. Sie waren mit dem Schiff von Wien aus stromaufwärts gefahren und hatten in einem kleinen Ort in der Wachau, ganz nahe ihrem künftigen Bestimmungsort, ein paar Tage zugebracht. Berta erinnerte sich noch deutlich des kleinen Gasthofs, in dem sie gewohnt, des Gärtchens am Fluß, wo sie nach Sonnenuntergang zu sitzen pflegten, an diese ruhigen und etwas langweiligen Abende, die so völlig anders waren, als sie sich, ein ganz junges Mädchen, die Abende einer jungen Ehe vorgestellt hatte. Freilich, sie hatte sich bescheiden müssen.

Sie war sechsundzwanzig Jahre alt und stand ganz allein, als Victor Mathias Garlan um sie anhielt. Ihre Eltern waren eben gestorben. Der eine ihrer Brüder war schon lang vorher nach Amerika gegangen, um dort als Kaufmann sein Glück zu versuchen, der jüngere war beim Theater, hatte eine Schauspielerin zur Frau genommen und spielte auf deutschen Bühnen dritten Rangs Komödie. Zu ihren Verwandten stand sie kaum in Beziehung, nur im Haus einer Cousine, die einen Advokaten geheiratet, verkehrte sie zuweilen. Aber auch diese Freundschaft war mit jedem Jahr kühler geworden, da die junge Frau mit einer Art Inbrunst sich ausschließlich ihrem Mann und ihren Kindern widmete und wenig Interesse mehr für die unverheiratete Freundin übrig hatte.

Herr Garlan war ein entfernter Verwandter von Bertas verstorbener Mutter; er hatte in früheren Jahren viel im Hause verkehrt und dem jungen Mädchen in etwas unbeholfener Weise den Hof gemacht. Damals hatte Berta keinen Grund, ihn zu ermutigen, das Leben und das Glück zeigte sich ihr in anderen Gestalten. Sie war jung und hübsch, die Verhältnisse im Hause ihrer Eltern waren behaglich, wenn auch nicht reich, und ihr lag die Hoffnung näher, als eine große Klaviervirtuosin, vielleicht als Gattin eines Künstlers, in der Welt umherzuziehen denn im Frieden der Familie eine bescheidene Existenz zu führen. Aber diese Hoffnung verblaßte bald, da ihr Vater eines Tags in einer Aufwallung seiner bürgerlichen Anschauungen ihr den weiteren Besuch des Konservatoriums nicht mehr gestattete, wodurch sowohl ihre Aussichten auf eine Künstlerlaufbahn, als ihre Beziehungen zu dem jungen Violinspieler, der seither so berühmt geworden war, ein Ende nahmen. Dann verflossen ein paar Jahre in einer sonderbaren Dumpfheit; anfangs mochte sie wohl etwas wie Enttäuschung oder gar Schmerz empfunden haben, aber das hatte gewiß nicht lange gedauert. Später waren Bewerber gekommen, ein junger Arzt und ein Kaufmann, die sie beide nicht hatte nehmen wollen; den Arzt, weil er zu häßlich, den Kaufmann, weil er in einer Provinzstadt ansässig war. Die Eltern redeten ihr auch nicht lebhaft zu. Aber als Berta sechsundzwanzig alt wurde und der Vater durch einen Bankerott sein kleines Vermögen verlor, mußte sie verspätete Vorwürfe hören wegen aller möglichen Dinge, die sie selbst zu vergessen anfing: wegen ihrer früheren künstlerischen Pläne, wegen jener längstvergangenen aussichtslosen Geschichte mit dem Violinspieler, wegen ihrer ablehnenden Haltung gegen den häßlichen Arzt und den Kaufmann aus der Provinz. Zu dieser Zeit war Victor Mathias Garlan nicht mehr in Wien ansässig; die Versicherungsgesellschaft, in der er seit seinem zwanzigsten Jahr als Beamter tätig war, hatte ihn vor zwei Jahren, auf seinen eigenen Wunsch, als Leiter einer neugegründeten Filiale nach der kleinen Stadt an der Donau versetzt, wo sein verheirateter Bruder als Weinhändler lebte. Als er damals in Bertas Hause Abschied genommen, hatte er in einem längeren Gespräch, das auf Berta einen gewissen Eindruck übte, erwähnt, daß er besonders deshalb um seine Versetzung nach der kleinen Stadt angesucht, weil er sich alt werden fühlte, nicht mehr zu heiraten gedächte und doch gern eine Art Heim bei Leuten hätte, die ihm nahestünden. Die Eltern hatten damals über seine Auffassung, die etwas hypochondrisch schien, gescherzt; denn Garlan war kaum vierzig Jahre alt. Berta aber fand sie sehr vernünftig, denn ihr war Garlan nie eigentlich jung vorgekommen. Im Lauf der nächsten Jahre kam Victor Mathias Garlan öfters geschäftlich nach Wien und versäumte niemals, die Familie aufzusuchen. Dann pflegte Berta nach dem Nachtmahl Klavier vorzuspielen, und er hörte ihr mit einer gewissen Andacht zu, sprach wohl auch von seinem kleinen Neffen und von seiner kleinen Nichte, die beide sehr musikalisch wären und denen er oft von Fräulein Berta erzählte als der vorzüglichsten Klavierspielerin, die er je gehört. Es schien sonderbar, und die Mutter konnte gelegentlich ihre Bemerkungen darüber nicht unterdrücken, daß Herr Garlan seit seiner schüchternen Werbung in früherer Zeit auch nicht mehr die leiseste Anspielung auf Vergangenes oder gar auf eine mögliche Zukunft gewagt hatte, und zu den anderen Vorwürfen, die

Berta zu hören bekam, gesellte sich nun auch der, daß sie Herrn Garlan mit zu großer Gleichgültigkeit, ja mit Kälte begegnete. Berta schüttelte nur den Kopf, denn sie selbst dachte auch damals noch nicht daran, den etwas unbeholfenen Mann, der vor der Zeit alterte, zu heiraten. Nach dem plötzlichen Tod der Mutter, welcher erfolgte, während der Vater schon durch viele Monate krank war, erschien Herr Garlan wieder in Wien und teilte mit, daß er einen vierwöchigen Urlaub genommen, den einzigen, um den er jemals angesucht hatte. Berta merkte wohl, daß er nur gekommen war, um ihr in dieser schweren Zeit beizustehen. Und als nun auch der Vater eine Woche nach dem Begräbnis der Mutter starb, erwies sich Garlan als treuer Freund und zudem von einer Energie, die sie ihm nie zugetraut hatte. Er veranlaßte seine Schwägerin, auf einige Wochen nach Wien zu kommen, um der Verwaisten in der ersten Zeit beizustehen und sie ein wenig zu zerstreuen; und er ordnete die geschäftlichen Angelegenheiten geschickt und schnell. Er war von einer Herzlichkeit, die Berta in diesen schlimmen Tagen sehr wohl tat, und als er sie nach Ablauf seines Urlaubs fragte, ob sie seine Frau werden wollte, nahm sie seinen Antrag mit dem Gefühl der tiefsten Dankbarkeit an. Sie wußte wohl, daß sie sonst genötigt gewesen wäre, sich nach wenigen Monaten vielleicht durch Lektionen ihr Brot selbst zu verdienen, überdies hatte sie Garlan so schätzen gelernt und sich so sehr an ihn gewöhnt, daß sie ihm in der Stunde, da er sie in die Kirche zur Trauung führte und im Wagen zum erstenmal fragte, ob sie ihn lieb hätte, ein aufrichtiges Ja zur Antwort geben konnte.

Schon in den ersten Tagen merkte sie freilich selbst, daß sie keine Liebe für ihn fühlte. Seine Zärtlichkeit ließ sie sich eben gefallen, anfangs mit einem gewissen Staunen der Enttäuschung, später mit Gleichgültigkeit, und, erst als sie sich Mutter fühlte, mit dem guten Willen, sie zu erwidern. An das stille Wesen in der kleinen Stadt hatte sie sich rasch gewöhnt, um so leichter, als sie auch in Wien zurückgezogen gelebt hatte. In der Familie ihres Mannes fühlte sie sich recht wohl; der Schwager schien ihr ganz liebenswürdig und lustig, wenn auch mitunter derb; seine Frau war gutmutig und zuweilen etwas traurig. Der Neffe – zur Zeit, als Berta in die Stadt kam, zählte er dreizehn Jahre – war hübsch und keck; die Nichte, ein sehr stilles Kind von neun Jahren, mit großen, erstaunten Augen, war Berta von allem Anfang an am herzlichsten zugetan. Als Berta ihren Buben bekam, wurde er von den Kindern als willkommenes Spielzeug begrüßt, und in den nächsten zwei Jahren fühlte sie sich vollkommen glücklich. Ja, sie glaubte zuweilen, daß ihr Schicksal sich gar nicht günstiger hätte gestalten können. Der Lärm, die Unruhe der großen Stadt erschienen ihr in der Erinnerung wie etwas Unangenehmes, beinahe Gefährliches, und als sie einmal mit ihrem Mann hineingefahren war, um einige Einkäufe zu machen und der Zufall es fügte, daß es ein ärgerlicher, schmutziger Regentag war, schwur sie sich zu, niemals wieder diese langweilige und überflüssige Reise von drei Stunden zu unternehmen.

Ihr Mann starb plötzlich, an einem Frühlingsmorgen, drei Jahre, nachdem er sie geheiratet. Ihre Bestürzung war groß. Sie fühlte, daß sie diese Möglichkeit überhaupt nie im Auge gehabt hatte. Sie blieb in recht beschränkten Verhältnissen zurück. Aber bald wurde von der Schwägerin eine liebenswürdige Art gefunden, die Witwe zu unterstützen, ohne daß es wie ein Almosen ausgesehen hätte. Man bat sie, die Kinder im Klavierspiel weiter auszubilden, und verschaffte ihr auch in einigen anderen Häusern der Stadt Lektionen. Es war ein stilles Übereinkommen, daß man immer so tat, als wenn sie diese Lektionen nur übernommen, um sich ein wenig zu zerstreuen, und daß man sie dafür bezahlte, weil man sich ja ihre Zeit und Mühe unmöglich schenken lassen konnte. Was sie nun auf diese Weise verdiente, genügte vollkommen, um ihre Einnahmen in einer für ihre Lebensweise ausreichenden Art zu ergänzen. So war sie denn, nachdem erst der Schmerz und dann die Traurigkeit über das Hinscheiden ihres Mannes überwunden waren, wieder ganz zufrieden und heiter. Ihr bisheriges Leben war nicht so verflossen, daß sie jetzt irgend etwas zu entbehren glaubte. In ihren Gedanken an die Zukunft beschäftigte sie kaum je anderes als das allmähliche Heranwachsen ihres Kleinen, und nur selten flog ihr die Möglichkeit einer neuen Heirat durch den Sinn, immer ganz flüchtig, da sich noch niemand gezeigt, an den sie in dieser Hinsicht ernstlich denken mochte. Regungen von jugendlichen Wünschen, die ihr zuweilen in wachen Morgenstunden kamen, verflogen immer wieder im gleichmäßigen

Lauf der Tage. Erst seit Beginn dieses Frühlings fühlte sie sich weniger behaglich als bisher; sie schlief nicht mehr so ruhig und traumlos als früher, sie hatte zuweilen eine Empfindung der Langeweile, die sie nie gekannt, und das Sonderbarste war eine plötzliche Ermattung, die sie manchmal bei hellichtem Tage überkam, in der sie das Kreisen des Blutes in ihrem ganzen Körper zu verspüren meinte, und die sie an eine ganz frühe Epoche ihrer Mädchenzeit erinnerte. Anfangs war ihr das Gefühl in aller seiner Bekanntheit doch so fremd, daß ihr war, als hätte ihr einmal eine ihrer Freundinnen davon erzählt. Erst als es sich häufiger wiederholte, besann sie sich, daß sie selbst es schon früher erlebt hatte.

Sie schauerte zusammen, und es war ihr, als erwachte sie aus einem Schlaf. Sie öffnete die Augen. Die Luft schien ihr wie in einer schwirrenden Bewegung. Die Straße lag bereits zur Hälfte im Schatten, die Friedhofmauer oben auf dem Hügel glänzte nicht mehr; Berta bewegte ihren Kopf einigemal rasch hin und her, wie um sich ganz zu erwecken. Ihr schien, als wäre ein ganzer Tag, eine ganze Nacht verflossen, seit sie sich hierher auf die Bank gesetzt hatte. Wie ging das nur zu, daß ihr die Zeit so auseinanderrann? Sie sah um sich. Wo war denn ihr Bub? Da hinter ihr spielte er mit den Kindern des Doktor Friedrich, das Kindermädchen kniete neben ihnen auf dem Boden und half ihnen aus Sand eine Burg bauen. Die Allee war nun belebter als früher. Berta kannte beinah alle Leute, jeden Tag sah sie dieselben. Da sie aber die meisten selten sprach, zogen sie wie Schatten an ihr vorbei; hier kam der Sattler Peter Nowak mit seiner Frau, auf seinem kleinen Landwagen fuhr Doktor Rellinger vorbei und grüßte sie, dann kamen die beiden Töchter des Hausbesitzers Wendelein, und dort radelte der Leutnant Baier mit seiner Braut langsam die Straße ins Land hinaus. Dann schien wieder alle Bewegung auf kurze Zeit vorbei, und Berta hörte nichts als das Lachen der Kinder hinter sich. Jetzt sah sie wieder jemanden von der Stadt her langsam herankommen, den sie schon von weitem erkannte. Es war Herr Klingemann, der sie in der letzten Zeit öfter als früher anzureden pflegte. Vor zwölf oder fünfzehn Jahren war er aus Wien in die kleine Stadt übergesiedelt; es hieß, daß er früher Arzt gewesen und seine Praxis wegen irgendeines Kunstfehlers oder eines noch böseren Versehens hatte aufgeben müssen. Andere behaupteten, daß er es überhaupt nie bis zum Doktor gebracht und schließlich als alter Student das Studieren aufgegeben. Er selbst gab sich als Philosophen aus, den das Leben in der Großstadt, nachdem er es bis zum Überdruß genossen, angewidert und der deshalb in die kleine Stadt gezogen war, wo er mit den Resten seines Vermögens anständig leben konnte. Er war jetzt kaum älter als fünfundvierzig, hatte noch seine guten Tage, sah aber meistens recht verwittert und unangenehm aus. Schon von weitem lächelte er der jungen Witwe zu, beeilte seine Schritte aber nicht und blieb endlich mit einem spöttischen Kopfnicken, das sein Gruß gegenüber jedermann war, vor ihr stehen.

»Guten Abend, schöne Frau«, sagte er.

Sie erwiderte seinen Gruß. Es war heute einer jener Tage, wo er wieder auf Jugend und Eleganz Anspruch zu machen schien. Er war in einen dunkelgrauen Gehrock wie eingeschnürt und hatte auf dem Kopf einen schmalkrempigen, braunen Strohhut mit schwarzem Band, dazu trug er eine ganz kleine rote Krawatte, die etwas schief saß. Nachdem er eine Weile geschwiegen und seinen leicht angegrauten blonden Schnurrbart hinauf und hinunter gezogen hatte, sagte er: »Sie kommen wohl von dort oben, gnädige Frau?« Er wies mit der einen Hand, ohne seinen Kopf oder nur seine Augen zu wenden, gewissermaßen verächtlich über seine Schulter nach rückwärts in die Gegend des Friedhofs. Herr Klingemann galt in der ganzen Stadt als ein Mann, dem nichts heilig war; und Berta mußte, als er so vor ihr stand, an allerlei denken, was man von ihm erzählte. Es war bekannt, daß er ein Verhältnis mit seiner Köchin hatte, die er übrigens »Wirtschafterin« nannte, zugleich ein anderes mit einer Tabaktrafikantin, welche ihn mit einem Hauptmann des hier stationierten Regiments betrog, was er Berta mit stolzer Trauer erzählt hatte; außerdem gab es einige heiratsfähige Mädchen in der Stadt, die für ihn ein gewisses Interesse hegten. Spielte man darauf an, so pflegte er höhnische Bemerkungen über das Institut der Ehe im allgemeinen zu machen, was ihm zwar von manchem übel vermerkt wurde, im ganzen aber doch den Respekt vor ihm erhöhte.

»Ich habe einen kleinen Spaziergang gemacht«, sagte Berta.

»Allein?«

»Oh nein, mit dem Buben.«

»Richtig, da ist er ja! Grüß dich Gott, kleiner Sterblicher.« Er sah, während er das sagte, über den Kleinen hinweg. »Darf man sich auf einen Augenblick zu Ihnen setzen, Frau Berta?« Er sprach ihren Namen spöttisch aus und setzte sich, ohne ihre Antwort abzuwarten. »Ich habe Sie heute Vormittag Klavier spielen gehört«, fuhr er fort. »Wissen Sie, was ich für einen Eindruck habe? Daß Ihnen die Musik alles ersetzen muß.« Er wiederholte: »Alles« und sah sie dabei an, daß sie rot wurde. Dann fuhr er fort: »Wie schade, daß ich so selten Gelegenheit habe, Sie zu hören! Wenn ich nicht zufällig an Ihrem offenen Fenster vorbeigehe, während Sie spielen – «

Berta merkte, daß er immer näher an sie herangerückt war und mit seinem Arm den ihren berührte. Sie rückte unwillkürlich weg. Plötzlich fühlte sie sich von rückwärts umschlungen, ihren Kopf über die Lehne der Bank zurückgebeugt, eine Hand über ihre Augen gehalten. Einen Moment lang hatte sie die Empfindung, als fühlte sie die Hand Klingemanns über den Augenlidern und rief: »Aber sind Sie denn verrückt!« Die lachende Stimme eines Knaben hinter ihr erwiderte: »Nein, wie komisch das ist, wenn du zu mir ›Sie‹ sagst, Tante Berta!«

»So laß mich doch wenigstens die Augen aufmachen, Richard!« sagte Berta und versuchte, die Hände von ihren Augen zu entfernen; dann wandte sie sich um und fragte: »Kommst du vom Hause?«

»Ja, Tante, da hab ich dir auch die Zeitung mitgebracht.« Berta nahm ihm das Blatt aus der Hand und begann darin zu lesen. Indes stand Klingemann auf und wandte sich zu Richard. »Haben Sie schon Ihre Aufgaben gemacht?« fragte er ihn.

»Wir haben überhaupt keine Aufgaben mehr, Herr Klingemann, denn im Juli haben wir Matura.«

»Also wirklich, das nächste Jahr sind Sie schon Student?«

»Das nächste Jahr? Im Herbst!« Dabei schwippte er mit den Fingern über die Zeitung der Tante.

»Was willst du denn, ungezogener Bursch?«

»Du, Tante, wirst du mich in Wien besuchen?«

»Ja, könnt mir einfallen! Ich werd froh sein, wenn ich dich los bin.«

»Da kommt Herr Rupius«, sagte Richard.

13

Berta ließ das Blatt sinken. Sie sah in die Richtung, welche Richards Blick wies. In der Allee von der Stadt her kam in einem Rollstuhl, den ein Dienstmädchen vor sich herschob, ein Mann herangefahren; er hatte den Kopf unbedeckt, der weiche Hut lag auf seinem Schoß, von dem ein Plaid bis über seine Füße herabfiel. Die Stirn war hoch, die Haare schlicht und blond, an der Stirngrenze ergraut, die Augen eigentümlich groß. Als er an der Bank vorüberfuhr, neigte er nur leicht den Kopf, ohne zu lächeln. Berta wußte, daß er sicher hätte anhalten lassen, wenn sie allein gewesen wäre; er sah auch nur sie an, als er vorbeifuhr, und sein Gruß schien nur ihr zu gelten. Ihr war, als hätten seine Augen noch nie so ernst geblickt als heut. Das machte sie sehr traurig, denn sie hatte ein tiefes Mitleid mit dem gelähmten Mann.

Als er vorüber war, sagte Klingemann: »Armer Teufel! Und das Weibchen ist wohl wieder einmal in Wien?«

»Nein«, sagte Berta beinah erzürnt, »ich hab sie vor einer Stunde gesprochen.« Klingemann schwieg, denn er fühlte, daß weitere Bemerkungen über die geheimnisvollen Reisen der Frau Rupius sich mit seinem eigenen Ruf als freidenkender Mensch nicht vertragen hätten.

»Wird er wirklich nie wieder gehen können?« fragte Richard.

»Nie«, sagte Berta. Sie wußte es, weil es ihr Herr Rupius selbst einmal gesagt hatte, als sie ihn besuchte, während seine Frau in Wien war. Er kam ihr in diesem Augenblick besonders elend vor, denn gerade als Herr Rupius an ihnen vorbeigerollt wurde, war sie beim Lesen der Zeitung auf den Namen von einem gestoßen, den sie für einen Glücklichen hielt. Unwillkürlich las sie noch einmal. »Unser berühmter Landsmann Emil Lindbach ist von seiner Kunstreise durch Spanien und Frankreich, die ihm große Triumphe brachte, vor wenigen Tagen wieder nach Wien zurückgekehrt. In Madrid hatte der ausgezeichnete Künstler die Ehre, vor der Königin zu spielen. Am 24. dieses Monats wird Herr Lindbach bei dem Wohltätigkeitskonzert zugunsten der durch die letzte Überschwemmung so schwer geschädigten Einwohner von Vorarlberg mitwirken, für das sich trotz der vorgerückten Saison lebhaftes Interesse im Publikum kundgibt.«

Emil Lindbach. Es kostete ihr eine gewisse Mühe, sich vorzustellen, daß es derselbe war, den sie – wann? – vor zwölf Jahren geliebt hatte. Vor zwölf Jahren. Sie fühlte, wie es ihr heiß in die Stirne stieg. Es war ihr, als müßte sie sich ihres allmählichen Älterwerdens schämen.

Die Sonne war ganz hinunter. Berta nahm den Knaben bei der Hand, empfahl sich von den anderen und ging langsam heimwärts. Das Haus, in dessen erstem Stock sie wohnte, lag in einer neuen Straße; von ihren Fenstern hatte sie den Blick auf die Hügel, und ihr gegenüber lagen unbebaute Plätze. Berta übergab ihren Kleinen dem Mädchen, setzte sich ans Fenster, nahm die Zeitung zur Hand und las weiter. Es war ihre Gewohnheit geblieben, zuerst die Kunstnachrichten durchzuschauen; die stammte noch aus ihrer frühesten Kinderzeit, als sie mit ihrem Bruder, dem jetzigen Schauspieler, auf die vierte Galerie ins Burgtheater zu gehen pflegte. Dieses Interesse wuchs natürlich, als sie das Konservatorium besuchte; sie kannte damals die Namen der kleinsten Schauspieler, Sänger, Pianisten, und als später der häufige Theaterbesuch, der Unterricht im Konservatorium und ihre eigenen künstlerischen Bestrebungen ein Ende nahmen, blieb doch eine Art von Anteilnahme an dieser fröhlichen Welt in ihr zurück, die etwas vom Heimweh an sich hatte. Schon in der letzten Zeit ihres Wiener Aufenthalts hatten ja alle diese Dinge kaum mehr etwas für sie zu bedeuten, wie wenig erst, seit sie in der kleinen Stadt wohnte, wo gelegentliche Dilettantenkonzerte das Höchste waren, was an künstlerischen Genüssen geboten wurde. Im ersten Jahre ihres Hierseins hatte sie bei einem solchen Abend im Gasthof »Zum roten Apfel« mitgewirkt, das heißt, sie hatte mit einer anderen jungen Dame der Stadt zwei Märsche von Schubert vierhändig gespielt. Ihre Aufregung war damals so groß gewesen, daß sie sich verschwor, je wieder öffentlich aufzutreten, und recht froh war, ihre Karriere aufgegeben zu haben. Dazu mußte man ganz anders angelegt sein, so etwa wie Emil Lindbach. – Ja, der war dazu geboren! Das hatte sie erkannt in dem Augenblick, da sie ihn das erstemal bei einer Schülerproduktion aufs Podium treten gesehen, an der Art, wie er sich unbefangen das Haar zurückgestrichen, die Leute unten mit spöttischer Überlegenheit angesehen und sich gleich für den ersten Beifall mit einer Ruhe bedankt hatte, als wär er das längst gewohnt. Sonderbar! Wenn sie an Emil Lindbach dachte, sah sie ihn noch immer so jünglingshaft, ja knabenhaft vor sich, als er zu der Zeit aussah, da sie einander gekannt und geliebt hatten. Und doch hatte sie vor ganz kurzem, als sie mit Schwager und Schwägerin einmal abends im Kaffeehaus war, in einem illustrierten Blatt eine Photographie von ihm gesehen, auf der er sehr verändert aussah. Er trug die Haare nicht mehr lang, der schwarze Schnurrbart schien mit dem Eisen nach abwärts gedreht, er hatte einen auffallend hohen Kragen und eine nach der Mode geschlungene Krawatte. Die Schwägerin hatte gefunden, er sehe aus wie ein polnischer Graf.

Berta nahm die Zeitung wieder vor und wollte weiterlesen, aber es war schon zu dunkel. Sie stand auf, rief nach dem Mädchen. Die Lampe wurde hereingebracht, der Tisch gedeckt. Berta aß mit dem Kleinen zur Nacht, während das Fenster offen stehen blieb. Sie empfand heute für ihr Kind eine noch größere Zärtlichkeit als sonst, auch dachte sie an die Zeit zurück, in der ihr Mann noch gelebt hatte, und allerlei Erinnerungen flogen ihr durch den Sinn. Während sie Fritz zu Bette brachte, weilte ihr Blick recht lang auf dem Porträt ihres verstorbenen Mannes, das in einem dunkelbraunen, ovalen Holzrahmen über ihrem Bette hing. Er hatte sich in ganzer Figur aufnehmen lassen, im Frack, mit weißer Krawatte, den Zylinder in der Hand, zum Gedächtnis an den Hochzeitstag. Berta wußte in diesem Augenblick ganz bestimmt, das Herr Klingemann beim Anblick dieses Porträts spöttisch gelächelt hätte.

Später setzte sie sich ans Klavier, wie sie es nicht selten vor dem Schlafengehen zu tun pflegte, nicht eben aus Begeisterung für die Musik, sondern um nicht gar zu früh zu Bett zu gehen. Sie spielte dann meistens die wenigen Sachen, die sie noch auswendig kannte, Mazurken von Chopin, irgendeinen Satz aus einer Beethovenschen Sonate, die Kreisleriana, zuweilen phantasierte sie auch, brachte es aber nie über eine Folge von Akkorden, und zwar waren es immer dieselben. Heute fing sie gleich damit an, ihre Akkorde zu greifen, etwas leiser als sonst, dann versuchte sie Modulationen, und als sie einen letzten Dreiklang recht lang durch das Pedal nachklingen ließ – die Hände hatte sie schon in den Schoß gelegt – empfand sie gelinde Freude über die Töne, welche sie gleichsam umschwebten. Jetzt fiel ihr die Bemerkung Klingemanns ein: »Die Musik ersetzt Ihnen alles.« Wahrhaftig, er hatte nicht ganz unrecht gehabt. Die Musik mußte ihr mindestens viel ersetzen. Aber alles? – Oh nein.

Was war das? Schritte gegenüber … Nun, das war nichts Merkwürdiges. – Aber regelmäßige, langsame Schritte, als wenn jemand auf und ab ginge. Sie stand auf und trat zum Fenster. Es war ganz dunkel, und sie konnte den Mann, der da drüben spazierte, nicht gleich erkennen, aber sie wußte: es war Klingemann. Was für ein Einfall? Sollte er ihr eine Fensterpromenade machen?

»Guten Abend, Frau Berta«, sagte er von drüben, und sie sah, wie er im Dunkel den Hut lüftete.

Sie antwortete, beinah befangen: »Guten Abend.«

»Sie haben sehr schön gespielt, gnädige Frau.«

Sie erwiderte nichts als ein leises »So?«, das er vielleicht gar nicht hörte.

Er blieb eine Sekunde stehen, dann sagte er: »Gute Nacht, schlafen Sie wohl, Frau Berta.« Er sagte das Wort »schlafen« mit einer Betonung, die nahezu unverschämt war. Sie dachte: nun geht er nach Hause zu seiner Köchin. Dann fiel ihr plötzlich etwas ein, was sie schon sehr lang wußte, woran sie aber, seit sie es erfahren, nicht mehr gedacht: in seinem Zimmer sollte ein Bild hängen, das stets von einem kleinen Vorhang überdeckt war und das eine laszive Szene vorstellte. Wer hatte ihr das nur erzählt? – Ach ja, Frau Rupius, im vorigen Herbst einmal während eines Spazierganges an der Donau, und die hatte es wieder von jemand anderm erfahren – von wem nur? Was für ein widerwärtiger Mensch! Berta kam sich ein bißchen verworfen vor, daß sie an ihn und an alle diese Dinge dachte. Sie blieb noch am Fenster stehen. Ihr war, als hätte sie einen schweren Tag hinter sich. Sie dachte nach, was ihr denn eigentlich begegnet sei, und sie wunderte sich, daß es schließlich doch nur ein Tag gewesen war wie viele hundert vor ihm und viele, viele, die noch kommen würden.

Man stand vom Tische auf. Es war eines jener kleinen Sonntagsdiners gewesen, das der Weinhändler Garlan gelegentlich seinen Bekannten zu geben pflegte. Der Herr des Hauses näherte sich seiner Schwägerin und faßte sie um die Taille, was zu seinen Nachmittagsgewohnheiten gehörte.

Sie wußte schon, was er wollte. Wenn er Leute eingeladen hatte, mußte Berta nach dem Essen Klavier spielen, manchmal auch vierhändig mit Richard. Das leitete in angenehmer Weise zum Kartenspielen über oder klang auch anmutig hinein. Sie setzte sich an das Instrument. Indes wurde die Tür zum Herrenzimmer aufgetan; Garlan, Doktor Friedrich und Herr Martin setzten sich an einen kleinen, grünen Tisch und begannen zu spielen. Die Gattinnen der drei Herren blieben im Speisezimmer, und Frau Martin zündete sich eine Zigarette an, setzte sich auf den Diwan und schlug die Beine übereinander. Sie trug Sonntags immer Ballschuhe und schwarze Seidenstrümpfe. Frau Doktor Friedrich sah wie gebannt auf die Füße der Frau Martin. Richard war den Herren gefolgt, er interessierte sich schon fürs Tarockspiel. Elly stützte ihren Ellbogen auf die Klavierdecke und wartete, bis Berta zu spielen begänne. Die Frau des Hauses ging aus und ein, sie hatte immer in der Küche Aufträge zu geben und klapperte mit dem Schlüsselbund, den sie in der Hand hielt. Als sie jetzt hereinkam, machte ihr Frau Doktor Friedrich mit den Augen ein Zeichen, das bedeuten sollte: Schauen Sie doch an, wie Frau Martin dasitzt!

Alles das sah Berta heute sozusagen deutlicher, als oftmals vorher, so etwa wie man Dinge sieht, wenn man Fieber hat. Noch immer hatte sie keine Taste berührt. Da wandte sich der Schwager zu ihr und sah sie mit einem Blick an, der sie an ihre Pflicht erinnern sollte. Sie begann zu spielen, einen Marsch von Schubert, mit sehr starkem Anschlag. Der Schwager drehte sich wieder nach ihr um und sagte: »Leiser.«

»Das bleibt eine Spezialität dieses Hauses«, sagte Doktor Friedrich, »Tarock mit Musikbegleitung.«

»Sozusagen Lieder ohne Worte«, setzte Herr Martin hinzu. Die anderen lachten. Garlan wandte sich wieder nach Berta um, denn sie hatte plötzlich aufgehört zu spielen.

»Ich habe ein bißchen Kopfweh«, sagte sie, wie wenn sie sich entschuldigen müßte, es war ihr aber gleich darauf, als hätte sie sich etwas vergeben, und sie setzte hinzu: »Ich habe keine Lust.«

Alle sahen auf sie, denn jeder fühlte, daß etwas nicht ganz Gewöhnliches geschehen sei. Frau Garlan sagte: »Willst du dich nicht zu uns setzen, Berta?« Elly hatte eine dunkle Empfindung, ihrer Tante gegenüber zärtlich sein zu müssen, und hing sich in ihren Arm. So standen die beiden nebeneinander, ans Klavier gelehnt.

»Gehen Sie heute Abend auch in den ›Roten Apfel‹?« fragte Frau Martin die Hausfrau.

»Nein, ich glaube nicht.«

»Ah!« rief Herr Garlan herein, »da wir heut Nachmittag auf unser Konzert verzichten mußten, wollen wir doch abends – Sie spielen aus, Herr Doktor.«

»Militärkonzert?« fragte Frau Doktor Friedrich.

Die Frau des Hauses war aufgestanden und fragte ihren Gatten: »Ist es dein Ernst, daß wir am Abend in den ›Roten Apfel‹ gehen?«

»Gewiß.«

»Soso«, sagte die Frau mit einer gewissen Betroffenheit und ging gleich wieder in die Küche, um neue Dispositionen zu treffen.

»Richard«, sagte Garlan zu seinem Sohn, »du könntest rasch hinüberlaufen, dem Wirt sagen, er möge uns einen Tisch im Garten reservieren lassen.«

Richard eilte hinaus und stieß in der Tür mit seiner Mutter zusammen, die eben hereinkam und wie erschöpft auf dem Diwan niedersank. »Sie glauben nicht«, sagte sie zu Frau Doktor Friedrich, »wie schwer es ist, der Brigitta die einfachsten Dinge zu erklären.«

Frau Martin hatte sich neben ihren Mann gesetzt, während sie zugleich einen Blick auf Berta warf, die noch immer stumm mit Elly am Klavier stand. Sie strich ihrem Gatten durchs Haar, legte ihre Hand auf seine Knie und schien ein Bedürfnis zu haben, den Leuten zu zeigen, wie glücklich sie wäre. Plötzlich sprach Elly zu ihrer Tante:

»Ich will dir was sagen, Tante, wir wollen ein bißchen in den Garten hinunter, im Freien wird das Kopfweh schon vergehen.«

Sie gingen die Treppe hinab, in den Hof, in dessen Mitte man eine kleine Wiese angelegt hatte. Rückwärts schloß ihn eine Mauer ab, an der einiges Gesträuch und zwei junge Bäume standen, die vorläufig noch durch Stöcke gestützt werden mußten. Über die Mauer hinweg sah man nur den blauen Himmel; an stürmischen Tagen hörte man hier das Rauschen des nahen Flusses. Mit der Lehne gegen die Mauer standen zwei Gartenstühle aus Stroh und vor ihnen ein kleines Tischchen; auf diese Stühle setzten sich Berta und Elly, ohne daß Elly den Arm der Tante losließ.

»Willst du mir nicht sagen, Tante – «

»Was denn, Elly?«

»Schau, ich bin ja jetzt schon groß, erzähl' mir doch von ihm.« Berta schrak leise zusammen, denn ihr war mit einemmal, als bezöge sich diese Frage nicht auf ihren verstorbenen Mann, sondern auf irgendeinen andern. Und plötzlich sah sie das Bild Emil Lindbachs vor sich, so wie sie es in der illustrierten Zeitung gesehen; aber gleich war die Erscheinung und der leise Schreck vorbei, und sie empfand eine Art Rührung über die schüchterne Frage des jungen Mädchens, das glaubte, sie traure noch immer um ihren verstorbenen Mann, und es würde sie trösten, wenn sie über ihn reden könnte.

In diesem Augenblick ertönte Richards Stimme an einem Fenster, das in den Hof hinunter schaute: »Darf ich auch zu euch hinunter, oder habt ihr Geheimnisse?« Jetzt fiel Berta zum erstenmal eine Ähnlichkeit auf, die er mit Emil Lindbach hatte. Sie dachte aber, es wäre vielleicht nur das Jugendliche seines Wesens und die etwas langen Haare, die an ihn gemahnten. Er war jetzt beinah so alt, als Emil damals gewesen.

»Der Tisch ist reserviert«, sagte er, indem er in den Hof trat. »Kommst du mit uns, Tante Berta?« Er setzte sich auf die Lehne des Stuhls, auf dem sie saß, streichelte ihr die Wange, indem er in seiner frischen und doch etwas zärtelnden Art sagte: »Komm' mit, mir zulieb, schöne Tante.«

Berta schloß unwillkürlich die Augen. Ein Wohlbehagen überkam sie, wie wenn Kinderhände, wie wenn die kleinen Finger ihres eigenen Buben ihr die Wange streichelten. Bald aber fühlte sie, daß sich irgendeine andere Erinnerung beigesellte. Sie mußte an einen Spaziergang denken, mit Emil, im Stadtpark, abends nach dem Konservatorium. Damals hatte er mit ihr auf einer Bank ausgeruht und zärtlich ihre Wangen berührt. War das nur einmal geschehen? Nein – viel öfter, freilich, zehn, zwanzigmal waren sie auf jener Bank gesessen, und er hatte ihr die Wange gestreichelt. Wie sonderbar, daß ihr das jetzt wieder einfiel!

An diese Spaziergänge hätte sie gewiß nie wieder gedacht,

wenn nicht Richard zufällig – Aber wie lange ließ sie sich das noch gefallen? »Richard!« rief sie aus und öffnete die Augen. Da sah sie ihn so lächeln, daß sie meinte, Richard müßte ihre Erinnerungen erraten haben. Das war natürlich ganz unmöglich, denn man wußte ja hier kaum, daß sie den Violinvirtuosen Emil Lindbach kannte. Im übrigen, kannte sie selbst ihn denn heute noch? Der, an den sie jetzt dachte, war ja ein ganz anderer, das war der hübsche Junge, den sie als ganz junges Mädchen geliebt hatte. So schweiften ihre Gedanken immer weiter, in die Vergangenheit zurück, und es schien ihr ganz unmöglich, wieder in die Gegenwart zurückzukehren und mit den beiden Kindern zu plaudern. Sie sagte ihnen Adieu und ging.

Über den Straßen lag eine schwere Nachmittagssonne. Die Läden waren gesperrt, die Wege beinahe menschenleer. An den Tischchen vor dem Kaffeehaus auf dem Marktplatz saßen ein paar Offiziere. Berta sah nach den Fenstern des ersten Stockwerks, in welchem das Ehepaar Rupius wohnte. Sie war schon lange nicht bei ihnen gewesen, sie wußte ganz genau, seit wann: seit dem zweiten Weihnachtsfeiertag. Damals hatte sie Herrn Rupius allein zu Hause getroffen, und damals hatte er ihr erzählt, sein Leiden wäre unheilbar. Sie wußte nun auch, warum sie seitdem nicht bei ihm gewesen: ohne sich's einzugestehen, hatte sie eine Art Angst davor gehabt diese Wohnung zu betreten, die sie damals in heftiger Bewegung verlassen. Heute war es ihr aber, als müßte sie hinauf; es schien ihr, als wenn im Lauf der letzten Tage sich irgendein Band zwischen ihr und dem Kranken geknüpft, und als wenn selbst der Blick, mit dem er sie gestern auf dem Spaziergang still betrachtet, etwas zu bedeuten gehabt hätte.

Als sie ins Zimmer eintrat, mußten ihre Augen sich erst an das Halbdunkel gewöhnen; die Rouleaus waren herabgelassen, und nur durch die obere Spalte fiel ein Sonnenstrahl gerade vor den weißen Ofen hin. An dem Tisch in der Mitte des Zimmers saß in einem Lehnstuhl Herr Rupius; vor ihm lagen aufgeschichtete Blätter, von denen er eben eines wegtat, um das nächste zu betrachten. Berta sah, daß es Stiche waren.

»Ich danke Ihnen«, sagte er, »daß Sie mich wieder einmal besuchen.« Er streckte ihr die Hand entgegen. »Sie sehen, womit ich da eben beschäftigt bin? Nun, es ist eine Sammlung von Stichen nach alten Niederländern. Glauben Sie mir, gnädige Frau, es ist ein großes Vergnügen, alte Stiche zu betrachten.«

»Oh freilich.«

»Sehen Sie, es sind sechs Bände, oder vielmehr sechs Mappen, jede zu zwanzig Blättern; ich werde wohl den ganzen Sommer brauchen, um sie wirklich zu kennen.«

Berta stand an seiner Seite und blickte auf den Stich, der eben vor ihm lag und der eine Jahrmarktsszene von Teniers darstellte.

»Den ganzen Sommer«, sagte sie zerstreut.

Rupius wandte sich zu ihr. »Jawohl«, sagte er mit leicht zusammengepreßten Zähnen, als gälte es, einen Standpunkt zu verteidigen, »was ich eben heiße, ein Bild kennen. Darunter verstehe ich, ein Bild im Innern sozusagen nachzeichnen können, Linie für Linie. Dies hier ist ein Teniers, das Original hängt im Haag. Warum reisen sie nicht nach dem Haag, gnädige Frau, wo so schöne Teniers zu sehen sind und mancherlei anderes?«

Berta lächelte. »Wie kann ich daran denken, solche Reisen zu machen?«

»Nun freilich«, sagte Herr Rupius. »Der Haag ist sehr schön, ich war dort vor vierzehn Jahren; damals war ich achtundzwanzig, heut bin ich zweiundvierzig oder auch vierundachtzig.« – Er legte wieder ein Blatt zur Seite. »Das hier ist ein Ostade, ›der Pfeifenraucher‹. Nun ja, man sieht wohl, daß er eine Pfeife raucht. Original in Wien.«

»Ich glaube, an dieses Bild erinnere ich mich.«

»Wollen Sie sich nicht mir gegenübersetzen, gnädige Frau, oder hier an meine Seite, wenn Sie die Bilder mit mir ansehen wollen? Das hier ist ein Falckenborgh – wundervoll, nicht wahr? Nur ganz im Vordergrund scheint es so nichtig, so begrenzt; ja, nichts als ein Bauer, der mit einer Bäuerin tanzt, und da eine Alte, die sich darüber ärgert, und hier ein Haus, und aus der Türe tritt einer mit einem Eimer Wasser. Ja, das ist freilich nichts, aber da hinten, sehen Sie, da ist die ganze Welt, blaue Berge, grüne Städte, der Himmel drüber mit Wolken und nebstbei ein Tournier – haha! – es gehört wohl nicht dazu in gewissem Sinn, aber in einem anderen Sinn gehört es eben doch dazu. Denn Hintergründe sind überall, und darum ist es sehr richtig, daß hier gleich hinter dem Bauernhaus die Welt anfängt mit ihren Tournieren und ihren Bergen und Flüssen und Festungen und Weingärten und Wäldern.« Er zeigte mit einem kleinen, elfenbeinernen Papiermesser auf die einzelnen Partien des Bildes, von denen er eben sprach. »Gefällt's Ihnen? Es hängt auch in der Wiener Galerie. Sie müßten es kennen.«

»Es ist schon sechs Jahre, daß ich nicht mehr in Wien lebe, und auch viele Jahre vorher war ich nicht mehr im Museum.«

»So? Ich bin oft dort herumgegangen, auch vor diesem Bild bin ich gestanden. Ja, *gegangen* bin ich, früher einmal.« Er sah sie beinah lachend an, und sie konnte vor Befangenheit nicht antworten. Dann sprach er unvermittelt weiter: »Ich glaube, ich langweile Sie mit den Bildern. Warten Sie, meine Frau kommt gleich nach Hause. Sie wissen doch, daß sie jetzt nach Tisch immer zwei Stunden herumläuft? Sie fürchtet, zu stark zu werden.«

»Ihre Frau sieht so schlank und jung aus wie ... Nun, ich finde, seit ich hier bin, hat sie sich gar nicht verändert.« Berta war es, als wenn das Antlitz von Rupius ganz starr würde. Dann sagte er plötzlich in harmlosem Tone, der zu seinem Gesichtsausdruck gar nicht stimmte:

»Das ruhige Leben in so einer kleinen Stadt, ja das erhält jung. Es war eine kluge Idee von mir und von ihr, denn es war eine gemeinschaftliche Idee von uns beiden, uns hierher zurückzuziehen. Wer weiß, in Wien wäre es schon ganz zu Ende.«

Berta konnte nicht erraten, wie er dieses »zu Ende« meinte, ob er es auf sein Leben, auf die Jugend seiner Frau oder sonst irgendwas bezog. Jedenfalls bedauerte sie, daß sie heute gekommen war; sie hatte ein Gefühl von Beschämung, so gesund zu sein.

»Hab' ich Ihnen gesagt«, fuhr Rupius fort, »daß ich diese Mappen von Anna bekommen habe? Ein Gelegenheitskauf, denn das Werk ist für gewöhnlich sehr teuer. Ein Buchhändler hatte es annonciert, und Anna telegraphierte gleich an ihren Bruder, er möge es für uns besorgen. Sie wissen ja, daß wir viele Verwandte in Wien haben, sowohl ich als Anna. Sie fährt auch zuweilen hinein, sie besuchen. Demnächst erhalten wir einen Gegenbesuch. Ich wäre schon erfreut, sie bei mir zu sehen, besonders Annas Bruder und Schwägerin; ich bin ihnen viel Dank schuldig. Wenn Anna in Wien ist, speist sie bei ihnen, schläft sie bei ihnen – nun, Sie wissen ja, gnädige Frau.« Er sprach rasch und dabei mit einem kühlen, geschäftsmäßigen Tonfall; es klang, als wenn er sich vorgenommen, diese Dinge jedem zu erzählen, der heute ins Zimmer träte. Es war das erstemal, daß er überhaupt mit Berta über die Reisen seiner Frau sprach.

»Morgen will sie wieder fahren«, sagte er. »Ich glaube, es handelt sich diesmal um die Sommertoilette.«

»Ich finde das sehr klug von Ihrer Frau«, sagte Berta, froh, eine Anknüpfung gefunden zu haben.

»Und nebstbei ist es billiger«, setzte Rupius hinzu. »Ich versichere Sie, selbst wenn Sie die Reise dazurechnen. Warum machen Sie's nicht auch so wie meine Frau?«

»Wie das, Herr Rupius?«

»Nun, in Hinsicht auf Ihre Kleider und Hüte! Auch Sie sind jung und hübsch.«

»O Gott, für wen soll ich mich schön anziehen?«

»Für wen? Für wen zieht sich denn meine Frau so hübsch an?« Die Türe öffnete sich, und Frau Rupius trat ein, in einem hellen Frühjahrskleid, einen roten Sonnenschirm in der Hand und einen weißen Strohhut mit rotem Band auf dem dunklen, hoch frisierten Haar. Um ihren Mund war das freundliche Lächeln wie immer, und mit heiterer Ruhe begrüßte sie Berta. »Lassen Sie sich wieder einmal in unserm Hause sehen?« Das Dienstmädchen war hinter ihr eingetreten, Anna gab ihr Schirm und Hut. »Interessieren Sie sich auch für Bilder, Frau Garlan?« Sie trat näher hinter ihren Mann, strich ihm mit der Hand sanft über Stirn und Haar.

»Ich sprach eben Frau Garlan meine Verwunderung aus«, sagte Rupius, »daß sie niemals nach Wien fährt.«

»Wahrhaftig«, warf Frau Rupius ein, »warum tun Sie es nicht? Sie haben gewiß auch noch Bekannte dort. Fahren Sie einmal mit mir hinein, zum Beispiel morgen. Ja, morgen.«

Rupius blickte, während seine Frau so sprach, vor sich hin, als wagte er nicht, sie anzusehen.

»Frau Rupius, Sie sind wirklich sehr lieb«, sagte Berta, und es war ihr, als wenn ein ganzer Strom von Freude durch ihr Wesen ränne. Sie wunderte sich auch, daß sie nun so lange gar nicht an die Möglichkeit einer solchen Reise gedacht, die doch so leicht zu bewerkstelligen war und die ihr in diesem Augenblick wie ein Heilmittel gegen die sonderbare Mißstimmung erschien, unter der sie seit einigen Tagen litt.

»Nun, sind Sie einverstanden, Frau Garlan?«

»Ich weiß wirklich nicht – Zeit hätt' ich wohl, morgen hab' ich nur die eine Lektion bei meiner Schwägerin, die wird es ja nicht so genau nehmen; aber ob ich Sie nicht störe?«

Ein leichter Schatten flog über die Stirne von Frau Rupius. »Stören, was fällt Ihnen denn ein? Ich bin recht froh, die paar Stunden der Hin- und Rückfahrt in angenehmer Gesellschaft zu verbringen. Und in Wien – oh, sicher werden wir auch in Wien gemeinschaftliche Wege haben.«

»Ihr Herr Gemahl«, sagte Berta und errötete wie ein Mädchen, das vom ersten Ball spricht, »hat mir erzählt ... hat mir geraten ...«

»Er hat Ihnen sicher von meiner Schneiderin vorge-schwärmt«, sagte Frau Rupius lachend.

Rupius saß noch immer regungslos da und sah keine von den beiden an.

»Ja, ich möchte Sie wirklich bitten, Frau Rupius. Wenn ich Sie ansehe, bekomm' ich Lust, mich auch wieder einmal so hübsch anzuziehen.«

»Das ist leicht zu machen«, sagte Frau Rupius. »Ich bringe Sie zu meiner Schneiderin, und so habe ich gleich die angenehme Hoffnung, auch meine nächsten Fahrten nicht allein machen zu müssen. Ich bin auch um deinetwillen froh«, sagte sie zu ihrem Mann, indem sie seine Hand berührte, die auf dem Tisch lag, »und um Ihretwillen«, wandte sie sich an Berta, »Sie werden sehen, wie Ihnen das wohltun wird. In Straßen herumlaufen, ohne daß einen jemand kennt, das ist wunderbar. Ich brauch' es von Zeit zu Zeit. Ganz erfrischt komm' ich immer zurück, und –« sie sah dabei ihren Mann von der Seite mit einem Blick voll Angst und Zärtlichkeit an, »bin dann hier so glücklich, als man nur sein kann, glücklicher als alle andern Frauen der Welt, glaub' ich.« Sie näherte sich ihrem Mann und küßte ihn auf die Schläfe. Berta hörte, wie sie leise dazu sagte: »Liebster.« Er aber sah noch immer vor sich hin, als scheute er sich, dem Blick seiner Frau zu begegnen. Beide schwiegen und schienen in sich versunken, als wäre Berta gar nicht da. Berta fühlte dunkel, daß in der Beziehung zwischen diesen beiden Menschen irgend etwas Geheimnisvolles walte, das ganz zu verstehen sie nicht klug oder nicht erfahren oder nicht gut genug war. Minutenlang blieb es still, und Berta wurde so befangen, daß sie gern fortgegangen wäre; aber es war ja notwendig, über die morgige Reise näheres zu vereinbaren. Anna war es, die zu reden begann.

»So wollen wir also dabei bleiben, daß wir uns zum Frühzug auf dem Bahnhof treffen – ja? Und ich will es so einrichten, daß wir mit dem Abendzug um sieben wieder nach Hause fahren; in acht Stunden läßt sich ja viel besorgen.«

»Gewiß«, sagte Berta, »wenn Sie sich nur meinetwegen nicht im geringsten stören.«

Anna unterbrach sie beinahe ärgerlich. »Ich sagte Ihnen ja schon, wie froh ich bin, daß Sie mit mir fahren, um so mehr, als mir keine Frau in der Stadt so sympathisch ist als Sie.«

»Ja«, sagte Herr Rupius, »das kann ich bestätigen. Sie wissen ja, daß meine Frau beinah nirgends hier verkehrt, – und da Sie nun so lange nicht bei uns waren, hatt' ich schon Angst, sie verliert nun auch Sie.«

»Wie können Sie das nur denken! aber Herr Rupius! Und Sie, Frau Rupius, Sie haben doch nicht geglaubt« – Berta fühlte eine überströmende Liebe für beide in diesem Augenblick. Sie war so gerührt, daß sie Tränen in der eigenen Stimme aufsteigen spürte.

Frau Rupius lächelte seltsam und überlegen. »Ich habe gar nichts geglaubt, überhaupt denk' ich über gewisse Dinge nicht weiter nach. Mein Bedürfnis nach Verkehr ist ja nicht groß, aber Sie, Frau Berta, hab' ich wirklich lieb.« Sie reichte ihr die Hand. Berta warf einen Blick auf Rupius; ihr war es, als müßte sie nun auf seinem Gesicht einen Ausdruck der Befriedigung gewahren, aber zu ihrer Verwunderung schaute er mit einem beinah entsetzten Blick in die Ecke des Zimmers.

Das Stubenmädchen kam mit dem Kaffee. Das weitere über die Einteilung des morgigen Tags wurde besprochen und endlich ein ziemlich genauer Stundenplan festgestellt, den Berta in ihrem kleinen Notizbuch eintrug, worüber Frau Rupius ein wenig lächelte.

Als Berta wieder auf die Straße kam, hatte sich der Himmel bewölkt, und die steigende Schwüle deutete auf ein nahes Gewitter. Noch bevor sie zu Hause angelangt war, fielen die ersten großen Tropfen, und sie geriet in einige Besorgnis, als sie, oben angelangt, das Dienstmädchen und ihren Kleinen nicht daheim fand; aber als sie sich zum Fenster stellte, um es zu schließen, sah sie beide laufend daherkommen. Der erste Donnerschlag ertönte, und sie fuhr zusammen; zugleich leuchtete ein Blitz.

Das Gewitter war kurz, aber ungewöhnlich heftig. Berta saß im Schlafzimmer auf ihrem Bett, hielt ihren Buben auf dem Schoß und erzählte ihm eine Geschichte, damit er keine Angst hätte; dabei war ihr zumute, als bestände ein gewisser Zusammenhang zwischen dem, was sie heut und gestern erlebt und dem Ungewitter. Nach einer halben Stunde war alles vorüber. Berta öffnete das Fenster, die Luft war abgekühlt, der dämmernde Himmel klar und fern. Berta atmete auf; sie war wie durchdrungen von einem Gefühl des Friedens und der Hoffnung.

Es war Zeit, sich für das Gartenkonzert bereit zu machen. Als sie hinkam, fand sie die Gesellschaft schon an einem großen Tisch unter einem Baum versammelt. Berta hatte die Absicht, ihrer Schwägerin gleich zu sagen, daß sie morgen nach Wien fahren wolle, aber eine Scheu, als wäre diese Reise etwas Verbotenes, hielt sie davon zurück. Herr Klingemann ging mit seiner Wirtschafterin an ihrem Tisch vorüber. Die Wirtschafterin war ein nicht mehr junges, sehr üppiges Weib, größer als Klingemann, und sah im Gehen immer aus, als wenn sie schliefe. Klingemann grüßte mit übertriebener Höflichkeit, die Herren dankten kaum, die Frauen taten, als wenn sie den Gruß nicht bemerkten. Nur Berta nickte leicht und sah den beiden nach. Richard, der neben seiner Tante saß, flüsterte ihr zu: »Das ist seine Geliebte – ja, ganz bestimmt, ich weiß es.«

Man aß und trank und plauderte; zuweilen kamen Bekannte von anderen Tischen, setzten sich auf eine Weile dazu und gingen wieder an ihre Plätze. Die Musik rauschte um Berta, ohne irgendeinen Eindruck auf sie zu machen; sie war ununterbrochen mit dem Gedanken beschäftigt, wie sie ihren Plan mitteilen sollte. Plötzlich, während die Musik sehr laut spielte, sagte Berta zu Richard: »Du, morgen hast du keine Stunde, ich fahre nach Wien.«

»Nach Wien?« sagte Richard, und er rief es hinüber zu seiner Mutter: »Du, die Tante fährt morgen nach Wien.«

»Wer fährt nach Wien?« fragte Garlan, der am entferntesten saß.

»Ich«, sagte Berta.

»Ei, ei«, sagte Garlan und drohte scherzhaft mit dem Finger.
So war es also abgetan. Berta freute sich darüber. Richard
machte Späße über die Leute, die im Garten saßen, auch über
den dicken Kapellmeister, der während des Dirigierens immer
hüpfte, dann über einen Trompeter, der dicke Backen bekam
und zu weinen schien, wenn er blies. Berta mußte sehr viel
lachen. Man scherzte über ihre gute Laune, und Doktor Friedrich bemerkte, sie fahre sicher zu einem Rendezvous nach
Wien.

»Das möcht' ich mir aber verbieten!« rief Richard so zornig,
daß die Heiterkeit eine allgemeine wurde. Nur Elly blieb ernst
und sah ihre Tante ganz erstaunt an.

Berta sah durch das offene Kupeefenster in die Landschaft hinaus, Frau Rupius las in einem Buch, das sie sehr bald nach der
Abfahrt des Zugs aus der kleinen Reisetasche herausgenom-
men; es hatte beinah den Anschein, als wollte sie ein längeres
Gespräch mit Berta vermeiden, und diese war ein wenig gekränkt. Sie hatte schon lange den Wunsch gehegt, die Freundin
der Frau Rupius zu sein, aber seit gestern war es wie eine Sehnsucht geworden, die sie an die Schwärmerei von Kinderfreund-
schaften zurückdenken ließ. Sie war so anfangs ganz unglücklich gewesen und hatte ein Gefühl von Verlassenheit gehabt,
aber bald begannen die wechselnden Bilder vor dem Fenster sie
angenehm zu zerstreuen. Während sie auf die Geleise schaute,
die ihr entgegenzulaufen schienen, auf die Hecken und Telegraphenstangen, die an ihr vorbeischwebten und -sprangen, erinnerte sie sich der paar kurzen Reisen ins Salzkammergut, die sie
als Kind mit den Eltern gemacht hatte, und an das namenlose
Vergnügen, wenn sie damals am Waggonfenster sitzen konnte.
Dann blickte sie ins Weite, freute sich am Leuchten des Flusses,
an den gefälligen Windungen der Hügel und Wiesen, am Blau
des Himmels und an den weißen Wolken. Nach einiger Zeit
legte Anna wieder ihr Buch weg, fing mit Berta an zu plaudern
und lächelte ihr zu wie einem Kind.

»Wer uns das vorausgesagt hätte«, sagte Frau Rupius.

»Daß wir zusammen nach Wien –?«

»Nein, nein; daß wir beide unser Leben dort« – sie wies mit
einer leichten Bewegung des Kopfes in die Gegend, aus der sie

kamen – »wie soll ich sagen? verbringen oder beschließen werden.«

»Freilich, freilich«, sagte Berta. Sie hatte noch nicht daran gedacht, daß das eigentlich sonderbar wäre.

»Nun, Sie wußten es doch von dem Augenblick an, da Sie heirateten, aber ich – « Frau Rupius sah vor sich hin.

Berta fragte: »Sie sind also erst in die kleine Stadt gezogen, als … als – « Sie unterbrach sich verlegen.

»Ja, Sie wissen's doch.« Dabei schaute sie Berta voll ins Gesicht, als wenn sie ihr diese Frage verwiese. Aber dann setzte sie, mild lächelnd, fort, als wäre das, woran sie dachte, gar nicht so traurig: »Ja, ich habe nicht geahnt, daß ich je Wien verlassen würde; mein Mann hatte seine Stellung als Beamter im Ministerium, er hätte sie gewiß noch längere Zeit behalten können trotz seines Leidens, aber er wollte eben fort.«

»Er dachte wohl, die gute Luft, die Stille – « begann Berta und spürte gleich, daß sie nichts sehr Kluges sagte.

Aber Anna antwortete ganz freundlich: »Nicht das, weder Ruhe, noch Klima kann da helfen; aber er dachte, es wäre in jeder Hinsicht besser für uns beide. Er hatte auch recht, was sollten wir noch in der großen Stadt?«

Berta fühlte, daß Anna ihr nicht alles sagte; sie hätte sie bitten mögen, ihr doch ihr ganzes Herz aufzuschließen, aber eine solche Bitte mit den rechten Worten auszusprechen, dazu wußte sie sich nicht geschickt genug. Und als hätte Frau Rupius erraten, daß Berta gern mehr erfahren wollte, ging sie rasch auf etwas anderes über, fragte sie nach ihrem Schwager, nach den musikalischen Talenten ihrer Schüler, nach ihrer Unterrichtsmethode; dann nahm sie wieder ihren Roman und ließ Berta allein. Einmal sah sie von dem Buch auf und fragte: »Haben Sie sich denn nichts zum Lesen mitgenommen?«

»Oh ja«, antwortete Berta. Es fiel ihr plötzlich ein, daß sie die Zeitung mit hatte; sie nahm sie und blätterte eifrig auf. Man näherte sich Wien. Frau Rupius klappte ihr Buch zusammen und tat es in die Reisetasche. Sie sah Berta mit einer gewissen Zärtlichkeit an, wie ein Kind, das man nun bald in ein ungewisses Schicksal entlassen muß.

»Noch eine Viertelstunde«, sagte sie, »dann sind wir – nun hätt' ich beinah gesagt: zu Hause.«

Die Stadt lag vor ihnen. Jenseits des Flusses ragten Schlöte in die Höhe, langgestreckte, gelb angestrichene Häuser reihten sich aneinander, Türme stiegen auf. Über allem lag die milde Maisonne.

Berta klopfte das Herz. Sie hatte das Gefühl, wie wenn man nach langen Jahren in eine ersehnte Heimat zurückkehrt, die sich seitdem wahrscheinlich sehr verändert hat, wo allerlei Geheimnisse und Überraschungen warten. In dem Augenblick, als der Zug in die Halle fuhr, kam sie sich beinahe mutig vor.

Die Frauen nahmen einen Wagen und fuhren in die Stadt. Als sie den Ring passierten, beugte sich Berta plötzlich aus dem Fenster; sie sah einem jungen Mann nach, dessen Gestalt und Gang sie an Emil Lindbach erinnerte. Sie wünschte, der junge Mann möchte sich umwenden, aber sie verlor ihn aus dem Auge, ohne daß es geschehen wäre.

Vor einem Hause auf dem Kohlmarkt hielt der Wagen; die beiden Frauen stiegen aus und begaben sich in den dritten Stock, wo sich das Atelier der Schneiderin befand. Während Frau Rupius probierte, ließ sich Berta Stoffe vorlegen und traf eine Wahl, die Mamsell nahm ihr Maß, und es wurde bestimmt, daß Berta heute über acht Tage sich zur Probe einfinden sollte. Frau Rupius kam aus dem Nebenzimmer und empfahl den Auftrag ihrer Freundin besonderer Sorgfalt. Berta schien es, als werde sie von allen mit etwas spöttischen, beinah mitleidigen Blicken betrachtet, und im großen Wandspiegel gewahrte sie plötzlich, daß sie recht geschmacklos angezogen war. Was war ihr aber nur eingefallen, sich für den heutigen Tag in den provinziellen Sonntagsstaat zu werfen, statt eines ihrer einfachen, glatten Kleider zu tragen wie sonst? Sie wurde rot vor Beschämung. Sie hatte eine schwarzweiß gestreifte Toilette aus Foulard, die in ihrem Schnitt um drei Jahre zurück war, und einen übertriebenen, nach vorn aufgebogenen hellen, mit Rosen aufgeputzten Hut, der ihre zierliche Gestalt drückte und beinah lächerlich machte. Und als hätte es noch einer Bestätigung durch ein tröstendes Wort bedurft, sagte ihr Frau Rupius im Hinuntergehen: »Sie sehen doch sehr hübsch aus.«

Sie standen im Torweg.

»Was nun?« fragte Frau Rupius. »Was haben Sie vor?«

»Wollen Sie mich denn ... ich meine ...« Berta war ganz erschrocken, sie kam sich wie ausgesetzt vor.

Frau Rupius sah sie mit freundlichem Mitleid an.

»Ich denke«, sagte sie, »daß Sie nun Ihre Cousine besuchen werden, nicht wahr? Und ich nehme an, daß man Sie dort zum Essen behält?«

»Natürlich wird mich Agathe zu Tisch einladen.«

»Ich werde Sie bis hin führen, wenn es Ihnen recht ist, dann geh' ich zu meinem Bruder, und wenn's mir möglich ist, hol' ich Sie um drei Uhr nachmittags ab.«

Sie gingen zusammen durch die belebtesten Straßen der inneren Stadt und betrachteten die Auslagen. Der Lärm hatte anfangs etwas Verwirrendes für Berta, dann wirkte er eher angenehm auf sie. Sie sah die Leute an, die vorübergingen, und der Anblick der eleganten Herren und hübsch angezogenen Damen bereitete ihr großes Vergnügen. Die Leute schienen überhaupt alle neue Kleider anzuhaben, und ihr war, als sähen hier alle viel glücklicher aus als daheim. Jetzt blieb sie vor der Auslage eines Kunsthändlers stehen, und ihr Auge fiel gleich auf ein bekanntes Bild; es war dasjenige Emil Lindbachs aus der illustrierten Zeitung. Berta war so erfreut, als hätte sie einen Bekannten getroffen. »Den kenn' ich«, sagte sie zu Frau Rupius.

»Wen?«

»Den hier.« Sie wies mit dem Finger auf die Photographie. »Denken Sie, mit dem bin ich zugleich ins Konservatorium gegangen.«

»So?« fragte Frau Rupius. Berta sah sie an und merkte, daß sie dem Bild gar keine Aufmerksamkeit geschenkt hatte, sondern über irgend etwas nachdachte. Berta war aber froh darüber, denn es schien ihr, als hätte in ihrer Stimme zu viel Wärme gelegen. Zugleich regte sich ein ganz leichter Stolz in ihr, daß der Mann, dessen Bild hier in der Auslage hing, als ganz junger Mensch in sie verliebt gewesen war und sie geküßt hatte. Mit einem Gefühl innerer Zufriedenheit ging sie weiter. Nach kurzer Zeit war sie in der Riemerstraße vor dem Haus ihrer Cousine.

»Also es bleibt dabei«, sagte sie, »nicht wahr, daß Sie mich um drei abholen?«

»Ja«, entgegnete Frau Rupius, »das heißt, – nun, wenn ich mich ein wenig verspäten sollte, halten Sie sich meinetwegen keineswegs länger bei Ihrer Cousine auf, als Ihnen angenehm ist; es bleibt jedenfalls dabei: um sieben Uhr abends auf dem Bahnhof. Auf Wiedersehen.« Sie gab Berta die Hand und ging rasch. Berta sah ihr befremdet nach. Sie kam sich wieder so verlassen vor wie in der Eisenbahn, da Frau Rupius ihren Roman gelesen hatte.

Dann ging sie die zwei Treppen hinauf. Sie hatte die Cousine von ihrem Kommen nicht benachrichtigt und bekam eine leise Angst, daß sie ungelegen sein könnte. Seit vielen Jahren hatte sie Agathe nicht mehr gesehen, und die Korrespondenz zwischen ihnen war recht sparsam geführt worden.

Agathe empfing sie nicht anders, als wären sie gestern zum letztenmal beisammen gewesen, ohne Verwunderung und ohne Herzlichkeit. Um Bertas Lippen war schon das Lächeln gewesen, wie man es hat, wenn man jemandem eine Überraschung zu bereiten glaubt; sie unterdrückte es gleich.

»Du bist ja ein recht seltener Gast«, sagte Agathe, »und läßt gar nichts von dir hören.«

»Aber Agathe, du bist mir ja noch einen Brief schuldig, seit drei Monaten.«

»So?« fragte Agathe. »Nun, mich mußt du entschuldigen, du kannst dir denken, was einem drei Kinder zu tun geben. Hab' ich dir geschrieben, daß Georg schon in die Schule geht?« Agathe führte ihre Cousine in die Kinderstube, wo Georg und die zwei kleinen Mädchen von der Bonne eben ihr Mittagessen vorgeteilt erhielten. Berta stellte einige Fragen an sie, aber die Kinder waren sehr scheu, und das kleinste Mädchen begann sogar zu weinen. Endlich sagte Agathe zu Georg: »Bitte doch Tante Berta, daß sie das nächstemal Fritz mitbringt.«

Berta fiel es auf, wie alt ihre Cousine in den letzten Jahren geworden. Wahrhaftig, wenn sie sich zu den Kindern beugte, sah sie beinahe aus wie eine alte Frau, und Berta wußte, daß sie selbst nur um ein Jahr jünger war als Agathe.

Als sie wieder ins Speisezimmer zurückkehrten, war alles erschöpft, was sie einander zu erzählen hatten, und als Agathe Berta zu Tisch einlud, schien sie es nur gesagt zu haben, um überhaupt etwas zu reden. Berta nahm trotzdem an, und die Cousine ging in die Küche, um einige Aufträge zu erteilen. Berta sah sich im Zimmer um, das sparsam und geschmacklos eingerichtet war. Es war recht dunkel, da die Gasse sehr eng war. Berta nahm ein Album vor, das auf dem Tisch lag; darin fand sie beinahe lauter bekannte Gesichter: gleich im Anfange die Eltern Agathens, die längst tot waren, dann die Bilder ihrer eigenen Eltern und die ihrer für sie fast verschollenen Brüder, Bilder gemeinschaftlicher Jugendbekannter, von denen sie beinah nichts mehr wußte, und endlich ein Bild, dessen Vorhandensein sie schon ganz vergessen hatte: sie und Agathe gemeinschaftlich als ganz junge Mädchen. Damals hatten sie einander sehr ähnlich gesehen und waren sehr befreundet gewesen, Berta erinnerte sich mancher intimen Mädchengespräche, die sie damals geführt hatten. – Und dieses bildhübsche Ding mit den aufgesteckten Zöpfen war jetzt beinah eine alte Frau. Und sie selbst? Warum hielt sie sich denn noch immer für eine junge? Erschien sie nicht vielleicht anderen so wie Agathe ihr? Sie nahm sich vor, nachmittags auf die Blicke zu achten, mit welchen sie von Vorübergehenden betrachtet würde. Es wäre schrecklich, wenn sie auch schon so alt aussähe wie ihre Cousine! Nein, es war ganz lächerlich, das zu glauben! Ihr Neffe fiel ihr ein, der sie immer die »schöne Tante« nannte, – die Fensterpromenade Klingemanns von gestern Abend, – ja, sogar die Erinnerung an die Liebenswürdigkeiten ihres Schwagers beruhigte sie. Und als sie in den Spiegel sah, der ihr gegenüber hing, blickten ihr zwei helle Augen aus einem frischen und faltenlosen Gesicht entgegen, und es waren ihr Gesicht und ihre Augen.

Als Agathe wieder hereinkam, begann Berta von den fernen Jugendjahren zu sprechen, aber es schien, als hätte Agathe ihre früheren Beziehungen geradezu vergessen, als hätten die Ehe, die Mutterschaft, die Sorgen des Alltags mit der Jugend auch die Erinnerung daran ausgelöscht. Wie jetzt Berta von einem Studentenkränzchen zu reden begann, das sie zusammen besucht, von jungen Leuten, die Agathen den Hof gemacht, von einem gewissen anonymen Blumenstrauß, den Agathe einmal geschickt bekommen hatte, lächelte sie anfangs wie abwesend, dann sah sie Berta an und sagte: »Daß du dich noch an alle die Dummheiten erinnerst.«

Der Gatte Agathens kam aus der Kanzlei nach Hause. Er war recht grau geworden. Im ersten Augenblick schien er Berta nicht zu erkennen, dann verwechselte er sie mit einer anderen Dame

und entschuldigte sich mit seinem schlechten Personenge-
dächtnis. Bei Tisch spielte er den Gewandten, er fragte in einer
gewissen überlegenen Art nach den Zuständen der kleinen
Stadt und meinte scherzend, ob Berta nicht wieder zu heiraten
gedächte. An diesen Neckereien beteiligte sich auch Agathe,
während sie zugleich ihren Gatten, der dem Gespräch eine frivole Wendung zu geben suchte, gelegentlich durch Blicke
zurechtwies. Berta fühlte sich unbehaglich. Später machte Agathens Gatte eine Anspielung, aus der hervorging, daß seine Frau
wieder Mutterfreuden entgegensah. Aber während Berta sonst
für Frauen in solchen Umständen ein Gefühl der Sympathie
hatte, war sie hier fast unangenehm berührt. Auch lag in der Art,
wie der Gatte davon sprach, keine Spur von Liebe, sondern eher
ein gewisser alberner Stolz erfüllter Pflicht. Er sprach so davon,
als wenn es eine besondere Liebenswürdigkeit von ihm wäre,
daß er sich bei all seiner Beschäftigung und trotzdem Agathe
nicht mehr schön war, dazu verstand, bei ihr zu schlafen. Berta
hatte das Gefühl, hier in eine unreinliche Geschichte eingeweiht
zu werden, die sie nichts anging. Sie war froh, als der Gatte
gleich nach eingenommener Mahlzeit ging, – es war seine
Gewohnheit, »sein einziges Laster«, wie er lächelnd sagte, nach
Tisch eine Stunde im Kaffeehaus Billard zu spielen. Berta blieb
mit Agathe allein.

»Ja«, sagte Agathe, »nun steht mir das wieder einmal bevor.«
Und nun begann sie in einer geschäftsmäßigen, kühlen Art von
ihren früheren Entbindungen zu reden, mit einer Aufrichtigkeit
und Schamlosigkeit, die Berta um so mehr auffiel, als sie einander doch so fremd geworden waren. Aber während Agathe weitersprach, fuhr Berta plötzlich der Gedanke durch den Sinn, wie
schön es sein müßte, von einem Mann, den man liebt, ein Kind
zu bekommen. Sie hörte nicht mehr auf die widerwärtigen
Reden ihrer Cousine, sie dachte nur mehr an die unendliche
Sehnsucht, die sie selbst manchmal in ganz jungen Jahren überkommen, Mutter zu werden, und sie erinnerte sich eines Augenblicks, da diese Sehnsucht tiefer gewesen war als jemals früher
oder später. Es war an einem Abend, da Emil Lindbach sie vom
Konservatorium aus nach Hause begleitete, ihre Hand in der
seinen. Sie wußte noch, daß es ihr damals zu schwindeln
begonnen und daß sie in jenem einzigen Momente verstanden

hatte, was die Phrase besagen wollte, die sie zuweilen in Romanen gelesen: »er hätte aus ihr machen können, was er wollte«.

Jetzt merkte sie, daß es im Zimmer ganz still geworden und daß Agathe in der Ecke des Diwans lehnte und zu schlafen schien. Auf der Wanduhr war es drei. Wie unangenehm, daß Frau Rupius noch nicht da war! Berta trat zum Fenster und blickte auf die Straße. Dann wandte sie sich nach Agathe um, die die Augen wieder geöffnet hatte. Berta versuchte rasch ein neues Gespräch zu beginnen und erzählte von der Toilette, die sie vormittags bestellt, aber Agathe war zu schläfrig, sie antwortete gar nicht mehr. Berta wollte nicht lästig fallen und nahm Abschied. Sie beschloß auf der Straße Frau Rupius zu erwarten. Agathe schien sehr froh, während Berta sich zum Fortgehen ankleidete, wurde herzlicher, als sie die ganze Zeit über gewesen, und sagte an der Tür, als wäre eine Erleuchtung über sie gekommen: »Wie die Zeit vergeht! Ich hoffe, du läßt dich bald wieder anschauen.«

Als Berta vor dem Haustor stand, wußte sie, daß sie vergeblich auf Frau Rupius wartete. Gewiß war es von Anfang an deren Absicht gewesen, den Nachmittag ohne Berta zu verbringen, es brauchte ja weiter nichts Böses dabei zu sein, und war auch sicher nichts Böses dabei. Es kränkte Berta nur, daß Anna so wenig Vertrauen zu ihr hatte. Berta spazierte planlos weiter; es lagen noch mehr als drei Stunden vor ihr, ehe sie auf den Bahnhof sollte. Zuerst ging sie wieder in der inneren Stadt spazieren. Es war wirklich angenehm, so ganz unbeobachtet, als Fremde unter den Leuten herumzugehen. Lange hatte sie dieses Vergnügen nicht mehr gekostet. Von einigen Herren wurde sie mit Interesse betrachtet, ja manchmal blieb einer stehen und sah ihr nach. Es tat ihr leid, daß sie so unvorteilhaft angezogen war, und sie freute sich, bald das schöne Kleid aus dem Atelier der Wiener Schneiderin zu bekommen. Sie hätte gewünscht, von irgend jemandem verfolgt zu werden. Plötzlich fuhr ihr durch den Sinn: wenn sie Emil Lindbach begegnete, ob er sie erkennen würde? Welche Frage! Aber solche Zufälle gibt es nicht – nein, sie war ganz sicher, sie konnte tagelang in Wien herumgehen, nie würde sie ihm begegnen. Wie lange hatte sie ihn nicht gesehen? Sieben – acht Jahre … Ja, zwei Jahre vor ihrer Verheiratung hatte sie ihn das letztemal gesehen. Sie war mit ihren

Eltern an einem warmen Sommerabend im Prater im Schweizerhaus gewesen, mit einem Freund war er vorübergegangen und ein paar Minuten an ihrem Tisch stehen geblieben. Ah, nun besann sie sich darauf, daß auch der junge Arzt an ihrem Tisch gesessen war, der sich um sie bewarb. Was Emil damals gesprochen, wußte sie nicht mehr, doch erinnerte sie sich, daß er die ganze Zeit, während er vor ihr gestanden, seinen Hut in der Hand gehalten, was ihr unsagbar gefiel. Ob er das heute auch täte, wenn sie ihm begegnete? Wo mochte er jetzt wohnen? Zu jener Zeit hatte er ein Zimmer auf der Wieden gehabt, nah von der Paulanerkirche ... ja, er hatte ihr das Fenster gezeigt, als sie einmal vorübergingen, und bei dieser Gelegenheit eine Bemerkung gewagt – des Wortlauts entsann sie sich nicht mehr, aber der Sinn war bestimmt der gewesen, daß sie mit ihm in diesem Zimmer zusammen sein sollte. Sie hatte ihn damals sehr streng zurechtgewiesen, ja, sie hatte erwidert, wenn er so von ihr dächte, wäre alles aus. Und er sprach wirklich nie wieder davon. Ob sie das Fenster wiedererkannte? Ob sie es fände? Wahrhaftig, ob sie hier spazieren ging oder dort, das war doch einerlei. Sie ging rasch, als ob sie plötzlich ein Ziel gefunden, der Wieden zu. Sie staunte, wie sich hier alles verändert hatte. Wie sie von der Elisabethbrücke aus hinunterschaute, sah sie Mauern, die aus dem Wienbett aufstiegen, halbfertige Geleise, kleine Waggons in Bewegung und beschäftigte Arbeiter. Bald hatte sie die Paulanerkirche erreicht, auf demselben Weg, den sie in früherer Zeit so oft gegangen. Aber nun hielt sie inne; sie konnte sich durchaus nicht mehr besinnen, wo Emil gewohnt hatte, ob sie rechts, ob sie links gehen müsse. Sonderbar, wie gänzlich ihr das entfallen war! Sie ging langsam wieder zurück, bis zum Konservatorium. Dort blieb sie stehen. Oben waren die Fenster, von denen aus sie so oft die Kuppel der Karlskirche betrachtet, und sehnsüchtig das Ende der Stunde erwartet hatte, um mit Emil zusammenzutreffen. Wie lieb hatte sie ihn doch gehabt, und wie sonderbar war es, daß es so ganz aufhören konnte! Sie ging nun hier herum als Witwe, war es schon jahrelang, hatte daheim ein Kind, das heranwuchs, und wenn sie gestorben wäre, Emil hätt' es gar nicht erfahren, oder vielleicht erst Jahre später. Ihr Auge fiel auf ein großes Plakat, das auf das Eingangstor geheftet war. Das Konzert war angekündigt, in dem auch er mitwirken würde, und hier stand sein Name unter vielen anderen großen, von denen sie manche seit lang mit stiller Scheu bewundert: »Brahm's Violinkonzert, vorgetragen von dem königlich bayrischen Kammervirtuosen Emil Lindbach.« – Bayrischer Kammervirtuose, das hatte sie gar nicht gewußt. Es war ihr, als könnte der, dessen Name hier auf sie herableuchtete, im nächsten Moment aus der Einfahrt heraustreten, den Violinkasten in der Hand, die Zigarette zwischen den Lippen. So nah war das alles plötzlich und schien noch näher, als mit einemmal von oben die langgezogenen Striche einer Violine zu ihr heruntertönten, wie sie sie damals so oft gehört. Sie wollte zu diesem Konzert nach Wien hereinfahren – ja, und wenn sie auch eine Nacht im Hotel verbringen müßte! Und sie würde sich weit vorne hinsetzen und ihn ganz in der Nähe sehen. Ob er sie auch sehen und sie erkennen würde? Sie stand noch immer vor dem gelben Plakat, ganz versunken, bis sie sich von ein paar jungen Leuten, die aus der Einfahrt herauskamen, angestarrt fühlte und nun auch wußte, daß sie die ganze Zeit gelächelt hatte wie in einem schönen Traum. Sie setzte ihren Weg fort. Auch die Gegend um den Stadtpark hatte sich verändert, und als sie die Stellen suchte, wo sie damals mit ihm herumgegangen war, fand sie sie ganz zerstört: Bäume waren ausgeholzt, Planken verwehrten den Weg, der Boden war aufgerissen, und vergeblich suchte sie die Bank zu finden, wo sie mit Emil verliebte Worte gewechselt, an deren Ton sie sich so gut und an deren eigentlichen Inhalt sie sich gar nicht mehr erinnerte. Sie gelangte nun in den gut erhaltenen, wohlgepflegten Teil des Parks, der voll Menschen war. Aber sie hatte die Empfindung, daß manche Leute sie betrachteten und einige Damen über sie lachten, und sie kam sich wieder sehr kleinstädtisch vor, ärgerte sich über ihre eigene Verlegenheit und dachte an die Zeit, da sie als hübsches junges Mädchen unbefangen und stolz durch solche Alleen gegangen war. Sie kam sich jetzt so herabgesunken, so bedauernswert vor. Der Einfall, im großen Musikvereinssaal in der ersten Reihe zu sitzen, erschien ihr verwegen, beinah unausführbar. Es war ihr jetzt auch sehr unwahrscheinlich, daß Emil Lindbach sie noch erkennen würde, ja es schien ihr fast unmöglich, daß er sich noch ihrer Existenz erinnern könnte. Was hatte er seitdem alles erlebt! Wie viele Frauen und

Mädchen mochten ihn wohl geliebt haben, und in ganz anderer Art als sie. Und während sie weiter ging, nun durch weniger belebte Alleen endlich wieder hinaus auf die Ringstraße, sah sie den Geliebten ihrer Jugend in allerlei Abenteuern vor sich, in die wirre Erinnerungen aus gelesenen Romanen und unklare Vorstellungen von seinen Kunstreisen im Ausland seltsam hineinspielten. Sie dachte sich ihn in Venedig, in einer Gondel mit einer russischen Fürstin, dann wieder sah sie ihn am Hofe des bayrischen Königs, wo Herzoginnen seinem Spiel lauschten und sich in ihn verliebten, dann erschien er ihr im Boudoir einer Opernsängerin, dann auf einem Maskenball in Spanien, von verführerischen Masken umschwärmt. Und in je weitere Fernen er unnahbar und beneidenswert entschwebte, um so ärmlicher erschien sie sich selbst, und sie begriff es mit einemmal nicht mehr, wie leicht sie damals ihre eigenen Hoffnungen, ihre künstlerische Zukunft und den Geliebten aufgegeben, um ein sonnenloses Dasein zu führen und in der Menge zu verschwinden. Es war wie ein Schauer, der sie erfaßte, als sie sich darauf besann, daß sie nichts anderes war als die Witwe eines unansehnlichen Menschen, die in einer kleinen Stadt lebte, sich mit Klavierlektionen fortbrachte und langsam das Alter herankommen sah. Niemals hatte sie auch nur einen Strahl von dem Glanz auf ihrem Weg gefunden, in dem der seine dahinlief, solang er lebte. Und mit dem gleichen Schauer dachte sie daran, wie sie sich immer an ihrem Schicksal hatte genügen lassen, wie sie ohne Hoffnung, ja ohne Sehnsucht in einer Dumpfheit, die ihr in diesem Augenblick unerklärlich erschien, ihr ganzes Dasein hingebracht.

Sie war zur Aspernbrücke gekommen, ohne nur auf den Weg zu achten. Hier wollte sie die Straße übersetzen, aber sie mußte warten, da eine große Anzahl von Wagen vorüberfuhr. In den meisten saßen Herren, von denen viele Feldstecher trugen; sie wußte: die kamen aus dem Prater, vom Rennen. Jetzt kam eine elegante Equipage, darinnen ein Herr mit einer jungen Frau in weißer Frühjahrstoilette saß; gleich darauf ein Wagen mit zwei auffallend gekleideten Damen. Berta sah ihnen lang nach: eine wandte sich um, und zwar nach einem Wagen, der gleich hinten nachfuhr und in dem ein junger, sehr hübscher Mann in einem langen, grauen Überzieher lehnte. Berta empfand etwas sehr

Schmerzliches, Unruhe und Ärger zugleich; sie hätte die Dame sein wollen, welcher der junge Mann nachfuhr, sie hätte schön, jung, unabhängig, ach Gott, sie hätte irgendein Weib sein wollen, das tun kann, was es will und sich nach Männern umwenden, die ihm gefallen. Und in diesem Augenblick wußte sie ganz bestimmt, daß Frau Rupius jetzt mit jemandem zusammen war, den sie lieb hatte. Freilich, warum sollte sie's nicht sein? Sie war ja, wenigstens solang sie in Wien lebte, frei, Herrin ihrer Zeit, – und dabei war sie sehr hübsch, und ein duftiges, violettes Kleid hatte sie an, und um ihren Mund war ein Lächeln, das man gewiß nur haben kann, wenn man glücklich ist – und zu Hause ist sie nicht glücklich. Und mit einemmal sah Berta Herrn Rupius vor sich, wie er daheim in seinem Zimmer saß und Stiche betrachtete. Aber heut' tut er es sicher nicht, nein, heute zittert er zu Hause um seine Frau, in einer ungeheuren Angst, daß man sie ihm dort, in der großen Stadt wegnimmt, daß sie nie wieder zurückkommt und daß er ganz allein bleibt mit seinem Jammer. Und Berta hatte plötzlich ein Mitleid für ihn wie nie zuvor. Ja, sie wäre am liebsten bei ihm gewesen, um ihn zu trösten und ihn zu beruhigen.

Sie fühlte, wie jemand ihren Arm berührte. Sie zuckte zusammen und sah auf. Ein junger Mann stand neben ihr und schaute sie frech an. Sie starrte ihm noch ganz zerstreut ins Aug', da sagte er: »Na«, und lachte. Berta erschrak und lief beinahe, rasch einem Wagen zuvorkommend, über die Straße. Sie schämte sich ihres Wunsches von früher, die Dame im Wagen zu sein. Es schien ihr, als wäre die Unverschämtheit jenes Menschen die Strafe dafür. Nein, nein, sie ist eine anständige Frau, alles Freche ist ihr im Grund ihrer Seele zuwider – nein, sie könnte in Wien gar nicht mehr leben, wo man solchen Dingen ausgesetzt ist! Eine Sehnsucht nach dem Frieden ihres kleinen Hauses überkommt sie, und sie freut sich auf das Wiedersehen mit ihrem Buben wie auf etwas unerhört Schönes. – Wie spät ist es denn? Um Himmels willen, dreiviertel sieben! Sie muß einen Wagen nehmen; darauf kommt es ja nicht mehr an. Den Wagen heut' morgen hat ja Frau Rupius bezahlt, also kostet sie der, den sie jetzt nehmen wird, sozusagen nur die Hälfte. Sie setzt sich in einen offnen Fiaker, sie lehnt in der Ecke, beinah geradeso vornehm, wie sie sie von jener Dame in dem weißen Kleid gesehen.

Die Leute schaun sie an. Sie weiß, daß sie jetzt hübsch und jung aussieht, und dabei fühlt sie sich so sicher, es kann ihr nichts geschehen. Das rasche Dahinsausen auf den Gummirädern bereitet ihr ein unsägliches Vergnügen. Wie hübsch wird es sein, wenn sie das nächstemal in dem neuen Kleid und mit dem kleinen Strohhut, der sie so jung macht, wieder im Wagen durch die Stadt fährt. Sie freut sich, daß Frau Rupius am Eingang des Bahnhofes steht und sie ankommen sieht, doch sie verrät nichts von ihrem Stolz, sondern tut, als wenn es ganz selbstverständlich wäre, im Fiaker beim Bahnhof vorzufahren.

»Wir haben noch zehn Minuten Zeit«, sagt Frau Rupius. »Sind Sie mir sehr böse, daß ich Sie habe warten lassen? Denken Sie, bei meinem Bruder war heute große Kinderjause, und die Kleinen wollten mich absolut nicht fortlassen. Zu spät fiel mir ein, daß ich Sie eigentlich holen lassen könnte; die Kinder hätten Ihnen viel Spaß gemacht, und ich habe meinem Bruder schon gesagt, daß ich nächstesmal Sie und Ihren Buben hinaufbringe.«

Berta schämte sich sehr. Wie unrecht hatte sie dieser Frau wieder getan! Sie konnte ihr nur die Hand drücken und sagen: »Ich danke Ihnen, Sie sind sehr lieb.«

Sie traten auf den Perron und stiegen in ein Kupee, das ganz leer war. Frau Rupius hatte ein Päckchen mit Kirschen in der Hand und aß langsam eine nach der anderen, die Kerne warf sie zum Fenster hinaus. Als der Zug sich in Bewegung setzte, lehnte sie sich zurück und schloß die Augen, Berta sah zum Fenster hinaus; sie fühlte sich recht müde von dem vielen Herumgehen, ein leichtes Unbehagen stieg in ihr auf, sie hätte diesen Tag anders verbringen können, ruhiger, vergnügter. Die kühle Aufnahme und das langweilige Mittagessen bei ihrer Cousine fiel ihr ein. Es war doch recht traurig, daß sie gar keine Bekannten mehr in Wien hatte. Wie eine Fremde war sie in dieser Stadt herumgeirrt, in der sie sechsundzwanzig Jahre gelebt hatte. Warum? Und warum hatte sie heute früh den Wagen nicht halten lassen, als sie jene Gestalt gesehen, die Ähnlichkeit mit Emil Lindbach zu haben schien? Freilich, sie hätte nicht nachlaufen können, nicht nachrufen – aber wenn er es wirklich gewesen wäre, wenn er sie erkannt, wenn er sich gefreut hätte, sie wiederzusehen? Und sie wären miteinander herumspaziert und hätten einander von der langen Zeit erzählt, die sie durchlebt, ohne voneinander zu wissen, und sie wären miteinander in ein vornehmes Restaurant gegangen, zu Mittag speisen, und einige hätten ihn natürlich gekannt, und sie hörte ganz genau, wie sich die Leute darüber unterhielten, wer »sie« eigentlich wäre. Sie sah auch schön aus, das neue Kleid war schon fertig, und die Kellner bedienten sie mit großer Höflichkeit, besonders ein kleiner Junge, der den Wein brachte, – aber das war eigentlich ihr Neffe, der selbstverständlich hier Kellnerjunge geworden war, statt zu studieren. Plötzlich traten in den Saal Herr und Frau Doktor Martin, sie hielten einander so innig umschlungen, als wenn sie ganz allein wären, da stand Emil auf, nahm den Geigenbogen, der neben ihm lag, und hob ihn gebieterisch, worauf der Kellner das Ehepaar Martin zur Tür hinausjagte. Darüber mußte Berta lachen, viel zu laut, denn sie hatte schon ganz verlernt, wie man sich in einem vornehmen Restaurant benimmt. Aber es ist ja gar nicht vornehm, es ist einfach die Gaststube »Zum roten Apfel«, und die Militärkapelle spielt irgendwo, ohne daß man sie sieht. Das ist nämlich eine Kunst des Herrn Rupius, daß Militärkapellen spielen können, ohne daß man sie sieht. Jetzt aber kommt gleich ihre Nummer dran. Hier ist das Klavier, aber sie hat ja gewiß das Klavierspielen längst verlernt, sie wird lieber entfliehen, damit man sie nicht zwingt. Und gleich ist sie auf dem Bahnhof, Frau Rupius erwartet sie schon und sagt: Es ist höchste Zeit, – und sie gibt ihr ein großes Buch in die Hand, das ist nämlich die Fahrkarte. Doch Frau Rupius fährt gar nicht weg, sie setzt sich auf eine Bank, ißt Kirschen und spuckt die Kerne auf den Stationschef, der sich darüber sehr freut. Berta steigt ins Kupee, – Gott sei Dank, daß Klingemann schon da ist! – er winkt ihr mit gekniffenen Augen zu und sagt: Wissen Sie, was das für ein Leichenzug ist? Und Berta sieht, daß auf dem anderen Gleise ein Leichenwagen steht. Sie erinnert sich nun, daß der Hauptmann gestorben ist, mit dem die Tabaktrafikantin den Herrn Klingemann betrogen hat, – natürlich: darum war heute das Konzert im »Roten Apfel« Plötzlich bläst ihr Herr Klingemann auf die Augen, lacht, daß es dröhnt, Berta schlägt die Augen auf – da saust eben ein Zug am Fenster vorbei. Sie schüttelt sich. – Was für wirre Träume! Und fing es nicht sehr schön an? Sie versucht, sich zu besinnen. Ja, Emil spielte eine Rolle … aber sie weiß nicht mehr, welche.

Die Dämmerung bricht langsam herein. Der Zug fährt die Donau entlang. Frau Rupius schläft und lächelt, vielleicht auch stellt sie sich nur schlafend; der leise Verdacht in Berta kommt von neuem, und ein Neid gegen das Unbekannte, Geheimnisvolle, das Frau Rupius erlebt, steigt in ihr auf. Sie möchte auch etwas erleben. Sie wünscht, daß jetzt irgend jemand neben ihr säße, seinen Arm an den ihren gedrängt, – sie möchte wieder dasselbe empfinden wie damals, als sie mit Emil am Wienufer stand, und ihr die Sinne beinah vergehen wollten, und sie sich nach einem Kinde sehnte … Ah, warum ist sie so allein, so arm, so im Dunkeln? Sie möchte den Geliebten ihrer Jugend anflehen: Küß mich nur noch einmal wie damals, ich möchte glücklich sein!

Es ist dunkel, Berta sieht in die Nacht hinaus.

Noch heute, bevor sie schlafen geht, wird sie die kleine Tasche vom Boden holen, in der die Briefe ihrer Eltern und Emils aufbewahrt sind. Sie sehnt sich, daheim zu sein. Es ist ihr, als sei eine Frage in ihrer Seele aufgewacht, auf die zu Hause die Antwort wartet.

Als Berta am späten Abend in ihr Zimmer trat, kam ihr der Einfall, noch jetzt allein auf den Boden hinaufzugehen und die Tasche herunterzuholen, beinahe abenteuerlich vor. Sie fürchtete, daß man im Hause ihre nächtige Wanderung bemerken und sie für verrückt halten möchte. Sie konnte es ja morgen ohne Aufsehen, in größter Bequemlichkeit tun, und so schlief sie mit der Empfindung eines Kindes ein, dem für den folgenden Tag ein Ausflug aufs Land versprochen ist.

Am nächsten Vormittag hatte sie mancherlei zu tun; häusliche Beschäftigungen und die Klavierlektionen nahmen den Vormittag in Anspruch. Ihrer Schwägerin mußte sie von ihrer Wiener Reise berichten. Sie erzählte, daß sie mit ihrer Cousine nachmittags spazieren gegangen wäre, und stellte die Sache so dar, als hätte sie auf Ersuchen der Cousine der Frau Rupius abgeschrieben.

Erst nachmittags ging sie auf den Dachboden und holte die verstaubte Reisetasche herunter, die neben einem Koffer und zwei Kisten lag – alles zusammen von einem alten, rotgeblümten, zerschlissenen Kaffeetuch überdeckt. Berta wußte, daß sie

sie das letztemal aufgeschlossen, um Briefschaften aufzube-
wahren, die ihre Eltern hinterlassen hatten. Als sie die Tasche in
ihrem Zimmer öffnete, erblickte sie auch vor allem eine Anzahl
von Briefen ihrer Brüder und andere mit unbekannten
Schriftzügen; dann fand sie ein wohlgesichtetes Päckchen, die
spärlichen Briefe ihrer Eltern an sie enthaltend; zwei Haushal-
tungsbücher ihrer Mutter, ein kleines Heft aus ihrer eigenen
Schulzeit, darin sie Stundenpläne und Aufgaben eingezeichnet,
dann einige Damenspenden von den Bällen, die sie als junges
Mädchen besucht, und endlich, in blaues Seidenpapier
gewickelt, das an einigen Stellen eingerissen war, Emils Briefe.
Nun wußte sie sich auch auf den Tag zu besinnen, da sie diese
das letztemal in der Hand gehabt, ohne sie zu lesen; das war, als
ihr Vater schon krank gelegen und sie tagelang gar nicht aus
dem Haus gekommen war. Sie legte das Päckchen beiseite. Sie
wollte zuerst alles andere sehen, was hier noch aufbewahrt und
worauf sie sehr neugierig war. Ganz lose lag eine Anzahl von
Briefen auf dem Grund der Tasche, einige im Kuvert, andere
ohne Hülle; sie blickte wahllos den einen und den anderen an.
Es waren Briefe von alten Freundinnen, ein paar von ihrer Cousine, und hier einer von dem Arzte, der sich seinerzeit um sie
beworben; er enthielt die Bitte um den ersten Walzer auf dem
Medizinerkränzchen. Und hier – was war denn das? Ja, das war
der anonyme Brief, den ihr einer ins Konservatorium geschickt.
Sie nahm ihn zur Hand: »Mein Fräulein! Ich hatte gestern wieder das Glück, Sie auf Ihrem täglichen Weg zu bewundern, ich
weiß nicht, ob auch ich das Glück hatte, von Ihnen bemerkt zu
werden.« Nein, dieses Glück hatte er nicht gehabt. Dann kamen
noch drei Seiten, auf denen sie angeschwärmt wurde; kein
Wunsch, kein kühnes Wort. Auch hatte sie nie wieder etwas von
dem Schreiber gehört. Und hier ein Brief, mit zwei Initialen
unterschrieben: M. G. – Das war dieser Unverschämte gewesen,
der sie auf der Straße angesprochen und ihr in diesem Brief
Anträge gestellt hatte – ja, welche denn nur? Ah, hier war die
Stelle, die ihr damals das Blut in den Kopf getrieben: »Seit ich
Sie gesehen, seit Sie Ihren strengen und doch so verheißenden
Blick auf mich gerichtet hielten, hab' ich nur mehr einen
Traum, eine Sehnsucht: diese Augen küssen zu dürfen!« – Sie
hatte natürlich nicht geantwortet; es war die Zeit gewesen, in

welcher sie Emil liebte. Ja, sie hatte sogar daran gedacht, ihm diesen Brief zu zeigen, aber die Angst vor seiner Eifersucht hielt sie zurück. Nie hatte Emil von M. G. etwas erfahren. – Und das weiche Band, das ihr jetzt in die Hände geriet –? Eine Schleife ... Aber sie wußte nicht, woran sie die erinnern sollte. Und hier wieder ein kleines Tanzalbum, wo die Namen ihrer Tänzer eingetragen waren. Sie versuchte, sich der Personen zu erinnern, aber vergeblich. Und dabei war ja gerade auf diesem Ball einer gewesen, der ihr so glühende Worte gesagt hatte wie nie ein anderer. Es war ihr, als tauchte der plötzlich wie ein Sieger auf unter den vielen Schatten, die sie umschwebten. Ja, das war schon zu der Zeit gewesen, da Emil und sie einander seltener sahen. Wie sonderbar war das ... oder hatte sie es nur geträumt? Dieser Glühende drückte sie während des Tanzes an sich, – und sie wehrte sich gar nicht, und fühlte seine Lippen auf ihrem Haar, und es war unglaublich schön ... Ja, und weiter? – Sie hatte ihn nie wiedergesehen. Es war ihr plötzlich, als hätte sie in jener Zeit doch vieles und Seltsames erlebt, und wie in ein Staunen versank sie, daß alle diese Erinnerungen so lang in der alten Reisetasche und in ihrer Seele geschlafen hatten ... Doch nein! Manchmal hatte sie an alle diese Dinge gedacht: an Leute, die ihr den Hof gemacht, an den anonymen Brief, an den glühenden Tänzer, an die Spaziergänge mit Emil, – aber als wenn es weiter nichts Besonderes, als wenn es eben die Vergangenheit wäre, die Jugend, die jedem Mädchen beschieden ist und aus der sie in das stille Frauenleben eingeht. Heute aber schien ihr, als wären diese Erinnerungen zugleich uneingelöste Versprechungen, als lägen in jenen fernen Erlebnissen verkümmerte Schicksale, ja als wäre irgendein Betrug an ihr verübt worden, seit lang, von dem Tage an, da sie geheiratet, bis zum heutigen Tag, und als wäre sie zu spät darauf gekommen, stünde nun da und könnte nichts mehr tun. Doch wie war denn das? ... An alle diese Nichtigkeiten dachte sie, und hier neben ihr lag noch immer, in Seidenpapier eingewickelt, der Schatz, um dessentwillen sie ja in der alten Tasche herumgekramt, die Briefe des einzigen, den sie geliebt hatte, die Briefe aus der Zeit, da sie glücklich gewesen. Wie viele mochten sie heute darum beneiden, daß gerade dieser sie einmal geliebt, – anders, besser, keuscher sie als alle anderen nach ihr. Und sie fühlte sich am tiefsten betrogen, weil sie, die seine Frau hätte sein können, wenn ... wenn ... Ihre Gedanken stockten.

Rasch, wie um sich von Zweifel, ja von Angst zu befreien, riß sie das Seidenpapier herab und griff nach den Briefen. Und sie las, las einen nach dem anderen. Die kurzen und die langen, die kleinen Zettel mit den flüchtigen Worten: »Morgen Abend sieben Uhr, mein Schatz!« oder: »Liebste, nur einen Kuß, bevor ich schlafen gehe!« und die seitenlangen, von der Reise aus geschrieben, wenn er im Sommer mit seinen Kollegen Fußwanderungen machte, oder andere, in denen er ihr abends seinen Eindruck von einem Konzert, gleich nach dem Nachhausekommen, mitzuteilen sich gedrängt fühlte; dann die endlosen, wo er Zukunftspläne entwickelte: wie sie zusammen durch Spanien und Amerika reisen wollten, berühmt und glücklich ... las sie alle, alle, einen nach dem anderen, wie von einem unauslöschlichen Durst gepeinigt – las sie vom ersten, mit welchem er ein paar Notenhefte begleitet, bis zum letzten, der zweieinhalb Jahre später datiert war und nichts enthielt als einen Gruß aus Salzburg – und als sie zu Ende war, ließ sie die Hände sinken und starrte auf die herumliegenden Blätter. Warum war dies der letzte Brief? Wie hatte es geendet? Wie hatte es enden können? Wie war es möglich, daß diese große Liebe schwinden konnte? Es war nie zu einem Bruch, nie zu einer Auseinandersetzung gekommen, und irgend einmal war es aus gewesen. Wann? ... Sie wußte es nicht. Denn damals, als jene Karte aus Salzburg kam, hatte sie ihn noch geliebt, im Herbst hatte sie ihn noch gesehen, – ja im nächsten Winter darauf schien alles noch einmal aufzublühen. Sie erinnerte sich gewisser Spaziergänge auf knirschendem Schnee, Arm in Arm, bei der Karlskirche; – wann aber war es das letztemal gewesen? Sie hatten ja niemals Abschied voneinander genommen ... Sie verstand es nicht. Wie hatte sie so leicht auf ein Glück verzichten können, das zu halten doch in ihrer Macht gewesen wäre? Wie hatte sie aufgehört, ihn zu lieben? Hatte die dumpfe Alltäglichkeit, die zu Hause auf ihr gelastet, von dem Augenblick an, da sie das Konservatorium verlassen, wie ihren Ehrgeiz so auch ihr Fühlen eingeschläfert? Hatten die unzufriedenen Bemerkungen ihrer Eltern über den aussichtslosen Verkehr mit dem blutjungen Violinspieler so ernüchternd auf sie gewirkt? Und jetzt fiel ihr ein, daß er auch noch später einmal einen Besuch bei ihnen abgestattet, nachdem sie ihn monatelang nicht gesehen, und sie im Vorzimmer geküßt hatte. Ja, das war das letztemal gewesen. Und nun besann sie sich auch, wie sie damals gespürt, daß seine Beziehungen zu den Frauen andere geworden sein, daß er Dinge erlebt haben mußte, von denen sie nichts wissen durfte, – aber sie hatte darüber keinen Schmerz empfunden. Und sie fragte sich: wie wäre alles geworden, wenn sie damals kein so tugendhaftes Mädchen gewesen, wenn sie das Leben so leicht genommen hätte wie andere? Eine Kollegin fiel ihr ein, mit der sie den Verkehr aufgegeben, weil sie ein Verhältnis mit einem Schauspielschüler gehabt hatte. Und sie erinnerte sich wieder jenes kühnen Wortes von Emil, als er mit ihr an seinem Fenster vorüberging, und jener Sehnsucht, während sie am Wienufer standen. Unbegreiflich erschien ihr, daß jenes Wort damals nicht lebhafter in ihr nachgewirkt hatte, daß jene Sehnsucht nur einmal und auf so kurze Zeit in ihr erwacht war. Mit einer Art von ratlosem Staunen dachte sie an die Zeit jener unbeirrten Jungfräulichkeit, und mit plötzlichem, peinvollem Schamgefühl, das ihr das Blut in die Schläfen jagte, an die kühle Bereitwilligkeit, mit der sie sich einem Manne hingegeben, den sie nie geliebt hatte. Und das Bewußtsein, daß das ganze Glück, das sie als Frau genossen, darin enthalten war, in den Armen jenes Ungeliebten zu liegen, durchschauerte sie das erstemal in seinem ganzen Jammer. Das also war für sie das Leben gewesen, das ersehnte, geheimnisvolle Glück? … Und ein dumpfer Unwille begann in ihr zu wühlen, der sich gegen alle möglichen Dinge und Menschen wandte, gegen Tote und Lebendige. Sie zürnte ihrem verstorbenen Mann, ihren hingeschiedenen Eltern, ärgerte sich über die Leute, unter denen sie hier lebte und unter deren Augen sie sich nichts hätte erlauben dürfen; sie kränkte sich über Frau Rupius, die nicht so freundlich gegen sie war, daß sie an ihr einen Halt hätte finden können, sie haßte Klingemann, weil er häßlich und widerwärtig war und sie doch begehrte, und endlich wallte es heftig in ihr auf gegen den Geliebten ihrer Jugend, weil er nicht frecher gewesen, weil er ihr das letzte Glück vorenthalten und ihr nichts zurückgelassen hatte als Erinnerungen voll Duft, aber voll Qual. Da saß sie nun in ihrem einsamen Zimmer, unter den vergilbten Denkzeichen einer nutzlos und freudlos verbrachten Jugend, hart an der Grenze einer Zeit, da es keine Hoffnungen und keine Wünsche mehr gibt – unter den Händen war ihr das Dasein zerronnen, und sie war durstig und arm.

Sie packte die Briefe und alles Übrige zusammen, warf sie zerknüllt in die Tasche, versperrte diese und trat ans Fenster. – Der Abend war nah. Eine weiche Luft kam von den Weingeländen zu ihr gezogen; vor ihren Augen flimmerte es von ungeweinten Tränen der Erbitterung, nicht des Schmerzes. Was sollte sie nun tun? Sie, die Tage, Nächte, Monate, Jahre ohne Erwartung, ohne Angst sich in der Zukunft hatte dehnen sehen, schauerte vor der Leere des Abends, der vor ihr lag.

Es war die Stunde, um die sie sonst von ihrem Spaziergang heimzukehren pflegte; heute hatte sie das Kindermädchen mit ihrem Buben fortgeschickt, – sie sehnte sich nicht einmal nach ihm, ja für einen Augenblick fiel es selbst auf dieses Kind wie ein Strahl von dem Zorn, den sie gegen die ganze Menschheit und ihr Schicksal fühlte, und in ihrer ungeheuren Unzufriedenheit wurde sie von Neid gepackt auf viele Leute, die ihr sonst gar nicht beneidenswert erschienen waren. Sie beneidete Frau Doktor Martin um die Zärtlichkeit ihres Gatten; die Tabaktrafikantin, die von Herrn Klingemann und von dem Hauptmann geliebt wurde; ihre Schwägerin, weil sie schon alt, Elly, weil sie noch jung war; sie beneidete das Dienstmädchen, das drüben auf einem Holzbalken mit einem Soldaten saß und das sie lachen hörte. Sie hielt es zu Hause nicht länger aus, nahm Strohhut und Schirm und eilte auf die Straße. Da wurde ihr etwas wohler. In ihrem Zimmer hatte sie sich unglücklich gefühlt, jetzt war sie nur mehr verdrießlich.

In der Hauptstraße begegneten ihr Herr und Frau Mahlmann, deren Kindern sie Klavierunterricht gab. Die Frau wußte schon, daß Berta gestern bei einer Schneiderin in Wien ein Kleid bestellt hatte, und dieser Umstand wurde jetzt von ihr mit großer Wichtigkeit behandelt. Später traf Berta ihren Schwager, der ihr aus der Kastanienallee entgegenkam und ihr sagte: »Du warst ja gestern in Wien, was hast du denn dort gemacht? Hast du ein Abenteuer gehabt?«

»Wie?« fragte Berta und sah ihn ganz erschrocken an, als wäre sie ertappt worden.

»Nein? Nicht? Du warst ja mit Frau Rupius, gewiß sind euch alle Herren nachgelaufen.«

»Was fällt dir denn ein, Schwager? Frau Rupius benimmt sich tadellos; sie ist eine der feinsten Damen, die ich kenne.«

»Ja, ja, ich sage nichts gegen Frau Rupius und sage nichts gegen dich.«

Sie sah ihm ins Gesicht; in seinen Augen war ein Glanz wie manchmal, wenn er ein bißchen zu viel getrunken hatte. Sie mußte daran denken, daß irgendwer einmal prophezeit hatte, Herrn Garlan würde der Schlag treffen.

»Ich muß auch nächstens einmal wieder in die Stadt«, sagte er, »ja; ich bin seit dem Aschermittwoch nicht mehr drin gewesen, will wieder einmal einige von meinen Kunden besuchen. Ihr könnt mich nächstens einmal mitnehmen, Frau Rupius und du.«

»Mit Vergnügen«, sagte Berta. »Ich muß nächstens doch wieder hinein, um zu probieren.«

Garlan lachte. »Ja, da kannst du mich mitnehmen, wenn du probierst.« Er ging näher neben ihr als notwendig. Es war seine Art, sich immer an sie heranzudrängen, und auch seine Späße war sie gewohnt; aber heute war ihr alles das besonders zuwider. Es ärgerte sie sehr, daß gerade dieser Mensch stets in einer so verdächtigenden Weise über Frau Rupius sprach.

»Setzen wir uns«, sagte Herr Garlan, »wenn es dir recht ist.« Sie ruhten beide auf einer Bank aus, Garlan nahm die Zeitung aus der Tasche.

»Ah«, sagte Berta unwillkürlich.

»Willst du sie haben?« fragte Garlan.

»Hat sie deine Frau schon gelesen?«

»Ach was«, sagte Garlan wegwerfend. »Willst du sie haben?«

»Wenn du sie entbehren kannst.«

»Für dich mit Vergnügen. Wir können sie ja auch zusammen lesen.« Er rückte näher an Berta heran und blätterte auf.

Herr und Frau Martin kamen Arm in Arm und blieben stehen. »Nun, schon wieder zurück von der großen Reise?« fragte Herr Martin.

»Ach ja, Sie waren in Wien«, sagte Frau Martin, indem sie sich an ihren Gatten schmiegte. »Und mit Frau Rupius?« fügte sie bei, als wenn das eine Verschärfung bedeutete.

Jetzt mußte Berta wieder von ihrer neuen Toilette berichten. Sie tat es schon ein bißchen mechanisch, aber sie fühlte doch, daß sie seit langer Zeit nicht so interessant gewesen war wie heute. Klingemann kam vorüber, grüßte mit spöttischer Höflichkeit und wandte sich nach Berta mit einem Blick um, in welchem sein Bedauern ausgedrückt schien, daß sie mit solchen Leuten verkehren müßten. Es war Berta, als hätte sie heute die Gabe, in den Blicken der Menschen zu lesen.

Es begann zu dunkeln. Man machte sich gemeinschaftlich auf den Rückweg. Berta wurde plötzlich besorgt, weil sie ihren Buben nicht getroffen hatte. Sie ging vorn mit Frau Martin. Diese lenkte das Gespräch auf Frau Rupius. Sie wollte durchaus herausbekommen, ob Berta nicht irgend etwas bemerkt hätte.

»Aber was denn, Frau Martin? Ich habe Frau Rupius zu ihrem Bruder begleitet und sie von dort wieder abgeholt.«

»Und sind Sie überzeugt, daß Frau Rupius die ganze Zeit bei ihrem Bruder war?«

»Ich weiß wirklich nicht, was man Frau Rupius zumutet! Wo sollte sie denn gewesen sein?«

»Nun«, sagte Frau Martin, »Sie sind wirklich naiv – oder stellen Sie sich nur so? Vergessen Sie denn ganz …« Und jetzt flüsterte sie Frau Berta eine Bemerkung zu, über die diese ganz rot wurde. Nie hatte sie von einer Frau einen solchen Ausdruck vernommen. Sie war entrüstet. »Frau Martin«, sagte sie, »auch ich bin noch keine alte Frau, und Sie sehen, daß man sehr gut so leben kann.«

Frau Martin wurde etwas verlegen. »Nun ja, nun ja«, sagte sie, »Sie müssen eben denken, daß ich ein bißchen verwöhnt bin.«

Berta fürchtete, daß ihr Frau Martin noch nähere Aufschlüsse geben könnte, und war sehr froh, daß man eben an die Straßenecke gekommen war, wo sie sich verabschieden durfte.

»Berta!« rief ihr ihr Schwager nach, »deine Zeitung!« Berta wandte sich rasch um und nahm das Blatt. Dann eilte sie nach Hause. Ihr Bub erwartete sie schon am Fenster. Sie ging rasch hinauf. Sie umarmte und küßte ihn, als hätte sie ihn wochenlang nicht gesehen. Sie fühlte, daß sie ganz in der Liebe zu ihrem Kind aufging, was sie zugleich mit Stolz erfüllte. Sie ließ sich von ihm erzählen, wie er den Nachmittag verbracht, wo er gewesen, mit wem er gespielt, teilte ihm sein Nachtmahl vor, entkleidete ihn, brachte ihn zu Bett und war zufrieden mit sich. Wie an einen Fieberanfall dachte sie an ihren Zustand vom heutigen Nachmittag, da sie in alten Briefen gewühlt, ihr Schicksal verflucht und sogar die Tabaktrafikantin beneidet hatte. Sie aß mit gutem Appetit und legte sich früh zu Bett. Bevor sie aber einschlief, wollte sie noch die Zeitung lesen; sie streckte sich aus, knüllte den weichen Polster zusammen, damit ihr Kopf höher läge, und brachte das Blatt der Kerze so nah als möglich. Sie durchflog wie gewöhnlich zuerst die Theater und Kunstnachrichten. Aber auch die »Kleinen Anzeigen« hatten seit dem Wiener Ausflug neues Interesse für sie bekommen, sowie der Lokalbericht. Schon begannen ihr die Lider zu sinken, als sie mit einemmal unter den Personalnachrichten den Namen Emil Lindbach entdeckte. Sie öffnete die Augen weit, setzte sich im Bett auf und las: »Der königlich bayrische Kammervirtuose Emil Lindbach, über dessen große Erfolge am spanischen Hofe wir kürzlich zu berichten in der Lage waren, ist von der Königin von Spanien durch Verleihung des Erlöserordens ausgezeichnet worden.«

Ein Lächeln ging über ihr Gesicht. Sie freute sich. Emil Lindbach hatte den Erlöserorden bekommen ... ja ... derselbe, dessen Briefe sie heute gelesen, ... derselbe, der sie geküßt, – derselbe, der ihr einmal geschrieben, er würde nie eine andere anbeten als sie ... ja, Emil – der einzige Mensch von allen auf der Erde, der sie eigentlich noch etwas anging – außer ihrem Buben natürlich. Es war ihr, als stände diese Notiz nur für sie in der Zeitung, ja als hätte Emil dieses Mittel gewählt, um sich mit ihr zu verständigen. Ob nicht doch er es war, den sie gestern von weitem, von rückwärts gesehen? Sie kam sich mit einemmale ihm so nah vor, sie lächelte noch immer und flüsterte vor sich hin: »Herr Emil Lindbach, königlich bayrischer Kammervirtuose ... ich gratuliere Ihnen ...« Ihre Lippen blieben halb offen. Eine Idee war ihr plötzlich gekommen. Sie stand rasch auf, nahm ihren Schlafrock um, ging mit dem Licht vom Nachtkästchen ins Nebenzimmer, setzte sich an den Tisch und schrieb folgende Zeilen mühelos, als stände irgendwer neben ihr, der ihr diktierte:

»Lieber Emil!

Eben lese ich in der Zeitung, daß Du von der Königin von Spanien durch die Verleihung des Erlöserordens ausgezeichnet wurdest. Ich weiß nicht, ob Du Dich noch meiner erinnerst« – sie lächelte, als sie diese Worte niederschrieb – »aber ich will doch diese Gelegenheit nicht vorübergehen lassen, ohne Dir zu Deinen vielen Erfolgen zu gratulieren, von denen ich mit Vergnügen so oft lese. Ich lebe in der kleinen Stadt, wo mich das Schicksal hin verschlagen hat, sehr zufrieden; es geht mir ganz gut. Du würdest durch ein paar Antwortzeilen sehr glücklich machen

Deine alte Freundin Berta.

PS. Viele Grüße auch von meinem kleinen Fritz (fünf Jahre).«

Sie war zu Ende. Einen Augenblick fragte sie sich, ob sie erwähnen sollte, daß sie Witwe wäre; aber das, wenn er es nicht wußte, ging ja mit Deutlichkeit aus ihrem Brief hervor. Sie überlas ihn noch einmal und nickte befriedigt. Sie schrieb die Adresse. »Herrn Emil Lindbach, kgl. bayr. Kammer-Virtuosen, Besitzer des Erlöser-Ordens …« Sollte sie das schreiben? Er hatte gewiß noch viele andere. »Wien …« Aber wo wohnte er denn jetzt? Doch das war gleichgültig bei einem so berühmten Namen. Und dann, diese Ungenauigkeit in der Adressierung zeigte auch, daß sie selbst der ganzen Sache nicht gar so viel Wert beilegte; kam der Brief an, nun, um so besser. Es war auch eine Art, das Schicksal zu versuchen … ja – wie sollte sie aber mit Bestimmtheit wissen, ob der Brief angekommen war? Die Antwort konnte doch auch ausbleiben, wenn … Nein, nein, gewiß nicht! Er wird ihr doch danken. – So, nun zu Bett. Sie hielt den Brief in der Hand. Nein, sie konnte sich jetzt nicht schlafen legen, sie war wieder ganz wach; und überdies, wenn sie den Brief erst morgen früh aufgäbe, so konnte er erst mit dem Mittagszug fort, und Emil erhielt ihn übermorgen. Das war endlos lang. Eben hat sie zu ihm gesprochen, und erst in sechsunddreißig Stunden soll er es hören …? Wenn sie jetzt noch zur Post … nein, auf den Bahnhof ginge? Dann könnte er den Brief morgen um zehn Uhr haben. Er schläft ja gewiß sehr lang, man wird ihm den Brief mit dem Frühstück ins Zimmer bringen, schon morgen früh … Ja, so muß es geschehen! Sie kleidete sich rasch wieder an. Sie eilte über die Treppe hinunter – es war noch nicht spät, – rasch durch die Hauptstraße zum Bahnhof, den Brief in den gelben Kasten, und wieder zurück. Als sie in ihrem Zimmer stand, neben dem aufgewühlten Bett, und sie die Zeitung auf dem Boden liegen, die Kerze flackern sah, schien es ihr, als kehrte sie von einem seltsamen Abenteuer zurück; sie blieb noch lange auf dem Bettrand sitzen, durchs Fenster in die helle Sternennacht schauend, und war ganz erfüllt von unbestimmten, freundlichen Erwartungen.

»Meine liebe Berta!

Ich kann dir gar nicht sagen, wie sehr ich mich über Deinen Brief gefreut habe. Denkst Du denn wirklich noch an mich? Wie komisch, daß gerade ein Orden der Anlaß für mich sein muß, wieder einmal was von Dir zu hören! Na, immerhin, so hat wenigstens auch ein Orden einmal einen Sinn gehabt. Also danke herzlich für die Gratulation. Im übrigen, kommst du nicht einmal nach Wien? Es ist doch nicht gar so weit. Ich möcht' mich riesig freuen, Dich wiederzusehen. Also komm' bald! Von Herzen Dein alter

Emil.«

Berta saß beim Frühstück, ihr Bub neben ihr, plaudernd, ohne daß sie auf ihn hörte, und dieser Brief lag vor ihr auf dem Tisch. Es war wie ein Wunder. Vorgestern nachts hatte sie den ihren auf die Post gegeben, und heute früh war dieser schon da. Emil hatte keinen Tag, nein keine Stunde vergehen lassen! Und so herzlich hatte er ihr geschrieben, als wären sie gestern von einander gegangen. Sie sah zum Fenster hinaus. Was für ein herrlicher Morgen! Draußen sangen die Vögel, und von den Hügeln kam der Duft des Frühsommers herangeweht. Berta las den Brief wieder und wieder. Dann nahm sie den Buben, hob ihn in die Höhe und küßte ihn ab. Sie war glücklich, wie seit lang nicht. Während sie sich ankleidete, überlegte sie. Heute war Donnerstag, Montag sollte sie wieder nach Wien, probieren; das wären vier lange Tage; gerade so lang wie von dem Tag an, da sie bei ihrem Schwager zu Mittag speiste, bis heute – und was da alles dazwischen lag! Nein, sie mußte Emil früher sehen. Sie konnte ja schon morgen hineinfahren und ein paar Tage in der Stadt bleiben. Was aber sollte sie hier den Leuten sagen? … Ah, sie wird schon eine Ausrede finden! – Das Wichtigere ist, in welcher Weise sie ihm antworten und wo sie ihn wiedersehen sollte ... Sie kann ihm nicht schreiben: Ich komme und bitte dich, mir zu sagen, wo ich dich sehen kann ... Am Ende antwortet er ihr: Komm zu mir ... nein, nein, nein! Das beste ist, sie stellt ihn einer Tatsache gegenüber. Sie wird ihm schreiben: Ich komme an dem und dem Tage nach Wien und bin da und dort zu finden ... Oh, wenn sie nur jemand hätte, mit dem sie über alles das reden könnte ... Sie dachte an Frau Rupius – sie hatte eine wahre Sehnsucht, ihr das mitzuteilen. Zugleich hatte sie die Empfindung, als käme sie dadurch dieser Frau näher und könnte ihre Achtung gewinnen. Sie fühlte, daß sie viel mehr geworden, seit dieser Brief an sie gelangt war. Jetzt merkte sie auch, daß sie sich sehr gefürchtet hatte; Emil konnte ja ein ganz anderer geworden sein, eingebildet, unnatürlich, verwöhnt – wie eben berühmte Männer manchmal sein sollen. Aber von all dem war ja keine Spur; es war die gleiche, starklinige, rasche Schrift, der gleiche warme Ton, wie in jenen Briefen von früher. Und was er seither auch erlebt haben mochte – nun, hatte sie nicht auch vieles erlebt, und war jetzt nicht alles wie ausgelöscht? – Vor dem Fortgehen las sie Emils Brief noch einmal. Er wurde immer lebendiger, sie hörte den Tonfall der Worte, und jenes abschließende »Komm bald« rief nach ihr, wie in zärtlicher Sehnsucht. Sie steckte den Brief in ihr Mieder und erinnerte sich, daß sie dasselbe als junges Mädchen öfters mit seinen kleinen Zetteln getan, und daß sie die leise Berührung mit einem angenehmen Schauer erfüllt hatte.

Sie ging zuerst zu Mahlmanns, wo sie die Zwillinge unterrichtete. Sehr häufig taten ihr die Fingerübungen, die sie da anhören mußte, geradezu weh, und sie schlug die Kleinen ärgerlich auf die Hände, wenn sie danebengriffen. Heute war sie ohne jede Strenge. Als Frau Mahlmann ins Zimmer trat, dick und freundlich wie immer, und sich erkundigte, ob Berta zufrieden sei, lobte Berta die Kleinen, und wie in einer plötzlichen Erleuchtung setzte sie hinzu: »Nun werd' ich ihnen ein paar Tage freigeben können.«

»Frei? Wieso denn, liebe Frau Garlan?«

»Ja, Frau Mahlmann, es wird mir nichts anderes übrigbleiben. Denken Sie, wie ich neulich in Wien war, hat mich meine Cousine so dringend aufgefordert, doch einmal ein paar Tage bei ihr zu wohnen.«

»Freilich, freilich«, sagte Frau Mahlmann.

Berta wurde immer mutiger und log weiter mit einer Art von Vergnügen über ihre eigene Frechheit. »Ich wollte es mir eigentlich auf den Juni lassen. Aber da kommt heute ein Brief von ihr, ihr Mann verreist, sie ist so allein und gerade jetzt« – sie fühlte den Brief knistern, hatte eine unbeschreibliche Lust, ihn hervorzuziehen, unterließ es aber doch – »und ich denke, daß ich vielleicht die Gelegenheit benütze …«

»No freilich«, sagte Frau Mahlmann und faßte Berta bei beiden Händen, »wenn ich eine Cousine in Wien hätt', ich möcht' alle vierzehn Tag' acht Tag' bei ihr wohnen.«

Berta strahlte. Ihr war, als räumte eine unsichtbare Hand die Hindernisse aus dem Weg; alles ging so leicht. Nun ja, wem war sie schließlich Rechenschaft schuldig? Plötzlich aber durchzuckte sie die Befürchtung, ob ihr Schwager wirklich auch nach Wien wollte. Alles verwirrte sich wieder, Gefahren tauchten auf, und selbst unter dem gutmütigen Lächeln der Frau Mahlmann lauerte der Verdacht … Ah, sie mußte unbedingt Frau Rupius ins Vertrauen ziehen! Gleich nach der Lektion nahm sie den Weg zu ihr.

Erst als sie Frau Rupius in einer weißen Morgentoilette auf dem Sofa sitzen fand und den erstaunten Blick bemerkte, der sie empfing, fiel Berta das Sonderbare ihres frühen Besuches auf, und sie sagte mit erkünstelter Heiterkeit: »Guten Morgen! Früh komm' ich heut, nicht wahr?«

Frau Rupius blieb ernst, sie hatte nicht das Lächeln wie sonst. »Ich freue mich sehr, Sie zu sehen. Die Stunde gilt mir gleich.« Dann sah sie sie fragend an, und Berta wußte nicht, was sie sagen sollte; dabei ärgerte sie sich über die kindische Befangenheit, die sie dieser Frau gegenüber nicht los werden konnte. »Ich wollte Sie fragen«, sagte sie endlich, »wie Ihnen unser Ausflug bekommen ist.«

»Ganz gut«, sagte Frau Rupius etwas hart. Aber mit einmal veränderten sich ihre Züge, und sie setzte mit übergroßer Freundlichkeit hinzu: »Eigentlich wär' es an mir gewesen, Sie zu fragen. Ich bin ja diese Ausflüge gewohnt.« Sie schaute durchs Fenster, während sie das sagte, und Berta folgte unwillkürlich ihren Blicken, die auf die andere Seite des Marktplatzes wanderten, zu einem offenen Fenster mit Blumenstöcken. Es war ganz still, die Ruhe eines Sommertags über einer schlafenden Stadt. Berta hätte sich am liebsten neben Frau Rupius gesetzt, sich von ihr auf die Stirne küssen und segnen lassen; aber zugleich hatte sie Mitleid mit ihr. Alles das war ihr selbst rätselhaft. Wozu war sie nun eigentlich hierher gekommen? Was sollte sie ihr denn sagen? »Ich werde morgen nach Wien fahren, meinen Jugendgeliebten wiedersehen« … Was ging das alles Frau Rupius an? Interessierte sie es denn auch nur im mindesten? Sie saß da, wie von irgend etwas Undurchdringlichem umgeben, man konnte nicht zu ihr. – *Sie* konnte nicht zu ihr, das war es. Gewiß gab es ein Wort, mit dem man sich den Zugang zu ihr eröffnen konnte, nur daß Berta es nicht kannte.

»Was macht denn Ihr Kleiner?« fragte Frau Rupius, ohne den Blick von den Blumenstöcken zu wenden.

»Es geht ihm gut wie immer; er ist sehr brav. Es ist ein unendlich gutes Kind.« Sie legte eine absichtliche Zärtlichkeit in dieses Wort, als wäre Frau Rupius vielleicht dadurch zu gewinnen.

»Ja, ja«, sagte diese, und im Ton lag etwa: es ist schon gut, darum hab' ich Sie nicht gefragt. Dann setzte sie hinzu: »Haben Sie ein verläßliches Kindermädchen?« Berta war einigermaßen erstaunt über diese Frage und erwiderte: »Mein Mädchen hat ja noch vielerlei anderes zu tun, aber ich kann mich nicht über sie beklagen; sie kocht auch sehr gut.«

Nach einem kurzen Schweigen sagte Frau Rupius ganz trocken: »So einen Buben zu haben, das muß ein großes Glück sein.«

»Es ist ja mein einziges«, sagte Berta überlaut. Es war eine Antwort, die sie schon oft gegeben, aber heute wußte sie, daß sie nicht ganz aufrichtig war. Sie fühlte das Blatt Papier ihre Haut berühren, und beinah erschreckt sah sie ein, daß sie es auch als Glück empfand, diesen Brief erhalten zu haben. Zugleich fiel ihr ein, daß die Frau, die ihr gegenübersaß, kein Kind und auch nicht die Aussicht hatte, eines zu bekommen, und so hätte Berta gern wieder zurückgenommen, was sie gesagt. Ja, sie war nah daran, nach einem Wort der Einschränkung zu suchen, aber als könnte Frau Rupius in ihre Seele schauen und keine Lüge dürfte vor ihr bestehen, sagte sie gleich: »Ihr einziges Glück? Sagen Sie: ein großes, das ist auch nicht wenig. Ich beneide Sie manchmal darum, obzwar ich eigentlich glaube, daß schon das Leben an und für sich Ihnen Freude macht.«

»Ich lebe ja so einsam, so …«

Anna lächelte. »Nun ja, ich habe es nicht so gemeint; ich meine: daß die Sonne scheint, daß wir jetzt so schönes Wetter haben, das macht Sie auch froh.«

»O ja, sehr!« erwiderte Berta mit Beflissenheit. »Ich bin in meiner Laune überhaupt von der Witterung abhängig. Wie das Gewitter vor ein paar Tagen war, da bin ich vollkommen niedergedrückt gewesen, und dann, als es vorbei war –«

Frau Rupius unterbrach sie. »Das ist ja bei jedem Menschen so.«

Berta wurde kleinlaut; sie fühlte es: für diese Frau war sie nicht klug genug, sie konnte immer nur so hin und her reden wie die anderen Frauen in der kleinen Stadt. Es war ihr, als hätte Frau Rupius jetzt eine Prüfung mit ihr veranstaltet, die sie nicht bestanden hatte, und mit einemmal bekam sie eine große Angst vor dem Wiedersehen mit Emil. Wie würde sie sich dem gegenüber anstellen? Wie war sie in diesem sechsjährigen engen Leben verschüchtert und hilflos geworden!

Frau Rupius stand auf. Der weiße Morgenrock wallte um sie, sie sah größer und schöner aus als sonst, und Berta mußte an eine Schauspielerin denken, die sie vor sehr langer Zeit auf der Bühne gesehen und die ganz ähnlich ausgeschaut hatte. Sie dachte: Wär' ich doch wie sie, dann wäre mir nicht bang! und zugleich fiel ihr ein, daß diese wunderschöne Frau mit einem kranken Mann verheiratet war. – Ob die Leute nicht doch recht hatten? Aber von hier aus konnte sie wieder nicht weiter; auf welche Weise die Leute recht haben sollten, konnte sie sich nicht vorstellen. Und in diesem Augenblick kam eine Ahnung über sie von der Schwere des Schicksals, das über diese Frau verhängt war, ob sie es nun trüge oder sich dagegen wehrte. Doch als hätte Anna wieder in den Gedanken Bertas gelesen und duldete nicht, daß sie in dieser Weise sich in ihr Vertrauen einschliche, löste sich plötzlich der unheimliche Ernst ihres Gesichts, und sie sagte harmlos: »Denken Sie, daß mein Mann jetzt noch schläft. Er hat die Gewohnheit angenommen, bis tief

in die Nacht hinein wach zu bleiben, zu lesen und Stiche anzuschauen, und dann schläft er bis zum hellen Mittag. Im übrigen,
das ist ganz Gewohnheitssache; als ich noch in Wien lebte, war
ich eine unglaubliche Langschläferin.« Und nun begann sie von
ihren Mädchenjahren zu plaudern, heiter und mit einer Zutrau-
lichkeit, wie sie Berta nie früher an ihr bemerkt. Sie erzählte von
ihrem Vater, der Offizier im Generalstab gewesen, von ihrer
Mutter, die als ganz junge Frau gestorben war, von dem kleinen
Haus mit Garten, in dem sie als Kind gespielt hatte. Jetzt erst
erfuhr Berta, daß Frau Rupius ihren Mann schon als Knaben
kennengelernt, daß er mit den Seinen im angrenzenden Haus
gewohnt und daß sie sich schon als Kinder verlobt hatten. Es
war für Berta, als wenn die ganze Jugend dieser Frau wie son-
nenbestrahlt auftauchte, eine Jugend voll Glück und voll Hoffnung, und es schien ihr, als hätte auch die Stimme der Frau
Rupius einen frischeren Klang, da sie nun von den Reisen
erzählte, die sie in früherer Zeit mit ihrem Manne unternommen. Berta ließ sie nur immer weiterreden und scheute sich, sie
anzurufen, als wäre sie eine Mondsüchtige, die über Dachfirste
wandelt. Aber während Frau Rupius von einer vergangenen Zeit
sprach, als deren besondere Schönheit immer die Seligkeit des
Geliebtwerdens durchschimmerte, begann es in Bertas Seele
mitzubeben, von der Hoffnung eigenen Glücks, das sie noch
nicht erlebt. Und während Frau Rupius von Fußwanderungen
erzählte, – durch die Schweiz und Tirol – die sie einmal mit
ihrem Gatten unternommen, sah Berta sich selbst an der Seite
Emils auf gleichen Wegen wandeln, und eine so ungeheure
Sehnsucht erfüllte sie, daß sie am liebsten gleich aufgestanden,
nach Wien gefahren wäre, ihn suchen, in seine Arme stürzen,
endlich einmal die Wonnen erleben, die ihr bisher versagt
geblieben waren.

Ihre Gedanken irrten so weit, daß sie nicht bemerkte, wie
Frau Rupius längst wieder schwieg, auf dem Sofa saß und mit
starren Augen zu den Blumenstöcken des Hauses gegenüber
sah. Die große Stille weckte Berta auf; das ganze Zimmer schien
ihr wie erfüllt von etwas Geheimnisvollem, in dem Vergangenes
und Zukünftiges sonderbar ineinander spielten. Sie fühlte einen
unbegreiflichen Zusammenhang zwischen sich und dieser Frau.
Sie stand auf, reichte ihr die Hand, und, als wäre es ganz selbst-

verständlich, küßten sich die beiden Frauen zum Abschied, wie alte Freundinnen. Bei der Türe sagte Berta: »Ich fahre morgen wieder nach Wien auf einige Tage.« Sie lächelte dabei wie eine Braut.

Von Frau Rupius ging sie zu ihrer Schwägerin. Ihr Neffe saß schon am Klavier und phantasierte sehr wild auf den Tasten; er tat, als bemerkte er ihr Eintreten nicht, und ging in Fingerübungen über, die er mit gemacht steifer Gelenkhaltung spielte.

»Wir werden heute vierhändig spielen«, sagte Berta und suchte den Band mit den Schubertschen Märschen hervor. Sie hörte sich selbst gar nicht zu und merkte kaum, wie ihr Neffe beim Pedalgreifen ihren Fuß berührte. Indes kam Elly herein und küßte die Tante. »Ja, richtig«, sagte der Neffe, »das hab' ich ganz vergessen.« Und, immer weiterspielend, näherte er seinen Mund der Wange Bertas.

Die Schwägerin trat ein, mit dem Schlüsselbund klappernd und tiefe Schwermut in dem blassen, verschwommenen Gesicht. »Ich habe die Brigitte entlassen«, sagte sie tonlos. »Es war nicht mehr auszuhalten.«

»Soll ich dir ein Mädchen aus Wien versorgen?« sagte Berta mit einer Leichtigkeit, über die sie selbst staunte. Und nun erzählte sie die Lüge von der Einladung der Cousine ein zweites Mal, mit noch größerer Sicherheit und bereits ein wenig ausgeschmückt. Die innere Freude, die sie selbst während ihrer Erzählung verspürte, steigerte zugleich ihren Mut. Selbst die Möglichkeit, daß ihr Schwager sich ihr anschließen könnte, schreckte sie nicht mehr. Auch fühlte sie, daß sie durch die Art, in der er sich ihr zu nähern pflegte, im Vorteil ihm gegenüber war.

»Wie lang denkst du denn in der Stadt zu bleiben?« fragte die Schwägerin.

»Zwei, drei Tage, länger gewiß nicht. Und weißt du, Montag hätt' ich jedenfalls hinein müssen – zur Schneiderin.«

Richard klimperte auf dem Piano, aber Elly stand, mit beiden Armen auf das Klavier gestützt, und sah ihre Tante mit beinahe angstvollen Blicken an. Berta rief unwillkürlich aus: »Was hast du denn?«

Elly fragte: »Warum denn?«

Berta sagte: »Du siehst mich so komisch an, als wenn du – ja, als wenn's dir nicht recht wäre, daß du zwei Tage keine Klavierstunde hast.«

»Nein«, erwiderte Elly und lächelte, »das ist es nicht. Aber ... nein, ich kann's nicht sagen.«

»Was denn?« fragte Berta.

»Nein, bitte, ich kann's wirklich nicht sagen.« Sie umhalste die Tante wie flehend.

»Elly«, sagte die Mutter, »ich dulde nicht, daß du Geheimnisse hast.« Sie setzte sich nieder, als wenn sie aufs tiefste gekränkt und sehr ermüdet wäre.

»Nun, Elly«, sagte Berta, von einer unbestimmten Angst erfüllt, »wenn ich dich schon bitte ...«

»Aber du darfst mich nicht auslachen, Tante.«

»Gewiß nicht.«

»Siehst du, Tante, schon das letztemal, wie du fort warst, hab' ich mich so gefürchtet, – ich weiß ja, es ist dumm ... wegen ... wegen der vielen Wagen in den Straßen ...«

Berta atmete wie erleichtert auf und streichelte die Wangen Ellys. »Ich werde schon achtgeben, du kannst ganz ruhig sein.«

Die Mutter schüttelte den Kopf. »Ich fürchte«, sagte sie, »Elly wird sehr überspannt.«

Bevor Berta sich entfernte, wurde noch verabredet, daß sie zum Abendessen kommen sollte und daß sie ihren Kleinen während der Dauer ihrer Abwesenheit zu den Verwandten ins Haus geben sollte.

Nach Tisch setzte sich Berta an den Schreibtisch, las den Brief Emils noch einigemal und entwarf ihre Antwort.

»Mein lieber Emil!

Es ist sehr liebenswürdig von Dir, mir so bald zu antworten. Ich war ganz glücklich« – sie strich »ganz glücklich« wieder aus und setzte dafür »sehr erfreut, als ich Deine lieben Zeilen erhielt. Wie vieles hat sich verwundert, seit wir uns nicht gesehen haben! Du bist seitdem ein berühmter Virtuose geworden, was für mich niemals einem Zweifel unterlag.« – Sie hielt inne und strich den ganzen Satz wieder aus. »Auch ich teile Deinen Wunsch, mich bald wiederzusehen« ... nein, das war ja ein Unsinn! Also: »Auch mir wäre es riesig angenehm, wenn ich Dich wieder einmal sprechen könnte.« – Jetzt fiel ihr etwas Vortreffliches ein, und sie schrieb mit vielem Vergnügen: »Es ist eigentlich sonderbar, daß wir uns so lange nicht begegnet sind, da ich gar nicht selten nach Wien komme, so zum Beispiel Ende dieser Woche.« ... Jetzt ließ sie die Feder sinken und dachte nach. Sie war entschlossen, morgen Nachmittag nach Wien zu fahren, in einem Hotel abzusteigen und dort zu schlafen, um am nächsten Tag ganz frisch zu sein und schon ein paar Stunden Wiener Luft geatmet zu haben, ehe sie mit ihm zusammentraf. Nun galt es noch, den Ort festzustellen. Der war leicht gefunden. »Deinem freundlichen Wunsche gemäß teile ich Dir mit, daß ich Samstag vormittag um elf Uhr« ... nein, das war nicht das rechte! Es war so geschäftsmäßig und doch wieder zu bereitwillig. Sie schrieb: »Willst Du Deine alte Freundin schon bei dieser Gelegenheit wiedersehen, so bemühe Dich am Samstag Vormittag elf Uhr ins kunsthistorische Museum zu den Niederländern.« Sie kam sich ziemlich großartig vor, als sie das niederschrieb, und alles Verdächtige schien damit weggewischt. Sie überlas ihr Konzept. Es erschien ihr etwas trocken, aber schließlich enthielt es das Notwendigste, und sie hatte sich nichts vergeben; alles andere würde sich im Museum finden, bei den Niederländern. Sie schrieb den Entwurf ins Reine, unterzeichnete, kuvertierte und eilte auf die sonnige Straße hinunter, um den Brief in den nächsten Kasten zu werfen. Wieder zu Hause, warf sie ihr Kleid ab, nahm einen Schlafrock um, setzte sich auf den Diwan und blätterte in einem Roman von Gerstäcker, den sie schon zehnmal gelesen. Aber sie vermochte kein Wort zu fassen. Anfangs versuchte sie, die Gedanken, die sie bedrängten, von sich abzuweisen, aber es half nichts. Sie schämte sich vor sich selbst, aber immer wieder träumte sie sich in Emils Armen. Warum denn nur? Daran hatte sie doch noch gar nicht gedacht! Nein ... daran wird sie auch nie denken ... sie ist keine solche Frau ... Nein, sie kann nicht die Geliebte von jemandem werden – und nun gar diesmal ... Ja, vielleicht, wenn sie noch einmal nach Wien kommt und wieder und wieder ... nun ja, viel später – vielleicht. Und im übrigen: er wird es ja auch gar nicht wagen, davon zu reden, es nur anzudeuten ... Aber es half nichts, sie konnte nichts anderes mehr denken. Immer zudringlicher kamen ihre Träume, und endlich gab sie den Kampf auf, lehnte träg in der Ecke des Diwans, ließ das heruntergeglittene Buch auf dem Boden liegen und schloß die Augen.

Als sie sich nach einer Stunde wieder erhob, schien ihr eine ganze Nacht vergangen zu sein, insbesondere der Besuch bei Frau Rupius lag weit zurück. Wieder wunderte sie sich über diese Regellosigkeit der Stunden; wahrhaftig, sie waren länger und kürzer, wie es ihnen beliebte. Sie kleidete sich an, um mit Fritz spazieren zu gehen. Sie war in der müd gleichgültigen Stimmung, wie sie nach ungewohntem Nachmittagsschlaf zu kommen pflegt, in der man kaum die Fähigkeit hat, sich ganz auf sich selbst zu besinnen, in der einem das Gewöhnliche seltsam, aber wie auf jemand anderen bezogen, vorkommt. Sie empfand es zum erstenmal als sonderbar, daß der Bub, den sie jetzt in sein Gewand steckte, ihr eigenes Kind war, das sie von einem empfangen, der längst begraben war, und das sie unter Schmerzen geboren. Irgend etwas in ihr sagte ihr, daß sie heut wieder einmal auf den Friedhof gehen müßte. Sie hatte aber nicht die Empfindung, als hätte sie ein Unrecht gutzumachen, sondern als müßte sie jemanden, dem sie sich ohne triftigen Grund entfremdet, höflicherweise wieder einmal besuchen. Sie wählte den Weg durch die Kastanienallee. Hier drückte die Hitze heute besonders schwer. Erst als sie in die Sonne trat, wehte ein leichter Hauch, und vom Friedhof her schien das Laub der Bäume durch leichtes Neigen sie zu begrüßen. Als sie mit dem Buben durch die Friedhoftür eintrat, kam es ihr kühl, ja erfrischend entgegen. In einer milden, beinah süßen Müdigkeit spazierte sie durch die große Mittelallee, ließ den Buben voranlaufen und kümmerte sich nicht, wie er hinter einem Grabstein ihrem Blick auf Sekunden entschwand, was sie sonst nie leiden mochte. Vor dem Grabe ihres Mannes blieb sie stehen, schaute aber nicht auf das Blumenbeet herunter, wie es sonst ihre Art war, sondern an dem Marmor vorbei, weg über die Mauer, in den blauen Himmel. Sie fühlte keine Träne im Auge, keine Rührung, kein Grauen; sie dachte eigentlich nicht daran, daß sie über Tote hingeschritten war, und daß hier unter ihr einer in Staub zerfiel, der sie einmal in den Armen gehalten hatte.

Plötzlich hörte sie Schritte hinter sich auf dem Kies, eilige, wie sie sie sonst an diesem Ort nicht zu hören gewohnt war, – beinah verletzt wandte sie sich um. Klingemann stand vor ihr, hielt seinen Strohhut, der durch ein Band an einem Rockknopf befestigt war, grüßend in der Hand und neigte sich tief vor Berta.

»Nein, was für ein sonderbarer Zufall«, sagte diese.

»Das eben nicht, gnädige Frau; ich sah Sie von der Straße aus, an Ihrer Art zu gehen hab' ich Sie erkannt.« Er sprach sehr laut, und Berta sagte fast unwillkürlich: »Sst!« Auf Klingemanns Antlitz erschien sofort ein höhnisches Lächeln, und er sagte zwischen den Zähnen: »Er wacht nicht auf.« Berta war über diese Bemerkung so entrüstet, daß sie gar nicht nach einer Antwort suchte, sondern sich wegwandte, nach Fritz rief und sich entfernen wollte. Aber Klingemann faßte ihre Hand und flüsterte, indem er zu Boden sah: »Bleiben Sie.« Berta machte die Augen weit auf; sie begriff das nicht. Plötzlich blickte Klingemann wieder vom Boden auf und bohrte seine Augen in die Bertas. Dann sagte er: »Ich liebe Sie nämlich!« Berta stieß einen leisen Schrei aus. Klingemann ließ ihre Hand los und setzte in ganz leichtem Gesprächston hinzu: »Das kommt Ihnen wohl etwas verwunderlich vor?«

»Es ist unerhört, es ist unerhört!« Sie wollte wieder gehen und rief: »Fritz!«

Klingemann sprach, jetzt in bittendem Tone: »Bleiben Sie! Wenn Sie mich jetzt allein lassen, Berta …«

Berta hatte ihre Besinnung wiedergefunden. Sie sagte heftig: »Nennen Sie mich nicht Berta! Wer hat Ihnen dazu das Recht gegeben? Ich habe keine Lust, weiter mit Ihnen zu reden … Und gar hier«, setzte sie hinzu mit einem Blick nach unten, der den Toten gleichsam um Entschuldigung bat. Indes war Fritz auch herzugekommen. Klingemann schien sehr enttäuscht. »Gnädige Frau«, sagte er und folgte Berta, die, den Kleinen an der Hand führend, sich langsam entfernte, »ich fühle mein Unrecht, ich hätte anders anfangen und erst am Schlusse einer wohlgesetzten Rede das sagen sollen, wodurch ich Sie nun erschreckt zu haben scheine.«

Berta sah ihn nicht an, sondern sagte, als wenn sie zu sich selbst spräche: »Ich hätte es nicht für möglich gehalten; ich dachte, ein gebildeter Mensch …« Sie waren an der Friedhofstür. Klingemann sah noch einmal zurück, und in seinem Blick lag das Bedauern, daß er seine Szene am Grabe nicht hatte zu Ende spielen können; aber, immer an der Seite Bertas, den Hut in der Hand und das Band, an dem er befestigt war, um den Finger drehend, sprach er weiter: »Ich kann nun nichts anderes tun, als wiederholen, daß ich Sie liebe, daß Sie mich in meinen Träumen verfolgen – mit einem Wort: Sie müssen mein werden.« Wieder blieb Berta wie entsetzt stehen.

»Sie werden diese Bemerkung vielleicht frech finden, aber nehmen wir die Dinge, wie sie sind: Sie ...« er machte eine lange Pause – »sind allein, ich nicht minder »

Berta starrte Klingemann ins Gesicht.

»Ich weiß, woran Sie denken«, sagte Klingemann. »Alles das hat nichts zu bedeuten, alles das ist im Augenblick aus, wo Sie es befehlen. Eine dunkle Ahnung sagt mir, daß wir zwei sehr gut füreinander passen, ja wenn mich nicht alles trügt, dürfte das Blut in Ihren Adern, gnädige Frau, nicht weniger heiß fließen, als ...« Der Blick, der ihn jetzt aus Bertas Auge traf, war so erfüllt von Zorn und Ekel, daß Klingemann den Satz nicht vollenden konnte. Er begann daher einen andern. »Ach, was ist das eigentlich für ein Leben, das ich jetzt führe! Es ist eben schon sehr lange Zeit verflossen, seit ich von einer edlen Frau, wie Sie es sind, geliebt worden. Ich verstehe ja Ihr Zögern oder vielmehr Ihre Ablehnung. Zum Teufel noch einmal, es gehört schon ein bißchen Courage dazu, sich mit einem so verlotterten Kerl, wie ich einer bin ... Obzwar es vielleicht nicht einmal so arg ist – Ah, wenn ich eine menschliche Seele, eine gütige, weibliche Seele« – er betonte »Seele« – »fände ... Ja, gnädige Frau, mir war es so wenig an der Wiege gesungen als Ihnen, daß ich in einem solchen Nest verkümmern und versauern werde. Sie dürfen's mir nicht übelnehmen, wenn ich ... wenn ich – « Die Worte begannen ihm zu versagen, seit er nahezu die Wahrheit sprach. Berta sah ihn an. Er kam ihr jetzt ein bißchen lächerlich, beinah bedauernswert und recht alt vor, und sie wunderte sich, daß dieser Mann noch den Mut hatte, nicht etwa um sie anzuhalten – nein, sogar einfach um ihre Gunst zu werben.

Und doch, zu ihrem eigenen Staunen und zu ihrer Beschämung, überströmte es sie, auch aus diesen ungebührlichen Worten eines Menschen, der ihn lächerlich erschien, wie mit einer Welle von Verlangen; denn wie diese Worte schon verklungen waren, hörte sie sie im Geiste wieder – aber wie aus dem Mund eines anderen, der in Wien ihrer harrte; – und sie empfand, daß sie diesem nicht widerstehen könnte. Klingemann redete noch immer weiter, er sprach davon, daß sein Dasein ein verfehltes, aber der Rettung würdiges wäre; die Frauen hätten ihn auf dem Gewissen, und eine Frau müßte ihn wieder emporziehen. Schon als Student war er mit einer durchgegangen, und damit fing das Elend an. Er redete von seinen ungebändigten Sinnen, und Berta mußte lächeln; dabei schämte sie sich der Sachverständigkeit, die ihr selbst in diesem Lächeln zu liegen schien. Beim Haustor sagte Klingemann: »Ich werde heute Abend vor Ihrem Fenster auf und ab gehen. Werden Sie Klavier spielen?«

»Ich weiß nicht.«

»Ich werd' es als Zeichen nehmen.« Damit ging er.

Am Abend saß sie wie so oft am Tisch von Schwager und Schwägerin, zwischen Richard und Elly. Man sprach von ihrer bevorstehenden Reise nach Wien, als handelte es sich tatsächlich um nichts anderes als um den Besuch bei der Cousine, um das Probieren bei der Schneiderin und um einige Besorgungen, welche sie für den Haushalt der Schwägerin zu übernehmen versprochen. Gegen Ende des Nachtmahls, während der Schwager seine Pfeife rauchte, Richard ihm aus der Zeitung vorlas, die Mutter strickte und Elly, ganz nah neben Berta gerückt, ihren Kinderkopf an ihre Brust lehnte, erschien sich Berta wie eine abgefeimte Lügnerin. Hier saß sie, die Witwe eines braven Mannes, im Familienkreise, der sich ihrer so treu angenommen, an der Seite eines jungen Mädchens, das wie zu einer älteren Freundin zu ihr aufblickte, sie, bisher selbst eine brave Frau, die ihr Leben anständig und in Arbeit hingebracht, nur für ihren kleinen Sohn gelebt hatte, – und war sie jetzt nicht im Begriff, alles das hinzuwerfen, diese trefflichen Leute zu belügen und sich in ein Abenteuer zu stürzen, dessen Ende sie nicht absehen konnte? Denn was war in den letzten Tagen aus ihr geworden, von welchen Träumen war sie verfolgt, wie schien ihr ganzes Dasein nur mehr dem einen Augenblick entgegenzustreben, da sie wieder in den Armen eines Mannes liegen durfte? Wenn sie nur daran dachte, überlief sie der unsagbare Schauer, unter dem sie sich willenlos, wie einer fremden Macht verfallen, vorkam. Und während die Worte, die Richard las, eintönig an ihr Ohr schlugen und ihre Finger mit den Locken Ellys spielten, lehnte sie sich ein letztes Mal auf, schwor sich zu, daß sie standhaft sein, daß sie nichts anderes wollte, als Emil wiedersehen, und daß sie, wie alle braven Frauen, die sie kannte, wie ihre längst verstorbene Mutter, wie ihre Cousine in Wien, wie Frau Mahlmann, wie Frau Martin, wie ihre Schwägerin und wie … ja, wie gewiß auch Frau Rupius nur dem angehören wollte, der sie zu seiner Gattin machte. Wie sie aber daran dachte, durchfuhr es sie wie ein Blitz: wenn er selbst … wenn Emil … Aber sie hatte Angst vor diesem Gedanken, sie wies ihn von sich. Nicht mit so kühnen Träumen durfte sie zu diesem Rendezvous fahren. Er, der große Künstler, und sie, eine arme Witwe mit einem Kind … Nein, nein! – Sie wird ihn noch einmal wiedersehen … ja, im Museum, bei den Niederländern … einmal und zugleich das letztemal, und sie wird es ihm auch sagen, daß sie nichts anderes wollte, als ihn noch einmal sehen. Mit einer lächelnden Genugtuung stellt sie sich sein etwas enttäuschtes Gesicht vor, und sie legt, wie zur Vorübung, ihr Gesicht in ernste Falten und weiß schon die Worte, die sie ihm sagen wird: O nein, Emil, wenn du das glaubst … Aber sie darf diese Worte nicht in allzu hartem Tone sagen, damit er nicht wie damals … vor zwölf Jahren! … schon nach dem ersten Versuch einhält; er soll sie ein zweites, er soll sie ein drittes Mal – ach Gott, er soll sie eben so lange bitten, bis sie nachgibt … Denn sie fühlt es, hier, inmitten aller dieser guten, anständigen, tugendhaften Leute, zu denen sie dann freilich nicht mehr zählen wird, – sie wird nachgeben, sobald er es verlangt. Sie fährt nur nach Wien, um seine Geliebte zu werden und nachher, wenn's sein muß, zu sterben.

Am anderen Nachmittag reiste Berta ab. Es war sehr heiß, die Sonne brannte auf die ledernen Sitze, Berta hatte das Fenster geöffnet und den gelben Vorhang vorgezogen, der aber immer im Luftzug hin- und herflatterte. Sie war allein. Aber sie dachte kaum an den Ort, an den sie fuhr, an den Menschen, den sie wiedersehen wollte, an das, was ihr bevorstehen mochte, – sondern nur an die seltsamen Worte, die sie eben, eine Stunde vor ihrer Abreise vernommen. Sie hätte sie gern vergessen, wenigstens für die nächsten Tage. Warum hatte sie nur diese paar Stunden zwischen Mittagessen und Abfahrt nicht zu Hause bleiben können? Welche Unruhe trieb sie, an dem glühend heißen Nachmittag aus ihrem Zimmer auf die Straße, auf den Markt, und hieß sie an der Wohnung Rupius' vorbeigehen? Da saß er auf dem Balkon, die Augen auf das strahlend weiße Pflaster gerichtet, und über die Knie, wie immer, den grauen Plaid gebreitet, dessen Enden zwischen den Gitterstäben des Balkons herabhingen; vor ihm das kleine Tischchen mit der Flasche Wasser und dem Glas. Als er Berta gewahrte, richteten seine Augen sich auf sie, als bäte er sie um etwas, und sie merkte, wie er sie durch eine leichte Kopfbewegung zu sich rief. Warum folgte sie ihm? Warum nahm sie es nicht einfach als Gruß, dankte und ging ihres Wegs? Wie sie aber, seinem Wink gehorchend, dem Haustor sich zuwandte, sah sie, wie ein Lächeln des Danks über seine Lippen glitt, und das gleiche fand sie noch auf seinem Antlitz, als sie durch das kühle, dunkel gehaltene Zimmer zu ihm auf den Balkon trat, seine entgegengestreckte Hand nahm und sich an die andere Seite des Tischchens ihm gegenüber setzte.

»Wie geht's Ihnen?« fragte sie.

Er erwiderte anfangs nichts, dann merkte sie an Bewegungen in seinem Gesicht, daß er reden wollte, aber es war, als könnte er kein Wort herausbringen; endlich stieß er hervor, die ersten Worte überlaut: »Sie will mich ...« dann, als sei er selbst von dem beinahe schreienden Ton erschrocken, ganz leise: »verlassen. Meine Frau will mich verlassen.«

Berta sah unwillkürlich um sich.

Rupius hob die Hände wie beruhigend. »Sie hört uns nicht. Sie ist in ihrem Zimmer; sie schläft.«

Berta wurde verlegen, sie stammelte: »Woher wissen Sie ...? Das ist ja nicht möglich!«

»Fortreisen will sie – fortreisen, auf einige Zeit, wie sie sagt ... auf einige Zeit ... verstehen Sie mich?«

»Nun ja, wahrscheinlich zu ihrem Bruder.«

»Auf immer will sie fort ... auf immer! Natürlich wird sie mir nicht sagen: Leb' wohl, du wirst mich nie wiedersehen! Daher sagt sie: Ich möcht ein wenig reisen, ich brauche Erholung, ich will auf einige Wochen an einen See, möchte schwimmen, brauche Luftveränderung! Sie sagt mir natürlich nicht: Ich ertrag' es nicht länger, ich bin jung und blühend und gesund, und du bist lahm und wirst bald sterben, und mich graut vor deiner Krankheit und vor dem Ekelhaften, das noch kommen wird, eh es zu Ende ist. Darum sagt sie mir: Ich will nur auf einige Wochen fort, dann komm' ich wieder zurück, dann bleib' ich bei dir.«

Bertas schmerzliche Bewegtheit ging in ihrer Verlegenheit auf; sie konnte nichts erwidern als: »Sie irren sich bestimmt.«

Rupius zog den Plaid, der herabgleiten wollte, hastig über die Knie; ihn schien zu frösteln. Während er weitersprach, zog er den Plaid immer höher hinauf und hielt ihn endlich mit beiden Händen vor die Brust gepreßt. »Ich hab' es kommen sehen, jahrelang hab' ich diesen Moment kommen sehen. Und denken Sie, was das für eine Existenz ist: einem solchen Moment entgegensehen und wehrlos sein und schweigen müssen! Warum sehen Sie mich so an?«

»O nein«, sagte Berta und blickte auf den Marktplatz hinab.

»Nun, ich bitte Sie um Entschuldigung, daß ich davon spreche. Ich hatte nicht die Absicht; aber als ich Sie vorbeigehen sah – nun, ich dank' Ihnen sehr, daß Sie mich anhören.«

»Aber bitte«, sagte Berta und streckte ihm unwillkürlich die Hand entgegen. Da er sie nicht bemerkte, ließ sie sie auf dem Tisch liegen.

»Nun ist es vorbei«, sagte Rupius. »Jetzt kommt die Einsamkeit und alles Furchtbare.«

»Aber hat Ihre Frau ... sie liebt Sie doch! ... Ich bin ganz überzeugt, Sie machen sich unnötige Sorgen. Und wär' es nicht das Einfachste, Herr Rupius, Sie bäten Ihre Frau, daß sie auf diese Reise verzichte?«

»Bitten ...?« sagte Rupius fast hoheitsvoll. »Hab' ich überhaupt das Recht dazu? Diese ganzen sechs oder sieben Jahre waren nur eine Gnade, die sie mir erwiesen. Überlegen Sie gefälligst. In diesen ganzen sieben Jahren ist kein Wort der Klage über ihre Lippen gekommen, daß sie ihre Jugend verloren hat.«

»Sie hat Sie lieb«, sagte Berta mit Entschiedenheit, »und darauf kommt es an.«

Rupius sah sie lange an. »Ich weiß, was Sie sagen wollen und sich zu sagen nicht getrauen. Aber Ihr Mann, gnädige Frau, liegt tief im Grab, schläft nicht Nacht für Nacht an Ihrer Seite.« Er schaute auf mit einem Blick, der wie eine Verwünschung zum Himmel fuhr.

Die Zeit rückte vor; Berta dachte an ihren Zug. »Wann soll denn Ihre Frau reisen?«

»Darüber ist noch nicht gesprochen worden. – Aber ich halte Sie wohl auf?«

»Nein, gewiß nicht, Herr Rupius, nur … Hat es Ihnen Anna nicht gesagt? Ich fahre nämlich heute nach Wien.« Sie wurde glühend rot. Er sah sie wieder lange an. Es schien ihr, als wüßte er alles.

»Wann kommen Sie wieder?« fragte er trocken.

»In zwei bis drei Tagen.« Sie hätte ihm gern gesagt, daß er sich irrte, daß sie nicht zu einem Menschen reiste, den sie liebte, daß alle diese Dinge, um die er sich kränkte, etwas Schmutziges und Niedriges wären, worauf es den Frauen eigentlich gar nicht ankäme, – aber es war ihr nicht gegeben, dafür die rechten Worte zu finden.

»Wenn Sie in zwei bis drei Tagen wiederkommen, finden Sie meine Frau wohl noch hier. Also adieu, und unterhalten Sie sich gut.«

Sie hatte gefühlt, wie sein Blick ihr folgte, während sie durch das dunkel verhängte Zimmer und über den Marktplatz ging. Und auch jetzt, im Kupee, fühlte sie diesen Blick, und immer noch hörte sie jene Worte klingen, in denen ihr das Bewußtsein eines ungeheuern Unglücks zu liegen schien, das sie bisher gar nicht verstanden. Das Peinvolle dieser Erinnerung erschien stärker als die Erwartung alles Freudigen, das ihr bevorstehen mochte, und je näher sie der großen Stadt kam, um so schwerer wurde ihr ums Herz. Während sie an den einsamen Abend dachte, der heute vor ihr lag, war ihr, als führe sie in die Fremde, ins Ungewisse, ohne Hoffnung. Der Brief, den sie noch immer im Mieder trug, hatte seinen Zauber verloren, er war nichts als ein knisterndes Stück beschriebenes Papier, dessen Ecken ein-zureißen begannen. Sie versuchte sich das Aussehen Emils vor-zustellen. Gesichter, die eine leichte Ähnlichkeit mit dem seinen hatten, tauchten auf, manchmal glaubte sie schon das rechte zu halten, doch verschwamm es gleich. Sie begann zu zweifeln, ob sie recht getan, schon heute zu reisen. Warum hatte sie nicht wenigstens bis Montag gewartet? So aber mußte sie sich's einge-stehen: sie fuhr nach Wien, zu einem Rendezvous mit einem jungen Mann, den sie seit zehn Jahren nicht mehr gesprochen und der vielleicht eine ganz andere erwartete, als die ihm mor-gen entgegenkam. Ja, das war es, was sie unruhig machte; jetzt wußte sie's. Dieser Brief, der ihrer zarten Haut schon ein bißchen weh tat, war an die zwanzigjährige Berta gerichtet, denn Emil konnte ja nicht wissen, wie sie jetzt aussah. Und wenn sie auch selbst sich sagen mußte, daß ihr Antlitz die Linien ihrer Mädchenjahre und daß ihre Gestalt, nur in größerer Fülle, die Umrisse ihrer Jugend bewahrt hatte, würde er nicht trotz alledem sehen, was ein Jahrzehnt an ihr verändert, wohl auch zerstört hatte, ohne daß sie selbst es gemerkt?

Klosterneuburg. Viele helle Stimmen, das Geräusch von rasch laufenden Schritten drang an ihr Ohr. Sie sah hinaus. Eine Menge von Schuljungen drängte heran, stieg mit Lachen und Geschrei in die Waggons. Jetzt mußte Berta daran denken, wie ihre Brüder als Kinder von Landpartien nach Hause gekommen waren, und plötzlich stand ihr das blaugemalte Zimmer vor Augen, in dem die Buben damals geschlafen hatten. Es lief wie ein Schauer über sie, als ihr bewußt ward, wie alles Vergangene in die Winde gestreut war, wie die Menschen, denen sie das Dasein verdankt, gestorben, die, mit denen sie jahrelang unter einem Dach gewohnt, verschollen, wie Beziehungen gelöst waren, die für die Dauer gegründet schienen. Wie unverläßlich, wie sterblich war alles! Und er ... er hatte ihr geschrieben, als wenn in diesen zehn Jahren sich nichts verändert hätte, als wenn dazwischen nicht Begräbnisse, Geburten, Schmerzen, Krankheiten, Sorgen und – für ihn wenigstens – soviel Glück und Ruhm gelegen wäre. Sie schüttelte unwillkürlich den Kopf. Wie eine Verwirrung über soviel Unbegreifliches kam es über sie. Und selbst das Sausen des Zuges, der sie da mittrug zu Erlebnissen, die sie nicht kannte, schien ihr ein Gesang von merkwürdiger Traurigkeit. Sie dachte an die Zeit zurück, die noch gar nicht ferne war, die kaum Tage hinter ihr lag, in der sie ruhig und zufrieden gewesen und ihr Dasein ohne Wünsche, ohne Bedauern und ohne Staunen hingenommen. Wie war das nur alles über sie gekommen? Sie faßte es nicht.

Immer schneller schien der Zug seinem Ziele zuzueilen. Schon stieg der Dunst der großen Stadt wie aus der Tiefe empor. Das Herz begann ihr zu klopfen. Es war ihr, als werde sie erwartet, von irgend etwas Unbestimmtem, das sie nicht hätte nennen können, von irgend etwas Hundertarmigem, das bereit war, sie zu umfassen; jedes Haus, an dem sie vorüberfuhr, wußte, daß sie kam, die Abendsonne auf den Dächern glänzte ihr entgegen, und als der Zug jetzt in die Halle einfuhr, fühlte sie sich mit einemmal geborgen. Jetzt erst empfand sie, daß sie in Wien, in ihrem Wien war, in der Stadt ihrer Jugend, ihrer Träume, in der Heimat! Hatte sie denn bisher gar nicht daran gedacht? Sie kam nicht vom Hause, – nein, jetzt war sie zu Hause angelangt. Der Lärm auf dem Bahnhof erfüllte sie mit Wohlbehagen, das Gewühl der Wagen und Menschen freute sie, alles Traurige war von ihr abgefallen. – Hier stand sie, Berta Garlan, jung und hübsch, an einem warmen Maiabend in Wien, am Franz-Josefs-Bahnhof, frei, niemandem Rechenschaft schuldig, und morgen früh wird sie den Einzigen wiedersehen, den sie je geliebt, – den Geliebten, der sie gerufen hat.

In einem kleinen Hotel nahe dem Bahnhof stieg sie ab. Sie hatte sich vorgenommen, eines von den weniger vornehmen zu wählen, einerseits aus Sparsamkeit, dann aus einer gewissen Scheu vor eleganten Kellnern und Portiers. Sie bekam ein Zimmer im dritten Stock angewiesen, mit einem Fenster auf die Gasse, das Stubenmädchen schloß es, als die Fremde eintrat, brachte frisches Wasser, der Hausknecht stellte ihren Koffer neben den Ofen, und der Kellner legte ihr den Meldzettel vor, den Berta sogleich und sicher mit dem Stolz des guten Gewissens ausfüllte.

Ein Gefühl von äußerer Freiheit, das sie lang nicht gekannt, umfing sie; nichts von den täglichen kleinen Sorgen des Haushaltes, keine Verpflichtung, mit Verwandten und Bekannten zu reden; heute Abend hätte sie tun können, was sie wollte. Als sie umgekleidet war, öffnete sie das Fenster. Sie hatte schon die Kerzen anzünden müssen, aber draußen war es noch nicht ganz dunkel. Sie stützte die Ellbogen aufs Fensterbrett und blickte hinunter. Wieder erinnerte sie sich ihrer Kinderzeit, da sie oft abends zum Fenster hinuntergeschaut, manchmal mit einem ihrer Brüder, der den Arm um ihre Schultern geschlungen hatte. Sie dachte jetzt auch ihrer Eltern, mit so lebhafter Rührung, daß ihr die Tränen nahe waren. Unten brannten schon die Laternen. Nun mußte sie doch irgend etwas unternehmen. Morgen um diese Zeit, fiel ihr ein … Sie konnte sich's nicht vorstellen. In diesem Augenblick fuhr eben ein Fiaker unten vorbei, in dem ein Herr mit einer Dame saß. Wenn es nach ihrem Wunsch ginge, so müßten sie morgen zusammen aufs Land fahren – ja, das wäre das Schönste. Irgendwo draußen in einem stillen Gartenrestaurant, auf dem Tisch ein Windlicht, und er mit ihr Hand in Hand, wie ein junges verliebtes Paar, und dann wieder zurück, – und dann ... Nein, sie wollte lieber nicht weiter denken! Wo mag er jetzt sein? Ist er jetzt allein? Oder spricht er jetzt eben mit jemandem? Und mit wem? Mit einem Mann – mit einer Frau? Mit einem Mädchen? Im übrigen, was geht sie das an? Vorläufig geht sie das gar nichts an. So wenig es ihn kümmert, daß Herr Klingemann ihr gestern ein Liebesgeständnis gemacht hat, daß ihr Neffe, der freche Bub, sie zuweilen küßt, und daß sie für Herrn Rupius eine große Verehrung hegt. Morgen wird sie ihn schon fragen – ja. Über all diese Dinge muß sie Gewißheit haben, ehe sie ... nun, ehe sie mit ihm abends aufs Land fährt.

Fort also – aber wohin? An der Türe blieb sie unschlüssig stehen. Sie konnte nichts anderes tun, als ein bißchen spazieren gehen und nachtmahlen ... aber wo? Eine Dame allein ... Nein, sie wird hier auf ihrem Zimmer speisen und früh zu Bette gehen, um morgen gut ausgeschlafen, frisch, jung und hübsch zu sein. Sie sperrte ab und begab sich auf die Straße.

Sie wandte sich der innern Stadt zu. Sie ging sehr rasch, denn es war ihr unangenehm, abends allein zu gehen. Bald war sie auf dem Ring und ging an der Universität vorbei bis zum Rathaus. Aber das ziellose Herumlaufen machte ihr gar kein Vergnügen. Sie empfand Langweile und Hunger, setzte sich in einen Pferdebahnwagen und fuhr zurück. Sie hatte keine rechte Lust, ihr Zimmer aufzusuchen. Schon von der Straße aus hatte sie gesehen, daß der Speisesaal des Hotels kaum erleuchtet und offenbar leer war. Dort speiste sie zu Nacht, wurde gleich müde und schläfrig, ging mit Mühe die drei Treppen auf ihr Zimmer hinauf, und während sie sich, auf dem Bett sitzend, die Schuhe aufschnürte, hörte sie es von einem nahen Kirchturm zehn Uhr schlagen.

Als sie in der Frühe erwachte, eilte sie vor allem zum Fenster und zog die Rouleaus auf, mit einer großen Sehnsucht, das Licht des Tages und die Stadt zu sehen. Es war ein sonniger Morgen und die Luft so frisch, als wäre sie, wie aus tausend Quellen, von den Wäldern und Hügeln in die Gassen der Stadt herabgeflossen. Auf Berta wirkte die Schönheit des Morgens wie ein gutes Zeichen; sie wunderte sich über die sonderbare, dumpfe Art, in der sie den gestrigen Abend verbracht, – als hätte sie gar nicht recht gewußt, warum sie nach Wien gekommen. Sie fühlte, was sie so froh stimmte: die Gewißheit, nicht mehr durch den Schlaf einer ganzen Nacht von der ersehnten Stunde getrennt zu sein. Mit einemmal verstand sie gar nicht mehr, daß sie neulich schon in Wien gewesen, ohne nur den Versuch zu wagen, Emil zu sehen. Ja, endlich wunderte sie sich, daß sie diese Möglichkeit wochen-, monate-, vielleicht jahrelang grundlos hinausgeschoben. Daß sie in dieser ganzen Zeit kaum an ihn gedacht hatte, fiel ihr anfangs nicht ein, aber als ihr das zu Bewußtsein kam, staunte sie darüber am meisten.

Nun waren nur mehr vier Stunden zu überstehen, und dann sah sie ihn wieder. Sie legte sich nochmals ins Bett, lag zuerst mit offenen Augen da und flüsterte vor sich hin, als wollte sie sich an dem Wort berauschen: Komm bald! Sie hörte ihn selbst das Wort sprechen, nicht mehr fern, nein, so als wenn er mit ihr im gleichen Raume wäre, seine Lippen hauchten es an den ihren: Komm bald! sagte er, aber es hieß: Sei mein! sei mein! Und sie öffnete ihre Arme, als müßte sie sich vorbereiten, wie man einen Geliebten ans Herz drückt, und sie sagte: Ich liebe dich! und hauchte einen Kuß in die Luft.

Endlich erhob sie sich und kleidete sich an. Sie hatte diesmal ein einfaches graues Kleid in englischem Schnitt mitgenommen, das ihr nach allgemeinem Ausspruch sehr gut stand, und war mit sich ganz zufrieden, als sie ihre Toilette beendigt hatte. Sie sah wohl nicht aus wie eine vornehme Dame aus Wien, aber doch auch nicht wie eine vornehme Dame aus der Provinz; am ehesten, schien ihr, wie eine Gouvernante in einem gräflichen oder fürstlichen Hause. Ja, in der Tat, sie hatte etwas Fräuleinhaftes; niemand hätte sie für eine Frau, für die Mutter eines fünfjährigen Knaben gehalten. Freilich, dachte sie mit einem leichten Seufzer, sie hatte immer eher gelebt wie ein junges Mädchen. Aber darum war ihr heut auch zumut wie einer Braut.

Neun Uhr. Noch zwei lange Stunden. Was sollte sie bis dahin tun? Sie ließ sich Kaffee bringen, setzte sich an den Tisch, schlürfte langsam die Tasse aus. Es hatte keinen Sinn, länger zu Haus zu bleiben. Lieber gleich hinaus ins Freie.

Sie spazierte eine Weile in den Gassen der Vorstadt herum und empfand das Streichen der Luft um ihre Wangen wie ein besonderes Vergnügen. Was mochte jetzt ihr Bub machen? Wahrscheinlich spielte Elly mit ihm. Berta schlug den Weg nach dem Volksgarten ein; sie freute sich darauf, in den Alleen spazieren zu gehen, in denen sie vor vielen Jahren als Kind gespielt. Durch das Tor gegenüber dem Burgtheater betrat sie den Garten. Um diese frühe Stunde war er spärlich besucht. Kinder spielten auf dem Kies, auf den Bänken saßen Bonnen und Kindermädchen, ganz kleine Mädchen liefen über die Stufen des Theseus-Tempels und unter seinen Säulengängen herum. In den schattigen Alleen ergingen sich meist ältere Leute; junge Männer, die aus großen Heften zu studieren schienen, Damen, die in Büchern lasen, hatten unter kühlen Bäumen Platz genommen. Berta setzte sich auf eine Bank und sah zwei kleinen Mädchen zu, die über eine Schnur sprangen, wie sie es als Kind – ihr schien es, ganz an der gleichen Stelle – so oft getan. Sanfter Wind strich durch das Laub, von weitem hörte sie das Rufen und Lachen von Kindern, die Fangen spielten; das kam immer näher; jetzt liefen sie alle an ihr vorbei. Ein junger Herr in einem langen Gehrock ging langsam an ihr vorüber und wandte sich am Ende der Allee noch einmal nach ihr um, was sie angenehm berührte. Dann kam ein sehr junges Paar vorbei, sie mit einer Notenrolle in der Hand, nett, aber etwas auffallend angezogen, er glattrasiert, mit lichtem Sommeranzug und Zylinder. Berta erschien sich sehr erfahren, da sie in ihm einen angehenden Schauspieler, in ihr eine Musikschülerin mit Sicherheit zu erkennen glaubte. Es war sehr behaglich, hier zu sitzen, nichts zu tun zu haben, allein zu sein und die Menschen so an sich vorbeigehen, laufen, spielen zu lassen. Ja, das wäre schön, in Wien leben und machen können, was man will. Nun, wer weiß, wie sich alles fügen, was die nächste Stunde bringen, wie heut Abend der Ausblick ins Dasein vor ihr liegen wird. Was zwingt sie denn eigentlich, in der entsetzlichen, kleinen Stadt zu leben? So wie sie sich dort durch Lektionen ihr Einkommen verbessert, so könnte sie's doch auch hier tun. Ja, warum nicht? Hier werden die Lektionen auch besser bezahlt, und … Ah, was für ein Einfall! … Wenn er ihr zu Hilfe käme, wenn er, der berühmte Musiker, sie empfähle? Von ihm brauchte es doch gewiß nur ein Wort. Wenn sie mit ihm darüber spräche? Und wäre es nicht auch sehr vorteilhaft im Hinblick auf ihren Buben? In wenig Jahren muß er auf ein Gymnasium, und die sind hier doch gewiß besser als daheim. Nein, es ist gar nicht möglich, daß sie ihr ganzes Leben in der kleinen Stadt verbringt, – in absehbarer Zeit muß sie nach Wien! Ja, auch wenn sie sich hier einschränken muß, und – und ... Vergeblich versucht sie die kühnen Gedanken zurückzudrängen, die nun herangestürmt kommen ... Wenn sie Emil gefällt, wenn er sie wieder ... wenn er sie noch immer liebt ... wenn er sie zur Frau begehrt –? Wenn sie nur ein wenig klug ist, wenn sie sich nichts vergibt, wenn sie es versteht, ihn zu fesseln. Sie schämt sich ein wenig ihrer Schlauheit ... aber ist es denn so schlimm, daß sie daran denkt; da sie ihn ja liebt? Da sie nie einen andern geliebt hat, als ihn? Und gibt ihr nicht der ganze Ton seines Briefs ein Recht, daran zu denken? Und wie ihr jetzt einfällt, daß sie ihm, dem diese Hoffnungen zustreben, in einigen Minuten gegenübertreten soll, flimmert es ihr vor den Augen. Sie steht auf, sie schwankt beinah. Dort am Ausgang des Gartens gegen den Burgplatz sieht sie das junge Paar verschwinden, das früher an ihr vorübergegangen ist; sie nimmt den gleichen Weg. Drüben sieht sie die Kuppel des Museums ragen und glänzen. Sie will langsam gehen, um nicht allzu erregt oder gar atemlos zu erscheinen, wenn er sie erblickt. Noch einmal durchschießt es sie wie eine Furcht: – wenn er nicht kommt? Aber wie es immer sei: sie wird diesmal Wien nicht verlassen, ohne ihn gesehen zu haben. Ob es nicht sogar besser wäre, wenn er heute nicht hinkäme? Sie ist jetzt so verwirrt ... wenn sie irgend etwas Dummes, Ungeschicktes sagte ...? Vom nächsten Augenblick hängt so viel ab – ihre ganze Zukunft vielleicht ... Das Museum liegt vor ihr. Nun über die Stufen, durch den Eingang, und sie steht in der großen, kühlen Vorhalle, sieht die mächtige Treppe vor sich, und dort, wo sie sich nach rechts und links scheidet, das ungeheure Marmorstandbild des Theseus, der den Minotauros erschlägt. Langsam steigt sie hinauf, blickt um sich, wird ruhiger. Die Pracht ringsum nimmt sie gefangen. Sie schaut in die Höhe, zu den Galerien, die im Innern der Kuppel mit goldenen Geländern laufen, – sie hält inne. Hier eine Tür, darüber in goldenen Lettern: Niederländische Schule. Jetzt zuckt ein Stich durch ihr Herz. Die Flucht der Säle liegt vor ihr. Sie sieht da und dort Leute vor den Bildern stehen. Sie tritt in den ersten Saal, betrachtet das erste Bild, das gleich am Eingang hängt, mit Aufmerksamkeit. Die Mappe des Herrn Rupius fällt ihr ein. Und jetzt hört sie die Worte: »Guten Morgen, Berta.«

Es ist seine Stimme. Sie wendet sich um. Er steht vor ihr, jung, schlank, vornehm, etwas blaß, mit einem Lächeln, das nicht ganz ohne Spott scheint, und nickt ihr zu, indem er zugleich ihre Hand nimmt und eine Weile in der seinen behält. Er ist's, und es ist gerade, als wenn sie einander gestern das letztemal gesprochen hätten. »Grüß dich Gott, Emil«, sagt sie, und beide schauen einander an. In seinem Blick ist mancherlei: Vergnügen, Liebenswürdigkeit und irgend etwas Prüfendes. All das fühlt sie sehr genau, während sie ihn mit Augen anschaut, in denen nichts ist als lauteres Glück.

»Also, wie geht's dir denn?« fragt er.

»Gut.«

»Komisch frag' ich eigentlich, nach acht oder neun Jahren. Es ist dir wahrscheinlich sehr verschieden ergangen.«

»Das ist schon wahr: Du weißt ja, daß mein Mann vor drei Jahren gestorben ist.« Sie fühlt sich verpflichtet, ein betrübtes Gesicht zu machen.

»Ja, das weiß ich; auch daß du einen Buben hast, weiß ich. Wer hat's mir denn nur erzählt?«

»Wer?«

»Na, es wird mir schon einfallen. Aber daß du dich für Bilder interessierst, ist mir neu.«

Sie lächelt. »Es war auch wirklich nicht wegen der Bilder allein. Aber für gar so dumm darfst du mich nicht halten. Ich interessier' mich schon für Bilder.«

»Ja, ich auch. Wenn ich die Wahrheit sagen soll: lieber als alles andere möcht' ich doch ein Maler sein.«

»Du könntest doch mit dem ganz zufrieden sein, was du erreicht hast.«

»Na, das ist nicht so mit einem Wort zu erledigen. Es ist mir ja ganz angenehm, daß ich schön Violin spielen kann, aber was bleibt davon übrig? Ich meine, wenn ich einmal tot bin, – höchstens mein Name auf kurze Zeit. Das –« seine Augen wiesen auf das Bild, vor dem sie standen – »das ist doch was anderes.«

»Du bist schrecklich ehrgeizig.«

Er sah sie an, aber ohne sich um sie zu kümmern. »Ehrgeiz? Na, so einfach ist das nicht. – Aber lassen wir das. Sonderbare Idee, theoretische Gespräche über Kunst zu führen, wenn man sich hundert Jahre lang nicht gesehen hat! Also red' doch was,

Berta! Was machst du denn immer? Wie lebst du denn? Und was ist dir eigentlich eingefallen, mir zu dem dummen Orden zu gratulieren?«

Sie lächelte wieder. »Ich hab' dir wieder einmal schreiben wollen. Und hauptsächlich: ich hab' wieder einmal was von dir hören wollen. Wirklich sehr lieb, daß du mir gleich geantwortet hast.«

»Gar nicht lieb, mein Kind. Ich hab' mich so gefreut, wie plötzlich dein Brief – ich habe deine Schrift sofort erkannt. Du hast nämlich noch immer die Schulmädchenschrift, wie … na, sagen wir: einst, obwohl ich solche Worte nicht gut leiden kann.«

»Warum denn?« fragte sie etwas erstaunt.

Er schaute sie an, dann sagte er rasch: »Also wie lebst du? Du mußt dich doch für gewöhnlich sehr langweilen.«

»Dazu hab' ich nicht viel Zeit«, erwidert sie ernst, »ich gebe nämlich Lektionen.«

»Oh!« sagte er mit einem Ton so unverhältnismäßigen Bedauerns, daß sie sich veranlaßt fühlte, rasch hinzuzusetzen:

»Oh, nicht grad, weil ich's dringend brauche, – immerhin, es kommt mir schon zustatten, denn …« Sie fühlt, daß sie am besten tut, ganz aufrichtig mit ihm zu sein: »Von dem wenigen, was ich hab', könnt' ich kaum leben.«

»Worin unterrichtest du denn eigentlich?«

»Worin? Hab' ich dir nicht gesagt, daß ich Klavierlektionen gebe?« »Klavier? So? Ja richtig … Du warst sehr talentiert. Wenn du damals nicht ausgetreten wärst … Siehst du, eine von den großen Pianistinnen wärst du ja nicht geworden, aber für gewisse Dinge hast du eine ganz ausgesprochene Begabung gehabt. Zum Beispiel, Chopin und die kleinen Sachen von Schumann hast du sehr hübsch gespielt.«

»Du erinnerst dich noch?«

»Im übrigen, du hast doch das bessere Teil erwählt.«

»Wieso?«

»Nun, wenn man nicht das Ganze beherrscht, so ist es schon besser, man nimmt einen Mann und kriegt Kinder.«

»Ich hab' nur eins.«

Er lachte. »Erzähl' mir was von dem einen. Und überhaupt von deiner ganzen Existenz.« Sie nahmen in einem kleinen Saal vor den Rembrandts auf dem Diwan Platz.

»Was soll ich dir von mir erzählen? Das ist gar nicht interessant. Erzähl' mir du lieber von dir.« Sie sah ihn mit Bewunderung an. »Dir ist es ja großartig gegangen, du bist ja so berühmt.« Er zuckte ganz leicht, wie unzufrieden, mit der Unterlippe.

»Nun ja«, sagte sie unbeirrt »erst neulich hab' ich dein Bild in einer illustrierten Zeitung gesehen.«

»Ja, ja«, sagte er ungeduldig.

»Ich hab's aber immer gewußt«, setzte sie fort. »Erinnerst du dich noch, wie du damals bei der Schlußprüfung das Mendelssohn-Konzert gespielt hast, da haben's schon alle gesagt.«

»Ich bitte dich, mein liebes Kind, wir werden uns doch nicht gegenseitig Komplimente machen! Was war dein verstorbener Mann eigentlich für ein Mensch?«

»Ein braver, ja ein edler Mensch.«

»Weißt du übrigens, daß ich deinem Vater etwa acht Tage vor seinem Tode begegnet bin?«

»So?«

»Das weißt du nicht?«

»Er hat bestimmt nichts davon erzählt.«

»Wir sind vielleicht eine Viertelstunde auf der Straße miteinander gestanden. Ich kam damals gerade von meiner ersten Konzertreise zurück.«

»Kein Wort hat er mir erzählt – aber kein Wort!« Sie sagte es beinahe zornig, als hätte ihr Vater damals etwas verabsäumt, was ihr künftiges Leben hätte anders gestalten können. »Aber warum bist du damals nicht zu uns gekommen? Wie kommt das überhaupt, daß du plötzlich ausbliebst, schon lang vorher?«

»Plötzlich? Allmählich.«

Er sah sie lang an, und diesmal glitten seine Augen über ihren ganzen Körper herab, so daß sie unwillkürlich ihre Füße unters Kleid und die Arme näher an ihren Leib zog, wie um sich zu verteidigen.

»Also wie kam das eigentlich mit deiner Heirat?«

Sie erzählte die ganze Geschichte, Emil hörte ihr scheinbar aufmerksam zu, doch während sie noch weiter sprach und sitzen blieb, stand er auf und sah durchs Fenster ins Freie. Als sie mit einer Bemerkung über die Gutherzigkeit ihrer Verwandten geendet, sagte er: »Wollen wir uns jetzt nicht, da wir nun einmal da sind, ein paar Bilder anschauen?« Sie gingen langsam durch die Säle, da und dort vor einem Bild verweilend. Berta sagte manchmal: »Schön, wunderschön!« Er nickte dann nur mit dem Kopf. Es schien ihr, als wenn er ganz vergäße, daß er mit ihr hier sei. Sie empfand eine leichte Eifersucht auf das Interesse, das ihm die Gemälde einflößten. Plötzlich fand sie sich vor einem der Bilder, das sie aus der Mappe des Herrn Rupius kannte. Während Emil vorüber wollte, blieb sie stehen und begrüßte das Bild wie einen alten Bekannten. »Wunderschön! Emil!« rief sie. »Nicht wahr, schön ist das? Überhaupt hab' ich die Bilder von Falckenborgh sehr gern.«

Er blickte sie etwas befremdet an.

Sie wurde verlegen und versuchte weiter zu reden: »... weil so ungeheuer viel, – weil die ganze Welt ...« Sie fühlte, daß sie unehrlich war, ja, daß sie jemanden bestähle, der sich nicht wehren konnte, und setzte daher, wie reuig, hinzu: »Nämlich ein Herr bei uns in der Stadt hat ein Album, oder vielmehr eine Mappe mit Stichen, und daher kenn' ich dieses Bild. Ein gewisser Rupius; er ist schwer krank, denk' dir, ganz gelähmt.« Sie erschien sich verpflichtet, Emil das alles mitzuteilen, denn ihr war, als fragten seine Augen ununterbrochen.

Jetzt sagte er lächelnd: »Das wäre auch ein Kapitel. Es gibt ja bei euch gewiß auch Herren«, er setzte leiser hinzu, als schämte er sich ein wenig des unzarten Scherzes: »die nicht gelähmt sind.«

Ihr war es, als müßte sie den armen Herrn Rupius in Schutz nehmen, und sie sagte: »Er ist ein sehr unglücklicher Mensch.«

Sie erinnerte sich, wie sie gestern bei ihm auf dem Balkon gesessen, und großes Mitleid ergriff sie.

Aber Emil, der seinem eigenen Gedankengang folgte, sagte: »Ja, das möcht' ich eigentlich gern wissen, was du erlebt hast.«

»Du weißt's ja.«

»Ich meine, seit dem Tod deines Mannes.«

Sie verstand jetzt, was er meinte, und war ein wenig verletzt. »Ich lebe nur für meinen Buben«, sagte sie bestimmt. »Ich lasse mir nicht den Hof machen. Ich bin sehr anständig.«

Er mußte über die komisch ernste Art lachen, in der sie dieses Geständnis ihrer Tugend ablegte. Sie fühlte auch gleich, daß sie das hätte anders ausdrücken sollen, und so lachte sie mit.

»Wie lange bleibst du denn in Wien?« fragte Emil.

»Bis morgen oder übermorgen.«

»So kurz? Und wo wohnst du denn eigentlich?«

»Bei meiner Cousine«, erwiderte sie. Irgend etwas hielt sie davon ab, zu erwähnen, daß sie in einem Hotel abgestiegen wäre. Aber sie ärgerte sich gleich über diese dumme Lüge und wollte sich verbessern. Doch Emil sagte rasch:

»Du wirst wohl für mich auch ein wenig Zeit übrig haben, hoff' ich.«

»O ja.«

»Also da könnten wir ja gleich etwas besprechen.« Er sah auf die Uhr. »Oh!«

»Mußt du fort?« fragte sie.

»Ja, ich sollte eigentlich schon um zwölf …«

Ein heftiges Unbehagen überfiel sie, daß sie so bald wieder allein sein sollte, und sie sagte: »Ich habe Zeit, soviel du willst. Natürlich darf es nicht zu spät sein.«

»Ist deine Cousine so streng?«

»Aber – « sagte sie, »diesmal wohn' ich ja gar nicht bei ihr.«

Er sah sie verwundert an. Sie wurde rot. »Nur sonst … ich meine, manchmal … weißt du, sie hat so viel Familie …«

»Also du wohnst im Hotel«, sagte er etwas ungeduldig. »Nun, da bist du ja niemandem Rechenschaft schuldig, und wir können den Abend ganz gemütlich miteinander verbringen.«

»Aber sehr gern. Ich möchte keineswegs zu spät … auch im Hotel möcht' ich nicht zu spät …«

»Aber nein, wir werden einfach nachtmahlen, und um zehn kannst du schon lange im Bett liegen.«

Sie schritten langsam die große Stiege hinab. »Also wenn's dir recht ist«, sagte Emil, »treffen wir uns um sieben Uhr.«

Sie wollte erwidern: »So spät?«, doch sie unterdrückte es, da sie ihres Vorsatzes gedachte, sich nichts zu vergeben. »Ja, um sieben.«

»Und zwar … wo? … Im Freien, denk' ich? Da können wir dann noch immer hin, wohin es uns beliebt, da liegt sozusagen das Leben vor uns … ja.« Er schien ihr jetzt auffallend zerstreut. Sie gingen durch die Vorhalle. Am Ausgang blieben sie stehen.

»Um sieben also – bei der Elisabethbrücke.«

»Ja, schön; um sieben bei der Elisabethbrücke.«

Vor ihnen lag im Mittagssonnenglanz der Platz mit dem Maria-Theresien-Denkmal. Es war warm, aber ein sehr heftiger Wind hatte sich erhoben. Es kam Berta vor, als wenn Emil sie prüfend betrachtete. Zugleich schien er ihr kühl und fremd, ein ganz anderer als drin vor den Bildern. Jetzt sprach er: »Nun wollen wir uns Adieu sagen.«

Sie fühlte sich wie unglücklich, daß er sie verlassen wollte. »Willst du mich nicht … oder kann ich dich nicht ein Stück begleiten?«

»Ach nein«, sagte er. »Außerdem stürmt es so. Nebeneinandergehen und den Hut halten müssen, daß er nicht davonfliegt, ist ein mäßiges Vergnügen. Überhaupt redet sich's nicht gut auf der Straße, und dann muß ich mich auch so beeilen … aber darf ich dich vielleicht zu einem Wagen bringen?«

»Nein, nein, ich gehe zu Fuß.«

»Kann man auch tun. Also grüß' dich Gott und auf Wiedersehen heute Abend.« Er reichte ihr die Hand und eilte rasch über den Platz davon. Sie sah ihm lang nach; er hatte den Hut abgenommen und hielt ihn in der Hand, während der Wind in seinen Haaren wühlte. Er ging über den Ring, dann durchs Burgtor und verschwand ihren Blicken.

Unwillkürlich war sie ihm sehr langsam nachgegangen. Warum war er plötzlich so kühl geworden? Warum hatte er sich so rasch entfernt? Warum wollte er nicht von ihr begleitet sein? Schämte er sich ihrer? Sie schaute an sich herunter, ob sie nicht doch vielleicht provinzmäßig und lächerlich angezogen sei. O nein! Und überdies hatte sie an der Art, wie die Leute sie ansahen, bemerken können, daß sie nicht lächerlich, sondern sehr hübsch aussah. Also warum dieser plötzliche Abschied? Sie besann sich der Zeit von früher, und es kam ihr vor, als hätte er damals auch diese sonderbare Weise gehabt, ganz unvermutet ein Gespräch abzubrechen, indem er plötzlich wie entrückt war und sich in seinem ganzen Wesen eine Ungeduld aussprach, die er nicht meistern konnte. Ja, gewiß, das war damals auch so gewesen. Vielleicht minder auffallend als jetzt. Sie erinnerte sich auch, daß sie damals zuweilen über seine Launenhaftigkeit gescherzt und seine »Künstlernatur« dafür verantwortlich gemacht hatte. Und seitdem war er ein größerer Künstler und gewiß noch zerstreuter und unberechenbarer geworden.

Die Mittagsglocken tönten von vielen Türmen, der Wind wurde immer heftiger, Staub flog ihr in die Augen. Sie hatte eine ganze Ewigkeit vor sich, mit der sie nichts anzufangen wußte. Warum wollte er sie denn erst um sieben sehen? Unbewußt hatte sie darauf gerechnet, er würde den ganzen Tag mit ihr verbringen. Was hatte er denn zu tun? Mußte er sich vielleicht für sein Konzert vorbereiten? Und sie stellte sich ihn vor, die Violine in der Hand, an einen Schrank oder ans Piano gelehnt, so wie er ihr vor vielen Jahren bei ihr zu Hause vorgespielt. Ja, das wäre schön, jetzt auch dabei sein zu können, in seinem Zimmer sitzen, auf dem Sofa, während er spielte, oder ihn auf dem Klavier zu begleiten. Wäre sie wohl zu ihm gekommen, wenn er sie gebeten? Warum hat er es nicht getan? Nein, das konnte er doch nicht in der ersten Stunde des Wiedersehens … Aber abends – wird er sie heute Abend bitten? Und wird sie ihm folgen? Und wenn sie ihm folgt, wird sie ihm irgend etwas anderes verweigern können, um das er sie bitten wird? Er hat ja eine Art, alles so harmlos auszudrücken. Wie er nur über diese ganzen zehn Jahre weggekommen ist! – Hat er nicht mit ihr gesprochen, als hätten sie einander in der Zwischenzeit täglich gesehen? »Guten Morgen, Berta. Wie geht's dir denn?« Ungefähr wie man fragt, wenn man am Abend vorher »Gute Nacht!« und »Auf Wiedersehen!« gesagt hat. Und was hat er seither alles erlebt! – Und wer weiß, wer heut Nachmittag auf dem Diwan sitzt in seinem Zimmer, während er am Klavier lehnt und spielt … Ah nein! daran will sie nicht denken. Wenn sie es wirklich ausdenkt, muß sie da nicht einfach wieder nach Hause reisen?

Sie ging am Gitter des Volksgartens vorüber und konnte die Allee sehen, in der sie vor einer Stunde gesessen und durch die jetzt Wolken von Staub fegten. Also das, wonach sie sich so sehr gesehnt, war vorüber, – sie hatte ihn wiedergesehen. War es so schön gewesen, wie sie sich erwartet? Hat sie irgend etwas Besonderes gefühlt, während er an ihrer Seite gegangen, sein Arm den ihren gestreift? – Nein. Hat sie sein Abschied verstimmt? – Vielleicht. Möchte sie wieder fort, ohne ihn wiederzusehen? – Um Gotteswillen, nein! Es durchfährt sie wie ein Schreck bei diesem Gedanken. Ist denn ihr Leben nicht seit einigen Tagen wie erfüllt von ihm? Und haben die ganzen Jahre, die hinter ihr lagen, überhaupt einen andern Sinn gehabt, als sie wieder zur rechten Zeit ihm entgegen zu führen? – Ah, wenn sie nur etwas mehr Erfahrung hätte, wenn sie etwas lebensklüger wäre! Sie möchte die Fähigkeit haben, sich selbst einen bestimmten Weg vorzuzeichnen. Sie fragt sich, was das Vernünftigere wäre: zurückhaltend oder hingebend zu sein. Sie möchte wissen, was sie heute Abend tun darf, tun soll, womit sie ihn sicher gewinnen könnte. Sie fühlt, daß sie ihn durch alles erringen, daß sie ihn auch durch alles verlieren kann. Aber sie weiß auch, daß ihr alles Nachsinnen nichts hilft und daß sie tun wird, was er will.

Sie ist vor der Votivkirche, wo die vielen Straßen sich kreuzen. Hier bläst der Wind ganz unerträglich. Es wird Zeit zum Mittagessen. Aber sie will heute nicht in ihr kleines Hotel zurück. Sie wendet sich gegen die innere Stadt. Es fällt ihr plötzlich ein, daß sie ihrer Cousine begegnen könnte, aber das ist ihr ganz gleichgültig. Oder wenn gar ihr Schwager ihr nachgefahren wäre? Auch dieser Gedanke stört sie nicht im geringsten. Sie hat ein Gefühl des Verfügungsrechtes über ihre Person und ihre Zeit wie nie zuvor. Sie schlendert gemächlich durch die Straßen, vergnügt sich damit, die Auslagen zu betrachten. Auf dem Stephansplatze hat sie den Einfall, auf eine Weile in die Kirche zu treten. In dem dämmrigen, kühlen Riesenraum überkommt sie ein tiefes Wohlgefühl. Sie ist niemals fromm gewesen, doch in Gotteshäuser tritt sie nie ohne Andacht, und ohne ihre Gebete in eine bestimmte Form zu kleiden, hat sie doch stets irgend eine Art gesucht, ihre Wünsche zum Himmel empor zu senden. Sie wandelt in der Kirche zuerst umher wie eine Fremde, die einen schönen Bau besichtigt. Vor einem kleinen Altar in einer Seitenkapelle setzt sie sich auf eine Bank.

Der Tag ihrer Trauung fiel ihr ein, und sie sah sich mit ihrem verstorbenen Mann vor dem Priester stehen, – aber das war so unendlich weit und berührte ihre Seele so wenig, als wenn sie an ganz fremde Menschen dächte. Doch plötzlich, wie ein Bild in einer Zauberlaterne sich ändert, sah sie statt ihres Mannes Emil an ihrer Seite, und so gänzlich ohne Mithilfe ihres Willens schien dieses Bild dazustehen, daß es ihr wie eine Ahnung, ja wie eine vom Himmel gesandte Vorhersage scheinen wollte. Unwillkürlich faltete sie die Hände und sagte leise: »Laß es so werden.« Und als käme ihrem Wunsche dadurch noch bessere

Kraft, blieb sie auf der Bank eine Weile sitzen und versuchte, das Bild festzuhalten. Nach einigen Minuten trat sie wieder auf die Straße, wo das volle Licht und der Lärm sie als etwas so Neues, lang nicht Erlebtes anmutete, als hätte sie ganze Stunden in der Kirche verbracht. Sie fühlte sich ruhig und wie von Hoffnungen umschwebt.

In einem vornehmen Hotelrestaurant in der Kärntnerstraße speiste sie zu Mittag. Sie war gar nicht befangen und fand es recht kindisch, daß sie nicht lieber in einem Gasthof ersten Ranges abgestiegen war. Wieder zu Hause in ihrem Zimmer angelangt, kleidete sie sich aus; sie war durch die ungewohnt reichliche Mahlzeit und den genossenen Wein in einen solchen Zustand von Mattigkeit geraten, daß sie sich auf dem Diwan ausstreckte und einschlief. Erst um fünf Uhr erwachte sie. Sie hatte keine rechte Lust, sich zu erheben. Sonst um diese Stunde ... Was täte sie jetzt wohl, wenn sie nicht nach Wien gereist wäre? Wenn er ihr nicht geantwortet – wenn sie ihm nicht geschrieben? Wenn er keinen Orden bekommen? Wenn sie nie sein Bild in einer illustrierten Zeitung gesehen? Wenn nichts sein Dasein ihr ins Gedächtnis zurückgerufen hätte? Wenn er ein kleiner, unbekannter Geiger in irgend einem Vorstadt-Orchester geworden wäre? Was für sonderbare Gedanken! Liebt sie ihn denn, weil er berühmt ist? Was bedeutet ihr das alles? Ja, interessiert sie sich denn überhaupt für sein Violinspiel? ... Wär' es ihr nicht lieber, wenn er nicht berühmt und bewundert wäre? – Gewiß, da würde sie sich ihm viel näher, viel verwandter fühlen, da hätte sie nicht diese Unsicherheit ihm gegenüber, und auch er wäre anders zu ihr. Er ist ja auch jetzt sehr liebenswürdig, und doch ... jetzt kommt es ihr zu Bewußtsein ... irgend etwas ist heute zwischen ihnen gewesen und hat sie getrennt. Ja, und das ist nichts anderes, als daß er ein Mensch ist, den die ganze Welt kennt, und sie nichts als eine kleine dumme Frau aus der Provinz. Und sie sieht ihn plötzlich vor sich, wie er im Saal vor den Rembrandts gestanden und zum Fenster hinausgeschaut, während sie erzählt hat; wie er ihr kaum Adieu gesagt, und wie er von ihr fortgegangen, ja geradezu geflohen war. Aber hatte sie denn selbst irgend etwas empfunden wie für jemanden, den man liebt? Ist sie glücklich gewesen, während er zu ihr sprach? Hat sie sich gesehnt, ihn zu küssen, während er neben ihr stand? ... Nichts von alledem. Und jetzt – freut sie sich auf den Abend, der kommt? Freut sie sich, ihn in zwei Stunden wiederzusehen? Und wenn sie sich durch einen Wunsch hinversetzen könnte, wohin sie will, wäre sie jetzt vielleicht nicht lieber daheim, bei ihrem Buben, ginge mit ihm zwischen den Weingeländen spazieren ohne Angst, ohne Aufregung, mit gutem Gewissen, als brave Mutter, als anständige Frau, statt hier in dem ungemütlichen Hotelzimmer auf einem schlechten Diwan zu liegen und unruhig und doch ohne Sehnsucht die nächsten Stunden zu erwarten? Sie denkt an die Zeit, die noch so nahe ist, da sie sich um nichts gekümmert, als um ihren Buben, um die Wirtschaft und um ihre Lektionen – ist sie da nicht zufrieden, beinahe glücklich gewesen? ... Sie schaut um sich. Das kahle Hotelzimmer mit den häßlich blau und weiß gemalten Wänden, den Staub- und Schmutzflecken oben an der Decke, dem Schrank mit der halboffenen Türe ist ihr sehr widerwärtig. Nein, das ist nichts für sie! Auch an das Mittagessen in dem vornehmen Hotel denkt sie jetzt mit Unbehagen zurück, ebenso an ihr Umherlaufen in der Stadt, an ihr Müdewerden, an den Wind und den Staub; es ist ihr, als ob sie herumvagabundiert wäre. Und jetzt fällt ihr noch etwas ein: wenn sich zu Hause irgend was ereignet! – Ihr Kleiner kann Fieber bekommen, man telegraphiert nach Wien an ihre Cousine, oder man kommt gar sie suchen, und man findet sie nicht, und es stellt sich heraus, daß sie gelogen hat, wie irgend eine schlechte Person, die eben Ursache dazu hat ... Entsetzlich! wie steht sie da! Vor ihrer Schwägerin, vor dem Schwager, vor Elly, vor ihrem erwachsenen Neffen, ... vor der ganzen Stadt, die es ja gleich erfahren wird, ... vor Herrn Rupius! – Nein, wahrhaftig, sie ist nicht geschaffen für solche Dinge! Wie kindisch, wie ungeschickt hat sie es doch angefangen, so daß es nur des kleinsten Zufalls braucht, um sie zu verraten. Ja, hatte sie sich denn das alles gar nicht überlegt? War sie nur von der Idee besessen gewesen, ihn wiederzusehen, und hatte sie dafür alles aufs Spiel gesetzt ... ihren guten Ruf, ja ihre ganze Zukunft?! – Denn wer weiß, ob nicht die Familie sich von ihr lossagt und sie ihre Lektionen verliert, wenn alles herauskommt? ... Alles ... Aber was kommt denn heraus? Was ist denn geschehen? Was hat sie sich vorzuwerfen? – Und mit dem beglückenden Gefühl reinen Gewissens

darf sie sich antworten: Nichts. Und sie kann ja noch heute ...
gleich jetzt mit dem Sieben-Uhr-Zug Wien verlassen, um zehn
wieder daheim sein in ihrer Wohnung, in ihrem traulichen Zimmer, bei ihrem geliebten Buben ... Ja, das kann sie; allerdings ist
ihr Bub nicht zu Haus, ... aber sie könnte ihn holen lassen ...
Nein, sie wird es nicht tun, sie wird nicht zurückfahren, ... nein,
dazu liegt kein Anlaß vor – morgen früh ist's auch noch nicht zu
spät. Sie wird eben heute Abend von Emil Abschied nehmen, ...
sie wird ihm gleich mitteilen, daß sie morgen früh wieder nach
Hause fährt, daß sie überhaupt nur gekommen ist, ihm einmal
die Hand zu drücken ... ja, so ist es am besten. Oh, er kann sie
auch bis zu ihrem Hotel begleiten, ach Gott, auch mit ihr nachtmahlen, in einem Gartenrestaurant, ... und sie wird von ihm
gehen, wie sie gekommen ... Und überdies, aus seinem Benehmen wird sie ersehen, wie er sich eigentlich zu ihr stellt; sie wird
sehr zurückhaltend sein, sogar vollkommen ruhig. Es ist ihr, als
wären alle Wünsche wieder eingeschlafen, und sie fühlt es wie
ihre Bestimmung, eine anständige Frau zu bleiben. Sie hat als
junges Mädchen den Versuchungen widerstanden, ihrem Gatten ist sie treu gewesen, ihre ganze Witwenzeit war bisher ohne
Anfechtungen verlaufen, ... nun, kurz und gut, wenn er sie zu
seiner Frau nehmen will, wird sie sehr froh darüber sein, aber
jeden kühneren Antrag wird sie mit derselben Strenge abweisen
wie ... wie ... vor zwölf Jahren, als er ihr hinter der Paulanerkirche sein Fenster gezeigt hat.

Sie steht auf, sie dehnt sich, reckt die Hände, geht zum Fen-
ster. Der Himmel ist trübe geworden, vom Gebirg her ziehen
Wolken, aber der Sturm hat sich gelegt. Sie macht sich zum
Fortgehen bereit.

Kaum war Berta ein paar Schritte vom Hotel entfernt, begann es
zu regnen. Unter dem aufgespannten Schirm kam sie sich gegen
unerwünschte Begegnungen geschützt vor. In der Luft verbreitete sich ein angenehmer Geruch, als sänke mit dem Regen ein
Duft der nahen Wälder über die Stadt. Berta überließ sich ganz
dem Vergnügen des Spazierengehens, selbst das Ziel ihres Weges
schwebte ihr nur wie im Nebel vor. Sie war von der Fülle wech-
selnder Empfindungen endlich so müde geworden, daß sie gar
nichts mehr empfand. Sie war ohne Angst, ohne Hoffnung,

ohne Vorsatz. Sie ging wieder an den Gärten vorbei über den Ring und freute sich des feuchten Fliederdufts. Heute Vormittag hatte sie gar nicht bemerkt, daß alles in violetten Blüten prangte. Ein Einfall brachte ein Lächeln auf ihre Lippen: sie trat in eine Blumenhandlung und kaufte ein kleines Veilchenbukett. Während sie die Veilchen an den Mund führte, kam eine große Zärtlichkeit über sie; sie dachte: jetzt um sieben geht der Zug nach Hause ab, und sie freute sich, als hätte sie jemanden überlistet. Sie ging langsam quer über die Brücke und erinnerte sich, wie sie sie vor wenigen Tagen überschritten, um in die Gegend seiner früheren Wohnung zu kommen und jenes Fenster wiederzusehen. Hier ist das Menschengewühl groß, zwei Ströme, der eine von der Vorstadt in die Stadt, von der Stadt in die Vorstadt der andere, fluten durcheinander, Wagen aller Art fahren vorbei, Klingeln, Pfeifen, Rufen der Kutscher ertönt, Berta versucht stehen zu bleiben, wird aber vorwärts geschoben. Plötzlich hört sie ganz neben sich einen Pfiff. Ein Wagen hält, ein Kopf beugt sich zum Fenster heraus … er ist es. Er winkt sie mit den Augen herbei; einige Leute werden sofort aufmerksam und haben große Lust zu hören, was der junge Mann der Dame, die an seinen Wagen herantritt, zu sagen hat. Er spricht ganz leise:

»Willst du einsteigen?«

»Einsteigen …?«

»Nun ja, es regnet doch.«

»Ich möcht' eigentlich lieber zu Fuß gehen.«

»Wie du willst.« Emil steigt rasch aus, bezahlt den Kutscher, und Berta merkt mit einigem Schreck, daß etwa ein halbes Dutzend Menschen ringsum sehr gespannt sind, wie sich diese merkwürdigen Vorgänge weiter entwickeln werden. Emil sagt zu Berta: »Komm.« Rasch übersetzen beide die Straße und entgehen so dem ganzen Gewühl. Jetzt spazieren sie langsam längs des Wienbetts in einer wenig belebten Straße weiter.

»Du hast ja nicht einmal einen Schirm, Emil!«

»Willst du mich nicht unter den deinen nehmen? Wart', so geht das nicht.« Er nimmt ihr den Schirm aus der Hand, hält ihn über sie beide und schiebt seinen Arm unter den ihren. Jetzt fühlt sie, es ist *sein* Arm, und freut sich sehr.

»Mit dem Land ist's leider nichts«, sagt er.

»Schade.«

»Also was hast du den ganzen Tag gemacht?«

Sie erzählt ihm von dem vornehmen Restaurant, in dem sie gespeist hat.

»Ja, warum hab' ich denn das nicht gewußt? Ich dachte, du bist bei deiner Cousine zu Mittag; wir hätten ja so gut zusammen frühstücken können!«

»Du hast ja so viel zu tun gehabt«, sagt sie, und ist ein wenig stolz, daß sie diesen leichten Ton des Spottes findet.

»Nun ja, nachmittags allerdings; eine halbe Oper hab' ich mir anhören müssen.«

»Wieso denn?«

»Es war ein junger Komponist bei mir, – übrigens ein sehr talentierter Mensch.«

Sie ist sehr froh; also in dieser Weise verbringt er seine Nachmittage.

Er blieb stehen, und ohne ihren Arm auszulassen, blickte er ihr ins Gesicht. »Weißt du, daß du eigentlich viel hübscher geworden bist? Ja, in allem Ernst! Aber jetzt erzähl' mir einmal aufrichtig, wie du auf die Idee gekommen bist, mir zu schreiben.«

»Ich hab' dir's ja gesagt.«

»Hast du denn in der ganzen Zeit an mich gedacht?«

»Sehr viel.«

»Auch während du verheiratet warst?«

»Gewiß, ich habe immer an dich gedacht. Und du?«

»Oft, sehr oft.«

»Aber …«

»Nun, was?«

»Du bist eben ein Mann.«

»Ja, – aber was meinst du damit?«

»Du hast gewiß viele lieb gehabt.«

»Lieb gehabt … lieb gehabt … O ja, auch.«

»Aber ich«, sagte sie lebhaft, als bräche die Wahrheit übermächtig aus ihr hervor, »ich habe niemanden geliebt als dich.«

Er nahm ihre Hand und führte sie an seine Lippen. Dann sagte er: »Das lassen wir doch lieber dahingestellt.«

»Ich hab' dir auch Veilchen mitgebracht.«

Er lächelte. »Sollen die mir's beweisen? Du hast das so gesagt, als hättest du nichts anderes getan, seit wir uns nicht gesehen, als Veilchen für mich gepflückt oder wenigstens gekauft. Übrigens, danke schön. Warum hast du denn nicht in den Wagen einsteigen wollen?«

»Ja, das Spazierengehen ist doch so hübsch.«

»Aber auf die Dauer … Wir nachtmahlen doch miteinander?«

»Ja recht gern. – Hier ist zum Beispiel ein Gasthaus«, setzte sie eilig hinzu.

Sie gingen jetzt durch stillere Gassen. Es dämmerte.

Er lachte. »Ah nein, das wollen wir uns doch ein bißchen gemütlicher einrichten.«

Sie schaute zu Boden. Dann sagte sie: »Wir müssen uns doch nicht an einen Tisch zu fremden Leuten setzen.«

»Gewiß nicht. Wir werden sogar irgendwohin gehen, wo gar keine andern sind.«

»Was fällt dir ein!« sagte sie. »Das tu' ich nicht.«

Er zuckte die Achseln. »Ganz wie du willst. Hast du schon Appetit?«

»Nein, gar nicht.«

Sie schwiegen beide. Dann sagte er: »Werd' ich nicht einmal deinen Buben kennenlernen?«

»Gewiß«, entgegnete sie erfreut. »Wann du willst.« Sie begann von ihm zu erzählen und kam dann auf ihre Familie zu sprechen. Emil warf zuweilen eine Frage dazwischen, und bald wußte er alles, was in der kleinen Stadt vorging, bis zu den Bemühungen Klingemanns, von denen Berta lachend, aber mit einer gewissen Befriedigung berichtete.

Die Laternen brannten, auf dem feuchten Pflaster spiegelte das Licht.

»Liebes Kind, wir können ja nicht die ganze Nacht auf der Straße herumlaufen«, sagte Emil plötzlich.

»Ja … ich kann doch nicht mit dir in ein Restaurant … Denke nur, wenn ich zufällig meine Cousine treffe oder sonstwen.«

»Sei unbesorgt, es wird uns niemand sehen.« Rasch trat er in einen Torweg und schloß den Schirm.

»Was willst du denn?« Sie sah in einen großen Garten. Nahe den Mauern, von denen aus schützende Segelleinwand gespannt war, saßen Leute an gedeckten Tischen.

»Da, meinst du?«

»Nein. Komm nur.« Gleich rechts vom Tor befand sich eine kleine Tür, die angelehnt war. »Hier herein.«

Sie befanden sich in einem schmalen, beleuchteten Gang, an dessen beiden Seiten je eine Reihe von Türen lief. Ein Kellner grüßte, schritt voraus, an allen Türen vorbei, die letzte öffnete er, ließ die Gäste eintreten und schloß hinter ihnen wieder zu. In der Mitte des kleinen Zimmers stand ein Tischchen mit drei Gedecken, an der Wand ein blausamtenes Sofa, gegenüber hing ein goldgerahmter, ovaler Spiegel, vor welchem Berta ihren Hut abnahm und auf dessen Glas sie die Namen »Irma« und »Rudi« eingekritzt sah. Zugleich sah sie im Spiegel, daß Emil hinter sie trat. Er legte seine Hände an ihre Wangen, beugte ihren Kopf nach rückwärts zu sich und küßte sie auf die Lippen. Dann wandte er sich ab, ohne zu reden, und klingelte. Ein sehr junger Kellner trat sofort ein, als wenn er vor der Tür gewartet. Nachdem der seinen Auftrag entgegengenommen hatte, ging er, und Emil setzte sich. »Nun, Berta?« Sie wandte sich ihm zu, er faßte leicht ihre Hand und ließ sie auch noch nicht los, als Berta schon in der Sofaecke neben ihm Platz genommen. Unwillkürlich berührte sie mit ihrer andern Hand seine Haare.

Ein älterer Kellner trat ein, und Emil stellte das Menu zusammen. Berta war mit allem einverstanden. Als der Kellner verschwunden war, sagte Emil: »Muß man da nicht fragen: warum erst heut?«

»Wie meinst du das?«

»Warum hast du mir nicht längst geschrieben?«

»Ja … hättest du früher deinen Orden bekommen!«

Er hielt ihre Hand in der seinen und küßte sie.

»Du kommst ja so oft nach Wien.«

»O nein.«

Er sah auf. »Du hast mir doch so was Ähnliches geschrieben?«

Sie erinnerte sich jetzt und wurde rot. »Nun ja, … manchmal … Erst am Montag bin ich da gewesen.«

Der Kellner brachte Sardinen und Kaviar und ging.

»Nun«, sagte Emil, »es ist wahrscheinlich gerade die rechte Zeit.«

»Inwiefern?«

»Daß wir einander wieder begegnet sind.«

»O, ich hab' mich oft nach dir gesehnt.«

Er schien nachzusinnen. Dann sagte er: »Und daß es damals so war und nicht anders, ist vielleicht auch gut. Gerade deswegen ist die Erinnerung so wunderschön.«

»Ja, wunderschön.«

Sie schwiegen beide. Dann sagte sie: »Erinnerst du dich …« Und nun begann sie von der fernen Zeit zu reden, von den Spaziergängen im Stadtpark, und von seinem ersten Auftreten im Konservatorium. Er nickte zu alldem, hielt seinen Arm auf der Lehne des Sofas und berührte leicht die Haare, die sich ihr im Nacken kräuselten. Zuweilen warf er ein Wort dazwischen. Auch er erinnerte sich; er wußte sogar noch von einem Ausflug, an einem Sonntag Vormittag in die Praterauen, den sie selbst vergessen hatte.

»Und weißt du noch«, sagte Berta, »wie wir uns …«, sie zögerte, es auszusprechen, »einmal beinah verlobt haben?«

»Ja«, sagte er. »Und wer weiß …« Er wollte vielleicht sagen: es wäre das Beste für mich gewesen, wenn ich dich geheiratet hätte – aber er sagte es nicht.

Emil bestellte Champagner.

»Es ist noch nicht lang«, sagte Berta, »daß ich das letztemal Champagner getrunken; vor einem halben Jahr, als der fünfzigste Geburtstag meines Schwagers gefeiert wurde.« Sie dachte an die Gesellschaften bei ihrem Schwager, und es schien ihr wunderbar, wie weit das alles war: die ganze kleine Stadt und alle, die dort lebten. Der junge Kellner brachte den Eiskübel mit dem Wein. In diesem Augenblick fiel es Berta ein, daß Emil gewiß hier schon manchmal mit anderen Frauen gewesen war. Aber es war ihr ziemlich gleichgültig.

Sie stießen mit den Gläsern an und tranken. Emil umschlang Berta und küßte sie. Dieser Kuß erinnerte sie an etwas … Woran denn nur? … An die Küsse von einst, da sie ein junges Mädchen war? … An die Küsse ihres Mannes? … Nein … Und plötzlich fiel es ihr ein: geradeso hatte ihr kleiner Neffe sie neulich geküßt.

Der Kellner brachte Obst und Backwerk. Emil legte für Berta einige Datteln und Trauben auf den Teller.

»Warum sprichst du nichts?« fragte Berta. »Warum läßt du immer nur mich reden? Und du könntest doch soviel erzählen!«

»Ich …?« Er schlürfte langsam den Wein.

»Nun ja, von deinen Reisen.«

»Ach Gott, es ist eine Stadt wie die andere. Du darfst ja nicht vergessen, daß ich nur selten zu meinem Vergnügen reise.«

»Ja, natürlich.« Sie hatte die ganze Zeit nicht daran gedacht, daß es der berühmte Geigenvirtuose Emil Lindbach war, mit dem sie hier saß, und sie fühlte sich verpflichtet zu sagen: »Nächstens spielst du ja hier. Ich möchte dich gern wieder hören.«

Er erwiderte trocken: »Niemand auf der Welt wird dich daran hindern.«

Es ging ihr durch den Sinn, daß es ihr eigentlich viel lieber wäre, ihn nicht im Konzert, sondern für sich allein zu hören. Fast hätte sie's ausgesprochen, da fiel ihr aber ein, daß das nichts anderes hieße als: ich will zu dir. – Und wer weiß, vielleicht ist sie sehr bald bei ihm. – Ihr wird so leicht, wie immer, wenn sie etwas Wein getrunken hat … Doch nein, es ist anders als sonst; – nicht der sanfte Rausch, in dem sie nur ein wenig heiter wird, es ist besser, schöner. Und nicht die paar Tropfen Wein machen das, das macht die Berührung dieser lieben Hand, die ihr über Stirn und Haare streicht. Er hat sich neben sie gesetzt und zieht ihren Kopf an seine Schultern. So möchte sie einmal schlummern … ja, wahrhaftig, nichts anderes möchte sie … Jetzt hört sie ihn flüstern: »Schatz …« Sie zittert leise. Warum erst heute? Hätte sie das nicht alles früher haben können? Was hatte das überhaupt für einen Sinn, so zu leben wie sie? … Das, was sie jetzt tat, war doch nichts Böses … Und wie süß war es, den Atem eines jungen Mannes über den Augenlidern zu fühlen … Nein, nein – nicht eines jungen Mannes … eines Geliebten … Sie hatte die Augen geschlossen. Sie versuchte gar nicht, sie wieder zu öffnen, wollte gar nicht wissen, wo sie war, mit wem sie war … Wer ist's denn nur? … Richard? … Nein … schläft sie denn ein? … Sie ist hier mit Emil … Mit wem? … Wer ist denn dieser Emil? … Wie schwer das ist, sich darüber klar zu werden! … Dieser Hauch über ihren Lidern ist der Atem ihres Jugendgeliebten und zugleich der eines berühmten Künstlers, der nächstens ein Konzert gibt … und zugleich eines Menschen, den sie viele tausend Tage nicht gesehen hat … und zugleich der eines Herrn, mit dem sie allein im Restaurant sitzt und der jetzt mit ihr machen kann, was er will… Sie fühlt seinen

Kuß auf den Augen… Wie zärtlich er ist … und wie schön … Wie sieht er denn nur aus? … Sie braucht nur die Augen zu öffnen, und sähe ihn ganz genau … Aber sie will ihn lieber sich vorstellen, ohne ihn zu sehen … Nein, wie komisch – das ist ja gar nicht sein Gesicht! … Das ist ja das des jungen Kellners, der eben hinausgegangen … Wie sieht denn nur Emil aus? … So –? … Nein, nein, das ist ja Richard … Aber fort … fort … Ist sie denn so gemein, daß sie an lauter andere Männer denkt, während sie … mit ihm… Wenn sie nur die Augen öffnen könnte! … Ah! – Sie bewegt sich heftig, so daß sie Emil beinahe fortstößt, – jetzt reißt sie die Augen weit auf.

Emil sieht sie lächelnd an und fragt: »Hast du mich lieb?«

Sie zieht ihn an sich und küßt ihn selbst, zum ersten Male heut küßt sie ihn selbst, und zugleich fühlt sie, daß sie jetzt etwas tut, was einem Vorsatz von heut morgen widerspricht … Was wollte sie nur? – Sich nichts vergeben, sich versagen … Ja, gewiß war irgendein Moment, in dem sie das wollte, aber warum? Sie hat ihn ja lieb, und der Augenblick ist da, den sie seit Tagen erwartet, – nein, seit Jahren! – Noch immer ruhen ihre Lippen aufeinander. Ah, sie möchte in seinen Armen … sie möchte ganz die Seine sein! – Er soll nichts mehr reden … er soll sie mit sich nehmen … er wird es fühlen, daß ihn keine andere so lieben kann wie sie …

Emil steht auf, geht in dem kleinen Zimmer ein paarmal hin und her. Sie setzt das Glas wieder an den Mund. Emil sagt leise: »Nicht mehr, Berta.« Ja, er hat recht, – was tut sie denn? will sie sich denn berauschen? Braucht es das? Sie ist ja niemandem Rechenschaft schuldig, sie ist frei, sie ist jung, sie will auch endlich einmal glücklich sein!

»Wollen wir nicht gehen?« sagt Emil. Berta nickt. Er hilft ihr beim Anlegen der Jacke, sie steht beim Spiegel und steckt die Nadel durch den Hut. Sie gehen. Vor der Tür steht der junge Kellner und grüßt. Ein Wagen hält vor dem Tor, Berta steigt ein; sie hört nicht, was Emil dem Kutscher sagt. Emil setzt sich zu ihr. Beide schweigen, eng aneinander gedrängt. Der Wagen rollt fort, lang, lang – Wo mag denn Emil nur wohnen? Vielleicht auch läßt er den Kutscher absichtlich einen Umweg machen, weil er weiß, wie angenehm es ist, so zusammen durch die Nacht zu fahren. – Der Wagen hält. Emil steigt aus. »Gib mir deinen Schirm«, sagt er.

Sie reicht ihn aus dem Wagen, er spannt ihn auf. Sie steigt aus; sie stehen beide unter dem Schirm, auf den der Regen niederprasselt. – Ist das die Gasse, in der er wohnt? – Das Tor öffnet sich; sie treten in den Flur, Emil nimmt dem Portier die Kerze aus der Hand. Eine schöne, breite Stiege. Im ersten Stock schließt Emil eine Tür auf. Sie treten ein, durch einen Vorraum, in einen Salon. Emil entzündet mit der Kerze, die er in der Hand hält, zwei andere auf dem Tisch, dann tritt er zu Berta, führt sie, die noch an der Tür wie wartend stand, weiter herein, nimmt ihr die Nadel aus dem Hut und legt den Hut auf den Tisch. Im unbestimmten Licht der zwei schwach brennenden Kerzen sieht Berta nur, daß an der Wand ein paar kolorierte Bilder hängen, – die Porträts der Majestäten, wie ihr scheint, – daß an der einen Wand ein breiter Diwan mit einem persischen Teppich steht und nah dem Fenster ein kleines Pianino mit einer Anzahl eingerahmter Photographien auf dem Deckel. – Darüber hängt ein Bild, das sie aber nicht zu erkennen vermag. Dort drüben fallen rote Portieren herab zu Seiten einer Tür, die halb offen steht, – irgend etwas Weißes leuchtet durch die breite Spalte herein. Sie kann die Frage nicht länger zurückhalten: »Wohnst du hier?«

»Wie du siehst.«

Sie blickt vor sich hin. Auf dem Tische steht eine Karaffe mit Likör und zwei Gläschen, ein kleiner Aufsatz mit Obst und Backwerk. »Ist das dein Studierzimmer?« Ihre Augen suchen unwillkürlich nach einem Pult, wie es Geigenspieler brauchen. Er führt sie, den Arm um ihre Taille, vor das Pianino; dort setzt er sich hin, zieht sie auf seine Knie. »Ich will's dir nur lieber gestehen«, sagt er dann einfach und beinahe trocken, »ich wohne eigentlich nicht hier. Nur unseretwegen … hab' ich … für einige Zeit … ich hab' es für vernünftig gehalten … Wien ist nämlich eine Kleinstadt, und ich wollte dich nicht nachts in meine Wohnung bringen.«

Sie sieht es ein, und doch ist es ihr nicht ganz recht. Sie blickt auf. Jetzt kann sie die Konturen des Bildes über dem Pianino wahrnehmen: es ist eine nackte Frauengestalt. Berta hat eine merkwürdige Lust, das Bild ganz genau zu sehen. »Was ist das?« fragt sie.

»Kein Kunstwerk«, antwortet Emil. Er brennt ein Zündhölzchen an und leuchtet damit in die Höhe. Sie merkt, daß es ein ganz miserables Bild ist, aber es ist ihr zugleich, als sähe das gemalte Weib mit lachenden, frechen Augen auf sie herab, und sie ist froh, wie das Zündhölzchen verlischt.

»Du könntest mir jetzt eigentlich«, sagt Emil, »auf dem Klavier etwas vorspielen.« Sie wundert sich, daß er so kühl ist. Weiß er denn nicht, daß sie bei ihm ist? ... Aber fühlt denn sie selbst etwas Besonderes? ... Nein ... eine sonderbare Traurigkeit scheint hier aus allen Ecken zu quellen ... Warum hat er sie nicht lieber in seine Wohnung genommen? ... Was mag das für ein Haus sein? ... Sie bedauert jetzt, daß sie nicht mehr Wein getrunken hat ... Sie möchte nicht so nüchtern sein ...

»Nun, willst du mir nicht vorspielen?« sagt Emil. »Denke, wie lang ich dich nicht gehört habe.«

Sie setzt sich und greift einen Akkord. »Ich hab' ja alles verlernt.« »Versuch's nur.« Sie spielt ganz leise das Albumblatt von Schumann, und sie erinnert sich, wie sie vor wenig Tagen daheim spät abends phantasiert hat und Klingemann vor dem Fenster auf und ab spaziert ist; auch an das Gerücht von dem lasziven Bild in seinem Zimmer muß sie denken. Und unwillkürlich blickt sie wieder zu der nackten Frau über dem Pianino auf, die jetzt ins Leere schaut.

Emil hat sich einen Stuhl neben den ihren gerückt. Er zieht sie an sich und küßt sie, während ihre Finger immer weiter spielen und endlich ruhig auf den Tasten liegen bleiben. Berta hört, wie der Regen an die Fensterscheiben schlägt, und ein Gefühl von Zuhausesein kommt über sie.

Jetzt ist ihr, als wenn Emil sie in die Höhe trüge; ohne sie aus den Armen zu lassen, war er aufgestanden und führt sie langsam. Sie fühlt, wie ihr rechter Arm an der Portiere streift ... die Augen hält sie geschlossen... Über ihren Haaren fühlt sie Emils kühlen Atem ...

Als sie auf die Straße traten, hatte der Regen aufgehört, aber in der Luft war eine wunderbare Milde und Feuchtigkeit. Die meisten Laternen waren schon ausgelöscht, erst dort an der Straßenecke brannte wieder eine. Da auch der Himmel noch mit Wolken bedeckt war, lag eine tiefe Dunkelheit auf dem Weg. Emil hatte Berta den Arm gereicht, sie gingen schweigend. Eine Turmuhr schlug eins. Berta wunderte sich. Sie hatte den Morgen nahe geglaubt; aber sie freute sich nun, in der weichen, stillen Luft, an seinen Arm gelehnt, stumm durch die Nacht zu wandeln, denn sie liebte ihn sehr.

Sie traten auf einen freien Platz; vor ihnen lag die Karlskirche. Emil rief einen Kutscher an, der, auf dem Trittbrett seines offenen Wagens sitzend, eingeschlafen war. »Es ist so schön«, sagte Emil, »wir können noch ein bißchen spazieren fahren, eh ich dich in dein Hotel bringe – ja?«

Der Wagen setzte sich in Bewegung. Emil hatte den Hut abgenommen, sie legte ihn auf ihren Schoß; auch das tat ihr wohl. Sie betrachtete Emil von der Seite, seine Augen schienen ins Weite zu schauen. »Woran denkst du?«

»Ich …? Um die Wahrheit zu sagen, denk' ich an eine Melodie aus der Oper, die mir dieser Mensch am Nachmittag vorgespielt hat. Aber es wird eine andere daraus.«

»An Melodien denkst du jetzt …?« sagte Berta lächelnd, aber mit einem leichten Vorwurf. –

Wieder ein Schweigen. Der Wagen fuhr langsam über die menschenleere Ringstraße, vorbei an Oper, Museum, Volksgarten.

»Emil?«

»Was willst du, mein Schatz?«

»Wann werd' ich dich endlich wieder spielen hören?«

»Ich spiele ja dieser Tage in einem Konzert.« Er sagte es, als wenn es ein Spaß wäre.

»Nein, Emil, – du, für mich allein. Das wirst du doch einmal tun … ja? Ich bitte dich.«

»Ja, ja.«

»Es läge mir soviel daran. Ich möchte, daß du weißt: es ist niemand da als ich, die dich hört.«

»Nun ja. Aber lassen wir das doch jetzt.« Er sagte es so bestimmt, als nähme er irgend etwas vor ihr in Schutz. Sie verstand nicht, weshalb ihm das, worum sie ihn gebeten, unangenehm sein könnte, und fuhr fort: »Es bleibt doch dabei: morgen Nachmittag um fünf bei dir?«

»Ja. Ich bin neugierig, ob es dir bei mir gefallen wird.«

»O gewiß. Sicher ist es bei dir schöner als da, wo wir waren. Und bleiben wir den Abend zusammen? – Weißt du, ich meine nur, ob ich nicht für meine Cousine …«

»Aber lieber Schatz, machen wir doch lieber kein Programm.«
Dabei legte er den Arm um ihren Nacken, als wollte er ihr so die
Zärtlichkeit geben, die nicht im Ton seiner Worte lag.

»Emil!«

»Nun?«

»Morgen wollen wir die Kreutzersonate zusammen spielen –
das Andante wenigstens.«

»Aber liebes Kind, lassen wir doch endlich die Musik. Ich
glaub' schon, daß du dich riesig dafür interessierst.« Er sagte es
wieder in jener unbestimmten Art, von der sie nicht wußte, ob
sie spöttisch oder ehrlich gemeint war; aber sie wagte nicht zu
fragen. Dabei sehnte sie sich in diesem Augenblick so sehr, ihn
Violine spielen zu hören, daß es beinahe wie ein Schmerz war.

»Ah, da sind wir ja in deiner Nähe!« rief Emil. Und als ob er
ganz vergessen hätte, daß er noch eine Spazierfahrt mit ihr
machen wollte, rief er dem Kutscher die Adresse des Hotels zu.

»Emil – «

»Nun, Liebste?«

»Hast du mich noch lieb?«

Statt jeder Antwort drückte er sie an sich und küßte sie auf die
Lippen.

»Sag' mir, Emil – «

»Was denn?«

»Aber du hast ja nicht gern, wenn man dich viel fragt …«

»Frag' nur, mein Kind.«

»Was wirst du … was pflegst du denn Vormittags zu tun?«

»O, das ist höchst verschieden. Morgen zum Beispiel, spiel'
ich in der Lerchenfelder Kirche ein Violinsolo in einer Messe
von Haydn.«

»Wirklich? Da kann ich dich ja schon morgen früh hören?«

»Wenn's dir Spaß macht. Aber es ist wirklich nicht der Müh'
wert … Das heißt, die Messe ist natürlich sehr schön.«

»Wie kommst du eigentlich dazu, in der Lerchenfelder Kirche
zu spielen?«

»Es ist … eine Gefälligkeit von mir.«

»Für wen?«

»Für … nun, für Haydn selbstverständlich.«

In Berta zuckte irgend etwas schmerzlich zusammen. In diesem Augenblick fühlte sie, daß es mit dieser Mitwirkung in der

Lerchenfelder Kirche eine besondere Bewandtnis haben müßte. Vielleicht sang irgendeine mit, die ... Ja, was wußte sie schließlich? ... Aber sie wird hingehen, ganz bestimmt ... sie kann ihn keiner andern lassen! – Er gehört ihr, ihr allein ... er hat es ihr auch gesagt ... und sie wird verstehen, ihn festzuhalten ... Sie hat ja so unendlich viel Zärtlichkeit ... sie hat ja alle aufgespart für ihn allein ... sie wird ihn ganz damit umhüllen ... er wird sich nach keiner andern mehr sehnen ... Sie wird nach Wien übersiedeln, jeden Tag bei ihm sein, immer bei ihm sein.

»Emil – «

»Was hast du denn, Schatz?« Er wandte sich zu ihr, sah sie wie besorgt an.

»Hast du mich lieb? – O Gott, da sind wir schon!«

»So?« fragte Emil verwundert.

»Ja – dort, siehst du – dort wohne ich. Also bitte, Emil, sag' mir noch einmal – «

»Ja, morgen um fünf, mein Schatz. Ich freu' mich sehr.«

»Nein, nicht ... Ob du – «

Der Wagen hielt, Emil wartete an Bertas Seite, bis der Portier aufsperren kam, dann küßte er ihr ganz förmlich die Hand, sagte »Auf Wiedersehen, gnädige Frau« und fuhr davon.

In dieser Nacht schlief sie fest und tief.

Das Licht des Morgens war um sie, als sie erwachte. Der gestrige Abend fiel ihr ein, und sie war sehr froh, daß irgend etwas, das sie sich so schwer, beinah düster vorgestellt hatte, als etwas ganz Leichtes und Heiteres hinter ihr lag. Und dann war sie stolz in der Erinnerung an ihre Küsse, die gar nichts von der Schüchternheit eines ersten Abenteuers an sich gehabt hatten. Von Reue verspürte sie nicht das Geringste, obwohl ihr einfiel, daß es üblich ist, nach Dingen, wie sie sie erlebt, Reue zu empfinden. Auch Worte wie: Sünde, Liebesverhältnis fuhren ihr durch den Kopf, ohne verweilen zu können, da ihnen aller Sinn zu fehlen schien. Sie glaubte sicher zu sein, daß sie Emils Zärtlichkeit ganz wie eine liebesgewohnte Frau erwidert hatte, und war sehr glücklich, daß alles, was bei andern Frauen aus der Erfahrung trunkner Nächte, bei ihr nur aus der Tiefe ihrer Empfindungen gekommen war. Es schien ihr, als hätte sie gestern Abend eine Gabe an sich entdeckt, von der sie bisher nichts geahnt, und ganz leise regte sich das Bedauern, sie früher nicht ausgenützt zu haben. Sie erinnerte sich einer Frage Emils nach ihrer Vergangenheit, durch die sie nicht so verletzt war, als sie es hätte sein müssen, und jetzt in der Erinnerung kam ihr das gleiche Lächeln auf die Lippen, mit dem sie ihm die Wahrheit geschworen, an die er nicht hatte glauben wollen. Dann dachte sie an das nächste Wiedersehen mit ihm, stellte sich vor, wie er sie empfangen und durch die Zimmer geleiten würde. Der Einfall kam ihr, daß sie sich ganz so benehmen wollte, als wäre noch gar nichts geschehen. Nicht einmal in ihren Augen dürfte er die Erinnerung an den gestrigen Abend lesen; er sollte sie ganz von neuem erobern, um sie werben müssen, – nicht allein mit Worten, nein, auch mit seiner Musik … Ja, … wollte sie ihn nicht schon heute Vormittag hören? … Natürlich! – in der Kirche … Und sie besann sich der plötzlichen Eifersucht, die sie gestern Abend erfaßt hatte … Ja, warum nur? … Das kam ihr jetzt so komisch vor, – Eifersucht auf eine Sängerin, die vielleicht in der Messe mitsang, oder auf eine andere Unbekannte. Aber hingehen wollte sie jedenfalls. – Ah, wie schön wird das sein, im Dämmer der Kirche zu stehen, ungesehen von ihm, ihn nicht sehend, und nur sein Spiel zu hören, das vom Chor herunterschwebt. Und es ist ihr, als freue sie sich einer neuen Zärtlichkeit entgegen, die ihr von ihm werden soll, ohne daß er es ahnt.

Langsam steht sie auf, kleidet sich an. Ein leiser Gedanke an zuhause schwebt in ihr auf, aber er ist ganz ohne Kraft. Es macht ihr sogar Mühe, ihn zu denken. Auch darüber fühlt sie keine Reue, auch darauf ist sie eher stolz. Sie fühlt sich ganz als Emils Geschöpf, alles, was vor ihm da war, scheint ausgelöscht. Wenn er von ihr verlangen möchte: lebe ein Jahr, lebe diesen Sommer mit mir, dann aber mußt du sterben, – sie würde es tun.

Die aufgelösten Haare fallen ihr über die Schultern. Erinnerungen kommen ihr, die sie beinahe taumeln machen … O Gott, warum alles das so spät, so spät? – Aber noch ist eine lange Zeit vor ihr, – noch fünf, noch zehn Jahre kann sie schön bleiben … oh, auch noch länger für ihn, wenn sie zusammen bleiben, denn er würde ja mit ihr zusammen altern. Und wieder fliegt ihr jene Hoffnung durch den Sinn: wenn er sie zu seiner Frau machte, wenn sie zusammen wohnten, zusammen reisten, zusammen schliefen, Nacht für Nacht? – Aber jetzt beginnt sie sich ein wenig zu schämen. Warum denn immer und immer diese Gedanken? Zusammen leben heißt doch auch anderes – gemeinschaftliche Sorgen haben, über alle Dinge miteinander reden können? Ja, seine Freundin will sie sein vor allem! Und das, vor allem das will sie ihm heute sagen. Heute muß er endlich erzählen, über sich erzählen, sein ganzes Leben vor ihr ausbreiten, von dem Augenblick, da sie sich vor zwölf Jahren getrennt, bis … und mit Staunen muß sie weiter denken: – bis gestern früh … Gestern früh hat sie ihn zum erstenmal wiedergesehen, und in diesem einen Tag ist sie so völlig sein geworden, daß sie nichts mehr anderes denken kann als ihn, daß sie kaum mehr eine Mutter ist, … nein, nichts als seine Geliebte.

Sie trat in den hellen Sommertag hinaus. Es fiel ihr auf, daß ihr mehr Menschen begegneten als sonst, daß die meisten Geschäfte geschlossen waren. – Richtig, Sonntag! Sie hatte gar nicht daran gedacht. Nun machte sie auch das froh. Bald begegnete ihr ein sehr schlanker Herr, der den Überzieher offen trug und an dessen Seite ein junges Mädchen mit sehr dunklen, lachenden Augen ging. Berta mußte denken: ein Paar wie dieses sind wohl auch wir … Und sie stellte es sich schön vor, nicht nur im Dunkel der Nacht, sondern auch so wie diese beiden auf heller Straße, Arm in Arm, mit lachenden, glücklichen Augen umher zu wandeln. Manchmal, wenn ein Herr ihr im Vorbeigehen ins Gesicht sah, war ihr, als verstünde sie wie etwas Neues die Sprache der Blicke. Einer, der sie mit einem gewissen Ernst betrachtete, schien zu sagen: Na, du bist auch geradeso wie die andern! Dann kamen zwei junge Leute, die zu reden aufhörten, als sie sie sahen. Ihr war, als wüßten die ganz gewiß, was heut nachts geschehen war. Wieder ein anderer schien große Eile zu haben, sah sie flüchtig von der Seite an und seine Augen sagten: Was gehst du da so großartig herum wie eine brave Frau? Gestern Abend bist du mit einem von uns im Bett gelegen. Dieses »Einer von uns« hörte sie innerlich ganz deutlich, und sie mußte das erstemal in ihrem Leben bei allen Männern, die vorübergingen, denken, daß sie Männer, bei allen Frauen, daß sie Frauen waren, daß sie einander begehrten und daß sie einander fanden, wenn sie wollten. Und sie hatte das Gefühl, als ob sie noch gestern um diese Zeit eine Ausgeschlossene gewesen wäre, vor der alle anderen Geheimnisse hatten, während sie jetzt mit zu ihnen gehörte und mitreden durfte. Sie versuchte, sich auf die erste Zeit nach ihrer Hochzeit zu besinnen, und sie erinnerte sich, daß sie nichts empfunden hatte, als einige Enttäuschung und Beschämung. Ganz dunkel tauchte etwas in ihr auf, wovon sie nicht wußte, ob sie es einmal gelesen oder gehört, nämlich der Satz: es ist ja doch immer dasselbe. Und sie kam sich viel klüger vor als die oder der, der das gesagt oder geschrieben.

Jetzt merkte sie, daß sie den gleichen Weg ging wie gestern. Ihr Auge fiel auf eine Plakatsäule mit der Ankündigung des Konzertes, bei dem auch Emil mitwirken sollte. Mit Behagen blieb sie davor stehen. Ein Herr stand neben ihr. Sie lächelte und dachte: Wenn er wüßte, daß jetzt meine Augen gerade auf dem Namen desjenigen Menschen ruhen, der gestern Nacht mein Geliebter war… Sie war plötzlich sehr stolz. Was sie getan hatte, dünkte sie etwas Besonderes. Sie konnte sich kaum vorstellen, daß andere Frauen den gleichen Mut besäßen. Sie ging wieder durch den Volksgarten, in dem heute mehr Menschen waren als gestern. Wieder sah sie Kinder, die spielten, Gouvernanten und Kindermädchen, die plauderten, lasen, strickten. Ein sehr alter Herr fiel ihr auf, der sich auf eine Bank in der Sonne gesetzt hatte, sie ansah, den Kopf schüttelte und sie mit harten und unerbittlichen Augen verfolgte. Sie war sehr unangenehm berührt und hatte ein dunkles Gefühl von Unrecht gegenüber diesem alten Herrn. Als sie aber unwillkürlich wieder zurücksah, bemerkte sie, wie er auf den sonnenbeleuchteten Sand schaute und noch immer den Kopf schüttelte. Sie wußte jetzt, daß das mit seinem Alter zusammenhing, und sie fragte sich, ob auch Emil einmal ein so uralter Herr sein würde, der sich in die Sonne setzt und den Kopf schüttelt. Und mit einem Mal sah sie sich neben ihm einhergehen, in der Kastanienallee daheim, aber sie war noch jung wie jetzt, und er fuhr im Rollstuhl. Sie bebte leise. Wenn Herr Rupius es wüßte … Nein, – nie und nimmer würde er das von ihr glauben! Hätte er das von ihr vorausgesetzt, so hätte er sie nicht zu sich auf den Balkon gerufen und ihr erzählt, daß seine Frau ihn verlassen wollte… Sie staunte in diesem Augenblick über das, was ihr wie eine große Fülle ihres Lebens vorkam. Sie hatte den Eindruck, innerhalb so verwickelter Verhältnisse zu existieren, wie keine andere Frau. Und auch diese Empfindung trug zu ihrem Stolz bei. Während sie an einer Gruppe von Kindern vorbeiging, von denen vier ganz gleich gekleidet waren, dachte sie, wie sonderbar es wäre, daß sie keinen Moment an mögliche Folgen ihres gestrigen Abenteuers gedacht. Aber ein Zusammenhang zwischen dem, was gestern geschehen, zwischen diesen wilden Umarmungen in einem fremden Bett – und einem Wesen, das einmal zu ihr »Mutter« sagen sollte, schien außerhalb jeder Möglichkeit zu liegen.

Sie verließ den Garten und nahm den Weg zur Lerchenfelderstraße. Ob er jetzt daran dachte, daß sie auf dem Weg zu ihm wäre? Ob sie sein erster Gedanke heute früh gewesen? Und es schien ihr nun, daß sie sich früher den Morgen nach einer Liebesnacht ganz anders vorgestellt hatte ... ja, als ein gemeinsames Erwachen, Brust an Brust, Mund an Munde.

Soldaten kamen ihr entgegen, Offiziere schritten zur Seite auf dem Trottoir, einer streifte sie und sagte höflich: »Bitte, entschuldigen!« Es war ein sehr hübscher Mensch, und er kümmerte sich weiter nicht um sie, was sie ein wenig ärgerte. Und unwillkürlich dachte sie: ob der auch eine Geliebte hat? Und plötzlich wußte sie, daß er sicher heute Nacht mit ihr zusammen war und auch nur sie allein liebt und sich so wenig um andere Frauen kümmert als Emil.

Sie war vor der Kirche. Orgelklang drang bis auf die Straße. Eine Equipage stand da, mit einem Lakaien auf dem Bock. Wie kam die da her? Es war Berta mit einmal ganz klar, daß dieser Wagen in einer bestimmten Beziehung zu Emil stehen müßte, und sie nahm sich vor, vor Schluß der Messe die Kirche zu verlassen, um zu sehen, wer hier einstiege. Sie trat in die menschenerfüllte Kirche. Sie schritt zwischen den Bankreihen nach vorwärts, bis zum Hochaltar, an dem der Priester stand. Die Orgeltöne verklangen, das Streichorchester setzte ein. Sie wandte den Kopf nach der Richtung des Chors. Es war doch sonderbar, daß Emil hier in der Lerchenfelderkirche, sozusagen inkognito, das Solo in einer Haydnschen Messe spielen sollte ... Sie betrachtete die weiblichen Gestalten in den vorderen Bänken. Sie bemerkte zwei – drei – vier junge Frauen und mehrere alte Damen; zwei saßen in der vordersten Reihe, die eine war sehr vornehm in schwarze Seide gekleidet, die andere schien ihre Kammerfrau zu sein. Berta dachte, daß die Equipage jedenfalls dieser vornehmen alten Dame gehörte, was sie sehr beruhigte. Sie ging wieder nach rückwärts und hielt überall, halb unbewußt, nach schönen Frauen Umschau. Es gab noch einige leidlich hübsche, alle schienen ihr in Andacht versunken, und sie schämte sich, daß sie allein hier ohne jeden heiligen Gedanken umherwandelte. Jetzt merkte sie, daß das Violinsolo schon begonnen hatte. Er spielte jetzt, er, er! ... Und in diesem Augenblick hörte sie ihn seit mehr als zehn Jahren zum erstenmal, und es schien ihr, als wär' es der gleiche süße Ton von damals, so wie man Menschenstimmen erkennt, die man jahrelang nicht vernommen. Der Sopran setzte ein. Wenn sie die Sängerin nur sehen könnte! Es war eine helle, frische, nicht sehr geschulte Stimme, und Berta fühlte etwas wie einen persönlichen Zusammenhang zwischen dem Geigenspiel und dem Gesang. Daß Emil das Mädchen kannte, welches jetzt sang, war natürlich ... aber verbarg sich da nicht noch irgend etwas anderes? ... Der Gesang verstummte, die Geige klang weiter, und nun sprach sie zu ihr allein, als wollte sie sie beruhigen. Das Orchester fiel ein, das Geigensolo schwebte über den anderen Instrumenten und schien nur den einen Wunsch zu haben, sich mit ihr zu verständigen. Es sagte: Ich weiß, daß du da bist, und ich spiele nur für dich! ... Die Orgel setzte ein, aber noch behielt das Geigensolo die Führung. Berta war so ergriffen, daß sie Tränen im Auge hatte. Endlich war das Solo zu Ende, wie verschlungen von dem Schwall der Instrumente, und tauchte nicht wieder auf. Berta hörte kaum zu, aber die Musik umklang sie mit wunderbarem Trost. Manchmal glaubte sie, die Geige Emils im Orchester mitspielen zu hören, und da war es ganz sonderbar, beinah märchenhaft, daß sie da unten an einer Säule stand und er oben im Chor an einem Pulte saß, und sie hatten einander heut Nacht in den Armen gehalten, und alle die Hunderte hier in der Kirche wußten nichts davon ... Sie mußte ihn gleich sehen – ja! Sie wollte unten an der Stiege warten ... sie wollte nichts zu ihm sprechen, – nein, aber sehen wollte sie ihn, und auch die anderen, die kamen, – auch die Sängerin, auf die sie eifersüchtig gewesen war. Aber das war nun ganz vorüber; sie wußte es, daß er sie nicht belügen konnte. – Die Musik war verstummt, Berta fühlte sich vorwärts geschoben, dem Ausgang zu, sie wollte die

Stiege finden, aber sie wurde von ihr entfernt. Denn es war gut so ... Nein, das durfte sie nicht, sich hinstellen, ihn erwarten – – was würde er denken? Es wäre ihm gewiß nicht recht! Nein, sie wollte mit den andern verschwinden und ihm abends sagen, daß sie ihn gehört. Sie hatte nun geradezu Angst davor, von ihm bemerkt zu werden. Sie stand am Ausgang, schritt die Stufen hinab und kam gerade an der Equipage vorbei, als die alte Dame mit ihrer Kammerfrau einstieg. Sie mußte lächeln, als sie sich erinnerte, in welche Besorgnis sie der Anblick dieses Wagens versetzt hatte, und es schien ihr, als müßten mit diesem Verdacht auch alle andern zerflattern. Es war ihr, als hätte sie ein merkwürdiges Abenteuer hinter sich und stünde am Anfang eines ganz neuen Daseins. Zum erstenmal schien es ihr einen Sinn zu haben; alles andere war eingebildet gewesen und wurde zu nichts gegenüber dem Glück, das durch ihre Pulse strömte, während sie von der Kirche durch die Straßen der Vorstadt langsam nach Hause schlenderte. Erst wie sie schon nah dem Hotel war, merkte sie, daß sie den ganzen Weg wie im Traum zurückgelegt, und konnte sich kaum erinnern, welchen Weg sie gegangen und ob sie Leuten begegnet war oder nicht.

Als sie den Schlüssel zu ihrem Zimmer nahm, übergab ihr der Portier ein Billett und einen Strauß von Veilchen und Flieder ... Oh, warum hatte sie nicht auch daran gedacht, ihm Blumen zu schicken? – Aber was hatte er ihr zu schreiben? Sie öffnete den Brief mit einer leisen Furcht und las:

»Liebste! Ich muß dir noch einmal für den schönen Abend danken. Heute können wir uns leider nicht sehen. Sei nicht bös, meine liebe Berta, und vergiß nicht, mich rechtzeitig zu verständigen, wenn Du das nächste Mal nach Wien kommst.

Ich bin ganz der Deine.

Emil.«

Sie ging, sie lief die Treppen hinauf in ihr Zimmer ... Warum konnte er sie heute nicht sehen? Warum gab er nicht wenigstens die Ursache an? – Nun ja, was wußte sie schließlich von seinen Verpflichtungen aller Art, künstlerischer, gesellschaftlicher Natur? ... Es wäre gewiß zu weitläufig gewesen und hätte wie nach einer Ausrede ausgesehen, wenn er seine Verhinderung ausführlich entschuldigt. Aber trotzdem ... Und warum schrieb

er denn: »Wenn Du das nächste Mal nach Wien kommst …?«
Hatte sie ihm nicht gesagt, daß sie noch einige Tage dabliebe?
Das hatte er vergessen – gewiß. Und gleich setzte sie sich hin
und schrieb:

»Mein liebster Emil! Ich bedaure sehr, daß Du mir heute absa-
gen mußtest, aber glücklicherweise reise ich noch nicht ab. Bitte
sehr, Liebster, schreib mir doch gleich, wann Du morgen oder
übermorgen für mich Zeit hast.

Mit tausend Küssen Deine   Berta.

P. S. Es ist höchst ungewiß, wann ich wieder nach Wien
komme, und ich möchte keinesfalls fortreisen, ohne Dich noch
einmal zu sehen.«

Sie überlas den Brief. Dann schrieb sie noch dazu: »Ich muß
Dich noch einmal sehen!«

Sie eilte auf die Straße, übergab den Brief einem Dienstmann
und schärfte ihm ein, nicht ohne Antwort wiederzukommen.
Dann ging sie wieder hinauf und stellte sich zum Fenster. Sie
wollte nichts denken, sie wollte nur auf die Straße hinunterse-
hen. Sie heftete ihre Aufmerksamkeit gewaltsam auf die Vorübergehenden, und ein Spiel aus ihrer Kinderzeit kam ihr wieder in den Sinn, wo sie und ihre Brüder vom Fenster aus sich
darüber unterhielten, welchem Bekannten der oder jener Vorübergehende ähnlich sähe. Solche Ähnlichkeiten zu entdecken,
war für sie jetzt mit Schwierigkeit verbunden, weil ihr Zimmer
im dritten Stock gelegen war, aber anderseits erleichterte die
Entfernung die Willkürlichkeit der Deutung. Zuerst kam eine
Frau, die der Cousine Agathe ähnlich sah, später jemand, der an
ihren Klavierlehrer aus dem Konservatorium erinnerte, Arm in
Arm mit einer, die so aussah wie die Köchin ihrer Schwägerin.
Ein junger Bursch sah ihrem Bruder, dem Schauspieler, ähnlich,
gleich hinter ihm, und zwar in Hauptmannsuniform, kam ihr
verstorbener Vater des Wegs, der blieb eine Weile vor dem Hotel
stehen, blickte auf, gerade als wenn er sie suchte, und verschwand dann im Tor. Sie erschrak einen Augenblick so, als
wenn es wirklich ihr Vater wäre, der als Gespenst aus dem Grab
gekommen war. Dann lachte sie absichtlich, laut, und versuchte, das Spiel fortzusetzen, aber es gelang nicht mehr. Sie
blickte nur nach dem Dienstmann aus. Endlich beschloß sie,

nur um die Zeit hinzubringen, ihr Mittagmahl einzunehmen. Nachdem sie es bestellt, trat sie wieder ans Fenster. Aber nun blickte sie nicht mehr in die Richtung, aus welcher der Dienstmann kommen mußte, sondern folgte den Omnibus- und Pferdebahnwagen, die alle menschenüberfüllt den Vororten zufuhren. Jetzt sah sie wieder den Hauptmann von früher, wie er eben auf eine Tramway aufsprang, eine Virginia im Mund. Er sah ihrem verstorbenen Vater gar nicht mehr ähnlich. Sie hörte ein Geräusch hinter sich: der Kellner war eingetreten. Berta aß wenig und trank den Wein sehr rasch. Sie wurde schläfrig und lehnte sich in die Ecke des Diwans. Die Gedanken verschwammen ihr, in ihren Ohren tönte es wie Nachklänge von der Orgel, die sie in der Kirche vernommen hatte. Sie schloß die Augen, und mit einem Mal, wie hervorgezaubert, sah sie das Zimmer von gestern, und hinter den roten Vorhängen leuchtete das weiße Bett. Sie selbst saß wieder vor dem Pianino, aber ein anderer hielt sie umfaßt, ihr Neffe Richard. Sie riß gewaltsam die Augen auf, erschien sich über alle Maßen verworfen, und eine jähe Furcht überkam sie, als hätte sie für diese traumhaften Vorstellungen eine Sühne zu erwarten. Wieder ging sie zum Fenster. Eine Ewigkeit schien ihr verflossen, seit sie den Dienstmann ausgeschickt. Sie überlas noch einmal den Brief Emils. Ihr Blick haftete auf den letzten Worten »Ich bin ganz der Deine«, und sie sprach sie aus, laut, mit Zärtlichkeit, und dachte ähnlicher Worte von heute Nacht. Sie erfand sich einen Brief, der jetzt gleich da sein und der lauten mußte: »Meine liebste Berta! Gott sei Dank, daß Du morgen noch da bist! Ich erwarte Dich bestimmt um drei bei mir«, oder: »Wir wollen morgen den ganzen Tag miteinander verbringen«, oder gar »Ich habe meine Verabredung rückgängig gemacht, wir sehen uns heute noch. Komme gleich zu mir, ich erwarte Dich mit Sehnsucht!«

Nun, wie es immer sei, wenn auch nicht heute, bevor sie Wien verläßt, wird sie ihn wiedersehen. Es ist ja gar nicht anders denkbar. Wozu also diese entsetzliche Aufregung, als wenn alles vorüber wäre? Warum nur bleibt die Antwort so lange aus? ... Er hat jedenfalls außer Haus gegessen – natürlich, er führt ja keine Wirtschaft! So kann er frühestens um drei wieder daheim sein ... Aber wenn er vor Abend nicht nach Hause kommt? ... Der Dienstmann hat zwar den Auftrag, jedenfalls zu warten – auch bis in die Nacht hinein … aber was soll sie tun! Sie kann doch hier nicht die ganze Zeit am Fenster stehen und ausblicken? Die Stunden sind ja endlos! Sie könnte weinen vor Ungeduld, vor Verzweiflung! … Sie geht im Zimmer auf und ab, dann steht sie wieder eine Weile am Fenster, dann setzt sie sich nieder, für kurze Zeit nimmt sie ihren Roman zur Hand, den sie in der Reisetasche mitgeführt, auch zu schlummern versucht sie, – aber es gelingt ihr nicht. Endlich wird es vier: bald drei Stunden sind vergangen, seit sie wartet. Da klopft es an die Tür, der Dienstmann tritt ein und übergibt ihr einen Brief. Sie reißt das Kuvert auf, und mit einer unwillkürlichen Bewegung, um dem fremden Menschen den Ausdruck ihrer Mienen zu verbergen, wendet sie sich zum Fenster. Sie liest:

»Meine liebe Berta! Du bist sehr freundlich, daß Du mir noch die Auswahl zwischen den nächsten Tagen freistellst, aber, wie übrigens auch in meinem ersten Brief schon angedeutet war: ich kann leider über die nächsten Tage absolut nicht verfügen. Daß ich es mindestens so bedauere wie Du, kannst Du mir glauben. Nochmals tausend Dank und tausend Grüße, und auf ein schönes Wiedersehen das nächste Mal. Vergiß mich nicht ganz.

Dein Emil.«

Als sie diesen Brief gelesen, war sie ganz ruhig, bezahlte dem Dienstmann, was er forderte, und fand, daß es für ihre Verhältnisse gar nicht wenig sei. Dann setzte sie sich an den Tisch und versuchte nachzudenken. Sie wußte sofort, daß sie nicht länger hier bleiben könnte, und bedauerte nur, daß nicht gleich ein Zug nach Hause ging. Auf dem Tisch stand die halbgeleerte Flasche Wein, Brotkrumen waren neben dem Teller verstreut, auf dem Bett lag ihre Frühjahrsjacke, daneben die Blumen, die er ihr noch heute morgens geschickt. Was sollte das alles bedeuten? War es zu Ende? … Undeutlich, aber so, als müßt' es zu dem, was sie eben erlebt, eine Beziehung haben, fällt ihr ein Satz ein, den sie einmal gelesen, von Männern, die nichts anderes wollen, als »ihr Ziel erreichen« … Aber das hat sie immer für eine Romanphrase gehalten. Im übrigen, das ist doch kein Abschiedsbrief, den sie da in der Hand hält? … Ist es auch wirklich keiner? Können diese freundlichen Worte nicht auch Lüge sein? … Auch Lüge – das ist es! … Zum erstenmal drängt sich das entschiedene Wort in ihre Gedanken ... Lüge ... Denn es ist gewiß, schon heut Nacht, als er sie nach Hause brachte, war sein Entschluß gefaßt, sie nicht wiederzusehen, und die Verabredung wegen des heutigen Tags, sein Wunsch, sie heute bei sich zu sehen, war Lüge ... Sie ruft sich den gestrigen Abend ins Gedächtnis zurück, und sie fragt sich, wodurch sie ihn verstimmt, enttäuscht haben konnte? ... Es war doch alles so schön, und er schien so glücklich, geradeso glücklich als sie ... Sollte das auch Lüge gewesen sein? ... Was konnte sie wissen? ... Vielleicht hatte sie ihn doch verstimmt, verletzt, ohne es zu ahnen ... Sie ist ja nichts als eine brave Frau gewesen ihr Leben lang ... wer weiß, was für eine Ungeschicklichkeit oder Dummheit sie begangen ... ob sie nicht in irgend einem Moment, wo sie hingebend, zärtlich, beseligt und beseligend zu sein glaubte, lächerlich und abstoßend gewesen ist? ... Was weiß sie denn von allen diesen Dingen? ... Und mit einem Mal fühlt sie beinah etwas wie Reue, daß sie sich in dieses Abenteuer so unvorbereitet eingelassen, daß sie bis gestern so keusch und brav gewesen ist, daß sie nicht andere Liebhaber vor ihm gehabt hat ... Jetzt besinnt sie sich auch, wie er ihre schüchternen Fragen und Bitten abgewehrt, die sein Violinspiel betrafen, als wollte er sie diesen Kreis nicht betreten lassen. So war er ihr gerade in dem, was ihm tiefster Lebensinhalt war, fremd, mit Absicht fremd geblieben; sie wußte mit einem Mal, daß sie nichts mit ihm gemeinsam gehabt als das Vergnügen einer Nacht, und daß der heutige Morgen sie beide so fern voneinander gefunden, als alle die Jahre, die hinter ihnen lagen ... Und nun glüht die Eifersucht wieder in ihr auf ... Aber ihr ist, als wäre sie immer, als wäre überhaupt alles immer in ihr dagewesen ... Liebe und Mißtrauen und Hoffnung und Reue und Sehnsucht und Eifersucht ... und zum erstenmal in ihrem Leben ist sie so bis ins Innerste aufgewühlt, daß sie die Menschen begreift, die sich aus Verzweiflung zum Fenster hinunterstürzen ... Und sie sieht ein, daß sie es nicht ertragen, daß nur die Gewißheit ihr helfen kann ... sie muß hin zu ihm, ihn fragen ... aber so fragen, wie man einem ein Messer an die Brust setzt ...

Sie eilt davon, auf die Straßen, die beinahe leer sind, als wäre ganz Wien aufs Land gewandert ... Wird sie ihn nur daheim finden? ... Wird er nicht vielleicht ahnen, daß sie auf den Einfall kommen kann, ihn aufzusuchen, ihn zur Rede zu stellen, und wird er nicht dieser Möglichkeit aus dem Weg gegangen sein? ... Sie schämt sich, daß sie auch daran denken muß ... Und wenn er zu Hause ist, wird er allein sein? ... Und wenn er nicht allein ist, wird man sie vorlassen?

Und wenn sie ihn selbst in den Armen einer anderen fände, was dürfte sie sagen? ... Hat er ihr etwas versprochen? Hat er ihr Treue geschworen? Hat sie sie auch nur von ihm verlangt? Durfte sie sich einbilden, daß er hier in Wien gewartet hat, bis sie ihm zu seinem spanischen Orden gratuliert? ... Ja, durfte er ihr nicht sagen: Du hast dich mir an den Hals geworfen und hast nichts Besseres gewünscht, als daß ich dich nehme, wie du bist ... Und wenn sie sich selbst fragte – hatte er nicht recht? ... Ist sie nicht hierher gekommen, um seine Geliebte zu werden – nur darum ... ohne jede Rücksicht auf früher, ohne jede Sicherheit für später ... ja, nur darum! Alle anderen Wünsche und Hoffnungen hatten ihre Begierde nur flüchtig umschwebt, und sie war nichts Besseres wert als das, was ihr geschehen ... Und, wenn sie ehrlich gegen sich selbst ist, muß sie sich auch sagen: von allem, was sie erlebt hat, ist das noch immer das Beste gewesen ...

Sie ist an einer Ecke stehen geblieben, es ist ganz still um sie, die Sommerluft über ihr wird dunstig und schwül. Sie nimmt den Weg zurück ins Hotel. Sie ist sehr müde, und ein neuer Gedanke zuckt in ihr auf: ob er ihr nicht nur deshalb abgeschrieben hat, weil auch er müde ist... Sie kommt sich sehr erfahren vor, wie ihr das einfällt ... Und noch eins geht ihr durch den Sinn ... Er kann auch eine andere nicht auf andere Art lieben als sie ... Und plötzlich fragt sie sich, ob denn die heutige Nacht ihr einziges Erlebnis bleiben – ob sie selbst keinem anderen mehr angehören wird als ihm? Und sie freut sich dieses Zweifels, als nähme sie damit an seinem mitleidigen Blick und seinen spöttischen Lippen eine Art von Rache.

Nun ist sie wieder oben im dritten Stock des Hotels in dem ungemütlichen Zimmer. Noch immer sind die Reste des Mittagessens nicht abgeräumt, noch immer liegen Jacke und Blumen auf dem Bett. Sie nimmt die Blumen in die Hand, führt sie an die Lippen, als wollte sie sie küssen. Plötzlich aber, als bräche ihr ganzer Zorn wieder hervor, schleuderte sie sie heftig auf die Erde. Dann wirft sie sich aufs Bett, die Hände überm Gesicht.

Als sie eine Weile so gelegen war, wurde sie sehr ruhig, immer ruhiger. Es war vielleicht ganz gut, daß sie noch heute nach Hause fahren konnte. Sie dachte an ihren Buben, wie er in seinem Bettchen zu liegen und mit dem ganzen Gesicht zu lachen pflegte, wenn die Mutter sich über das Gitter beugte. Sie sehnte sich nach ihm. Sie sehnte sich auch ein wenig nach Elly und nach Frau Rupius. Ja richtig – die wollte ja von ihrem Manne fortgehen … Was da dahinter stecken mochte? … Eine Liebesgeschichte? … Aber sonderbar, jetzt konnte sie sich das noch weniger vorstellen als früher.

Es wird spät, es ist Zeit, sich zur Abreise bereit zu machen … So wird sie also schon Sonntag Abend wieder zu Hause sein.

Sie sitzt im Kupee, auf ihrem Schoß liegen die Blumen, die sie wieder vom Boden aufgehoben … Ja, nun fährt sie nach Hause, verläßt die Stadt, wo sie … etwas erlebt hat – so nennt man es doch wohl? … Worte schwirren ihr durch den Sinn, die sie in solchem Zusammenhang gelesen oder gehört hat … Worte wie: Seligkeit … Liebesrausch … Taumel … und ein leiser Stolz regt sich, daß sie das erfahren hat, was diese Worte bedeuten. Und noch ein anderer Gedanke kommt ihr, der sie seltsam beruhigt: Wenn er auch – vielleicht – jetzt ein Verhältnis mit einer anderen Frau hat … *der* hat sie ihn genommen … nicht für lang, freilich, aber doch so vollkommen, wie man einer Frau einen Mann nur nehmen kann. Sie wurde immer ruhiger, beinahe heiter.

Das war ja klar, daß sie, Berta, die unerfahrene Frau, sich nicht mit einem Ansturm völlig in den Besitz des Geliebten setzen konnte … Aber ob es ein anderes Mal nicht gelänge? … Sie freute sich sehr, daß sie nicht ihrem Entschluß gefolgt war, gleich zu ihm zu laufen, ja sie faßte sogar die Absicht, ihm einen so kühlen Brief zu schreiben, daß er in einen gelinden Ärger geraten müßte, sie wollte kokett, verschlagen sein … Aber sie mußte ihn wieder haben, das wußte sie … bald und womöglich für immer! … Und so gingen ihre Träume weiter, während der Zug sie nach Hause führte … immer kühner, je tiefer das Sausen der Räder sie in den Schlummer sang …

Die kleine Stadt lag schon in Schlaf, als sie ankam. – Zu Hause gab Berta dem Dienstmädchen den Auftrag, ihren Kleinen in aller Früh von ihrer Schwägerin abzuholen. Dann kleidete sie sich langsam aus. Ihre Augen fielen auf das Bild ihres verstorbenen Gemahls über ihrem Bett. Sie fragte sich, ob es weiter da hängen dürfe. Als sie jetzt daran dachte, daß es Frauen gibt, welche von ihrem Geliebten kommen und dann an der Seite ihres Gatten schlafen können, schauderte sie ... Nie hätte sie so etwas zu Lebzeiten ihres Gatten getan! ... Und hätte sie's doch getan, sie wäre nie wieder nach Hause zurückgekehrt.

Am nächsten Morgen weckte sie ihr Bub. Er war auf ihr Bett gesprungen und hatte ihr leise auf die Augenlider gehaucht. Berta setzte sich auf, umarmte und küßte den Kleinen, der nun gleich zu erzählen begann, wie gut es ihm bei Onkel und Tante ergangen, wie Elly mit ihm gespielt und wie Richard einmal mit ihm gerauft hatte, ohne ihn besiegen zu können. Und gestern hatte er Klavier spielen gelernt und konnte es schon bald so gut wie Mama. Berta hörte ihm nur immer zu. Sie dachte: wenn Emil jetzt das süße Geplauder hören könnte! und überlegte, ob sie das nächste Mal nicht den Kleinen nach Wien zu Emil mitnehmen könnte, wodurch diesem Besuch gleich alles Verdächtige genommen würde. Sie dachte nur an das Schöne, das sie in Wien erlebt, und von den Absagebriefen war ihr kaum anderes im Sinn geblieben als die Worte, die sich auf ein Wiedersehen bezogen. Sie stand beinahe in vergnügter Stimmung auf, und während sie sich ankleidete, fühlte sie eine ganz neue Zärtlichkeit für ihren eigenen Leib, der ihr noch von den Küssen des Geliebten zu duften schien.

Noch am frühen Vormittag ging sie zu ihren Verwandten. Als sie am Hause der Rupius vorbeikam, besann sie sich einen Augenblick, ob sie nicht gleich hinaufgehen sollte. Aber sie hatte eine unbestimmte Angst, gleich wieder in die erregte Stimmung des Hauses hineingezogen zu werden, und verschob den Besuch auf Nachmittag. Im Hause des Schwagers kam ihr Elly zuerst entgegen und empfing sie so stürmisch, als wenn sie von einer langen Reise wiederkehrte. Der Schwager, eben im Fortgehen, drohte Berta scherzhaft mit dem Finger und sagte: »Na, gut unterhalten?« Berta fühlte, wie sie dunkelrot wurde. »Ja«, setzte er fort, »das sind schöne Geschichten, die man von dir hört.« Er merkte aber nicht ihre Verlegenheit und grüßte Berta noch von der Tür aus mit einem Blick, der deutlich sagte: vor mir gibt es keine Geheimnisse!

»Papa macht immer solche Witze«, sagte Elly, »das gefällt mir gar nicht von ihm.«

Berta wußte, daß ihr Schwager nur ins Blaue geredet, wie es seine Art war, und wenn sie selbst ihm die Wahrheit sagte, würde er sie gar nicht glauben.

Die Schwägerin trat ein, und Berta mußte von ihrem Wiener Aufenthalt erzählen. Zu ihrem eigenen Erstaunen gelang es ihr sehr gut, Wahres und Erfundenes geschickt zu verbinden. Mit ihrer Cousine war sie im Volksgarten und in der Bildergalerie gewesen, Sonntag hatte sie eine Messe in der Stephanskirche gehört, auf der Straße hatte sie einen Lehrer aus dem Konservatorium getroffen, und schließlich erfand sie sogar ein komisches Ehepaar, das einmal bei der Cousine zu Abend gegessen. Je mehr sie ins Lügen kam, um so größer wurde ihre Lust, auch von Emil zu erzählen und mitzuteilen, daß sie den berühmten Violinvirtuosen Lindbach, der im Konservatorium ihr Kollege gewesen, auf der Straße getroffen und gesprochen hätte. Aber eine unbestimmte Furcht, nicht rechtzeitig innehalten zu können, hielt sie davon zurück. Frau Albertine Garlan saß in schwerer Müdigkeit auf dem Sofa und nickte mit dem Kopf, und Elly stand wie gewöhnlich am Klavier, den Kopf auf die Hände gestützt, und schaute die Tante mit großen Augen an. Von der Schwägerin ging Berta zu Mahlmanns und gab den Zwillingen die Klavierlektionen; die Fingerübungen und Skalen, die sie zu hören bekam, waren ihr anfangs unerträglich, endlich hörte sie nicht mehr zu und ließ ihre Gedanken ins Freie schweifen. Die vergnügte Stimmung des Morgens war verflogen, Wien erschien ihr unendlich fern, eine sonderbare Unruhe überkam sie, und plötzlich überfiel sie die Angst, daß Emil gleich nach seinem Konzert abreisen könnte. Das wäre ja entsetzlich! Mit einemmal wäre er fort, ohne daß sie ihn noch einmal gesehen – und wer weiß, wann er wiederkäme! Ob sie es nicht jedenfalls so einrichten sollte, am Tag des Konzerts in Wien zu sein? Sie mußte sich gestehen: ihn spielen zu hören, sehnte sie sich gar nicht, – ja, es kam ihr vor, als wär' es ihr ganz lieb, wenn er gar kein Violinvirtuos, wenn er überhaupt kein Künstler, wenn er ein einfacher Mensch wäre, – Buchhalter oder was immer! Wenn sie ihn nur für sich, für sich allein haben könnte! ... Indes spielten die Zwillinge ihre Skalen herunter; es war doch ein schreckliches

Los, dasitzen und diesen talentlosen Fratzen Klavierlektionen geben müssen. Warum war sie nur heute früh so gut gelaunt gewesen? ... Ah, die schönen Tage in Wien! Ganz abgesehen von Emil – diese vollkommene Freiheit, dieses Herumflanieren in den Straßen, dieses Spazierengehen im Volksgarten ... Allerdings, Geld hatte sie während dieser Zeit mehr ausgegeben, als ihr erlaubt war, das brachten zwei Dutzend Lektionen bei den Mahlmannischen Zwillingen nicht herein ... Und jetzt hieß es wieder: zurück zu den Verwandten, Stunde geben, und eigentlich wäre es sogar notwendig, sich noch nach neuen Lektionen umzuschauen, denn in diesem Jahr wollte die Rechnung gar nicht stimmen! ... Ah, was für ein Leben!

Auf der Straße begegnete Berta der Frau Martin. Diese fragte Berta, wie sie sich in Wien unterhalten habe, mit einem Blick, der deutlich ausdrückte: so gut wie ich mit meinem Mann unterhältst du dich ja doch nicht! Berta hatte eine unsägliche Lust, dieser Person ins Gesicht zu schreien: Mir ist es viel besser gegangen, als du ahnst. Ich bin in einem schönen, weichen Bett gelegen, mit einem entzückenden, jungen Mann, der tausendmal liebenswürdiger ist als dein Herr Gemahl! Und ich versteh' das alles gerade so gut wie du! Du hast nur einen Gatten, ich hab' aber einen Geliebten, Geliebten, Geliebten! ... Doch sie sagte natürlich nichts von alledem, sondern erzählte, daß sie mit ihrer Cousine und deren Kindern im Volksgarten spazieren gegangen sei.

Es begegneten ihr noch andere Frauen, mit denen sie oberflächlich bekannt war. Diesen gegenüber fühlte sie sich ganz anders als früher, freier, überlegener: sie war die einzige in der Stadt, die etwas erlebt hatte, und es tat ihr beinah leid, daß niemand etwas davon wußte, denn wenn man sie auch öffentlich verachtet, im Innern hätten sie alle diese Frauen unsäglich beneidet. Und wenn sie nun gar gewußt hätten, wer ... Obzwar, in diesem Nest kannten sicher viele nicht einmal seinen Namen. Wenn es doch irgend jemanden auf der Welt gäbe, mit dem sie sich aussprechen könnte! ... Frau Rupius, ja Frau Rupius ... Aber die geht ja fort, auf Reisen! ... Eigentlich ist ihr das auch gleichgültig. Sie möchte nur wissen, wie das endlich mit Emil werden wird, sie möchte wissen, was es eigentlich war ... das ist die fürchterliche Unruhe in ihr ... Hat sie denn nun ein »Liebesverhältnis« mit ihm? … Ah, warum ist sie nicht doch noch einmal zu ihm gegangen? … Aber sie konnte ja nicht! … Dieser Brief … er wollte sie ja nicht sehen! … Aber Blumen hatte er ihr doch geschickt …

Nun ist sie wieder bei den Verwandten. Richard will ihr entgegen, sie in seiner scherzhaften Manier umarmen, sie stößt ihn weg; frecher Bub, denkt sie sich, ich weiß schon, wie er das meint, wenn er es auch selbst nicht weiß; ich verstehe diese Dinge, ich hab' einen Geliebten in Wien! … Die Stunde nimmt ihren Gang; am Schluß spielen Elly und Richard vierhändig die Festouvertüre von Beethoven, was eine Überraschung zum Geburtstag des Vaters werden soll.

Berta dachte nur an Emil. Sie war nahe daran, verrückt zu werden über diesem elenden Geklimper … Nein, es war nicht möglich, so weiter zu existieren, in keiner Hinsicht! … Sie ist auch noch so jung … Ja, das ist es, besonders das … sie wird so nicht weiterleben können … und das geht doch nicht, daß sie irgendeinen anderen … Wie kann sie nur an so was denken! … Sie ist doch eine ganz schlechte Person! – Wer weiß, ob es nicht das war, was Emil mit seiner großen Erfahrung an ihr herausgespürt hat und warum er sie nicht mehr sehen will … Ach, die Frauen sind doch am besten dran, die alles leicht nehmen, die es fertig bringen, gleich nachdem sie einer sitzen gelassen – … Aber was sind denn das wieder für Ideen! Hat er sie denn »sitzen lassen«? … In drei, vier Tagen ist sie wieder in Wien, bei ihm, in seinen Armen! … Und drei Jahre hat sie so leben können? … Drei? … – Sechs Jahre – Ihr ganzes Leben! … Wenn er das nur wüßte, wenn er das nur glaubte!

Die Schwägerin tritt ein; sie fordert Berta auf, heute Abend bei ihnen zu nachtmahlen … Ja, das ist die einzige Zerstreuung: einmal an einem anderen Tisch als dem häuslichen eine Mahlzeit einnehmen! – Wenn es doch einen Menschen hier gäbe, mit dem man reden könnte! … Und Frau Rupius reist ab, verläßt ihren Mann … Ob nicht doch eine Liebesgeschichte da mitspielt? … Die Stunde ist zu Ende, Berta empfiehlt sich. Auch ihrer Schwägerin gegenüber hat sie das Gefühl der Überlegenheit, beinah des Mitleids. Ja, das weiß sie, nicht für ein ganzes Leben, wie die Frau es führt, möchte sie jene eine Stunde hergeben. Dabei, so denkt sie, während sie wieder nach Hause spaziert, ist sie gar nicht recht zum Bewußtsein ihres Glücks gekommen, das war ja alles so rasch vorbei. Und dann dieses Zimmer, diese ganze Wohnung, dieses schreckliche Bild … Nein, nein, es war eigentlich alles eher häßlich. Wirklich schön war doch nur, wie er sie nachher im Wagen nach Haus begleitet und ihr Kopf an seiner Brust geruht hat … Ah, er hatte sie schon lieb – freilich nicht so wie sie ihn, aber war das auch möglich? Was für ein Leben lag hinter ihm! – Sie dachte jetzt daran ohne Eifersucht, eher mit einem leichten Bedauern für ihn, der soviel in seinem Gedächtnis mitzutragen hatte. Denn daß er das Leben nicht leicht nahm, sah man ihm an … Ein heiterer Mensch war er nicht … Alle die Stunden, die sie mit ihm verbracht, waren in ihrer Erinnerung wie von einer unbegreiflichen Wehmut umflossen. Wenn sie nur alles von ihm wüßte! Er hatte ihr so wenig … nichts, nichts hatte er von sich erzählt! … Aber wie sollte er das auch am ersten Tag? Ah, wenn er sie nur wirklich kennte! Wenn sie nur nicht so schüchtern, so unfähig wäre sich auszudrücken … Sie muß ihm noch einmal schreiben, eh sie ihn wiedersieht … Ja, noch heute wird sie das tun. Der Brief, den sie ihm gestern geschickt hat, wie war der dumm! Er konnte auf den wahrhaftig nicht anders antworten, als er getan. Sie durfte weder herausfordernd schreiben, noch demütig … nein, sie war ja doch seine Geliebte! Sie, die hier durch die Straßen ging, von all den Leuten, die ihr begegneten, wie ihresgleichen angesehen, … sie war die Geliebte dieses herrlichen Menschen, den sie seit ihrer Jugend angebetet. Und wie rückhaltlos, wie ohne Ziererei hatte sie sich ihm hingegeben, – keine von allen Frauen, die sie kannte, hätte das getan! … Ah, und sie täte noch mehr! O ja! sie würde auch bei ihm leben, ohne seine Frau zu sein, und es wäre ihr sehr gleichgültig, was die Leute sagten … sie wäre sogar stolz darauf! Und später würde er sie ja doch heiraten … ganz gewiß. Sie war auch eine so vortreffliche Hausfrau … Und wie wohl mußte ihm das tun, nach soviel ungeordneten Wanderjahren in einem wohlbestellten Hauswesen zu leben, ein braves Weib an seiner Seite, das nie einen anderen geliebt hat als ihn.

Sie war wieder zu Hause und richtete sich noch, bevor das Mittagessen aufgetragen wurde, alles zum Schreiben her. Sie aß in fieberhafter Ungeduld, sie nahm sich kaum Zeit, ihrem Buben vorzuteilen und vorzuschneiden, dann ließ sie ihn durch das Dienstmädchen auskleiden und zum Nachmittagsschlaf ins Bett legen, was sie sonst immer selbst tat, setzte sich zum Schreibtisch, und die Worte flossen ihr mühelos aus der Feder, als sei der ganze Brief in ihrem Kopf längst fertig gewesen.

»Mein Emil, mein Geliebter, mein alles!

Seit ich wieder zurück bin, hab' ich eine unbezwingbare Lust, Dir zu schreiben, und möchte Dir nur immer und immer sagen, wie glücklich, wie unendlich glücklich Du mich gemacht hast. Ich war Dir im Anfang böse, daß Du mir für den Sonntag abgeschrieben hast, auch das muß ich Dir gestehen, weil ich das Bedürfnis habe, Dir alles zu sagen, was in mir vorgeht. Leider konnte sich dies nicht, solang ich mit Dir zusammen war; es ist mir nicht gegeben, aber jetzt finde ich die Worte, und Du mußt es schon ertragen, daß ich Dich mit meinem Geschreibsel langweile. Liebster, Einziger – ja, das bist Du, wenn Du auch, wie es scheint, nicht so ganz davon überzeugt warst, wie Du es sein solltest. Ich bitte Dich, glaub' es mir. Schau, ich hab' ja nichts anderes als diese Worte, um es Dir zu sagen. Emil, ich habe nie, nie jemanden andern geliebt als Dich – und werde nie einen andern lieben! Mach' mit mir, was Du willst, nichts bindet mich an die kleine Stadt, in der ich jetzt lebe, – ja, vielmehr es ist mir öfter schrecklich, hier existieren zu müssen. Ich will nach Wien ziehen, um in Deiner Nähe zu sein. O, habe keine Angst, ich werde Dich nicht stören! Ich bin ja nicht allein, habe mein Kind, welches ich *abgöttisch* liebe. Ich werde mich einschränken, und schließlich, warum soll es mir nicht gelingen, geradeso wie hier, auch in einer großen Stadt wie Wien, ja vielleicht noch eher, Lektionen zu finden, durch die ich meine Lage aufbessern kann. Doch ist dies Nebensache, da es ja längst meine Absicht war, schon wegen meines angebeteten Kindes, wenn es größer wird, nach Wien zu übersiedeln. Du kannst Dir nicht vorstellen, wie dumm hier die Menschen sind! Und ich kann überhaupt niemanden mehr ansehen, seit ich wieder das Glück hatte, mit Dir beisammen zu sein. Gib mir einen Rat, mein Liebster! Doch Du brauchst Dich nicht zu bemühen, mir einen ausführlichen Brief zu schreiben, ich komme jedenfalls noch diese Woche nach Wien, ich müßte es jedenfalls wegen einiger dringender Besorgungen, und Du kannst mir dann alles sagen, wie Du Dir's denkst und wie Du's am besten hältst. Du mußt mir nur versprechen, daß Du mich dann, wenn ich in Wien lebe, manchmal besuchen wirst; wenn es Dir unangenehm ist, braucht es ja niemand zu wissen. Aber Du kannst mir glauben, daß jeder Tag, an dem ich Dich sehen darf, ein Festtag für mich sein wird, und daß es auf der ganzen Welt kein Wesen gibt, das Dich treuer und so bis in den Tod liebt wie ich.

Lebe wohl, mein Geliebter!   Deine Berta.«

Sie wagte nicht, den Brief zu überlesen, sie verließ gleich das Haus, um ihn selbst zum Bahnhof zu bringen. Dort sah sie Frau Rupius, einige Schritte vor ihr, von einem Dienstmädchen begleitet, das eine kleine Handtasche trug. Was sollte das bedeuten? Sie erreichte Frau Rupius in dem Augenblick, da sie in den Wartesaal trat. Das Dienstmädchen legte die Tasche auf den großen Tisch in der Mitte, küßte ihrer Herrin die Hand und ging.

»Frau Rupius!« rief Berta wie fragend aus.

Frau Rupius reichte ihr freundlich die Hand. »Ich hörte, daß Sie schon wieder zurück sind. Nun, wie ist es Ihnen gegangen?«

»Gut, O sehr gut, aber –«

»Sie sehen mich ja ganz erschrocken an; nein, Frau Berta, ich komme wieder zurück – schon morgen. Aus der langen Reise wird nichts, ich habe mich … zu etwas anderem entschließen müssen.«

»Zu etwas anderem?«

»Nun ja, zum Bleiben. Morgen bin ich wieder da. Nun, wie ist es Ihnen gegangen?«

»Ich sagte schon: sehr gut.«

»Ja richtig, Sie sagten es schon. Aber Sie wollen ja diesen Brief aufgeben, nicht wahr?«

Jetzt erst bemerkte Berta, daß sie den Brief an Emil noch in der Hand hielt. Sie betrachtete ihn mit so entzückten Augen, daß Frau Rupius lächelte.

»Soll ich ihn vielleicht mitnehmen? Er soll doch wohl nach Wien.«

»Ja«, sagte Berta, und als wäre sie glücklich, es endlich aussprechen zu können, setzte sie entschlossen hinzu: »an ihn.«

Frau Rupius nickte wie zufrieden mit dem Kopf, sah Berta aber gar nicht an und antwortete nichts.

»Wie froh ich bin«, sagte Berta, »daß ich Ihnen noch begegnet bin. Sie sind ja die Einzige hier, zu der ich Vertrauen habe, Sie sind ja die Einzige, die so etwas verstehen kann.«

»Ach nein«, sagte Frau Rupius wie im Traume vor sich hin.

»Ich beneide Sie so, daß Sie heute schon in ein paar Stunden Wien wiedersehen. Wie glücklich sind Sie!«

Frau Rupius hatte sich auf einen der Lederfauteuils am Tisch gesetzt, das Kinn auf eine Hand gestützt, blickte zu Berta auf und sagte: »Mir scheint doch eher, daß *Sie* es sind.«

»Nein, ich muß doch hier bleiben.«

»Warum?« fragte Frau Rupius. »Sie sind ja frei. Aber werfen Sie den Brief doch jetzt in den Kasten, sonst seh' ich die Adresse und weiß dann mehr, als Sie mir sagen wollen.«

»Nicht deswegen, aber – ich möchte, daß der Brief noch mit diesem Zug …« Sie eilte rasch in die Vorhalle, warf den Brief ein, war gleich wieder bei Anna, die in derselben ruhigen Haltung dasaß, und fuhr zu reden fort: »Ihnen könnte ich nämlich alles sagen, ja vielmehr, ich wollte schon, bevor ich hineinfuhr … aber denken Sie, wie sonderbar, da hab' ich mich nicht getraut.«

»Damals war wohl auch noch nichts zu erzählen«, sagte Frau Rupius, ohne Berta anzusehen.

Berta staunte. Wie klug war diese Frau! Wie durchschaute sie die Menschen! »Nein, damals war noch nichts zu erzählen«, wiederholte sie, indem sie Frau Rupius mit einer Art von Verehrung ansah. »Denken Sie nur, es ist wohl unglaublich, was ich Ihnen jetzt sagen werde, aber ich käme mir wie eine Lügnerin vor, wenn ich's verschwiege.«

»Nun?«

Berta hatte sich auf einen Sessel neben Frau Rupius gesetzt und sprach leiser, da die Türe zur Vorhalle offenstand. »Ich wollte Ihnen nämlich sagen, Anna, daß mir gar nicht so ist, als wenn ich etwas Böses getan hätte, nicht einmal etwas Unerlaubtes.«

»Das wär' auch nicht sehr klug.«

»Ja, Sie haben schon recht … ich meinte auch noch mehr: es ist mir, als wenn ich etwas ganz Gutes, als wenn ich etwas Besonderes getan hätte. Ja, Frau Rupius, es ist nun einmal so, ich bin stolz seitdem!«

»Nun, dazu liegt wohl auch kein Grund vor«, sagte Frau

Rupius, indem sie Bertas Hand, die auf dem Tisch lag, wie in Gedanken streichelte.

»Das weiß ich ja, aber doch bin ich so stolz und komme mir ganz anders vor, als alle Frauen, die ich kenne. Sehen Sie, wenn Sie wüßten ... wenn Sie ihn kennten – es ist eine so seltsame Geschichte! Sie dürfen nämlich nicht glauben, daß das eine Bekanntschaft ist, die ich kürzlich gemacht habe – ganz im Gegenteil, Sie müssen wissen, ich bin in ihn verliebt, seit ich ein ganz junges Mädel war, zwölf Jahre ist das schon her, und lange Zeit hatten wir uns gar nicht gesehen, und jetzt – ist es nicht wunderbar? jetzt ist er mein ... mein ... mein ... Geliebter!« Endlich hatte sie es gesagt, ihr ganzes Gesicht strahlte.

Frau Rupius sah sie mit einem Blick an, in dem etwas Spott und sehr viel Freundlichkeit lag. Sie sagte: »Ich freue mich, daß Sie glücklich sind.«

»Sie sind ja so gut! Aber sehen Sie, es ist doch andererseits wieder schrecklich, daß wir so fern voneinander sind; er lebt in Wien, ich hier, – ich glaube, ich werde das gar nicht aushalten. Ich hab' auch nicht mehr das Gefühl, wie wenn ich hierher gehörte, insbesondere zu meinen Verwandten. Wenn die es wüßten ... nein, wenn die es wüßten! – Sie würden es übrigens gar nicht glauben. Eine Frau wie meine Schwägerin zum Beispiel, nun, – ich bin überzeugt, die denkt gar nicht daran, daß so was überhaupt möglich ist.«

»Aber Sie sind wirklich sehr naiv«, sagte Frau Rupius plötzlich, beinahe aufgebracht. Sie lauschte. »Mir war, als hörte ich den Zug schon pfeifen.« Sie stand auf, ging zu der großen Glastür, die auf den Perron führt, und sah hinaus. Der Portier kam und ersuchte um die Fahrkarten, die er markieren wollte. Zugleich sagte er: »Der Zug nach Wien hat 20 Minuten Verspätung.«

Berta war aufgestanden und zu Frau Rupius getreten. »Warum haben Sie gemeint, daß ich naiv bin?« fragte sie schüchtern.

»Aber Sie kennen ja die Menschen gar nicht«, erwiderte Frau Rupius wie ärgerlich. »Sie haben ja gar keine Ahnung, unter was für Leuten Sie existieren. Ich versichere Sie, Sie brauchen gar nicht stolz zu sein.«

»Ich weiß ja, daß es sehr dumm von mir ist.«

»Ihre Schwägerin – das ist köstlich – Ihre Schwägerin!«

»Was meinen Sie denn?«

»Ich meine, daß Ihre Schwägerin auch einen Geliebten gehabt hat.«

»Aber wie kommen Sie auf diese Idee!«

»Nun, sie ist nicht die Einzige in dieser Stadt.«

»Ja, es gibt gewiß Frauen, die … aber Albertine – «

»Und wissen Sie, wer es war? Das ist sehr amüsant! Herr Klingemann!«

»Nein, das ist nicht möglich!«

»Allerdings ist es schon lange her; etwa zehn Jahre oder elf.«

»Aber zu der Zeit waren Sie ja selbst noch nicht hier, Frau Rupius.«

»O, ich hab' es aus der besten Quelle – Herr Klingemann selbst hat's mir erzählt.«

»Herr Klingemann selbst? – Ist es denn möglich, daß ein Mensch so gemein – «

»Das ist sogar ganz gewiß.« Sie setzte sich nieder, auf einen Sessel neben der Tür, Berta blieb neben ihr stehen und hörte ihr staunend zu. »Ja, Herr Klingemann … er hat mir nämlich die Ehre erwiesen, gleich als ich in die Stadt kam, mir sehr lebhaft den Hof zu machen, auf Tod und Leben, wie man so sagt. Sie wissen ja selbst, was für ein widerwärtiger Kerl er ist. Ich hab' ihn ausgelacht, das hat ihn wahrscheinlich sehr gereizt, und offenbar hat er geglaubt, mich durch die Erzählung seiner Eroberungen von seiner Unwiderstehlichkeit zu überzeugen.«

»Aber vielleicht hat er Ihnen Dinge erzählt, die nicht wahr sind.«

»Manches wohl, aber diese Geschichte ist zufällig wahr … Ah, was sind die Männer für ein Gesindel!« Sie sprach es mit dem Ausdruck tiefsten Hasses. Berta war ganz erschrocken. Nie hatte sie es für möglich gehalten, daß Frau Rupius solche Worte sprechen könnte. »Ja, warum sollen Sie nicht wissen, unter was für Menschen Sie existieren?«

»Nein, das hätt' ich nie für möglich gehalten! Wenn das mein Schwager wüßte!«

»Wenn er es wüßte? Er weiß es so gut wie Sie, wie ich.«

»Wie!? Nein, nein!«

»Er hat sie ja erwischt – verstehen Sie mich! … Herrn Klingemann und Albertine! So daß beim besten Willen kein Zweifel möglich war!«

»Ja, um Gotteswillen, was hat er denn da getan?«

»Nun, Sie sehen ja, er hat sie nicht hinausgeworfen.«

»Nun ja, die Kinder … freilich!«

»Ach was, die Kinder! Aus Bequemlichkeit hat er ihr verziehen – und hauptsächlich, weil er dann selber tun konnte, was er wollte. Sie sehen ja, wie er sie behandelt. Sie ist doch nichts viel Besseres als sein Dienstmädchen; Sie sehen ja, wie gedrückt und elend sie immer herumschleicht. Er hat es dahin gebracht, daß sie sich von dem Moment an immer wie eine Begnadigte vorkommen mußte, und ich glaube, sie hat sogar eine ewige Angst, daß er die Bestrafung einmal nachholen könnte. Aber das ist eine dumme Angst, er würde sich um keinen Preis um eine andere Wirtschafterin umsehen … Ah, meine liebe Frau Berta, wir sind ja gewiß keine Engel, wie Sie nun aus eigener Erfahrung wissen, aber die Männer sind infam, solang …« es war, als zögerte sie, den Satz zu enden, »solang sie Männer sind.«

Berta war wie vernichtet. Weniger wegen der Dinge, die ihr Frau Rupius erzählte, als wegen der Art, in der sie es getan. Sie schien eine ganz andere geworden zu sein, und Berta war es ganz weh ums Herz. –

Die Perrontür wurde geöffnet, man hörte das leise, ununterbrochene Klingeln des Telegraphen. Frau Rupius stand langsam auf, ihr Gesicht nahm einen milden Ausdruck an, sie reichte Berta die Hand und sagte: »Verzeihen Sie mir, ich war nur ein bißchen ärgerlich. Es kann ja auch sehr schön sein, es gibt sicher auch anständige Menschen … O gewiß, es kann sehr schön sein!« Sie blickte auf die Gleise hinaus, als folgte sie den eisernen Linien ins Weite. Dann sagte sie wieder ganz mit der sanften, wohltönenden Stimme, die Berta so sehr an ihr liebte: »Morgen Abend bin ich wieder zu Hause … Ja, richtig, mein Necessaire.« Sie eilte zum Tisch und nahm ihre Tasche. »Das wär' nämlich furchtbar gewesen, ohne meine zehn Flaschen kann ich nicht reisen! Also leben Sie wohl! Und vergessen Sie doch nicht, daß das alles seit zehn Jahren vorbei ist.«

Der Zug fuhr ein, sie eilte rasch zu einem Kupee, stieg ein und nickte Berta noch vom Fenster aus freundlich zu. Berta versuchte, ebenso heiter zu erwidern, aber sie fühlte, daß das Händewinken, mit dem sie der Scheidenden nachgrüßte, steif und gekünstelt war.

Langsam ging sie wieder nach Hause. Vergeblich suchte sie sich zu überreden, daß sie all das gar nichts anging, weder das längstvergangene Verhältnis ihrer Schwägerin, noch die Niedrigkeit ihres Schwagers, noch die Gemeinheit Klingemanns, noch die sonderbaren Launen dieser unbegreiflichen Frau Rupius. Sie konnte sich's nicht erklären; aber es war ihr, als hätte alles das, was sie gehört, auch irgend eine geheimnisvolle Beziehung zu ihrem Abenteuer. Plötzlich waren die nagenden Zweifel wieder da ... Warum hatte er sie nicht einmal sehen wollen? Nicht am Tage drauf, nicht zwei, nicht drei Tage später? Warum? – Er hatte sein Ziel erreicht, das war ihm genug ... Wie hatte sie ihm nur diesen tollen, schamlosen Brief schreiben können? Und eine Angst tauchte in ihr auf ... Wenn er ihn am Ende einer andern Frau zeigte ... mit ihr zusammen sich darüber lustig machte ...! Nein, was fiel ihr denn nur ein! An so etwas nur zu denken! ... Es war ja möglich, daß er den Brief nicht beantwortete, in den Papierkorb warf, – aber sonst nichts ... nein ... Im übrigen, nur Geduld, in zwei, drei Tagen ist alles entschieden. Sie wußte nicht recht, was, aber sie fühlte, daß diese unerträgliche Verwirrung in ihr nicht lange mehr dauern konnte. Irgendwie mußte sie sich lösen.

Am späten Nachmittag machte sie wieder einmal mit ihrem Buben einen Gang in den Weingeländen, aber sie betrat den Friedhof nicht. Dann wandelte sie langsam hinunter und spazierte unter den Kastanien. Sie plauderte mit Fritz, fragte ihn über allerlei aus, ließ sich Geschichten von ihm erzählen, unterrichtete ihn über manches, wie sie es oft zu tun pflegte, versuchte ihm zu erklären, wie weit die Sonne von der Erde entfernt sei, wie aus den Wolken der Regen komme und wie die Trauben wachsen, aus denen der Wein gemacht wird. Sie ärgerte sich nicht, wie sonst manchmal, wenn der Bub nicht recht aufmerkte, weil sie ganz gut fühlte, daß sie nur sprach, um sich selbst zu zerstreuen. Dann wandelte sie den Hügel hinab und unter den Kastanien wieder der Stadt zu. Bald sah sie Klingemann kommen, aber es machte nicht den geringsten Eindruck auf sie; er sprach sie mit erzwungener Höflichkeit an, hielt immer den Strohhut in der Hand und affektierte einen großen, beinahe düstern Ernst. Er schien sehr gealtert, auch merkte sie, daß seine Kleidung eigentlich gar nicht elegant, sondern geradezu vernachlässigt sei. Sie mußte sich ihn plötzlich in einer zärtlichen Umarmung mit ihrer Schwägerin vorstellen und war sehr angewidert. Später setzte sie sich auf eine Bank und sah zu, wie Fritz mit andern Kindern spielte, immer mit gespannter Aufmerksamkeit, um nicht an anderes denken zu müssen.

Am Abend war sie bei den Verwandten. Sie hatte die Empfindung, als hätte sie alles längst geahnt; denn wie wäre ihr sonst die Art der Beziehungen zwischen Schwager und Schwägerin nicht früher aufgefallen. Der Schwager machte wieder seine Scherze über Bertas Reise nach Wien, er fragte, wann sie wieder hineinfahren und ob man nicht bald von ihrer Verlobung hören würde. Berta ging auf die Scherze ein und erzählte, daß sich mindestens ein Dutzend um ihre Hand bewürben, darunter ein Minister; aber sie fühlte, daß nur ihre Lippen sprachen und lächelten, während ihre Seele ernst und schweigend blieb. Richard saß neben ihr und berührte zufällig mit seinem Knie das ihre, und als er ihr ein Glas Wein einschenkte und sie abwehrend seine Hand ergriff, fühlte sie eine wohlige Wärme an ihrem Arme bis in die Schulter gleiten. Sie war darüber zufrieden. Es schien ihr, als beginge sie jetzt eine Untreue. Und das war ganz recht: sie wollte, Emil wüßte, daß ihre Sinne wach wären, daß sie geradeso war, wie andere Weiber, und daß sie sich von dem jungen Neffen gerade so umarmen lassen konnte, wie von ihm ... Ah ja, wüßte er es nur! Das hätte sie ihm schreiben sollen! Nicht jenen demütig lüsternen Brief ... Aber auch unter dem Wellengang dieser Gedanken blieb der Grund ihrer Seele ernst, und ein Gefühl von Verlassenheit kam über sie, weil sie wußte, daß niemand ahnen konnte, was in ihr vorging.

Als sie dann allein durch die leeren Straßen nach Hause ging, begegnete sie einem Offizier, den sie vom Sehen kannte, mit einer hübschen Frauensperson, die sie noch nie gesehen. Sie dachte: offenbar eine aus Wien. Denn es war ihr bekannt, daß die Offiziere manchmal derartige Besuche erhielten. Sie hatte ein Gefühl des Neides gegen diese Frau, sie wünschte, daß auch sie jetzt von einem hübschen, jungen Offizier nach Hause begleitet werden könnte ... Warum auch nicht? ... Alle sind schließlich so ... und sie ist jetzt auch keine anständige Frau mehr! Emil glaubt es ja auch nicht, und es ist alles so egal!

Sie kommt nach Hause, entkleidet sich, legt sich zu Bett. Aber es ist zu schwül. Sie steht noch einmal auf, geht zum Fenster, öffnet es; draußen ist es ganz dunkel. Vielleicht sieht sie jetzt jemand am Fenster stehen, sieht ihre Haut durchs Dunkel leuchten … Ja, wenn sie nur einer so sähe, es wäre ihr ganz recht! … Dann legt sie sich wieder ins Bett … Ach ja, sie ist nicht besser als die anderen! Und es ist auch gar nicht notwendig, daß sie's ist … Die Gedanken verschwimmen ihr … Ja, und er ist dran schuld, er hat sie dazu gemacht, er hat sie einmal genommen wie eine von der Straße – und dann fort mit dir! … Ah, pfui, pfui – sind die Männer infam! – Und doch … es war schön …

Sie schläft. –

Am nächsten Morgen fiel ein langsamer, warmer Regen. So konnte Berta ihre ungeheure Ungeduld leichter ertragen, als wenn die Sonne herunterbrannte. Es war ihr, als hätte sich während des Schlafes manches in ihr geglättet. In der grauen Milde dieses Morgens erschien alles so einfach und durchaus nicht merkwürdig. Morgen wird der Brief da sein, den sie erwartet, und heute ist ein Tag wie hundert andere. Sie gab ihre Lektionen. Mit ihrem Neffen war sie heute sehr streng und klopfte ihm auf die Finger, als er gar zu schlecht spielte. Er war ein fauler Schüler, nichts weiter.

Nachmittag kam sie auf eine Idee, die ihr selbst höchst lobenswürdig vorkam. Schon lange hatte sie sich vorgenommen, ihren Buben lesen zu lehren, heute sollte der Anfang gemacht werden, und sie plagte sich richtig eine gute Stunde damit, ihm einige Buchstaben beizubringen.

Es regnete noch immer; schade, daß man nicht spazieren gehen konnte! Der Nachmittag wird lang, sehr lang werden. Sie sollte doch endlich zu Rupius gehen. Es ist häßlich, daß sie noch nicht bei ihm war, seit sie zurück ist. Es ist wohl möglich, daß er sich ein wenig vor ihr schämt, weil er neulich so große Worte gebraucht hat; – und nun bleibt Anna doch bei ihm.

Sie verließ das Haus. Trotz des Regens ging sie vorerst hinaus ins Freie. So ruhig wie heute war sie lange nicht gewesen, sie freute sich dieses Tages ohne Aufregung, ohne Angst, ohne Erwartung. Könnte es doch immer so sein! Es war wunderbar, mit welcher Gleichgültigkeit sie an Emil dachte. Am liebsten hätte sie gar nichts mehr von ihm hören und diese Ruhe für alle

Zeit bewahren wollen ... Ja, so war es schön und gut. In der kleinen Stadt leben, die paar Lektionen geben, die doch keine große Anstrengung verursachten, den Buben aufziehen, ihn lesen, schreiben, rechnen lehren! – War denn das, was sie in den letzten Tagen erlebt, so viel Kummer, – so viel Demütigung wert? ... Nein, sie war zu solchen Dingen nicht geschaffen. Es war ihr, als klänge ihr der Lärm der großen Stadt, der sie das letztemal nicht gestört, jetzt erst in den Ohren; und sie freute sich der schönen Stille, die sie hier umgab.

So erschien ihr die tiefe Ermattung, darein ihre Seele nach den ungewohnten Erregungen versunken war, wie eine endgültige Beruhigung ... Und doch, schon nach kurzer Zeit, als sie sich der Stadt wieder zuwandte, schwand diese innere Ruhe allmählich, und unbestimmte Ahnungen von neuen Aufregungen und Leiden erwachten. Der Anblick eines jungen Paares, das an ihr vorüberging, eng aneinandergepreßt, unter aufgespanntem Regenschirm, jagte die Sehnsucht nach Emil in ihr auf; sie wehrte sich nicht dagegen, denn sie wußte schon: in ihr war alles so umgewühlt, daß jeder Hauch anderes und meist das Unvermutete an die Oberfläche ihrer Seele brachte.

Es dämmerte, als Berta zu Herrn Rupius ins Zimmer trat. Er saß am Tisch, eine Mappe mit Bildern vor sich. Die Hängelampe war angezündet. Er sah auf und erwiderte ihren Gruß. Dann sagte er: »Sie sind ja schon seit vorgestern Abend wieder zurück.« Es klang wie ein Vorwurf, und Berta fühlte sich schuldig. »Nun, setzen Sie sich«, fuhr er fort, »und erzählen Sie mir, was Sie in der Stadt erlebt haben.«

»Erlebt hab' ich nichts. Im Museum bin ich gewesen, hab' auch manche von Ihren Bildern wiedererkannt.«

Rupius antwortete nichts.

»Ihre Frau kommt noch heute Abend zurück?«

»Ich glaube nicht.« Er schwieg; dann sagte er mit absichtlicher Trockenheit: »Ich muß Sie um Entschuldigung bitten, daß ich Ihnen neulich Dinge gesagt, die Sie ja unmöglich interessieren können. Im übrigen glaub' ich nicht, daß meine Frau heute wiederkommen wird.«

»Aber ... Sie sagte mir ja selbst ...«

»Ja, auch mir. Sie wollte mir einfach den Abschied ersparen, vielmehr die Komödie des Abschieds. Damit mein' ich gar nicht etwas Verlogenes, sondern nur die Dinge, die das Abschiednehmen zu begleiten pflegen: gerührte Worte, Tränen ... Nun, genug davon. Werden Sie mir zuweilen Gesellschaft leisten? Ich werde nämlich ziemlich allein sein, wenn meine Frau nicht mehr bei mir ist.« Der Ton, in dem er das alles sagte, stimmte in seiner Schärfe so wenig zu dem Inhalt der Rede, daß Berta vergeblich nach einer Erwiderung suchte. Aber Rupius sprach gleich weiter: »Nun, und außer dem Museum, was haben Sie noch gesehen?«

Berta begann mit großer Geschäftigkeit allerlei von ihrer Wiener Reise zu erzählen, auch von einem Jugendfreund berichtete sie, den sie nach langer Zeit wieder getroffen, und zwar, wie sonderbar! gerade vor dem Falckenborghischen Bild. Während sie so von Emil sprach, ohne seinen Namen zu nennen, wuchs ihre Sehnsucht ins Ungemessene, und sie dachte daran, ihm heute noch einmal zu schreiben.

Da sah sie, wie Rupius die Augen starr auf die Türe geheftet hielt. Seine Frau war eingetreten, kam lächelnd auf ihn zu, sagte: »Da bin ich wieder«, küßte ihn auf die Stirn und reichte Berta ihre Hand zum Gruß. »Guten Abend, Frau Rupius«, sagte Berta, höchst erfreut. Herr Rupius sprach kein Wort, doch sein Antlitz schien in heftiger Bewegung. Frau Rupius, die noch den Hut nicht abgelegt hatte, wandte sich einen Augenblick ab, da bemerkte Berta, wie Rupius sein Gesicht auf beide Hände stützte und in sich hinein zu schluchzen begann.

Berta ging. Sie war froh, daß Frau Rupius wiedergekommen war, es schien ihr wie eine gute Vorbedeutung. Morgen früh schon konnte der Brief da sein, der vielleicht ihr Schicksal entschied. Mit ihrer Ruhe war es wieder ganz vorbei; doch war ihr Wesen von einer anderen Sehnsucht erfüllt als früher. Sie wollte ihn nur da haben, in ihrer Nähe, sie hätte ihn nur sehen, an seiner Seite gehen wollen. Am Abend, nachdem sie ihren Buben zu Bett gebracht, blieb sie noch lang allein im Speisezimmer; sie spielte auch ein paar Akkorde auf dem Klavier, dann trat sie ans Fenster und sah ins Dunkel hinaus. Der Regen hatte aufgehört, die Erde trank die Feuchtigkeit ein, noch hingen die Wolken schwer über dem Land. Bertas ganzes Wesen wurde Sehnsucht, alles in ihr rief nach *ihm*, ihre Augen suchten ihn aus der Dunkelheit hervorzuschauen, ihre Lippen hauchten einen Kuß in die Luft, als könnte er die seinen erreichen, und unbewußt, als müßten ihre Wünsche in die Höhe, fort von allem andern, was sie umgab, flüsterte sie, indem sie zum Himmel aufschaute: »Gib mir ihn wieder!« ... Nie war sie so sein gewesen als in diesem Augenblick. Ihr war, als liebte sie ihn jetzt zum ersten Male. Nichts von allem war beigemischt, was sonst ihr Gefühl trübte, keine Angst, keine Sorge, kein Zweifel, alles in ihr war die reinste Zärtlichkeit, und als jetzt ein leichter Wind herangeweht kam und ihre Stirnhaare bewegte, war ihr, als käme der Hauch von ihm.

Am nächsten Morgen kam kein Brief. Berta war ein wenig enttäuscht, aber nicht beunruhigt. Bald erschien Elly, die plötzlich eine große Lust bekommen hatte, mit dem Buben zu spielen. Das Dienstmädchen brachte vom Markt die Nachricht, daß man von Rupius aus sehr eilig zum Arzt geschickt hätte, doch wußte sie nicht, ob Herr oder Frau Rupius erkrankt sei. Berta beschloß, noch vor Tisch selbst anzufragen. Sie gab ihre Lektion bei Mahlmanns sehr zerstreut und nervös, dann ging sie zu Rupius. Das Dienstmädchen sagte ihr, die gnädige Frau wäre erkrankt und läge zu Bett, es sei nichts Gefährliches, aber Doktor Friedrich habe Besuche streng verboten. Berta erschrak. Sie hätte gern Herrn Rupius gesprochen, aber sie wollte nicht zudringlich sein.

Nachmittags versuchte sie, den Unterricht ihres Buben fortzusetzen, aber es wollte ihr nicht gelingen. Wieder war ihr, als würden durch die Erkrankung Annas ihre eigenen Hoffnungen beeinflußt; wenn Anna gesund wäre, müßte auch der Brief schon da sein. Sie wußte, daß das ganz unsinnig war, aber sie konnte sich nicht dagegen wehren.

Nach fünf Uhr begab sie sich wieder zu Rupius. Das Mädchen ließ sie ein. Herr Rupius wollte sie selbst sprechen. Er saß in seinem Sessel am Tische. »Nun?« fragte Berta.

»Eben ist der Doktor drin; wenn Sie ein paar Minuten warten wollen ...«

Berta getraute sich nicht zu fragen. Beide schwiegen. Nach ein paar Sekunden trat Doktor Friedrich heraus. »Nun, es läßt sich noch nichts mit Bestimmtheit sagen«, sagte er langsam und setzte mit einem plötzlichen Entschluß hinzu: »Entschuldigen Sie, gnädige Frau, es ist durchaus notwendig, daß ich mit Herrn Rupius allein rede.«

Rupius zuckte zusammen. Berta sagte mechanisch: »So will ich nicht stören« und entfernte sich. Aber in ihrer Erregung war es ihr unmöglich, nach Hause zu gehen, und sie nahm den Weg zwischen den Rebengeländen dem Friedhofe zu. Sie fühlte, daß irgend etwas Geheimnisvolles in jenem Hause vorging. Es kam ihr der Gedanke, ob Anna nicht einen Selbstmordversuch gemacht haben könnte. Wenn sie nur nicht stirbt, dachte sie. Und zugleich war der Gedanke da: wenn nur ein lieber Brief von Emil kommt! Sie schien sich von lauter Gefahren umgeben. Sie betrat den Friedhof. Es war heute ein schöner, warmer Sommertag, und die Blüten und Blumen dufteten neu nach dem gestrigen Regen. Berta ging den gewohnten Weg bis zum Grab ihres Mannes. Aber sie fühlte, daß sie hier gar nichts zu suchen hatte. Es war ihr beinah peinlich, die Worte auf dem Grabstein zu lesen, die ihr nicht das Geringste mehr bedeuteten: Viktor Mathias Garlan, gestorben am 6. Juni 1895. Jetzt schien ihr irgendein Spaziergang mit Emil vor zehn Jahren näher zu liegen als die Jahre, die sie an der Seite ihres Mannes verbracht. Das war überhaupt gar nichts mehr ... sie hätte gar nicht daran geglaubt, wenn Fritz nicht auf der Welt gewesen wäre ... Plötzlich fuhr ihr durch den Sinn: Fritz ist gar nicht sein Sohn ... am Ende ist er Emils Sohn ... Sind solche Dinge nicht möglich? ... Und es war ihr in diesem Augenblick, als könnte sie die Lehre vom heiligen Geist verstehen ... Dann erschrak sie selbst über das Unsinnige ihrer Gedanken. Sie blickte auf den breiten Weg, der von dem Tor des Kirchhofs gradlinig bis zur gegenüber liegenden Mauer zog, und mit einemmal wußte sie ganz bestimmt, daß man in wenigen Tagen den Sarg mit der Leiche der Frau Rupius diesen Weg tragen würde. Sie wollte diesen Gedanken verscheuchen, aber er war in völliger Bildhaftigkeit da, der Leichenwagen stand vor dem Tor; dort, dieses Grab, das zwei Männer eben aufschaufelten, war für Frau Rupius bestimmt, und Herr Rupius wartete am offenen Grab. Er saß in seinem Rollstuhl, den Plaid auf den Knien, und starrte dem Sarg entgegen, den die schwarzen Männer langsam herantrugen ... Das war mehr als eine Ahnung, das war ein Wissen ... Aber woher kam ihr das? – Jetzt hörte sie Leute hinter sich reden; zwei Frauen kamen an ihr vorüber, die eine war die Witwe eines Oberstleutnants, der vor kurzem gestorben war, die andere die

Tochter; beide grüßten sie und schritten langsam weiter. Berta dachte, daß diese beiden Frauen sie für eine treue Witwe halten würden, die noch immer ihren Gatten beweinte; sie kam sich wie eine Lügnerin vor und entfernte sich eilig. Vielleicht war irgendeine Nachricht da, am Ende ein Telegramm von Emil – das wäre ja nichts merkwürdiges ... sie standen einander doch nah genug ... Ob Frau Rupius noch daran denkt, was Berta ihr auf dem Bahnhof gesagt hat, ob sie vielleicht im Fieber davon redet ... Übrigens ist das ja so gleichgültig. Wichtig ist nur, daß Emil schreibt und daß Frau Rupius gesund wird ... Sie muß noch einmal hin, sie muß Herrn Rupius sprechen, er wird ihr schon sagen, was der Arzt von ihm wollte ... Und sie eilt zwischen den Rebengeländen den Hügel hinab, nach Hause ... Nichts ist gekommen, kein Brief, kein Telegramm ... Fritz ist mit dem Mädchen ausgegangen. Ah, wie allein ist sie! Sie eilt wieder zu Rupius, das Mädchen öffnet ihr. Es geht sehr schlecht, Herr Rupius ist nicht zu sprechen ...

»Was fehlt ihr denn? Wissen Sie nicht, was der Doktor gesagt hat?«

»Eine Entzündung, hat der Doktor g'sagt.«

»Was für eine Entzündung?«

»Oder hat er gar g'sagt, eine Blutvergiftung. Es wird gleich eine Wärterin vom Spital kommen.«

Berta ging. Auf dem Platz vor dem Kaffeehaus saßen einige Leute, an einem Tisch ganz vorn Offiziere, wie gewöhnlich um diese Zeit. Die wissen nicht, was da oben vorgeht, dachte Berta, sonst könnten sie nicht da sitzen und lachen ... Blutvergiftung – ja, was hatte das zu bedeuten? ... Gewiß: es war ein Selbstmordversuch! ... Aber warum? ... Weil sie nicht fortreisen durfte – oder wollte? – Aber sie wird nicht sterben – nein, sie darf nicht sterben!

Um die Zeit hinzubringen, besucht Berta ihre Verwandten. Nur die Schwägerin ist zu Hause, sie weiß schon von der Erkrankung der Frau Rupius, aber das berührt sie nicht sehr, und sie spricht bald von anderen Dingen. Berta erträgt es nicht und entfernt sich.

Am Abend versucht sie, ihrem Buben Geschichten zu erzählen, dann liest sie die Zeitung, wo sie unter anderem auch wieder eine Ankündigung des Konzerts unter Mitwirkung Emils findet. Es kommt ihr ganz sonderbar vor, daß das Konzert noch immer bevorsteht und nicht schon längst vorüber ist.

Sie kann nicht schlafen gehen, ohne noch einmal bei Rupius angefragt zu haben. Sie trifft die Wärterin im Vorzimmer. Es ist diejenige, die Doktor Friedrich immer zu seinen Privatpatienten schickt. Sie hat ein heiteres Antlitz und tröstliche Augen.

»Unser Doktor wird die Frau Rupius schon herausreißen«, sagt sie. Und obzwar Berta weiß, daß diese Wärterin immer Bemerkungen solcher Art macht, fühlt sie sich doch beruhigter. Sie geht nach Hause, legt sich zu Bett und schlummert ruhig ein.

Am nächsten Morgen wacht sie spät auf. Sie ist ausgeschlafen und frisch. Auf dem Nachtkästchen liegt ein Brief. Jetzt erst besinnt sie sich: Frau Rupius ist schwer krank, und das ist ein Brief von Emil. Sie greift so eilig nach ihm, daß der kleine Leuchter heftig schwankt, reißt das Kuvert herunter und liest:

»Meine liebe Berta! Vielen Dank für Deinen schönen Brief. Er hat mich sehr gefreut. Aber Deine Idee, für immer nach Wien zu kommen, mußt Du Dir doch noch sehr wohl überlegen. Die Verhältnisse hier liegen ganz anders, als Du Dir vorzustellen scheinst. Es ist selbst für den einheimischen, gut akkreditierten Musiker mit der größten Mühe verbunden, halbwegs anständig bezahlte Lektionen zu bekommen, für Dich wäre es – wenigstens im Beginn – fast ein Ding der Unmöglichkeit. Zu Hause hast Du Deine gesicherte Existenz, Deinen Kreis von Verwandten und Freunden, Dein Heim, und schließlich, es ist der Ort, an dem Du mit Deinem Gatten gelebt hast, wo Dein Kind auf die Welt gekommen ist, und dort ist Dein Platz. Alles das aufzugeben, um Dich in den aufreibenden Konkurrenzkampf der Großstadt zu stürzen, hieße sehr töricht handeln. Ich rede absichtlich nichts von der Rolle, welche Deine Sympathie für mich (Du weißt, ich erwidre sie von ganzem Herzen) in Deinen Erwägungen zu spielen scheint, aber das würde die ganze Frage auf ein anderes Gebiet hinüberspielen, und das soll nicht geschehen. Ich nehme kein Opfer von Dir an, unter keiner Bedingung. Daß ich Dich gern und zwar bald wiedersehen möchte, braucht wohl keiner Versicherung, denn ich wünsche nichts sehnlicher, als wieder eine solche Stunde mit Dir zu verleben wie die, welche

Du mir neulich geschenkt hast (und für die ich Dir sehr dankbar bin). Richte Dir's doch so ein, mein Kind, daß Du etwa alle vier bis sechs Wochen auf einen Tag und eine Nacht nach Wien kommen kannst. Wir wollen noch öfter recht glücklich sein, hoff' ich. In den nächsten Tagen kann ich Dich zu meinem Bedauern nicht sehen, auch verreise ich gleich nach meinem Konzert, ich muß in London spielen (Season), von dort fahre ich nach Schottland. Also auf ein frohes Wiedersehen im Herbst. Ich grüße Dich und küsse die süße Stelle hinter Deinem Ohr, die ich am meisten liebe.

Dein Emil.«

Als Berta diesen Brief zu Ende gelesen, saß sie noch eine Weile aufrecht im Bett. Es ging wie ein Schauer durch ihren Leib. Sie war nicht überrascht, sie wußte, daß sie keinen anderen Brief erwartet hatte. Sie schüttelte sich ... Alle vier bis sechs Wochen ... vortrefflich! – Ja, für einen Tag und für eine Nacht ... Pfui, pfui! ... Und was für eine Angst er hatte, daß sie nach Wien käme ... Und nun gar zum Schluß diese Bemerkung, als hätte er es darauf abgesehen, sozusagen noch aus der Ferne ihre Sinne zu reizen, weil ja das seine einzige Art war, mit ihr zu verkehren ... Ah, pfui, pfui ... was für eine ... war sie gewesen! – Es ekelt sie – ekelt sie! ... Sie springt aus dem Bett, kleidet sich an ... Nun ja, was weiter? ... Es war aus, aus, aus! Er hatte keine Zeit für sie – gar keine Zeit! ... Vom Herbst an alle sechs Wochen eine Nacht ... Ja, sofort, mein Herr, ich gehe auf Ihren ehrenvollen Antrag mit Vergnügen ein – ich wünsche mir ja nichts Bessres! Ich werde weiter hier versauern, Lektionen geben, verblöden in diesem Nest ... Sie werden weiter Geige spielen, den Weibern den Kopf verdrehen, reisen, reich und berühmt und glücklich sein – und alle vier bis sechs Wochen darf ich auf eine Nacht in irgendeinem schäbigen Zimmer, wo Sie Ihre Frauenzimmer von der Straße hinführen, in einem Bett, wo so und so viele vor mir gelegen sind, – pfui, pfui, pfui ... Rasch fertig gemacht – zu Frau Rupius ... Anna ist krank, schwerkrank – was geht mich alles andere an?

Bevor sie fortging, herzte sie ihren Buben, und die Stelle aus dem Brief fiel ihr ein: hier, wo Dein Kind zur Welt gekommen ist, bist Du zu Hause ... Ja, so war es auch, aber er hat es nicht gesagt, weil es wahr ist, sondern nur, um nicht in die Gefahr zu kommen, sie öfter sehen zu müssen als alle sechs Wochen einmal.

Fort, fort! ... Warum zitterte sie denn gar nicht für Frau Rupius? ... Ah, sie wußte schon, es war ihr ja gestern abend besser gegangen. – Wo war nur der Brief? ... Sie hatte ihn wieder ganz mechanisch ins Mieder gesteckt.

Die Offiziere saßen vor dem Kaffeehaus und frühstückten; ganz bestaubt waren sie, sie kamen schon von der Feldübung zurück. Einer sah Berta nach, ein ganz junger, er mußte erst vor kurzem eingerückt sein ... Bitte sehr, ich bin ganz zu Ihrer Verfügung, in Wien bin ich nur alle vier bis sechs Wochen beschäftigt ... bitte, sagen Sie nur, wann Sie es wünschen ...

Die Balkontür war offen, über dem Geländer hing die rotsamtene Klavierdecke. Nun, offenbar, alles war wieder in Ordnung, – würde sonst die Decke auf dem Balkon hängen? ... Freilich, also vorwärts, hinauf ohne Angst! ...

Das Mädchen öffnet. Berta braucht sie nichts zu fragen, in ihren aufgerissenen Augen ist der Ausdruck von entsetztem Staunen, wie ihn nur die Nähe eines grauenvollen Sterbens hervorbringt. Berta tritt ein, zuerst in den Salon, die Tür zum Schlafzimmer ist flügelweit geöffnet.

Von der Wand fortgerückt, in der Mitte des Zimmers steht das Bett, frei von allen Seiten. Am Fußende sitzt die Wärterin, sehr müde, mit auf die Brust gesunkenem Kopf, zu Häupten in seinem Rollsessel Herr Rupius. Das Zimmer ist so dunkel, daß Berta erst, wie sie ganz nah tritt, das Gesicht von Anna deutlich sehen kann. Sie scheint zu schlafen. Berta tritt näher. Sie hört den Atem Annas, er ist gleichmäßig, aber unbegreiflich rasch, nie hat sie ein menschliches Wesen so atmen gehört. Jetzt fühlt Berta die Blicke der beiden andern auf sich gerichtet. Nur einen Augenblick wundert sie sich, daß man sie so ohne weiteres hereingelassen, dann begreift sie, daß jetzt alle Vorsichtsmaßregeln überflüssig geworden sind; diese Sache ist entschieden.

Noch zwei Augen richteten sich plötzlich auf Berta. Frau Rupius selbst hatte die ihren aufgeschlagen und betrachtete die Freundin mit Aufmerksamkeit. Die Wärterin machte Berta Platz und ging ins Nebenzimmer. Berta setzte sich und rückte näher heran. Sie sah, wie Anna ihr eine Hand langsam entgegenhielt, und ergriff sie. »Liebe Frau Rupius«, sagte sie. »Nicht wahr, es geht Ihnen jetzt schon viel besser.« Sie fühlte, daß sie wieder etwas Ungeschicktes sagte, aber sie fand sich darein. Es war nun einmal ihr Los dieser Frau gegenüber, noch in der letzten Stunde.

Anna lächelte; sie sah so bloß und jung aus wie ein Mädchen.

»Ich danke Ihnen, liebe Berta«, sprach sie.

»Aber liebe, liebe Anna, wofür denn?« Sie hatte die größte Mühe, ihre Tränen zurückzuhalten. Zugleich aber war sie sehr neugierig zu erfahren, was denn eigentlich geschehen war.

Ein langes Schweigen entstand. Anna schloß die Augen wieder und schien zu schlafen, Herr Rupius saß regungslos da; Berta sah bald auf die Kranke, bald auf ihn. Sie dachte: Jedenfalls muß ich warten. Was Emil sagen würde, wenn *ich* plötzlich tot wäre? Ah, das täte ihm doch ein wenig leid, wenn er denken müßte: die ich vor ein paar Tagen in meinen Armen hielt, jetzt verwest sie. Er würde sogar weinen. Ja, in diesem Fall würde er weinen ... ein so elender Egoist er sonst ist ... Ah, wohin flogen denn wieder ihre Gedanken? Hielt sie nicht immer noch die Hand der Freundin in der ihren? Oh, wenn sie sie retten könnte! ... Wer war nun übler dran! Diese, die da sterben mußte, oder sie, die man so schmählich betrogen hatte? War denn das notwendig, wegen einer Nacht? ... Ah, das klang noch viel zu schön! ... wegen einer Stunde – sie so zu erniedrigen, sie zu ruinieren – war das nicht gewissenlos, frech? ... Wie haßte sie ihn! wie haßte sie ihn! ... Wenn er nur in seinem nächsten Konzert stecken bliebe, daß ihn alle Leute auslachten und er sich schämen müßte und in allen Zeitungen stände: Herr Emil Lindbach ist fertig, vollkommen fertig. Und alle seine Geliebten würden sagen: Ah, fällt mir gar nicht ein! ein Geigenspieler, der stecken bleibt ...! Ja, dann würde er sich wohl ihrer erinnern, der einzigen, die ihn seit ihrer Kindheit, die ihn wahrhaft geliebt hat ... und die er nun so niederträchtig behandelte! ... Dann müßte er doch zurück und sie um Verzeihung bitten, – und sie würde ihm sagen: Siehst du, Emil, siehst du, Emil ... denn etwas Gescheiteres fiele ihr natürlich nicht ein ... Da denkt sie nun schon wieder an ihn, immer an ihn – und hier stirbt eine, und sie sitzt am Bett, und dieser Schweigende dort ist der Gatte ... So still ist es, nur von der Straße her, über den Balkon, durch die offene Tür wie hereingetragen, verwirrtes Geräusch – Menschenstimmen, Räderrollen, das Glockensignal eines Radfahrers, ein Säbel, der übers Pflaster scheppert, dazwischen Gezwitscher von Vögeln – aber all das ist so fern, gehört so gar nicht dazu …

Anna wird unruhig, sie wirft den Kopf hin und her – oft, rasch, immer rascher … Eine Stimme hinter Berta sagt leise: »Jetzt fängt's an.« Berta wandte sich um. Es war die Wärterin mit dem heiteren Gesicht; aber Berta sah jetzt, daß dieser Ausdruck gar keine Heiterkeit bedeutete, sondern nur den erstarrten Versuch, nie einen Schmerz merken zu lassen, und sie fand dieses Gesicht unbeschreiblich furchtbar … Wie hatte sie gesagt? … Jetzt fängt es an … ja, wie ein Konzert oder eine Theatervorstellung … Und sie erinnerte sich daran, daß einmal auch an ihrem Bett dieselben Worte gesprochen wurden, damals als ihre Wehen begannen …

Anna öffnete plötzlich die Augen, sehr weit, sehr groß; heftete sie auf ihren Mann und sagte ganz vernehmlich, indem sie sich vergeblich aufzurichten trachtete:»Nur dich, nur dich … glaub' mir, nur dich hab' ich …« Das letzte Wort war nicht zu verstehen, aber Berta erriet es.

»Ich weiß«, sagte Rupius. Dann beugte er sich herab und küßte die Sterbende auf die Stirn. Anna schlang die Arme um ihn, seine Lippen weilten lange auf ihren Augen. Die Wärterin war wieder hinausgegangen. Plötzlich stieß Anna ihren Mann von sich, sie kannte ihn nicht mehr, ihr Bewußtsein war dahin. Berta stand sehr erschrocken auf, blieb aber am Bette stehen. Herr Rupius sagte zu Berta: »Gehen Sie jetzt.« Sie zögerte.

»Gehen Sie«, sagte er noch einmal und streng.

Berta sah ein, daß sie gehen mußte. Auf den Zehenspitzen entfernte sie sich aus dem Zimmer, als könnte das Geräusch von Schritten Anna noch stören. Als sie ins Vorzimmer kam, sah sie eben Doktor Friedrich, der den Überzieher ablegte und während dieser Zeit mit einem jungen Arzt, dem Sekundarius des Spitals, sprach. Er bemerkte Berta nicht, und sie hörte ihn folgendes sagen: »In jedem andern Falle hätt' ich die Anzeige erstattet, aber da die Sache so ausgeht … Überdies wär' es ein entsetzlicher Skandal, und der arme Rupius litte am meisten darunter.« Jetzt sah er Berta. »Guten Tag, Frau Garlan.«

»Ja, Herr Doktor, was ist denn eigentlich?«

Doktor Friedrich sah den Sekundararzt mit einem raschen Blick an; dann erwiderte er: »Blutvergiftung. Sie wissen ja, gnädige Frau, manchmal schneidet man sich in den Finger und stirbt daran; die Verletzung ist nicht immer zu entdecken. Es ist ein großes Unglück ... ja, ja.« Er ging ins Zimmer, der Assistent folgte ihm.

Berta war wie betäubt, als sie auf die Straße trat. Was für eine Bedeutung hatten die Worte, die sie gehört? – Anzeige? – Skandal? Ja, hatte am Ende Rupius selbst seine Frau umgebracht? ... Nein, was für ein Unsinn! – Aber irgend etwas war an Anna verübt worden, ganz gewiß ... und es mußte irgendwie mit der Reise nach Wien zusammenhängen: denn in der Nacht nachher war sie erkrankt ... Und die Worte der Sterbenden fielen ihr ein: Nur dich, nur dich hab' ich geliebt! ... Hatte das nicht geklungen wie eine Bitte um Verzeihung ... Nur dich geliebt – aber einen andern ... Gewiß, sie hatte einen Liebhaber in der Stadt ... nun ja, aber was weiter? ... Ja, sie hatte fortreisen wollen und es doch nicht getan ... Wie hatte sie nur damals auf dem Bahnhof gesagt ... Ich habe mich zu etwas anderem entschlossen ... Ja, gewiß, sie hatte von dem Liebhaber in Wien Abschied genommen und sich hier – vergiftet? ... Aber warum denn, wenn sie nur ihren Gatten liebte? ... Und das war keine Lüge! Gewiß nicht! Berta konnte es nicht verstehen ...

Warum war sie denn nur fortgegangen? ... Was sollte sie denn jetzt tun? ... Sie hatte zu nichts Ruhe. Sie konnte weder nach Hause, noch zu ihren Verwandten, sie mußte wieder zurück ... Ob Anna auch hätte sterben müssen, wenn heut' ein anderer Brief von Emil gekommen wäre? ... Wahrhaftig, sie verlor den Verstand ... Das waren ja Dinge, die gar nicht zusammenhingen – und doch ... warum konnte sie sie nicht voneinander trennen? –

Wieder eilte sie die Stiege hinauf. Es war noch keine Viertelstunde, daß sie das Haus verlassen. Die Tür zur Wohnung stand offen, die Wärterin war im Vorzimmer. »Schon vorbei«, sagte sie. Berta ging weiter. Herr Rupius saß ganz allein am Tisch, die Tür zum Sterbezimmer war geschlossen. Er ließ Berta ganz nah an sich herankommen, ergriff ihre Hand, die sich ihm entgegenstreckte, dann sagte er: »Warum nur hat sie's getan? hat sie *das* getan?« Berta schwieg.

Rupius sprach weiter. »Es war nicht notwendig – heiliger Himmel, es war nicht notwendig! Was gehen mich die anderen Menschen an – nicht wahr?«

Berta nickte.

»Auf das Lebendigsein kommt es an – das ist es. Warum hat sie das getan?« Es klang wie ein verhaltenes Jammern, obzwar er ganz ruhig zu reden schien.

Berta weinte.

»Nein, es war nicht notwendig! Ich hätt' es aufgezogen, aufgezogen wie mein eigenes Kind.«

Berta blickte jäh auf. Mit einemmal verstand sie alles, und eine furchtbare Angst durchlief ihr ganzes Wesen. Sie dachte an sich selbst. Wenn auch sie in dieser einen Nacht … in dieser einen Stunde …?! Ihre Angst war so groß, daß sie glaubte, die Sinne müßten ihr vergehen. Was ihr bisher kaum als Möglichkeit vorgeschwebt, stand plötzlich wie eine unbestreitbare Gewißheit vor ihr. – Es konnte gar nicht anders sein, der Tod Annas war eine Vorbedeutung, ein Fingerzeig Gottes. Und zugleich tauchte die Erinnerung in ihr auf, an jenen Spaziergang an der Wien vor zwölf Jahren, da Emil sie geküßt und sie das erstemal heiße Sehnsucht nach einem Kind empfunden. Warum hatte sie keine empfunden, als sie neulich in seinen Armen lag? … Ja, nun wußte sie: sie hatte nichts anderes wollen als die Lust eines Augenblicks, sie war nicht besser gewesen als eine von der Straße, und es wäre nur eine gerechte Strafe des Himmels, wenn auch sie an ihrer Schande so zugrunde ginge wie die Arme, die da drin lag.

»Ich möchte sie noch einmal sehen«, sagte sie.

Rupius wies auf die Türe. Berta öffnete sie, näherte sich langsam dem Bett, auf dem die Tote ruhte, betrachtete sie lange und küßte sie auf beide Augen. Da überkam sie eine Ruhe ohnegleichen. Sie wäre am liebsten stundenlang bei der Leiche geblieben, in deren Nähe ihre eigenen Enttäuschungen und Leiden alle Wichtigkeit verloren. Sie kniete am Bette nieder und faltete die Hände, doch ohne zu beten.

Plötzlich flimmerte es ihr vor den Augen, eine wohlbekannte plötzliche Schwäche kam über sie, ein Schwindel, der sich gleich verlor. Zuerst bebte sie leise, dann aber atmete sie tief wie erlöst auf, denn mit dem Hereinbrechen dieser Ermattung fühlte sie ja auch, daß in diesem Augenblick nicht nur ihre Befürchtungen von früher, sondern der ganze Wahn dieser wirren Tage, die letzten Schauer einer verlangenden Weiblichkeit, alles, was sie für Liebe gehalten, in nichts zu verströmen begannen. Und an diesem Totenbette kniend, wußte sie, daß sie nicht von denen war, die, mit leichtem Sinn beschenkt, die Freuden des Lebens ohne Zagen trinken dürfen. Mit Ekel dachte sie an die eine Stunde der Lust, die ihr vergönnt gewesen, und wie eine ungeheure Lüge erschienen ihr die schamlosen Wonnen, die sie damals gekostet, gegenüber der Unschuld jenes sehnsüchtigen Kusses, dessen Erinnerung ihr ganzes Dasein verschönt hatte. Klar hingebreitet in wundervoller Reinheit erschienen ihr jetzt die Beziehungen, die zwischen dem Gelähmten da draußen und dieser Frau bestanden hatten, die an ihrem Betruge sterben mußte. Und während sie die blasse Stirn der Toten betrachtete, mußte sie an den Unbekannten denken, für den sie hatte sterben müssen und der straflos und wohl auch reuelos draußen in der großen Stadt herumgehen und weiterleben durfte, wie ein anderer auch … nein, wie tausend und tausend andere, die neulich ihr Kleid gestreift und sie begehrlich angestarrt hatten. Und sie ahnte das ungeheure Unrecht in der Welt, daß die Sehnsucht nach Wonne ebenso in die Frau gelegt ward, als in den Mann; und daß es bei den Frauen Sünde wird und Sühne fordert, wenn die Sehnsucht nach Wonne nicht zugleich die Sehnsucht nach dem Kinde ist.

Sie erhob sich, warf einen letzten Blick des Abschieds auf die geliebte Freundin und verließ das Sterbegemach. Herr Rupius saß im Nebenzimmer geradeso, wie sie ihn verlassen. Ein tiefes Verlangen überkam sie, ihm Worte des Trostes zu sagen. Es war ihr einen Augenblick, als hätte ihr eigenes Schicksal nur den einen Sinn gehabt, sie das Elend dieses Mannes ganz verstehen zu machen. Sie hätte gewünscht, ihm das sagen zu können, aber sie fühlte, daß er zu denen gehörte, die mit ihrem Schmerz allein sein wollen. So setzte sie sich schweigend ihm gegenüber. –

DER WEG INS FREIE

Roman

Erstes Kapitel

Georg von Wergenthin saß heute ganz allein bei Tische. Felician, sein älterer Bruder, hatte es vorgezogen, nach längerer Zeit wieder einmal mit Freunden zu speisen. Aber Georg verspürte noch keine besondere Neigung, Ralph Skelton, den Grafen Schönstein, oder andere von den jungen Leuten wiederzusehen, mit denen er sonst gern plauderte; er fühlte sich vorläufig zu keiner Art von Geselligkeit aufgelegt.

Der Diener räumte ab und verschwand. Georg zündete sich eine Zigarette an, dann ging er nach seiner Gewohnheit in dem großen, dreifenstrigen, nicht sehr hohen Zimmer hin und her und wunderte sich, wie dieser Raum, der ihm durch viele Wochen wie verdüstert erschienen war, allmählich doch das frühere freundliche Aussehen wiederzugewinnen begann. Unwillkürlich ließ er seinen Blick auf dem leeren Sessel am oberen Tischende ruhen, über den durch das offene Mittelfenster die Septembersonne hinfloß, und es war ihm, als hätte er seinen Vater, der seit zwei Monaten tot war, noch vor einer Stunde dort sitzen gesehen; so deutlich stand ihm jede, selbst die kleinste Gebärde des Verstorbenen vor Augen, bis zu seiner Art, die Kaffeetasse fortzurücken, den Zwicker aufzusetzen, in einer Broschüre zu blättern.

Georg dachte an eines der letzten Gespräche mit dem Vater, das im Spätfrühling stattgefunden hatte, kurz vor der Übersiedlung in die Villa am Veldeser See. Georg war damals eben aus Sizilien heimgekommen, wo er den April mit Grace verbracht hatte, auf einer melancholischen und ein wenig langweiligen Abschiedsreise, vor der endgültigen Rückkehr der Geliebten nach Amerika. Er hatte wieder ein halbes Jahr oder länger nichts

Rechtes gearbeitet; nicht einmal das schwermütige Adagio war niedergeschrieben, das er in Palermo, an einem bewegten Morgen am Ufer spazierengehend, aus dem Rauschen der Wellen herausgehört hatte. Nun spielte er das Thema seinem Vater vor, phantasierte darüber mit einem übertriebenen Reichtum an Harmonien, der die einfache Melodie beinahe verschlang; und als er eben in eine wild modulierende Variation geraten war, hatte der Vater, vom anderen Ende des Flügels her, lächelnd gefragt: Wohin, wohin? Georg, wie beschämt, ließ den Schwall der Töne verklingen, und nun, herzlich wie immer, doch nicht in so leichtem Ton wie sonst, hatte der Vater mit dem Sohn ein Gespräch über dessen Zukunft zu führen begonnen, das diesem heute durch den Sinn zog, als wäre es von mancher Ahnung schwer gewesen.

Er stand am Fenster und blickte hinaus. Drüben der Park war ziemlich leer. Auf einer Bank saß eine alte Frau, die eine altmodische Mantille mit schwarzen Glasperlen um hatte. Ein Kindermädchen spazierte vorbei, einen Knaben an der Hand, ein anderer, ganz kleiner, in Husarenuniform, mit angeschnalltem Säbel, eine Pistole im Gürtel, lief voran, blickte stolz um sich und salutierte einem Invaliden, der rauchend des Weges kam. Tiefer im Garten, um den Kiosk, saßen wenige Leute, die Kaffee tranken und Zeitung lasen. Das Laub war noch ziemlich dicht, und der Park sah bedrückt, verstaubt und im ganzen viel sommerlicher aus, als sonst in späten Septembertagen. Georg stützte die Arme aufs Fensterbrett, beugte sich vor und betrachtete den Himmel. Seit dem Tode seines Vaters hatte er Wien nicht verlassen, trotz vieler Möglichkeiten, die ihm offen standen. Er hätte mit Felician auf das Schönsteinsche Gut fahren können; Frau Ehrenberg hatte ihn in einem liebenswürdigen Brief in den Auhof eingeladen; und zu einer Radtour durch Kärnten und Tirol, wie er sie längst plante, und zu der er sich allein nicht entschließen konnte, hätte er leicht einen Gefährten gefunden. Aber er blieb lieber in Wien und vertrieb sich die Zeit mit dem Durchblättern und dem Ordnen von alten Familienpapieren. Er fand Erinnerungen bis zu seinem Urgroßvater, Anastasius von Wergenthin, der aus der Rheingegend stammte und durch Heirat mit einem Fräulein Recco in den Besitz eines alten längst unbewohnbaren Schlößchens bei Bozen gekommen war.

Auch Dokumente zur Geschichte von Georgs Großvater waren vorhanden, der im Jahre 1866 als Artillerieoberst vor Chlum gefallen war. Dessen Sohn, Felicians und Georgs Vater, hatte sich wissenschaftlichen, hauptsächlich botanischen Studien gewidmet und in Innsbruck das Doktorat der Philosophie abgelegt. Als Vierundzwanzigjähriger lernte er ein junges Mädchen kennen aus alter österreichischer Beamtenfamilie, das sich, vielleicht mehr um den engen und beinahe ärmlichen Zuständen ihres Hauses zu entfliehen, als aus innerstem Beruf, zur Sängerin ausgebildet hatte. Der Freiherr von Wergenthin sah und hörte sie zum ersten Male im Winter in einer Konzertaufführung der Missa solemnis, und schon im Mai darauf wurde sie seine Frau. Im zweiten Jahre der Ehe kam Felician, im dritten Georg zur Welt. Drei Jahre später begann die Baronin zu kränkeln und wurde von den Ärzten nach dem Süden geschickt. Da die Heilung auf sich warten ließ, wurde der Haushalt in Wien aufgelöst, und so fügte es sich, daß der Freiherr mit den Seinen durch viele Jahre eine Art von Hotel- und Wanderleben führen mußte. Ihn selbst führten Geschäfte und Studien manchmal nach Wien, die Söhne aber verließen ihre Mutter beinahe niemals. Man lebte in Sizilien, in Rom, in Tunis, in Korfu, in Athen, in Malta, in Meran, an der Riviera, zuletzt in Florenz; keineswegs auf großem Fuß, aber doch standesgemäß; und nicht so sparsam, daß nicht ein guter Teil des freiherrlichen Vermögens allmählich aufgezehrt worden wäre.

Georg war achtzehn Jahre alt, als seine Mutter starb. Neun Jahre waren seither verflossen, aber unverblaßt war ihm die Erinnerung an jenen Frühlingsabend, da Vater und Bruder zufällig nicht daheim gewesen waren, und er allein und ratlos am Bett der sterbenden Mutter gestanden hatte, während durch die eilig aufgerissenen Fenster, mit der Luft des Frühlings, das Reden und Lachen von Spaziergängern verletzend laut hereinklang.

Die Hinterbliebenen kehrten mit dem Leichnam der Mutter nach Wien zurück. Der Freiherr widmete sich seinen Studien mit einem neuen, wie verzweifelten Eifer. Früher hatte man ihn nur als vornehmen Liebhaber gelten lassen, jetzt begann man ihn auch in akademischen Kreisen durchaus ernst zu nehmen, und als er zum Ehrenpräsidenten der botanischen Gesellschaft gewählt wurde, hatte er diese Auszeichnung nicht allein dem Zufall eines adeligen Namens zu danken. Felician und Georg ließen sich als Hörer an der juridischen Fakultät einschreiben. Aber der Vater selbst war es, der es dem Jüngern nach einiger Zeit freistellte, die Universitätsstudien aufzugeben und sich seinen musikalischen Neigungen entsprechend weiter zu bilden, was dieser dankbar und erlöst annahm. Doch auch auf diesem selbstgewählten Gebiete war seine Ausdauer nicht bedeutend, und oft wochenlang hintereinander konnte er sich mit allerlei Dingen beschäftigen, die von seinem Wege weit ablagen. Diese spielerische Anlage war es auch, die ihn jene alten Familienpapiere mit einem Ernst durchblättern ließ, als gälte es wichtigen Geheimnissen der Vergangenheit nachzuforschen. Manche Stunde verbrachte er bewegt über Briefen, die seine Eltern in früheren Jahren miteinander gewechselt hatten, über sehnsüchtigen und flüchtigen, schwermütigen und beruhigten, aus denen ihm nicht nur die Hingeschiedenen selbst, sondern auch andere halbvergessene Menschen neu lebendig wurden. Da erschien ihm der deutsche Lehrer wieder, mit der traurigen blassen Stirn, der ihm auf langen Spaziergängen den Horaz vorzudeklamieren pflegte; das braune, wilde Kindergesicht des Prinzen Alexander von Mazedonien tauchte auf, in dessen Gesellschaft Georg in Rom die ersten Reitstunden genommen hatte; und in einer traumhaften Weise, wie mit schwarzen Linien an einen blaßblauen Horizont gezeichnet, ragte die Pyramide des Cestius auf, so wie Georg sie, von seinem ersten Ritt aus der Campagna heimkehrend, in der Abenddämmerung erblickt hatte. Und wenn er ins Weiterträumen geriet, zeigten sich Meeresufer, Gärten, Straßen, von denen er gar nicht wußte, aus welcher Landschaft, welcher Stadt sein Gedächtnis sie bewahrt hatte; Gestalten schwebten vorbei, manche vollkommen deutlich, die ihm einmal nur in gleichgültiger Stunde begegnet waren, andere wieder, mit denen er zu irgend einer Zeit viele Tage zusammen gewesen sein mochte, schattenhaft und fern. Als Georg nach Sichtung jener alten Briefe auch seine eigenen Papiere in Ordnung brachte, fand er in einer alten, grünen Mappe musikalische Entwürfe aus der Knabenzeit, die ihm bis auf die Tatsache ihres Vorhandenseins so vollkommen entschwunden waren, daß man sie ihm ohne weiteres als die Aufzeichnungen eines anderen hätte vorlegen können. Von manchen war er angenehm schmerzlich überrascht, denn sie schienen ihm Versprechungen zu enthalten, die er vielleicht niemals erfüllen sollte. Und doch spürte er gerade in der letzten Zeit, daß sich irgend etwas in ihm vorbereitete. Er sah es wie eine geheimnisvolle aber sichere Linie, die von jenen ersten hoffnungsvollen Niederschriften in der grünen Mappe zu neuen Einfällen wies; und das wußte er: die zwei Lieder aus dem westöstlichen Diwan, die er heuer im Sommer komponiert hatte, an einem schwülen Nachmittag, während Felician in der Hängematte lag und der Vater auf der kühlen Terrasse im Lehnstuhl arbeitete, hätte nicht der erstbeste ersinnen können.

Wie von einem gänzlich unerwarteten Gedanken überrascht wich Georg einen Schritt vom Fenster zurück. Mit solcher Deutlichkeit war er noch nie inne geworden, daß seine Existenz seit dem Tode des Vaters bis zum heutigen Tage gleichsam unterbrochen gewesen war. An Anna Rosner, der er jene Lieder im Manuskript zugesandt, hatte er die ganze Zeit über nicht gedacht. Und wie ihm nun einfiel, daß er ihre wohllautende, dunkle Stimme wieder hören und sie auf dem etwas dumpfen Pianino zum Gesang begleiten durfte, sobald er nur wollte, war er angenehm bewegt. Und er erinnerte sich des alten Hauses in der Paulanergasse, des niederen Tors, der schlecht beleuchteten Stiege, die er bisher nicht öfter als drei oder viermal hinaufgegangen war, wie man an Liebgewordenes und längst Bekanntes denkt.

Im Park drüben ging ein leichtes Wehen durch die Blätter. Über der Stephansturmspitze, die dem Fenster, durch den Park und einen beträchtlichen Teil der Stadt getrennt, gerade gegenüberlag, erschienen dünne Wolken. Ein langer Nachmittag völlig ohne Verpflichtungen dehnte sich vor Georg aus. Im Laufe der zwei Trauermonate, so wollte es ihm scheinen, hatten sich alle Beziehungen früherer Zeit gelockert oder gelöst. Er dachte an den verflossenen Winter und Frühling, mit ihrem vielfach verschlungenen und wirren Treiben, und allerlei Erinnerungen tauchten bildhaft vor ihm auf: Die Fahrt mit Frau Mariannen im geschlossenen Fiaker durch den verschneiten Wald. Der maskierte Abend bei Ehrenbergs, mit Elses tiefsinnig-kindlichen Bemerkungen über die »Hedda Gabler«, der sie sich verwandt zu fühlen behauptete, und mit Sissys raschem Kuß unter den schwarzen Spitzen der Larve. Eine Bergtour im Schnee, von Edlach aus auf die Rax, mit dem Grafen Schönstein und Oskar Ehrenberg, der – ohne angeborene alpine Neigungen – gern die Gelegenheit ergriffen hatte, sich zwei hochgeborenen Herren anzuschließen. Der Abend bei Ronacher mit Grace und dem jungen Labinski, der sich vier Tage darauf erschossen, man hatte nie recht erfahren, ob wegen Grace, wegen Schulden, aus Lebensüberdruß, oder ausschließlich aus Affektation. Das seltsame glühend-kalte Gespräch mit Grace auf dem Friedhof im schmelzenden Feberschnee, zwei Tage nach Labinskis Begräbnis. Der Abend im heißen, hochgewölbten Fechtsaal, wo Felicians Degen die gefährliche Waffe des italienischen Meisters kreuzte. Der nächtliche Spaziergang nach dem Paderewski-Konzert, auf dem der Vater ihm so vertraut wie nie zuvor von jenem fernen Abend sprach, da die verstorbene Mutter in dem gleichen Saal, aus dem sie eben kamen, in der Missa solemnis gesungen hatte. Und endlich erschien ihm Anna Rosners hohe, ruhige Gestalt, am Klaviere lehnend, das Notenblatt in der Hand, die blauen, lächelnden Augen auf die Tasten gerichtet; und er hörte sogar ihre Stimme in seiner Seele klingen.

Während er so am Fenster stand und in den Park hinunterschaute, der sich allmählich belebte, empfand er es wie beruhigend, daß er zu keinem menschlichen Wesen in engerer Beziehung stand, und daß es doch manche gab, mit denen er wieder anknüpfen, in deren Kreis er wieder eintreten durfte, sobald es ihm nur beliebte. Zugleich fühlte er sich wunderbar ausgeruht, für Arbeit und Glück bereit wie niemals zuvor. Er war voll guter und kühner Vorsätze, seiner Jugend und Unabhängigkeit sich mit Freuden bewußt. Zwar fühlte er mit einiger Beschämung, daß, in diesem Augenblick wenigstens, seine Trauer um den hingeschiedenen Vater sehr gemildert war; doch fand er für diese Gleichgültigkeit einen Trost in sich, da er des quallosen Endes gedachte, das dem teuren Mann beschieden war. Im Garten, heiter mit den beiden Söhnen plaudernd, war er auf und abgegangen, hatte mit einem Mal um sich geschaut, als hörte er ferne Stimmen, hatte dann aufgeblickt, zum Himmel empor, und war plötzlich tot auf die Wiese hingesunken, ohne Schmerzenslaut, ja ohne Zucken der Lippen.

Georg trat ins Zimmer zurück, machte sich zum Fortgehen

fertig und verließ das Haus. Seine Absicht war es, ein paar Stunden herumzuspazieren, wohin der Zufall ihn führen mochte, und abends endlich wieder an seinem Quintett weiterzuarbeiten, wofür ihm nun die rechte Stimmung gekommen schien. Er überschritt die Straße und betrat den Park. Die Schwüle hatte nachgelassen. Noch immer saß die alte Frau mit der Mantille auf der Bank und starrte vor sich hin. Auf dem sandigen Rund um die Bäume spielten Kinder. Um den Kiosk waren alle Stühle besetzt. Im Wetterhäuschen saß ein glattrasierter Herr, den Georg vom Sehen kannte, und der ihm durch seine Ähnlichkeit mit dem alten Grillparzer aufgefallen war. Am Teich kam Georg eine Gouvernante entgegen, mit zwei schön gekleideten Kindern, und betrachtete ihn mit leuchtendem Blick. Als er aus dem Park auf die Ringstraße trat, begegnete ihm Willy Eißler in langem dunkelgestreiften Herbstpaletot und sprach ihn an:

»Guten Tag, Baron, sind Sie auch schon wieder in Wien eingerückt?«

»Ich bin schon lange zurück«, erwiderte Georg. »Nach dem Begräbnis meines Vaters hab' ich Wien nicht mehr verlassen.«

»Ja, ja, natürlich … Gestatten Sie, daß ich Ihnen nochmals …«
Und Willy drückte Georg die Hand.

»Und was haben Sie denn heuer im Sommer getrieben?« fragte Georg.

»Allerlei. Tennis gespielt, gemalt, Zeit vertrödelt, einige amüsante und noch mehr langweilige Stunden verlebt …« Willy sprach äußerst rasch, wie mit einer absichtlichen leisen Heiserkeit, scharf, salopp, mit ungarischen, französischen, wienerischen, jüdischen Akzenten. »Übrigens, wie Sie mich da sehen«, fuhr er fort, »bin ich heute früh aus Przemysl gekommen.«

»Waffenübung?«

»Jawohl, letzte. Ich sag's mit Wehmut. So sehr ich mich dem Greisenalter nähere, es hat mir doch noch immer Spaß gemacht, so mit den gelben Aufschlägen umherzuwandeln, Sporen klirrend, Säbel scheppernd, eine Ahnung drohender Gefahr verbreitend, und von mangelhaften Lavaters für einen bessern Grafen gehalten zu werden.« Sie spazierten weiter, dem Gitter des Stadtparks entlang.

»Gehen Sie vielleicht zu Ehrenbergs?« fragte Willy.

»Nein, ich denke gar nicht daran.«

»Weil's der Weg ist. Haben Sie übrigens gehört, Fräulein Else soll verlobt sein.«

»So?« fragte Georg gedehnt. »Mit wem denn?«

»Raten S' Baron.«

»Am Ende Hofrat Wilt?«

»O fröhlich!« rief Willy. »Der denkt wohl nicht daran! Die Verschwägerung mit S. Ehrenberg könnte ihm doch am Ende die Ministerkarriere erschweren – heutzutag.«

»Rittmeister Ladisc?« riet Georg weiter.

»Ah, dazu ist Fräulein Else doch zu gescheit, daß sie dem hineinfällt.«

Jetzt erinnerte sich Georg, daß sich Willy vor ein paar Jahren mit Ladisc geschlagen hatte. Willy fühlte Georgs Blick, zwirbelte den blonden, in polnischer Art herabhängenden Schnurrbart mit etwas nervösen Fingern hin und her und sprach rasch und beiläufig: »Der Umstand, daß ich mit dem Rittmeister Ladisc einmal eine Differenz gehabt hab', kann mich nicht hindern, in loyaler Weise anzuerkennen, daß er immer ein versoffenes Schwein gewesen ist. Ich hab' nämlich eine unüberwindliche, auch durch Blut nicht abzuwaschende Abneigung gegen die Leute, die sich bei den Juden anfressen und schon auf der Treppe über sie zu schimpfen anfangen. Bis ins Kaffeehaus kann man doch warten. Aber strengen Sie sich nicht weiter mit dem Raten an, Heinrich Bermann soll der Glückliche sein.«

»Nicht möglich«, rief Georg.

»Warum?« fragte Eißler. »Einer wird's ja doch schließlich werden. Bermann ist zwar kein Adonis, aber er ist auf dem Wege zum Ruhm; und das Gemisch von Herrenreiter und Athleten in höchster Vollendung, das sich Else offenbar erträumt hat, wird sie ja doch kaum finden. Vierundzwanzig Jahre ist sie indessen alt geworden, vor Salomons Taktlosigkeiten und Witzen dürfte ihr auch schon genügend grausen ... also ...«

»Salomon? ... ach ja ... Ehrenberg«.

»Sie kennen ihn auch nur unter dem Namen ›S‹? ... S. heißt natürlich Salomon, und daß nur S. auf der Tafel an der Tür steht, ist eine Konzession, die er den Seinen gemacht hat. Wenn es nach ihm ginge, möchte er am liebsten zu den Gesellschaften, die Madame Ehrenberg gibt, im Kaftan und mit den gewissen Löckchen erscheinen.«

»Sie glauben …? Er ist doch nicht so fromm?«

»Fromm … O fröhlich! Mit der Frömmigkeit hat das allerdings nichts zu tun. Es ist nur Bosheit, hauptsächlich gegen seinen Sohn Oskar mit den feudalen Bestrebungen.«

»Ach so«, sagte Georg lächelnd. »Ist denn Oskar nicht schon längst getauft? Er ist ja Reserveoffizier bei den Dragonern.«

»Ach darum … Nun, ich bin auch nicht getauft und trotzdem … ja, es gibt immer ein paar Ausnahmen … Mit einigem guten Willen …« Er lachte und fuhr fort: »Was übrigens Oskar anbelangt, so möchte er gewiß lieber katholisch sein. Aber das Vergnügen, beichten gehen zu dürfen, käme ihm vorläufig doch noch zu teuer zu stehen. Es wird wohl auch im Testament vorgesehen sein, daß Oskar nicht überhüpft.«

Sie waren vor dem Café Imperial angelangt. Willy blieb stehen. »Ich habe da ein Rendezvous mit Demeter Stanzides.«

»Grüßen Sie ihn, bitte.«

»Danke bestens. Kommen Sie nicht mit hinein, auf ein Eis?«

»Danke, ich bummle noch ein bißchen.«

»Sie lieben die Einsamkeit?«

»Auf so allgemeine Fragen läßt sich schwer antworten«, erwiderte Georg.

»Allerdings«, sagte Willy, wurde plötzlich ernst und lüftete den Hut. »Habe die Ehre, Herr Baron.«

Georg reichte ihm die Hand. Er fühlte, daß Willy ein Mensch war, der ununterbrochen eine Stellung verteidigte, wenn auch ohne dringende Notwendigkeit. »Auf Wiedersehen«, sagte er mit unvermittelter Herzlichkeit. Er empfand es, wie schon öfters, als beinahe sonderbar, daß Willy Jude war. Schon der alte Eißler, Willys Vater, der anmutige Wiener Walzer und Lieder komponierte, sich kunst- und altertumsverständig mit dem Sammeln, zuweilen auch mit dem Verkauf von Antiquitäten befaßte und seinerzeit als der berühmteste Boxer von Wien gegolten hatte, mit seiner Riesengestalt, dem langen, grauen Vollbart und dem Monokel, sah eher einem ungarischen Magnaten ähnlich, als einem jüdischen Patriarchen; aus Willy aber hatten Anlage, Liebhaberei und eiserner Wille das täuschende Ebenbild eines geborenen Kavaliers gebildet. Was ihn jedoch vor andern jungen Leuten seines Stammes und seines Strebens auszeichnete, war der Umstand, daß er gewohnt war, seine Abstammung nie zu verleugnen, für jedes zweideutige Lächeln Aufklärung oder Rechenschaft zu fordern und sich gelegentlich über alle Vorurteile und Eitelkeiten, in denen er oft befangen schien, selber lustig zu machen.

Georg schlenderte weiter. Die letzte Frage Willys klang ihm nach. Ob er die Einsamkeit liebte? … Er erinnerte sich daran, wie er in Palermo ganze Vormittage allein herumspaziert war, während Grace ihrer Gewohnheit gemäß bis Mittag im Bette lag. Grace … Wo mochte sie jetzt sein …? Seit sie in Neapel von ihm Abschied genommen, hatte sie nichts mehr von sich hören lassen, wie es übrigens verabredet gewesen war. Er dachte an die tiefblaue Nacht, die über den Wassern schwebte, als er nach jenem Abschied allein nach Genua gefahren war, und an den seltsamen, leisen, wie märchenhaften Gesang zweier Kinder, die dicht aneinandergeschmiegt, gemeinsam in einen Plaid gehüllt, an der Seite ihrer schlafenden Mutter auf dem Verdeck gesessen waren.

Mit wachsendem Behagen spazierte er unter den Leuten weiter, die in sonntäglicher Lässigkeit an ihm vorübergingen. Mancher freundliche Frauenblick begegnete dem seinen und schien ihn darüber trösten zu wollen, daß er an diesem schönen Feiernachmittag einsam und mit allen äußern Abzeichen der Trauer umherwandelte. Und wieder tauchte ein Bild in ihm auf. Er sah sich auf einer hügeligen Wiese liegen, spät abends, nach einem heißen Junitag. Dunkelheit ringsum. Tief unter ihm Gewirr von Menschen, Lachen und Lärm, glitzernde Lampions. Ganz nah aus dem Dunkel Mädchenstimmen … Er zündet die kleine Pfeife an, die er nur auf dem Land zu rauchen pflegt; beim Schein des Zündhölzchens sieht er zwei hübsche, ganz junge Bauerndirnen, beinah noch Kinder. Er plaudert mit ihnen. Sie haben Angst, weil es so finster ist; sie schmiegen sich an ihn. Plötzlich Geknatter, Raketen in der Luft. Von unten ein lautes »Ah«. Bengalisches Licht, violett und rot, über dem unsichtbaren See in der Tiefe. Die Mädchen den Hügel hinab, verschwinden. Dann wird es wieder dunkel, und er liegt allein, schaut in die Finsternis hinauf, die schwül auf ihn herabsinken will. Dies war die Nacht vor dem Tage gewesen, da sein Vater sterben mußte. Und auch ihrer dachte er heute zum erstenmal.

Er hatte die Ringstraße verlassen, nahm die Richtung der Wieden zu. Ob die Rosners an diesem schönen Tage zu Hause waren? Immerhin lohnte es den kurzen Weg, und jedenfalls zog es ihn mehr dorthin, als zu Ehrenbergs. Nach Else sehnte er sich gar nicht, und ob sie wirklich Heinrich Bermanns Braut sein mochte oder nicht, war ihm beinahe gleichgültig. Er kannte sie schon lange. Sie war elf, er vierzehn Jahre alt gewesen, als sie an der Riviera miteinander Tennis gespielt hatten. Damals glich sie einem Zigeunermädel. Blauschwarze Locken umwirbelten ihr Stirn und Wangen, und ausgelassen war sie wie ein Bub. Ihr Bruder spielte schon damals den Lord, und Georg mußte noch heute lächeln, wenn er sich erinnerte, wie der Fünfzehnjährige eines Tages im lichtgrauen Schlußrock, mit weißen, schwarztamburierten Handschuhen und einem Monokel im Aug, auf der Promenade erschienen war. Frau Ehrenberg war damals vierunddreißig Jahre alt, hoheitsvoll, von übergroßer Gestalt, dabei noch schön, hatte verschleierte Augen und war meistens sehr müde. Es blieb unvergeßlich für Georg, wie eines Tages ihr Gemahl, der millionenreiche Patronenfabrikant, die Seinen überraschte und einfach durch sein Erscheinen der ganzen Ehrenbergischen Vornehmheit ein rasches Ende bereitet hatte. Georg sah ihn noch vor sich, so wie er während des Frühstücks auf der Hotelterrasse aufgetaucht war; ein kleiner, magerer Herr mit graumeliertem Vollbart und japanischen Augen, in weißem schlecht gebügelten Flanellanzug, einen dunklen Strohhut mit rotweiß gestreiftem Band auf dem runden Kopf, und mit schwarzen, bestaubten Schuhen. Er redete sehr gedehnt, immer wie höhnisch, selbst über die gleichgültigsten Dinge; und so oft er den Mund auftat, lag es unter dem Schein der Ruhe wie eine geheime Angst auf dem Antlitz der Gattin. Sie versuchte sich zu rächen, indem sie ihn mit Spott behandelte; aber gegen seine Rücksichtslosigkeit kam sie nicht auf. Oskar benahm sich, wenn es irgend möglich war, als gehörte er nicht dazu. In seinen Zügen spielte eine etwas unsichere Verachtung für den seiner nicht ganz würdigen Erzeuger, und Verständnis suchend lächelte er zu den jungen Baronen hinüber. Nur Else war zu jener Zeit sehr nett mit dem Vater. Auf der Promenade hing sie sich gern in seinen Arm, und manchmal fiel sie ihm vor allen Leuten um den Hals.

In Florenz, ein Jahr vor seiner Mutter Tod, hatte Georg Else wiedergesehen. Sie nahm damals Zeichenstunden bei einem alten, grau- und wirrhaarigen Deutschen, von dem die Sage ging, daß er einmal berühmt gewesen wäre. Er selbst verbreitete das Gerücht über sich, daß er seinen frühern, sehr bekannten Namen, als er sein Genie schwinden fühlte, abgelegt und die Stätte seines Wirkens, die er niemals nannte, verlassen hätte. Schuld an seinem Niedergang trug, wenn man seinen Berichten glauben durfte, ein dämonisches Frauenzimmer, das er geheiratet, das in einem Eifersuchtsanfall sein bedeutendstes Bild zerstört und durch einen Sprung vom Fenster ihr Leben geendet hatte. Dieser Mensch, den sogar der siebzehnjährige Georg als eine Art von schwindelhaftem Narren erkannte, war der Gegenstand von Elses erster Schwärmerei. Sie war damals vierzehn Jahre alt, die Wildheit und Unbefangenheit der Kindheit war dahin. Vor der Tizianschen Venus in den Uffizien glühten ihr die Wangen in Neugier, Sehnsucht und Bewunderung, und in ihren Augen spielten dunkle Träume von künftigen Erlebnissen. Öfters kam sie mit ihrer Mutter in das Haus, das die Wergenthins am Lungano gemietet hatten; und während Frau Ehrenberg die leidende Baronin in ihrer müdgeistreichen Weise zu unterhalten suchte, stand Else mit Georg am Fenster, führte altkluge Gespräche über die Kunst der Präraffaeliten und lächelte der vergangenen kindischen Spiele. Auch Felician erschien zuweilen, schlank und schön, blickte mit seinen kalten, grauen Augen an Dingen und Menschen vorbei, sprach ein paar höfliche Worte, halblaut, beinahe wegwerfend, und setzte sich ans Bett seiner Mutter, der er zärtlich die Hand streichelte und küßte. Gewöhnlich ging er bald wieder fort, nicht ohne für Else einen herben Duft von uralter Vornehmheit, kaltblütiger Verführung und eleganter Todesverachtung zurückzulassen. Stets hatte sie den Eindruck, als begebe er sich an einen Spieltisch, an dem es um Hunderttausende herging, zu einem Duell auf Tod und Leben, oder zu einer Fürstin mit rotem Haar und einem Dolch auf dem Nachttisch. Georg erinnerte sich, daß er sowohl auf den schwindelhaften Zeichenlehrer, als auf seinen Bruder ein wenig eifersüchtig gewesen war. Der Lehrer, aus Gründen, über die niemals etwas verlautete, wurde plötzlich entlassen, und kurz darauf fuhr Felician mit dem Freiherrn von Wergenthin nach Wien. Nun spielte Georg noch öfter als früher den Damen auf dem Klaviere vor, Fremdes und

Eigenes, und Else sang mit ihrer kleinen, etwas schrillen Stimme leichtere Schubertsche und Schumannsche Lieder vom Blatt. Sie besuchte mit ihrer Mutter und Georg die Galerien und Kirchen; als das Frühjahr wiederkam, gab es gemeinschaftliche Spazierfahrten auf dem Hügelweg oder nach Fiesole, und lächelnde Blicke gingen zwischen Georg und Else hin und her, die von einem tieferen Einverständnis erzählten, als tatsächlich vorhanden war. In dieser etwas unaufrichtigen Art spielten die Beziehungen weiter, als der Verkehr in Wien aufgenommen und fortgesetzt wurde. Immer von neuem schien Else von dem gleichmäßig freundlichen Wesen wohltätig berührt, mit dem Georg ihr auch dann entgegentrat, wenn sie einander monatelang nicht gesehen hatten. Sie selbst aber war von Jahr zu Jahr äußerlich sicherer und innerlich unruhiger geworden. Ihre künstlerischen Bestrebungen hatte sie früh genug alle fallen lassen, und im Laufe der Zeit erschien sie sich zu den verschiedensten Lebensläufen ausersehen. Manchmal sah sie sich in der Zukunft als Weltdame, Veranstalterin von Blumenfesten, Patronesse von großen Bällen, Mitwirkende an aristokratischen Wohltätigkeitsvorstellungen; öfters noch glaubte sie sich berufen, in einem künstlerischen Salon unter Malern, Musikern und Dichtern als große Versteherin zu thronen. Dann träumte sie wieder von einem mehr ins Abenteuerliche gerichteten Leben: sensationelle Heirat mit einem amerikanischen Millionär, Flucht mit einem Violinvirtuosen oder spanischen Offizier, dämonisches Zugrunderichten aller Männer, die sich ihr näherten. Zuweilen schien ihr aber ein stilles Dasein auf dem Land, an der Seite eines tüchtigen Gutsbesitzers, das erstrebenswerteste Ziel; und dann erblickte sie sich im Kreise von vielen Kindern, womöglich mit früh ergrautem Haar, ein mild resigniertes Lächeln auf den Lippen, an einfach gedecktem Tisch sitzen und ihrem ernsten Manne die Falten von der Stirne streichen. Georg aber fühlte immer, daß ihre Neigung zur Bequemlichkeit, die tiefer war, als sie selbst ahnte, sie vor jedem unbedachten Schritt schützen würde. Sie vertraute Georg mancherlei an, ohne jemals ganz ehrlich mit ihm zu sein; denn am öftesten und ernstesten hegte sie den Wunsch, seine Frau zu werden. Georg wußte das wohl, aber nicht allein darum erschien ihm das neueste Gerücht von ihrer Verlobung mit Heinrich Bermann ziemlich unglaubwürdig. Dieser Bermann war ein hagerer, bartloser Mensch mit düstern Augen und etwas zu langem schlichten Haar, der sich in der letzten Zeit als Schriftsteller bekannt gemacht hatte, und dessen Gebaren und Aussehen Georg, er wußte selbst nicht warum, an einen fanatischen jüdischen Lehrer aus der Provinz erinnerten. Das war nichts, was Else besonders fesseln oder nur angenehm berühren konnte. Allerdings, wenn man länger mit ihm sprach, änderte sich jener Eindruck. Eines Abends im vergangenen Frühjahr war Georg mit ihm zusammen von Ehrenbergs fortgegangenen, und sie waren in eine so anregende Unterhaltung über musikalische Dinge geraten, daß sie bis drei Uhr früh auf einer Ringstraßenbank weitergeplaudert hatten.

Es ist sonderbar, dachte Georg, wie vieles mir heute durch den Kopf geht, woran ich kaum mehr gedacht hatte. Und ihm war, als wenn er in dieser Herbstabendstunde allmählich aus der schmerzlich-dumpfen Versonnenheit vieler Wochen zum Tage emporgetaucht käme.

Nun stand er vor dem Hause in der Paulanergasse, wo die Rosners wohnten. Er sah zum zweiten Stockwerk auf. Ein Fenster war offen, weiße Tüllvorhänge in der Mitte zusammengesteckt, bewegten sich im leichten Zuge des Windes.

Rosners waren zu Hause. Das Stubenmädchen ließ Georg eintreten. Anna saß der Türe gegenüber, hielt die Kaffeetasse in der Hand und hatte die Augen auf den Eintretenden gerichtet. Der Vater, zu ihrer Rechten, las Zeitung und rauchte aus einer Pfeife. Er war glatt rasiert, nur an den Wangen liefen zwei schmale, ergraute Bartstreifen. Sein dünnes Haar von seltsam grünlich-grauer Färbung war an den Schläfen nach vorn gestrichen und sah aus wie eine schlecht gemachte Perücke. Seine Augen waren wasserhell und rot gerändert.

Die beleibte Mutter, mit der wie von einer Erinnerung schönerer Jahre umwobenen Stirn, blickte vor sich hin; ihre Hände, beschaulich ineinander verschlungen, ruhten auf dem Tisch.

Anna stellte die Tasse langsam nieder, nickte und lächelte still. Die beiden Alten machten Miene aufzustehen, als Georg eintrat.

»Aber bitte, sich doch nicht stören zu lassen, bitte sehr«, sagte Georg.

Da krachte etwas an der Seitenwand. Josef, der Sohn des Hauses, erhob sich vom Diwan, auf dem er gelegen hatte.

»Habe die Ehre, Herr Baron«, sagte er mit einer sehr tiefen Stimme und strich sein über den Hals hinaufgeschlagenes, gelb-kariertes, etwas fleckiges Sacco zurecht.

»Wie befinden sich immer, Herr Baron?« fragte der Alte, stand hager und etwas gebückt da und wollte nicht wieder Platz neh-men, eh sich Georg niedergelassen hatte. Josef rückte einen Stuhl zwischen Vater und Schwester. Anna reichte dem Besu-cher die Hand.

»Wir haben uns lange nicht gesehen«, sagte sie und trank einen Schluck aus ihrer Tasse.

»Sie haben traurige Zeiten durchgemacht, Herr Baron«, bemerkte Frau Rosner teilnahmsvoll.

»Jawohl«, fügte Herr Rosner hinzu. »Wir haben mit großem Bedauern von dem schweren Verluste gelesen … Und der Herr Vater haben sich doch immer der besten Gesundheit erfreut, so viel uns bekannt war.« Er sprach sehr langsam, immer, als wenn noch etwas kommen sollte, strich sich manchmal mit der linken Hand über den Kopf und nickte, während er zuhörte.

»Ja, es ist sehr unerwartet gekommen«, sagte Georg leise und blickte auf den dunkelroten, verschossenen Teppich zu seinen Füßen.

»Also ein plötzlicher Tod, sozusagen«, bemerkte Herr Rosner, und alles ringsum schwieg.

Georg nahm eine Zigarette aus seinem Etui und bot Josef eine an.

»Küß die Hand«, sagte Josef, nahm die Zigarette und ver-beugte sich, indem er ohne ersichtlichen Grund die Hacken aneinander schlug. Während er dem Baron Feuer gab, glaubte er dessen Blicke auf sein Sacco gerichtet und bemerkte ent-schuldigend und mit noch tieferer Stimme als gewöhnlich: »Bureaujanker.«

»Bureaujanker kommt von Bureau«, sagte Anna einfach, ohne ihren Bruder anzusehen.

»Fräulein belieben die ironische Walze eingehängt zu haben«, erwiderte Josef heiter; doch war es dem gehaltenen Ton seiner Rede anzumerken, daß er sich unter andern Verhältnissen min-der angenehm ausgedrückt hätte.

»Die Teilnahme war ja eine allgemeine«, begann der alte Ros-ner wieder. »Ich habe den Nachruf in der Neuen Freien Presse gelesen über den Herrn Papa ... von Herrn Hofrat Kerner, wenn ich mich recht erinnere; er war ja höchst ehrenvoll. Auch die Wissenschaft hat einen herben Verlust erlitten.«

Georg nickte verlegen und blickte auf seine Hände nieder. Anna sprach von ihrem verflossenen Sommeraufenthalt. »In Weißenfeld war's wunderschön«, sagte sie. »Gleich hinter unserm Haus war der Wald, mit sehr guten ebenen Wegen ... nicht wahr, Papa? Da hat man stundenlang spazierengehen können, ohne einem Menschen zu begegnen.«

»Und haben Sie denn ein Klavier draußen gehabt?« fragte Georg.

»Auch das.«

»Ein greulicher Klimperkasten«, bemerkte Herr Rosner. »So ein Ding, das Stein erweichen, Menschen rasend machen kann.«

»Es war nicht so arg«, sagte Anna.

»Für die kleine Graubinger gut genug«, fügte Frau Rosner hinzu.

»Die kleine Graubinger ist nämlich die Tochter vom Kaufmann im Ort«, erklärte Anna, »und ich hab ihr die Anfangsgründe des Klavierspiels beigebracht. Ein hübsches, kleines Mäderl mit langen, blonden Zöpfen.«

»Es war eine Gefälligkeit für den Kaufmann«, sagte Frau Rosner.

»Ja, aber es muß bemerkt werden«, ergänzte Anna, »daß ich außerdem eine wirkliche, das heißt bezahlte Stunde gegeben habe.«

»Wie, auch in Weißenfeld?« fragte Georg.

»Kinder, von einer Sommerpartie. Es ist übrigens schade, Herr Baron, daß Sie kein einziges Mal bei uns auf dem Lande waren. Es hätte Ihnen gewiß gut gefallen.«

Georg erinnerte sich nun erst, daß er sich zu Anna beiläufig geäußert hatte, er würde sie im Sommer gelegentlich einer Radpartie vielleicht einmal besuchen.

»Der Herr Baron hätte wohl in dieser Sommerfrische nicht alles zu seiner Zufriedenheit vorgefunden«, begann Herr Rosner.

»Warum denn?« fragte Georg.

»Es ist dort nicht eben den Bedürfnissen verwöhnter Großstädter Rechnung getragen.«

»O ich bin nicht verwöhnt«, sagte Georg.

»… Waren Sie auch nicht auf dem Auhof?« wandte sich Anna an Georg.

»O nein«, erwiderte dieser rasch. »Nein, ich war nicht dort«, setzte er minder lebhaft hinzu. »Man hat mich allerdings aufgefordert … Frau Ehrenberg war so liebenswürdig … ich habe verschiedene Einladungen gehabt für den Sommer. Aber ich habe es vorgezogen, für mich allein in Wien zu bleiben.«

»Es tut mir eigentlich leid«, sagte Anna, »daß ich Else beinah gar nicht mehr sehe. Sie wissen ja, daß wir im selben Institut waren. Es ist freilich schon lang her. Ich hab sie wirklich gern gehabt. Schade, daß man sich im Lauf der Zeit so voneinander entfernt.«

»Wie kommt das nur?« sagte Georg.

»Ja, es liegt wohl daran, daß mir der ganze Kreis nicht besonders sympathisch ist.«

»Mir auch nicht«, sagte Josef, der Ringe in die Luft blies. »Ich gehe seit Jahren nicht hin. Offen gestanden … ich weiß ja nicht, wie Herr Baron zu dieser Frage Stellung nehmen … ich bin den Israeliten nicht zugetan.«

Herr Rosner blickte zu seinem Sohne auf. »Der Herr Baron verkehrt in diesem Haus, und es wird ihm ziemlich sonderbar erscheinen, lieber Josef …«

»Mir?« sagte Georg verbindlich. »Ich stehe ja in keinerlei näheren Verbindungen mit dem Hause Ehrenberg, so gern ich mit den beiden Damen zu plaudern pflege.« Und fragend setzte er hinzu: »Aber haben Sie Else nicht im vorigen Jahr Singstunden gegeben, Fräulein Anna?«

»Ja. Vielmehr … ich habe nur mit ihr korrepetiert.«

»Das werden Sie heuer wohl wieder tun?«

»Ich weiß nicht. Sie hat bisher noch nichts von sich hören lassen. Vielleicht gibt sie's ganz auf.«

»Sie glauben?«

»Es wäre beinah zu wünschen«, versetzte Anna sanft, »denn eigentlich hat sie immer mehr gepiepst als gesungen. Übrigens«, und jetzt warf sie Georg einen Blick zu, der ihn gleichsam von neuem begrüßte, »die Lieder, die Sie mir geschickt haben, sind sehr hübsch. Soll ich sie Ihnen vorsingen?«

»Sie haben sich die Sachen schon angeschaut? Das ist nett.«

Anna hatte sich erhoben. Sie führte beide Hände an ihre

Schläfen und strich wie ordnend leicht über ihr gewelltes Haar. Sie trug es ziemlich hoch frisiert, wodurch ihre Gestalt noch größer erschien, als sie war. Eine schmale, goldene Uhrkette war zweimal um den freien Hals geschlungen, fiel über die Brust herab und verlor sich in dem grauledernen Gürtel. Durch eine fast unmerkliche Kopfbewegung forderte sie Georg auf, ihr zu folgen. Er stand auf und sagte:»Wenn's erlaubt ist ...«

»Bitte sehr, bitte sehr, natürlich«, sagte Herr Rosner.»Herr Baron wollen so freundlich sein, mit meiner Tochter ein wenig zu musizieren. Sehr schön, sehr schön.« Anna war in das Nebenzimmer getreten. Georg folgte ihr und ließ die Tür offen stehen. Die weißen Tüllvorhänge vor dem geöffneten Fenster waren zusammengesteckt und bewegten sich leise.

Georg setzte sich an das Pianino und griff ein paar Akkorde. Indes kniete Anna vor einer alten, schwarzen, teilweise vergoldeten Etagere und holte die Noten hervor.

Georg modulierte in die Anfangsakkorde seines Liedes. Anna fiel ein, und zu Georgs Melodie sang sie die Goetheschen Worte:

>»Deinem Blick mich zu bequemen,
>Deinem Munde, deiner Brust,
>Deine Stimme zu vernehmen,
>War mir erst' und letzte Lust.«

Sie stand hinter ihm und schaute über seine Schulter in die Noten. Zuweilen beugte sie sich ein wenig vor, und dann fühlte er an der Schläfe den Hauch ihrer Lippen. Ihre Stimme war viel schöner, als seine Erinnerung sie bewahrt hatte.

Im Nebenzimmer wurde etwas zu laut gesprochen. Ohne den Gesang zu unterbrechen, lehnte Anna die Türe zu.

Josef war es gewesen, der sein Organ nicht länger hatte bändigen können.

»Ich werde noch einen Sprung ins Kaffeehaus hinüber schauen«, sagte er.

Man erwiderte nichts. Herr Rosner trommelte leise auf den Tisch, und seine Gattin nickte scheinbar gleichgültig.

»Also adieu.« Bei der Tür wandte sich Josef wieder um und bemerkte mit mäßiger Festigkeit:»Mama, wenn du vielleicht einen Moment Zeit hast ...«

»Ich hör schon«, sagte Frau Rosner, »es wird ja kein Geheimnis sein.«

»Nein. Es ist ja nur, weil ich mit dir ja ohnedies in Verrechnung bin.«

»Muß man ins Kaffeehaus gehen?« fragte der alte Rosner einfach, ohne aufzublicken.

»Also es handelt sich nicht ums Kaffeehaus. Es ist überhaupt … Ihr könnt mir's glauben, daß es mir selber lieber wär, wenn ich euch nicht anpumpen müßt'. Aber was soll der Mensch tun?«

»Arbeiten soll der Mensch«, sagte der alte Rosner leise und schmerzlich, und seine Augen röteten sich. Die Frau warf einen traurigen und strafenden Blick auf den Sohn.

»Also«, sagte Josef, knöpfte den Bureaujanker auf und wieder zu, »das ist doch wirklich … wegen jedem Guldenzettel …«

»Pst«, sagte Frau Rosner mit einem Blick gegen die angelehnte Tür, durch die jetzt, nachdem der Gesang Annas geendet, nur das gedämpfte Klavierspiel Georgs hereinklang.

Josef beantwortete den Blick der Mutter mit einer wegwerfenden Handbewegung: »Arbeiten soll ich, sagt der Papa. Als ob ich's nicht schon bewiesen hätte, daß ich's kann.« Er sah zwei fragende Augenpaare auf sich gerichtet. »Jawohl hab ich's bewiesen, und wenn es nur auf meinen guten Willen ankäm, hätt' ich überall mein Auskommen gehabt. Aber ich hab halt nicht das Temperament, mir was gefallen zu lassen, ich laß mich nicht ausschreien von meine Chefs, wenn ich mich einmal eine Viertelstunde verspäten tu … oder so was.«

»Die Geschichte kennen wir«, unterbrach ihn Herr Rosner müde. »Aber schließlich, weil wir schon davon sprechen, du wirst dich ja doch wieder um irgendwas umschauen müssen.«

»Umschauen … gut …« erwiderte Josef. »Aber zu einem Juden bringt mich keiner mehr ins Geschäft. Das würde mich bei meinen Bekannten … jawohl, in meinem ganzen Kreis würde mich das lächerlich machen.«

»Dein Kreis …« sagte Frau Rosner, »wer ist denn dein Kreis? Kaffeehausfreunderln.«

»Also bitte, weil wir schon davon reden«, sagte Josef, »es hängt auch wieder mit dem Guldenzettel zusammen. Ich habe jetzt ein Rendezvous im Kaffeehaus mit dem jungen Jalaudeck. Ich hätt's euch lieber erst gesagt, wenn die Sache perfekt wird …

aber ich seh schon, ich muß früher mit der Farb heraus. Also der Jalaudek, das is der Sohn von dem Stadtrat Jalaudek, von dem berühmten Papierhändler. Und der alte Jalaudek ist bekanntlich eine sehr einflußreiche Persönlichkeit in der Partei ... sehr intim mit dem Herausgeber vom »Christlichen Tagesboten«, Zelltinkel heißt er. Und beim »Tagesboten«, da suchen sie jetzt junge Leute von gefälligen Umgangsformen, – Christen natürlich, für das Inseratengeschäft. Und da hab ich heute mit dem Jalaudek Rendezvous im Kaffeehaus, weil er mir versprochen hat, sein Alter wird mich beim Zelltinkel empfehlen. Das wär etwas Ausgezeichnetes ... da bin ich aus'm Wasser. Da kann ich in der kürzesten Zeit hundert oder auch hundertfünfzig Gulden im Monat verdienen.«

»Ach Gott«, seufzte der alte Rosner.

Draußen ging die Glocke.

Rosner blickte auf.

»Das wird der junge Doktor Stauber sein«, sagte Frau Rosner und warf einen besorgten Blick nach der Tür, durch die Georgs Klavierspiel noch leiser drang als früher.

»Also Mama, was is eigentlich?« sagte Josef.

Frau Rosner nahm ihre Geldbörse und reichte ihrem Sohn seufzend einen Silbergulden.

»Küß die Hand«, sagte Josef und wandte sich zum Gehen.

»Josef«, rief Herr Rosner. »Es ist doch einigermaßen unhöflich, grade in dem Augenblick, wenn ein Besuch kommt ...«

»Ah, ich dank schön, ich muß nicht von allem haben.«

Es klopfte, Doktor Berthold Stauber trat ein.

»Entschuldigen vielmals, Herr Doktor«, sagte Josef, »ich bin grad im Weggehen.«

»Bitte«, erwiderte Doktor Stauber kühl, und Josef verschwand.

Frau Rosner forderte den jungen Arzt auf, Platz zu nehmen. Er setzte sich auf den Diwan und horchte nach der Seite hin, von wo das Klavierspiel kam.

»Der Baron Wergenthin«, erklärte Frau Rosner etwas verlegen. »Der Komponist. Anna hat eben gesungen.« Und sie schickte sich an, ihre Tochter herein zu rufen.

Doktor Berthold hielt sie ganz leicht am Arme fest und sagte freundlich: »Nein. Ich bitte Fräulein Anna nicht zu stören, absolut nicht. Ich habe nicht die geringste Eile. Es ist übrigens ein

Abschiedsbesuch.« Der letzte Satz kam wie hervorgestoßen aus seiner Kehle; doch lächelte Berthold zugleich verbindlich, lehnte sich bequem in die Ecke und strich mit der rechten Hand den kurzen Vollbart zurecht.

Frau Rosner sah ihn förmlich erschreckt an.

Herr Rosner fragte: »Ein Abschiedsbesuch? Haben Herr Doktor Urlaub genommen? Das Parlament ist doch erst vor kurzer Zeit zusammen getreten, wie man den Zeitungen entnehmen konnte.«

»Ich habe mein Mandat niedergelegt«, sagte Berthold.

»Wie?« rief Herr Rosner aus.

»Jawohl, niedergelegt«, wiederholte Berthold und lächelte zerstreut.

Das Klavierspiel hatte plötzlich aufgehört, die angelehnte Tür tat sich auf. Georg und Anna erschienen.

»O Doktor Berthold«, sagte Anna und streckte ihm, der rasch aufgestanden war, die Hand entgegen. »Sind Sie schon lange da? Haben Sie mich vielleicht singen gehört?«

»Nein, Fräulein Anna, das hab ich leider versäumt. Nur ein paar Töne auf dem Klavier hab ich vernommen.«

»Der Baron Wergenthin«, sagte Anna, als wollte sie vorstellen. »Die Herren kennen sich doch?«

»Gewiß«, erwiderte Georg und reichte Berthold die Hand.

»Der Doktor kommt uns einen Abschiedsbesuch machen«, sagte Frau Rosner.

»Wie?« rief Anna erstaunt aus.

»Ich verreise nämlich«, sagte Berthold und schaute Anna ernst und undurchdringlich in die Augen. »Ich gebe meine politische Karriere auf«, setzte er dann wie spöttisch hinzu … »besser gesagt, ich unterbreche sie auf eine Weile.«

Georg lehnte im Fenster, die Arme über der Brust verkreuzt, und betrachtete Anna von der Seite. Sie hatte sich gesetzt und sah ruhig zu Berthold auf, der aufrecht dastand, die eine Hand auf die Lehne des Diwans gestützt, als wenn er eine Rede halten wollte.

»Und wohin reisen Sie?« fragte Anna.

»Nach Paris. Ich will im Pasteurschen Institut arbeiten. Ich kehre wieder zu meiner alten Liebe zurück, zur Bakteriologie. Es ist eine reinlichere Beschäftigung als die Politik.«

Es war dunkler geworden. Die Gesichter verschwammen, nur die Stirne Bertholds, der gerade dem Fenster gegenüberstand, war noch in Helle getaucht. Es zuckte um seine Brauen. Eigentlich hat er seine besondere Art von Schönheit, dachte Georg, der regungslos in der Fensterecke lehnte und sich von einer angenehmen Ruhe durchflossen fühlte. Das Stubenmädchen brachte die brennende Lampe und hing sie über dem Tisch auf.

»Aber die Journale«, sagte Herr Rosner, »brachten noch keinerlei Meldung, daß Herr Doktor Ihr Mandat zurückgelegt haben.«

»Das wäre auch verfrüht«, erwiderte Berthold. »Meine Parteigenossen kennen wohl meine Absicht, aber die Sache ist noch nicht offiziell.«

»Diese Nachricht«, sagte Herr Rosner, »wird nicht verfehlen, in den beteiligten Kreisen großes Aufsehen zu erregen. Besonders nach der bewegten Debatte von neulich, in die Herr Doktor mit solcher Entschiedenheit eingegriffen haben. Herr Baron haben wohl gelesen« wandte er sich an Georg.

»Ich muß gestehen«, erwiderte Georg, »ich verfolge die Parlamentsberichte nicht so regelmäßig, als man eigentlich müßte.«

»Müßte«, wiederholte Berthold nachsichtig. »Man muß wahrhaftig nicht, obzwar die Sitzung neulich nicht uninteressant war. Wenigstens als Beweis dafür, wie tief das Niveau einer öffentlichen Körperschaft sinken kann.«

»Es ist sehr hitzig zugegangen«, sagte Herr Rosner.

»Hitzig? … Nun ja, was man bei uns in Österreich hitzig nennt. Man war innerlich gleichgültig und äußerlich grob.«

»Um was hat es sich denn gehandelt?« fragte Georg.

»Es war die Debatte anläßlich der Interpellation über den Prozeß Golowski … Therese Golowski.«

»Therese Golowski …«, wiederholte Georg. »Den Namen sollt' ich kennen.«

»Natürlich kennen Sie ihn«, sagte Anna. »Sie kennen ja Therese selbst. Wie Sie uns das letztemal besucht haben, ist sie eben von mir fortgegangen.«

»Ach ja«, sagte Georg, »eine Freundin von Ihnen.«

»Freundin möcht ich sie nicht nennen; das setzt doch eine gewisse innere Übereinstimmung voraus, die nicht mehr so recht vorhanden ist.«

»Sie werden Therese doch nicht verleugnen«, sagte Doktor Berthold lächelnd, aber herb.

»O nein«, erwiderte Anna lebhaft, »das fällt mir wahrhaftig nicht ein. Ich bewundere sie sogar. Ich bewundere überhaupt alle Leute, die imstande sind, für etwas, was sie im Grunde nichts angeht, so viel zu riskieren. Und wenn das nun gar ein junges Mädchen tut, ein hübsches junges Mädchen wie Therese ...«, sie richtete die Worte an Georg, der gespannt zuhörte – »so imponiert mir das noch mehr. Sie müssen nämlich wissen, daß Therese eine der Führerinnen der sozialdemokratischen Partei ist.«

»Und wissen Sie, wofür ich sie gehalten habe?« sagte Georg. »Für eine angehende Schauspielerin!«

»Herr Baron, Sie sind ein Menschenkenner«, sagte Berthold.

»Sie wollte wirklich einmal zur Bühne gehen«, bestätigte Frau Rosner kühl.

»Ich bitte Sie, gnädige Frau«, sagte Berthod, »welches junge Mädchen von einiger Phantasie, das überdies in engen Verhältnissen lebt, hat nicht in irgend einer Lebensepoche mit einer solchen Absicht wenigstens gespielt?«

»Es ist hübsch, daß Sie ihr verzeihen«, sagte Anna lächelnd.

Berthold fiel es zu spät ein, daß er mit seiner Bemerkung eine noch empfindliche Stelle in Annas Gemüt berührt haben mochte. Aber um so bestimmter fuhr er fort: »Ich versichere Sie, Fräulein Anna, es wäre schade um Therese gewesen. Denn es ist gar nicht abzusehen, wieviel sie für die Partei noch leisten kann, wenn sie nicht irgendwie aus ihrer Bahn gerissen wird.«

»Halten Sie das für möglich?« fragte Anna.

»Gewiß«, entgegnete Berthold. »Für Therese gibt es sogar zwei Gefahren: entweder redet sie sich einmal um den Kopf ...«

»Oder?« fragte Georg, der neugierig geworden war.

»Oder sie heiratet einen Baron«, schloß Berthold kurz.

»Das verstehe ich nicht ganz«, sagte Georg ablehnend.

»Daß ich gerade Baron sagte, war natürlich ein Spaß. Setzen wir statt Baron Prinz, so wird die Sache klarer.«

»Ach so ... jetzt kann ich mir ungefähr denken, was Sie meinen, Herr Doktor ... Aber was für einen Anlaß hatte das Parlament, sich mit ihr zu beschäftigen?«

»Ach ja. Im vorigen Jahre – zur Zeit des großen Kohlenstreikes – hielt Therese Golowski in irgend einem böhmischen Nest eine Rede, die eine angeblich verletzende Äußerung gegen ein Mitglied des kaiserlichen Hauses enthielt. Sie wurde angeklagt und freigesprochen. Man könnte daraus vielleicht schließen, daß die Anschuldigung nicht besonders haltbar gewesen sein dürfte. Trotzdem meldete der Staatsanwalt die Berufung an, ein anderes Gericht wurde designiert und Therese zu zwei Monaten Gefängnis verurteilt, die sie übrigens soeben absitzt. Und damit nicht genug, wurde der Richter, der sie in erster Instanz freisprach, versetzt ... irgendwohin an die russische Grenze, von wo es keine Wiederkehr gibt. Nun, über diesen Fall haben wir eine Interpellation eingebracht, sehr zahm meiner Ansicht nach. Der Minister erwiderte, ziemlich heuchlerisch, unter dem Jubel der sogenannten staatserhaltenden Parteien. Ich habe mir erlaubt, darauf zu replizieren, vielleicht etwas energischer, als man es bei uns gewohnt ist; und da man von den gegnerischen Bänken aus nichts Sachliches erwidern konnte, hat man versucht, mich mit schreien und schimpfen tot zu machen. Und was das kräftigste Argument einer gewissen Sorte von Staatserhaltern gegen meine Ausführungen war, können Sie sich ja denken, Herr Baron.«

»Nun?« fragte Georg.

»Jud halts Maul«, erwiderte Berthold mit schmal gewordenen Lippen.

»O«, sagte Georg verlegen und schüttelte den Kopf.

»Ruhig Jud! Halts Maul! Jud! Jud! Kusch!« fuhr Berthold fort und schien in der Erinnerung zu schwelgen.

Anna sah vor sich hin. Georg fand innerlich, es wäre nun genug.

Ein kurzes, peinliches Schweigen entstand.

»Also darum?« fragte Anna langsam.

»Wie meinen Sie?« fragte Berthold.

»Darum legen Sie das Mandat nieder?«

Berthold schüttelte den Kopf und lächelte. »Nein, nicht darum.«

»Herr Doktor sind über diese rohen Insulte gewiß erhaben«, sagte Herr Rosner.

»Das will ich nicht eben behaupten«, erwiderte Berthold. »Aber immerhin mußte man auf dergleichen gefaßt sein. Der Grund meiner Mandatsniederlegung ist ein anderer.«

»Und darf man wissen …?« fragte Georg.

Berthold sah ihn durchdringend und doch zerstreut an. Dann erwiderte er verbindlich: »Gewiß darf man. Nach meiner Rede begab ich mich ins Büfett. Dort begegnete ich unter andern einem der allerdümmsten und frechsten unserer freigewählten Volksvertreter, dem, der wie gewöhnlich, auch während meiner Rede, der Allerlauteste gewesen war … dem Papierhändler Jalaudek. Ich kümmerte mich natürlich nicht um ihn. Er stellt eben sein geleertes Glas hin. Wie er mich sieht, lächelt er, nickt mir zu und grüßt heiter, als wäre nichts geschehen: ›Habe die Ehre, Herr Doktor, auch eine kleine Erfrischung gefällig?‹«

»Unglaublich!« rief Georg aus.

»Unglaublich? … Nein, österreichisch. Bei uns ist ja die Entrüstung so wenig echt wie die Begeisterung. Nur die Schadenfreude und der Haß gegen das Talent, die sind echt bei uns.«

»Nun, und was haben Sie dem Mann geantwortet?« fragte Anna.

»Was ich geantwortet habe? Nichts, selbstverständlich.«

»Und haben ihr Mandat niedergelegt«, ergänzte Anna mit leisem Spott.

Berthold lächelte. Zugleich aber zuckte es um seine Brauen wie gewöhnlich, wenn er unangenehm oder schmerzlich berührt war. Es war zu spät, ihr zu sagen, daß er eigentlich gekommen war, sie um Rat zu fragen wie in früherer Zeit. Und doch, das fühlte er, er hatte klug daran getan, sich gleich beim Eintritt jeden Rückzug abzuschneiden, seinen Verzicht auf das Mandat als bereits vollzogen, seine Reise nach Paris als unmittelbar bevorstehend anzukündigen. Denn nun wußte er ja, daß Anna ihm wieder einmal entglitten war, vielleicht auf lange. Daß irgend ein Mensch sie ihm wirklich und auf immer nehmen konnte, das glaubte er freilich nicht, und auf diesen eleganten, jungen Künstler eifersüchtig zu sein, der so ruhig mit verkreuzten Armen dort am Fenster stand, dazu wollte er sich auf keinen Fall verstehen. Schon manchmal war es geschehen, daß Anna für einige Zeit wie in einem für ihn fremden Element gleichsam verzaubert dahinschwebte. Und vor zwei Jahren, da sie ernstlich daran dachte, sich der Bühne zu widmen und ihre Rollen zu studieren begann, hatte er sie eine kurze Zeit hindurch völlig verloren gegeben. Später, als sie durch die Unverläßlichkeit ihrer

Stimme genötigt wurde, ihre künstlerischen Pläne fahren zu lassen, schien sie wohl wieder zu ihm zurückzukehren; aber diese Epoche hatte er mit Absicht ungenützt verstreichen lassen. Denn eh' er sie zu seiner Gattin machte, wollte er irgend einen Erfolg errungen haben, entweder auf wissenschaftlichem oder politischem Gebiet, und von ihr wahrhaft bewundert sein. Er war auf dem Weg dazu gewesen. An der gleichen Stelle, wo sie jetzt saß und ihm mit klaren, aber wie fremden Augen ins Gesicht schaute, hatte sie die Korrekturbogen seiner letzten medizinisch-philosophischen Arbeit vor sich liegen gehabt, die den Titel trug: Vorläufige Bemerkungen zu einer Physiognomik der Krankheiten. Und dann, als sich sein Übergang zur Politik vollzog, zu der Zeit, da er in Wählerversammlungen Reden hielt, sich durch ernste geschichtliche und nationalökonomische Studien für den neuen Beruf vorbereitete, hatte sie sich seiner Vielseitigkeit und seiner Energie herzlich gefreut. All das war nun vorüber. Allmählich schien sie gerade seine Fehler, die ihm ja selbst durchaus nicht verborgen waren, insbesondere seine Neigung, sich an den eigenen Worten zu berauschen, mit schärferm Blick zu sehen als früher, und dadurch begann er wieder seine Sicherheit ihr gegenüber mehr und mehr zu verlieren. Er war nicht ganz er selbst, wenn er zu ihr oder in ihrer Gegenwart sprach. Auch heute war er nicht mit sich zufrieden. Mit einem Ärger, der ihm selbst kleinlich vorkam, ward er sich bewußt, daß er seine Begegnung im Büfett mit Jalaudek nicht wirksam genug vorgetragen hatte und daß er seinen Ekel vor der Politik viel glaubhafter hätte darstellen müssen. »Sie haben ja wahrscheinlich recht, Fräulein Anna«, sagte er, »wenn Sie darüber lächeln, daß ich wegen dieses läppischen Abenteuers mein Mandat niedergelegt habe. Ein parlamentarisches Leben ohne Komödienspiel ist ja überhaupt nicht möglich. Ich hätte es bedenken und selber mitagieren, dem Kerl womöglich zutrinken sollen, der mich öffentlich beschimpft hat. Das wäre bequem, österreichisch – und vielleicht sogar das Richtigste gewesen.« Er fühlte sich wieder im Zuge und sprach lebhaft weiter: »Es gibt am Ende doch nur zwei Methoden, mittels deren in der Politik praktisch etwas zu leisten ist; entweder durch eine großartige Frivolität, die das ganze öffentliche Leben als ein amüsantes Spiel betrachtet, die in Wahrheit für nichts begeistert, gegen nichts entrüstet ist, und der die Menschen, um deren Glück oder Elend es sich doch im letzten Sinn handeln sollte, vollkommen gleichgültig bleiben. So weit bin ich nicht, und ich weiß nicht, ob ich jemals dahin gelangen werde. Ehrlich gesagt, ich hab es mir schon manchmal gewünscht. Die andre Methode aber ist: bereit sein, in jedem Augenblick für das, was man das Rechte hält, seine ganze Existenz, sein Leben im wahrsten Sinne des Wortes – «

Berthold schwieg plötzlich. Sein Vater, der alte Doktor Stauber, war eingetreten und wurde herzlich begrüßt. Er reichte Georg, der ihm von Frau Rosner vorgestellt wurde, die Hand und sah ihn so freundlich an, daß sich Georg sofort zu ihm hingezogen fühlte. Er sah offenbar jünger aus, als er war. Sein langer, rötlich-blonder Bart war nur von einzelnen grauen Fäden durchzogen, und das schlicht gekämmte lange Haar zog in dichten Strähnen zu dem breiten Nacken hin. Die Stirn, die von auffallender Höhe war, gab der ganzen, ein wenig untersetzten, ja hochschultrigen Erscheinung eine gewisse Würde. Die Augen, wenn sie nicht eben mit einiger Absicht gütig oder klug schauten, schienen sich hinter den müd gewordenen Lidern gleichsam für den nächsten Blick auszuruhen.

»Ich habe Ihre Mutter gekannt, Herr Baron«, sagte er ziemlich leise zu Georg.

»Meine Mutter, Herr Doktor …«

»Sie werden sich kaum daran erinnern. Sie waren damals ein kleiner Bub von drei, vier Jahren.«

»Sie waren ihr Arzt?« fragte Georg.

»Ich besuchte sie zuweilen als Vertreter des Professors Duchegg, bei dem ich Assistent war. Sie haben damals in der Habsburgergasse gewohnt, in einem alten Haus, das längst niedergerissen ist. Ich könnte Ihnen heute noch die Einrichtung des Zimmers schildern, in dem Ihr Herr Vater mich empfing … der leider auch allzufrüh gestorben ist … Auf dem Schreibtisch stand eine Bronzefigur, und zwar ein gepanzerter Ritter mit einer Fahne. Und an der Wand hing eine Kopie nach einem Van Dyck aus der Liechtensteingalerie.«

»Ja«, sagte Georg verwundert über das gute Gedächtnis des Arztes, »ganz richtig.«

»Aber ich habe da die Herrschaften in einem Gespräch unterbrochen«, fuhr Doktor Stauber fort, in dem ein wenig melancholisch singenden und doch überlegenen Ton, der ihm eigen war, und ließ sich in die Ecke des Diwans sinken.

»Eben teilt uns Doktor Berthold zu unserm Erstaunen mit«, sagte Herr Rosner, »daß er sich entschlossen hat, sein Mandat niederzulegen.«

Der alte Stauber richtete einen ruhigen Blick auf seinen Sohn, den dieser ebenso ruhig erwiderte. Georg, der dies Augenspiel bemerkte, hatte den Eindruck, daß hier ein stilles Einverständnis waltete, das keiner Worte bedurfte.

»Ja«, sagte Doktor Stauber, »mich hat es allerdings nicht überrascht. Ich habe immer das Gefühl gehabt, daß Berthold im Parlament nur wie zu Gaste sitzt, und bin eigentlich froh, daß er nun eine Art von Heimweh nach seinem wahren Beruf bekommen hat. Ja, ja, dein wahrer, Berthold«, wiederholte er wie zur Antwort auf ein Stirnrunzeln seines Sohnes. »Damit ist ja nichts für die Zukunft präjudiziert. Nichts erschwert uns die Existenz so sehr, als daß wir so häufig an Definitiva glauben ... und daß wir die Zeit damit verlieren, uns eines Irrtums zu schämen, statt ihn einzugestehen und unser Leben einfach neu zu gestalten.«

Berthold erklärte, daß er in spätestens acht Tagen abreisen wolle. Jeder weitere Aufschub hätte keinen Sinn. Es wäre auch möglich, daß er nicht in Paris bliebe. Seine Studien konnten eine weitere Reise notwendig machen. Ferner war er entschlossen, alle Abschiedsbesuche zu unterlassen; wie er hinzusetzte, hatte er ohndies allen Verkehr früherer Jahre in gewissen bürgerlichen Kreisen, wo sein Vater eine ausgebreitete Praxis übte, vollkommen aufgegeben.

»Sind wir uns denn nicht diesen Winter einmal bei Ehrenbergs begegnet?« fragte Georg mit einiger Genugtuung.

»Das ist richtig«, erwiderte Berthold. »Mit Ehrenbergs sind wir übrigens entfernt verwandt. Das Bindeglied zwischen uns ist merkwürdigerweise die Familie Golowski. Jeder Versuch, Ihnen das näher zu erklären, Herr Baron, wäre vergeblich. Ich müßte sie eine Wanderung durch die Standesämter und Kultusgemeinden von Temesvar, Tarnopol und ähnlichen angenehmen Ortschaften unternehmen lassen – und das möcht ich Ihnen doch nicht zumuten.«

»Und übrigens«, fügte der alte Doktor Stauber resigniert

hinzu, »weiß der Herr Baron gewiß, daß alle Juden miteinander verwandt sind.«

Georg lächelte liebenswürdig. In Wirklichkeit aber war er eher enerviert. Seiner Empfindung nach bestand durchaus keine Notwendigkeit, daß auch der alte Doktor Stauber ihm offizielle Mitteilung von seiner Zugehörigkeit zum Judentum machte. Er wußte es ja, und er nahm es ihm nicht übel. Er nahm es überhaupt keinem übel; aber warum fingen sie denn immer selbst davon zu reden an? Wo er auch hinkam, er begegnete nur Juden, die sich schämten, daß sie Juden waren, oder solchen, die darauf stolz waren, und Angst hatten, man könnte glauben, sie schämten sich.

»Gestern hab ich übrigens die alte Golowski gesprochen«, fuhr Doktor Stauber fort.

»Die arme Frau«, sagte Herr Rosner.

»Wie geht's ihr denn?« fragte Anna.

»Wie wird's ihr gehen … Sie können sich denken … die Tochter eingesperrt, der Sohn Freiwilliger auf Staatskosten, wohnt in der Kaserne … Stellen Sie sich das vor, Leo Golowski als Patriot … Und der Alte sitzt im Kaffeehaus und schaut zu, wie die andern Leut Schach spielen. Er selbst hat doch nicht mehr die zehn Kreuzer, um das Spielgeld zu zahlen.«

»Die Haft von Therese muß übrigens bald abgelaufen sein«, sagte Berthold.

»Dauert doch noch zwölf, vierzehn Tage«, erwiderte sein Vater … »Na, Annerl«, wandte er sich dann an das junge Mädchen, »es wäre wirklich schön von Ihnen, wenn Sie sich wieder einmal in der Rembrandtstraße anschauen ließen; die alte Frau hat eine fast rührende Schwärmerei für Sie. Ich versteh wirklich nicht warum«, setzte er lächelnd hinzu, während er Anna beinah zärtlich betrachtete. Sie aber sah vor sich hin und erwiderte nichts.

Die Wanduhr schlug sieben. Georg erhob sich, als wenn er nur dieses Zeichen erwartet hätte.

»Herr Baron verlassen uns schon«, sagte Herr Rosner aufstehend.

Georg bat die Anwesenden, sich nicht stören zu lassen, und reichte allen die Hand.

»Es ist merkwürdig«, sagte der alte Stauber, »wie Ihre Stimme an die Ihres verstorbenen Herrn Vaters erinnert.«

»Ja, man hat es mir vielfach gesagt«, entgegnete Georg. »Ich selbst konnte es allerdings nie finden.«

»Es gibt keinen Menschen auf der Welt, der seine eigene Stimme kennt«, bemerkte der alte Stauber, und es klang wie der Beginn eines populären Vortrags.

Aber Georg empfahl sich. Anna begleitete ihn, trotz seiner leisen Abwehr, ins Vorzimmer und ließ – etwas absichtlich, wie es Georg vorkam – die Türe halboffen stehn. »Es ist schade, daß wir nicht länger musizieren konnten«, sagte sie.

»Mir tut's auch leid, Fräulein Anna.«

»Das Lied hat mir heut noch besser gefallen, als beim erstenmal, wie ich mich selber begleiten mußte. Nur zum Schluß verläuft es ein bißchen ... ich weiß nicht, wie ich sagen soll.«

»Ich weiß, was Sie meinen. Der Schluß ist konventionell, das hab ich gleich gefühlt. Hoffentlich kann ich Ihnen bald was Besseres bringen, Fräulein Anna.«

»Lassen Sie mich aber nicht zu lange darauf warten.«

»Gewiß nicht. Also Adieu Fräulein Anna.«

Sie reichten einander die Hände und lächelten beide.

»Warum sind Sie nicht nach Weißenfeld gekommen?« fragte Anna leicht.

»Es tut mir wirklich leid, aber sehen Sie, Fräulein Anna, ich hätte wahrhaftig heuer keine angenehme Gesellschaft vorgestellt, das können Sie sich wohl denken.«

Anna sah ihn ernst an. »Glauben Sie nicht«, sagte sie, »daß man Ihnen vielleicht hätte helfen können, manches tragen?«

»Es zieht, Anna«, rief Frau Rosner von drinnen.

»Ich komm ja schon«, erwiderte Anna etwas ungeduldig. Aber Frau Rosner hatte die Tür schon geschlossen.

»Wann darf ich wiederkommen?« fragte Georg.

»Wann es Ihnen angenehm ist. Allerdings ... ich müßte Ihnen eigentlich eine schriftliche Stundeneinteilung geben, damit Sie wissen, wann ich zu Hause bin, und damit wäre auch noch nichts getan. Oft geh ich spazieren, oder habe Besorgungen in der Stadt, oder schau mir Bilder an, oder Ausstellungen ...«

»Das könnte man doch einmal zusammen tun«, sagte Georg.

»O ja«, erwiderte Anna, nahm ihr Portemonnaie aus der Tasche und entnahm diesem ein winziges Notizbuch.

»Was haben Sie denn da?« fragte Georg.

Anna lächelte und blätterte in dem Büchlein. »Warten Sie nur ... Donnerstag elf Uhr wollte ich mir die Miniaturausstellung in der Hofbibliothek ansehen. Wenn Sie das auch interessiert, so können wir uns dort treffen.«

»Aber sehr gern.«

»Also schön. Dort können wir gleich besprechen, wann Sie mich das nächstemal zum Singen begleiten.«

»Abgemacht«, sagte Georg und reichte ihr die Hand. Es fiel ihm ein, daß gewiß, während hier draußen Anna mit ihm plauderte, sich drin im Zimmer der junge Doktor Stauber ärgern oder gar kränken mochte. Und er wunderte sich, daß er diesen Umstand selbst offenbar unangenehmer empfand als Anna, die doch im ganzen ein gutmütiges Wesen zu sein schien. Er löste seine Hand aus der ihren, nahm Abschied und ging.

Als Georg auf die Straße kam, war es ganz dunkel geworden. Langsam schlenderte er über die Elisabethbrücke an der Oper vorbei der inneren Stadt zu und ließ, unbeirrt durch Geräusch und Treiben rings umher, sein Lied in sich nachtönen. Er fand es seltsam, daß Annas Stimme, die im kleinen Raume so reinen und gesunden Klang gab, jede Zukunft auf der Bühne und im Konzertsaal versagt sein sollte, und noch seltsamer, daß Anna unter diesem Verhängnis kaum zu leiden schien. Freilich war er sich nicht klar darüber, ob Annas Ruhe auch den wahren Ausdruck ihres Wesens widerspiegelte.

Er kannte sie wohl flüchtig schon seit einigen Jahren; aber erst eines Abends im vergangenen Frühling waren sie einander näher gekommen. Im Waldsteingarten hatte sich damals eine größere Gesellschaft Rendezvous gegeben. Man speiste im Freien, unter hohen Kastanienbäumen, vergnügt, angeregt und berückt von dem ersten warmen Maiabend des Jahres. Georg sah sie alle wieder, die damals gekommen waren. Frau Ehrenberg, die Veranstalterin der Zusammenkunft, absichtlich matronenhaft mit einem lose sitzenden, dunkeln Foulardkleid angetan; Hofrat Wilt, wie in der Maske eines englischen Staatsmanns, mit vornehm schlampigen Gebärden und mit dem gleichen, etwas wohlfeilen Ton der Überlegenheit für sämtliche Dinge und Menschen; Frau Oberberger, die mit dem grau gepuderten Haar, den blitzenden Augen und dem Schönheitspfläschterchen auf dem Kinn einer Rokokomarquise ähnelte; Demeter

Stanzides mit den weiß glänzenden Zähnen, und auf der blassen Stirn die Müdigkeit eines alten Heldengeschlechtes; Oskar Ehrenberg, mit einer Eleganz, die viel vom ersten Kommis eines Modehauses, manches von der eines jugendlichen Gesangskomikers und auch einiges von der eines jungen Herrn aus der Gesellschaft hatte; Sissy Wyner, die ihre dunkeln, lachenden Augen von einem zum andern sandte, als sei sie mit jedem einzelnen durch ein andres lustiges Geheimnis verbunden; Willy Eißler, der heiser und fidel allerlei heitre Geschichten aus seiner Militärzeit und jüdische Anekdoten erzählte; Else Ehrenberg, von zarter Frühlingsmelancholie umflossen in weißem englischem Tuchkleid, mit den Bewegungen einer großen Dame, die sich zu dem Kindergesicht und der zarten Figur anmutig und beinahe rührend ausnahmen; Felician, kühl und liebenswürdig, mit hochmütigen Augen, die zwischen den Gästen hindurch zu andern Tischen und auch an diesen vorbei in die Ferne sahen; Sissys Mutter, jung, rotbackig und plappernd, die überall zugleich mitreden und überall zugleich mithören wollte; Edmund Nürnberger, in den bohrenden Augen und um den schmalen Mund jenes fast maskenhaft gewordene Lächeln der Verachtung für ein Welttreiben, das er bis auf den Grund durchschaute, und in dem er sich doch manchmal zu seinem eigenen Erstaunen selbst als Mitspieler entdeckte; endlich Heinrich Bermann, in einem zu weiten Sommeranzug, mit einem zu billigen Strohhut, mit einer zu lichten Krawatte, der bald lauter sprach und bald tiefer schwieg als die andern. Zuletzt, ohne jede Begleitung und in sicherer Haltung, war Anna Rosner erschienen, hatte mit leichtem Kopfnicken die Gesellschaft begrüßt und ungezwungen zwischen Frau Ehrenberg und Georg Platz genommen. »Die hab ich für Sie eingeladen«, bemerkte Frau Ehrenberg leise zu Georg, der sich bis zu diesem Abend mit Anna auch in Gedanken kaum beschäftigt hatte. Jene Worte, vielleicht nur einem flüchtigen Einfall der Frau Ehrenberg entsprungen, wurden im weiteren Verlauf des Abends wahr. Von dem Augenblick an, da die Gesellschaft aufbrach und ihre fidele Reise durch den Volksprater antrat, überall, in den Buden, im Ringelspiel, vor dem Wurstel und auch auf dem Heimweg in die Stadt, der spaßhafter Weise zu Fuß gemacht wurde, hatten sich Georg und Anna zusammen gehalten und waren endlich, von lustigen und törichten Gesprächen umschwirrt, in eine ganz vernünftige Unterhaltung geraten.

Ein paar Tage später war er bei ihr und brachte ihr, wie versprochen, den Klavierauszug von »Eugen Onegin« und einige von seinen Liedern; bei seinem nächsten Besuch sang sie ihm diese Lieder und manche von Schubert vor, und ihre Stimme gefiel ihm sehr. Bald darauf nahmen sie für den Sommer voneinander Abschied, ohne jede Spur von Wehmut und Zärtlichkeit; Annas Einladung nach Weißenfeld hatte Georg nur als Höflichkeit aufgefaßt, so wie er seine Zusage verstanden glaubte; und im Vergleich zu der Harmlosigkeit des bisherigen Verkehrs durfte die Stimmung des heutigen Besuchs Georg wohl eigentümlich erscheinen. Auf dem Stephansplatz sah sich Georg von jemandem gegrüßt, der auf der Plattform eines Stellwagens stand. Georg, der etwas kurzsichtig war, erkannte den Grüßenden nicht gleich.

»Ich bin's«, sagte der Herr auf der Plattform.

»O, Herr Bermann! Guten Abend«, Georg reichte ihm die Hand hinauf. »Wohin des Wegs?«

»Ich fahre in den Prater. Ich will unten nachtmahlen. Haben Sie etwas besondres vor, Herr Baron?«

»Nicht das geringste.«

»So kommen Sie doch mit.«

Georg schwang sich auf den Omnibus, der eben weiterzurumpeln begann. Sie erzählten einander beiläufig, wie sie den Sommer verbracht hatten. Heinrich war im Salzkammergut gewesen, später in Deutschland, von wo er erst vor ein paar Tagen zurückgekommen war.

»Ach in Berlin«, meinte Georg.

»Nein.«

»Ich dachte, daß Sie vielleicht in Angelegenheit eines neuen Stückes ...«

»Ich habe kein neues Stück geschrieben«, unterbrach ihn Heinrich etwas unhöflich. »Ich war im Taunus und am Rhein, in verschiedenen Orten.«

Was hat er denn am Rhein zu tun, dachte Georg, obwohl es ihn nicht weiter interessierte. Es fiel ihm auf, daß Bermann zerstreut, ja beinahe verdüstert vor sich hinschaute.

»Und wie steht's denn mit Ihren Arbeiten, lieber Baron?«

fragte Heinrich plötzlich lebhaft, während er den dunkelgrauen Überzieher, der ihm um die Schulter hing, enger um sich schlug. »Ist Ihr Quintett fertig?«

»Mein Quintett?« wiederholte Georg verwundert. »Hab' ich Ihnen denn von meinem Quintett gesprochen?«

»Nein, nicht Sie; aber Fräulein Else sagte mir, daß Sie an einem Quintett arbeiten.«

»Ach so, Fräulein Else. Nein, ich bin nicht viel weiter gekommen. Ich war nicht gerade in der Stimmung, wie Sie sich denken können.«

»Ach ja«, sagte Heinrich und schwieg eine Weile. »Und Ihr Herr Vater war noch so jung«, fügte er langsam hinzu.

Georg nickte wortlos.

»Wie geht's Ihrem Bruder?« fragte Heinrich plötzlich.

»Danke recht gut«, erwiderte Georg etwas befremdet. Heinrich warf seine Zigarre über die Brüstung und zündete sich gleich wieder eine neue an. Dann sagte er: »Sie werden sich wundern, daß ich mich nach Ihrem Bruder erkundige, den ich kaum jemals gesprochen habe. Er interessiert mich aber. Er stellt für mich einen in seiner Art geradezu vollendeten Typus dar, und ich halte ihn für einen der glücklichsten Menschen, die es gibt.«

»Das mag wohl sein«, erwiderte Georg zögernd. »Aber wie kommen Sie eigentlich zu der Ansicht, da Sie ihn kaum kennen?«

»Erstens heißt er Felician Freiherr von Wergenthin-Recco«, sagte Heinrich sehr ernst und blies den Rauch in die Luft.

Georg horchte mit einigem Erstaunen auf.

»Sie heißen wohl auch Wergenthin-Recco«, fuhr Heinrich fort, »aber nur Georg – und das ist lang nicht dasselbe, nicht wahr? Ferner ist Ihr Bruder sehr schön. Sie schauen allerdings auch nicht übel aus. Aber Leute, deren hauptsächliche Eigenschaft es ist, schön zu sein, sind doch eigentlich viel besser dran als andre, deren hauptsächliche Eigenschaft es ist, begabt zu sein. Wenn man nämlich schön ist, so ist man es immer, während die Begabten doch mindestens neun Zehntel ihrer Existenz ohne jede Spur von Talent verbringen. Ja, gewiß ist es so. Die Linie des Lebens ist sozusagen reiner, wenn man schön als wenn man ein Genie ist. Übrigens ließe sich das alles besser ausdrücken.«

Was hat er denn, dachte Georg unangenehm berührt. Sollte er vielleicht auf Felician eifersüchtig sein … wegen Else Ehrenberg?

Auf dem Praterstern stiegen sie aus. Der große Strom der Sonntagsmenge flutete ihnen entgegen. Sie nahmen den Weg in die Hauptallee, wo es nicht mehr belebt war, und gingen langsam weiter. Es war kühl geworden. Georg machte Bemerkungen über die herbstliche Abendstimmung, über die Leute, die in den Wirtshäusern saßen, über die Militärkapellen, die in den Kiosken spielten. Heinrich entgegnete anfangs obenhin, später gar nicht und schien endlich kaum zuzuhören, was Georg ungezogen fand. Er bereute es beinahe, sich Heinrich angeschlossen zu haben, umsomehr, als es sonst gar nicht seine Art war, flüchtigen Aufforderungen ohne weiteres zu folgen; und er entschuldigte sich vor sich selbst, daß er es diesmal nur aus Zerstreutheit getan hätte. Heinrich ging neben ihm her, oder auch ein paar Schritte voraus, als hätte er Georgs Anwesenheit vollkommen vergessen. Noch immer hielt er den umgehängten Überzieher mit beiden Händen fest, trug den weichen, dunkelgrauen Hut in die Stirn gedrückt und sah, was Georg plötzlich empfindlich zu stören begann, höchst unelegant aus. Heinrich Bermanns frühere Bemerkungen über Felician kamen ihm nun abgeschmackt und geradezu taktlos vor, und zu rechter Zeit fiel ihm ein, daß so ziemlich alles, was er von den schriftstellerischen Leistungen Heinrichs kannte, ihm wider den Strich gegangen war. Zwei Stücke von ihm hatte er gesehen: eines, das in den untern Volksschichten spielte, unter Handwerkern oder Fabrikarbeitern und mit Mord und Totschlag endete; das andere, eine Art von satirischer Gesellschaftskomödie, bei deren Erstaufführung es einen Skandal gegeben hatte, und die bald wieder vom Repertoire verschwunden war. Übrigens hatte Georg den Autor damals noch nicht persönlich gekannt und an der ganzen Sache kein weiteres Interesse genommen. Er erinnerte sich nur, daß Felician das Stück geradezu lächerlich gefunden und daß Graf Schönstein geäußert hatte, wenn es nach ihm ginge, dürften Stücke von Juden überhaupt nur von der Budapester Orpheumsgesellschaft aufgeführt werden. Insbesondere aber hatte Doktor von Breitner, getauft und objektiv, seiner Empörung Ausdruck gegeben, daß so ein hergelaufener junger Mensch eine Welt auf die Bühne zu bringen wagte, die ihm selbstverständlich verschlossen war und von der er daher unmöglich etwas verstehen konnte. Während Georg all dies wieder einfiel, steigerte sich sein Ärger über das manierlose Weiterlaufen und beharrliche Schweigen seines Begleiters zu einer wahren Feindseligkeit, und halb unbewußt begann er allen Insulten recht zu geben, die damals gegen Bermann vorgebracht worden waren. Er erinnerte sich jetzt auch, daß ihm Heinrich von allem Anfang an persönlich unsympathisch gewesen war, und daß er sich zu Frau Ehrenberg ironisch über die Geschicklichkeit geäußert, mit der sie auch diesen jungen Ruhm sofort für ihren Salon einzufangen gewußt hatte. Else freilich hatte gleich Heinrichs Partei genommen, ihn für einen interessanten und manchmal sogar liebenswürdigen Menschen erklärt und Georg prophezeit, er würde über kurz oder lang mit ihm gut Freund werden. Und tatsächlich war in Georg, zum mindesten von jenem Gespräch heuer im Frühjahr nachts auf der Ringstraßenbank, eine gewisse Sympathie für Bermann zurückgeblieben, die bis zum heutigen Abend vorgehalten hatte.

Längst waren sie an den letzten Gasthäusern vorbei. Neben ihnen lief die weiße Fahrstraße einsam und gerade zwischen den Bäumen in die Nacht hinaus, und sehr entfernte Musik tönte nur mehr in abgerissenen Klängen zu ihnen her.

»Wohin denn noch«, rief Heinrich plötzlich aus, als hätte man ihn wider Willen hierher geschleppt, und blieb stehen.

»Ich kann wirklich nichts dafür«, bemerkte Georg einfach.

»Entschuldigen Sie«, sagte Heinrich.

»Sie waren so sehr in Gedanken vertieft«, entgegnete Georg kühl.

»Vertieft will ich eben nicht sagen. Aber es passiert einem manchmal, daß man sich so in sich selbst verliert.«

»Ich kenne das«, meinte Georg ein wenig versöhnt.

»Man hat Sie übrigens im August auf dem Auhof erwartet«, sagte Heinrich plötzlich.

»Erwartet? Frau Ehrenberg war wohl so freundlich, mich einmal einzuladen, aber ich hatte keineswegs zugesagt. Haben Sie sich längere Zeit dort aufgehalten, Herr Bermann?«

»Längere Zeit, nein. Ich war einige Male oben, aber immer nur auf ein paar Stunden.«

»Ich dachte, Sie hätten oben gewohnt.«

»Keine Idee. Ich hab' unten im Gasthof logiert. Ich bin nur gelegentlich hinauf gekommen. Es ist mir dort zu laut und bewegt ... das Haus wimmelt ja von Besuchen. Und die Mehrzahl der Leute, die dort verkehren, kann ich nicht ausstehen.«

Ein offener Fiaker, in dem ein Herr und eine Dame saßen, fuhr an ihnen vorüber.

»Das war ja Oskar Ehrenberg«, sagte Heinrich.

»Und die Dame?« fragte Georg und sah etwas Hellem nach, das durch die Dunkelheit leuchtete.

»Kenn' ich nicht.«

Sie nahmen den Weg durch eine finstere Seitenallee. Wieder stockte das Gespräch. Endlich begann Heinrich: »Fräulein Else hat mir auf dem Auhof ein paar von Ihren Liedern vorgesungen. Einige hatte ich übrigens schon gehört, von der Bellini, glaub' ich.«

»Ja, die Bellini hat sie vorigen Winter in einem Konzert gesungen.«

»Nun, diese Lieder und einige andre von Ihnen sang Fräulein Else.«

»Wer hat sie denn begleitet?«

»Ich selbst, so gut ich eben konnte. Ich muß Ihnen übrigens sagen, lieber Baron, die Lieder haben eigentlich noch einen stärkern Eindruck auf mich gemacht, als das erstemal im Konzert, trotzdem Fräulein Else ja beträchtlich weniger Stimme und Kunstfertigkeit besitzt, als Fräulein Bellini. Andererseits muß man freilich bedenken, daß es ein prachtvoller Sommernachmittag war, an dem Fräulein Else Ihre Lieder sang. Das Fenster stand offen, man sah drüben die Berge und den tiefblauen Himmel ... aber es bleibt noch immer genug für Sie übrig.«

»Sehr schmeichelhaft«, sagte Georg, von Heinrichs spötteldem Ton peinlich berührt.

»Wissen Sie«, fuhr Heinrich fort und sprach, wie er es manchmal tat, mit zusammengepreßten Zähnen und unnötig heftiger Betonung, »wissen Sie, es ist im allgemeinen nicht meine Gewohnheit, Leute, die ich zufällig auf der Straße sehe, auf den Omnibus heraufzubitten, und ich will es Ihnen lieber gleich gestehen, daß ich es ... wie sagt man nur ... als einen Wink des Schicksals betrachtet habe, wie ich Sie plötzlich auf dem Stephansplatz erblickte.«

Georg hörte ihn verwundert an.

»Sie erinnern sich vielleicht nicht mehr so gut als ich«, fuhr Heinrich fort, »an unser letztes Gespräch auf jener Ringstraßenbank.«

Nun erst fiel es Georg ein, daß Heinrich damals ganz flüchtig von einem Opernstoff gesprochen, der ihn beschäftigte, worauf Georg ebenso beiläufig, und eher scherzhaft, sich als Komponisten angeboten hatte. Und absichtlich kühl entgegnete er: »Ach ja, ich erinnere mich.«

»Nun, das verpflichtet Sie zu nichts«, erwiderte Heinrich noch kühler als der andere, »um so weniger, als ich, die Wahrheit zu sagen, an meinen Opernstoff überhaupt nicht mehr gedacht hatte, bis zu jenem schönen Sommernachmittag, an dem Fräulein Else Ihre Lieder sang. Wie wär's übrigens, wenn wir uns hier niederließen?«

Der Gasthausgarten, in den sie eintraten, war ziemlich leer. Heinrich und Georg nahmen in einer kleinen Laube, nächst dem grünen Staketgitter, Platz und bestellten ihr Nachtmahl.

Heinrich lehnte sich zurück, streckte seine Beine aus, betrachtete Georg, der beharrlich schwieg, mit prüfenden, fast spöttischen Augen und sagte plötzlich: »Ich glaube mich übrigens nicht zu irren, wenn ich annehme, daß Ihnen die Sachen, die ich bisher gemacht habe, nicht gerade ans Herz gewachsen sind.«

»O«, erwiderte Georg und errötete ein wenig, »wie kommen Sie zu dieser Ansicht?«

»Nun, ich kenne meine Stücke ... und kenne Sie.«

»Mich?« fragte Georg beinahe verletzt.

»Gewiß«, erwiderte Heinrich überlegen. »Übrigens habe ich den meisten Menschen gegenüber diese Empfindung und halte diese Fähigkeit sogar für meine einzige absolute, unzweifelhafte. Alle übrigen sind ziemlich problematisch, find' ich. Insbesondere ist meine sogenannte Künstlerschaft etwas durchaus mäßiges, und auch gegen meine Charaktereigenschaften wäre manches einzuwenden. Das einzige, was mir eine gewisse Sicherheit gibt, ist eigentlich nur das Bewußtsein, in menschliche Seelen hineinschauen zu können ... tief hinein, in alle, in die von Schurken und ehrlichen Leuten, in die von Frauen und Männern und Kindern, in die von Heiden, Juden, Protestanten, ja selbst in die von Katholiken, Adligen und Deutschen, obwohl ich gehört habe, daß gerade das für unsereinen so unendlich schwer, oder sogar unmöglich sein soll.«

Georg zuckte leicht zusammen. Er wußte, daß Heinrich insbesondere bei Gelegenheit seines letzten Stückes von konservativen und klerikalen Blättern persönlich aufs heftigste angegriffen worden war. Aber was geht das mich an, dachte Georg. Schon wieder einer, den man beleidigt hat! Es war wirklich absolut ausgeschlossen, mit diesen Leuten harmlos zu verkehren. Höflich, fremd, in einer ihm selbst kaum bewußten Erinnerung an die Erwiderung des alten Herrn Rosner gegenüber dem jungen Doktor Stauber, äußerte er: »Eigentlich dachte ich mir, daß Menschen wie Sie über Angriffe von jener Art, auf die Sie offenbar anspielen, erhaben wären.«

»So ... dachten Sie das?« fragte Heinrich in dem kalten, beinahe abstoßenden Ton, der ihm manchmal eigen war. »Nun«, fuhr er milder fort, »zuweilen stimmt es ja. Aber leider nicht immer. Es braucht nicht viel dazu, um die Selbstverachtung aufzuwecken, die stets in uns schlummert; und wenn das einmal geschehen ist, gibt es keinen Tropf und keinen Schurken, mit dem wir uns nicht innerlich gegen uns selbst verbünden. Entschuldigen Sie, wenn ich ›wir‹ sage ...«

»O, ich habe schon ganz ähnliches empfunden. Freilich hatte ich noch nicht Gelegenheit, der Öffentlichkeit so oft und so exponiert gegenüberzustehen wie Sie.«

»Nun wenn auch ... ganz das Gleiche wie ich werden Sie doch niemals durchzumachen haben.«

»Warum denn?« fragte Georg ein wenig gekränkt.

Heinrich sah ihm scharf ins Auge. »Sie sind der Freiherr von Wergenthin-Recco.«

»O darum! Ich bitte Sie, es gibt heutzutage eine ganze Menge Leute, die gerade deswegen gegen einen voreingenommen sind und es einem gelegentlich vorzuhalten wissen, daß man Baron ist.«

»Ja, ja, aber es liegt doch ein anderer Ton darin, das werden Sie mir zugeben und auch ein anderer Sinn, wenn man einem den Freiherrn, als wenn man einem den Juden ins Gesicht schleudert, obzwar das letztere bisweilen ... Sie verzeihen schon ... der bessere Adel sein mag. Nun, Sie brauchen mich nicht so mitleidig anzuschauen«, setzte er plötzlich grob hinzu. »Ich bin nicht immer so empfindlich. Es gibt auch andre Stimmungen, in denen mir überhaupt nichts und niemand etwas anhaben kann. Da hab ich nur dieses eine Gefühl: was wißt Ihr denn alle, was wißt Ihr denn von mir …«

Er schwieg, stolz, mit einem höhnischen Blick, der sich durch das Blätterwerk der Laube ins Dunkle bohrte. Dann wandte er den Kopf, sah ringsumher und sagte einfach, in einem neuen Ton, zu Georg: »Sehen Sie doch, wir sind bald die einzigen.«

»Es wird auch recht kühl«, sagte Georg.

»Ich denke, wir bummeln noch ein wenig durch den Prater.«

»Gern.«

Sie erhoben sich und gingen. Auf einer Wiese, an der sie vorüberkamen, lag feiner, grauer Nebel.

»Bis in die Nacht hält die Sommerlüge doch nicht mehr an. Nun wird es bald endgültig vorbei sein«, sagte Heinrich mit unverhältnismäßiger Bedrücktheit, und wie zum eigenen Trost fügte er hinzu: »Nun, man wird arbeiten.«

Sie kamen in den Wurstelprater. Aus den Gasthäusern tönte Musik, und Georg teilte sich sofort etwas von der fröhlichlauten Stimmung mit, in die er nun mit einem Male aus den Traurigkeiten eines herbstlichen Wirtshausgartens und einer etwas gequälten Unterhaltung geraten war.

Vor einem Ringelspiel, aus dem ein riesiger Leierkasten phantastisch-orgelhaft ein Potpourri aus dem »Troubadour« ins Freie sandte und an dessen Eingang ein Ausrufer zur Reise nach London, Atzgersdorf und Australien aufforderte, erinnerte sich Georg wieder der Frühjahrspartie mit der Ehrenbergschen Gesellschaft. Auf dieser schmalen Bank, im Innern des Raumes, war Frau Oberberger gesessen, den Kavalier des Abends, Demeter Stanzides, zur Seite, und hatte ihm wahrscheinlich eine ihrer unglaublichen Geschichten erzählt: daß ihre Mutter die Geliebte eines russischen Großfürsten gewesen; daß sie selbst mit einem Anbeter eine Nacht auf dem Hallstädter Friedhof verbracht, natürlich ohne daß etwas geschehen war; oder daß ihr Gatte, der berühmte Reisende, in einem Harem zu Smyrna in einer Woche siebzehn Frauen erobert hatte. In diesem rotsamtgepolsterten Wägelchen, mit Hofrat Wilt als Gegenüber, hatte Else gelehnt, damenhaft anmutig, ungefähr wie in einem Fiaker am Derbytag, und hatte doch verstanden, durch Haltung und Miene zum Ausdruck zu bringen, daß sie, wenn es darauf ankäme, gerade so kindlich sein konnte wie andre einfältige, glücklichere Menschen. Anna Rosner, lässig die Zügel in der Hand, würdig, aber mit einem etwas verschmitzten Gesicht, ritt einen weißen Araber; Sissy wiegte sich auf einem Rappen, der sich nicht nur im Kreise mit den andern Tieren und Wagen drehte, sondern außerdem hin und her schaukelte. Unter der kühnen Frisur mit dem riesigen, schwarzen Federhut blitzten und lachten die frechsten Augen, über den ausgeschnittenen Lackschuhen und durchbrochenen Strümpfen flatterte und flog der weiße Rock. Auf zwei fremde Herren hatte Sissys Erscheinung so seltsam gewirkt, daß sie ihr eine unzweideutige Einladung zuriefen, worauf eine kurze, geheimnisvolle Unterhaltung zwischen Willy, der sofort zur Stelle war, und den zwei ziemlich betretenen Herren erfolgte, die anfangs durch das nonchalante Anzünden neuer Zigaretten ihre Position zu retten versuchten, aber dann plötzlich in der Menge verschwunden waren.

Auch die Bude mit den »Illusionen« und Lichtbildern hatte für Georg ihre besondere Erinnerung. Hier, während Daphne sich in einen Baum verwandelte, hatte ihm Sissy ein leises »remember« ins Ohr geflüstert und ihm damit den Maskenball bei Ehrenbergs ins Gedächtnis gerufen, an dem sie, wohl nicht für ihn allein, den Spitzenschleier zu einem flüchtigen Kuß gelüftet hatte. Dann kam die Hütte, wo die ganze Gesellschaft sich hatte photographieren lassen: die drei jungen Mädchen, Anna, Else und Sissy in genienhafter Pose, die Herren mit himmelnden Augen ihnen zu Füßen, so daß das Ganze etwa ausgesehen hatte, wie die Apotheose aus einer Zauberposse. Und während Georg sich jener kleinen Erlebnisse entsann, schwebte ihm immer der heutige Abschied von Anna durch die Erinnerung und schien ihm von den angenehmsten Verheißungen erfüllt.

Vor einer offenen Schießbude standen auffallend viel Leute. Bald war der Trommler ins Herz getroffen und wirbelte mit flinken Schlägen auf dem Fell, bald zersprang leise klirrend eine Glaskugel, die auf einem Wasserstrahl hin und her getanzt war, bald führte eine Marketenderin eiligst die Trompete zum Mund und blies drohend Appell, bald donnerte aus aufgesprungenem Tor eine kleine Eisenbahn, sauste über eine fliegende Brücke und wurde von einem andern Tor verschlungen. Da einige Zuschauer sich allmählich entfernten, rückten Georg und Heinrich vor und erkannten in den sichern Schützen Oskar Ehrenberg und seine Dame. Eben richtete Oskar das Gewehr auf einen Adler, der sich nahe der Decke mit ausgebreiteten Flügeln auf und ab bewegte, und fehlte zum erstenmal. Indigniert legte er die Waffe nieder, sah sich um, erblickte die beiden Herren hinter sich und begrüßte sie.

Die junge Dame, das Gewehr an der Wange, warf einen flüchtigen Blick auf die Neuangekommenen, visierte gleich wieder angelegentlich und drückte ab. Der Adler ließ den getroffenen Flügel sinken und bewegte sich nicht mehr.

»Bravo«, rief Oskar.

Die Dame legte das Gewehr vor sich auf den Tisch hin.

»Is genug«, sagte sie zu dem Jungen, der von neuem laden wollte, »g'wonnen hab ich eh.«

»Wie viel Schuß warens?« fragte Oskar.

»Vierzig«, antwortete der Junge, »macht achtzig Kreuzer.«

Oskar griff in die Westentasche, warf einen Silbergulden hin und nahm den Dank des Ladenjungen mit Herablassung entgegen. »Erlaube«, sagte er dann, indem er beide Hände in die Seiten stützte, den Oberkörper leicht nach vorn bewegte und den linken Fuß vorwärts setzte, »erlaube, Amy, daß ich dir die Herren vorstelle, welche Zeugen deiner Triumphe waren. Baron Wergenthin, Herr von Bermann … Fräulein Amelie Reiter.«

Die Herren lüfteten ihre Hüte, Amelie nickte zum Gegengruß ein paarmal hintereinander mit dem Kopf. Sie trug ein einfaches, weiß gemustertes Foulardkleid, darüber eine leichte Mantille von hellem Gelb mit Spitzen umsäumt und einen schwarzen, aber sehr vergnügten Hut. »Den Herrn von Bermann kenn ich ja«, sagte sie. Sie wandte sich an ihn: »Bei der Premiere von Ihrem Stück im vorigen Winter hab ich Sie gesehen, wie Sie herausgekommen sind sich verbeugen. Ich habe mich sehr gut unterhalten. Nicht, daß ich Ihnen das vielleicht aus Höflichkeit sag.«

Heinrich dankte ernst.

Sie spazierten weiter zwischen Buden, vor denen es stiller wurde, an Wirtshausgärten vorbei, die sich allmählich leerten.

Oskar schob seinen rechten Arm in den linken seiner Begleiterin, dann wandte er sich an Georg: »Warum sind Sie denn heuer nicht auf dem Auhof gewesen? Wir haben alle sehr bedauert.«

»Ich war leider in wenig geselliger Stimmung.«

»Natürlich, kann ich mir denken«, sagte Oskar mit dem gebotenen Ernst. »Ich war übrigens auch nur ein paar Wochen dort. Im August hab ich meine müden Glieder in den Wogen der Nordsee gestärkt, ich war nämlich auf der Isle of Wight.«

»Dort soll es ja sehr schön sein«, sagte Georg, »wer geht denn nur immer hin?«

»Die Wyners, meinen Sie«, erwiderte Oskar. »Wenigstens wie sie noch in London gelebt haben sind sie regelmäßig dort gewesen. Jetzt nur mehr alle zwei, drei Jahre.«

»Aber das Ypsilon haben sie auch für Österreich beibehalten«, sagte Georg lächelnd.

Oskar blieb ernst.

»Der alte Herr Wyner«, erwiderte er, »hat sich sein Recht auf das Ypsilon ehrlich erworben. Er ist schon in seinem dreizehnten Jahr nach England gekommen, hat sich dort naturalisieren lassen, und als ganz junger Mensch ist er Kompagnon der großen Stahlfabrik geworden, die jetzt noch immer Black und Wyner heißt.«

»Aber seine Frau hat er sich doch aus Wien geholt?«

»Ja. Und wie er vor sieben oder acht Jahren gestorben ist, ist sie mit den zwei Kindern hierher übersiedelt. Aber James wird sich hier nie eingewöhnen … der Lord Antinous, Sie wissen ja, daß Frau Oberberger ihn so nennt. Jetzt ist er wieder in Cambridge, wo er seltsamerweise griechische Philologie studiert. Im übrigen ist auch Demeter ein paar Tage in Ventnor gewesen.«

»Stanzides?« ergänzte Georg.

»Kennen Sie den Herrn von Stanzides, Herr Baron?« fragte Amy.

»Jawohl.«

»Also existiert er richtig«, rief sie aus.

»Ja, aber hörst du«, sagte Oskar. »Heuer im Frühjahr hat sie in der Freudenau auf ihn gesetzt und hat eine Masse Geld gewonnen, und jetzt fragt sie, ob er existiert.«

»Warum zweifeln Sie denn an der Existenz von Stanzides, Fräulein?« fragte Georg.

»Ja, wissen Sie, alleweil, wenn ich nicht weiß, wo er is, der Oskar, heißts: ich hab ein Rendezvous mit'n Stanzides, oder: ich reit mit'n Stanzides in' Prater. Stanzides hin, Stanzides her, es klingt mehr wie eine Ausred, als wie ein Nam.«

»Jetzt schweig aber endlich einmal still«, sagte Oskar mild.

»Stanzides existiert nicht nur«, erklärte Georg, »sondern er hat den schönsten, schwarzen Schnurrbart und die glühendsten schwarzen Augen, die es überhaupt gibt.«

»Das is schon möglich, aber wie ich ihn g'sehn hab, hat er ausg'schaut wie ein Wurstel. Gelber Janker, grünes Kappel, violette Schleifen.«

»Und sie hat vierzig Gulden auf ihn gewonnen«, ergänzte Oskar humoristisch.

»Wo sind die vierzig Gulden«, seufzte Fräulein Amelie ... Plötzlich blieb sie stehen und rief: »Da bin ich aber noch nie mitgefahren.«

»Das kann ja nachgeholt werden«, sagte Oskar einfach.

Es war das Riesenrad, das sich vor ihnen mit seinen beleuchteten Wagen langsam, majestätisch drehte. Die jungen Leute passierten das Tourniquet, stiegen in ein leeres Kupee und schwebten empor.

»Wissen Sie, Georg, wen ich heuer im Sommer kennengelernt habe?« sagte Oskar, »den Prinzen von Guastalla.«

»Welchen?« fragte Georg.

»Den jüngsten natürlich, Karl Friedrich. Er ist inkognito dort gewesen. Er ist sehr gut mit dem Stanzides, ein merkwürdiger Mensch. Ich kann Sie versichern«, setzte er leise hinzu, »wenn unsereins den hundertsten Teil von den Sachen reden möcht wie der Prinz, wir kämen unser Lebtag aus dem schweren Kerker nicht heraus.«

»Schau Oskar«, rief Amy, »die Tische und die Leut da unten! Wie aus einem Schachterl, nicht wahr? Und die Masse Lichter dort, ganz weit, da gehts sicher nach Prag. Glauben S' nicht, Herr Bermann?«

»Möglich«, erwiderte Heinrich und starrte mit gefalteter Stirn durch die gläserne Wand in die Nacht hinaus.

Als sie das Kupee verließen und ins Freie traten, war der Sonntagslärm im Verrauschen.

»Die Kleine«, sagte Oskar Ehrenberg zu Georg, während Amy

mit Heinrich vorausging, »die ahnt auch nicht, daß wir heute das letztemal zusammen im Prater spazieren gehen.«

»Warum denn das letztemal?« fragte Georg ohne tieferes Interesse.

»Es muß sein«, erwiderte Oskar. »Solche Sachen dürfen nicht länger dauern als höchstens ein Jahr. Sie können sich übrigens vom Dezember an bei ihr Ihre Handschuhe kaufen«, fügte er heiter, aber nicht ohne Wehmut hinzu. »Ich richte ihr nämlich ein kleines Geschäft ein. Das bin ich ihr gewissermaßen schuldig, denn ich hab sie aus einer ziemlich sichern Situation herausgerissen.«

»Aus einer sichern?«

»Ja, sie war verlobt. Mit einem Etuimacher. Haben Sie gewußt, daß es das gibt?«

Indessen waren Amy und Heinrich vor einer Wendeltreppe stehen geblieben, die eng und kühn zu einem Plateau hinaufführte, und erwarteten die andern. Alle waren darüber einig, daß man den Prater nicht verlassen durfte, ohne auf der Rutschbahn gefahren zu sein.

Sie sausten durchs Dunkel, hinab und wieder hinauf, im dröhnenden Wagen, unter schwarzen Wipfeln; und dem dumpfrhythmischen Lärm entklang für Georg allmählich ein groteskes Motiv im Dreivierteltakt. Während er mit den andern die Wendeltreppe hinabstieg, wußte er auch schon, daß die Melodie von Oboe und Klarinette gebracht und von Cello und Kontrabaß begleitet werden müsse. Offenbar war es ein Scherzo, vielleicht für eine Symphonie.

»Wenn ich ein Unternehmer wäre«, erklärte Heinrich mit Entschiedenheit, »so ließ ich eine Rutschbahn bauen, viele Meilen lang, die ginge über Wiesen, Abhänge, durch Wälder, Tanzsäle; auch für Überraschungen auf dem Weg wäre gesorgt.« Jedenfalls, so fand er weiter, wäre nun die Zeit gekommen, das phantastische Element im Wurstelprater zu höherer Entfaltung zu bringen. Er selbst hätte vorläufig die Idee für ein Ringelspiel, das sich hoch und durch einen merkwürdigen Mechanismus spiralig immer höher über den Erdboden drehen müsse, um endlich in einer Art von Turmspitze anzulangen. Leider mangelten ihm die notwendigen technischen Vorkenntnisse zur näheren Erklärung. Im Weitergehen erfand er burleske Figuren und

Gruppen für die Schießbuden und sprach endlich die dringende Forderung nach einem großartigen Kasperltheater aus, für das originelle Dichter tiefsinnig-heitere Stücke entwerfen müßten.

So war man an den Ausgang des Praters gelangt, wo Oskars Wagen wartete. Gedrängt, aber gut gelaunt fuhren sie nach einem Weinrestaurant in der Stadt. In einem separierten Zimmer ließ Oskar Champagner auftragen. Georg setzte sich ans Klavier und phantasierte über das Thema, das ihm auf der Rutschbahn eingefallen war. Amy lehnte in der Diwanecke, und Oskar flüsterte ihr allerhand ins Ohr, worüber sie lachen mußte. Heinrich war wieder stumm geworden und drehte sein Glas langsam zwischen den Fingern hin und her. Plötzlich hielt Georg im Spielen inne und ließ die Hände auf den Tasten liegen. Ein Gefühl von der Traumhaftigkeit und Zwecklosigkeit des Daseins kam über ihn, wie manchmal, wenn er Wein getrunken hatte. Viele Tage war es her, daß er eine schlecht beleuchtete Treppe in der Paulanergasse hinuntergegangen war, und der Spaziergang mit Heinrich durch die herbstdunkle Allee lag in fernster Vergangenheit. Hingegen erinnerte er sich plötzlich so lebhaft, als wär es gestern gewesen, eines sehr jungen und sehr verdorbenen Wesens, mit dem er vor vielen Jahren ein paar Wochen in heiter-unsinniger Art verbracht hatte, etwa so wie Oskar Ehrenberg jetzt mit Amy. Eines Abends hatte sie ihn auf der Straße zu lange warten lassen, ungeduldig war er fort gegangen und hatte nie wieder etwas von ihr gehört oder gesehen. Wie leicht sich das Leben zuweilen anließ … Er hörte das leise Lachen Amys, wandte sich, und sein Blick begegnete den Augen Oskars, die über den blonden Kopf Amys hinweg die seinen suchten. Er empfand diesen Blick als ärgerlich, wich ihm absichtlich aus und schlug wieder einige Töne an, in volksliedartiger, melancholischer Weise. Er spürte Lust, all das aufzuzeichnen, was ihm heute eingefallen war, und sah auf die Uhr, die über der Tür hing. Es war eins vorbei. Dann verständigte er sich mit Heinrich durch einen Blick, und beide erhoben sich. Oskar deutete auf Amy, die an seiner Schulter eingeschlummert war, und gab durch ein lächelndes Achselzucken zu verstehen, daß er unter diesen Umständen noch nicht ans Fortgehen denken könne. Die beiden andern reichten ihm die Hände, flüsterten ihm gute Nacht zu und entfernten sich.

»Wissen Sie, was ich getan hab«, sagte Heinrich, »während Sie auf dem gräßlichen Pianino so wunderhübsch phantasierten? Ich hab versucht mir den Stoff zurecht zu legen, von dem ich Ihnen im Frühjahr gesprochen hab.«

»Ah, den Opernstoff! Das ist ja interessant. Wollen Sie ihn mir nicht einmal erzählen?«

Heinrich schüttelte den Kopf. »Ich möchte schon, aber das Malheur ist nur, wie sich eben herausgestellt hat, daß er eigentlich gar nicht vorhanden ist. Wie die meisten andern von meinen sogenannten Stoffen.«

Georg sah ihn fragend an. »Im Frühjahr, wie wir uns das letztemal gesehen haben, da hatten Sie ja eine ganze Menge vor.«

»Ja, aufnotiert ist gar viel. Aber heut ist nichts mehr davon da als Sätze … Nein, Worte! Nein, Buchstaben auf weißem Papier. Es ist geradeso, wie wenn eine Totenhand alles berührt hätte. Ich fürchte, nächstens einmal, wenn ich das Zeug nur angreife, fällt es auseinander wie Zunder. Ja, ich hab eine schlechte Zeit; und wer weiß, ob je noch eine bessre kommen wird.«

Georg schwieg. Dann, mit einer plötzlichen Erinnerung an eine Zeitungsnotiz, die er irgendwo über Heinrichs Vater, den ehemaligen Abgeordneten Dr. Bermann, gelesen hatte, und einen Zusammenhang vermutend fragte er: »Ihr Herr Vater ist leidend, nicht wahr?«

Ohne ihn anzusehen, erwiderte Heinrich: »Ja. Mein Vater ist in einer Anstalt für Gemütskranke, schon seit dem Juni.«

Georg schüttelte teilnahmsvoll den Kopf.

Heinrich fuhr fort: »Ja, das ist eine furchtbare Sache. Wenn ich auch in der letzten Zeit in keinem sehr nahen Verhältnis zu ihm gestanden bin, es ist und bleibt furchtbarer, als man es sagen kann.«

»Unter solchen Umständen«, meinte Georg, »ist es ja sehr begreiflich, daß es mit der Arbeit nicht recht gehen will.«

»Ja«, erwiderte Heinrich wie zögernd. »Aber es ist nicht das allein. Die Wahrheit zu sagen, in meinem augenblicklichen Seelenzustand spielt diese Sache eine verhältnismäßig geringfügige Rolle. Ich will mich nicht besser machen, als ich bin. Besser … Wär ich dann besser …?« Er lachte kurz, dann sprach er weiter. »Sehen Sie, gestern dacht ich auch noch, es wäre alles mögliche zusammen, was mich so niederdrückt. Aber heute hab ich wieder einmal einen untrüglichen Beweis dafür erhalten, daß mich ganz nichtige, ja läppische Dinge tiefer berühren, als sehr wesentliche, wie zum Beispiel die Erkrankung meines Vaters. Widerwärtig, was?«

Georg sah vor sich hin. Warum begleit' ich ihn eigentlich, dacht er, und warum findet er es ganz selbstverständlich?

Heinrich sprach weiter mit zusammengepreßten Zähnen und mit überflüssig heftigem Ton: »Heute Nachmittag hab ich nämlich zwei Briefe bekommen. Zwei Briefe, ja … einen von meiner Mutter, die gestern meinen Vater in der Anstalt besucht hat. Dieser Brief enthielt die Nachricht, daß es ihm schlecht geht, sehr schlecht; kurz und gut, es wird wohl nicht lange mehr dauern.« Er atmete tief auf. »Und natürlich hängt da noch allerlei daran, wie Sie sich denken können. Schwierigkeiten verschiedener Art, Sorgen für meine Mutter und meine Schwester, für mich. Und nun denken Sie; zugleich mit diesem Brief kam ein anderer, der gar nichts von Bedeutung enthielt, so zu sagen. Ein Brief von einer Person, die mir zwei Jahre hindurch nahe stand. Und in diesem Brief war eine Stelle, die mir ein bißchen verdächtig erschien. Eine einzige Stelle … Sonst war dieser Brief, wie alle Briefe dieser Person sind, sehr liebevoll, sehr nett … Und jetzt stellen Sie sich vor, den ganzen Tag verfolgt mich, peinigt mich die Erinnerung an diese eine verdächtige Stelle, die ein anderer überhaupt nicht bemerkt hätte. Ich denke nicht an meinen Vater, der im Irrenhaus ist, nicht an meine Mutter, meine Schwester, die verzweifeln, nur an diese unbedeutende Stelle in diesem dummen Brief eines durchaus nicht hervorragenden Frauenzimmers. Die frißt alles in mir auf, macht mich unfähig zu fühlen wie ein Sohn, wie ein Mensch – Ist es nicht scheußlich?«

Befremdet hörte Georg zu. Es erschien ihm sonderbar, wie dieser schweigsame, verdüsterte Mensch sich ihm, dem flüchtig Bekannten, mit einem Male aufschloß, und er konnte sich dieser unerwarteten Offenheit gegenüber einer peinlichen Verlegenheit nicht erwehren. Auch hatte er nicht den Eindruck, daß er diese Geständnisse einer besonderen Sympathie Heinrichs verdankte, sondern spürte darin eher einen Mangel an Takt, eine gewisse Unfähigkeit der Selbstbeherrschung, irgend etwas, wofür ihm das Wort »schlechte Erziehung«, das er schon irgend einmal – war es nicht von Hofrat Wilt? – auf Heinrich anwenden gehört hatte, sehr bezeichnend erschien. Sie gingen eben am Burgtor vorüber. Ein sternenloser Himmel lag über der stummen Stadt. Durch die Bäume des Volksgartens rauschte es leise, irgendwoher drang das Geräusch eines rollenden Wagens, der sich entfernte.

Da Heinrich wieder schwieg, blieb Georg stehen und sagte in möglichst freundlichem Tone: »Nun muß ich mich doch von Ihnen verabschieden, lieber Herr Bermann.«

»O«, rief Heinrich, »jetzt merk ich erst, daß Sie mich ein ganzes Stück begleitet haben – und ich erzähl Ihnen, oder vielmehr mir in Ihrer Gegenwart, taktloserweise lauter Geschichten, die Sie nicht im geringsten interessieren können … verzeihen Sie.«

»Was gibts da zu verzeihen«, erwiderte Georg leise, kam sich gegenüber dieser Selbstanklage Heinrichs ein wenig wie ertappt vor und reichte ihm die Hand. Heinrich nahm sie, sagte: »Auf Wiedersehen, lieber Baron«, und als hielte er plötzlich jedes weitere Wort für eine Zudringlichkeit, entfernte er sich eilig.

Georg sah ihm nach, mit Teilnahme und Widerwillen zugleich, und eine plötzliche freie, beinahe glückliche Stimmung kam über ihn, in der er sich jung, sorgenlos und zu der schönsten Zukunft bestimmt erschien. Er freute sich auf den Winter, der vor der Türe war. Alles mögliche stand in Aussicht; Arbeit, Unterhaltung, Zärtlichkeit, und es war im Grunde gleichgültig, von wo alle diese Freuden kommen mochten. Bei der Oper zögerte er einen Augenblick. Wenn er durch die Paulanergasse nach Hause ging, so bedeutete es keinen beträchtlichen Umweg. Er lächelte in der Erinnerung an Fensterpromenaden früherer Jahre. Nicht fern von hier lag die Straße, wo er manche Nacht zu einem Fenster aufgeblickt hatte, hinter dessen Vorhängen sich Marianne zu zeigen pflegte, wenn ihr Gatte eingeschlafen war. Diese Frau, die stets mit Gefahren spielte, an deren Ernst sie selbst nicht glaubte, war Georg nie wirklich wert gewesen … Eine andre Erinnerung, ferner als diese, war um viel holdseliger. In Florenz, als siebzehnjähriger Jüngling, war er manche Nacht vor dem Fenster eines schönen Mädchens auf und ab gegangen, des ersten weiblichen Wesens, das sich ihm, dem Unberührten, als Jungfrau gegeben hatte. Und er dachte der Stunde, an der er die Geliebte am Arm des Bräutigams zum Altar hatte schreiten sehen, wo der Priester die Ehe einsegnen sollte, des Blicks, den sie unter dem weißen Schleier zu ewigem Abschied ihm herüber gesandt hatte … Er war am Ziele. Nur an den beiden Enden der kurzen Gasse brannten noch die Laternen, so daß er dem Hause gegenüber völlig im Dunkel stand. Das Fenster von Annas Zimmer war offen, und wie am Nachmittag bewegten die zusammengesteckten Tüllvorhänge sich leise im Wind. Dahinter war es ganz dunkel. Eine sanfte Zärtlichkeit regte sich in Georg. Von allen Wesen, die jemals ihre Neigung ihm nicht verhehlt hatten, schien Anna ihm die beste und reinste. Auch war sie wohl die erste, die seinen künstlerischen Bestrebungen Teilnahme entgegenbrachte, eine echtere jedenfalls als Marianne, der die Tränen über die Wangen gerollt waren, was immer er ihr auf dem Klavier vorspielen mochte; eine tiefre auch als Else Ehrenberg, die sich ja doch nur das stolze Bewußtsein sichern wollte, als erste sein Talent erkannt zu haben. Und wenn irgend eine, so war Anna dazu geschaffen, seinem Hang zur Verspieltheit und zur Nachlässigkeit entgegenzuwirken, ihn zu zielbewußter und erwerbbringender Tätigkeit anzuhalten. Schon im letzten Winter hatte er daran gedacht, sich um eine Stelle an einer deutschen Opernbühne als Kapellmeister oder Korrepetitor umzusehen; bei Ehrenbergs hatte er flüchtig von seinen Absichten gesprochen, die nicht sehr ernst genommen wurden, und Frau Ehrenberg, mütterlich und weltklug, hatte ihm geraten, doch lieber eine Tournee als Komponist und Dirigent durch die Vereinigten Staaten zu unternehmen, worauf Else vorlaut hinzugefügt hatte: »Und eine amerikanische Erbin wär auch nicht zu verachten.« Während er sich dieses Gesprächs erinnerte, behagte er sich sehr in der Idee, ein bißchen in der Welt herumzuabenteuern, wünschte sich, fremde Städte und Menschen kennenzulernen, irgendwo im Weiten allerlei Liebe und Ruhm zu gewinnen, und fand am Ende, daß seine Existenz im ganzen viel zu ruhig und einförmig dahinflösse.

Längst, ohne innerlich von Anna Abschied genommen zu haben, hatte er die Paulanergasse verlassen, und bald war er zu Hause. Als er ins Speisezimmer trat, sah er, daß aus dem Zimmer Felicians Licht schimmerte. »Guten Abend, Felician«, rief er laut.

Die Türe wurde geöffnet, und Felician, noch völlig angekleidet, trat heraus.

Die Brüder reichten sich die Hände.

»Du kommst auch erst jetzt nach Hause?« sagte Felician. »Ich habe gedacht, du schläfst schon lang.« Während er sprach, sah er, wie das seine Art war, an ihm vorbei und neigte den Kopf nach der rechten Seite. »Was hast du denn getrieben?«

»Ich war im Prater«, erwiderte Georg.

»Allein?«

»Nein, ich habe Leute getroffen. Den Oskar Ehrenberg mit seiner Dame und den Schriftsteller Bermann. Wir haben geschossen und sind Rutschbahn gefahren. Es war ganz lustig … Was hast du denn da in der Hand?« unterbrach er sich. »Bist du so spazieren gegangen?« fügte er scherzend hinzu.

Felician ließ den Degen, den er in der Rechten hielt, im Licht der Lampe schimmern. »Ich habe ihn eben von der Wand herunter genommen. Morgen fang ich wieder ernstlich an. Das Tournier ist schon Mitte November. Und heuer will ichs auch gegen Forestier versuchen.«

»Donnerwetter«, rief Georg.

»Eine Unverschämtheit, denkst du dir, was? Aber bis Mitte November ist noch lang. Und das merkwürdige ist, ich habe das Gefühl, als wenn ich heuer im Sommer, gerade in den sechs Wochen, während ich das Ding da gar nicht in der Hand gehabt habe, was zugelernt hätte. Es ist, wie wenn mein Arm indessen auf neue Ideen gekommen wäre. Ich kann dir das nicht recht erklären.«

»Ich verstehe schon, was du meinst.«

Felician hielt den Degen ausgestreckt vor sich hin und betrachtete ihn mit Zärtlichkeit. Dann sagte er: »Ralph hat sich nach dir erkundigt, Guido auch … schad, daß du nicht mit warst.«

»Hast du den ganzen Nachmittag mit ihnen verbracht?«

»O nein! Nach dem Essen bin ich zu Haus geblieben. Du mußt grad fortgegangen sein. Ich hab studiert.«

»Studiert?«

»Ja. Ich muß mich jetzt ernstlich dranmachen. Im Mai spätestens will ich die Diplomatenprüfung ablegen.«

»Du bist also vollkommen entschlossen?«

»Absolut. In der Statthalterei zu bleiben hat wirklich keinen Sinn für mich. Je länger ich drin sitz', umso klarer wird mir das. Die Zeit wird übrigens nicht verloren sein. Sie haben's gar nicht ungern, wenn einer ein paar Jahre internen Dienst gemacht hat.«

»Da wirst du also wahrscheinlich schon im Herbst von Wien fortgehen?«

»Es ist anzunehmen.«

»Und wo werden sie dich hinschicken?«

»Ja, wenn man das schon wüßte.«

Georg sah vor sich hin. So nahe also war der Abschied! Doch warum berührte ihn das plötzlich so sehr? … Er selbst war ja entschlossen fortzugehen, und erst neulich hatte er mit dem Bruder von seinen Absichten fürs nächste Jahr geredet. Glaubte der noch immer nicht an ihren Ernst? Wenn man sich doch wieder einmal mit ihm aussprechen könnte, brüderlich, herzlich wie an jenem Abend nach des Vaters Begräbnis. Wahrhaftig, nur wenn das Leben ihnen düster sich enthüllte, fanden sie ganz zueinander. Sonst blieb immer diese seltsame Befangenheit zwischen ihnen beiden. Das konnte offenbar nicht anders werden. Man mußte sich eben bescheiden, miteinander plaudern, in der Art von guten Bekannten. Und wie resigniert fragte Georg weiter: »Was hast du denn am Abend gemacht?«

»Ich habe mit Guido soupiert und einer interessanten jungen Dame.«

»So?«

»Er ist nämlich wieder in zarten Banden.«

»Wer ist's denn?«

»Konservatorium, Jüdin, Geige. Aber sie hat sie nicht mitgehabt. Nicht besonders hübsch, aber g'scheit. Sie bildet ihn, und er achtet sie. Er will, sie soll sich taufen lassen. Ein komisches Verhältnis, sag ich dir. Du hättest dich ganz gut unterhalten.«

Georg hatte seinen Blick auf den Degen gerichtet, den Felician noch immer in der Hand hielt. »Hättest du Lust, noch ein bißchen zu manschettieren?« fragte er.

»Warum nicht?« erwiderte Felician und holte ein zweites Florett aus seinem Zimmer. Indes hatte Georg den großen Tisch aus der Mitte an die Wand gerückt.

»Seit dem Mai hab ich keines in der Hand gehabt«, sagte er,

indem er den Degen ergriff. Sie legten die Röcke ab und kreuzten die Klingen. In der nächsten Sekunde war Georg tuschiert.

»Nur weiter!« rief Georg und empfand es wie ein Glück, daß er in verwegener Stellung, die blitzende, schlanke Waffe in der Hand, dem Bruder gegenüber stehen durfte.

Felician traf ihn, so oft es ihm beliebte, ohne nur ein einziges Mal selbst berührt zu werden. Dann ließ er den Degen sinken und sagte: »Du bist heut zu müd, es hat keinen Sinn. Aber du solltest wieder fleißiger in den Klub kommen. Ich versichre dich, es ist schad, bei deinen Anlagen.«

Georg freute sich des brüderlichen Lobs. Er legte den Degen auf den Tisch, atmete tief und ging zu dem offenen, breiten Mittelfenster. »Wundervolle Luft!« sagte er. Aus dem Park schimmerte eine einsame Laterne, es war vollkommene Stille.

Felician trat zu Georg hin, und während dieser sich mit beiden Händen auf die Brüstung stützte, blieb der ältere Bruder aufgerichtet stehen und ließ einen seiner ruhig-hochmütigen Blicke über Straße, Park und Stadt schweifen. Sie schwiegen beide lang. Und sie wußten, daß jeder an dasselbe dachte: an eine Mainacht heuer im Frühjahr, in der sie zusammen durch den Park nach Hause gegangen waren, und der Vater sie von demselben Fenster aus, an dem sie jetzt standen, mit stummem Kopfnicken begrüßt hatte. Und beide durchschauerte es ein wenig bei dem Gedanken, daß sie heute den ganzen Tag so lebensfroh hingebracht hatten, ohne sich mit Schmerzen des geliebten Mannes zu erinnern, der nun unter der Erde lag.

»Also gute Nacht«, sagte Felician, weicher als sonst, und reichte Georg die Hand. Der drückte sie wortlos, und jeder ging in sein Zimmer.

Georg schaltete die Schreibtischlampe ein, nahm Notenblätter hervor und begann zu schreiben. Es war nicht das Scherzo, das ihm eingefallen war, als er vor drei Stunden mit den andern unter schwarzen Wipfeln durch die Nacht gesaust war; und auch nicht die melancholische Volksweise aus dem Restaurant; sondern ein ganz neues Motiv, das wie aus geheimen Tiefen langsam und unaufhaltsam emporgetaucht kam. Es war Georg zu Mute, als müßte er nur ein Unbegreifliches gewähren lassen. Er schrieb die Melodie nieder, die er sich von einer Altstimme gesungen oder auch auf der Viola gespielt dachte; und eine seltsame Begleitung tönte ihm mit, von der er wußte, daß sie ihm nie aus dem Gedächtnis schwinden konnte.

Es war vier Uhr morgens, als er zu Bette ging; beruhigt wie einer, dem niemals im Leben etwas Übles begegnen kann, und für den weder Einsamkeit, noch Armut, noch Tod irgendwelche Schrecken haben.

Zweites Kapitel

Im erhöhten Erker auf dem grünsamtenen Sofa saß Frau Ehrenberg mit ihrer Stickerei; Else, ihr gegenüber, las in einem Buch. Aus dem tiefern und dunklem Teil des Zimmers, hinter dem Klavier hervor, leuchtete das weiße Haupt der marmornen Isis, und durch die offene Tür floß aus dem benachbarten Zimmer ein heller Streif über den grauen Teppich. Else sah von ihrem Buche auf, durchs Fenster zu den hohen Wipfeln des Schwarzenbergparkes, die sich im Herbstwind regten, und sagte beiläufig: »Man könnt' vielleicht dem Georg Wergenthin telephonieren, ob er heut Abend kommt.«

Frau Ehrenberg ließ ihre Stickerei in den Schoß sinken. »Ich weiß nicht«, sagte sie. »Du erinnerst dich, was für einen wirklich charmanten Kondolenzbrief ich ihm geschrieben und wie dringend ich ihn in den Auhof eingeladen hab. Er ist nicht gekommen, und seine Antwort war auffallend kühl. Ich würde ihm nicht telephonieren.«

»Man kann ihn nicht behandeln wie die andern«, erwiderte Else. »Er gehört zu den Leuten, die man gelegentlich daran erinnern muß, daß man auf der Welt ist. Wenn man ihn erinnert hat, dann freut er sich schon darüber.«

Frau Ehrenberg stickte weiter. »Es wird ja doch nichts werden«, sagte sie ruhig.

»Es soll auch nichts werden«, entgegnete Else, »weißt du denn das noch immer nicht, Mama? Er ist mein guter Freund, nichts weiter – und auch das nur mit Unterbrechungen. Oder glaubst du wirklich, daß ich in ihn verliebt bin, Mama? Ja, als kleines Mädel war ich's, in Nizza, wie mir miteinander Tennis gespielt haben, aber das ist lang vorbei.«

»Na, – und in Florenz?«

»In Florenz war ich's eher in Felician.«

»Und jetzt?« fragte Frau Ehrenberg langsam.

»Jetzt ...? Du denkst wahrscheinlich an Heinrich Bermann ... Also du irrst dich, Mama.«

»Es wäre mir lieb, wenn ich mich irrte. Aber heuer im Sommer hatte ich wirklich ganz den Eindruck, als ob ...«

»Ich sag dir ja schon«, unterbrach Else sie ein wenig ungeduldig. »Es ist nichts, und es war nichts. Ein einziges Mal, an dem schwülen Nachmittag, wie wir Kahn gefahren sind – du hast uns ja vom Balkon aus gesehen, sogar mit dem Operngucker – da ist es ein bißchen gefährlich geworden. Aber wenn wir uns auch einmal um den Hals gefallen wären, was übrigens nie vorgekommen ist, es hätte doch nichts zu bedeuten gehabt. Es war halt so eine Sommersache.«

»Und er soll ja auch in einem sehr ernsten Verhältnis stecken«, sagte Frau Ehrenberg.

»Du meinst ... mit dieser Schauspielerin, Mama?«

Frau Ehrenberg sah auf. »Hat er dir was von ihr erzählt?«

»Erzählt ...? So direkt nicht. Aber wenn wir miteinander spazieren gegangen sind, im Park, oder abends am See, da hat er beinahe nur von ihr gesprochen. Natürlich, ohne ihren Namen zu nennen ... Und je besser ich ihm gefallen hab, die Männer sind ja ein so komisches Volk, um so eifersüchtiger war er immer auf die andre ... Übrigens, wenn es nur das wäre! Welcher junge Mann steckt nicht in einem ernsten Verhältnis? Glaubst du vielleicht, Mama, der Georg Wergenthin nicht?«

»In einem ernsten? – Nein. Dem wird das nie passieren. Dazu ist er zu kühl, zu überlegen ... zu temperamentlos.«

»Gerade darum«, erklärte Else menschenkennerisch. »Er wird in irgend was hineingleiten, und es wird über ihm zusammenschlagen, ohne daß er nur was davon bemerkt hat. Und eines schönen Tages wird er verheiratet sein ... aus lauter Indolenz ... mit irgendeiner Person, die ihm wahrscheinlich ganz gleichgültig sein wird.«

»Du mußt einen bestimmten Verdacht haben«, sagte Frau Ehrenberg.

»Den hab ich auch.«

»Marianne?«

»Marianne! Aber das ist ja längst aus, Mama. Und besonders ernst war das doch nie.«

»Also wer denn soll es sein?«

»Na was glaubst du, Mama?«

»Ich hab keine Ahnung.«

»Anna ist es«, sagte Else kurz.

»Welche Anna?«

»Anna Rosner, selbstverständlich.«

»Aber!«

»Du kannst lang ›aber‹ sagen – es ist doch so.«

»Else, du glaubst doch nicht im Ernst, daß Anna, die eine so zurückhaltende Natur ist, sich so weit vergessen könnte …!«

»So weit vergessen …! Nein Mama, du hast manchmal noch Ausdrücke! – übrigens find ich, dazu muß man gar nicht so vergeßlich sein.«

Frau Ehrenberg lächelte, nicht ohne einen gewissen Stolz. Die Klingel draußen ertönte. »Am Ende ist er's doch«, sagte Else.

»Es könnte auch Demeter Stanzides sein«, bemerkte Frau Ehrenberg.

»Stanzides sollt' uns einmal den Prinzen mitbringen«, meinte Else beiläufig.

»Glaubst du, daß das ginge?« fragte Frau Ehrenberg und ließ die Stickerei in den Schoß sinken.

»Warum sollt's denn nicht gehen?« sagte Else, »sie sind ja so intim.«

Die Türe tat sich auf, doch keiner von den Erwarteten, sondern Edmund Nürnberger trat ein. Er war wie stets mit der größten Sorgfalt, wenn auch nicht nach der letzten Mode gekleidet. Sein Gehrock war etwas zu kurz, und in der bauschigen, dunkeln Atlaskrawatte steckte eine Smaragdnadel. An der Türe schon verbeugte er sich, nicht ohne zugleich in seinen Mienen einen gewissen Spott über die eigene Höflichkeit auszudrücken.

»Bin ich der erste?« fragte er. »Noch niemand da? Weder ein Hofrat – noch ein Graf – noch ein Dichter – noch eine dämonische Frau?«

»Nur eine, die es leider nie gewesen ist«, erwiderte Frau Ehrenberg, während sie ihm die Hand reichte, »und eine … die es vielleicht einmal werden wird.«

»O, ich bin überzeugt«, sagte Nürnberger, »daß Fräulein Else

auch das treffen wird, wenn sie sich's nur ernstlich vornimmt.«
Und er strich sich mit der linken Hand langsam über das
schwarze, glatte, etwas glänzende Haar.

Frau Ehrenberg sprach ihr Bedauern aus, daß man ihn vergeblich auf dem Auhof erwartet hatte. Ob er wirklich den
ganzen Sommer in Wien gewesen sei?

»Warum wundern Sie sich darüber, gnädige Frau? Ob ich in
einer Gebirgslandschaft auf- und abspaziere, oder am Meeres-
strand, oder in meinen vier Wänden, das ist doch im Grunde
ziemlich gleichgültig.«

»Sie müssen sich aber recht einsam gefühlt haben«, sagte Frau
Ehrenberg.

»Das Alleinsein kommt einem allerdings etwas deutlicher zu
Bewußtsein, wenn sich niemand in der Nähe befindet, der das
Bedürfnis markiert, mit einem reden zu wollen ... Aber spre-
chen wir doch lieber von interessanteren und hoffnungsvollern
Menschen, als ich es bin. Wie befinden sich die zahlreichen
Freunde Ihres so beliebten Hauses?«

»Freunde!« wiederholte Else, »da müßte man doch erst wissen, wen Sie darunter verstehen.«

»Nun, alle Leute, die Ihnen aus irgendeinem Anlaß Angenehmes sagen und denen Sie es glauben.«

Die Schlafzimmertür tat sich auf, Herr Ehrenberg erschien
und begrüßte Nürnberger.

»Hast du schon fertig gepackt?« fragte Else.

»Fix und fertig«, antwortete Ehrenberg, der einen viel zu
weiten grauen Anzug anhatte und eine große Zigarre mit den
Zähnen festhielt. Erklärend wandte er sich an Nürnberger. »Wie
Sie mich da sehen, fahr ich heute nach Korfu ... vorläufig. Die
Saison fangt an, und vor die Jours im Haus Ehrenberg is mir
mieß.«

»Es verlangt ja niemand«, erwiderte Frau Ehrenberg mild,
»daß du sie mit deiner Gegenwart beehrst.«

»Gut gibt sie das«, sagte Ehrenberg und dampfte. »Auf deine
Jours möcht' ich natürlich verzichten. Aber wenn ich grad an
einem Donnerstag ruhig zu Haus nachtmahlen möcht, und es
sitzt in der einen Ecke ein Attaché, in der andern ein Husar, und
dorten spielt einer seine eigenen Kompositionen zuguten vor,
und auf'm Diwan hat einer Esprit, und am Fenster verabredet

die Frau Oberberger ein Rendezvous, mit wem sich's trefft ... so macht mich das nervös. Einmal vertragt man's, ein anderes Mal nicht.«

»Gedenken Sie den ganzen Winter fortzubleiben?« fragte Nürnberger.

»Es wär' möglich. Ich hab nämlich die Absicht weiter zu fahren, nach Ägypten, nach Syrien, wahrscheinlich auch nach Palästina. Ja, vielleicht ist es nur, weil man älter wird, vielleicht weil man soviel vom Zionismus liest und dergleichen, aber ich kann mir nicht helfen, ich möcht Jerusalem gesehen haben, eh ich sterbe.«

Frau Ehrenberg zuckte die Achseln.

»Das sind Sachen«, sagte Ehrenberg, »die meine Frau nicht versteht, – und meine Kinder noch weniger. Was hast du davon, Else, du auch nicht. Aber wenn man so liest, was in der Welt vorgeht, man möcht selber manchmal glauben, es gibt für uns keinen andern Ausweg.«

»Für uns?« wiederholte Nürnberger. »Ich habe bisher nicht die Beobachtung gemacht, daß Ihnen der Antisemitismus auffallend geschadet hätte.«

»Sie meinen, weil ich ein reicher Mann geworden bin? Wenn ich Ihnen sagen möcht, ich mach mir nichts aus dem Geld, würden Sie mir natürlich nicht glauben, und Sie hätten Recht. Aber wie Sie mich da sehen, ich schwör Ihnen, die Hälfte von meinem Vermögen gäb ich her, wenn ich die ärgsten von unsern Feinden am Galgen säh.«

»Ich fürchte nur«, bemerkte Nürnberger, »Sie würden die Unrichtigen hängen lassen.«

»Die Gefahr ist nicht groß«, erwiderte Ehrenberg, »greifen Sie daneben, erwischen Sie auch einen.«

»Ich bemerke nicht zum erstenmal, lieber Herr Ehrenberg, daß Sie dieser Frage nicht mit der wünschenswerten Objektivität gegenüberstehen.«

Ehrenberg zerbiß plötzlich seine Zigarre und legte sie mit zitternden Fingern auf die Aschenschale. »Wenn mir einer damit kommt – und gar ... entschuldigen Sie ... oder sind Sie vielleicht getauft ...? Man kann ja heutzutag nicht wissen.«

»Ich bin nicht getauft«, erwiderte Nürnberger ruhig. »Aber allerdings bin ich auch nicht Jude. Ich bin längst konfessionslos geworden; aus dem einfachen Grunde, weil ich mich nie als Jude gefühlt habe.«

»Wenn man Ihnen einmal den Zylinder einschlägt auf der Ringstraße, weil Sie, mit Verlaub, eine etwas jüdische Nase haben, werden Sie sich schon als Jude getroffen fühlen, verlassen Sie sich darauf.«

»Aber Papa, was regst du dich denn so auf«, sagte Else und strich ihm über den kahlen, rötlich glänzenden Schädel.

Der alte Ehrenberg nahm ihre Hand, streichelte sie und fragte scheinbar ganz unvermittelt: »Werd ich übrigens noch das Vergnügen haben, meinen Herrn Sohn zu sehen, bevor ich abreise?«

Frau Ehrenberg antwortete: »Oskar kommt jedenfalls bald nach Hause.«

»Es wird Sie sicher freuen zu erfahren«, wandte sich Ehrenberg an Nürnberger, »daß auch mein Sohn Oskar ein Antisemit ist.« Frau Ehrenberg seufzte leise. »Es ist eine fixe Idee von ihm«, sagte sie zu Nürnberger. »Überall sieht er Antisemiten, selbst in der eigenen Familie.«

»Das ist die neueste Nationalkrankheit der Juden«, sagte Nürnberger. »Mir selbst ist es bisher erst gelungen, einen einzigen echten Antisemiten kennenzulernen. Ich kann Ihnen leider nicht verhehlen, lieber Herr Ehrenberg, daß der ein bekannter Zionistenführer war.«

Ehrenberg hatte nur eine vielsagende Handbewegung.

Demeter Stanzides und Willy Eißler traten ein und verbreiteten sofort lebhaften Glanz um sich. Leicht und prächtig, eher wie ein Kostüm als wie ein militärisches Kleid trug Demeter seine Uniform; Willy, in Smoking, stand lang, blaß und übernächtig da, hatte sofort die Führung des Gesprächs in der Hand, und seine Stimme, angenehm heiser, schwirrte befehlshaberisch und liebenswürdig zugleich durch die Luft. Er erzählte von den Vorbereitungen zu einer Aristokratenvorstellung, der er, wie schon im vorigen Jahr, als Berater, Regisseur und Mitwirkender beigezogen war, schilderte eine Sitzung der jungen Herren, in der es, wenn man ihm glauben durfte, zugegangen war wie in einer Versammlung von Schwachsinnigen, und gab ein komisches Gespräch zwischen zwei Komtessen zum besten, deren Redeweise er köstlich zu imitieren wußte. Ehrenberg war durch Willy Eißler immer sehr amüsiert. Die dunkle Empfindung, daß dieser ungarische

Jude die ganze, ihm persönlich so verhaßte, Feudalbande in irgend einer Weise überlistete und zum Narren hielt, erfüllte ihn mit Hochachtung für den jungen Mann.

Else saß am kleinen Tisch in der Ecke mit Demeter und ließ sich über die *Isle of Wight* berichten.

»Sie waren mit Ihrem Freund dort?« fragte sie, »nicht wahr, mit dem Prinzen Karl Friedrich.«

»Mein Freund der Prinz? ... das stimmt nicht ganz, Fräulein Else. Der Prinz hat keinen Freund, und ich hab keinen. Wir sind beide nicht von der Art.«

»Er muß ein interessanter Mensch sein, nach allem, was man hört.«

»Interessant, weiß ich nicht einmal. Jedenfalls hat er über mancherlei nachgedacht, worüber seinesgleichen sich sonst nicht viel Gedanken zu machen pflegen. Vielleicht hätte er auch allerlei leisten können, wenn man ihn hätte gewähren lassen. Na, wer weiß, es ist vielleicht besser für ihn, daß sie ihn kurz gehalten haben, für ihn und am End auch fürs Land. Einer allein kann ja doch nichts machen. Nirgends und nie. Da ist's schon am besten, man laßt's gehen und zieht sich zurück, wie er's getan hat.«

Else sah ihn etwas befremdet an. »Sie sind ja heute so philosophisch, was ist denn das? Mir scheint, der Willy Eißler hat Sie verdorben.«

»Der Willy mich?«

»Ja wissen Sie, Sie sollten nicht mit so gescheiten Leuten verkehren.«

»Warum denn nicht?«

»Sie sollten einfach jung sein, leuchten, leben, und dann, wenns halt nicht weiter geht – tun was Ihnen beliebt ... aber ohne über sich und die Welt nachzudenken.«

»Das hätten Sie mir früher sagen müssen, Fräulein Else. Wenn man einmal angefangen hat, gescheit zu werden ...«

Else schüttelte den Kopf. »Aber bei Ihnen wäre es vielleicht zu vermeiden gewesen«, sagte sie ganz ernsthaft. Und dann mußten beide lachen.

Die Flammen des Lusters glühten auf. Georg von Wergenthin und Heinrich Bermann waren eingetreten. Durch ein Lächeln Elses eingeladen, nahm Georg an ihrer Seite Platz.

»Ich habs gewußt, daß Sie kommen werden«, sagte sie unaufrichtig, aber herzlich und drückte seine Hand. Daß er ihr wieder gegenübersaß nach so langer Zeit, daß sie sein anmutig stolzes Gesicht wiedersehen, seine etwas leise, aber warme Stimme hören durfte, freute sie mehr als sie geahnt hatte.

Frau Wyner erschien; klein, hochrot, lustig und verlegen. Ihre Tochter Sissy mit ihr. Im Hin und Her der Begrüßung lösten sich die Gruppen.

»Nun, haben Sie mir schon das Lied komponiert?« fragte Sissy Georg mit lachenden Augen und lachenden Lippen, spielte mit einem ihrer Handschuhe und bewegte sich in ihrem dunkelgrünen schillernden Kleid wie eine Schlange.

»Ein Lied?« fragte Georg. Er erinnerte sich wirklich nicht.

»Oder auch einen Walzer oder so was. Aber daß Sie mir etwas widmen werden, haben Sie mir versprochen.« Während sie sprach, wanderten ihre Blicke umher. Sie glühten in die Augen Willys, schmeichelten sich an Demeter vorbei, stellten an Heinrich Bermann eine rätselhafte Frage. Es war, wie wenn Irrlichter durch den Salon tanzten. Frau Wyner stand plötzlich neben ihrer Tochter, tief errötend:»Sissy ist ja so dumm … was glaubst du denn, Sissy, der Baron Georg hat heuer wichtigeres zu tun gehabt, als für dich zu komponieren.«

»O gewiß nicht« sagte Georg höflich.

»Sie haben Ihren Vater begraben, das ist keine Kleinigkeit.«

Georg sah vor sich hin. Frau Wyner aber sprach unbeirrt weiter: »Ihr Vater war noch nicht alt, nicht wahr? Und ein so schöner Mann … ist es wahr, daß er Chemiker gewesen ist?«

»Nein«, erwiderte Georg gefaßt, »er war Präsident der botanischen Gesellschaft.«

Heinrich, einen Arm auf dem geschlossenen Klavierdeckel, sprach mit Else.

»Sie waren also doch in Deutschland?« fragte sie.

»Ja«, erwiderte Heinrich, »es ist schon ziemlich lange her, vier, fünf Wochen.«

»Und wann fahren Sie wieder hin?«

»Das weiß ich nicht. Vielleicht nie.«

»Ach, das glauben Sie selbst nicht. – Was arbeiten Sie?« setzte sie rasch hinzu.

»Allerlei«, entgegnete er. »Ich bin in einer ziemlich unruhigen

Zeit. Ich entwerfe viel, aber ich mache nichts fertig. Das Vollenden interessiert mich überhaupt selten. Offenbar bin ich innerlich zu rasch fertig mit den Dingen.«

»Und den Menschen«, fügte Else bei.

»Mag sein. Es ist nur das Unglück, daß das Gefühl zuweilen an Menschen weiter hängen bleibt, während der Verstand schon längst nichts mehr mit ihnen zu tun hat. Ein Dichter – wenn Sie mir das Wort gestatten – müßte sich von jedem zurückziehen, der für ihn kein Rätsel mehr hat ... also besonders von jedem, den er liebt.«

»Es heißt doch«, wandte Else ein, »daß wir gerade diejenigen am wenigsten kennen, die wir lieben.«

»Das behauptet Nürnberger, aber es stimmt nicht ganz. Wäre es wirklich so, liebe Else, dann wäre das Leben wahrscheinlich schöner, als es ist. Nein, diejenigen, die wir lieben, kennen wir sogar besser als wir andere kennen, – nur kennen wir sie mit Scham, mit Erbitterung und mit der Furcht, daß auch andre sie ebensogut kennen als wir. Lieben heißt: Angst davor haben, daß andern die Fehler offenbar werden, die wir an dem geliebten Wesen entdeckt haben. Lieben heißt: in die Zukunft schauen können und diese Gabe verfluchen ... lieben heißt: jemanden so kennen, daß man daran zugrunde geht.«

Else lehnte am Klavier, in ihrer damenhaft-kindlichen Art, neugierig gelassen, und hörte ihm zu. Wie gut gefiel er ihr in solchen Augenblicken. Sie hätte ihm wieder tröstend übers Haar streichen wollen wie damals auf dem See, als er von der Liebe zu jener andern wie zerrissen war. Aber wenn er sich dann plötzlich zurückzog, kühl, trocken und wie ausgelöscht erschien, da fühlte sie, daß sie mit ihm nie leben könnte, daß sie ihm nach ein paar Wochen davonlaufen müßte ... mit einem spanischen Offizier oder einem Violinvirtuosen.

»Es ist gut«, sagte sie, etwas gönnerhaft, »daß Sie mit Georg Wergenthin verkehren. Er wird günstig auf Sie wirken. Er ist ruhiger als Sie. Ich glaube ja nicht, daß er so begabt und gewiß nicht, daß er so klug ist wie Sie ...«

»Was wissen Sie von seiner Begabung«, unterbrach sie Heinrich beinahe grob.

Georg trat hinzu und fragte Else, ob man heute nicht das Vergnügen haben werde, ein Lied von ihr zu hören. Sie hatte keine

Lust. Übrigens studiere sie hauptsächlich Opernpartien in der letzten Zeit. Das interessiere sie mehr. Sie sei doch eigentlich keine lyrische Natur. Georg fragte sie zum Scherz, ob sie nicht vielleicht die geheime Absicht habe, zur Bühne zu gehen.

»Mit dem bissel Stimme!« sagte Else.

Nürnberger stand neben ihnen. »Das wäre doch kein Hindernis«, bemerkte er. »Ich bin sogar überzeugt, daß sich sehr bald ein moderner Kritiker fände, der Sie gerade deswegen als bedeutende Sängerin ausriefe, Fräulein Else, weil Sie keine Stimme besitzen, der aber dafür irgend eine andere Gabe, zum Beispiel die der Charakteristik bei Ihnen entdeckte. So wie es heutzutage namhafte Maler gibt, die keinen Farbensinn haben, aber Geist; und Dichter von Ruf, denen zwar nicht das geringste einfällt, denen es aber gelingt zu jedem Hauptwort das falscheste Epitheton zu finden.«

Else merkte, daß die Redeweise Nürnbergers Georg nervös machte und wandte sich an diesen. »Ich wollte Ihnen ja etwas zeigen«, sagte sie und machte ein paar Schritte zu der Notenetagere. Georg folgte ihr.

»Hier die Sammlung alt-italienischer Volkslieder. Ich möchte, daß Sie mir die wertvollsten bezeichnen. Ich selber verstehe doch nicht genug davon.«

»Ich begreife gar nicht«, sagte Georg leise, »daß Sie Menschen wie diesen Nürnberger in Ihrer Nähe ertragen. Er verbreitet einen wahren Dunstkreis von Mißtrauen und Übelwollen um sich.«

»Das hab ich Ihnen schon öfters gesagt, Georg, ein Menschenkenner sind Sie nicht. Was wissen Sie denn überhaupt von ihm? Er ist anders, als Sie glauben. Fragen Sie nur einmal Ihren Freund Heinrich Bermann.«

»O ich weiß ja, daß der auch für ihn schwärmt«, erwiderte Georg.

»Ihr sprecht von Nürnberger?« fragte Frau Ehrenberg, die eben dazutrat.

»Der Georg kann ihn nicht leiden«, sagte Else in ihrer beiläufigen Art.

»Da tun Sie aber sehr Unrecht daran; haben Sie überhaupt je was von ihm gelesen?« Georg schüttelte den Kopf.

»Nicht einmal seinen Roman, der vor fünfzehn oder sechzehn

Jahren so großes Aufsehen gemacht hat? Das ist ja beinah eine Schand! Neulich haben wir ihn dem Hofrat Wilt geliehen. Ich sag Ihnen, der war paff, wie in dem Buch eigentlich schon das ganze heutige Österreich vorausgeahnt ist.«

»So, so«, sagte Georg ohne Überzeugung.

»Sie können sich gar nicht vorstellen«, fuhr Frau Ehrenberg fort, »mit welchem Jubel Nürnberger damals begrüßt worden ist. Man könnte sagen, alle Tore sind vor ihm aufgesprungen.«

»Vielleicht war ihm das genug«, bemerkte Else nachdenklich altklug.

Heinrich stand am Klavier im Gespräch mit Nürnberger und bemühte sich, wie er es oftmals tat, ihn zu einer neuen Arbeit oder zu einer Herausgabe älterer Schriften zu bestimmen.

Nürnberger wehrte ab. Der Gedanke, seinen Namen wieder in die Öffentlichkeit gezerrt zu sehen, im literarischen Wirbel der Zeit mitzutreiben, der ihm widerlich und albern zugleich erschien, erfüllte ihn geradezu mit Schaudern. Er hatte keine Lust, da mit zu konkurrieren. Wozu? Cliquenwirtschaft, die sich kein Mäntelchen mehr umnahm, war überall am Werke. Gab es noch ein tüchtig, ehrlich strebendes Talent, das nicht jeden Augenblick gefaßt sein mußte, in den Kot gezogen zu werden; war noch ein Flachkopf zu finden, der sich nicht ausweisen konnte, in irgend einem Blättchen als Genie erklärt worden zu sein? Hatte Ruhm in diesen Tagen noch das geringste mit Ehre zu tun? Und übersehen, vergessen werden, war das auch nur ein Achselzucken des Bedauerns wert? Und wer konnte am Ende wissen, welche Urteile sich in der Zukunft als die richtigen erweisen würden? Waren nicht die Tröpfe wirklich die Genies und die Genies die Tröpfe? Es war lächerlich, sich mit dem Einsatz seiner Ruhe, ja seiner Selbstachtung in ein Spiel einzulassen, in dem auch der höchstmögliche Gewinn keine Befriedigung versprach.

»Gar keine?« fragte Heinrich. »Ich will Ihnen ja allerlei preisgeben, Ruhm, Reichtum, Wirkung in die Weite; aber daß man, weil alle diese Güter zweifelhaft sind, auch auf etwas so Unzweifelhaftes verzichten soll, wie es die Augenblicke des innern Kraftgefühls sind ...«

»Inneres Kraftgefühl! Warum sagen Sie nicht gleich Seligkeit des Schaffens? ...«

»Gibt's, Nürnberger!«

»Mag sein. Ich glaube mich sogar zu erinnern, vor sehr langer Zeit gelegentlich selbst irgend was derart empfunden zu haben... Nur ist mir, Sie wissen es ja, die Fähigkeit, mich selbst zu betrügen, im Lauf der Jahre völlig abhanden gekommen.«

»Das glauben Sie vielleicht nur«, erwiderte Heinrich. »Wer weiß, ob es nicht gerade diese Fähigkeit des Sichselbstbetrügens ist, die Sie im Laufe der Zeit am stärksten in sich ausgebildet haben!«

Nürnberger lachte. »Wissen Sie, wie mir zu Mute ist, wenn ich Sie so reden höre? Ungefähr wie einem Fechtmeister, der von seinem eigenen Schüler einen Stich ins Herz bekommt.«

»Und nicht einmal von seinem besten«, sagte Heinrich.

Plötzlich erschien in der Türe Herr Ehrenberg, zur Verwunderung seiner Frau, die ihn schon auf dem Wege zur Bahn vermutet hatte. Er führte eine junge Dame an der Hand, die einfach schwarz gekleidet war und das Haar nach einer verflossenen Mode auffallend hoch frisiert trug. Ihre Lippen waren voll und rot, die Augen in dem lebendig blassen Gesicht blickten klar und hart.

»Kommen Sie nur«, sagte Ehrenberg mit einiger Bosheit in den kleinen Augen und führte den Gast geradewegs zu Else, die eben mit Stanzides plauderte. »Hier bring ich dir einen Besuch.«

Else streckte ihr die Hand entgegen. »Das ist aber nett.« Sie stellte vor: »Herr Demeter Stanzides. – Fräulein Therese Golowski.«

Therese nickte kurz und ließ eine Weile ihren Blick auf ihm ruhen, unbefangen, als betrachtete sie ein schönes Tier. Dann wandte sie sich an Else: »Wenn ich gewußt hätte, daß Ihr so große Gesellschaft habt ...«

»Wissen Sie, wie die ausschaut?« sagte Stanzides leise zu Georg, »wie eine russische Studentin, nicht wahr?«

Georg nickte. »Ungefähr. Ich kenn sie. Es ist eine Institutsfreundin von Fräulein Else, und jetzt, denken Sie sich, spielt sie eine führende Rolle bei den Sozialisten. Neulich ist sie sogar gesessen, wegen Majestätsbeleidigung, glaub ich.«

»Ja, mir scheint, ich hab so was gelesen« erwiderte Demeter. »So eine Art von Geschöpf sollte man wirklich einmal näher kennenlernen. Hübsch ist sie. Ein Gesicht wie aus Elfenbein.«

»Und viel Energie liegt in den Zügen«, fügte Georg hinzu. »Ihr Bruder ist übrigens auch ein merkwürdiger Mensch. Klavierspieler und Mathematiker. Ich hab ihn neulich kennengelernt. Und der Vater soll ein zugrund gegangener jüdischer Fellhändler sein.«

»Es ist schon eine sonderbare Rass'«, bemerkte Demeter.

Indessen war Frau Ehrenberg auf Therese zugekommen und hielt es für richtig, keinerlei Überraschung zu zeigen. »Nehmen Sie doch Platz, Therese«, sagte sie. »Wie geht's Ihnen denn immer? Seit Sie sich ins politische Leben begeben haben, kümmern Sie sich ja um Ihre früheren Bekannten gar nicht mehr.«

»Ja, leider läßt mir mein Beruf wenig Zeit, Familienverkehr zu pflegen«, erwiderte Therese und schob ihr Kinn vor, was ihr Antlitz plötzlich männlich und beinah häßlich machte.

Frau Ehrenberg schwankte, ob sie etwas von der abgelaufenen Kerkerhaft Theresens erwähnen sollte oder nicht. Immerhin war zu bedenken, daß es kaum ein anderes Haus in Wien gab, wo Damen verkehrten, die kurz zuvor eingesperrt waren.

»Wie geht's denn deinem Bruder?« fragte Else.

»Er dient heuer«, antwortete Therese. »Du kannst dir ja ungefähr denken, wie es ihm da geht ...«, und sie warf einen ironischen Blick auf die Husarenuniform Demeters.

»Da kommt er wohl nicht viel zum Klavierspielen«, sagte Frau Ehrenberg.

»Ach, er denkt gar nicht mehr daran, Pianist zu werden«, erwiderte Therese. »Er steckt ganz in der Politik.« Und sich lächelnd zu Demeter wendend fügte sie hinzu: »Sie werden ihn doch nicht verraten, Herr Oberleutnant.«

Stanzides lachte etwas verlegen.

»Was heißt das: Politik?« fragte Herr Ehrenberg. »Will er Minister werden?«

»In Österreich keineswegs«, erwiderte Therese. »Er ist nämlich Zionist.«

»Was!?« rief Ehrenberg aus, und sein Gesicht strahlte.

»Das ist allerdings ein Gebiet, auf dem wir uns nicht ganz verstehen«, setzte Therese hinzu.

»Liebe Therese ...«, begann Ehrenberg.

»Du wirst den Zug versäumen«, unterbrach ihn seine Frau.

»Ich werd den Zug nicht versäumen, und morgen geht auch noch einer. Liebe Therese, ich sage nur: es soll jeder nach seiner Fasson selig werden. Aber in dem Fall ist Ihr Bruder der Gescheitere und nicht Sie. Entschuldigen Sie, ich bin vielleicht ein Laie in politischen Dingen, aber ich versichere Sie, Therese, es wird euch jüdischen Sozialdemokraten geradeso ergehen, wie es den jüdischen Liberalen und Deutschnationalen ergangen ist.«

»Inwiefern?« fragte Therese hochmütig. »Inwiefern wird es uns geradeso ergehen?«

»Inwiefern …? Das werd ich Ihnen gleich sagen. Wer hat die liberale Bewegung in Österreich geschaffen? … Die Juden! … Von wem sind die Juden verraten und verlassen worden? Von den Liberalen. Wer hat die deutschnationale Bewegung in Österreich geschaffen? Die Juden. Von wem sind die Juden im Stich gelassen … was sag ich im Stich gelassen … bespuckt worden wie die Hund'? … von den Deutschen! Und geradeso wird's ihnen jetzt ergehen mit dem Sozialismus und dem Kommunismus. Wenn die Suppe erst aufgetragen ist, so jagen sie euch vom Tisch. Das war immer so und wird immer so sein.«

»Wir wollen's abwarten«, erwiderte Therese ruhig.

Georg und Demeter blickten einander an, wie zwei Freunde, die gemeinsam auf eine Insel verschlagen worden sind. Oskar, der gerade während der Rede seines Vaters eingetreten war, hatte schmale Lippen und war sehr verlegen. Allen aber schien es eine Art Befreiung, als Ehrenberg plötzlich auf die Uhr sah und sich empfahl.

»Wir werden ja heut doch nicht mehr einig«, sagte er zu Therese.

Therese lächelte: »Kaum. Glückliche Reise und noch einmal im Namen …«

»Pst«, sagte Ehrenberg und verschwand.

»Wofür dankst du eigentlich dem Papa?« fragte Else sie leise.

»Für eine Spende, um die ich ihn unverschämterweise bitten kam. Aber es gibt sonst keinen reichen Mann in meinem Bekanntenkreis. Über den Zweck zu reden bin ich nicht berechtigt.«

Frau Ehrenberg trat zu Bermann und Nürnberger hin, die über den Klavierdeckel hinweg mit einander sprachen, und sagte leise: »Sie wissen doch, daß sie …«, sie wies mit den Augen auf Therese, »eben aus dem Gefängnis entlassen worden ist?«

»Ich habe davon gelesen«, erwiderte Heinrich.

Nürnberger kniff die Augen zusammen und warf einen Blick auf die Gruppe in der Ecke, wo die drei Mädchen mit Stanzides und Willy Eißler plauderten, und schüttelte den Kopf.

»Was für eine Bosheit unterdrücken Sie?« fragte Frau Ehrenberg.

»Ich denke eben, wie leicht es sich hätte fügen können, daß Fräulein Else zwei Monate im Gefängnis hätte schmachten müssen, und daß Fräulein Therese in einem eleganten Salon als Tochter des Hauses Cercle hielte.«

»Leicht fügen …?«

»Herr Ehrenberg hat Glück gehabt, Herr Golowski Pech … das ist vielleicht der ganze Unterschied.«

»Na, hören Sie, Nürnberger«, sagte Heinrich, »Sie werden das Individuelle doch nicht vollkommen aus der Welt leugnen wollen … Else und Therese sind doch ziemlich verschiedene Naturen.«

»Das denke ich auch«, bemerkte Frau Ehrenberg.

Nürnberger zuckte die Achseln. »Beide sind junge Mädchen, recht begabt, recht hübsch … alles übrige ist wie bei den meisten jungen Damen – und wohl bei den meisten Menschen, – mehr oder weniger angeflogen.«

Heinrich schüttelte lebhaft den Kopf.

»Nein, nein«, sagte er, »so einfach ist das Leben doch nicht.«

»Es ist darum nicht einfacher, lieber Heinrich.«

Frau Ehrenbergs Blick war auf die Tür gerichtet und leuchtete. Felician war eben eingetreten. Mit nachtwandlerischer Sicherheit ging er auf die Hausfrau zu und küßte ihr die Hand. »Ich habe eben das Vergnügen gehabt, Herrn Ehrenberg auf der Stiege zu begegnen … Er fährt nach Corfu, wie er mir sagt. Dort muß es jetzt wunderschön sein.«

»Sie kennen Corfu?«

»Ja, gnädige Frau, eine Kindheitserinnerung.« Er begrüßte Nürnberger und Bermann, und sie redeten alle über den Süden, nach dem Bermann sich sehnte und an den Nürnberger nicht glaubte.

Georg drückte seinem Bruder zur Begrüßung und zugleich

zum Abschied die Hand. Wie er, unauffällig durch die offene Tür des Speisezimmers verschwindend, sich noch einmal umsah, bemerkte er Marianne, die in der entferntesten Ecke des Salons saß und ihm mit dem Lorgnon spöttisch nachblickte. Es war immer die rätselhafte Gabe dieser Frau gewesen, plötzlich da zu sein, ohne daß man wußte, wo sie herkam. Noch auf der Stiege trat ihm eine verschleierte Dame in den Weg. »Eilen Sie doch nicht so, sie kann schon noch einen Moment warten«, sagte sie. »Man darf die Frauen überhaupt nicht so verwöhnen … Ob Sie's auch so eilig hätten, wenn Sie zu einem Rendezvous mit mir gingen …? Aber davon wollen ja Sie nichts wissen. Wahrscheinlich, weil Sie Angst haben, daß Sie mein Mann niederschießt, wenn er aus Stockholm zurückkommt, das heißt, heute ist er wohl schon in Kopenhagen. Aber er setzt vollkommenes Vertrauen in mich. Mit Recht übrigens. Denn ich kann Ihnen schwören, weiter als bis zu einem Kuß auf die Hand … nein, um nicht zu lügen, auf diesen Hals, hat es noch niemand gebracht. Sie glauben gewiß auch, daß ich mit dem Stanzides ein Verhältnis gehabt habe? Nein, der wäre nichts für mich! Schöne Männer sind mir überhaupt ein Graus. Auch an Ihrem Bruder Felician kann ich nichts finden …«

Es war nicht abzusehen, wann die verschleierte Dame zu reden aufhören würde, denn es war Frau Oberberger. Bei andern Frauen hätte das gleiche Benehmen ein gewisses Entgegenkommen bedeutet, nicht so bei ihr, der man, so zweifelhaft ihre ganze Art erscheinen mochte, noch nie einen Liebhaber hatte nachsagen können. Sie lebte in einer sonderbaren, aber anscheinend glücklichen, kinderlosen Ehe. Ihr schöner und glänzender Gemahl, Geologe von Beruf, hatte in früherer Zeit Entdeckungsreisen unternommen, wobei er, wie Hofrat Wilt behauptete, nicht so sehr auf die Unerforschtheit der betreffenden Landstriche als auf gute Fahrgelegenheiten und einwandfreie Küche Wert gelegt haben sollte. Seit einigen Jahren aber begab er sich nur mehr auf Reisen, um Vorträge zu halten und Frauen zu erobern. Wenn er wieder daheim war, lebte er mit seiner Gattin in bester Kameradschaft. Schon manchmal, aber immer flüchtig, hatte Georg die Möglichkeit eines Verhältnisses mit Frau Oberberger erwogen. Er war sogar einer von jenen, die ihren Hals geküßt hatten, woran sie sich wahrscheinlich selbst nicht mehr erinnerte. Und als sie jetzt den Schleier zurückschlug, ließ Georg wieder einmal den Reiz dieses nicht mehr ganz jugendlichen, aber anmutig-bewegten Gesichts mit Vergnügen auf sich wirken. Er wollte ihr ins Wort fallen, sie aber sprach weiter: »Wissen Sie, daß Sie sehr blaß sind? Sie müssen ein nettes Leben führen. Was ist das übrigens für ein Weib, durch das Sie mir diesmal entrissen werden?«

Hofrat Wilt, unhörbar wie meistens, stand plötzlich neben ihnen. Beiläufig, überlegen und galant warf er hin: »Küß die Hand schöne Frau, grüß Sie Gott Baron …«, und wollte weiter.

Frau Oberberger aber fand es angemessen, ihm vorerst noch mitzuteilen, daß Baron Georg sich soeben zu einer Orgie begebe, wie das so seine Art sei, dann folgte sie dem Hofrat in den zweiten Stock, auf die Gefahr hin, wie sie bemerkte, daß man ihn, wenn er zugleich mit ihr bei Ehrenbergs erschiene, für ihren fünfundneunzigsten Liebhaber halten würde.

Es war sieben Uhr, als Georg sich endlich in einen Wagen setzen konnte, um nach Mariahilf zu fahren. Er fühlte sich von den zwei Stunden bei Ehrenbergs geradezu abgespannt, und mehr noch als sonst freute er sich auf das Zusammensein mit Anna, das ihm bevorstand. Seit jenem Vormittag in der Miniaturenausstellung hatten sie einander beinahe täglich gesehen; in Gärten, in Bildergalerien, bei ihr zu Hause. Meist unterhielten sie sich über die kleinen Begebenheiten ihres Daseins, oder plauderten von Büchern und Musik. Von vergangenen Zeiten sprachen sie nicht oft; und wenn es geschah, ohne Mißtrauen und Zweifel. Denn noch waren die Abenteuer, aus denen Georg kam, für Anna nicht vom beängstigenden Dufte des Geheimnisvollen umwoben; und daß sie selbst schon manche schwärmerische Neigung empfunden hatte, vernahm Georg aus ihren scherzenden Andeutungen heiter, unbesorgt, ja ohne weiter zu fragen. In einem menschenleeren Saal der Liechtensteingalerie hatte er sie vor acht Tagen zum erstenmal geküßt, und von diesem Augenblick an nannte Anna ihn du, als wäre eine fremdere Anrede ihr von nun an wie etwas Lügenhaftes erschienen.

Der Wagen hielt an einer Straßenecke. Georg stieg aus, zündete sich eine Zigarette an und ging auf und ab, dem Hause gegenüber, aus dem Anna kommen mußte.

Nach wenigen Minuten schon trat sie aus dem Tor. Er eilte über die Straße ihr entgegen, und beglückt küßte er ihr die

Hand. Wie gewöhnlich, weil sie auf ihren Fahrten meist zu lesen pflegte, hatte sie ein Buch mit sich, in einem Einband von gepreßtem Leder.

»Es ist ja kühl, Anna«, sagte Georg, nahm ihr das Buch aus der Hand und half ihr in die Jacke, die sie über dem Arm getragen hatte.

»Ich habe mich nämlich ein bißchen verspätet«, sagte sie, »und war sehr ungeduldig, dich zu sehen. Ja«, setzte sie lächelnd hinzu, »man hat auch seine Temperamentsausbrüche. Was sagst du denn zu meinem neuen Kostüm«, fragte sie, indem sie weiterspazierten.

»Steht dir sehr gut.«

»In meiner Lektion hat man gefunden, ich sähe aus wie eine Hofdame.«

»Wer hat das gefunden?«

»Frau Bittner selbst, und ihre beiden Töchter, die ich unterrichte.«

»Ich würde lieber sagen: wie eine Erzherzogin.«

Anna nickte befriedigt.

»Also, jetzt erzähl mir Anna, was du seit gestern alles erlebt hast.«

Ernsthaft begann sie. »Um zwölf, nachdem ich mich am Haustor von dir getrennt, Mittagessen im Familienkreis. Nachmittag ein wenig geruht und an dich gedacht. Von vier bis halb sieben Schülerinnen bei mir, dann gelesen, »Grüner Heinrich« und Abendblatt. Zu faul, um noch auf die Straße zu gehen, im Hause herumgetrendelt. Nachtmahl. Die übliche häusliche Szene.«

»Bruder?« fragte Georg.

Sie antwortete mit einem »ja«, das weitere Fragen abschnitt. »Nach dem Nachtmahl ein bißchen musiziert ... sogar zu singen versucht.«

»Warst du zufrieden?«

»Für mich reicht es ja immer aus«, sagte sie, und Georg glaubte eine leichte Traurigkeit im Klang ihrer Worte zu vernehmen. Rasch berichtete sie weiter: »Um halb elf im Bett gelegen, gut geschlafen, um acht Uhr früh auf ... man kann ja bei uns nicht länger liegen ... Toilette gemacht bis halb zehn, bis elf im Haus herum ...«

»... getrendelt«, ergänzte Georg.

»Richtig. Dann zu Weils, den Buben unterrichtet.«

»Wie alt ist der eigentlich?« fragte Georg.

»Dreizehn«, erwiderte Anna mit einem komisch-bedenklichen Gesicht.

»Na, das ist wirklich nicht so jung.«

»Gewiß nicht«, sagte Anna. »Aber erfahre zu deiner Beruhigung, daß er seine Tante Adele liebt, eine zarte Blondine von dreiunddreißig Jahren, und vorläufig nicht daran denkt, ihr die Treue zu brechen … Also Fortsetzung der Chronik. Um halb zwei zu Hause angelangt, allein gegessen Gott sei Dank, Papa schon im Bureau, Mama in schlafendem Zustand. Von drei bis vier wieder geruht, noch mehr und noch bedeutender an dich gedacht als gestern, dann Besorgungen in der Stadt, Handschuhe, Sicherheitsnadeln und etwas für Mama, und endlich mit der Tramway lesend nach Mariahilf herausgefahren zu den zwei Bittner Fratzen … So, nun weißt du alles. Zufriedenstellend?«

»Abgesehen von dem dreizehnjährigen Jüngling.«

»Also, ich gebe ja zu, daß das beunruhigend sein mag, aber jetzt wollen wir einmal hören, ob du mir nicht düsterere Geständnisse zu machen hast.«

Sie waren in einer schmalen, stillen Gasse, die Georg ganz fremd vorkam, und Anna nahm seinen Arm.

»Ich komme eben von Ehrenbergs«, begann er.

»Nun«, fragte Anna, »hat man dich sehr zu umstricken gesucht?«

»Das kann ich eben nicht sagen. – Man schien sogar ein wenig froissiert, daß ich diesen Sommer gar nicht im Auhof war«, setzte er hinzu.

»Hat Klein-Elschen sich produziert?« fragte Anna weiter.

»Nein. Was sich nach meinem Fortgehen ereignet haben mag, das weiß ich natürlich nicht.«

»Jetzt wird's ja wohl nicht mehr der Mühe wert sein«, sagte Anna mit überquellendem Spott.

»Du irrst dich, Anna. Es sind Leute oben, für die zu singen es sich sehr verlohnte.«

»Wer denn?«

»Heinrich Bermann, Willy Eißler, Demeter Stanzides …«

»O, Stanzides!« rief Anna aus. »Jetzt tut es mir eigentlich leid, daß ich nicht auch oben war.«

»Mir scheint«, sagte Georg, »das ist nicht so spaßhaft gemeint als gesagt.«

»Gewiß nicht«, erwiderte Anna. »Ich finde diesen Demeter zum Totschießen schön.«

Georg schwieg ein paar Sekunden, und plötzlich, erregter als es sonst seine Art war, fragte er: »Ist es am Ende er? ...«

»Was für ein Er?«

»Der, den du ... mehr geliebt hast als mich!«

Sie lächelte, drängte sich fester an ihn und erwiderte einfach, aber doch ein bißchen spöttisch: »Sollt ich wirklich jemanden lieber gehabt haben als dich?«

»Du hast es mir ja selber gestanden«, erwiderte Georg.

»Ich hab dir aber auch ›gestanden‹, daß ich mit der Zeit dich mehr lieben werde, als ich je einen andern geliebt habe, oder lieben könnte.«

»Weißt du das ganz bestimmt, Anna?«

»Ja, Georg, das weiß ich ganz bestimmt.«

Sie waren wieder in einer belebteren Straße, und unwillkürlich lösten sie die Arme. Sie blieben vor verschiedenen Auslagen stehen, entdeckten unter einem Haustor den Glaskasten eines Photographen und waren sehr belustigt von der mühselig-ungezwungenen Haltung, in der hier Jubelpaare, Kadettoffiziersstellvertreter, Köchinnen im Sonntagsstaat und für den Maskenball kostümierte Damen aufgenommen waren.

Georg, in leichterm Tone, fragte wieder: »Also war es Stanzides?«

»Aber was fällt dir denn ein. Ich hab in meinem Leben keine hundert Worte mit ihm gesprochen.«

Sie spazierten weiter.

»Also doch Leo Golowski?« fragte Georg.

Sie schüttelte den Kopf und lächelte. »Das war die Jugendliebe«, erwiderte sie, »das gilt überhaupt nicht. Übrigens möcht ich das 16jährige Mädel kennen, das sich auf dem Land nicht in einen schönen Jüngling verliebt hätte, der sich mit einem veritabeln Grafen schlägt und dann acht Tage mit dem Arm in der Schlinge herumspaziert.«

»Aber er hat es doch nicht deinetwegen getan, sondern sozusagen für die Ehre seiner Schwester.«

»Für Theresens Ehre? Wie kommst du auf die Idee?«

»Du hast mir doch erzählt, daß der junge Mensch Therese im Walde angesprochen hatte, während sie die ›Emilia Galotti‹ studierte.«

»Ja, das ist schon wahr. Übrigens hat sie sich ganz gern ansprechen lassen. Dem Leo war es aber nur deswegen zuwider, weil der junge Graf zu einer Gesellschaft von jungen Leuten gehört hat, die sich wirklich ziemlich frech und halt ein bissel antisemitisch benommen haben. Und wie Therese einmal mit ihrem Bruder am See spazieren geht und der Graf kommt daher und redet Therese an wie eine gute Bekannte und murmelt nur so beiläufig für Leo seinen Namen, da hat Leo ein Buckerl gemacht und sich ihm mit den Worten vorgestellt: ›Leo Golowski, Jud aus Krakau.‹ Was es weiter gegeben hat, weiß ich nicht genau. Es ist zu einem Wortwechsel gekommen, und am nächsten Tag war dann das Duell in Klagenfurt in der Kavalleriekaserne.«

»Da hab ich doch recht«, beharrte Georg spöttisch, »für die Ehre seiner Schwester hat er sich geschlagen.«

»Nein, sag ich dir. Ich bin ja dabei gewesen, wie er später einmal mit Therese über die Geschichte gesprochen und ihr gesagt hat: ›Von mir aus kannst du tun, was dir Spaß macht, kannst dir den Hof machen lassen, von wem du willst‹ …«

»Nur ein Jud muß es halt sein …« ergänzte Georg.

Anna schüttelte den Kopf. »So ist er wirklich nicht.«

»Ich weiß«, erwiderte Georg mild. »Wir sind ja sehr gute Freunde geworden in der letzten Zeit, dein Leo und ich. Gestern Abend erst sind wir wieder im Kaffeehaus zusammen gewesen, und er war wirklich sehr herablassend zu mir. Ich glaube, mir verzeiht er sogar meine Abstammung. Im übrigen hab ich dir noch gar nicht erzählt, daß auch Therese heute bei Ehrenbergs oben war.« Und er berichtete von dem Erscheinen des jungen Mädchens im Salon Ehrenberg und von dem Eindruck, den sie auf Demeter gemacht hatte. Anna lächelte vergnügt dazu.

Später, während sie wieder in einer stilleren Straße Arm in Arm spazierten, begann Georg von neuem: »Jetzt weiß ich aber noch immer nicht, wer die große Liebe gewesen ist.«

Anna schwieg und sah vor sich hin.

»Nun, Anna! Du hast mir ja versprochen, nicht wahr?«

Ohne ihn anzusehen, erwiderte sie: »Wenn du nur ahntest, wie sonderbar mir heute die Geschichte vorkommt.«

»Warum sonderbar?«

»Weil der, nach dem du fragst, eigentlich ein alter Mann gewesen ist.«

»Fünfunddreißig«, scherzte Georg, »nicht wahr?«

Sie schüttelte ernsthaft den Kopf. »Er war achtundfünfzig oder sechzig. «

»Und du?« fragte Georg langsam.

»Im Sommer waren es zwei Jahre. Einundzwanzig war ich damals.«

Georg blieb plötzlich stehen. »Nun weiß ich es, dein Gesangslehrer war es. Nicht wahr?«

Anna antwortete nicht.

»Also wirklich«, sagte Georg, ohne sich eigentlich zu wundern, denn es war ihm nicht unbekannt, daß sich in den berühmten Meister, trotz seiner grauen Haare, alle Schülerinnen verliebten.

»Und den«, fragte Georg, »hast du am meisten geliebt von allen Menschen, die dir begegnet sind?«

»Seltsam, nicht wahr? Aber es ist doch so …«

»Hat er es gewußt?«

»Ich glaub schon.«

Sie waren auf einen ausgeweiteten Platz gekommen mit einer kleinen Gartenanlage, die nur spärlich beleuchtet war. Hinten erhob sich rötlich schimmernd eine Kirche. Dorthin, als zög es sie an einen stillern Ort, wandelten sie unter dunkeln, leise schwankenden Ästen.

»Und was ist denn eigentlich zwischen euch vorgefallen, wenn man fragen darf?«

Anna schwieg, und Georg hielt in diesem Augenblick alles für möglich. Selbst, daß Anna die Geliebte jenes Menschen gewesen wäre. Aber innerhalb des Unbehagens, das er bei diesem Gedanken empfand, regte sich leise und kaum bewußt der Wunsch in ihm, seine Befürchtung bestätigt zu hören. Denn wie leicht und verantwortungslos ließ dies Abenteuer sich an, wenn Anna schon einem andern gehört hatte, eh sie die Seine wurde.

»Ich will dir die ganze Geschichte erzählen«, sagte Anna endlich. »Sie ist wirklich nicht so schrecklich.«

»Also?« fragte Georg, seltsam gespannt.

»Einmal nach der Stunde«, begann Anna zögernd, »hat er mir

galant in die Jacke hineingeholfen. Und plötzlich hat er mich an sich gezogen und mich umarmt und geküßt.«

»Und du …?«

»Ich … ich war ganz berauscht.«

»Berauscht …«

»Ja, es war etwas Unbeschreibliches. Er hat mich auf die Stirn geküßt und auf den Mund und aufs Haar … und dann hat er meine Hand genommen und hat allerlei Worte gemurmelt, die ich gar nicht recht gehört hab …«

»Und …«

»Und dann … dann waren Stimmen daneben … er hat meine Hand losgelassen … und es war aus.«

»Aus?«

»Ja, aus. Selbstverständlich war es aus.«

»Gar so selbstverständlich find ich das eigentlich nicht. Du hast ihn doch wiedergesehen.«

»Freilich, ich hab ja weiter bei ihm gelernt.«

»Und …«

»Ich sag dir doch, es war aus … vollkommen, als wär überhaupt nie was gewesen.«

Georg wunderte sich, daß er sich beruhigt fühlte. »Und er hat nie wieder den Versuch gemacht?« fragte er.

»Nie wieder. Es wäre auch lächerlich gewesen. Und da er sehr klug war, hat er das selbst ganz gut gewußt. Vorher, es ist ja wahr, hatt ich ihn sehr geliebt. Aber nach diesem Vorfall war er nichts andres mehr für mich, als mein alter Lehrer. Gewissermaßen sogar älter, als er in Wirklichkeit war. Ich weiß nicht, ob du das so ganz verstehen kannst. Es war, als ob er den ganzen Rest seiner Jugend verschwendet hätte in jenem Augenblick.«

»Ich verstehe es ganz gut«, sagte Georg. Er glaubte ihr und liebte sie mehr als früher. Sie traten in die Kirche. Es war fast dunkel in dem weiten Raum. Nur vor einem Seitenaltar brannten trübe Kerzen, und drüben, hinter einer kleinen Heiligenstatue, schimmerte ein armes Licht. Ein breiter Strom von Weihrauchduft floß zwischen Wölbung und Steinfließen hin. Der Meßner ging umher und klapperte leise mit den Schlüsseln. In den Bänken rückwärts, regungslos, dämmerten Gestalten. Langsam schritt Georg mit Anna vorwärts und fühlte sich wie ein junger Gatte auf Reisen, der mit seiner jungen Frau eine Kirche besichtigt. Er sagte es Anna. Sie nickte nur. »Es wär aber noch viel schöner«, flüsterte Georg, während sie eng aneinander geschmiegt vor der Kanzel standen, »wenn man wirklich miteinander irgendwo in der Fremde wäre …«

Sie sah ihn an, wie beglückt und doch wie fragend; und er erschrak über seine eigenen Worte. Wenn Anna sie als ernsthafte Aufforderung oder gar als eine Art von Werbung aufgefaßt hätte? War er nicht verpflichtet sie aufzuklären, daß sie nicht so gemeint waren? … Ein Gespräch fiel ihm ein, von neulich, als sie an einem windig-regnerischen Tag unter dem Schirm eingehängt über die Linie hinaus gegen Schönbrunn spaziert waren. Er hatte ihr den Vorschlag gemacht, mit ihm in die Stadt zu fahren und in irgend einem abgeschiedenen Gasthauszimmer mit ihm zu nachtmahlen; – sie mit jener Frostigkeit, in der ihr ganzes Wesen manchmal erstarrte, hatte darauf erwidert: »Für solche Sachen bin ich nicht.« Er hatte nicht weiter in sie gedrungen. Doch eine Viertelstunde später, allerdings im Lauf einer Unterhaltung über Georgs Lebensführung, aber vieldeutig lächelnd, hatte sie die Worte zu ihm gesprochen: »Du hast keine Initiative, Georg.« Und in diesem Augenblick war ihm plötzlich gewesen, als täten sich Untiefen ihrer Seele auf, niemals vermutete und gefährliche, vor denen es gut war, sich in acht zu nehmen. Daran mußte er jetzt wieder denken. Was mochte in ihr denn vorgehen? … Was wünschte sie, und worauf war sie gefaßt? … Und was wünschte, was ahnte er selbst? Das Leben war ja so unberechenbar. War es nicht sehr gut möglich, daß er wirklich einmal mit ihr draußen in der Welt herumreisen, eine Zeit des Glücks mit ihr durchleben … und endlich von ihr scheiden würde, wie er von mancher andern geschieden war? Doch wenn er an das Ende dachte, das jedenfalls kommen mußte, ob es nun der Tod bringen mochte oder das Leben selbst, so fühlte er es wie ein gelindes Weh im Herzen … Noch immer schwieg sie. Fand sie wieder, daß es ihm an Initiative fehlte? … Oder dachte sie vielleicht: Es wird mir ja doch gelingen, ich werde seine Frau sein …?

Da fühlte er ihre Hand ganz leise über die seine streichen, mit einer ihm wie neuen, sehr wohltuenden Zärtlichkeit. »Du, Georg«, sagte sie.

»Was denn?« fragte er.

»Wenn ich fromm wäre«, erwiderte sie, »möcht ich jetzt um was beten.«

»Um was?« fragte Georg beinahe ängstlich.

»Daß was aus dir wird, Georg. Was sehr Bedeutendes! Ein wirklicher, ein großer Künstler.«

Unwillkürlich blickte er zu Boden, wie in Beschämung, daß ihre Gedanken um soviel reinere Wege gegangen waren als die seinen.

Ein Bettler hielt den dicken, grünen Vorhang offen, Georg gab dem Mann ein Geldstück; sie waren im Freien. Straßenlichter glänzten auf, Geräusche von Wagen und Rolläden waren nah, Georg fühlte, wie ein feiner Schleier zerriß, den der Kirchendämmer um ihn und sie gewoben hatte, und in befreitem Ton schlug er eine kleine Spazierfahrt vor. Anna war gern einverstanden. In einem offenen Fiaker, dessen Dach sie über sich aufspannen ließen, fuhren sie die Straße hinab, ließen sich um den Ring führen, ohne viel von Gebäuden und Gärten zu sehen, sprachen kein Wort und schmiegten sich enger aneinander. Sie fühlten jeder die eigne und des andern Ungeduld und wußten, daß es kein Zurück mehr gab.

In der Nähe von Annas Wohnung sagte Georg: »Wie schade, daß du schon nach Hause mußt.«

Sie zuckte die Achseln und lächelte sonderbar. Die Untiefen, dachte Georg wieder, aber ohne Angst, heiter beinahe. Eh der Wagen an der Ecke hielt, verabredeten sie ein Rendezvous für den nächsten Vormittag, im Schwarzenberggarten, dann stiegen sie aus. Anna eilte nach Hause, und Georg bummelte langsam gegen die Stadt zu.

Er überlegte, ob er ins Kaffeehaus gehen sollte. Er hatte keine rechte Lust dazu. Bermann blieb heute wohl bei Ehrenbergs zum Souper, auf Leo Golowskis Kommen war nur selten zu rechnen; und die andern jungen Leute, meist jüdische Literaten, die Georg in der letzten Zeit flüchtig kennengelernt hatte, lockten ihn nicht eben an, wenn er auch manche von ihnen nicht uninteressant gefunden hatte. Im ganzen fand er den Ton der jungen Leute untereinander bald zu intim, bald zu fremd, bald zu witzelnd, bald zu pathetisch; keiner schien sich dem andern, kaum einer sich selbst mit Unbefangenheit zu geben. Heinrich hatte übrigens neulich erklärt, er wollte mit dem ganzen Kreis nichts mehr zu tun haben, der ihm seit seinen Erfolgen durchaus gehässig gesinnt sei. Georg hielt es allerdings für möglich, daß Heinrich in seiner eiteln und hypochondrischen Art Feindseligkeiten und Verfolgungen auch dort witterte, wo vielleicht nur Gleichgültigkeit oder Antipathie vorhanden waren. Er für seinen Teil wußte, daß es weniger Freundschaft war, die ihn zu dem jungen Schriftsteller hinzog, als Neugier, einen seltsamen Menschen näher kennenzulernen; vielleicht auch das Interesse, in eine Welt hineinzuschauen, die ihm bisher ziemlich fremd geblieben war. Denn während er selbst nach wie vor sich ziemlich zurückhaltend verhalten und insbesondere über seine Beziehungen zu Frauen jede Andeutung vermieden, hatte ihm Heinrich nicht nur von der fernen Geliebten erzählt, für die er Qualen der Eifersucht zu leiden behauptete, sondern auch von einer hübschen, blonden Person, mit der er in der letzten Zeit seine Abende zu verbringen pflegte, – um sich zu betäuben, wie er mit Selbstironie hinzufügte; nicht nur von seinen Wiener Studenten- und Journalistenjahren, die noch nicht weit zurücklagen, sondern auch von der Kinder- und Knabenzeit in der kleinen böhmischen Provinzstadt, wo er vor dreißig Jahren zur Welt gekommen war. Sonderbar und zuweilen fast peinlich erschien Georg der wie aus Zärtlichkeit und Widerwillen, aus Gefühlen von Anhänglichkeit und von Losgerissensein gemischte Ton, in dem Heinrich von den Seinen, insbesondere von dem kranken Vater sprach, der in jener kleinen Stadt Advokat, und eine Zeitlang Reichsratsabgeordneter gewesen war. Ja, er schien sogar ein wenig stolz darauf zu sein, daß er als Zwanzigjähriger schon dem allzu Vertrauensseligen sein Schicksal vorausgesagt hatte, genau so, wie es sich später erfüllen sollte: nach einer kurzen Epoche der Beliebtheit und des Erfolgs hatte das Anwachsen der antisemitischen Bewegung ihn aus der deutschliberalen Partei gedrängt, die meisten Freunde hatten ihn verlassen und verraten, und ein verbummelter Kouleurstudent, der in den Versammlungen die Tschechen und Juden als die gefährlichsten Feinde deutscher Zucht und Sitte hinstellte, daheim seine Frau prügelte und seinen Mägden Kinder machte, war sein Nachfolger im Vertrauen der Wähler und im Parlament geworden. Heinrich, dem die Phrasen des Vaters von Deutschtum, Freiheit, Fortschritt in all ihrer Ehrlichkeit immer gegen den Strich gegangen waren, hatte dem Niedergang des alternden Mannes anfangs wie mit Schadenfreude zugesehen; allmählich erst, als der einst gesuchte Anwalt auch seine Klienten zu verlieren begann und die materiellen Verhältnisse der Familie sich von Tag zu Tag verschlechterten, stellte bei dem Sohne sich ein verspätetes Mitleid ein. Er hatte seine juristischen Studien früh genug aufgegeben und mußte den Seinen durch journalistische Tagesarbeit zu Hilfe kommen. Seine ersten künstlerischen Erfolge fanden in dem verdüsterten Hause der Heimat kein Echo mehr. Dem Vater nahte unter schweren Zeichen der Wahnsinn, und der Mutter, für die gleichsam Staat und Vaterland zu existieren aufgehört hatten, als ihr Mann nicht wieder ins Parlament gewählt wurde, versank nun, da dieser in geistige Nacht fiel, die ganze Welt. Die einzige Schwester Heinrichs, einst ein blühendes und tüchtiges Geschöpf, war nach einer unglücklichen Leidenschaft für eine Art von Provinz-Don Juan in Schwermut verfallen, und krankhaft eigensinnig gab sie dem Bruder, mit dem sie sich in der Jugend vortrefflich verstanden hatte, die Schuld an dem Unglück des elterlichen Hauses. Auch von andern Verwandten erzählte Heinrich, deren er aus früherer Zeit sich erinnerte, und ein teils lächerlicher, teils rührender Zug fromm beschränkter alter Juden und Jüdinnen schwebte an Georg vorüber, wie Gestalten einer andern Welt. Er mußte es am Ende begreifen, daß Heinrich durch keinerlei Heimweh nach jener kleinen, von kläglichem Parteihader zerrissenen Stadt, in die dumpfe Enge des zugrunde gehenden Elternhauses sich zurückgerufen fühlte, und sah ein, daß Heinrichs Egoismus ihm zugleich Rettung und Befreiung bedeutete.

Vom Turm der Michaelerkirche schlug es neun, als Georg vor dem Kaffeehaus stand. An einem Fenster, das der Vorhang nicht verhüllte, sah er den Kritiker Rapp sitzen, einen Stoß von Zeitungen vor sich auf dem Tisch. Eben hatte er den Zwicker von der Nase genommen, putzte ihn, und so sah das blasse, sonst so hämisch-kluge Gesicht, mit den stumpfen Augen wie tot aus. Ihm gegenüber mit ins Leere gehenden Gesten, saß der Dichter Gleißner, im Glanze seiner falschen Eleganz, mit einer ungeheuern, schwarzen Krawatte, darin ein roter Stein funkelte. Als Georg, ohne ihre Stimmen zu hören, nur die Lippen der beiden sich bewegen und ihre Blicke hin- und hergehen sah, faßte er es kaum, wie sie es ertragen konnten, in dieser Wolke von Haß sich eine Viertelstunde lang gegenüber zu sitzen. Er fühlte mit einemmal, daß dies die Atmosphäre war, in der das Leben dieses ganzen Kreises sich abspielte, und durch die nur manchmal erlösende Blitze von Geist und von Selbsterkenntnis zuckten. Was hatte er mit diesen Leuten zu tun? Eine Art von Grauen erfaßte ihn, er wandte sich ab und entschloß sich, statt ins Kaffeehaus zu gehen, endlich wieder einmal den Klub aufzusuchen, dessen Räume er seit Monaten nicht betreten hatte. Es waren nur wenige Schritte bis dahin. Bald stieg Georg die breite Marmortreppe hinauf, begab sich in den kleinen Speisesaal mit den lichtgrünen Vorhängen und wurde von Ralph Skelton, dem Attaché der englischen Botschaft, und Doktor von Breitner, die in einer Ecke beim Souper saßen, als ein lang Vermißter mit gedämpfter Herzlichkeit begrüßt. Man sprach von dem Turnier, das bevorstand, von dem Bankett, das zu Ehren der ausländischen Fechtmeister veranstaltet werden sollte; plauderte über die neue Operette am Wiedner Theater, in der Fräulein Lovan als Bajadere beinahe nackt aufgetreten war, und über das Duell des Fabrikanten Heidenfeld mit dem Leutnant Novotny, in dem der beleidigte Ehemann gefallen war. Nach dem Essen spielte Georg mit Skelton eine Partie Billard und gewann. Er fühlte sich immer behaglicher und nahm sich vor, von nun an wieder öfters diese luftigen und hübsch ausgestatteten Räume zu besuchen, in denen angenehme, gut angezogene junge Leute verkehrten, mit denen man sich in guter und leichter Weise unterhalten konnte. Felician erschien, erzählte seinem Bruder, daß es bei Ehrenbergs noch ganz amüsant geworden war, und brachte ihm Grüße von Frau Marianne. Breitner, eine seiner berühmten Riesenzigarren im Mund, gesellte sich zu den Brüdern und sprach davon, daß im Speisesaal nächstens die Bilder einiger verdienter Klubmitglieder aufgehängt werden sollten, vor allem das des jungen Labinski, der im vorigen Jahr durch Selbstmord geendet hatte. Und Georg mußte an Grace denken, an das seltsam glühendkalte Gespräch mit ihr auf dem Friedhof im schmelzenden Februarschnee und an jene wundervolle Nacht, auf dem mondbeglänzten Deck des Dampfers, der sie beide von Palermo nach Neapel gebracht hatte. Er wußte kaum, nach welcher Frau er sich am meisten sehnte in diesem Augenblick: nach

Marianne, der Verlassenen, nach Grace, der Entschwundenen, oder nach dem anmutigen jungen Geschöpf, mit dem er vor ein paar Stunden in einer dämmrigen Kirche herumspaziert war, wie Hochzeitsreisende in einer fremden Stadt, und das den Himmel hatte anflehen wollen, daß ein großer Künstler aus ihm würde. In der Erinnerung daran verspürte er eine gelinde Rührung. War es nicht beinahe, als läge ihr mehr an seiner künstlerischen Zukunft als ihm selbst? ... Nein, ... nicht mehr. Sie hatte ja doch nur ausgesprochen, was immer tief im Grunde seiner Seele schlummerte. Er vergaß nur sozusagen manchmal, daß er ein Künstler war. Aber das mußte anders werden. So viel war begonnen und vorbereitet. Nur etwas Fleiß, und es konnte am Erfolg nicht fehlen. Und im nächsten Jahr ging es hinaus in die Welt. Eine Kapellmeisterstelle war bald gefunden, und mit einem kräftigen Sprung stand man mitten in einem Beruf, der Geld und Ehren brachte. Neue Menschen lernte er kennen, ein anderer Himmel glänzte über ihm, und geheimnisvoll wie aus fernem Nebel streckten unbekannte weiße Arme sich nach ihm aus. Und während die jungen Leute neben ihm sehr ernsthaft die Chancen der Kämpfer bei dem bevorstehenden Turnier erwogen, träumte Georg in seiner Ecke weiter von einer Zukunft voll Arbeit, Ruhm und Liebe.

Zur gleichen Stunde lag Anna in ihrem dunkeln Zimmer, ohne zu schlafen, die weit offenen Augen zur Decke gerichtet; zum erstenmal in ihrem Leben mit dem untrüglichen Gefühl, daß es einen Menschen auf der Welt gab, der aus ihr machen konnte, was ihm beliebte; mit dem festen Entschluß, alle Seligkeit und alles Leid hinzunehmen, das ihr bevorstehen mochte; und mit einer leisen Hoffnung, schöner, als alle, die ihr je erschienen waren, auf ein beständiges und ruhevolles Glück.

Drittes Kapitel

Georg und Heinrich saßen von ihren Rädern ab. Die letzten Villen lagen hinter ihnen, und die breite Straße, allmählich ansteigend, führte in den Wald. Das Laub hing noch ziemlich dicht an den Bäumen, aber jeder leise Windhauch nahm Blätter mit und ließ sie langsam herabsinken. Herbstglanz lag über den gelb-

rötlichen Hügeln. Die Straße stieg höher an, an einem stattli-
chen Wirtshausgarten vorbei, zu dem steinerne Stufen hinauf-
führten. Nur wenige Leute saßen im Freien, die meisten in der
Glasveranda, als trauten sie nicht ganz der Wärme dieses
schmeichlerischen Spätoktobertags, durch den doch immer
wieder eine gefährliche Kühle geweht kam. Georg dachte mit
ödem Erinnern des Winterabends, an dem er und Frau Marianne als einzige Gäste hier eingekehrt waren. Gelangweilt war
er an ihrer Seite gesessen, hatte ungeduldig ihr plätscherndes
Gerede über das Konzert von gestern angehört, in dem Fräulein
Bellini seine Lieder gesungen; und als er auf der Rückfahrt
wegen Mariannens Ängstlichkeit schon in einer Vorstadtstraße
aus dem Wagen steigen mußte, hatte er wie erlöst aufgeatmet.
Ein ähnliches Gefühl der Befreitheit kam freilich beinahe jedesmal über ihn, wenn er, auch nach schönerem Zusammensein,
von einer Geliebten Abschied nahm. Selbst als er Anna an ihrem
Haustor verlassen hatte, vor drei Tagen, nach dem ersten Abend
vollkommenen Glücks, war er sich, früher als jeder anderen
Regung, der Freude bewußt geworden, wieder allein zu sein.
Und gleich darauf, ehe noch das Gefühl des Danks und die
Ahnung einer wirklichen Zusammengehörigkeit mit diesem
sanften, sein ganzes Wesen mit so viel Innigkeit umschließen-
den Geschöpf in seiner Seele emporzudringen vermochte, flog
durch sie ein sehnsuchtsvoller Traum von Fahrten über ein
schimmerndes Meer, von Küsten, die sich verführerisch nähern,
von Spaziergängen an Ufern, die am nächsten Tage wieder verschwinden, von blauen Fernen, Ungebundenheit und Alleinsein. Am andern Morgen, da den Erwachenden der Duft des
vergangenen Abends erinnerungs- und verheißungsschwer
umfloß, wurde die Reise natürlich aufgeschoben, bis zu einer
spätern, vielleicht nicht gar so fernen, doch gelegeneren Zeit.
Denn daß auch dieses Abenteuer, so ernst und hold es begonnen, zu einem Ende bestimmt war, wußte Georg selbst in dieser
Stunde, nur ohne jeden Schauer. Anna hatte sich ihm gegeben,
ohne mit einem Wort, einem Blick, einer Gebärde anzudeuten,
daß nun für sie gewissermaßen ein neues Kapitel ihres Lebens
anfing. Und so mußte von ihr, das fühlte Georg tief, auch der
Abschied ohne Düsterkeit und Schwere sein: ein Händedruck,
ein Lächeln und ein stilles »es war schön«. Und leichter noch

war ihm zumute geworden, als sie ihm bei der nächsten Begegnung mit einfach innigem Gruß entgegenkam, ohne die befangenen Töne anschmiegender Wehmut oder erfüllten Schicksals, wie er sie in den Worten mancher andern beben gehört hatte, die zu einem solchen Morgen nicht zum erstenmal erwacht war.

Eine mattgezogene Berglinie erschien in der Ferne und verschwand wieder, als die Straße durch dichtern Waldstand in die Höhe führte. Laub und Nadelholz wuchsen friedlich nebeneinander, und durch die stillere Farbe der Tannen schimmerte das herbstlich gefärbte Blätterwerk von Buchen und Birken. Wanderer zeigten sich, einige mit Rucksack, Bergstock und Nagelschuhen wie zu bedeutenden Gebirgstouren ausgerüstet; zuweilen, in beglückter Schnelle, sausten Radfahrer die Straße hinab. Heinrich erzählte seinem Gefährten von einer Radfahrt, die er anfangs September unternommen hatte, den Rhein entlang.

»Ist es nicht sonderbar«, sagte Georg, »so viel bin ich schon in der Welt herumgekommen, und die Gegend, wo meine Ahnen zu Hause waren, kenn ich noch gar nicht.«

»Wirklich?« fragte Heinrich. »Und es regt sich gar nicht in Ihnen, wenn Sie das Wort Rhein aussprechen hören?«

Georg lächelte. »Es sind immerhin bald hundert Jahre, daß meine Urgroßeltern aus Biebrich fortgezogen sind.«

»Warum lächeln Sie, Georg? Daß meine Ahnen aus Palästina fortgewandert sind, ist noch viel länger her, und doch fordern manche, sonst ganz logische Leute, daß mein Herz in Heimweh nach diesem Lande bebe.«

Georg schüttelte ärgerlich den Kopf. »Was kümmern Sie sich immerfort um diese Leute. Es wird wirklich schon zur fixen Idee bei Ihnen.«

»Ach, Sie glauben, ich denke an die Antisemiten? Durchaus nicht. Denen nehm ich's auch weiter nicht übel, manchmal wenigstens. Aber fragen Sie nur einmal unsern Freund Leo, wie er über diese Angelegenheit denkt.«

»Ach so, den meinen Sie. Na, der faßt doch das nicht so wörtlich auf, sondern gewissermaßen symbolisch – – – oder politisch«, setzte er unsicher hinzu.

Heinrich nickte. »Diese beiden Begriffe liegen vielleicht hart nebeneinander in Köpfen solcher Art.« Er versank für eine Weile in Nachdenken, schob sein Rad in leichten, ungeduldigen

Stößen vorwärts und war gleich wieder um ein paar Schritte voraus. Dann begann er wieder von seiner Septemberreise zu sprechen. Beinahe mit Ergriffenheit dachte er an sie zurück. Alleinsein, Fremde, Bewegung, war es nicht ein dreifaches Glück, das er genossen? »Was für ein Gefühl von innerer Freiheit mich damals durchfloß«, sagte er, »kann ich Ihnen kaum beschreiben. Kennen Sie diese Stimmungen, in denen alle Erinnerungen, ferne und nahe, sozusagen ihre Lebensschwere verlieren; alle Menschen, mit denen man sonst irgendwie verbunden ist, durch Schmerzen, Sorgen, Zärtlichkeit, einen nur mehr wie Schatten umschweben, oder richtiger gesagt, wie Gestalten, die man selbst erfunden hat? Und die erfundenen Gestalten, die stellen sich natürlich auch ein und sind mindestens geradso lebendig wie die Menschen, an die man sich eben als an wirkliche erinnert. Da entwickeln sich dann die allerseltsamsten Beziehungen zwischen den wirklichen und den erfundenen Figuren. Ich könnte Ihnen von einer Unterhaltung berichten, die zwischen meinem verstorbenen Großonkel, der Rabbiner war, und dem Herzog Heliodor stattgefunden hat, wissen Sie, mit dem, der sich in meinem Opernstoff herumtreibt, – eine Unterhaltung so amüsant, so tiefsinnig, wie im allgemeinen weder das Leben noch Operntexte zu sein pflegen ... Ja, wundervoll sind solche Reisen! Und so geht es durch Städte, die man niemals gesehen hat und vielleicht nie wieder sehen wird, an lauter unbekannten Gesichtern vorüber, die gleich wieder für alle Ewigkeit verschwinden ... und dann saust man weiter auf heller Straße zwischen Strom und Weingeländen. Wahrhaft reinigend sind solche Stimmungen. Schade, daß sie einem so selten geschenkt sind!«

Georg empfand stets eine gewisse Verlegenheit, wenn Heinrich pathetisch wurde. »Jetzt könnte man vielleicht wieder fahren«, sagte er, und sie schwangen sich auf die Räder. Ein schmaler, ziemlich holpriger Seitenweg zwischen Wiese und Wald führte sie bald zu einem unerbaulich kahlen, zweistöckigen Haus, das sich durch ein mürrisch braunes Schild als Wirtshaus zu erkennen gab. Auf der Wiese, die durch die Straße vom Haus geschieden war, stand eine große Menge von Tischen, manche mit einstmals weiß gewesenen, andre mit geblümten Tüchern bedeckt. Hart an der Straße, an einigen zusammengerückten Tischen, saßen zehn oder zwölf junge Leute, Mitglieder eines Radfahrklubs. Mehrere hatten ihre Röcke abgelegt, andre trugen sie flott übergehängt; auf den himmelblauen, gelb eingefaßten Sweaters prangten Embleme in erhabener roter und grüner Stickerei. Mächtig, aber nicht sehr rein tönte ein Chorlied zum Himmel auf: »Der Gott, der Eisen wachsen ließ, der wollte keine Knechte.«

Heinrich überflog die Gesellschaft mit einem raschen Blick, kniff die Augen zusammen und sagte zu Georg, mit zusammengepreßten Zähnen und heftig betont: »Ich weiß nicht, ob diese Jünglinge bieder, treu und mutig sind, wofür sie sich jedenfalls halten; daß sie aber nach Wolle und Schweiß duften, ist gewiß, und daher wäre ich dafür, daß wir in angemessener Entfernung von ihnen Platz nehmen.«

Was will er eigentlich, dachte Georg bei sich. Wäre es ihm sympathischer, wenn hier eine Gesellschaft von polnischen Juden säße und Psalmen sänge?

Beide schoben ihre Räder zu einem entferntern Tische hin und ließen sich nieder. Ein Kellner erschien, in schwarzem, von Fett- und Gemüseflecken übersäten Frack, fegte mit einer schmutzigen Serviette heftig über den Tisch, nahm die Bestellungen entgegen und verschwand.

»Ist es nicht jämmerlich«, sagte Heinrich, »daß in der nächsten Umgebung von Wien beinahe überall so verwahrloste Wirtshäuser stehen? Es macht einen geradezu trübsinnig.«

Georg fand diese übertriebene Wehmut nicht angebracht. »Ach Gott, auf dem Land«, meinte er, »man nimmt es eben mit. Es gehört fast dazu.«

Heinrich ließ diese Auffassung nicht gelten, begann den Plan zur Gründung von sieben Hotels an den Wienerwaldgrenzen zu entwickeln und berechnete eben, daß man dazu höchstens drei bis vier Millionen benötige, als plötzlich Leo Golowski dastand. Er war im Zivilanzug, der, wie oft bei ihm, eines etwas bizarren Elements nicht entbehrte. Heute trug er zu einem hellgrauen Sacco eine blaue Samtweste und eine gelbliche Seidenkrawatte in glattem Stahlring. Die beiden andern begrüßten ihn erfreut und äußerten einige Überraschung.

Leo setzte sich zu ihnen: »Ich habe ja gehört«, sagte er, »wie Sie gestern Abend Ihre Partie verabredet haben, und als wir heute schon um neun aus der Kaserne entlassen wurden, dacht ich mir gleich, es wäre doch hübsch, mit zwei klugen, sympathischen Menschen eine Stunde im Freien zu verplauschen. So bin ich nach Haus, hab mich in Zivil geworfen und auf den Weg gemacht.« Er sagte das in seinem gewöhnlichen, liebenswürdigen, fast naiv klingenden Ton, der Georg immer wieder gefangen nahm, aber in der Erinnerung für ihn einen Beiklang von Ironie, ja von Falschheit zu bekommen pflegte. Doch schien dieser gleichsam schillernde Klang Leos Worten nur in gleichgültiger Unterhaltung eigen; ernste Gespräche wußte er mit einer Bestimmtheit zu führen, die Georg geradezu imponierte. In der letzten Zeit hatte er einigemale Gelegenheit gehabt, im Kaffeehaus Diskussionen zwischen Leo und Heinrich über kunsttheoretische Fragen, insbesondere über die Beziehungen zwischen den Gesetzen der Musik und der Mathematik anzuhören. Leo glaubte der Ursache auf der Spur zu sein, aus der Dur und Molltonarten die menschliche Seele in so verschiedener Weise berührten. Gerne folgte Georg seinen klaren und scharfsinnigen Auseinandersetzungen, wenn sich auch etwas in ihm gegen den verwegenen Versuch wehrte, allen Zauber und alles Geheimnis der Klänge aus dem Walten von Gesetzen gedeutet zu hören, die, ebenso unerbittlich wie diejenigen, nach denen sich Erde und Sterne drehten, mit jenen ewigen aus gleicher Wurzel stammen sollten. Nur wenn Heinrich die Theorien Leos weiterzuführen und gelegentlich auf Schöpfungen der Wortkunst anzuwenden suchte, wurde Georg ungeduldig und fühlte sich sofort als stillen Verbündeten Leos, der zu Heinrichs phantastischen und wirren Ausführungen mild zu lächeln pflegte.

Das Essen wurde aufgetragen, und die jungen Leute ließen sichs schmecken; Heinrich nicht weniger als die andern, trotzdem er sich über die Minderwertigkeit der Küche höchst mißbilligend äußerte und das Vorgehen des Wirts nicht nur als Ausdruck persönlich niedriger Gesinnung, sondern als charakteristisch für den Niedergang Österreichs auf vielen andern Gebieten aufzufassen geneigt war. Das Gespräch kam auf die militärischen Zustände des Landes, und Leo gab Schilderungen von Kameraden und Vorgesetzten zum besten, über die die beiden andern sich sehr amüsierten. Insbesondere ein Oberleutnant gab zur Heiterkeit Anlaß, der sich der Freiwilligenabteilung mit den gefahrverkündenden Worten vorgestellt hatte: »Mit mir wern S' nix zu lachen haben, ich bin eine Bestie in Menschenge-stalt.«

Während sie noch aßen, trat ein Herr an den Tisch, schlug die Hacken aneinander, legte die Hand salutierend an die Radfahr-kappe, grüßte mit einem scherzhaften »all Heil«, fügte für Leo noch ein kameradschaftliches »servus« hinzu und stellte sich Heinrich vor: »Josef Rosner ist mein Name«. Hierauf begann er jovial die Unterhaltung mit den Worten: »Die Herren machen auch eine Radpartie…« Da man nicht widersprach, fuhr er fort: »Die letzten schönen Tage muß man benützen, lange wird ja die Herrlichkeit nicht mehr dauern.«

»Wollen Sie nicht Platz nehmen, Herr Rosner?« fragte Georg höflich.

»Küß die Hand, aber …«, er wies auf seine Gesellschaft … »wir sind soeben im Aufbruch begriffen, haben noch viel vor, fahren bis Tulln hinunter und dann über Stockerau nach Wien. Die Herren erlauben …«, er nahm ein Zündhölzchen vom Tisch und brannte seine Zigarette vornehm an.

»Bei was für einem Klub bist du denn eigentlich?« fragte Leo, und Georg wunderte sich über das »du«, bis ihm einfiel, daß die beiden Jugendbekannte waren.

»Das ist der Sechshauser Radfahrklub«, erwiderte Josef. Obzwar kein Staunen geäußert wurde, setzte er hinzu: »Die Her-ren werden sich wundern, daß ich als Margaretner Kind diesem vorortlichen Klub angehöre, aber es ist auch nur, weil ein guter Freund von mir dort Obmann ist. Sehen Sie, dieser Dicke dort, der jetzt gerade in den Rock hineinschlieft. Es ist nämlich der junge Jalaudek, der Sohn von dem Stadtrat und Abgeordneten.«

»Jalaudek …«, wiederholte Heinrich mit deutlichem Ekel in der Stimme und sagte nichts weiter.

»Ah«, meinte Leo, »das ist ja der, der neulich in einer Debatte über den Volksbildungsverein diese prachtvolle Definition von Wissenschaft gegeben hat. Haben Sie nicht gelesen?« wandte er sich zu den andern.

Diese erinnerten sich nicht.

»Wissenschaft«, zitierte Leo, »Wissenschaft ist das, was ein Jud vom andern abschreibt.«

Alle lachten. Auch Josef, der aber sofort erläuterte: »Eigentlich ist er gar nicht so, ich kenn ihn ja. Nur im politischen Leben ist er so grob ... weil also nämlich da die Gegensätze aufeinanderplatzen in unserm lieben Österreich. Aber für gewöhnlich ist er ein sehr umgänglicher Herr. Da ist der Junge viel radikaler.«

»Ist euer Klub christlich-sozial oder deutsch-national?« fragte Leo verbindlich.

»O, da wird bei uns kein Unterschied gemacht, nur natürlich, wie das schon so ist ...«, er unterbrach sich plötzlich verlegen.

»Nun ja«, ermutigte ihn Leo, »daß euer Klub judenrein ist, das ist doch selbstverständlich. Man merkt's auch schon von weitem.«

Josef hielt es für das richtigste zu lachen. Dann sagte er: »O bitte sehr, auf den Bergen schweigt die Politik; überhaupt, die Herren machen sich da falsche Begriffe, wenn wir schon über dieses Thema reden. Wir haben zum Beispiel einen im Klub, der ist mit einer Israelitin verlobt. Aber sie winken mir schon. Habe die Ehre, meine Herrschaften, servus Leo, all Heil.« Er salutierte wieder und entfernte sich wiegenden Schrittes. Die andern, unwillkürlich lächelnd, blickten ihm nach.

Dann fragte Leo plötzlich zu Georg gewandt: »Wie geht's denn eigentlich seiner Schwester mit dem Singen?«

»Wie?« sagte Georg aufgeschreckt und leicht errötend.

»Therese erzählt mir«, fuhr Leo ruhig fort, »daß Sie zuweilen mit Anna musizieren. Ist denn die Stimme jetzt in Ordnung?«

»Ja«, entgegnete Georg zögernd, »ich glaube schon, jedenfalls finde ich sie sehr angenehm, sehr wohllautend, besonders in der tiefern Lage. Schade, daß sie eben nicht ausreicht, für größere Räume, mein ich.«

»Nicht ausreicht«, wiederholte Leo nachdenklich, »das ist auch so ein Wort.«

»Wie würden Sie es denn bezeichnen?«

Leo zuckte die Achseln und blickte Georg ruhig an. »Sehen Sie«, sagte er, »ich habe die Stimme auch immer sehr sympathisch gefunden, aber selbst zur Zeit, als Anna die Idee hatte zur Bühne zu gehen ... ehrlich gestanden, ich habe nie geglaubt, daß aus der Sache was wird.«

»Sie haben eben wahrscheinlich gewußt«, entgegnete Georg absichtlich leicht, »daß Fräulein Anna an dieser eigentümlichen Schwäche der Stimmbänder leidet.«

»Ja freilich wußt ich das; aber wäre sie zu einer künstlerischen Laufbahn bestimmt gewesen, innerlich bestimmt meine ich, so hätte sie diese Schwäche eben überwunden.«

»Sie glauben?«

»Ja, das glaub ich, das glaub ich ganz entschieden. Darum find ich, daß solche Worte wie ›eigentümliche Schwäche‹ oder ›die Stimme reicht nicht aus‹ gewissermaßen Umschreibungen für etwas Tieferes, Seelisches bedeuten. Es liegt offenbar nicht in der Linie ihres Schicksals, eine Künstlerin zu werden, das ist es. Sie war sozusagen von Anbeginn dazu bestimmt, im Bürgerlichen zu enden.«

Heinrich war mit der Theorie von der Schicksalslinie höchst einverstanden und führte den Gedanken in seiner krausen Art weiter und immer weiter, vom Geistreichen übers Verdrehte ins Unsinnige. Dann machte er den Vorschlag, man sollte sich für eine halbe Stunde auf die Wiese hin in die Sonne legen, die in diesem Jahr wohl nicht mehr oft so warm herunterscheinen werde. Die andern stimmten zu.

Hundert Schritt weit vom Wirtshaus streckten sich Georg und Leo auf ihre Mäntel aus. Heinrich setzte sich ins Gras, verschränkte die Arme über den Knien und sah vor sich hin. Zu seinen Füßen senkte sich die Wiese zum Walde hinab. Tiefer unten, in lockeres Laub vergraben, ruhten die Landhäuser von Neuwaldegg. Aus bläulich-grauen Nebeln hervor schimmerten die Turmkreuze und sonngeblendeten Fenster der Stadt, und ganz fern, als trüge bewegter Dunst sie empor, schwebte und verdämmerte die Ebene.

Spaziergänger schritten über die Wiese dem Wirtshaus zu. Einige grüßten im Vorübergehen, und einer, ein noch junger Mann, der ein Kind an der Hand führte, bemerkte zu Heinrich: »Das ist aber einmal ein schöner Tag, grad als wie im Mai.«

Heinrich fühlte anfangs gegen seinen Willen, wie manchmal solch wohlfeiler, aber unvermuteter Freundlichkeit gegenüber, gleichsam sein Herz aufgehen. Sofort aber besann er sich, denn er wußte ja, auch dieser junge Mann war nur von der Milde des Tags, dem Frieden der Landschaft wie berauscht; in der Tiefe der Seele war auch der ihm feindselig gesinnt, gleich all den andern, die so harmlos an ihm vorbeispazierten. Und er verstand es wieder einmal selbst nicht recht, warum der Anblick dieser sanftbewegten Hügel, dieser verdämmernden Stadt ihn so schmerzlich süß ergriff, da ihm doch die Menschen, die hier zu Hause waren, so wenig und selten etwas Gutes bedeuteten.

Der Radfahrklub sauste über die nahe Straße, die umgehängten Röcke wehten, die Embleme leuchteten, und ein rohes Lachen schallte über die Wiese.

»Gräßliches Volk«, meinte Leo beiläufig, ohne den Platz zu verändern.

Heinrich wies mit einer unbestimmten Kopfbewegung nach unten. »Und solche Kerle«, sagte er mit zugepreßten Zähnen, »bilden sich dann noch ein, daß sie da eher zu Hause sind als unsereiner.«

»Nun ja«, entgegnete Leo ruhig, »da werden sie wohl nicht so unrecht haben, diese Kerle.«

Heinrich wandte sich höhnisch zu ihm: »Verzeihen Sie, Leo, ich vergaß einen Augenblick, daß Sie selbst den Wunsch hegen, nur als geduldet zu gelten.«

»Das wünsche ich keineswegs«, erwiderte Leo lächelnd, »und Sie brauchen mich nicht gleich so boshaft mißzuverstehen. Aber daß diese Leute sich als die Einheimischen ansehen und Sie und mich als die Fremden, das kann man ihnen doch nicht übel nehmen. Das ist doch schließlich nur der Ausdruck ihres gesunden Instinktes für eine anthropologisch und geschichtlich feststehende Tatsache. Dagegen und daher auch gegen alles, was daraus folgt, ist weder mit jüdischen noch mit christlichen Sentimentalitäten etwas auszurichten.« Und sich zu Georg wendend, fragte er in allzu verbindlichem Ton: »Finden Sie nicht auch?«

Georg errötete, räusperte, kam aber nicht dazu zu erwidern, da Heinrich, auf dessen Stirn zwei tiefe Falten erschienen, sofort erbittert das Wort nahm: »Mein Instinkt ist mir mindestens ebenso maßgebend wie der der Herren Jalaudek junior und senior, und dieser Instinkt sagt mir untrüglich, daß hier, gerade hier meine Heimat ist und nicht in irgend einem Land, das ich nicht kenne, das mir nach den Schilderungen nicht im geringsten zusagt und das mir gewisse Leute jetzt als Vaterland einreden wollen, mit der Begründung, daß meine Urahnen vor einigen tausend Jahren gerade von dort aus in die Welt verstreut worden sind. Wozu noch zu bemerken wäre, daß die Urahnen des Herrn Jalaudek, und selbst die unseres Freundes, des Freiherrn von Wergenthin, gerade so wenig hier zu Hause gewesen sind, als die meinen und die Ihrigen.«

»Sie dürfen mir nicht böse sein«, erwiderte Leo, »aber Ihr Blick in diesen Dingen ist doch ein wenig beschränkt. Sie denken immer an sich und an den nebensächlichen Umstand ... pardon, für diese Frage nebensächlichen Umstand, daß Sie ein Dichter sind, der zufällig, weil er in einem deutschen Land geboren, in deutscher Sprache und, weil er in Österreich lebt, über österreichische Menschen und Verhältnisse schreibt. Es handelt sich aber in erster Linie gar nicht um Sie und auch nicht um mich, auch nicht um die paar jüdischen Beamten, die nicht avancieren, die paar jüdischen Freiwilligen, die nicht Offiziere werden, die jüdischen Dozenten, die man nicht oder verspätet zu Professoren macht, – das sind lauter Unannehmlichkeiten zweiten Ranges sozusagen; es handelt sich hier um ganz andre Menschen, die Sie nicht genau oder gar nicht kennen, und um Schicksale, über die Sie, ich versichere Sie, lieber Heinrich, über die Sie gewiß, trotz der Verpflichtung, die Sie eigentlich dazu hätten, noch nicht gründlich genug nachgedacht haben. Gewiß nicht ... sonst könnten Sie über all diese Dinge nicht in so oberflächlicher und in so ... egoistischer Weise reden, wie Sie es tun.« Er erzählte dann von seinen Erlebnissen auf dem Basler Zionistenkongreß, an dem er im vorigen Jahre teilgenommen hatte und wo ihm ein tieferer Einblick in das Wesen und den Gemütszustand des jüdischen Volkes gewährt worden wäre als je zuvor. In diese Menschen, die er zum erstenmal in der Nähe gesehen, war die Sehnsucht nach Palästina, das wußte er nun, nicht künstlich hineingetragen; in ihnen wirkte sie als ein echtes, nie erloschenes und nun mit Notwendigkeit neu aufflammendes Gefühl. Daran konnte keiner zweifeln, der, wie er, den heiligen Zorn in ihren Blicken hatte aufleuchten sehen, als ein Redner erklärte, daß man die Hoffnung auf Palästina vorläufig aufgeben und sich mit Ansiedlungen in Afrika und Argentinien begnügen müsse. Ja, alte Männer, nicht etwa ungebildete, nein, gelehrte, weise Männer hatte er weinen gesehen, weil sie fürchten mußten, daß das Land ihrer Väter, das sie, auch bei Erfüllung der kühnsten zionistischen Pläne, doch keineswegs mehr selbst hätten betreten können, sich vielleicht auch ihren Kindern und Kindeskindern niemals erschließen würde.

Verwundert, ja ein wenig ergriffen hatte Georg zugehört. Heinrich aber, der während Leos Erzählung mit kurzen Schritten auf der Wiese hin und hergegangen war, erklärte, daß ihm der Zionismus als die schlimmste Heimsuchung erschiene, die jemals über die Juden hereingebrochen war, und gerade Leos Worte hätten ihn davon tiefer überzeugt, als irgend eine Überlegung oder Erfahrung zuvor. Nationalgefühl und Religion, das waren seit jeher Worte, die in ihrer leichtfertigen, ja tückischen Vieldeutigkeit ihn erbitterten. Vaterland ... das war ja überhaupt eine Fiktion, ein Begriff der Politik, schwebend, veränderlich, nicht zu fassen. Etwas Reales bedeutete nur die Heimat, nicht das Vaterland ... und so war Heimatsgefühl auch Heimatsrecht. Und was die Religionen anbelangte, so ließ er sich christliche und jüdische Legenden so gut gefallen, als hellenische und indische; aber jede war ihm gleich unerträglich und widerlich, wenn sie ihm ihre Dogmen aufzudrängen suchte. Und zusammengehörig fühlte er sich mit niemandem, nein mit niemandem auf der Welt. Mit den weinenden Juden in Basel gerade so wenig, als mit den gröhlenden Alldeutschen im österreichischen Parlament; mit jüdischen Wucherern so wenig, als mit hochadeligen Raubrittern; mit einem zionistischen Branntweinschänker so wenig, als mit einem christlich-sozialen Greisler. Und am wenigsten würde ihn je das Bewußtsein gemeinsam erlittener Verfolgung, gemeinsam lastenden Hasses mit Menschen verbinden, denen er sich innerlich fern fühle. Als moralisches Prinzip und als Wohlfahrtsaktion wollte er den Zionismus gelten lassen, wenn er sich aufrichtig so zu erkennen gäbe; die Idee einer Errichtung des Judenstaates auf religiöser und nationaler Grundlage erscheine ihm wie eine unsinnige Auflehnung gegen den Geist aller geschichtlichen Entwicklung. »Und in der Tiefe Ihrer Seele«, rief er aus, vor Leo stehen bleibend, »glauben auch Sie nicht daran, daß dieses Ziel je zu erreichen sein wird, ja wünschen es nicht einmal, wenn Sie sich auch auf dem Wege hin aus dem oder jenem Grunde behagen. Was ist Ihnen Ihr ›Heimatland‹ Palästina? Ein geographischer Begriff! Was bedeutet Ihnen ›der Glaube Ihrer Väter‹? Eine Sammlung von Gebräuchen, die Sie längst nicht mehr halten und von denen

Ihnen die meisten gerade so lächerlich und abgeschmackt vorkommen, als mir.«

Sie redeten noch lang, bald heftig und beinahe feindselig, dann wieder ruhig und in dem ehrlichen Bestreben, einander zu überzeugen; fanden sich manchmal wie erstaunt in einer gleichen Ansicht, um einander im nächsten Augenblick in einem neuen Widerspruch zu verlieren. Georg, auf seinen Mantel gestreckt, hörte ihnen zu. Bald neigte sein Sinn sich Leo zu, in dessen Worten ihm ein glühendes Mitleid für seine unglücklichen Stammesgenossen zu beben schien, und der sich stolz von Menschen abkehrte, die ihn als ihresgleichen nicht wollten gelten lassen. Bald wieder war er innerlich Heinrich näher, der sich zornig von einem Beginnen abwandte, das, phantastisch und kurzsichtig zugleich, die Angehörigen einer Rasse, deren Beste überall in der Kultur ihres Wohnlandes aufgegangen waren, oder mindestens an ihr mitarbeiteten, von allen Enden der Welt versammeln und in eine gemeinsame Fremde senden wollte, nach der sie kein Heimweh rief. Und eine Ahnung stieg in Georg auf, wie schwer gerade diesen Besten, von denen Heinrich sprach, denen, in deren Seelen sich die Zukunft der Menschheit vorbereitete, eine Entscheidung fallen mußte; wie gerade ihnen, hin und her geworfen zwischen der Scheu, zudringlich zu erscheinen und der Erbitterung über die Zumutung, einer frechen Überzahl weichen zu sollen, – zwischen dem eingeborenen Bewußtsein, daheim zu sein, wo sie lebten und wirkten, und der Empörung, sich eben da verfolgt und beschimpft zu sehen; wie gerade ihnen zwischen Trotz und Ermattung das Gefühl ihres Daseins, ihres Wertes und ihrer Rechte sich verwirren mußte. Zum erstenmal begann ihm die Bezeichnung Jude, die er selbst so oft leichtfertig, spöttisch und verächtlich im Mund geführt hatte, in einer ganz neuen, gleichsam düstern Beleuchtung aufzugehen. Eine Ahnung von dieses Volkes geheimnisvollem Los dämmerte in ihm auf, das sich irgendwie in jedem aussprach, der ihm entsprossen war; nicht minder in jenen, die diesem Ursprung zu entfliehen trachteten wie einer Schmach, einem Leid oder einem Märchen, das sie nichts kümmerte, – als in jenen, die mit Hartnäckigkeit auf ihn zurückwiesen, wie auf ein Schicksal, eine Ehre oder eine Tatsache der Geschichte, die unverrückbar feststand.

Und als er sich in den Anblick der beiden Sprechenden verlor und ihre Gestalten betrachtete, die sich mit scharf gezogenen, heftig bewegten Linien von dem rötlich-violetten Himmel abzeichneten, fiel es ihm nicht zum ersten Male auf, daß Heinrich, der darauf bestand, hier daheim zu sein, in Figur und Geste einem fanatischen, jüdischen Prediger glich, während Leo, der mit seinem Volk nach Palästina ziehen wollte, in Gesichtsschnitt und Haltung ihn an die Bildsäule eines griechischen Jünglings erinnerte, die er einmal im Vatikan oder im Museum von Neapel gesehen hatte. Und wieder einmal, während sein Auge Leos lebhaften und edeln Bewegungen mit Vergnügen folgte, begriff er sehr wohl, daß Anna für den Bruder ihrer Freundin vor Jahren, in jenem Sommer am See, eine schwärmerische Neigung empfunden hatte.

Immer noch standen Heinrich und Leo einander auf der Wiese gegenüber, und ins Unentwirrbare verlor sich ihr Gespräch. Die Sätze stürmten ineinander hinein, verkrampften sich ineinander, schossen aneinander vorbei, gingen ins Leere; – und in irgend einem Augenblick merkte Georg, daß er nur mehr den Klang der Reden hörte, ohne ihrem Inhalt folgen zu können.

Ein kühler Wind kam von der Ebene her, und Georg erhob sich leicht erschauernd vom Rasen. Die andern, die seine Anwesenheit beinahe vergessen hatten, waren dadurch zur Gegenwart zurückgerufen, und man beschloß aufzubrechen. Noch leuchtete der volle Tag über der Landschaft, aber die Sonne ruhte dunkelrot und matt über einer länglich gestreckten Abendwolke.

Während er seinen Mantel aufs Rad schnallte, sagte Heinrich: »Nach solchen Gesprächen bleibt mir immer eine Unbefriedigung, die sich geradezu bis zu einem wehen Gefühl in der Magengegend steigert. Ja wirklich. Sie führen so gar nirgends hin. Und was bedeuten überhaupt politische Ansichten bei Menschen, denen die Politik nicht zugleich Beruf oder Geschäft ist? Nehmen sie den geringsten Einfluß auf die Lebensführung, auf die Gestaltung des Daseins? Sowohl Sie, Leo, als ich, wir beide werden nie etwas anderes tun, nie etwas anderes tun können, als eben das leisten, was uns innerhalb unseres Wesens und unserer Fähigkeiten zu leisten gegeben ist. Sie werden in

Ihrem Leben nicht nach Palästina auswandern, selbst wenn der Judenstaat gegründet und Ihnen sofort eine Ministerpräsidenten- oder wenigstens Hofpianistenstelle angetragen würde –.«

»O, das können Sie nicht wissen«, unterbrach ihn Leo.

»Ich weiß es ganz bestimmt«, sagte Heinrich. »Dafür gesteh ich Ihnen ja auch zu, daß ich mich trotz meiner vollkommenen Gleichgültigkeit gegen jegliche Religionsform nie und nimmer werde taufen lassen, selbst wenn es möglich wäre – was ja heute weniger der Fall ist als je –, durch solch einen Trug antisemitischer Beschränktheit und Schurkerei für alle Zeit zu entrinnen.«

»Hm«, sagte Leo, »aber wenn die Scheiterhaufen wieder angezündet werden ...?«

»Für diesen Fall«, entgegnete Heinrich, »dazu verpflichte ich mich hiermit feierlich, werde ich mich vollkommen nach Ihnen richten.«

»O«, wandte Georg ein, »diese Zeiten kommen doch nicht mehr wieder.«

Die andern mußten lachen, daß Georg sie durch diese Worte, wie Heinrich bemerkte, im Namen der gesamten Christenheit über ihre Zukunft zu beruhigen so liebenswürdig wäre.

Sie hatten indessen die Wiese durchquert. Georg und Heinrich schoben ihre Räder auf dem holprigen Karrenweg vorwärts, Leo ihnen zur Seite, in wehendem Mantel, ging auf dem Rasen hin. Alle schwiegen eine ganze Weile, wie ermüdet. Wo der schlechte Weg in die breite Straße mündete, blieb Leo stehen und sagte: »Hier werden wir uns leider trennen müssen.« Er streckte Georg die Hand entgegen und lächelte. »Sie müssen sich heute nicht übel gelangweilt haben«, sagte er.

Georg errötete. »Na hören Sie, Sie halten mich doch für etwas ...«

Leo hielt Georgs Hand fest. »Ich halte Sie für einen sehr klugen und auch für einen sehr guten Menschen. Glauben Sie mir das?« Georg schwieg.

»Ich möchte wissen«, fuhr Leo fort, »ob Sie mir das glauben, Georg, es liegt mir daran.« Sein Ton bekam etwas wahrhaft Herzliches.

»Ja natürlich glaub ich es Ihnen«, erwiderte Georg, noch immer etwas ungeduldig.

»Das freut mich«, sagte Leo, »denn Sie sind mir wirklich sympathisch, Georg.« Er sah ihm tief in die Augen, dann reichte er ihm und Heinrich zum Abschied nochmals die Hand und wandte sich zum Gehen.

Georg aber hatte plötzlich die Empfindung, daß dieser junge Mann, der da mit wehendem Mantel, den Kopf leicht gesenkt, in der Mitte der breiten Straße nach abwärts schritt, gar nicht nach einem »zu Hause« wanderte, sondern irgendwohin in eine Fremde, in die man ihm nicht folgen könnte. Diese Empfindung war ihm selbst umso unbegreiflicher, als er mit Leo in der letzten Zeit nicht nur manche Stunde am Kaffeehaustisch im Gespräch verbracht, sondern auch durch Anna über ihn, seine Familie, seine Lebensumstände allerlei Aufklärendes erfahren hatte. Er wußte, daß jener Sommer am See, der nun mit der jugendlichen Schwärmerei Annas sechs Jahre weit zurücklag, für die Familie Golowski den letzten sorgenlosen bedeutet hatte, und daß das Geschäft des Alten im Winter darauf völlig zugrunde gegangen war. Es sollte nun, nach Annas Erzählung, ganz merkwürdig gewesen sein, wie alle Mitglieder der Familie sich so leicht in die geänderten Verhältnisse fügten, als wären sie seit langem auf diesen Umschwung gefaßt gewesen. Aus der behaglichen Wohnung im Rathausviertel übersiedelte man in eine trübselige Gasse in der Nähe des Augartens. Herr Golowski übernahm Vermittlungsgeschäfte aller Art, Frau Golowski verfertigte Handarbeiten zum Verkauf. Therese gab Unterricht in französischer und englischer Sprache und setzte anfangs den Besuch der Schauspielschule fort. Ein junger Violinspieler aus verarmter, russischer Adelsfamilie war es, der ihr Interesse für politische Fragen erweckte. Bald hatte sie der Kunst abgeschworen, für die sie übrigens stets mehr Neigung als Talent gezeigt hatte, und binnen kurzem stand sie als Rednerin und Agitatorin mitten in der sozialdemokratischen Bewegung. Leo, ohne mit ihren Anschauungen übereinzustimmen, freute sich ihres frischen und verwegenen Wesens. Manchmal besuchte er sogar Versammlungen mit ihr; da er sich aber nicht gern von großen Worten imponieren ließ, weder von Versprechungen, die niemals einzulösen waren, noch von Drohungen, die ins Leere gingen, so machte es ihm Spaß, ihr meist schon auf dem Heimweg mit unwiderleglicher Schärfe die Widersprüche in ihren und der Parteigenossen Reden nachzuweisen. Insbesondere aber versuchte er ihr immer wieder klar zu machen, daß sie nicht, auf Tage und Wochen oft, ihrer großen Aufgabe so vollkommen vergessen könnte, wenn ihr Mitgefühl mit den Armen und Elenden wirklich ein so tiefes wäre, wie sie sich einbildete. Indes, auch Leos Leben ging nach keinem sichern Ziel. Er hörte Vorlesungen an der Technik, gab Klavierlektionen, plante zuweilen sogar eine Virtuosenlaufbahn und übte dann wochenlang fünf bis sechs Stunden täglich. Aber es war noch immer nicht abzusehen, wofür er sich am Ende entscheiden würde. Da es in seiner Art lag, unbewußt auf Wunder zu warten, die ihm Unbequemlichkeiten ersparen konnten, hatte er sein Freiwilligenjahr so lang verschoben, bis der letzte Termin herangerückt war, und diente darum erst jetzt, in seinem fünfundzwanzigsten Lebensjahre. Die Eltern ließen Leo und Therese gewähren, und so viel Meinungsverschiedenheiten, so wenig ernstlichen Streit schien es im Hause Golowski zu geben. Die Mutter saß meistens daheim, nähte, stickte und häkelte, der Vater ging seinen Geschäften immer saumseliger nach und sah lieber im Kaffeehaus den Schachspielern zu, ein Vergnügen, in dem er den Niedergang seines Daseins zu vergessen vermochte. Seinen Kindern gegenüber schien er seit dem Ruin des Geschäftes eine gewisse Befangenheit nicht los zu werden, so daß er beinahe stolz war, wenn Therese ihm gelegentlich einen von ihr verfaßten Artikel zu lesen gab, oder wenn Leo sich herbeiließ, mit ihm am Sonntag Nachmittag eine Partie auf dem geliebten Brett zu spielen.

Georg kam es manchmal vor, als stünde seine eigene Sympathie für Leo mit jener längst verflossenen Neigung Annas für ihn in einem tiefern Zusammenhang. Denn nicht zum ersten Male fühlte er sich in ganz sonderbarer Weise zu einem Manne hingezogen, dem früher eine Seele zugeflogen war, die jetzt ihm gehörte.

Georg und Heinrich hatten ihre Räder bestiegen und fuhren eine schmale Straße, durch dichten, dunkelnden Wald. Später, da dieser sich wieder zu beiden Seiten zurückschob, hatten sie die sinkende Sonne im Rücken, und die langgestreckten Schatten ihrer eigenen Gestalten auf den Rädern liefen ihnen voraus. Entschiedener senkte sich die Straße und führte bald zwischen niedern Häusern hin, die von rötlichem Laub überhangen waren. Ein uralter Mann saß vor einer Haustür auf einer Bank, zu einem offenen Fenster sah ein bleiches Kind heraus. Sonst war kein menschliches Wesen zu sehen.

»Wie ein verzaubertes Dorf«, sagte Georg.

Heinrich nickte. Er kannte den Ort. Auch hier war er mit der Geliebten gewesen, an einem wundervollen Sommertag dieses Jahres. Er dachte daran, und brennende Sehnsucht zuckte ihm durchs Herz. Und er erinnerte sich der letzten Stunden, die er in Wien mit ihr gemeinsam verbracht hatte, in seinem kühlen Zimmer, mit den herabgelassenen Jalousien, durch deren Spalten der heiße Augustmorgen geflimmert war; des letzten Spazierganges durch steinernkühle sonntagsstille Gassen und durch alte, menschenleere Höfe, – und seiner Ahnungslosigkeit, daß all dies zum letzten Male war. Denn am nächsten Tag erst war der Brief gekommen, der furchtbare Brief, in dem es geschrieben stand, daß sie ihm den Schmerz des Abschieds hatte ersparen wollen, und daß sie, wenn er diese Worte läse, längst über die Grenze sei, auf der Fahrt nach der neuen, fremden Stadt.

Die Straße belebte sich. Freundliche Villen erschienen, von kleinen Gärtchen behaglich umgeben; gelinde hinter den Häusern stiegen bewaldete Hügel empor. Noch einmal breitete das Tal sich aus, und der scheidende Tag ruhte über Wiesen und Feldern. In einem großen, leeren Wirtshausgarten waren die Laternen angezündet. Eilige Dämmer schienen von allen Seiten zugleich heranzuschleichen. Nun war die Wegkreuzung da. Georg und Heinrich saßen ab und zündeten sich Zigaretten an.

»Rechts oder links?« fragte Heinrich.

Georg sah auf die Uhr: »Sechs ... und ich muß um acht in der Stadt sein.«

»Da können wir also nicht miteinander nachtmahlen?« sagte Heinrich.

»Leider nein.«

»Schade. So fahren wir gleich den kürzeren Weg, über Sievering, hinein.«

Sie zündeten ihre Laternen an und schoben die Räder auf langgestreckten Serpentinen durch den Wald. Der Reihe nach sprang ein Baum nach dem andern aus dem Dunkel in den Schein der Lichtkegel und trat wieder in die Nacht zurück. Stärker rauschte der Wind durchs Laub, und Blätter raschelten nie-

der. Heinrich fühlte ein ganz leises Grauen, wie es ihn manchmal bei Dunkelheit in der freien Natur überfiel. Daß er den
Abend allein verbringen sollte, empfand er wie eine Enttäuschung. Er war verstimmt gegen Georg und ärgerte sich daher
auch über dessen Verschlossenheit ihm gegenüber. Er nahm
sich nicht zum erstenmal vor, von jetzt an auch über seine eigenen, persönlichen Angelegenheiten nicht mehr mit Georg zu
reden. Es war besser so. Er bedurfte niemandes Vertrauen, niemandes Teilnahme. Am wohlsten war ihm doch immer zumute
gewesen, wenn er allein seines Weges ging. Das hatte er nun oft
genug erfahren. Wozu also einem andern seine Seele
erschließen? Ja, Bekannte zu gemeinsamen Spaziergängen und
Fahrten, zu kühlen, klugen Gesprächen über allerlei Dinge des
Lebens und der Kunst, – Frauen, um sie flüchtig zu umarmen;
doch keines Freundes, keiner Geliebten bedurfte er. So floß das
Dasein würdiger und ungestörter hin. Er schwelgte in diesen
Vorsätzen, fühlte sich hart und überlegen werden. Die Waldes-
dunkelheit verlor ihre Schauer, und er wandelte durch die leise
rauschende Nacht wie durch ein verwandtes Element.

Die Höhe war bald erreicht. Sternenlos lag der dunkle Himmel über der grauen Straße und über den nebelhauchenden
Wiesen, die sich beiderseits in täuschender Weite zu den Wald-
hügeln dehnten. Vom nahen Mauthäuschen schimmerte ein
Licht. Wieder bestiegen sie die Räder und fuhren nun so rasch
nach abwärts, als die Dunkelheit es gestattete. Georg wünschte
sich bald am Ziel zu sein. Seltsam unwahrscheinlich kam es ihm
vor, daß er in anderthalb Stunden schon das stille Zimmer wiedersehen sollte, von dem niemand wußte als Anna und er; den
dämmrigen Raum mit den Öldrucken an der Wand, dem blau-
samtenen Sofa, dem Pianino, auf dem die Photographien unbekannter Leute und eine gipsweiße Schillerbüste standen; mit
den hohen, schmalen Fenstern, gegenüber denen die alte, dun-
kelgraue Kirche ragte.

Laternen brannten längs des Weges. Noch einmal wurde die
Straße freier, und ein letzter Blick nach den Höhen öffnete sich.
Dann ging es eiligst, zuerst noch zwischen wohlgehaltenen
Landhäusern, endlich über eine menschenerfüllte, lärmende
Hauptstraße, tiefer in die Stadt hinein. Bei der Votivkirche stie-
gen sie ab.

»Adieu«, sagte Georg, »und auf Wiedersehen morgen im Kaffeehaus.«

»Ich weiß nicht …«, erwiderte Heinrich; und als Georg ihn fragend ansah, fügte er hinzu: »Es ist möglich, daß ich verreise.«

»O, ein so plötzlicher Entschluß!«

»Ja, es packt einen eben zuweilen …«

»Die Sehnsucht«, ergänzte Georg lächelnd.

»Oder die Angst«, sagte Heinrich und lachte kurz.

»Dazu haben Sie wohl keine Ursache«, meinte Georg.

»Wissen Sie das ganz sicher?« fragte Heinrich hämisch.

»Sie haben mir doch selbst erzählt …«

»Was?«

»Daß Sie jeden Tag Nachricht haben.«

»Ja, das ist schon wahr, jeden Tag. Zärtliche, glühende Briefe bekomme ich. Jeden Tag zur selben Stunde. Aber was beweist das? Ich schreibe ja noch viel glühendere und zärtlichere und doch …«

»Nun ja«, sagte Georg, der ihn verstand. Und er wagte die Frage: »Warum bleiben Sie eigentlich nicht bei ihr?«

Heinrich zuckte die Achseln. »Sagen Sie doch selbst, Georg, käme es Ihnen nicht ein wenig komisch vor, wenn man so einer Liebschaft wegen seine Zelte abbräche, mit einer kleinen Schauspielerin in der Welt herumzöge …«

»Ich persönlich würde es natürlich sehr bedauern … aber ›komisch‹ … was sollte daran komisch sein?«

»Nein, ich habe keine Lust dazu«, schloß Heinrich hart.

»Aber wenn Ihnen … wenn Ihnen sehr viel daran gelegen wäre … wenn Sie es direkt verlangten … gäbe die junge Dame nicht vielleicht die Karriere auf?«

»Möglich. Aber ich verlange es nicht. Ich will es nicht verlangen. Nein. Lieber Schmerzen als Verantwortungen.«

»Wäre es denn eine so große Verantwortung?« fragte Georg.

»Ich meine nämlich … ist das Talent der jungen Dame so hervorragend, hängt sie überhaupt so sehr an ihrer Kunst, daß es ihr ein Opfer wäre, wenn sie die Sache aufgäbe?«

»Ob sie Talent hat?« sagte Heinrich, »ja, das weiß ich selbst nicht. Ich glaube sogar, sie ist das einzige Geschöpf auf der ganzen Welt, über dessen Talent ich mir ein Urteil nicht zutraue. So oft ich sie auf der Bühne gesehen habe, hat mir ihre Stimme geklungen wie die einer Unbekannten und gleichsam ferner als alle andern Stimmen. Es ist wirklich ganz merkwürdig... Aber Sie haben sie ja auch spielen gesehen, Georg. Was hatten Sie für einen Eindruck? Sagen Sie es mir ganz aufrichtig.«

»Ja, offen gestanden ... ich erinnere mich nicht recht an sie. Sie entschuldigen, ich wußte ja damals noch nicht ... Wenn Sie von ihr reden, da seh ich immer so einen rotblonden Schopf vor mir, der ein bißchen in die Stirne fällt, – und in einem kleinen, blassen Gesicht sehr große, schwarze, herumirrende Augen.«

»Ja, irrende Augen«, wiederholte Heinrich, biß sich auf die Lippen und schwieg eine Weile. »Leben Sie wohl«, sagte er dann plötzlich.

»Sie schreiben mir doch?« fragte Georg.

»Ja natürlich. Und übrigens komm ich wohl einmal wieder«, setzte er hinzu und lächelte starr.

»Glückliche Reise«, sagte Georg, reichte ihm die Hand und drückte sie mit besonderer Herzlichkeit. Das tat Heinrich wohl. Dieser warme Händedruck gab ihm plötzlich nicht nur die Sicherheit, daß Georg ihn nicht lächerlich fand, sondern merkwürdigerweise auch die, daß die ferne Geliebte ihm treu und daß er selbst ein Mensch sei, dem mehr erlaubt war als manchem andern.

Georg sah ihm nach, wie er auf seinem Rad eiligst davonfuhr. Wieder, wie vor wenigen Stunden bei Leos Abschied, hatte er die Empfindung, als entschwände ihm einer in ein unbekanntes Land; und in diesem Augenblick wußte er, daß er mit keinem von den beiden bei aller Sympathie jemals zu einer unbefangenen Vertrautheit gelangen werde, wie sie ihn noch im vorigen Jahre mit Guido Schönstein und vorher mit dem armen Labinski verbunden hatte. Er dachte darüber nach, ob das vielleicht in dem Rassenunterschied zwischen ihm und jenen begründet sein mochte und fragte sich, ob er, ohne das Gespräch der beiden, durch das eigene Gefühl dieser Fremdheit sich so deutlich bewußt geworden wäre. Er zweifelte daran. Fühlte er sich nicht gerade diesen beiden und manchen andern ihres Volkes näher, ja verwandter, als vielen Menschen, die mit ihm vom gleichen Stamme waren? Ja spürte er nicht ganz deutlich, daß manchmal irgendwo in die Tiefe zwischen ihm und diesen beiden stärkere Fäden liefen, als von ihm zu Guido, ja vielleicht zu seinem eigenen Bruder? Aber wenn es so war, hätte er das nicht diesen beiden Menschen heute Nachmittag in irgendeinem Augenblick sagen müssen? Ihnen zurufen: vertraut mir doch, schließt mich nicht aus. Versucht es doch, mich für einen Freund zu halten! ... Und als er sich fragte, warum er das nicht getan und an ihrem Gespräch kaum teilgenommen hatte, da ward er mit Verwunderung inne, daß er während dessen ganzer Dauer eine Art von Schuldbewußtsein nicht los geworden war, gerade so als wäre auch er sein Leben lang von einer gewissen leichtfertigen und durch persönliche Erfahrung gar nicht gerechtfertigten Feindseligkeit gegen die »Fremden«, wie Leo selbst sie nannte, nicht frei gewesen und hätte so sein Teil zu dem Mißtrauen und dem Trotz beigetragen, mit dem so manche sich vor ihm verschlossen, denen entgegenzukommen er selbst Anlaß und Neigung fühlen mochte. Dieser Gedanke erregte ihm ein wachsendes Unbehagen, das er sich nicht recht deuten konnte, und das nichts andres war, als die dumpfe Einsicht, daß reine Beziehungen auch zwischen einzelnen reinen Menschen in einer Atmosphäre von Torheit, Unrecht und Unaufrichtigkeit nicht gedeihen können.

Immer schneller, als gälte es diesem Unbehagen zu entfliehen, fuhr er heimwärts. Zu Hause angekommen, kleidete er sich rasch um, damit Anna nicht allzulange warten müsse. Er sehnte sich nach ihr wie noch nie. Es war ihm, als käme er von einer weiten Reise heim, zu dem einzigen Wesen, das ihm ganz gehörte.

Viertes Kapitel

Georg stand am Fenster. Gerade darunter wölbten sich die steinernen Rücken der bärtigen Riesen, die auf gewaltigen Armen das verwitterte Adelswappen eines längst versunkenen Geschlechtes trugen. Gegenüber, aus dem Dunkel uralter Häuser hervor, kam die Stiege geschlichen, bis vor das Tor der grauen Kirche, die im Flockenfall wie hinter einem wallenden Vorhang verdämmerte. Das Licht einer Straßenlaterne auf dem Platz schimmerte blaß durch den sinkenden Tag. Noch stiller an diesem Feiernachmittag als sonst ruhte unten die beschneite

Straße, die mitten in der Stadt und doch abseits von allem Treiben hinzog. Und wieder einmal, wie stets, wenn er die breite Treppe des alten zum Mietshaus gewordenen Palastes emporgestiegen und in das geräumige, niedrig gewölbte Zimmer getreten war, fühlte Georg, seiner gewohnten Welt entronnen, sich wie zum andern Teile eines wundersamen Doppeldaseins eingegangen. Er hörte einen Schlüssel in der Türe knirschen und wandte sich um. Anna trat ein. Georg schloß sie beglückt in die Arme und küßte sie auf Stirn und Mund. Die dunkelblaue Jacke, der breitrandige Hut, die Pelzboa, alles war ganz beschneit.

»Du hast ja gearbeitet«, sagte Anna, während sie ablegte, und wies auf den Tisch, wo neben der grünbeschirmten Lampe beschriebene Notenblätter lagen.

»Das Quintett hab ich mir durchgesehen, den ersten Satz. Es ist doch noch manches daran zu machen.«

»Aber dann wird's wunderschön sein.«

»Das wollen wir hoffen. Kommst du von Hause, Anna?«

»Nein, von Bittners.«

»Wie, heut am Feiertag?«

»Ja. Die zwei Mädeln haben durch die Masern viel versäumt, das muß nachgeholt werden. Ist mir übrigens sehr angenehm, schon aus finanziellen Gründen.«

»Die Riesensumme!«

»Und dann entgeht man wenigstens auf ein paar Stunden dem ›trauten Heim‹.«

»Na ja«, sagte Georg, legte Annas Boa über eine Sessellehne und strich zerstreut mit den Fingern über das Pelzwerk hin. Annas Bemerkung, aus der es, und nicht zum erstenmal, wie ein leiser Vorwurf gegen ihn herausklang, hatte ihn nicht angenehm berührt. Sie setzte sich auf den Diwan, führte die Hände an die Schläfen, strich leicht über das dunkelblonde, gewellte Haar nach rückwärts und blickte Georg lächelnd an. Er, beide Hände in den Saccotaschen, stand an die Kommode gelehnt und begann von dem gestrigen Abend zu erzählen, den er mit Guido und der Violinspielerin verbracht hatte. Seit einigen Wochen nahm die junge Dame, auf des Grafen Wunsch, bei dem Beichtvater einer Erzherzogin katholischen Religionsunterricht; sie ihrerseits hielt Guido an, Nietzsche und Ibsen zu lesen. Doch war als Resultat dieses Studiums, nach Georgs Bericht, bisher nichts anderes zu verzeichnen, als daß der junge Graf seine Geliebte nach jener wunderlichen Gestalt aus »Klein Eyolf« scherzhafterweise Rattenmamsell zu nennen pflegte.

Anna wußte über den gestrigen Abend wenig Heiteres mitzuteilen. Sie hatten Besuch gehabt. »Zuerst«, erzählte Anna, »die zwei Cousinen von Mama, dann ein Bureaukollege von Papa zum Tarokspielen. Auch Josef hat sich der Häuslichkeit ergeben, ist auf dem Diwan gelegen von drei bis fünf, dann ist sein neuester Spezi gekommen, Herr Jalaudek, der mir erheblich den Hof gemacht hat.«

»So, so.«

»Er war berückend. Ich sage nur: eine violette Krawatte mit gelben Tupfen, da kannst du dich verstecken. Übrigens hat er mir den ehrenvollen Antrag überbracht, in einer sogenannten Akademie beim ›Wilden Mann‹, zugunsten des Währinger Kirchenbauvereins mitzuwirken.«

»Du hast natürlich zugesagt.«

»Ich habe mich mit meinem Mangel an Stimme und an Frömmigkeit entschuldigt.«

»Na, was die Stimme anbelangt …«

Sie unterbrach ihn. »Nein, Georg«, sagte sie leicht, »die Hoffnung hab ich endgültig aufgegeben.«

Er sah sie an und suchte in ihrem Blick, der aber klar und frei blieb. Leise und dumpf klang die Orgel aus der Kirche herüber.

»Ja richtig«, sagte Georg, »das Billett für morgen zu ›Carmen‹ hab ich dir mitgebracht.«

»Dank schön«, erwiderte sie und nahm die Karte entgegen. »Gehst du auch?«

»Ja. Ich hab eine Loge im dritten Stock und lad mir den Bermann ein. Die Partitur nehm ich mir mit, wie neulich zu Lohengrin, und üb' mich wieder im Dirigieren. Im Hintergrund natürlich. Du kannst dir nicht vorstellen, was man dabei lernt. Ich möcht dir übrigens was vorschlagen«, setzte er zögernd hinzu. »Willst du nicht nach dem Theater mit mir und Bermann nachtmahlen gehen?«

Sie schwieg. Er fuhr fort. »Es wäre mir wirklich angenehm, wenn du ihn näher kennenlerntest. Er ist bei allen seinen Fehlern ein interessanter Mensch und …«

»Ich bin keine Rattenmamsell«, unterbrach sie ihn scharf und hatte gleich ihr bürgerlich strenges Gesicht. Georg verzog die Mundwinkel. »Das trifft mich nicht, liebes Kind, ich unterscheide mich auch in mancher Beziehung von Guido. Aber wie du willst.« Er ging im Zimmer hin und her, sie blieb auf dem Diwan sitzen. »Du gehst also heute Abend zu Ehrenbergs?« fragte sie dann.

»Du weißt ja. Ich habe schon zweimal abgesagt in der letzten Zeit. Ich konnte diesmal nicht recht ...«

»Du brauchst dich nicht zu entschuldigen, Georg. Ich bin auch geladen.«

»Wo denn?«

»Auch bei Ehrenbergs.«

»Wirklich«, rief er unwillkürlich aus.

»Was wundert dich denn dran so sehr?« fragte sie spitz. »Offenbar wissen sie dort noch nicht, daß man mit mir nicht mehr verkehren kann.«

»Aber Anna, was hast du denn heut? Warum bist du denn gar so empfindlich? Selbst wenn man wüßte ... glaubst du, das würde die Leute hindern, dich einzuladen? Im Gegenteil. Ich bin überzeugt, Frau Ehrenberg bekäme geradezu Respekt vor dir.«

»Und klein Elschen würde mich vielleicht gar beneiden. Glaubst du nicht? Sie hat mir übrigens ganz nett geschrieben. Da ist ihr Brief, willst du ihn lesen?« Georg flog ihn durch, fand ihn von etwas absichtlicher Liebenswürdigkeit, äußerte sich nicht weiter und gab ihn Anna wieder.

»Da ist übrigens noch einer«, sagte Anna, »wenn er dich interessieren sollte.«

»Von Doktor Stauber? So? Wär es ihm recht, wenn er wüßte, daß ich ihn zu lesen bekomme?«

»Was bist du denn plötzlich so rücksichtsvoll?« Und wie strafend fügte sie hinzu: »Es wär ihm wahrscheinlich manches nicht recht.«

Georg las den Brief rasch für sich durch. In trockener, zuweilen etwas humoristisch gefärbter Art berichtete Berthold vom Fortgang seiner Arbeiten im Pasteurschen Institut, von Spaziergängen, Ausflügen und Theaterbesuchen und ließ es auch an Bemerkungen allgemeinern Charakters nicht fehlen; doch enthielt der Brief auf seinen acht Seiten keinerlei Anspielung auf Vergangenheit oder Zukunft. Georg fragte beiläufig: »Wie lang bleibt er denn noch in Paris?«

»Wie du siehst, schreibt er noch kein Wort vom Zurückkommen.«

»Deine Freundin Therese erwähnte neulich, daß seine Parteigenossen ihn gerne wieder hier haben möchten.«

»Ah, ist sie wieder im Kaffeehaus gewesen?«

»Ja. Vor zwei oder drei Tagen hab ich sie dort gesprochen. Ich amüsier mich wirklich sehr über sie.«

»So?«

»Anfangs ist sie nämlich immer sehr hochmütig, auch mit mir. Offenbar, weil ich auch mein Leben so mit Kunst und ähnlichen Dummheiten vertrödle, während es doch so viele wichtigere Dinge auf der Welt zu tun gibt. Aber wenn sie ein bissel wärmer wird, dann kommt's heraus, daß sie sich für alle möglichen Dummheiten geradeso interessiert, wie wir gewöhnlichen Menschen.«

»Sie wird leicht warm«, sagte Anna unbeweglich.

Georg ging auf und ab und sprach weiter. »Köstlich war sie ja neulich beim Fechtturnier im Musikvereinssaal. Wer war übrigens der Herr, mit dem sie oben auf der Galerie gesessen ist?«

Anna zuckte die Achseln. »Ich hatte nicht den Vorzug, dem Turnier beizuwohnen. Und übrigens kenn ich die Begleiter Theresiens nicht alle.«

»Ich nehme an«, sagte Georg, »es war ein Genosse, in jeder Beziehung. Sehr düster und ziemlich schlecht angezogen war er jedenfalls. Wie Therese nach Felicians Sieg applaudiert hat, hat er sich vor Eifersucht geradezu zusammengerollt.«

»Was hat dir Therese eigentlich von Doktor Berthold erzählt?« fragte Anna.

»O«, scherzte Georg, »man interessiert sich ja noch sehr lebhaft, wie es scheint.« Anna antwortete nicht.

»Also«, berichtete Georg, »ich kann dir die Mitteilung machen, daß man ihn im Herbst für den Landtag kandidieren will, was ich übrigens sehr begreiflich finde, mit Rücksicht auf seine glänzenden Rednergaben.«

»Was weißt denn du! Hast du ihn schon sprechen gehört?«

»Natürlich, erinnerst du dich denn nicht! In Eurer Wohnung!«

»Du hast's wirklich nicht notwendig, dich über ihn lustig zu machen.«

»Aber das fällt mir ja gar nicht ein.«

»Ich hab's ja gleich bemerkt, er ist dir damals ein bißchen komisch vorgekommen. Er, und sein Vater auch. Du hast ja geradezu die Flucht ergriffen vor ihnen.«

»Ganz und gar nicht, Anna. Du tust sehr unrecht, mir solche Dinge zu insinuieren.«

»Sie mögen ja ihre Schwächen haben, beide, aber sie gehören wenigstens zu den Menschen, auf die man sich verlassen kann. Das ist auch etwas.«

»Hab ich das bestritten, Anna? Wahrhaftig, niemals hab ich dich so unlogisch reden gehört. Was willst du denn eigentlich von mir? Hätt ich vielleicht eifersüchtig werden sollen wegen dieses Briefes?«

»Eifersüchtig? Das fehlte noch, du mit deiner Vergangenheit.«

Georg zuckte die Achseln. In seinem Geist tauchten Erinnerungen auf, an ähnliche Wortzwiste im Verlaufe früherer Beziehungen, an jene plötzlichen rätselhaften Uneinigkeiten und Entfremdungen, die meist nichts anderes zu bedeuten gehabt hatten, als den Anfang vom Ende. Sollte er mit seiner klugen, guten Anna heute wirklich schon so weit sein? Verstimmt, beinahe traurig ging er im Zimmer auf und ab. Zuweilen warf er einen flüchtigen Blick nach der Geliebten, die schweigend in ihrer Diwanecke saß und leicht die Hände aneinanderrieb, als wäre ihr kalt. In das Schweigen des mit einmal trübselig gewordenen Raums klang die Orgel schwerer als zuvor, singende Menschenstimmen wurden vernehmbar, und die Fensterscheiben klirrten leise. Georgs Blick fiel auf den kleinen Weihnachtsbaum, der auf der Kommode stand und dessen Kerzen vorgestern Abend für ihn und Anna gebrannt hatten. Halb gelangweilt, halb zerstreut nahm er Zündhölzchen aus der Tasche und begann die kleinen Kerzen eine nach der andern anzuzünden. Da klang plötzlich Annas Stimme zu ihm her: »In einer ernsten Sache«, sagte sie langsam, »würde ich mich doch keinem andern anvertrauen, als dem alten Doktor Stauber.«

Befremdet wandte sich Georg nach ihr um, und blies ein brennendes Zündhölzchen aus, das er noch in der Hand hielt. Er wußte sofort, was Anna meinte, wunderte sich, daß er seit dem letzten Zusammensein selbst nicht mehr daran gedacht hatte, trat zu ihr hin und faßte ihre Hand. Nun erst schaute sie auf, undurchdringlich, mit bewegungslosen Zügen.

»Du Anna, sag doch …«, er setzte sich an ihre Seite auf den Diwan, ihre beiden Hände in den seinen. Sie schwieg.

»Warum redest du nicht?«

Sie zuckte die Achseln. »Es ist eben gar nichts Neues zu berichten«, erklärte sie dann einfach.

»So«, sagte er langsam. Es ging ihm durch den Sinn, ob nicht ihre heutige sonderbare Gereiztheit schon als ein Anzeichen des Zustandes zu deuten war, auf den sie anspielte, und Unruhe stieg in seiner Seele auf. »Aber sicher ist die Sache deswegen noch lange nicht«, sagte er in etwas kühlerm Tone, als er eigentlich wollte. »Und … und wenn auch – «, setzte er mit gekünstelter Lebhaftigkeit hinzu.

»Also du würdest mir verzeihen?« fragte sie lächelnd.

Er drückte sie an sich und war plötzlich ganz aufgeräumt. Eine lebhafte, etwas gerührte Zärtlichkeit flammte in ihm auf für das sanfte, gute Geschöpf, das er in den Armen hielt, und von dem ihm, er fühlte es tief, niemals ein ernstliches Leid kommen konnte. »Es wäre wahrhaftig nicht so schlimm«, sagte er heiter. »Du würdest eben Wien für einige Zeit verlassen, das ist alles.«

»Na, gar so einfach wär das allerdings nicht, wie du dir's plötzlich vorzustellen scheinst.«

»Warum nicht? Eine Ausrede ist bald gefunden. Im übrigen, wen geht's denn an? Uns zwei. Niemanden andern. Und was mich anbelangt, so weißt du, ich kann jeden Tag fort. Kann auch ausbleiben, so lange ich will. Ich habe noch nicht einmal einen Kontrakt fürs nächste Jahr unterschrieben«, setzte er lächelnd hinzu. Dann erhob er sich, um die Wachskerzchen auszulöschen, deren kleine Flammen beinahe ganz heruntergebrannt waren; und immer lebhafter sprach er weiter. »Es wäre sogar wunderschön. Denk doch, Anna! Ende Februar, oder anfangs März würden wir abreisen, in den Süden natürlich, nach Italien, ans Meer vielleicht. Würden an irgendeinem stillen Ort wohnen, wo kein Mensch uns kennt, in einem schönen Hotel mit einem Riesenpark. Und arbeiten könnt man da unten, Donnerwetter!«

»Also darum!« sagte sie, wie in plötzlichem Verstehen. Er

lachte, nahm sie fester in seine Arme, und sie drängte sich an seine Brust. Von draußen kam kein Laut mehr. Orgel und Menschenstimmen waren verklungen. Vor den Fenstern schwebte der Schneevorhang nieder ... Georg und Anna waren glücklich wie niemals zuvor.

Während sie im Dunkel ruhten, sprach er von seinen musikalischen Plänen für die nächste Zeit und erzählte ihr Heinrichs Opernstoff, soweit er es vermochte. Mit schimmernden Schatten füllte sich der Raum. Einen märchenhaften Königssaal durchrauschte ein Hochzeitsfest. Ein leidenschaftlicher Jüngling schlich sich ein und zückte seinen Dolch auf den Fürsten. Ein dunkles Urteil, geheimnisvoller als der Tod, wurde verkündet. Auf dämmernder Flut trieb ein träges Schiff unbekannten Zielen entgegen. Zu Füßen des Jünglings ruhte eine Prinzessin, die eines Herzogs Braut gewesen. Ein Unbekannter nahte auf leuchtendem Kahn mit seltsamer Botschaft; Narren, Sterngucker, Tänzerinnen, Höflinge schwebten vorbei. Schweigend hatte Anna gelauscht. Am Ende war Georg neugierig zu erfahren, was für einen Eindruck sie von den flüchtigen Bildern empfangen hätte.

»Ich kann's nicht recht sagen«, erwiderte sie . »Jedenfalls ist es mir heut noch ganz rätselhaft, wie aus dem ziemlich wirren Zeug jemals irgendwas Wirkliches werden soll.«

»Natürlich kannst du dir das heute noch nicht vorstellen – besonders nach meiner Erzählung ... Aber den musikalischen Hauch, der aus der Geschichte herausweht, den spürst du doch, nicht wahr? Ich hab mir sogar schon ein paar Motive aufnotiert, – und ich möchte sehr gern, daß Bermann sich bald ernstlich an die Arbeit machte.«

»An deiner Stelle, Georg ... ich darf doch was sagen?«

»Natürlich, red nur.«

»Also ich in deiner Stelle würde doch zuerst einmal das Quintett abschließen. Es kann ja jetzt nicht mehr viel dran fehlen.«

»Viel nicht und doch ... Übrigens darfst du nicht vergessen, daß ich in der letzten Zeit allerlei anderes angefangen habe. Die zwei Klavierstücke, dann das Orchesterscherzo – das ist sogar ziemlich weit gediehen. Aber es gehört unbedingt in eine Symphonie.«

Anna erwiderte nichts. Georg merkte, daß ihre Gedanken

abschweiften, und er fragte sie, wohin sie ihm denn schon wieder entrückt sei.

»Nicht gar so weit«, entgegnete sie. »Mir ist nur so durch den Kopf gegangen, was alles geschehen sein kann, bis die Oper einmal wirklich fertig sein wird.«

»Ja«, sagte Georg langsam, beinahe etwas befangen, »wenn man so in die Zukunft blicken könnte.«

Sie seufzte ganz leise, und er drängte sich näher an sie, fast mitleidig. »Sei ruhig, mein Schatz, sei ruhig«, sagte er, »ich bin ja da … und ich werde immer da sein.« Er glaubte zu fühlen, wie sie dachte: Kann er nichts Besseres sagen? … nichts Stärkeres? nichts, das alle Angst, – und das sie für immer von mir nähme? Und unaufrichtig, wie mit dem Gedanken sich in eine Gefahr zu begeben, fragte er sie: »Woran denkst du?« Und noch einmal, als sie beharrlich schwieg: »Anna, woran denkst du denn?«

»An etwas sehr Sonderbares«, erwiderte sie leise.

»Woran?«

»Daß das Haus schon steht, wo es zur Welt kommen wird, und wir haben keine Ahnung wo … daran hab ich denken müssen.«

»Daran«, sagte er seltsam berührt. Und mit neu aufflammender Zärtlichkeit sie an sein Herz pressend: »Ich werde euch nie verlassen, euch beide …«

Als es wieder licht im Zimmer wurde, waren sie sehr vergnügt, pflückten von den Ästen des kleinen Weihnachtsbaumes die letzten vergessenen Zuckersachen, freuten sich auf das Wiedersehen unter lauter gleichgültigen Menschen, das ihnen bevorstand, wie auf ein heiteres Abenteuer, lachten und redeten lustigen Unsinn.

Sobald Anna fortgegangen war, versperrte Georg die Notenblätter in der Tischlade, löschte die Lampe aus und öffnete ein Fenster. Leicht und dünn fiel der Schnee. Über die Stiege aus dem Dunkel kam ein alter Mann, und sein mühseliges Atmen tönte durch die unbewegte Luft herauf. Grau ragte die stumme Kirche gegenüber …

Georg blieb eine Weile am Fenster stehen. Er war in diesem Augenblick beinahe überzeugt, daß Anna sich in ihrer Annahme täuschte. Wie eine Beruhigung fiel ihm jene Äußerung Leo Golowskis ein, daß Anna bestimmt wäre, im Bürgerlichen zu enden. Wahrhaftig, es konnte nicht in der »Linie ihres Schicksals« liegen, von einem Liebhaber ein Kind zu bekommen. Und nicht in der Linie des seinen lag es, Verpflichtungen ernster Art zu tragen, heute schon und vielleicht für alle Zeit an ein weibliches Wesen festgebunden zu sein; Vater zu werden in so jungen Jahren. Vater! ... Schwer, beinahe düster sank das Wort in seine Seele.

Um acht Uhr abends trat er in den Ehrenbergschen Salon. Walzerklänge tönten ihm entgegen. Am Klavier saß der alte Eißler, dem der lange graue Vollbart fast bis auf die Tasten herabsank. Georg, der, um nicht zu stören, am Eingang stehenblieb, wurde von allen Seiten durch Blicke begrüßt. Der alte Eißler spielte mit weichem Anschlag und kräftigem Rhythmus seine berühmten Wiener Tänze und Lieder, und Georg hatte wie immer viel Freude an den süßen, wiegenden Melodien.

»Herrlich«, sagte Frau Ehrenberg, als der Alte sich erhob.

»Bewahren Sie sich die großen Worte für größere Gelegenheiten, Leonie«, erwiderte Eißler, dessen altes Vorrecht es war, alle Frauen und Mädchen bei ihren Vornamen zu nennen. Und es schien jeder wohl zu tun, ihn von diesem schönen alten Mann, mit der tiefen, klingenden Stimme aussprechen zu hören, in der es manchmal bebte wie ein sentimentales Echo aus bewegten Jugendtagen. Georg fragte ihn, ob alle seine Kompositionen im Druck erschienen wären.

»Die wenigsten, lieber Baron; ich selbst kann leider keine Noten schreiben.«

»Es wäre aber wirklich jammerschade, wenn diese charmanten Melodien ganz verloren gehen sollten.«

»Ja, das hab ich ihm auch oft gesagt«, nahm Frau Ehrenberg das Wort. »Aber er gehört leider zu den Menschen, die sich selber nie ganz ernst genommen haben.«

»O, das ist ein Irrtum, Leonie. Wissen Sie denn, wie ich meine musikalische Karriere begonnen habe? Eine große Oper hab ich komponieren wollen. Allerdings war ich damals siebzehn Jahre alt und in eine Sängerin rasend verliebt.«

Die Stimme der Frau Oberberger tönte vom Tische in der Ecke her: »Es wird eine Choristin gewesen sein.«

»Sie irren sich, Katharina«, erwiderte Eißler. »Choristinnen waren nie mein Fall. Es war sogar eine platonische Liebe, wie die meisten großen Leidenschaften meines Lebens.«

»Waren Sie so ungeschickt?« fragte Frau Oberberger.

»Manchmal wohl auch das«, erwiderte Eißler sonor und mit Anstand; »denn wahrscheinlich hätte ich gerade soviel Glück haben können wie ein Husarenrittmeister. Aber ich bedaure es nicht, ungeschickt gewesen zu sein. Ungetrübte Erinnerungen bewahren wir doch nur an versäumte Gelegenheiten.«

Frau Ehrenberg nickte beifällig.

»Man dürfte also nicht fehlgehen, Herr Eißler«, bemerkte Nürnberger, »wenn man in Ihrer Lebensgeschichte den getrübten Erinnerungen die größere Rolle zuweist.« Wieder nickte Frau Ehrenberg. Sie war entzückt, wenn man in ihrem Salon geistreich war.

»Warum sagten Sie«, fragte Frau Oberberger, »Sie hätten so viel Glück haben können wie ein Husarenrittmeister? Es ist gar nicht wahr, daß Offiziere besonders viel Glück bei den Frauen haben. Wenn meine Schwägerin auch einmal ein Verhältnis mit einem Oberleutnant gehabt hat ...«

»Ich glaube nicht an platonische Liebe«, sagte Sissy und leuchtete durch den Saal.

Frau Wyner schrie leise auf.

»Fräulein Sissy hat wahrscheinlich recht«, sagte Nürnberger. »Wenigstens bin ich überzeugt, daß die meisten Frauen platonische Liebe entweder als Beleidigung auffassen oder als Ausrede.«

»Es sind junge Mädchen da«, erinnerte Frau Ehrenberg mild.

»Das merkt man schon daraus«, sagte Nürnberger, »daß sie mitreden.«

»Trotzdem möchte ich mir erlauben, zu dem Kapitel platonische Liebe eine kleine Anekdote zu erzählen«, sagte Heinrich.

»Nur keine jüdische«, warf Else ein.

»Gewiß nicht. Hören Sie nur. Ein kleines blondes Mädel ...«

»Das beweist nichts«, unterbrach Else.

»Laß doch zu Ende erzählen«, mahnte Frau Ehrenberg.

»Also: ein kleines, blondes Mädel«, begann Heinrich von neuem, »hat einmal, im Gegensatz zu Fräulein Sissy, mir gegenüber die Überzeugung ausgesprochen, daß platonische Liebe tatsächlich existiere. Und wissen Sie, was sie mir als Beweis dafür angeführt hat ...? Ein eigenes Erlebnis. Sie hat nämlich einmal eine Stunde, wie sie mir erzählte, ganz allein in einem Zimmer mit einem Leutnant verbracht und ...«

»Es ist genug«, rief Frau Ehrenberg angstvoll.

»Und«, schloß Heinrich unbeirrt und beruhigend, »es ist in dieser Stunde nicht das geringste vorgefallen.«

»Sagt das blonde Mädel«, ergänzte Else.

Die Tür öffnete sich, Georg sah eine fremde Dame eintreten, in einem hellblauen, viereckig ausgeschnittenen Kleid, blaß, einfach und vornehm. Erst als sie lächelte, ward ihm bewußt, daß die Dame Anna Rosner war, und er empfand irgend etwas wie Stolz auf sie. Als er der Geliebten die Hand reichte, fühlte er den Blick Elses auf sich gerichtet.

Man begab sich ins Nebenzimmer, wo der Tisch mit bescheidener Festlichkeit gedeckt war. Der Sohn des Hauses fehlte. Er befand sich in Neuhaus, in der väterlichen Fabrik. Herr Ehrenberg selbst aber saß plötzlich bei Tisch, als das Souper aufgetragen war. Erst kürzlich war er von seiner Reise heimgekehrt, die ihn tatsächlich bis Palästina geführt hatte. Als er von Hofrat Wilt nach seinen Erlebnissen gefragt wurde, wollte er zuerst nicht recht mit der Sprache heraus. Endlich ergab sich, daß ihn die Landschaft enttäuscht, die Strapazen der Reisen verstimmt, und daß er von den jüdischen Ansiedlungen, die sicherm vernehmen nach im Entstehen waren, so gut wie nichts gesehen hatte.

»Also wir haben begründete Hoffnung«, bemerkte Nürnberger, »Sie hier zu behalten, selbst für den Fall, daß der Judenstaat im Laufe der nächsten Zeit gegründet werden sollte?«

Unwirsch erwiderte Ehrenberg: »Hab ich Ihnen je gesagt, daß ich die Absicht habe auszuwandern? Ich bin zu alt dazu.«

»Ach so«, sagte Nürnberger, »ich wußte nicht, daß Sie sich die Gegend drüben nur Fräulein Else und Herrn Oskar zuliebe angesehen haben.«

»Lieber Nürnberger, ich werd mich da nicht mit Ihnen streiten. Der Zionismus ist auch wahrhaftig zu gut für ein Tischgespräch.«

»Ob zu gut«, sagte Hofrat Wilt, »wollen wir dahingestellt sein lassen, jedenfalls zu kompliziert, schon darum, weil jeder was anderes darunter versteht.«

»Oder verstehen will«, fügte Nürnberger hinzu, »wie es übrigens mit den meisten Schlagworten und nicht nur in der Politik der Fall ist. Darum wird ja auf Erden so viel geschwätzt.«

Heinrich erklärte, daß ihm unter allen menschlichen

Geschöpfen der Politiker gewissermaßen die rätselhafteste Erscheinung bedeute. »Ich begreife Taschendiebe«, sagte er, »Akrobaten, Bankdirektoren, Hoteliers, Könige ... das heißt, ohne besondere Mühe gelingt es mir, mich in die Seelen aller dieser Leute hineinzuversetzen. Daraus folgt offenbar, daß es nur gewisser quantitativer, wenn auch ungeheurer Veränderungen meines Wesens bedürfte, um mich zu befähigen, in der Welt eine Akrobaten-, eine Königs-, eine Bankdirektorsrolle zu spielen. Dagegen fühl ich untrüglich: ich könnte mein Wesen ins Ungemessene steigern, und es würde doch nie das aus mir, was man einen Politiker nennt: ein Parteiführer, ein Genosse, ein Minister.«

Nürnberger lächelte über die Auffassung Heinrichs, nach der der Politiker eine besondere Menschenart bedeuten sollte, während es doch nur zu den äußern, nicht einmal unumgänglichen Erfordernissen seines Berufes gehörte, sich als besondere Menschenart aufzuspielen, seine Größe oder seine Nichtigkeit, seine Taten oder seine Trägheit hinter Titeln, Abstrakten, Symbolen zu verstecken. Was die Unbeträchtlichen oder Schwindelhaften unter ihnen vorstellten, das lag ja auf der Hand: es waren einfach Geschäftsleute, oder Hochstapler, oder Schönredner. Die Bedeutenden aber, die Tätigen, – die Genialen ganz gewiß, die waren in der Tiefe ihrer Seele nichts anderes als Künstler. Auch sie versuchten ein Werk zu schaffen und eines, das in der Idee geradeso Anspruch auf Unvergänglichkeit und Endgültigkeit erhob, wie irgendein anderes Kunstwerk. Nur, daß eben das Material, aus dem sie bildeten, kein starres, kein relativ bleibendes war, wie Töne oder Worte sind, sondern daß es nach lebendiger Menschen Art sich ununterbrochen in Fluß und Bewegung befand.

Willy Eißler erschien, entschuldigte sich bei der Hausfrau, daß er sich verspätet hatte, nahm zwischen Sissy und Frau Oberberger Platz und grüßte seinen Vater wie einen lieben, alten Freund nach langer Trennung. Es stellte sich heraus, daß die beiden, trotzdem sie zusammen wohnten, sich seit mehreren Tagen nicht gesehen hatten. Willy erhielt Komplimente zu seinem Erfolg in der Aristokratenvorstellung, wo er mit der Gräfin Liebenberg-Rathony in einem französischen Proverbe einen Marquis gespielt hatte. Frau Oberberger fragte ihn, immerhin laut genug, daß es die Nächstsitzenden verstehen konnten, wo seine Rendezvous mit der Gräfin stattfänden und ob er sie im gleichen Absteigquartier empfinge wie seine bürgerlichen Flammen. Die Unterhaltung wurde lebhafter, Gespräche gingen hin und her und verschlangen sich da und dort. Georg aber fing abgerissene Worte auf, auch aus einer Unterhaltung zwischen Anna und Heinrich, in der von Therese Golowski die Rede war. Dabei sah er, wie Anna zuweilen einen neugierig dunkeln Blick zu Demeter Stanzides herüberwarf, der heute im Frack mit einer Gardenia im Knopfloch erschienen war; und ohne eigentliche Eifersucht zu verspüren, fühlte er sich sonderbar bewegt. Ob sie in diesem Augenblick wohl daran dachte, daß sie vielleicht ein Kind von ihm unter dem Herzen trug? »Die Untiefen ...« fiel ihm wieder ein. Plötzlich sah sie zu ihm herüber, mit einem Lächeln, als käme sie von einer Reise heim. Er war innerlich wie befreit und spürte mit einem leisen Schrecken, wie sehr er sie liebte. Dann führte er sein Glas an die Lippen und trank ihr zu. Else, die bisher mit ihrem andern Nachbar, Demeter, geplaudert hatte, wandte sich nun an Georg; in ihrer absichtlich beiläufigen Art mit einem Blick auf Anna bemerkte sie: »Hübsch sieht sie aus. So frauenhaft. Das hat sie übrigens immer an sich gehabt. Musizieren Sie noch mit ihr?«

»Manchmal«, entgegnete Georg kühl.

»Vielleicht bitt ich sie, vom neuen Jahr an wieder mit mir zu korrepetieren. Ich weiß nicht, wieso es bis jetzt nicht dazu gekommen ist.«

Georg schwieg.

»Und wie steht es denn eigentlich« – sie wies mit einem Blick auf Heinrich – »mit Eurer Oper?«

»Mit unsrer Oper? Noch gar nichts steht's damit. Wer weiß, ob was draus wird.«

»Natürlich wird nichts draus werden.«

Georg lächelte. »Warum sind Sie denn heut gar so streng mit mir?«

»Ich ärgere mich halt über Sie.«

»Über mich? Warum denn ...?«

»Daß Sie den Leuten immer wieder Anlaß geben, Sie als Dilettanten zu betrachten.«

Georg war ins Herz getroffen, verspürte sogar einen leisen

Groll gegen Else, faßte sich aber rasch und erwiderte: »Ich bin ja vielleicht nichts anderes. Und wenn man kein Genie ist, so ist es schon besser, man ist ein ehrlicher Dilettant, als ... als ein aufgeblasener Künstler.«

»Wer verlangt denn, daß Sie gleich das Größte leisten? Aber deswegen muß man sich doch nicht so gehen lassen, wie Sie's tun, innerlich und äußerlich.«

»Ich versteh Sie wirklich nicht, Else. Wie können Sie behaupten ... Wissen Sie denn auch, daß ich im Herbst nach Deutschland gehe, als Kapellmeister?«

»Die Karriere wird daran scheitern, daß Sie nicht um zehn Uhr früh bei den Proben sein werden.«

In Georg wühlte es noch immer. »Wer hat mich denn übrigens einen Dilettanten genannt, wenn ich fragen darf?«

»Wer? Gott, es ist doch schon in der Zeitung gestanden.«

»Ach so«, sagte Georg beruhigt, denn er erinnerte sich jetzt, daß ein Kritiker ihn nach dem Konzert, in dem Fräulein Bellini seine Lieder gesungen, als »dilettierenden Aristokraten« bezeichnet hatte. Georgs Freunde hatten damals erklärt, diese animose Besprechung habe ihren Grund darin, daß er dem betreffenden Herrn, der als sehr eitel bekannt war, keinen Besuch gemacht hätte.

So war es nun einmal! Immer waren äußere Gründe dran schuld, wenn die Leute einen ungünstig beurteilten. Auch die Gereiztheit Elsens heute, was war sie im Grunde anderes, als Eifersucht ...

Die Tafel wurde aufgehoben. Man begab sich in den Salon. Georg trat zu Anna, die am Klavier lehnte, und sagte leise zu ihr: »Schön siehst du aus.« Sie nickte befriedigt.

Dann fragte er weiter: »Hast du dich mit Heinrich gut unterhalten? Worüber habt ihr denn gesprochen? Über Therese? Nicht wahr?«

Sie antwortete nicht, und Georg merkte mit Befremden, wie ihr plötzlich die Augenlider zufielen, und sie zu wanken begann.

»Was ... was haben Sie denn?« fragte er erschrocken.

Sie hörte ihn nicht und wäre niedergesunken, wenn er sie nicht rasch bei den Handgelenken gefaßt hätte. Frau Ehrenberg und Else waren im selben Augenblick bei ihr.

Haben sie uns beobachtet? dachte Georg.

Schon hatte Anna die Augen wieder offen, zwang sich zu einem Lächeln und flüsterte: »O, es ist nichts, ich vertrage die Hitze manchmal so schlecht.«

»Kommen Sie«, sagte Frau Ehrenberg mütterlich, »vielleicht legen Sie sich einen Augenblick hin.«

Anna schien verwirrt, erwiderte nichts, und die Damen des Hauses geleiteten sie ins Nebenzimmer.

Georg sah um sich. Den Gästen schien nichts aufgefallen zu sein. Der Kaffee wurde herumgereicht. Georg nahm eine Tasse und rührte zerstreut mit dem Löffel herum. Am Ende, dachte er, wird sie doch nicht im Bürgerlichen enden. Aber zugleich fühlte er sich innerlich so entfernt von ihr, als ginge ihn persönlich die Sache nichts an. Frau Oberberger stand neben ihm. »Also, wie denken Sie eigentlich über platonische Liebe, Sie sind ja Fachmann?« Er erwiderte zerstreut, sie redete weiter, in ihrer Art; ohne sich zu kümmern, ob er zuhörte, ob er antwortete. Plötzlich war Else wieder da. Georg erkundigte sich nach Annas Befinden, teilnehmend und höflich.

»Eine schwere Erkrankung dürfte es wohl nicht sein«, sagte Else und sah ihm fremd ins Gesicht.

Demeter Stanzides trat heran und bat sie zu singen. »Wollen Sie mich begleiten?« wandte sie sich an Georg. Er verneigte sich und setzte sich ans Klavier.

»Also was denn?« fragte Else.

»Was Sie wollen«, erwiderte Wilt, »nur nichts Modernes.« Nach dem Souper liebte er es, wenigstens in künstlerischen Dingen, den Reaktionär zu spielen.

»Justament«, sagte Else und reichte Georg ein Heft. Sie sang »Das alte Bild« von Hugo Wolf, mit ihrer kleinen, wohlgebildeten und etwas rührenden Stimme. Georg begleitete mit Geschmack, doch ziemlich zerstreut. Er war ein wenig ärgerlich über Anna, so sehr er sich dagegen wehrte. Im übrigen schien wirklich niemand den Vorfall bemerkt zu haben, als Frau Ehrenberg und Else. Ach, was lag am Ende daran ... Wenn sie's auch alle wußten ... Wen ging es an – Ja, wer kümmerte sich nur darum ... Nun hören sie alle Else zu, dachte er weiter, und empfinden die Schönheit dieses Liedes. Sogar Frau Oberberger, die gar nicht musikalisch ist, vergißt auf einige Minuten, daß sie ein Weib ist, und hat ein stilles, geschlechtsloses Gesicht. Auch Heinrich hört gebannt zu, denkt in diesem Moment vielleicht nicht an seine Werke, nicht an das Los der Juden, nicht an die ferne Geliebte, und nicht einmal an die nahe, die kleine Blondine, der zuliebe er in der letzten Zeit geradezu elegant geworden ist. Wahrhaftig, der Frack sitzt ihm nicht übel, und die Krawatte ist keine von den fertig gekauften, wie er sie sonst trägt, sondern sorgsam geknüpft ... Wer steht denn so nah hinter mir, dachte Georg weiter, daß ich den Atem über dem Haar spüre? ... Sissy vielleicht ...? Wenn morgen früh die Welt unterginge, Sissy wäre es, die ich mir für heute Nacht erwählte. Ja, das ist sicher. Ah, da kommt Anna mit Frau Ehrenberg ... Es scheint, ich bin der einzige, der es merkt, obwohl ich doch zugleich auf mein Spiel und auf Elses Gesang aufpassen muß. Ich grüße sie mit den Augen ... Ja, ich grüße dich, Mutter meines Kindes ... Wie sonderbar ist das Leben ...

Das Lied war zu Ende. Man applaudierte, verlangte nach mehr. Georg begleitete Else zu einigen anderen Liedern, von Schumann, von Brahms, zum Schluß auf allgemeinen Wunsch zu zwei eigenen, die ihm persönlich zuwider geworden waren, seit irgendwer behauptet hatte, sie erinnerten an Mendelssohn. Während er begleitete, glaubte er jeden Zusammenhang mit Else zu verlieren und gab sich durch sein Spiel Mühe, sie wiederzugewinnen. Er spielte mit übertriebener Empfindung, er warb geradezu um sie und fühlte, daß es vergebens war. Zum erstenmal in seinem Leben war er unglücklich verliebt in sie. Der Beifall nach Georgs Liedern war stark.

»Das war Ihre beste Zeit«, sagte Else leise zu ihm, während sie die Noten weglegte. »So vor zwei, drei Jahren.«

Die andern sagten ihm Freundliches, ohne Epochen in seiner künstlerischen Entwicklung zu unterscheiden.

Nürnberger erklärte, durch die Lieder Georgs aufs angenehmste enttäuscht worden zu sein. »Ich will Ihnen nämlich nicht verhehlen«, bemerkte er, »daß ich sie mir nach den Ansichten, die ich manchmal von Ihnen vertreten höre, lieber Baron, beträchtlich unverständlicher vorgestellt hätte.«

»Wirklich charmant«, sagte Wilt. »Alles so melodiös, und einfach, ohne Affektion und Schwulst.«

Er ist es, dachte Georg grimmig, der mich einen Dilettanten geheißen hat.

Willy war herzugetreten. »Jetzt sagen S' nur noch, Herr Hofrat, daß Sie sie nachpfeifen können, und wenn ich mich auf Physiognomien verstehe, so schickt Ihnen der Baron morgen früh zwei Herren.«

»O nein«, sagte Georg, sich auf sich besinnend, und lächelte. »Die Lieder stammen glücklicherweise aus einer längst überwundenen Zeit. Ich fühle mich also durch keinerlei Tadel und keinerlei Lob verletzt.«

Ein Diener brachte Eis, die Gruppen lösten sich, und Anna stand mit Georg allein am Klavier. Er fragte sie rasch: »Was hat denn das zu bedeuten gehabt?«

»Ja, ich weiß nicht«, erwiderte sie und sah ihn mit großen Augen an.

»Ist dir denn auch schon ganz wohl?«

»Aber vollkommen«, antwortete sie.

»Und ist dir das heute zum erstenmal passiert?« fragte Georg etwas zögernd.

Sie erwiderte: »Gestern Abend zu Haus hab ich was ähnliches gehabt. So eine Art von Ohnmacht. Es hat sogar noch etwas länger gedauert. Während wir noch beim Nachtmahl gesessen sind. Es hat's aber niemand bemerkt.«

»Warum hast du mir denn gar nichts davon gesagt?«

Sie zuckte leicht die Achseln.

»Du Anna«, sagte er lebhaft und etwas schuldbewußt, »ich möcht dich jedenfalls noch sprechen. Gib mir ein Zeichen, wenn du fortgehen willst. Ich verschwind' ein paar Minuten vor dir und wart am Schwarzenbergplatz, bis du im Wagen kommst. Dann steig ich zu dir ein, und wir fahren noch ein bißchen spazieren. Ist es dir recht?«

Sie nickte.

Er sagte: »Auf Wiedersehen, Schatz« und begab sich ins Rauchzimmer. An einem grünen Tischchen hatten sich der alte Ehrenberg, Nürnberger und Wilt zum Tarockspiel niedergelassen. Auf zwei riesigen, grünen Lederfauteuils, nebeneinander, saßen der alte Eißler und sein Sohn und benützten die Gelegenheit, sich endlich einmal ordentlich miteinander auszuplaudern. Georg nahm eine Zigarre aus einem Kistchen, steckte sie sich an und betrachtete ohne besondere Anteilnahme die Bilder an der Wand. Auf einem grotesk gehaltenen Aquarell, das ein von rot befrackten Herren gerittenes Hürdenrennen vorstellte, sah er unten in der Ecke mit blaßroten Buchstaben auf die grüne Wiese gezeichnet Willys Namen. Unwillkürlich wandte er sich nach dem jungen Mann um und sagte: »Das hab ich noch gar nicht gekannt.«

»Es ist ziemlich neu«, bemerkte Willy beiläufig.

»Ein fesches Bild, was?« sagte der alte Eißler.

»Ah, schon etwas mehr als das«, erwiderte Georg.

»Na, hoffentlich werde ich bald mit etwas Besserem aufwarten können«, sagte Willy.

»Er geht nach Afrika auf die Löwenjagd«, erläuterte der alte Eißler, »mit dem Fürsten Wangenheim.«

»So?« sagte Georg, »Felician soll auch von der Partie sein. Aber er hat sich noch nicht entschlossen.«

»Warum denn?« fragte Willy.

»Er will im Frühjahr seine Diplomatenprüfung machen.«

»Aber das kann er doch verschieben«, sagte Willy. »Die Löwen sind ja im Aussterben, was man von den Professoren leider nicht behaupten kann.«

»Ich pränumerier mich auf ein Bild, Willy«, rief Ehrenberg vom Kartentisch herüber.

»Seien Sie später Mäcen, Vater Ehrenberg«, sagte Wilt, »ich hab einen Dreier angesagt.«

»Einen Untern«, replizierte Ehrenberg und fuhr fort: »Wenn ich mir was anschaffen darf, Willy, so malen Sie mir eine Wüstenlandschaft, in der der Fürst Wangenheim von den Löwen aufgefressen wird … aber womöglich nach der Natur.«

»Sie irren sich in der Person, Herr Ehrenberg«, sagte Willy. »Der berühmte Antisemit, den Sie meinen, ist der Cousin von meinem Wangenheim.«

»Von mir aus«, erwiderte Ehrenberg, »können sich die Löwen auch irren, es muß ja nicht jeder Antisemit berühmt sein.«

»Sie werden die Partie verlieren, wenn Sie nicht aufpassen«, mahnte Nürnberger.

»Sie hätten sich doch in Palästina ankaufen sollen«, sagte Hofrat Wilt.

»Gott soll mich davor behüten«, erwiderte Ehrenberg.

»Nun, da er das bis jetzt in allen Dingen getan hat …«, sagte Nürnberger und spielte sein Blatt aus.

»Mir scheint, Nürnberger, Sie werfen mir schon wieder vor, daß ich nicht mit alten Kleidern handeln geh.«

»Dann hätten Sie wenigstens das Recht, sich über den Antisemitismus zu beklagen«, sagte Nürnberger. »Denn wer spürt in Österreich etwas davon, als die Hausierer ... leider Gottes nur die, könnte man sagen.«

»Und einige Leute mit Ehrgefühl«, entgegnete Ehrenberg. »Siebenundzwanzig ... einunddreißig ... achtunddreißig ... nu, wer hat die Partie gewonnen?«

Willy hatte sich wieder in den Salon begeben, Georg saß rauchend auf der Lehne eines Fauteuils, sah plötzlich den Blick des alten Eißler auf sich gerichtet, in einer sonderbar wohlwollenden Weise, und fühlte sich an irgend etwas erinnert, ohne zu wissen woran.

»Neulich«, sagte der alte Herr, »hab ich Ihren Bruder Felician flüchtig gesprochen, bei Schönsteins. Es ist frappant, wie er Ihrem seligen Papa ähnlich sieht. Besonders, wenn man Ihren Papa als ganz jungen Menschen gekannt hat, wie ich.«

Jetzt wußte Georg mit einemmal, woran der Blick des alten Eißler ihn erinnerte: mit dem gleichen, väterlichen Ausdruck hatten des alten Doktor Stauber Augen bei Rosners auf ihm geruht. Diese alten Juden! dachte er spöttisch, aber in einem entlegenen Winkel seiner Seele war er ein wenig gerührt. Es fiel ihm ein, daß sein Vater mit Eißler, vor dessen Kunstverständnis er großen Respekt gehabt hatte, manchmal des Morgens im Prater spazierengegangen war. Der alte Eißler sprach weiter: »Sie, Georg, geraten wohl mehr Ihrer Mutter nach, denk ich mir.«

»Es behaupten's manche. Selbst kann man das ja schwer beurteilen.«

»Ihre Mutter soll eine so schöne Stimme gehabt haben.«

»Ja, in ihrer frühen Jugend. Ich selbst habe sie ja nie wirklich singen gehört. Zuweilen hat sie's wohl versucht. Drei oder vier Jahre vor ihm Tod, da hat ihr ein Arzt in Meran sogar den Rat gegeben, ihre Singstimme zu üben. Eine Lungengymnastik sollte es sein. – Aber es hat leider nicht viel Erfolg gehabt.«

Der alte Eißler nickte und sah vor sich hin. »Daran werden Sie sich wahrscheinlich nicht mehr erinnern können, daß damals meine arme Frau mit Ihrer verstorbenen Mutter zugleich in Meran gewesen ist.«

Georg suchte in seinem Gedächtnis. Es war ihm entfallen.

»Einmal«, sagte der alte Eißler, »bin ich mit Ihrem Vater im selben Kupee hinuntergefahren. In der Nacht, wir haben beide nicht schlafen können, hat er mir sehr viel von euch zweien erzählt. Von Ihnen und Felician mein ich.«

»So …«

»Zum Beispiel, daß Sie in Rom als Bub irgendeinem italienischen Virtuosen eine eigne Komposition vorgespielt haben, und daß er Ihnen eine große Zukunft prophezeit hat.«

»Große Zukunft … ach Gott! Es war aber kein Virtuose, Herr Eißler, es war ein Geistlicher, bei dem ich dann übrigens Orgelspielen gelernt hab.«

Eißler fuhr fort: »Und abends, wenn Ihre Mutter schon zu Bett gegangen war, haben Sie ihr manchmal stundenlang im Zimmer nebenan vorphantasiert.«

Georg nickte und seufzte im stillen. Es war ihm, als hätte er zu jener Zeit viel mehr Talent gehabt als jetzt. Arbeiten, dachte er mit Inbrunst, arbeiten … Er blickte wieder auf. »Ja«, sagte er wie humoristisch, »das ist halt das Malheur, daß aus Wunderkindern so selten was wird.«

»Ich höre ja, Sie wollen Kapellmeister werden, Baron?«

»Ja«, erwiderte Georg mit Entschiedenheit. »Nächsten Herbst geh ich nach Deutschland, vielleicht zuerst als Korrepetitor an irgendein kleines Stadttheater, wie es sich eben trifft.«

»Aber gegen ein Hoftheater hätten Sie auch nichts einzuwenden?«

»Gewiß nicht. Aber wie kommen Sie darauf, Herr Eißler, wenn ich fragen darf –?«

»Ich weiß ganz gut«, sagte Eißler lächelnd und ließ das Monokel fallen, »daß Sie auf meine Protektion nicht angewiesen sind, aber andererseits kann ich mir denken, daß es Ihnen vielleicht nicht unsympathisch wäre, auf die Vermittlung von Agenten und andere Annehmlichkeiten dieser Art verzichten zu dürfen … ich meine nicht wegen der Perzente.«

Georg blieb kühl. »Wenn man einmal entschlossen ist, eine Theaterkarriere einzuschlagen, so weiß man ja auch, was man alles mit in den Kauf zu nehmen hat.«

»Kennen Sie vielleicht den Grafen Malnitz?« fragte Eißler, unbekümmert um Georgs Lebensweisheit.

»Malnitz? Meinen Sie den Grafen Eberhard Malnitz, von dem vor ein paar Jahren eine Suite aufgeführt worden ist?«

»Ja, den mein ich.«

»Persönlich kenn ich ihn nicht, und was die Suite anbelangt...«

Durch eine Handbewegung gab Eißler den Komponisten Malnitz preis. »Seit Beginn dieser Saison«, sagte er dann, »ist er Intendant in Detmold. Darum hab ich Sie gefragt, ob Sie ihn kennen. Ein guter, alter Freund von mir. Er hat früher in Wien gelebt. Seit zehn oder zwölf Jahren treffen wir uns jedes Jahr, in Karlsbad oder in Ischl. Heuer wollen wir um Ostern eine kleine Mittelmeerreise machen. Erlauben Sie mir, lieber Baron, bei dieser Gelegenheit Ihren Namen zu nennen und von Ihren kapellmeisterlichen Absichten ein Wort zu sagen?«

Georg zögerte zu antworten und lächelte höflich.

»O, fassen Sie meinen Vorschlag nicht als Zudringlichkeit auf, lieber Baron. Wenn Sie nicht wollen, halt ich natürlich das Maul.«

»Sie mißverstehen mein Schweigen«, entgegnete Georg liebenswürdig, doch nicht ohne Hochmut. »Aber ich weiß wirklich nicht – –«

»So ein kleines Hoftheater«, fuhr Eißler fort, »stell ich mir gerade für den Anfang als den richtigen Boden für Sie vor. Daß Sie von Adel sind, wird Ihnen gerade auch nicht schaden, sogar bei meinem Freunde Malnitz nicht, obwohl der gerne den Demokraten spielt, zuweilen sogar den Anarchisten ... mit Nachsicht der Bomben selbstverständlich. Aber er ist ein charmanter Mensch und wirklich enorm musikalisch ... wenn er nicht grad komponiert.«

»Nun«, erwiderte Georg etwas befangen, »wenn Sie die Güte haben wollen, mit ihm zu reden ... man biete dem Glücke die Hand. Jedenfalls dank ich Ihnen sehr.«

»Keine Ursache. Ich garantiere ja nicht für den Erfolg. Es ist eben eine Chance unter andern.«

Frau Oberberger und Sissy traten ein, von Demeter Stanzides begleitet.

»Was haben wir da für ein interessantes Gespräch unterbrochen?« fragte Frau Oberberger. »Der erfahrene Platoniker und der unerfahrene Wüstling! Da hätt man dabei sein sollen.«

»Beruhigen Sie sich, Katharina«, sagte Eißler, und seine Stimme hatte wieder ihren tremolierend tiefen Klang. »Man spricht zuweilen auch von anderen Dingen, als von der Zukunft des Menschengeschlechts.«

Sissy nahm eine Zigarette zwischen die Lippen, ließ sich von Georg Feuer geben und setzte sich in die Ecke des grünen Lederdiwans. »Sie kümmern sich ja heute gar nicht für mich«, begann sie mit dem englischen Akzent, den Georg so sehr an ihr liebte. »Als wenn man überhaupt gar nicht auf der Welt wäre. O, es ist so. Ich bin doch ein treuere Natur als Sie. Bin ich nicht?«

»Sie treu, Sissy …?« Er schob einen Fauteuil ganz nahe zu ihr hin. Sie sprachen von dem vergangenen Sommer und von dem kommenden.

»Voriges Jahr«, sagte Sissy, »haben Sie mir Ihr Wort versprochen, daß Sie hinkommen werden, wo ich bin. Sie haben es nicht getan. Heuer aber müssen Sie Ihr Wort halten.«

»Gehn Sie wieder nach der Isle of Wight?«

»Nein, wir werden diesmal ins Gebirge gehen, nach Tirol oder ins Salzkammergut. Ich will Ihnen schon sagen. Werden Sie kommen?«

»Sie dürften jedenfalls wieder ein großes Gefolge haben?«

»Ich werde mich für keinen kümmern als für Sie, Georg.«

»Auch wenn Willy Eißler sich zufällig in Ihrer Nähe aufhalten sollte?«

»O«, sagte sie mit einem verworfenen Lächeln und drückte das Feuer ihrer Zigarette gewaltsam in der gläsernen Aschenschale aus.

Sie redeten weiter. Es war eines jener Gespräche, wie sie es in den letzten Jahren so oft geführt hatten. Scherzend und leicht fing es an und glühte am Ende von zärtlichen Lügen, die einen Augenblick lang Wahrheit waren. Georg war wieder einmal berückt von Sissy.

»Am liebsten möcht ich mit Ihnen eine Reise machen«, flüsterte er ganz nah bei ihr.

Sie nickte nur, ihr linker Arm lag auf der breiten Lehne des Diwans. »Wenn man könnte, wie man wollte«, sagte sie und hatte einen Blick, der von hundert Männern träumte.

Er beugte sich über ihren zitternden Arm, redete weiter und berauschte sich an seinen eigenen Worten. »Irgendwo, wo niemand uns kennt, wo man sich um keinen Menschen kümmern müßte, möchte ich mit Ihnen zusammen sein, Sissy. Viele Tage und Nächte.«

Sissy bebte. Das Wort Nächte jagte ihr Schauer durchs Blut.

Anna erschien in der Tür, gab Georg mit dem Blick ein Zeichen und verschwand gleich wieder. Er lehnte sich innerlich auf, und doch war es ihm ganz recht, daß er sich gerade jetzt von Sissy verabschieden durfte. In der Tür zum Salon begegnete er Heinrich, der ihn ansprach. »Wenn Sie gehen, sagen Sie mir's bitte, ich möchte gern noch mit Ihnen reden.«

»Mit Vergnügen. Aber ich muß … ich habe nämlich Fräulein Rosner versprochen, sie nach Hause zu begleiten. Dann komm ich gleich ins Kaffeehaus. Auf Wiedersehen also.«

Ein paar Minuten später stand er auf der Schwarzenbergbrücke. Der Himmel war voller Sterne, die Straßen lagen weiß und still. Georg schlug den Kragen auf, obwohl es gar nicht mehr kalt war, und ging hin und her. Ob aus der Detmolder Geschichte was werden wird? dachte er. Nun, ist es nicht Detmold, so ist es irgendeine andre Stadt. Jedenfalls wird es nun ernst. Und vieles, vieles wird bis dahin hinter mir liegen. Er versuchte in Ruhe zu überlegen. Wie wird das alles nur werden? Nun haben wir Ende Dezember. Im März müßten wir fort – spätestens … Man wird uns für ein Ehepaar halten. Ich werde Arm in Arm mit ihr spazieren gehen, in Rom, am Posilipp, in Venedig … Es gibt Frauen, die sehr häßlich werden in diesem Zustand … Sie nicht, nein, sie nicht … Immer hatte sie so was Mütterliches in ihrem Aussehen … Im Sommer wird sie in irgendeiner stillen Gegend wohnen, wo niemand sie kennt … Im Thüringer Wald vielleicht, oder am Rhein … Wie sonderbar sie das heute sagte: das Haus, in dem das Kind zur Welt kommen wird, das existiert schon. Ja! … Irgendwo in der Ferne, oder vielleicht auch ganz nah steht dieses Haus – und Leute wohnen drin, die wir nie gesehen haben. Wie seltsam … Wann wird es zur Welt kommen? Im Spätsommer … Anfangs September ungefähr. In dieser Zeit werde ich am Ende schon fort sein müssen. Wie werd ich das nur machen? … Und heut ein Jahr ist das kleine Wesen schon vier Monate alt. Es wird aufwachsen … groß werden. Eines schönen Tags ist ein junger Mann da, mein Sohn. Oder ein junges Mädchen. Ein schönes Mädchen von siebzehn Jahren,

meine Tochter … Dann bin ich vierundvierzig … Mit sechsund-
vierzig kann ich Großvater sein … Vielleicht auch Direktor einer
Opernbühne und ein berühmter Komponist, trotz Elses Prophe-
zeiungen. Aber dazu muß man arbeiten, das ist schon wahr.
Mehr als ich es bisher getan habe. Else hat recht, ich laß mich zu
sehr gehen. Das muß anders werden … Es wird auch. Ich fühle
ja, wie es in mir sich regt. Ja – auch in mir regt es sich.

Von der Heugasse her kam ein Wagen, jemand beugte sich aus
dem Fenster. Unter dem weißen Shawl erkannte Georg Annas
Antlitz. Er war sehr froh, stieg zu ihr ein und küßte ihr die Hand.
Sie plauderten vergnügt, spotteten ein wenig über die Gesellschaft, aus der sie eben kamen und fanden es im Grunde
lächerlich, einen Abend in so leerer Weise hinzubringen. Er hielt
ihre Hände in den seinen und war ergriffen von ihrer Gegenwart. Vor ihrem Hause stieg er aus und klingelte, dann trat er zu
dem offenen Wagenschlag, und sie verabredeten ein Wiedersehen für den nächsten Tag. »Ich glaube, wir haben manches zu
besprechen«, sagte Anna. Er nickte nur. Das Haustor wurde
geöffnet, sie stieg aus dem Wagen, ließ einen innigen Blick auf
Georg ruhen und verschwand im Flur.

Geliebte, dachte Georg mit einem Gefühl von Glück und Stolz.
Das Leben lag vor ihm, als etwas ernst-geheimnisvolles, voll
Aufgaben und Wundern.

Als er ins Kaffeehaus trat, saß Heinrich in einer Fensternische,
neben ihm ein sehr junger, bartloser, grünlich blasser Mensch,
den Georg schon einige Male flüchtig gesprochen hatte, in Smoking mit Samtkragen, aber mit einer Hemdbrust von zweifelhaf-
ter Reinheit. Als Georg herzutrat, sah der junge Mensch eben
mit glühenden Augen von einem Heftchen auf, das er in unruhigen, nicht sehr gepflegten Händen hielt.

»O, ich störe«, sagte Georg

»Durchaus nicht«, erwiderte der junge Mann mit irrsinnigem
Lachen. »Je mehr Publikum, je lieber.«

»Herr Winternitz«, erklärte Heinrich, während er Georg die
Hand reichte, »liest mir eben einen Gedichtenzyklus vor. Wir
werden's vielleicht für diesmal unterbrechen.«

Georg, von dem enttäuschten Blick des jungen Mannes ein
wenig gerührt, behauptete, daß er mit Vergnügen zuhören
möchte, wenn es gestattet sei.

»Es dauert auch nicht mehr lange«, erklärte Winternitz dankbar. »Nur schade, daß Sie den Anfang versäumt haben. Ich könnte ...«

»Ja, ist es denn zusammenhängend?« fragte Heinrich erstaunt.

»Wie, das haben Sie nicht bemerkt?« rief Winternitz und lachte wieder irrsinnig.

»Ach so«, sagte Heinrich, »das ist immer dieselbe Frauensperson, von der Ihre Gedichte handeln? Ich glaubte, es sei immer eine andere.«

»Natürlich ist es immer dieselbe. Das ist ja das Charakteristische, daß sie immer wie eine neue Person wirkt.«

Herr Winternitz las leise, aber eindringlich, wie innerlich verzehrt. Aus seinem Zyklus ergab sich, daß er geliebt worden war, wie nie ein Mensch vor ihm, aber auch betrogen wie noch keiner, was gewissermaßen metaphysischen Ursachen und keineswegs Mängeln seiner Persönlichkeit zuzuschreiben war. Im letzten Gedicht aber erwies er sich als völlig befreit von seiner Leidenschaft und erklärte sich bereit, von nun an alle Freuden zu genießen, die die Welt ihm bieten mochte. Dieses Gedicht hatte vier Strophen, der letzte Vers jeder Strophe begann mit einem »Hei«, und es schloß mit dem Ausruf: »Hei, so jag ich durch die Welt.«

Georg mußte sich gestehen, daß ihm die Vorlesung einen gewissen Eindruck gemacht hatte, und als Winternitz, das Heft vor sich hinlegend, mit übergroßen Augen um sich schaute, nickte Georg beifällig und sagte: »Sehr schön.«

Winternitz sah erwartungsvoll auf Heinrich, der ein paar Sekunden schwieg und endlich bemerkte: »Es ist im ganzen sehr interessant ... aber warum sagen Sie ›hei‹, wenn ich fragen darf? Es glaubt's Ihnen ja doch niemand.«

»Wieso?« rief Winternitz.

»Fragen Sie sich doch nur selber aufs Gewissen, ob dieses ›hei‹ ehrlich empfunden ist. Alles übrige, was Sie mir da vorgelesen haben, glaub ich Ihnen. Das heißt, ich glaub es Ihnen in höherm Sinn, obzwar kein Wort davon wahr ist. Ich glaube Ihnen, daß Sie ein fünfzehnjähriges Mädchen verführen, daß Sie sich benehmen wie ein ausgepichter Don Juan, daß Sie das arme Geschöpf in der furchtbarsten Weise verderben, daß es Sie mit einem, ... was war er nur ...«

»Ein Clown natürlich«, rief Winternitz mit wahnwitzigem Lachen.

»Daß es Sie mit einem Clown betrügt, daß Sie durch dieses Geschöpf in immer dunklere Abenteuer geraten, daß Sie die Geliebte, ja sich selber umbringen wollen, daß Ihnen die Geschichte schließlich egal wird, daß Sie durch die Welt reisen, oder sogar jagen, meinetwegen bis Australien, ja, das alles glaub ich Ihnen, aber daß Sie der Mensch sind, ›hei‹ zu rufen, das, lieber Winternitz, das ist einfach ein Schwindel.«

Winternitz verteidigte sich. Er beschwor, daß dieses »hei« aus seinem innersten Wesen hervorgegangen wäre, zum mindesten aus einem gewissen Element seines innersten Wesens. Auf weitere Einwände Heinrichs zog er sich allmählich zurück und erklärte endlich, daß er sich irgendeinmal bis zu jener innern Freiheit durchzuringen hoffe, die ihm gestatten würde, »hei« zu rufen.

»Niemals wird diese Zeit kommen«, entgegnete Heinrich bestimmt. »Sie werden vielleicht einmal bis zum epischen oder dramatischen ›hei‹ kommen, das lyrisch subjektive ›hei‹ bleibt Ihnen, bleibt unsereinem, mein lieber Winternitz, doch bis in alle Ewigkeit versagt.«

Winternitz versprach das letzte Gedicht zu ändern, sich überhaupt weiter zu entwickeln und an seiner innern Reinigung zu arbeiten. Er stand auf, wobei seine gestärkte Hemdbrust knackte und ein Knopf aufsprang, reichte Heinrich und Georg eine etwas feuchte Hand und begab sich in den Hintergrund an den Tisch der Literaten. Georg äußerte sich vorsichtig anerkennend zu Heinrich über die Gedichte, die er gehört hatte.

»Er ist mir noch der liebste von der ganzen Gesellschaft, persönlich wenigstens«, sagte Heinrich. »Er weiß doch wenigstens innerlich eine gewisse Distanz zu wahren. Ja, Sie brauchen mich nicht gleich wieder anzusehen, als wenn Sie mich auf einem Anfall von Größenwahn ertappten. Aber ich kann Sie versichern, Georg, von der Sorte Leute«, er streifte den Tisch drüben mit einem flüchtigen Blick, »denen immer ein ›à soi‹ auf den Lippen schwebt, hab ich nachgerade genug.«

»Was schwebt ihnen auf den Lippen?«

Heinrich lachte. »Sie kennen doch die Geschichte von dem polnischen Juden, der mit einem Unbekannten im Eisenbahnkupee sitzt, sehr manierlich – bis er durch irgendeine Bemerkung des andern darauf kommt, daß der auch ein Jude ist, worauf er sofort mit einem erlösten ›ä soi‹ die Beine auf den Sitz gegenüber ausstreckt.«

»Sehr gut«, sagte Georg.

»Mehr als das«, ergänzte Heinrich streng. »Tief. Tief wie so viele jüdische Anekdoten. Sie schließt einen Blick auf in die Tragikomödie des heutigen Judentums. Sie drückt die ewige Wahrheit aus, daß ein Jude vor dem andern nie wirklichen Respekt hat. Nie. So wenig als Gefangene in Feindesland voreinander wirklichen Respekt haben, besonders hoffnungslose. Neid, Haß, ja manchmal Bewunderung, am Ende sogar Liebe kann zwischen ihnen existieren, Respekt niemals. Denn alle Gefühlsbeziehungen spielen sich in einer Atmosphäre von Intimität ab, sozusagen, in der der Respekt ersticken muß.«

»Wissen Sie, was ich finde?« bemerkte Georg, »daß Sie ein ärgerer Antisemit sind, als die meisten Christen, die ich kenne.«

»Glauben Sie?« Er lachte. »Ein richtiger wohl nicht. Ein richtiger ist ja nur der, der sich im Grunde über die guten Eigenschaften der Juden ärgert und alles dazu tut, um ihre schlechten weiter zu entwickeln. Aber in gewissem Sinne haben Sie schon recht. Ich gestatte mir ja schließlich auch, Antiarier zu sein. Jede Rasse als solche ist natürlich widerwärtig. Nur der einzelne vermag es zuweilen, durch persönliche Vorzüge mit den Widerlichkeiten seiner Rasse zu versöhnen. Aber daß ich den Fehlern der Juden gegenüber besonders empfindlich bin, das will ich gar nicht leugnen. Wahrscheinlich liegt es nur daran, daß ich, wir alle, auch wir Juden mein ich, zu dieser Empfindlichkeit systematisch herangezogen worden sind. Von Jugend auf werden wir darauf hingehetzt, gerade jüdische Eigenschaften als besonders lächerlich oder widerwärtig zu empfinden, was hinsichtlich der ebenso lächerlichen und widerwärtigen Eigenheiten der andern eben nicht der Fall ist. Ich will es gar nicht verhehlen, – wenn sich ein Jude in meiner Gegenwart ungezogen oder lächerlich benimmt, befällt mich manchmal ein so peinliches Gefühl, daß ich vergehen möchte, in die Erde sinken. Es ist wie eine Art von Schamgefühl, das vielleicht irgendwie mit dem Schamgefühl eines Bruders verwandt ist, vor dem sich seine Schwester entkleidet. Vielleicht ist das Ganze auch nur Egoismus. Es erbittert einen eben, daß man immer wieder für die Fehler von andern mit verantwortlich gemacht wird, daß man für jedes Verbrechen, für jede Geschmacklosigkeit, für jede Unvorsichtigkeit, die sich irgendein Jude auf der Welt zuschulden kommen läßt, mitzubüßen hat. Da wird man dann natürlich leicht ungerecht. Aber das sind Nervositäten, Empfindlichkeiten, weiter nichts. Da besinnt man sich auch wieder. Das kann man doch nicht Antisemitismus nennen. Aber es gibt schon Juden, die ich wirklich hasse, als Juden hasse. Das sind die, die vor andern und manchmal auch vor sich selber tun, als wenn sie nicht dazu gehörten. Die sich in wohlfeiler und kriecherischer Weise bei ihren Feinden und Verächtern anzubieten suchen und sich auf diese Art von dem ewigen Fluch loszukaufen glauben, der auf ihnen lastet, oder von dem, was sie eben als Fluch empfinden. Das sind übrigens beinahe immer solche Juden, die im Gefühl ihrer eigenen höchst persönlichen Schäbigkeit herumgehen und dafür unbewußt oder bewußt ihre Rasse verantwortlich machen möchten. Natürlich hilft's ihnen nicht das geringste. Was hat den Juden überhaupt jemals geholfen. Den guten und den schlimmen. Ich meine natürlich«, setzte er hastig hinzu, »denen, die so irgend etwas wie eine äußerliche oder innerliche Hilfe brauchen.« Und in einem absichtlich leichten Tone brach er ab. »Ja mein lieber Georg, die Angelegenheit ist etwas kompliziert, und es ist ganz natürlich, daß allen denen, die nicht direkt mit der Frage zu schaffen haben, das richtige Verständnis für sie abgeht.«

»Na, das darf man doch nicht so …«

Heinrich unterbrach ihn gleich. »Man darf schon, lieber Georg. Es ist nun einmal so. Ihr versteht uns nämlich nicht. Manche haben vielleicht eine Ahnung. Aber verstehen!? Nein. Wir verstehen euch jedenfalls viel besser, als ihr uns. Wenn Sie auch den Kopf schütteln! Es ist ja nicht unser Verdienst. Wir haben es nämlich notwendiger gehabt, euch verstehen zu lernen, als ihr uns. Diese Gabe des Verstehens hat sich ja im Lauf der Zeit bei uns entwickeln müssen … nach den Gesetzen des Daseinskampfes, wenn Sie wollen. Denn sehen Sie, um sich unter Fremden, oder wie ich schon früher sagte, in Feindesland zurechtzufinden, um gegen alle Gefahren, Tücken gerüstet zu sein, die da lauern, dazu gehört natürlich vor allem, daß man seine Feinde so gut kennenlernt als möglich – ihre Tugenden und ihre Schwächen.«

»Also unter Feinden leben Sie? Unter Fremden? Dem Leo Golowski gegenüber wollten Sie das nicht zugestehen. Ich bin übrigens auch nicht seiner Ansicht, durchaus nicht. Aber was ist das für ein sonderbarer Widerspruch, daß Sie heute …«

Ganz gequält unterbrach ihn Heinrich. »Ich sagte Ihnen ja schon, die Sache ist viel zu kompliziert, um überhaupt erledigt zu werden. Sogar innerlich ist es nahezu unmöglich. Und nun gar in Worten! Ja, manchmal möchte man glauben, daß es gar nicht so arg steht. Manchmal ist man ja wirklich daheim, trotz allem, fühlt sich hier so zu Hause, – ja geradezu heimatlicher, als irgendeiner von den sogenannten Eingeborenen sich fühlen kann. Es ist offenbar so, daß durch das Bewußtsein des Verstehens das Gefühl der Fremdheit in gewissem Sinn wieder aufgehoben wird. Ja, es wird gleichsam durchtränkt von Stolz, Herablassung, Zärtlichkeit, löst sich auf, – allerdings auch zuweilen in Sentimentalität, was ja wieder eine schlimme Sache ist.« Er saß da, mit tiefen Falten in der Stirn und sah vor sich hin.

Versteht er mich wirklich besser, dachte Georg, als ich ihn? Oder ist es wieder nur Größenwahn –?

Heinrich fuhr plötzlich auf, wie aus einem Traum. Er sah auf die Uhr. »Halb drei! Und morgen früh um acht geht mein Zug.«

»Wie, Sie reisen fort?«

»Ja. Darum wollt ich Sie auch noch so gern sprechen. Ich werd' Ihnen leider auf längere Zeit Adieu sagen müssen. Ich fahre nach Prag. Ich bringe meinen Vater aus der Anstalt nach Hause, in seine Heimat.«

»Es geht ihm also besser?«

»Nein. Er ist nur in dem Stadium, wo er für die Umgebung ungefährlich geworden ist … Ja, das ist auch recht rasch gekommen.«

»Und wann ungefähr denken Sie wieder zurück zu sein?« Heinrich zuckte die Achseln. »Das läßt sich heute noch nicht sagen. Aber wie immer sich die Sache weiterentwickelt, keineswegs kann ich Mutter und Schwester jetzt allein lassen.«

Georg verspürte ein wirkliches Bedauern, Heinrichs Gesellschaft in der nächsten Zeit entbehren zu sollen. »Es wäre möglich, daß Sie mich in Wien nicht mehr antreffen, wenn Sie zurückkommen. Ich werde in diesem Frühjahr nämlich wahrscheinlich auch fortfahren.« Und er fühlte beinahe Lust, sich Heinrich anzuvertrauen.

»Sie reisen wohl in den Süden?« fragte Heinrich.

»Ja, ich denke. Einmal noch meine Freiheit genießen. Ein paar Monate lang. Im nächsten Herbst fängt nämlich der Ernst des Lebens an. Ich sehe mich um eine Stellung in Deutschland um, an irgendeinem Theater.«

»Also wirklich?«

Der Kellner war an den Tisch gekommen, sie zahlten und gingen. An der Tür trafen sie mit Rapp und Gleißner zusammen. Ein paar Worte der Begrüßung wurden gewechselt.

»Was treiben Sie immer, Herr Rapp?« fragte Georg verbindlich.

Rapp wischte seinen Zwicker ab. »Immer mein altes, trauriges Handwerk. Ich bin beschäftigt, die Nichtigkeit von Nichtigkeiten nachzuweisen.«

»Du könntest dir ja Abwechslung verschaffen, Rapp«, sagte Heinrich. »Versuch einmal dein Glück und preise die Herrlichkeit der Herrlichkeiten.«

»Wozu?« sagte Rapp und setzte den Zwicker auf. »Die beweist sich selbst im Laufe der Zeit. Aber die Stümperei erlebt meist nur ihr Glück und ihren Ruhm, und wenn ihr die Welt endlich auf den Schwindel kommt, hat sie sich längst in ihr Grab oder … in ihre vermeintliche Unsterblichkeit geflüchtet.«

Sie standen auf der Straße und schlugen alle die Rockkragen auf, da es wieder heftig zu schneien begonnen hatte. Gleißner, der vor ein paar Wochen seinen ersten, großen Theatererfolg erlebt hatte, erzählte geschwind, daß auch die heutige siebente Vorstellung seines Werkes ausverkauft gewesen war.

Rapp knüpfte daran hämische Bemerkungen über die Dummheit des Publikums. Gleißner erwiderte mit Späßen über die Machtlosigkeit der Kritik gegenüber dem wahren Genie; – und so spazierten sie davon, mit aufgestellten Kragen, durch den Schnee, ganz eingehüllt in den dampfenden Haß ihrer alten Freundschaft.

»Dieser Rapp hat kein Glück«, sagte Heinrich zu Georg. »Bei allen seinen Freunden, denen er vor zehn Jahren Erfolg prophezeit hat, trifft es nun wirklich ein. Er wird es auch Gleißner nicht verzeihen, daß der ihn nicht enttäuscht hat.«

»Halten Sie ihn für so neidisch?«

»Das kann man nicht einmal sagen. So einfach liegen ja die Dinge selten, daß sie mit einem Wort abzutun wären. Aber bedenken Sie doch nur, was das für ein Los ist, in dem Glauben herumzugehen, daß man das tiefste Wissen von der Welt so gut in sich trägt wie Shakespeare und dabei zu fühlen, daß man nicht einmal so viel davon auszusprechen imstande ist, als beispielsweise Herr Gleißner, obwohl man vielleicht gerade so viel wert ist – oder mehr.«

Sie gingen eine Zeitlang schweigend nebeneinander her. Die Bäume auf dem Ring standen starr mit weißen Ästen. Vom Rathausturm schlug es drei. Sie überschritten die menschenleere Straße und nahmen den Weg durch den stillen Park. Rings schimmerte es fast hell vom unablässig sinkenden Schnee.

»Das neueste hab ich Ihnen übrigens noch nicht erzählt«, begann Heinrich endlich, vor sich hinschauend und in trockenem Ton.

»Was denn?«

»Daß ich nämlich anonyme Briefe bekomme, seit einiger Zeit.«

»Anonyme Briefe? Welchen Inhalts?«

»Nun, Sie können sich's wohl denken.«

»Ach so.« Es war Georg klar, daß es sich nur um die Schauspielerin handeln konnte. Aus der fremden Stadt, wo Heinrich die Geliebte in einem neuen Stück die Rolle eines verdorbenen Geschöpfes mit einer ihm unerträglichen Naturwahrheit hatte spielen gesehen, war er in bittereren Qualen zurückgekehrt, als je. Georg wußte, daß seither Briefe voll Zärtlichkeit und Hohn, voll Groll und Verzeihung, peinvoll zerrüttete und mühsam beruhigte, zwischen ihnen hin und her gingen.

»Seit acht Tagen etwa«, erzählte Heinrich, »kommen diese angenehmen Sendungen regelmäßig jeden Morgen. Nicht sehr angenehm, ich versichere Sie!«

»Ach Gott, was liegt Ihnen denn dran. Sie wissen ja selbst, in anonymen Briefen steht nie die Wahrheit.«

»Im Gegenteil, lieber Georg, immer.«

»Aber!«

»Die höhere Wahrheit gewissermaßen enthalten solche Briefe. Die große Wahrheit der Möglichkeiten. Die Menschen haben im allgemeinen nicht genug Phantasie, um aus dem Nichts zu schaffen.«

»Das wäre eine schöne Auffassung! Wo käme man denn da hin? Da machen Sie den Verleumdern aller Art die Sache doch etwas zu bequem.«

»Warum sagen Sie Verleumder? Ich halte es für sehr unwahrscheinlich, daß in den anonymen Briefen, die ich erhalte, Verleumdungen enthalten sind. Vielleicht Übertreibungen, Ausschmückungen, Ungenauigkeiten ...«

»Lügen ...«

»Nein, es werden wohl nicht Lügen sein. Einige wohl. Aber wie soll man Wahrheit und Lüge auseinanderhalten in solch einem Fall?«

»Dafür gibt es doch ein höchst einfaches Mittel. Fahren Sie hin.«

»Ich soll hinfahren?«

»Natürlich sollten Sie das. An Ort und Stelle müßten Sie doch der Wahrheit sofort auf den Grund kommen.«

»Es wäre immerhin möglich.«

Sie wanderten unter Bogengängen, auf feuchtem Stein. Ihre Stimmen und Schritte hallten. Georg begann von neuem: »Statt solche jedenfalls enervante Unannehmlichkeiten weiter durchzumachen, würd ich mich doch persönlich zu überzeugen suchen, wie die Dinge stehen.«

»Ja, das richtigste wäre es wohl.«

»Nun, warum tun Sie es also nicht?«

Heinrich blieb stehen, und mit zusammengepreßten Zähnen stieß er hervor: »Sagen Sie, lieber Georg, sollten Sie wirklich noch nicht bemerkt haben, daß ich feig bin?«

»Ach, das nennt man doch nicht feig.«

»Nennen Sie's, wie Sie wollen. Worte stimmen ja nie ganz – je präziser sie sich gebärden, umso weniger. Ich weiß, wie ich bin. Nicht um die Welt fahr ich hin. Lächerlich auch noch? Nein, nein, nein ...«

»Also was werden Sie tun?«

Heinrich zuckte die Achseln, als ginge ihn die Sache doch eigentlich nichts an.

Etwas geärgert, fragte Georg wieder: »Wenn Sie mir eine Bemerkung erlauben, was sagt denn die ... Hauptbeteiligte?«

»Die Hauptbeteiligte, wie sie mit infernalischem, aber unbe-
wußtem Witz nennen, weiß vorläufig nichts davon, daß ich anonyme Briefe bekomme.«

»Haben Sie die Korrespondenz mit ihr abgebrochen?«

»Was fällt Ihnen ein? Wir schreiben uns täglich, nach wie vor;
sie mir die zärtlichsten und verlogensten Briefe, ich ihr die
gemeinsten, die Sie sich vorstellen können, – unaufrichtig, hinterhältig, marternd bis aufs Blut.«

»Hören Sie, Heinrich, Sie sind wahrhaftig kein sehr edler Charakter.«

Heinrich lachte laut auf. »Nein, edel bin ich nicht, dazu bin
ich offenbar nicht auf die Welt gekommen.«

»Und wenn man bedenkt, daß es am Ende lauter Verleumdungen sind!« Georg, für seinen Teil, zweifelte natürlich nicht, daß
die anonymen Briefe die Wahrheit enthielten. Trotzdem
wünschte er ehrlich, daß Heinrich an Ort und Stelle reiste, sich
selbst überzeugte, irgend etwas unternähme, jemanden ohr-
feigte oder niederschösse. Er stellte sich Felician in einem ähnlichen Falle vor, oder Stanzides, oder Willy Eißler. Alle hätten sich
besser benommen, oder wenigstens anders, und gewiß in einer
ihm sympathischern Art. Plötzlich fuhr ihm die Frage durch den
Kopf, was er wohl täte, wenn Anna ihn hinterginge. Anna, ihn?!
… War das überhaupt möglich? Er dachte an den Blick von heut
Abend, den neugierig dunkeln, den sie hinüber zu Demeter
Stanzides gesandt hatte. Nein, der bedeutete nichts, das war gewiß. Und die alten Geschichten mit Leo und dem Gesangsmei-
ster? Die waren harmlos, kindisch beinah. Aber etwas anderes,
vielleicht bedeutungsvolleres, fiel ihm ein. Einer seltsamen Frage
erinnerte er sich, die sie an ihn gestellt, als sie sich neulich in seiner Gesellschaft verspätet und mit einer Ausrede hatte nach
Hause eilen müssen. Ob er nicht fürchte, hatte sie gefragt, es einmal bereuen zu müssen, daß er sie zur Lügnerin machte? Halb
wie ein Vorwurf, halb wie eine Warnung hatte es geklungen. Und
wenn sie selbst ihrer so wenig sicher schien, durfte er ihr ohne
weiteres vertrauen? Liebte er sie nicht auch – und betrog er sie
nicht trotzdem, oder war in jedem Augenblick bereit dazu, was
am Ende dasselbe bedeutete? Vor einer Stunde im Wagen, als er
sie in den Armen hielt und küßte, hatte sie gewiß nicht geahnt,
daß er einen andern Gedanken hatte als sie. Und doch, in ir-

gendeinem Augenblick, seine Lippen auf den ihren, hatte er sich nach Sissy gesehnt. Warum sollte es nicht geschehen können, daß Anna ihn betrog? … Am Ende schon geschehen sein … ohne daß er es ahnte? … Aber all diese Einfälle waren gleichsam ohne Schwere. Wie phantastische, beinahe amüsante Möglichkeiten schwebten sie durch den Sinn. Er stand mit Heinrich vor dem geschlossenen Haustor in der Florianigasse und reichte ihm die Hand. »Also leben Sie wohl«, sagte er, »wenn wir uns wiedersehen, sind Sie hoffentlich von Ihren Zweifeln geheilt.«

»Wäre das ein besonderer Gewinn?« fragte Heinrich. »Kann man sich denn in Liebessachen mit Gewißheiten beruhigen? Höchstens mit schlimmen, denn die sind für die Dauer. Aber eine gute Gewißheit ist bestenfalls ein Rausch … Nun grüß Sie Gott. Im Mai sehen wir uns hoffentlich wieder. Da komm ich, was immer geschehen sein mag, auf einige Zeit her, und da können wir auch über unsere famose Oper weiterreden.«

»Ja, wenn ich im Mai schon wieder in Wien bin. Es könnte sein, daß ich erst im Herbst zurückkomme.«

»Und dann gleich wieder fort in Ihren neuen Beruf?«

»Es wäre nicht unmöglich, daß es sich so fügt.« Und er sah Heinrich ins Auge mit einer Art von kindlich-trotzigem Lächeln: Ich sag dir's ja doch nicht!

Heinrich schien befremdet. »Hören Sie, Georg, da stehen wir ja vielleicht zum letztenmal zusammen vor diesem Tor. O, ich bin fern davon, mich in Ihr Vertrauen einzudrängen. Es wird wohl bei diesem etwas einseitigen Verhältnis zwischen uns bleiben müssen. Na – tut nichts.«

Georg sah vor sich hin.

»Der Himmel beschütze Sie«, sagte Heinrich, als das Tor sich auftat. »Und lassen Sie gelegentlich von sich hören.«

»Gewiß«, erwiderte Georg und sah plötzlich Heinrichs Augen mit einem unerwarteten Ausdruck von Innigkeit auf sich ruhen. »Gewiß … und Sie müssen mir auch schreiben. Jedenfalls geben Sie mir Nachricht, wie es bei Ihnen zu Hause steht und was Sie arbeiten. Überhaupt«, setzte er herzlich hinzu, »wir müssen in ununterbrochener Verbindung bleiben.«

Der Hausmeister stand da, mit gesträubtem Haar, verschlafenem und bösem Blick, in einem grünlich-braunen Schlafrock, mit Schlapfen an den nackten Füßen.

Heinrich reichte Georg ein letztes Mal die Hand. »Auf Wiedersehen, lieber Freund«, sagte er. Und dann, leiser, auf den Torwächter deutend: »Ich kann ihn nicht länger warten lassen. Wie er mich in dieser Sekunde bei sich nennt, können Sie von seiner edeln, unverfälscht einheimischen Physiognomie ohne besondere Schwierigkeiten ablesen. Adieu.«

Georg mußte lachen. Heinrich verschwand, das Tor schmetterte zu.

Georg empfand keine Spur von Schläfrigkeit und entschloß sich, zu Fuß heimwärts zu wandern. Er war in erregter, gehobener Stimmung. Den Tagen, die nun kommen sollten, sah er mit eigentümlicher Spannung entgegen. Er dachte an das morgige Wiedersehen mit Anna, an Besprechungen, die in Aussicht waren, an die Abreise, an das Haus, das schon irgendwo in der Welt stand, und das ihm in seiner Vorstellung jetzt ungefähr erschien, wie ein Haus aus einer Spielereischachtel, licht, grün, mit einem knallroten Dach und einem schwarzen Rauchfang. Und wie ein Bild, von einer Laterna magica an einen weißen Vorhang geworfen, erschien ihm seine eigene Gestalt: er sah sich auf einem Balkon sitzen, in beglückter Einsamkeit, vor einem mit Notenblättern überdeckten Tisch; Äste wiegten sich vor den Gitterstäben; ein heller Himmel ruhte über ihm, und tief unten zu seinen Füßen, in traumhaft übertriebenem Blau, lag das Meer.

Fünftes Kapitel

Georg öffnete ganz leise die Türe zu Annas Zimmer. Sie lag noch schlafend im Bette und atmete tief und ruhig. Er begab sich aus dem leicht verdunkelten Raum wieder in sein Zimmer zurück und schloß die Türe. Dann trat er ans geöffnete Fenster und schaute hinaus. Über dem Wasser schwebte sonnenschimmernder Nebel. Die Berge drüben, mit reingezogenen Linien, schwammen in Himmelsglanz, und über den Gärten und Häusern von Lugano flimmerte das hellste Blau. Georg war wieder ganz beseligt, diese Junimorgenluft einzuatmen, die vom See die feuchte Frische und von den Platanen, Magnolien und Rosen im Hotelpark den Duft zu ihm emportrug; diese Landschaft anzuschauen, deren Frühlingsfriede ihn nun seit drei Wochen jeden Morgen wie ein neues Glück begrüßte. Rasch trank er seinen Tee aus, lief die Treppe so schnell und erwartungsvoll hinab, wie er einst als Knabe zum Spiel geeilt war, und im grauen Dufte der Frühschatten schlug er den gewohnten Weg längs des Ufers ein. Hier gedachte er seiner einsamen Morgenspaziergänge in Palermo und Taormina im vergangenen Frühjahr, die er oft auf viele Stunden ausgedehnt hatte, da Grace gern bis Mittag mit offenen Augen im Bett lag. Fast umdüstert erschien ihm in der Erinnerung jene Zeit seines Lebens, über der ein naher Abschied, wenn auch manchmal herbeigewünscht, doch wie eine trübe Wolke gelastet hatte. Diesmal schien ihm alles Schmerzliche in weiter Ferne zu liegen, und jedenfalls war es in seiner Macht, ein Ende, wenn es nicht vom Schicksal selber kam, so weit hinauszuschieben, als er wollte.

Anfang März war er mit Anna aus Wien abgereist, da ihr Zustand kaum länger zu verbergen war. Doch schon im Januar hatte sich Georg entschlossen, mit ihrer Mutter zu sprechen. Er hatte sich einigermaßen vorbereitet, und so vermochte er seine Mitteilungen in ruhigen und wohlgesetzten Worten vorzubringen. Die Mutter hörte still zu, und ihre Augen wurden groß und feucht. Anna saß auf dem Diwan mit befangenem Lächeln und betrachtete Georg, während er sprach, mit einer Art von Neugier. Der Plan für die folgenden Monate war entworfen. Bis zum Frühsommer wollte Georg sich mit Anna im Auslande aufhalten, dann sollte in der Umgebung von Wien ein Landhaus gemietet werden, so daß in der schwersten Zeit die Mutter nicht fern wäre und das Kind ohne Schwierigkeiten in der Nähe der Stadt in Pflege gegeben werden konnte. Auch eine Erklärung von Annas Abreise und Fernbleiben für unberufene Neugierige war ausgedacht. Da ihre Stimme sich in der letzten Zeit bedeutend gebessert hätte – was beinahe der Wahrheit entsprach – wäre sie zu einer berühmten Gesangslehrerin nach Dresden gereist, um ihre Ausbildung zu vollenden. Frau Rosner nickte manchmal, als stimmte sie allem zu. Aber die Züge ihres Antlitzes wurden immer trauriger. Nicht so sehr das, was sie erfahren hatte, drückte auf sie, als vielmehr die Vorstellung daß sie es so wehrlos über sich ergehen lassen mußte, eine arme Mutter, in kleinbürgerlichen Verhältnissen, die dem vornehmen Verführer machtlos gegenübersaß. Georg, der dies mit Bedauern merkte, suchte einen immer leichteren und liebenswürdigeren Ton. Er rückte näher zu der guten Frau hin, er nahm ihre Hand und behielt sie sekundenlang in der seinen. Anna hatte sich an dem Gespräch kaum mit einem Worte beteiligt. Als aber Georg sich zum Fortgehen anschickte, erhob sie sich, und zum erstenmal vor der Mutter, als hätte sie nun ihre Verlobung mit ihm gefeiert, bot sie ihm die Lippen zum Kusse. In gehobener Stimmung ging Georg die Treppen hinunter, wie wenn nun eigentlich das schlimmste überstanden wäre. Öfter als früher verbrachte er nun ganze Stunden bei Rosners, mit Anna musizierend, deren Stimme in dieser Zeit merklich an Fülle und Kraft gewann. Das Benehmen der Mutter Georg gegenüber wurde freundlicher, ja, manchmal schien es ihm, als müßte sie sich gegen eine wachsende Sympathie für ihn geradezu wehren. Und es gab einen Abend im Kreise der Familie, an dem Georg zum Nachtmahl blieb, nachher, die Zigarre im Munde, den Anwesenden aus den Meistersingern und Lohengrin vorphantasierte, sich, ganz besonders von seiten Josefs, lebhaften Beifalls erfreuen durfte, und beim Nachhausegehen fast erschrocken merkte, daß er sich so behaglich gefühlt hatte wie in einem neu gewonnenen Heim.

Ein paar Tage später, als er mit Felician beim schwarzen Kaffee saß, brachte ihm der Diener eine Karte, bei deren Empfang er eine leichte Röte aufsteigen fühlte. Felician tat, als hätte er des Bruders Verlegenheit nicht bemerkt, sagte ihm Adieu und verließ das Zimmer. In der Tür begegnete er dem alten Rosner, neigte leicht den Kopf zum Gegengruß und sah vorüber. Georg forderte Herrn Rosner, der im Winterrock mit Hut und Regenschirm eingetreten war, zum Sitzen auf und bot ihm eine Zigarre an. Der alte Rosner sagte: »Ich habe eben geraucht«, was Georg irgendwie beruhigte, und nahm Platz, während Georg an den Tisch gelehnt stehen blieb. Dann begann der Alte mit gewohnter Langsamkeit: »Herr Baron werden sich wahrscheinlich denken können, weshalb ich so frei bin zu stören. Ich wollte eigentlich schon am Vormittag vorsprechen, aber ich konnte leider aus dem Bureau nicht abkommen.«

»Vormittag hätten Sie mich nicht zu Hause gefunden, Herr Rosner«, erwiderte Georg verbindlich.

»Nun, umso besser, daß ich den Weg nicht vergeblich

gemacht habe. Also meine Frau hat mir nämlich heute morgen ... berichtet ... was sich ereignet hat.« Er sah zu Boden.

»So«, sagte Georg und nagte an der Oberlippe. »Ich hatte eigentlich selbst die Absicht ... Aber wollen Sie nicht den Winterrock ablegen, es ist sehr warm im Zimmer.«

»O, danke, danke, es ist mir durchaus nicht zu warm. Nun, ich war ganz entsetzt, als meine Frau mir diese Mitteilung machte. Jawohl, Herr Baron ... Nie hätt ich von Anna gedacht ... niemals für möglich gehalten ... es ist ja furchtbar ...« Er sagte alles in seiner gewohnten eintönigen Weise, nur schüttelte er öfter den Kopf dabei als sonst. Georg mußte immer auf die Glatze mit dem dünnen, gelblichgrauen Haar herunterschauen und empfand nichts als eine öde Gelangweiltheit. »Furchtbar, Herr Rosner, ist die Sache wahrhaftig nicht«, sagte er endlich. »Wenn Sie wüßten, wie sehr ich ... wie innig meine Neigung zu Anna ist, so würden Sie gewiß auch fern davon sein, die Sache furchtbar zu finden. Ihre Frau Gemahlin hat Sie ja jedenfalls hinsichtlich unserer Absichten für die nächste Zeit unterrichtet – Oder irre ich mich?« –

»Durchaus nicht, Herr Baron, seit heute morgen bin ich über alles orientiert. Doch kann ich nicht verschweigen, schon seit einigen Wochen merkte ich, daß etwas im Hause nicht in Ordnung wäre. Es fiel mir insbesondere auf, daß meine Frau sehr erregt und häufig geradezu dem Weinen nahe war.«

»Dem Weinen nahe? – Dazu liegt wahrhaftig kein Grund vor, Herr Rosner; Anna selbst, auf die es doch schließlich vor allem ankommt, befindet sich sehr wohl, hat ihre gewohnte Heiterkeit ...«

»Ja, Anna ist allerdings in guter Stimmung und dies, um die Wahrheit zu sagen, bildet gewissermaßen meinen Trost. Aber im übrigen kann ich Ihnen nicht schildern, Herr Baron, wie schwer getroffen ... wie, ich möchte sagen ... wie aus allen Himmeln gerissen ... nie, nie hätte ich geglaubt ...« Er konnte nicht weiter, seine Stimme zitterte.

»Ich bin wirklich sehr bekümmert«, sagte Georg, »wenn Sie der Angelegenheit in dieser Weise gegenüberstehen, trotzdem Ihnen doch Ihre Frau Gemahlin jedenfalls alles auseinandergesetzt hat, und die Maßnahmen, die wir für die nächste Zeit getroffen haben, wohl auch Ihre Zustimmung finden dürften.

Von einer ferneren Zeit, einer hoffentlich nicht allzufernen, will ich heute lieber noch nicht reden, weil mir Phrasen jeder Art ziemlich zuwider sind. Aber Sie können versichert sein, Herr Rosner, daß ich gewiß nicht vergessen werde, was ich einem Wesen wie Anna ... ja, was ich mir selber schuldig bin.« Er schluckte.

Soweit er zurückdachte, gab es keinen Moment in seinem Leben, in dem er sich selbst so unsympathisch gewesen war. Und nun, wie in Gesprächen von vollkommener Aussichtslosigkeit nicht anders möglich, wiederholte jeder einigemale dasselbe, bis Herr Rosner sich endlich entschuldigte gestört zu haben und sich von Georg verabschiedete, der ihn bis zur Stiege hinausbegleitete. Georg behielt es einige Tage lang nach diesem Besuche wie einen unangenehmen Nachgeschmack in der Seele. Jetzt fehlt nur noch der Bruder, dachte er geärgert und stellte sich unwillkürlich eine Auseinandersetzung vor, in deren Verlauf sich der junge Mann als Rächer der Hausehre aufzuspielen suchte und Georg ihn mit außerordentlich treffenden Worten in seine Schranken verwies. Immerhin fühlte sich Georg, nachdem die Unterredung mit den Eltern Annas überstanden war, wie befreit. Und über den Stunden, die er mit der Geliebten allein in dem friedlichen Zimmer, der Kirche gegenüber verbrachte, lag ein eigenes Gefühl von Behaglichkeit und Sicherheit. Zuweilen schien es ihnen beiden, als stünde die Zeit stille. Wohl brachte Georg zu den Zusammenkünften Reisehandbücher, den Burckhardtschen Cicerone, sogar Fahrpläne mit und stellte gemeinschaftlich mit Anna allerlei Routen zusammen, aber eigentlich dachte er nicht ernstlich daran, daß all das einmal wahr werden sollte. Was jedoch das Haus anbelangte, in dem das Kind geboren werden sollte, so waren sie beide von der Notwendigkeit durchdrungen, daß es gefunden und gemietet sein mußte, ehe sie Wien verließen. Einmal sah Anna in der Zeitung, die sie sorgfältig daraufhin durchzulesen pflegte, ein Forsthaus angekündigt, hart am Walde, unweit einer Bahnstation, die von Wien in eineinhalb Stunden zu erreichen war. Eines Morgens fuhren sie beide an den bezeichneten Ort – und nahmen die Erinnerung an einen verschneiten, einsamen Holzbau mit Hirschgeweihen über der Tür, an einen alten, betrunkenen Förster, an eine junge, blonde Magd, an eine windesrasche

Schlittenfahrt über eine besonnte Winterstraße, an ein unbegreiflich lustiges Mittagessen in einem riesigen Gasthofzimmer
und an ein schlecht beleuchtetes, überheiztes Kupee mit nach
Hause. Dies war das einzige Mal, daß Georg mit Anna zusammen das Haus suchen ging, das doch schon irgendwo in der
Welt stehen und seiner Bestimmung warten mußte ... Sonst
fuhr er meist allein mit der Bahn oder mit der Tramway in die
nahegelegenen Sommerfrischen Umschau halten.

Einmal, an einem mitten in den Winter verirrten Frühlingstag,
spazierte Georg durch einen der kleinen, ganz nahe der Stadt
gelegenen Orte, die er besonders liebte, wo dorfmäßige Baulich-
keiten, bescheidene Landhäuser und elegante Villen sich anein-
anderreihten; hatte so ziemlich vergessen, wie ihm das manchmal geschah, warum er hergefahren war, und dachte eben mit
Ergriffenheit daran, daß auf den gleichen Wegen wie er vor
manchen Jahren Beethoven und Schubert gewandelt waren, als
ihm unvermutet Nürnberger entgegentrat. Sie begrüßten einander, lobten den schönen Tag, der so weithinaus ins Freie lockte,
und bedauerten höflich, daß man einander so selten begegne,
seit Bermann Wien verlassen hatte.

»Haben Sie schon lange nichts von ihm gehört?« fragte Georg.

»Seit er fort ist«, erwiderte Nürnberger, »habe ich nur eine
Karte von ihm erhalten. Es ist wohl anzunehmen, daß er mit
Ihnen in regerer Korrespondenz steht, als mit mir.«

»Warum ist es anzunehmen?« fragte Georg, durch Nürnbergers Ton wie manchmal etwas geärgert.

»Nun, zum mindesten haben Sie das eine vor mir voraus, den
neuern Bekannten für ihn zu bedeuten, ihm also für seine psychologischen Interessen ein anregenderes Problem zu bieten,
als ich.« Aus diesen mit dem üblichen Spott gebrachten Worten
hörte Georg ein gewisses Verletztsein heraus, das er übrigens
begriff. Denn tatsächlich hatte sich Heinrich in der letzten Zeit
um Nürnberger, mit dem er früher sehr viel verkehrt hatte,
wenig mehr gekümmert, wie es überhaupt seine Art war, Menschen an sich zu ziehen und mit der größten Rücksichtslosigkeit
wieder fallen zu lassen, je nachdem ihr Wesen seiner Stimmung
gerade gemäß war oder nicht.

»Ich bin trotzdem nicht viel besser dran als Sie«, sagte Georg.
»Auch ich habe schon ein paar Wochen lang keine Nachrichten

von ihm bekommen. Nach den letzten scheint es übrigens seinem Vater sehr schlecht zu gehen.«

»So wird's jetzt wohl mit dem bedauernswerten, alten Mann bald zu Ende sein.«

»Wer weiß. Nach dem, was mir Bermann schreibt, kann es auch noch Monate dauern.«

Nürnberger schüttelte ernst den Kopf.

»Ja«, sagte Georg leichthin, »in solchen Fällen sollte es wirklich den Ärzten gestattet sein … die Sache abzukürzen.«

»Da haben Sie vielleicht recht«, antwortete Nürnberger. »Aber wer weiß, ob nicht unser Freund Heinrich, so sehr es ihn im Arbeiten und vielleicht sogar in manchem andern stören mag, seinen Vater unrettbar hinsiechen zu sehen, – wer weiß, ob er nicht trotzdem dem Vorschlag, diese hoffnungslose Sache durch eine Morphiuminjektion endgültig zu erledigen, ablehnend gegenüber stünde.«

Wieder fühlte sich Georg durch den höhnisch-bitteren Ton Nürnbergers abgestoßen. Und dennoch, in der Erinnerung an die Stunde, da er Heinrich von ein paar unklaren Worten im Brief einer Geliebten heftiger bewegt gesehen hatte, als von dem Wahnsinn seines Vaters, konnte er sich dem Eindruck nicht verschließen, daß Nürnberger den gemeinsamen Freund richtig beurteilte … »Haben Sie den alten Bermann gekannt?« fragte er.

»Persönlich nicht. Aber ich erinnere mich noch der Zeit, da sein Name oft in den Blättern genannt wurde, und auch mancher sehr gesinnungstüchtigen Reden, die er im Abgeordnetenhaus gehalten hat. Doch ich halte Sie auf, lieber Baron, grüß Sie Gott. Wir sehen uns wohl dieser Tage einmal im Kaffeehaus oder bei Ehrenbergs.«

»Sie halten mich durchaus nicht auf«, erwiderte Georg mit absichtlicher Liebenswürdigkeit. »Ich bummle und benütze die Gelegenheit, mir Sommerwohnungen anzuschauen.«

»So, wollen Sie heuer in der Nähe Wiens auf dem Lande wohnen?«

»Ja, eine Zeitlang wahrscheinlich. Und außerdem hat mich eine bekannte Familie gebeten, wenn der Zufall mich bei diesem Anlaß etwas finden ließe …« Er wurde ein wenig rot, wie immer, wenn er nicht ganz bei der Wahrheit blieb.

Nürnberger bemerkte es und sagte harmlos: »Ich bin eben an einigen Villen vorbeigegangen, die zu vermieten sind. Sehen Sie zum Beispiel dort diese weiße, mit der breiten Terrasse?«

»Die sieht ganz nett aus. Die könnte man sich eigentlich anschauen. Wenn es Ihnen nicht zu fad ist, mich zu begleiten, – so fahren wir dann miteinander nach der Stadt zurück.«

Der Garten, den sie betraten, stieg schmal und lang nach aufwärts und erinnerte Nürnberger an einen andern, in dem er als Kind gespielt hatte. »Vielleicht ist es sogar derselbe«, sagte er. »Wir haben nämlich durch Jahre hindurch in Grinzing oder Heiligenstadt auf dem Lande gewohnt.«

Dieses »wir« berührte Georg ganz eigen. Er konnte sich kaum vorstellen, daß Nürnberger auch einmal ganz jung gewesen war, als ein Sohn mit Vater und Mutter, als ein Bruder mit Schwestern gelebt hatte, und er empfand mit einemmal die ganze Existenz dieses Mannes als etwas Seltsames und Schweres.

Auf der Höhe des Gartens, von einer offenen Laube, gab es einen wunderhübschen Blick auf die Stadt, an dem sie sich eine Weile erfreuten. Dann gingen sie langsam wieder hinab, von der Hausmeistersfrau begleitet, die ein kleines Kind, in einen grauen Plaid gewickelt, auf dem Arme trug. Nun sahen sie sich die Wohnung an; niedrige, muffige Zimmer, mit verschlissenen billigen Teppichen auf den Fußböden, schmalen Holzbetten, zerbrochenen oder blinden Spiegeln. »Im Frühjahr wird alles neu hergerichtet«, erklärte die Hausmeisterin, »da schaut's dann sehr freundlich aus.« Das kleine Kind streckte plötzlich die Händchen nach Georg aus, als wenn es von ihm auf den Arm genommen werden wollte. Georg war ein wenig gerührt und lächelte verlegen.

Während er mit Nürnberger auf der Plattform der Tramway in die Stadt fuhr und mit ihm plauderte, hatte er die Empfindung, daß er ihm bei den vielen früheren Gelegenheiten ihres Zusammenseins nicht so nahe gekommen war, als während dieser hellen Wintersonnenstunde auf dem Lande. Beim Abschied ergab es sich ganz ungezwungen, daß sie sich für einen der nächsten Tage zu einem neuen Spaziergang verabredeten, und so kam es, daß Georg bei seiner weitern Wohnungssuche in der Umgegend Wiens etliche Male von Nürnberger begleitet wurde. Dabei wurde immer die Fiktion gewahrt, als suchte Georg für die befreundete Familie, als glaubte Nürnberger daran, und als glaubte Georg, daß Nürnberger daran glaubte.

Auf diesen Wanderungen kam Nürnberger manchmal dazu, von seiner Jugend zu sprechen, von den Eltern, die er sehr früh verloren hatte, von einer Schwester, die jung gestorben, und von seinem ältern Bruder, dem einzigen seiner Verwandten, der noch am Leben war. Der aber, ein alternder Junggeselle wie Edmund selbst, lebte nicht in Wien, sondern als Gymnasiallehrer in einer kleinen niederösterreichischen Stadt, wohin er schon vor fünfzehn Jahren als Supplent versetzt worden war. Später hätte er es wohl ohne besondere Mühe erwirken können, wieder in der Großstadt angestellt zu werden; doch nach ein paar Jahren der Verbitterung, ja des Grimms, hatte er sich in die kleinen, ruhigen Verhältnisse seines Aufenthaltsortes so völlig eingewöhnt, daß eine Rückkehr nach Wien ihm eher als Opfer erschienen wäre. Und er lebte nun, seinem Beruf und insbesondre seinen Sprachstudien mit Inbrunst hingegeben, weltfern, einsam, zufrieden, als eine Art von Philosoph in der kleinen Stadt. Wenn Nürnberger über diesen fernen Bruder sprach, so war es Georg manchmal, als hörte er ihn über einen Verstorbenen reden, so völlig schien jede Möglichkeit einer künftigen dauernden Vereinigung aufgehoben zu sein. Ganz anders, beinahe wie von einem Wesen, das einmal wiederkehren konnte, mit einer immer wachen Sehnsucht, sprach er von der Schwester, die seit vielen Jahren tot war.

An einem nebligen Februartag auf einer Bahnstation, während sie, den Zug nach Wien erwartend, auf dem Perron miteinander hin und her spazierten, da war es, daß Nürnberger Georg die Geschichte dieser Schwester erzählte, die schon als Kind, von einer ungeheuern Leidenschaft fürs Theater wie besessen, mit sechzehn Jahren in einem kindisch-romantischen Drang, ohne Abschied das Haus verlassen hatte. Durch zehn Jahre war sie nun von Stadt zu Stadt, von Bühne zu Bühne gewandert, immer nur in geringern Stellungen beschäftigt, da weder ihr Talent noch ihre Schönheit für den gewählten Beruf auszureichen schienen; aber immer mit gleicher Begeisterung, immer mit gleicher Zukunftsgewißheit, trotz der Enttäuschungen, die sie erlebte, und des Jammers, den sie sah. In den Ferien erschien sie zuweilen bei den Brüdern, die damals noch zusammen wohnten, auf Wochen, manchmal nur auf Tage, erzählte von den Schmieren, auf denen sie gemimt, als wären es große Theater; von ihren spärlichen Erfolgen wie von Triumphen, die sie errungen; von den armseligen Komödianten, an deren Seite sie gewirkt, wie von großen Künstlern; von den kleinen Intrigen, die sich in ihrer Nähe abgespielt, wie von gewaltigen Tragödien der Leidenschaft. Und statt allmählich inne zu werden, in welch einer kläglichen Welt als eine der Bedauernswertesten sie dahinlebte, spann sie von Jahr zu Jahr sich in goldenere Träume ein. Das ging so lang, bis sie einmal fiebernd und krank in die Heimat zurückkehrte. Nun lag sie monatelang zu Bett, mit geröteten Wangen, schwärmte in ihren Delirien von Ruhm und Glück, die sie nie erlebt, erhob sich noch einmal zu scheinbarer Gesundheit und zog wieder hinaus, um diesmal schon nach wenigen Wochen, völlig zerstört, den Tod auf der Stirne, heimzukehren. Nun reiste der Bruder mit ihr nach dem Süden; nach Arco, nach Meran, an die italienischen Seen. Und jetzt erst, in südlichen Gärten unter blühenden Bäumen hingestreckt, dem Treiben entrückt, das sie durch Jahre berauscht und verwirrt hatte, kam sie zur Erkenntnis, daß ihr Leben ein Hin- und Hertaumeln unter gemaltem Himmel und zwischen papierenen Wänden, – daß der ganze Inhalt ihres Daseins ein Wahn gewesen war. Aber auch die kleinen Abenteuer des Tags, in gemieteten Zimmern und Wirtshäusern, auf Straßen fremder Städte, erschienen ihr in der Erinnerung wie Szenen, in denen sie als Schauspielerin im Lampenlichte mitgespielt, nicht wie solche, die sie wirklich erlebt hatte. Und während sie dem Grabe entgegenging, erwachte in ihr eine ungeheuere Sehnsucht nach dem wirklichen Leben, das sie versäumt hatte; je sicherer sie wußte, daß sie ihr für immer verloren war, mit um so klarerem Blicke erkannte sie die Fülle der Welt. Und das allersonderbarste war, wie in den letzten Wochen ihres Lebens das Talent, dem sie ihre ganze Existenz hingeopfert, ohne es wirklich zu besitzen, geheimnisvoll dämonisch zum Vorschein kam. »Heute noch scheint mir«, sagte Nürnberger, »als hätt ich niemals, auch von der größten Schauspielerin, Verse so sprechen gehört, ganze Szenen so agieren gesehen, wie von meiner Schwester in dem Hotelzimmer in Cadenabbia mit der Aussicht auf den Comosee, ein paar Tage, bevor sie starb. Freilich«, setzte er hinzu, »ist es möglich, ja sogar wahrscheinlich, daß mich die Erinnerung täuscht.«

»Warum denn?« fragte Georg, dem dieser Abschluß so gut gefiel, daß er sich ihn nicht verderben lassen wollte. Und er bemühte sich, Nürnberger, der es lächelnd anhörte, zu überzeugen, daß der sich nicht geirrt haben könnte und daß mit dem seltsamen Mädchen, das in Cadenabbia begraben lag, eine große Schauspielerin dahingegangen war …

Das Landhaus, das Georg suchte, fand er auch auf seinen Wanderungen mit Nürnberger nicht; ja, von einem Mal zum andern schien die Entdeckung schwieriger zu werden. Nürnberger spottete wohl zuweilen über die schwer erfüllbaren Ansprüche Georgs, der nach einer Villa zu suchen schien, an der vorn die wohlgepflegte Straße vorbeiführen und die rückwärts eine Gartentüre in den Urwald haben sollte. Schließlich glaubte Georg selbst nicht mehr ernsthaft daran, daß es ihm jetzt gelingen würde, das erwünschte Haus zu finden, und verließ sich auf den Zwang des Findenmüssens nach der Rückkehr von der Reise. Notwendiger erschien es, sich möglichst bald mit einem Arzt ins Einvernehmen zu setzen; aber auch das verschob Georg von einem Tag zum andern. Doch eines Abends teilte Anna ihm mit, daß sie, durch einen neuen Ohnmachtsanfall in plötzliche Angst versetzt, Doktor Stauber besucht und ihm ihren Zustand eröffnet hatte. Er war sehr herzlich gewesen, hatte keinerlei Erstaunen ausgedrückt, sie in jeder Hinsicht vollkommen beruhigt und nur den Wunsch geäußert, Georg vor der Abreise zu sprechen.

Ein paar Tage darauf folgte Georg der Einladung des Arztes. Die Ordination war eben zu Ende. Doktor Stauber empfing ihn mit der vorausgesehenen Freundlichkeit, schien die ganze Angelegenheit so einwandfrei und natürlich als möglich zu finden und sprach von Anna nie anders als von der jungen Frau, was Georg eigentümlich, aber nicht unangenehm berührte. Als die sachlichen Erörterungen abgeschlossen waren, erkundigte sich der Arzt nach dem Ziel der Reise. Georg hatte noch kein Programm entworfen, nur so viel stand fest, daß das Frühjahr im Süden, wahrscheinlich in Italien verbracht werden sollte. Doktor Stauber nahm Anlaß, von seinem letzten Aufenthalt in Rom zu erzählen, der zehn Jahre zurücklag. Er war damals, wie schon früher einmal, mit dem Leiter der Ausgrabungen in persönlichem Verkehr gestanden und sprach zu Georg in fast begeistertem Ton von den neuesten Entdeckungen auf dem Palatin, über den er als junger Mann selbst Studien gepflogen und in den Heften für Altertumsforschung veröffentlicht hatte. Dann zeigte er Georg nicht ohne Stolz seine Bibliothek, die in eine medizinische und in eine kunsthistorische geschieden war, und trug ihm leihweise einige seltenere Bücher, eines aus dem Jahre 1834 über die vatikanischen Sammlungen und eine Geschichte Siziliens an. Georg fühlte sich höchst angeregt, während ihm so deutlich zum Bewußtsein kam, wie reiche Tage ihm bevorstanden. Eine Art von Heimweh nach wohlbekannten und lang entbehrten Gegenden überkam ihn, halbvergessene Bilder tauchten wieder in ihm auf: die Pyramide des Cestius stand am Horizont, in den scharfen Umrissen, wie sie ihm erschienen, da er als Knabe mit dem Prinzen von Makedonien in die abendliche Stadt zurückgeritten war; die dämmrige Kirche tat sich auf, wo er seine erste Geliebte als Braut zum Altar hatte schreiten sehen; unter einem dunkeln Himmel zog ein Nachen mit seltsam schwefelgelben Segeln an der Küste hin ... Er begann zu reden, sprach von den vielen Städten und Landschaften des Südens, die er als Knabe, als Jüngling gesehen, erzählte von der Sehnsucht nach diesen Orten, die ihn oft wie ein wahres Heimweh ergriff, von seiner Freude, all das Ersehnte, Bewahrtes und Vergessenes, und vieles Neue, mit gereiftem Blick umfassen zu dürfen, und diesmal in Gesellschaft eines Wesens, das fähig, alles mit ihm zu verstehen und zu genießen, und das ihm teuer war. Doktor Stauber, der eben daran war, ein Buch in die Reihe zurückzustellen, wandte sich plötzlich nach Georg um, sah ihn mild an und sagte: »Das laß ich mir gefallen.« Da Georg seinen Blick ein wenig befremdet erwiderte, setzte er hinzu: »Es war nämlich das erste warme Wort über Ihre Beziehung zu Annerl, das ich im Laufe dieser Stunde von Ihnen vernommen habe. Ich weiß, ich weiß, es liegt nicht in Ihrer Art, sich einem beinahe fremden Menschen gegenüber aufzuschließen, aber gerade weil ichs eigentlich nicht erwarten durfte, hat's mir wohlgetan. Es ist Ihnen wirklich aus dem Herzen gekommen, man hats gemerkt. Und es hätte mir leid getan um das Annerl – entschuldigen Sie, ich heiß sie halt noch immer so – wenn ich mir hätte denken müssen, Sie haben sie nicht so gern, wie sie es verdient.«

»Ich weiß eigentlich nicht«, erwiderte Georg kühl, »was Sie veranlaßt, daran zu zweifeln, Herr Doktor.«

»Hab' ich etwas von Zweifeln gesagt?« erwiderte Stauber gutmütig. »Aber schließlich, es soll schon dagewesen sein, daß ein junger Mann, der allerlei erlebt hat, so ein Opfer nicht genügend würdigt. Es bleibt ja doch ein Opfer, lieber Baron. Wir können noch so erhaben sein über alle Vorurteile – eine Kleinigkeit ist es heutzutage noch immer nicht, wenn sich ein junges Mädel aus guter Familie zu so was entschließt. Und ich wills Ihnen nicht verhehlen – Annerl hab ichs natürlich nicht merken lassen – es hat mir doch einen leisen Ruck gegeben, wie sie neulich bei mir gewesen ist und mir die Sache erzählt hat.«

»Entschuldigen Sie, Herr Doktor«, erwiderte Georg geärgert, aber höflich, »wenn es Ihnen einen Ruck gegeben hat, so beweist das doch einiges gegen Ihr Erhabensein über Vorurteile …«

»Da haben Sie recht«, sagte Stauber lächelnd. »Aber vielleicht sehen Sie mir diese Rückständigkeit nach, wenn Sie bedenken, daß ich etwas älter bin als Sie und aus einer andern Zeit herkomme. Und dem Einfluß seiner Epoche kann sich selbst ein ziemlich selbständig denkender Mensch … was zu sein ich mir schmeichle … nicht ganz entziehen. Das ist ja das Merkwürdige. Aber glauben Sie mir, es gibt auch heutzutage, selbst unter den jungen Leuten, die bei Nietzsche und Ibsen aufgewachsen sind, geradesoviel Philister als es vor dreißig Jahren gegeben hat; sie geben sich nur nicht zu erkennen, außer es geht ihnen selbst an den Kragen, zum Beispiel, wenn man ihnen die Schwester verführt oder wenn ihre Frau Gemahlin ihnen plötzlich mit der Idee kommt, sie will sich ausleben … Manche sind natürlich konsequent und spielen ihre Rolle weiter … das ist aber mehr eine Frage der Selbstbeherrschung als der Weltanschauung. Und früher wieder, wissen Sie, in der Epoche, aus der ich eben komme, wo die Begriffe so unwiderruflich festgestanden sind, wo jeder zum Beispiel genau gewußt hat: man hat seine Eltern zu verehren, sonst ist man ein Schuft … oder: eine wahre Liebe gibt es nur einmal im Leben … oder: es ist ein Vergnügen, für das Vaterland zu sterben … wissen Sie, in der Epoche, wo jeder anständige Mensch irgendeine Fahne hochgehalten oder wenigstens irgendwas auf sein Banner geschrieben hat … glauben Sie mir, schon damals haben die sogenannten modernen

Ideen mehr Anhänger gehabt, als man ahnt. Nur, daß es diese Anhänger selbst manchmal nicht recht gewußt, daß sie selber ihren Ideen nicht getraut, daß sie sich gewissermaßen wie Auswürflinge oder gar wie Verbrecher vorgekommen sind. Soll ich Ihnen was sagen, Herr Baron? Es gibt überhaupt keine neuen Ideen. Neue Gedankenintensitäten – das ja. Aber meinen Sie im Ernst, daß Nietzsche den Übermenschen, Ibsen die Lebenslüge erfunden hat, und Anzengruber die Wahrheit, daß die Eltern selber »danach sein sollen«, die von ihren Kindern Verehrung und Liebe wünschen? Keine Spur. Alle ethischen Ideen sind immer dagewesen, und staunen würde man, wenn man wüßte, was für Flachköpfe die sogenannten neuen, großen Wahrheiten gedacht, vielleicht sogar manchmal ausgesprochen haben, lang vor den Genies, denen wir diese Wahrheiten verdanken, oder vielmehr den Mut, diese Wahrheiten für wahr zu halten. Aber ich bin da etwas weit abgekommen, verzeihen Sie. Eigentlich hab ich nur sagen wollen … und Sie werden mirs glauben … ich weiß so gut wie Sie, Herr Baron, daß es manches jungfräuliche Mädchen gibt, das tausendmal verdorbener ist als eine sogenannte Gefallene, und manchen, als anständig geltenden jungen Mann, der schlimmere Dinge auf dem Gewissen hat, als daß er mit einem unschuldigen Mädchen ein Verhältnis anfängt. Und doch … das ist eben der Fluch meiner Epoche …«, schaltete er lächelnd ein, »ich hab mir nicht helfen können im ersten Moment, wie Annerl mir die Geschichte erzählt hat, da haben gewisse unangenehme Worte, die seinerzeit ihre feststehende Bedeutung gehabt haben, in meinem alten Kopf ganz mit ihrem alten Ton zu klingen angefangen, dumme, überlebte Worte wie … Wüstling … Verführung … sitzen lassen … und so weiter. Und daher, ich muß noch einmal um Entschuldigung bitten, jetzt, da ich Sie etwas näher kennengelernt habe – daher ist dann der Ruck gekommen, den gespürt zu haben ein moderner Mensch eigentlich nicht eingestehen dürfte. Aber, um wieder ganz ernst zu reden, überlegen Sie nur einmal, wie sich Ihr seliger Herr Vater zu der Sache gestellt hätte, der wieder das Annerl nicht gekannt hat. Er war doch sicher einer der klügsten und vorurteilslosesten Menschen, den man sich denken kann … Und trotzdem zweifeln Sie gewiß nicht daran, daß es auch bei ihm nicht ganz ohne Ruck abgegangen wäre.«

Georg streckte dem Arzt unwillkürlich die Hand entgegen. Das Unerwartete dieser plötzlichen Mahnung an den geliebten Toten ließ eine so heftige Sehnsucht in ihm aufsteigen, daß er sie nur zu lindern vermochte, indem er von dem Entschwundenen zu reden begann. Auch der Arzt wußte noch von mancher Begegnung mit dem verblichnen Baron zu erzählen, meist zufälligen, flüchtigen auf der Straße, bei Sitzungen der Akademie der Wissenschaften, in Konzerten. Wieder war einer jener Augenblicke, in dem Georg sich dem Dahingeschiedenen gegenüber seltsam schuldvoll erschien und sich im Innern zuschwor, seines Andenkens würdig zu werden.

»Grüßen Sie das Annerl von mir«, sagte der Arzt beim Abschied zu ihm, »aber von dem ›Ruck‹ erzählen Sie ihr lieber nichts. Sie ist ein sehr feinfühliges Geschöpf, das wissen Sie ja, und jetzt kommt es vor allem darauf an, ihr jede unangenehme Aufregung zu ersparen. Bedenken Sie nur, lieber Baron, es handelt sich jetzt nur um das eine, daß ein gesundes Kind auf die Welt kommt, alles übrige … na, grüßen Sie sie schön von mir, hoffentlich sehen wir uns alle gesund im Sommer wieder.«

Georg entfernte sich mit dem erhöhten Bewußtsein seiner Verpflichtungen gegenüber dem Wesen, das sich ihm gegeben, und jenem andern, das in wenigen Monaten zum Dasein erwachen sollte. Er dachte zuerst daran, ein Testament zu machen und es bei einem Notar zu hinterlegen. Bei näherer Überlegung aber fand er es richtiger, sich seinem Bruder zu eröffnen, der ihm unter allen Menschen doch auch innerlich am nächsten stand. In der eigentümlichen Befangenheit aber, die dem doch so innigen Verhältnis zwischen den Brüdern eigen war, ließ er Tag um Tag verstreichen, bis endlich Felicians Abreise nach Afrika zu den Jagden ganz nahe bevorstand. In der Nacht vorher, auf dem Weg aus dem Klub nach Hause, teilte Georg seinem Bruder mit, daß er schon in der nächsten Zeit eine lange Reise anzutreten gedenke.

»So? Auf wie lange willst du denn fort?« fragte Felician.

Georg hörte im Ton dieser Worte eine gewisse Besorgnis mitklingen und fühlte sich veranlaßt hinzuzusetzen: »Es wird wohl auf Jahre hinaus die letzte größere Reise sein, die ich unternehme. Im Herbst befinde ich mich ja hoffentlich in einer festen Stellung.«

»Du bist also ganz entschlossen?«

»Ja, selbstverständlich.«

»Es freut mich sehr, Georg, aus verschiedenen Gründen, wie du dir denken kannst, daß du nun endlich ernst machen willst. Und im übrigen trifft's sich auch gut, daß nicht nur einer von uns in die Welt hinaus muß und der andere allein zurückbleibt. Das wär doch ein biß'l traurig gewesen.«

Georg wußte wohl, daß Felician im nächsten Herbst einer auswärtigen Vertretung zugeteilt werden sollte, aber mit solcher Klarheit war ihm noch nie bewußt geworden, daß es nun in wenigen Monaten mit der langjährigen brüderlichen Gemeinschaft, mit dem Zusammenwohnen in dem alten Haus gegenüber dem Park, ja gewissermaßen mit der Jugend unwiederbringlich vorbei sein mußte. Er sah das Leben ernst, beinahe drohend vor sich liegen.

»Hast du denn schon eine Ahnung«, fragte er, »wohin sie dich schicken werden?«

»Eine gewisse Chance besteht für Athen.«

»Wär' dir das angenehm?«

»Warum nicht. Die Gesellschaft dort soll nicht uninteressant sein. Bernburg war drei Jahre lang dort, und er ist ungern fort. Und dabei haben sie ihn nach London versetzt, was doch auch nicht ohne ist.«

Sie gingen eine Weile schweigend weiter, nahmen den Weg durch den Park wie gewöhnlich. Eine Luft wie vom nahen Frühling war um sie, obwohl auf den Rasenplätzen noch schmale, weiße Schneeflecken schimmerten.

»Also nach Italien reist du?« fragte Felician.

»Ja.«

»Wieder so weit nach dem Süden wie voriges Frühjahr?«

»Das weiß ich noch nicht.«

Wieder ein kurzes Schweigen.

Plötzlich aus dem Dunkel heraus die Stimme Felicians: »Hast du von Grace eigentlich seitdem etwas gehört?«

»Von Grace«, wiederholte Georg etwas verwundert, denn es war lange her, daß Felician diesen Namen nicht mehr ausgesprochen hatte. »Von Grace hab' ich nichts mehr gehört. Das war übrigens so abgemacht zwischen uns. In Genua haben wir für ewig Abschied genommen. Auch schon über ein Jahr her …«

Auf einer Bank, ganz im Dunkeln, saß ein Herr im Pelz, mit Zylinder und weißen Handschuhen. Ah, Labinski, dachte Georg einen Moment lang; im nächsten fiel ihm natürlich ein, daß der sich erschossen hatte ... Es war nicht das erstemal, daß er ihn zu sehen glaubte. Auch im botanischen Garten zu Palermo unter einer japanischen Esche war einmal einer gesessen, bei hellichtem Tag, den Georg eine Sekunde lang für Labinski gehalten hatte. Und neulich, hinter den geschlossenen Fenstern eines Fiakers, hatte Georg das Antlitz seines verstorbenen Vaters zu erkennen geglaubt.

Hinter den laublosen Ästen schimmerten Häuser her. Eines davon war das, in dem die Brüder wohnten.

Es wäre Zeit, dachte Georg, daß ich endlich auf die Angelegenheit zu reden komme. Und um rasch anzuknüpfen, bemerkte er leicht: »Ich fahr' übrigens auch heuer nicht allein nach Italien.«

»So, so«, sagte Felician und sah vor sich hin.

Im selben Moment fühlte Georg, daß er den Ton nicht richtig genommen hatte. Er besorgte, daß Felician sich etwa denken könnte: ah, nun hat er wieder ein Abenteuer mit so einer dubiosen Person. Und ernst fügte er hinzu: »Du, Felician, ich hätte was ziemlich Wichtiges mit dir zu besprechen.«

»Was Wichtiges?«

»Ja.«

»Na, Georg«, sagte Felician mild und sah ihn von der Seite an. »Was gibt's denn, du heiratest doch nicht am Ende?«

»O nein«, erwiderte Georg und ärgerte sich gleich wieder, daß er diese Möglichkeit so entschieden abgelehnt hatte. »Nein, nicht um eine Heirat handelt es sich, sondern um etwas viel Wesentlicheres.«

Felician blieb einen Moment stehen. »Du hast ein Kind?« fragte er ernst.

»Nein. Noch nicht. Das ist es eben. Darum reisen wir fort.«

»So«, sagte Felician.

Sie waren aus dem Park herausgetreten. Unwillkürlich sahen sie beide zu dem Fenster ihrer Wohnung auf, von dem aus noch vor einem Jahr ihr Vater ihnen manchmal grüßend zugenickt hatte. Beide fühlten mit Wehmut, wie sie seit dem Tode des Vaters einander allmählich entglitten waren – und mit leiser

Angst, um wie viel weiter sie das Leben noch voneinander entfernen konnte.

»Komm zu mir ins Zimmer«, sagte Georg, als sie oben waren. »Da ist's am gemütlichsten.«

Er setzte sich auf seinen bequemen Sessel am Schreibtisch. In die Ecke des kleinen, grünen Lederdiwans, der an den Schreibtisch angerückt war, lehnte sich Felician und hörte ruhig zu. Georg nannte ihm den Namen seiner Geliebten, sprach von ihr in guten und innigen Worten und erbat sich von Felician, daß er sich der Mutter und des Kindes annähme für den Fall, daß ihm, Georg, in der nächsten Zeit etwas Menschliches zustieße. Was von seinem Vermögen noch vorhanden wäre, hinterließe er selbstverständlich dem Kind, der Mutter fiele die Nutznießung bis zu des Kindes Volljährigkeit zu. Als Georg zu Ende war, sagte Felician nach kurzem Schweigen lächelnd: »Na, du hast ja gegründete Hoffnung, von deiner Reise ebenso gesund und wohl zurückzukommen, als ich aus Afrika, und so hat unsere Besprechung wohl nur akademische Bedeutung.«

»Das hoff ich natürlich auch. Aber es ist mir jedenfalls eine Beruhigung, Felician, daß du nun eingeweiht bist und ich nach jeder Richtung hin unbesorgt sein kann.«

»Ja natürlich, das kannst du.« Er reichte dem Bruder die Hand. Dann stand er auf, ging im Zimmer auf und ab. Endlich fragte er: »Zu legitimieren denkst du deine Beziehungen nicht?«

»Vorläufig nein. Was die Zukunft bringt, kann man ja nicht wissen.«

Felician blieb stehen. »Na ja …«

»Du wärst dafür, daß ich heirate?« rief Georg mit einigem Erstaunen aus.

»Durchaus nicht.«

»Felician, ich bitte dich, sei aufrichtig!«

»Weißt du, in solche Geschichten soll man niemandem dreinreden, auch seinem Bruder nicht.«

»Aber wenn ich dich bitte, Felician. Mir kommt vor, als gefiele dir irgend etwas an der Geschichte nicht.«

»Ja, siehst du Georg … du wirst mich ja nicht mißverstehen … ich weiß natürlich, daß du nicht daran denkst, sie im Stich zu lassen, im Gegenteil, ich bin sogar überzeugt, daß du dich in jeder Beziehung viel nobler benehmen wirst, als irgendein

Mensch an deiner Stelle. Aber, die Frage ist doch eigentlich die: hättest du dich in die Sache eingelassen, wenn du dir die Folgen nach allen Seiten hin überlegt hättest?«

»Ja, das ist freilich schwer zu beantworten«, sagte Georg.

»Ich meine ganz einfach: Hast du die Absicht gehabt ... nicht sie zu deiner Lebensgefährtin zu machen, aber ein Kind mit ihr zu haben?«

»Gott, wer denkt daran? Wenn man es so absolut hätte vermeiden wollen –«

Felician unterbrach ihn. »Weiß sie, daß du nicht daran denkst, sie zu heiraten?«

»Na, du glaubst doch nicht, ich hab ihr 's Heiraten versprochen.«

»Nein. Aber das Sitzenlassen doch auch nicht.«

»Das wäre gerade so eine Unaufrichtigkeit gewesen, Felician. Es ist gekommen, wie derartige Dinge eben zu kommen pflegen, hat sich alles ganz ohne Programm entwickelt, bis auf den heutigen Tag.«

»Ja, das ist recht schön. Es ist nur die Frage, ob man nicht in wichtigen Lebensdingen zu Programmen gewissermaßen verpflichtet ist.«

»Möglich ... Aber das war ja meine Sache nie, leider ...«

Felician blieb vor Georg stehen, machte ein liebes Gesicht und nickte ein paarmal. »Das ist schon wahr, Georg. Du bist doch nicht bös ... aber weil wir schon einmal davon sprechen ... ich maße mir natürlich nicht das Recht an, dir in deine Lebensführung dreinzureden ...«

»Red nur, Felician ... wirklich ... es tut mir geradezu wohl ...« Er strich ihm leise über die Hand, die auf der Diwanlehne lag.

»Na ja, es ist weiter nicht viel zu sagen. Ich meine nur, daß es in allen Dingen bei dir so ist ... so ein Mangel an Programm. Siehst du, um von einem andern wichtigen Punkt zu reden, ich für meinen Teil bin ja überzeugt von deinem Talent und viele andre auch. Aber du arbeitest doch eigentlich verflucht wenig, nicht? Und von selbst kommt der Ruhm ja doch nicht, selbst wenn man ...«

»Gewiß nicht. Aber so wenig wie du glaubst, arbeit ich durchaus nicht, Felician. Nur ist ja das Arbeiten bei unsereinem so eine eigentümliche Geschichte. Manchmal beim Spazierengehen, ja sogar im Schlaf fällt einem allerlei ein … Und dann im Herbst …«

»Na ja, hoffen wir, obzwar ich fürchte, von deiner Gage wirst du anfangs nicht leben können. Und wie lange dein bissel Geld reichen wird, bei deiner Art zu leben, das ist sehr die Frage. Ich sag dir aufrichtig: wie du mir früher die Summe genannt hast, die du deinem Kind hinterlassen könntest, hab ich einen förmlichen Schrecken gekriegt.«

»Hab nur Geduld, Felician. In drei Jahren oder fünf, wenn ich meine Oper fertig hab …« Er sagte es in selbstironisierendem Tone.

»Schreibst du wirklich an einer Oper, Georg?«

»Nächstens fang ich an.«

»Wer macht dir denn den Text?«

»Der Heinrich Bermann. Da machst du natürlich wieder ein Gesicht.«

»Lieber Georg, was deinen Verkehr anbelangt, bin ich immer weit davon entfernt gewesen, dir dreinzureden. Es ist ganz natürlich, daß du bei deiner geistigen Richtung in andre Kreise kommst als ich und mit Leuten umgehst, an denen ich vielleicht weniger Geschmack fände. Aber wenn der Text von Herrn Bermann nur schön ist, so hast du meinen Segen … und der Herr Bermann natürlich auch.«

»Der Text ist noch nicht fertig, nur das Szenarium.«

Felician mußte wider Willen lachen. »So siehts mit deiner Oper aus? Wenn nur das Theater schon gebaut ist, für das sie dich als Kapellmeister engagieren.«

»Na«, sagte Georg etwas beleidigt.

»Verzeih«, entgegnete Felician. »Ich zweifle wirklich nicht an deiner Zukunft. Ich möcht halt nur, daß du selber ein bißchen mehr dazu tätest. Ich wär ja so … wirklich Georg, stolz wär ich, wenn was Großes aus dir würde. Und es liegt ja gewiß nur an dir. Der Willy Eißler, der doch ein sehr musikalischer Mensch ist, hat mir erst neulich wieder gesagt, daß er von dir mehr hält, als von den meisten jüngern Komponisten.«

»Wegen der paar Lieder, die er von mir kennt?«

»Ja, er findet sie eben hervorragend. Auf die Masse kommts doch nicht an.«

»Du bist ein guter Kerl, Felician. Aber du brauchst mich wirklich nicht zu ermutigen. Ich weiß schon, was in mir steckt, nur fleißiger muß ich halt sein. Und die Reise wird sehr wohltätig auf mich wirken. So auf eine Zeit aus der gewohnten Umgebung herauskommen, das tut sehr gut. Das ist diesmal was ganz anderes, als im vorigen Jahr. Es ist ja das erstemal, Felician, daß ich mit einem Wesen zusammen bin, das vollkommen auf meinem Niveau steht, das mir mehr ... das mir wahrhaftig auch eine Freundin ist. Und das Bewußtsein, daß ich ein Kind haben werde, und grad mit ihr, das ist mir, trotz aller Begleitumstände, eher angenehm.«

»Das kann ich mir schon denken«, sagte Felician und betrachtete Georg ernst und liebevoll.

Die Uhr auf dem Schreibtisch schlug zwei.

»O, schon so spät«, rief Felician. »Und morgen früh muß ich packen. Na, morgen bei Tisch können wir noch über allerlei reden. Also, grüß dich Gott, Georg.«

»Gute Nacht, Felician. Ich danke dir«, setzte er bewegt hinzu.

»Wofür dankst du mir, du bist komisch Georg.« Sie reichten sich die Hände, und dann küßten sie einander, was schon seit langer Zeit nicht geschehen war. Und Georg beschloß, sein Kind, wenn es ein Knabe sein sollte, Felician zu nennen, und er freute sich der guten Vorbedeutung im Glücksklang dieses Namens.

Nach des Bruders Abreise fühlte sich Georg so verlassen, als hätte er nie einen andern Freund gehabt. Der Aufenthalt in der großen, einsamen Wohnung, wo ihm eine ähnliche Stimmung zu lasten schien, wie in der ersten Zeit nach dem Tode des Vaters, machte ihn beinahe traurig.

Die Tage, die noch bis zur Abreise verstreichen mußten, empfand er als Übergangszeit, mit der nichts rechtes mehr anzufangen war. Die Stunden mit der Geliebten im Zimmer der Kirche gegenüber wurden farblos und öde. Mit Anna selbst schien nun auch seelisch eine Veränderung vorzugehen. Sie war manchmal reizbar, dann wieder schweigsam, fast melancholisch, und oft überkam Georg im Zusammensein mit ihr eine solche Langeweile, daß ihm vor den nächsten Monaten, in denen sie ganz aufeinander angewiesen sein sollten, geradezu bange wurde. Wohl versprach die Reise an sich Abwechslung genug. Aber wie sollte es in den spätern Monaten werden, die man ruhig irgendwo in der Nähe Wiens zu verbringen genötigt war? Er mußte auf eine Gesellschaft für Anna bedacht sein. Noch zögerte er mit ihr davon zu sprechen, als Anna selbst ihm mit einer Neuigkeit entgegenkam, die jene Schwierigkeit und zugleich eine andre auf die einfachste Weise zu beheben geeignet war. In der letzten Zeit, insbesondere seit Anna ihre Lektionen allmählich aufgegeben, hatte sie sich Theresen wieder näher angeschlossen, ihr alles anvertraut; und so war bald auch Theresens Mutter mit im Geheimnis. Diese nun kam Anna gütiger entgegen als die eigene Mutter, die nach einem kurzen Aufflackern des Verständnisses sich von der schuldigen Tochter gekränkt und schwermütig abgeschlossen hatte. Frau Golowski erklärte sich nicht nur bereit, bei Anna auf dem Lande zu wohnen, sondern versprach auch, das kleine Haus, das Georg nicht hatte entdecken können, während das junge Paar fern war, ausfindig zu machen. So sehr diese Bereitwilligkeit Georgs Bequemlichkeit entgegenkam, es war ihm doch ein wenig peinlich, dieser fremden, alten Frau verpflichtet zu sein; und daß gerade sie, die Mutter Leos, und der Vater Bertholds dazu bestimmt waren, an einem so wichtigen Erlebnis Annas so bedeutenden Anteil zu nehmen, wollte ihm in verstimmten Augenblicken beinahe lächerlich erscheinen.

Drei Tage vor der Abreise, an einem schönen März-Nachmittag, machte Georg seinen Abschiedsbesuch bei Ehrenbergs. Seit jenem Weihnachtsfeiertage hatte er sich nur selten oben blicken lassen, und seine Gespräche mit Else waren seither durchaus harmlos geblieben. Wie einem Freunde, der solche Bemerkungen nicht mehr mißverstehen konnte, gestand sie ihm, wie sie sich daheim immer weniger wohl fühle. Insbesondre, was Georg schon selbst manchmal beobachtet hatte, schien die Stimmung des Hauses durch das üble Verhältnis zwischen Vater und Sohn dauernd getrübt zu sein. Wenn Oskar in seiner nonchalant-vornehmen Haltung zur Tür hereinkam und in seinem wienerisch-aristokratischen Ton zu reden begann, wandte sich der Vater mit Hohn ab oder konnte Anspielungen nicht unterdrücken, daß er von heut auf morgen der ganzen Vornehmheit durch Entziehen oder Herabsetzen des sogenannten Gehaltes, der ja doch nur ein Taschengeld wäre, ein Ende machen könnte. Fing hingegen der Vater, wie er es vor Leuten und mit offenbarer Absicht am liebsten tat, im Jargon zu reden an, so biß Oskar die Lippen aufeinander und verließ wohl auch das Zimmer. Doch kam es in der letzten Zeit nur mehr selten vor, daß Vater und Sohn zugleich sich in Wien oder in Neuhaus aufhielten. Sie ertrugen kaum mehr einer des andern Nähe.

Als Georg bei Ehrenbergs eintrat, lag das Zimmer fast im Dunkel. Hinter dem Klavier hervor leuchtete die marmorne Isis, und in den Erker, wo Mutter und Tochter einander gegenübersaßen, fiel das Dämmerlicht des späten Nachmittags. Zum erstenmal hatte für Georg die Erscheinung dieser zwei Frauen etwas seltsam Rührendes. Eine Ahnung tauchte in ihm auf, daß ihm dieses Bild heute vielleicht zum letztenmal vor Augen träte, und Elses Lächeln leuchtete ihm so schmerzlich süß entgegen, daß er einen Augenblick lang dachte: wäre nicht am Ende hier das Glück gewesen? ...

Nun saß er neben Frau Ehrenberg, die ruhig weiter stickte, Else gegenüber, rauchte eine Zigarette und war wie zu Hause. Er erzählte, daß er, verführt von dem lockenden Frühlingswetter, die geplante Reise früher antrete, als beabsichtigt war, und daß er sie wahrscheinlich bis in den Sommer hinein ausdehnen werde.

»Und wir wollen diesmal schon Mitte Mai nach dem Auhof«, sagte Frau Ehrenberg. »Aber heuer rechnen wir sicher darauf, Sie bei uns zu sehen.«

»Wenn Sie nicht anderweitig beschäftigt sind«, setzte Else hinzu, ohne eine Miene zu verziehen. Georg versprach im August zu kommen, auf einige Tage wenigstens.

Dann sprach man über Felician und Willy, die sich vor wenig Tagen von Biskra aus mit ihrer Gesellschaft in die Wüste begeben hatten, um zu jagen; über Demeter Stanzides, der nächstens seinen Abschied vom Militär nehmen und sich auf ein Gut in Ungarn zurückziehen wollte, und endlich über Heinrich Bermann, von dem seit Wochen niemand eine Nachricht hatte.

»Wer weiß, ob er überhaupt nach Wien zurückkommt«, sagte Else.

»Warum sollte er nicht? – Wie kommen Sie darauf, Fräulein Else?«

»Gott, vielleicht wird er diese Schauspielerin heiraten und mit ihr in der Welt herumziehen.«

Georg zuckte die Achseln … Er wüßte von keiner Schauspiele-rin, mit der Heinrich in Verbindung stand, und erlaubte sich sei-nen Zweifel auszudrücken, daß Heinrich jemals heiraten werde, ob nun eine Prinzessin oder eine Zirkusreiterin.

»Es wäre schade um Bermann«, sagte Frau Ehrenberg, ohne sich um Georgs Diskretion zu kümmern. »Überhaupt finde ich, die jungen Leute nehmen diese Dinge entweder zu leicht oder zu schwer.«

Else ergänzte: »Ja es ist sonderbar. Ihr seid alle in diesen Din-gen entweder viel klüger oder viel dümmer, als in allen andern, obwohl man doch gerade in solchen Lebenssachen möglichst der bleiben sollte, der man für gewöhnlich ist.«

»Liebe Else«, sagte Georg obenhin, »wenn einmal Leiden-schaften im Spiele sind …«

»Ja, *wenn* sie im Spiele sind«, betonte Frau Ehrenberg.

»Leidenschaften!« rief Else. »Ich glaube die sind so was Selte-nes, wie alles Großartige auf der Welt.«

»Was weißt du, mein Kind«, sagte Frau Ehrenberg.

»In meiner Nähe habe ich wenigstens noch nichts derglei-chen gesehen«, erklärte Else.

»Wer weiß, ob Sie's entdecken würden«, meinte Georg, »auch wenn es einmal in Ihrer Nähe vorkäme. Von außen gesehen mag zuweilen ein Flirt und eine Liebestragödie ganz den gleichen Anblick bieten.«

»Das ist gewiß nicht wahr«, sagte Else. »Leidenschaft ist etwas, das sich unbedingt verraten muß.«

»Woher willst du denn das wissen, Else?« wandte Frau Ehren-berg ein. »Gerade Leidenschaften können sich manchmal tiefer verbergen, als irgendein kleines Gefühlchen, schon weil mehr auf dem Spiel zu stehen pflegt.«

»Ich glaube, gnädige Frau«, entgegnete Georg, »das ist sehr individuell. Es gibt eben Leute, denen alles auf der Stirn geschrieben steht, und andre, die undurchdringlich sind. Undurchdringlichkeit ist sogar gewissermaßen ein Talent wie ein anderes.«

»Man kann es auch ausbilden wie ein anderes«, sagte Else.

Das Gespräch stockte einen Augenblick, wie es leicht geschieht, wenn mit einemmal hinter einer allgemeinen Bemerkung die persönliche Nutzanwendung allzudeutlich hervorblinkt.

Frau Ehrenberg setzte neu ein: »Haben Sie was Schönes komponiert in der letzten Zeit, Georg?« fragte sie.

»Ein paar Kleinigkeiten fürs Klavier. Übrigens ist auch mein Quintett bald fertig.«

»Das Quintett fängt bald an mythisch zu werden«, sagte Else unzufrieden.

»Else«, mahnte die Mutter.

»Na ja, es wäre doch wirklich gut, wenn er fleißiger wäre.«

»Da haben Sie freilich Recht«, erwiderte Georg.

»Ich glaube, die Künstler haben früher viel mehr gearbeitet als jetzt.«

»Die großen«, ergänzte Georg.

»Nein, alle«, beharrte Else.

»Es ist vielleicht gut, daß Sie eine Reise machen«, sagte Frau Ehrenberg weitblickend. »Sie werden hier zu viel abgelenkt.«

»Er wird sich überall ablenken lassen«, behauptete Else streng. »Auch in Iglau, oder wo er sonst im nächsten Jahr sein wird.«

»Daran hab ich jetzt gar nicht gedacht, daß Sie fortgehen«, sagte Frau Ehrenberg und schüttelte den Kopf. »Und Ihr Bruder ist nächstes Jahr in Sofia oder Athen, und Stanzides in Ungarn … traurig eigentlich, wie die nettesten Menschen in alle Windrichtungen auseinander stieben.«

»Wenn ich ein Mann wär«, sagte Else, »stöb ich auch.«

Georg lachte. »Sie träumen von einer Reise um die Welt in einer weißen Yacht. Madeira, Ceylon, St. Franzisko.«

»O nein, ich möchte nicht ohne Beruf sein, aber wahrscheinlich wäre ich Marineoffizier geworden.«

»Möchten Sie nicht so lieb sein«, wandte sich Frau Ehrenberg an Georg, »und uns Ihre neuen Sachen ein bissel vorspielen?«

»Ganz gern.« Er stieg vom Erker am Fenster hinab, in die Dunkelheit des Zimmers. Else erhob sich und schaltete das Oberlicht ein. Georg öffnete das Klavier, setzte sich hin und spielte seine Ballade. Else hatte auf einem Fauteuil Platz genommen, und wie sie den Arm auf die Lehne und den Kopf auf den Arm gestützt dasaß, in der Haltung einer großen Dame und mit dem schwermütigen Gesicht eines altklugen Kindes, fühlte Georg von ihrem Anblick sich wieder sonderbar gerührt. Er war heute nicht sehr befriedigt von seiner Ballade und sich wohl bewußt,

daß er durch ein allzu ausdrucksvolles Spiel der Wirkung nach-
zuhelfen suchte.

Hofrat Wilt trat leise ein und machte ein Zeichen, man möchte
sich nur nicht stören lassen. Dann blieb er mit dem grauen, kurz
gesträubten Kopfhaar, überlegen, gütig und lang neben der Tür
an der Wand gelehnt stehen, bis Georg mit übertrieben klangvol-
len Akkorden den Vortrag endete. Man begrüßte einander. Wilt
beglückwünschte Georg, daß er ein freier Mann war und jetzt in
den Süden reisen durfte. »Ich kann das leider nicht«, fügte er
hinzu, »und dabei hat man doch überdies zuweilen eine dunkle
Ahnung, daß in Österreich nicht das geringste sich ändern
würde, selbst wenn man ein Jahr lang sein Bureau nicht beträte.«
Wie immer redete er von seinem Beruf und seinem Vaterland
mit Ironie. Frau Ehrenberg entgegnete ihm, es gäbe ja doch keinen, der sein Vaterland mehr liebte und seinen Beruf ernster
nähme, als gerade er. Er gab es zu. Für ihn aber bedeutete Österreich ein unendlich kompliziertes Instrument, das nur ein Meister richtig behandeln könnte und das nur deshalb so oft übel
klänge, weil jeder Stümper seine Kunst daran versuche. »Sie werden solange darauf herumschlagen«, sagte er traurig, »bis alle
Saiten zerspringen und der Kasten dazu.«

Als Georg ging, begleitete ihn Else ins Vorzimmer. Sie hatte
ihm noch ein paar Worte über seine Ballade zu sagen. Besonders der Mittelsatz hatte ihr gefallen. So innerlich glühend wäre
er gewesen. Im übrigen wünschte sie ihm glückliche Reise. Er
dankte ihr. »Also«, sagte sie plötzlich, während er schon den Hut
in der Hand hielt, »nun heißt es wohl gewissen Träumen endgültigen Abschied geben.«

»Welchen Träumen?« fragte er befremdet.

»Den meinen selbstverständlich, die Ihnen nicht unbekannt
geblieben sein dürften.«

Georg war sehr überrascht. So deutlich war sie nie gewesen.
Er lächelte befangen und suchte nach einer Antwort. »Was weiß
man von der Zukunft«, sagte er endlich leicht.

Sie runzelte die Stirn. »Warum sind Sie nicht wenigstens ehrlich zu mir, so wie ich zu Ihnen? Ich weiß ja, daß Sie nicht allein
da hinunter reisen … Ich weiß auch, wer Sie begleitet … Ich
weiß überhaupt alles. Gott, was hab ich denn nicht gewußt, seit
wir uns kennen.«

Und Georg hörte Schmerz und Zorn im Untergrund ihrer Worte beben. Und er wußte: wenn er sie doch einmal zur Frau nähme, sie würde ihn fühlen lassen, daß sie zu lange hatte auf ihn warten müssen. Er sah vor sich hin, schwieg wie schuldbewußt und trotzig zugleich. Da lächelte Else heiter, reichte ihm die Hand und sagte nochmals: »Glückliche Reise«.

Er drückte ihr die Hand, als müßte er ihr etwas abbitten. Sie entzog sie ihm, wandte sich ab, ging ins Zimmer zurück. Er blieb noch ein paar Sekunden an der Türe stehen, dann eilte er auf die Straße.

Am Abend desselben Tages sah Georg nach vielen Wochen zum erstenmal Leo Golowski im Kaffeehaus wieder. Er wußte von Anna, daß Leo als Freiwilliger in der letzten Zeit unangenehme Dinge durchzumachen hatte, daß besonders jene »Bestie in Menschengestalt« ihn mit Bosheit, ja mit wahrem Haß verfolgte. Es fiel Georg heute auf, wie Leo in der kurzen Zeit, während er ihn nicht gesehen, sich verändert hatte. Er sah geradezu gealtert aus.

»Es freut mich, daß ich Sie vor meiner Abreise noch einmal zu Gesicht bekomme«, sagte Georg und setzte sich ihm gegenüber an den Kaffeehaustisch. »Sie freut es«, erwiderte Leo, »daß Sie mich zufällig wieder einmal zu Gesicht kriegen, und mir war es ein Bedürfnis, Sie noch einmal zu sehen, das ist der Unterschied.« Seine Stimme klang noch zärtlicher als gewöhnlich. Er sah Georg ins Auge, gütig, beinahe väterlich. In diesem Moment zweifelte Georg nicht mehr, daß Leo alles wußte, war ein paar Sekunden so verlegen, als wenn er sich vor ihm zu verantworten hätte, ärgerte sich über seine Verlegenheit und war Leo dankbar, daß er sie nicht zu bemerken schien. Sie sprachen beinahe nur über Musik an diesem Abend. Leo erkundigte sich nach dem Fortgang von Georgs Arbeiten, und im Verlaufe der Unterhaltung ergab es sich, daß Georg sich bereit erklärte, Leo am morgigen Sonntag Nachmittag einiges aus seinen neuesten Kompositionen vorzuspielen. Aber als sie sich voneinander verabschiedeten, hatte Georg plötzlich das unangenehme Gefühl, als wenn er eben eine theoretische Prüfung mit mäßigem Erfolg bestanden hätte und ihm für morgen das praktische Examen bevorstünde. Was wollte dieser junge, weit über sein Alter sich reif gebärdende Mensch eigentlich von ihm? Sollte Georg ihm gegenüber erweisen, daß sein Talent ihn berechtigte, Annas Geliebter zu sein, oder der Vater ihres Kindes zu werden? Er erwartete Leos Besuch mit innerm Widerstand. Einen Moment dachte er sogar daran, sich verleugnen zu lassen. Aber als Leo erschienen war, so harmlos und herzlich, wie er sich manchmal zu geben liebte, wurde Georg bald milder gestimmt. Sie tranken Tee, rauchten Zigaretten, Georg zeigte seine Bibliothek, die Bilder, die in der Wohnung hingen, Antiquitäten und Waffen, und die Prüfungsstimmung verschwand. Georg setzte sich ans Klavier, spielte ein paar seiner Stücke aus früherer Zeit und die letzten, auch die Ballade, viel besser als gestern bei Ehrenbergs, dann einige Lieder, zu denen Leo ohne Stimme, aber mit sicherem musikalischen Gefühl die Melodie markierte. Endlich begann er das Quintett aus der Partitur vorzutragen, es gelang ihm nicht recht, und Leo stellte sich mit den Noten zum Fenster hin und las sie aufmerksam. »Eigentlich weiß man noch gar nichts«, sagte er. »Manches ist wie von einem Dilettanten mit sehr viel Geschmack und anderes wie von einem Künstler ohne rechte Zucht. In den Liedern spürt man noch am ehesten ... aber was ... Talent? ... ich weiß nicht ... daß Sie eine vornehme Natur sind, spürt man jedenfalls, eine musikalisch vornehme Natur.«

»Na, das wäre nicht viel.«

»Es ist sogar ziemlich wenig. Aber da Sie noch so wenig gearbeitet haben, beweist das auch nichts gegen Sie. Wenig gearbeitet und wenig durchfühlt.«

»Sie glauben ...« Georg zwang sich zu einem spöttischen Lächeln.

»O, erlebt wahrscheinlich sehr viel, aber gefühlt ... wissen Sie, was ich meine, Georg?«

»Ja, ich kann mir's schon denken. Aber Sie irren sich entschieden. Ich finde sogar eher, daß ich eine gewisse Neigung zur Sentimentalität habe, die ich bekämpfen muß.«

»Ja, das ist es eben. Sentimentalität ist nämlich etwas, was in einem direkten Gegensatz zum Gefühl steht, etwas, womit man sich über seine Gefühlslosigkeit, seine innere Kälte beruhigt. Sentimentalität ist Gefühl, das man sozusagen unter dem Einkaufspreis erstanden hat. Ich hasse Sentimentalität.«

»Hm, und doch glaube ich, daß Sie selbst nicht ganz frei davon sind.«

»Ich bin Jude, bei uns ist es eine Nationalkrankheit. Die Anständigen arbeiten dran, daß Grimm oder Zorn daraus werde. Bei den Deutschen ist es schlechte Gewohnheit, innere Nachlässigkeit sozusagen.«

»Also bei Ihnen zu entschuldigen, bei uns nicht?«

»Auch Krankheiten sind nicht zu entschuldigen, wenn man im vollen Bewußtsein seiner Anlage versäumt hat, sich dagegen zu wehren. Aber wir fangen an, aphoristisch zu werden, befinden uns also auf dem Wege zu Halb- oder Viertelswahrheiten. Kehren wir zu Ihrem Quintett zurück. Das Thema des Adagio ist mir das liebste daran.«

Georg nickte. »Das hab ich einmal in Palermo gehört.«

»Wie«, fragte Leo, »sollte es eine sizilianische Melodie sein?«

»Nein, aus den Wellen des Meeres ist es mir entgegengerauscht, wie ich eines Morgens allein am Strand spazieren gegangen bin. Das Alleinsein tut meiner Produktion überhaupt gut. Auch fremde Gegenden. Ich verspreche mir darum von meiner Reise allerlei.« Er erzählte ihm von Heinrich Bermanns Opernstoff, der für ihn von Anregungen erfüllt sei. Wenn Heinrich wieder zurückkäme, sollte Leo ihn doch veranlassen, den Text ernstlich in Angriff zu nehmen.

»Wissen Sie noch nicht«, sagte Leo, »sein Vater ist gestorben.«

»Wirklich? Wann denn? Woher wissen Sies?«

»Heute früh ist es in der Zeitung gestanden.«

Sie redeten über Heinrichs Verhältnis zu dem Hingeschiedenen, und Leo sprach aus, daß es um die Welt vielleicht besser stünde, wenn die Eltern öfter von den Erfahrungen ihrer Kinder lernten, statt zu verlangen, daß diese sich ihrer Altersweisheit anbequemten. Sie kamen in ein Gespräch über die Beziehungen zwischen Vätern und Söhnen, über echte und falsche Arten von Dankbarkeit, über das Sterben von geliebten Menschen, über die Verschiedenheit von Trauer und Schmerz, über die Gefahren des Erinnerns und die Pflichten des Vergessens. Georg fühlte, daß Leo den ernstesten Dingen nachsann, sehr allein war, und es verstand, allein zu sein. Er liebte ihn beinahe, als die Tür in später Abendstunde sich hinter ihm geschlossen hatte, und der Gedanke, daß Annas erste Schwärmerei ihm gegolten, tat ihm wohl.

Noch ein paar Tage vergingen rascher als man gedacht, mit

Einkäufen, Besorgungen, Vorbereitungen aller Art. Und eines Abends fuhren Georg und Anna nacheinander, in zwei Wagen, am Bahnhof vor und begrüßten sich gegenseitig in der Vorhalle zum Spaß mit großer Höflichkeit, wie entfernte Bekannte, die sich zufällig begegneten. »O mein Fräulein, was für ein glücklicher Zufall, reisen Sie vielleicht auch nach München?« »Jawohl, Herr Baron.« »Ei, wie trifft sich das gut. Und haben Sie etwa Schlafwagen, mein Fräulein?« »Jawohl, Herr Baron, Bett Nummer fünf.« »Nein, wie sonderbar, ich habe Nummer sechs.« Dann gingen sie auf dem Perron hin und her. Georg war sehr gut aufgelegt, und es freute ihn, daß Anna in ihrem englischen Kleid mit dem schmalkrempigen Reisehut und dem blauen Schleier aussah wie eine interessante Fremde. Sie schritten den ganzen Zug ab bis zur Lokomotive, die außerhalb der Halle stand und in aufgeregten Stößen hellgrauen Dampf zum dunkeln Himmel sandte. Draußen auf der Strecke, im matten Schein, erglühten grüne und rote Laternen. Angstvolle Pfiffe kamen von irgendwoher aus der Weite, und langsam aus dem Dunkel hervor ringelte ein Zug sich in den Bahnhof. Ein rotes Licht schwankte zauberhaft auf der Erde hin und her, schien meilenweit zu sein, und wie es stille hielt, war es mit einem Mal ganz nah. Und draußen, schimmernd und im Unsichtbaren sich verlierend, zogen die Gleise ihren Weg, nach Nähen und Fernen, in die Nacht, in den Morgen, in den nächsten Tag, ins Unerforschliche.

Anna stieg ins Kupee. Georg blieb noch eine Weile draußen stehen und amüsierte sich über die Reisenden, die eilig Aufgeregten, die vornehm Ruhigen und die, die die Ruhigen spielten, – und über die verschiedenen Abarten der Begleiter: die Wehmütigen, die Heitern, die Gleichgültigen.

Anna beugte sich aus dem Fenster. Georg plauderte mit ihr, tat so, als dächte er gar nicht daran abzureisen, stieg im letzten Moment ein. Der Zug fuhr ab. Auf dem Bahnsteig standen Leute – unbegreifliche Leute, die in Wien zurückblieben, und denen wieder all die andern unbegreiflich schienen, die nun ernstlich davonfuhren. Ein paar Taschentücher wehten, der Stationschef stand wichtig da und sandte dem Zug einen strengen Blick nach, ein Träger in blau-weiß gestreifter Leinenbluse hielt eine gelbe Tasche hoch und blickte gierig in jedes Fenster. Merkwürdig, dachte Georg beiläufig, es gibt Leute, die davonfahren und ihre gelben Taschen in Wien zurücklassen. Alles verschwand, Tücher, Tasche, Stationschef, Bahnhofsgebäude, das hell erleuchtete Signalhaus, die Gloriette, die flimmernden Lichter der Stadt, die kleinen, kahlen Gärten am Damm; und der Zug sauste weiter durch die Nacht. Georg wandte sich vom Fenster ab. Anna saß in der Ecke, hatte Hut und Schleier neben sich liegen; kleine sanfte Tränen rannen ihr über die Wangen. »Aber«, sagte Georg, umschlang sie, küßte sie auf die Augen, auf den Mund. »Aber Anna«, wiederholte er noch zärtlicher und küßte sie wieder. »Was weinst du denn? Es wird ja so schön sein.«

»Du hast's leicht«, sagte sie, und über ihr lächelndes Antlitz flossen die Tränen weiter. –

Es wurde schön. Zuerst hielten sie sich in München auf. In den hohen Sälen der Pinakothek spazierten sie umher, standen entzückt vor alten dunkelnden Bildern, wanderten in der Glyptothek zwischen marmornen Göttern, Königen und Helden; und wenn Anna plötzlich ermüdet auf einem Diwan sich niederließ, fühlte sie Georgs zärtlichen Blick über ihrem Scheitel. Sie fuhren durch den englischen Garten, in breiten Alleen unter noch entlaubten Bäumen, eng aneinander geschmiegt, jung und glücklich, und glaubten gern, daß die Menschen sie für Hochzeitsreisende hielten. Und sie hatten ihre Plätze nebeneinander in der Oper, bei Figaro, bei den Meistersingern, bei Tristan; und es war ihnen, als webte sich aus den geliebten Klängen ein tönend durchsichtiger Schleier um sie allein, der sie von allen andern Zuhörern abschied. Und sie saßen, von niemandem gekannt, an hübsch gedeckten Gasthaustischen, aßen, tranken und plauderten wohlgelaunt. Und durch Gassen, die den wunderbaren Hauch der Fremde hatten, wandelten sie heim, wo im gemeinsamen Zimmer die milde Nacht ihrer wartete, schlummerten beruhigt Wange an Wange ein, und wenn sie erwachten, lächelte vor dem Fenster ein freundlicher Tag, mit dem sie schalten durften wie es ihnen beliebte. Sie waren ineinander beruhigt, wie sie's nie gewesen und gehörten einander endlich ganz. Dann reisten sie weiter, dem rufenden Frühling entgegen; durch gedehnte Täler, auf denen der Schnee glänzte und zerrann, dann, wie durch einen letzten, weißen Wintertraum, über den Brenner nach Bozen, wo sie mittags auf dem grellen Marktplatz in Sonnenstrahlen badeten. Auf den verwitterten Stufen des weiten Amphitheaters von Verona, unter einem kühlen Osterabendhimmel, fand sich Georg endlich der ersehnten Welt gegenüber, in die eine wahrhaft Geliebte zu geleiten ihm diesmal gegönnt war. Aus rötlich blassen Fernen, zugleich mit all den ewigen Erinnerungen, die auch andern Menschen gehörten, grüßte ihn die eigene, entrückte Knabenzeit; ja, ein Hauch der verwehten Tage, da seine Mutter noch gelebt hatte, zitterte hier schon durch die fremdheimatliche Luft. Venedig empfing ihn gefällig, doch zauberlos, und wohlbekannt, als hätte er es gestern verlassen. Auf dem Markusplatz wurde er von flüchtigen Wiener Bekannten gegrüßt, und der verschleierten Dame an seiner Seite im weiten Mantel galt mancher neugierige Blick. Einmal nur, spät abends auf einer Gondelfahrt durch enge Kanäle, erstanden ihm die starrenden Paläste, die im Alltagslicht allmählich zu Kulissen entwürdigt waren, im schweren Prunk dunkelgoldener Vergangenheiten.

Dann kamen ein paar Tage in Städten, die er kaum oder gar nicht kannte, wo er als Knabe nur kurze Stunden oder noch niemals geweilt hatte. Aus einem schwülen Paduaner Mittag traten sie in eine dämmrige Kirche und betrachteten, langsam von Altar zu Altar wandelnd, die einfältig herrlichen Bilder, auf denen Heilige ihre Wunder vollbrachten und ihre Martyrien vollendeten. An einem trüben, regenschweren Tag fuhr sie ein rumpelnder, trauriger Wagen an einem ziegelroten Kastell vorbei, um das in einem breiten Graben graugrünliches Wasser stand, über einen Marktplatz, wo vor dem Kaffeehaus nachlässig gekleidete Bürger saßen; in stillere und traurige Gassen, wo zwischen den buckligen Steinen Gras wuchs; und sie mußten glauben, daß diese kläglich dahinsterbende Kleinstadt den schmetternden Namen Ferrara trug. In Bologna schon, wo die lebhaft aufblühende Stadt sich nicht am Stolz vergangener Herrlichkeiten genügen ließ, atmeten sie auf. Aber erst als Georg die Hügel von Fiesole erblickte, fühlte er sich wie von einer andern Heimat begrüßt. Dies war die Stadt, in der er aufgehört hatte Knabe zu sein, in der der Strom des Lebens durch seine Adern zu kreisen begonnen hatte. An manchen Plätzen tauchten Erinnerungen in ihm auf, die er für sich behielt; und in dem Dom, wo jenes Florentiner Mädchen unter dem Brautschleier den letzten Blick zu ihm gesandt, sprach er zu Anna nur von der Herbstabendstunde in der Altlerchenfelder Kirche, wo sie beide ahnungsvoll von dieser Reise zu reden begonnen hatten, die nun so unbegreiflich rasch Wirklichkeit geworden war. Er zeigte Anna das Haus, in dem er vor neun Jahren gewohnt hatte. Noch befanden sich unten die gleichen Kaufläden, in denen Korallenhändler, Uhrmacher, Spitzenhändler ihre Waren feilhielten. Da der zweite Stock zu vermieten war, hätte Georg ohne weiteres das Zimmer wiedersehen können, in dem seine Mutter gestorben war. Aber er zögerte lange, die Wohnung wieder zu betreten. Erst am Tage vor der Abreise, als dürfte er es doch nicht versäumen, und allein, ja, ohne es Anna vorher zu sagen, betrat er das Haus, die Stiege, das Gemach. Der alt gewordene Portier führte ihn herum und erkannte ihn nicht. Es waren noch dieselben Möbel überall; das Schlafzimmer der Mutter sah noch genau so aus wie vor zehn Jahren, und in der gleichen Ecke, aus braunem Holz, mit der dunkelgrünen, silbergestickten Samtdecke, stand das gleiche Bett. Aber nichts von allem, was Georg erwartet hatte, regte sich in ihm. Ein müdes Erinnern, seichter und glanzloser als jemals sonst, rann ihm durch die Seele. Er verweilte lange vor dem Bett mit dem klar bewußten Willen, die Empfindungen, zu denen er sich verpflichtet fühlte, heraufzubeschwören. Er murmelte das Wort »Mutter«, er versuchte sich's vorzustellen, wie sie hier gelegen war, in diesem Bett viele Tage und Nächte lang. Er erinnerte sich der Stunden, in denen es ihr wohler gegangen war und er ihr hatte vorlesen oder im Nebenzimmer auf dem Klavier vorspielen dürfen, sah den kleinen runden Tisch in der Ecke stehen, an dem der Vater und Felician ganz leise gesprochen hatten, weil die Mutter eben eingeschlummert war; und endlich, wie eine Szene auf dem Theater, so nah und scharf, stieg jenes furchtbaren Abends Bild in ihm auf, an dem Vater und Bruder fortgegangen waren, er selbst ganz allein an der Mutter Lager saß, ihre Hand in der seinen … alles sah und hörte er wieder: wie sie mit einem Mal nach dem ruhigsten Tag sich übel befunden, wie er die Fensterflügel aufgerissen hatte und mit der lauen Märzluft das Lachen und Reden fremder Menschen ins Zimmer hereingedrungen war, wie sie endlich dalag, mit offenen und schon erloschenen Augen, das Haar, das noch vor wenigen Sekunden um Stirn und

Schläfen wellig geflossen war – wirr und trocken auf dem Polster starrte und der linke Arm nackt über den Bettrand herunterhing mit weit auseinander gekrampften Fingern. Mit so ungeheuerer Lebendigkeit war dies Bild ihm aufgestiegen, daß er sein eigenes Knabenantlitz im Geiste wiedersah und sein eigenes längst verhalltes Weinen wieder hörte ... aber er fühlte keinen Schmerz. Es war doch zu lang vorbei. Zehn Jahr beinah.

»E bellissima la vista di questa finestra«, sagte plötzlich der Portier hinter ihm, öffnete das Fenster; – und mit einem Mal, wie an jenem längst entschwundenen Abend, tönten Menschenstimmen von unten herauf. Und im gleichen Augenblick hatte er die Stimme der Mutter im Ohr, so wie er sie damals vernommen, flehend, verendend ... »Georg ... Georg« ... und aus der dunkeln Ecke, an der Stelle, wo damals die Kissen gelegen waren, sah er etwas Bleiches sich entgegenschimmern. Er trat zum Fenster und bestätigte: *»Belissima vista«.* Aber vor der schönen Aussicht lag es wie dunkle Schleier. »Mutter«, murmelte er, und noch einmal: »Mutter« ... meinte aber zu seiner eigenen Verwunderung nicht mehr die längst Begrabene, die ihn geboren; jener andern galt das Wort, die noch nicht Mutter war und die es in wenigen Monaten werden sollte ... eines Kindes Mutter, von dem er der Vater war. Und nun klang das Wort plötzlich, als tönte etwas nie Gehörtes, nie Verstandenes, als schwängen geheimnisvoll singende Glocken in Zukunftsferne mit. Und Georg schämte sich, daß er allein hier herauf gekommen war, sich gleichsam hergestohlen hatte. Nun durfte er Anna nicht einmal erzählen, daß er hier gewesen.

Am nächsten Morgen fuhren sie nach Rom. Und während Georg von Tag zu Tag sich heimischer, genußfähiger, frischer fühlte, begann Anna immer häufiger an schwerer Müdigkeit zu leiden. Oft blieb sie allein im Hotel zurück, während er in den Straßen herumschweifte, den Vatikan durchwanderte, auf Forum und Palatin sich erging. Sie hielt ihn nie zurück, aber doch fühlte er sich bemüßigt, sie zu trösten, ehe er fort ging, und pflegte zu sagen: »Nun, das sparst du dir für ein anderes Mal auf, hoffentlich kommen wir bald wieder her.« Da lächelte sie in ihrer verschmitzten Art, als zweifelte sie gar nicht mehr daran, daß sie einmal seine Frau sein würde; und er selbst mußte sich gestehen, daß er diesen Ausgang nicht mehr für unmöglich hielt. Denn daß sie in diesem Herbst auseinandergehen sollten, mit einem Abschied für immer, das war ihm allmählich fast unfaßbar geworden. Doch sprachen sie in dieser Zeit nie mit klaren Worten von einer ferneren Zukunft. Er hatte Scheu davor, und sie fühlte, daß sie gut daran täte, diese Scheu nicht aufzustören. Und gerade während dieser römischen Tage, in denen er oft stundenlang allein in der fremden Stadt umherspazierte, fühlte er, wie er Anna zuweilen in einer ihm nicht unangenehmen Weise entglitt. Eines Abends war er bis zur anbrechenden Dunkelheit zwischen den Trümmern der Kaiserpaläste umhergewandert, und von der Höhe des palatinischen Hügels, mit dem stolzen Entzücken des Einsamen, hatte er die Sonne in der Campagna versinken sehen. Dann hatte er sich eine Weile spazieren fahren lassen, längs der antiken Stadtmauer auf den Monte Pincio, und als er, in seiner Wagenecke lehnend, über die Dächer hinweg den Blick zur Peterskuppel schweifen ließ, glaubte er, tief ergriffen, nun die erhabenste Stunde dieser ganzen Reise zu erleben. Erst spät kam er ins Hotel zurück, fand Anna am Fenster stehen, verweint, blaß, mit roten Flecken auf den gedunsenen Wangen. Seit zwei Stunden verging sie vor Angst, hatte sich eingebildet, daß er verunglückt, überfallen, umgebracht worden sei. Er beruhigte sie, fand aber nicht die herzlichen Worte, nach denen sie verlangte, da er sich in unwürdiger Weise gebunden und unfrei vorkam. Sie fühlte seine Kälte, gab ihm zu verstehen, daß er sie nicht genug liebte; er antwortete gereizt, beinahe verzweifelt; sie nannte ihn gefühllos und egoistisch. Er biß die Lippen zusammen, erwiderte nichts mehr und ging im Zimmer hin und her. Unversöhnt begaben sie sich in den Speisesaal, wo sie schweigend ihr Mahl einnahmen, und gingen zu Bette, ohne einander »Gute Nacht« zu sagen. Die nächsten Tage standen unter dem Schatten dieses Auftritts. Erst auf der Reise nach Neapel, allein im Kupee, in der Freude an der neuen Landschaft, durch die sie flogen, fanden sie einander wieder. Von nun an verließ er sie beinahe keinen Augenblick mehr, sie schien ihm hilflos und ein wenig rührend. Auf den Besuch der Museen verzichtete er, da sie ihn nicht begleiten konnte. Sie fuhren zusammen auf dem Posilipp und in der Villa Nationale spazieren. Auf der Wanderung durch Pompeji ging er, ein zärtlich geduldiger Ehemann, neben ihrem

Tragsessel einher, und während der Führer in schlechtem Französisch seine Erklärungen vortrug, nahm Georg Annas Hand, küßte sie und versuchte mit begeisterten Worten, sie an dem Entzücken teilnehmen zu lassen, das er selbst auch diesmal in der geheimnisvollen, dächerlosen Stadt empfand, die nach zweitausendjähriger Versunkenheit allmählich Straße für Straße, Haus für Haus dem unveränderlichen Lichte dieses blauen Himmels entgegenrückte. Und als sie an einer Stelle Halt machten, wo eben einige Arbeiter beschäftigt waren, mit vorsichtigen Schaufelschlägen eine gebrochene Säule aus der Asche hervorzutreiben, wies er Anna mit so leuchtenden Augen darauf hin, als wäre dieser Anblick ein Geschenk, das er ihr seit langem zugedacht, und als hätte er mit allem, was bisher geschehen, nur den Zweck verfolgt, sie in dieser Minute an diese Stelle hinzuführen und dieses Wunder schauen zu lassen.

In einer dunkelblauen Maiennacht lagen sie in zwei Segeltuchstühlen auf dem Verdeck des Schiffes, das sie nach Genua führte. Ein alter Franzose mit hellen Augen, der bei der Abendmahlzeit ihr Gegenüber gewesen war, blieb eine Weile neben ihnen stehen und machte sie auf die Sterne aufmerksam, die wie schwere silberne Tropfen im Unendlichen hingen. Einzelne nannte er mit Namen, höflich und verbindlich, als fühle er sich gedrungen, die funkelnden Himmelswanderer und das junge Ehepaar miteinander bekannt zu machen. Dann empfahl er sich und stieg in seine Kajüte hinunter. Georg aber dachte an seine einsame Fahrt auf gleichem Wege unter gleichem Himmel im vorigen Frühjahr, nach seinem Abschied von Grace. Von ihr hatte er Anna erzählt, nicht so sehr aus einem innern Bedürfnis, als um durch das Lebendigmachen einer bestimmten Gestalt und Nennung eines bestimmten Namens seine Vergangenheit von dem rätselhaft Unheimlichen zu befreien, in dem sie sich für Anna manchmal zu verlieren schien. Anna wußte von Labinskis Tod, von Georgs Gespräch mit Grace an Labinskis Grab, von Georgs Aufenthalt mit ihr in Sizilien, sogar ein Bild von Grace hatte er ihr gezeigt. Und doch, mit leichtem Schauer gestand er sich ein, wie wenig Anna selbst von dieser Epoche seines Daseins wußte, über die er sich beinahe rückhaltslos mit ihr ausgesprochen hatte; und er empfand, wie unmöglich es war, einem andern Wesen von einer Zeit, die es nicht miterlebt hatte, von dem Inhalt so vieler Tage und Nächte einen Begriff zu geben, deren jede Minute von Gegenwart erfüllt gewesen war. Er erkannte, wie wenig die kleinen Unaufrichtigkeiten, die er sich in seinen Erzählungen manchmal zuschulden kommen ließ, bedeuten mochten gegenüber dem unvertilgbaren Hauch der Lüge, den jede Erinnerung aus sich selbst gebiert, auf dem kurzen Weg von den Lippen des einen zu dem Ohr des andern. Und wenn Anna später einmal einem Freund, einem neuen Geliebten, so ehrlich, als sie nur vermochte, von der Zeit berichten wollte, die sie mit Georg verbracht, was konnte der am Ende erfahren? Nicht viel mehr als eine Geschichte, wie er sie hundertmal in Büchern gelesen: von einem jungen Geschöpf, das einen jungen Mann geliebt hatte, mit ihm herumgereist war, Wonnen empfunden und zuweilen Langeweile, sich mit ihm vereint gefühlt hatte und manchmal doch einsam; und selbst wenn sie versucht hätte, von jeder Minute Rechenschaft abzulegen … es blieb doch ein unwiederbringlich Vergangenes, und für den, der es nicht selbst erlebt hatte, konnte Vergangenes nie Wahrheit werden.

Die Sterne glitzerten über ihnen. Annas Kopf war langsam an seine Brust gesunken, und er stützte ihn sanft mit den Händen. Nur das Rauschen in der Tiefe verriet, daß das Schiff sich weiterbewegte. Nun ging es immer dem Morgen entgegen, der Heimat, der Zukunft. Zu klingen und zu kreisen begann die Zeit, die so lang stumm über ihnen geruht. Georg fühlte plötzlich, daß er sein Schicksal nicht mehr in der Hand hatte. Alles ging seinen Lauf. Und nun spürte er's durch den ganzen Körper gleichsam bis in die Haare, daß das Schiff unter seinen Füßen unaufhaltsam vorwärts eilte.

In Genua blieben sie nur einen Tag. Beide sehnten sich nach Ruhe, Georg überdies auch nach seiner Arbeit. Nur noch ein paar Wochen wollten sie an einem italienischen See verweilen, und Mitte Juni nach Hause fahren. Bis dahin war wohl auch das Haus bereit, in dem Anna wohnen sollte. Frau Golowski hatte ein halbes Dutzend passende entdeckt, genaue Berichte an Anna gesandt, wartete auf die Entscheidung, suchte aber für alle Fälle noch weiter. Von Genua reisten sie nach Mailand, doch ertrugen sie das laute Leben der Stadt nicht mehr, und schon am nächsten Tag fuhren sie nach Lugano.

Hier waren sie nun vier Wochen lang. Und Morgen für Morgen ging Georg den Weg, der ihn auch heute das heitere Ufer entlang, über Paradiso hinaus, an die Straßenbiegung zu einer immer neu ersehnten Aussicht führte. Nur noch wenige Tage des Aufenthalts standen bevor. So vortrefflich sich das Befinden Annas von Anfang an verhalten hatte, es war an der Zeit, die Nähe Wiens aufzusuchen, um allen Zufällen ruhig entgegensehen zu können. Die Tage in Lugano erschienen Georg als die besten, die er seit seiner Abfahrt aus Wien erlebt hatte. Und er fragte sich in manchem schönen Augenblick, ob es nicht vielleicht die beste Zeit seines ganzen Lebens wäre, die er hier verbrachte. Nie hatte er sich so wunschlos, in Voraussicht und Erinnerung so beruhigt gefühlt als hier, und mit Freude sah er, daß auch Anna vollkommen glücklich war. Erwartungsvolle Milde glänzte auf ihrer Stirn, ihre Augen blickten heiter und klug, wie in der Zeit, da Georg um ihren Besitz geworben. Ohne Unruhe, ohne Ungeduld, und, im Gefühl ihrer aufblühenden Mütterlichkeit weit hinausgetragen über die Erinnerung an heimatliche Vorurteile und über die Besorgnis vor künftigen Wirrnissen, sah sie der hohen Stunde beglückt entgegen, da sie dem wartenden Dasein als ein beseeltes Wesen wiedergeben sollte, was ihr Leib in einem halb unbewußten Augenblick der Wonne eingetrunken hatte. Freudig sah Georg in ihr die Gefährtin heranreifen, die er von Beginn an in ihr zu finden gehofft hatte, die ihm aber im Laufe der Tage manchmal entschwunden war. In Gesprächen über seine Arbeiten, die sie alle sorgfältig durchgesehen, über das Wesen des Gesangs, über allgemeinere musikalische Fragen, erschloß sie ihm mehr Wissen und Gefühl, als er je in ihr geahnt hatte. Ihm selbst, ohne daß er vieles niederschrieb, war zumute, als schritte er innerlich vorwärts. Melodien klangen in ihm, Harmonien kündigten sich an, und mit tiefem Verstehen erinnerte er sich einer Bemerkung Felicians, der einmal, nachdem er monatelang die Klinge nicht geübt, gesagt hatte: sein Arm wäre während dieser Zeit auf gute Gedanken gekommen. So erregte ihm auch die Zukunft keinerlei Sorgen. Er wußte, sobald er nach Wien kam, würde die ernste Arbeit beginnen, und dann lag in freier Aussicht sein Weg vor ihm.

Längst stand Georg an der Straßenbiegung, der seine Schritte zugestrebt hatten. Eine kurze, breite Landzunge, von niederm

Gesträuch dicht bewachsen, streckte sich von hier aus in den See, und leicht sich senkend führte ein schmaler Weg in wenig Schritten zu einer von der Straße aus unsichtbaren Holzbank, auf der Georg sich immer für eine kurze Weile niederzulassen pflegte, eh er ins Hotel zurückkehrte.

Wie oft noch! dachte er heute unwillkürlich. Fünf oder sechs Male vielleicht und dann zurück nach Wien. Und er fragte sich, was denn wohl geschähe, wenn sie nicht zurückkehrten, wenn sie sich irgendwo in Italien oder in der Schweiz häuslich niederließen und mit dem Kind, im doppelten Frieden der Natur und der Ferne sich ein neues Leben aufbauten. Was geschähe? ... Nichts. Kaum daß irgend jemand sich sonderlich wundern würde. Und vermissen, mit Schmerz vermissen, als unersetzlich, würde niemand weder ihn noch sie. In dieser Überlegung ward ihm eher leicht als traurig zumute; nur verdroß es ihn, daß ihn manchmal doch eine Art von Heimweh, ja sogar von Sehnsucht nach einzelnen Menschen überkam. Und auch jetzt, während er die Seeluft eintrank, sich von einem fremd-vertrauten Himmel überblauen ließ, das Vergnügen des Entrückt- und Alleinseins genoß, klopfte ihm das Herz, wenn er an die Wälder und Hügel um Wien, an die Ringstraße, den Klub, an sein großes Zimmer mit der Aussicht auf den Stadtpark dachte. Und es wäre ihm ein banges Gefühl gewesen, wenn sein Kind nicht in Wien zur Welt hätte kommen sollen. Plötzlich fiel ihm ein, daß ja heute wieder eine Nachricht von Frau Golowski da sein müsse, so wie manche andre Nachrichten aus Wien, und so beschloß er noch vor der Rückkehr ins Hotel den Umweg über die Post zu nehmen. Denn, wie während der ganzen Reise, ließ er sich auch hier die Briefe nicht ins Hotel senden, weil er sich auf diese Weise freier gegenüber allen Zufälligkeiten fühlte, die von außen kommen mochten. Man schrieb ihm nicht eben viel aus Wien. Am meisten, bei aller Kürze, stand noch in den Briefen Heinrichs, was, wie Georg wohl fühlte, weniger einem besonderen Mitteilungsbedürfnis des Dichters zu danken war, als dem Umstand, daß es zu dessen Beruf gehörte, den Sätzen, die er schrieb, Lebenshauch einzuflößen. Die Briefe Felicians waren so kühl, als hätte er ganz jenes letzten innigeren Gesprächs in Georgs Zimmer und des Bruderkusses vergessen, mit dem sie geschieden waren ... Er mochte wohl vermuten, dachte Georg, daß seine Briefe auch von Anna gelesen wurden, und sich nicht veranlaßt fühlen, diese fremde Dame in seine Privatverhältnisse und Privatgefühle Einblick nehmen zu lassen. Nürnberger hatte Georgs Kartengrüße ein paarmal kurz erwidert, und auf einen Brief aus Rom, in dem Georg herzlich der gemeinsamen Spaziergänge im Vorfrühling gedacht, hatte Nürnberger mit ironisch entschuldigenden Worten sein Bedauern ausgesprochen, daß er auf jenen Wanderungen Georg so viel von seinen eigenen Familienverhältnissen erzählt hatte, die den andern doch absolut nicht interessieren konnten.

Vom alten Eißler war ein Brief nach Neapel gelangt, der berichtete, daß eine Vakanz an der Detmolder Hofbühne im nächsten Jahre wohl nicht vorauszusehen, daß Georg aber durch den Grafen Malnitz eingeladen wäre, als erwünschter Gast den Proben und Vorstellungen anzuwohnen, bei welcher Gelegenheit sich vielleicht ein näheres Verhältnis für die Zukunft anbahnen ließe. Georg hatte höflich gedankt, war aber vorläufig wenig geneigt, auf eine so vage Aussicht hin in der fremden Stadt längern Aufenthalt zu nehmen, und entschlossen, gleich nach seinem Eintreffen in Wien sich nach einer sichern Stellung umzusehen.

Sonst klang persönlich zu ihm aus der Heimat nichts herüber. Die ihm zugedachten Grüße, die Frau Rosner sich verpflichtet fühlte, den Briefen an die Tochter beizufügen, drangen nicht an sein Herz, trotzdem sie in der letzten Zeit nicht mehr an den »Herrn Baron«, sondern an »Georg« gerichtet waren. Er fühlte ja doch, daß die Eltern Annas einfach hinnahmen, was sie nicht ändern konnten, daß sie aber im Innersten gedrückt und ohne die wünschenswerte Einsicht geblieben waren.

Wie gewöhnlich nahm Georg den Rückweg nicht das Ufer entlang. Durch enge Gassen, zwischen Gartenmauern, dann unter Bogengängen, endlich über einen großen Platz, von wo der Blick auf den See wieder frei war, gelangte er vor das Postgebäude, dessen hellgelber Anstrich die Sonne blendend widerstrahlte. Eine junge Dame, die Georg schon von weitem auf dem Trottoir auf- und abgehen gesehen hatte, blieb stehen, als er näher kam. Sie war weiß gekleidet und trug einen weißen Sonnenschirm aufgespannt über einem breiten Strohhut mit rotem Band. Wie Georg schon ganz nahe war, lächelte sie, und nun sah er mit einem Mal ein wohlbekanntes Gesicht unter dem weißen, getupften Tüllschleier.

»Ist es möglich, Fräulein Therese«, rief er aus und nahm die Hand, die sie ihm entgegenstreckte.

»Grüß Sie Gott, Baron«, erwiderte sie harmlos, als wäre diese Begegnung das selbstverständlichste von der Welt. »Wie geht's der Anna?«

»Danke, sehr gut. Sie werden sie doch jedenfalls besuchen?«

»Wenn's erlaubt ist.«

»Jetzt aber sagen Sie mir nur, wie kommen Sie hierher! Sind Sie am Ende ...«, und er ließ seinen Blick erstaunt über ihre ganze Erscheinung gleiten, »auf einer Agitationsreise?«

»Das kann man eigentlich nicht sagen«, erwiderte sie und schob ihr Kinn vor, ohne daß diese Bewegung diesmal, wie sonst, ihr Antlitz verhäßlicht hätte. »Es ist eher ein Ferienausflug.« Und ihr Gesicht glänzte vor innerm Lachen, als sie Georgs Blick auf das Tor gerichtet sah, aus dem eben, in weißschwarz gestreiftem Flanellanzug, Demeter Stanzides hervortrat. Er lüftete den weichen, grauen Hut zum Gruß und reichte Georg die Hand. »Guten Morgen, Baron, es freut mich, Sie wiederzusehen.«

»Auch ich freu mich sehr, Herr Stanzides.«

»Kein Brief für mich?« wandte sich Therese an Demeter.

»Nein, Therese, nur für mich ein paar Karten«, und er steckte sie in die Tasche.

»Seit wann sind Sie denn hier?« fragte Georg und versuchte sich möglichst wenig überrascht zu zeigen.

»Gestern Abend sind wir angekommen«, entgegnete Demeter.

»Direkt aus Wien?« fragte Georg.

»Nein, aus Mailand. Wir sind schon acht Tage auf Reisen.«

»Zuerst waren wir in Venedig, wie es üblich ist«, ergänzte Therese, zupfte lächelnd an ihrem Schleier und hing sich an Demeters Arm.

»Sie sind ja viel länger fort«, sagte Demeter, »eine Karte von Ihnen sah ich vor ein paar Wochen bei Ehrenbergs. Haus der Vettier, Pompeji.«

»Ja, ich hab eine wunderbare Reise hinter mir.«

»Nun wollen wir uns ein wenig im Ort umsehen«, sagte Therese, »und im übrigen den Baron nicht weiter aufhalten, der sich jedenfalls Briefe abholen will.«

»O, das eilt nicht. Und wir sehen uns doch jedenfalls wieder?«

»Wollen Sie uns nicht das Vergnügen machen, Baron«, sagte Demeter, »heute im Europe, wo wir abgestiegen sind, mit uns zu lunchen?«

»Danke sehr, es geht leider nicht. Aber ... aber vielleicht paßt es Ihnen mit ... mit ... uns im Parkhotel zu dinieren, ja? Um halb sieben, wenn's Ihnen recht ist. Ich lasse im Garten decken unter einem wunderschönen Platanenbaum, wo wir gewöhnlich speisen.«

»Ja«, sagte Therese, »wir nehmen dankend an. Ich komme vielleicht schon eine Stunde früher, um mit Anna in Ruhe zu plaudern.«

»Schön«, erwiderte Georg, »sie wird sich sehr freuen.«

»Also auf Wiedersehen, Baron«, sagte Demeter, und indem er seine Hand herzlich drückte, fügte er hinzu: »Bitte meinen Handkuß zu Hause.«

Therese winkte Georg vergnügt mit den Augen zu, dann schlug sie mit Demeter den Weg zum Ufer ein.

Georg schaute ihnen nach. Hätt ich sie nicht gekannt, dachte er, Demeter hätte sie mir ohne weiteres als seine Gattin, geborene Prinzessin X. vorstellen können. Wie merkwürdig! diese zwei! ... Dann trat er in die Halle, ließ sich am Schalter seine Sendung geben und sah sie flüchtig durch. Das erste, was ihm in die Augen fiel, war eine Karte von Leo Golowski. Es stand nichts drauf als: »Lassen Sie sich's wohl ergehen, lieber Georg.« Dann war eine Karte da aus dem Waldsteingarten im Prater. »Haben soeben auf den verehrten Ausreißer unsre Gläser geleert. Guido Schönstein, Ralph Skelton, die Rattenmamsell.«

Die Briefe von Felician, Frau Rosner, Heinrich wollte Georg erst zu Hause mit Anna zusammen in Ruhe lesen. Auch drängte es ihn, die Neuigkeit von der Ankunft des sonderbaren Paares Anna mitzuteilen. Er war nicht ganz ohne Unruhe. Denn Annas bürgerliche Instinkte wachten zuweilen in ganz unerwarteter Weise wieder auf. Jedenfalls beschloß Georg, ihr seine Einladung an Demeter und Therese als etwas vollkommen Selbstverständliches mitzuteilen und war bereit, für den Fall, daß sie der Sache gekränkt, geärgert oder auch nur unsicher gegenüberstände, eine solche Auffassung mit Entschiedenheit abzulehnen. Er selbst freute sich auf den Abend, der ihm bevorstand, nach den vielen Wochen, die er ausschließlich in Annas Gesellschaft verbracht hatte. Beinahe spürte er ein wenig Neid auf Demeter, der sich nun auf einer so sorgenlosen Vergnügungsreise befand, in der Art, wie er selbst sie im vorigen Jahr mit Grace gemacht hatte. Dazu kam, daß ihm Therese besser gefallen hatte als je. So vielen schönen Frauen er im Laufe der letzten Monate begegnet war, noch niemals, trotzdem Anna an weiblicher Anmut immer mehr verlor, war er in ernste Versuchung geraten. Heute zum erstenmal wieder fühlte er Sehnsucht nach neuen Umarmungen.

Bald sah er durch die Gitterstäbe des Balkons das hellblaue Morgenkleid Annas schimmern. Georg pfiff, nach gewohnter Art sich anzukündigen, die ersten Takte der Beethovenschen fünften Symphonie, und gleich erschien über dem Geländer das blasse, sanfte Gesicht der Geliebten, und ihre großen Augen begrüßten ihn lächelnd. Er hielt das Päckchen Briefe in die Höhe, sie nickte befriedigt, dann eilte er rasch hinauf in ihr Zimmer auf den Balkon. Sie lehnte in einem Strohsessel vor dem Tischchen mit der grünlichen Schutzdecke, auf dem sie eine Handarbeit liegen hatte, so wie es beinahe immer der Fall war, wenn Georg von seinem Morgenspaziergang nach Hause kam. Er küßte sie auf die Stirn und auf den Mund. »Also was glaubst du, wem ich begegnet bin?« fragte er hastig.

»Else Ehrenberg«, antwortete Anna, ohne Besinnen.

»Wie kommst du drauf? Wie sollte die hierher geraten?«

»Nun«, sagte Anna pfiffig, »man könnte dir ja nachgereist sein.«

»Man könnte, aber man ist es nicht. Also rat weiter. Dreimal darfst du.«

»Heinrich Bermann.«

»Aber keine Idee. Von dem ist übrigens ein Brief da. Also weiter.«

Sie dachte nach. »Demeter Stanzides«, sagte sie dann.

»Wie, weißt du am Ende etwas?«

»Was soll ich denn wissen? Ist er wirklich da?«

»Donnerwetter, du wirst ja ganz rot, o!« Er kannte ihre Schwärmerei für Demeters melancholische Kavaliersschönheit, fühlte aber keine Spur von Eifersucht.

»Also ist es Stanzides?« fragte sie.

»Ja, allerdings ist es Stanzides.«

»Daran kann ich aber mit dem besten Willen nichts Merkwürdiges finden.«

»Das ist auch nicht merkwürdig. Aber wenn du draufkommst, mit wem er da ist …«

»Mit Sissy Wyner.«

»Aber …«

»Nun, ich dachte verheiratet … das kommt ja auch vor.«

»Nein, nicht mit Sissy und nicht verheiratet, sondern mit deiner Freundin Therese und so unvermählt als möglich.«

»Na geh …«

»Wie ich dir sage, mit Therese. Seit acht Tagen sind sie auf Reisen. Was sagst du dazu? In Venedig und Mailand waren sie. Hattest du eine Ahnung davon?«

»Nein.«

»Wirklich nicht?«

»Wirklich nicht. Du weißt doch, daß mir Therese nur einmal flüchtig geschrieben hat, und du hast ja mit bekanntem Interesse ihren Brief gelesen.«

»Du bist mir nicht genug erstaunt.«

»Gott, ich hab immer gewußt, daß sie einen guten Geschmack hat.«

»Demeter auch«, rief Georg mit Überzeugung aus.

»Wahlverwandtschaften«, bemerkte Anna mit hochgezogenen Brauen und häkelte weiter.

»Und das ist nun die Mutter meines Kindes«, sagte Georg mit heiterm Kopfschütteln.

Sie sah ihn lächelnd an. »Wann kommt sie denn zu mir?«

»Nachmittag so gegen sechs, denk ich. Und … und Stanzides kommt auch … etwas später. Sie werden mit uns speisen. Du hast doch nichts dagegen?«

»Dagegen? Ich freu mich sehr«, erwiderte Anna einfach. Georg war angenehm berührt. Wenn Anna in ihrem Zustand Stanzides in Wien begegnet wäre! … dachte er. Wie doch das Entrücktsein aus der gewohnten Umgebung befreit und reinigt!

»Was haben sie denn Neues erzählt?« fragte Anna.

»Wir sind kaum drei Minuten zusammen gestanden, bei der Post. Er läßt dir übrigens die Hand küssen.«

Anna antwortete nichts, und Georg schien es, als wandelten ihre Gedanken wieder auf sehr bürgerlichen Wegen.

»Bist du schon lang aufgestanden?« fragte er rasch.

»Ja, ich sitze schon eine ganze Weile da auf dem Balkon. Ich hab sogar ein bissel geschlummert, die Luft hat so was Ermattendes heute, und geträumt hab ich auch.«

»Wovon hast du denn geträumt?«

»Vom Kind«, sagte sie.

»Wieder?«

Sie nickte. »Ganz dasselbe wie neulich. Hier auf dem Balkon bin ich gesessen, auch im Traum, und hab's in meinem Arm gehabt, an der Brust …«

»Was war's denn? Ein Bub oder ein Mädel?«

»Ich weiß nicht. Ein Kind halt. So klein und so süß. Und eine Wonne war das … Nein, ich geb's nicht her«, sagte sie dann leise mit geschlossenen Augen.

Er stand ans Geländer gelehnt und fühlte den leichten Mittagswind in seinen Haaren streichen. »Wenn du's nicht fortgeben willst«, sagte er, »so sollst du's auch nicht tun.« Und es fuhr ihm durch den Sinn: wär es nicht sogar das bequemste, wenn ich sie heiratete? … Aber irgend etwas hielt ihn zurück, es auszusprechen. Sie schwiegen beide. Er hatte die Briefe vor sich hin auf den Tisch gelegt. Nun nahm er sie und öffnete einen. »Sehen wir zuerst, was deine Mutter schreibt«, sagte er.

Der Brief der Frau Rosner enthielt die Mitteilung, daß daheim alles wohl sei, daß man sich sehr freue, Anna bald wiederzusehen, und daß Josef in der Administration des »Volksboten« mit fünfzig Gulden Monatsgehalt angestellt sei. Ferner wäre eine Anfrage von Frau Bittner eingelangt, wann Anna aus Dresden zurückkäme und ob es überhaupt sicher wäre, daß sie im nächsten Herbst wieder da sei, weil man sich andernfalls doch nach einer neuen Lehrerin umsehen müßte … Anna blieb regungslos und äußerte sich nicht.

Dann las Georg Heinrichs Brief vor. Er lautete »Lieber Georg, ich freue mich sehr, daß Sie so bald zurück sein werden, und schreib Ihnen das lieber heute, weil ich Ihnen ja doch, wenn Sie einmal da sind, nie sagen werde, wie sehr ich mich darüber freue. Vor ein paar Tagen an der Donau, auf einer abendlich einsamen Radpartie hab ich eine wahre Sehnsucht nach Ihnen bekommen. Was übrigens diese Ufer für einen unverwischbaren Duft von Einsamkeit haben. Ich erinnere mich, das schon vor fünf oder sechs Jahren einmal empfunden zu haben, an einem Sonntag, wie ich in, was man so nennt, lustiger Gesellschaft im Klosterneuburger Stiftskeller gesessen bin, in dem großen Garten, mit dem Blick auf die Berge und zu den Auen. Wie aus den Tiefen des Wassers kommt sie emporgestiegen, die Einsamkeit, die ja offenbar überhaupt etwas ganz anderes vorstellt, als man gewöhnlich meint. Keineswegs einen Gegensatz zur Geselligkeit. Ja, vielleicht hat man nur unter Menschen das Recht, sich einsam zu fühlen. Nehmen Sie das als aphoristisch-lächerlich-unwahres Extrablättchen, oder legen Sie es auch als solches beiseite. Um wieder auf meine Donauuferfahrt zu kommen, – gerade in jener etwas schwülen Abendstunde sind mir allerlei gute Einfälle gekommen, und ich hoffe Ihnen bald manches Sonderbare über Ägidius erzählen zu können, wie der mordlustige und traurige Jüngling nun endgültig benannt ist, über den tiefsinnig-undurchdringlichen Fürsten, über den lächerlichen Herzog Heliodor, unter welchem Namen ich Ihnen den Bräutigam der Prinzessin vorzustellen die Ehre habe, und ganz besonders über die Prinzessin selbst, die ein viel merkwürdigeres Geschöpf zu sein scheint, als ich anfangs vermutet habe.«

»Das bezieht sich auf den Operntext?« fragte Anna und ließ ihre Arbeit sinken.

»Natürlich«, antwortete Georg und las weiter.

»Sie sollen auch gleich erfahren, mein Lieber, daß ich in den letzten Wochen einige vorläufig nicht besonders unsterbliche Verse zum ersten Akt verfertigt habe, die nun bis auf weiteres, ohne Ihre Musik nämlich, in der Welt herumhüpfen, wie ungeflügelte Engel. Der Stoff reizt mich in seltsamer Weise. Und ich bin schon selber neugierig, worauf ich eigentlich mit ihm hinaus will. Auch allerlei anderes hab ich begonnen ... entworfen ... bedacht. Und, kurz und frech gesagt, es ist mir, als kündigte sich eine neue Epoche in mir an. Doch das klingt frecher, als es ist. Denn auch Rauchfangkehrer, Salamutschimänner und Feldwebel haben ihre Epochen. Unsereiner weiß es nur immer gleich. Was ich für sehr wahrscheinlich halte, ist, daß ich aus dem phantastischen Element, in dem ich mich jetzt behage, sehr bald in ein höchst reales hinab- oder hinaufsteigen dürfte. Was würden Sie zum Beispiel dazu sagen, wenn ich mich in eine politische Komödie einließe? Und schon fühl ich, daß das Wort von der Realität nicht völlig stimmt. Denn mir scheint, Politik ist das phantastischste Element, in dem Menschen sich überhaupt bewegen können, nur, daß sie es nicht merken ... Hier wäre die Sache vielleicht anzupacken. Dies fiel mir ein, als ich neulich einer politischen Versammlung anwohnte (unwahr, diese Gedanken kommen mir soeben), jawohl – einer Versammlung von Arbeitern und Arbeiterinnen in der Brigittenau, in die ich mich an der Seite von Mademoiselle Therese Golowski verfügt hatte und in der ich sieben Reden über das allgemeine Wahlrecht anzuhören bemüßigt war. Jeder von den Rednern – auch Therese war darunter – sprach ungefähr so, als gäbe es für ihn persönlich nichts Wichtigeres, als die Lösung dieser Frage, und ich glaube, keiner von ihnen ahnte, daß ihm in der Tiefe der Seele die ganze Frage ungeheuer gleichgültig war. Therese war natürlich sehr empört, als ich ihr das eröffnete, und erklärte mir, daß ich von dem vergiftenden Skeptizismus Nürnbergers angesteckt sei, mit dem ich überhaupt zu viel verkehre. Sie ist sehr schlecht auf ihn zu sprechen, seit er sie vor einigen Wochen im Kaffeehaus gefragt hat, ob sie zu ihrem nächsten Hochverratsprozeß hohe Frisur oder aufgesteckte Zöpfe tragen werde. Übrigens stimmt es, daß ich mit Nürnberger viel zusammen bin. In schweren Stunden gibt es wohl keinen, der einem mit mehr Güte entgegenkäme. Nur daß es manche Stunden gibt, von deren Schwere er nichts ahnt oder nichts wissen will. Es gibt allerlei Schmerzen, von denen ich fühle, daß er sie unterschätzt, und von denen ihm gegenüber zu sprechen ich daher aufgehört habe.«

»Was meint er denn?« unterbrach ihn Anna.

»Offenbar die Geschichte mit der Schauspielerin«, erwiderte Georg und las weiter: »Dafür ist er wieder geneigt, andere Schmerzen zu überschätzen, aber das ist wahrscheinlich meine Schuld, nicht seine. Ich muß es gestehen, dem Verlust, den ich durch den Tod meines Vaters erlitt, hat er eine Teilnahme entgegengebracht, die mich beschämt hat. Denn so furchtbar es mich getroffen hat, wir waren einander so fremd geworden, schon lange bevor der Wahnsinn über ihn hereinbrach, daß sein Tod mir gleichsam nur ein weiteres, grauenhafteres Entrücken bedeutete, nicht eine neue Erfahrung.«

»Nun?« fragte Anna, da Georg innehielt.

»Mir fällt eben was ein.«

»Was denn?«

»Die Schwester von Nürnberger liegt auf dem Friedhof von Cadenabbia begraben. Ich hab dir ja von ihr erzählt. Ich will dieser Tage einmal hinüberfahren.«

Anna nickte. »Ich fahr vielleicht mit, wenn mir ganz wohl ist. Mir ist Nürnberger nach allem, was ich von ihm höre, viel sympathischer als dein Freund Heinrich, dieser schauerliche Egoist.«

»Du findest?«

»Na, höre, wie er über seinen Vater schreibt, das ist doch beinahe unerträglich.«

»Gott, wenn man einander so fremd geworden ist wie die zwei.«

»Trotzdem. Auch meinen Eltern bin ich innerlich nicht gerade sehr nah. Und doch ... wenn ich ... nein, nein ich will lieber gar nicht an solche Dinge denken. Willst du nicht weiter lesen?«

Georg las: »Es gibt ernstere Dinge als den Tod, traurigere gewiß, weil eben diesen andern Dingen das Endgültige fehlt, das im höhern Sinn das Traurige des Todes wieder aufhebt. Es gibt zum Beispiel lebendige Gespenster, die auf der Straße wandeln bei hellichtem Tag, mit längst gestorbenen und doch sehenden Augen, Gespenster, die sich zu einem hinsetzen und mit einer Menschenstimme reden, die viel ferner klingt als aus einem Grab heraus. Und man könnte sagen, daß in Augenblicken, da man dergleichen erlebt, das Wesen des Todes sich viel unheimlicher erschließt, als in solchen, da man dabeisteht, wie jemand in die Erde gesenkt wird ... und wär er einem noch so nah gestanden.«

Georg ließ den Brief unwillkürlich sinken, und Anna sagte mit Bestimmtheit: »Du kannst ihn dir schon behalten – deinen Freund Heinrich.«

»Ja«, erwiderte Georg langsam, »er ist manchmal ein bißchen affektiert. Und doch ... o, das ist ja schon das erste Läuten zum Lunch, lesen wir rasch zu Ende.« »Aber nun muß ich Ihnen doch erzählen, was sich gestern hier zugetragen hat, die peinlichste und lächerlichste Geschichte, die mir seit langem vorgekommen ist, und leider sind die Beteiligten unsere guten Bekannten Ehrenberg, Vater und Sohn.«

»O«, rief Anna unwillkürlich. Georg hatte die folgenden Zeilen rasch für sich durchgeflogen und schüttelte den Kopf.

»Was ist denn?« fragte Anna.

»Das ist doch ... höre nur«, und er las weiter. »Wie sehr sich das Verhältnis zwischen dem Alten und Oskar im Lauf des letzten Jahres zugespitzt hat, wird Ihnen ja nicht entgangen sein. Sie kennen ja auch die innern Gründe, so daß ich den Vorfall einfach berichten kann, ohne mich über die Motive des breitern auszulassen. Denken Sie also: Gestern zur Mittagszeit geht Oskar an der Michaelerkirche vorüber und lüftet den Hut. Sie wissen, daß es zurzeit kaum eine Eigenschaft gibt, die für eleganter gilt als die Frömmigkeit. Und so bedarf es vielleicht nicht einmal einer weiteren Erklärung wie z. B. der, daß eben ein paar junge Aristokraten aus der Kirche gekommen sein mögen, vor denen sich Oskar katholisch gebärden wollte. Weiß der Himmel wie oft er schon vorher sich dieser Falschmeldung ungefährdet schuldig gemacht hat. Das Unglück wollte nun gestern, daß im selben Moment der alte Ehrenberg des Wegs daherkommt. Er sieht, wie Oskar vor dem Kirchentor den Hut abnimmt ... und von einer fassungslosen Wut ergriffen, holt er aus und haut seinem Sprößling eine Ohrfeige herunter. Eine Ohrfeige! Oskar dem Reserveleutnant! Mittag, im Zentrum der Stadt! Daß die Geschichte noch am selben Abend in der ganzen Stadt bekannt wurde, ist also weiter nicht merkwürdig. Heute steht sie auch schon in einigen Zeitungen zu lesen. Die jüdischen schweigen sie zwar tot, von ein paar Klatschblättern abgesehen, die antisemitischen legen sich natürlich mächtig hinein. Das beste leistet der ›Christliche Volksbote‹, der verlangt, daß beide Ehrenbergs wegen Religionsstörung oder gar Gotteslästerung vor die Geschworenen kommen. Oskar soll vorläufig abgereist sein, unbekannt wohin.«

»Nette Familie«, sagte Anna mit Überzeugung.

Wider Willen mußte Georg lachen. »Du, an *der* Geschichte ist Else wirklich vollkommen unschuldig.«

Die Glocke tönte zum zweitenmal. Sie begaben sich in den Speisesaal und nahmen an ihrem kleinen Tisch am Fenster Platz, wo immer für sie allein gedeckt war. An der langen Tafel, in der Mitte des Saals, saßen kaum ein Dutzend Gäste, meist Engländer und Franzosen, auch ein nicht mehr ganz junger

Mann, der erst seit zwei Tagen da war und den Georg für einen österreichischen Offizier in Zivil hielt. Im übrigen kümmerte er sich um ihn so wenig als um die andern. Georg hatte den Brief Heinrichs zu sich gesteckt. Es fiel ihm ein, daß er ihn noch nicht zu Ende gelesen. Beim schwarzen Kaffee nahm er ihn wieder vor und überflog den Schluß.

»Was schreibt er denn noch?« fragte Anna.

»Nichts Besonderes«, antwortete Georg. »Von Leuten, die dich nicht besonders interessieren dürften. In seine Kaffeehausgesellschaft scheint er wieder hinein geraten zu sein, mehr als ihm lieb ist, und mehr als er zugesteht, offenbar.«

»Er wird schon hineinpassen«, sagte Anna beiläufig.

Georg lächelte nachsichtig. »Es ist immerhin ein komisches Volk.«

»Was ist denn mit ihnen?« fragte Anna.

Georg hatte den Brief neben der Tasse liegen, blickte hinein. »Der kleine Winternitz ... weißt du ... der im Winter einmal mir und Heinrich seine Gedichte vorgelesen hat ... geht nach Berlin als Dramaturg eines neu gegründeten Theaters. Und Gleißner, der uns einmal im Museum so angeglotzt hat ...«

»Ja, der ekelhafte Kerl mit dem Monokel ...«

»Also der erklärt, daß er das Schreiben überhaupt aufgibt, um sich ausschließlich dem Sport zu widmen ...«

»Dem Sport?«

»Einem ganz eigenartigen. Er spielt mit Menschenseelen.«

»Wie?«

»Hör nur.« Er las: »Jetzt behauptet dieser Hanswurst mit der Lösung folgender zweier psychologischen Aufgaben zugleich beschäftigt zu sein, die sich in geistreicher Weise ergänzen. Erstens: ein junges, unverdorbenes Geschöpf aufs furchtbarste zu depravieren und zweitens eine Dirne zur Heiligen zu machen, wie er sich ausdrückt. Er verspricht nicht zu ruhen, ehe die erste in einem Freudenhaus, die zweite in einem Kloster endet.«

»Eine nette Gesellschaft«, bemerkte Anna und stand vom Tisch auf.

»Wie klingt das alles hierher!« sagte Georg und folgte ihr in den Park. Über den Wipfeln der Bäume ruhte sonnenschwer ein dunkelblauer Tag. Eine Weile standen sie an der niederen Balustrade, die den Garten von der Straße schied, und sahen über den See zu den Bergen hin, die hinter silbergrauen im Sonnenlicht bebenden Schleiern dämmerten. Dann spazierten sie tiefer in den Park, wo die Schatten kühler und dunkler waren, und während sie Arm in Arm über den leise knisternden Kies wandelten, längs der hohen braunen efeubewachsenen Mauer, über die alte Häuser mit schmalen Fenstern hereinstarrten, plauderten sie von den Nachrichten, die heute gekommen waren. Und zum ersten Male stieg eine leichte Sorge in ihnen auf, bei dem Gedanken, daß sie nun aus der freundlichen Geborgenheit der Fremde so bald wieder nach Hause sollten, wo selbst der Alltag von geheimen Fährlichkeiten erfüllt schien. Sie setzten sich unter die Platane an den weiß lackierten Tisch. Wie mit Absicht war dieser Platz immer für sie freigehalten. Nur gestern Nachmittag war der neu angekommene österreichische Herr dagesessen, hatte sich aber, durch einen mißbilligenden Blick Annas fortgewiesen, mit höflichem Gruß entfernt.

Georg eilte aufs Zimmer und holte für Anna ein paar Bücher, für sich einen Band von Goethe-Gedichten und das Manuskript seines Quintetts. Nun saßen sie beide da, lasen, arbeiteten, sahen zuweilen auf, lächelten einander an, sprachen ein paar Worte, guckten wieder ins Buch, blickten über die Balustrade ins Freie und fühlten den Frieden in ihren Seelen und den Sommer in der Luft. Sie hörten, wie der Springbrunnen hinter dem Busch ganz nahe rauschte und dünne Tropfen auf den Wasserspiegel fielen. Manchmal knarrten die Räder eines Wagens jenseits der hohen Mauer, zuweilen tönten vom See her dünne, ferne Pfiffe, seltener noch klangen Menschenstimmen von der Uferstraße in den Garten herein. Von Sonne vollgetrunken drückte der Tag auf die Wipfel. Später, mit dem leisen Wind, der jeden Nachmittag vom See her wehte, verstärkten und mehrten sich Laute und Stimmen. Die Wellen schlugen hörbar an den Strand, Rufe der Schiffer tönten herauf, jenseits der Mauer klang Gesang junger Leute. Vom Springbrunnen sprühten winzige Tröpfchen her. Der Hauch des nahen Abends weckte Menschen, Land und Wasser wieder auf.

Schritte tönten auf dem Kies. Therese, schlank und weiß, kam rasch die Allee gegangen. Georg stand auf, ging ihr ein paar Schritte entgegen, reichte ihr die Hand. Auch Anna wollte sich erheben, Therese ließ es nicht zu, umarmte sie, gab ihr einen Kuß auf die Wange und setzte sich zu ihr. »Wie schön ist es da!« rief sie aus. »Aber bin ich euch nicht zu früh gekommen?«

»Was fällt dir ein, ich freu mich ja so«, erwiderte Anna. Therese betrachtete sie mit prüfendem Lächeln und ergriff ihre beiden Hände.

»Na, dein Aussehen ist beruhigend«, sagte sie.

»Es geht mir auch sehr gut«, erwiderte Anna. »Und dir wie es scheint nicht minder«, setzte sie mit freundlichem Spott hinzu.

Georgs Augen ruhten auf Therese, die wieder ganz weiß wie morgens, diesmal noch eleganter, in englisches gesticktes Leinen gekleidet war und um den freien Hals eine Schnur aus lichtrosa Korallen trug. Während die beiden Frauen über den sonderbaren Zufall ihres Wiedersehens sprachen, erhob sich Georg, um Aufträge für das Diner zu erteilen. Als er in den Garten wiederkehrte, waren die beiden andern nicht mehr da. Er sah Therese auf dem Balkon, den Rücken an das Geländer gelehnt, mit Anna reden, die unsichtbar in der Tiefe des Zimmers weilen mochte. In guter Stimmung spazierte er in den Alleen hin und her, ließ Melodien in sich singen, fühlte seine Jugend und sein Glück, warf zuweilen einen Blick auf den Balkon oder über die Balustrade auf die Straße und sah endlich Demeter Stanzides herankommen. Er ging ihm entgegen. »Seien Sie willkommen«, begrüßte er ihn am Gartentor. »Die Damen sind oben auf dem Zimmer, werden aber bald erscheinen. Wollen Sie sich indessen ein bißchen den Park ansehen?«

»Gern.«

Sie spazierten miteinander weiter.

»Haben Sie die Absicht, länger in Lugano zu bleiben?« fragte Georg.

»Nein, wir fahren morgen nach Bellaggio, von dort an den Lago Maggiore, Isola bella. Die ganze Herrlichkeit dauert ja nimmer lang. In vierzehn Tagen müssen wir wieder zu Hause sein.«

»So kurzen Urlaub?«

»Ach, es ist nicht meinetwegen. Aber Therese muß zurück. Ich bin ein ganz freier Mann. Ich hab schon meinen Abschied im Sack.«

»Sie wollen sich also ernstlich auf Ihr Gut zurückziehen?«

»Mein Gut?«

»Ja, ich hab so was gehört, bei Ehrenbergs.«

»Aber ich hab doch das Gut noch gar nicht. Steh allerdings in Unterhandlungen.«

»Und wo werden Sie sich ankaufen, wenn ich fragen darf?«

»Wo sich die Füchs' gute Nacht sagen. Es wird Ihnen wenigstens so vorkommen. An der ungarisch-kroatischen Grenze. Ziemlich einsam und entlegen, aber sehr merkwürdig. Ich hab eine gewisse Sympathie für die Gegend. Jugenderinnerungen. Drei Leutnantsjahre. Offenbar bild ich mir ein, ich werde dort wieder jung werden. Na, wer weiß.«

»Eine schöne Besitzung?«

»Nicht übel. Vor zwei Monaten hab ich sie mir wieder angesehen. Hab sie nämlich schon aus früherer Zeit gekannt. Dem Grafen Jaczewicz hat sie gehört dazumal. Zuletzt einem Fabrikanten. Dem ist seine Frau gestorben. Jetzt fühlt er sich einsam da unten und will's los werden.«

»Ich weiß nicht«, sagte Georg, »aber ich stell mir die Gegend ein bissel melancholisch vor.«

»Melancholisch? Na, mir scheint, in einer gewissen Lebensepoche kriegt jede Gegend ein melancholisches Ansehen.« Und er blickte rings um sich, wie um sich einen neuen Beweis von der Wahrheit seiner Worte zu verschaffen.

»In welcher Epoche?«

»Na, wenn man anfängt alt zu werden.«

Georg lächelte. Demeter erschien ihm so schön, und trotz der grauen Haare an den Schläfen noch jung. »Wie alt sind Sie denn, Herr Stanzides, wenn ich fragen darf?«

»Siebenunddreißig. Ich sag ja nicht alt sein, sondern alt werden. Die Menschen reden meist erst vom Altwerden, wenn sie's schon lang sind.«

Am Ende des Gartens, dort, wo er an die Mauer stieß, setzten sie sich auf eine Bank. Von hier aus hatten sie das Hotel und die große Gartenterrasse im Auge. Die obern Stockwerke mit den Balkons waren ihnen durch die Baumkronen verborgen. Georg bot Demeter eine Zigarette an und nahm sich selbst eine. Und beide schwiegen eine Weile.

»Sie gehen übrigens auch von Wien fort, hab ich gehört«, sagte Demeter.

»Ja, das ist sehr wahrscheinlich … wenn ich nämlich eine Stellung an irgendeiner Opernbühne bekomme. Na, und ist's heuer nicht, so ist's nächstes Jahr.«

Demeter saß mit übereinandergeschlagenen Beinen, hielt das eine mit der Hand beim Knöchel fest und nickte. »Ja, ja«, sagte er und blies den Rauch langsam und schmal durch die Lippen. »Ein Talent zu haben ist schon was Schönes. Da muß sich auch das mit den Lebensepochen irgendwie anders verhalten. Das ist eigentlich auch das einzige, um was ich einen Menschen beneiden könnte.«

»Dazu haben Sie doch keinen Grund. Überhaupt, Leute mit Talent sind gar nicht zu beneiden. Höchstens Leute mit Genie. Und die beneid ich wahrscheinlich noch mehr, als Sie es tun. Aber ich finde, Talente, wie das Ihrige, sind etwas viel Absoluteres, etwas viel Sichereres sozusagen. Man ist halt gelegentlich nicht in Form, gut ... aber da leistet man, wenn man überhaupt was kann, noch immer sehr Beträchtliches, während unsereiner, wenn er nicht in Form, gleich ein vollkommener Pfründner ist.«

Demeter lachte. »Ja, aber es *halt'* länger, so ein künstlerisches Talent, und es bildet sich mit den Jahren sogar weiter aus. Zum Beispiel der Beethoven. Die neunte Symphonie ist doch die allerschönste, nicht wahr? Na, und der zweite Teil Faust! ... Während wir mit den Jahren unbedingt zurückgehen, da hilft nichts. Selbst die Beethovens unter uns! Und wie früh das schon anfängt. Von ganz seltenen Ausnahmen abgesehen. Ich zum Beispiel war mit fünfundzwanzig auf der Höhe. Nie wieder hab ich das erreicht, was ich mit fünfundzwanzig in mir gehabt hab. Ja, lieber Baron, das waren Zeiten!«

»Na, ich erinnere mich, Sie vor zwei Jahren ein Rennen gewinnen gesehen zu haben gegen Buzgo, der damals Favorit war, ... ich hab sogar auf ihn gewettet gehabt ...«

»Lieber Baron«, unterbrach ihn Stanzides. »Glauben Sie mir, ich weiß, warum ich aufgehört hab. So was kann man nur selber spüren. Und darum weiß eben keiner so gut, wann das Altwerden anfängt wie ein Sportsmann. Da nützt auch alles Weitertrainieren nicht. Es wird nur eine künstliche Sache. Und wenn Ihnen einer erzählt, daß es anders ist, dann ist er einfach ... aber da kommen ja unsere Damen.«

Sie standen beide auf. Arm in Arm näherten sich Therese und Anna, die eine ganz weiß, die andre in einem schwarzen Kleid, das, in weiten Falten zur Erde sinkend, ihre Formen völlig verbarg. Beim Springbrunnen begegneten sich die Paare. Demeter küßte Anna die Hand.

»Das ist wirklich ein schöner Fleck Erde, auf dem ich das Glück habe, Sie wieder zu begrüßen, gnädige Frau.«

»Es ist auch mir eine angenehme Überraschung«, erwiderte Anna, »ganz abgesehen von der Gegend.«

»Weißt du«, sagte Georg zu Anna, »daß die Herrschaften morgen schon wieder abreisen?«

»Ja, Therese hat's mir erzählt.«

»Wir wollen uns doch möglichst viel ansehen«, erklärte Demeter. »Und meiner Erinnerung nach sind die andern oberitalienischen Seen noch großartiger, als der hier.«

»Von den andern weiß ich nichts«, sagte Anna. »Wir sind von da noch gar nicht weggekommen.«

»Nun, vielleicht benützen Sie die Gelegenheit«, sagte Demeter, »und schließen sich uns für einen kleinen Ausflug an. Bellaggio, Pallanza, Isola bella.«

Anna schüttelte den Kopf. »Es wäre wohl schön, aber ich bin leider nicht mobil genug. Ja, unglaublich faul bin ich. Es gibt ganze Tage, wo ich nicht aus dem Park herauskomme. Aber wenn Georg Lust hat, mir auf ein bis zwei Tage zu echappieren, so habe ich gar nichts dagegen.«

»Ich denke gar nicht dran, dir zu echappieren«, sagte Georg. Er warf einen raschen Blick auf Therese, deren Augen leuchteten und lachten.

Sie bummelten alle langsam durch den Garten, während es allmählich dämmerte, und plauderten über die Orte, die sie in der letzten Zeit gesehen hatten. Als sie wieder an den Tisch unter der Platane kamen, war gedeckt, und in den Glasglocken brannten die Gartenlichter. Eben brachte der Kellner den Kübel mit Asti. Anna setzte sich auf die Bank, die an den Stamm der Platane gelehnt war, ihr gegenüber saß Therese, zu ihren beiden Seiten Georg und Demeter.

Das Essen wurde aufgetragen und der Wein eingeschenkt. Georg erkundigte sich nach den Wiener Bekannten. Demeter erzählte, daß Willy Eißler von der Reise ein paar glänzende Karikaturen mitgebracht hatte, sowohl von den Jägern, als von den Tieren. Der alte Ehrenberg hätte die Bilder gekauft.

»Wissen Sie übrigens schon«, sagte Georg, »die Geschichte mit Oskar?«

»Welche Geschichte?«

»Nun, die Sache mit seinem Vater vor der Michaelerkirche.« Er erinnerte sich, daß er schon vorher, als die Damen noch nicht erschienen waren, Demeter die Geschichte hatte erzählen wollen, daß er es aber für richtiger gefunden hatte, sie zu unterdrücken. Nun war es wohl der Wein, der ihm wider Willen die Zunge löste. Er berichtete in kurzen Worten, was ihm Heinrich geschrieben hatte.

»Das ist aber eine höchst traurige Geschichte«, sagte Demeter sehr betreten, so daß auch alle andern sich plötzlich ernster werden fühlten.

»Warum eine traurige Geschichte?« fragte Therese, »ich finde sie zum totlachen.«

»Liebe Therese, du bedenkst nicht die Folgen, die sie für den jungen Menschen haben kann.«

»Gott, ich weiß ganz gut, er wird halt in einem gewissen Kreis unmöglich sein. Das wird ihn höchstens zur Einsicht bringen, was für ein dummer Kerl er bisher gewesen ist.«

»Na«, sagte Georg, »ob Oskar gerade zu den Leuten gehört, die zur Einsicht kommen … ich glaub eigentlich nicht.«

»Abgesehen davon, liebe Therese«, fügte Demeter hinzu, »daß das, was du Einsicht nennst, durchaus noch nicht die richtige zu sein braucht. Alle Menschengruppen haben ihre Vorurteile, auch ihr seid nicht frei davon.«

»Was haben wir für Vorurteile, das möcht ich wissen«, rief Therese. Und sie trank zornig ihren Wein aus. »Wir wollen nur mit gewissen Vorurteilen aufräumen, besonders mit dem, daß es privilegierte Kasten gibt, die ihre besondere Ehre …«

»Bitte, liebe Therese, du bist hier in keiner Versammlung. Und es ist zu fürchten, daß der Applaus am Schluß deiner Rede dünner ausfallen wird, als du's gewohnt bist.«

»Also schaut« wandte sich Therese zu Anna, »das ist die Art, wie ein Kavallerieoffizier Diskussionen führt.«

»Pardon«, sagte Georg, »diese ganze Geschichte hat doch mit Vorurteilen kaum etwas zu tun. Eine Ohrfeige auf offener Straße auch von der Hand des eigenen Vaters … ich glaube, man muß da gar nicht Reserveoffizier oder Student sein …«

»Diese Ohrfeige«, rief Therese, »hat für mich geradezu etwas Befreiendes. Sie bildet den würdigen Abschluß einer lächerlichen und überflüssigen Existenz.«

»Abschluß, das wollen wir nicht hoffen«, sagte Demeter.

»Man schreibt mir«, bemerkte Georg, »daß Oskar abgereist ist, unbekannt wohin.«

»Wenn mir einer in der Sache leid tut«, sagte Therese, »ist es jedenfalls nur der Alte, der bei seinem guten Herzen wahrscheinlich heute die Unannehmlichkeiten schon bedauert, die er seinem versnobten Sohn verursacht hat.«

»Gutes Herz!« rief Demeter aus, »ein Millionär! ein Fabrikbesitzer! ... Aber Therese ...«

»Ja, es kommt vor. Das ist zufällig einer von jenen, die in der Tiefe ihrer Seele mit uns eines Sinnes sind. Und an dem Abend, Demeter, an dem du das Vergnügen gehabt hast, mich zum erstenmal zu sehen, weißt du, warum ich damals bei Ehrenbergs gewesen bin ...? Und weißt du, für welchen Zweck er mir damals ohne weiteres tausend Gulden gegeben hat ...? Für ...«, sie biß sich auf die Lippen, »ich darf's ja nicht sagen, das war die Bedingung.«

Plötzlich erhob sich Demeter und verbeugte sich vor jemandem, der eben vorbeiging. Es war der österreichische Herr, der gestern angekommen war. Er lüftete den Hut und verschwand im Dunkel des Gartens.

»Sie kennen den Mann?« fragte Georg nach ein paar Sekunden. »Mir ist auch, als kennte ich ihn, wer ist's denn nur?«

»Der Prinz von Guastalla«, sagte Demeter.

»So?« rief Therese unwillkürlich, und ihre Augen bohrten sich ins Dunkel.

»Was schaust du denn?« sagte Demeter. »Ein Mensch wie ein anderer.«

»Er soll ja von Hof verbannt sein«, sagte Georg, »nicht wahr?«

»Davon ist mir nichts bekannt«, entgegnete Demeter, »aber jedenfalls ist er nicht gern gesehen. Er hat neulich eine Broschüre herausgegeben über gewisse Zustände in unserm Heer, insbesondere über das Leben der Offiziere in den Provinzen, was ihm sehr übel genommen wurde, obwohl in Wirklichkeit gar nichts Böses darin steht.«

»Da hätt' er sich an mich wenden sollen«, sagte Therese, »ich hätt' ihm auch einiges mitteilen können.«

»Liebes Kind«, wehrte Demeter ab, »das, was du wahrscheinlich wieder meinst, ist doch ein Ausnahmefall, da darf man nicht gleich verallgemeinern.«

»Ich verallgemeinere nicht, aber ein solcher Fall genügt, um das ganze System ...«

»Keine *Rede*, Therese ...«

»Ich spreche von Leo«, wandte sich Therese an Georg. »Was der heuer durchmacht, das ist wirklich ungeheuerlich.«

Georg erinnerte sich plötzlich wie einer vollkommen vergessenen und höchst merkwürdigen Sache, daß Therese Leos Schwester war. Ob der wußte, daß sie hier und mit wem sie her war?

Demeter nagte etwas nervös an seinen Lippen.

»Da ist nämlich ein antisemitischer Oberleutnant«, sagte Therese, »der ihn auf eine besonders niederträchtige Art sekiert, weil er spürt, wie Leo ihn verachtet.«

Georg nickte. Er wußte ja davon.

»Liebes Kind«, sagte Demeter, »wie ich schon mehrere Male erwähnte, mir stimmt in der Sache etwas nicht. Ich kenne zufällig den Oberleutnant Sefranek und versichre dich, es ist mit ihm auszukommen. Er ist nicht besonders gescheit, und daß er für die Israeliten keine Vorliebe hat, mag auch richtig sein, aber schließlich muß man doch sagen, es gibt sogenannte antisemitische Schimpfwörter, die gar keine Bedeutung haben, die von Juden meiner Erfahrung nach ebensoviel angewendet werden wie von Christen. Und dein Herr Bruder leidet da entschieden an einer krankhaften Empfindlichkeit.«

»Empfindlichkeit ist nie krankhaft«, entgegnete Therese. »Nur Unempfindlichkeit ist eine Krankheit, und zwar die widerwärtigste, die ich kenne. Ich stimme bekanntlich mit meinem Bruder, das wissen Sie am besten, Georg, in meinen politischen Anschauungen so wenig überein als möglich, mir sind jüdische Bankiers geradeso zuwider wie feudale Großgrundbesitzer, und orthodoxe Rabbiner geradeso zuwider wie katholische Pfaffen. Aber wenn sich jemand über mich erhaben fühlte, weil er einer andern Konfession oder Rasse angehört als ich, und gar im Bewußtsein seiner Übermacht mich diese Erhabenheit fühlen ließe, ich würde so einen Menschen … also ich weiß nicht, was ich ihm täte. Aber jedenfalls würd ich den Leo begreifen, wenn er bei der nächsten Gelegenheit diesem Herrn Sefranek ins Gesicht springt.«

»Mein liebes Kind«, sagte Demeter, »wenn du nur den geringsten Einfluß auf deinen Bruder hast, so solltest du diesen Gesichtssprung um jeden Preis zu verhindern suchen. Meiner Ansicht nach bleibt es doch bei einem solchen Fall das beste, den anständigen, das heißt den vorschriftsmäßigen Weg einzuschlagen. Es ist nämlich gar nicht wahr, daß damit nichts erreicht wird, die obern Chargen sind meistens ruhige, jedenfalls korrekte Persönlichkeiten und …«

»Aber das hat ja der Leo längst getan … schon im Februar. Er ist beim Obersten gewesen, der Oberst war sogar sehr nett zu ihm und hat, wie aus verschiedenen Anzeichen hervorgeht, dem Oberleutnant sehr ins Gewissen geredet; nur daß es leider nicht das geringste genützt hat, im Gegenteil. Bei nächster Gelegenheit hat der Oberleutnant seine Bosheiten erst recht wieder aufgenommen und setzt sie mit einer raffinierten Konsequenz fort. Ich versichere Sie, Baron, von Tag zu Tag fürcht ich, daß da irgendein Malheur geschieht.«

Demeter schüttelte den Kopf. »Wir leben in einer verrückten Zeit. Ich versichere Sie«, wandte er sich an Georg, »der Oberleutnant Sefranek ist so wenig Antisemit als Sie und ich. Er verkehrt in jüdischen Häusern, ich weiß sogar, daß er mit einem jüdischen Regimentsarzt direkt intim war durch Jahre. Es ist wirklich, wie wenn die Leute wahnsinnig wären.«

»Da könntest du recht haben«, meinte Therese.

»Nun, Leo ist so vernünftig«, sagte Georg, »so klug bei all seinem Temperament, daß ich überzeugt bin, er wird sich zu keiner Dummheit hinreißen lassen. Schließlich weiß er doch, in ein paar Monaten ist alles vorbei, solang macht man's halt durch.«

»Wissen Sie übrigens, Baron«, sagte Therese, während sie, dem Beispiel der Herren folgend, aus einer Schachtel, die der Kellner gebracht hatte, eine Zigarette nahm. »Wissen Sie, daß Leo von Ihren Kompositionen sehr entzückt war?«

»Na, entzückt«, sagte Georg, indem er Therese Feuer gab, »davon hab ich eigentlich nichts bemerkt.«

»Also gefallen hat ihm einiges«, schränkte Therese ein, »das ist beinahe schon soviel, wie wenn ein anderer entzückt wäre.«

»Haben Sie auch auf der Reise komponiert?« fragte Demeter verbindlich.

»Nichts als ein paar Lieder.«

»Die werden wir wohl im Herbst zu hören bekommen«, meinte Demeter.

»Ach Gott, reden wir nicht vom Herbst«, sagte Therese. »Bis dahin können wir tot sein, oder eingesperrt.«

»Na, das letztere wäre doch bei einigem guten Willen zu vermeiden«, rief Demeter.

Therese zuckte die Achseln. Georg saß nahe bei ihr und glaubte die Wärme ihres Körpers zu fühlen. Aus den Fenstern des Hotels glänzten Lichter, und ein langer, rötlicher Streif fiel bis zu dem Tisch, an dem die beiden Paare saßen.

»Ich schlage vor«, sagte Georg, »daß wir den schönen Abend benützen, um noch am Ufer spazieren zu gehen.«

»Oder Kahn zu fahren«, rief Therese aus.

Alle waren einverstanden. Georg eilte rasch aufs Zimmer, um Umhüllen zu holen. Als er wieder herunterkam, fand er die andern bereit zum Fortgehen an der Tür des Parks stehen. Er half Anna in ihren hellgrauen Mantel, hing Therese seinen eigenen, langen Überzieher um die Schultern und behielt einen dunkelgrünen Plaid über dem Arm. Sie gingen langsam durch die Allee, bis zu der Stelle, wo Kähne verankert lagen. Zwei Schiffer führten die Gesellschaft mit raschen Ruderschlägen aus der Dunkelheit des Ufers in das schwärzlich glänzende Wasser hinaus. Unnatürlich riesenhaft ragten die Berge zum Himmel auf. Die Sterne waren nicht sehr zahlreich. Kleine, graublaue Wölkchen hingen in der Luft. Die Ruderer saßen auf zwei quergelegten Brettern; in der Mitte des Kahns auf schmalen Bänken, einander gegenüber, die beiden Paare: Georg und Anna, Demeter und Therese. Alle waren zuerst ganz schweigsam. Erst nach einigen Minuten unterbrach Georg die Stille. Er nannte den Namen des Berges, der den See nach Süden abschloß, machte auf ein Dorf aufmerksam, das wie in unendlicher Entfernung an einer Felsenlehne ruhte und doch in einer Viertelstunde zu erreichen wäre; erkannte das weiße, leuchtende Haus auf der Höhe über Lugano als das Hotel, in dem Demeter und Therese wohnten, und erzählte von einem Spaziergang, den er neulich unternommen, zwischen besonnten Weinbergen weit ins Land hinein. Anna hielt unter dem Plaid, während er sprach, seine Hand gefaßt. Demeter und Therese saßen ernst und korrekt nebeneinander, gar nicht wie Liebesleute, die einander erst vor kurzem gefunden haben. Nun erst gewann Georg für Therese allmählich seine Neigung zurück, die während ihres lauten, heftigen Redens beinahe geschwunden war.

Wie lang wird diese Geschichte mit Demeter währen? dachte er. Wird sie zu Ende sein, wenn der Herbst da ist, oder wird sie am Ende so lange oder länger dauern, als meine mit Anna? Wird diese Fahrt auf dem dunkeln See auch einmal eine Erinnerung an vollkommen Entschwundenes sein, so wie die Fahrt auf dem Veldeser See mit dem Bauernmädel, die mir jetzt seit Jahren zum erstenmal wieder einfällt ... wie die Reise mit Grace übers Meer? Wie seltsam. Anna hält meine Hand, ich drücke sie, und wer weiß, ob sie nicht in diesem Augenblick ganz ähnliches in Hinsicht auf Demeter empfindet, wie ich in Hinsicht auf Therese? Nein, doch nicht ... sie trägt ein Kind unter ihrem Herzen, das sich sogar schon regt ... Deswegen ... ach Gott ... Auch *mein* Kind ist es ja ... Nun fährt unser Kind auf dem See von Lugano spazieren ... Werd ich es ihm einmal erzählen, daß es vor seiner Geburt auf dem See von Lugano herumgefahren ist ...? Wie wird das alles nun werden? In wenigen Tagen ist man wieder in Wien. Existiert denn dieses Wien überhaupt? Es ersteht erst langsam wieder, während wir zurückfahren ... ja, so ist es ... Sobald ich zu Hause bin, wird ernstlich gearbeitet. Ich werde ruhig in meiner Wiener Wohnung bleiben und Anna immer nur besuchen; nicht mit ihr auf dem Lande wohnen ... höchstens in den allerletzten Tagen ... Und im Herbst ... ich in Detmold? Und wo wird Anna sein? Und das Kind? ... Bei fremden Menschen irgendwo auf dem Land? ... Wie unwahrscheinlich ist das alles ... Aber es war auch heute vor einem Jahr sehr unwahrscheinlich, daß ich mit Fräulein Anna Rosner, und Stanzides mit Fräulein Therese Golowski auf dem See von Lugano spazieren fahren würde ... und jetzt ist es die selbstverständlichste Sache von der Welt. – Mit einem Male hörte er neben sich, überdeutlich, als wenn er eben erwachte, Demeters Stimme. »Wann geht unser Schiff morgen ab?«

»Um neun Uhr früh«, erwiderte Therese.

»Sie ist nämlich der Reisemarschall«, sagte Demeter, »ich brauche mich um gar nichts zu kümmern.«

Nun stand mit einemmal der Mond über dem See.

Es war, wie wenn er hinter den Bergen gewartet hätte und nun zum Abschied aufgestiegen käme. Ganz weiß und nahe lag plötzlich jenes unendlich ferne Dorf an der Berglehne. Der Kahn legte an. Therese erhob sich und sah, von der Nacht umgeben, auffallend groß aus. Georg sprang aus dem Kahn und half ihr beim Aussteigen. Er spürte ihre kühlen Finger, die nicht zitterten, sondern sich wie mit Absicht leise bewegten, in seiner Hand und fühlte den Hauch ihrer Lippen nah. Nach ihr stieg Demeter aus, dann kam Anna, schwerfällig und müd. Die Schiffer dankten für das reichliche Trinkgeld, und die beiden Paare spazierten heimwärts. Auf einer Bank in der Uferallee, in einem langen, dunkeln Mantel, saß der Prinz, rauchte eine Zigarre, schien auf den nächtlichen See hinauszusehen und wandte den Kopf, offenbar, um nicht gegrüßt zu werden.

»So einer könnte einem manches erzählen«, sagte Therese zu Georg, mit dem sie immer weiter zurückblieb, während Demeter und Anna vor ihnen gingen.

»So bald also fahren Sie schon nach Wien?« fragte Georg.

»In vierzehn Tagen, finden Sie das so bald? Jedenfalls werden Sie vor uns daheim sein, nicht?«

»Ja, in ein paar Tagen reisen wir. Es läßt sich nicht länger verschieben. Auch werden wir einigemale unterbrechen müssen. Anna verträgt das Fahren nicht gut.«

»Wissen Sie denn schon, daß ich noch gerade vor meiner Abreise die Villa für Anna gefunden habe?« sagte Therese.

»Wirklich? Sie? Haben Sie denn auch gesucht?«

»Ja, ich hab meine Mutter ein paarmal aufs Land begleitet. Es ist ein kleines, ziemlich altes Haus in Salmansdorf, mit einem schönen Garten, der direkt auf Wiese und Wald hinausführt, und der Vorgarten ist ganz verwachsen ... Anna wird Ihnen schon mehr erzählen. Ich glaub, es ist das letzte Haus im Ort, dann kommt noch ein Gasthof, aber ziemlich weit davon.«

»Sollt ich dieses Haus auf meinen Entdeckungsreisen im Frühjahr übersehen haben?«

»Offenbar, sonst hätten Sie es gemietet. Auf einem Rasenplatz, nah am Gartenzaun, steht eine kleine Figur aus Ton.«

»Kann mich nicht erinnern. Aber wissen Sie, Therese, es ist wirklich nett, daß Sie sich auch für uns bemüht haben. Mehr als nett.« ›Bei ihrer aufreibenden Tätigkeit‹, wollte er hinzusetzen, unterdrückte es aber.

»Warum wundern Sie sich«, fragte Therese. »Ich habe Anna sehr gern.«

»Wissen Sie, was ich einmal über Sie habe sagen hören?« bemerkte Georg nach einer kleinen Pause.

»Nun, was?«

»Daß Sie entweder auf dem Schafott enden werden, oder als Prinzessin.«

»Das ist ein Ausspruch vom Doktor Berthold Stauber, er hat es mir selbst auch einmal gesagt. Er ist sehr stolz darauf, aber es ist doch ein Unsinn.«

»Jetzt stehen die Chancen allerdings mehr auf der Prinzessinnenseite.«

»Wer sagt Ihnen das? Der Prinzessinnentraum ist bald zu Ende.«

»Traum?«

»Ja, ich fange sogar schon an zu erwachen. Es ist ungefähr, wie wenn Morgenluft ins Schlafzimmer hereinwehte.«

»Und dann fängt wohl der andere Traum an?«

»Wieso der andre Traum?«

»Ich stell mir das so bei Ihnen vor: Wenn Sie wieder in der Öffentlichkeit stehen, Reden halten, sich für irgendeine Sache opfern, dann kommt Ihnen in irgendeinem Moment wieder das wie ein Traum vor, nicht? Und Sie denken, das wahre Leben, das ist woanders.«

»Das ist nicht einmal so dumm, was Sie da sagen.«

In diesem Augenblick wandten sich Demeter und Anna, die schon am Gartentor standen, nach den beiden um und nahmen gleich die breite Allee zum Eingang des Hotels. Auch Georg und Therese gingen weiter, ungesehen, außerhalb des Gitters, im finstersten Schlagschatten. Plötzlich ergriff Georg die Hand seiner Begleiterin. Diese wandte, wie erstaunt, sich zu ihm, und beide standen sich nun gegenüber, von Dunkel umhüllt und näher als sie verstehen konnten. Sie wußten nicht wie … sie wollten es kaum, und ihre Lippen ruhten aufeinander, einen kurzen Augenblick, der mehr erfüllt war von der wehen Lust der Lüge als von irgend einer andern. Dann gingen sie weiter, schweigend, unbeglückt, verlangend, und durchschritten das Gartentor.

Die beiden andern vor dem Hotel wandten sich jetzt um und gingen ihnen entgegen. Rasch sagte Therese zu Georg: »Selbstverständlich fahren Sie nicht mit uns.« Georg nickte leicht. Nun standen alle in der breiten, ruhigen Helle der Bogenlampen.

»Es war ein wunderschöner Abend«, sagte Demeter und küßte Anna die Hand.

»Also auf Wiedersehen in Wien«, sagte Therese und umarmte Anna.

Demeter wandte sich zu Georg. »Ich hoffe, wir sehen uns morgen früh auf dem Schiff.«

»Es wäre möglich, aber ich will nichts versprechen.«

»Adieu«, sagte Therese und reichte Georg die Hand.

Dann wandte sie sich mit Demeter zum Gehen.

»Wirst du mit ihnen fahren?« fragte Anna, während sie durchs Tor in die Halle gingen, wo Herren und Damen saßen, rauchten, tranken, plauderten.

»Was fällt dir ein«, erwiderte Georg, »ich denke nicht dran.«

»Herr Baron«, rief plötzlich jemand hinter ihm. Es war der Portier, der ein Telegramm in der Hand hielt.

»Was ist denn das?« fragte Georg etwas erschrocken und öffnete rasch. »O«, rief er aus, »wie entsetzlich.«

»Was ist denn?« fragte Anna.

Er las ihr vor, während sie in das Blatt schaute. »Oskar Ehrenberg hat heute früh im Wald bei Neuhaus einen Selbstmordversuch verübt. Schuß in die Schläfe, wenig Hoffnung, sein Leben zu erhalten. Heinrich.« Anna schüttelte den Kopf. Schweigend gingen sie die Treppe hinauf und ins Zimmer, das Anna bewohnte. Die Balkontüre war weit geöffnet. Georg trat ins Freie. Aus der Dunkelheit heraus drang ein schwerer Duft von Magnolien und Rosen. Vom See war nichts zu sehen. Wie aus einem Abgrund gewachsen ragten die Berge. Anna trat zu Georg. Er legte seinen Arm um ihre Schulter und liebte sie sehr. Es war, wie wenn das ernste Geschehnis, von dem er eben Kunde erhalten, seinen eigenen Erlebnissen das Gefühl ihrer wahren Bedeutung aufgezwungen hätte. Er wußte wieder, daß es nichts Wichtigeres auf der Welt gab, als das Wohl dieser geliebten Frau, die mit ihm auf dem Balkon stand und ihm ein Kind gebären sollte.

Sechstes Kapitel

Als Georg aus dem kühlen Stadtrestaurant, in dem er seit einigen Wochen mittags zu speisen pflegte, auf das sommerheiße Pflaster trat und den Weg nach Heinrichs Wohnung einschlug, war sein Entschluß gefaßt, die Reise ins Gebirge schon in den nächsten Tagen anzutreten. Anna war ja darauf vorbereitet, hatte ihm sogar selbst zugeredet, auf ein paar Tage wegzufahren, seit sie fühlte, daß die eintönige Lebensweise der letzten Zeit ihm Langeweile und innere Unruhe zu verursachen begann.

Vor sechs Wochen, an einem lauen Regenabend, waren sie nach Wien zurückgekehrt, und Georg hatte Anna geradenwegs von der Bahn in die Villa gebracht, wo in einem großen, aber ziemlich leeren Zimmer mit schadhaften, gelblichen Tapeten, beim trüben Schein einer Hängelampe, Annas Mutter und Frau Golowski die Verspäteten seit zwei Stunden erwarteten. Die Tür auf der Gartenveranda stand offen, draußen fiel der Regen klatschend auf den Holzboden, und der laue Duft befeuchteter Blätter und Gräser zog herein. Beim Schein einer Kerze, die Frau Golowski vorantrug, besichtigte Georg die Räumlichkeiten des Hauses, während Anna abgespannt in der Ecke des großen, mit geblümtem Kattun überzogenen Sofas lehnte und auf die Fragen der Mutter nur müde zu antworten vermochte. Bald hatte Georg von Anna gerührt und erleichtert Abschied genommen, war mit ihrer Mutter in den Wagen gestiegen, der draußen wartete, und während sie über aufgeweichte Straßen in die Stadt fuhren, hatte er der befangenen Frau mit gekünstelter Beflissenheit die gleichgültigen Erlebnisse der letzten Reisetage berichtet. Eine Stunde nach Mitternacht war er zu Hause, verzichtete darauf, Felician zu wecken, der schon schlief, und streckte sich im langentbehrten eignen Bett mit ungeahnter Wonne nach so vielen Nächten zum ersten Heimatschlummer aus.

Seither war er beinahe jeden Tag zu Anna aufs Land hinaus gefahren. Wenn es ihn nicht zu kleinen Umwegen über die Sommerfrischen der Umgebung lockte, konnte er zu Rad leicht in einer Stunde bei ihr sein. Öfters aber nahm er die Pferdebahn und spazierte dann durch die kleinen Ortschaften bis zu dem niedern, grün gestrichenen Staketzaun, hinter dem, im schmalen, leicht ansteigenden Garten, das bescheidene Landhaus mit dem dreieckigen Holzgiebel stand. Nicht selten wählte er einen Weg, der sich oberhalb des Dorfes zwischen Gärten und Wiesen hinzog, und stieg dann gerne den grünen Hang aufwärts, bis zu einer Bank am Waldesrand, von wo der Blick auf die kleine, im schmalen Talgrund länglich hingebreitete Ortschaft freilag. Er sah von hier gerade auf das Dach, unter dem Anna wohnte, ließ seine milde Sehnsucht nach der Geliebten, der er so nahe war, mit Willen allmählich lebhafter werden, bis er hinabeilte, die kleine Türe aufschloß und über den Kies mitten durch den Garten zum Haus hinunterschritt. Oft, in schwüleren Nachmittagsstunden, wenn Anna noch schlief, setzte er sich in der gedeckten Holzveranda, die längs der Rückseite des Hauses hinlief, auf einen bequemen, mit geblümtem Kattun überzogenen Lehnstuhl, nahm ein mitgenommenes Buch aus der Tasche und las. Dann, in einfach-sauberm, dunkelm Kleid, trat aus dem dämmrigen Innenraum Frau Golowski und stattete mit leiser, etwas wehmütiger Stimme, einen Zug mütterlicher Güte um den Mund, von Annas Befinden Bericht ab, insbesondere, ob sie mit Appetit gegessen hatte und ob sie fleißig im Garten auf und ab gegangen war. Wenn sie geendet, hatte sie immer in Küche oder Haus etwas Notwendiges zu besorgen und verschwand. Dann, während Georg weiterlas, kam wohl auch eine trächtige Bernhardinerhündin herbei, die Leuten in der Nachbarschaft gehörte, begrüßte Georg mit tränenvoll-ernsten Augen, ließ sich von ihm das kurzhaarige Fell streicheln und streckte sich dankbar zu seinen Füßen hin. Später, wenn ein gewisser, strenger, dem Tiere wohlbekannter Pfiff ertönte, erhob es sich, mit der Schwerfälligkeit seines Zustands, schien sich durch einen schwermütigen Blick zu entschuldigen, daß es nicht länger bleiben durfte, und schlich davon. Im Garten daneben lachten und lärmten Kinder, ein- und das andermal hüpfte ein Gummiball herüber, an der niedern Hecke erschien ein blasses Kinder-

mädchen und bat schüchtern, man möge ihn wieder zurück-
schleudern. Endlich, wenn es kühler wurde, zeigte sich am Fenster, das auf die Veranda ging, Annas Antlitz, ihre stillen, blauen
Augen grüßten Georg, und bald, in leichtem hellen Hauskleid,
trat sie selbst heraus. Nun spazierten sie im Garten auf und ab
längs der abgeblühten Fliederbüsche und treibender Johannisbeerstauden, meist auf der linken Seite, an die die freie Wiese
grenzte, und ruhten sich auf der weißen Bank nah dem obern
Gartenende unter dem Birnbaum aus. Erst wenn das Abendessen aufgetragen wurde, erschien Frau Golowski wieder, nahm
bescheiden ihren Platz am Tische ein und erzählte auf Befragen
allerlei von den Ihrigen; von Therese, die nun in die Redaktion
eines sozialistischen Blattes eingetreten war, von Leo, der,
dienstlich jetzt weniger beschäftigt als früher, mathemathischen
Studien emsig oblag, und von ihrem Gatten, dem sich, während
er in einer rauchigen Kaffeehausecke den Schachkämpfen uner-
müdlicher Spieler mit Hingebung zuschaute, immer neue Hoffnungen regelmäßigen Erwerbs eröffneten und gleich wieder
verschlossen. Nur selten kam Frau Rosner zu Besuch und entfernte sich meist bald nach Georgs Erscheinen. Einmal an
einem Sonntagnachmittag war auch der Vater hier gewesen und
hatte mit Georg eine Unterhaltung über Wetter und Landschaft
geführt, als wäre man einander zufällig bei einer leidenden
Bekannten begegnet. Nur den Eltern zulieb hielt sich Anna in
der Villa völlig zurückgezogen. Denn sie selbst, zu völliger
Unbefangenheit gereift, fühlte sich nicht anders, als wäre sie
Georgs angetraute Gattin, und als jener kürzlich, der eintönigen
Abende müde, um Erlaubnis gebeten, gelegentlich Heinrich mit
herauszubringen, hatte sie sich zu Georgs angenehmer Überraschung ohne weiteres damit einverstanden erklärt.

Heinrich war der einzige von Georgs nähern Bekannten, der
sich in diesen drückenden Julitagen noch in der Stadt aufhielt.
Felician, der sich nach des Bruders Heimkehr, wie in neuer-
wachter Jugendfreundschaft, ihm angeschlossen hatte, weilte
nach bestandener Diplomatenprüfung mit Ralph Skelton an der
Nordsee. Else Ehrenberg, die Georg bald nach seiner Rückkunft
im Sanatorium am Krankenbett ihres Bruders einmal gesprochen hatte, war mit ihrer Mutter längst wieder im Auhof am See.
Auch Oskar, den sein unglücklicher Selbstmordversuch das

rechte Auge gekostet, aber, wie es hieß, die Leutnantscharge gerettet hatte, war von Wien abgereist, die schwarze Binde über dem erblindeten Auge. Demeter Stanzides, Willy Eißler, Guido Schönstein, Breitner, alle waren sie fort, und sogar Nürnberger, der so feierlich erklärt hatte, auch dieses Jahr die Stadt nicht verlassen zu wollen, war mit einemmal verschwunden.

Ihn hatte Georg nach seiner Rückkehr vor allen andern besucht, um ihm Blumen vom Grab der Schwester aus Cadenabbia zu überbringen. Auf der Reise hatte er endlich den Roman Nürnbergers gelesen, der in einer nun halbvergangenen Zeit spielte, derselben, wie es Georg schien, von der der alte Doktor Stauber einmal zu ihm gesprochen hatte. Über jener lügendumpfen Welt, in der erwachsene Menschen für reif, altgewordene für erfahren und Leute, die sich gegen kein geschriebenes Gesetz vergingen, als rechtlich, in der Freiheitsliebe, Humanität und Patriotismus schlechtweg als Tugenden galten, auch wenn sie dem faulen Boden der Gedankenlosigkeit oder der Feigheit entsproßt waren, hatte Nürnberger grimmige Leuchten angezündet; und zum Helden seines Buches hatte er einen tätigen und braven Mann gewählt, der, von den wohlfeilen Phrasen der Epoche emporgetragen, auf der Höhe Überblick und Einsicht gewann und in der Erkenntnis seines schwindelnden Aufstiegs von Grauen erfaßt, in das Leere hinabstürzte, aus dem er gekommen war. Daß einer, der dies starke und rings widerhallende Werk geschaffen, später nur mehr wie in lässig höhnischen Randbemerkungen zum Gang der Zeit sich hatte vernehmen lassen, wunderte Georg sehr, und erst ein Wort Heinrichs: daß wohl dem Zorne, nicht aber dem Ekel Fruchtbarkeit beschieden sei, ließ ihn verstehen, warum Nürnbergers Werk für immer abgeschlossen war. Die einsame dunkelblaue Spätnachmittagsstunde auf dem Friedhof von Cadenabbia hatte sich Georg so seltsam tief eingeprägt, als wäre ihm das Wesen, an dessen Grab er gestanden, bekannt, ja wert gewesen. Es hatte ihn ergriffen, daß die goldenen Buchstaben auf dem grauen Stein matt geworden und die Beete im Rasen von Unkraut durchwuchert waren, und nachdem er ein paar gelbblaue Stiefmütterchen für den Freund gepflückt hatte, war er mit bewegtem Herzen geschieden. Jenseits des Friedhoftors warf er einen Blick durch das offene Fenster der Totenkammer und sah im

Dämmer, zwischen hohen, brennenden Kerzen, von schwarzem Tuch bis über die Lippen bedeckt, eine Frauensperson aufgebahrt, über deren schmalem Wachsgesicht die Lichter der Kerzen und des Tags ineinanderrannen.

Nürnberger war von der teilnehmenden Aufmerksamkeit Georgs nicht ungerührt geblieben, und sie sprachen an diesem Tage vertrauter miteinander als je zuvor.

Das Haus, in dem Nürnberger lebte, stand in einer engen, düstern Gasse, die aus der innern Stadt treppenweise gegen die Donau zuführte; war uralt, schmal und hoch. Die Wohnung Nürnbergers befand sich im obersten, fünften Stockwerk, wohin man über eine vielfach gewundene Treppe gelangte. In dem niedrigen, aber geräumigen Zimmer, in das Georg aus einem dunkeln Vorraum trat, standen alte, aber wohlgehaltene Möbel, und aus dem Alkoven in der Tiefe, vor dem ein mattgrüner Vorhang herabgelassen war, drang ein Duft von Kampfer und Lavendel. Jugendbildnisse von Nürnbergers Eltern hingen an der Wand und bräunliche Stiche von Landschaften nach holländischen Meistern. Auf der Kommode in holzgeschnitzten Rahmen standen allerlei alte Photographien, und aus einer Schreibtischlade, unter vergilbten Briefen suchte Nürnberger ein Bildnis der verstorbenen Schwester hervor, das sie als achtzehnjähriges Mädchen zeigte, in einer wie historisch anmutenden Kindertracht, einen Ball in der Hand, vor einem Zaune stehend, hinter dem eine Felsenlandschaft sich türmte. All diese Unbekannten, Entfernte und Verstorbene, stellte Nürnberger dem Freunde heute im Bilde vor und sprach von ihnen in einem Tone, der den Zeitraum zwischen einst und jetzt zu verbreitern und vertiefen schien.

Georgs Blick schweifte manchmal hinaus über die enge Gasse zu dem grauen Mauerwerk uralter Häuser. Er sah schmale, verstaubte Scheiben mit allerlei Hausrat dahinter; auf einem Fensterbrett standen Blumentöpfe mit ärmlichen Pflanzen, zwischen zwei Häusern in einer Rinne lagen Flaschenscherben, zerbrochene Tongefäße, Papierfetzen, vermodertes Pflanzenwerk. Ein verwittertes Rohr lief zwischen all dem Zeug hin und verlor sich hinter einem Rauchfang. Andere Rauchfänge zeigten sich links und rechts, die Rückseite eines gelblichen Steingiebels war sichtbar, zum blaßblauen Himmel ragten Türme auf, und unerwartet nah, in lichtem Grau, mit durchbrochener Steinkuppel erschien einer, der Georg wohlbekannt war. Unwillkürlich suchte sein Blick die Richtung, wo er das Haus vermuten durfte, an dessen Eingang die zwei steineren Riesen auf gewaltigen Armen das Adelswappen eines versunkenen Geschlechts trugen und in dem sein Kind gezeugt worden war, das in wenig Wochen zur Welt kommen sollte.

Georg erzählte von seiner Reise, und in der Stimmung dieser Stunde wäre er sich kleinlich erschienen, wenn er es bei halben Wahrheiten hätte bewenden lassen. Nürnberger aber hatte auch die ganze längst gewußt, und als Georg sich darüber ein wenig erstaunt zeigte, lächelte er spöttisch. »Erinnern Sie sich nicht mehr«, fragte er, »jenes Vormittags, an dem wir uns in Grinzing eine Sommerwohnung angesehen haben?«

»Gewiß.«

»Und erinnern Sie sich auch, daß uns in Garten und Haus eine Frau mit einem kleinen Kind auf dem Arm herumgeführt hat?«

»Ja.«

»Bevor wir weggingen, hat das Kind die Arme nach Ihnen ausgestreckt, und Sie haben es mit einem ziemlich gerührten Blick betrachtet.«

»Und daraus haben Sie geschlossen, daß ich ...«

»Ach, Sie sind nicht der Mensch, über den Anblick kleiner und überdies etwas ungewaschener Kinder in Rührung zu geraten, wenn sich nicht Ideenverbindungen persönlicher Art daran knüpfen.«

»Vor Ihnen muß man sich in acht nehmen«, sagte Georg scherzend, aber nicht ohne einiges Unbehagen.

Die leichte Gereiztheit, die er Nürnbergers Überlegenheit gegenüber immer wieder empfand, hielt ihn durchaus nicht ab, den Verkehr mit ihm weiter zu pflegen. Manchmal holte er ihn vom Hause ab, um mit ihm in Straßen und Gärten umher zu spazieren, und wie eine Genugtuung, ja, wie einen persönlichen Sieg empfand er es, wenn es ihm gelang, ihn aus den luftdünnen Regionen bitterer Weisheit in die sanftern Gefilde herzlicher Unterhaltung hinabzuziehen. Die Spaziergänge mit ihm waren Georg zu einer so angenehmen Gewohnheit geworden, daß er es wie eine Verarmung seiner Tage empfand, als er eines Morgens die Wohnung Nürnbergers verschlossen fand. Tags darauf kam eine entschuldigende Abschiedskarte aus Salzburg, von einem Ehepaar mit unterzeichnet, einem Fabrikanten und dessen Frau, liebenswürdigen, heiteren Leuten, die Georg einmal durch Nürnberger flüchtig auf dem Graben kennengelernt hatte. Nach Heinrichs boshafter Darstellung war der gemeinsame Freund von diesem Ehepaar, nach verzweifelter Gegenwehr natürlich, die Stiege hinuntergeschleppt, in einen Wagen gesetzt und gewissermaßen als Gefangener auf die Bahn transportiert worden. Wie Heinrich behauptete, hatte Nürnberger einige Bekannte dieser harmlosen Art, die das Bedürfnis empfanden, sich von dem berühmten Spötter in den wohlschmeckenden Trank des Daseins einige Tropfen Bosheit träufeln zu lassen, so wie Nürnberger seinerseits sich in ihrer bequemen Gesellschaft von den anstrengenden Bekannten aus Literaten- und Psychologenkreisen zu erholen liebte.

Das Wiedersehen mit Heinrich hatte für Georg eine Enttäuschung bedeutet. Der Dichter, nach den ersten Begrüßungsworten, hatte wie gewöhnlich nur von sich geredet, und zwar in den Tönen tiefster Selbstverachtung. Er war endlich darauf gekommen, daß er eigentlich kein Talent besäße, sondern nur Verstand, den allerdings in enormem Maße. Was er aber an sich am heftigsten verdammte, das waren die Disharmonien seines Wesens, unter denen, wie er wohl wußte, nicht nur er zu leiden hatte, sondern alle, die in seine Nähe gerieten. Er war herzlos und sentimental, leichtfertig und schwerblütig, empfindlich und rücksichtslos, unverträglich und doch auf Menschen angewiesen … zuzeiten wenigstens. Ein Subjekt mit solchen Eigenschaften konnte nun seine Daseinsberechtigung nur durch eine ungeheure Leistung erweisen, und wenn das Meisterwerk, zu dem er verpflichtet war, nicht bald, sehr bald in die Erscheinung träte, so war er als anständiger Mensch verpflichtet sich totzuschießen. Aber er war kein anständiger Mensch … daran lag es eben. Georg dachte: Natürlich wirst du dich nicht totschießen, hauptsächlich, weil du zu feig dazu bist. Er sprach das natürlich nicht aus, war vielmehr sehr liebenswürdig, redete von Stimmungen, denen schließlich jeder Künstler unterworfen sei, und erkundigte sich freundlich nach den äußern Umständen in Heinrichs Leben. Da zeigte sich bald, daß es mit ihm gar nicht so schlimm bestellt war. Er führte sogar, wie es Georg scheinen wollte, ein sorgenloseres Leben als je zuvor. Durch eine kleine Erbschaft war die Existenz von Mutter und Schwester für die nächsten Jahre gesichert; trotz aller Feindseligkeiten, die gegen ihn am Werke waren, wuchs der Ruf seines Namens von Tag zu Tag; die klägliche Geschichte mit der Schauspielerin schien endgültig vorbei, und eine ganz neue, erwünscht leichte Beziehung zu einer jungen Dame brachte sogar einige Heiterkeit in sein Dasein. Auch die Arbeit ging gut vonstatten. Der erste Akt des Operntextes war so gut wie fertig und für die politische Komödie vieles aufgezeichnet. Er hatte die Absicht, im nächsten Jahre Parlamentssitzungen zu besuchen, Versammlungen mitzumachen, spielte mit dem eingestandenermaßen kindisch-phantastischen Plan, sich als sozialdemokratischer Genosse aufzuspielen, bei den Führern Anschluß zu suchen und sich, wenn es anging, sogar als tätiges Mitglied in irgendeiner Organisation aufnehmen zu lassen, nur um im Getriebe einer Partei vollkommen Bescheid zu wissen. Ah, wenn er mit einem Menschen nur einmal fünf Minuten lang sprach, so hatte er ihn ja ganz. Irgendein Wort, dessen Bedeutung ein anderer gar nicht merkte, riß für ihn wie ein Sturmwind die Schleier von den Seelen. Sein Traum war es, in der Operndichtung sich als Meister des Phantastischen, in der Komödie des realistischen Moments zu zeigen und so der Welt zu beweisen, daß er im Himmel und auf Erden gleichermaßen zu Hause wäre. Bei einer spätern Zusammenkunft ließ Georg sich vorlesen, was vom ersten Akt der Oper vollendet war; er fand die Verse sehr sangbar und bat Heinrich um die Erlaubnis, das Manuskript Anna mitzubringen. Diese konnte dem, was Georg ihr vortrug, nicht viel Geschmack abgewinnen; er aber, ohne rechte Überzeugung, behauptete, daß sie eben gleichsam die Sehnsucht dieser Verse nach Vertonung spüre, was sie notwendig als Mangel empfinden müsse.

Als Georg heute zu Heinrich ins Zimmer trat, saß dieser an dem großen Tisch in der Mitte des Zimmers, der mit Blättern und Briefen überdeckt war. Auch auf dem Pianino und auf dem Diwan lagen beschriebene Papiere aller Art. Ein vergilbtes Blatt hielt Heinrich noch in der Hand, als er aufstand und Georg mit den Worten begrüßte: »Nun, wie geht's auf dem Land?« Dies war die Art, in der er sich nach Annas Befinden zu erkundigen

pflegte, und die Georg jedesmal von neuem als zu intim empfand. »Danke, sehr gut«, erwiderte er. »Ich komme Sie übrigens
fragen, ob Sie heute vielleicht mit mir hinauskommen wollen.«

»O ja, sehr gern. Die Sache ist nur die, daß ich da eben im
Ordnen verschiedener Papiere begriffen bin. Ich könnte erst
abends kommen, so gegen sieben. Ist es Ihnen recht?«

»Gewiß«, sagte Georg. »Aber ich störe Sie, wie ich sehe«, setzte
er hinzu, indem er auf den übersäten Tisch wies.

»Durchaus nicht«, erwiderte Heinrich, »ich ordne ja nur, wie
ich Ihnen eben sagte. Es ist der schriftliche Nachlaß meines
Vaters. Das da sind Briefe an ihn. Und hier tagebuchartige Auf-
zeichnungen, hauptsächlich aus seiner parlamentarischen Zeit.
Ergreifend, sag ich Ihnen. Wie hat dieser Mann sein Vaterland
geliebt! Und wie hat man's ihm gedankt! Sie haben keine
Ahnung, in welcher raffinierten Weise man ihn aus seiner Partei
hinausgedrängt hat. Ein verwirrendes Ineinanderspiel von
Tücke, Beschränktheit, Brutalität ... echt deutsch, mit einem
Wort.«

Georg lehnte sich auf. Und er wagt es, dachte er, sich über den
Antisemitismus aufzuhalten? Ist er besser? Gerechter? Vergißt er,
daß auch ich ein Deutscher bin ...?

Heinrich sprach weiter. »Aber ich werde diesem Mann ein
Denkmal setzen ... Er, kein anderer, wird der Held meines politischen Dramas sein. Er ist die wahrhaft tragikomische Mittel-
punktsfigur, die mir noch gefehlt hat.«

Der innere Widerstand Georgs wuchs. Er bekam große Lust,
den alten Bermann gegen seinen Sohn in Schutz zu nehmen.
»Tragikomische Figur?« wiederholte er fast feindselig.

»Ja«, entgegnete Heinrich bestimmt. »Ein Jude, der sein Vaterland liebt ... ich meine, so wie mein Vater es getan, mit Solida-
ritätsgefühlen, mit dynastischer Begeisterung, ist unbedingt
eine tragikomische Figur. Das heißt ... er war es zu jener libera-
lisierenden Epoche der siebziger und achtziger Jahre, da auch
kluge Menschen dem Phrasentaumel der Zeit unterlegen sind.
Heute wäre ja ein solcher Mensch allerdings ausschließlich
komisch. Ja, selbst wenn er sich endlich am erstbesten Nagel
aufhinge, ich könnte sein Schicksal nicht anders empfinden.«

»Es ist eine Manie von Ihnen«, erwiderte Georg. »Man hat
wirklich manchmal den Eindruck, daß Sie überhaupt nicht

mehr imstande sind, etwas anderes in der Welt zu sehen als immer und überall die Judenfrage. Wenn ich so unhöflich wäre, als es Ihnen zuweilen zu sein passiert, so würde ich Sie ... Sie verzeihen schon, verfolgungswahnsinnig nennen.«

»Verfolgungswahnsinnig ...« wiederholte Heinrich tonlos und sah an die Wand. »So, also Verfolgungswahnsinn nennen Sie das ... Na!« Und plötzlich mit zusammengepreßten Zähnen, heftig, fuhr er fort: »Ich will Sie einmal was fragen, Georg, aufs Gewissen fragen.«

»Ich höre.«

Er stellte sich gerade vor Georg hin und bohrte ihm seine Augen in die Stirn: »Glauben Sie, daß es einen Christen auf Erden gibt, und wäre es der edelste, gerechteste und treueste, einen einzigen, der nicht in irgendeinem Augenblick des Grolls, des Unmuts, des Zorns selbst gegen seinen besten Freund, gegen seine Geliebte, gegen seine Frau, wenn sie Juden oder jüdischer Abkunft waren, deren Judentum, innerlich wenigstens, ausgespielt hätte?« Und ohne Georgs Antwort abzuwarten: »Keinen gibt es, ich versichere Sie. Sie können übrigens auch einen andern Versuch machen. Lesen Sie z.B. die Briefe von irgendwelchen berühmten, sonst ganz klugen und vortrefflichen Menschen, und beachten Sie die Stellen mit feindlichen und ironischen Äußerungen über Zeitgenossen. Neunundneunzigmal handelt es sich um ein Individuum ohne Berücksichtigung der Abstammung oder Konfession, im hundertsten Fall, wo das übelbehandelte Menschenkind das Unglück hat, Jude zu sein, vergißt der Verfasser gewiß nicht, diese Tatsache zu erwähnen. So ist es nun einmal, ich kann Ihnen nicht helfen. Was Sie Verfolgungswahnsinn zu nennen belieben, lieber Georg, das ist eben in Wahrheit nichts anderes als ein ununterbrochen waches, sehr intensives Wissen von einem Zustand, in dem wir Juden uns befinden, und viel eher als von Verfolgungswahnsinn könnte man von einem Wahn des Geborgenseins, des Inruhegelassenwerdens reden, von einem Sicherheitswahn, der vielleicht eine minder auffallende, aber für den Befallenen viel gefährlichere Krankheitsform vorstellt. Mein Vater hat an ihr gelitten, wie viele andre seiner Generation. Er ist allerdings so gründlich kuriert worden, daß er darüber verrückt geworden ist.«

Tiefe Falten erschienen auf Heinrichs Stirn, und er sah wieder zur Wand hin, über Georg weg, der auf dem harten, schwarzledernen Diwan Platz genommen hatte.

»Wenn das Ihre Auffassung ist«, erwiderte Georg – »ja, dann müßten Sie sich doch logischerweise Leo Golowski anschließen...«

»Und mit ihm nach Palästina wandern – finden Sie? Politisch-symbolischerweise oder gar in Wirklichkeit – wie?« Er lachte. »Hab ich denn behauptet, daß ich von hier fort will? Daß ich irgendwo anders lieber leben möchte als hier? Insbesondere, daß ich unter lauter Juden existieren möchte? Das wäre, für mich wenigstens, eine recht äußerliche Lösung einer höchst innerlichen Angelegenheit.«

»Das denk ich mir eigentlich auch. Und darum verstehe ich, die Wahrheit zu sagen, immer weniger, was Sie wollen, Heinrich. Im vorigen Herbst auf der Sophienalpe, wie Sie sich mit Golowski herumgezankt haben, da hatte ich doch den Eindruck, daß Sie die Sache viel hoffnungsvoller ansähen?«

»Hoffnungsvoller?« wiederholte Heinrich beleidigt.

»Ja. Da mußte man doch denken, daß Sie an die Möglichkeit einer allmählichen Assimilation glauben.«

Heinrich zuckte verächtlich die Mundwinkel. »Assimilation ... Ein Wort ... Ja, sie wird wohl kommen, irgendeinmal ... In sehr, sehr langer Zeit. Sie wird ja nicht so kommen, wie manche sie wünschen – nicht so wie manche sie fürchten ... es wird auch nicht gerade Assimilation sein ... aber vielleicht etwas, das sozusagen im Herzen dieses Wortes schlägt. Wissen Sie, was sich wahrscheinlich am Ende herausstellen wird? Daß wir, wir Juden, mein ich, gewissermaßen ein Menschheitsferment gewesen sind – ja, das wird vielleicht herauskommen in tausend bis zweitausend Jahren. Auch ein Trost, denken Sie sich!« Er lachte wieder.

»Wer weiß«, sagte Georg nachsichtig, »ob Sie nicht recht behalten werden – in tausend Jahren. Aber bis dahin?«

»Ja, früher, lieber Georg, wird es wohl mit der Lösung der Frage nichts werden. Für unsere Zeit gibt es keine Lösung, das steht einmal fest. Keine allgemeine wenigstens. Eher gibt es hunderttausend verschiedene Lösungen. Weil es eben eine Angelegenheit ist, die bis auf weiteres jeder mit sich selbst abmachen muß, wie er kann. Jeder muß selber dazusehen, wie er herausfindet aus seinem Ärger, oder aus seiner Verzweiflung, oder aus seinem Ekel, irgendwohin, wo er wieder frei aufatmen kann. Vielleicht gibt es wirklich Leute, die dazu bis nach Jerusalem spazieren müssen ... Ich fürche nur, daß manche, an diesem vermeintlichen Ziel angelangt, sich erst recht verirrt vorkommen würden. Ich glaube überhaupt nicht, daß solche Wanderungen ins Freie sich gemeinsam unternehmen lassen ... denn die Straßen dorthin laufen ja nicht im Lande draußen, sondern in uns selbst. Es kommt nur für jeden darauf an, seinen inneren Weg zu finden. Dazu ist es natürlich notwendig, möglichst klar in sich zu sehen, in seine verborgensten Winkel hineinzuleuchten! Den Mut seiner eigenen Natur zu haben. Sich nicht beirren lassen. Ja, das müßte das tägliche Gebet jedes anständigen Menschen sein: Unbeirrtheit!«

Georg dachte: Wo ist er nun schon wieder? Er ist in seiner Art genau so krank, wie sein Vater es war. Dabei kann man doch nicht sagen, daß er persönlich schlimme Erfahrungen gemacht hat. Und er hat einmal behauptet, daß er sich mit niemandem zusammengehörig fühle! Es ist ja nicht wahr. Mit allen Juden fühlt er sich zusammengehörig, und mit dem letzten von ihnen noch immer enger als mit mir. Während ihm diese Gedanken durch den Kopf gingen, fiel sein Blick auf ein großes Kuvert, das auf dem Tisch lag, und er las darauf die mit großen, römischen Buchstaben geschriebenen Worte: »Nicht vergessen, nie dran vergessen.«

Heinrich gewahrte Georgs Blick, nahm das Kuvert in die Hand, auf dessen Rückseite drei gewaltige, graue Siegel zum Vorschein kamen, warf es dann wieder auf den Tisch, ließ wie verächtlich die Unterlippe sinken und sagte: »Diese Sache hab ich nämlich auch heute in Ordnung gebracht. Es gibt solche Tage des großen Reinemachens. Andre Leute hätten das Zeug verbrannt. Wozu? Ich werd es vielleicht einmal mit Vergnügen wieder lesen. In diesem Kuvert sind nämlich die anonymen Briefe, von denen ich Ihnen einmal erzählt habe.«

Georg schwieg. Bisher hatte Heinrich über die Umstände, unter denen seine Beziehungen mit der Schauspielerin geendet hatten, nichts verlauten lassen; nur eine Stelle in dem Brief nach Lugano hatte darauf hingedeutet, daß er die einst Geliebte nicht ohne innern Schauer wiedergesehen hatte. Fast gegen den eigenen Willen kam es über Georgs Lippen: »Sie kennen doch die Geschichte von Nürnbergers Schwester, die in Cadenabbia begraben liegt?«

Heinrich bejahte. »Wie kommen Sie darauf?«

»Ich habe ihr Grab besucht, ein paar Tage vor meiner Abreise.« Er zögerte. Heinrich sah ihn starr an, mit einem heftig fragenden Blick, der Georg zum Weitersprechen zwang. »Und nun denken Sie, wie sonderbar, seither vermengen sich in meiner Erinnerung immer diese zwei Wesen, von denen ich das eine nie gesehen habe, das andre nur flüchtig, auf dem Theater, wie Sie wissen – nämlich die tote Schwester Nürnbergers und … diese Schauspielerin.«

Heinrich wurde blaß bis in die Lippen. »Sind Sie abergläubisch?« fragte er höhnisch, aber es klang, als fragte er sich selbst.

»Durchaus nicht«, antwortete Georg. »Was hat übrigens diese Sache mit Aberglauben zu tun?«

»Ich will Ihnen nur sagen, daß mir alle Dinge, die irgendwie mit Mystik zusammenhängen, im Grund der Seele zuwider sind. Über Dinge zu reden, von denen man nichts wissen kann, ja, deren Wesen es ist, daß man nie und nimmer was von ihnen wissen kann, das scheint mir von aller Art Geschwätz, die auf Erden für Wissenschaft ausgegeben wird, die unerträglichste.«

Sollte sie gestorben sein, diese Schauspielerin? dachte Georg.

Plötzlich hielt Heinrich das Kuvert wieder in der Hand, und in dem trockenen Tone, den er gerade dann anzuschlagen beliebte, wenn er bis ins Tiefste durchwühlt war, sagte er. »Daß ich diese Worte hergeschrieben habe, ist kindische Spielerei – oder Affektation, wenn Sie wollen. Ich hätte auch wie Daudet vor seine Sappho die Worte hersetzen können: Meinen Söhnen, wenn sie zwanzig Jahre alt sein werden … Zu dumm übrigens. Als wenn ein Mensch mit den Erfahrungen eines andern das geringste anfangen könnte! Die Erfahrungen des einen können für den andern manchmal amüsant, öfters verwirrend, aber nie lehrreich sein … Und wissen Sie, woher es kommt, daß jene beiden Gestalten sich in Ihrem Kopf vermengen? Ich will's Ihnen sagen. Einfach daher, daß ich in einem meiner Briefe für meine einstige Geliebte den Ausdruck Gespenst angewandt habe. So erklärt sich dieses geheimnisvolle Ineinanderfließen.«

»Das wäre nicht unmöglich«, entgegnete Georg.

Von irgendwoher, undeutlich, kam schlechtes Klavierspiel. Georg blickte hinaus. Auf der gelben Mauer drüben lag die Sonne. Viele Fenster waren offen. An einem saß ein Junge, die Arme aufs Fensterbrett gestützt, und las. Von einem andern schauten zwei junge Mädchen hinunter in den Gartenhof. Das Klappern von Geschirr war hörbar. Georg sehnte sich nach freier Luft, nach seiner Bank am Waldesrand. Bevor er sich aber zum Gehen wandte, fiel ihm ein: »Was ich Ihnen noch sagen wollte, Heinrich, Ihre Verse haben auch Anna sehr gefallen. Haben Sie weitergeschrieben?«

»Nicht viel.«

»Es wäre hübsch, wenn Sie alles, was vom Text fertig ist, heute mit hinausbrächten und uns vorläsen.« Er stand am Pianino und schlug ein paar Akkorde an.

»Was ist das?« fragte Heinrich.

»Ein Thema«, erwiderte Georg, »das mir für den zweiten Akt eingefallen ist. Es soll den Moment begleiten, in dem der merkwürdige Fremde auf dem Schiff erscheint.«

Heinrich schloß das Fenster, Georg setzte sich nieder und begann weiterzuspielen. Da klopfte es an die Tür, und unwillkürlich rief Heinrich: »Herein«.

Eine junge Dame trat ein, in lichtem Tuchrock mit roter Seidenbluse, ein weißes Samtband mit einem kleinen Goldkreuz um den Hals. Ein Florentinerhut, rosengeschmückt, beschattete breitkrämpig das kleine, blasse Gesicht, aus dem zwei große, schwarze Augen blickten.

»Guten Tag«, sagte die fremde Dame mit einer dunkeln Stimme, die zugleich trotzig und verlegen klang. »Verzeihen Sie, Herr Bermann, ich wußte nicht, daß Sie Besuch haben.« Und sie sah Georg, der sie gleich erkannt hatte, neugierig an.

Heinrich war blaß und hatte Falten auf der Stirn. »Ich habe allerdings nicht vermutet ...« begann er, dann stellte er vor und sagte zu der Dame: »Wollen Sie nicht Platz nehmen?«

»Danke«, erwiderte sie unwirsch und blieb stehen. »Ich komme vielleicht später wieder.«

»O bitte«, fiel Georg ein. »Ich war eben daran, mich zu verabschieden.« Er sah, wie der Blick der Schauspielerin im Zimmer umherirrte, und fühlte ein seltsames Mitleid mit ihr, wie man es manchmal im Traum mit Toten fühlt, die nicht wissen, daß sie gestorben sind. Dann sah er noch den Blick Heinrichs auf diesem blassen, kleinen Gesicht mit unbegreiflicher Härte ruhen und ging. Er erinnerte sich jetzt sehr deutlich, wie er sie auf der Bühne gesehen hatte, mit dem rotblonden Haar, das in die Stirn fiel, und den irrenden Augen. So sehen Wesen nicht aus, dachte er, die dazu bestimmt sind, nur einem zu gehören. Und das sollte Heinrich nie gefühlt haben, der sich auf seine Menschenkenntnis so viel zugute tat? Was wollte er nun eigentlich von ihr? Eitelkeit war es, die in seiner Seele brannte, nichts anderes als Eitelkeit.

Auf der Straße schritt Georg wie durch trockene Gluten. Die Häusermauern warfen den eingetrunkenen Sommer in die Luft. Georg fuhr mit der Pferdebahn den Hügeln und Wäldern entgegen und atmete freier, als er auf dem Lande war. Langsam spazierte er zwischen Gärten und Villen weiter, dann, am Friedhof vorbei, nahm er eine allmählich ansteigende, weiße Straße, die mit einem ihn freundlich anmutenden Namen Sommerhaidenweg hieß und zu dieser sonnigen Spätnachmittagsstunde von Menschen kaum begangen war. Von dem bewaldeten Höhenzug zur Linken kam noch kein Schatten, nur ein mildes Wehen von Lüften, die in den Blättern geschlafen hatten. Zur Rechten senkte der grüne Hang sich abwärts, gegen das länglich dahinziehende Tal, wo zwischen Ästen und Wipfeln Dächer blinkten. Drüben, hinter Gartenzäunen strebten Weinberge und Äcker auf, zu Wiesen und Steinbrüchen, über denen durchglitzertes Gestrüpp und Buschwerk hing. Im Gelände oft verloren, zog als schmale Linie der Weg, den Georg an andern Tagen manchmal zu wandern pflegte, und sein Auge suchte die Stelle am Waldesrand, wo seine Lieblingsbank stehen mochte. Wiesen und Waldeshöhen hielten am Talesende den Blick auf; und im Spiegel der Luft ließen abendliche Fernen mit neuen Tälern und Hügeln sich ahnen.

Dieser Landschaft fühlte Georg sich wunderbar vertraut, und der Gedanke, daß Beruf und Wille ihn in die Fremde riefen, webte um seine einsamen Spaziergänge schon in diesen Tagen oft Stimmungen des Abschieds, die freilich von Sehnsucht schwerer waren als von Trauer. Zugleich aber regte sich in ihm ein Vorgefühl reichern Lebens. Es war ihm, als bereite sich in seiner Seele manches vor, das er nicht mit sorgenvollen Sinnen aufstören dürfte; und in den Untergründen seiner Seele, wo heute schon hineinzuhören ihm nicht gegeben war, rauschte es von Melodien kommender Tage. Auch war er nicht müßig geblieben, um die äußern Umrisse seiner Zukunft klar zu ziehen. Nach Detmold hatte er einen höflich dankenden Brief geschrieben, in dem er sich mit Vorbehalt dem Intendanten für den kommenden Herbst zur Verfügung stellte; auch den alten Professor Viebiger hatte er aufgesucht, ihm seine Pläne eröffnet und ihn gebeten, sich bei vorkommenden Gelegenheiten des einstigen Schülers zu erinnern. Aber auch, wenn wider Erwarten im Herbst nirgends eine Stellung für ihn sich fände, war er entschlossen, Wien zu verlassen, sich vorläufig in eine kleine Stadt oder aufs Land zurückzuziehen und in der Stille für sich weiter zu arbeiten. Wie sich unter diesen Umständen seine Beziehungen zu Anna weiter gestalten sollten, darüber gab er sich keine klare Rechenschaft; er wußte nur, daß sie niemals enden durften. Es schwebte ihm vor, daß er und Anna einander besuchen und zu gelegener Zeit gemeinschaftliche Reisen unternehmen würden; später übersiedelte sie wohl an den Ort, wo er lebte und wirkte. Doch schien es ihm nutzlos, all dem in die Tiefe nachzugrübeln, ehe die Stunde da war, da sich sein eigenes Schicksal, wenigstens für die Dauer der nächsten Jahre, entschieden hatte.

Der Sommerhaidenweg lief in den Wald, und Georg nahm den breiten Villenweg, der an dieser Stelle das Tal durchquerend nach abwärts bog. In wenigen Minuten befand er sich auf der Straße, an deren Ende waldesnah, neben bescheidenen, gelben Parterrehäuschen, nur durch die Balkonmansarde mit dem dreieckigen Holzgiebel über jene erhöht, die kleine Villa stand, in der Anna wohnte. Er durchschritt das Vorgärtchen, wo inmitten des Rasens zwischen Blumenbeeten, auf viereckigem Postament, der kleine blaue Tonengel ihn grüßte; den schmalen Gang, neben dem die Küche lag, das kahle Mittelzimmer, auf dessen Boden durch die schadhaften grünen Jalousien Sonnenlinien hinspielten, und trat auf die Veranda. Er wandte sich nach links und warf einen Blick durchs offne Fenster in Annas Zimmer, das er leer fand. Nun ging er im Garten längs der Fliederbüsche und Johannisbeerstauden nach aufwärts, und schon von weitem sah er Anna unter dem Birnbaum auf der weißen

Bank sitzen, in ihrem weiten blauen Kleide. Sie sah ihn nicht kommen, schien ganz in Gedanken versunken. Er näherte sich langsam. Noch immer blickte sie nicht auf. Er liebte sie sehr in solchen Augenblicken, da sie sich unbeobachtet wähnte und auf ihrer klaren Stirn unbeirrt die Gütigkeit und der Friede ihres Wesens ruhten. Sonnenkringel zitterten auf dem Kies zu ihren Füßen. Ihr gegenüber, auf dem Rasen, lag schlafend die fremde Bernhardinerhündin. Das Tier war es, das, erwachend, Georgs Kommen zuerst bemerkte. Es erhob sich, und schwerfällig trappelte es Georg entgegen. Jetzt sah Anna auf, und ein beglücktes Lächeln schwebte über ihre Züge. Warum bin ich so selten da, fuhr es Georg durch den Sinn. Warum wohn ich nicht heraußen und arbeite oben auf dem Balkon unter dem Giebel, wo man die hübsche Aussicht auf den Sommerhaidenweg hat? Die Stirne war ihm feucht geworden, so heiß brannte noch immer die Spätnachmittagssonne.

Er stand vor Anna, küßte sie auf Aug' und Mund und setzte sich an ihre Seite. Das Tier war ihm nachgeschlichen und streckte sich zu seinen Füßen hin.

»Wie geht's, mein Schatz?« fragte er, indem er seinen Arm um ihren Nacken legte.

Es ging ihr sehr gut, wie gewöhnlich, und heute war ein besonders schöner Tag gewesen. Seit dem Morgen schon war sie sich ganz selbst überlassen, denn Frau Golowski hatte wieder einmal in die Stadt fahren müssen, um nach den Ihren zu sehen. Es war wirklich nicht übel, manchmal so völlig allein mit sich zu bleiben. Da konnte man sich ungestört in seine Träume versenken. Es waren freilich immer dieselben, aber sie waren so hold, daß man ihrer nicht müde wurde. Von ihrem Kinde hatte sie sich träumen lassen. Wie sehr liebte sie es schon heute, noch ehe es geboren war. Nie hätte sie das für möglich gehalten. Ob Georg es denn auch verstünde? ... und da er versonnen nickte, schüttelte sie den Kopf. Nein, nein ... ein Mann konnte das nicht verstehen, auch der beste, der gütigste nicht. Sie fühlte ja das kleine Wesen schon sich regen, spürte das Klopfen seines zarten Herzens, fühlte diese neue unbegreifliche Seele in ihr atmen, geradeso wie sie den neuen jungen Leib in ihrem blühen und erwachen fühlte. Und Georg sah vor sich hin, wie beschämt, daß sie dem, was nahe war, mit so viel reinern Sinnen entgegenlebte als er. Denn daß hier, von ihm gezeugt, ein Wesen wurde wie er, und selbst wieder bestimmt, neuen Wesen Leben zu verleihen; daß in dem gesegneten Leib dieser Frau, nach dem ihm schon lange nicht mehr verlangte, nach ewigen Gesetzen ein Leben schwoll, das vor einem Jahre noch ein ungeahntes, ungewolltes, im Unendlichen verlorenes war und nun wie ein seit Urzeit vorherbestimmtes zum Licht empordrängte; – daß er selbst sich nun in der geschlossenen Kette von Urahnen zu Urenkeln gleichsam an beiden Händen gefaßt, unentweichbar einbezogen wußte ... von diesem Wunder fühlte er sich nicht so mächtig aufgerufen, als es fordern durfte.

Und ernsthafter, als sie es sonst zu tun pflegten, besprachen sie heute, was nach des Kindes Geburt zu geschehen hätte. In den ersten Wochen behielt Anna es natürlich bei sich, dann mußte man es wohl zu fremden Leuten geben; jedenfalls aber sollte es ganz nahe wohnen, so daß Anna es zu jeder Zeit ohne Schwierigkeit sehen konnte.

»Und du«, sagte sie mit einem Mal ganz leicht, »wirst du manchmal herkommen uns besuchen?«

Er sah ihr in das verschmitzt lächelnde Gesicht, nahm ihre beiden Hände und küßte sie. »Liebste, was soll ich tun, sag selbst? Du kannst dir denken, wie schwer es mir sein wird. Aber was bleibt mir anders übrig? Es muß ein Anfang gemacht werden. Hab ich dir schon gesagt«, setzte er hastig hinzu, als wäre damit jeder Rückzug abgeschnitten, »die Wohnung ist gekündigt. Felician geht wahrscheinlich nach Athen. Ja, wenn ich dich gleich mitnehmen könnte, das wär freilich schön! Aber das ist ja leider nicht möglich, eine gewisse Sicherheit muß vor allem da sein. Ich meine, wenigstens die Sicherheit, daß ich längere Zeit an einem Ort bleibe ...«

Sie hatte ernsthaft-ruhig zugehört. Dann kam sie bedächtig-wichtig auf ihre neueste Idee zu sprechen. Er sollte nicht glauben, daß sie daran dächte, ihm alle Sorgen aufzubürden. Sie war entschlossen, sobald es sich machen ließe, eine Musikschule zu gründen. Wenn er sie noch lange allein ließe, hier in Wien; wenn er bald käme sie holen, dort, wo sie mit ihm zu Hause sein würde. Und wenn sie einmal auf eigenen Füßen stände, dann wollte sie auch ihr Kind zu sich nehmen, ob sie nun seine Frau wäre oder nicht. Sie wäre weit davon entfernt sich zu schämen, das wüßte er wohl. Sie wäre eher stolz ... ja stolz, daß sie Mutter wurde!

Er nahm ihre Hände zwischen die seinen und streichelte sie. »Es wird schon alles werden«, sagte er ein wenig bedrückt. Er sah sich plötzlich in einem sehr bürgerlichen Heim, unter dem bescheidenen Licht einer Hängelampe, beim Abendessen sitzen, zwischen Frau und Kind. Und aus dieser geträumten Familienszene wehte es ihm entgegen wie ein Hauch von sorgenvoller Langeweile. Ah, es war noch zu früh dazu, er war noch zu jung. Wie sollte es denn werden? War es denn möglich, daß sie die letzte Frau blieb, die er umarmt hätte? Vielleicht konnte sie es werden, in Jahren, in Monaten schon ... aber heute noch nicht. Trug und Lüge in ein wohlgeordnetes Heim zu tragen, davor scheute er wohl zurück. Doch der Gedanke, von ihr fortzueilen zu andern, die er begehrte, mit dem Bewußtsein, Anna so wieder zu finden, wie er sie verlassen, war lockend und beruhigend zugleich.

Der bekannte Pfiff von drüben tönte. Die Hündin erhob sich, ließ sich von Georg noch einmal über den gelb gefleckten Rücken streichen und schlich traurig ihren Weg hinab.

»Herr Gott«, sagte Georg, »das hätte ich ja beinahe vergessen. Heinrich kann jeden Augenblick da sein.« Er erzählte Anna von seinem Besuch und verschwieg auch nicht, daß er zwischen Tür und Angel die ungetreue Schauspielerin kennengelernt hatte.

»Ist es ihr also gelungen?« rief Anna aus, die für Damen mit irrenden Augen keine Neigung fühlte.

»Ich glaube nicht«, erwiderte Georg, »daß ihr irgend etwas gelungen ist. Heinrich war von ihrem Erscheinen sogar ziemlich unangenehm berührt, kam mir vor.«

»Nun, vielleicht bringt er sie mit«, sagte Anna mit Spott, »und du hast wieder wen zum kokettieren wie in Lugano die Königsmörderin.«

»Ach Gott«, machte Georg unschuldig, und beiläufig fügte er hinzu: »Was ist's denn übrigens mit Therese, warum kommt sie denn gar nicht mehr zu dir? Demeter ist ja nicht mehr in Wien. Sie hätte wohl Zeit genug.«

»Sie war erst vor ein paar Tagen da. Ich hab dir's ja gesagt, stell dich doch nicht so.«

»Ich hatte es wirklich vergessen«, erwiderte er mit Aufrichtigkeit. »Was hat sie dir denn erzählt?«

»Alles mögliche. Die Geschichte mit Demeter ist aus. Ihr Herz schlägt wieder ausschließlich für die Armen und Elenden – bis auf Widerruf.« Und unter dem Siegel strengster Verschwiegenheit vertraute ihm Anna Theresens Winterpläne an. Als armes Weib verkleidet, wollte sie Wanderungen durch Wärmestuben, Suppen- und Teeanstalten, Asyle für Obdachlose und Arbeitshäuser unternehmen, um einmal dem sogenannten goldnen Herzen von Wien in die verborgensten Winkel hineinzuleuchten. Sie schien gefaßt und hoffte vielleicht ein wenig darauf, Ungeheuerlichkeiten zu entdecken.

Georg sah vor sich hin. Er erinnerte sich der eleganten Dame, im weißen Kleid, die im Sonnenglanz von Lugano vor dem Postgebäude gestanden war, fern von allem Jammer der Welt. Sonderbares Geschöpf, dachte er. »Sie will natürlich ein Buch daraus machen«, sagte Anna. »Also daß du keinem Menschen was davon erzählst, auch deinem Freund Bermann nicht.«

»Fällt mir nicht ein. Aber sag, Anna, mußt du nicht was vorbereiten für abend?«

Sie nickte. »Komm, begleit mich hinunter, ich will nachsehen, was da ist, und mich im übrigen mit der Marie beraten … soweit das möglich ist.«

Sie standen auf. Die Schatten waren lang. Im Garten nebenan lärmten die Kinder. Anna nahm den Arm des Geliebten und ging langsam mit ihm hinab. Sie erzählte die neuesten Beispiele von der fabelhaften Dummheit der Magd. Ich Ehemann, dachte Georg und hörte mit Nachsicht zu. Beim Haus angelangt sprach er die Absicht aus, Heinrich entgegenzugehen, verließ Anna und begab sich auf die Straße. Da rüttelte eben ein Einspänner heran; Heinrich sprang heraus und entließ den Kutscher. »Grüß Sie Gott«, sagte er zu Georg, »haben Sie mich am Ende schon erwartet? Es ist ja noch gar nicht so spät.«

»Gewiß nicht, Sie sind sehr pünktlich. Ist es Ihnen recht, so machen wir noch einen kleinen Spaziergang.«

»Gern.«

Sie spazierten weiter, vorbei an dem gelben Gasthof mit den roten Terrassen in den Wald.

»Hier ist's ja wundervoll«, sagte Heinrich. »Und auch Ihre Villa

sieht ganz nett aus. Warum wohnen Sie eigentlich nicht heraußen?«

»Ja, es ist ein Unsinn«, gab Georg zu, ohne weitere Erklärungen. Dann schwiegen sie eine Weile.

Heinrich war in hellgrauem Sommeranzug und trug auf dem
Arm seinen Mantel, den er ein wenig nachschleppen ließ. »Haben Sie sie wiedererkannt?« fragte er plötzlich, ohne aufzusehen.

»Ja«, erwiderte Georg.

»Sie ist nur auf einen Tag hergefahren, aus ihrem Sommeren-
gagement. Heute Nacht reist sie wieder zurück. Ein Handstreich
sozusagen. Aber mißlungen.« Er lachte.

»Warum sind Sie so hart?« fragte Georg und dachte an das
Riesenkuvert mit den grauen Siegeln und der albernen Aufschrift. »Sie haben's eigentlich nicht nötig. Es ist ja doch nur ein
Zufall, daß sie nicht auch anonyme Briefe bekommen hat, geradeso wie Sie, Heinrich. Und wer weiß, wenn Sie sie nicht allein
gelassen hätten, aus weiß Gott was für Gründen …«

Heinrich schüttelte den Kopf und sah Georg beinahe mitleidig
an. »Meinen Sie vielleicht, ich habe die Absicht zu strafen oder
zu rächen? Oder glauben Sie, ich gehöre zu den Tröpfen, die an
der Welt irrewerden, weil ihnen etwas passiert ist, wovon sie
doch wissen, daß es schon Tausenden passiert ist vor ihnen und
Tausenden nach ihnen passieren wird? Meinen Sie, ich verachte
die ›Ungetreue‹, oder ich hasse sie? Fällt mir gar nicht ein.
Womit ich nicht sagen will, daß ich nicht zuweilen die Gebärde
des Hasses und der Verachtung habe, natürlich nur, um bessere
Wirkungen zu erzielen ihr gegenüber. Aber in Wahrheit versteh
ich ja alles, was geschehen ist, viel zu gut, als daß ich …« Er
zuckte die Achseln.

»Nun, wenn Sie es verstehen …«

»Aber lieber Freund, das Verstehen hilft ja gar nichts. Das Verstehen ist ein Sport wie ein anderer. Ein sehr vornehmer Sport
und ein sehr kostspieliger. Man kann seine ganze Seele darauf
verschwenden und als ein armer Teufel dastehen. Aber mit
unsern Gefühlen hat das Verstehen nicht das allergeringste zu
tun – beinahe so wenig wie mit unsern Handlungen. Es schützt
uns nicht vor Leid, nicht vor Ekel, nicht vor Vernichtung. Es
führt gar nirgends hin. Es ist eine Sackgasse gewissermaßen.
Das Verstehen bedeutet immer ein Ende.«

358

Auf einem Seitenpfad in mäßiger Steigung, schweigend und langsam, jeder mit seinen eigenen Gedanken, so kamen sie aus der Waldung auf offenes Wiesenland, das den Blick talwärts freigab. Sie blickten über die Stadt hin, und weiter gegen die dunstatmende Ebene, durch die schimmernd der Fluß rann; zu fernen Berglinien, vor denen dünner Rauch sich hinbreitete. Dann, im Frieden der Abendsonne, spazierten sie weiter zu Georgs Lieblingsbank am Waldesrande. Die Sonne war fort. Georg sah jenseits des Tales, längs des waldigen Hügels den Sommerhaidenweg ziehen, blaß und wie ausgekühlt. Dann schaute er hinab, wußte, daß in dem Garten zu seinen Füßen ein Birnbaum stand, unter dem er vor wenig Stunden mit einer sehr Geliebten gesessen war, die sein Kind unter dem Herzen trug, und war bewegt. Für die Frauen, die vielleicht anderswo seiner warteten, spürte er eine leise Verachtung, doch war seine Sehnsucht nach ihnen darum nicht ausgelöscht. Unten auf dem Pfad zwischen Gärten und Wiesen wandelten Sommergäste. Ein junges Mädchen blickte herauf, flüsterte einer andern etwas zu. »Sie sind wohl eine populäre Persönlichkeit hier in dem Ort«, bemerkte Heinrich mit spöttisch verzogenen Mundwinkeln.

»Nicht daß ich wüßte.«

»Die hübschen Mädchen haben Sie sehr interessiert angeguckt. Das Nichtverheiratetsein der andern bleibt für die Leute doch eine unerschöpfliche Quelle von Anregungen. Diesem Sommervolk da unten bedeuten Sie jedenfalls so eine Art von Don Juan und … und Ihre Freundin ein ent- und verführtes Mädchen. Glauben Sie nicht?«

»Ich weiß nicht«, sagte Georg, das Gespräch ablehnend.

»Und was mag ich«, fuhr Heinrich unbekümmert fort, »für das Theatervolk in der kleinen Stadt vorgestellt haben? Offenbar den betrogenen Liebhaber, also eine ausschließlich lächerliche Figur. Und sie? Na, man kann sich's ja denken. Riesig einfach liegen die Dinge für die Unbeteiligten. In der Nähe schaut dann jede Geschichte doch ganz anders aus. Aber ob sie aus der Ferne nicht das richtigere Gesicht hat? Ob man sich nicht allerlei einredet, wenn man selber eine Rolle in der Komödie zu spielen hat?«

Er hätte auch daheim bleiben können, dachte Georg. Da er ihn aber nicht nach Hause schicken konnte, und um wenigstens zu einem andern Gespräch mit ihm zu gelangen, fragte er rasch: »Hören Sie nichts von Ehrenbergs?«

»Vor ein paar Tagen«, erwiderte Heinrich, »hatte ich von Fräulein Else einen etwas melancholischen Brief.«

»Sie stehen in Korrespondenz mit ihr?«

»Nein, ich stehe nicht in Korrespondenz mit ihr, wenigstens habe ich ihr noch nicht geantwortet.«

»Sie hat sich die Sache mit Oskar doch mehr zu Herzen genommen«, sagte Georg, »als sie eingestehen will. Ich habe sie einmal gesprochen, im Sanatorium. Wir sind eine ganze Weile draußen auf dem Gang gestanden vor der weiß lackierten Türe, hinter der der arme Oskar lag. Damals fürchtete man auch noch für das andere Auge. Es ist wahrhaftig eine tragische Geschichte.«

»Eine tragikomische«, verbesserte Heinrich hart.

»Sie sehen überall was Tragikomisches. Ich will Ihnen auch sagen warum. Weil Sie ziemlich herzlos sind. Das Komische tritt in diesem Falle doch ganz zurück.«

»Sie irren«, erwiderte Heinrich. »Die Ohrfeige des alten Ehrenberg war eine Brutalität, der Selbstmord Oskars eine Albernheit; daß er sich so schlecht getroffen hat, eine Ungeschicklichkeit. Aus diesen Motiven kann doch nichts Tragisches resultieren. Eine etwas widerliche Affäre ist es, das ist alles.«

Georg schüttelte ärgerlich den Kopf. Er hatte für Oskar, seit das Unglück geschehen, wirkliche Sympathie gefaßt. Und auch der alte Ehrenberg, der seither immer draußen in Neuhaus lebte, nur mehr für seine Arbeit, und keinen Menschen sehen wollte, tat ihm leid. Sie hatten beide gebüßt, schwerer als sie es verdient hatten. Vermochte Heinrich das nicht geradesogut einzusehen und zu fühlen wie er? Sie machten einen wirklich manchmal nervös, diese jüdisch-überklugen, schonungslos-menschenkennerischen Leute, diese Bermann und Nürnberger. Daß man sich nur ja von nichts überraschen ließ, das blieb ihnen die Hauptsache. Güte, die war es, die ihnen fehlte. Erst wenn sie älter wurden, kam eine gewisse Milde über sie. Georg dachte an den alten Doktor Stauber, Frau Golowski, an den alten Eißler. Aber so lang sie jung waren … immer hielten sie sich auf dem *qui vive*. Nur ja nicht die Dümmern sein! Eine unbequeme Gesellschaft. Sehnsucht nach Felician, nach Skelton regte sich in ihm, die doch wahrhaftig auch gerade gescheit genug waren; – sogar nach Guido Schönstein.

»Bei aller Melancholie aber«, sagte Heinrich nach einiger Zeit, »scheint sich Fräulein Else ganz leidlich zu amüsieren. Es gibt auch schon wieder Besuch auf dem Auhof. Neulich waren die Wyners dort, Sissy und James. James ist in Cambridge Doktor geworden. Nobel, was?«

Der Name Sissy zuckte an Georgs Herzen vorbei, wie ein glitzernder Dolch. Er wußte es plötzlich, in wenig Tagen würde er bei ihr sein. Seine Sehnsucht schwoll so mächtig auf, daß er es selbst kaum begriff.

Die Dämmerung sank. Georg und Heinrich erhoben sich, gingen die Wiese hinab und traten in den Garten. Da sahen sie Anna in Begleitung eines Herren den mittleren Weg heraufkommen.

»Der alte Doktor Stauber«, sagte Georg, »Sie kennen ihn wohl?«

Man begrüßte einander. »Ich freue mich sehr«, sagte Anna zu Heinrich, »daß ich Sie endlich einmal bei uns sehe.«

Bei uns, wiederholte Georg innerlich mit einem Befremden, das er gleich wieder zurücknahm. Er ging mit Doktor Stauber voraus. Heinrich und Anna folgten langsam.

»Wie sind Sie mit Anna zufrieden?« fragte Georg den Doktor.

»Es kann nicht besser gehen«, erwiderte Stauber. »Sie soll nur weiter regelmäßig und fleißig Bewegungen machen.«

Georg fiel es ein, daß er dem Doktor, den er seit seiner Rückkehr zum erstenmal sah, die entliehenen Bücher noch nicht zurückgegeben hatte, und er brachte seine Entschuldigung vor.

»Aber das hat ja Zeit«, erwiderte Stauber. »Wenn sie Ihnen nur zustatten gekommen sind.« Und er fragte ihn nach den Eindrücken, die er aus Rom mit nach Hause genommen hätte.

Georg erzählte von Wanderungen durch die alten Kaiserpaläste, von Fahrten durch die Campagna im Abendglanz, von einer gewitterschwülen Stunde im Garten des Hadrian. Doktor Stauber bat ihn aufzuhören, sonst könnte es geschehen, daß er alle seine Patienten hier im Stich ließe, um geradewegs nach der vielgeliebten Stadt zu entfliehen. Dann erkundigte sich Georg höflich nach Doktor Berthold. Ob es auf Wahrheit beruhe, daß ihn schon der nächste Winter wieder politisch tätig finden werde.

Doktor Stauber zuckte die Achseln. »Er kommt im September zurück. Das ist vorläufig das einzig Sichere. Bei Pasteur ist er sehr fleißig gewesen, und hier im pathologischen Institut will er eine große Serumarbeit weiterführen, die er in Paris begonnen hat. Wenn er mir folgt, bleibt er dabei. Das, was er jetzt macht, ist doch wichtiger für die Menschheit als die schönste Revolution, meiner unmaßgeblichen Meinung nach. Freilich, die Talente sind verschieden, und gegen gelegentliche Umstürze habe ich gewiß nichts einzuwenden. Aber unter uns, das Talent meines Sohnes liegt doch mehr auf der wissenschaftlichen Seite. Nach der andern Richtung treibt ihn mehr das Temperament … vielleicht ausschließlich die Galle. Na, wir werden ja sehen. Aber wie steht's denn mit Ihren Plänen für den Herbst?« fügte er plötzlich hinzu und sah Georg mit seinem gutmütig-väterlichen Blick an. »Wo werden Sie den Taktstock schwingen?«

»Ja, wenn ich das schon selber wüßte«, erwiderte Georg. Und während er dem Arzt, der mit halbgeschlossenen Lidern, die Zigarre im Mund, ihm zur Seite ging, in betonter Wichtigkeit von seinen Bemühungen und Aussichten erzählte, glaubte er zu fühlen, daß alles, was er sagte, von Doktor Stauber nur als Rechtfertigungsversuch für das Aufschieben seiner Verheiratung mit Anna aufgefaßt würde. Eine leichte Gereiztheit gegen sie stieg in ihm auf, die hinter ihnen herging und vielleicht ihre stille Freude daran hatte, daß er von Doktor Stauber gleichsam ins Gebet genommen wurde. Absichtlich schlug er einen immer leichtern Ton an, als hätten seine persönlichen Zukunftspläne mit Anna überhaupt nichts zu tun, und sagte endlich lustig: »Ja, wer weiß, wo ich im nächsten Jahr um diese Zeit bin, am Ende in Amerika.«

»Das wäre nicht das Schlimmste«, erwiderte Doktor Stauber ruhig. »Ich habe einen Vetter, der ist Violinspieler in Boston, ein gewisser Schwarz, der verdient dort mindestens sechsmal soviel, als er hier an der Oper gehabt hat.«

Georg liebte es nicht, mit Violinspielern namens Schwarz verglichen zu werden und behauptete daher mit einer Bestimmtheit, die er selbst als übertrieben empfand, daß es ihm für den Anfang überhaupt nicht aufs Geldverdienen ankäme. Plötzlich, er wußte nicht, woher der Gedanke ihm kam, fuhr es ihm durch den Sinn: Wenn Anna stirbt! … Wenn das Kind ihr Tod wäre! Er erschrak aufs tiefste, als hätte er mit diesem Gedanken eine Schuld auf sich geladen. Und im Geist sah er Anna daliegen, das Bahrtuch bis übers Kinn gezogen, und sah das Licht des Tags und der Kerzen über ihr wachsbleiches Antlitz rinnen. Angstvoll beinahe wandte er sich um, wie um sich zu vergewissern, daß sie da war und lebte. Im Dunkel verschwammen ihm die Züge ihres Gesichts, was ihn erschauern machte. Er blieb mit dem Doktor stehen, bis Anna mit Heinrich herangekommen war. Er war glücklich, sie so nah zu haben. »Jetzt wirst du aber doch schon müd sein«, sagte er zu ihr in zärtlichstem Tone.

»Mein Pensum hab ich allerdings für heute redlich absolviert«, erwiderte sie. »Im übrigen«, und sie wies zur Veranda hin, wo auf dem gedeckten Tisch die Lampe mit dem grünen Papierschirm stand, »wird auch das Nachtmahl gleich da sein. Es wär hübsch, Herr Doktor, wenn Sie bei uns blieben, ja?«

»Leider, liebes Kind, ist es mir nicht möglich. Ich sollte schon längst wieder in der Stadt sein. Grüßen Sie die Frau Golowski von mir. Auf Wiedersehen. Adieu, Herr Bermann. Na«, fügte er hinzu, »wird man bald wieder etwas Schönes von Ihnen zu hören oder zu lesen bekommen?«

Heinrich zuckte die Achseln, lächelte gesellschaftlich und schwieg. Warum, dachte er, werden sogar die besterzogenen Menschen meistens taktlos, wenn sie mit unsereinem zusammenkommen? Frag ich ihn nach seinen Angelegenheiten?

Der Arzt sprach noch mit einigen Worten Heinrich seine Teilnahme an des alten Bermanns Tod aus. Er erinnerte sich an dessen berümt gewordene Rede gegen die Einführung der tschechischen Gerichtssprache in gewissen böhmischen Bezirken. Damals war es an einem Haar gehangen, daß der jüdische Provinzadvokat Justizminister geworden wäre. Ja, die Zeiten hatten sich geändert.

Heinrich horchte auf. Das ließ sich am Ende für die politische Komödie verwenden.

Doktor Stauber verabschiedete sich, Georg begleitete ihn zum Wagen, der draußen wartete, und benutzte die Gelegenheit, einige Fragen medizinischer Natur an den Arzt zu richten. Dieser konnte ihn in jeder Hinsicht beruhigen. »Nur schade«, schloß er, »daß die Umstände es Anna nicht gestatten, das Kind selbst zu stillen.«

Georg stand gedankenvoll. Ihr konnte es doch nicht schaden? ... Höchstens dem Kind. Oder auch ihr? ... Er fragte den Arzt.

»Was sollen wir davon reden, wenn es ja doch nicht geht, lieber Baron. Na, machen Sie sich keine Sorgen«, setzte er hinzu und hatte den einen Fuß schon auf dem Wagentritt. »Um das Kind von Ihnen beiden braucht einem nicht bang zu sein.«

Georg blickte ihm fest ins Auge und sagte: »Ich werde jedenfalls dafür Sorge tragen, daß es seine ersten Lebensjahre in gesunder Luft zubringt.«

»Das ist ja sehr schön«, sagte Doktor Stauber mild. »Aber gesündere Luft als im Elternhaus gibt's im allgemeinen für Kinder nirgends auf der Welt.« Er reichte Georg die Hand, und der Wagen rollte davon.

Georg blieb einen Augenblick stehen, fühlte eine lebhafte Verstimmung gegen den Arzt und gab sich selbst das Versprechen, es nie wieder zu Gesprächen mit ihm kommen zu lassen, die diesem gewissermaßen das Recht gaben, ungebetene Ratschläge oder gar versteckte Vorwürfe vorzubringen. Was wußte der alte Mann? Was verstand er im Grunde von der Sache. Immer heftiger wehrte es sich in Georg. Wann es mir beliebt, sagte er bei sich, werde ich sie heiraten. Könnte sie übrigens nicht das Kind bei sich behalten? Hat sie nicht selbst gesagt, daß sie stolz darauf sein wird, ein Kind zu haben? Ich will es ja auch nicht verleugnen. Und ich werde alles tun, was in meinen Kräften steht. Und später, später einmal ... Aber ich beginge ein Unrecht an mir, an ihr, an dem Kind, wenn ich mich heut schon zu etwas entschlösse, wofür es zum mindesten noch zu früh ist.

Langsam war er an der Schmalseite des Hauses vorbei in den Garten spaziert. Auf der Veranda sah er Anna und Heinrich sitzen. Eben kam die Marie aus dem Haus, sehr rot im Gesicht, und setzte auf den Tisch eine warme Schüssel, von der der Dampf aufstieg. Wie ruhig Anna dasitzt, dachte Georg, und blieb im Dunkel stehen. Wie wohlgelaunt, wie sorgenlos, als könnte sie mir völlig vertrauen. Als gäbe es nicht Tod, Armut, treuloses Verlassen. Als liebte ich sie so, wie sie es verdient! Und wieder erschrak er. Lieb ich sie denn weniger? Darf sie mir denn nicht vertrauen? Wenn ich dort oben auf der Bank am Waldesrand sitze, quillt manchmal soviel Zärtlichkeit in mir auf, daß ich vergehen möchte. Warum spür ich jetzt so wenig davon? Er stand nur wenige Schritte entfernt, sah, wie sie vorteilte; dann, wie sie ins Dunkel hineinstarrte, aus dem er kommen mußte, und wie ihre Augen zu leuchten begannen, als er plötzlich ins Licht trat. Einzig Geliebte! dachte er. Wie er dann bei den andern saß, sagte Anna: »Du hast ja mit dem Doktor eine so lange Konferenz gehabt.«

»Keine Konferenz, wir haben geplaudert. Auch von seinem Sohn hat er mir erzählt, der bald wieder zurückkommt.«

Heinrich fragte nach Berthold. Der junge Mann interessierte ihn, und er hoffte sehr, ihn im nächsten Winter kennen zu lernen. Die Rede voriges Jahr über den Fall Therese Golowski und dann der offene Brief an seine Wähler, in dem er die Gründe seines Rücktrittes dargelegt hatte, das waren Leistungen hohen Ranges gewesen ... ja, und mehr als das – Dokumente der Zeit.

Über Annas Antlitz flog ein leichtes, beinahe stolzes Lächeln. Sie sah auf ihren Teller nieder und dann rasch zu Georg auf. Auch Georg lächelte. Keine Spur von Eifersucht regte sich in ihm. Ob Berthold ahnte ...? Gewiß. Ob er litt? ... Wahrscheinlich. Ob er Anna verzeihen könnte? Daß man da erst verzeihen mußte! Wie dumm.

Ein Gericht Schwämme wurde aufgetragen, bei dessen Erscheinen Heinrich die Frage nicht unterlassen konnte, ob sie etwa giftig wären. Georg lachte.

»Sie brauchen mich nicht zu verhöhnen«, sagte Heinrich. »Wenn ich mich umbringen wollte, würde ich weder vergiftete Schwämme, noch verdorbene Wurst, sondern ein edleres und rascheres Gift wählen. Man ist zuweilen lebensüberdrüssig, aber man ist nie gesundheitsüberdrüssig, selbst für die letzte Viertelstunde seiner Existenz. Und im übrigen ist die Ängstlichkeit eine ganz rechtmäßige, nur meistens schändlich verleugnete Tochter des Verstandes. Denn was heißt Ängstlichkeit? Alle Möglichkeiten in Betracht ziehen, die aus einer Handlung erfolgen können, die schlimmen geradeso wie die guten. Und was ist Mut? Ich meine natürlich den wirklichen, der viel seltener vorkommt, als man glaubt. Denn der affektierte, oder kommandierte, oder suggerierte Mut zählt doch nicht. Der echte Mut ist oft gewiß nichts anderes als der Ausdruck für eine sozusagen metaphysische Überzeugung von der eigenen Überflüssigkeit.«

Du Jude, dachte Georg ohne Feindseligkeit, und dann: er hat vielleicht nicht so unrecht.

Das Bier, von dem Anna nicht trank, schmeckte so gut, daß die Marie um einen zweiten Krug ins Wirtshaus geschickt wurde. Man kam in behagliche Stimmung. Georg erzählte wieder von der Reise: von den sonnenschweren Tagen in Lugano, von der Fahrt über den beschneiten Brenner, von der Wanderung durch die dächerlose Stadt, die nach zweitausendjähriger Nacht dem Licht entgegendrängte; er beschwor den Augenblick wieder herauf, in dem sie dabei gewesen waren, er und Anna, als Arbeiter vorsichtig und mühevoll eine Säule aus der Asche herausschaufelten. Heinrich hatte Italien noch nicht gesehen. Im nächsten Frühjahr wollte er hin. Er erklärte, daß er sich manchmal in Sehnsucht verzehre, wenn auch nicht gerade nach Italien, doch nach Fremde, Ferne, Welt. Manchmal, wenn er vom Reisen sprechen hörte, bekäme er Herzklopfen wie ein Kind am Vorabend des Geburtstages. Er zweifelte, daß es ihm bestimmt war, sein Leben in der Heimat zu vollenden. Vielleicht auch, daß er nach jahrelangen Wanderungen zurückkehrte, in einem kleinen Haus auf dem Land den Frieden seiner spätern Mannesjahre fände. Wer weiß, es gäbe ja so seltsame Zufälle, ob ihm nicht bestimmt war, gerade in diesem Haus sein Dasein zu beschließen, in dem er nun eben zu Gaste sei und sich so wohl fühle, wie schon lange nicht. Anna bedankte sich, als wäre sie nicht nur hier in der Villa Hausfrau, sondern innerhalb dieser ganzen, abendlich-stillen Welt. Aus dem Dunkel des Gartens begann es milde zu leuchten. Von den Gräsern und Blumen kam feuchtwarmer Duft. Die längliche Wiese, die zum Gitter hinlief, schwebte im Mondenschein empor, und die weiße Bank unter dem Birnbaum schimmerte her, wie von sehr ferne. Anna sagte zu Heinrich Freundliches über die Verse aus dem Operntext, die Georg ihr neulich vorgelesen hatte.

»Ja richtig«, bemerkte Georg, die Beine behaglich gekreuzt und eine Zigarre rauchend, »haben Sie uns etwas Neues mitgebracht?«

Heinrich schüttelte den Kopf. »Nein, nichts.«

»Wie schade«, sagte Anna und machte den Vorschlag, Heinrich sollte doch den Gang der Handlung geordnet und ausführlich erzählen. Schon lange wünschte sie sich das. Aus Georgs Berichten ließe sich kein klares Bild gewinnen.

Sie sahen einander an. Die dunkle, süße Stunde stieg vor ihnen auf, da sie Brust an Brust geruht in einem dunkeln Zimmer, vor dessen Fenstern hinter wallendem Schneevorhang eine graue Kirche verdämmert und in das Orgeltöne dumpf geklungen waren. Ja, nun wußten sie, wo das Haus stand, in dem das Kind zur Welt kommen sollte. Auch ein anderes, dachte Georg, steht vielleicht schon irgendwo, in dem das Kind, das heute noch nicht geboren ist, sein Leben enden wird – als Mann – oder als Greis – oder – ... ach, was für Gedanken ... fort, fort.

Heinrich erklärte sich bereit, den Wunsch Annas zu erfüllen, und stand auf. »Es wird mir vielleicht selber nützlich sein«, sagte er wie zur Entschuldigung. »Ich könnte über allerhand ins Reine kommen.«

»Aber geben Sie acht, daß Sie nicht plötzlich in Ihre politische Tragikomödie geraten«, bemerkte Georg. Und zu Anna gewandt: »Er schreibt nämlich ein Stück mit einem deutschnationalen Couleurstudenten als Helden, der sich aus Verzweiflung über die Emanzipation der Juden mit Schwämmen vergiftet.«

Heinrich winkte ab. »Ein Glas Bier weniger und Sie hätten nicht einmal diesen Witz gemacht.«

»Neid«, erwiderte Georg. Er fühlte sich außerordentlich gut aufgelegt, insbesondere, weil er nun fest entschlossen war, übermorgen abzureisen. Er saß ganz nahe bei Anna, hielt ihre Hand in der seinen und hörte es wie von Melodien späterer Tage im tiefsten Grunde seiner Seele rauschen.

Heinrich stand plötzlich im Garten draußen vor der Veranda, griff über die Brüstung, nahm seinen Mantel vom Sessel und schlug ihn romantisch um sich. »Ich beginne«, sagte er. »Erster Akt.«

»Vorher Ouverture in *D-moll*«, unterbrach ihn Georg. Er pfiff eine getragene Melodie, nur ein paar Töne, und schloß mit einem »und so weiter«.

»Der Vorhang hebt sich«, sagte Heinrich. »Fest im königlichen Garten. Nacht. Am nächsten Tag soll die Prinzessin mit dem Herzog Heliodor vermählt werden. Vorläufig nenn ich ihn Heliodor, er wird wahrscheinlich anders heißen. Der König betet seine Tochter an und kann Heliodor, der eine Art von zäsarenwahnsinnigem Gecken vorstellt, nicht ausstehen. Zu diesem Fest, das der König hauptsächlich gibt, um Heliodor zu ärgern, sind nicht nur die Edeln des Landes geladen, sondern die Jugend aller Stände, soweit sie sich durch Schönheit ein Recht dazu erworben hat. Und die Prinzessin soll an diesem Abend mit jedem tanzen dürfen, der ihr gefällt. Da ist besonders einer, Ägidius mit Namen, von dem sie ganz hingerissen scheint. Und niemand freut sich mehr darüber als der König. Eifersucht Heliodors. Steigendes Vergnügen auf der Seite des Königs. Auseinandersetzung zwischen Heliodor und dem König. Hohn, Verfeindung. Nun geschieht etwas höchst Unerwartetes. Ägidius zückt den Dolch gegen den König, er will ihn ermorden. Dieser Mordversuch müßte natürlich sehr sorgfältig motiviert werden, wenn Sie nicht die Güte hätten, lieber Georg, die Sache in Musik zu setzen. So wird es genügen, anzudeuten, daß der Jüngling ein Tyrannenhasser, Mitglied einer geheimen Verbindung, vielleicht ein Narr oder Held auf eigne Faust ist. Das weiß ich nämlich noch nicht. Der Mordversuch mißlingt, Ägidius wird festgenommen. Der Konig wünscht mit ihm allein zu bleiben. Duett. Der Jüngling ist stolz, gefaßt, groß, der König überlegen, grausam, unergründlich. So ungefähr stell ich mir ihn vor: Er hat schon viele in den Tod geschickt, schon viele sterben sehen, aber ihm, in seiner ungeheuern innern Wachheit, scheinen alle übrigen Menschen in einem Zustand halber Bewußtheit dahinzuleben, so daß ihr Dahingehen gewissermaßen nichts anderes zu bedeuten hat als einen Schritt aus Dämmerung in Finsternis. Ein solcher Untergang scheint ihm hier zu mild oder zu banal. Diesen Jüngling will er aus einem Tag, wie ihn noch kein Sterblicher genossen, ins furchtbarste Dunkel stürzen. Ja, das geht in ihm vor. Wieviel er davon ausspricht oder singt, das weiß ich natürlich noch nicht. Ägidius, als ein nach aller Meinung zu sofortigem Tod Bestimmter, wird abgeführt, und zwar auf dasselbe Schiff, auf dem am Abend darauf Heliodor mit der Prinzessin Ihre Reise hätte antreten sollen. Der Vorhang fällt. Der zweite Akt spielt auf dem Verdeck. Das Schiff in voller Fahrt. Chor. Einzelne Gestalten heben sich heraus. Ihre Bedeutung tritt erst später zutage. Morgendämmerung. Ägidius wird aus dem untern Schiffsraum heraufgeleitet. Wie er natürlich glauben muß, zum Tode. Aber es kommt anders. Seine Fesseln werden gelöst, alle neigen sich vor ihm. Er wird begrüßt wie ein Fürst. Die Sonne geht auf. Ägidius hat Gelegenheit zu bemerken, daß er sich in der besten Gesellschaft befindet. Schöne Frauen, Edelleute. Ein Weiser, ein Sänger, ein Narr sind zu größern Rollen bestimmt. Aus dem Chor der Frauen löst sich aber keine andre als die Prinzessin selbst, die Ägidius zu eigen gehört, wie alles auf dem Schiff.«

»Ein splendider Vater und König«, sagte Georg.

»Für einen geistreichen Einfall ist ihm nichts zu teuer«, erläuterte Heinrich, »das ist seine Natur. Es folgt ein herrliches Duett zwischen Ägidius und der Prinzessin, dann setzt man sich zum Mahl. Nach dem Mahle Tanz. Hohe Stimmung. Ägidius muß sich natürlich für gerettet halten. Er wundert sich nicht übermäßig, denn sein Haß gegen den König war immer sehr von Bewunderung unterzündet. Der Abend bricht an. Plötzlich ist ein Fremder an der Seite des Ägidius. Vielleicht ist er auch längst dagewesen. Einer unter den vielen, unbemerkt, stumm. Er hat ein Wort mit Ägidius zu sprechen. Fest und Tanz gehen unterdessen weiter. Ägidius und der Fremde. All dies ist Euer, sagt der Fremde. Ihr könnt damit nach Belieben walten, könnt Besitz ergreifen und töten, ganz wie Ihr wollt. Aber morgen ... oder in zwei, oder in sieben Tagen, oder in einem Jahr, oder in zehn oder noch später, wird dieses Schiff sich einer Insel nähern, an deren Ufer auf einem Felsen eine marmorne Halle ragt. Und dort wartet Euer der Tod. Der Tod. Euer Mörder ist mit Euch auf dem Schiff. Aber nur der eine, der dazu bestimmt ist, Euer Mörder zu sein, weiß es selbst. Kein anderer kennt ihn. Ja, überhaupt kein anderer auf diesem Schiff ahnt, daß Ihr ein Todgeweihter seid. Das bewahrt wohl in Euch! Denn wenn Ihr Euch irgendwie merken laßt, daß Euer Los Euch selbst bekannt ist, so seid Ihr noch in derselben Stunde dem Tode verfallen.«

Heinrich sprach diese Worte mit affektiertem Pathos, wie um seine Befangenheit zu verbergen. Einfacher fuhr er fort: »Der Fremde verschwindet. Vielleicht laß ich ihn auch ans Land setzen von zwei Schweigenden, die ihn begleitet haben. Ägidius bleibt zurück, unter Hunderten, Männern und Frauen, von denen einer oder eine sein Mörder ist. Wer? Der Weise? Der Narr? Der Sterngucker dort? Irgendeiner von denen, die im Dunkeln kauern? Die dort am Geländer schleichen? Eine von den Tänzerinnen? Die Prinzessin selbst? Sie tritt wieder zu ihm, ist sehr zärtlich, ja leidenschaftlich. Heuchlerin? Mörderin? Liebende? Wissende? Jedenfalls die Seine. All dies heute noch so. Nacht über dem Meer. Schauer. Wonnen. Das Schiff langsam weiter, jenem Ufer entgegen, das Stunden oder Jahre weit entfernt im Nebel liegt. Die Prinzessin ruht zu seinen Füßen, Ägidius starrt in die Nacht und wartet.« Heinrich hielt inne, wie selbst bewegt. In Georg klang es. Er hörte die Musik zu der Szene, da der Fremde verschwindet, von den Schweigenden begleitet, und dann allmählich wieder das Fest nach dem Vordergrund der Bühne zurauscht. Nicht nur als Melodie war sie in ihm, sondern schon mit aller Fülle der Instrumente. Tönten nicht Flöte, Oboe und Klarinette? Sangen Cello und Violine nicht? Dröhnte nicht leiser Trommelschlag aus dem Winkel des Orchesters? Unwillkürlich hob er den rechten Arm, als hielte er den Taktstock in der Hand.

»Und der dritte Akt?« fragte Anna, da Heinrich noch immer schwieg.

»Der dritte Akt«, wiederholte Heinrich, und seine Stimme klang bedrückt, »der dritte wird wohl in jener Halle auf dem Felsen spielen – glauben Sie nicht? Er müßte, denk ich, mit einem Gespräch anfangen zwischen dem König und dem Fremden. Oder mit einem Chor? Nein, auf unbewohnten Inseln gibt es ja keine Chöre. Also, der König ist jedenfalls da, und das Schiff ist in Sicht. Übrigens, warum muß die Insel unbewohnt sein?« Er hielt inne.

»Nun?« fragte Georg ungeduldig.

Heinrich legte beide Arme auf die Brüstung der Veranda. »Soll ich Ihnen was verraten? – es ist gar keine Oper …«

»Wie meinen Sie?«

»Es hat schon seine guten Gründe, daß ich an dieser Stelle nie recht weiter gekommen bin. Es ist eine Tragödie, offenbar. Und ich habe nur die Courage nicht, sie zu schreiben. Wissen Sie, was darzustellen wäre? Die innere Wandlung des Ägidius wäre darzustellen. Das ist offenbar das Schwierige und Schöne an dem Stoff, mit andern Worten das, woran ich mich nicht wage. Eine Flucht ist die Idee mit der Oper, und ich weiß nicht, ob ich mir dergleichen darf angehen lassen.« Er schwieg.

»Aber jedenfalls«, sagte Anna, »müssen Sie uns den Schluß

erzählen, so wie Sie ihn für die Oper im Sinn hatten. Ich kann Ihnen nämlich nicht verhehlen, daß ich sehr gespannt bin.«

Heinrich zuckte die Achseln und erwiderte müde: »Also, das Schiff legt an. Ägidius kommt ans Land, er soll ins Meer gestürzt werden.«

»Durch wen?« fragte Anna.

»Aber ich weiß ja nicht«, erwiderte Heinrich leidend. »Von jetzt ab weiß ich überhaupt nichts mehr.«

»Ich hab mir gedacht, daß die Prinzessin es sein würde, die …« sagte Anna und vollführte eine todverkündende Handbewegung durch die Luft.

Heinrich lächelte mild. »Ich hab natürlich auch daran gedacht, aber …« Er unterbrach sich und sah plötzlich gespannt zum Nachthimmel auf.

»Im ersten Plan«, bemerkte Georg mißgelaunt, »sollte es mit einer Art Begnadigung enden. Aber sowas ist wohl nur für eine Oper gut genug. Jetzt, als Tragödienheld wird er natürlich wirklich ins Meer hinuntergestürzt werden, Ihr Ägidius.«

Heinrich hob den Zeigefinger geheimnisvoll empor, und seine Züge belebten sich wieder. »Ich glaube, mir dämmert was. Aber sprechen wir vorläufig nicht davon, wenn ich bitten darf. Es ist doch vielleicht gut gewesen, daß ich den Anfang erzählt habe.«

»Wenn Sie aber glauben, daß ich Ihnen eine Zwischenaktmusik machen werde«, sagte Georg ohne besondre Kraft, »so täuschen Sie sich.«

Heinrich lächelte schuldbewußt gleichgültig, und die gute Stimmung war dahin. Anna fühlte mit Mißbehagen, daß die ganze Geschichte verpufft war. Georg war unsicher, ob er sich ärgern sollte, daß seine Hoffnung ins Wanken gekommen, oder sich freuen, daß er einer Art Verpflichtung ledig geworden war. Heinrich aber war zumute, als verließen ihn seine eigenen Gestalten in schattenhafter Verwirrung, höhnisch, ohne Abschied und ohne das Versprechen wiederzukommen. Er fand sich allein, verlassen, in einem traurigen Garten, in Gesellschaft eines liebenswürdigen guten Bekannten und einer jungen Dame, die ihn gar nichts anging. Er mußte mit einemmal an ein Geschöpf denken, das zu dieser Stunde mit rotgeweinten Augen hoffnungslos in einem schlecht beleuchteten Kupee dunkeln Bergen entgegenfuhr, in Sorge, ob sie morgen früh rechtzeitig zur Probe erscheinen würde. Nun fühlte er es wieder: seit das zu Ende war, ging es abwärts mit ihm. Nichts hatte er mehr und niemanden. Das Leid jener kläglichen und in Qual gehaßten Person war sein einziger Besitz. Und wer weiß, morgen schon, mit den rotgeweinten Augen lächelte sie einen andern an, noch immer Schmerz und Sehnsucht in der Seele und doch schon neue Lebenslust im Blut.

Frau Golowski war auf der Veranda erschienen, etwas verspätet und eilig, noch mit Hut und Schirm. Sie brachte Grüße aus der Stadt von Therese, die Anna nächster Tage wieder einen Besuch abstatten wollte. Georg, der an einem Holzpfeiler der Veranda lehnte, wandte sich an Frau Golowski mit der absichtlichen Höflichkeit, die er ihr gegenüber stets zur Schau trug. »Wollen Sie nicht Fräulein Therese in unserm Namen fragen, ob sie nicht einmal ein paar Tage heraußen wohnen möchte? Die Mansarde oben ist vollkommen zu ihrer Verfügung. Ich gehe nämlich demnächst auf kurze Zeit ins Gebirge«, setzte er hinzu, als wenn er sonst das kleine Zimmer oben regelmäßig bewohnte.

Frau Golowski dankte. Sie wollte es Therese bestellen. Georg sah nach der Uhr und fand, daß es Zeit war, sich auf den Heimweg zu machen. Dann verabschiedete er sich mit Heinrich. Anna begleitete beide bis zur Gartentür, blieb dort noch eine Weile stehen und sah ihnen nach, bis sie auf der Höhe waren, wo der Sommerhaidenweg anfing.

Die kleine Ortschaft im Talgrund floß im Mondenschein dahin. Die Hügel standen fahl, wie dünne Wände. Der Wald atmete Dunkelheit. In der Ferne glitzerten tausend Lichter aus dem Nachtsommerdunst der Stadt. Schweigend gingen Heinrich und Georg nebeneinander her, und Fremdheit stieg zwischen ihnen auf. Georg erinnerte sich jenes Spaziergangs durch den Prater im vorigen Herbst, da ein erstes, beinahe vertrautes Gespräch sie einander genähert hatte. Wie viele waren seither gefolgt! Aber waren sie nicht alle wie in die Luft geweht? Auch heute noch nicht konnte Georg mit Heinrich wortlos durch die Nacht wandeln wie früher so manchmal mit Guido, mit Labinski auch, ohne sich innerlich von ihm fort zu verlieren. Das Schweigen wurde ihm drückend. Er begann, weil das ihm eben zuerst einfiel, von dem alten Stauber und pries dessen Ver-

läßlichkeit und Vielseitigkeit. Heinrich war nicht für ihn eingenommen, fand ihn ein wenig berauscht von der eigenen Güte,
Weisheit und Tüchtigkeit. Das war auch eine Sorte Juden, die er
nicht leiden mochte: die mit sich einverstandenen. Sie kamen
auf den jungen Stauber zu reden, dessen Schwanken zwischen
Politik und Wissenschaft für Heinrich etwas sehr Anziehendes
zu haben schien. Von da aus gerieten sie in eine Unterhaltung
über die Zusammensetzung des Parlaments, über die Zänkereien zwischen Deutschen und Tschechen, über die Angriffe der
Klerikalen gegen den Unterrichtsminister. Sie redeten mit so
angestrengter Beflissenheit, wie man nur über Dinge zu sprechen pflegt, die einem im Grunde der Seele völlig gleichgültig
sind. Endlich debattierten sie darüber, ob der Minister nach der
zweifelhaften Rolle, die er in der Frage der Zivilehe gespielt, im
Amte bleiben durfte oder nicht; und wußten am Ende nicht
mehr recht, wer von ihnen beiden sich für, und wer sich gegen
die Demission ausgesprochen hatte. Sie gingen längs des Friedhofs hin. Über die Mauer ragten Kreuze und Grabsteine und
schwammen im Mondenschein. Der Weg senkte sich nach
abwärts zur Straße. Sie eilten beide, um die letzte Pferdebahn zu
erreichen, und, auf der Plattform stehend, in schwüler, dunsti-
ger Nachtluft rollten sie der Stadt zu. Georg erklärte, daß er den
ersten Teil seiner Reise zu Rad zu unternehmen gedächte. Und
einem plötzlichen Einfall folgend, fragte er Heinrich, ob er nicht
mit von der Partie sein wollte. Heinrich war einverstanden und
nach wenigen Minuten begeistert. Beim Schottentor stiegen sie
aus, suchten ein nahes Café auf und bestimmten in einer ausführlichen Unterredung mit Zuhilfenahme von Spezialkarten,
die sie in Lexikonbänden fanden, alle möglichen Reiselinien. Als
sie sich voneinander verabschiedeten, stand der Plan zwar noch
nicht ganz fest, aber sie wußten schon, daß sie übermorgen früh
miteinander Wien verlassen und in Lambach ihre Räder bestei-
gen würden.

Am offenen Fenster seines Schlafzimmers stand Georg noch
eine ganze Weile überwach. Er dachte an Anna, von der er morgen für wenige Tage nur Abschied nehmen sollte, und sah sie
vor sich, so wie sie in dieser Stunde im blassen Dämmerlicht
zwischen Mond und Morgen auf dem Land draußen in ihrem
Bette schlummern mochte. Aber es war ihm in dumpfer Weise,

als stände diese Erscheinung nicht mit seinem Schicksal in Zusammenhang, sondern irgendwie mit dem eines Unbekannten, der selbst noch nichts davon wußte. – Und daß in jenem schlummernden Wesen ein anderes noch tiefer und geheimnisvoller schlief, und daß dies andre sein Kind sein sollte, das vermochte er gar nicht zu fassen. Jetzt, da die Nüchternheit der Frühe beinahe schmerzlich durch seine Sinne schlich, ward ihm das ganze Erlebnis fern und unwahrscheinlich wie noch nie. Immer hellerer Schein zeigte sich über Dächern und Türmen, aber die Stadt war noch lange nicht erwacht. Ganz regungslos lag die Luft. Von den Bäumen drüben aus dem Park kam kein Wehen, kein Duft von den verblühten Beeten. Und Georg stand am Fenster; glücklos und ohne Begreifen.

Siebentes Kapitel

Langsam stieg Georg aus dem untern Schiffsraum empor, auf schmaler, teppichbelegter Treppe, zwischen langgedehnten, schiefen Spiegeln; und in einen langen, dunkelgrünen Plaid gehüllt, der nachschleppte, wandelte er unter dem Sternenhimmel auf dem menschenleeren Verdeck auf und ab. Am Steuer, bewegungslos wie immer, stand Labinski, drehte das Rad und hatte den Blick zum offenen Meer gerichtet. Welche Karriere! dachte Georg. Zuerst Toter, dann Minister, dann ein kleiner Bub mit einem Muff und heute schon ein Steuermann. Wenn er wüßte, daß ich auf diesem Schiff bin, so würde er sicher appellieren. »Geben Sie acht«, sagten hinter Georg die zwei blauen Mädeln, die er vom Seeufer her kannte; aber schon stürzte er hin, verwickelte sich in den Plaid und hörte den Flügelschlag weißer Möwen über seinem Haupt. Gleich darauf saß er unten im Salon an der Tafel, die so lang war, daß die Leute am Ende ganz klein aussahen. Ein Herr neben ihm, der dem alten Grillparzer ähnlich sah, bemerkte ärgerlich: »Immer hat dieses Schiff Verspätung, schon längst sollten wir in Boston sein.« Nun bekam Georg große Angst; denn wenn er beim Aussteigen die drei Partituren im grünen Einband nicht vorweisen konnte, so wurde er unbedingt wegen Hochverrats verhaftet. Darum sah ihn auch der Prinz, der den ganzen Tag auf dem Verdeck mit dem Rad hin und herraste, manchesmal so sonderbar von der Seite an. Und um den Verdacht noch zu steigern, mußte er an der Tafel in Hemdärmeln dasitzen, während sämtliche Herren, wie immer auf Schiffen, Generaluniformen und alle Damen rote Samttoiletten trugen. »Gleich sind wir in Amerika«, sagte ein heiserer Steward, der Spargel verteilte, »nur noch eine Station.« Die andern können ruhig sitzen bleiben, dachte Georg, die haben nichts zu tun, ich aber muß gleich ins Theater schwimmen. Und in dem großen Spiegel ihm gegenüber erschien die Küste: lauter Häuser ohne Dächer, die terrassenartig immer höher hinaufstiegen; und ganz oben in einem weißen Kiosk mit durchbrochener Steinkuppel, ungeduldig, wartete die Musikkapelle. Die Glocke auf dem Verdeck ertönte, und Georg stolperte mit seinem grünen Plaid und zwei Handtaschen die Treppe hinauf zum Garten. Aber man hatte den unrichtigen hertransportiert; es war nämlich der Stadtpark; auf einer Bank saß Felician, neben ihm eine alte Dame in einer Mantille, legte die Finger an die Lippen, pfiff sehr laut, und mit außergewöhnlich tiefer Stimme sagte Felician: »Kemmelbach-Ybs.« Nein, dachte Georg, solch ein Wort nimmt Felician nicht in den Mund … rieb sich die Augen und erwachte.

Der Zug setzte sich eben wieder in Bewegung. Vor dem geschlossenen Kupeefenster leuchteten zwei rote Laternen auf. Dann rann still und schwarz die Nacht vorbei. Georg zog seinen Reiseplaid fester um sich und starrte auf die grün verhängte Lampe an der Decke. Ach, wie gut, dachte er, daß ich allein im Kupee bin, so hab ich doch mindestens vier oder fünf Stunden fest geschlafen. Was war das für ein seltsam wirrer Traum? Die weißen Möwen fielen ihm zuerst wieder ein. Ob die irgend etwas zu bedeuten hatten? Dann dachte er an die alte Frau mit der Mantille, die eigentlich niemand anders war, als Frau Oberberger. Sie würde sich nicht sonderlich geschmeichelt fühlen. Aber hatte sie nicht wirklich ausgesehen wie eine ganz alte Dame, als er sie vor ein paar Tagen an der Seite ihres leuchtenden Gemahls in der Loge des kleinen, weiß-roten Kurtheaters erblickt hatte? Und auch Labinski war ihm im Traum erschienen, als Steuermann, sonderbarerweise. Und auch die Mädchen in blauen Kleidern, die vom Hotelgarten aus durchs Fenster ins Klavierzimmer hineingeblickt hatten, sobald sie ihn spielen hörten. Aber was war denn nur das Gespenstische in diesem Traum gewesen?

Nicht die blauen Mädchen, auch Labinski nicht und nicht der Prinz von Guastalla, der zu Rad übers Verdeck gerast war. Nein, seine eigene Gestalt war ihm so gespenstisch erschienen, wie sie zu beiden Seiten neben ihm in den langgedehnten, schiefen Spiegeln, hundertmal vervielfacht, einhergeschlichen war. Es begann ihn zu frösteln. Durch den Luftspalt oben drang kühle Nachtluft ins Kupee herein. Die tiefschwarze Finsternis draußen wandelte sich allmählich in schweres Grau, und plötzlich klangen Georg Worte im Ohr, die er vor wenigen Stunden erst von einer dunkeln Frauenstimme gehört hatte, klangen flüsternd und weh: Wie bald wirst du mich vergessen haben... Er wollte die Worte nicht hören. Er wollte, sie wären schon wahr geworden, und wie verzweifelt stürzte er sich zurück in die Erinnerung seines Traums. Es war ihm ganz klar, daß der Dampfer, auf dem er die Konzertreise nach Amerika unternommen, eigentlich das Schiff bedeutet hatte, auf dem Ägidius seinem düstern Schicksal entgegenfuhr. Und der Kiosk mit der Musikkapelle war die Halle gewesen, wo den Ägidius der Tod erwartete. Wundervoll hatte der Sternenhimmel sich über das Meer gebreitet. Die Luft war so blau und die Sterne so silbern gewesen, wie er sie im Wachen niemals gesehen, nicht einmal in der Nacht, da er mit Grace von Palermo nach Neapel gereist war. Plötzlich wieder, flüsternd und weh, klang durch das Dunkel die Stimme der geliebten Frau: Wie bald wirst du mich vergessen haben... Und nun sah er sie selbst vor sich, wie er sie vor wenig Stunden erst gesehen, das dunkle Haar über die Polster fließend, bleich und nackt. Er wollte nicht dran denken, beschwor andre Bilder aus den Tiefen seiner Erinnerung hervor, jagte sie mit Willen an sich vorbei... Er sah sich auf einem Friedhof umhergehen in schmelzendem Februarschnee, mit Grace; er sah sich mit Marianne über eine weiße Landstraße dem winterlichen Wald entgegenfahren; er sah sich mit seinem Vater in später Abendstunde über die Ringstraße wandeln; und endlich drehte sich sausend ein Ringelspiel an ihm vorüber, Sissy mit lachenden Lippen und Augen schaukelte auf einem hölzernen, braunen Pferde, Else anmutig-damenhaft saß in einem roten Wägelchen, und Anna ritt einen Araber, lässig die

Zügel in der Hand. Anna! Wie jung und holdselig sie aussah! War das wirklich dieselbe, die er in wenigen Stunden wiedersehen sollte; – und war er wirklich nur zehn Tage von ihr fern gewesen? Und sollte er nun alles wiedersehen, was er vor zehn Tagen verlassen hatte: zwischen Blumenbeeten den kleinen Engel aus blauem Ton, den Balkon mit dem hölzernen Giebel, den stillen Garten mit den Johannisbeerstauden und Fliederbüschen? Ganz unfaßbar erschien ihm das. Auf der weißen Bank unter dem Birnbaum wird sie mich erwarten, dachte er. Und ich werde ihre Hände küssen, als wäre nichts geschehen. »Wie geht's dir, Georg«, wird sie mich fragen, »bist du mir treu gewesen?« Nein ... das ist nicht ihre Art zu fragen. Aber ohne daß sie fragt und ohne daß ich antworte, wird sie fühlen, daß ich nicht mehr als derselbe wiederkomme, der ich gegangen bin. Wenn sie's doch fühlte! Wenn es mir erspart bliebe zu lügen! Aber hab ich's nicht schon getan? Und er dachte an die Briefe, die er ihr geschrieben hatte vom Seeufer her, Briefe voll Zärtlichkeit und Sehnsucht, die ja auch schon Lüge gewesen waren. Und er dachte daran, wie er nachts gewartet hatte mit klopfendem Herzen, das Ohr an die Tür gepreßt, bis alles im Gasthof still geworden, wie er dann über den Gang geschlichen war, zu jener andern, die bleich und nackt dagelegen war, mit offenen, dunkeln Augen, umströmt vom Duft und bläulichen Glanz ihrer Haare. Und er dachte dran, wie er und sie in einer Nacht halbtrunken vor Lust und Verwegenheit auf den Balkon hinausgetreten waren, unter dem verführerisch das Wasser rauschte. Wär einer in der tiefen Finsternis dieser Stunde draußen auf dem See gewesen, so hätte er die weißen Leiber durch die Nacht leuchten sehen. Georg bebte in der Erinnerung. Wir waren nicht bei Sinnen, dachte er. Wie leicht hätte es sein können, daß ich heute sechs Schuh unter der Erde läge, mit einer Kugel mitten durchs Herz. Es kann noch immer so kommen. Sie wissen's ja alle. Else hat es zuerst gewußt, obwohl sie kaum je aus dem Auhof in den Ort heruntergekommen ist. James Wyner hat's ihr wohl erzählt, der mich am Abend mit der Fremden auf der Landungsbrücke hat stehen sehen. Ob Else ihn heiraten wird? Daß er ihr so gut gefällt, kann ich verstehen. Er ist schön. Dieses gemeißelte Antlitz, diese kalten, grauen Augen, die klug und gerade in die Welt schauen. Ein junger Engländer. Wer weiß, ob in Wien nicht auch eine Art von Oskar Ehrenberg aus ihm geworden wäre? Und es fiel Georg ein, was Else ihm von ihrem Bruder erzählt hatte. Auf dem Krankenbett im Sanatorium war er Georg so gefaßt, beinahe gereift erschienen. Und jetzt in Ostende sollte er ein wüstes Leben führen, spielen und sich in der übelsten Gesellschaft herumtreiben, als wenn er sich durchaus zugrunde richten wollte. Ob Heinrich die Sache noch immer so tragikomisch fände? Frau Ehrenberg war ganz weiß geworden vor Kränkung, und Else hatte sich an einem Morgen im Park oben vor Georg so recht ausgeweint. Ob sie nur um Oskar geweint hatte?

Das Grau vor dem Kupeefenster erhellte sich langsam. Georg sah, wie draußen die Telegraphendrähte in eiligen Wellen mitschwebten und -wanderten, und er dachte daran, daß gestern Nachmittag auf einem dieser Drähte auch seine lügnerischen Worte zu Anna gewandert waren: Morgen früh bin ich bei dir, in Sehnsucht Dein Georg ... Gleich vom Amt aus war er wieder zurückgeeilt, zu einer glühenden und verzweifelten Abschiedsstunde mit jener andern. Und er konnte es nicht fassen, daß sie auch in dieser Stunde noch, während er schon eine ganze Ewigkeit lang von ihr fort war, noch in dem gleichen Zimmer mit den fest geschlossenen Fensterläden liegen und schlafen und träumen sollte. Und heute Abend wird sie daheim sein bei Mann und Kindern, daheim – wie er. Er wußte, daß es so war, und er konnte es nicht verstehen. Das erstemal in seinem Leben war er nahe daran gewesen, irgend etwas zu begehen, was die Leute vielleicht Tollheit hätten nennen dürfen. Nur ein Wort von ihr – und er wäre mit ihr in die Welt gegangen, hätte alles zurückgelassen, Freunde, Geliebte und sein ungeborenes Kind. Und war er nicht noch immer bereit dazu? Wenn sie ihn riefe, würde er nicht kommen? Und wenn er's täte, hätte er nicht Recht? War er nicht für Abenteuer solcher Art viel mehr geschaffen, als für das stille, pflichtenvolle Dasein, das er sich erwählt hatte? War es nicht eher seine Bestimmung, unbedenklich und kühn durch die Welt zu treiben, als irgendwo festzusitzen mit Weib und Kind, mit der Sorge ums tägliche Brot, um die Karriere und höchstens um ein bißchen Ruhm? In diesen Tagen, aus denen er jetzt kam, hatte er sich leben gefühlt, vielleicht das erste Mal. Jeder Augenblick war so reich und erfüllt gewesen, nicht die in ihren Armen allein. Er war wieder jung geworden mit einemmal. Blühender hatte die Landschaft geprangt, der Himmel hatte sich weiter gespannt, die Luft, die er trank, hatte bessere Würze und Kraft geatmet. Und Melodien hatten in ihm gerauscht, wie nie zuvor. Hatte er je ein schöneres Lied komponiert, als jenes heiterwiegende, ohne Worte, »auf dem Wasser zu singen?« Und seltsam, aus ungeahnter eigner Tiefe war das Phantasiestück emporgestiegen, am Seeufer, eine Stunde, nachdem er die wunderbare Frau zum erstenmal erblickt hatte. Nun sollte ihn Herr Hofrat Wilt nicht lange mehr für einen Dilettanten halten. Doch warum dachte er gerade an den? Wußten die andern besser, wer er war? Schien es ihm nicht manchmal, als ob sogar Heinrich, der ihm doch einmal einen Operntext hatte schreiben wollen, ihn um nichts gerechter beurteilte? Und er hörte die Worte wieder, die der Dichter zu ihm gesprochen hatte, an jenem Morgen, da sie von Lambach durch den taufeuchten Wald nach Gmunden gefahren waren: »Sie müssen nicht schaffen, um zu sein, was Sie sind –! Sie brauchen nicht die Arbeit; – nur die Atmosphäre Ihrer Kunst …«

Gleich darauf erinnerte er sich des Abends in dem Forsthaus am Almsee, wo ein Jäger von siebenunddreißig Jahren lustige Liedeln gesungen und Heinrich sich gewundert hatte, daß einer in diesem Alter noch so lustig war, da man sich dem Tod doch schon so nahe fühlen müßte. Dann hatten sie sich in einem Riesensaal zu Bett gelegt, wo die Worte widerhallten, lange noch über Leben und Tod philosophiert und waren plötzlich in Schlaf gesunken. Am Morgen darauf, unter kühler Bergessonne hatten sie voneinander Abschied genommen.

Noch immer lag Georg regungslos ausgestreckt in den Plaid gehüllt und überlegte, ob er von seiner Begegnung mit der Schauspielerin Heinrich etwas erzählen sollte. Wie blaß sie geworden war, als sie ihn plötzlich erblickt hatte! Mit herumirrenden Augen hatte sie seinen Bericht von der gemeinsamen Radpartie zugehört, dann ohne weitern Übergang von ihrer Mutter zu erzählen begonnen und von dem kleinen Bruder, der so wunderschön zeichnen könnte. Und die Kollegen hatten von der Bühnentür immer hergestarrt, besonders einer mit einem Lodenhut, auf dem ein Gemsbart steckte. Und am selben Abend hatte Georg sie in einer französischen Posse spielen gesehen und sich gefragt, ob die hübsche Person, die da unten auf der Bühne des kleinen Sommertheaters so unbändig umheragierte, in Wirklichkeit so verzweifelt sein könnte, wie Heinrich sich's einbildete. Nicht nur ihm, auch James und Sissy hatte sie gut gefallen. Was war das für ein lustiger Abend gewesen! Und das Souper nach dem Theater mit James, Sissy, der Mama Wyner und Willy Eißler! Und am nächsten Morgen die Fahrt im Viererzug des alten Baron Löwenstein, der selbst kutschierte! In weniger als einer Stunde waren sie am See gewesen. Ein Kahn trieb am Ufer hin im Frühsonnenschein, und auf der Ruderbank saß die geliebte Frau, den grünseidenen Schal um die Schultern. Wie kam es nur, daß auch Sissy gleich die Beziehung zwischen ihm und ihr geahnt hatte? Und das heitere Diner dann, oben im Auhof bei Ehrenbergs! Georg hatte seinen Platz zwischen Else und Sissy, und Willy erzählte eine komische Geschichte nach der andern. Und dann, am Nachmittag ohne Verabredung, während die andern alle ruhten, unter der dunkelgrünen Schwüle des Parks, im warmen Duft von Moos und Tannen, hatten Georg und Sissy sich gefunden, zu einer wunderbaren Stunde, die ohne Schwüre der Treue und ohne Schauer der Erfüllung, leicht wie ein Traum durch diesen Tag geschwebt war. Wie möcht ich ihn Augenblick für Augenblick durchdenken und durchkosten, diesen goldnen Tag. Ich seh uns beide, Sissy und mich, wie wir über die Wiese hinunter spaziert sind zum Tennisplatz, Hand in Hand. Ich glaube, ich hab auch besser gespielt als je. – Und ich sehe Sissy wieder, im Strohsessel liegend, die Zigarette zwischen den Lippen und den alten Baron Löwenstein an ihrer Seite, und ihre Blicke glühen zu Willy hin. Wo war ich schon in diesem Moment wieder für sie! Und der Abend! Wie wir in der Dämmerung noch hinausgeschwommen sind in den See, James, Willy und ich, und das laue Wasser mich so köstlich umstreichelt hat! Was für eine Wonne auch das! Und dann die Nacht … die Nacht …

Wieder hielt der Zug stille. Draußen war es schon ganz licht geworden, Georg aber blieb regungslos liegen, nach wie vor. Er hörte den Namen der Station ausrufen, Stimmen von Kellnern, Kondukteuren, Reisenden, hörte Schritte auf dem Perron, Bahnsignale aller Art, und er wußte, daß er in einer Stunde in Wien sein würde. – Wenn Anna Nachrichten über ihn bekommen hätte, wie Heinrich im vergangenen Winter über seine Geliebte! Er konnte sich nicht vorstellen, daß Anna über dergleichen außer Fassung geriete, selbst wenn sie daran glaubte. Vielleicht würde sie weinen, aber gewiß nur für sich allein, ganz in der Stille. Er nahm sich fest vor, sich nichts merken zu lassen. War das nicht geradezu seine Pflicht? Worauf kam es nun an? Nur auf das eine, daß Anna die letzten Wochen ruhig und ohne Aufregung verlebte und daß ein gesundes Kind zur Welt käme. Darauf allein. Wie lange war es schon her, daß er von Doktor Stauber diese Worte gehört hatte? Das …! Wie nahe war die Stunde! Das Kind … dachte er wieder; doch vermochte er nichts zu denken als eben nur das Wort. Endlich versuchte er sich ein lebendiges, kleines Wesen vorzustellen. Aber wie zum Possen erschienen ihm immer wieder Figuren von kleinen Kindern, die aussahen wie aus einem Bilderbuch; burlesk gezeichnet und in überlauten Farben. Wo wird es seine ersten Jahre verbringen? dachte er. Bei Bauern auf dem Land, in einem Haus mit einem kleinen Garten. Eines Tages aber werden wir's holen und zu uns ins Haus nehmen. Es könnte auch anders kommen … Man erhält einen Brief: Euer Hochwohlgeboren, beehre mich mitzuteilen, daß das Kind schwer erkrankt ist … Oder gar … Wozu an solche Dinge denken? Auch wenn wir's bei uns behielten, könnte es krank werden und sterben.

Jedenfalls muß man es zu sehr verläßlichen Menschen geben. Ich will mich selbst darum kümmern. – Es war ihm, als stände er neuen Aufgaben gegenüber, die er niemals recht überlegt hatte und denen er innerlich nicht gewachsen war. Die ganze Geschichte fing gleichsam von neuem für ihn an. Er kam aus einer Welt zurück, in der ihn alle diese Dinge nichts gekümmert, wo andre Gesetze gegolten hatten, als die, denen er sich jetzt wieder fügen mußte. Und war es nicht gewesen, als hätten auch die andern Menschen gefühlt, daß er nicht zu ihnen gehörte, als wären sie alle von einem gewissen Respekt durchdrungen gewesen, als hätte Ehrfurcht sie erfaßt, vor der Macht und Heiligkeit einer großen Leidenschaft, die sie in ihrer Nähe walten sahen? Er erinnerte sich eines Abends, an dem die Hotelgäste einer nach dem andern aus dem Klavierzimmer verschwunden waren, als wären sie sich ihrer Verpflichtung bewußt, ihn mit ihr allein zu lassen. Er hatte sich an den Flügel gesetzt und zu phantasieren begonnen. Sie war in ihrer dämmrigen Ecke geblieben, in einem großen Armstuhl. Zuerst hatte er ihr Lächeln noch gesehen, dann nur das dunkle Leuchten ihrer Augen, dann nur mehr die Umrisse ihrer Gestalt, dann überhaupt nichts mehr; doch immer gewußt: sie ist da. Drüben am andern Ufer waren Lichter aufgeblitzt. Die zwei Mädeln in den blauen Kleidern hatten durchs Fenster hereingeguckt und waren gleich wieder verschwunden. Endlich hörte er zu spielen auf und blieb stumm am Klavier sitzen. Da war sie langsam aus der Ecke hervorgekommen, einem Schatten gleich, und hatte ihre Hände auf sein Haupt gelegt. Wie unsäglich schön war das gewesen! Und alles fiel ihm wieder ein. Wie sie im Kahn geruht hatten mitten im See, mit eingezogenen Rudern, er den Kopf in ihrem Schoß; und wie sie am Ufer drüben den Waldweg hinaufgewandert waren bis zu der Bank unter der Eiche. Dort war es gewesen, wo er ihr alles erzählt hatte. Alles, wie einer Freundin. Und sie hatte ihn verstanden, wie nie eine andre ihn verstanden hatte. War sie es nicht, die er seit jeher gesucht hatte, sie, die Geliebte war und Gefährtin zugleich, mit dem ernsten Blick für alle Dinge der Welt und doch geschaffen zu jedem Wahnsinn und jeder Seligkeit. Und gestern der Abschied... Der dunkle Glanz ihrer Augen, der blauschwarze Strom ihrer gelösten Haare, der Duft ihres bleichen, nackten Leibes... War es denn möglich, daß es auf immer zu Ende war, daß all dies niemals, niemals wiederkommen sollte...?

Georg zerknüllte den Plaid zwischen den Fingern in ohnmächtiger Sehnsucht und schloß die Augen. Er sah die sanftbewegten Waldhügellinien nicht mehr, die draußen im Morgenlicht vorbeizogen, und wie zu einem letzten Glück träumte er sich in die dunkeln Wonnen jener Abschiedsstunde zurück. Doch wider Willen überkam ihn Mattigkeit nach der durchrüttelten Eisenbahnnacht, und aus selbstgerufenen Bildern jagte es ihn wieder durch regellose Träume, über die ihm keine Macht gegeben war. Er ging über den Sommerhaidenweg, in sonderbarem Dämmerlicht, das ihn mit tiefer Traurigkeit erfüllte. War es Morgen? War es Abend? Oder trüber Tag? Oder war es der rätselhafte Glanz irgendeines Gestirns über der Welt, das noch niemandem geleuchtet hatte, als ihm? Plötzlich stand er auf einer großen, freien Wiese, wo Heinrich Bermann hin und her lief und ihn fragte: Suchen Sie auch das Schloß der Dame? Ich erwarte Sie schon lang. Sie stiegen eine Wendeltreppe hinauf. Heinrich voran, so daß Georg immer nur einen Zipfel des Überziehers erblicken konnte, der nachschleppte. Oben auf einer riesigen Terrasse, von der man die Stadt und den See sah, war die ganze Gesellschaft versammelt. Leo hatte seinen Vortrag über Mollakkorde begonnen, hielt inne, als Georg erschien, stieg vom Katheder herab und führte ihn selbst zu einem freien Stuhl, der in der ersten Reihe neben Anna stand. Anna lächelte glückselig, als Georg erschien. Sie war jung und strahlend, in einer herrlichen, dekolletierten Abendtoilette. Gleich hinter ihr saß ein kleiner Bub mit blonden Locken, in Matrosenanzug mit breitem, weißem Kragen, und Anna sagte: »Das ist er.« Georg machte ihr ein Zeichen zu schweigen, denn es sollte ja ein Geheimnis sein. Indessen spielte Leo oben als Beweis seiner Theorie die *cis moll* Nocturne von Chopin, und hinter ihm an der Wand, lang, hager und gütig, lehnte der alte Bösendorfer, im gelben Überzieher. Alle verließen in großem Gedränge den Konzertsaal. Georg gab Anna den Theatermantel um die Schultern und sah die Leute ringsum strenge an. Dann saß er mit ihr im Wagen, küßte sie, empfand große Wonne dabei und dachte: könnt es doch immer so sein! Plötzlich hielten sie vor dem Hause in Mariahilf. Oben am Fenster warteten schon viele Schüler und winkten. Anna stieg aus, verabschiedete sich von Georg mit einem pfiffigen Gesicht und verschwand im Haustor, das lärmend hinter ihr zufiel.

»Bitte sehr, noch zehn Minuten«, sagte jemand. Georg richtete sich auf. Der Kondukteur stand in der Türe und wiederholte: »In zehn Minuten sind wir in Wien.«

»Danke«, sagte Georg und stand auf, mit ziemlich wirrem Kopf. Er öffnete das Fenster und freute sich, daß draußen in der Welt schönes Wetter war. Die frische Morgenluft ermunterte ihn völlig. Gelbe Mauern, Bahnwärterhäuschen, Gärtchen, Telegraphenstangen, Straßen flogen vorüber, und endlich stand der Zug in der Halle. Ein paar Minuten darauf fuhr Georg in einem offenen Fiaker nach seiner Wohnung, sah Arbeiter, Ladenmädchen, Bureauleute zu ihrem täglichen Berufe wandern, hörte Rolladen in die Höhe schnarren; und inmitten aller Unruhe, die seiner wartete, inmitten aller Sehnsucht, die ihn

anderswo hinzog, empfand er das tiefe Wohlgefühl des Wieder-
daheimseins. Als er in sein Zimmer eintrat, fühlte er sich wie
geborgen. Der alte Schreibtisch mit dem grünen Tuch überzo-
gen, der Briefbeschwerer aus Malachit, die gläserne Aschenschale mit dem eingebrannten Reiter, die schlanke Lampe mit
dem breiten, grünen Milchglasschirm, die Bilder des Vaters und
der Mutter in den schmalen Mahagonirahmen, in der Ecke das
runde Marmortischchen mit der Silberkassette für Zigarren,
dort an der Wand der Prinz von der Pfalz nach Van Dyck, der
hohe Bücherschrank mit den olivenfarbigen Vorhängen; – alles
grüßte ihn mit Herzlichkeit. Und gar der Blick, der gute, heimatliche über die Baumkronen des Parks zu den Türmen und
Dächern, wie tat der wohl! Aus allem, was er hier wiederfand,
strömte es ihm wie kaum geahntes Glück entgegen, und es fiel
ihm schwer aufs Herz, daß er all das in wenigen Wochen verlassen mußte. Und bis man wieder ein Heim, ein wirkliches Heim
haben würde, wie lang mochte das dauern! Gern hätte er sich
ein paar Stunden lang in seinem lieben Zimmer aufgehalten;
aber er hatte keine Zeit. Vor der Mittagstunde noch mußte er ja
auf dem Lande sein.

Er hatte seine Kleider abgeworfen, ließ sich in seiner weißen
Wanne wonniglich von warmem Wasser umspülen. Um im Bade
nicht einzuschlafen, wählte er ein Mittel, das sich schon öfters
bewährt hatte. Er dachte eine Fuge von Bach Note für Note
durch. Das Klavierspiel fiel ihm ein, das mußte auch wieder
tüchtig geübt werden. Und Partituren gelesen. Ob es nicht doch
das klügste war, noch ein Jahr dem Studium zu widmen? Nicht
erst unterhandeln, oder gar eine Stellung annehmen, die man
am Ende nicht ausfüllen konnte? Lieber hier bleiben und arbeiten. Hier bleiben? Wo denn? Die Wohnung war ja gekündigt.
Einen Augenblick fuhr ihm durch den Sinn, sich in dem alten
Hause einzumieten, der grauen Kirche gegenüber, wo er so
schöne Stunden mit Anna verbracht hatte; und es war ihm, als
erinnerte er sich einer längst vergangenen Geschichte, eines
Jugendabenteuers, heiter und ein wenig geheimnisvoll, das
lange vorbei war. –

Erfrischt und in einem ganz neuen Gewand, dem ersten hellen, das er seit dem Tode des Vaters anlegte, trat er in sein Zimmer zurück. Ein Brief lag auf dem Schreibtisch, den eben die

Frühpost gebracht hatte. Von Anna. Er las. Nur ein paar Worte waren es: »Du bist wieder da, mein Geliebter! Ich grüße Dich. Ich sehne mich nach Dir. Laß mich nicht zu lange warten. Deine Anna« …

Georg sah auf. Er wußte selbst nicht, was ihn an diesem kurzen Brief so sonderbar berührte. Annas Briefe hatten sonst immer, bei aller Zärtlichkeit, etwas Gemessenes, fast Konventionelles bewahrt, und manchmal hatte er sie im Scherz »Erlässe« genannt. Dieser hier war in einem Ton gehalten, der ihn an das leidenschaftliche Mädchen aus früherer Zeit erinnerte; an seine Geliebte, die er beinahe vergessen hatte; und seltsam unerwartet griff Unruhe nach seinem Herzen. Er eilte die Treppe hinab, setzte sich in den nächsten Fiaker und fuhr aufs Land. Bald fühlte er sich angenehm zerstreut durch den Anblick der Menschen auf den Straßen, die ihn nichts angingen; und später, als er den Wäldern schon nah war, beruhigte ihn die Anmut des blauen Sommertages. Mit einemmal, früher als Georg gedacht, hielt der Wagen vor dem Landhaus. Unwillkürlich sah Georg zuerst zum Balkon unter dem Giebel auf. Ein kleines Tischchen stand oben, mit weißer Decke, und ein Körbchen darauf. Ach ja, Therese hatte ein paar Tage hier gewohnt. Jetzt erst fiel es ihm wieder ein. Therese …! Wo war das! Er stieg aus, entließ den Wagen und trat ins Vorgärtchen, wo auf bescheidenem Postament unter verblühten Beeten der blaue Engel stand. Er trat ins Haus. Im großen Mittelzimmer deckte die Marie eben den Tisch.

»Im Garten oben is die gnä Frau«, sagte sie.

Die Tür zur Veranda stand offen. Die Bretter des Bodens knarrten unter Georgs Füßen. Der Garten mit seinem Duft und seiner Schwüle nahm ihn auf. Der alte Garten war es. Alle die Tage, die Georg fern gewesen, war er stille dagelegen, so wie in diesem Augenblick; im Morgenlicht, im Sonnenglanz, im Abendschatten, im Dunkel der Nacht; immer derselbe … Gerade schnitt der Kiesweg durch die Wiese nach oben. Kinderstimmen waren jenseits der Stauden, an denen rote Beeren hingen. Und dort auf der weißen Bank, den Arm auf der Lehne, sehr bleich, in wallendem blauen Morgenkleid, das war Anna. Ja, wirklich sie. Nun hatte sie ihn erblickt. Sie wollte aufstehen. Er sah es und sah zugleich, daß es ihr schwer wurde. Warum nur? Bannte die Erregung sie nieder? Oder war die schwere

Stunde schon so nah? Er winkte ihr mit der Hand, sie sollte sitzen bleiben. Sie setzte sich auch wirklich wieder hin und hatte nur die Arme leicht ausgebreitet, ihm entgegen. Ihre Augen leuchteten glückselig. Georg ging sehr rasch, den weichen, grauen Hut in der Hand, und nun war er bei ihr.

»Endlich«, sagte sie, und es war eine Stimme, die so weither klang wie jene Worte in ihrem Brief von heut Morgen. Er nahm ihre Hände, schüttelte sie in einer sonderbar ungeschickten Weise, fühlte irgend etwas in seiner Kehle aufsteigen, konnte aber noch immer kein Wort sprechen, nickte nur und lächelte. Und plötzlich kniete er vor ihr auf dem Kies, ihre Hände in den seinen, sein Haupt in ihrem Schoß, fühlte, wie sie ihm die Hände leicht entzog, sie auf sein Haupt legte; – und dann hörte er sich ganz leise weinen. Und es war ihm, wie in süß-dumpfem Traum, als läge er, ein Knabe, zu seiner Mutter Füßen, und dieser Augenblick wäre schon Erinnerung, fern und schmerzlich, während er ihn durchlebte.

Achtes Kapitel

Frau Golowski kam aus dem Hause. Georg sah sie vom obern Ende des Gartens aus auf die Veranda treten. Erregt eilte er ihr entgegen, aber schon wie sie ihn von ferne gewahrte, schüttelte sie den Kopf

»Noch nicht?« fragte Georg.

»Der Professor meint«, erwiderte Frau Golowski, »eh es dunkel wird.«

»Eh es dunkel wird«, sagte Georg und sah auf die Uhr. »Und jetzt ist es erst drei.«

Sie reichte ihm teilnahmsvoll die Hand, und Georg blickte ihr in die guten, etwas übernächtigen Augen. Die durchsichtigen weißen Vorhänge vor Annas Fenster wurden eben leicht zurückgeschlagen. Der alte Doktor Stauber erschien in der Fensteröffnung, warf Georg einen freundlich-beruhigenden Blick zu, verschwand wieder, und die Vorhänge fielen zu. Im großen Mittelzimmer am runden Tische saß Frau Rosner. Georg nahm von der Veranda aus nur die Umrisse ihrer Gestalt wahr; ihr Gesicht war ganz umschattet. Wieder drang ein Wimmern, dann ein lautes Stöhnen aus dem Zimmer, in dem Anna lag. Georg starrte zum Fenster hin, wartete eine Weile, dann wandte er sich ab und ging, zum hundertstenmal heute, den Weg hinauf zum obern Gartenende. Offenbar ist sie schon zu schwach, um zu schreien, dachte er; und das Herz tat ihm weh. Zwei volle Tage und zwei volle Nächte lag sie in Wehen; der dritte neigte sich zum Ende, – und nun sollte es noch dauern, bis der Abend kam! Schon am Abend des ersten Tages hatte Doktor Stauber einen Professor beigezogen, der gestern zweimal dagewesen und heute seit Mittag im Hause war. Während Anna auf ein paar Minuten eingeschlummert war und die Wärterin an ihrem Bette wachte, war er mit Georg im Garten auf und ab gegangen und hatte versucht, ihm den Fall in seiner ganzen Eigentümlichkeit zu erläutern. Zur Besorgnis sei vorläufig kein Grund vorhanden, immer noch höre man die Herztöne des Kindes vollkommen deutlich. Der Professor war ein noch ziemlich junger Mann, mit langem, blondem Bart, und seine Worte träufelten lind und gütig, wie Tropfen eines schmerzstillenden Medikaments. Der Kranken sprach er zu wie einem Kind, strich ihr über Stirn und Haare, streichelte ihre Hände und gab ihr Schmeichelnamen. Von der Wärterin hatte Georg erfahren, daß dieser junge Arzt an jedem Krankenbett von gleicher Hingebung und Geduld erfüllt wäre. Welch ein Beruf, dachte Georg, der sogar während dieser drei schlimmen Tage sich einmal für ein paar Stunden nach Wien geflüchtet, der es vermocht hatte, auch heute Nacht, während Anna sich in Schmerzen wand, oben in der Mansarde volle sechs Stunden tief und traumlos zu schlafen.

Er ging längs der abgeblühten Fliedersträucher, riß Blätter ab, zerrieb sie in der Hand, warf sie zur Erde. Jenseits der niedern Büsche im andern Garten ging eine Dame im schwarz-weiß gestreiften Morgenkleid. Sie schaute Georg ernst und wie mitleidig an. Ach ja, dachte Georg, die hat natürlich auch das Schreien Annas gehört, vorgestern, gestern und heute. Der ganze Ort wußte ja von den Dingen, die hier vorgingen; auch die jungen Mädchen aus der geschmacklosen, gotischen Villa, für die er einmal den interessanten Verführer bedeutet hatte; und geradezu komisch war es, daß ein fremder Herr mit rötlichem Spitzbart, der zwei Häuser weit wohnte, ihn gestern im Ort plötzlich verständnis- und hochachtungsvoll gegrüßt hatte.

Merkwürdig, dachte Georg, wodurch man sich bei den Leuten beliebt machen kann. Nur Frau Rosner ließ durchblicken, daß sie Georg, wenn sie ihm schon nicht die Hauptschuld an der Schwierigkeit des Falles beimaß, jedenfalls für ziemlich gefühllos hielte. Er nahm es der guten und gedrückten Frau nicht übel. Sie konnte natürlich nicht ahnen, wie sehr er Anna liebte. Es war noch nicht lange her, daß er selber es wußte.

An jenem Ankunftsmorgen, da Georg nach langem, stummem Weinen sein Haupt aus ihrem Schoß erhoben, da hatte sie keine Frage an ihn gerichtet, aber in ihren schmerzlich erstaunten Augen las er, daß sie die Wahrheit ahnte. Und warum sie nicht fragte, das glaubte er zu verstehen. Sie mußte ja fühlen, wie ganz sie ihn wieder hatte, wie er gerade von jetzt an ihr besser gehörte, als jemals vorher. Und wenn er ihr in den nächsten Stunden und Tagen von der Zeit erzählte, die er fern von ihr verbracht, und unter all den Frauennamen, die er nannte, flüchtig aber unverschweigbar jener ihr neue, verhängnisvolle erklang, da lächelte sie wohl in ihrer leicht spöttischen Art; aber kaum anders, als wenn er von Else sprach oder von Sissy oder von den kleinen blaugekleideten Mädchen, die ins Klavierzimmer hereingeguckt hatten, wenn er spielte.

Seit zwei Wochen wohnte er in der Villa, fühlte sich wohl und war in guter und ernster Arbeitsstimmung. Auf dem Tischchen, wo vor kurzem noch Theresens Nähzeug gelegen war, breitete er jeden Morgen Partituren, musiktheoretische Werke, Notenpapiere aus und beschäftigte sich damit, Aufgaben der Harmonielehre und des Kontrapunkts zu lösen. Oft lag er am Waldessaum auf einer Wiese, las in irgend einem Lieblingsbuch, ließ Melodien in sich klingen, träumte vor sich hin, war vom Rauschen der Bäume und vom Glanz der Sonne beglückt. Nachmittags, wenn Anna ruhte, las er ihr vor oder plauderte mit ihr. Oft sprachen sie auch über das kleine Wesen, das nun bald zur Welt kommen sollte, mit Zärtlichkeit und Voraussicht; doch niemals über ihre eigene, nächste und fernere Zukunft. Aber wenn er an ihrem Bette saß, oder Arm in Arm mit ihr im Garten auf und abging, oder an ihrer Seite auf der weißen Bank unter dem Birnbaum saß, wo die leuchtende Stille der Spätsommertage über ihnen ruhte, da wußte er, daß sie nun für alle Zeit fest aneinandergeschlossen waren, und daß selbst die zeitweilige

Trennung, die bevorstand, gegenüber dem sichern Gefühl dieser Zusammengehörigkeit keine Macht mehr über sie haben könnte.

Erst seit die Schmerzen über sie gekommen waren, schien sie ihm entrückt, wohin er ihr nicht folgen konnte. Gestern noch war er stundenlang an ihrem Bett gesessen und hatte ihre Hände in den seinen gehalten. Sie war geduldig gewesen wie immer, hatte sich sorglich erkundigt, ob er nur seine Ordnung im Hause habe, hatte ihn gebeten zu arbeiten, spazieren zu gehen wie bisher, da er ihr ja doch nicht helfen könnte, und ihn versichert, daß sie ihn noch mehr liebe, seit sie leide. Und doch, Georg fühlte es, sie war in diesen Tagen nicht dieselbe, die sie gewesen. Besonders wenn sie aufschrie – so wie heute Vormittag in den schlimmsten Schmerzen –, da war ihre Seele so weit weg von ihm, daß ihn schauerte.

Er war dem Hause wieder nah. Aus Annas Zimmer, vor dessen Fenster die Vorhänge sich leise bewegten, kam kein Laut. Der alte Doktor Stauber stand auf der Veranda. Georg eilte hin, mit trockener Kehle.

»Was ist?« fragte er hastig.

Doktor Stauber legte ihm die Hand auf die Schulter: »Es geht ganz gut.« Ein Stöhnen kam von drin, wurde lauter, wurde ein wilder, wütender Schrei. Georg strich sich über die feuchte Stirn, und mit bitterm Lächeln sagte er zum Doktor: »Das heißen Sie, es geht ganz gut?«

Stauber zuckte die Achseln: »Es steht geschrieben, mit Schmerzen sollst du …«

In Georg lehnte sich etwas auf. Er hatte nie an den Gott der Kindlich-Frommen geglaubt, der als Erfüller armseliger Menschenwünsche, als Rächer und Verzeiher kläglicher Menschensünden sich offenbaren sollte. Dem Unnennbaren, das er jenseits seiner Sinne und über allem Verstehen im Unendlichen ahnte, konnte Beten und Lästern nichts anderes sein, als arme Worte aus Menschenmund. Nicht als die Mutter nach unsinnigmartervollem Leid, nicht als in einem für sein Begreifen schmerzlosen Hingang der Vater starb, hatte er sich des Glaubens vermessen, daß sein Unglück im Weltenlauf mehr bedeutete, als das Fallen eines Blattes. Keinem unerforschlichen Ratschluß hatte er in feiger Demut sich gebeugt, nicht töricht gemurrt gegen ein ungnädiges, gerade über ihn verhängtes Walten. Heute zum erstenmal war ihm, als ginge irgendwo in den Wolken ein unbegreifliches Spiel um seine Sache. Der Schrei drinnen war verklungen, und nur Stöhnen war vernehmbar.

»Und die Herztöne?« fragte Georg.

Doktor Stauber sah an Georg vorbei. »Vor zehn Minuten waren sie noch deutlich zu hören.«

Georg wehrte sich gegen einen furchtbaren Gedanken, der aus den Tiefen seiner Seele hervorgejagt kam. Er war gesund, sie war gesund, zwei junge kräftige Menschen ... konnte so etwas denn möglich sein? Doktor Stauber legte ihm nochmals die Hand auf die Schulter. »Gehen Sie doch spazieren«, sagte er, »wir rufen Sie schon, wenn's Zeit ist.« Und er wandte sich ab.

Georg blieb noch einen Augenblick auf der Veranda stehen. In dem großen Zimmer, das in Spätnachmittagsdämmer zu versinken begann, an der Wand auf dem Sofa, ganz in sich zusammengesunken, sah er Frau Rosner sitzen. Er entfernte sich, spazierte rund um das Haus herum und begab sich dann über die Holzstiege in seine Mansarde. Er warf sich aufs Bett, schloß die Augen; nach ein paar Minuten stand er auf, ging im Zimmer hin und her, gab es aber wieder auf, da der Boden krachte. Er trat auf den Balkon. Auf dem Tisch lag die Partitur des »Tristan« aufgeschlagen. Georg blickte in die Noten. Es war das Vorspiel zum dritten Akt. Die Klänge tönten ihm im Ohr. Meereswellen schlugen dumpf an ein Felsenufer, und aus trauriger Ferne klang die wehe Melodie des englischen Horns. Er sah über die Blätter weg in den silberweißen Glanz des Tages. Sonne lag überall, über Dächern, Wegen, Gärten, Hügeln und Wäldern. Dunkelblau breitete der Himmel sich hin, und Ernteduft stieg aus den Tiefen. Wie stand es heute vor einem Jahr mit mir? dachte Georg. Ich war in Wien, ganz allein. Ich ahnte noch nichts. Ich hatte ihr ein Lied geschickt ... »Deinem Blick mich zu bequemen ...« Aber ich dachte kaum an sie ... Und jetzt liegt sie da unten und stirbt ... Er erschrak heftig. Er hatte denken wollen ... sie liegt in Wehen, und auf die Lippen gleichsam hatte es sich ihm gestohlen: sie stirbt. Aber warum war er denn erschrocken? Wie kindisch. Als gäb es Ahnungen solcher Art! Und wenn wirklich Gefahr da wäre und die Ärzte sich entscheiden müßten, so hatten sie natürlich vor allem die Mutter zu retten. Darüber hatte ihn ja Doktor Stauber vor wenigen Tagen erst aufgeklärt. Was ist denn ein Kind, das noch nicht gelebt hat? Nichts. In irgend einem Augenblicke hatte er es gezeugt, ohne es gewünscht, ohne nur an die Möglichkeit gedacht zu haben, daß er Vater geworden sein könnte. Wußte er denn, ob er es nicht vielleicht auch vor wenigen Wochen geworden war, in jener dunkeln Wonnestunde, hinter geschlossenen Läden ... auch damals Vater, ohne es gewollt, ohne nur an die Möglichkeit gedacht zu haben; und vielleicht, wenn es geschehen war, ohne es jemals zu erfahren?

Er hörte Stimmen, sah hinunter; der Kutscher des Professors hatte ein Dienstmädchen am Arm gefaßt, das sich nur wenig sträubte. Auch hier wird vielleicht zu einem neuen Menschenleben der Grund gelegt, dachte Georg und wandte sich angewidert fort. Dann trat er ins Zimmer zurück, füllte sich seine Zigarettentasche sorgfältig aus der Schachtel, die auf dem Tisch stand, und plötzlich kam ihm seine Aufregung unbegründet, ja kindisch vor. Und es fiel ihm ein: Wie Anna jetzt, so lag auch meine Mutter einmal da, eh ich zur Welt kam. Ob mein Vater auch in solcher Angst herumgegangen ist? Ob er heute hier wäre, wenn er noch lebte? Ob ich's ihm überhaupt gesagt hätte? Ob all das geschehen wäre, wenn er lebte? Er dachte an schöne, sorgenlose Sommertage am Veldeser See. Sein behagliches Zimmer in des Vaters Villa schwebte in seiner Erinnerung auf, und in dumpfer, beinahe traumhafter Weise wurde ihm die kahle Mansarde mit dem krachenden Fußboden, in der er sich eben befand, zum Bilde seiner ganzen jetzigen Existenz, gegenüber dem sorgen- und verantwortungslosen Dasein von einst. Er erinnerte sich eines ernsten Zukunftsgesprächs, das er vor ein paar Tagen mit Felician geführt hatte. Gleich darauf kam ihm die Unterredung mit einer Frau vom Land in den Sinn, die sich mit dem Anerbieten gemeldet hatte, das Kind in Pflege zu nehmen. Mit ihrem Mann besaß sie ein kleines Gütchen nahe der Bahn, nur eine Stunde weit von Wien, und im vorigen Jahr war ihr das eigene Töchterl gestorben. Das Kleine sollte es gut bei ihr haben, hatte sie versprochen, so gut, als wenn es gar nicht bei fremden Leuten wäre. Und wie Georg daran dachte, war ihm plötzlich, als stände ihm das Herz still. Eh es dunkel ist, wird es da sein ... das Kind. Sein Kind, auf das schon irgend eine

Fremde wartete, um es mit sich zu nehmen. Er war so müde von den Aufregungen der letzten Tage, daß ihn die Knie schmerzten. Er erinnerte sich ähnlicher körperlicher Empfindungen aus früherer Zeit, vom Abend nach der Maturitätsprüfung und von der Stunde, in der er Labinskis Selbstmord erfahren hatte. Vor drei Tagen, als die Wehen anfingen, wie anders, wie freudig und erwartungsvoll war ihm da zumut gewesen! Jetzt spürte er nichts, als ein Abgeschlagensein ohnegleichen, und immer unangenehmer empfand er den muffigen Geruch der Mansarde. Er zündete sich eine Zigarette an und trat wieder auf den Balkon hinaus. Die warme, stille Luft tat ihm wohl. Auf dem Sommerhaidenweg lag noch die Sonne, und vom Friedhof her, über die Mauer, schimmerte ein vergoldetes Kreuz.

Er hörte unter sich ein Geräusch. Schritte? Ja, Schritte und auch Stimmen. Er verließ den Balkon, das Zimmer, lief über die knarrende Holztreppe hinab. Eine Tür ging, eilige Schritte waren im Flur. Im nächsten Moment stand er auf der untersten Stufe, Frau Golowski gegenüber. Sein Herz stand ihm stille. Er öffnete den Mund ohne zu fragen. »Ja«, nickte sie, »ein Bub«.

Er faßte ihre beiden Hände, spürte, wie er über das ganze Gesicht lachte, ein Strom von Glück, wie er so mächtig und heiß ihn niemals erwartet, rann durch seine Seele. Plötzlich merkte er, daß die Augen der Frau Golowski nicht so hell leuchteten, wie sie wohl hätten tun müssen. Der Strom des Glücks in ihm staute zurück. Irgendetwas schnürte ihm die Kehle zusammen. »Nun?« fragte er. Und drohend beinah: »Lebt's?« »Es hat einen Atemzug getan … der Professor hofft …« Georg schob die Frau beiseite, war mit drei Schritten im großen Mittelzimmer, und wie gebannt blieb er stehen. Der Professor, im langen, weißen Leinenkittel, hielt ein kleines Wesen in den Armen und wiegte es hastig hin und her. Georg blieb starr. Der Professor nickte ihm zu und ließ sich nicht stören. Mit durchdringenden Augen betrachtete er das kleine Wesen auf seinen Armen. Er legte es auf den Tisch hin, über den ein weißes Linnen gebreitet war, nahm mit den Gliedmaßen des Kindes heftige Bewegungen vor, rieb ihm die Brust und Antlitz, dann hob er es in die Höhe, einigemale hintereinander, und immer wieder sah Georg, wie der Kopf des Kindes schwer auf die Brust niedersank. Dann legte der Arzt das Kind auf das Linnen hin, horchte an der Brust, erhob sich, ließ die eine Hand auf dem kleinen Körper liegen und winkte mit der andern Georg sanft zu sich heran.

Georg, unwillkürlich den Atem anhaltend, trat ganz nahe hin. Er sah zuerst den Doktor an und dann das kleine Wesen, das auf dem weißen Linnen lag. Das hatte die Augen ganz offen, sonderbar große, blaue Augen, wie die von Anna waren. Das Gesicht sah anders aus, als Georg erwartet hatte, nicht verrunzelt und häßlich wie das eines alten Zwerges, nein; es war wirklich ein Menschenantlitz, ein schönes, stilles Kindergesicht; und Georg wußte, daß diese Züge das Ebenbild seiner eigenen waren.

Der Professor sagte leise: »Schon seit einer Stunde hab ich die Herztöne nicht mehr gehört.«

Georg nickte. Dann fragte er heiser: »Wie geht's *ihr*?«

»Ganz gut. Aber Sie dürfen jetzt nicht hinein, Herr Baron.«

»Nein«, erwiderte Georg und schüttelte den Kopf. Er starrte den bläulich schimmernden, regungslosen, kleinen Körper an und wußte, daß er vor der Leiche seines Kindes stand. Trotzdem sah er wieder den Arzt an und fragte: »Nichts mehr zu machen?« Der zuckte die Achseln.

Georg atmete tief auf und wies nach der geschlossenen Schlafzimmertür. »Weiß sie schon –?« fragte er den Arzt.

»Noch nicht. Seien wir vorläufig zufrieden, daß es vorbei ist. Sie hat viel zu leiden gehabt, die Arme. Ich bedaure nur, daß es schließlich für nichts gewesen ist.«

»Sie haben es erwartet, Herr Professor?«

»Ich hab es gefürchtet seit heute Morgen.«

»Und wieso … wieso?«

Leise und mild erwiderte der Arzt: »Ein sehr seltener Fall, wie ich Ihnen vorher schon sagte.«

»Sie sagten mir …?«

»Ja. Ich versuchte Ihnen zu erklären, daß diese Möglichkeit – Es ist nämlich vom Nabelstrang erwürgt worden. Kaum ein bis zwei Prozent aller Geburten haben diesen Ausgang.« Er schwieg.

Georg starrte das Kind an. Ganz recht, der Professor hatte ihn schon vorbereitet; er hatte es nur nicht ernst genommen. Frau Rosner stand neben ihm mit hilflosen Augen. Georg reichte ihr die Hand, und sie sahen einander an, wie Schwergeprüfte, die das Unglück zu Gefährten macht. Dann ließ sich Frau Rosner auf einen Sessel an der Wand nieder.

Der Professor sagte zu Georg: »Ich will jetzt noch einmal nach der Mutter sehen.«

»Mutter«, wiederholte Georg und sah ihn an.

Der Arzt schaute weg.

»Sie wollen's ihr sagen?« fragte Georg.

»Nein, nicht gleich. Sie wird übrigens darauf gefaßt sein. Sie hat im Lauf des Tages einigemal gefragt, ob es noch lebt. Es wird auch nicht so furchtbar auf sie wirken, wie Sie fürchten, Herr Baron ... gerade in den ersten Stunden und Tagen nicht. Sie dürfen nicht vergessen, was sie durchgemacht hat.«

Er drückte Georgs schlaff herabhängende Hand und ging. Georg stand regungslos da, starrte immerfort das kleine Wesen an, und es erschien ihm wie ein Gebilde von ungeahnter Schönheit. Er berührte Wangen, Schultern, Arme, Hände, Finger. Wie rätselhaft vollendet dies alles war. Und da lag es nun, gestorben, ohne gelebt zu haben, bestimmt, von einer Dunkelheit durch ein sinnloses Nichts hindurch in eine andre einzugehen. Da lag dieser süße, kleine Leib, der fürs Dasein fertig war und sich doch nicht regen konnte. Da schimmerten große, blaue Augen, wie in Sehnsucht das Licht des Himmels in sich einzutrinken und todesblind, eh sie einen Strahl gesehen. Da öffnete sich wie durstig ein kleiner, runder Mund, der doch nie an den Brüsten einer Mutter trinken durfte. Da starrte dieses bleiche Kindergesicht, mit den fertigen Menschenzügen, das nie den Kuß einer Mutter, eines Vaters empfangen und spüren sollte. Wie liebte er dieses Kind! Wie liebte er es jetzt, da es zu spät war. Eine schnürende Verzweiflung stieg in seine Kehle. Er konnte nicht weinen. Er sah um sich. Niemand war im Zimmer, und daneben war es ganz still. Er hatte keine Sehnsucht, in jenes andre Zimmer zu gehen, und keine Angst davor; er fühlte nur, daß es etwas Unsinniges gewesen wäre. Sein Auge kehrte auf das tote Kind zurück, und plötzlich durchzuckte ihn die bebende Frage, ob es denn auch wahr sein müßte? Ob nicht alle sich irren konnten? Der Arzt so gut, wie der Unerfahrene. Er hielt seine flache Hand vor die geöffneten Lippen des Kindes und ihm war, als hauchte etwas Kühles ihm entgegen. Dann hielt er beide Hände über die Brust des Kindes hin, und wieder war ihm, als spielte leicht bewegte Luft um den kleinen Leib. Aber er fühlte da wie dort: Nicht Hauch des Lebens hatte ihn angeweht. Nun beugte er sich nieder, und seine Lippen berührten die kühle Stirn des Kindes. Etwas Seltsames, nie Gefühltes rieselte ihm durch den Körper bis in die Zehenspitzen. Er wußte es nun: Das Spiel dort oben war für ihn verloren, sein Kind war tot. Da erhob er langsam das Haupt und wandte sich fort. Die Gartenhelle lockte ihn ins Freie. Er trat auf die Veranda, sah auf der Bank an die Wand gelehnt Doktor Stauber und Frau Rosner sitzen. Beide stumm. Sie sahen ihn an. Er wandte sich weg, als kennte er sie nicht, und trat in den Garten. Der Schatten des Hauses fiel schräg über den Rasen hin; weiter oben lag noch Sonne, doch stumpf und wie ohne Kraft, die Luft zu durchleuchten. Woran wollte ihn dies Licht nur erinnern, das Sonne war und doch nicht glänzte, dieses Blau in der Höhe, das Himmel war und ihn doch nicht segnete? Woran die Stummheit dieses Gartens, die ihm vertraut und tröstlich sein sollte, und die ihn heute wie etwas Fremdes und Ungastliches empfing? Allmählich fiel ihm ein, daß ihn vor kurzem in einem Traum solch ein schwerer, früher nie geahnter Dämmerschein umgeben und seine Seele mit unverständlicher Traurigkeit erfüllt hatte. Was nun? sagte er vor sich hin, suchte nach keiner Antwort und wußte nur, daß irgend etwas Unvorhergesehenes und Unabänderliches geschehen war, das ihm für alle Zeiten das Bild der Welt verändern mußte. Er dachte des Tages, an dem sein Vater gestorben war. Ein wilder Schmerz hatte ihn damals überfallen; doch er hatte weinen können, und die Erde war nicht mit einemmal dunkel und leer geworden. Sein Vater hatte doch gelebt, war einmal jung gewesen, hatte gearbeitet, geliebt, Kinder gehabt, Freuden und Schmerzen erfahren. Und die Mutter, die ihn geboren, hatte nicht umsonst gelitten. Und wenn er *selbst* heute hätte sterben müssen, so früh es gewesen wäre, er hatte doch ein Dasein hinter sich, erfüllt von Licht und Tönen, Glück und Leiden, Hoffnung und Angst, durchflutet von allem Inhalt der Welt. Und wenn Anna heute dahingegangen wäre, in der Stunde, da sie einem neuen Wesen das Leben gab, sie hätte gleichsam ihr Los erfüllt und ihr Ende hätte seinen grauenvollen, aber tiefen Sinn gehabt. Doch das, was seinem Kind geschehen war, war sinnlos, widerwärtig, ein Hohn von irgendwoher, wohin man keine Frage und keine Antwort senden konnte. Wozu, wozu das alles? Was hatten nun diese vorhergegangenen Monate zu bedeuten gehabt, mit all ihren Träumen, Sorgen und Hoffnungen? Denn er wußte mit einem Male, daß die Erwartung der wunderbaren Stunde, in der sein Kind geboren werden sollte, immer, Tag für Tag, auch am nüchternsten, leersten und leichtfertigsten, in der Tiefe seiner Seele gewesen war; und er fühlte sich beschämt, verarmt, elend.

Er stand oben am Gartengitter und sah zum Waldesrande auf, zu seiner Bank, auf der er oft geruht hatte, und ihm war, als wären auch Wald und Wiese und Bank früher sein Besitz gewesen und er müsse nun auch das hergeben, wie so vieles andere. Im Winkel des Gartens stand ein dunkelgraues, vernachlässigtes Lusthäuschen mit drei kleinen Fensterhöhlen und einer schmalen Türöffnung. Er hatte es nie leiden mögen und nur einmal auf ein paar Augenblicke betreten. Heute zog es ihn hinein. Er setzte sich auf die rissige Bank hin und kam sich plötzlich geborgen und beruhigt vor, als wäre nun alles, was geschehen, weniger wahr oder in irgend einer unbegreiflichen Weise rückgängig zu machen. Doch schwand dieser Wahn bald wieder dahin, er verließ den unwirtlichen Raum und trat ins Freie. Ich muß jetzt wohl ins Haus zurück, dachte er müde und faßte es doch nicht ganz, daß in dem dunkeln Zimmer, das er von hier aus hinter der Veranda, wie eine unergründliche Finsternis liegen sah, der Leichnam seines Kindes ruhen sollte. Langsam ging er hinab. Auf der Veranda stand Annas Mutter mit einem Herrn. Georg erkannte den alten Rosner. Im Überzieher stand er da, den Hut hatte er auf den Tisch vor sich hingelegt, fuhr sich mit einem Taschentuch über die Stirn, und es zuckte um seine rotgeränderten Augen. Er ging Georg entgegen und drückte ihm die Hand.

»Das ist ja leider anders gekommen«, sagte er, »als wir alle erwartet und gehofft hatten.«

Georg nickte. Dann erinnerte er sich, daß der alte Herr in den letzten Wochen mit dem Herzen nicht ganz in Ordnung gewesen war, und erkundigte sich nach seinem Befinden.

»Ich danke der Nachfrage, Herr Baron, es geht mir etwas besser, nur das Stiegensteigen macht einige Beschwerden.«

Georg merkte, daß die Glastüre zum Mittelzimmer geschlossen war. »Entschuldigen Sie«, sagte er zu dem alten Rosner, schritt geradenwegs auf die Türe los, öffnete sie und schloß sie rasch wieder hinter sich zu. Frau Golowski und Doktor Stauber standen in der Nähe des Tisches und sprachen miteinander. Er trat zu ihnen, sie schwiegen plötzlich.

»Nun?« fragte er dann.

Doktor Stauber sagte: »Wir haben über … die Formalitäten gesprochen. Frau Golowski wird so gut sein und all das besorgen.«

»Ich danke«, erwiderte Georg und reichte Frau Golowski die Hand. »All das«, dachte er. Ein Sarg, ein Begräbnis, Meldung beim Gemeindeamt: geboren ein Sohn der ledigen Anna Rosner, gestorben am gleichen Tage. Nichts vom Vater natürlich. Ja, seine Rolle war erledigt. Heut erst? War sie's nicht von der Sekunde an gewesen, da er zufällig Vater geworden war?

Er sah auf den Tisch hin. Das Linnen lag über die kleine Leiche hingebreitet. O wie rasch, dachte er bitter. Soll ich's niemals wiedersehen dürfen? Einmal wird's wohl noch erlaubt sein. Er zog das Tuch von der Leiche ein wenig fort und hielt es in die Höhe gefaßt. Er sah ein blasses Kindergesicht, das ihm längst bekannt war, nur daß die Augen seither von irgendwem zugedrückt worden waren. Die alte Standuhr in der Ecke tickte. Sechs Uhr. Es war noch keine Stunde vergangen, seit sein Kind geboren und gestorben war; und schon stand diese Tatsache so unwidersprechlich fest, als hätte es gar nicht anders sein können.

Er fühlte sich leicht an der Schulter berührt.

»Sie hat es mit Ruhe aufgenommen«, sagte Doktor Stauber, der hinter ihm stand.

Georg ließ das Linnen über das Antlitz des Kindes sinken und wandte den Kopf nach der Seite. »Sie weiß also schon …?«

Doktor Stauber nickte. Frau Golowski hatte sich abgewandt.

»Wer hat's ihr gesagt?« fragte Georg.

»Man hat es ihr gar nicht zu sagen brauchen«, erwiderte Doktor Stauber. »Nicht wahr?« wandte er sich an Frau Golowski.

Diese berichtete: »Wie ich zu ihr hineingegangen bin, hat sie mich nur angeschaut, und da hab ich gleich gesehen, daß sie es schon weiß.«

»Und was hat sie gesagt?«

»Nichts. Gar nichts. Sie hat ihre Augen zum Fenster hin gewandt und ist ganz still gewesen. Wo Sie hingegangen sind, Herr Baron, hat sie mich gefragt, und was Sie machen.«

Georg atmete tief auf. Die Türe von Annas Zimmer öffnete sich. Der Professor, im schwarzen Rock, trat heraus. »Sie ist ganz ruhig«, sagte er zu Georg. »Sie können zu ihr hinein.«

»Hat sie mit Ihnen darüber gesprochen?« fragte Georg.

Der Professor schüttelte den Kopf. Dann sagte er: »Ich muß jetzt leider in die Stadt. Sie entschuldigen, nicht wahr? Ich hoffe, es wird weiter gut gehen. Morgen früh bin ich jedenfalls wieder da. Leben Sie wohl, lieber Herr Baron.« Er drückte ihm teilnahmsvoll die Hand. »Sie fahren mit mir hinein, Doktor Stauber, nicht wahr?«

»Ja«, sagte Doktor Stauber. »Ich will nur Anna noch Adieu sagen.« Er ging.

Georg wandte sich an den Professor. »Darf ich Sie etwas fragen?«

»Bitte.«

»Ich möchte nämlich gern wissen, Herr Professor, ob das vielleicht nur eine Einbildung ist. Mir kommt nämlich vor« – und er hob das Tuch wieder von der kleinen Leiche auf – »als wenn dieses Kind gar nicht so aussähe wie ein Neugeborenes. Schöner gewissermaßen. Nur ist, als wenn die Gesichter von Neugeborenen eigentlich faltiger, greisenhafter sein müßten. Ich weiß nicht mehr, hab ich einmal selbst eins gesehen oder hab ich nur davon gelesen.«

»Sie haben nicht unrecht«, erwiderte der Professor, »gerade in Fällen dieser Art, auch bei glücklicherem Ausgang, sind die Züge der Kinder nicht entstellt, ja manchmal geradezu schön.« Er betrachtete das kleine Antlitz mit fachlicher Teilnahme, nickte ein paarmal »schade, schade …«, ließ das Tuch wieder fallen, und Georg wußte, daß er das Antlitz seines Kindes zum letztenmal gesehen hatte. Wie hätte es nur heißen sollen? Felician … Leb wohl, kleiner Felician.

Doktor Stauber trat aus dem Nebenzimmer und schloß leise die Türe. »Anna erwartet Sie«, sagte er zu Georg. Dieser gab ihm die Hand, reichte sie auch dem Professor noch einmal, nickte Frau Golowski zu und trat ins Nebenzimmer.

Die Wärterin erhob sich von Annas Seite und verschwand aus dem Zimmer. Der Tür gegenüber hing ein Spiegel, in dem Georg einen jungen, eleganten Herrn erblickte, der blaß war und lächelte. Anna lag in ihrem Bett, das frei in der Mitte stand, mit großen, klaren Augen, die Georg entgegensahen. Wie steh ich vor ihr da, dachte er. Er rückte mit einiger Umständlichkeit den Sessel nah an ihr Bett, setzte sich, ergriff ihre Hand, führte sie an seine Stirn und küßte dann lang, beinahe inbrünstig ihre Finger.

Anna sprach zuerst. »Du warst im Garten?« fragte sie.

»Ja, ich war im Garten.«

»Ich habe dich von oben herunterkommen gesehen vor einiger Zeit.«

»Du sollst lieber gar nichts reden, Anna. Strengt es dich nicht an?«

»Die paar Worte, O nein. Aber du kannst mir ja was erzählen...«

Er hielt ihre Hand immer in der seinen und betrachtete ihre Finger. Dann sagte er: »Weißt du eigentlich, daß da oben am Ende des Gartens ein kleines Lusthäuschen steht? Ja, natürlich weißt du ... ich meine nur, wir haben es nie so recht bemerkt.«

»In den ersten Tagen war ich einigemale drin«, sagte Anna. »Schön ist es nicht.«

»Nein, wahrhaftig.«

»Hast du heut vormittag was gearbeitet?« fragte sie dann.

»Was fällt dir ein, Anna.«

Sie schüttelte ganz leicht den Kopf. »Und gerade in der letzten Zeit ist es dir so gut damit gegangen.«

»Ja, wirklich wahr, Anna, du hast dich sehr rücksichtslos benommen.« Er lächelte, sie blieb ernst.

»Du warst gestern in der Stadt?« fragte sie.

»Du weißt ja.«

»Hast du Briefe vorgefunden? Ich meine, wichtige?«

»Du sollst gewiß nicht so viel reden, Anna, ich erzähl dir schon alles. Also: Ich hab keine Briefe von Bedeutung vorgefunden. Auch aus Detmold ist keiner gekommen. Dieser Tage geh ich übrigens wieder zu Professor Viebiger. Aber wir können wirklich ein andermal über diese Dinge reden, glaubst du nicht? Und was das Arbeiten anbelangt ... in den Tristan hab ich heute morgen noch ein wenig hineingesehen. Den kenn ich aber wirklich bis ins kleinste. Ich würde mich getrauen, ihn heut zu dirigieren, wenn's drauf ankäme.«

Sie schwieg und sah ihn an.

Er erinnerte sich des Abends, an dem er mit ihr in der Münchener Oper gesessen hatte, wie eingehüllt in einen durchsichtigen Schleier von geliebten Klängen. Aber er sprach nichts davon.

Es dämmerte. Die Züge Annas begannen ihm zu verschwimmen.

»Fährst du heute noch in die Stadt?« fragte sie.

Er hatte gar nicht daran gedacht. Jetzt aber war ihm, als winkte damit eine Art von Erlösung. Ja, er wollte hinein. Was konnte er auch hier heraußen noch tun? Aber er antwortete nicht gleich.

Anna begann wieder: »Ich denke, du wirst vielleicht deinen Bruder sprechen wollen.«

»Ja, das möcht ich recht gern. Und du wirst wohl bald schlafen?«

»Ich hoffe.«

»Wie müd mußt du sein«, sagte er, indem er ihre Hand streichelte.

»Nein, es ist etwas anderes. Ich bin so wach … ich kann dir gar nicht sagen, wie wach ich bin. Mir ist, als wär ich in meinem ganzen Leben nicht so wach gewesen. Und weiß zugleich, daß ich so tief schlafen werde, wie noch nie … wenn ich nur erst die Augen geschlossen habe.«

»Ja gewiß wirst du das. Aber nun darf ich doch wohl noch eine Weile bei dir bleiben? Am liebsten möcht ich so lange hier sitzen, bis du eingeschlafen bist.«

»Nein, Georg, wenn du da bist, kann ich ja doch nicht einschlafen. Aber bleib nur noch ein bißchen. Das ist schon gut.«

Er hielt immer ihre Hand und blickte zum Garten hinaus, der nun ganz im Abendschatten lag.

»Du warst nicht sehr viel im Auhof oben dieses Jahr?« fragte Anna gleichgültig, als gälte es nur irgend etwas zu reden.

»O ja, täglich beinahe. Hab ich dir's denn nicht gesagt? – Ich denke, Else wird James Wyner heiraten und mit ihm nach England gehen.«

Er wußte, daß sie nicht an Else dachte, sondern an eine ganz andere. Und er fragte sich: meint sie etwa, – das sei schuld?

Ein lauer Hauch kam von draußen geweht. Kinderstimmen klangen herein. Georg blickte hinaus. Er sah die weiße Bank unter dem Birnbaum schimmern und dachte daran, wie Anna ihn dort oben erwartet hatte, im wallenden Kleid, die fruchtschwe-ren Äste über sich, umflossen vom sanften Wunder ihrer Müt-terlichkeit. Und er fragte sich: war es schon damals bestimmt, daß es so enden müßte? Oder war es am Ende schon in dem Augenblick bestimmt, da wir einander zum erstenmal umarmt haben? Die Bemerkung des Professors fuhr ihm durch den Sinn, daß ein bis zwei Prozent aller Geburten so enden. Also seit Men-schen geboren wurden, war es so, daß unter hundert einer oder zwei in so sinnloser Weise dahin müssen im selben Augenblick, da sie zum Licht emporgebracht werden! Und so und so viele müssen im ersten Jahre sterben, und so viel in der Blüte ihrer Jugend, und so viel als Männer, und wieder eine bestimmte Anzahl macht ihrem Leben selbst ein Ende, wie Labinski, und bei so und so vielen muß es mißlingen, wie bei Oskar Ehren-berg. Wozu nach Gründen suchen? Irgendein Gesetz ist wirk-sam, unbegreiflich und unerbittlich, an dem wir Menschen nicht rütteln können. Wer darf klagen, warum gerade mir das? Widerfährt es nicht ihm, so widerfährt es eben einem andern ... unschuldig oder schuldig wie er. Ein bis zwei Prozent trifft es eben, das ist die himmlische Gerechtigkeit. Die Kinder, die da drüben im Garten lachten, die durften leben. Durften? Nein, sie *mußten* leben, so wie das seine hatte sterben müssen nach dem ersten Atemzug, bestimmt von einer Dunkelheit durch ein sinnloses Nichts hindurch einzugehen in eine andere.

Draußen war die Dämmerung, und im Zimmer war es bei-nahe schon Nacht. Anna lag still und regungslos. Ihre Hand in der Georgs rührte sich nicht. Aber als Georg sich erhob, sah er, daß ihre Augen offen waren. Er beugte sich nieder, zögerte einen Augenblick, dann legte er den Arm um ihren Hals und küßte sie auf die Lippen, die heiß und trocken waren und seine Berührung nicht erwiderten. Dann ging er. Im Nebenzimmer brannte die Hängelampe über dem Tisch, auf dem früher das tote Kind gelegen hatte. Nun war die grüne Tischdecke ausge-breitet, als wäre nichts geschehen. Die Türe zu dem Zimmer, in dem Frau Golowski wohnte, war geöffnet. Das Licht einer Kerze schimmerte herein, und Georg wußte, daß da sein Kind den ersten und letzten Schlummer schlief.

Frau Golowski und Frau Rosner saßen nebeneinander auf dem Sofa an der Wand, stumm, wie zusammengekauert. Georg trat zu ihnen. »Der Herr Gemahl ist schon fort?« wandte er sich an Frau Rosner.

»Ja, er ist mit den Herren Doktoren in die Stadt hineingefahren«, erwiderte sie und sah ihn wie fragend an.

»Sie ist ruhig«, beantwortete Georg ihren Blick. »Ich denke, sie wird fest schlafen.«

»Wollen Sie nicht etwas zu sich nehmen?« fragte Frau Golowski. »Seit ein Uhr haben Sie ...«

»Danke nein. Ich fahre jetzt in die Stadt. Ich möchte meinen Bruder sprechen. Auch erwarte ich Briefe von Wichtigkeit. Morgen früh bin ich wieder da.« Er verabschiedete sich, ging in seine Mansarde, holte die Tristanpartitur vom Balkon ins Zimmer herein, nahm Überzieher und Stock, zündete sich eine Zigarette an und verließ das Haus. Er fühlte sich freier, sobald er auf der Straße war. Eine ungeheure Aufregung lag hinter ihm. Es war in unglücklicher Weise vorüber, aber vorüber war es doch. Und mit Anna mußte es ja gut ablaufen. Freilich, da gab es wohl auch den verhängnisvollen Prozentsatz. Aber es war klar, daß nun die Möglichkeit eines schlimmen Ausgangs, gerade nach dem Gesetz der Wahrscheinlichkeitsrechnung, viel geringer sein mußte, als wenn das Kind am Leben geblieben wäre.

Mit raschen Schritten durchmaß er die langgestreckte Ortschaft, wollte nichts denken und betrachtete mit absichtlicher Aufmerksamkeit jedes einzelne Haus, an dem er vorbeikam. Sie waren alle niedrig, die meisten recht trübselig und arm. Hinter ihnen, im Abenddunst, stiegen kleine Gärtchen an zu Weinbergen, Äckern und Wiesen. In einem beinahe menschenleeren Wirtshausgarten, an einem länglichen Tisch, saßen ein paar Musikanten und spielten auf Violine, Gitarre und Harmonika einen klagenden Walzer. Später kam er an ansehnlichen Landhäusern vorbei, und durch offene Fenster sah er in anständig erleuchtete Räume, in denen gedeckte Tische standen. In einem freundlichen Gasthausgarten, möglichst weit von den andern, nicht sehr zahlreichen Gästen, ließ er sich endlich nieder, nahm seine Mahlzeit und spürte bald eine wohltuende Müdigkeit über sich kommen. Auf der Pferdebahn duselte er in seiner Ecke beinahe ein. Erst als der Wagen durch belebtere Straßen fuhr, fand er sich wieder und entsann sich des Geschehenen mit quälender, aber trockener Deutlichkeit. Er stieg aus, und durch die feuchte Schwüle des Stadtparks begab er sich nach Hause. Felician war nicht daheim. Auf dem Schreibtisch fand er ein Telegramm liegen. Es war aus Detmold und lautete: »Wir ersuchen höflichst um Nachricht, ob es Ihnen möglich wäre, innerhalb der nächsten drei Tage bei uns einzutreffen. Doch wolle diese Einladung vorläufig als für beide Teile unverbindlich hinsichtlich weiterer Entschließungen angesehen werden. Reisekosten werden in jedem Falle ersetzt. Hochachtungsvoll Hoftheaterintendanz.« Daneben lag das rötliche Blankett für die Antwort.

Georg war enerviert. Was sollte er nun erwidern? Das Telegramm deutete offenbar darauf hin, daß eine Kapellmeisterstelle erledigt war. Sollte er um Aufschub ersuchen? Nach acht Tagen könnte er wohl zu einer Besprechung hin- und gleich wieder zurückfahren. Es strengte ihn an, darüber nachzudenken. Zum mindesten hatte die Angelegenheit bis morgen früh Zeit. Und wenn das schon zu spät war, so hatte sich am Ende noch immer nichts Wesentliches geändert. Als Gast war er jedenfalls willkommen, das wußte er ja schon. Es war vielleicht besser, sich nicht zu binden ... sich irgendwo noch ohne Verpflichtung und Verantwortung einzuarbeiten und dann, für das nächste Jahr gerüstet, fertig dazustehen. Aber was waren das für nichtige Erwägungen gegenüber der ungeheuern Sache, die sich heute in seinem Leben ereignet hatte. Er nahm den Malachit und stellte ihn auf das Telegramm. Was jetzt ...? fragte er sich. In den Klub gehen und Felician aufsuchen? Das war ja doch nicht der Ort, ihm die Sache mitzuteilen. Es war schon das beste, daheim zu bleiben und ihn zu erwarten. Es war sogar ein wenig verlockend, sich gleich auszukleiden und zur Ruhe zu legen. Aber er hätte ja doch nicht schlafen können. So kam er auf die Idee, endlich wieder einmal unter seinen Papieren ein bißchen Ordnung zu machen. Er öffnete eine Schreibtischlade, sichtete Rechnungen und Briefe und trug Anmerkungen in sein Notizbuch ein. Die Geräusche der Straße kamen durchs offene Fenster wie von fern. Er dachte daran, wie er im vorigen Sommer, nach des Vaters Tod, an derselben Stelle Briefe seiner verstorbenen Eltern gelesen hatte und das gleiche Geräusch der Stadt, der gleiche Duft des Parks zu ihm hereingeströmt war wie heute. Das Jahr, das seither verflossen war, dehnte sich in seinem müden Sinn zu Ewigkeiten, wurde dann wieder zu einer kurzen Spanne Zeit, und in seiner Seele raunte irgend etwas: wozu ... wozu. Sein Kind war tot. Draußen am Sommerhaiden- weg auf dem Friedhof wird es begraben sein, dort wird es aus- ruhen in geweihter Erde von dem mühevollen Weg, der ihm zu gehen bestimmt war, von einer Dunkelheit durch ein sinnloses Nichts in die andere. Unter einem kleinen Kreuze wird es liegen, als hätte es ein Menschenlos durchlebt und durchlitten ... Als hätte es gelebt? Es hatte ja wirklich gelebt, von dem Augenblick an, da sein Herz im Leib der Mutter zu klopfen angefangen. Nein, früher schon ... von dem Augenblick an, da seiner Mutter Leib es empfangen, hatte es dem Reich des Lebendigen zugehört. Und Georg dachte daran, wievielen Menschenkindern es bestimmt war, noch viel früher wieder dahinzugehen als dem seinen, wie viele, gewünschte und ungewünschte, in den ersten Tagen ihres Lebens sterben, ohne das die eigenen Mütter es nur ahnen. Und während er so vor seinem Schreibtisch mit geschlossenen Augen hindämmerte, zwischen Schlafen und Wachen, sah er lauter schimmernde Kreuze ragen auf winzigen Hügeln, als wär es ein Friedhof aus einer Spielereischachtel, und eine rötlich-gelbe Puppensonne glänzte darüber hin. Mit einmal aber bedeutete dies Bild den Friedhof von Cadenabbia. Georg saß wie ein kleiner Knabe auf der steinernen Umfassungsmauer und wandte plötzlich den Blick zur See hinab. Da trieb in einem sehr langen, schmalen Kahn unter schwefelgelben Segeln, mit einem grünen Schal um die Schultern, bewegungslos auf der Ruderbank sitzend, eine Frau, deren Antlitz zu erkennen er sich vergeblich und beinahe schmerzlich bemühte.

Die Klingel tönte. Georg fuhr auf. Was war das? Ach ja, es war niemand da, um aufzuschließen. Der Diener war seit erstem entlassen, und die Portiersfrau, die jetzt die Brüder bediente, war um diese Zeit nicht in der Wohnung. Georg ging ins Vorzim- mer und öffnete. Heinrich Bermann stand auf dem Flur. »Ich sah von unten Licht in Ihrem Zimmer«, sagte er. »Es war ein guter Einfall von mir, zuerst an Ihrem Haus vorüber zu gehen. Eigentlich wollte ich zu Ihnen aufs Land hinausfahren.«

Spricht er wirklich so erregt, dachte Georg, oder klingt es mir nur so? Er bat ihn einzutreten und Platz zu nehmen.

»Danke, danke, ich gehe lieber auf und ab. Nein, schalten sie die obere Flamme nicht ein, die Schreibtischlampe genügt. – Im übrigen – wie geht es bei Ihnen draußen?«

»Heute Nachmittag ist das Kind zur Welt gekommen«, erwiderte Georg ruhig. »Aber leider war es tot.«

»Totgeboren?«

»Ich weiß nicht, ob man es so nennen kann«, entgegnete Georg bitter lächelnd, »denn einen Atemzug soll es getan haben, sagt der Arzt. Drei Tage lang haben die Wehen gedauert. Es war schrecklich. Nun ist es vorbei.«

»Tot. Das tut mir aber sehr leid, glauben Sie mir.« Er reichte Georg die Hand.

»Es war ein Knabe«, sagte Georg, »und merkwürdigerweise sehr schön, anders als Neugeborene sonst auszusehen pflegen.« Er erzählte auch dann, wie er sich eine ganze Weile in einem ungastlichen Gartenhaus aufgehalten hatte, das er früher nie betreten, und wie seltsam sich die Beleuchtung der Landschaft mit einemmal verändert hatte. »Es war ein Licht«, sagte er, »wie es Gegenden zuweilen im Traum haben, ganz unbestimmt, ... dämmerhaft, ... aber eher traurig.« Während er so sprach, wußte er, daß er Felician die ganze Sache anders erzählen würde.

Heinrich saß in der Ecke des Diwans und ließ den andern reden. Dann begann er: »Es ist sonderbar, all das ergreift mich natürlich sehr, und doch ... es beruhigt mich zugleich.«

»Beruhigt Sie?«

»Ja. Als wären nun gewisse Dinge, die ich leider befürchten muß, mit einemmal weniger wahrscheinlich geworden.«

»Was für Dinge?«

Ohne auf ihn zu hören, sprach Heinrich weiter, mit zusammengepreßten Zähnen. »Oder ist es nur deshalb so, weil ich dem Schmerz eines andern gegenüberstehe? Oder gar nur, weil ich woanders bin, in einer fremden Wohnung? Das wäre schon möglich. Haben Sie nicht bemerkt, daß sogar der eigene Tod einem gleich wie etwas höchst Unwahrscheinliches vorkommt, wenn man zum Beispiel auf Reisen ist; manchmal schon auf einem Spaziergang? Solchen unbegreiflichen Selbsttäuschungen ist der Mensch unterworfen.« Er war aufgestanden, zum Fenster getreten, hatte das Gesicht abgewandt. Georg, an den Schreibtisch gelehnt, wartete ahnungsvoll, was er hören sollte. Nach ein paar Sekunden, als hätte er Fassung gewonnen, wandte Heinrich sich um, blieb aber am Fenster stehen, beide Hände rückwärts auf die Brüstung gestützt, und sagte kurz und hart: »Es besteht nämlich die Möglichkeit, daß die junge Dame, die Sie neulich bei mir flüchtig kennengelernt haben, einen Selbstmord verübt hat. Bitte machen Sie kein so erschrockenes Gesicht. Sie wissen, es war schon in manchen ihrer Briefe zu lesen, daß sie es tun will.«

»Nun also«, sagte Georg.

Heinrich hob abwehrend die Hand. »Ich habe es ja auch niemals ernst genommen. Heute Morgen aber kam ein Brief, der, wie soll ich nur sagen, einen unheimlichen Klang von Wahrheit hatte. Es steht eigentlich auch nichts anderes drin, als was sie mir schon zehn- oder zwanzigmal geschrieben hat, aber der Ton … der Ton … kurz und gut, ich bin so gut wie überzeugt, daß es diesmal geschehen ist. Daß es vielleicht in diesem Augenblick schon …«, er hielt inne und starrte vor sich hin.

»Nein Heinrich.« Georg trat zu ihm hin und legte ihm die Hand auf die Schulter. »Nein«, fügte er kräftiger hinzu, »ich glaube es absolut nicht. Ich habe sie ja gesprochen, vor ein paar Wochen erst. Sie wissen ja. Und da hatte ich durchaus nicht den Eindruck … Ich habe sie auch Komödie spielen gesehen … wenn Sie sie spielen gesehen hätten, in dieser frechen Posse, so würden Sie auch nicht daran glauben, Heinrich! Sie will sich nur an Ihnen rächen, für Ihre Grausamkeit. Unbewußt vielleicht. Sie ist ja wahrscheinlich selbst manchmal davon überzeugt, daß sie nicht weiter leben kann, aber da sie es bis heute ausgehalten … Ja wenn sie es gleich getan hätte …«

Heinrich schüttelte ungeduldig den Kopf. »Hören Sie, Georg, ich habe an das Sommertheater telegraphiert. Ich habe angefragt, ob sie noch dort ist, etwa so, als wenn es sich um eine Rolle für sie handelte, Probeaufführung eines neuen Stücks von mir, oder dergleichen. Ich habe zu Hause gewartet – bis jetzt … aber es ist noch keine Antwort da. Kommt keine, oder keine genügende, so werde ich auf alle Fälle hinfahren.«

»Ja, warum haben Sie nicht einfach angefragt, ob sie …«

»Ob sie sich umgebracht hat? Man will sich doch nicht blamieren, Georg! Da hätt ich mich ja ungefähr jeden dritten Tag erkundigen können … Das hätte allerdings eines gewissen grotesken Humors nicht entbehrt.«

»Nun sehen Sie, Sie glauben ja selbst nicht dran.«

»Ich will jetzt nach Hause, schauen, ob ein Telegramm da ist. Adieu, Georg. Verzeihen Sie mir. Ich hab es nämlich daheim nicht mehr ausgehalten … Es tut mir wirklich sehr leid, daß ich Sie in einer solchen Stunde mit meinen Angelegenheiten belästigt habe. Nochmals, verzeihen Sie …«

»Sie wußten ja nicht … Und auch wenn Sie gewußt hätten … Bei mir ist es ja doch … sozusagen eine abgeschlossene Geschichte. In meiner Angelegenheit ist leider absolut nichts mehr zu tun.« Er blickte angestrengt zum Fenster hinaus, über die Wipfel der Bäume, zu den dunkeln Türmen und Dächern, die aus dem matt-rötlichen Glanz der abendlichen Stadt emporstiegen. Dann sagte er: »Ich begleite Sie, Heinrich. Ich kann ja zu Hause doch nichts anfangen. Das heißt – wenn Ihnen meine Gesellschaft nicht unangenehm ist.«

»Unangenehm? … Georg! …« Er drückte ihm die Hand.

Sie gingen. Anfangs spazierten sie längs des Parks und schwiegen. Georg erinnerte sich seines Spazierganges mit Heinrich durch die Praterallee, im vorigen Herbst, und gleich darauf kam ihm der Maienabend ins Gedächtnis, an dem Anna Rosner im Waldsteingarten erschienen war, später als die andern, und Frau Ehrenberg ihm zugeflüstert hatte: »Die hab ich für Sie eingeladen.« Ja, für ihn! Wäre jener Abend nicht gewesen, so wäre Anna nicht seine Geliebte geworden und nichts von allem, woran er heute trug, wäre geschehen. Oder war auch hier irgendein Gesetz am Werke? Gewiß! Es müssen wohl jedes Jahr so und so viel Kinder zur Welt kommen, und eine Anzahl darunter außer der Ehe. Und die gute Frau Ehrenberg hatte sich eingebildet, daß es in ihrem Belieben gestanden, Fräulein Anna Rosner einzuladen für den Freiherrn von Wergenthin!

»Anna befindet sich doch außer Gefahr?« fragte Heinrich.

»Ich hoffe«, erwiderte Georg. Dann sprach er von den Schmerzen, die sie gelitten, von ihrer Geduld und ihrer Güte. Er hatte das Bedürfnis, sie als vollkommenen Engel darzustellen; als könnte er damit etwas sühnen, was er gegen sie verschuldet hätte.

Heinrich nickte. »Sie scheint wirklich eine von den wenigen Frauen, die zur Mutterschaft bestimmt sind. Es ist nämlich nicht wahr, daß es viele von der Art gibt. Kinder zu kriegen –

dazu sind sie ja alle da, – aber Mütter zu sein! Und gerade sie mußte das erleiden! Es ist mir eigentlich nie in den Sinn gekommen, daß so etwas eintreten könnte.«

Georg zuckte die Achseln. Dann sagte er: »Ich hatte erwartet, Sie noch einmal draußen zu sehen. Ich glaube, Sie versprachen mir sogar etwas dergleichen, als Sie vor acht Tagen mit Therese zusammen bei uns nachtmahlten.«

»Ach ja, wie wir uns so furchtbar gezankt haben, Therese und ich. Auf dem Heimweg ist es noch ärger geworden. Zum Lachen. Wir gingen nämlich zu Fuß bis in die Stadt. Die Leute, die uns begegneten, müssen uns unbedingt für ein Liebespaar gehalten haben, so fürchterlich haben wir uns gestritten.«

»Und wer hat am Ende recht behalten?«

»Recht? Kommt das jemals vor, daß einer recht behält? Man diskutiert doch nur, um sich selbst, und nie um den andern zu überzeugen. Denken Sie nur, wenn Therese am Ende eingesehen hätte, daß ein vernünftiger Mensch sich nie und nimmer einer Partei anschließen kann! Oder wenn ich ihr hätte zugestehen müssen, daß meine Parteilosigkeit einen Mangel an Weltanschauung bedeute, wie sie behauptete! Wir hätten uns beide sofort totschießen können. Was sagen Sie übrigens zu diesem Gerede von Weltanschauung? Wie wenn Weltanschauung etwas anderes wäre, als der Wille und die Fähigkeit, die Welt wirklich zu sehn, das heißt anzuschauen, ohne durch eine vorgefaßte Meinung verwirrt zu sein, ohne den Drang, aus einer Erfahrung gleich ein neues Gesetz abzuleiten oder sie in ein bestehendes einzufügen. Aber den Leuten ist Weltanschauung nichts, als eine höhere Art von Gesinnungstüchtigkeit – Gesinnungstüchtigkeit innerhalb des Unendlichen sozusagen. Oder sie sprechen von düsterer und heiterer Weltanschauung, je nach der Färbung, in der ihnen die Welt kraft ihres Temperaments und zufälliger persönlicher Erlebnisse erscheint. Menschen mit offenen Sinnen haben Weltanschauung und beschränkte nicht. So steht die Sache. Man muß wahrhaftig kein Philosoph sein, um Weltanschauung zu haben … vielleicht darf man's nicht einmal sein. Jedenfalls hat Philosophie mit Weltanschauung nicht das geringste zu tun. Von den Philosophen hat gewiß jeder bei sich gewußt, daß er nichts anderes vorstellt, als eine Art von Dichter. Kant hat an das Ding an sich geglaubt und Schopenhauer an die

Welt als Wille und Vorstellung, wie Shakespeare an Hamlet und Beethoven an die Neunte. Sie haben gewußt, daß nun ein Kunstwerk mehr auf der Welt ist, aber sie haben sich gewiß nicht eingebildet, daß sie eine endgültige ›Wahrheit‹ entdeckt hätten. Jedes philosophische System, wenn es Rhythmus und Tiefe hat, bedeutet einen Besitz mehr auf Erden. Aber was soll es denn an dem Verhältnis eines Menschen zur Welt ändern, der selbst mit offenen Sinnen begnadet ist?« Er sprach weiter, immer erregter, geriet, wie es Georg erschien, ins Fieberhaft-verworrene. Georg erinnerte sich daran, daß Heinrich einmal ein Ringelspiel erfunden hatte, das sich über den Erdboden höher und immer höher in Spiralen drehen sollte, um endlich in einer Turmspitze zu enden.

Sie nahmen den Weg durch wenig belebte und mäßig beleuchtete Vorstadtstraßen. Georg war es, als spazierte er in einer fremden Stadt umher. Plötzlich erschien ein Haus ihm sonderbar bekannt, und er merkte jetzt erst, daß sie an dem Haus der Familie Rosner vorbeigingen. Das Speisezimmer war erleuchtet. Wahrscheinlich saß dort oben der Alte allein, oder in Gesellschaft seines Sohnes. Ist es denn möglich, dachte Georg, daß in wenigen Wochen auch Anna wieder dort sitzen wird, am selben Tisch mit Vater, Mutter und Bruder, als wäre nichts geschehen? Daß sie wieder hinter jenem Fenster mit den jetzt geschlossenen Jalousien Nacht für Nacht schlafen, Tag für Tag aus diesem Hause sich zu ihren armseligen Lektionen begeben – daß sie dieses ganze, klägliche Leben wieder aufnehmen wird, als hätte nichts, gar nichts sich verändert? Nein! Sie durfte nicht mehr zu den Ihren zurückkehren, das wäre ja unsinnig gewesen. Zu ihm mußte sie kommen, mit ihm zusammen leben, zu dem sie gehörte. Das Telegramm aus Detmold! Beinahe hätte er dran vergessen. Er mußte mit ihr darüber reden. Hier war Hoffnung und Aussicht! In solch einer kleinen Stadt war das Leben wohlfeil. Auch war Georgs eigenes Vermögen noch lange nicht aufgezehrt. Man konnte es schon wagen. Überdies bedeutete die Stellung dort nur den Anfang. Vielleicht bald kam eine bessere, in einer andern, größern Stadt; über Nacht, unverhofft, wie solche Dinge immer kommen, war ein Erfolg da, man hatte einen Namen, nicht nur als Dirigent, sondern auch als Komponist, und es brauchten kaum zwei, drei Jahre zu vergehen, so konnten sie das Kind zu sich nehmen … Das Kind! … Wie die Gedanken ihm durch den Kopf stürmten … Auch das konnte man auf einen Augenblick vergessen?

Heinrich sprach noch immer; es war ganz offenbar, daß er sich übertäuben wollte. Er fuhr fort, die Philosophen zu vernichten. Eben war er daran, sie von Dichtern zu Spielenden zu degradieren. Jedes System – jedes philosophische und jedes moralische – sei Wortspielerei. Eine Flucht aus der bewegten Fülle der Erscheinungen in die Marionettenstarre der Kategorien. Aber das war es eben, wonach es die Menschen verlangte. Daher alle Philosophie, alle Religion, alle Sittengesetze! Auf dieser Flucht waren sie immerfort begriffen. Wenigen, gar wenigen war die ungeheure, innere Bereitschaft gegeben, jede Erfahrung als neu und einzig zu empfinden – die Kraft, es zu ertragen, daß sie in jedem Augenblick gleichsam in einer neuen Welt stünden. Und doch: nur dem, der den feigen Drang überwinde, alle Erlebnisse in Worte einzuengen, dem zeige das Leben – das vielfältig-eine, das wunderbare – sich in seiner wahren Gestalt.

Georg hatte die Empfindung, als strebte Heinrich mit all seinen Reden nur dies an: vor sich selbst jede Verantwortung gegenüber einem höhern Gesetz abzuschütteln, indem er keines anerkannte. Und wie in einem wachsenden Widerstand gegen Heinrichs faselhaft-wunderliches Gebaren fühlte er, wie sich in seiner eigenen Seele das Bild der Welt, das ihm vor Stunden erst wie in Stücke zu zerfallen gedroht hatte, allmählich wieder zusammenzuschließen begann. Eben noch hatte er sich gegen die Sinnlosigkeit des Schicksals aufgelehnt, das ihn heute betroffen, und schon begann er dumpf zu ahnen, daß auch das, was ihm ein trauriger Zufall geschienen, nicht aus dem Leeren auf sein Haupt heruntergestürzt war, sondern daß es ebenso auf einem vorbestimmten, nur dunklern Weg zu ihm herangezogen war, wie das, was auf weithin sichtbarer Straße sich ihm nahte und das er gewohnt war, Notwendigkeit zu nennen.

Sie waren vor dem Hause, in dem Heinrich wohnte. Der Hausmeister stand am Tor und teilte mit, daß er vor kurzem eine Depesche in Heinrichs Zimmer gelegt hätte.

»So?« sagte Heinrich wie gleichgültig und ging langsam die Treppen hinauf. Georg folgte. Im Vorzimmer zündete Heinrich eine Kerze an. Auf einem kleinen Tischchen lag die Depesche.

Heinrich öffnete sie, hielt sie nah zum flackernden Licht hin, las für sich und wandte sich dann zu Georg. »Sie wurde heute morgens auf der Probe erwartet und ist nicht erschienen.« Er nahm den Leuchter in die Hand und trat, von Georg gefolgt, in den nächsten Raum, stellte das Licht auf den Schreibtisch und ging im Zimmer auf und ab. Georg hörte durchs offene Fenster über den dunkeln Hof Klaviergeklimper. »Sonst enthält die Depesche nichts?« fragte er.

»Nein. Aber offenbar ist sie nicht nur nicht auf der Probe gewesen, sondern war auch in ihrer Wohnung nicht zu finden. Sonst hätte man wohl telegraphiert, daß sie krank sei, oder sonst ein Wort der Erklärung. Ja, lieber Georg« – er atmete tief auf – »diesmal ist es geschehen.«

»Warum? Dafür ist doch kein Beweis vorhanden, kaum ein Anhaltspunkt.«

Heinrich schnitt mit einer seiner kurzen Handbewegungen die Rede des andern ab. Dann sah er auf die Uhr und sagte: »Heut hab ich keinen Zug mehr ... Ja ... was soll man nur – was soll man nur beginnen?« Er hielt inne, blieb stehen und sagte plötzlich: »Ich werde zu ihrer Mutter fahren. Ja. Das ist das beste ... Vielleicht, vielleicht ...«

Sie verließen die Wohnung. An der nächsten Ecke nahmen sie einen Wagen.

»Hat die Mutter etwas gewußt?« fragte Georg.

»Ach Gott«, sagte Heinrich. »Was Mütter eben zu wissen pflegen. Es ist ja unglaublich, wie wenig die Menschen über das nachdenken, was in ihrer nächsten Nähe vorgeht, wenn sie nicht durch einen äußern Anlaß dazu genötigt werden. Und die meisten Menschen ahnen nicht einmal, was sie alles wissen, in der Tiefe ihrer Seele wissen, ohne sich's einzugestehen. Die gute Frau wird wohl etwas erstaunt sein, wenn ich so plötzlich vor ihr auftauche ... ich habe sie schon lange nicht gesehen.«

»Was werden Sie ihr sagen?«

»Ja, was werde ich ihr sagen?« wiederholte Heinrich und biß an seiner Zigarre herum. »Hören Sie, ich habe eine großartige Idee. Sie werden mit mir kommen, Georg, Ich stelle Sie als Direktor vor, ja? Sie sind auf der Durchreise hier, müssen noch heute mit einem Separatzug um elf Uhr fort, nach Petersburg, haben irgendwie gehört, daß sich das Fräulein in Wien aufhält,

411

und ich, als alter Bekannter des Hauses, bin so liebenswürdig Sie vorzustellen.«

»Sind Sie zu dergleichen Komödien aufgelegt?« fragte Georg.

»Ach, verzeihen Sie, Georg! Es ist ja alles gar nicht notwendig. Ich frage die Alte einfach, ob sie Nachricht hat ... Was sagen Sie ... wie schwül diese Nacht ist!«

Sie fuhren über den Ring, durch den hallenden Burghof, durch die Straßen der Stadt. Georg war eigentümlich gespannt. Wenn die Schauspielerin nun wirklich ruhig bei ihrer Mutter zu Hause säße, dachte er. Er fühlte, daß es eine Art Enttäuschung für ihn bedeuten würde. Darin schämte er sich dieser Regung. Ist denn die ganze Geschichte eine Zerstreuung für mich, dachte er. Was den andern Leuten passiert ... ist uns wohl selten mehr, würde Nürnberger finden ... Eine seltsame Art sich zu zerstreuen, um den Tod seines Kindes zu vergessen ... Aber was soll man tun? ... Ändern kann ich nichts mehr. In ein paar Tagen reis' ich fort. Gott sei Dank.

Der Wagen hielt vor einem Hause in der Nähe des Pratersterns. Über den Viadukt gegenüber dröhnte eben ein Zug, darunter weg liefen die Alleen des Praters ins Dunkle. Heinrich schickte den Wagen fort. »Ich danke Ihnen sehr«, sagte er zu Georg. »Leben Sie wohl.«

»Ich warte hier auf Sie.«

»Wollen Sie wirklich? Nun, ich bin Ihnen sehr dankbar.«

Er verschwand im Haustor. Georg ging auf und ab. Rings herum auf den Straßen war es trotz der späten Stunde noch ziemlich belebt. Aus dem Prater drangen die Klänge eines Militärorchesters zu ihm her. Ein Mann und eine Frau kamen an ihm vorbei. Der Mann trug ein schlafendes Kind auf dem Arm, das die Hände um den Hals des Vaters geschlungen hatte. Georg dachte an den Grinzinger Garten, an das kleine, ungewaschene Ding, das ihm von den Armen der Mutter aus die Händchen entgegengestreckt hatte. War er damals wirklich gerührt gewesen, wie Nürnberger behauptet hatte? Nein, Rührung war es wohl nicht. Etwas anderes vielleicht. Das dumpfe Bewußtsein, dazustehen in der geschlossenen Kette, die von Urahnen zu Urenkeln ging, an beiden Händen gefaßt, mit teilzuhaben am allgemeinen Menschenlos. Nun stand er mit einemmal wieder losgelöst, allein ... wie verschmäht von einem Wunder, dessen

Ruf er ohne Andacht gehört hatte. Von einem nahen Kirchturm schlug es zehn Uhr. Fünf Stunden erst, dachte Georg. Und wie ferne war schon alles. Nun durfte er wieder frei durch die Welt treiben, wie früher einmal ... Durfte er wirklich?

Heinrich kam aus dem Haustor. Hinter ihm fiel das Tor zu. »Nichts«, sagte er. »Ganz ahnungslos ist die Mutter. Ich habe nach der Adresse gefragt, als wenn ich ihr was Wichtiges mitzuteilen hätte. Ich wäre gerade aus dem Prater gekommen, und da fiel mir ein ... na, und so weiter. Eine gute, alte Frau. Der Bruder sitzt am Tisch und zeichnet auf einem Reißbrett eine Ritterburg mit unzähligen Türmen aus einer illustrierten Zeitung ab.«

»Jetzt seien Sie einmal aufrichtig«, sagte Georg. »Wenn Sie sie auf diese Weise retten könnten, würden Sie ihr auch jetzt nicht verzeihen?«

»Ja, Georg, merken Sie denn noch immer nicht, daß es sich gar nicht darum handelt, ob ich verzeihen will oder nicht? Denken Sie doch, ich hätte einfach aufgehört sie zu lieben, was doch gelegentlich passieren kann, auch ohne daß man ›verraten‹ worden ist. Denken Sie, eine Frau, die Sie liebt, würde Sie verfolgen, eine Frau, vor deren Berührung Ihnen aus irgendeinem Grunde graut, würde Ihnen schwören, sie bringt sich um, wenn Sie sie verschmähen. Wären Sie verpflichtet ihr nachzugeben? Könnten Sie sich den leisesten Vorwurf machen, wenn sie wirklich aus sogenannter verschmähter Liebe in den Tod ginge? Würden Sie sich als ihr Mörder fühlen? Das ist doch lauter Unsinn, nicht wahr? Also wenn Sie glauben, daß es das sogenannte Gewissen ist, das mich jetzt peinigt, so irren Sie sich. Es ist einfach die Sorge um das Schicksal eines Wesens, das mir einmal nahestand und gewissermaßen heute noch nahesteht. Die Ungewißheit ...« Plötzlich blickte er starr nach einer Richtung.

»Was ist Ihnen?« fragte Georg.

»Sehen Sie nicht? Ein Telegraphenbote. Er kommt auf das Haustor zu.« Ehe der Mann noch klingeln konnte, war Heinrich bei ihm und sagte ihm ein paar Worte, die Georg nicht verstehen konnte. Der Bote schien Einwendungen zu machen, Heinrich erwiderte, und Georg, der nähergetreten war, konnte es hören. »Ich habe Sie ja hier vor dem Tor erwartet, weil mich der Arzt dringend darum gebeten hat. Dieses Telegramm enthält ... vielleicht ... eine traurige Nachricht ... und es könnte für meine Mutter der Tod sein … nun, wenn Sie mir nicht glauben, so klingeln Sie doch, ich geh mit Ihnen ins Haus.« Aber schon hatte er auch die Depesche in Händen, öffnete sie hastig und las beim Licht einer Straßenlaterne. Sein Antlitz blieb völlig unbeweglich. Dann faltete er die Depesche wieder zusammen, reichte sie dem Boten hin, drückte ihm ein paar Silbermünzen in die Hand und sagte: »Sie müssen sie doch selbst drin abgeben.«

Der Bote war befremdet, aber durch das Trinkgeld milde gestimmt. Heinrich klingelte und wandte sich ab. »Kommen Sie«, sagte er zu Georg. Sie gingen stumm die Straße weiter. Nach ein paar Minuten sagte Heinrich: »Es ist geschehen.«

Georg erschrak heftiger, als er erwartet hätte. »Ist es möglich …« rief er aus.

»Ja«, sagte Heinrich. »Im See hat sie sich ertränkt. In dem See, an dem Sie heuer im Sommer ein paar Tage gewohnt haben«, setzte er hinzu, in einem Ton, als trüge Georg nun auch irgendwie einen Teil der Verantwortung für das, was geschehen war.

»Was steht in dem Telegramm?« fragte Georg.

»Es ist vom Direktor. Er hat eben die Nachricht erhalten, daß sie beim Kahnfahren verunglückt ist. Erbittet nähere Weisungen von der Mutter.« Er sprach kühl, hart, als läse er eine Notiz aus der Zeitung vor.

»Die unglückliche Frau! Sollten Sie nicht doch, Heinrich …«

»Was …? Zu ihr? Was soll ich denn bei ihr tun?«

»Wer denn als Sie kann ihr jetzt … und muß ihr beistehen?«

»Wer denn als ich?« Er blieb stehen. »Sie denken, weil es sozusagen meinetwegen geschehen ist? Ich erkläre Ihnen hiermit feierlich, daß ich mich total unschuldig fühle. Der Kahn, aus dem sie sich hat sinken lassen, und die Wellen, die sie empfangen haben, können sich nicht schuldloser fühlen, als ich. Das will ich nur feststellen. – Aber daß ich zu der Mutter hinein muß … ja, damit haben Sie vollkommen recht.« Und er schlug wieder die Richtung nach dem Hause ein. »Wenn Sie wollen«, sagte Georg, »so bleibe ich bei Ihnen.«

»Was fällt Ihnen ein, Georg. Gehen Sie nur ruhig nach Hause. Was soll ich noch alles von Ihnen verlangen? Und grüßen Sie Anna und sagen Sie ihr, wie sehr ich beklage … na, Sie wissen ja … Da wären wir. Sie gestatten, daß ich noch ein paar Sekunden verziehe, ehe ich …« Er blieb stumm stehen. Dann begann er wieder, und seine Züge verzerrten sich: »Ich will Ihnen etwas sagen, Georg. Folgendes: Es ist ein großes Glück, daß man in gewissen Augenblicken gar nicht weiß, was einem eigentlich begegnet ist. Wenn man die Unheimlichkeit solcher Augenblicke nämlich sofort so stark empfände, wie man sie später in der Erinnerung empfinden wird, oder wie man sie in der Erwartung empfunden hat – man würde verrückt. Auch Sie Georg, ja, Sie auch. Und manche werden eben wirklich verrückt. Das sind wahrscheinlich die Leute, denen die Gabe verliehen ist, sofort richtig zu empfinden. – Meine Geliebte hat sich ertränkt, hören Sie? Es ist nicht anders zu sagen. Ist wirklich früher andern etwas Ähnliches passiert? O nein. Sie glauben sicher, daß Sie schon ähnliches gelesen oder gehört haben. Es ist nicht wahr. Heute das erstemal … das erstemal, seit die Welt steht, ist so etwas passiert.«

Das Tor öffnete sich und fiel wieder zu. Georg stand allein auf der Straße. Der Kopf war ihm wirr, das Herz bedrückt. Er ging ein paar Schritte, dann nahm er einen Wagen und fuhr nach Hause. Er sah die Tote vor sich, so wie sie an jenem hellen Sommertage vor der Bühnentür gestanden war, in roter Bluse und kurzem, weißem Rock, mit den irrenden Augen unter dem rötlichen Schopf. Er hätte damals übrigens geschworen, daß sie mit dem Komödianten, der Guido ähnlich sah, ein Verhältnis hatte. Vielleicht war es auch so. Das konnte *eine* Art von Liebe gewesen sein, und was sie für Heinrich fühlte eine andere. Es gab wirklich viel zu wenig Worte. Für den einen geht man in den Tod, mit dem andern liegt man im Bett, – vielleicht noch in der Nacht, eh man sich für den einen ertränkt. Und was beweist ein Selbstmord am Ende? Vielleicht nur, daß man in irgendeinem Augenblick den Tod nicht recht verstanden hat. Wie wenige versuchen es noch einmal, wenn es ihnen einmal mißglückt ist. Das Gespräch mit Grace fiel ihm ein, an Labinskis Grab, das glühend-kalte, an dem sonnigen Februartag im schmelzenden Schnee. In jener Stunde hatte sie ihm gestanden, daß sie von keinem Grauen erfaßt worden war, als sie Labinski erschossen vor ihrer Wohnungstür gefunden hatte. Und als vor vielen Jahren ihre kleine Schwester gestorben war, hatte sie eine Nacht lang am Totenbett gewacht, ohne auch nur eine Spur von dem zu empfinden, was andere Menschen Grauen nannten. Aber etwas, das diesem Gefühle ähnlich sein mochte, so erzählte sie Georg, hatte sie in der Umarmung von Männern kennengelernt. Zuerst war ihr das selbst rätselhaft gewesen, später glaubte sie es zu verstehen. Sie war nach der Aussage von Ärzten zur Unfruchtbarkeit bestimmt, und darum mußte es wohl geschehen, daß der Augenblick der höchsten Lust, durch dieses Verhängnis gleichsam sinnlos geworden, ihr wie in ahnungsvollen Schauder versank. Dies war Georg damals wie ein affektiertes Gerede erschienen, heute zum erstenmal spürte er einen Hauch von Wahrheit darin. Sie war ein seltsames Geschöpf gewesen. Ob ihm noch einmal ein Wesen solcher Art begegnen würde? Warum nicht? Am Ende bald. Nun fing ja eine neue Epoche seines Lebens an, und irgendwo wartete vielleicht schon das nächste Abenteuer. Abenteuer...? Durfte er daran noch denken...? Hatte er von heute an nicht ernstere Verpflichtungen als je? Liebte er Anna nicht mehr, als je zuvor...? Das Kind war tot... Aber das nächste würde leben...! Heinrich hatte wahr gesprochen: Anna war dazu bestimmt, Mutter zu werden. Mutter... Aber, dachte er fröstelnd, ist sie denn auch bestimmt, Mutter *meiner* Kinder zu werden?... Der Wagen hielt. Georg stieg aus, ging die zwei Treppen hinauf in seine Wohnung. Felician war noch nicht zu Hause. Wer weiß, wann er kommt? dachte Georg. Ich kann ihn nicht erwarten, ich bin zu müd. Er entkleidete sich rasch, sank ins Bett, und tiefer Schlaf nahm ihn auf.

Als er erwachte, suchten seine Augen durchs Fenster, wie er es nun seit Tagen gewohnt war, eine weiße Linie zwischen Wald und Wiesen: den Sommerhaidenweg. Er sah aber nur einen bläulichen, leeren Himmel, in den eine Turmspitze sich bohrte, mit einemmal wußte er, daß er zu Hause war, und alles, was er gestern erlebt hatte, fiel ihm ein. Doch fühlte er Leib und Seele morgenfrisch, und ihm war, als hätte er außer dem Traurigen, das geschehen war, sich auch irgendeiner günstigen Sache zu entsinnen. Ach ja. Das Telegramm aus Detmold ... War das denn etwas so Günstiges? Gestern Abend hatte er es nicht so empfunden.

Es klopfte an seine Tür. Felician trat zu ihm ins Zimmer, Hut und Stock in der Hand. »Ich hab gar nicht gewußt, daß du heute zu Hause geschlafen hast«, sagte er. »Grüß dich Gott. Also, was gibt's denn draußen neues?« Georg hatte den Arm auf den Polster gestützt und blickte zu seinem Bruder auf. »Es ist vorüber«, sagte er. »Ein Bub, aber tot.« Und er sah vor sich hin.

»Geh«, sagte Felician bewegt, trat auf ihn zu und legte unwillkürlich die Hand auf des Bruders Haupt. Dann tat er Hut und Stock beiseite, setzte sich zu ihm aufs Bett, und Georg mußte an Morgenstunden seiner Kinderjahre denken, da er beim Erwachen manchmal seinen Vater so am Bettrand sitzen gesehen. Er erzählte Felician, wie alles gekommen war, sprach insbesondere von Annas Geduld und Sanftmut, aber mit einem gewissen Unbehagen fühlte er, daß er sich ein wenig zwingen mußte, um seinen Mitteilungen den Ton von Ernst und Gedrücktheit zu bewahren, der ihnen ziemte. Felician hörte mit Anteil zu, erhob sich dann und ging im Zimmer auf und ab. Indes stand Georg auf, begann Toilette zu machen und berichtete dem Bruder, wie merkwürdig sich der weitere Verlauf des Abends gestaltet hatte; sprach von den Gängen und Fahrten mit Heinrich Bermann, und von der eigentümlichen Art, wie sie endlich von dem Selbstmord der Schauspielerin erfahren hatten.

»Ah, das ist die«, sagte Felician. »Es steht nämlich schon in der Zeitung.«

»Also, wie ist es denn geschehen?« fragte Georg neugierig.

»Sie ist in den See hinausgefahren und hat sich vom Kahn aus ins Wasser gleiten lassen … Na, du wirst ja lesen … Jetzt fährst du wohl gleich wieder aufs Land hinaus?« fügte er hinzu.

»Natürlich«, erwiderte Georg. »Aber ich hab dir ja noch was zu sagen, Felician, was dich interessieren dürfte.« Und er berichtete dem Bruder von dem Detmolder Telegramm.

Felician schien erstaunt. »Das wird ja ernst«, rief er aus.

»Ja, es wird ernst«, wiederholte Georg.

»Du hast noch nicht geantwortet?«

»Nein, wie hätt ich können?«

»Und was gedenkst du zu tun?«

»Aufrichtig gestanden, ich weiß nicht recht. Du begreifst, daß ich nicht auf der Stelle hinfahren kann, besonders unter diesen Umständen.«

Felician schien nachdenklich. »Mit einem kleinen Aufschub wird ja wohl nichts verloren sein«, sagte er dann.

»Das denk ich mir auch. Vor allem muß ich wissen, wie's drau-

ßen geht. Ich möchte mich natürlich auch gern mit Anna beraten.«

»Wo hast du denn das Telegramm, darf man's lesen?«

»Drin auf dem Schreibtisch liegt's«, sagte Georg, der eben damit beschäftigt war, sich die Schuhe zuzuschnüren.

Felician begab sich ins Nebenzimmer, nahm die Depesche
zur Hand und las. »Das ist ja viel dringender«, bemerkte er, »als
ich gedacht habe.«

»Mir scheint, Felician, es kommt dir noch immer merkwürdig
vor, daß ich nun bald einen wirklichen Beruf haben soll.«

Felician stand wieder bei seinem Bruder, strich ihm übers
Haar und sagte: »Es ist vielleicht eine gute Fügung, daß die
Depesche gerade gestern gekommen ist.«

»Gut? Inwiefern?«

»Ich meine, nach so einem trüben Ereignis dürfte dir die Aussicht auf praktische Betätigung doppelt wohltun … Aber ich
muß dich jetzt leider verlassen. Ich hab noch eine ganze Menge
zu tun; Abschiedsbesuche unter anderm.«

»Wann fährst du denn, Felician?«

»Heut in acht Tagen. Sag, Georg, du kommst doch heut wahrscheinlich noch vom Land zurück?«

»Wenn draußen alles in Ordnung ist, ganz bestimmt.«

»Wir könnten uns vielleicht am Abend noch treffen?«

»Das wär mir sehr lieb, Felician.«

»Also wenn's dir recht ist – ich bin von sieben Uhr an zu
Hause. Wir können vielleicht zusammen soupieren, aber allein,
nicht im Klub.«

»Ja, gern.«

»Und ich möcht dich was bitten«, begann Felician nach
kurzem Schweigen wieder. »Bestell draußen einen Gruß von
mir, einen herzlichen … und sag ihr, daß ich den innigsten
Anteil nehme.«

»Ich danke dir, Felician, ich werde es ihr ausrichten.«

»Wirklich, Georg, ich kann dir gar nicht sagen, wie sehr es
mich berührt hat«, fuhr Felician mit Wärme fort. »Ich hoffe nur,
sie kommt bald darüber hinweg … Und du auch.«

Georg nickte. »Weißt du«, sagte er leise, »wie er hätte heißen
sollen? Felician!«

Felician sah seinem Bruder ins Auge, sehr ernst, dann drückte er ihm die Hand. »Aufs nächstemal«, sagte er mit einem guten Lächeln. Noch einmal drückte er dem Bruder die Hand und ging.

Georg sah ihm nach, zwiespältig bewegt. Ganz unangenehm ist es ihm ja doch nicht, dachte er, daß es so gekommen ist. – Rasch machte er sich fertig und beschloß, heute wieder einmal zu Rad aufs Land zu fahren.

Erst als er über die belebteren Straßen hinaus war, kam er zum Gefühl seiner selbst. Der Himmel hatte sich ein wenig getrübt, und von den Hügeln her wehte Georg ein kühler Wind wie Herbstgruß entgegen. Er wollte in der kleinen Ortschaft, wo das gestrige Ereignis jedenfalls schon bekannt geworden war, niemandem begegnen und nahm den obern Weg zwischen Wiesen und Gärten zum rückwärtigen Eingang. Je näher der Augenblick kam, da er Anna wiedersehen sollte, um so schwerer wurde ihm ums Herz. Am Gitter saß er vom Rad ab und zögerte ein wenig. Der Garten war leer; unten lag das Haus, in Stille versunken. Georg atmetet tief und schmerzlich auf. Wie anders hätte es sein können! dachte er, schritt hinab und hörte den Kies unter seinen Füßen knirschen. Er trat auf die Veranda, lehnte das Rad ans Geländer und schaute durch das offene Fenster ins Zimmer hinein. Anna lag mit offenen Augen.

»Guten Morgen«, rief er möglichst heiter.

Frau Golowski, die an Annas Bett gesessen war, erhob sich und erzählte gleich: »Gut haben wir geschlafen, fest und gut.«

»Na, das ist schön«, sagte Georg und schwang sich über die Brüstung ins Zimmer.

»Du bist ja sehr unternehmend heute«, sagte Anna mit ihrem verschmitzten Lächeln, das Georg an längst vergangene Zeiten erinnerte. Frau Golowski teilte mit, der Professor wäre am frühen Morgen dagewesen, hätte sich vollkommen zufrieden gezeigt und Frau Rosner in seinem Wagen mit in die Stadt genommen. Dann entfernte sie sich, mit guten Blicken.

Georg beugte sich zu Anna nieder, küßte sie innig auf Augen und auf Mund, rückte den Stuhl näher, setzte sich und sagte: »Mein Bruder – grüßt dich herzlich.«

Es zuckte unmerklich um ihre Lippen. »Danke«, erwiderte sie leise und bemerkte dann: »Du bist ja mit dem Rad herausgekommen?«

»Ja«, erwiderte er. »Da muß man nämlich auf den Weg aufpassen, was zuweilen sein Gutes hat.« Dann berichtete er vom
Abschluß des gestrigen Abends, erzählte das Ganze wie eine
spannende Geschichte, und erst zum Schluß, wie es sich
gehörte, durfte Anna erfahren, wie Heinrichs Geliebte geendet
hatte. Er erwartete, sie bewegt zu sehen, aber sie behielt einen
sonderbar harten Zug um den Mund.

»Es ist doch furchtbar«, sagte Georg. »Findest du nicht?«

»Ja«, erwiderte Anna kurz, und Georg fühlte, daß ihre Güte
hier völlig versagte. Er sah den Widerwillen aus ihrer Seele
fließen, nicht lau wie von einem Wesen zum andern hin, sondern stark und tief, wie einen Strom des Hasses von Welt zu
Welt. Er ließ das Thema fallen und begann von neuem: »Jetzt
was Wichtiges, mein Kind.« Er lächelte, hatte aber ein wenig
Herzklopfen.

»Nun?« fragte sie gespannt.

Er nahm das Detmolder Telegramm aus seiner Brusttasche
und las es ihr vor. »Was sagst du dazu?« fragte er mit gespieltem
Stolz.

»Und was hast du geantwortet?«

»Noch gar nichts«, erwiderte er beiläufig, als wäre er nicht gesonnen, die Sache sonderlich ernst zu nehmen. »Ich wollt es natürlich vorher mit dir besprechen.«

»Also was denkst du?« fragte sie unbeweglich.

»Ich ... lehne natürlich ab. Ich depeschiere, daß ich ... in der
nächsten Zeit keineswegs hinkommen könnte.« Und er erläuterte ihr ernsthaft, daß mit einem Aufschub weiter nichts verloren sei, da er ja als Gast jedenfalls willkommen und diese
dringende Aufforderung doch nur einem Zufall zu verdanken
war, auf den zu hoffen man nicht das Recht gehabt hätte.

Sie ließ ihn eine Weile reden, dann sagte sie: »Du bist schon
wieder einmal leichtsinnig. Vor allem find ich, hättest du gleich
antworten sollen. Und ...«

»Nun, und? ... Vielleicht auch gleich heute früh fortfahren,
statt zu dir herauszukommen – wie?« scherzte er.

Sie blieb ernst. »Warum nicht?« sagte sie. Und auf sein be-
fremdetes Zurückwerfen des Kopfes: »Mir geht es ja Gott sei
Dank sehr gut, Georg; und auch wenn es mir etwas schlechter
ginge, helfen könntest du mir ja doch nicht, also ...«

»Ja, Kind«, unterbrach er sie, »mir scheint, du verstehst gar nicht recht, um was es sich handelt! Das Hinfahren ist natürlich eine ziemlich einfache Sache – aber – das Dortbleiben! Das Dortbleiben mindestens bis Ostern! So lange dauert die Saison.«

»Na, daß du nicht fortgefahren bist, ohne mir vorher Adieu zu sagen, Georg, das finde ich natürlich ganz in der Ordnung. Aber siehst du, fort mußt du ja jedenfalls, nicht wahr? Wenn wir auch gerade in der letzten Zeit nicht darüber gesprochen haben, wir haben's doch beide gewußt. Also ob du in vier Wochen wegfährst, oder übermorgen – oder heute …«

Nun begann Georg sich ernstlich zu wehren. Das sei durchaus nicht gleichgültig, ob in vier Wochen oder heute. Im Laufe von vier Wochen könne man sich doch mit gewissen Gedanken vertraut machen – und überdies alles genau besprechen – hinsichtlich der Zukunft.

»Was gibt es da viel zu besprechen«, erwiderte sie müd. »In vier Wochen nimmst du … kannst du mich ebensowenig mitnehmen als heute. Ich glaube sogar, daß jede ernsthafte Besprechung zwischen uns erst nach deiner Rückkunft einen Sinn erhalten kann. Bis dahin wird sich mancherlei geklärt haben … Wenigstens in Bezug auf deine Aussichten.« Sie blickte zum Fenster hinaus, in den Garten. Georg zeigte eine gelinde Entrüstung über ihre kühle Sachlichkeit, die sie auch in einer solchen Stunde nicht verließe. »Ja wahrhaftig!« sagte er, »wenn man so bedenkt – was das bedeutet, daß du hier bleibst und ich …«

Sie sah ihn an. »Ich weiß, was es bedeutet«, sagte sie.

Unwillkürlich wich er ihrem Blick aus, nahm ihre Hände, küßte sie, war innerlich aufgewühlt. Als er wieder aufblickte, sah er ihre Augen mütterlich auf sich ruhen. Und wie eine Mutter sprach sie ihm zu. Sie erklärte ihm, daß er *gerade* in Hinsicht auf die Zukunft – und es schwebte um dieses Wort kaum wie ein linder Hauch eigener Hoffnung – eine solche Gelegenheit nicht versäumen dürfe. In zwei oder drei Wochen konnte er ja von Detmold aus auf ein paar Tage wieder nach Wien zurückkommen. Denn das würden die Leute dort gewiß einsehen, daß er seine Angelegenheiten hier in Ordnung bringen müßte. Aber vor allem wäre es notwendig, ihnen einen Beweis seines ernsten Willens zu geben. Und wenn er auf *ihren* Rat etwas halte, so gäbe es nur eins: noch heute abends abzureisen. Um sie brauche er keine Sorge zu hegen, sie fühlte, daß sie außer jeder Gefahr sei, ganz untrüglich fühle sie das. Natürlich werde er täglich Nachricht haben, zweimal, wenn er wollte, früh und abends. Er gab nicht gleich nach, kam nochmals darauf zurück, daß das Unerwartete dieser Trennung ihn geradezu niederdrücken würde. Sie erwiderte, daß ihr ein solcher rascher Abschied viel lieber sei, als die Aussicht auf weitere vier Wochen in Bangen, Rührung und Abschiedsangst. Und das wesentliche bleibe doch immer: daß es sich um nicht viel mehr handle als ein halbes Jahr. Dann hatte man wieder ein halbes für sich, und wenn alles gut ginge, so standen vielleicht nicht mehr viele solcher Trennungszeiten bevor.

Nun fing er wieder an: »Und was wirst du in diesem halben Jahr tun, während ich fort bin? Es ist doch…«

Sie unterbrach ihn: »Vorläufig wird es schon so weitergehen, wie es eben jahrelang gegangen ist. Aber ich hab heute früh über vielerlei nachgedacht.«

»Die Gesangschule?«

»Auch das. Obzwar das natürlich nicht so leicht ist und nicht so einfach – und überdies«, setzte sie mit ihrem verschmitzten Gesicht hinzu, »es wäre doch schade, wenn man sie gar zu bald wieder zusperren müßte. Aber über all das werden wir nachher reden. Jetzt geh einmal telegraphieren.«

»Ja, was?« rief er so verzweifelt aus, daß sie lachen mußte. Dann sagte sie: »Sehr einfach. Werde morgen mittag die Ehre haben, mich in Ihrer Kanzlei einzufinden. Aller-, alleruntertänigst, oder ergebenst… oder allerhochmütigst…«

Er sah sie an. Dann küßte er ihr die Hand und sagte: »Du bist entschieden die Gescheitere von uns zweien.« Sein Ton deutete an: auch die Kühlere, aber ein Blick von ihr, mild, zärtlich und etwas spöttisch, lehnte diesen Nebensinn ab.

»Also, in zehn Minuten bin ich wieder da.« Er verließ sie mit heiterer Stirn, trat ins Nebenzimmer und schloß die Türe. Gegenüber, hinter jener andern, jetzt fiel es ihm mit Macht wieder ein, – lag sein totes Kind im Sarg … denn das »Nötige«, wie gestern Doktor Stauber sich ausgedrückt hatte, war ja wohl schon besorgt worden. In einer wehen Sehnsucht krampfte sich sein Herz. Frau Golowski kam aus dem Vorzimmer. Sie trat auf ihn zu, sprach bewundernd von der Ergebenheit und der Gefaßtheit

Annas. Georg hörte etwas zerstreut zu. Seine Blicke glitten immerfort über jene Türe hin, und endlich sagte er leise: »Ich möcht es doch noch einmal sehen.«

Sie schaute ihn an, leicht erschrocken zuerst und dann mitleidig.

»Schon zugenagelt?« fragte er angstvoll.

»Schon fortgeschafft«, erwiderte Frau Golowski langsam.

»Fortgeschafft?!« Sein Gesicht verzerrte sich mit einmal so peinvoll, daß die alte Frau wie beruhigend die Hände auf seinen Arm legte. »Ich war in aller Früh die Anmeldung machen«, sagte sie, »und das andre ist dann sehr schnell gegangen. Vor einer Stunde hat man's abgeholt in die Totenkammer.«

In die Totenkammer ... Georg erbebte. Und er schwieg lange, verstört, wie wenn er eine völlig unerwartete grauenhafte Neuigkeit erfahren hatte. Als er wieder zu sich kam, fühlte er noch immer die freundliche Hand Frau Golowskis auf seinem Arm und sah ihren Blick aus übernächtigen, gütigen Augen auf seinem Antlitz ruhen.

»Also erledigt«, sagte er, mit einem empörten Blick nach oben, als wär ihm jetzt erst die letzte Hoffnung tückisch geraubt. Dann reichte er Frau Golowski die Hand. »Und Sie haben alles das auf sich genommen, liebe gnädige Frau ... Wahrhaftig, ich weiß nicht ... wie ich Ihnen das je ...«

Eine Bewegung der alten Frau wehrte jeden weitern Dank ab. Georg verließ das Haus, warf auf den kleinen, blauen Engel, der wie ängstlich zu den verblühten Beeten niederschaute, einen verächtlichen Blick und trat auf die Straße. Auf dem Weg zum Amt überlegte er angestrengt die Fassung des Telegramms, das seine Ankunft in dem Ort des neuen Berufs und der neuen Verheißung ankündigen sollte.

Neuntes Kapitel

Der alte Doktor Stauber und sein Sohn saßen beim schwarzen Kaffee. Der Alte hielt ein Zeitungsblatt in der Hand und schien darin etwas zu suchen. »Der Termin für den Prozeß«, sagte er, »ist noch nicht festgesetzt.«

»So«, erwiderte Berthold, »Leo Golowski glaubt, daß er Mitte

November, also in etwa drei Wochen stattfinden wird. Therese
hat ihren Bruder nämlich vor ein paar Tagen in der Haft
besucht. Er soll vollkommen ruhig sein, geradezu gut aufgelegt.«

»Nun wer weiß, vielleicht wird er freigesprochen«, sagte der
Alte.

»Das ist recht unwahrscheinlich, Vater. Er muß eher froh sein,
daß er nicht wegen gemeinen Mords unter Anklage gestellt worden ist. Der Versuch dazu ist ja für alle Fälle gemacht worden.«

»Das kann man doch keinen ernsthaften Versuch nennen,
Berthold. Du siehst, daß sich die Staatsanwaltschaft um die
alberne Verleumdung, auf die du anspielst, gar nicht gekümmert hat.«

»Wenn sie es aber als Verleumdung erkannt hat«, entgegnete
Berthold scharf, »so wäre sie verpflichtet gewesen, die Verleumder vor Gericht zu stellen. Im übrigen leben wir bekanntlich in
einem Staat, wo ein Jude nicht davor sicher ist, wegen Ritual-
mords zum Tode verurteilt zu werden; warum sollten also die
Behörden vor der offiziösen Annahme zurückscheuen, daß
Juden sich bei Pistolenduellen gegen Christen – vielleicht aus
religiösen Gründen – einen verbrecherischen Vorteil zu sichern
wissen? Daß es der Behörde an dem guten Willen nicht gefehlt
hat, auch diesmal der herrschenden Partei einen Dienst zu
erweisen, das ist am besten daraus zu ersehen, daß die Untersuchungshaft nicht aufgehoben wurde, trotz der angebotenen
hohen Kaution.«

»Die Geschichte mit der Kaution glaub ich nicht«, sagte der
alte Doktor. »Woher sollte Leo Golowski fünfzigtausend Gulden
nehmen?«

»Es waren nicht fünfzig – sondern hunderttausend, und Leo
Golowski weiß bis heute überhaupt nichts davon. Im Vertrauen
kann ich dir sagen, Vater, daß Salomon Ehrenberg das Geld zur
Verfügung gestellt hat.«

»So? Also, da werd ich dir auch was im Vertrauen sagen, Berthold.«

»Nun?«

»Es ist möglich, daß es gar nicht zu dem Prozeß kommt. Golowskis Advokat hat ein Abolitionsgesuch eingebracht.«

Berthold lachte auf. »Deswegen! Und du glaubst, daß das nur
die geringste Aussicht auf günstige Erledigung haben könnte,

Vater? Ja, wenn Leo gefallen und der Oberleutnant am Leben geblieben wär ... dann vielleicht.«

Der Alte schüttelte ungeduldig den Kopf. »Du mußt um jeden Preis oppositionelle Reden halten, mein Sohn.«

»Verzeih, Vater«, sagte Berthold mit zuckenden Brauen, »es hat nicht jeder die beneidenswerte Gabe, von gewissen Erscheinungen im öffentlichen Leben, wenn sie ihn persönlich nicht angehen, einfach den Blick abzuwenden.«

»Ist das vielleicht meine Gewohnheit?« entgegnete der Alte heftig, und unter der hohen Stirn taten die halbgeschlossenen Augen sich fast erbittert auf. »Du, Berthold, viel eher als ich bist es, der den Blick verschließt, wo er nicht sehen will. Ich finde, du fängst an, dich in deine Ideen zu verbohren. Es wird krankhaft bei dir. Ich habe gehofft, der Aufenthalt in einer andern Stadt, in einem andern Land wird dich von gewissen beschränkten und kleinlichen Auffassungen kurieren. Aber es ist eher ärger geworden. Ich merk es ja. Daß einer losschlägt, wie es Leo Golowski getan, das kann ich noch verstehen, so wenig ich es billigen möchte. Aber immer dastehen, die geballte Faust in der Tasche, sozusagen, was hat das für einen Zweck? Besinn dich doch auf dich! Persönlichkeit und Leistung setzen sich am Ende immer durch. Was kann dir Arges passieren? Daß du um ein paar Jahre später die Professur kriegst als ein anderer. Das Unglück fänd ich nicht so groß. Deine Arbeiten wird man doch nicht totschweigen können, wenn sie was wert sind ...«

»Es kommt ja nicht allein auf mich an!« warf Berthold ein.

»Aber es handelt sich meist um derartige Interessen zweiten Ranges. Und um wieder auf unser früheres Thema zu kommen, ob sich auch für den Oberleutnant, wenn er den Leo Golowski niedergeschossen, ein Ehrenberg oder Ehrenmann mit hunderttausend Gulden gefunden hätte, das ist sehr die Frage. So, und jetzt steht es dir frei, auch mich für einen Antisemiten zu halten, wenn's dir Spaß macht, obwohl ich jetzt direkt in die Rembrandtstraße zur alten Golowski fahre. Also grüß dich Gott, und werd endlich vernünftig.« Er reichte seinem Sohn die Hand. Der nahm sie, ohne eine Miene zu verziehen. Der Alte wandte sich zum Gehen. An der Tür sagte er: »Wir sehen uns wohl abends in der Gesellschaft der Ärzte?«

Berthold schüttelte den Kopf. »Nein Vater. Ich verbringe den heutigen Abend in einem minder gebildeten Lokal, in der silbernen Weintraube, wo eine Versammlung des sozialpolitischen Vereins stattfindet.«

»Bei der du nicht fehlen kannst?«

»Unmöglich.«

»Na, sag's mir lieber gleich aufrichtig. Du kandidierst für den Landtag?«

»Ich ... werde kandidiert.«

»So! Glaubst du dich denn jetzt fähig, den ... Unannehmlichkeiten die Stirn bieten zu können, vor denen du im vorigen Jahr die Flucht ergriffen hast?«

Berthold blickte durchs Fenster, in den Herbstregen hinaus. »Du weißt, Vater«, erwiderte er mit zuckenden Brauen, »daß ich damals nicht in der richtigen Verfassung gewesen bin. Jetzt fühl ich mich stark und gewappnet ... trotz deiner früheren Bemerkungen, die doch nicht durchwegs zutreffen. Und vor allem: ich weiß ganz genau, was ich will.«

Der Alte zuckte die Achseln. »Ich versteh's ja nicht recht, wie man eine positive Arbeit aufgeben kann ... ja, du wirst sie aufgeben müssen, denn zwei Herren kann man nicht dienen ... wie man so was hinwerfen kann, um ... um Reden zu halten vor Leuten, deren Beruf es sozusagen ist, vorgefaßte Meinungen zu haben – hinwerfen, um Überzeugungen zu bekämpfen, an die meistens auch der nicht glaubt, der vorgibt, sie zu vertreten.«

Berthold schüttelte den Kopf. »Diesmal, ich versichere dich, Vater, lockt mich kein rednerischer oder dialektischer Ehrgeiz. Diesmal hab ich mir ein Gebiet abgesteckt, auf dem es mir hoffentlich möglich sein wird, ebenso positive Arbeit zu leisten wie im Laboratorium. Ich habe nämlich die Absicht, mich, wenn es irgend geht, um nichts anderes zu kümmern, als um Fragen der öffentlichen Gesundheitspflege. Für diese Art der politischen Betätigung kann ich vielleicht sogar auf deinen Segen rechnen, Vater.«

»Auf meinen ... ja. Aber ob auf deinen eigenen ...?«

»Wie meinst du das?«

»Auf den Segen, den man etwa innere Berufung nennen könnte.«

»Du zweifelst sogar an der?« erwiderte Berthold betroffen.

Der Diener trat ein und brachte dem alten Doktor eine Visitenkarte. Der las sie. »Ich stehe gleich zur Verfügung.« Der Diener entfernte sich.

Berthold, ziemlich erregt, sprach weiter: »Ich darf wohl sagen, daß meine Vorbildung, meine Kenntnisse ...«

Der Vater, mit der Karte spielend, unterbrach ihn.

»Ich zweifle nicht an deinen Kenntnissen, deiner Energie, deinem Fleiß. Aber mir scheint, um auf dem Gebiet der öffentlichen Gesundheitspflege was besonders zu leisten, dazu gehört, außer diesen vortrefflichen Eigenschaften, doch noch eine, von der du meiner Ansicht nach sehr wenig besitzest: Güte, lieber Berthold, Liebe zu den Menschen.«

Berthold schüttelte heftig den Kopf. »Die Menschenliebe, die du meinst, Vater, halt ich für ganz überflüssig, eher für schädlich. Das Mitleid – und was kann Liebe zu Leuten, die man nicht persönlich kennt, am Ende anderes sein – führt notwendig zu Sentimentalität, zu Schwäche. Und gerade, wenn man ganzen Menschengruppen helfen will, muß man gelegentlich hart sein können gegen den einzelnen, ja, muß imstande sein, ihn zu opfern, wenn's das allgemeine Wohl verlangt. Du brauchst nur dran zu denken, Vater, daß die ehrlichste und konsequenteste Sozialhygiene direkt darauf ausgehen müßte, kranke Menschen zu vernichten, oder sie wenigstens von jedem Lebensgenuß auszuschließen. Und ich leugne gar nicht, daß ich in dieser Richtung allerlei Ideen habe, die auf den ersten Blick grausam erscheinen könnten. Aber Ideen, glaub ich, denen die Zukunft gehört. Du brauchst dich nicht zu fürchten, Vater, daß ich gleich damit beginnen werde, den Mord der Schädlichen und Überflüssigen zu predigen. Aber philosophisch geht mein Programm ungefähr darauf hinaus. Weißt du übrigens, mit wem ich neulich über dieses Thema ein sehr interessantes Gespräch gehabt habe?«

»Was für ein Thema meinst du?«

»Präzis ausgedrückt: ein Gespräch über das Recht, zu töten. Mit Heinrich Bermann, dem Schriftsteller, dem Sohn des verstorbenen Abgeordneten.«

»Wo hast du denn Gelegenheit gehabt, ihn zu sehen?«

»Neulich in einer Versammlung. Therese Golowski hat ihn mitgebracht. Du kennst ihn doch auch, nicht wahr, Vater?«

»Ja«, erwiderte der Alte, »schon lang.« Und er fügte hinzu:

»Heuer im Sommer hab ich ihn wieder gesprochen, bei Anna Rosner.«

Wieder zuckte es heftig um Bertholds Brauen. Dann sagte er wie höhnisch: »So was ähnliches hab ich mir gedacht. Bermann erwähnte nämlich, daß er dich vor einiger Zeit gesehen hätte, wollte sich aber nicht recht erinnern wo. Ich schloß daraus, es müßte sich um eine diskrete Angelegenheit handeln. Ja. So hat es also dem Herrn Baron beliebt, seine Freunde bei ihr einzuführen!«

»Dein Ton, lieber Berthold, läßt vermuten, daß gewisse Dinge bei dir doch nicht so gänzlich überwunden sind, als du früher angedeutet hast.«

Berthold zuckte die Achseln. »Ich habe nie geleugnet, daß mir der Baron Wergenthin antipathisch ist. Darum war mir ja diese ganze Geschichte von Anfang an so peinlich.«

»Darum?«

»Ja.«

»Und doch glaub ich, Berthold, würdest du der Sache anders gegenüberstehen, wenn du Anna Rosner irgend einmal als Witwe wiederfändest – selbst im Fall, daß dir der verstorbene Gatte noch antipathischer gewesen wäre, als der Freiherr von Wergenthin.«

»Das ist möglich. Man könnte dann doch annehmen, daß sie geliebt – oder wenigstens respektiert worden ist, nicht genommen und – weggeworfen, sobald der Spaß zu Ende war. Das hat für mich etwas … nun, ich will mich nicht näher ausdrücken.«

Der Alte sah seinen Sohn kopfschüttelnd an. »Es scheint wirklich, daß all die vorgeschrittenen Ansichten von euch jungen Leuten auf der Stelle hinfällig werden, sobald eure Leidenschaften und Eitelkeiten mit ins Spiel kommen.«

»In Hinsicht auf gewisse Fragen der Reinheit oder Reinlichkeit weiß ich mich keiner sogenannten vorgeschrittenen Ansicht schuldig, Vater. Und ich glaube, auch du wärst nicht sehr entzückt, wenn ich Lust verspürte, der Nachfolger eines mehr oder weniger verstorbenen Baron Wergenthin zu werden.«

»Gewiß nicht, Berthold. Besonders *ihret*wegen, denn du würdest sie zu Tode quälen.«

»Sei unbesorgt«, erwiderte Berthold. »Anna schwebt in keinerlei Gefahr von meiner Seite. Es ist vorbei.«

»Das ist ein guter Grund. Aber zum Glück gibt es einen noch bessern. Der Baron Wergenthin ist weder tot noch durchgegangen...«

»Auf das Wort kommt es wohl nicht an.«

»Er hat, wie dir bekannt ist, eine Stellung in Deutschland als Kapellmeister...«

»Das hat sich gut getroffen. Er hat überhaupt viel Glück gehabt in der ganzen Sache. Nicht einmal für ein Kind sorgen zu müssen!«

»Du hast zwei Fehler, Berthold. Erstens bist du wirklich ein ungütiger Mensch, und zweitens läßt du einen nicht ausreden. Ich wollte nämlich sagen, daß es zwischen Anna und dem Baron Wergenthin durchaus nicht aus zu sein scheint. Erst vorgestern hat sie mir einen Gruß von ihm ausgerichtet.«

Berthold zuckte die Achseln, als wäre diese Angelegenheit für ihn erledigt. »Wie geht's denn dem alten Rosner?« fragte er dann.

»Diesmal kommt er wohl noch durch«, erwiderte der Alte. »Übrigens hoff ich, Berthold, du hast dir die nötige Objektivität bewahrt, um zu wissen, daß an seinen Anfällen nicht der Gram um die ›ungeratene Tochter‹ schuld ist, sondern eine leider ziemlich weit vorgeschrittene Arteriosklerose.«

»Gibt Anna wieder ihre Lektionen?« fragte Berthold nach einigem Zögern.

»Ja«, erwiderte der Alte, »aber vielleicht nicht mehr lang.« Und er zeigte seinem Sohn die Visitenkarte, die er noch immer in der Hand hielt.

Berthold verzog die Mundwinkel. »Du denkst«, fragte er spöttisch, »er kommt her, um Hochzeit zu feiern, Vater?«

»Das werd ich gleich erfahren«, erwiderte der Alte. »Jedenfalls freu ich mich, ihn wiederzusehen – denn ich versichre dich, daß er einer der sympathischsten jungen Menschen ist, die ich je kennengelernt habe.«

»Merkwürdig«, sagte Berthold. »Ein Herzenbezwinger ohnegleichen. Auch Therese schwärmt für ihn. Und Heinrich Bermann neulich, es war fast komisch ... Nun ja, ein schöner, schlanker, blonder junger Mann; Freiherr, Germane, Christ – welcher Jude könnte diesem Zauber widerstehen ... Adieu, Vater!«

»Berthold!«

»Was denn?« Er biß sich auf die Lippen.

»Besinn dich auf dich! Wisse, wer du bist.«

»Ich ... weiß es.«

»Nein. Du weißt es nicht. Sonst könntest du nicht so oft vergessen, wer die andern sind.«

Wie fragend hob Berthold den Kopf.

»Du solltest einmal zu Rosners hingehen. Es ist deiner nicht würdig, daß du Anna deine Mißbilligung in so – kindischer Weise zu erkennen gibst. – Auf Wiedersehen ... Und gute Unterhaltung in der silbernen Weintraube.« Er reichte dem Sohn die Hand, dann begab er sich in sein Sprechzimmer. Er öffnete die Türe des Wartesalons und lud Georg von Wergenthin, der in einem Album blätterte, durch eine freundliche Neigung des Kopfes ein, bei ihm einzutreten.

»Vor allem, Herr Doktor«, sagte Georg, nachdem er Platz genommen hatte, »muß ich mich bei Ihnen entschuldigen. Meine Abreise kam so plötzlich ... Leider hatte ich keine Gelegenheit mehr, mich bei Ihnen zu verabschieden, Ihnen persönlich zu danken, für Ihre große ...«

Doktor Stauber wehrte ab. »Es freut mich sehr, Sie wiederzusehen«, sagte er dann. »Sie sind wohl auf Urlaub hier in Wien?«

»Natürlich«, erwiderte Georg. »Es ist ein Urlaub von nur drei Tagen. So dringend brauchen sie mich dort«, setzte er bescheiden lächelnd hinzu.

Doktor Stauber saß ihm gegenüber im Schreibtischsessel und betrachtete ihn freundlich. »Sie fühlen sich sehr zufrieden in Ihrer neuen Stellung, wie mir Anna sagt.«

»O ja. Schwierigkeiten gibt es natürlich überall, wenn man so plötzlich in neue Verhältnisse kommt. Aber im ganzen hat sich wirklich alles viel leichter gemacht, als ich erwartet hätte.«

»So hör' ich. Auch bei Hof sollen Sie sich ja schon sehr glücklich eingeführt haben.«

Georg lächelte. »Diesen Vorgang stellt sich Anna offenbar großartiger vor, als er war. Ich habe beim Erbprinzen einmal gespielt; und ein weibliches Mitglied des Theaters hat dort zwei Lieder von mir gesungen; das ist alles. Viel wesentlicher ist, daß ich Aussicht habe, noch in dieser Saison zum Kapellmeister ernannt zu werden.«

»Ich dachte, Sie wären es schon.«

»Nein, Herr Doktor, offiziell noch nicht. Ich hab zwar schon ein paarmal dirigiert, in Vertretung, Freischütz und Undine; aber vorläufig bin ich nur Korrepetitor.«

Auf weitere Fragen des Arztes erzählte er noch einiges von seiner Wirksamkeit an der Detmolder Oper, dann stand er auf und empfahl sich.

»Vielleicht kann ich Sie eine Strecke in meinem Wagen mitnehmen«, sagte der Arzt, »ich fahre in die Rembrandtstraße, zu Golowskis.«

»Danke sehr, Herr Doktor, das liegt nicht in meiner Richtung. Ich habe übrigens vor, im Laufe des morgigen Tags Frau Golowski zu besuchen. Sie ist doch nicht krank?«

»Nein. Freilich, ganz spurlos sind die Aufregungen der letzten Wochen nicht an ihr vorübergegangen.«

Georg erwähnte, daß er gleich nach dem Duell ein paar Worte an sie und auch an Leo geschrieben hätte. »Wenn man denkt, daß es auch anders hätte ausfallen können ...« setzte er hinzu.

Doktor Stauber sah vor sich hin. »Kinder haben ist ein Glück«, sagte er, »für das man in Raten bezahlt ... und man weiß bei keiner, ob der da droben schon zufrieden gestellt ist.«

An der Tür begann Georg etwas zögernd: »Ich wollte mich auch ... bei Ihnen erkundigen, Herr Doktor, wie es denn eigentlich mit Herrn Rosner steht ... Ich muß sagen, ich fand ihn besser aussehend, als ich nach Annas Briefen erwartet hatte.«

»Ich hoffe, daß er sich erholen wird«, erwiderte Stauber. »Aber immerhin muß man bedenken ... er ist ein alter Mann. Sogar älter, als er seinen Jahren nach sein müßte.«

»Aber um etwas Ernstes handelt es sich nicht?«

»Das Alter ist an sich eine ernste Angelegenheit«, entgegnete Doktor Stauber, »besonders wenn alles, was vorherging, Jugend und Mannheit, auch nicht sonderlich heiter waren.«

Georg hatte seine Augen im Zimmer umherschweifen lassen und rief plötzlich aus: »Da fällt mir ein, Herr Doktor, ich habe Ihnen noch immer nicht die Bücher zurückgeschickt, die Sie so gut waren, mir im Frühjahr zu leihen. Und jetzt stehen alle unsere Sachen leider beim Spediteur; die Bücher geradeso wie Silberzeug, Möbel, Bilder. Also, ich muß Sie bitten, Herr Doktor, sich bis zum Frühjahr zu gedulden.«

»Wenn Sie keine ärgern Sorgen haben, lieber Baron ...«

Sie gingen zusammen die Treppe hinunter, und Doktor Stauber erkundigte sich nach Felician.

»Er ist in Athen«, erwiderte Georg, »ich hab erst zweimal Nachrichten von ihm gehabt, noch nicht sehr ausführliche... Wie sonderbar das ist, Herr Doktor, so als Fremder in eine Stadt zurückzukommen, in der man vor kurzem noch zu Hause war, und in einem Hotel zu wohnen, als ein Herr aus Detmold...«

Doktor Stauber stieg in den Wagen ein. Georg bat, Frau Golowski vielmals zu grüßen.

»Ich werd's ausrichten. Und Ihnen, lieber Baron, wünsch ich weiter viel Glück. Auf Wiedersehen!«

Auf der Uhr der Stephanskirche war es fünf. Eine leere Stunde lag vor Georg. Er beschloß, in dem dünnen, lauen Herbstregen langsam in die Vorstadt hinauszubummeln, was auch eine Art Erholung bedeutete. Die Nacht im Kupee hatte er beinahe schlaflos verbracht, und schon zwei Stunden nach seiner Ankunft war er bei Rosners gewesen. Anna selbst hatte ihm die Tür geöffnet und ihn mit einem innigen Kuß empfangen, ihn aber gleich ins Zimmer geleitet, wo ihre Eltern ihn eher höflich als herzlich begrüßten. Die Mutter, befangen und leicht verletzt, wie immer, sprach nur wenig; der Vater, in der Diwanecke sitzend, einen drappfarbenen Plaid über den Knien, fühlte sich verpflichtet, Erkundigungen nach den gesellschaftlichen und musikalischen Zuständen der kleinen Residenz einzuziehen, aus der Georg kam. Dann war er mit Anna eine Weile allein gewesen; in allzu hastiger Frag- und Antwortrede zuerst, später in matt verlegenen Zärtlichkeiten, beide wie betroffen, das Glück des Wiedersehens nicht so zu empfinden, wie die Sehnsucht es versprochen hatte. Sehr bald erschien eine Schülerin Annas; Georg empfahl sich, und im Vorzimmer vereinbarte er mit der Geliebten noch rasch ein Rendezvous für heute Abend; er wollte sie von Bittners abholen und dann mit ihr in die Oper zur Tristanvorstellung gehen, über deren Neuinszenierung zu berichten sein Intendant ihn gebeten hatte. Dann hatte er sein Mittagmahl eingenommen, an einem großen Fenster eines Ringstraßenrestaurants, Einkäufe und Bestellungen bei seinen Lieferanten gemacht, Heinrich aufgesucht, den er nicht zu Hause traf, und war endlich dem plötzlichen Einfall gefolgt, seine Dankvisite bei Doktor Stauber abzustatten.

Nun spazierte er langsam weiter, durch die Straßen, die ihm so wohlbekannt waren, und doch schon den Hauch der Fremde für ihn hatten; und er dachte an die Stadt, aus der er kam und in der er sich rascher heimisch werden fühlte, als er erwartet hatte. Graf Malnitz war ihm vom ersten Augenblick an mit viel Freundlichkeit entgegengekommen; er trug sich mit dem Plan, die Oper in modernem Sinn zu reformieren und wollte sich für seine weitgehenden Absichten in Georg, wie es diesem schien, einen Mitarbeiter und Freund heranziehen. Denn der erste Kapellmeister war wohl ein tüchtiger Musiker, aber heute doch schon mehr Hofbeamter als Künstler. Als Fünfundzwanzig-jähriger war er herberufen worden und saß nun seit dreißig Jahren in der kleinen Stadt, ein Familienvater mit sechs Kin-dern, angesehen, zufrieden und ohne Ehrgeiz. Bald nach seiner Ankunft, in einem Konzert, hatte Georg Lieder singen gehört, die vor langer Zeit den Ruf des jungen Kapellmeisters beinahe durch die ganze Welt getragen hatten; Georg vermochte diese heute längst verhallte Wirkung nicht zu begreifen, dennoch äußerte er sich dem Komponisten gegenüber mit großer Wärme, aus einer gewissen Sympathie für den alternden Mann, in dessen Augen der ferne Glanz einer reicheren und hoffnungs-volleren Vergangenheit zu leuchten schien. Georg fragte sich manchmal, ob der alte Kapellmeister überhaupt noch daran dachte, daß er einst als ein zu hohen Zielen Berufener gegolten hatte? Oder ob auch ihm, wie so manchem andern der Einge-sessenen, die kleine Stadt als ein Mittelpunkt erschien, von dem die Strahlen der Wirksamkeit und des Ruhms weit in die Runde fielen? Sehnsucht nach größern und weitern Verhältnissen hatte Georg nur bei wenigen gefunden; manchmal schien es ihm, als behandelten sie vielmehr ihn mit einer Art von gutmütigem Mitleid, weil er aus einer Großstadt, und ganz besonders, weil er aus Wien kam. Denn wenn der Name dieser Stadt vor den Leu-ten erklang, merkte es Georg ihren vergnügten und etwas spöt-tischen Mienen an, daß, gesetzmäßig beinahe wie die Obertöne auf den Grundton, sofort gewisse andre Worte mitzuschwingen begannen, auch ohne daß sie ausgesprochen wurden: Walzer … Kaffeehaus … süßes Mädel … Backhendel … Fiaker … Parla-mentsskandal. Georg ärgerte sich manchmal darüber und war sich im übrigen bewußt, das möglichste zu tun, um den Ruf seiner Landsleute in Detmold zu verbessern. Man hatte ihn berufen, weil der dritte Kapellmeister, ein noch junger Mensch, plötzlich gestorben war, und so mußte Georg schon am ersten Tag in dem kleinen Probesaal am Klavier sitzen und zum Gesang begleiten. Es ging vortrefflich; er freute sich seiner Begabung, die sicherer und stärker war, als er selbst vermutet hatte, und in der Erinnerung war ihm, als hätte auch Anna sein Talent ein wenig unterschätzt. Überdies war er mit seinen Kompositionen ernster beschäftigt als je. Er arbeitete an einer Ouvertüre, die aus Motiven zu der Bermannschen Oper entstanden war, hatte eine Violinsonate begonnen; und das Quintett, das mythische, wie Else es einmal genannt hatte, war nahezu vollendet. Noch diesen Winter sollte es aufgeführt werden, in einer der Kammersoireen, die der Konzertmeister des Detmolder Orchesters leitete, ein begabter junger Mensch, der einzige, dem Georg sich bisher in dem neuen Aufenthaltsort persönlich etwas näher angeschlossen hatte und mit dem er im »Elefanten« zu speisen pflegte. Noch bewohnte Georg in diesem Gasthof ein schönes Zimmer, mit der Aussicht auf den großen, mit Linden bepflanzten Platz und verschob es von Tag zu Tag, eine Wohnung zu mieten. Es war ja doch ungewiß, ob er im nächsten Jahr noch in Detmold sein würde, und überdies hatte er das Gefühl, als müßte es Anna verletzen, wenn er sich, wie zu längerem Aufenthalt, als Junggeselle häuslich einrichten wollte. Doch über Zukunftsmöglichkeiten aller Art hatte er in seinen Briefen an sie kein Wort geäußert, so wie sie wieder unterließ, ungeduldige oder zweifelnde Fragen an ihn zu richten. Sie teilten einander beinahe nur Tatsächliches mit: sie schrieb von ihrer allmählichen Wiederkehr ins alte Lebensgetriebe, er von all dem Neuen, in das er sich erst hineinfinden mußte. Aber obwohl es so gut wie nichts gab, das er ihr zu verschweigen hatte, so ging er doch über manches, das leicht zu Mißverständnissen Anlaß bieten konnte, mit absichtlicher Flüchtigkeit hinweg. Wie sollte man auch die seltsame Stimmung in Worte fassen, die in dem halbdunkeln Zuschauerraum webte, vormittags, bei den Proben, wenn der Geruch von Schminke, Parfüm, Kleidern, Gas, altem Holz und neuen Farben von der Bühne ins Parkett herunterkam; – wenn Gestalten, die man nicht gleich erkannte, in Alltagstracht oder Kostüm zwischen den Reihen hin und her huschten, wenn irgend ein Atem einem in den Nacken wehte, der schwül war und duftete? Oder wie sollte man einen Blick schildern, der aus den Augen einer jungen Sängerin herniederglänzte, während man eben von den Tasten zu ihr aufschaute …? Oder, wenn man diese junge Sängerin am hellichten Mittag über den Theaterplatz und die Königsstraße bis vor ihr Haustor begleitete und bei dieser Gelegenheit nicht nur über die Partie der Micaela sprach, die man soeben mit ihr studiert hatte, sondern auch über allerlei andre, wenn auch ziemlich harmlose Dinge; konnte man das einer Geliebten nach Wien berichten, ohne daß sie zwischen den Zeilen Verdächtiges gesucht hätte? Und auch wenn man betont hätte, daß Micaela verlobt sei, mit einem jungen Arzt aus Berlin, der sie anbetete, wie sie ihn, so wäre es kaum besser geworden; denn das hätte ja ausgesehen, als fühlte man sich verpflichtet, abzulenken und zu beruhigen.

Wie sonderbar, dachte Georg, daß *sie* gerade heute Abend wirklich die Micaela singt, die ich mit ihr studiert habe, und daß ich hier denselben Weg spaziere, nach Mariahilf hinaus, den ich vor einem Jahr so oft und so gern gegangen bin. Und er dachte eines ganz bestimmten Abends, da er Anna von da draußen abgeholt hatte, mit ihr zusammen in stillen Straßen herumspaziert war, unter einem Haustor komische Photographien betrachtet hatte und endlich auf den kühlen Steinfliesen einer alten Kirche gewandelt war, in leisem, wie ahnungsvollem Gespräch über eine unbekannte Zukunft … Nun war alles ganz anders gekommen, als er es geträumt hatte. Anders … Warum schien ihm das so? … Was hatte er damals denn erwartet …? War dies Jahr, das seither vergangen war, nicht wunderbar reich und schön gewesen, mit seinem Glück und mit seinen Schmerzen? Und liebte er Anna heute nicht besser und tiefer als je? Und in der neuen Stadt, hatte er sich nicht manchmal nach ihr gesehnt, so heiß, wie nach einer Frau, die ihm noch niemals gehört hatte? Das Wiedersehen von heute früh, in der übeln Stimmung einer grauen Stunde, mit seiner matt verlegenen Zärtlichkeit, das durfte ihn doch nicht irremachen …

Er war zur Stelle. Als er zu den erleuchteten Fenstern aufsah, hinter denen Anna ihre Lektion erteilte, kam eine leichte Ergriffenheit über ihn. Und als sie in der nächsten Minute aus dem Tor trat, im einfachen, englischen Kleid, den grauen Filzhut auf dem reichen, dunkelblonden Haar, ein Buch in der Hand, ganz so wie vor einem Jahr, da durchströmte ihn mit einmal ein unerwartetes Gefühl von Glück. Sie sah ihn nicht gleich, da er im Schatten eines Hauses stand, spannte ihren Schirm auf und ging bis zur Ecke, wo er im vorigen Jahr zu warten gepflegt hatte. Er blickte ihr eine Weile nach und freute sich, wie vornehm und wie brav sie aussah. Dann folgte er ihr rasch, und nach ein paar Schritten hatte er sie eingeholt.

Sie hatte ihm gleich die Mitteilung zu machen, daß sie nicht mit ihm in die Oper gehen könnte; der Vater hätte sich nachmittags gar nicht wohl befunden.

Georg war sehr enttäuscht. »Willst du nicht wenigstens auf den ersten Akt mit mir hineingehen?«

Sie schüttelte den Kopf. »Nein, so was tu ich nicht gern. Da ist's schon besser, du schenkst den Sitz einem Bekannten. Hol dir doch Nürnberger oder Bermann ab.«

»Nein«, erwiderte er. »Wenn du nicht mitgehst, geh ich lieber allein. Ich hatte mich so sehr darauf gefreut. Mir persönlich läge gar nicht so viel an der Vorstellung. Ich bliebe lieber mit dir zusammen ... meinetwegen sogar bei euch oben; aber ich muß hineingehen, ich habe ja – Bericht zu erstatten.«

»Natürlich mußt du hineingehen«, bekräftigte Anna; und sie fügte hinzu: »Ich möchte dir auch nicht zumuten einen Abend bei uns oben zuzubringen, es ist wirklich nicht besonders heiter.«

Er hatte ihr den Schirm aus der Hand genommen, hielt ihn über sie, und sie hing sich in seinen Arm.

»Du, Anna«, sagte er, »ich möchte dir einen Vorschlag machen.« Er wunderte sich, daß er nach einer Einleitung suchte, und begann zögernd: »Meine paar Tage in Wien sind naturgemäß so was Unruhiges, Zerrissenes – und jetzt kommt noch diese gedrückte Stimmung bei euch oben dazu ... wir haben wirklich gar nichts voneinander, findest du nicht?«

Sie nickte, ohne ihn anzusehen.

»Also, möchtest du mich nicht eine Strecke begleiten, Anna, wenn ich wieder abreise?«

Sie sah ihn in ihrer verschmitzten Art von der Seite an und antwortete nicht.

Er sprach weiter: »Ich kann mir nämlich ganz gut noch einen

Urlaubstag herausschlagen, wenn ich ans Theater telegraphiere. Es wär doch wirklich wunderschön, wenn wir ein paar Stunden für uns allein hätten.«

Sie gab es zu, herzlich, aber ohne Begeisterung, und machte die Entscheidung vom Befinden ihres Vaters abhängig. Dann fragte sie ihn, wie er den Tag verbracht hätte. Er berichtete eingehend und fügte sein Programm für morgen hinzu. »Wir zwei werden uns also erst am Abend sehen können«, schloß er. »Ich komme zu euch hinauf, wenn's dir recht ist. Und da besprechen wir dann alles weitere.«

»Ja«, sagte Anna und blickte vor sich hin, auf die feuchte bräunlichgraue Straße.

Nochmals versuchte er sie zu überreden, die Oper mit ihm zu besuchen; aber es war vergeblich. Dann erkundigte er sich nach ihren Gesangsstunden und begann gleich darauf von seiner eigenen Tätigkeit zu sprechen, als müßte er sie überzeugen, daß es ihm am Ende nicht viel besser erginge als ihr. Und er wies auf seine Briefe hin, in denen er ihr alles ausführlich geschrieben hätte.

»Was das anbelangt«, sagte sie plötzlich ganz hart ... und als er, von ihrem Ton getroffen, unwillkürlich den Kopf zurückwarf: »Was steht denn schon in Briefen, wenn sie noch so ausführlich sind!«

Er wußte, woran sie dachte und was sie heute sowenig aussprach, als sie's jemals getan hatte, – und etwas Schweres legte sich ihm aufs Herz. Ruhte nicht gerade in der Unerbittlichkeit dieses Schweigens alles, was sie verschwieg: Frage, Vorwurf und Zorn? Heute morgen schon hatte er es gefühlt, und jetzt fühlte er es wieder, daß in ihr irgend etwas ihm geradezu Feindseliges sich regte, gegen das sie selbst vergeblich anzukämpfen schien. Heute Morgen erst? ... War es nicht schon viel länger her? Immer vielleicht? Vom ersten Augenblick an, da sie einander gehört hatten, und auch in den Zeiten ihres höchsten Glücks? War dies Feindselige nicht dagewesen, als sie bei Orgelklängen, hinter dunkeln Vorhängen ihre Brust an seine gedrängt, als sie in dem Hotelzimmer zu Rom ihn erwartet, mit geröteten Augen, während er beglückt von dem Monte Pincio aus die Sonne in der Campagna versinken gesehen und, einsam, die wundervollste Stunde der Reise zu genießen gewähnt hatte? War es nicht dagewesen, als er an einem heißen Morgen den Kiesweg hinangelaufen, ihr zu Füßen gesunken war und in ihrem Schoß geweint hatte, wie in einer Mutter Schoß; – und als er an ihrem Bette gesessen war und in den abendlichen Garten hinausgeblickt hatte, während drin auf dem weißen Linnen ein totes Kind lag, das sie eine Stunde zuvor geboren, war es nicht wieder dagewesen, düsterer als je und kaum zu tragen, wenn man sich nicht längst damit abgefunden hätte, wie mit so mancher Unzulänglichkeit, so manchem Weh, das aus den Tiefen menschlicher Beziehungen emporstieg? Und jetzt, wie schmerzlich fühlte er's, während er Arm in Arm mit ihr, sorglich den Schirm über sie haltend, die feuchte Straße weiterspazierte, jetzt war es wieder da; drohend und vertraut. Noch klangen die Worte in seinem Ohr, die sie gesprochen hatte: Was steht denn in Briefen, wenn sie noch so ausführlich sind? ... Aber ernstere klangen für ihn mit: Was bedeutet am Ende auch der glühendste Kuß, in dem sich Leib und Seele zu vermischen scheinen? Was bedeutet es am Ende, daß wir monatelang durch fremde Länder miteinander gereist sind? Was bedeutet es, daß ich ein Kind von dir gehabt habe? Was bedeutet es, daß du dich über deinen Betrug in meinem Schoße ausgeweint hast? Was bedeutet das alles, da du mich doch immer allein gelassen hast ... allein auch in dem Augenblick, da mein Leib den Keim des Wesens eintrank, das ich neun Monate in mir getragen, das dazu bestimmt war, als unser Kind bei fremden Leuten zu leben und das nicht auf Erden hat bleiben wollen.

Aber während all dies schwer in seine Seele sank, gab er ihr mit leichten Worten zu, daß sie wirklich nicht unrecht hätte, und daß Briefe – und seien sie selbst zwanzig Seiten lang – nicht sonderlich viel enthalten könnten; und während ein peinigendes Mitleid mit ihr in ihm aufquoll, sprach er linde die Hoffnung auf eine Zeit aus, in der sie auf Briefe beide nicht mehr angewiesen sein würden. Und dann fand er zärtlichere Worte, erzählte von seinen einsamen Spaziergängen in der Umgebung der fremden Stadt, wo er ihrer dächte; von den Stunden in dem gleichgültigen Hotelzimmer, mit dem Blick auf den lindenbepflanzten Platz und von seiner Sehnsucht nach ihr, die immer da war, ob er allein über seiner Arbeit saß oder Sänger am Klavier begleitete oder mit neuen Bekannten plauderte. Aber als er

438

mit ihr vor dem Haustor stand, ihre Hand in der seinen, und ihr mit einem heitern »Auf Wiedersehen« in die Augen blickte, sah er betroffen in ihnen eine müde, kaum mehr schmerzliche Enttäuschung verglimmen. Und er wußte: Alle die Worte, die er zu ihr gesprochen, nichts, weniger als nichts hatten sie ihr zu bedeuten gehabt, da das einzige, das kaum mehr erwartete und immer wieder ersehnte doch nicht gekommen war.

Eine Viertelstunde später saß Georg auf seinem Parkettsitz in der Oper, zuerst noch ein wenig verdrossen und matt; bald aber strömte die Freude des Genießens durch sein Blut. Und als Brangäne ihrer Herrin den Königsmantel um die Schultern warf, Kurwenal das Nahen des Königs meldete und das Schiffsvolk auf dem Verdeck im Glanz des aufleuchtenden Himmels dem Land entgegenjauchzte, da wußte Georg längst nichts mehr von einer übel verbrachten Nacht im Kupee, von langweiligen Bestellungsgängen, von einem recht gezwungenen Gespräch mit einem alten, jüdischen Doktor und von einem Spaziergang über feuchtes Pflaster, in dem das Licht der Laternen sich spiegelte, an der Seite einer jungen Dame, die brav, vornehm und etwas gedrückt aussah. Und als der Vorhang zum erstenmal gefallen war und das Licht den rotgoldenen Riesenraum durchflutete, fühlte er sich keineswegs in unangenehmer Weise ernüchtert, sondern es war ihm vielmehr, als tauchte er sein Haupt von einem Traum in den andern; und eine Wirklichkeit, die von allerhand Bedenklichem und Kläglichem erfüllt war, floß irgendwo draußen machtlos vorbei. Niemals, so schien es ihm, hatte die Atmosphäre dieses Hauses ihn so sehr beglückt wie heute; nie war seiner Empfindung so offenbar gewesen, daß alle Menschen für die Dauer ihres Hierseins in geheimnisvoller Weise gegen allen Schmerz und allen Schmutz des Lebens gefeit waren. Er stand auf seinem Eckplatz vorn im Mittelgang, sah manchen wohlgefälligen Blick auf sich gerichtet und war sich bewußt, hübsch, elegant und sogar etwas ungewöhnlich auszusehen. Und war nebstbei – auch das erfüllte ihn mit Befriedigung – ein Mensch, der einen Beruf, eine Stellung hatte, und selbst hier, im Theater, mit Auftrag und Verantwortung gewissermaßen als Abgesandter einer deutschen Hofbühne saß. Er blickte mit dem Opernglas umher. Aus den hintern Parkettsitzen grüßte ihn Gleißner mit einem etwas zu vertraulichen

Kopfnicken und schien gleich nachher der neben ihm sitzenden jungen Dame die Personalien Georgs zu erläutern. Wer mochte sie sein? War es die Dirne, die der mit Seelen experimentierende Dichter zur Heiligen, oder war es die Heilige, die er zur Dirne machen wollte? Schwer zu entscheiden, dachte Georg. In der Mitte des Wegs mochten sie ja ungefähr gleich ausschauen. Georg fühlte die Linsen eines Opernglases auf seinem Scheitel brennen. Er sah auf. Else war es, die von einer Ersten-Stockloge auf ihn herabschaute. Frau Ehrenberg saß neben ihr, und zwischen ihnen beugte sich ein hochgewachsener junger Mann über die Brüstung, der kein anderer war, als James Wyner. Georg verbeugte sich und zwei Minuten später trat er in die Loge, freundlich, aber keineswegs mit Erstaunen begrüßt. Else in schwarz samtnem, ausgeschnittenem Kleid, eine schmale Perlenkette um den Hals, mit einer etwas fremden, aber interessanten Frisur streckte ihm die Hand entgegen. »Wieso sind Sie denn eigentlich da? Urlaub? Entlassung? Flucht?«

Georg erklärte es kurz und wohlgelaunt.

»Es war übrigens nett«, sagte Frau Ehrenberg, »daß Sie uns ein Wort aus Detmold geschrieben haben.«

»Das hätte er auch nicht tun sollen?« bemerkte Else, »da hätt man ja glauben können, daß er mit irgendwem nach Amerika durchgegangen ist.«

James stand mitten in der Loge, groß, hager, gemeißelten Antlitzes, das dunkle, glatte Haar seitlich gescheitelt. »Nun sagen Sie, Georg, wie fühlen Sie in Detmold?«

Else sah zu ihm auf, mit gesenkten Wimpern. Sie schien entzückt von seiner Art, das Deutsche noch immer so zu sprechen, als müßte er sich's aus dem Englischen übersetzen. Immerhin nützte sie es zu einem Witz aus und sagte: »Wie Georg in Detmold fühlt? Ich fürchte, James, deine Frage ist indiskret.« Dann wandte sie sich an Georg: »Wir sind nämlich verlobt.«

»Es sind noch keine Karten ausgeschickt«, fügte Frau Ehrenberg hinzu.

Georg brachte seine Glückwünsche dar.

»Frühstücken Sie doch morgen bei uns«, sagte Frau Ehrenberg. »Sie treffen nur ein paar Leute, die sich gewiß alle sehr freuen würden, Sie wiederzusehen. Sissy, Frau Oberberger, Willy Eißler.«

Georg entschuldigte sich. Er könne sich für keine bestimmte Stunde binden, aber im Lauf des Nachmittags wenn irgend möglich wollte er sich gern einfinden.

»Nun ja«, sagte Else leise, ohne ihn anzusehen, und hatte den einen Arm mit dem langen weißen Handschuh lässig auf der Brüstung liegen, »Mittag verbringen Sie wahrscheinlich im Familienkreise.«

Georg tat, als wenn er nichts gehört hätte, und lobte die heutige Vorstellung. James äußerte, daß er »Tristan« mehr liebe als alle andern Opern von Wagner, die »Meistersinger« mit inbegriffen. Else bemerkte einfach: »Es ist ja wunderschön, aber eigentlich bin ich gegen Liebestränke und solche Geschichten.«

Georg erklärte, daß der Liebestrank hier als Symbol aufzufassen sei, worauf Else sich auch gegen Symbole eingenommen aussprach. Das erste Zeichen zum zweiten Akt war gegeben. Georg verabschiedete sich, eilte hinunter und hatte eben Zeit, seinen Platz einzunehmen, eh der Vorhang aufging. Er erinnerte sich wieder, in welch halboffizieller Eigenschaft er heute im Theater säße, und beschloß, sich den Eindrücken nicht länger ohne Widerstand hinzugeben. Bald gelang es ihm zu entdecken, daß die Liebesszene doch noch ganz anders herauszubringen wäre, als es hier geschah; und gar nicht einverstanden war er damit, daß Melot, durch dessen Hand Tristan sterben mußte, hier von einem Sänger zweiten Ranges dargestellt wurde, wie übrigens beinahe überall. Nach dem zweiten Fallen des Vorhangs erhob er sich mit einer gewissen Steigerung des Selbstgefühls, blieb auf seinem Platze stehen und sah manchmal zu der Ersten-Stockloge auf, aus der Frau Ehrenberg ihm wohlwollend zunickte, während Else mit James sprach, der mit gekreuzten Armen unbeweglich hinter ihr stand. Es fiel Georg ein, daß er morgen James' Schwester wiedersehen würde. Ob sie noch manchmal jener wunderbaren Nachmittagsstunde im Park dachte, in der dunkelgrünen Schwüle des Parks, im warmen Duft von Moos und Tannen? Wie fern dies war! Dann erinnerte er sich eines flüchtigen Kusses im nächtlichen Schatten der Gartenmauer von Lugano. Wie fern auch das! Er dachte des Abends unter den Platanen, und das Gespräch über Leo fiel ihm wieder ein. Eigentlich hätte man schon damals allerlei vorhersehen können. Ein merkwürdiger Mensch, dieser Leo, wahrhaftig! Wie er seinen Plan in sich verschlossen gehalten hatte! – Denn der mußte natürlich längst festgestanden haben. Und offenbar hatte Leo nur den Tag abgewartet, an dem er die Uniform ablegen durfte, um ihn auszuführen. Auf den Brief, den Georg ihm geschrieben, gleich nachdem er die Nachricht von dem Duell erhalten hatte, war keine Antwort gekommen. Er nahm sich vor, Leo in der Haft zu besuchen, wenn es möglich wäre.

Ein Herr in der ersten Reihe grüßte. Ralph Skelton war es. Georg verständigte sich durch Zeichen mit ihm, daß sie einander nach Schluß der Vorstellung treffen wollten.

Die Lichter verlöschten, das Vorspiel zum dritten Akt begann. Georg hörte müde Meereswellen an ein ödes Ufer branden und die wehen Seufzer eines totwunden Helden in bläulich dünne Luft verwehen. Wo hatte er dies nur zum letztenmal gehört? War es nicht in München gewesen? ... Nein, es konnte noch nicht so lange her sein. Und plötzlich fiel ihm die Stunde ein, da auf einem Balkon, unter hölzernem Giebel, die Blätter der Tristanpartitur vor ihm offen gelegen waren. Drüben zwischen Wald und Wiese war ein besonnter Weg zum Friedhof hingezogen, ein Kreuz hatte golden geblinkt; unten im Hause hatte eine geliebte Frau in Schmerzen aufgestöhnt, und ihm war weh ums Herz gewesen. Und doch, auch diese Erinnerung hatte ihre schwermutvolle Süßigkeit, wie alles, was völlig vergangen war. Der Balkon, der kleine, blaue Engel zwischen den Blumen, die weiße Bank unter dem Birnbaum ... wo war das nun alles! Noch einmal mußte er jenes Haus wiedersehen, einmal noch, ehe er Wien verließ.

Der Vorhang hob sich. Sehnsüchtig tönte die Schalmei, unter einem blaß und gleichgültig hingespannten Himmel, im Schatten von Lindenästen schlummerte der verwundete Held, und ihm zu Häupten wachte Kurwenal, der treue. Die Schalmei schwieg, über die Mauer beugte sich fragend der Hirt und Kurwenal gab Antwort. Wahrhaftig, das war eine Stimme von besonderm Klang. Wenn wir solch einen Bariton hätten, dachte Georg. Und mancherlei andres, was uns fehlt! Wenn man ihm nur die nötige Macht in die Hand gäbe, er fühlte sich berufen, im Laufe der Zeit aus dem bescheidenen Theater, an dem er wirkte, eine Bühne ersten Ranges zu machen. Er träumte von Musteraufführungen, zu denen die Menschen von allen Seiten strömen müßten; nicht mehr als Abgesandter saß er nun da, sondern als einer, dem es vielleicht beschieden war, selber in nicht allzu fernen Tagen Leiter zu sein. Weiter und höher liefen seine Hoffnungen. Vielleicht nur ein paar Jahre vergingen – und selbstgefundene Harmonien klangen durch einen festlichweiten Raum; und die Hörer lauschten ergriffen, wie heute diese hier, während irgendwo draußen eine schale Wirklichkeit machtlos vorbeifloß. Machtlos? Das war die Frage! ... Wußte er denn, ob ihm gegeben war, Menschen durch seine Kunst zu zwingen, wie dem Meister, der sich heute hier vernehmen ließ? Sieger zu werden über das Bedenkliche, Klägliche, Jammervolle des Alltags? Ungeduld und Zweifel wollten aus seinem Innern emporsteigen; doch rasch bannten Wille und Einsicht sie von dannen, und nun fühlte er sich wieder so rein beglückt wie immer, wenn er schöne Musik hörte, ohne daran zu denken, daß er selbst oft als Schöpfer wirken und gelten wollte. Von allen seinen Beziehungen zu der geliebten Kunst blieb in solchen Augenblicken nur die eine übrig, sie mit tieferem Verstehen aufnehmen zu dürfen, als irgend ein anderer Mensch. Und er fühlte, daß Heinrich die Wahrheit gesprochen hatte, als sie zusammen durch einen von Morgentau feuchten Wald gefahren waren: nicht schöpferische Arbeit, – die Atmosphäre seiner Kunst allein war es, die ihm zum Dasein nötig war; kein Verdammter war er wie Heinrich, den es immer trieb zu fassen, zu formen, zu bewahren, und dem die Welt in Stücke zerfiel, wenn sie seiner gestaltenden Hand entgleiten wollte.

Isolde, in Brangänens Armen, war tot über Tristans Leiche hingesunken, die letzten Töne verklangen, der Vorhang fiel. Georg warf einen Blick nach der Loge im ersten Stock. Else stand an der Brüstung, den Blick zu ihm herabgerichtet, während James ihr den dunkelroten Mantel um die Schultern legte, und jetzt erst, nach einem Kopfnicken – so rasch, als hätte es niemand bemerken sollen – wandte sie sich dem Ausgang zu. Merkwürdig, dachte Georg, von weitem hat ihre Haltung, hat manche ihrer Bewegungen so etwas ... melancholisch-romanhaftes. Da erinnert sie mich am ehesten an das Zigeunermädel aus Nizza, oder an das seltsame junge Wesen, mit dem ich in Florenz vor der Tizianischen Venus gestanden bin ... Hat sie mich jemals geliebt? Nein. Und auch ihren James liebt sie nicht.

Wen denn? … Vielleicht … war es doch der verrückte Zeichenlehrer in Florenz? Oder keiner. Oder gar Heinrich? –

Im Foyer traf er Skelton. »Also wieder zurückgekehrt?« fragte dieser.

»Nur auf ein paar Tage«, erwiderte Georg. Es stellte sich heraus, daß Skelton nicht recht gewußt hatte, was mit Georg vorging, und ihn auf einer Art musikalischer Studienreise durch deutsche Städte geglaubt hatte. Nun war er ziemlich erstaunt zu hören, daß Georg sich auf Urlaub hier befände und sich die Neuinszenierung des »Tristan« sozusagen im Auftrag des Intendanten angesehen hätte.

»Ist es Ihnen recht?« sagte Skelton, »ich bin verabredet mit Breitner; im Imperial, weißer Saal.«

»Famos«, erwiderte Georg, »ich wohne dort.«

Doktor von Breitner rauchte schon eine seiner berühmten Riesenzigarren, als die beiden Herren an seinem Tisch erschienen. »Was für eine Überraschung«, rief er aus, als Georg ihn begrüßte. Ihm war es bekannt, daß Georg als Kapellmeister in Düsseldorf wirkte.

»Detmold«, sagte Georg, und er dachte: Sonderlich viel beschäftigen sich die Leute hier ja nicht mit mir … Aber was tut's.

Skelton erzählte von der Tristanvorstellung, und Georg erwähnte, daß er Ehrenbergs gesprochen hatte.

»Wissen Sie, daß Oskar Ehrenberg sich auf dem Weg nach Indien oder Ceylon befindet?« fragte Doktor von Breitner.

»So?«

»Und was glauben Sie mit wem?«

»Wohl in weiblicher Gesellschaft.«

»Ja, das natürlich, ich höre sogar, sie haben fünf oder sieben Weiber mit.«

»Wer – sie?«

»Oskar Ehrenberg … und – raten Sie einmal … Na, der Prinz von Guastalla.«

»Nicht möglich!«

»Komisch, was? Sie haben sich heuer in Ostende oder in Spa sehr angefreundet. ›Cherchez‹ … und so weiter. Wie es nämlich Frauenzimmer gibt, derentwegen man sich schlägt, so scheint es wieder andre zu geben, über die man sich gleichsam die Hände reicht. Sie haben nun gemeinschaftlich Europa verlassen. Vielleicht gründen sie ein Königreich auf irgend einer Insel, und Oskar Ehrenberg wird Minister.«

Willy Eißler war erschienen, blaßgelb im Gesicht, übernächtig und heiser. »Grüß Sie Gott, Baron, verzeihen Sie, daß ich nicht paff bin, aber ich habe schon gehört, daß Sie da sind. Irgendwer hat Sie in der Kärntnerstraße gesehen.«

Georg bat Willy, seinem Vater vom Grafen Malnitz Grüße zu bestellen – er selbst hätte diesmal leider keine Zeit, den alten Herrn aufzusuchen, dem er – wie er mit bescheidner Koketterie bemerkte – seine Stellung in Detmold verdanke.

»Was Ihre Zukunft anbelangt, lieber Baron«, sagte Willy, »hab ich mir nie Sorgen gemacht, besonders seit ich im vorigen Jahr – oder ist es schon länger her? – Ihre Lieder von der Bellini hab singen hören. Aber daß Sie sich entschlossen haben, Wien zu verlassen, das war eine gute Idee von Ihnen. Hier hätte man Sie jedenfalls noch einige Jahrzehnte lang für einen Dilettanten gehalten. Das ist schon einmal nicht anders in Wien. Ich kenne das. Wenn die Leute wissen, daß einer aus guter Familie ist, nebstbei Sinn für schöne Krawatten, gute Zigaretten und verschiedene andre Annehmlichkeiten des Daseins hat, so glauben sie ihm die Künstlerschaft nicht. Ohne ein Zeugnis von draußen werden Sie hier nicht ernst genommen … also bringen Sie nur bald einige glänzende mit, Baron.«

»Ich werde mich bemühen«, sagte Georg.

»Haben die Herren übrigens schon das Neueste gehört«, begann Willy wieder. »Leo Golowski, wissen Sie, der Einjährige, der den Oberleutnant Sefranek erschossen hat, ist frei.«

»Aus der Untersuchungshaft entlassen?« fragte Georg.

»Nein, ganz frei ist er. Sein Advokat hat ein Abolitionsgesuch an den Kaiser eingereicht, das ist heute günstig erledigt worden.«

»Unglaublich«, rief Breitner.

»Warum wundern Sie sich denn so, Breitner?« meinte Willy. »Es kann doch auch einmal etwas Vernünftiges geschehen in Österreich.«

»Duell ist nie vernünftig«, sagte Skelton, »und daher kann auch eine Begnadigung wegen Duells nicht vernünftig sein.«

»Duell, lieber Skelton, ist entweder etwas viel Schlimmeres oder viel Besseres als vernünftig«, erwiderte Willy. »Entweder ein ungeheuerlicher Blödsinn oder eine unerbittliche Notwendigkeit. Entweder ein Verbrechen oder eine erlösende Tat. Vernünftig ist es nicht und braucht es nicht zu sein. In Ausnahmefällen kann man mit der Vernunft überhaupt nichts anfangen. Und daß in einem Fall, wie der, von dem wir grad sprechen, das Duell unvermeidlich war, das werden auch Sie zugeben, Skelton.«

»Absolut«, sagte Breitner.

»Ich kann mir ein Staatswesen denken«, bemerkte Skelton, »in dem selbst Differenzen solcher Art vor Gericht ausgeglichen würden.«

»Solche Differenzen vor Gericht! O fröhlich! ... Glauben Sie wirklich, Skelton, daß in einem Fall, wo es sich nicht um Besitz- und Rechtsfragen handelt, sondern wo sich Menschen mit einem ungeheuern Haß gegenüberstehen, glauben Sie wirklich, daß da mit Geld- oder Arreststrafen ein Ausgleich geschaffen werden könnte? Es hat schon seinen tiefen Sinn, meine Herren, daß Duellverweigerung in solchen Fällen bei allen Leuten, die Temperament, Ehre und Aufrichtigkeit in sich haben, stets als Feigheit gelten wird. Bei den Juden wenigstens«, setzte er hinzu. »Denn bei den Katholiken ist es bekanntlich immer nur die Frömmigkeit, die sie abhält sich zu schlagen.«

»Kommt sicher vor«, sagte Breitner schlicht.

Georg wünschte zu wissen, wie sich die Sache zwischen Leo Golowski und dem Oberleutnant abgespielt hätte.

»Ja richtig«, sagte Willy, »Sie sind ja ein Zugereister. Also, der Oberleutnant hat das ganze Jahr hindurch diesen Leo Golowski erheblich kuranzt und zwar ...«

»Die Vorgeschichte kenn ich«, unterbrach Georg, »zum Teil aus direkter Quelle.«

»Ach so. Also am ersten Oktober war die Vorgeschichte, um bei diesem Ausdruck zu bleiben, zu Ende; das heißt, Leo Golowski hat das Freiwilligenjahr hinter sich gehabt. Und am zweiten in der Früh hat er sich vor die Kaserne hingestellt und ruhig gewartet, bis der Oberleutnant aus dem Tor gekommen ist. In diesem Moment ist er auf ihn zugetreten, der Oberleutnant greift nach seinem Säbel, Leo Golowski packt ihn aber bei der Hand, läßt sie nicht aus, hält ihm die andere Faust vor die Stirn – und damit war das Weitere so ziemlich gegeben. Übrigens wird auch erzählt, daß Leo dem Oberleutnant folgende Worte ins Gesicht geschleudert haben soll ... ich weiß nicht recht, ob's wahr ist.«

»Welche Worte?« fragte Georg neugierig.

»Gestern, Herr Oberleutnant, sind Sie mehr gewesen als ich, jetzt sind wir vorläufig einmal gleich – aber morgen um die Zeit wird wieder einer von uns mehr sein, als der andere.«

»Etwas talmudisch«, bemerkte Breitner.

»Das müssen Sie freilich am besten beurteilen können, Breitner«, erwiderte Willy und erzählte weiter: »Also, am nächsten Morgen in den Auen bei der Donau war das Duell. Dreimaliger Kugelwechsel. Zwanzig Schritte ohne Avance. Wenn resultatlos, Säbel bis zur Kampfunfähigkeit ... Die ersten Schüsse hüben und drüben fehlen, und nach dem zweiten ... nach dem zweiten ist der Golowski richtig bedeutend mehr gewesen als der Oberleutnant – denn der war nichts, weniger als nichts; ein toter Mann.«

»Armer Teufel«, sagte Breitner.

Willy zuckte die Achseln. »Es ist halt einmal einer an den Unrechten gekommen. Mir tut er auch leid. Aber man muß doch sagen, es stände manches anders in Österreich, wenn alle Juden entsprechenden Falls sich so zu benehmen wüßten wie der Leo Golowski. Leider ...«

Skelton lächelte. »Sie wissen Willy, vor mir darf man nichts gegen die Juden sagen, ich liebe sie. Und es täte mir leid, wenn man sich entscheiden wollte, die Judenfrage durch eine Reihe von Zweikämpfen zu lösen, denn dann würde am Ende von dieser vortrefflichen Rasse kein einziges männliches Exemplar übrigbleiben.«

Am Ende des Gesprächs mußte Skelton zugeben, daß das Duell in Österreich vorläufig nicht abzuschaffen wäre. Aber er erlaubte sich die Frage, ob das gerade für das Duell und nicht vielmehr gegen Österreich spräche, da doch manche andere Länder, er wollte aus Bescheidenheit keines nennen, seit Jahrzehnten den Zweikampf nicht mehr kennten. Und ob er zu weit gehe, wenn er sich gestatte, Österreich, in dem er sich übrigens seit sechs Jahren wahrhaft zu Hause fühle, als das Land der sozialen Unaufrichtigkeiten zu bezeichnen. Hier wie nirgends anderswo gebe es wüsten Streit ohne Spur von Haß und eine Art von zärtlicher Liebe ohne das Bedürfnis der Treue. Zwischen politischen Gegnern existierten oder entwickelten sich lächerliche persönliche Sympathien; Parteifreunde hingegen beschimpften, verleumdeten, verrieten einander. Nur bei wenigen fände man ausgesprochene Ansichten über Dinge oder Menschen, jedenfalls seien auch diese wenigen allzuschnell bereit, Einschränkungen zu machen, Ausnahmen gelten zu lassen. Man habe hier beim politischen Kampf geradezu den Eindruck, wie wenn die scheinbar erbittertsten Gegner, während die bösesten Worte hinüber- und herüberflögen, einander mit den Augen zuzwinkerten: »Es ist nicht so schlimm gemeint.«

»Was glauben Sie, Skelton«, fragte Willy, »zwinkern sie auch, wenn die Kugeln hin- und herfliegen?«

»Sie täten's wohl, Willy, wenn nicht der Tod hinter ihnen stünde. Aber dieser Umstand beeinflußt nicht die Gesinnung, sondern nur die Haltung, denk ich mir.«

Sie saßen noch lange Zeit zusammen und plauderten fort. Georg hörte allerlei Neuigkeiten. Er erfuhr unter anderm, daß Demeter Stanzides den Kauf des Gutes an der ungarisch-kroatischen Grenze abgeschlossen habe, und daß die Rattenmamsell einem freudigen Ereignis entgegensehe. Willy Eißler war gespannt auf das Ergebnis dieser Rassenkreuzung und vergnügte sich indes damit, Namen für das zu erwartende Kind zu erfinden, wie Israel Pius oder Rebekka Portiunkula.

Später begab sich die ganze Gesellschaft ins benachbarte Kaffeehaus, Georg spielte mit Breitner eine Partie Billard; dann ging er auf sein Zimmer. Im Bett notierte er sich eine Stundeneinteilung für den nächsten Tag und sank endlich in einen Schlaf, der tief und köstlich wurde.

Am Morgen mit dem Tee brachte man ihm die abends vorher bestellte Zeitung und ein Telegramm. Der Intendant bat ihn, über einen Sänger zu berichten. Es war zur Befriedigung Georgs derjenige, den er gestern als Kurwenal gehört hatte. Ferner wurde ihm freigestellt, »zur bequemen Ordnung seiner Angelegenheiten« drei Tage über den bedungenen Urlaub auszubleiben, da zufällig eine Änderung des Spielplans dies gestatte. Wirklich charmant, dachte Georg. Es fiel ihm ein, daß er seine eigene Absicht, um Verlängerung des Urlaubs zu depeschieren, vollkommen vergessen hatte. Nun hab ich ja noch mehr Zeit für

Anna, als ich geglaubt hätte, dachte er. Man könnte vielleicht ins Gebirge. Die Herbsttage sind schön und mild. Auch wäre man jetzt überall ziemlich allein und ungestört. Aber wenn wieder ein Malheur passiert! Ein – Malheur – passiert! – So und nicht anders waren ihm die Worte durch den Sinn geflogen. Er biß sich auf die Lippen. So stellte sich die Sache mit einem Male für ihn dar? Ein Malheur … Wo war die Zeit, da er, mit Stolz beinahe, sich als ein Glied in der endlosen Kette gefühlt hatte, die von Urahnen zu Urenkeln ging? Und ein paar Augenblicke lang erschien er sich wie ein Herabgekommener der Liebe, etwas bedenklich und bedauernswert.

Er durchflog die Zeitung. Durch einen kaiserlichen Gnadenakt war die Untersuchung gegen Leo Golowski eingestellt, gestern Abend war er aus der Haft entlassen worden. Georg freute sich sehr und beschloß, Leo noch heute zu besuchen. Dann setzte er ein Telegramm an den Grafen auf und berichtete mit vornehmer Ausführlichkeit über die gestrige Aufführung. Als er auf die Straße trat, war es beinahe elf Uhr geworden. Die Luft war herbstlich kühl und klar. Georg fühlte sich ausgeschlafen, frisch und wohlgelaunt. Der Tag lag hoffnungsreich vor ihm und versprach allerlei Anregung. Nur irgend etwas störte ihn, ohne daß er gleich wußte, was es wäre. Ach ja … der Besuch in der Paulanergasse, die trübseligen Räume, der kranke Vater, die verletzte Mutter. Ich werde Anna einfach abholen, dachte er, mit ihr spazieren gehen und irgendwo mit ihr soupieren. Er kam an einem Blumenladen vorbei, kaufte wundervolle dunkelrote Rosen, und mit einer Karte, auf die er schrieb: »Tausend Morgengrüße, auf Wiedersehen«, ließ er sie an Anna senden. Als er dies getan hatte, war ihm leichter. Dann begab er sich durch die Straßen der innern Stadt zu dem alten Hause, in dem Nürnberger wohnte. Er stieg die fünf Stockwerke hinauf. Eine huschelige, alte Magd mit dunklem Kopftuch öffnete und ließ ihn in das Zimmer ihres Herrn treten. Nürnberger stand am Fenster mit leicht gesenktem Kopf, in dem braunen, hochgeschlossenen Sacco, das er daheim zu tragen liebte. Er war nicht allein. Von dem Schreibtisch aus einem alten Armstuhl erhob sich eben Heinrich, ein Manuskript in den Händen. Georg wurde herzlich empfangen.

»Sollte Ihr Eintreffen in Wien mit der Direktionskrise in der

Oper im Zusammenhang stehen?« fragte Nürnberger. Er ließ diese Bemerkung nicht ohne weiteres als Spaß gelten. »Ich bitte Sie«, sagte er, »wenn kleine Jungen, die ihre Beziehungen zur deutschen Literatur bis vor kurzem nur durch den regelmäßigen Besuch eines Literatenkaffees zu dokumentieren in der Lage waren, als Dramaturgen an Berliner Bühnen berufen werden, so sähe ich keinen Anlaß zum Staunen, wenn der Baron Wergenthin, nach der immerhin mühevollen, sechswöchentlichen Kapellmeisterkarriere an einem deutschen Hoftheater, im Triumph an die Wiener Oper geholt würde.«

Georg stellte zur Steuer der Wahrheit fest, daß er nur einen kurzen Urlaub erhalten, um seine Wiener Angelegenheiten zu ordnen; und vergaß nicht zu erwähnen, daß er gestern die neue Tristaninszenierung gewissermaßen im Auftrag seiner Intendanz gesehen habe; doch lächelte er dazu mit Selbstironie. Dann gab er einen kurzen und ziemlich humoristischen Auszug seiner bisherigen Erlebnisse in der kleinen Residenz. Auch das Konzert bei Hof berührte er spöttisch, als sei er fern davon, seiner Stellung, seinen bisherigen Erfolgen, den Theaterdingen, ja dem Leben überhaupt besondere Wichtigkeit beizumessen. So wollte er vor allem seine Position Nürnberger gegenüber gesichert haben. Dann kam das Gespräch auf die Haftentlassung Leo Golowskis. Nürnberger freute sich dieses unverhofften Ausgangs, lehnte es jedoch ab, sich darüber zu wundern, da in der Welt und ganz besonders in Österreich bekanntlich stets das Unwahrscheinlichste zum Ereignis werde. Dem Gerücht von Oskar Ehrenbergs Yachtfahrt mit dem Prinzen, das Georg als neuen Beweis für die Richtigkeit von Nürnbergers Auffassung vorbrachte, wollte er anfangs trotzdem wenig Glauben schenken. Doch gab er am Ende die Möglichkeit zu, da ja seine Phantasie, wie er seit langem wußte, von der Wirklichkeit immer wieder übertroffen würde.

Heinrich sah auf die Uhr. Es war Zeit für ihn sich zu empfehlen.

»Hab ich die Herren nicht gestört?« fragte Georg. »Ich glaube, Sie haben was vorgelesen, Heinrich, als ich kam.«

»Ich war schon zu Ende«, erwiderte Heinrich.

»Den letzten Akt lesen Sie mir morgen vor, Heinrich«, sagte Nürnberger.

»Ich denke nicht daran«, erwiderte Heinrich lachend. »Wenn die zwei ersten Akte im Theater so durchgefallen wären, wie jetzt vor Ihnen, lieber Nürnberger, so könnte man das Ding doch auch nicht zu Ende spielen. Nehmen wir an, Nürnberger, Sie seien entsetzt aus dem Parkett ins Freie gestürzt. Den Hausschlüssel und die faulen Eier erlaß ich Ihnen.«

»Donnerwetter!« rief Georg aus.

»Sie übertreiben wieder einmal, Heinrich«, sagte Nürnberger.

»Ich habe mir nur erlaubt, einige Einwendungen vorzubringen«, wandte er sich an Georg, »das ist alles. Aber er ist ein Autor!«

»Es kommt alles auf die Auffassung an«, sagte Heinrich. »Es ist schließlich auch nichts andres als eine Einwendung gegen das Leben eines Mitmenschen, wenn man ihm mit der Hacke den Schädel einschlägt, nur eine ziemlich wirksame.« Er deutete auf sein Manuskript und wandte sich zu Georg. »Wissen Sie, was das ist? Meine politische Tragikomödie. Kranzspenden dankend verbeten.«

Nürnberger lachte. »Ich versichere Sie, Heinrich, aus dem Sujet wäre noch immer was ganz Famoses zu machen. Sie könnten beinah die ganze Szenenführung beibehalten und eine Anzahl von Figuren. Sie müßten sich nur dazu entschließen, bei Wiederaufnahme Ihres Planes weniger gerecht zu sein.«

»Das ist aber doch eigentlich schön«, sagte Georg, »daß er gerecht ist.«

Nürnberger schüttelte den Kopf. »Überall mag man es sein – nur nicht im Drama.« Und sich wieder an Heinrich wendend: »In solch einem Stück, das eine Zeitfrage behandelt, oder gar mehrere, wie es Ihre Absicht war, werden Sie mit der Objektivität nie was erreichen. Das Publikum im Theater verlangt, daß die Themen, die der Dichter anschlägt, auch erledigt werden, oder daß wenigstens eine Täuschung dieser Art erweckt werde. Denn natürlich gibt's nie und nimmer eine wirkliche Erledigung. Und scheinbar erledigen kann eben nur einer, der den Mut oder die Einfalt oder das Temperament hat, Partei zu ergreifen. Sie werden schon darauf kommen, lieber Heinrich, daß es mit der Gerechtigkeit im Drama nicht geht.«

»Wissen Sie, Nürnberger«, sagte Heinrich, »es ging vielleicht auch mit der Gerechtigkeit. Ich glaub, ich hab nur nicht die richtige. In Wirklichkeit hab ich nämlich gar keine Lust, gerecht zu sein. Ich stell mir's sogar wunderschön vor, ungerecht zu sein. Ich glaube, es wäre die allergesündeste Seelengymnastik, die man nur treiben könnte. Es muß so wohl tun, die Menschen, deren Ansichten man bekämpft, auch wirklich hassen zu können. Es erspart einem gewiß sehr viel innere Kraft, die man viel besser auf den Kampf selbst verwenden dürfte. Ja, wenn man noch die Gerechtigkeit des Herzens hätte ... Ich hab sie aber nur da«, und er deutete auf seine Stirn. »Ich stehe auch nicht über den Parteien, sondern ich bin gewissermaßen bei allen oder gegen alle. Ich hab nicht die göttliche Gerechtigkeit, sondern die dialektische. Und darum ...« er hielt sein Manuskript in die Höhe, »ist da auch so ein langweiliges und unfruchtbares Geschwätz herausgekommen.«

»Weh dem Manne«, sagte Nürnberger, »der sich erdreistete, derartiges über Sie zu schreiben.«

»Na ja«, erwiderte Heinrich lächelnd. »Wenn's ein anderer sagt, kann man nie den leisen Verdacht unterdrücken, daß er recht haben könnte. Aber nun muß ich wirklich gehen. Grüß Sie Gott, Georg. Ich bedaure sehr, daß Sie mich gestern verfehlt haben. Wann reisen Sie denn wieder ab?«

»Morgen.«

»Aber man sieht Sie doch noch vor Ihrer Abreise? Ich bin heute den ganzen Nachmittag und Abend zu Hause, kommen Sie, wann es Ihnen paßt. Sie werden einen Menschen finden, der sich mit Entschlossenheit von den Zeitfragen ab- und wieder den ewigen Problemen zugewandt hat: Tod und Liebe ... Glauben Sie übrigens an den Tod, Nürnberger? Hinsichtlich der Liebe frag ich schon gar nicht.«

»Dieser für Ihre Verhältnisse doch etwas zu billige Witz«, sagte Nürnberger, »läßt mich vermuten, daß Sie sich durch meine Kritik, trotz Ihrer sehr würdigen Haltung ...«

»Nein, Nürnberger, ich schwöre Ihnen, ich bin nicht verletzt. Ich habe sogar eher ein angenehmes Gefühl, daß die Sache abgetan ist.«

»Abgetan? Warum denn? Es ist doch immerhin möglich, daß ich mich geirrt habe und daß gerade diesem Stück, das ich für minder gelungen halte, auf dem Theater ein Erfolg beschieden wäre, der Sie zum Millionär machen kann. Ich wäre trostlos, wenn durch meine vielleicht ganz unmaßgebliche Kritik ...«

»Gewiß, gewiß, Nürnberger, das müssen wir nun schon einmal alle und in jedem einzelnen Fall auf uns nehmen, daß wir uns geirrt haben können. Und nächstens schreib ich doch wieder ein Stück und zwar mit folgendem Titel: Mir macht niemand was weiß und ich mir selber erst recht nicht ... und Sie, Nürnberger, werden der Held sein.«

Nürnberger lächelte. »Ich? Das heißt, Sie werden einen Menschen hernehmen, den zu kennen Sie sich einbilden, werden diejenigen Seiten seines Wesens zu schildern versuchen, die Ihnen gerade in den Kram passen – andre unterschlagen, mit denen Sie nichts anfangen können, und am Ende ...«

»Am Ende«, unterbrach ihn Heinrich, »wird es ein Porträt sein, aufgenommen von einem irrsinnigen Photographen durch einen verdorbenen Apparat, während eines Erdbebens und bei Sonnenfinsternis. Einverstanden, oder fehlt noch was?«

»Die Charakteristik dürfte erschöpfend sein«, sagte Nürnberger.

Heinrich nahm Abschied in überlauter Lustigkeit und entfernte sich mit seinem zusammengerollten Manuskript.

Als er fort war, bemerkte Georg: »Seine Laune kommt mir doch ein bißchen gekünstelt vor.«

»Finden Sie? Ich hab ihn in der letzten Zeit immer auffallend gut gestimmt gefunden.«

»Wirklich gut gestimmt? Glauben Sie das ernstlich? Nach dem, was er erlebt hat?«

»Warum nicht? Menschen, die sich so viel, fast ausschließlich mit sich selbst beschäftigen wie er, verwinden ja seelische Schmerzen überraschend schnell. Auf solchen Naturen, und wohl nicht nur auf solchen, lastet das geringfügigste physische Unbehagen viel drückender, als jede Art von Herzenspein, selbst Untreue und Tod geliebter Personen. Es rührt wohl daher, daß jeder Seelenschmerz irgendwie unserer Eitelkeit schmeichelt, was man von einem Typhus oder einem Magenkatarrh nicht behaupten kann. Und beim Künstler kommt vielleicht dazu, daß aus einem Magenkatarrh absolut nichts zu holen ist ... wenigstens vor kurzem stand das noch ziemlich fest ... aus Seelenschmerzen hingegen alles, was man nur will, vom lyrischen Gedichte bis zu philosophischen Werken.«

»Es gibt doch wohl Seelenschmerzen recht verschiedener

Art«, erwiderte Georg. »Und es ist doch noch etwas anderes, wenn uns eine Geliebte betrügt oder verläßt ... und selbst wenn sie eines natürlichen Todes stirbt, als wenn sie sich unseretwegen umbringt.«

»Sie wissen ganz bestimmt?« fragte Nürnberger, »daß Heinrichs Geliebte sich seinetwegen umgebracht hat?«

»Hat Ihnen denn Heinrich nicht erzählt ...?«

»Allerdings. Aber das beweist nicht viel. In Hinsicht auf Dinge, die uns selber angehen, sind wir immer Tröpfe, auch die Klügsten unter uns.«

Solche Bemerkungen aus Nürnbergers Munde hatten für Georg etwas seltsam Beunruhigendes. Sie gehörten in die Reihe jener, die Nürnberger nicht ungern vernehmen ließ und die, wie Heinrich sich einmal ausgedrückt hatte, den Sinn jedes menschlichen Verkehrs, ja aller menschlichen Beziehungen geradezu aufhoben.

Nürnberger sprach weiter: »Wir kennen nur zwei Tatsachen. Die eine, daß unser Freund einmal mit einer jungen Dame ein Verhältnis gehabt, und die andere, daß diese junge Dame sich ins Wasser gestürzt hat. Von allem, was dazwischen liegt, ist uns beiden so gut wie nichts und Heinrich wahrscheinlich nicht viel mehr bekannt. Warum sie sich umgebracht hat, können wir alle nicht wissen, und vielleicht hat die Arme selbst es auch nicht gewußt.«

Georg sah durchs Fenster, erblickte Dächer, Schornsteine, verwitterte Röhren und ziemlich nah den hellgrauen Turm mit der durchbrochenen Steinkuppel. Der Himmel darüber war blaß und leer. Es fiel Georg plötzlich auf, daß Nürnberger noch mit keinem Wort nach Anna gefragt hatte. Was mochte er wohl vermuten? Am Ende, daß Georg sie verlassen und sie sich schon mit einem andern Liebhaber getröstet hätte? Warum bin ich nach Wien gefahren, dachte er flüchtig, – wie wenn seine Reise keinen andern Zweck gehabt hätte, als sich von Nürnberger Aufschlüsse über das Dasein erteilen zu lassen, die nun schlimm genug ausgefallen waren. Es schlug zwölf. Georg nahm Abschied. Nürnberger begleitete ihn bis an die Tür und dankte ihm für den Besuch. Mit Herzlichkeit, als hätte das frühere Gespräch über Georgs neuen Aufenthaltsort überhaupt keine Geltung zu beanspruchen, erkundigte er sich nach der Beschäftigung, den Arbeiten, den neuen Bekannten Georgs und erfuhr jetzt erst, welchem Zufall Georg seine plötzliche Berufung nach der kleinen Stadt zu verdanken hatte.

»Das ist's ja, was ich immer sage«, bemerkte er dann, »nicht *wir* sind's, die unser Schicksal machen, sondern meist besorgt das irgendein Umstand außer uns, auf den wir keinerlei Einfluß zu nehmen in der Lage waren, ja, den wir nicht einmal in den Kreis unserer Berechnungen einbeziehen konnten. Ist es schließlich ... bei aller Schätzung Ihres Talents darf ich es wohl sagen – ist es Ihr Verdienst oder das des alten Eißler, von dessen Verwendung in Ihrer Sache Sie mir einmal erzählt haben, daß Sie telegraphisch nach Detmold beschieden wurden und dort so rasch Ihren Wirkungskreis gefunden haben? Nein. Ein Unschuldiger, Ihnen Unbekannter mußte eines plötzlichen Todes sterben, damit Sie dort den Platz frei finden durften. Und welche andern Dinge, auf die Sie gleichfalls keinen Einfluß nehmen und die Sie nicht vorhersehen konnten, mußten eintreten, um Sie von Wien leichten Herzens, ja, um Sie überhaupt von hier scheiden zu lassen?!«

»Wieso leichten Herzens?« fragte Georg befremdet.

»Leichteren Herzens, als unter andern Umständen, mein ich. Wenn das kleine Geschöpf am Leben geblieben wäre, wer weiß, ob Sie ...«

»Sie können überzeugt sein, auch dann wär ich fortgefahren. Und Anna hätte es geradeso natürlich gefunden, wie sie es jetzt findet. Glauben Sie das nicht? Vielleicht wär ich sogar leichtern Herzens abgereist, wenn jene Sache anders ausgegangen wäre. Anna war es ja, die mir zugeredet hat anzunehmen. Ich war durchaus nicht entschlossen. Sie ahnen gar nicht, was für ein gutes und kluges Wesen Anna ist.«

»O, ich zweifle nicht daran. Nach allem, was Sie mir gelegentlich von ihr erzählt haben, hat sie sich ja anscheinend auch in ihre Situation mit mehr Würde gefunden, als junge Damen aus ihren Kreisen bei solchen Gelegenheiten sonst aufzubringen pflegen.«

»Lieber Herr Nürnberger, die Situation war ja nicht so furchtbar.«

»Ach, sagen Sie das nicht. Wenn sie auch durch Ihre Noblesse und Rücksichtnahme sehr gemildert war, seien Sie überzeugt, das Fräulein hat gewiß öfter in dieser Zeit das Unregelmäßige in ihrer Situation empfunden. Es gibt wohl kein weibliches Wesen, und dächte es noch so kühn und überlegen, das in einem solchen Fall nicht lieber den Ring am Finger trüge. Und es spricht eben wieder für die kluge und vornehme Gesinnung Ihrer Freundin, daß sie Sie das niemals hat merken lassen und daß sie auch die bittre Enttäuschung am Ende dieser gewiß nicht ausschließlich süßen neun Monate mit Fassung und Ruhe hingenommen hat.«

»Enttäuschung ist ein mildes Wort. Schmerzen wäre vielleicht das richtigere.«

»Es war wohl beides. Doch wie meistens wird wohl auch hier die brennende Wunde des Schmerzes schneller verheilt sein, als die quälende, bohrende der Enttäuschung.«

»Ich verstehe Sie nicht recht.«

»Nun, daran, lieber Georg, werden Sie doch nicht zweifeln, daß Sie sehr bald, am Ende schon heute, verheiratet wären, wenn das kleine Wesen am Leben geblieben wäre.«

»Und Sie glauben, daß jetzt, weil wir kein Kind haben ... ja Sie scheinen der Ansicht zu sein, daß ... daß ... es überhaupt aus ist? Sie sind vollkommen im Irrtum, aber vollkommen, lieber Freund.«

»Lieber Georg«, erwiderte Nürnberger, »wir wollen lieber beide von der Zukunft nicht reden. Weder Sie noch ich wissen es, wo in diesem Augenblick ein Faden zu unserm Schicksal gesponnen wird. Sie haben auch in dem Augenblick, als jener Kapellmeister vom Schlag gerührt wurde, nicht das geringste verspürt. Und wenn ich Ihnen jetzt Glück wünsche zu Ihrer weiteren Laufbahn, so weiß ich nicht, auf wen ich mit diesem Glückwunsch vielleicht den Tod herabgefleht habe.« Auf dem Flur nahmen sie Abschied. Auf die Stiege rief Nürnberger Georg nach: »Lassen Sie gelegentlich was von sich hören.«

Georg wandte sich noch einmal um: »Und Sie, tun Sie desgleichen! ...« Er sah nur noch die abwehrend-resignierte Handbewegung Nürnbergers, lächelte unwillkürlich und eilte hinab. An der nächsten Ecke nahm er einen Wagen. Auf dem Weg zu Golowskis dachte er über Nürnberger und Bermann nach. Was für sein seltsames Verhältnis das zwischen ihnen war! Vor Georg erschien ein Bild, das er ähnlich irgend einmal in einem Traum gesehen zu haben glaubte. Die zwei saßen sich gegenüber; jeder hielt dem andern einen Spiegel vor, darin sah der andere sich selbst mit einem Spiegel in der Hand, und in dem Spiegel wieder den andern mit dem Spiegel in der Hand und so fort in die Unendlichkeit. Kannte da einer noch den andern, kannte einer noch sich selbst? Georg wurde schwindlig zumute. Dann dachte er an Anna. Sollte Nürnberger wieder einmal recht behalten? War es denn wirklich aus? Konnte es überhaupt jemals enden? Jemals? ... Das Leben ist lang! Aber waren schon die nächsten Monate bedenklich? Micaela vielleicht ... Nein. Das war nicht schwer zu nehmen, wie immer es kommen sollte. Und zu Ostern war er ja wieder in Wien, dann kam der Sommer; man blieb zusammen. Und dann? Ja, was dann? Vermählung? Herrn Rosners und Frau Rosners Schwiegersohn, Josefs Schwager! Ach, was ging ihn die Familie an. Anna war es doch, die seine Frau sein würde, das gütige, sanfte, kluge Wesen.

Der Wagen hielt vor einem ziemlich neuen, häßlichen, gelb angestrichenen Haus, in einer breiten, einförmigen Gasse. Georg hieß den Kutscher warten und trat ins Tor. Im Innern sah das Haus recht verwahrlost aus; Mörtel war an vielen Stellen von den Mauern abgebröckelt, und die Stiegen waren schmutzig. Aus einigen Küchenfenstern roch es nach schlechtem Fett. Auf dem Gang im ersten Stock unterhielten sich zwei dicke Jüdinnen in einem für Georg unerträglichen Jargon, und die eine sagte zu einem Buben, den sie an der Hand hielt: »Moritz, laß den Herrn vorbei.« Warum sagt sie das, dachte Georg. Es ist ja Platz genug. Offenbar will sie sich mit mir verhalten. Als wenn ich ihr schaden oder nützen könnte. Und ein Wort Heinrichs aus einem verflossenen Gespräch fiel ihm ein: »Feindesland«.

Ein Dienstmädchen ließ ihn in ein Zimmer treten, das er sofort als das Leos erkannte. Bücher und Papiere auf dem Schreibtisch, das Klavier offen, auf dem Diwan eine geöffnete Reisetasche, die noch nicht ganz ausgepackt war. In der nächsten Minute öffnete sich die Tür; Leo trat herein, umarmte den Gast und küßte ihn so rasch auf beide Wangen, daß der so herzlich Begrüßte gar nicht dazu kam, verlegen zu werden. »Das ist lieb von Ihnen«, sagte Leo und schüttelte ihm beide Hände.

»Sie können sich gar nicht denken, wie ich mich gefreut habe ...« begann Georg.

»Ich glaub's Ihnen … aber bitte kommen Sie mit mir weiter, wir sind nämlich noch beim Essen – aber gleich fertig.«

Er führte ihn ins Nebenzimmer. Die Familie war um den Tisch versammelt. »Ich glaube, meinen Vater kennen Sie noch nicht«, bemerkte Leo und stellte die beiden einander vor. Der alte Golowski stand auf, legte die Serviette fort, die er um den Hals gebunden hatte, und reichte Georg die Hand.

Dieser wunderte sich, daß der alte Mann vollkommen anders aussah, als er sich ihn vorgestellt hatte; nicht patriarchalisch, graubärtig und ehrwürdig, sondern glattrasiert und mit breit verschlagenen Mienen glich er am ehesten einem alternden Provinzkomiker. »Ich freu mich sehr, Herr Baron, Sie kennenzulernen«, sagte er, und in seinen listigen Augen stand zu lesen: »Ich weiß doch alles.«

Therese stellte hastig die üblichen Fragen an Georg, wann er gekommen wäre, wie lange er bliebe, wie es ihm ginge; er antwortete geduldig und liebenswürdig, und sie sah ihm neugierig-lebhaft ins Gesicht. Dann fragte er Leo nach dessen Absichten für die nächste Zeit.

»Vor allem werd ich fleißig Klavier spielen müssen, um mich vor meinen Schülern nicht zu blamieren. Die Leute sind ja sehr nett gegen mich gewesen. Bücher hab ich gehabt, soviel ich wollte. Aber ein Klavier haben sie mir doch nicht zur Verfügung gestellt.« Er wandte sich an Therese: »Das solltet du in einer deiner nächsten Reden unbedingt geißeln. Diese schlechte Behandlung der Untersuchungshäftlinge muß abgestellt werden.«

»Gestern um die Zeit«, sagte der alte Golowski, »war ihm wirklich noch nicht zum Lachen.«

»Wenn du vielleicht glaubst«, meinte Therese, »daß der Glücksfall, der dir begegnet ist, meine Ansichten ändern wird, so irrst du dich gewaltig. Im Gegenteil.« Und zu Georg gewandt fuhr sie fort: »Theoretisch bin ich nämlich absolut dagegen, daß sie ihn heraus gelassen haben.« Sie sprach wieder zu Leo hin: »Wenn du den Kerl, wie es ja dein gutes Recht gewesen wäre, einfach totgeschlagen hättest, ohne diese ekelhafte Duellkomödie, wärst du nie frei geworden, säßest deine fünf bis zehn Jahre ab, heilig. Weil du dich aber auf dieses grauenvolle, vom Staat konzessionierte Hazardspiel um Leben und Tod eingelassen, weil du dich also vor der militärischen Weltanschauung geduckt hast, bist du begnadigt worden. Hab ich nicht recht?« wandte sie sich wieder an Georg.

Der nickte nur und dachte an den armen jungen Menschen, den Leo erschossen und der eigentlich gar nichts andres gegen die Juden gehabt hatte, als daß sie ihm so zuwider gewesen waren, wie schließlich den meisten Menschen – und dessen Schuld im Grunde nur darin bestanden hatte, daß er an den Unrechten gekommen war. Leo strich seiner Schwester übers Haar und sagte: »Siehst du, wenn du das, was du hier in diesen vier Wänden gesagt hast, nächstens öffentlich aussprächest, dann würdest du mir imponieren.«

»Na, und du mir«, erwiderte Therese, »wenn du dir morgen samt dem alten Ehrenberg ein Billett nach Jerusalem löstest.«

Sie standen vom Tisch auf. Leo lud Georg ein, mit ihm in sein Zimmer zu kommen.

»Stör' ich euch?« fragte Therese. »Ich möcht nämlich auch was von ihm haben.«

Sie saßen alle drei in Leos Zimmer und plauderten. Leo schien sich der wiedergewonnenen Freiheit unbedenklich und reuelos zu freuen, was Georg sonderbar berührte. Therese saß auf dem Diwan, in einem dunkeln anliegenden Kleid, und sah heute zum erstenmal wieder der jungen Dame ähnlich, die in Lugano als die Geliebte eines Kavallerieoffiziers unter einer Platane Asti getrunken und nachher einen anderen geküßt hatte. Sie bat Georg Klavier zu spielen. Noch nie hatte sie ihn gehört. Er setzte sich hin, spielte einiges aus Tristan und phantasierte dann mit glücklicher Eingebung. Leo sprach seine Anerkennung aus.

»Wie schade, daß er nicht dableibt«, sagte Therese und kreuzte, an der Wand lehnend, die Hände über ihrer hohen Frisur.

»Zu Ostern komm ich wieder«, erwiderte Georg und sah sie an.

»Aber doch nur, um wieder zu verschwinden«, sagte Therese.

»Das wohl«, entgegnete Georg, und es fiel ihm plötzlich auf die Seele, daß hier nicht mehr seine Heimat war, daß er nun überhaupt keine mehr hatte, für lange Zeit.

»Wie wär's«, sagte Leo, »wenn wir im Sommer eine gemeinsame Wanderung unternähmen? Sie, Bermann und ich. Ich verspreche Ihnen, daß wir Sie nicht durch theoretische Gespräche langweilen werden, wie im vorigen Herbst einmal ... erinnern Sie sich noch?«

»Ach«, sagte Therese und reckte sich, »es kommt so wie so nichts dabei heraus. Taten, meine Herren!«

»Und was kommt bei Taten heraus?« fragte Leo. »Sie sind höchstens Privaterlösungen für den Moment.«

»Ja, Taten, die man für sich selbst begeht«, sagte Therese. »Nur was man fähig ist, für die andern zu leisten, ohne Rachsucht, ohne Eitelkeit persönlicher Natur, namenlos womöglich, nur das nenn ich eine Tat.«

Georg mußte endlich fort. Was hatte er noch alles zu besorgen!

»Ich begleite Sie ein Stück«, sagte Therese zu ihm. Leo umarmte ihn noch einmal und sagte: »Es war wirklich schön von Ihnen.«

Therese verschwand, um Hut und Jacke zu holen. Georg begab sich ins Nebenzimmer; die alte Frau Golowski schien ihn erwartet zu haben. Mit einem sonderbar ängstlichen Gesicht trat sie auf ihn zu und gab ihm ein Kuvert in die Hand.

»Was ist das?«

»Der Schein, Herr Baron, ich habe ihn nicht der Anna geben wollen ... es hätt sie vielleicht zu sehr aufgeregt. «

»Ach ja ...« Er steckte das Kuvert ein und fand, daß es sich seltsamer anfühlte, als andre.

Therese erschien mit einem spanischen Hütchen, zum Fortgehen bereit. »Da bin ich. Auf Wiedersehen, Mama. Zum Nachtmahl komm ich nicht nach Haus.« Sie ging mit Georg die Treppe hinab, sah ihn vergnügt von der Seite an.

»Wohin darf ich Sie führen?« fragte Georg.

»Nehmen Sie mich nur mit, irgendwo steig ich halt aus.« Sie stiegen ein, der Wagen fuhr davon. Sie fragte ihn um allerlei, worauf er schon in der Wohnung Antwort gegeben hatte, als nähme sie an, daß er jetzt, mit ihr allein, aufrichtiger sein müßte, als vor den andern. Sie erfuhr nichts anderes, als daß er sich in der neuen Umgebung wohl fühlte und daß seine Arbeit ihm Befriedigung gewährte. Ob sein Erscheinen eine große Überraschung für Anna bedeutet hätte? Nein, das nicht, er hatte sie ja verständigt. Und ob es denn wahr sei, daß er zu Ostern wiederkommen wollte? Es sei seine bestimmte Absicht ...

Sie schien verwundert. »Wissen Sie, daß ich mir fest eingebildet hatte ...«

»Was?«

»Man würde Sie niemals wiedersehen.«

Er erwiderte nichts, etwas betroffen. Dann fuhr es ihm durch den Sinn: Wär es nicht vernünftiger gewesen ...? Er saß ganz nahe neben Therese, fühlte die Wärme ihres Körpers wie damals in Lugano. In welchem ihrer Träume mochte sie jetzt leben? In dem wirrdüstern der Menschheitsbeglückung, oder in dem heiter-leichten eines neuen Liebesabenteuers? Sie sah angelegentlich zum Fenster hinaus. Er nahm ihre Hand, die sie ihm nicht entzog, und führte sie an die Lippen. Plötzlich wandte sie sich zu ihm und sagte harmlos: »So, nun lassen Sie halten, hier steig ich am besten aus.«

Er ließ ihre Hand los und sah Therese an.

»Ja, lieber Georg, wohin geriete man«, sagte sie, »wenn man sich nicht ...« sie verzog spöttisch den Mund, »für die Menschheit zu opfern hätte. Wissen Sie, was ich mir manchmal denke ...? Vielleicht ist das alles nur eine Flucht vor mir selbst.«

»Warum ... warum fliehen Sie?«

»Leben Sie wohl, Georg.« Der Wagen hielt. Therese stieg aus, ein junger Mann blieb stehen, starrte sie an; sie verschwand in der Menge. Ich glaube nicht, daß sie auf dem Schaffot enden wird, dachte Georg. Er fuhr in sein Hotel, aß zu Mittag, zündete sich eine Zigarette an, kleidete sich um und begab sich zu Ehrenbergs.

Im Speisezimmer, beim schwarzen Kaffee, mit den Damen des Hauses waren James, Sissy, Willy Eißler und Frau Oberberger anwesend. Georg nahm zwischen Else und Sissy Platz, trank ein Gläschen Benediktiner und beantwortete alle Fragen, die seinem neuen Wirken galten, geduldig und mit Humor. Bald begab man sich in den Salon, und nun saß er eine Weile im erhöhten Erker mit Frau Oberberger, die heute wieder ganz jung aussah und vor allem über Georgs persönliche Erlebnisse in Detmold näheres zu hören wünschte. Sie glaubte ihm nicht, daß er nicht mit sämtlichen Sängerinnen Verhältnisse angeknüpft hatte, wie ihr überhaupt das Theaterleben nur als Anlaß und

Vorwand für galante Abenteuer zu gelten schien; jedenfalls bestand sie darauf, über Vorgänge hinter den Kulissen, in den Garderoben und in der Direktionskanzlei Ungeheuerlichkeiten zu vernehmen.

Als Georg nicht umhin konnte, sie durch seine Berichte von der bürgerlich-anständigen, beinahe philiströsen Lebensweise der Bühnenmitglieder und durch die Schilderung eines eigenen arbeitsvollen Daseins zu enttäuschen, begann sie sichtlich zu verfallen, und bald saß ihm eine gealterte Frau gegenüber, in der er dieselbe erkannte, die ihm im verflossenen Sommer zuerst in der Loge eines weiß-roten Theaterchens und später in einem nun fast vergessenen Traum erschienen war. Dann stand er mit Sissy neben der marmornen Isis, und während des harmlosen Plauderns suchte jeder in den Augen des andern die Erinnerung einer glühenden Stunde unter den tiefen Nachmittagsschatten eines dunkelgrünen Parks. Aber beiden schien sie heute wie in unzugängliche Tiefen versunken. Endlich saß er mit Else an dem kleinen Tischchen, auf dem Photographien und Bücher lagen. Auch sie stellte zuerst gleichgültige Fragen, wie alle andern.

Plötzlich aber, ganz unvermutet und etwas leiser fragte sie: »Wie geht's denn Ihrem Kind?«

»Meinem Kind …?« Er zögerte. »Sagen Sie mir, Else, warum fragen Sie mich eigentlich …? Es ist ja doch nur Neugier.«

»Sie irren sich, Georg«, erwiderte sie ruhig und ernst, »wie Sie sich ja meistens in mir geirrt haben. Sie halten mich für recht oberflächlich, oder weiß Gott was. Nun, es hat ja keinen Sinn, weiter darüber zu reden. Aber jedenfalls ist es nicht so ganz unbegreiflich, daß ich mich nach dem Kind erkundige. Ich möchte es gern einmal sehen.«

»Sie möchten es sehen?« Er war bewegt.

»Ja. Ich hätte sogar noch eine andre Idee … die Sie aber wahrscheinlich ganz verrückt finden werden.«

»Lassen Sie doch hören, Else.«

»Ich denke mir nämlich, wir könnten es zu uns nehmen.«

»Wer, wir?«

»James und ich.«

»Nach England?«

»Wer sagt Ihnen denn, daß wir nach England gehen? Wir bleiben hier. Wir haben schon eine Wohnung gemietet, im Cottage draußen. Es braucht's ja niemand zu wissen, daß es Ihr Kind ist.«

»Was für ein romanhafter Gedanke.«

»Gott, warum romanhaft? Anna kann's doch nicht bei sich haben und Sie doch erst recht nicht. Wo soll's denn während der Proben stecken? Im Souffleurkasten vielleicht?«

Georg lächelte. »Sie sind sehr gut, Else.«

»Ich bin gar nicht gut. Ich denk nur, warum soll denn so ein unschuldiges kleines Geschöpf dafür büßen, oder darunter leiden, daß ... na ja, ich meine, es kann doch nichts dafür ... schließlich ... Ist es ein Bub?«

»Es war ein Bub.« Er machte eine Pause. Dann sagte er leise: »Es ist nämlich tot.« Und er sah vor sich hin.

»Was? Ach so, Sie wollen sich ... vor meiner Zudringlichkeit schützen.«

»Else, wie können Sie denn ... Nein, Else. In solchen Dingen lügt man nicht.«

»Also wirklich? Ja, wie ist denn das ...«

»Es ist tot zur Welt gekommen.«

Sie sah zu Boden. »Nein, wie schrecklich!« Sie schüttelte den Kopf. »Wie schrecklich! ... Nun hat sie mit einemmal gar nichts mehr.«

Georg zuckte leicht zusammen, aber vermochte nichts zu antworten. Wie entschieden es für alle schien, daß die Geschichte mit Anna zu Ende war. Und ihn bedauerte Else gar nicht. Sie ahnte wohl nicht einmal, wie der Tod des Kindes ihn erschüttert hatte. Wie konnte sie es auch ahnen! Was wußte sie von der Stunde, da der Garten seine Farben, der Himmel sein Licht für ihn verloren hatte, weil sein wunderschönes Kind tot drin im Hause lag.

Frau Ehrenberg war herangekommen. Sie drückte Georg ihre besondere Zufriedenheit aus. Sie habe übrigens nie daran gezweifelt, daß er seinen Mann stellen würde, sobald er nur einmal in einem Beruf mitten drin stände. Auch sei sie fest überzeugt: in drei bis fünf Jahren hätten sie ihn hier, in Wien, als Kapellmeister.

Georg wehrte ab. Er denke vorläufig gar nicht daran, nach Wien zurückzukehren. Er fühle, daß man draußen im Reich mehr und ernster arbeite. Hier sei man immer in Gefahr, sich zu verlieren.

Frau Ehrenberg stimmte zu und nahm Anlaß, sich über Heinrich Bermann zu beschweren, der als Dichter verstummt sei und sich nebstbei nicht mehr blicken lasse.

Georg nahm ihn in Schutz und fühlte sich verpflichtet, festzustellen, daß Heinrich fleißiger wäre als je. Aber Frau Ehrenberg hatte auch andre Beispiele für den verderblichen Einfluß der Wiener Luft. Nürnberger vor allem, der sich nun vollkommen von der Welt abzuschließen scheine. Und was mit Oskar passiert sei ... hätte das in einer andern Stadt als in Wien geschehen können? Ob Georg übrigens wüßte, daß Oskar mit dem Prinzen von Guastalla auf Reisen wäre? Sie tat, als fände sie daran nichts Besonderes, Georg merkte ihr aber an, daß sie ein wenig stolz war und irgendwie die Meinung hegte, als hätte mit Oskar sich schließlich doch noch alles zum Guten gefügt. –

Während Georg mit Frau Ehrenberg sprach, sah er zuweilen die Blicke Elses auf sich gerichtet, die sich mit James in den Erker zurückgezogen hatte, – wissende, schwermütige Blicke, die ihn beinahe durchschauerten. Er empfahl sich bald, fühlte einen unbegreiflich fremden Händedruck von Else, gleichgültig-liebenswürdige von den andern und ging.

Wie das nur zugeht, dachte er im Wagen, der ihn zu Heinrich führte. Die Leute wußten alles früher als er selbst. Sie hatten von seinem Verhältnis mit Anna gewußt, ehe es angefangen – und jetzt wußten sie wieder früher als er, daß es zu Ende war. Er hatte nicht übel Lust, ihnen allen zu beweisen, daß sie sich irrten. Freilich, in solch einer Lebenssache durfte man sich durch Trotz am wenigsten bestimmen lassen. Es war gut, daß nun ein paar Monate kamen, in denen er sich wieder sammeln, alles reiflich erwägen konnte. Auch für Anna würde es gut sein; für sie vielleicht ganz besonders. Der gestrige Spaziergang mit ihr im Regen über die feucht-bräunlichen Straßen fiel ihm wieder ein und erschien ihm wie etwas unsagbar Trauriges. Ach, die Stunden in dem gewölbten Zimmer, in das von drüben durch den wallenden Schneevorhang die Orgel hereinklang! Wo waren sie! Diese und so viele andre wundervolle Stunden, wo waren sie hin! Er sah sich und Anna im Geiste wieder, ein junges Paar auf der Hochzeitsreise, durch Gassen wandeln, in denen der wunderbare Hauch der Fremde war; banale Hotelräume, in denen er nur für kurze Tage mit ihr geweilt, tauchten vor ihm plötzlich wieder auf und waren wie geweiht vom Duft der Erinnerung … Dann erschien ihm die Geliebte auf einer weißen Bank, unter schweren Ästen, die hohe Stirn von einer trügerischen Ahnung sanfter Mütterlichkeit umflossen – und endlich stand sie da, ein Notenblatt in der Hand und weiße Vorhänge bewegten sich leise im Winde. – Und als er sich bewußt wurde, daß es dasselbe Zimmer war, in dem sie jetzt seiner wartete – und daß nicht viel mehr als ein Jahr verflossen, seit jener abendlichen Spätsommerstunde, da sie, von ihm begleitet, sein Lied zum erstenmal ihm vorgesungen – atmete er in seiner Wagenecke schwer und beinahe angstvoll auf.

Als er ein paar Minuten drauf bei Heinrich im Zimmer stand, bat er ihn, dies nicht als Besuch anzusehen. Nur die Hand wollte er ihm drücken – morgen vormittag, wenn's ihm recht sei, wollte er ihn abholen zu einem Spaziergang … ja – dies fiel ihm während des Redens ein – zu einer Art von Abschiedsspaziergang im Wald von Salmansdorf.

Heinrich war einverstanden, bat ihn nur ein paar Augenblicke zu verweilen. Georg fragte ihn scherzend, ob er sich schon von seinem Mißerfolg von heute Morgen erholt hätte.

Heinrich wies auf den Schreibtisch, wo lose Blätter lagen, die mit großen, erregten Schriftzeichen bedeckt waren. »Wissen Sie, was das ist? Den Ägidius habe ich mir wieder hergenommen. Und gerade, bevor Sie kamen, ist mir ein ziemlich möglicher Schluß eingefallen. Wenn es Sie interessiert, so erzähl ich Ihnen morgen mehr davon.«

»Gewiß. Ich bin sehr gespannt. Das ist übrigens hübsch, daß Sie sich gleich wieder an eine Arbeit gemacht haben.«

»Ja, lieber Georg, ganz allein bin ich nicht gern. Ich muß mir möglichst rasch Gesellschaft verschaffen, nach meiner Wahl … sonst kommt eben wer will, und man möchte doch nicht für jedes Gespenst zu sprechen sein.«

Georg erzählte, daß er Leo besucht und ihn so heiter angetroffen, wie er es kaum vermutet hätte.

Heinrich lehnte am Schreibtisch, beide Hände in den Hosentaschen vergraben, mit leicht gesenktem Kopf; die beschirmte Lampe zeichnete von unten unsichere Schatten in sein Gesicht.

»Warum haben Sie's nicht erwartet, ihn heiter zu finden? Uns …
mir wenigstens ging es wahrscheinlich gerade so.«

Georg saß auf der Lehne eines schwarzledernen Fauteuils, die
Beine übereinandergeschlagen, Hut und Stock in der Hand.
»Vielleicht haben Sie recht«, sagte er, »aber ich kann Ihnen nicht
verhehlen, mir war es trotzdem sonderbar zu denken, während
ich sein frohes Gesicht sah, daß er ein Menschenleben auf dem
Gewissen hat.«

»Das heißt«, sagte Heinrich und begann im Zimmer hin und
her zu gehen, »es ist einer der Fälle, wo die Beziehung von Ursache und Wirkung so einleuchtend ist, daß man ruhig sagen
darf: ›Er hat getötet‹, ohne daß es beinahe nach einem Wortspiel
aussähe … Im ganzen aber, finden Sie nicht, Georg, sehen wir
diese Dinge doch ein bißchen oberflächlich an. Wir müssen
einen Dolch blitzen sehen, eine Kugel pfeifen hören, um zu
begreifen, daß ein Mord geschehen ist. Als wär nicht einer, der
jemanden sterben läßt, vom Mörder oft durch weiter nichts
unterschieden, als durch einen höhern Grad von Bequemlichkeit und Feigheit …«

»Machen Sie sich am Ende Vorwürfe, Heinrich? Wenn Sie dran
geglaubt hätten, daß es so kommen mußte – Sie hätten sie ja
doch nicht – sterben lassen.«

»Vielleicht. Ich weiß nicht. Aber eins kann ich Ihnen sagen,
Georg, wenn sie noch lebte … das heißt, wenn ich ihr verziehen
hätte, wie Sie sich gelegentlich auszudrücken beliebten, so
käme ich mir schuldiger vor, als ich mir heute erscheine. Ja, ja,
so ist es nun einmal. Ich will's Ihnen gar nicht verhehlen, Georg,
es gab eine Nacht … ein paar Nächte gab es, da war ich wie vernichtet vor Schmerz, vor Verzweiflung, vor … nun, andre hätten
es eben für Reue gehalten. Es war aber nichts derart. Denn mitten in meinem Schmerz, in meiner Verzweiflung hab ich's ja
gewußt, daß dieser Tod etwas Erledigendes, etwas Versöhnen-
des, etwas Reines bedeutete. Wär ich schwach gewesen, oder
weniger eitel … wie Sie's eben auffassen wollen … war sie wieder meine Geliebte geworden, so wäre viel schlimmeres gekommen, als dieser Tod, auch für sie … Ekel und Qual, Wut und Haß
wären um unser Bett gekrochen … unsere Erinnerungen wären
verfault, Stück für Stück, ja, bei lebendigem Leibe wäre unsere
Liebe verwest. Es durfte nicht sein. Ein Verbrechen wär es gewe-

sen, dieses todkranke Verhältnis weiterzufristen, so wie es ein Verbrechen ist – und in der Zukunft auch so gelten wird – das Leben eines Menschen hinzufristen, dem ein qualvolles Sterben bestimmt ist. Das wird Ihnen jeder vernünftige Arzt sagen. Und darum bin ich sehr fern davon, mir Vorwürfe zu machen. Ich will mich auch nicht vor Ihnen oder sonst jemandem auf der Welt rechtfertigen, aber es ist nun einmal so: ich *kann* mich nicht schuldig fühlen. Es geht mir ja manchmal sehr schlimm, aber mit Schuldgefühlen hat das nicht das Geringste zu tun.«

»Sie sind damals hingereist?« fragte Georg.

»Ja. Ich bin hingereist. Ich bin sogar dabeigestanden, als man den Sarg in die Erde senkte. Ja. Mit der Mutter zusammen bin ich hingefahren.« Er stand am Fenster, ganz im Dunkel und schüttelte sich. »Nein, nie werd ich es vergessen. Übrigens ist es auch nur eine Lüge, daß sich Menschen in einem gemeinsamen Leid finden. Nie finden sich Menschen, wenn sie nicht zueinander gehören. Noch ferner werden sie einander in schweren Stunden. Diese Fahrt! Wenn ich mich daran erinnere! Ich hab übrigens beinahe die ganze Zeit gelesen. Es war mir unerträglich, mit der dummen, alten Person zu reden. Man haßt doch niemanden mehr als jemand gleichgültigen, der einem Mitleid abfordert. Wir sind auch an ihrem Grab zusammen gestanden, die Mutter und ich. Ich, die Mutter, und ein paar Komödianten von dem kleinen Theater … Und nachher bin ich im Wirtshaus gesessen mit ihr allein, nach dem Begräbnis. Ein Leichenschmaus zu zweien. Eine hoffnungslose Geschichte, sag ich Ihnen. Wissen Sie übrigens, wo sie begraben liegt? An Ihrem See, Georg. Ja. Ich habe öfter an Sie denken müssen. Sie wissen ja, wo der Friedhof liegt. Keine hundert Schritte weit vom Auhof. Man hat eine entzückende Aussicht auf unsern See, Georg; allerdings nur wenn man lebendig ist.«

Georg empfand ein leises Grauen. Er stand auf. »Ich muß Sie leider verlassen, Heinrich. Ich werde erwartet. Sie verzeihen.«

Heinrich trat aus dem Dunkel des Fensters hervor, zu ihm. »Ich danke Ihnen sehr für Ihren Besuch. Also morgen, nicht wahr? Sie gehen jetzt wohl zu Anna? Bitte grüßen Sie sie herzlich. Ich höre ja, daß es ihr gut geht. Therese erzählte mir's.«

»Ja, sie sieht vortrefflich aus. Sie hat sich vollkommen erholt.«

»Das freut mich. Also auf morgen, nicht wahr? Ich freu mich

sehr, daß ich Sie noch einmal sehen kann, eh Sie abreisen. Sie müssen mir auch noch allerlei erzählen. Ich habe ja wieder einmal nichts getan, als von mir geredet.«

Georg lächelte. Als wenn er das von Heinrich nicht gewohnt gewesen wäre! »Auf Wiedersehen«, sagte er und ging.

Manches von dem, was Heinrich gesprochen, klang in Georg nach, als er wieder im Wagen saß. »Wir müssen einen Dolch blitzen sehen, um zu begreifen, daß ein Mord geschehen ist.« Georg fühlte, daß vom Sinn dieser Worte eine gleichsam unterirdische, aber längst geahnte Beziehung zu einem dumpfen Unbehagen hinging, das er manchmal in seiner Seele spürte. Er dachte einer Stunde, da ihm gewesen war, als ginge in den Wolken ein Spiel um sein ungeborenes Kind, und seltsam erschien es ihm plötzlich, daß Anna über den Tod des Kindes mit ihm noch kein Wort gesprochen, daß sie sogar in ihren Briefen jede Andeutung nicht nur auf den unglücklichen Ausgang, sondern auch auf den ganzen Zeitraum, da sie das Kind unter dem Herzen getragen, vollkommen vermieden hatte. Der Wagen näherte sich dem Ziel. Warum klopft mir das Herz, dachte Georg. Freude? ... Schlechtes Gewissen? ... Heut mit einemmal! Sie kann mir doch die Schuld nicht geben ...? Was für Unsinn. Ich bin abgespannt und erregt zugleich, das ist es. Ich hätte nicht herkommen sollen. Warum hab ich all diese Menschen wiedergesehen? War mir nicht, trotz aller Sehnsucht, tausendmal wohler in der kleinen Stadt, wo ein neues Leben für mich angefangen hatte ...? Irgendwo anders hätte ich mit Anna zusammentreffen sollen. Vielleicht fährt sie mit mir fort ... Dann kann am Ende alles noch gut werden. Ist denn irgend etwas schlecht ...? Sind unsere Beziehungen am Ende auch krank, und ist es ein Verbrechen, sie weiterzufristen ...? Das könnte zuweilen eine bequeme Ausrede sein.

Als er bei Rosners eintrat, saß die Mutter allein am Tische, sah von einem Buche auf und klappte es zu. Über den Tisch, gleichmäßig nach allen Seiten, glitt von oben der Schein einer leicht hin und her schwingenden Lampe. Josef erhob sich aus einer Diwanecke. Anna trat eben aus ihrem Zimmer, strich mit beiden Händen über das hochgekämmte, gewellte Haar, begrüßte Georg mit leichtem Kopfneigen und hatte für ihn in diesem Augenblick mehr von einer Erscheinung als von einer wirklichen Gestalt. Georg reichte allen die Hand und erkundigte sich nach dem Befinden des Herrn Rosner.

»Es geht ihm nicht grad schlecht«, sagte Frau Rosner. »Aber aufstehen kann er halt schwer.«

Josef entschuldigte sich, daß er schlafend auf dem Diwan betroffen worden war. Er mußte den Sonntag benutzen, um sich auszuruhen. Er bekleidete eine Stellung bei seiner Zeitung, die ihn nachts manchmal bis drei festhielt.

»Er ist jetzt sehr fleißig«, bestätigte auch die Mutter.

»Ja«, sagte Josef bescheiden, »wenn man gewissermaßen einen Wirkungskreis hat ...« Er bemerkte weiter, daß der »Christliche Volksbote« sich einer immer größern Verbreitung erfreue, sogar draußen im Reich. Dann richtete er an Georg einige Fragen über dessen neuen Aufenthaltsort, interessierte sich lebhaft für Bevölkerungszahl, Zustand der Straßen, Verbreitung des Radfahrsports und Umgebung.

Frau Rosner ihrerseits erkundigte sich höflich nach der Zusammenstellung des Repertoires, Georg gab Auskunft, bald war ein Gespräch im Gange, an dem sich auch Anna sachlich beteiligte, und Georg fand sich plötzlich zu Besuch in einer Bürgerfamilie von angenehmen Umgangsformen, in der die Tochter des Hauses musikalisch war. Die Unterhaltung gelangte endlich dahin, daß Georg sich zur Äußerung des Wunsches veranlaßt fand, die junge Dame wieder einmal singen zu hören – und er mußte sich gleichsam besinnen, daß es ja seine Anna war, deren Stimme zu vernehmen ihn verlangt hatte.

Josef entschuldigte sich; ein Rendezvous im Kaffee mit Klubgenossen rief ihn ab ... »Wissen sich Herr Baron noch zu erinnern ... die flotte Gesellschaft auf der Sophienalpe?«

»Gewiß«, sagte Georg lächelnd. Und er zitierte: »Der Gott, der Eisen wachsen ließ ...«

»Der wollte keine Knechte«, ergänzte Josef. »Aber das singen wir schon lange nicht mehr. Es ist zu verwandt mit der ›Wacht am Rhein‹; und man soll uns nicht mehr nachsagen, daß wir über die Grenze schielen. Es hat große Kämpfe gegeben bei uns im Ausschuß. Ein Herr hat sogar demissioniert. Er ist nämlich Solizitator in der Kanzlei vom Doktor Fuchs, dem deutschnationalen Abgeordneten. Ja, es ist halt alles Politik.« Er zwinkerte. Man sollte nicht glauben, daß er den Schwindel noch ernst nahm, jetzt, da er selbst in die Maschinerie des öffentlichen Lebens Einblick hatte. Mit der kaum mehr überraschenden Bemerkung, daß er überhaupt Geschichten erzählen könnte, empfahl er sich. Frau Rosner fand es an der Zeit, nach ihrem Gatten zu sehen.

Georg saß Anna gegenüber, allein mit ihr an dem runden Tisch, über den der Schein der Hängelampe floß.

»Ich danke dir für die schönen Rosen«, sagte Anna, »ich hab sie drin in meinem Zimmer.« Sie erhob sich, und Georg folgte ihr. Er hatte ganz vergessen, daß er ihr Blumen geschickt hatte. In einem hohen Glas, vor dem Spiegel standen sie, dunkelrot, und spiegelten farblos dunkel sich ab. Das Pianino war offen, Noten waren aufgeschlagen, zwei Kerzen brannten zu den Seiten. Sonst war nur so viel Licht in dem Raum, als durch den breiten Türspalt aus dem Nebenzimmer hereinfiel.

»Du hast gespielt, Anna?« er trat näher hin. »Die Arie der Gräfin? Auch gesungen?«

»Ja. Versucht.«

»Geht's?«

»Es fängt an … kommt mir vor. Na, wir werden ja sehen. Aber sag mir vor allem, was du heut den ganzen Tag gemacht hast.«

»Gleich. Wir haben uns ja noch gar nicht begrüßt.« Er umarmte und küßte sie.

»Lang ist's her«, sagte sie, an ihm vorbeilächelnd.

»Also«, fragte er lebhaft, »fährst du mit mir?«

Anna zögerte. »Aber wie denkst du dir denn eigentlich die Sache, Georg?«

»Sehr einfach. Morgen nachmittag können wir fortfahren. Wahl des Ortes bleibt dir überlassen. Reichenau, Semmering, Brühl, wohin du willst … Und übermorgen früh würd ich dich zurückbegleiten.« Irgend was hielt ihn ab, von dem Telegramm zu reden, das ihm volle drei Tage zur Verfügung stellte.

Anna sah vor sich hin. »Es wär ja schön«, sagte sie tonlos, »aber es wird halt nicht möglich sein, Georg.«

»Wegen deines Vaters?«

Sie nickte.

»Es geht ihm doch besser?«

»Nein, es geht ihm gar nicht gut. Er ist so schwach. Man würde mir natürlich keinen direkten Vorwurf machen. Aber ich

… ich kann die Mutter jetzt nicht allein lassen, wegen so eines Ausfluges.«

Er zuckte die Achseln, ein wenig verletzt über die Bezeichnung, die sie gewählt hatte.

»Und sag einmal aufrichtig«, fügte sie wie scherzend hinzu, »liegt dir denn gar so viel dran?«

Er schüttelte den Kopf, schmerzlich beinahe. Aber er fühlte, daß auch diese Geste der Aufrichtigkeit entbehrte. »Ich versteh dich nicht, Anna«, sagte er schwächer, als er gewünscht hätte. »Daß so ein paar Wochen des Fern-von-einander-seins, daß die … ja ich weiß gar nicht, wie ich's nennen soll … Es ist ja, als hätte man sich verloren. *Ich* bin's doch, Anna, *ich* bin's doch …« wiederholte er heftig aber müd. Er saß auf dem Sessel vor dem Pianino. Er nahm ihre Hände, führte sie an die Lippen, zerstreut und ein wenig erregt.

»Wie war's denn in Tristan?« fragte sie.

Beflissen berichtete er von der Vorstellung, verschwieg auch seinen Besuch in der Ehrenbergschen Loge nicht, sprach von all den andern Menschen, die er gesehen, und bestellte ihr die Grüße von Heinrich Bermann. Dann zog er sie zu sich auf die Knie und küßte sie. Als er sein Antlitz von dem ihren entfernte, sah er Tränen über ihre Wangen rinnen. Er spielte den Befremdeten. »Was hast du denn, Kind …? Ja warum denn, warum …«

Sie erhob sich, trat zum Fenster, das Gesicht von ihm abgewandt. Nun stand er auf, etwas ungeduldig, ging ein paarmal im Zimmer auf und ab, trat endlich zu ihr, drängte sich nah an sie und begann wieder, unvermittelt, hastig: »Anna! Überleg dir's, ob du nicht doch mit mir fahren könntest! Es wäre alles so anders, als hier. Man könnte sich aussprechen. Wir haben über so wichtige Dinge zu reden. Ich brauch ja auch deinen Rat; wegen meiner Entschlüsse für das nächste Jahr. Ich hab dir ja geschrieben, nicht wahr? Es ist also sehr wahrscheinlich, daß man mir schon in den nächsten Tagen einen dreijährigen Vertrag zur Unterschrift vorlegen wird.«

»Was soll man da raten?« sagte sie. »Du wirst schließlich am besten wissen, ob du dich dort wohlfühlst, oder nicht.«

Er begann zu erzählen, von dem liebenswürdigen und begabten Intendanten, der ihn offenbar als Mitarbeiter heranzuziehen wünschte, von dem sympathischen, alten Kapellmeister, der einmal so berühmt gewesen war, von irgendeinem sehr klein geratenen Bühnenarbeiter, den man Alexander den Großen nannte, von einer jungen Dame, mit der er die Micaela studiert hatte und die mit einem Berliner Arzt verlobt war, von einem Tenor, der schon siebenundzwanzig Jahre an dem Theater wirkte und Wagner grimmig haßte. Dann begann er von seinen persönlichen Aussichten in künstlerischer und materieller Beziehung zu sprechen. Ohne Zweifel könnte er an dem kleinen Hoftheater bald zu einer gesicherten und günstigen Position gelangen. Andererseits wäre zu bedenken, daß es gefährlich sei, sich auf allzulange zu binden; eine Karriere wie die des alten Kapellmeisters wäre nicht nach seinem Geschmack. Freilich… die Temperamente seien verschieden, er für seinen Teil glaube sich vor einem ähnlichen Schicksal gefeit.

Anna sah ihn immer nur an, und in einem nachsichtig-spöttischen Ton, wie wenn sie zu einem Kinde spräche, sagte sie endlich: »Nein, wie er sich anstrengt.«

Er war betroffen. »Inwiefern streng ich mich an?«

»Schau, Georg, du bist mir doch nicht Aufklärungen irgendwelcher Art schuldig.«

»Aufklärungen? Du bist aber wirklich … Ich gebe dir doch keine Aufklärungen, Anna. Ich schildere dir einfach, wie ich lebe, und mit was für Leuten ich zu tun habe … weil ich mir schmeichle, daß dich diese Dinge interessieren; – geradeso wie ich dir erzählt habe, wo ich heute und gestern gewesen bin.«

Sie schwieg. Und Georg fühlte wieder, daß sie ihm nicht glaubte, daß sie ein Recht hatte, ihm nicht zu glauben – selbst wenn zufällig einmal Wahrheit über seine Lippen kam. Allerlei Worte traten ihm auf die Zunge, Worte des Gekränktseins, des Zorns, der milden Zusprache – jedes schien ihm gleich wertlos und leer. Er erwiderte gar nichts, setzte sich zum Pianino, griff leise Töne und Akkorde. Nun war ihm wieder, als liebte er sie sehr und könnte es ihr nur nicht sagen, und als wäre diese Stunde des Wiedersehens ganz anders geworden, wenn man sie anderswo gefeiert hätte. Nicht in diesem Zimmer, nicht in dieser Stadt; am liebsten an einem Ort, den sie beide nicht kannten, in einer fremden, neuen Umgebung. Ja, dann wäre vielleicht alles wieder geworden, wie es einstmals war. Dann hätten sie einander in die Arme stürzen können – wie einst, in Sehnsucht, zu Wonne – und Frieden. Es fuhr ihm durch den Sinn: Wenn ich ihr nun sagte: Anna! Drei Tage und drei Nächte gehören uns! Wenn ich sie bäte … mit den rechten Worten … ihr zu Füßen, sie anflehte … komm mit mir! komm … Sie widerstände nicht lang! Sie folgte mir gewiß … Er wußte es. Warum sprach er die rechten Worte nicht aus? Warum flehte er sie nicht an? Warum schwieg er, saß am Pianino, abgewandt, griff leise Töne und Akkorde …? Warum? … Da fühlte er auf seinem Haupt ihre weichen Hände. Seine Finger lagen schwer auf den Tasten, irgendein Akkord tönte nach. Er wagte nicht sich umzuwenden. Er fühlte: sie weiß es auch. Was weiß sie …? Ist es denn wahr …? Ja … es ist wahr. Und er dachte der Stunde, nach der Geburt seines toten Kindes – da er an ihrem Bett gesessen und sie schweigend dagelegen war, den Blick in den dämmrigen Garten gerichtet … Schon in jener Stunde hatte sie's gewußt – früher als er – – daß alles zu Ende war. Und er hob seine Hände vom Klavier auf, nahm die ihren, die noch immer auf seinem Haupt lagen, führte sie an seine Wangen, zog sie selber nach, bis sie wieder ganz nah bei ihm war und langsam auf seine Knie niedersank. Und schüchtern begann er wieder: »Anna … vielleicht … könntest du dich doch entschließen … Vielleicht wär es mir auch möglich, wenn ich telegraphiere, noch ein paar Tage Urlaub mehr zu bekommen. Du, Anna … hörst du … es wäre doch wunderschön …« Ganz in der Tiefe kam ihm ein Plan. Wenn er wirklich mit ihr auf einige Tage fortreiste. Und ihr bei dieser Gelegenheit ehrlich sagte: Es soll zu Ende sein, Anna! Aber das Ende unserer Liebe soll schön sein, wie es der Anfang war. Nicht matt und traurig, wie diese Stunden in deinem Elternhaus … Wenn ich ihr das – irgendwo auf dem Land, ehrlich sagte … war es nicht würdiger, ihrer und meiner – und unseres vergangenen Glücks …? Und in diesem Vorsatz wurde er dringender, kühner, leidenschaftlich beinahe … und seine Worte klangen wieder wie vor langer, langer Zeit.

Sie auf seinen Knien, die Arme um seinen Hals, erwiderte leise: »Noch einmal – Georg, mach ich das nicht durch.«

Schon hatte er ein Wort auf den Lippen, mit dem er ihre Befürchtungen zerstreuen konnte. Aber er hielt es zurück. Denn ausgesprochen, hätte es doch nichts anderes bedeutet, als daß er wohl daran dachte, wieder ein paar Stunden der Lust mit ihr zu durchleben, aber daß er nicht geneigt war, irgendeine Verpflichtung auf sich zu nehmen. Er fühlte es: um sie nicht zu verletzen, hätte er nur dies eine sagen dürfen: du gehörst mir für immer! Du sollst ja ein Kind von mir haben! Zu Weihnachten, zu Ostern spätestens hol ich dich – und nie mehr werden wir voneinander getrennt sein. Er fühlte, wie sie dieses Wort mit einer letzten Hoffnung erwartete – mit einer Hoffnung, an deren Erfüllung sie selbst nicht mehr glaubte. Aber er schwieg. Wenn er ausgesprochen hätte, was sie ersehnte, so hätte er sich aufs neue gebunden und – nun wußte er es – so tief, wie er es noch nie gewußt, daß er frei sein wollte.

Immer noch ruhte sie auf seinen Knien, ihre Wange an seine Wange gelehnt; sie schwiegen lang und wußten, daß dies der Abschied war.

Endlich, entschlossen sagte Georg: »Wenn du also nicht mit mir kommen willst, Anna, dann reise ich ganz direkt zurück – morgen. Und wir sehen uns erst im Frühjahr wieder. Bis dahin gibt's wieder nur Briefe. Es sei denn, daß ich zu Weihnachten, wenn's möglich ist …«

Sie hatte sich erhoben und lehnte am Klavier. »Schon wieder ist er leichtsinnig«, sagte sie. »Ist es nicht am Ende sogar besser, wenn wir uns erst nach Ostern wiedersehen?«

»Warum besser?«

»Bis dahin wird – alles noch viel klarer sein.«

Er wünschte sie nicht zu verstehen. »Du meinst, wegen des Vertrags? Ja … da muß ich mich schon in den nächsten Wochen entscheiden. Die Leute wollen ja wissen, woran sie sind. Andererseits, auch wenn ich unterschriebe, auf drei Jahre, und es kämen andere Chancen, gegen meinen Willen werden sie mich nicht halten. Aber bis jetzt scheint es wirklich, daß der Aufenthalt in der kleinen Stadt mir sehr förderlich ist. Nie hab ich so intensiv arbeiten können, wie dort. Hab ich dir nicht geschrieben, wie ich manchmal nach dem Theater bis drei Uhr früh an meinem Schreibtisch gesessen bin? Und war um acht ausgeschlafen und frisch!«

Sie sah ihn immer nur an, mit einem Blick, schmerzlich und nachsichtig zugleich, der ihn wie ein Blick des Zweifels berührte. Hatte sie nicht einmal an ihn geglaubt! Hatte sie nicht in einer halbdunkeln Kirche vertrauensvoll und zärtlich zu ihm gesprochen: »Ich will zum Himmel beten, daß ein großer Künstler aus dir werde.« Wieder war ihm, als hielte sie längst nicht mehr so viel von ihm, als in früherer Zeit. Er fühlte sich beunruhigt und fragte sie unsicher: »Du erlaubst doch, daß ich dir meine Violinsonate schicke, sobald sie fertig ist? Du weißt, auf niemandes Urteil geb ich so viel, wie auf deins.« Und er dachte: wenn ich sie mir doch als Freundin erhalten könnte ... oder einmal wiedergewinnen ... als Freundin ... Wird es möglich sein?

Sie sagte: »Du hast mir auch von ein paar neuen Phantasiestücken geschrieben, für Klavier allein.«

»Ganz richtig. Sie sind aber noch nicht ganz fertig. Aber ein anderes, das ich ... das ich ...« er fand es selbst töricht, daß er zögerte, »heuer im Sommer komponiert habe, an dem See, wo diese arme Person ertrunken ist, die Geliebte Heinrichs, das kennst du ja auch noch nicht. Könnt ich nicht ... ich spiel dir's vor, ganz leise, willst du?«

Sie nickte und schloß die Tür. Dort, hinter ihm blieb sie regungslos stehen, als er begann.

Und er spielte. Er spielte das kleine, leidenschaftlich-schwermütige Stück, das er an seinem See komponiert hatte, als Anna und das Kind für ihn völlig vergessen waren. Es erleichterte ihn sehr, daß er es ihr vorspielen durfte. Sie mußte ja verstehen, was diese Töne zu ihr sprachen. Es war gar nicht möglich, daß sie es nicht verstand. Er hörte sich selbst gleichsam sprechen aus diesen Tönen; ja, ihm war, als verstände er jetzt erst völlig sich selbst. Leb wohl, Geliebte, leb wohl. Es war schön. Und nun ist es vorbei ... Leb wohl, Geliebte ... Was uns beiden gemeinsam bestimmt war, haben wir durchlebt. Und was nun kommen mag, für mich und für dich, wir werden einander etwas Unvergeßliches bedeuten. Nun geht mein Leben einen andern Weg ... Und deines auch. Es muß vorbei sein ... Ich hab dich geliebt. Ich küsse deine Augen ... Ich danke dir, du Gütige, Sanfte, Schweigende. Leb wohl, Geliebte ... Leb wohl ... Die Töne verklangen. Er hatte nicht von den Tasten aufgesehen, während er spielte; jetzt wandte er sich langsam nach ihr um. Ernst, mit leise zitternden Lippen stand sie hinter ihm. Er faßte ihre Hände und küßte sie. »Anna, Anna ...!« rief er aus. Das Herz wollte ihm zerspringen.

»Vergiß mich nicht ganz«, sagte sie leise.

475

»Ich schreib dir, sobald ich wieder dort bin.«

Sie nickte.

»Und du mir auch, Anna ... Und alles ... alles ... verstehst du mich.«

Sie nickte wieder.

»Und ... und ... morgen früh seh ich dich noch einmal.«

Sie schüttelte den Kopf. Er wollte etwas erwidern, wie erstaunt – als verstünde es sich eigentlich von selbst, daß er sie noch einmal vor der Abreise sehen müßte. Sie erhob leicht die Hand, als bäte sie ihn zu schweigen. Er stand auf, drückte sie an sich, küßte ihren Mund, der kühl war und seinen Kuß nicht erwiderte, und verließ das Zimmer. Sie blieb zurück, mit schlaffen Armen, stehend, die Augen geschlossen. Er eilte die Treppen hinab. Unten auf der Straße war ihm, als müßte er noch einmal hinauf – ihr sagen: »Es ist ja alles nicht wahr! Das war nicht der Abschied. Ich liebe dich ja. Ich gehöre dir. Es kann nicht zu Ende sein ...« Aber er fühlte, daß er es nicht durfte. Jetzt nicht. Morgen vielleicht. Von heute Abend bis morgen früh würde sie ihm nicht entglitten sein ... Und er eilte umher, planlos, durch leere Straßen, wie in einem leichten Rausch von Schmerz und Freiheit. Er war froh, daß er sich mit niemandem verabredet hatte und allein bleiben durfte. Weit draußen in einem niedern, alten, rauchigen Wirtshaus, wo an Nebentischen Menschen aus einer andern Welt saßen, in einer stillen Ecke nahm er sein Nachtmahl und erschien sich wie in einer fremden Stadt: einsam, ein wenig stolz auf seine Einsamkeit und ein wenig durchschauert von seinem Stolz.

Am nächsten Tag um die Mittagsstunde spazierte Georg mit Heinrich durch die Alleen des Dombacher Parks. Eine Luft, die von dünnen Nebeln schwer war, umgab sie, durchfeuchtetes Laub knisterte und glitt unter ihren Füßen, und durchs Gesträuch schimmerte die Straße, auf der sie gerade vor einem Jahr den rötlich-gelben Hügeln entgegengezogen waren. Die Äste breiteten sich regungslos, als drückte die ferne Schwüle der umgrauten Sonne sie nieder.

Heinrich war eben daran, den Schluß seines Dramas zu erzählen, der ihm gestern eingefallen war. Ägidius war auf der Insel gelandet, gefaßt, nach der Todesfahrt von sieben Tagen sein vorverkündetes Schicksal zu erleiden. Der Fürst schenkt ihm das Leben, Ägidius nimmt es nicht an und stürzt sich vom Felsen ins Meer hinab.

Georg war nicht befriedigt. »Warum muß Ägidius sterben?« Er glaubte nicht daran.

Heinrich begriff nicht, daß man das erst erklären sollte. »Wie kann er denn weiterleben«, rief er aus. »Er war zum Tode verurteilt. Immer mit dem Ausblick auf das Ende, als unumschränkter Herr auf dem Schiff, Geliebter der Prinzessin, Freund von Weisen, Sängern, Sternguckern, aber immer mit dem Ausblick auf das Ende, hat er die herrlichsten Tage erlebt, die je einem Menschen geschenkt waren. Dieser ganze Reichtum hätte sozusagen seinen Sinn verloren, ja, die hoheitsvollwürdige Erwartung des letzten Augenblicks müßte sich in der Erinnerung dem Ägidius zu lächerlich genarrter Todesangst verändern, wenn diese ganze Todesfahrt sich am Ende als ein schaler Spaß enthüllte. Darum muß er sterben.«

»Und Sie halten das für wahr?« fragte Georg mit noch stärkerem Zweifel als vorher. »Ich kann mir nicht helfen, ich nicht.«

»Das macht nichts«, erwiderte Heinrich. »Wenn es Ihnen jetzt schon wahr erschiene, hätte ich es zu leicht. Aber wenn die letzte Silbe meines Stückes einmal geschrieben ist, wird es wahr geworden sein. Oder ...« Er sprach nicht weiter. Sie stiegen eine Wiese hinan, und bald breitete sich das wohlbekannte Tal zu ihren Füßen aus. An der Hügellehne rechts schimmerte der Sommerhaidenweg, auf der andern Seite, hart am Wald, zeigte sich der gelb angestrichene Gasthof, mit den roten Holzterrassen und, nicht weit davon, das kleine Haus mit dem dunkelgrauen Giebel. In ungewissem Nebel war die Stadt zu ahnen, noch weiter schwamm die Ebene zur Höhe auf und ganz ferne verdämmerten blasse, niedrig gezogene Berglinien. Nun war eine breite Fahrbahn zu überschreiten, und endlich führte ein Feldweg über Wiesen und Äcker nach abwärts. Weit abgerückt zu beiden Seiten ruhte der Wald.

In Georg war ein Vorgefühl der Sehnsucht, mit der er in Jahren, vielleicht schon morgen sich dieser Landschaft erinnern würde, die nun aufgehört hatte, ihm Heimat zu sein.

Endlich standen sie vor dem kleinen Haus mit dem Giebel, das Georg ein letztes Mal hatte sehen wollen. Tür und Fenster waren mit Brettern verschlagen; verwittert, wie uralt geworden vor der Zeit, stand es da und wollte von der Welt nichts wissen.

»Ja, nun heißt es Abschied nehmen«, sagte Georg in leichtem Ton. Sein Blick fiel auf die Tonfigur inmitten der verblühten Beete. »Komisch«, sagte er zu Heinrich, »daß ich den blauen Knaben da immer für einen Engel gehalten hab. Das heißt, ich hab ihn nur so genannt, denn ich hab ja immer gewußt, wie er aussieht, und daß er eigentlich ein gelockter Bub ist, barfuß, mit Röckchen und Gürtel.«

»Heut über ein Jahr«, sagte Heinrich, »hätten Sie doch geschworen, daß der blaue Knabe Flügel gehabt hat.«

Georg warf einen Blick nach oben zur Mansarde. Es war ihm, als bestände die Möglichkeit, daß irgend jemand plötzlich auf den Balkon heraustreten könnte. Labinski vielleicht, der sich seit jenem Traum nicht mehr gemeldet hatte? Oder er selber, ein Georg von Wergenthin aus früherer Zeit? Der Georg dieses Sommers, der dort oben gewohnt hatte? Dumme Einfälle. Der Balkon blieb leer, das Haus war stumm, und der Garten schlummerte tief. Enttäuscht wandte Georg sich ab. »Kommen Sie«, sagte er zu Heinrich. Sie gingen und nahmen die Straße zum Sommerhaidenweg.

»Wie warm es geworden ist«, sagte Heinrich, zog den Überzieher aus und warf ihn seiner Gewohnheit nach über die Schultern.

In Georg war ein ödes, etwas trockenes Erinnern. Er wandte sich an Heinrich. »Ich will es Ihnen lieber gleich sagen. Die Geschichte ist aus.«

Heinrich sah ihn rasch von der Seite an, dann nickte er, nicht sonderlich überrascht.

»Aber«, setzte Georg mit einem schwachen Versuch zu scherzen hinzu, »Sie werden dringend gebeten, nicht an den Engelsknaben zu denken.«

Heinrich schüttelte ernsthaft den Kopf. »Danke. Die Fabel vom blauen Engel können Sie Nürnberger widmen.«

»Er hat doch wieder einmal recht behalten«, sagte Georg.

»Er behält immer recht, lieber Georg. Man kann nämlich nie und nimmer betrogen werden, wenn man allem auf Erden mißtraut, sogar seinem eigenen Mißtrauen. Auch wenn Sie Anna geheiratet hätten, hätte er recht behalten ... oder es käme

Ihnen wenigstens so vor. Aber jedenfalls denk ich … Sie erlauben mir wohl das auszusprechen … ist es gut so, wie es gekommen ist.«

»Gut? Für mich gewiß«, erwiderte Georg mit absichtlicher Schärfe, als hätte er durchaus nicht die Absicht, seine Handlungsweise zu beschönigen. »In Ihrem Sinn, Heinrich, war es vielleicht sogar eine Pflicht gegen mich, daß ich ein Ende machte.«

»Dann war es wohl auch Ihre Pflicht gegen Anna«, sagte Heinrich.

»Das wird sich doch erst zeigen. Wer weiß, ob ich sie nicht aus ihrer Bahn gerissen habe.«

»Aus ihrer Bahn?«

»Erinnern Sie sich noch, wie Leo Golowski einmal von ihr sagte, sie sei bestimmt, im Bürgerlichen zu enden?«

»Meinen Sie, Georg, eine Ehe mit Ihnen wäre etwas sehr Bürgerliches geworden? Anna war vielleicht geschaffen, Ihre Geliebte zu sein – nicht Ihre Frau. Wer weiß, ob nicht der, den sie einmal heiraten wird, allen Grund hätte, Ihnen dankbar zu sein, wenn die Männer nicht so rasend dumm wären. Reine Erinnerungen haben ja die Menschen doch nur, wenn sie was erlebt haben. Die Frauen so gut wie wir.«

Sie spazierten auf dem Sommerhaidenweg weiter, in der Richtung gegen die Stadt, die aus grauem Dunst hervorstieg, und näherten sich dem Friedhof.

»Hat es eigentlich einen Sinn«, fragte Georg zögernd, »das Grab eines Wesens zu besuchen, das niemals gelebt hat?«

»Dort liegt Ihr Kind?«

Georg nickte. Sein Kind! Wie seltsam es immer wieder klang! Sie gingen längs der braunen Holzlatten hin, über die Grabsteine und Kreuze ragten, an einer niedern Ziegelmauer weiter, zum Eingang. Ein Wächter, den sie fragten, wies ihnen den Weg über die breite, mit Weiden bepflanzte Mittelstraße. Auf einem Wiesenplan, hart an den Planken, auf niedern wie zum Spiel aufgeworfenen Hügeln, reihten sich ovale Plättchen aneinander, jedes mit zwei kurzen Armen in die Erde gerammt. Der Hügel, den Georg suchte, lag in der Mitte der Wiese. Dunkelrote Rosen lagen darauf. Georg erkannte sie. Das Herz stand ihm stille. Wie gut, dachte er, daß wir einander nicht begegnet sind. Hat sie's am Ende gehofft?

»Dort wo diese Rosen liegen?« fragte Heinrich.

Georg nickte.

Sie standen eine Weile stumm. »Nicht wahr«, fragte Heinrich dann, »an die Möglichkeit dieses Ausgangs hatten Sie wohl innerhalb der ganzen Zeit niemals gedacht?«

»Niemals? Ich weiß nicht recht. Es gehen einem ja allerlei Möglichkeiten durch den Sinn. Aber ernstlich hab ich natürlich nie daran gedacht. Wie sollte man auch?« Er erzählte Heinrich nicht zum erstenmal, wie der Professor damals den Tod des Kindes erklärt hatte. Ein unglücklicher Zufall war es gewesen, an dem ein bis zwei Perzent der Neugeborenen zugrunde gehen mußten. Freilich, warum gerade *hier* dieser Zufall eingetreten war, das hatte der Professor nicht zu sagen gewußt. Aber war Zufall nicht nur ein Wort? Mußte nicht auch dieser Zufall seine Ursache gehabt haben? …

Heinrich zuckte die Achseln. »Natürlich … Eine Ursache nach der andern und seinen letzten Grund im Anfang aller Dinge. Wir könnten gewiß das Eintreten mancher sogenannten Zufälle verhindern, wenn wir mehr Überblick hätten, mehr Wissen und mehr Macht. Wer weiß, ob nicht auch der Tod Ihres Kindes in irgendeinem Augenblick abzuwenden war?«

»Und vielleicht wäre es sogar in meiner Macht gestanden«, sagte Georg langsam.

»Das versteh ich nicht. Waren denn irgendwelche Vorzeichen, oder …«

Georg stand da, den Blick starr auf den kleinen Hügel gerichtet: »Ich will Sie was fragen, Heinrich, aber lachen Sie mich nicht aus. Halten Sie es für möglich, daß ein ungeborenes Kind daran sterben kann, daß man es nicht so herbeisehnt, wie man sollte: an zu wenig Liebe gewissermaßen?«

Heinrich legte ihm die Hand auf die Schulter. »Georg, wie kommen Sie, der sonst ein so anständiger Mensch ist, auf derartige metaphysische Einfälle?«

»Nennen Sie's, wie Sie wollen, metaphysisch oder dumm; ich kann seit einiger Zeit den Gedanken nicht los werden, daß ich in einem gewissen Grad an diesem Ausgang die Schuld trage.«

»Sie?«

»Wenn ich früher sagte, daß ich's nicht genug herbeigesehnt habe, so hab ich mich nicht gut ausgedrückt. Die Wahrheit ist:

daß ich an dieses kleine Wesen, das auf die Welt kommen sollte, geradezu vergessen hatte. Und besonders in den letzten Wochen vor seiner Geburt hatte ich es völlig vergessen gehabt. Ich kann's nicht anders sagen. Natürlich wußte ich immer, was bevorstand, aber es ging mich sozusagen nichts an. Ich habe hingelebt, ohne dran zu denken. Nicht immerfort, aber oft und ganz besonders im Sommer am See, an meinem See, wie Sie ihn nennen ... da war ich ... ja, da wußt ich einfach nichts davon, daß ich ein Kind bekommen sollte.«

»Man hat mir allerlei erzählt«, sagte Heinrich vorbeischauend. Georg sah ihn an. »So wissen Sie also, was ich meine. Nicht nur dem Kind, dem ungeborenen, sondern auch der Mutter war ich fern in einer so unheimlichen Weise, daß ich es Ihnen beim besten Willen nicht schildern, daß ich's heut selber kaum mehr begreifen kann. Und es gibt Momente, da kann ich mich des Gedankens nicht erwehren, daß zwischen jenem Vergessen und dem Tod meines Kindes irgendein Zusammenhang bestehen müßte. Halten Sie denn so was für vollkommen ausgeschlossen?«

Heinrich hatte tiefe Falten in der Stirn. »Vollkommen ausgeschlossen, das kann man nicht einmal sagen. Die Wurzeln verschlingen sich ja gewiß oft so tief, daß wir unmöglich bis dort hinabschauen können. Ja, vielleicht gibt es sogar solche Zusammenhänge. Aber wenn es solche gibt ... nicht für Sie, Georg! Für Sie hätten diese Zusammenhänge keine Geltung, auch wenn sie existierten.«

»Für mich keine Geltung?«

»Der ganze Einfall, den Sie da ausgesprochen haben, der paßt mir nicht zu Ihnen. Der kommt nicht aus Ihrer Seele. Bestimmt nicht. Nie in Ihrem Leben wär Ihnen etwas Derartiges eingefallen, wenn Sie nicht mit einem Subjekt meiner Art verkehrten und es nicht zuweilen Ihre Art wäre, nicht Ihre Gedanken zu denken, sondern die von Menschen, die stärker – oder auch schwächer sind als Sie. Und ich versichre Sie, was Sie auch an dem See dort, an Ihrem ... an unserm ... erlebt haben mögen, Sie haben damit gewiß keine sogenannte Schuld auf sich geladen. Bei einem andern wär es vielleicht Schuld gewesen. Aber bei Ihnen, der von Natur aus – Sie verzeihen schon – ziemlich leichtfertig und ein bißchen gewissenlos angelegt ist, war es gewiß nicht Schuld. Soll ich Ihnen was sagen? Sie fühlen sich nämlich gar nicht schuldig in Hinsicht auf das Kind, sondern das Unbehagen, das Sie spüren, kommt nur daher, daß Sie die Verpflichtung zu haben glauben, sich schuldig zu fühlen. Sehen Sie, ich, wenn ich irgend was in der Art Ihres Abenteuers erlebt hätte, wäre vielleicht schuldig geworden, weil ich mich möglicherweise schuldig gefühlt hätte.«

»Sie, Heinrich, hätten sich in meinem Falle schuldig gefühlt?«

»Vielleicht auch nicht. Wie kann ich das wissen. Sie denken jetzt wahrscheinlich daran, daß ich neulich ein Wesen direkt in den Tod getrieben und mich trotzdem sozusagen ohne Schuld gefühlt habe?«

»Ja, daran denk ich. Und darum versteh ich nicht …«

Heinrich zuckte die Achseln. »Ja. Ich hab mich ohne Schuld gefühlt. Irgendwo in meiner Seele. Und wo anders, tiefer vielleicht, hab ich mich schuldig gefühlt … und noch tiefer, wieder schuldlos. Es kommt immer nur darauf an, wie tief wir in uns hineinschauen. Und wenn die Lichter in allen Stockwerken angezündet sind, sind wir doch alles auf einmal: schuldig und unschuldig, Feiglinge und Helden, Narren und Weise. ›Wir‹ – das ist vielleicht etwas zu allgemein ausgedrückt. Bei Ihnen, zum Beispiel, Georg, dürften sich alle diese Dinge viel einfacher verhalten, wenigstens wenn Sie von der Atmosphäre unbeeinflußt sind, die ich zuweilen um Sie verbreite. Darum geht's Ihnen auch besser als mir. Viel besser. In mir sieht's nämlich greulich aus. Sollten Sie das noch nicht bemerkt haben? Was hilft's mir am Ende, daß in allen meinen Stockwerken die Lichter brennen? Was hilft mir mein Wissen von den Menschen und mein herrliches Verstehen? Nichts … Weniger als nichts. Im Grunde möcht ich ja doch nichts anderes, Georg, als daß all das Furchtbare der letzten Zeit nichts gewesen wäre, als ein böser Traum. Ich schwöre Ihnen, Georg, meine ganze Zukunft und weiß Gott was alles gäb ich her, wenn ich's ungeschehen machen könnte. Und wär es ungeschehen … so wär ich wahrscheinlich geradeso elend wie jetzt.«

Sein Gesicht verzerrte sich, als wenn er aufschreien wollte. Gleich aber stand er wieder da, starr, regungslos, fahl, wie ausgelöscht. Und er sagte: »Glauben Sie mir, Georg, es gibt Momente, in denen ich die Menschen mit der sogenannten

Weltanschauung beneide. Ich, wenn ich eine wohlgeordnete Welt haben will, ich muß mir immer selber erst eine schaffen. Das ist anstrengend für jemanden, der nicht der liebe Gott ist.« Er seufzte schwer auf. Georg gab es auf, ihm zu erwidern. Unter den Weiden schritt er mit ihm dem Ausgang zu. Er wußte, daß diesem Menschen nicht zu helfen war. Irgend einmal war ihm wohl bestimmt, von einer Turmspitze, auf die er in Spiralen hinaufgeringelt war, hinabzustürzen ins Leere; und das würde sein Ende sein. Georg aber war es gut und frei zumut. Er faßte den Entschluß, die drei Tage, die jetzt ihm gehörten, so vernünftig als möglich auszunützen. Das beste war wohl, irgendwo in einer schönen, stillen Landschaft allein zu sein, auszuruhen und sich zur neuen Arbeit zu sammeln. Das Manuskript der Violinsonate hatte er mit nach Wien genommen. Die vor allem dachte er zu vollenden.

Sie durchschritten das Tor und standen auf der Straße. Georg wandte sich um, aber die Friedhofsmauer hielt seinen Blick auf. Erst nach ein paar Schritten hatte er den Ausblick nach dem Talgrund wieder frei. Doch konnte er nur mehr ahnen, wo das kleine Haus mit dem grauen Giebel lag; sichtbar war es von hier aus nicht mehr. Über die rötlich-gelben Hügel, die die Landschaft abschlossen, sank der Himmel in mattem Herbstschein. In Georgs Seele war ein mildes Abschiednehmen von mancherlei Glück und Leid, die er in dem Tal, das er nun für lange verließ, gleichsam verhallen hörte; und zugleich ein Grüßen unbekannter Tage, die aus der Weite der Welt seiner Jugend entgegenklangen.

THERESE

Chronik eines Frauenlebens

1

Zu der Zeit, da der Oberstleutnant Hubert Fabiani nach erfolgter Pensionierung aus seinem letzten Standort Wien – nicht wie die meisten seiner Berufs- und Schicksalsgenossen nach Graz, sondern – nach Salzburg übersiedelte, war Therese eben sechzehn Jahre alt geworden. Es war im Frühling, die Fenster des Hauses, in dem die Familie Wohnung nahm, sahen über die Dächer weg den bayrischen Bergen zu; und Tag für Tag, beim Frühstück schon, pries es der Oberstleutnant vor Frau und Kindern als einen besonderen Glücksfall, daß es ihm in noch rüstigen Jahren, mit kaum sechzig, gegönnt war, erlöst von Dienstespflichten, dem Dunst und der Dummheit der Großstadt entronnen, sich nach Herzenslust dem seit Jugendtagen ersehnten Genuß der Natur hingeben zu dürfen. Therese und manchmal auch ihren um drei Jahre älteren Bruder Karl nahm er gern auf kleine Fußwanderungen mit; die Mutter blieb daheim, mehr noch als früher ins Lesen von Romanen verloren, um das Hauswesen wenig bekümmert, was schon in Komorn, Lemberg und Wien Anlaß zu manchem Verdruß gegeben, und hatte bald wieder, man wußte nicht wie, zur Kaffeestunde zwei- oder dreimal die Woche einen Kreis von schwatzenden Weibern um sich versammelt, Frauen oder Witwen von Offizieren und Beamten, die ihr den Klatsch der kleinen Stadt über die Schwelle brachten. Der Oberstleutnant, wenn er zufällig daheim war, zog sich dann stets in sein Zimmer zurück, und beim Abendessen ließ er es an hämischen Bemerkungen über die Gesellschaften seiner Gattin nicht fehlen, die diese mit unklaren Anspielungen auf gewisse gesellige Vergnügungen des Gatten in früherer Zeit zu erwidern pflegte. Oft geschah es dann, daß der Oberstleutnant sich stumm erhob und die Wohnung verließ, um erst in später Nachtstunde mit dumpf über die Treppe hallenden Schritten zurückzukehren. Wenn er gegangen war, pflegte die Mutter zu den Kindern in dunkler Weise von den Enttäuschungen zu reden, die zwar keinem Menschen erspart blieben, insbesondere aber vom Dulderlos der Frauen; erzählte wohl auch, beispielsweise, mancherlei aus den Büchern, die sie eben gelesen; doch all das in so verworrener Art, daß man glauben konnte, sie menge den Inhalt verschiedener Romane durcheinander, – und Therese stand nicht an, eine solche Vermutung gelegentlich scherzhaft auszusprechen. Dann schalt die Mutter sie vorlaut, wandte sich gekränkt dem Sohne zu und streichelte ihm wie zur Belohnung für sein geduldig-gläubiges Zuhören Haar und Wangen, ohne zu bemerken, wie er verschlagen zu der in Ungnade gefallenen Schwester hinüberblinzelte. Therese aber nahm ihre Handarbeit wieder vor oder setzte sich an das immer verstimmte Pianino, um die Studien weiter zu treiben, die sie in Lemberg begonnen und in der Großstadt unter der Leitung einer billigen Klavierlehrerin fortgeführt hatte.

Die Spaziergänge mit dem Vater nahmen noch vor Einbruch des Herbstes ein nicht ganz unerwartetes Ende. Schon geraume Zeit hindurch hatte Therese gemerkt, daß der Vater die Wanderungen eigentlich nur fortsetzte, um sich und seine Sehnsucht nicht Lügen zu strafen. Stumm beinahe, jedenfalls ohne die Ausrufe des Entzückens, in die die Kinder früher hatten einstimmen müssen, wurde der vorgesetzte Weg zurückgelegt, und erst zu Hause, im Angesicht der Gattin, versuchte der Oberstleutnant wie in einem Frage- und Antwortspiel den Kindern die einzelnen Momente des eben erledigten Spaziergangs mit verspäteter Begeisterung zurückzurufen. Aber auch das nahm bald ein Ende; der Touristenanzug, den der Oberstleutnant seit seiner Pensionierung alltäglich getragen, wurde in den Schrank gehängt, und ein dunkler Straßenanzug trat an seine Stelle.

Eines Morgens aber erschien Fabiani zum Frühstück plötzlich wieder in Uniform, mit so strengem und abweisendem Blick, daß sogar die Mutter jede Bemerkung über diese plötzliche Veränderung lieber unterließ. Wenige Tage darauf langte aus Wien eine Büchersendung an die Adresse des Oberstleutnants, eine andere aus Leipzig folgte, ein Salzburger Antiquar sandte gleichfalls ein Paket; und von nun an verbrachte der alte Militär viele Stunden an seinem Schreibtisch, vorerst ohne irgendwen in die Natur seiner Arbeit einzuweihen; – bis er eines Tages mit geheimnisvoller Miene Therese in sein Zimmer rief und ihr aus einem sorgfältig geschriebenen, geradezu kalligraphierten Manuskript mit eintöniger, heller Kommandostimme eine vergleichende strategische Abhandlung über die bedeutendsten Schlachten der Neuzeit vorzulesen begann. Therese hatte Mühe, dem trockenen und ermüdenden Vortrag mit Aufmerksamkeit oder auch nur mit Verständnis zu folgen; doch da ihr der Vater seit einiger Zeit ein stetig wachsendes Mitleid erregte, versuchte sie, zuhörend, ihren schläfrigen Augen einen Schimmer der Teilnahme zu verleihen, und als der Vater endlich für heute unterbrach, küßte sie ihn wie mit gerührtem Dank auf die Stirn. Noch drei Abende in gleicher Art folgten, ehe der Oberstleutnant mit seiner Vorlesung zu Ende war; dann trug er persönlich das Manuskript auf die Post. Von nun an verbrachte er seine Zeit in verschiedenen Gast- und Kaffeehäusern. Er hatte in der Stadt mancherlei Bekanntschaften angeknüpft, meist mit Männern, die die Arbeit ihres Lebens hinter sich und ihren Beruf aufgegeben hatten: pensionierte Beamte, gewesene Advokaten, auch ein Schauspieler war darunter, der an dem Theater der Stadt alt geworden war und nun Deklamationsunterricht erteilte, wenn es ihm gelang, einen Schüler zu finden. Aus dem früher ziemlich verschlossenen Oberstleutnant Fabiani wurde in diesen Wochen ein gesprächiger, ja lärmender Tischgenosse, der über politische und soziale Zustände in einer Weise herzog, die man bei einem ehemaligen Offizier immerhin sonderbar finden durfte. Aber da er dann wieder einzulenken pflegte, als wäre eigentlich alles nur Spaß gewesen, und sogar ein höherer Polizeibeamter, der zuweilen an der Unterhaltung teilnahm, vergnügt mitlachte, ließ man ihn gewähren.

2

Am Weihnachtsabend, wie zum Angebinde, lag für den Oberstleutnant unter den andern, übrigens recht bescheidenen Gaben, mit denen die Familienmitglieder sich gegenseitig beschenkten, ein wohlverschnürtes Postpaket unter dem Baum. Es enthielt das Manuskript mit einem ablehnenden Schreiben der militärischen Zeitschrift, an die der Verfasser es einige Wochen vorher abgesandt hatte. Fabiani, zorngerötet bis an die Haarwurzeln, beschuldigte seine Gattin, daß sie eine offenbar schon vor einigen Tagen eingelangte Sendung gerade heute ihm wie zum Hohn unter den Baum gelegt, warf ihr die von ihr gespendete Zigarrentasche vor die Füße, schlug die Türe hinter sich zu und verbrachte die Nacht, wie man später erfuhr, in einem der verfallenen Häuser nahe dem Petersfriedhof bei einer der Frauenspersonen, die dort Knaben und Greisen ihren welken Leib feilboten. Nachdem er sich dann für Tage in sein Kabinett verschlossen, ohne an irgend jemanden das Wort zu richten, trat er eines Nachmittags ganz unerwartet in Parade-uniform in das Zimmer seiner zuerst erschrockenen Frau, bei der eben ihre Kaffeegesellschaft versammelt war. Doch er über-raschte die anwesenden Damen durch die Liebenswürdigkeit und den Humor seiner Unterhaltung und hätte als vollendeter Weltmann wie in seiner besten Zeit erscheinen können, wenn er sich nicht beim Abschied, im halbdunklen Vorzimmer, gegen einige der Damen unbegreifliche Zudringlichkeiten herausge-nommen hätte.

Er verbrachte von nun an noch mehr Zeit außer Hause, zeigte sich aber daheim umgänglich und harmlos; und man war daran, sich in sein so erfreulich aufgeheitertes Wesen aufat-mend zu finden, als er eines Abends die Seinen mit der Frage überraschte, was sie wohl dazu meinen würden, wenn man die langweilige Kleinstadt wieder mit Wien vertauschte, worauf er weitere Andeutungen von einer bald zu erwartenden großarti-gen Umgestaltung ihrer Lebensverhältnisse vernehmen ließ. Theresen klopfte das Herz so heftig, daß sie jetzt erst erkannte, wie sehr sie sich nach der Stadt zurücksehnte, in der sie die letz-ten drei Jahre verlebt hatte; obzwar ihr von den Annehmlichkei-ten, die das Dasein in einer Großstadt Begüterten bietet, nur wenig vergönnt gewesen war. Und sie wünschte sich nichts Bes-seres, als wieder einmal wie damals planlos in den Straßen umherzuspazieren und sich womöglich zu verirren, was ihr zwei- oder dreimal begegnet war und sie jedesmal mit einem bebenden, aber köstlichen Schauer erfüllt hatte. Noch leuchteten ihre Augen in der Erinnerung, da sah sie plötzlich ihres Bruders Blick mißbilligend von der Seite auf sich gerichtet; – ganz mit dem gleichen Ausdruck wie vor wenigen Tagen, da sie zu ihm ins Zimmer getreten war, als er eben mit seinem Schulkollegen Alfred Nüllheim die mathematischen Aufgaben durchnahm. Und nun erst ward es ihr bewußt, daß er immer so mißbilligend dreinblickte, wenn sie selbst heiter schaute und in ihre Augen jenes freudige Leuchten kam, wie es jetzt eben wieder geschehen war. Ihr Herz zog sich zusammen. Früher einmal, als Kinder, ja vor einem Jahre noch, waren sie so vortrefflich zueinander gestanden, hatten zusammen gescherzt und gelacht; – warum war dies anders geworden? Was hatte sich denn ereignet, daß auch die Mutter, der sie freilich niemals besonders nahe gewesen, sich immer verdrossener, feindselig beinahe von ihr abwandte? Unwillkürlich richtete sie nun den Blick auf die Mutter hin, und der böse Ausdruck erschreckte sie, mit dem jene den Gatten anstarrte, der eben mit dröhnender Stimme erklärte, daß die Tage der Genugtuung nicht fern seien und daß ein Triumph ohnegleichen ihm binnen kurzem bevorstünde. Böser noch und haßerfüllter als sonst erschien Theresen heute der Mutter Blick, als hätte sie dem Gatten noch immer nicht verziehen, daß er vor der Zeit pensioniert worden war – als könnte sie es noch immer nicht vergessen, daß sie vor vielen Jahren auf dem elterlichen Gut in Slavonien als kleine Baronesse in einem urwalddichten eigenen Park auf feurigem Pony umhergesprengt war.

Plötzlich sah der Vater auf die Uhr, erhob sich vom Tisch, sprach von einer wichtigen Verabredung und eilte davon.

Er kam nicht wieder heim in dieser Nacht. Aus dem Wirtshaus, wo er teils unverständliche, teils unflätige Reden gegen das Kriegsministerium und das Kaiserhaus geführt hatte, wurde er auf die Wachstube und am Morgen, nach ärztlicher Untersuchung, in die Irrenanstalt gebracht. Später wurde bekannt, daß er kürzlich an das Ministerium ein Gesuch um Wiedereinstellung in den Dienst mit gleichzeitiger Ernennung zum General gerichtet hatte. Daraufhin war von Wien aus der Auftrag ergangen, ihn unauffällig beobachten zu lassen, und es hätte kaum mehr des peinlichen Auftrittes im Wirtshaus bedurft, um seine Einlieferung in eine Anstalt zu rechtfertigen.

Seine Gattin besuchte ihn dort vorerst alle acht Tage. Therese erhielt erst nach einigen Wochen die Erlaubnis, ihn zu sehen. In einem weitläufigen, von einer hohen Mauer umgebenen Garten, durch eine von hohen Kastanien beschatteten Allee, in einem verwitterten Offiziersmantel, eine Militärmütze auf dem Kopf, kam ihr ein alter Mann entgegen mit fast weißem, kurzem Vollbart, am Arm eines käsebleichen, in einen schmutziggelben Leinenanzug gekleideten Wärters. »Vater«, rief sie tief bewegt und doch beglückt, ihn endlich wiederzusehen. Er ging an ihr vorbei, anscheinend ohne sie zu kennen, und murmelte unverständliche Worte vor sich hin. Therese blieb fassungslos stehen, dann merkte sie, daß der Wärter ihrem Vater irgend etwas klarzumachen versuchte, worauf dieser zuerst den Kopf schüttelte, dann aber sich umwandte, den Arm des Wärters losließ und auf seine Tochter zueilte. Er nahm sie in die Arme, hob sie vom Boden auf, als wäre sie noch ein kleines Kind, starrte sie an, begann bitterlich zu weinen, ließ sie wieder los; endlich, wie in brennender Scham, verbarg er das Gesicht in den Händen und eilte davon, dem düstergrauen Gebäude zu, das durch die Bäume herschimmerte. Der Wärter folgte ihm langsam. Die Mutter hatte dem ganzen Vorgang von einer Bank aus teilnahmslos zugesehen. Als Therese wieder auf sie zukam, erhob sie sich gelangweilt, wie wenn sie hier eben nur auf die Tochter gewartet hätte, und verließ mit ihr den Park.

Sie standen auf der breiten, weißen Landstraße im grellen Sonnenschein. Vor ihnen, an den Felsen mit der Feste Hohensalzburg gelehnt, in einer Viertelstunde zu erreichen und doch unendlich weit, lag die Stadt. Die Berge ragten in den Mittagsdunst, ein Leiterwagen mit schlafendem Kutscher knarrte vorbei, aus einem Bauernhof jenseits der Felder sandte ein Hund sein Gebell in die stumme Welt. Therese wimmerte: »Mein Vater.« Die Mutter sah sie böse an. »Was willst du? Er selbst ist schuld daran.« Und schweigend gingen sie die besonnte Straße weiter, der Stadt entgegen. – Bei Tisch bemerkte Karl: »Alfred Nüllheim sagt, daß solche Krankheiten viele Jahre dauern können. Acht, zehn, zwölf.« Therese riß entsetzt die Augen auf, Karl verzog die Lippen und sah von ihr fort an die Wand.

Seit dem Herbst besuchte Therese die vorletzte Lyzealklasse. Sie faßte rasch auf, Fleiß und Aufmerksamkeit ließen zu wünschen übrig. Die Oberlehrerin brachte ihr ein gewisses Mißtrauen entgegen; obwohl sie in der Religionslehre nicht schlechter beschlagen war als ihre Mitschülerinnen und alle religiösen Übungen in Kirche und Schule nach Vorschrift mitmachte, stand sie im Verdacht, der wahren Frömmigkeit zu ermangeln. Und als sie eines Abends in Gesellschaft des jungen Nüllheim, dem sie zufällig begegnet war, von der Lehrerin gesehen wurde, benützte diese die Gelegenheit zu boshaften Anspielungen auf gewisse großstädtische Angewohnheiten und Sitten, die sich nun auch in der Provinz einzubürgern schienen, wobei sie einen nicht mißzuverstehenden Blick auf Therese warf. Therese empfand dies um so ungerechter, als man von viel schlimmeren Dingen, die mancher Schulkameradin nachgesagt wurden, keinerlei Aufhebens machte.

Der junge Nüllheim kam indes öfter in das Haus Fabiani, als es für das gemeinsame Studium mit Karl notwendig gewesen wäre, ja, ein oder das andere Mal auch, wenn Karl nicht daheim war. Dann saß er bei Theresen im Zimmer und bewunderte ihre geschickten Hände, die farbige Blumen auf einen graulila Kanevas stickten, oder hörte ihr zu, wenn sie auf dem verstimmten Pianino schlecht und recht ein Chopinsches Nocturno spielte. Einmal fragte er sie, ob sie immer noch, wie sie gelegentlich geäußert, Lehrerin zu werden beabsichtige. Sie wußte nicht recht darauf zu antworten. Eines nur war gewiß, daß sie hier in diesen Räumen, in dieser Stadt keineswegs mehr lange wohnen würde; sobald als möglich wollte, vielmehr mußte sie einen Beruf ergreifen; lieber anderswo als hier. Die häuslichen Umstände begannen sich zusehends zu verschlechtern, das konnte auch für Alfred kein Geheimnis sein; doch nach wie vor – davon sprach sie nicht – empfing die Mutter ihre Freundinnen oder die sie so nannte, ein oder das andere Mal fanden sich auch Herren ein, und zuweilen dehnten sich die Gesellschaften bis in den späten Abend aus. Therese kümmerte sich wohl wenig darum; doch entfremdete sie sich ihrer Mutter immer mehr. Der Bruder aber zog sich sowohl von ihr als auch von der

Mutter völlig zurück; bei den Mahlzeiten wurden nur die unumgänglichsten Worte gewechselt, und manchmal war es Theresen, als würde sie, gerade sie, ohne daß sie sich einer Schuld bewußt gewesen wäre, in unfaßbarer Weise für den Niedergang des Hauses verantwortlich gemacht.

5

Der nächste Besuch in der Anstalt, vor dem Therese sich beinahe gefürchtet hatte, ließ sich anfangs tröstlich, ja beruhigend für sie an. Der Vater plauderte mit ihr wie in früheren Zeiten, harmlos, beinahe heiter, führte sie in den weitläufigen Alleen des Anstaltsparkes hin und her wie einen willkommenen Gast; und erst beim Abschied machte er alle Hoffnungen Theresens wieder zunichte durch die Äußerung, daß er sie bei ihrem nächsten Besuch voraussichtlich schon in Generaluniform werde empfangen dürfen.

Als sie tags darauf Alfred Nüllheim von ihrem Besuch in der Anstalt berichtete, erbot er sich, sie bei nächster Gelegenheit zu dem Kranken zu begleiten. Er beabsichtigte, was Theresen bekannt war, Medizin zu studieren und sich zum Nervenarzt und Psychiater auszubilden. So trafen sie einander ein paar Tage später, wie zu einem geheimen Stelldichein, außerhalb der Stadt und nahmen gemeinsam den Weg nach der Anstalt, wo der Oberstleutnant Alfred wie einen erwünschten, ja erwarteten Besuch begrüßte. Er erzählte heute von den Garnisonsorten seiner Jugendzeit, auch von dem kroatischen Gut, wo er seine Frau kennengelernt hatte, von dieser selbst aber in einer Art, als wenn sie längst nicht mehr am Leben wäre; und daß er einen Sohn hatte, schien ihm überhaupt völlig entfallen zu sein. Alfred wurde auch dem ordinierenden Arzte vorgestellt, der ihn sehr liebenswürdig, fast wie einen jungen Kollegen behandelte. Es berührte Therese sonderbar, fast schmerzlich, daß Alfred auf dem Heimweg von dem erledigten Besuch ohne jede Traurigkeit, eher in angenehm erregter Weise, wie von einem merkwürdigen, für ihn gewissermaßen bedeutungsvollen Erlebnis sprach und die Tränen nicht merkte, die ihr über die Wangen rannen.

In diesen Tagen fiel es Theresen auf, daß ihre Mitschülerinnen ihr gegenüber ein verändertes Benehmen zur Schau trugen. Man zischelte, man brach plötzlich ein Gespräch ab, wenn sie in die Nähe kam, und die Lehrerin richtete überhaupt kein Wort und keine Frage mehr an sie. Auf dem Nachhausewege von der Schule schloß sich keines der Mädchen ihr an, und in den Augen von Klara Traunfurt, der einzigen, der sie ein wenig nähergekommen war, glaubte sie etwas wie Mitleid schimmern zu sehen. Durch sie erfuhr Therese auch endlich von dem Gerücht, daß die Abendgesellschaften bei der Mutter in der letzten Zeit nicht mehr ganz harmloser Natur wären, ja, es wurde sogar behauptet, daß Frau Fabiani neulich zur Polizei vorgeladen und dort verwarnt worden sei, und nun fiel es Theresen auch auf, daß in der Tat seit zwei oder drei Wochen jene Abendgesellschaften zu Hause ein Ende genommen hatten.

Als sie heute nach Klaras Aufschlüssen mit Mutter und Bruder beim Essen saß, merkte sie, daß Karl sich kein einziges Mal mit einer Frage oder Antwort an die Mutter wandte; und nun ward ihr auch bewußt, daß es schon mindestens eine Woche her nicht anders war. Sie atmete erlöst auf, als Karl sich erhob und gleich darauf die Mutter sich in ihr Zimmer zurückzog, doch als sie nun plötzlich allein an dem noch nicht abgedeckten Tische saß, auf den durchs offene Fenster die Frühlingssonne fiel, saß sie eine Weile erstarrt wie in einem bösen Traum.

In derselben Nacht noch geschah es ihr, daß sie durch ein Geräusch im Vorzimmer plötzlich erwachte. Sie hörte, wie die Türe vorsichtig geöffnet und wieder verschlossen wurde; und nachher leise Schritte auf der Treppe. Sie erhob sich aus dem Bett, ging zum Fenster und sah hinab. Nach wenigen Minuten wurde das Haustor geöffnet, sie sah ein Paar heraustreten, einen Herrn in Uniform mit aufgestelltem Kragen und eine verhüllte Frauengestalt, die beide rasch um die Ecke verschwanden. Therese nahm sich vor, von ihrer Mutter Aufklärung zu verlangen. Aber als die Gelegenheit dazu erschien, fehlte ihr der Mut. Sie fühlte wieder, wie unzugänglich und fremd ihr die Mutter geworden war; ja, es schien in der letzten Zeit, als wenn die alternde Frau ihr schrullenhaftes Wesen wie mit Absicht ins Unheimliche stei-

gerte; sie hatte sich einen sonderbar schlürfenden Gang ange-
wöhnt, rumorte sinnlos in der Wohnung umher, murmelte
unverständliche Worte und sperrte sich gleich nach dem Essen
für Stunden in ihr Zimmer ein, wo sie auf große Bogen Papier
mit kratzender Feder zu schreiben anfing. Therese nahm zuerst
an, daß ihre Mutter mit dem Entwurf einer auf jene polizeiliche
Vorladung bezüglichen Verteidigungs- oder Anklageschrift
beschäftigt sei, dann dachte sie, ob die Mutter nicht vielleicht
ihre Lebenserinnerungen aufzeichne, von welcher Absicht sie
früher manchmal gesprochen hatte; doch bald stellte sich heraus – Frau Fabiani erwähnte es einmal bei Tische wie eine
bekannte und eigentlich selbstverständliche Tatsache –, daß sie
daran sei, einen Roman zu verfassen. Therese warf unwillkürlich einen verwunderten Blick zu ihrem Bruder hin; der sah an
ihr vorbei auf die Sonnenkringel an der Wand.

7

Anfang Juli legten Karl Fabiani und Alfred Nüllheim ihre Maturi-
tätsprüfung ab. Alfred bestand sie als Bester unter seinen Kolle-
gen, Karl mit eben genügendem Erfolge. Tags darauf trat er eine
Fußreise an, nachdem er von Mutter und Schwester so kühl und
flüchtig Abschied genommen, als wenn er abends wieder zu
Hause sein wollte. Alfred, der einem früheren Plan nach ihn auf
der Wanderung hätte begleiten sollen, nahm eine leichte
Erkrankung seiner Mutter zum Vorwand, um vorläufig in der
Stadt zu bleiben. Er kam auch weiterhin fast täglich in das Haus
Fabiani, zuerst um Bücher und Hefte abzuholen, ein nächstes
Mal, um Erkundigungen über Karl einzuziehen; und es fügte
sich, daß sich an diese Nachmittagsbesuche an den schönen
Sommerabenden Spaziergänge mit Therese anschlossen, die
sich immer länger ausdehnten.

Eines Abends auf einer Bank in den Anlagen des Mönchsbergs sprach er wieder einmal davon, daß er im Herbst die Wiener Universität beziehen werde, um Medizin zu studieren, was
Theresen freilich wie das meiste, was er ihr sagte, nicht neu war,
und gestand ihr, was sie auch nicht überraschte, daß er nur deshalb auf eine Ferialreise verzichtet habe, um diese paar letzten

Monate in ihrer Nähe zu verbringen. Sie blieb ungerührt, ja wurde eher ärgerlich, denn ihr war nicht anders, als ob dieser junge Mensch, dieser Knabe in all seiner Bescheidenheit ihr eine Art von Schuldschein vorzuweisen sich unterfing, den einzulösen sie wenig Lust verspürte.

Zwei Offiziere gingen vorbei, der eine war Theresen vom Sehen längst bekannt, wie die meisten Herren von den hier garnisonierenden Regimentern; die Erscheinung des andern aber war ihr neu; es war ein glattrasierter, dunkelhaariger, schlanker Mensch, der, was ihr besonders auffiel, die Kappe in der Hand hielt.

Seine Augen streiften Therese ganz flüchtig, aber als Nüllheim und der andere Offizier einander grüßten, grüßte auch er, und zwar, da er barhaupt war, nur durch ein lebhaftes Neigen seines Kopfes, und richtete einen lebhaften, beinahe lachenden Blick auf Therese. Doch er wandte sich nicht nach ihr um, wie sie eigentlich erwartet hätte, und verschwand mit seinem Begleiter bald in einer Biegung der Allee. Die Unterhaltung zwischen Therese und Alfred wollte nicht wieder in Fluß geraten, beide erhoben sich und gingen langsam in der Dämmerung nach abwärts.

8

Karls Heimkehr wurde für Anfang August erwartet; statt seiner aber kam ein Brief, daß er nach Salzburg nicht mehr zurückzukehren gedenke und den ihm monatlich zugesicherten kleinen Betrag von jetzt an nach Wien zu senden bitte, wo es ihm bereits gelungen sei, sich durch ein Zeitungsinserat eine Lektion bei einem Mittelschüler zu verschaffen. Eine beiläufige Frage nach dem Befinden des Vaters und Grüße an Mutter und Schwester beschlossen den Brief, in dem nicht das leiseste Bedauern über eine doch wahrscheinlich endgültige Trennung mitzuzittern schien. Der Mutter machte Inhalt und Ton des Briefs keinen sonderlichen Eindruck; Therese aber, so kühl auch ihre Beziehungen zu dem Bruder sich allmählich gestaltet hatten, kam sich nun zu ihrer eigenen Verwunderung völlig verlassen vor. Sie nahm es Alfred übel, daß er nicht der Mensch war, ihr über dieses Gefühl des Alleinseins wegzuhelfen, und seine Schüchtern-

494

heit begann ihr etwas lächerlich zu erscheinen. Als er aber einmal auf einem Spaziergang außerhalb der Stadt ihren Arm nahm und ihn leise drückte, machte sie sich mit übertriebener Heftigkeit von ihm los und verhielt sich noch beim Abschiednehmen am Haustor kalt und abweisend gegen ihn.

Eines Tages machte die Mutter ihr den Vorwurf, daß sie sich überhaupt nicht mehr um sie bekümmere und nur mehr für Herrn Alfred Nüllheim Zeit zu haben scheine. In derselben Stunde noch schloß sich Therese ihrer Mutter zu einem Spaziergang durch die Stadt an, bei welcher Gelegenheit sie merken konnte, daß Frau Fabiani von zwei Damen, die früher im Hause verkehrt hatten, nicht gegrüßt wurde. Eine Promenade tags darauf führte sie weiter hinaus bis außerhalb der Stadt; jenseits des Felsentors kam ihnen ein älterer Herr mit grauem Schnurrbart entgegen, der anscheinend an ihnen vorbeigehen wollte; plötzlich aber blieb er stehen und bemerkte in einer etwas affektiert klingenden Sprache: »Frau Oberstleutnant Fabiani, wenn ich nicht irre?« – Frau Fabiani sprach ihn als Graf an, stellte ihm ihre Tochter vor; er erkundigte sich nach dem Befinden des Herrn Oberstleutnants und erzählte ungefragt von seinen beiden Söhnen, die, nach dem kürzlich erfolgten Tod seiner Frau, in einem französischen Konvikt erzogen wurden. Als er sich verabschiedet hatte, bemerkte Frau Fabiani: »Graf Benkheim, der frühere Bezirkshauptmann. Hast du ihn denn nicht erkannt?« Therese wandte sich unwillkürlich nach ihm um. Seine Hagerkeit fiel ihr auf, der elegante, etwas zu helle Anzug, den er trug, sowie der jugendlich rasche, absichtlich federnde Schritt, mit dem er sich rascher entfernte, als er herangekommen war.

Am Tag nach dieser Begegnung erwartete Therese daheim Alfred Nüllheim, der ihr Bücher bringen und sie zu einem Spaziergang abholen sollte. Es war ihr eigentlich lästig; lieber wäre sie allein spazieren gegangen, trotzdem sie in der letzten Zeit öfters von Herren verfolgt und etliche Male auch schon angesprochen worden war. Wie immer zu dieser Jahreszeit, gab es viele Fremde in der Stadt. Therese hatte seit jeher einen offenen, neugierigen Blick für alles, was nach Vornehmheit und Eleganz aussah; als Zwölfjährige schon in Lemberg hatte sie für einen hübschen jungen Erzherzog geschwärmt, der im Regiment des Vaters als Leutnant diente, und sie bedauerte manchmal, daß Alfred, der doch aus wohlhabendem Hause war, trotz seiner guten Figur und seines feinen Gesichts sich gar nicht nach der Mode, ja geradezu kleinstädtisch zu kleiden pflegte. Die Mutter trat ins Zimmer, äußerte ihre Verwunderung, daß Therese bei dem schönen Wetter noch zu Hause sei, und fing wie beiläufig vom Grafen Benkheim zu sprechen an, den sie heute zufällig wieder getroffen hatte. Er interessiere sich für die kriegswissenschaftliche Bibliothek des Vaters, die er gelegentlich besichtigen wolle, um sie vielleicht käuflich zu erwerben. »Das ist nicht wahr«, sagte Therese, und ohne Gruß verließ sie das Zimmer. Sie nahm Hut und Jacke, lief die Treppe hinab. Im Hausflur begegnete ihr Alfred. »Endlich«, rief sie. Er entschuldigte sich; er war zu Hause aufgehalten worden. Schon dämmerte es. Was ihr denn wäre, fragte Alfred, sie sehe so erregt aus. »Nichts«, erwiderte sie. Übrigens habe sie ihm einen komischen Einfall anzuvertrauen. Wie wär's, wenn sie heute zusammen in einem der großen, schönen Hotelgärten zu Abend essen würden? Er und sie ganz allein unter lauter fremden Leuten? Er errötete. Oh, wie gern, wie gern; aber – leider – gerade heute sei es vollkommen unmöglich. Er habe nämlich kein Geld bei sich; jedenfalls zu wenig für ein gemeinsames Souper in einem der vornehmen Hotels, an die sie denke. Sie lächelte, sie sah ihn an. Er war noch tiefer errötet und rührte sie ein wenig. – »Das nächste Mal«, bemerkte er schüchtern. Sie nickte. Dann gingen sie weiter durch die Straßen, bald waren sie außerhalb der Stadt und nahmen ihren Lieblingsweg durch die Felder. Der Abend war schwül, die Stadt wich immer weiter hinter ihnen zurück, sternenlos hing über ihnen der dämmernde Himmel. Sie wandelten zwischen hochstehenden Ähren; Alfred hielt Theresens Hand gefaßt und fragte nach Karl. Sie zuckte die Achseln. »Er schreibt beinahe nie«, erwiderte sie. »Ich habe überhaupt noch nichts von ihm gehört«, sagte Alfred, »seit er fort ist.« Dann kam er wieder auf seine eigene, bald bevorstehende Abreise zu reden. Therese schwieg und sah an ihm vorbei. Ob sie ihm wenigstens nach Wien schreiben werde?

»Was sollte ich Ihnen schreiben?« erwiderte sie ungeduldig. »Was gibt es von hier zu erzählen? Ein Tag wird sein wie der andere.« – »Auch jetzt ist ein Tag wie der andere«, erwiderte er, »und man hat sich doch immer was zu erzählen. Aber ich will auch zufrieden sein, wenn Sie mir nur manchmal einen Gruß senden.«

Aus dem wogenden Feld waren sie wieder auf die Straße hinaus getreten. Die Pappeln ragten hoch; als dunkle Wand in scharf gezogenen Linien schloß der Nonnberg mit seinen düsteren Festungsmauern das Bild ab.

»Sie werden Heimweh haben«, sagte Therese plötzlich mild. – »Nur nach dir«, antwortete er. Es war das erste Du, das er an sie richtete, und sie war ihm dankbar dafür. »Warum eigentlich bleibst du mit der Mutter in Salzburg? Was hält euch hier?« – »Was zieht uns anderswo hin?« – »Es wäre am Ende auch möglich, deinen Vater in eine andere Anstalt zu überführen – in der Nähe von Wien.« – »Nein, nein«, entgegnete sie heftig. – »Du hattest ja die Absicht – du sprachst von einem Beruf, einer Stellung –« – »Das geht nicht so rasch. Ich habe noch eine Lyzealklasse vor mir, auch müßte ich wohl eine Lehrerinnenprüfung machen.« Sie schüttelte heftig den Kopf, denn es war ihr, als sei sie an den Ort, an die Gegend geheimnisvoll gefesselt. Und ruhiger fügte sie hinzu: »Du bist doch zu Weihnachten jedenfalls wieder hier, schon wegen deiner Familie?« – »Bis dahin ist es lang, Therese.« – »Du wirst gar keine Zeit haben, an mich zu denken. Du hast ja zu studieren. Du wirst neue Menschen kennenlernen, auch Frauen, Mädchen.« Sie lächelte, sie fühlte keine Eifersucht, sie fühlte nichts.

Plötzlich sagte er: »In weniger als sechs Jahren bin ich Doktor. Willst du so lange auf mich warten?« – Sie sah ihn an. Sie verstand ihn anfangs nicht, dann aber mußte sie wieder lächeln, diesmal gerührt. Um wieviel älter erschien sie sich doch als er. Sie wußte schon in diesem Augenblick, daß sie beide nur Kindereien redeten und daß aus der Sache niemals etwas werden könnte. Aber sie nahm seine Hand und streichelte sie zärtlich. Als sie später vor ihrem Haustor von ihm Abschied nahm, im Dunkel, erwiderte sie lange, leidenschaftlich beinahe, mit geschlossenen Augen seinen Kuß.

10

Abend für Abend wandelten sie nun draußen vor der Stadt auf
wenig begangenen Feldwegen und plauderten von einer
Zukunft, an die Therese nicht glaubte. Tagsüber daheim stickte
sie, bildete sich weiter im Französischen aus, übte Klavier, las in
dem und jenem Buch, die meisten Stunden aber verbrachte sie
träg, beinahe gedankenlos, und sah zum Fenster hinaus. So
sehnsüchtig sie den Abend und Alfreds Erscheinen erwartete: –
meist schon nach der ersten Viertelstunde ihres Beisammenseins verspürte sie Regungen der Langeweile. Und als er wieder
einmal auf einem Spaziergang von seiner immer näher heran-
rückenden Abreise sprach, merkte sie mit leisem Schreck, daß
sie diesen Tag eher herbeiwünschte. Er fühlte, daß der Gedanke
einer baldigen Trennung sie nicht besonders schmerzlich
berührte, gab ihr seine Empfindung zu verstehen, sie erwiderte
ausweichend, ungeduldig; der erste kleine Streit hob zwischen
ihnen an, stumm schritten sie auf dem Heimweg nebeneinander her und schieden ohne Kuß.

In ihrem Zimmer war ihr öd und schwer ums Herz. Sie saß im
Dunkel auf ihrem Bett und sah durchs offene Fenster in die
schwüle, schwarze Nacht hinaus. Dort drüben, nicht weit, unter
dem gleichen Himmel, wußte sie das traurige Gebäude, wo ihr
wahnsinniger Vater seinem vielleicht noch fernen Ende entge-
gensiechte. Im Nebenzimmer, ihr fremder von Tag zu Tag, mit
ruheloser Feder, auch einem Wahn anheimgefallen, wachte die
Mutter in den grauen Morgen. Keine Freundin suchte Therese
auf, auch Klara längst nicht mehr; und Alfred war ihr nichts,
weniger als nichts, denn er wußte nichts von ihr. Er war edel, er
war rein, und sie spürte dunkel, daß sie es nicht war, nicht einmal sein wollte. Sie verspottete ihn innerlich, daß er sich ihr
gegenüber nicht gewandter und verwegener anstellte, und
wußte doch, daß sie sich keinen Versuch solcher Art hätte gefallen lassen. Sie dachte anderer junger Leute, die ihr flüchtig oder
gar nur vom Sehen bekannt waren, und gestand sich ein, daß
ihr mancher von diesen besser gefiel als Alfred, ja, daß sie sich
sonderbarerweise manchem sogar vertrauter, näher, verwandter fühlte als ihm; und so ward sie sich bewußt, daß zuweilen
ein Blick, rasch auf der Straße gewechselt, zwei Menschen ver-

schiedenen Geschlechts enger aneinander zu knüpfen vermochte als ein stundenlanges, inniges, von Zukunftsgedanken durchwebtes Zusammensein. Mit einem angenehmen Schauer erinnerte sie sich des jungen Offiziers, der an einem Sommerabend in den Anlagen des Mönchsbergs mit einem Kameraden, die Kappe in der Hand, an ihr vorbeigegangen war. Seine Augen waren den ihren begegnet und hatten aufgeglüht, er war weitergegangen und hatte sich nicht einmal nach ihr umgewandt; – und doch war ihr in diesem Augenblick, als wüßte der mehr, viel mehr von ihr, als Alfred wußte, der sich mit ihr verlobt glaubte, sie viele Male geküßt hatte und mit ganzer Seele an ihr hing. Hier war irgend etwas nicht in Ordnung, das fühlte sie. Aber ihre Schuld war es nicht.

11

Am nächsten Morgen kam ein Brief von Alfred. Er habe die Nacht über kein Auge zugetan; sie möge ihm verzeihen, wenn er sie gestern gekränkt, eine Wolke auf ihrer Stirn verdüstere ihm den heitersten Tag. Vier Seiten lang ging es in diesem Tone fort. Sie lächelte, war etwas gerührt, drückte den Brief wie mechanisch an die Lippen, ließ ihn dann halb absichtlich, halb zufällig aus der Hand auf ihr Nähtischchen gleiten. Sie war froh, daß sie nicht verpflichtet war, ihn zu beantworten; – heute abend traf man einander ja ohnehin am gewohnten Orte des Stelldicheins.

Gegen Mittag trat ihre Mutter zu ihr ins Zimmer mit süßlichem Lächeln: der Graf Benkheim sei hier und habe eben die Bibliothek des Vaters zum zweitenmal – von einem ersten Besuch hatte die Mutter nichts erwähnt – eingehender Besichtigung unterzogen. Er sei bereit, sie zu einem sehr anständigen Preis zu erwerben, und habe sich herzlich nach dem Befinden des Vaters, übrigens auch nach Theresen erkundigt. Als Therese mit gepreßten Lippen stumm sitzen blieb und weiterstickte, trat die Mutter näher an sie heran und flüsterte: »Komm – wir sind ihm Dank schuldig, auch du. Es wäre eine Unhöflichkeit. Ich verlange es von dir.« Therese erhob sich und trat mit ihrer Mutter ins Nebenzimmer, wo der Graf eben im Begriffe war, einen großen illustrierten Oktavband, der neben anderen auf dem

Tische lag, zu durchblättern. Er erhob sich sofort und äußerte seine Freude, Therese wieder einmal guten Tag sagen zu dürfen. Im Laufe einer höflichen und durchaus unverfänglichen Unterhaltung fragte er die Damen, ob sie nicht vielleicht gelegentlich seinen Wagen zu einem Besuch in der Anstalt beim Herrn Oberstleutnant benützen wollten; auch zu einer Spazierfahrt nach Hellbrunn oder wo immer hin stelle er ihn gerne zur Verfügung; doch schweifte er gleich wieder ab, als er in Theresens Mienen Befremden und Widerstand gewahrte, und entfernte sich bald mit der Bemerkung, daß er nach einer kurzen, aber unaufschiebbaren Reise gleich wieder seine Aufwartung machen werde, um die Bibliotheksangelegenheit in Ordnung zu bringen. Zum Abschied küßte er sowohl der Mutter als der Tochter die Hand.

Als sich die Türe hinter ihm geschlossen hatte, war zuerst ein dumpfes Schweigen; Therese schickte sich an, wortlos das Zimmer zu verlassen, da hörte sie die Stimme ihrer Mutter hinter sich: »Du hättest wohl etwas freundlicher sein können.« Therese wandte sich von der Türe her um: »Ich war es viel zu sehr«, und wollte gehen. Nun begann die Mutter ganz unvermittelt, als hätte sich seit Tagen oder Wochen der Groll in ihr gestaut, mit bösen Worten Therese wegen ihres unmanierlichen, ja frechen Benehmens mit Vorwürfen zu überhäufen. Ob der Graf nicht mindestens ein so feiner Herr sei wie der junge Nüllheim, mit dem das Fräulein Tochter überall in Stadt und Umgebung und zu jeder Tages- und Nachtzeit zu sehen sei? Ob es nicht hundertmal anständiger sei, sich einem soliden, gesetzten, vornehmen Herrn gegenüber mit einiger Zuvorkommenheit zu benehmen, als sich einem Studiosus an den Hals zu werfen, der mit ihr doch nur seinen Spaß treibe? Und immer unzweideutiger, mit schonungslosen Worten, gab sie der Tochter zu verstehen, welches Wandels sie sie schon längst verdächtige, und ohne Scham sprach sie aus, was sie darum um so mehr von ihr zu erwarten und zu fordern sich für berechtigt halte. »Denkst du, es geht so fort? Wir hungern, Therese. Bist du so verliebt, daß du es nicht merkst? Und der Graf würde für dich sorgen – für uns alle, für den Vater auch. Und niemand müßte es wissen, nicht einmal dein junger Herr Nüllheim.« Sie hatte sich näher an die Tochter gedrängt, Therese spürte ihren Atem im Gesicht, machte sich los, eilte zur Türe. Die Mutter rief ihr nach: »Bleibe, das Essen ist fertig.« »Ich brauche keines, da wir doch hungern«, höhnte Therese und verließ das Haus.

Es war Mittagszeit, die Straßen fast menschenleer. Wohin? fragte sich Therese. Zu Alfred, der im Hause seiner Eltern wohnte? Ach, der war nicht Manns genug, sich ihrer anzunehmen, sie zu beschützen vor Gefahr und Schande. Und die Mutter, die sich einbildete, er sei ihr Geliebter! Es war zum Lachen, wahrhaftig. Wohin also? Hätte sie nur Geld genug gehabt, sie wäre einfach zum Bahnhof gelaufen, davongereist wo immer hin, am liebsten gleich nach Wien. Dort gab es Gelegenheit genug, sich auf anständige Weise durchzubringen, auch wenn man nicht die letzte Lyzealklasse gemacht hat. Die Schwester einer Schulkameradin zum Beispiel war neulich sechzehnjährig als Kinderfräulein bei einem Hof- und Gerichtsadvokaten in Wien in Stellung getreten, und es ging ihr vortrefflich. Man müßte sich die Sache nur angelegen sein lassen. War es denn nicht längst ihr Plan gewesen? Unverzüglich kaufte sie eine Wiener Zeitung, ließ sich auf einer beschatteten Bank des Mirabellgartens nieder und las die kleinen Anzeigen. Sie fand manche Angebote, die für ihre Zwecke in Betracht kamen. Jemand suchte eine Bonne zu einem fünfjährigen Mädchen, ein anderer eine zu zwei Knaben, ein dritter zu einem geistig etwas zurückgebliebenen Mädchen, in dem einen Hause wurde etwas Kenntnis des Französischen, in einem anderen Fertigkeit in Handarbeiten, in einem dritten Anfangsgründe des Klavierspiels gewünscht. Mit all dem konnte sie dienen. Man war nicht verloren, Gott sei Dank, und bei der nächsten Gelegenheit würde sie einfach ihre Sachen packen und davonfahren. Vielleicht ließe es sich sogar so einrichten, daß sie zugleich mit Alfred nach Wien reiste. Sie lächelte vor sich hin. Ihm vorher gar nichts sagen und einfach in den gleichen Zug einsteigen – ins selbe Coupé, wäre das nicht lustig?! Aber da ertappte sie sich auch schon bei dem Gedanken, daß sie eigentlich lieber allein, ja, lieber sogar mit irgendwem andern diese Reise unternehmen würde, mit einem Unbekannten, mit dem eleganten Fremden zum Beispiel – es war wohl ein Italiener oder Franzose – der ihr früher auf der Salzachbrücke so unverschämt ins Gesicht gestarrt hatte. Und, zerstreut weiterblätternd, las sie in der Zeitung von einem Feuerwerk im Prater, von einem Eisenbahnzusammenstoß, von einem Unfall in den Bergen, und plötzlich kam sie auf eine Überschrift, die sie fesselte: Mordversuch am Geliebten. Da war die Geschichte von einer ledigen Mutter erzählt, die den treulosen Geliebten angeschossen und schwer verletzt hatte. Maria Meitner, so hieß das arme Geschöpf. Ja, auch dergleichen konnte einem passieren ... Nein, ihr nicht. Keiner, die klug war. Man mußte keinen Liebhaber nehmen, man mußte kein Kind haben, man mußte überhaupt nicht leichtsinnig sein und vor allem: man durfte keinem Manne trauen.

12

Langsam ging sie nach Hause, sie war ruhig, und in ihrem Herzen kein Zorn gegen die Mutter mehr. Das karge Mittagessen war warm gehalten worden, die Mutter stellte es ihr wortlos auf den Tisch und langte nach der Zeitung, die Therese auf den Tisch gelegt hatte. Sie suchte nach der Romanfortsetzung und las mit gierigen Augen. Therese nahm nach dem Essen ihre Stickerei zur Hand, setzte sich ans Fenster und dachte an das Fräulein Maria Meitner, das nun im Gefängnis saß. Ob sie wohl Eltern gehabt hatte? Ob sie eine Verstoßene war? Ob sie am Ende auch andere Männer in der Tiefe ihres Herzens lieber gehabt hatte als ihren Geliebten? Und warum hatte sie ein Kind bekommen? Es gab ja so viele Frauen, die ihr Leben genossen und keine Kinder bekamen. Allerlei fiel ihr ein, was sie im Lauf der letzten zwei oder drei Jahre in der Residenz und hier von Schulkolleginnen erfahren hatte. Der Inhalt so manchen unanständigen Gesprächs, wie sie dergleichen Unterhaltungen zu nennen pflegten, wurde in ihr lebendig, und ein plötzlicher Widerwille stieg in ihr auf gegen alles, was mit dergleichen Dingen zusammenhing. Sie erinnerte sich, daß sie schon vor zwei oder drei Jahren, zu einer Zeit also, da sie fast noch ein Kind gewesen, mit zwei Freundinnen zusammen beschlossen hatte, ins Kloster zu gehen, und in diesem Augenblick war ihr, als regte sich in ihr eine ganz ähnliche Sehnsucht wie damals. Nur daß diese Sehnsucht heute etwas anderes und mehr bedeutete: Unruhe, Angst – als gäbe es nirgendwo als hinter Klostermauern

Sicherheit vor all den Gefahren, die das Leben in der Welt mit sich brachte.

Doch wie nun die Schwüle allmählich wich und über die Häuserwände bis in den vierten Stock hinauf die Abendschatten zogen, da schwand ihre Angst und ihre Traurigkeit, und sie freute sich dem Zusammensein mit Alfred entgegen wie noch nie.

Sie traf ihn draußen vor der Stadt wie gewöhnlich. Seine Augen glänzten mild, und ein solcher Adel schien von seiner Stirn zu strahlen, daß ihr ganz weh ums Herz wurde. Sie fühlte sich ihm in schmerzlicher Weise überlegen, weil sie um soviel mehr vom Leben wußte oder ahnte als er; und zugleich seiner nicht ganz würdig, weil er aus so viel reineren Lüften kam als sie. In Gestalt und Haltung glich er seinem Vater, dem sie oft genug in den Straßen der kleinen Stadt begegnet war, ohne daß er ihrer geachtet oder auch nur gewußt hätte, wer sie war. Auch Alfreds Mutter, die große blonde Frau, und seine beiden Schwestern kannte sie von Angesicht; die mochten wohl etwas vermuten; denn neulich einmal, bei einer zufälligen Begegnung, hatten sie sich beide zugleich neugierig nach ihr umgewandt. Sie waren zwanzig und neunzehn und würden wohl bald beide heiraten. Die Familie war wohlhabend und hochgeachtet. Ja, die hatten es leicht. Und daß der Dr. Sebastian Nüllheim, Arzt in den besten Familien der Stadt, je ins Narrenhaus kommen könnte, das war ein völlig unfaßbarer Gedanke. – Alfred merkte, daß Therese mit ihren Gedanken wo anders war, er fragte sie, was ihr sei, sie schüttelte nur den Kopf und drückte innig Alfreds Hand. Die Tage waren schon kurz, es begann zu dunkeln. Alfred und Therese saßen auf einer Bank im Grünen; weit dehnte sich die Ebene, die Berge waren fern, ein dumpfes Rauschen klang aus der Stadt herbei, der Pfiff einer Lokomotive hallte lang und leise, jenseits der Wiese, über die Landstraße, rollte ab und zu ein Wagen, Fußgänger schatteten vorüber. Alfred und Therese hielten einander umschlungen, Theresens Herz schwoll vor Zärtlichkeit; und wenn sie später dieser ersten Liebe dachte, war es immer wieder diese Abendstunde, die in ihrem Gedächtnis aufschwebte: sie und er auf einer Bank zwischen Feldern und Wiesen, auf weithingedehnter Ebene, darüber die Nacht, die sich von Berg zu Berg spannte, verklingende Pfiffe aus der Ferne und von einem unsichtbaren Teich her Fröschegequak.

13

Manchmal sprachen sie von der Zukunft. Alfred nannte Therese seine Liebste, seine Braut. Sie müsse auf ihn warten, in sechs Jahren spätestens sei er Doktor, und dann würde sie sein Weib. Und als wäre nun ein geheimnisvoller Schutz um sie, wie ein Heiligenschein um die Stirn – in diesen Tagen bekam sie von der Mutter kein böses Wort zu hören, ja, diese verhielt sich geradezu liebevoll zu ihr.

Eines Morgens trat sie zu Theresen ans Bett mit flimmernden Augen, reichte ihr ein Zeitungsblatt hin; da war auf dem für dergleichen vorbehaltenen Raum der Beginn eines Romans abgedruckt: »Der Fluch des Magnaten, von Julie Fabiani-Halmos«. Und sie setzte sich auf den Bettrand, während Therese für sich zu lesen begann. Die Geschichte fing an wie hundert andere, und jeder Satz erschien Theresen, als hätte sie ihn schon hundertmal gelesen. Als sie fertig war und der Mutter wie in Bewunderung, doch wortlos, zunickte, nahm diese die Zeitung zur Hand und las nun das Ganze laut, wichtig und ergriffen vor. Dann sagte sie: »Drei Monate lang wird der Roman laufen. Die Hälfte habe ich schon bezahlt bekommen – fast so viel wie eine halbjährige Oberstleutnantspension.«

Als Therese am Abend dieses Tages mit Alfred zusammentraf, war er zu ihrer angenehmen Überraschung sorgfältiger, geradezu elegant gekleidet, ja, man hätte ihn für einen der vornehmen Reisenden nehmen können, wie zu dieser Zeit so viele in der Stadt zu sehen waren. Alfred freute sich der Befriedigung, die er in Theresens Augen las, und eröffnete ihr mit scherzhafter Förmlichkeit, daß er sich die Ehre gebe, sie für heute zu einem Abendessen im Hotel Europe einzuladen. Vergnügt nahm sie an, und bald saßen sie beide in dem hell erleuchteten, parkartigen Garten an einem köstlich gedeckten Tisch, für sich allein, unter vielen unbekannten Menschen, wie ein vornehmes Paar auf der Hochzeitsreise. Der Kellner nahm etwas herablassend Alfreds Bestellung entgegen; ein vortreffliches Mahl wurde aufgetragen, und an ihrem Appetit merkte Therese, daß sie sich tatsächlich seit längerer Zeit nicht so eigentlich satt gegessen hatte. Auch der milde, süße Wein schmeckte ausgezeichnet, und während sie anfangs etwas eingeschüchtert sich kaum recht umzusehen gewagt hatte, ließ sie nun die Augen immer lebhafter und unbefangener im Kreise gehen. Von da und dort richteten sich Blicke auf sie, nicht nur von jüngeren und älteren Herren, auch von Damen, Blicke des Wohlgefallens, ja der Bewunderung. Alfred war sehr aufgeräumt, redete allerlei galantes, ziemlich törichtes Zeug, wie es sonst seine Art gar nicht war, und Therese lachte manchmal in einer unnatürlich grellen Weise dazu auf. Als Alfred sie zum dritten- oder viertenmal im Flüsterton fragte – er hatte eben keinen Überfluß an lustigen Einfällen –, wofür man sie beide wohl halten möchte: für ein durchgegangenes Liebespärchen auf der Flucht oder für ein junges Ehepaar aus Frankreich auf der Hochzeitsreise, gingen einige Offiziere am Tisch vorbei, unter denen Therese sofort jenen schwarzhaarigen mit den gelben Aufschlägen erkannte, dessen sie in den letzten Wochen allzuviel hatte denken müssen. Auch der Offizier erkannte sie gleich; sie wußte es, obwohl er nichts dergleichen tat, sondern wohlanständig seinen Blick wieder abwandte und sich nicht, wie sie erwartet, an einem benachbarten, sondern in Gesellschaft seiner Kameraden an einem ziemlich entfernten Tische niederließ. Mit Alfreds guter Laune war es plötzlich vorbei. Es war ihm nicht entgangen, daß Theresens Augen aufgeleuchtet hatten, und er fühlte mit der eifersüchtigen Ahnung des Liebenden, daß etwas Verhängnisvolles geschehen war. Als er ihr das Glas wieder vollschenkte, drückte sie ihm wie schuldbewußt die Hand, und zugleich ihre Ungeschicklichkeit fühlend, sagte sie plötzlich: »Wollen wir nicht gehen?« »Die Mutter wird unruhig sein«, setzte sie hinzu, obzwar sie wußte, daß sie das nicht zu befürchten hatte. »Und was hast denn du zu Hause gesagt, Alfred?« Er errötete. »Du weißt ja«, erwiderte er, »meine Familie ist verreist.« – »Ach ja«, sagte sie. Darum also war er heute so kühn gewesen, sie hätte sich's denken können. Und wie linkisch er sich jetzt erhob, nachdem er die Rechnung beglichen! Und statt daß er ihr den Vortritt ließ, wie es die Sitte erforderte, ging er vor ihr einher, und da merkte sie, daß er eigentlich doch nicht anders aussah als ein Schuljunge im Sonntagsgewand. Sie aber in ihrem einfachen, blauweißen Foulardkleid spazierte zwischen den Tischen dem Ausgang zu, wie eine junge Dame, die gewohnt wäre, jeden Abend unter vornehmen Fremden in einem großen Hotel zu speisen. Ja, ihre Mutter war eben doch eine Baronin, war in einem Schlosse aufgewachsen, hatte ein wildes Pony geritten; und zum erstenmal in ihrem Leben war Therese ein wenig stolz darauf.

Sie gingen schweigend durch die stillen Gassen, Alfred nahm Theresens Arm, drückte ihn an den seinen. »Was würdest du dazu sagen«, bemerkte er in einem leichten Ton, der ihm nicht wohl anstand, »wenn man noch in ein Kaffeehaus ginge?« Sie lehnte ab. Es sei schon zu spät. – Ach ja, ein Schulbub! Er hätte nun wohl etwas anderes verlangen dürfen als eine Abschiedsstunde im Kaffeehaus. Warum zum Beispiel rief er nicht dort den Kutscher an, der auf dem Bock schlief, um mit ihr zusammen in die schöne, milde Sommernacht hinauszufahren? Wie hätte sie sich in seinen Arm geschmiegt, wie heiß ihn geküßt, wie lieb hätte sie ihn gehabt. Aber dergleichen kluge Einfälle durfte sie von Alfred nicht erwarten. – Bald standen sie vor Theresens Haustor. Die Straße war völlig dunkel. Alfred zog Therese an sich, heftiger als er es je getan, sie gab ihre Lippen den seinen mit Inbrunst hin, und mit geschlossenen Augen wußte sie, wie edel und rein seine Stirne war. Als sie die Treppen hinaufstieg, war sie voll Sehnsucht und Traurigkeit. Leise sperrte sie die Wohnungstüre auf, damit die Mutter nicht aufwache, dann lag sie noch lange im Bette wach und dachte, daß es heute abend doch nicht das Rechte gewesen war.

14

Am nächsten Tag, während sie mit der Mutter bei Tische saß, brachte man aus der Blumenhandlung wundervolle weiße Rosen in einem schlanken, geschliffenen Kelch. Ihr erster Gedanke war: der Offizier, ihr nächster: Alfred. Doch auf dem Kärtchen stand zu lesen: »Graf Benkheim bittet das liebe kleine Fräulein Therese, die mitfolgenden bescheidenen Blumen freundlichst entgegennehmen zu wollen.« Die Mutter sah vor sich hin, als ginge sie das Ganze nichts an. Therese stellte das Glas mit den Blumen auf die Kommode, vergaß, sich wieder an den Tisch zu setzen, nahm ein Buch zur Hand und ließ sich in den Schaukelstuhl am Fenster sinken. Die Mutter aß allein weiter, sprach kein Wort und verließ dann mit schlürfendem Schritt das Zimmer.

Am gleichen Abend, auf dem Weg zum Bahnhof, in dessen Nähe Therese für heute eine Zusammenkunft mit Alfred verabredet hatte – sie wählten beinahe täglich einen anderen Punkt –, begegnete Therese dem Offizier. Er grüßte mit vollendeter Höflichkeit, ohne die Tatsache ihrer geheimen Vertrautheit auch nur durch ein Lächeln unzart zu betonen. Sie dankte unwillkürlich, dann aber beschleunigte sie ihre Schritte, so daß sie fast ins Laufen geriet, und war froh, daß Alfred, der sie schon erwartete, ihre Erregung nicht merkte. Er schien verlegen, verstimmt. Sie gingen die staubige, etwas langweilige Straße gegen Maria Plain weiter in einem mühseligen Gespräch, darin des gestrigen Abends mit keinem Worte gedacht wurde, kehrten bald wieder um, da ein Gewitter drohte, und trennten sich früher als sonst.

Die nächsten Abende aber, in all ihrer Traurigkeit, waren schön. Der Abschied war nah. In den ersten Septembertagen sollte Alfred nach Wien fahren, um dort vorerst mit seinem Vater zusammenzutreffen. Therese wurde es schwer ums Herz, wenn Alfred von der bevorstehenden Trennung redete, sie immer wieder beschwor, ihm Treue zu bewahren und der Mutter zu möglichst baldiger Übersiedelung nach Wien dringend zuzureden. Sie hatte ihm erzählt, daß die Mutter vorläufig nichts davon wissen wolle; vielleicht, daß es ihr gelänge, im Laufe des kommenden Winters sie allmählich dazu zu bestimmen. Von all dem war nichts wahr. Vielmehr befestigte sich in Theresen der Vorsatz immer mehr, das Elternhaus allein zu verlassen, ohne daß dabei der Gedanke an Alfred überhaupt eine Rolle spielte.

Es war längst nicht mehr die einzige Unaufrichtigkeit, die sie sich ihm gegenüber vorzuwerfen hatte. Wenige Tage nach jener Begegnung in der Nähe des Bahnhofs hatte sie den jungen Offizier wiedergesehen: er war ihr auf dem Domplatz entgegengetreten, als sie eben die Kirche verließ, die sie manchmal zu dieser Stunde nicht so sehr aus Frömmigkeit als aus einer Sehnsucht nach friedlichem Alleinsein in dem hohen, kühlen Raum zu betreten pflegte. Und er, als wäre es die natürlichste Sache von der Welt, war vor ihr stehengeblieben, hatte sich vorgestellt – sie verstand nur den Vornamen Max – und hatte sie um Entschuldigung gebeten, daß er diese Gelegenheit, auf geraume Zeit hinaus die letzte, zu benützen sich die Freiheit nehme, um Therese endlich persönlich kennenzulernen. Denn nun gehe er mit dem Regiment, dem er seit einem Monat zugeteilt sei, auf Manöver für drei Wochen, – und während dieser drei Wochen, das wünschte er sich so sehr, sollte doch das Fräulein Therese – oh, selbstverständlich kenne er ihren Namen, Fräulein Therese Fabiani sei durchaus keine unbekannte Persönlichkeit in Salzburg, und von der Frau Mama stehe ja jetzt ein Roman im Tageblatt; – nun, er wünsche, daß Fräulein Therese an ihn während seiner Abwesenheit wie an einen guten Bekannten denke, wie an einen Freund, einen stillen, schwärmerischen, geduldig hoffenden Freund. Und dann hatte er ihre Hand genommen und geküßt – und war auch schon verschwunden. Sie hatte sich rings umgesehen, ob irgend jemand von dieser Begegnung etwas bemerkt hätte. Doch der Domplatz lag fast menschenleer im grellen Sonnenschein, nur drüben gingen ein paar Frauen, die ihr natürlich vom Sehen bekannt waren – wen kannte man nicht in der kleinen Stadt –, aber von denen würde Alfred wohl nie erfahren, daß ein Offizier mit ihr gesprochen und ihr die Hand geküßt hatte. Er erfuhr ja überhaupt nichts, er wußte auch nicht, daß der Graf Benkheim ins Haus kam, nichts von den ersten Rosen, die der Graf ihr geschickt, nichts von den andern, die heute morgen gekommen waren, auch nichts von dem veränderten Benehmen der Mutter, die nun immer so freundlich und sanft zu ihr war, als könne sie der weiteren Entwicklung der Dinge mit Beruhigung entgegensehen. Und Therese hatte es auch ruhig geschehen lassen, daß allerlei Neues für sie angeschafft worden war. Nicht eben viel und kostbares, aber immerhin manches, was sie wohl brauchen konnte: Wäsche, zwei Paar neue Schuhe, ein englischer Stoff für ein Straßenkleid; sie merkte auch, daß das Essen daheim besser geworden war, und konnte sich wohl zusammenreimen, daß all dies nicht von dem Romanhonorar bestritten würde, der nun Tag für Tag in der Zeitung weiterlief. Aber das war auch alles ganz gleichgültig. Es dauerte ja nicht mehr lange. Sie war fest entschlossen, das Haus zu verlassen, und am klügsten, dachte sie, wäre es wohl, über alle Berge zu sein, ehe der Leutnant von den Manövern wieder zurückkehrte. Von all dem, von Tatsachen wie von Erwägungen, wußte Alfred nichts. Er nannte sie weiter

Liebste und Braut und redete wie von etwas durchaus Mögli-
chem, ja geradezu Selbstverständlichem, daß er in sechs Jahren
als Doktor der gesamten Heilkunde Fräulein Therese Fabiani
zum Altar führen werde. Und wenn sie abends, wie es immer
wieder geschah, auf jener Bank im Felde seinen Liebesworten
lauschte und sie manchmal sogar erwiderte, glaubte sie beinahe
selbst alles, was er, und manches von dem, was sie selbst sagte.

15

Eines Morgens – nach einem Abend, der gewesen war wie so
viele andere vorher – kam ein Brief von ihm. Nur ein paar Worte.
Wenn sie sie läse, so schrieb er, säße er schon im Zug nach
Wien; er hätte es nicht übers Herz gebracht, ihr das gestern
abend zu sagen, sie möge es verstehen und verzeihen, er liebe
sie unsagbar, er wisse es in diesem Moment stärker als je, daß
diese Liebe ewig währen würde. Sie ließ das Blatt sinken, sie
weinte nicht, aber sie war sehr unglücklich. Aus. Sie wußte, daß
es aus war für immer. Und es war mehr unheimlich als traurig,
daß *sie* das wußte und *er* nicht. – Die Mutter kam aus der Stadt
zurück. Sie war auf dem Markt gewesen, einkaufen. »Weißt du,
wer heute früh«, fragte sie vergnügt, »mit Koffer und Tasche an
mir vorbeigefahren ist zur Bahn? Dein Seladon. Ja, nun ist er
fort, hast du nicht gesehen.« Es war ihre Art, solche verblaßten,
aus der Mode gekommenen Romanphrasen ins Gespräch ein-
zustreuen. Die Aufgeräumtheit der Mutter ließ deutlich erkennen, daß sie nun das schwerste, ja, das einzige Hindernis ihrer
Pläne für beseitigt hielt. Therese aber dachte im gleichen
Augenblick: Fort, nur fort. Heute noch, gleich, ihm nach. Die
paar Gulden für die Reise borg' ich mir aus – Klara hoffentlich …
    Sie verließ das Haus, bald stand sie unter den Fenstern, hinter
denen ihre Freundin wohnte, aber sie konnte sich kein Herz fassen, die Treppen hinaufzugehen. Übrigens waren die Vorhänge
heruntergelassen, vielleicht waren Traunfurts aus der Sommerfrische noch nicht zurück. Doch da trat Klara aus dem Haustor,
hübsch und adrett gekleidet wie immer, hold und unschuldig
anzusehen, begüßte Therese mit übertriebener Herzlichkeit
und war gleich bei den Themen, die sie am meisten liebte. Ohne

etwas Bedenkliches oder gar Unanständiges in Worten auszudrücken, spielte unter dem, was sie sagte, eine ununterbrochene Welle zweideutiger Gedanken. Nachdem sie beiläufig
bedauert, daß man jetzt so gar nicht mehr zusammenkomme,
erwähnte sie gleich die Familie Nüllheim, in einem Ton, der
Therese nicht zweifeln ließ, daß die Freundin ihre Beziehungen
zu Alfred für anders geartet hielt, als sie in Wirklichkeit waren.
Therese, nicht verletzt, sondern nur im Gefühl ihrer Unschuld,
klärte Klara auf, worauf diese einfach und fast etwas verächtlich
bemerkte: »Wie kann man so dumm sein.« Eine bekannte
Dame näherte sich, und Klara verabschiedete sich auffallend
rasch von Theresen. –

Abends zu der Stunde, in der Therese sonst mit Alfred zusammenzukommen pflegte, versuchte sie ihm zu schreiben. Sie
wunderte sich, wie schwer es ihr von der Hand ging, und so ließ
sie sich an ein paar flüchtigen Worten genügen: daß sie noch
viel unglücklicher sei als er, daß sie keinen anderen Gedanken
habe als ihn allein und daß sie hoffe, Gott werde alles zum
Guten wenden. – Sie trug den Brief auf die Post, ach, sie wußte,
daß es ein dummer und unaufrichtiger Brief war, ging gleich
wieder heim, vermochte nichts Rechtes anzufangen, nahm eine
Handarbeit vor, versuchte zu lesen, spielte Skalen und Läufe,
endlich, unruhig und gelangweilt zugleich, blätterte sie in den
Zeitungsnummern, die den Roman ihrer Mutter enthielten. Was
war das für eine abgeschmackte Geschichte, und mit welch
hochtrabenden Worten war sie erzählt. Es war der Roman einer
adeligen Familie. Der Vater war ein harter, strenger, aber doch
großherziger Magnat mit dicken Augenbrauen, von denen
immer wieder die Rede war, die Mutter sanft, wohltätig und
kränklich, der Sohn ein Spieler, Duellant, Verführer, die Tochter
engelrein und blond, eine wahre Märchenprinzessin, wie sie
auch immer wieder genannt wurde; ein düsteres Familienge-
heimnis harrte der Lösung, und irgendwo im Park, ein uralter
Diener wußte das, lag von der Türkenzeit her ein Schatz vergraben. Es gab auch manches sinnige Wort über Frömmigkeit und
Tugend in dem Werk zu lesen, und kein Mensch hätte der
Schreiberin zutrauen können, daß sie es darauf angelegt hatte,
ihre Tochter an einen alten Grafen zu verkuppeln.

Am nächsten Tag kam wieder ein Brief von Alfred, und so weiter Tag für Tag. Er berichtete, wie der Vater ihn am Bahnhof erwartet, ihm ein Zimmer in der Alservorstadt, in der Nähe der medizinischen Lehranstalten, gemietet habe, mit ihm Museen und Theater besuche; und wie aus des Vaters ganzem Benehmen hervorgehe, daß er etwas zu ahnen scheine. So habe er einmal während des Abendessens im Restaurant davon gesprochen, daß sich junge Leute gern allerlei in den Kopf setzten, was am Ende doch nicht durchzuführen sei, auch er habe in der Jugend dergleichen durchgemacht und natürlich überwunden; was allem vorangehe, das sei eben die Arbeit, der Beruf, der Ernst des Lebens. Therese fand, daß Alfred das nicht so ausführlich hätte berichten müssen. Wollte er etwa schon jetzt die Verantwortung von sich abwälzen? Sie hatte ja nichts von ihm verlangt. Er mochte tun, was er wollte. Es war schwer, ihm etwas Rechtes zu erwidern, wie es überhaupt nicht leicht war, Stoff für die Briefe zu finden, die sie ihm täglich schreiben sollte, da doch hier in der kleinen Stadt, wie sie entschuldigend und etwas übellaunig betonte, alles seinen gewohnten, langweiligen Gang weiterlief. Und was sich wirklich ereignete, das, ja gerade das konnte sie dem Liebsten natürlich nicht erzählen. Nichts von dem letzten Besuch des Grafen Benkheim, bei welchem er sehr unterhaltend und ohne allzu deutliche Anspielung auf seine eigentlichen Zwecke allerlei aus seinem Leben, insbesondere von seinen Reisen im Orient – er war in Persien als junger Mensch Gesandtschaftsattaché gewesen – erzählt hatte. Und für die nächste Zeit hätte er wieder eine Reise vor, eine Art Weltreise sogar. Und dabei hatte er Therese ernst und bedeutungsvoll ins Auge geblickt. Sie hatte dazu keine Miene verzogen. Ja, eine Weltreise, das wäre schon etwas nach ihrem Geschmack gewesen; aber dann mit einem andern als mit einem alten Grafen. Auch von ihrem Vater hatte er gesprochen, nicht ohne Mitgefühl und mit Respekt, und bemerkt, daß es gewiß gekränkter Ehrgeiz gewesen war, der den verdienten Offizier um den Verstand gebracht habe. Therese, in Beschämung darüber, daß sie schon ganze drei Wochen sich um ihren wahnsinnigen Vater überhaupt nicht gekümmert hatte, war am Tage darauf in die Anstalt geeilt und

hatte den Oberstleutnant in völligem geistigen Verfalle wiedergefunden. Doch gab er jetzt viel auf sein Äußeres. Seit seinen
gesunden Tagen hatte er sich nicht so sorgfältig und fein getragen. Aber die Tochter erkannte er nicht mehr und sprach zu ihr
wie zu einer Fremden.

Von diesem Besuch berichtete sie an Alfred in Ausdrücken
innerster Anteilnahme, ja töchterlichen Schmerzes, die, wie sie
wohl fühlte, ihren tatsächlichen Empfindungen kaum entspra-
chen; so wenig wie die Worte der Zärtlichkeit und Sehnsucht,
die sie an den fernen Geliebten richtete. Aber was blieb ihr
übrig? Sie konnte ihm unmöglich die Wahrheit schreiben; –
nicht, daß sie manchmal geradezu vergeblich versuchte, sich
seine Züge vorzustellen, daß sie den Ton seiner Stimme zu vergessen begann, daß oft Stunden vergingen, in denen sie seiner
gar nicht dachte; – viel öfter aber eines andern, an den sie
eigentlich nicht hätte denken sollen und dürfen.

Eines Abends, als sie eben dabei war, ihm auf einen wehmütigen Brief zu antworten, mühselig, geradezu in Verzweiflung,
erschien der Graf Benkheim. Er fragte, ob er nicht störe, sie war
froh, nicht weiter schreiben zu müssen, und so kam sie ihm
freundlicher entgegen, als es sonst ihre Art war. Er schien dies
mißzuverstehen, rückte näher an sie heran und sprach zu ihr in
einer Weise, die ihr völlig ungewohnt war. Ganz ohne
Umschweife, ja, als wenn irgendwelche Gespräche zwischen
ihnen stattgefunden hätten, die ihn zu solchem Ton ermutigen
durften, begann er: »Also, wie denkt das kleine Fräulein über die
Weltreise? Übrigens müßten wir weder nach Indien noch nach
Afrika.« Er nahm ihre beiden Hände und nannte einen Ort an
einem italienischen See, wo er vor Jahren einmal den Herbst
verbracht hatte, in einer reizenden kleinen Villa mit einem herrlichen Park. Marmorstufen führten geradenwegs in den See. Bis
in den November hinein konnte man baden. In der Villa
nebenan, so erzählte er weiter, wohnten drei junge Damen. Die
stiegen am hellen Mittag von ihrer Terrasse aus ins Wasser, alle
drei, vorher aber ließen sie ihre Mäntel fallen, unter denen sie
nichts weiter anhatten. Ja, ganz nackt schwammen sie in den
See hinaus. – Er rückte näher an Therese heran und wurde so
zudringlich, daß sie, von Angst und Ekel erfaßt, sich ihm zu ent-
winden suchte. Sie sprang endlich auf, der Tisch mit der Lampe

512

geriet ins Wanken; – die Türe öffnete sich, ein Lichtschein fiel herein, die Mutter stand da, als wäre sie eben nach Hause gekommen, den Hut schief auf der wirren Frisur, in ihrer schwarzen, altmodischen Mantille mit Perlfransen. Sie begrüßte den Grafen, bat ihn, der sich gleichfalls erhoben hatte, doch Platz zu behalten, und ließ den Blick von der Tochter rasch wieder abgleiten, da sie deren Verwirrung so wenig bemerken wollte, als sie von dem polternden Geräusch des Tisches Kenntnis genommen hatte. Ein gleichgültiges Gespräch war rasch in Gang gebracht, und da der Graf irgendeine harmlose Frage an Therese richtete, blieb dieser nichts übrig, als in gleich harmloser Weise zu antworten, was ihr ohne sonderliche Mühe gelang.

Als der Graf sich entfernte, hatte er allen Anlaß, zu glauben, daß ihm verziehen worden war, und konnte nicht ahnen, daß Theresens scheinbare Ruhe nur in dem festen Entschluß die Ursache hatte, ihre Reise- und Fluchtpläne ohne weiteren Verzug ins Werk zu setzen.

In Erwiderung auf Zeitungsannoncen schrieb sie nach Graz, Klagenfurt, Brünn, für alle Fälle auch nach Wien und erbat sich die Antworten postlagernd. Sie erhielt keine, außer von Vermittlungsbureaus in Wien und Graz, die aber vor allem eine Anzahlung verlangten. Schon dachte sie aufs Geratewohl davonzufahren, aber da geschah es ihr, daß sie, anfangs zu ihrer eigenen Verwunderung, sich zu Hause besser zu behagen anfing. Die Mutter verhielt sich freundlich, es fehlte im Haushalt an nichts, und vom Grafen Benkheim war eine Art von Entschuldigungsschreiben eingelangt, liebenswürdig, nicht ohne Humor, sogar etwas rührend; und bei seinem nächsten Besuch benahm er sich so tadellos, als wenn er in einer anständigen, bürgerlichen Familie, ja, bei seinesgleichen zu Gaste wäre. Immerhin meldete sich Therese noch einige Male auf Anzeigen hin, in denen ein Kindermädchen oder eine Erzieherin gesucht wurde, aber im ganzen betrieb sie die Angelegenheit mit einiger Lässigkeit. Was sie in Wahrheit in Salzburg noch festhielt, – das gestand sie sich nicht ein.

An einem Regentag im Abenddämmer stand Therese in der Einfahrt des Postgebäudes und las den eben an sie gelangten Antwortbrief einer Dame aus Wien, als sie jemanden hinter sich sagen hörte: »Guten Abend, mein Fräulein.« Sie hatte die Stimme gleich erkannt; ein köstlicher Schauer floß ihr durch den Leib, und ohne das Wort auszusprechen, es nur zu denken, fühlte sie mit ihrem ganzen Wesen: *Endlich.* Sie wandte sich langsam um, lächelte dem Leutnant entgegen wie einem längst Erwarteten, und es war zu spät, als sie sich besann, daß sie lieber nicht so glückselig hätte lächeln sollen. »Ja, da bin ich«, sagte der Leutnant leichthin, ergriff Theresens Hand und küßte sie gleich ein paarmal hintereinander. »Seit einer Stunde bin ich zurück, und das erste menschliche Geschöpf, das mir begegnet, sind Sie, Fräulein Therese. Wenn das nicht ein Wink des Schicksals ist« ... und er behielt ihre Hand fest in der seinen. – »Also schon aus, die Manöver?« fragte Therese, »das ist aber geschwind gegangen.« – »Eine Ewigkeit war ich fort«, sagte der Leutnant. »Sollten Sie das gar nicht gemerkt haben?« – »Wahrhaftig, nein, es können doch höchstens acht Tage gewesen sein.« – »Einundzwanzig Tage und einundzwanzig Nächte, und in jeder habe ich von Ihnen geträumt. Bei Tag übrigens auch. Soll ich Ihnen erzählen, was?« – »Ich bin nicht neugierig.« – »Aber ich bin's im höchsten Grade. Und daher möchte ich für mein Leben gern wissen, was in dem Brieferl da steht, das man sich so geheimnisvoll von der Post abgeholt hat.«

Sie hielt den Brief noch in der Hand, nun knitterte sie ihn zusammen, verbarg ihn in der Tasche ihres Regenmantels und blickte dem Leutnant lustig-verschlagen ins Auge. »Aber hier, glaube ich«, sagte der Offizier, »ist nicht der rechte Ort, um sich miteinander auszuplaudern. Wollen das gnädige Fräulein nicht einen armen verregneten Leutnant unter Ihre Fittiche nehmen?« Er nahm ihr den Schirm ohne weiteres ab, spannte ihn über sie beide, schob seinen Arm unter den ihren, trat mit ihr ins Freie und ging mit ihr im strömenden Regen weiter und begann zu erzählen. Er sprach von seinen Manövererlebnissen, vom Kampieren im Freien auf dreitausend Meter Höhe, von dem Sturm auf einen Dolomitengipfel, von der Gefangennehmung einer gegnerischen Patrouille – er war selbstverständlich bei der siegreichen Armee gewesen; – und indes gingen sie immer weiter durch die menschenleeren, schwach beleuchteten Straßen, bis sie in einer engen Gasse vor einem alten Hause standen, wo er ihr wieder, als sei daran gar nichts Besonderes, vorschlug, bei ihm, um nicht vor Nässe am Ende krank zu werden, eine Tasse Tee mit recht viel Rum zu trinken. Aber da kam sie zur Besinnung. Wofür er sie denn eigentlich halte? Und ob er vollkommen verrückt sei? Und als er seinen Arm um sie legte, wie wenn er sie mit sich ziehen wollte, blitzte sie ihn an: ob er denn Lust habe, es sich ein für allemal mit ihr zu verscherzen? Da ließ er sie los und versicherte sie, er wisse wohl, ja, er habe es gleich bemerkt, daß sie ein ganz besonderes Geschöpf sei. Und seit er sie gesehen, habe er an kein anderes weibliches Wesen mehr denken, ja, überhaupt kein anderes mehr ansehen können. Und auf die Gefahr hin, sich lächerlich zu machen: er würde von nun an Abend für Abend Punkt sieben Uhr hier vor dem Tore stehen und warten. Warten so lange, bis sie käme. Und wenn er zehn Jahre lang hier jeden Abend stehen müßte. Ja, das schwöre er hoch und heilig bei seiner Offiziersehre. Und wo immer er ihr in der Stadt begegnete, er würde mit einem höflichen Gruß an ihr vorbeigehen, aber keineswegs das Wort an sie richten, es sei denn, sie selbst gäbe ihm durch ein Zeichen die Erlaubnis dazu. Nur hier, am Tor, werde er stehen – sie solle sich für alle Fälle die Hausnummer merken, siebenundsiebzig, – Abend für Abend, Punkt sieben Uhr. Er habe ja nichts anderes zu tun. Seine Kameraden, es waren ja ganz liebe Kerle darunter, aber sie konnten ihm alle gestohlen werden. Eine Freundin habe er nicht, oh, schon lange nicht mehr, setzte er auf Theresens ungläubiges Lächeln hinzu; und wenn sie, – wenn sie nicht um sieben Uhr zur Stelle sein sollte, so würde er eben auf sein Zimmer gehen, dort oben im zweiten Stock, – er wohnte ganz allein bei einer alten Frau, die überdies ganz taub sei, und dort oben, in seinem gemütlichen Zimmer, würde er seinen Tee trinken, ein Butterbrot essen und Zigaretten rauchen und weiter hoffen – bis zum nächsten Abend. – »Ja, hoffen Sie nur bis zum Jüngsten Tag«, rief Therese allzu hell, und da es eben neun Uhr von den Türmen schlug, wandte sie sich und eilte davon, ohne ihm nur die Hand zu reichen.

Am nächsten Abend aber huschte sie am Tor vorüber, genau

um sieben; er stand da, im Flur, eine Zigarette rauchend, die Kappe in der Hand, wie an jenem Tag, da sie ihn zum erstenmal gesehen, und die gelben Aufschläge seines Waffenrocks leuchteten so hell, als wären es die schönsten Farben in der ganzen Welt. Und auch seine Augen, sein ganzes Gesicht leuchtete auf. Hatte er ihren Namen geflüstert oder nicht? – sie wußte es kaum. Jedenfalls nickte sie, trat zu ihm ins Tor, und in seinen Arm geschmiegt ging sie die enge, gewundene Steintreppe mit ihm hinauf bis zu einer breiten, dunkelbraunen Holztüre, die nur angelehnt war, hinter ihnen beiden aber, wie durch einen Zauber, geräuschlos sich schloß.

18

Sie hielten ihr Glück geheim. Niemand in der Stadt wußte, daß Therese Abend für Abend über die dämmerige Treppe in die Wohnung des Leutnants schlich, niemand sah sie ein paar Stunden darauf das Haus wieder verlassen; und wer sie etwa gesehen, erkannte die Verschleierte nicht. Auch die Mutter, in ihre Arbeit völlig eingesponnen, merkte nichts oder wollte nichts merken. Frau Fabiani war von einem großen illustrierten Journal in Deutschland aufgefordert worden, einen Roman zu liefern, was sie Theresen mit stolzer Genugtuung mitteilte, und saß nun ganze Tage und halbe Nächte lang unablässig schreibend hinter versperrter Türe. Die Sorge um die bescheidene, jetzt wieder fast ärmliche Wirtschaft blieb Theresen allein überlassen; doch Mutter und Tochter legten zu dieser Zeit auf die Befriedigung äußerlicher Bedürfnisse noch weniger Wert als sonst.

Von Alfred kamen indes Tag für Tag Briefe voll Zärtlichkeit und Leidenschaft, die Therese auch ihrerseits viel zärtlicher und leidenschaftlicher beantwortete, als sie früher überhaupt fähig gewesen wäre. Sie war sich dabei keiner Lüge bewußt, denn sie liebte Alfred um nichts weniger als vorher, ja, manchmal wollte ihr scheinen, mehr als zur Zeit, da er ihr noch nahe gewesen war. Die Worte, die zwischen ihnen brieflich hin und her gingen, hatten mit dem, was Therese zu gleicher Zeit wirklich erlebte, so gar nichts zu tun, daß sie sich sowohl dem einen als dem anderen Liebenden gegenüber von jeder Schuld frei fühlte.

Im übrigen ließ Therese ihre Tage nicht ungenützt verstreichen und bildete sich, ihrer Zukunftspläne keineswegs verges-
send, weiter im Französischen, im Englischen und im Klavierspiel aus. Abends besuchte sie öfters auf Karten, die ihr Max zu
schenken pflegte, das Theater, meist in Gesellschaft ihrer Mutter, die sich um die Herkunft der Billetts nicht kümmerte. Max
nahm an solchen Abenden gewöhnlich seinen Platz in der
ersten Reihe ein, und getreu der getroffenen Abmachung sandte
er Theresen, die mit der Mutter weiter rückwärts zu sitzen
pflegte, nicht einmal einen Gruß. Nur manchmal lächelte er mit
halbgeschlossenen Spitzbubenaugen über sie hin, und sie
wußte, daß dieses Lächeln eine Erinnerung an den vorigen oder
ein Versprechen für den nächsten Abend zu bedeuten hatte.

Für Therese waren diese Theaterbesuche eine willkommene
Zerstreuung, für die Mutter eine Quelle von Anregungen und
Erregungen der verschiedensten Art. Es geschah ihr nicht nur,
daß sie in den vorgeführten Dramen zufällige Ähnlichkeiten mit
eigenen Erlebnissen oder solchen, die sich in ihrer Nähe zugetragen, zu erkennen glaubte; sie entdeckte auch offenbare
Anspielungen, die der ihr vollkommen unbekannte oder auch
schon verstorbene Autor in sein Werk hatte einfließen lassen
oder die vielleicht sogar von der Theaterdirektion mit Rücksicht
auf die berühmte Romanschriftstellerin eingefügt worden
waren; und sie verfehlte nicht, bei solcher Gelegenheit die
neben ihr sitzende Therese durch verständnisheischende Blicke
auf solche merkwürdige Zufälle, die es für sie keineswegs waren,
aufmerksam zu machen.

Der Graf Benkheim hatte seine Besuche im Hause Fabiani
indes vollkommen eingestellt. Es fiel Theresen nicht weiter auf,
und sie erinnerte sich seiner erst wieder, als sie ihn eines
Abends in der Proszeniumsloge mit einer Dame erblickte, die
ihr tags zuvor in einer französischen Posse nicht so sehr durch
schauspielerisches Talent als durch die Extravaganz der Toilette
aufgefallen war.

19

Eines Abends, kurz nach ihrem Eintritt in Maxens Zimmer, während sie eben Hut und Schleier ablegte, wurde an die Türe geklopft, zu ihrer Verwunderung rief Max ohne weiteres »Herein«, und einer seiner Kameraden, ein langer blonder Mensch, trat ein in Begleitung einer jungen Dame, die Theresen gleich als eine der Darstellerinnen aus einer neulich gesehenen Operette erkannte. »Ah, welche Überraschung!« rief Max aus, ohne Therese auch nur einen Moment darüber täuschen zu können, daß diese Überraschung zwischen den Kameraden verabredet war. Der Oberleutnant erwies sich als ein liebenswürdiger und höflicher Gesellschafter, und die Schauspielerin, ganz im Gegensatz zu Theresens Erwartung, befliß sich einer besonderen Zurückhaltung und Einsilbigkeit, die zu bewahren man ihr offenbar um Theresens willen besonders eingeschärft hatte. Zu ihrem Begleiter sagte sie »Herr Oberleutnant« und »Sie«, überdies erwähnte sie, daß ihre ältere Schwester mit einem Advokaten verheiratet sei, und endlich, daß gegen Weihnachten ihre Mutter, die Witwe eines höheren Beamten aus Wien, hieher übersiedeln werde. Man sprach über die letzten Theatervorstellungen, bald darauf, da die künstlerischen Urteile über Stücke und Darsteller rasch erledigt waren, über das Verhältnis des Direktors mit der Sentimentalen und das des Grafen Benkheim mit der Salondame; und man beschloß den Abend im Gasthof bei einer Flasche Wein, wo sich die Unterhaltung in einer etwas lebhaften, aber für Therese nicht sonderlich anregenden Weise fortsetzte. Ein paar Offiziere an anderen Tischen grüßten höflich, ohne von der Gesellschaft weiter Notiz zu nehmen. In früher Stunde, kurz nach zehn Uhr, empfahl sich Therese, bestand darauf, daß Max noch mit den andern bleibe; und in einer ziemlich trüben, leicht beschämten Stimmung begab sie sich nach Hause.

Bei der nächsten Zusammenkunft in Maxens Wohnung ging es erheblich heiterer zu. Der Oberleutnant hatte kalten Aufschnitt und Backwerk mitgebracht, und schon nach der ersten Flasche Wein stellte es sich heraus, was für Therese natürlich keine Überraschung bedeutete, daß der Oberleutnant und die Schauspielerin auf vertrauterem Fuße miteinander standen, als sie das letztemal hatten verraten wollen. Immerhin hielt sie sich noch ein wenig zurück, sprach bald wieder von ihrer Mutter, die zwar zu Weihnachten nicht kommen könne, sie aber am Palmsonntag von hier abholen werde; und später, als die kleine Gesellschaft in einem Kaffeehaus saß und aus einer Ecke der Komiker des Theaters mit kordialem Winken ein »Servus Lintscherl!« herüberrief, dankte sie kaum und bemerkte nur: »Was der freche Bengel sich einbild't!«

In einer ungestörten Stunde bald darauf bat Therese ihren Max, von diesen Zusammenkünften zu viert doch lieber abzusehen; sie fühle sich wohler mit ihm allein. Er lächelte zwar wie geschmeichelt, aber dann wurde er verdrießlich und schalt sie zuerst gelinde, dann immer heftiger wegen ihres »Hochmuts« und ihrer »Fadaise«. Sie weinte ein wenig; der Abend wurde trübselig und langweilig; – und als ein paar Tage darauf der Oberleutnant mit seiner Freundin wieder an Maxens Türe klopfte, war Therese im Grunde froh darüber. Nachher im Gasthaus und an den folgenden Abenden schien sie, wenn nicht die lustigste, doch die lebhafteste von allen und war es auch in größerer Gesellschaft, wie sie sich nun immer öfter an ihrem Tische zusammenfand.

20

Der Winter war spät, doch gleich mit heftigen Schneefällen hereingebrochen; die Stadt, die ganze Landschaft hüllte sich in wohltuend mildes Weiß; und als infolge von Verwehungen Verkehrsstörungen auf der Eisenbahnstrecke eintraten, überkam Therese das beruhigende Gefühl eines umfriedeten und gesicherten Daseins, wodurch sie erst inne ward, daß unablässig auf dem Grund ihrer Seele die Angst vor einem plötzlichen Eintreffen Alfreds geschlummert hatte.

Die Schneefälle hörten auf, sonnige Wintertage kamen, und Therese unternahm mit Max an Sonntagen Schlittenpartien ins Gebirgsland, nach Berchtesgaden und zum Königssee; anfangs zu zweit, dann auch in Gesellschaft von anderen Offizieren und deren Freundinnen, die fast alle dem Theater angehörten; und Max ließ es ohne Eifersucht geschehen, wenn in rauchigen

Wirtshausstuben bei dampfendem Punsch von den Kameraden auch Theresen gegenüber die Grenzen einer noch erlaubten Galanterie nicht eben streng eingehalten wurden.

Die Nacht vom ersten zum zweiten Weihnachtsfeiertag verbrachte Therese mit Max in einem Gasthof am Königssee. Und als am nächsten Mittag der Schlitten sie vor ihrem Wohnhaus abgesetzt hatte und sie doch in einiger Besorgnis vor dem Unwillen der Mutter die Treppe hinaufgegangen war, überreichte ihr jene wortlos mit vorwurfsvoller Miene einen eingeschriebenen Expreßbrief, der, wie sie strafend bemerkte, schon am Abend vorher eingelangt sei. Therese erkannte Alfreds Schrift. Noch ohne zu öffnen, wußte sie, was der Brief enthielt, und so las sie ihn ohne sonderliche Verwunderung. Er schäme sich in tiefster Seele, schrieb Alfred, jemals seine Gefühle an sie verschwendet zu haben, und wünsche von Herzen, sie möge an der Seite des Herrn Leutnant das Glück finden, das er, Alfred, ihr zu geben leider nicht imstande gewesen sei. Der verhältnismäßig ruhige Ton des Schreibens beschämte Therese zuerst; – doch nach anfänglicher Niedergeschlagenheit atmete sie auf und war froh, sich weiterhin auch nicht den geringsten Zwang mehr auferlegen zu müssen. Sie war nun mit ihrem Liebhaber überall, auch im Theater und auf der Eisbahn, öffentlich zu sehen und ließ sich endlich sogar gefallen, was sie bisher mit Entschiedenheit, ja beinahe gekränkt zurückgewiesen, daß ihr Max kleine Geschenke machte, darunter ein kleines Kettchen mit einem Medaillon, das sie von nun an stets um den Hals tragen mußte, ein halbes Dutzend Taschentücher und ein Paar Hausschuhe, rotledern mit weißem Schwan besetzt, das Zwillingspaar zu einem andern, das die Freundin des Oberleutnants bei Gelegenheit auf der Bühne getragen hatte.

Kurz nach Neujahr war es, daß Therese vor dem Hause des Leutnants Klara begegnete, ihrer alten Freundin, die sich eben auf dem Heimweg von der Eisbahn befand. Sie begrüßten einander, und Klara, als hätte sie nur die Gelegenheit abgewartet, begann Theresen lebhafte Vorwürfe zu machen, nicht etwa wegen ihres Lebenswandels, sondern wegen ihrer Unbedachtsamkeit. »Was hast du davon«, sagte sie, »daß man soviel von dir spricht. Schau' mich an. Ich halt' schon beim Vierten, und kein Mensch hat eine Ahnung. Und wenn du's überall herum erzähltest, – kein Mensch möcht's dir glauben.« Und lachend versprach sie Theresen, sie in den nächsten Tagen zu besuchen und ausführlicher von ihren Abenteuern zu berichten, wonach sie eine wahre Sehnsucht verspüre. Therese sah der Davoneilenden mit vielfach gemischten Gefühlen nach; von allen das lebhafteste war dies: völlig allein zu sein. Immer kam diese Erkenntnis über sie, wenn irgendwer sich ihr gegenüber besonders aufgeschlossen und vertrauensvoll zu geben vermeint hatte.

Alfreds Brief – so sehr er ein Abschiedsbrief geschienen – blieb nicht der letzte. Ein paar Wochen hatte er geschwiegen, nun aber kamen plötzlich Briefe in einem ganz neuen Ton; mit Vorwürfen, mit Beschimpfungen; er gebrauchte Worte, von denen Therese nicht geahnt, daß ein Mensch wie Alfred sie jemals zu Papier bringen könnte, und die ihr die Schamröte ins Gesicht trieben. Sie nahm sich vor, die nächsten Briefe ungelesen zu verbrennen, doch wenn ein paar Tage lang keiner kam, geriet sie in eine eigentümliche Unruhe und war erst wieder beruhigt, wenn ein neuer eintraf. Sie selbst erwiderte kein Wort. Nachdem sie ungefähr ein Dutzend solcher Briefe erhalten, setzten sie vollkommen aus. Hingegen stand in einem der sehr seltenen Berichte, die der Bruder nach Hause sandte, von einer Begegnung mit Alfred zu lesen, den er neulich wohlgelaunt, vortrefflich aussehend und sehr elegant gekleidet (was er ausdrücklich erwähnte) in der Stadt getroffen haben wollte. Daraufhin erschienen Theresen jene zornerfüllten Briefe Alfreds als komödiantisch und verlogen, sie steckte eine Anzahl in den Ofen und sah zu, wie sie langsam zu Asche verbrannten.

Klaras Besuch ließ ziemlich lange auf sich warten. Erst an einem späten Februartage, als der Schnee zu schmelzen begann und durch das mittags offenstehende Fenster die ersten Frühlingslüfte in Theresens Zimmer wehten, trat die Freundin bei Theresen ein; – aber statt, wie versprochen, einen Bericht ihrer Abenteuer zu liefern, teilte sie mit, daß sie mit einem Ingenieur verlobt sei, daß ihr Geplapper von neulich nur kindische Großsprecherei gewesen sei, aus Ärger über das zögernde Verhalten des Bräutigams, und daß sie darauf rechne, Therese werde niemals etwas davon verlauten lassen. Dann schwärmte sie von ihrem Verlobten und von dem stillen Glück, das ihr in dem Frie-

den des kleinen Gebirgsdorfs bevorstehe, wohin er als Leiter
eines Eisenbahnbaues berufen sei. Sie blieb kaum eine Viertelstunde, umarmte Therese flüchtig zum Abschied und lud sie
nicht zur Hochzeit ein.

21

In diesen trügerischen Vorfrühlingstagen fühlte Therese ohne
eigentlichen Schmerz, wie ihre Zärtlichkeit für Max sich allmählich zu verflüchtigen begann, und die Leere, die Aussichtslosigkeit ihres Daseins kamen ihr immer bedrückender zu Bewußtsein. Die Anstalt, in der ihr Vater weilte, hatte sie seit Monaten
nicht mehr betreten. Als nicht unwillkommener Vorwand für
dieses Versäumnis hatte ihr eine Bemerkung des Assistenzarztes
anläßlich ihres letzten Besuches gedient: daß nämlich der Vater
von ihren Besuchen nicht den geringsten Gewinn hätte, daß
sich aber für sie sein Bild immer nur nach der traurigeren Seite
hin verändern und eine Erinnerung, die ihr tröstlich und vereh-
rungswürdig sein müßte, ihr als eine quälende und gespenstische durch ihr ganzes ferneres Leben nachgehen würde. Nun
aber kam plötzlich ein Brief aus der Anstalt, daß sich der
Oberstleutnant, wie es bei dieser Krankheit zuweilen der Fall
sei, auffallend besser befinde und den Wunsch ausgesprochen
habe, seine Tochter wiederzusehen. Therese aber empfand
diese Weisung bedeutungsvoller, als sie gemeint war, so etwa,
als könnte ihr aus den Worten, vielleicht schon aus der Stimme
des Vaters Trost, Erleuchtung, zum mindesten Beruhigung kommen. Und so wanderte sie an einem trüben, föhnigen Tag auf
der Landstraße, über die der geschmolzene Schnee in kleinen
schmutzigen Bächen floß, in schwerer und doch nicht hoff-
nungsloser Stimmung der Anstalt zu.
    Als sie zu ihrem Vater in das zellenartige kleine Zimmer trat,
saß er an einem Tisch mit Landkarten und Büchern vor sich,
wie Therese ihn so oft zu früherer Zeit gesehen, und er wandte
sich zu ihr mit einem Blick, in dem es wie früher von Vernunft,
ja, von Lebensfreude zu blitzen schien. Aber kaum hatte sein
Blick ihre Erscheinung erfaßt, ob er sie nun erkannt hatte oder
nicht – dies sollte ihr niemals klar werden –, so verzerrte sich der

Ausdruck seines Gesichtes; seine Finger krampften sich zusammen, und plötzlich ergriff er einen der dicken Bände, als wollte er ihn der Tochter an den Kopf schleudern. Der Wärter fiel ihm in die Hände. Im selben Augenblick trat der Arzt ein, und sich durch einen raschen Blick mit Theresen verständigend, sagte er: »Es ist Ihre Tochter, Herr Oberstleutnant. Sie haben gewünscht, sie zu sehen. Nun ist sie da. Sie wollten ihr gewiß etwas sagen. – So beruhigen Sie sich doch«, fügte er hinzu, da es dem Wärter kaum möglich war, des Wütenden Herr zu werden. Nun erhob der Oberstleutnant die rechte, freigewordene Hand, und gebieterisch wies er nach der Türe. Als Therese nicht sofort Miene machte, diesem Wink Folge zu leisten, nahm sein Auge einen so drohenden Ausdruck an, daß der Arzt selbst Therese an den Schultern faßte und rasch aus dem Zimmer zog, dessen Türe der Wärter sofort hinter ihr schloß. »Sonderbar«, sagte der Arzt auf dem Gang zu Therese, »auch wir Ärzte lassen uns doch immer wieder täuschen. Als ich ihm heute morgen von Ihrem bevorstehenden Besuch Mitteilung machte, schien er höchst erfreut. Man hätte ihm die Landkarten und Bücher nicht geben sollen.«

Beim Tor drückte er Theresen die Hand in einer anderen Weise, als es sonst seine Art zu sein pflegte, und bemerkte: »Vielleicht, Fräulein, versuchen Sie es in den nächsten Tagen doch noch einmal; ich werde – mit ihm reden; und vor allem werde ich dafür sorgen, daß er die gefährlichen Bücher nicht mehr in die Hände bekommt. Diese Lektüre scheint allerlei wieder in ihm aufzuwühlen. Schreiben Sie mir ein Wort, Fräulein, wann Sie kommen wollen; ich werde Sie am Tor erwarten.« Er sah sie seltsam an, drückte ihre Hand fester, und sie fühlte, daß es nicht gerade ihr Besuch bei dem Vater war, auf den es ihm ankam. Sie nickte ein Ja und wußte, daß sie niemals wiederkommen würde.

Langsam ging sie der Stadt zu. Er weiß alles, dachte sie. Darum hat er mich hinausgejagt. Was soll nun mit mir werden –? Und plötzlich, in ihre Bedrücktheit leuchtend wie ein Blitz, kam ihr der Einfall, daß Max, wenn er seinen Abschied nehme, um in das Fabrikunternehmen seines Oheims einzutreten, wovon er in der letzten Zeit manchmal sprach, sie heiraten könnte, ja, eigentlich müßte. Einer seiner Kameraden hatte erst vor wenigen Wochen den Dienst quittiert, um ein Mädchen von ziemlich zweifelhaftem Ruf zu ehelichen; während Max Therese doch als anständiges Mädchen kennengelernt und, wie nun einmal der Ausdruck lautete, verführt hatte. Zum erstenmal auch stellte sich ihr das, was zwischen ihm und ihr vorgegangen war, im Klange dieses Wortes dar, und sie lehnte sich auf. War sie nicht die Tochter eines hohen Offiziers? Und, wenn auch unbemittelt, aus guter Familie? Stammte die Mutter nicht sogar aus einem alten Adelsgeschlecht? Max war es ihr einfach schuldig, sie zu seiner Frau zu machen.

Schon bei ihrem nächsten Zusammentreffen mit Max, ohne eine passende Gelegenheit abzuwarten, wagte sie eine Anspielung; Max verstand zuerst nicht recht oder wollte nicht verstehen, und Therese lächelte und küßte ihm seine üble Laune fort; – beim nächsten Mal wurde sie deutlicher, es kam zu Verstimmung, Zank und Streit; Therese, wenn auch ohne eigentliche Zärtlichkeit für Max, doch immer noch recht verliebt in ihn, gab ihre Versuche so plötzlich auf, als sie sie begonnen, und ließ die Dinge weitergehen, wie sie gehen wollten.

22

Der Frühling nahte, die Theatersaison ging ihrem Ende zu. Es wäre Theresen kaum aufgefallen, daß Max in der letzten Zeit öfters dienstlich verhindert war, sie bei sich zu empfangen, auch nicht, daß er einmal auf ein paar Tage, gleichfalls in einer angeblich dienstlichen Angelegenheit, hatte verreisen müssen, wenn nicht eines Abends, als am Gasthaustisch der Name einer in der Stadt sehr beliebten Schauspielerin ausgesprochen wurde, ein Kamerad Max zugelächelt und dieser mit einer unwilligen Gebärde das verräterische Lächeln gleichsam abgewehrt hätte. Bei dem nächsten Theaterbesuch konnte es Theresen, die nun einmal mißtrauisch geworden war, nicht entgehen, daß die junge Dame, zum Aktschluß mit den übrigen Darstellern hervorgerufen, ihren Blick auf Max verweilen ließ, der in der ersten Reihe saß, und daß dieser ihr leise zunickte. Therese ließ ihre Mutter unter irgendeinem Vorwand allein nach Hause gehen und paßte den Leutnant ab, der davon sehr unangenehm berührt schien. Ihr Anerbieten, ihn in seine Wohnung zu begleiten, wies er mit der Begründung zurück, daß er mit Kameraden verabredet sei. Er wurde dann plötzlich sehr liebenswürdig, erbot sich seinerseits, Therese bis zu ihrem Haus zu begleiten, nahm ihren Arm, führte sie tatsächlich bis zu ihrem Tor und verwünschte seine Verabredung mit scheinbar so ungeheucheltem Ärger, daß sich Therese für diesmal beruhigen ließ.

Als sie die Türe zu ihrem Zimmer rasch öffnete, sah sie zu ihrem Staunen ihre Mutter, die vor der Kommode kniete und sich an der untersten Lade zu schaffen machte. Nun, da Therese eintrat, schrak die Mutter heftig zusammen und stammelte: »Ich wollte nur nachsehen – deine Sachen in Ordnung bringen; du hast ja nie Zeit.« – »Mitten in der Nacht meine Sachen in Ordnung bringen –? was du nicht sagst!« – »Rege dich nicht auf, Kind, ich hab' es wahrhaftig nicht bös gemeint.« Und verlegen setzte sie hinzu: »Du kannst ja nachschauen, ob dir was fehlt.« Sie ging, und Therese kniete sofort vor die geöffnete Lade hin. Nachdem sie Alfreds Briefe zum Teil verbrannt hatte, waren in größeren Abständen noch drei oder vier gekommen, nicht mehr von Beschimpfungen erfüllt, wie die früheren, sondern eher etwas sentimental und düster gehalten, wie wenn sich ein Gewitter allmählich in der Ferne verzöge. Von diesen Briefen fehlten etliche, und auch von den flüchtigen Billetts, die Max manchmal an sie zu schreiben pflegte, waren nicht alle mehr vorhanden. Was wollte die Mutter damit? Hatte sie etwa Erpressungsgedanken? War es einfach Neugier? Oder ein unlauteres Bedürfnis, das alternde Herz an der Vorstellung fremder Liebesabenteuer zu wärmen? Wie immer es sein mochte, Therese wußte, daß sie nicht länger mit ihrer Mutter unter einem Dache wohnen konnte. Sie begriff nicht, warum sie ihren Plan, Max zu einer Heirat zu bestimmen, so rasch aufgegeben, und beschloß, morgen ohne weiteres mit ihrer Forderung vor ihn hinzutreten. Dieser Entschluß, der ja eine Entscheidung und jedenfalls Klarheit herbeiführen mußte, beruhigte sie so sehr, daß sie in einer dumpfen Müdigkeit einschlief und es am nächsten Morgen über sich brachte, die Mutter freundlich und mit Vermeidung jeder Anspielung auf den nächtlichen Zwischenfall zu begrüßen. Da es überdies ein wunderschöner Märztag war, der schon in den Farben des Frühlings spielte, und vielleicht auch darum, weil morgen Palmsonntag war und tags darauf die ganze Theatergesellschaft auseinanderstieben sollte, sah Therese dem für heute abend verabredeten Zusammensein mit Max in einem guten Vorgefühl entgegen.

Als sie in früher Abendstunde sein Zimmer betrat, war Max, wie es zuweilen vorkam, noch nicht daheim. Ein Gedanke, der ihr bisher stets fremd gewesen war, flog ihr, wie in der Erinnerung an etwas gestern Erlebtes, durch den Sinn: einmal einen Blick in den Schrank und in die Laden ihres Geliebten zu tun; und um sich dieser häßlichen Versuchung zu entziehen, nahm sie eines der Bücher zur Hand, die auf dem Tisch lagen. Max pflegte zu lesen, was ihm eben der Zufall ins Haus wehte: Romane, ab und zu ein Theaterstück, das meiste in abgegriffenen Exemplaren, da es schon durch manche Hände gegangen zu sein pflegte, ehe es in die seinen geriet. Therese schlug ein Buch auf, die illustrierte Ausgabe eines Hackländerschen Romans, warf dann einen zerstreuten Blick in ein umfangreicheres, mit Karten versehenes Generalstabswerk, ohne sich um dessen Inhalt zu kümmern, und als sie es unwillkürlich wegschob, merkte sie, daß darunter, wie mit Absicht verborgen, das gedruckte Bühnenmanuskript eines neueren Stückes lag, das sie erst vor wenigen Tagen hier hatte spielen sehen. Sie durchblätterte das Exemplar und merkte, daß immer derselbe weibliche Name, Beate, rot unterstrichen war. Beate –? Hatte so nicht in dem neulich gesehenen Stück der Name einer Person gelautet, die von der Dame gespielt worden war, mit der in Beziehungen zu stehen sie Max schon seit einigen Tagen verdächtigte? Beate – natürlich. Der Zusammenhang war klar. Nach einer solchen Entdeckung hielt sie sich zu weiteren Nachforschungen durchaus berechtigt und nahm diese in plötzlich erwachender Eifersucht so rücksichtslos und erfolgreich vor, daß Max, der, eben eintretend, sie vor seinem offenen Schranke fand, Briefe, Schleier, verdächtige Spitzenwäsche zu ihren Füßen, sich jedes Leugnen füglich ersparen durfte. Er stürzte auf sie los, fiel ihr in den Arm, sie machte sich frei, schrie ihm ins Gesicht: »Schuft!« und ohne Erwiderung, Entschuldigung, Rechtfertigung abzuwarten, wollte sie das Zimmer verlassen. Er ergriff sie bei den Schultern: »Bist ja ein Kind«, sagte er. Sie sah ihn nur groß an. »Sie ist ja gar nicht mehr da!« Und da sie ihn weiter verständnislos anstarrte: »Mein Ehrenwort! Ich hab' sie soeben selber auf die Bahn gebracht.« Jetzt verstand sie, lachte hart auf und ging. Er eilte ihr nach. Auf der dunklen Treppe ergriff er sie wieder beim Arm. »Willst du mich gefälligst loslassen«, stieß sie mit zusammengepreßten Zähnen hervor. – »Aber fällt mir ja nicht im Schlaf ein«, sagte er. »Du bist ja eine Närrin. Hör' doch zu. Ich kann ja gar nichts dafür. Sie ist mir nachgelaufen. Kannst fragen, wen du willst. Bin ja todfroh, daß sie fort ist. Heut hätte ich dir sowieso die ganze G'schichte erzählt, Ehrenwort.« Er zog sie heftig an sich. Sie weinte. »Kind«, wiederholte er. Und mit der einen Hand noch immer fest ihr Handgelenk umspannend, streichelte er mit der andern ihre Haare, ihre Wange, ihren Arm. »Übrigens hast du auch deinen Hut oben gelassen«, sagte er. »Also beruhige dich doch endlich. Laß dir wenigstens erklären, dann kannst du ja noch immer machen, was du willst.«

Sie folgte ihm wieder auf sein Zimmer. Er riß sie auf seine Knie nieder und schwor, daß er sie und immer nur sie geliebt habe und »so was« nie wieder passieren werde. Sie glaubte ihm kein Wort, aber sie blieb. Als sie gegen Morgen nach Hause kam, schloß sie sich in ihr Zimmer ein; müd und angeekelt packte sie ihre Sachen, ließ ein paar kühle Abschiedsworte für ihre Mutter zurück, und mit dem Mittagszug fuhr sie nach Wien. –

23

Die erste Nacht ihres Wiener Aufenthaltes verbrachte Therese in einem unansehnlichen Gasthof nahe dem Bahnhof, und am nächsten Morgen, nach einem vorgesetzten und genau überlegten Programm, machte sie sich vor allem auf den Weg nach der inneren Stadt. Es war ein heller Vorfrühlingstag; schon wurden Veilchen ausgeboten, viele Frauen trugen Frühjahrskleider; Theresen aber war es auch in ihrem einfachen, gutsitzenden Winterkostüm ganz wohl und sicher zumute, und sie war froh, aus Salzburg fort und allein zu sein.

Aus der Zeitung hatte sie sich Adressen aufgeschrieben, wo ein Kinderfräulein oder eine Erzieherin gesucht wurde, und wanderte nun den ganzen Tag, mit einer kurzen Mittagspause in einem wohlfeilen Restaurant, von Haus zu Haus. Öfters wurde sie zu jung befunden, öfters abgewiesen, weil sie noch nicht in der Lage war, Zeugnisse vorzuzeigen; einige Male behagten ihr selbst die Leute nicht, bei denen sie hätte Aufnahme finden können, endlich, in der Müdigkeit des heranbrechenden Abends, entschloß sie sich, in einer Beamtenfamilie mit vier Kindern von drei bis sieben Jahre Stellung zu nehmen.

Im Verhältnis zu dem, was sie hier erfahren sollte, war das Leben daheim auch in der schlimmsten Zeit immer noch geradezu üppig gewesen. Die Kinder, stets hungrig, brachten in die armselige Wohnung nur Lärm, aber keine Fröhlichkeit; die Eltern waren verdrossen und bösartig; Therese, genötigt, mit eigenem Geld ihre Nahrung aufzubessern, war nach wenigen Wochen mit ihrer Barschaft zu Ende, und unfähig, den üblen Ton der Leute weiter zu ertragen, verließ sie das Haus.

In ihrer nächsten Stellung bei einer Witwe mit zwei Kindern behandelte man sie wie einen Dienstboten, in einer dritten war es die unleidliche Unreinlichkeit der Umgebung, in einer vierten die freche Zudringlichkeit des Hausherrn, die Therese bald wieder vertrieb. So wechselte sie ihre Stellung noch einige Male, nicht ohne zu fühlen, daß zuweilen ihre eigene Ungeduld, ein gewisser Hochmut, der wie anfallsweise über sie kam, eine ihr selbst unerwartete Gleichgültigkeit gegenüber den Kindern, die ihrer Obhut anvertraut waren, Mitschuld an ihrer Unfähigkeit trugen, sich unter einem fremden Dache einzuleben. Es war eine so mühe- und sorgenvolle Zeit, daß Therese kaum jemals zu einem richtigen Sichbesinnen gelangte; doch manchmal, wenn sie etwa in einem schmalen Bett an einer kalten Mauer liegend durch das Weinen eines ihrer Pfleglinge mitten in der Nacht geweckt wurde, oder wenn im Morgengrauen Stiegenlärm und Dienstbotengeschwätz sie aus dem Schlafe störten, oder wenn sie in einem traurigen, kleinen Garten vor der Linie mit fremden Rangen, die ihr gleichgültig oder widerwärtig waren, müde auf einer Bank saß, oder wenn sie, gelegentlich allein im Kinderzimmer zurückbleibend, unerwünschte Muße hatte, über ihr Los nachzudenken, da ward ihr dessen ganze Kläglichkeit wie in einer plötzlichen Erleuchtung klar genug.

Die wenigen freien Nachmittage, die ihr vergönnt waren, pflegte sie erschöpft, wie sie war, meist an ihrem Dienstort zu verbringen, insbesondere, nachdem der einmalige Versuch eines gemeinsamen Spazierganges mit einem Kinderfräulein aus der Nachbarschaft in peinlicher Weise mißglückt war. Diese Person, die bisher immer von allerlei Anfechtungen zu erzählen gewußt hatte, denen sie in ihren verschiedenen Stellungen von seiten der Hausväter oder Haussöhne ausgesetzt gewesen und die sie siegreich abgeschlagen; – an diesem Sonntagnachmittag im Prater hatte sie sich auch die frechste Anrede von jungen Leuten jeder Art gefallen lassen und sich am Ende in ihren Antworten so wenig Zwang angetan, daß Therese in einem unbeobachteten Augenblick, von einem plötzlichen Ekel erfaßt, verschwunden und allein nach Hause gegangen war.

24

Die Nachrichten aus Salzburg waren in dieser ganzen Zeit spärlich gewesen; sie selbst hatte bei ihrer fluchtartigen Abreise eine Adresse natürlich nicht angegeben, und die erste Antwort, die sie endlich nach Monaten an ein Stellungsbureau erbeten hatte, fiel so flüchtig aus, wie es ihre eigenen Abschiedsworte gewesen waren. Klang aber anfangs in den Briefen der Mutter noch ein Ton der Verletztheit durch, so hätte man aus den späteren schließen können, daß Therese eigentlich im besten Einvernehmen mit ihr das Haus verlassen hatte. Und waren auch Theresens Briefe bei aller Zurückhaltung so abgefaßt, daß eine mitfühlende Seele immerhin die Jämmerlichkeit und das Elend ihrer Existenz aus ihnen hätte herauslesen können – die Mutter schien dergleichen nicht zu bemerken, und es kam sogar vor, daß sie ihrer Genugtuung über Theresens Wohlbefinden Ausdruck gab. Doch was Hohn hätte scheinen können, war nichts anderes als Zerstreutheit. Oft genug kamen in diesen Briefen völlig gleichgültige, ja, Theresen unbekannte Namen vor. Vom Vater hieß es nur, daß sein Zustand »im ganzen unverändert« sei, und vom Bruder war überhaupt keine Rede, bis plötzlich eine Karte eintraf, die nichts anderes enthielt als den im Ton eines leisen Vorwurfs geäußerten Wunsch, Therese möge sich doch einmal nach Karl umsehen, von dem sie, die Mutter, seit Wochen überhaupt nichts höre und den sie während der Ferien in Salzburg vergeblich erwartet habe.

Die Adresse war angegeben, und so machte sich Therese an einem freien Spätsommernachmittag auf den Weg zu ihm. In einem ärmlichen, doch ordentlich gehaltenen Zimmer saß sie ihm gegenüber, durch dessen Fenster nichts zu sehen war als eine nackte Mauer mit Luken, hinter denen die Treppe eines benachbarten Hauses hinanstieg. Wie Therese aus Karls Fragen entnahm, wähnte er sie erst vor kurzer Zeit hier angekommen, fand es höchst vernünftig, daß sie sich auf eigene Füße gestellt habe, äußerte sich bedauernd zum Siechtum des Vaters, das sich noch über Jahre hinziehen könne, und tat der Mutter überhaupt keine Erwähnung. Er erzählte ferner, daß er die zwei Söhne eines klinischen Professors gegen ein sehr mäßiges Entgelt viermal wöchentlich drei Stunden lang unterrichte, was ihm für später immerhin manchen Vorteil bringen könnte, und sprach mit auffallender Lebhaftigkeit von allerlei Mißständen an der hiesigen Universität, von der Protektionswirtschaft, von der Bevorzugung der Professorensöhne, insbesondere aber von der Verjudung der Hochschule, die einem den Aufenthalt in den Hörsälen und Laboratorien geradezu verleiden könne. Nach einiger Zeit entschuldigte er sich, daß er nun leider fort müsse, da jeden Sonntagabend eine Zusammenkunft gleichgesinnter Kollegen in einem Kaffeehaus stattfinde, bei der er als Schriftwart nicht fehlen dürfe. Er begleitete Therese die Treppe hinunter und verabschiedete sich von ihr schon am Haustor mit einem flüchtigen: »Laß bald wieder von dir hören.« Sie blickte ihm nach, er schien ihr gewachsen, sein Gewand saß ordentlich, aber etwas schlotternd, er trug einen steifen braunen Hut und erschien ihr mit seinem ungewohnt hastigen Gang in seiner ganzen so veränderten Erscheinung wie ein fremder Mensch. Entmutigt und wie neuerdings vereinsamt, denn nun merkte sie erst, daß sie sich von diesem Besuche irgend etwas erwartet hatte, nahm sie wieder den Weg nach Hause.

25

Seit einigen Wochen war sie in Stellung im Hause eines Reisenden, wo sie das einzige fünfjährige Söhnchen zu betreuen hatte. Den Vater hatte sie nur zweimal flüchtig zu sehen bekommen, als einen kleinen, immer eiligen, vergrämten Mann, die Frau verhielt sich mit einer gewissen gleichgültigen Freundlichkeit ihr gegenüber, den Buben, ein hübsches blondes Kind, hatte sie beinahe liebgewonnen, und so hoffte sie, daß ihr in diesem Haus endlich ein längeres Verweilen gegönnt sein würde. Als sie an einem Sonntagabend früher als erwartet heimkam, fand sie das Kind schon zu Bette gebracht, aus dem benachbarten Zimmer hörte sie flüsternde Stimmen; nach einer kurzen Weile trat die Frau heraus in einem flüchtig umgeworfenen Morgenkleide, verlegen und ärgerlich, ersuchte sie, in der Nähe etwas kalten Aufschnitt zu besorgen, und als Therese wieder heimkehrte, fand sie die Frau sorgfältig angekleidet am Bett des Kindes sitzen, mit ihm ein Bilderbuch durchblätternd. Gegenüber Theresen zeigte sie sich heiter und unbefangen, plauderte ungewohnterweise mit ihr über häusliche Angelegenheiten; am nächsten Morgen aber, unter einem nichtigen Vorwand, erteilte sie ihr die Kündigung.

Wieder stand Therese auf der Straße. Zum erstenmal kam ihr der Gedanke, wieder heimzureisen. Aber ihr Geld reichte kaum für das Billett, und so begab sie sich mit ihrem kleinen Handkoffer wieder einmal auf den Weg in das alte Vorstadthaus auf der Wieden mit den vielen Höfen und Stiegen, wo sie bei der Witwe Kausik schon etliche Male in den Pausen zwischen einer Stellung und der andern übernachtet hatte. Sie schlief dort in einem elenden Zimmer zusammen mit der Frau und den Kindern; im ganzen Hause roch es nach Petroleum und schlechtem Fett, auf dem Hof gab es schon um drei Uhr morgens den Lärm von knarrenden Rädern, wiehernden Pferden und rohen Männerstimmen, der sie immer vor der Zeit, auch diesmal wieder, aus dem Schlafe weckte. Die Stunden des ruhigen, allmählichen Erwachens, wie sie ihr noch vor kurzer Zeit in der Heimat vergönnt gewesen waren, kamen ihr in wehmütige Erinnerung, zum erstenmal faßte sie mit Schrecken die Tiefe ihres Abstiegs und die Geschwindigkeit, mit der er sich vollzog. Und mit vollkommen klarer Besinnung erwog sie zum erstenmal die Möglichkeit, von ihrer Jugendfrische, von ihren körperlichen Reizen, wie es so viele andere in ihrer Lage taten, Nutzen zu ziehen und sich einfach zu verkaufen. Jene andere Möglichkeit: geliebt zu werden, wieder einmal glücklich zu sein, hatte sie seit ihrer ersten Enttäuschung nicht mehr in Betracht gezogen, und die täppischen und widerlichen Annäherungsversuche, die sie im Laufe der letzten Monate von Dienstherren, Fleischhauergehilfen, Handlungskommis hatte erdulden müssen, waren nicht angetan gewesen, sie zu Abenteuern zu verlocken. So bot sich ihrer ermüdeten und enttäuschten Seele von allen Formen der Liebe gerade die gewerbsmäßige als die reinlichste und anständigste dar. Sie gab sich noch eine Frist von einer Woche. Fand sich bis dahin keine gute Stellung, dann, so schien es ihr in dieser trüben Morgendämmerstunde, blieb ihr nur mehr die Straße übrig.

26

Die Witwe Kausik, die sich als Bedienerin ihr kärgliches Brot verdiente, übrigens eine gutmütige, wenn auch oft übellaunige Person, pflegte um fünf Uhr früh aufzustehen. Bald darauf erhoben sich auch die Kinder, und die öde Unruhe, die den Tag in der armseligen Stube einleitete, trieb auch Therese aus dem Bett. In einer weißen, an den Rändern gesprungenen, unförmigen Tasse bekam sie ihren Frühstückskaffee, später begleitete sie die Kinder der Frau Kausik, einen Buben und ein Mädchen von neun und acht Jahren, die ihr sehr anhänglich waren, zur Schule, und eine Stunde drauf, nach einem Spaziergang durch den Stadtpark, dessen frühsommerliches Blühen ihre Stimmung ein wenig aufheiterte, sprach sie in einem Stellungsbureau vor, wo sie als eine Person, die es nirgends lange aushielt, ohne Freundlichkeit behandelt wurde. Immerhin gab man ihr wieder einige Adressen an, und nach einigen mißglückten Versuchen stieg sie endlich um die Mittagsstunde mit recht herabgestimmten Hoffnungen die Treppe eines vornehmen Ringstraßenhauses hinan, wo für zwei Mädchen von dreizehn und elf Jahren eine Erzieherin gesucht wurde. Die Frau des Hauses, hübsch und ein wenig geschminkt, schickte sich eben zum Fortgehen an und schien zuerst ungeduldig, als sie sich aufgehalten sah. Doch ließ sie Therese eintreten und verlangte ihre Zeugnisse zu sehen. Einer plötzlichen Eingebung folgend erwiderte Therese, daß sie noch keine vorweisen könne, da sie zum erstenmal eine Stellung anzunehmen gedenke. Zuerst von ablehnender Haltung, schien die Dame im weiteren Verlauf des Gesprächs an Theresen

Gefallen zu finden, insbesondere von dem Umstand angenehm berührt zu sein, daß die Bewerberin aus einer Offiziersfamilie zu stammen erklärte, und beschied sie schließlich für den nächsten Tag für eine Stunde her, zu welcher die beiden Mädchen aus der Schule schon zurück sein würden. Im Hausflur las Therese auf einer schwarzen Tafel unter Glas mit goldenen Buchstaben: Dr. Gustav Eppich, Hof- und Gerichtsadvokat, Verteidiger in Strafsachen.

Am nächsten Tag um ein Uhr trat Therese in den Salon, wo sie die Dame des Hauses in Gesellschaft ihrer Töchter fand, und Therese glaubte an dem freundlichen Benehmen der beiden wohlerzogenen Kinder zu merken, daß sie von der Mutter günstig gestimmt worden waren. Bald darauf trat auch der Herr des Hauses ein; im Ton eines leichten Vorwurfs bemerkte er, daß er die Kanzlei früher verlassen habe als sonst; auch er schien bereits für Therese voreingenommen, insbesondere ihre Abstammung aus einer Offiziersfamilie hatte auch auf ihn ihre Wirkung nicht verfehlt, und als Therese auf eine Frage erwiderte, daß ihr Vater vor ungefähr einem Jahre aus Kränkung über seine vorzeitige Pensionierung gestorben sei, lag es auf den Mienen sämtlicher Familienmitglieder wie persönliches Mitgefühl. Der ihr gebotene Monatsgehalt war zwar geringer, als sie erwartet, trotzdem konnte sie ihre Freude kaum verbergen, als sie mit dem Bedeuten entlassen wurde, am nächsten Tage ihre Stellung im Hause anzutreten.

Bei Frau Kausik fand sie einen Brief der Mutter vor mit der Mitteilung, daß der Vater gestorben sei. Sie hatte einen leisen Schauer, fast ein Schuldgefühl zu überwinden, dann erst kam sie zum Bewußtsein ihres Schmerzes. Ihrer ersten Eingebung folgend nahm sie ihren Weg zum Bruder, der von dem traurigen Ereignis noch nicht in Kenntnis gesetzt war. Er schien nicht sonderlich betroffen, ging schweigend im Zimmer hin und her, endlich blieb er vor Theresen stehen, die sich, da auf den beiden Stühlen Bücher lagen, auf den Bettrand gesetzt hatte, und küßte sie, wie einer Verpflichtung nachkommend, flüchtig auf die Stirn. »Hörst du sonst etwas von Hause?« fragte er dann. Therese berichtete das Wenige, was sie wußte, unter anderm, daß die Mutter die Wohnung verlassen, die Möbel verkauft und ein möbliertes Zimmer bezogen habe. »Die Möbel verkauft?!« wiederholte Karl mit einem sauern Lächeln. »Sie hätte uns eigentlich fragen müssen.« Und auf Theresens verwunderten Blick: »Du und ich, wir sind doch gewissermaßen Mitbesitzer des Mobiliars.« – »Ja, richtig«, sagte Therese, »sie schreibt auch etwas davon, daß man uns in der nächsten Zeit einen gewissen Betrag ausbezahlen wird.« – »Einen gewissen – hm, da wird man sich wohl etwas genauer darum kümmern müssen.« Er begann wieder auf und ab zu gehen, schüttelte den Kopf, und mit einem raschen Blick auf Therese sagte er vor sich hin: »Ja, nun hat er es überstanden, unser armer Vater.« Therese wußte nichts darauf zu sagen, fühlte sich noch unbehaglicher, als sie es sich erklären konnte, und verabschiedete sich von ihrem Bruder, ohne ihm, wie sie es eigentlich gewollt, von ihrer neuen Stellung zu erzählen. Karl hielt sie nicht zurück.

Auf dem Heimweg trat sie in eine Kirche und verweilte dort längere Zeit, ohne zu beten, doch andächtig, ja inbrünstig des Verstorbenen gedenkend, der ihr nun in einer früheren Gestalt vor Augen stand, so, wie sie ihn als Kind gekannt und geliebt hatte. Sie erinnerte sich der fröhlichen, lauten Art, mit der er damals ins Zimmer zu treten, sie vom Boden, wo sie gespielt, emporzuheben, an sich zu drücken und zu herzen gepflegt hatte, und sofort gesellte sich dieser Erscheinung auch die damalige ihrer Mutter bei, hell und jugendlich, ja, so strahlend, wie sie sie in Wirklichkeit eigentlich niemals gesehen. Und wieder kam jener Schauer über sie, den sie heute schon einmal gefühlt hatte, wenn sie daran dachte, in welch kurzer Frist diese beiden Menschen sich so völlig hatten verändern können, daß sie ihr nun beide wie längst Dahingeschiedene, längst Begrabene erschienen, die mit dem eben verstorbenen, wahnsinnigen Oberstleutnant und mit der unordentlichen, boshaften und etwas unheimlichen alternden Romanschreiberin in Salzburg überhaupt nicht das geringste gemein hatten.

27

Am nächsten Tag trat Therese ihre neue Stellung an. Durch besondere Liebenswürdigkeit versuchte man, ihr über die Verlegenheit des ersten Mittagstisches hinwegzuhelfen, an dem sie auch den Sohn des Hauses, George, wie man seinen Namen französisch aussprach, kennenlernte, einen leidlich hübschen Burschen von achtzehn Jahren, der als Student der Rechte an der Universität inskribiert war.

Eine Tageseinteilung für Therese ergab sich von selbst. Beide Mädchen besuchten die Schule, von Theresen wurden sie hinbegleitet und wieder abgeholt, sie war ihnen bei den Aufgaben behilflich, auf Regelmäßigkeit der Spaziergänge wurde von Frau Eppich besonderer Wert gelegt. Das Verhalten beider Eltern blieb weiterhin freundlich, wenn sich auch Therese bald über die vollkommene innere Gleichgültigkeit ihr gegenüber keiner Täuschung hingeben konnte. Man machte es ihr leicht, sich an den Gesprächen während der Mahlzeiten zu beteiligen, zuweilen wurden politische Themen angeschlagen, und mit unverkennbarer Absicht gab bei solcher Gelegenheit Dr. Eppich höchst liberale Ansichten zum besten, gegen die sich niemand wandte als sein eigener Sohn, der dem Vater allzu weitgehenden Idealismus vorwarf, was dieser nicht ungern, fast geschmeichelt zu hören schien. Was Frau Eppich anbelangt, so gab es Tage, an denen sie nicht nur für ihre Töchter, sondern auch für wirtschaftliche Angelegenheiten des Hauses das lebhafteste Interesse zeigte, bald in diesem, bald in jenem Zimmer unerwartet auftauchte und Anordnungen traf; – und andere, an denen sie sich um Haus, Wirtschaft und Kinder nicht im geringsten kümmerte und für Therese außer bei den Mahlzeiten unsichtbar blieb. George machte sich im Zimmer seiner Schwestern öfter zu schaffen, als unumgänglich notwendig war, seine Blicke, bald schüchtern, bald unverschämt, verrieten Theresen bald, daß er in ihrer Nähe Wünsche und vielleicht Hoffnungen hegte, von denen sie aber, vollkommene Zurückhaltung bewahrend, nichts zu merken schien. Das ältere der beiden Mädchen schien manchmal geneigt, sich Theresen mit Herzlichkeit an- und aufzuschließen, hielt sich aber, wenn dies an irgendeinem Tage fast geschehen war, an den darauffolgenden wie mit Absicht nur noch ferner von ihr. Die jüngere war von einer gleichmäßigen, noch durchaus kindlichen Heiterkeit, und beide Töchter hingen an der Mutter mit großer Zärtlichkeit, die, wie Therese manchmal zu merken glaubte, von dieser nicht in gleicher Weise und oft nur zerstreut, ja ungeduldig erwidert wurde.

Für sich selbst hatte Therese wenig Zeit übrig. An jedem zweiten Sonntag hatte sie »Ausgang«, wie der Ausdruck lautete, doch wußte sie kaum, was sie mit ihren freien Stunden anfangen sollte, und benutzte sie ohne rechte Lust zu Spaziergängen und, selten, zu einem Theaterbesuch. Über die Behandlung im Hause hatte sie sich auch weiterhin kaum zu beklagen, trotzdem kam allmählich eine gewisse Unruhe, ja, beinahe ein Gefühl von Unsicherheit über sie, als dessen Ursache sie die sonderbar wechselnden Stimmungen innerhalb der Familie zu erkennen glaubte, in die sie selbst unwillkürlich einbezogen wurde, ohne recht zu wissen wie. Kein Wesen war da, dem sie sich anvertrauen konnte oder wollte. Nur eine französische Erzieherin, nach Theresens Auffassung kaum mehr ganz jung zu nennen, obwohl sie die Dreißig noch nicht überschritten hatte, war ihr etwas sympathischer, und sie benützte die Gelegenheit, durch Unterhaltungen mit ihr sich in der französischen Konversation zu vervollkommnen. Sylvie war amüsant, vertraute Theresen, wenn auch mit einiger Zurückhaltung, allerlei nicht unbedenkliche Geschichten aus ihrer Vergangenheit an und versuchte auch Therese zu persönlichen Mitteilungen zu ermuntern. Diese, von Natur verschlossen, erzählte nicht viel mehr als sie auch dem fremdesten Wesen hätte sagen dürfen, merkte aber, daß Mademoiselle Sylvie an ihre Unverdorbenheit nicht recht glauben wollte. Therese wunderte sich manchmal selbst, daß sich ihr Herz, ja, daß sich kaum ihre Sinne mehr jener verflossenen Seligkeiten in den Armen des Leutnants zu erinnern vermochten. Die Enttäuschung über seinen Betrug war ja längst verschmerzt, trotzdem war ihr, als könne sie niemals mehr einem Manne Glauben schenken, und manchmal war sie darüber froh. Es schmeichelte ihr auch ein wenig, daß sie sich eines vortrefflichen Rufs erfreute und daß Frau Eppich gegenüber den Bekannten des Hauses Theresens Abstammung aus einer alten österreichischen Offiziersfamilie nicht ungern erwähnte.

28

Der Frühling kam heran, und am zweiten Osterfeiertage, früh am Nachmittag, erwartete Therese auf dem Stefansplatz die

Gouvernante eines den Eppichs befreundeten Hauses, eine gut-mütige, ziemlich verblühte Person, für die sie vom ersten Augenblick an nicht so sehr Freundschaft als Mitleid empfunden hatte. Das Fräulein ließ auf sich warten, und Therese vergnügte sich indes damit, die Vorübergehenden zu betrachten, die an diesem milden blauen Feiertag, alle wie von Sorgen befreit, irgendeinem heiteren Ziele zuzustreben schienen. An Liebespaaren war kein Mangel; Therese, ohne daß sich gerade Neid in ihr regte, empfand es als etwas lächerlich, daß sie hier nicht einen Liebhaber, sondern eine ältliche Gouvernante erwartete, mit der sie durch keinerlei Gemeinsamkeit als durch die Ähnlichkeit des Berufs verbunden war; und es wurde ihr vor dem bevorstehenden, voraussichtlich langweiligen Nachmittag, den sie mit ihr verbringen sollte, beinahe ängstlich zumut. Da schon eine halbe Stunde über die verabredete Zeit verstrichen war, beschloß sie, sich allein ins Freie zu wagen. Noch einmal, aus Gewissenhaftigkeit, sah sie sich nach allen Seiten um, ob die andere nicht doch vielleicht von irgendwoher noch käme; dann aber verließ sie eiligst den Platz des Stelldicheins, tauchte im Strome der Spaziergänger unter und freute sich ihres Alleinseins, ihrer Freiheit und auch der Rätselhaftigkeit, von der jede nächste Stunde leuchtet, die keinen vorbestimmten Inhalt birgt. Es fügte sich, daß sie von der Menge geschoben und zugleich geführt den Weg gegen den Prater zu nahm und sich endlich in der Hauptallee fand, deren Bäume alle noch kahl standen, während der Erdboden schon nach Frühling duftete. Die Fahrbahn war von Wagen belebt und wurde belebter von Minute zu Minute, da in Fiakern und Equipagen das Publikum eben von den Rennen in der Freudenau zurückgefahren kam. Gleich vielen anderen stellte sich auch Therese für eine Weile am Wegrand hin; mancher Blick streifte sie, mancher wandte sich nach ihr zurück, unter anderen der eines jungen Offiziers, der, Max ein wenig ähnlich, ihr doch vornehmer, geradezu edler als ihr Verführer auszusehen schien. Übrigens war sie sich längst klar darüber, daß sie sich damals weggeworfen hatte, und sie versprach sich, ein nächstes Mal klüger zu sein.

Sie ging die dicht belebte Allee weiter und war nun im Bereich der Musikkapellen, die in den überfüllten Restaurationsgärten nicht nur für die Gäste an den Tischen spielten. Hunderte, Tausende wandelten vorüber, blieben stehen, drängten sich an die Zäune, und Therese freute sich, wie die Orchester einander ablösten und ineinandergriffen, wie in die sanfte Weise des einen nahen plötzlich von einem entfernteren her ein wüster Trommelschlag oder Tschinellenklang tönte und wie das Traben der Pferde, das Flüstern, Reden, Lachen der Menge, ja, wie die Lokomotivpfiffe vom Eisenbahnviadukt her gleichfalls an dem großen Festkonzert zum Empfange des Frühlings mitwirkten. –

Bisher hatte ihre dunkle, schlichte Kleidung und ihre unbewegte, fast gewohnheitsmäßig strenge Miene jede Zudringlichkeit von ihr ferngehalten. Nur als sie früher für eine kurze Weile an der Umzäunung eines Gasthausgartens stehengeblieben war, hatte ein junger Mensch sich allzu nah an sie herangedrängt, war aber auf eine heftig abwehrende Armbewegung von ihr wieder verschwunden, ohne daß sie nur seine Züge deutlich wahrgenommen hätte. Als sie nun unter den noch laublosen Bäumen, vom Lärm und von der Musik sich entfernend, weiterging, merkte sie, daß sie sich jener absichtlichen Berührung nicht gerade mit Widerwillen erinnerte. Rasch, beinahe fliehenden Schrittes eilte sie weiter. Der Menschenstrom versickerte allmählich; auf einer Bank, der ersten, die unbesetzt war, dachte Therese für eine Weile auszuruhen. Ein junger Mensch kam an ihr vorüber, der ihr schon von weitem durch seine Erscheinung aufgefallen war: ein frisch gebügelter, doch schlecht sitzender, lächerlich heller Anzug schlotterte um seine hagere, schlanke Gestalt, er tänzelte mehr als er ging, beide Hände in den Hosentaschen; in der rechten, lose zwischen zwei Fingern, hielt er überdies seinen weichen braunen Hut. Er streifte Therese mit einem kindlichen und doch etwas tückischen Blick, nickte ihr zu, freundlich, herzlich beinahe, keineswegs frech, so daß sie den Gruß fast erwidert hätte und unwillkürlich lächelte. Nach ein paar Schritten machte er plötzlich kehrt, schritt rasch auf sie zu und nahm ohne weiteres neben ihr Platz. Sie wollte aufstehen, da hatte er auch schon zu reden angefangen, als hätte er ihre Bewegung nicht bemerkt, sprach von dem schönen Frühlingswetter, dem Pferderennen, dem er beigewohnt, dem Sturz eines Jockeis bei der Steeplechase, scherzte über ein auffallend gekleidetes Paar, das eben vorbeiging, fragte endlich Therese, ob sie den Wagen der Erzherzogin Josefa und den Viererzug des Barons Springer vorbeifahren gesehen habe und ob es nicht hübsch sei, die Musik von ganz ferne herklingen zu hören wie aus einer anderen Welt. Therese, von dem Schwall seiner Worte ein wenig benommen, erwiderte kurz, nicht eben unfreundlich; plötzlich aber erhob sie sich, grüßte flüchtig, – da stand auch er ohne weiteres auf, ging neben ihr einher und plauderte weiter. Er begann zu raten, wer sie eigentlich sein könnte; eine Wienerin keineswegs. O nein. Und als sie lächelte – vielleicht eine Reichsdeutsche? Sie spräche so gebildet. Ah, eine gebürtige Italienerin sei sie! Ja, gewiß. Die dunklen Haare, der glühende, verheißungsvolle Blick; eine Italienerin, gewiß! – Fast erschrocken sah sie zu ihm auf. Er lachte. Nun, jedenfalls stamme sie aus dem Süden, ihre Eltern, ihre Ahnen jedenfalls, daß sie selbst eine Wienerin sei, das höre man ja ganz genau, trotzdem sie so wenig rede – und eigentlich hochdeutsch. War sie etwa eine Schauspielerin? eine Sängerin? eine Primadonna? oder etwa eine Hofdame? Jawohl, eine Hofdame, die es lockte, sich einmal das Treiben des Volkes in der Nähe zu besehen, – wenn nicht gar eine Prinzessin oder eine Erzherzogin? Natürlich, eine Erzherzogin!

Davon war er nicht mehr abzubringen, und er tat sogar, als wenn es ihm ganz ernst damit wäre. Alles stimme dafür: die unauffällige, aber, wie er sich ausdrückte, hochdistinguierte Kleidung, die Haltung, der Gang, der Blick, – und er blieb hinter ihr stehen, ließ sie ein paar Schritte vorausgehen, um Haltung und Gang von rückwärts zu bewundern. »Hoheit«, sagte er plötzlich, als sie wieder in den Bereich der Musikkapellen gelangt waren, »es wäre mir eine besondere Ehre, Hoheit zu einem Souper einzuladen, aber die Wahrheit zu sagen – Armut ist keine Schande und Reichtum kein Unglück –, mein Vermögen beläuft sich leider nur auf einen Gulden netto. Das würde kein sehr fürstliches Mahl werden. Also müßten sich Hoheit Ihr Nachtmahl selber zahlen.«

Sie fragte ihn lachend, ob er verrückt sei. »Nichtsdestoweniger«, erwiderte er ernsthaft.

Sie beschleunigte ihre Schritte. Es sei spät, sie müsse nach Hause. Nun, so würde sie ihm doch wenigstens gestatten, daß er sie bis zur Hofequipage begleite, die sicher irgendwo auf sie warte. Beim Schweizerhaus –? Beim Preuscherschen Museum? Oder beim Viadukt? Sie waren indes auf einen Seitenweg gelangt; in einem einfacheren Wirtsgarten hinter einem grünen Staketzaun bei Bier, Salami und Käse ließ ein geringeres Publikum sich's behaglich sein und an der Musik genügen, die in abgerissenen Klängen aus benachbarten und ferneren Gärten herübertönte. Und bald, zu ihrem eigenen Staunen, saß Therese mit ihrem Begleiter an einem ziemlich wackeligen Tisch mit rotgeblümter Decke, und beide verzehrten mit Appetit, was ihnen der schwitzende, in einen fettglänzenden Frack gekleidete Kellner vorsetzte. – »Oh, Herr Swoboda«, sprach ihn Theresens Begleiter an, als kennte er ihn längst, und stellte allerlei spaßhafte Fragen an ihn. »Was macht der Herr Großpapa? Noch immer Wahrsager? Und das Fräulein Tochter? Immer noch Dame ohne Unterleib?« Dann überbot er sich in komischen Entschuldigungen, daß er es gewagt, die Prinzessin in ein so unmögliches Lokal zu bringen. Aber hier sei auch weniger Gefahr, daß ihr Inkognito gelüftet werde. Dann lenkte er ihre Aufmerksamkeit auf einzelne Figuren; auf den Herrn im dunklen Überzieher und dem in die Stirn gedrückten steifen Hut – sicher ein Defraudant auf der Flucht –, auf die zwei Soldaten mit ihren Liebsten, die, jedes Paar gemeinsam, aus je einem Krügel ihr Bier tranken, auf den glotzäugigen Familienvater mit der dicken Frau und den vier Kindern, auf den uralten, glattrasierten Herrn, der unter der Laterne saß und vor sich hin brummte, und endlich entdeckte er mit gutgespieltem Schreck in einem Winkel des Gartens einen Herrn in Schwarz, mit Zylinder sonderbarerweise, der natürlich nur ein Geheimpolizist sein konnte. Offenbar zur Bewachung der Prinzessin hier anwesend. –

Alles, was er so zum besten gab, war nicht im geringsten witzig und im Ausdruck ziemlich trivial; und Therese fühlte das wohl. Aber nach den langen Monaten, in deren Verlauf niemand ein harmlos-lustiges Wort zu ihr gesprochen, in dieser stets drückenden Atmosphäre von Unfreiheit und Anstand, hatte sich in Theresen unbewußt eine solche Sehnsucht nach Fröhlichkeit aufgespart, daß sie jetzt, an der Seite eines Menschen, den sie vor einer Stunde noch nicht gekannt, unbeobachtet, frei, überdies von zwei rasch genossenen Gläsern Wein leicht benommen, begierig die erste armselige Gelegenheit ergriff, selbst ein wenig fröhlich zu sein und zu lachen. Flüchtig überlegte sie, was ihr Begleiter eigentlich sein mochte. Maler vielleicht? oder Schauspieler? Nun, was immer – jedenfalls war er jung und unbekümmert, und ganz bestimmt war es lustiger heute, als es damals in Salzburg in dem vornehmen Hotelgarten mit Alfred gewesen war. Und sie fragte ihren Begleiter, ob er Salzburg kenne. Salzburg? aber natürlich war er dort gewesen. Auch in Tirol, auch in Italien, auch in Spanien – bis Malta sei er gekommen. Ob sie denn noch nicht erraten habe, daß er ein Handwerksbursche sei, ein patentierter Handwerksbursche, der mit dem Ränzel durch die Welt wandere? Gestern erst sei er wieder hier angelangt, eigentlich mit der Absicht, morgen wieder sein Bündel zu schnüren. Aber wenn er die Hoffnung hegen dürfe, ihre Hoheit wiederzusehen, so sei er bereit, ein paar Tage zuzugeben, und Nächte, setzte er beiläufig hinzu.

Der Zahlkellner stand da, sie beglichen, jeder für sich, ihre Zeche, dann verließen sie den Garten; der Unbekannte nahm Theresens Arm und ließ ihn nicht los. Zwischen Buden, Schießstätten, Wirtshäusern, Ringelspielen, während überall der Feiertagslärm allmählich zu verklingen begann, schritten sie dem Ausgang zu. Mit einem Ausrufer, der in böhmischem Dialekt zum Besuche eines magischen Kabinetts mit pikanten Überraschungen einlud, ließ sich Theresens Begleiter, den Dialekt nachahmend, zur Erheiterung der Umstehenden in eine Unterhaltung ein. Das behagte Theresen wenig, sie löste ihren Arm aus dem seinen, wollte gehen, doch er war gleich wieder bei ihr. Bei einem Wagenstand stellte er sich an, als wenn er nach einer Hofequipage suchte und untröstlich sei, sie nicht zu finden. »Nun ist der Spaß zu Ende«, sagte sie, »und ich glaube, es ist das Beste, wir sagen uns Adieu.«

»Nun, wenn der Spaß zu Ende ist«, sagte er mit einem unerwarteten Ernst, »so schickt es sich wohl, daß ich mich in aller Form vorstelle: Kasimir Tobisch. Früher einmal«, setzte er mit Selbstironie hinzu, »von Tobisch, aber«, so erklärte er gleich, es habe wenig Sinn, den Adel zu führen, wenn man ein armer Schlucker sei. Und nun sollte die Gnädigste einmal raten, was er außerdem noch sei. – »Maler«, sagte sie, ohne sich lange zu bedenken. – Er nickte rasch. Es stimmte. Er wäre Maler und Musiker, je nachdem. Ob die Gnädigste nicht einmal sein Atelier besichtigen wolle? Als sie darauf nicht einmal antwortete, begann er wieder von seinen Reisen zu reden. Oh, nicht nur in Italien sei er gewesen, auch in Paris, auch in Madrid und in England, als Maler und Musiker. Orchestermusiker, er spiele so ziemlich alle Instrumente, von der Flöte bis zur großen Trommel. Ach, was war Madrid für eine Stadt, geheimnisvoll und romantisch. Aber Rom, das ging doch über alles. Die Katakomben zum Beispiel: eine Million Skelette und Totenköpfe tief unter der Erde, – es war nicht gemütlich, dort unten herumzuspazieren. Wenn man sich verirrte, war man verloren. Einem seiner Freunde war es passiert, aber er wurde noch gerettet. – Und das Colosseum – ein Riesenzirkus, hunderttausend Menschen hatten Platz darin. Jetzt war es verfallen, und der Mond stand darüber. Natürlich nur bei Nacht. Haha!

Sie näherten sich dem Hause, in dem Therese wohnte, sie ersuchte ihn zurückzubleiben, auf seine Bitte gab sie ihm Namen und Adresse; – und überdies ein Stelldichein für heute in zwei Wochen. Sie merkte, daß er ihr in einiger Entfernung folgte und an der Ecke stehenblieb, bis sie im Tor verschwunden war.

29

Innerhalb dieser vierzehn Tage kamen drei Briefe von ihm. Der erste war höflich und galant, der zweite in lustigerem Ton gehalten, er nannte Therese »Prinzessin« und »Eure Hoheit« und unterschrieb sich Kasimir, großer Trommler, Flötist und patentierter Handwerksbursche. Der dritte Brief aber hatte schon einen Hauch von Zärtlichkeit, und unterschrieben war er, wie in Zerstreutheit, mit den Initialen C. v. T.

Sie trafen einander, wie bestimmt war, am Praterstern. Es regnete in Strömen. Kasimir erschien ohne Schirm, im romantischen Faltenwurf eines Radmantels. Er hatte Billetts für die Nachmittagsvorstellung des Karltheaters in der Tasche. Oh, sie kosteten nichts, er war gut bekannt mit dem Direktor, auch mit einigen Mitgliedern. Man traf zuweilen in Restaurants, auf Atelierfesten zusammen. Nun, Fest, das mußte man nicht so wörtlich nehmen. Aber die Wahrheit zu sagen, es ging manchmal recht fidel dabei zu, wenn auch lange nicht so fidel wie zum Beispiel in Paris bei ähnlichen Gelegenheiten, zum mindesten nicht so ungeniert. Dort gab es einen Künstlerball, bei dem die Modelle völlig unbekleidet tanzten, manche, was vielleicht noch schlimmer war, nur in durchsichtige, rote, blaue, grüne Schleier gehüllt. – So unterhielt er sie auf dem kurzen Weg zum Theater. Dann saßen sie dritte Galerie, zweite Reihe; man gab eine Operette, wie Therese solche auch in Salzburg nicht viel besser oder schlechter aufgeführt gesehen hatte. Auf der Bühne geriet manches ganz lustig, aber was ihr Kasimir dazwischen ins Ohr flüsterte, machte sie bald lachen, bald erröten, und als er in dem verdunkelten Zuschauerraum allzu zärtlich wurde, mußte sie sich's endlich verbitten. Nun war er wie ausgewechselt und hielt sich anständig und still auf seinem Sitze bis zum Schluß, antwortete nicht einmal auf ihre Fragen, was freilich wieder nur eine Art von Spaß war.

Als sie am Schluß der Vorstellung auf die Straße traten, war es noch hell, und der Regen dauerte fort. Sie begaben sich in ein naheliegendes Kaffeehaus, saßen in einer Fensternische; Therese blätterte in illustrierten Zeitungen, Kasimir sah interessiert einer Billardpartie zu, gab den Spielern Ratschläge und versuchte selber einen Stoß, der mißglückte, woran er dem schlechten Queue Schuld gab. Therese fand es sonderbar, daß er sich so wenig um sie kümmerte, und als er sich doch wieder einmal ihr zuwandte, bemerkte sie, daß man nun eigentlich gehen könnte. Er half ihr in die Jacke, schlug seinen Radmantel verwegen um die Schultern, auf der Straße spannte er den Schirm über sie, aber nahm nicht ihren Arm. Er war zurückhaltend, fast melancholisch, und sie hatte ein wenig Mitleid mit ihm. Als sie vor einem hell erleuchteten Restaurant vorbeikamen, warf er einen so hungrigen Blick durch die hohen Spiegelscheiben, daß Therese beinahe Lust bekam, ihn zu einem Souper an einem der lockenden, weiß gedeckten Tische einzuladen, doch sie fürchtete, daß sie ihn damit verletzen, und vielleicht noch mehr, daß er ihre Einladung annehmen könnte. Schweigend gingen sie nebeneinander her, doch beim Abschied, an einer Straßenecke, erklärte er mit plötzlicher Lebhaftigkeit, daß er bis zum nächsten Wiedersehen unmöglich ganze vierzehn Tage warten könne. Sie zuckte die Achseln. Es ginge nun einmal nicht anders. Er gab nicht nach. Sie sei doch keine Sklavin. Warum sollte man einander nicht an irgendeinem der nächsten Abende auf ein Stündchen sehen dürfen? – Sklavin sei sie freilich nicht, erwiderte sie, aber sie sei in Stellung, habe Pflichten. – Pflichten? Gegen wen? Gegen fremde Leute, die sie ausnützten! Es sei doch um nichts besser als Sklaverei. Nein, er wollte unter keiner Bedingung vierzehn Tage warten. Einen freien Abend, ausnahmsweise, auch in der Woche, den dürfte man ihr doch nicht verweigern! Sie blieb äußerlich fest, aber innerlich gab sie ihm recht.

Am nächsten Abend schon schickte er ihr ein Zettelchen hinauf, daß er an der Straßenecke warte, er müsse sie dringend sprechen. Die Frau des Hauses war zugegen und sah Therese rot werden. Es sei keine Antwort nötig, bedeutete Therese dem Boten. Nun ließ Kasimir bis zum Tage des schon verabredeten Stelldicheins nichts von sich hören.

30

Therese wartete am Eingang des Stadtparks. Gegenüber, vor einem Ringstraßen-Café, saßen die Gäste im Freien und sonnten sich. Ein blasses Kind bot Theresen Veilchen zum Kauf an. Sie nahm einen kleinen Strauß. Ein Vorübergehender flüsterte ihr etwas ins Ohr, eine völlig unverblümte Aufforderung in so unverschämten Worten, daß sie nicht einmal wagte, sich umzuwenden. Sie wurde blutrot, aber nicht aus Zorn allein. War sie nicht verrückt, daß sie wie ein Sklavin – wie eine Nonne lebte? Wie alle sie nur ansahen! Mancher wandte sich nach ihr um, einer, ein hübscher, eleganter Mensch, ging ein paarmal an ihr vorüber, wartete offenbar ab, wie lange sie noch allein bleiben würde. Es war vielleicht ganz gut, daß Kasimir nicht kam. Ein armer Teufel und ein Narr dazu – und gerade der? – warum denn? Sie hatte ja die Wahl.

Doch da kam er heran in einem ganz lichten Sommeranzug, nicht eben vom besten Schneider, wie man wohl bemerken konnte, aber er saß ihm ganz gut; den weichen Hut in der Hand, wie gewöhnlich, die andere Hand in der Hosentasche, ging er frei und leicht. Sie lächelte und war froh. Er küßte ihr die Hand, sie wandelten im Stadtpark hin und her, Arm in Arm, standen am Teich, sahen den Kindern zu, die die Schwäne fütterten, Kasimir erzählte von einem Pariser Park und von einem Teich, darin er eines Abends herumgerudert war und im Kahn, im Schatten eines künstlichen Felsens, übernachtet hatte. »Wohl nicht allein?« meinte sie. Er legte die Hand beteuernd auf sein Herz. »Ich weiß nicht mehr. Vergangene Dinge.« – Therese wollte von Paris und Rom und all den fernen Städten nichts mehr hören. Wenn er sich dahin sehne, so solle er doch lieber gleich wieder davonreisen. Er drückte ihren Arm fest an den seinen und lud sie ein, auf der Terrasse des Kursalons mit ihm eine Jause zu nehmen. An einem kleinen Tischchen ließen sie sich nieder, und Therese bekam plötzlich eine lächerliche Angst, daß man sie hier mit Kasimir sehen und darüber »ihrer Herrschaft« berichten könnte. Unter diesem Wort, das ihr durch den Sinn fuhr, beugte sie unwillkürlich den Kopf, und Kasimir, der sehr vornehm dasaß, mit überschlagenen Beinen, eine Zigarette rauchend, sagte ihr geradezu ins Gesicht, was in ihr vorginge. Sie schüttelte leise den Kopf, aber die Tränen waren ihr nahe. »Armes Kind«, sagte Kasimir, und mit Entschiedenheit fügte er hinzu: »Das soll anders werden.« Er rief nach dem Kellner, zahlte, die Geldstücke klapperten großartig und etwas lächerlich auf der Marmorplatte, dann stieg er mit Therese die breiten Stufen in den Park hinab. Er erzählte ihr, wie sehr er sich nach ihr gesehnt habe. Nur in der Arbeit habe er einige Ruhe gefunden. Er sprach von einem Bild, das er eben male, einer phantastischen Landschaft, »tropisch-utopisch«, und von anderen, die er fast fertig im Kopfe trage, »Heimatsbilder«. – »Heimatsbilder?« – Ja, denn sonderbarerweise habe er auch so etwas wie eine Heimat. Und er sprach von dem kleinen deutsch-böhmischen Städtchen, in dem er geboren war, von seiner Mutter, die heute noch als Witwe nach einem Notar dort wohne, von den bunten Blumenbeeten in dem kleinen Vorgarten, darin er als Kind gespielt hatte. Nun erzählte auch Therese von ihrer Familie, von dem Vater, der sich als General aus gekränktem Ehrgeiz erschossen, von der Mutter, die unter einem fremden Namen für große Zeitungen Romane schreibe, von ihrem Bruder, dem Couleurstudenten. Und sie selbst, ja, warum solle sie es nicht gestehen, sei einmal verlobt gewesen mit einem Offizier, dessen Eltern die

Heirat mit einem armen Mädchen nicht zugeben wollten, – aber davon wolle sie lieber nicht reden, das sei eine zu traurige Erinnerung. Kasimir drang nicht in sie.

Sie spazierten durch Vorstadtstraßen, die Therese nicht kannte. Sie dachte ihres Kindertraums: sich auf fremden Wegen verlieren, von irgendwo wieder zurückkehren, wo einen niemand vermutet hatte. »Hier wären wir«, sagte Kasimir einfach. Sie blickte auf. Sie standen vor einem Zinshaus, das aussah wie hundert andere, er hielt ihren Arm fest, trat mit ihr ins Tor, sie gingen die Treppe hinauf, vorbei an Türen mit angenagelten Visitenkarten oder Messingschildern, an Gangfenstern, hinter denen gleichgültige Schatten huschten, und endlich ganz oben unter dem Dach öffnete Kasimir mit knarrendem Schlüssel eine Tür. In dem ziemlich geräumigen Vorzimmer stand nichts als eine Wäscherolle, die Wände waren fast kahl, an einer hing ein Abreißkalender. Durch die nächste Tür traten sie ins Atelier. Das riesige Fenster war fast zu zwei Drittel durch einen dunkelgrünen Vorhang verhängt, so daß es auf der einen Seite beinahe Tag, auf der anderen beinahe Nacht war. Im Dunkel stand eine große Staffelei mit einem durch ein schmutziges Tuch verhängten Bild. Auf einer alten Kommode lagen Bücher, auf einer länglichen Kiste eine Palette mit verschmierten Farben, daneben ein bläulicher Samtmantel. Auf dem Fußboden, halb gefüllt, standen kleinere und größere trübe Fläschchen und Flaschen. Es roch nach Terpentin, getranten Stiefeln und einem süßlichen Parfüm. Aus einem Winkel heraus leuchtete die Lehne eines roten Fauteuils. Kasimir warf seinen Hut kühn in eine Ecke, trat auf Therese zu, nahm ihren Kopf in beide Hände, guckte ihr vergnügt und etwas schielend in die Augen, umfaßte sie, zog sie zu dem Fauteuil hin und auf seinen Schoß nieder. Da der eine Fuß des Fauteuils nachzugeben schien, schrie sie leicht auf. Er beruhigte sie, dann begann er sie zu küssen, langsam, wie mit Bedacht. Sein Schnurrbart roch nach einer Resedapomade, eigentlich nach einem Friseurladen, aus dem sie als Kind ihren Vater einmal abgeholt hatte. Seine Lippen waren feucht und kühl. –

31

Um Kasimir öfters als alle vierzehn Tage nur einmal zu sehen, mußte Therese zu allerlei Ausreden ihre Zuflucht nehmen; – bald schützte sie einen Theaterbesuch mit einer Freundin, bald eine unerläßliche Zusammenkunft mit ihrem Bruder vor, um gelegentlich auch abends das Haus verlassen zu können. Da sie im übrigen ihre Pflichten als Erzieherin gewissenhaft erfüllte, schien man ihr diese kleinen Unregelmäßigkeiten nicht weiter übelzunehmen.

Der Freund Kasimirs, mit dem er seiner Angabe nach das Atelier gemeinsam bewohnte, war unerwartet, so erzählte Kasimir, von einer Reise zurückgekehrt und die Alleinbenützung des Raumes für ihn fraglich und unsicher geworden. So war das Liebespaar, wenn es ungestört sein wollte, darauf angewiesen, in übeln Gasthofzimmern flüchtig einzukehren, deren Miete, wenn Kasimir nicht eben bei Kasse war, von Therese bezahlt werden mußte. Sie tat es nicht ungern, ja, es bereitete ihr eine gewisse Genugtuung. Freilich hatten seine ständigen Geldverlegenheiten zur Folge, daß er häufig recht mißgestimmt war; und einmal geschah es, daß er Therese ohne jeden ersichtlichen Grund in der heftigsten Weise anfuhr. Aber als sie, dieses Tones ungewohnt, wortlos von seiner Seite aufstand, sich rasch ankleidete und Miene machte, sich zu entfernen, warf er sich vor ihr auf die Knie und erflehte ihre Verzeihung, die sie ihm, allzu rasch, wie sie fühlte, zu gewähren bereit war.

In den ersten Julitagen sollte die Familie des Advokaten nach Ischl aufs Land ziehen. Therese dachte daran, ihre Stellung zu wechseln, nur um Kasimir nahebleiben zu können. Er selbst aber riet ihr ab und versprach ihr, sie im Sommer zu besuchen, sich vielleicht nah von ihr, in einem Bauernhaus, einzumieten oder, wenn's nicht anders ging, irgend etwas Abenteuerliches zu unternehmen, nur um bald wieder mit ihr beisammen zu sein.

Am letzten Sonntag, vor der Übersiedlung nach Ischl, machten sie einen Ausflug in den Wiener Wald. Am späten Nachmittag saßen sie in einem Wirtsgarten auf einem Wiesenhang, ringsum stand wehender Wald. An den Tischen tranken, sangen, lachten die Leute, Kinder liefen und stürzten auf und ab, drin in der Wirtsstube beim offenen Fenster saß ein dicker Mensch in

Hemdärmeln und spielte auf einer Harmonika. Kasimir hatte heute Geld, er ließ es sich und Theresen an nichts fehlen. In ihrer Nähe saß ein Ehepaar mit zwei Kindern, Kasimir begann ein Gespräch mit den Eltern, in dem er die herrliche Aussicht zur Donauebene pries, trank ihnen zu, fand das »Weinderl« nicht übel, berichtete von köstlichen ausländischen Sorten, die er auf seinen Reisen getrunken, vom Veltliner, vom Santa Maura, vom Lacrimae Christi und vom Xeres de la Frontera. Dann erzählte er Geschichten von Räuschen, die er mit angesehen, zur Belustigung der Gesellschaft äffte er das Torkeln und Lallen eines Betrunkenen nach, und endlich begann er zu den Klängen der Harmonika eine komischtrübselige Melodie zu singen. Man klatschte ringsum in die Hände, und Kasimir dankte mit scherzhaften Verbeugungen. – Therese fühlte sich immer trauriger werden. Wenn sie nun unversehens aufstände und verschwände, – würde er's nur merken? Und wenn sie plötzlich ganz aus seinem Leben fort wäre, würde er sie vermissen und sich darüber Gedanken machen? Und selbst erschreckt von dieser plötzlichen Erleuchtung, fragte sie sich, ob sie nicht gut daran getan hätte, ihm eine gewisse Besorgnis, zu der sie Ursache zu haben glaubte und die auch ihm eine bedeuten müßte, schon auf dem Herwege mitzuteilen. Nun würde sie es gewiß nicht mehr über sich bringen. Wozu auch? Und morgen schon konnte sich ihre Sorge als überflüssig erweisen.

Die Sonne war lange fort, der Wald stand schwarz und still. Aus der Ebene stieg sanft der Abend. Quer über den Hang, am Wirtshaus vorbei, marschierten Studenten mit roten Kappen. Unwillkürlich sah Therese hin, ob ihr Bruder nicht unter ihnen wäre. Aber der trug ja keine Kappe. Daß er bei einer Couleur war, das hatte sie ja auch nur gelogen, wie so vieles andere. Was Karl wohl dazu sagen würde, wenn ihre Angst sich als begründet erwiese? Ach, was ginge es ihn an! Ihn so wenig wie andere. Wem war sie Rechenschaft schuldig? Niemandem, nur sich selbst.

Es war beinahe dunkel, als sie sich mit Kasimir auf den Rückweg machte. Er schlang den Arm um sie, sie gingen den Wiesenhang abwärts, den Wald entlang. An einer abschüssigeren Stelle gerieten sie ins Laufen, fast fiel sie hin, sie lachten wie Kinder. Er umschlang sie fester, sie fühlte sich wieder wohl. Allzu rasch waren sie in der Ebene; und durch die belebten Straßen, zwischen Gärten und Villen in lustigem Marschschritt wanderten sie weiter. In einem überfüllten Straßenbahnwagen fuhren sie der Stadt zu. Therese wurde es plötzlich wieder unbehaglich zumute, Kasimir aber, im Gedränge zwischen müden Weibern, lachenden Kindern, angeheiterten Männern, fühlte sich sichtlich so wohl, als wäre dies sein eigentliches Element. Sofort beteiligte er sich an dem albernen Geschwätz, das zwischen den Fahrgästen hin und her ging, spielte den Galanten, bedeutete einem dicken Herrn, er müsse sofort aufstehen, um einem hübschen, jungen Mädel seinen Sitzplatz einzuräumen, und bot ringsum von den Zigaretten an, die er oben im Wirtshaus erstanden hatte. Therese war froh, als die Fahrt zu Ende war. Bis zu ihrem Wohnhaus war es nah, vor dem Tor wurde noch rasch ein Rendezvous für das Ende der Woche verabredet, und Kasimir schien es plötzlich mit dem Abschied eilig zu haben. Sie sah ihm nach, bis das Tor sich hinter ihr schloß. Er hatte sich nicht einmal mehr nach ihr umgewandt.

32

Sie konnte das nächste Wiedersehen kaum erwarten. Zweimal schrieb sie ihm in dieser Zeit, kurze, zärtliche Briefe, und erhielt keine Antwort. Eine unbestimmte Angst durchbebte sie, die aber geradezu in Seligkeit dahinschmolz, als er ihr am Samstagabend am gewöhnlichen Treffort an der Stadtparkecke heiter, strahlend und jung entgegenkam. Warum er ihr nicht geantwortet habe. – Geantwortet? Wieso? Er hatte keinen Brief bekommen. Wohin hatte sie ihm denn geschrieben? Ins Atelier? Aber hatte sie denn vergessen, daß er übersiedelt war? – Übersiedelt –? – Aber ganz bestimmt hatte er ihr's neulich gesagt. Der Freund war abgereist, nach München, man mußte das Atelier aufgeben; und so hatte er vorläufig ein kleines Zimmer bezogen, als Übergang gewissermaßen und dafür jedenfalls gut genug.

Sie hatten nicht weit zu gehen; bis zu einem sehr alten Haus in einer engen, schwach beleuchteten Gasse der inneren Stadt. Eine schmale Treppe hinauf stiegen sie in das vierte Stockwerk, Kasimir öffnete die Wohnungstür, das Vorzimmer war dunkel, aus der Küche, durchs Schlüsselloch, schimmerte ein Licht, und es roch nach Petroleum. Sie traten ins Zimmer. In der Fensteröffnung stand finster der Rauchfang des gegenüberliegenden Hauses. Das Dach war so nahe, daß man es fast mit Händen greifen konnte. Aber wenn Therese ihren Blick seitlich sandte, erblickte sie über Dächer und Rauchfänge hinweg einen weiten Ausschnitt der abendlichen Stadt. Kasimir erklärte Theresen die Vorzüge seiner neuen Wohnung – Ausblick, Ungestörtheit, Wohlfeilheit. Vielleicht würde er sich entschließen, sie auf ein Jahr zu mieten. »Kann man denn hier malen?« fragte Therese. – »Kleinere Bilder schon«, bemerkte er beiläufig. Kasimir hatte die Kerze noch nicht angezündet, und in dem matten Nachtschein, der von dem klaren, blauen Himmel in den engen Raum fiel, sah der hohe, alte Schrank, das schmale Bett, dessen Kopfende in die Fensterecke gerückt war, und insbesondere der große Kachelofen anheimelnd genug aus. Kasimir betonte, daß sie sich in einem der ältesten Häuser von Wien befänden, in einem einstigen kleinen Palais; – und ein Teil der Möbel sei alter gräflicher Besitz. Therese wollte einen Blick in den Schrank tun. Kasimir ließ es nicht zu; er habe noch nicht Ordnung gemacht. Er sei doch erst heute früh hier eingezogen. Wie – heute erst –? und hatte ihre Briefe ins Atelier nicht bekommen!? Sonderbar, dachte sie, aber sie sprach es nicht aus. – Übrigens habe er ihr ein Geständnis zu machen. Nämlich, er war genötigt gewesen, seinem Freund, demselben, mit dem er bisher das Atelier bewohnt hatte, aus einer Verlegenheit zu helfen, und hatte nicht einmal genug zurückbehalten, um für ein Abendessen zu sorgen. Sie reichte ihm ihre Geldbörse, er eilte davon. Sie blieb allein in dem dunklen Zimmer zurück und seufzte. Ach Gott, warum log er nur so viel, als wär's eine Schande, ein armer Teufel zu sein, und war doch manchmal wieder geradezu stolz darauf! Und alle seine Lügen hingen doch nur mit seiner Armut zusammen. Sie wollte ihn bitten, daß er ihr von nun an alles rückhaltlos anvertraue, was ihn bedrücke. Es stand ja nun so, daß sie wahrhaftig kein Geheimnis voreinander haben durften. Auch sie nicht vor ihm. Noch heute sollte er wissen, daß sie ein Kind erwarte.

Kasimir blieb lange aus. Der Gedanke durchfuhr sie, daß er vielleicht gar nicht zurückkommen würde. Wieder kam ihr der

Einfall, den Schrank zu öffnen, aber er hatte, ohne daß sie es gemerkt, den Schlüssel abgezogen. Ein kleiner Koffer stand unter der Bettstelle. Sie zog ihn hervor, er war unversperrt, ein paar armselige geflickte Wäschestücke lagen darin und eine ausgefranste Krawatte. Sie schloß wieder zu und schob den Koffer an seinen Platz zurück. Sie war erschüttert. Kasimirs Armut schnitt ihr ins Herz, tiefer, als eigenes Elend es je getan. Sie fühlte eine Zusammengehörigkeit mit ihm wie nie zuvor; nicht anders, als wenn sie beide vom Schicksal füreinander bestimmt wären. Wie vieles könnte man einander tragen helfen!

Als er nun eintrat, ein kleines Päckchen und eine Flasche Wein in der Hand, fiel sie ihm stürmisch um den Hals, und er ließ ihre Zärtlichkeiten mit Herablassung über sich ergehen. Ob es nur der Wein war, der ihr die Seele leicht machte und die Zunge löste, oder dieses Einandernahesein, wie sie es noch niemals empfunden, – plötzlich, sie wußte nicht wie, in seine Arme geschmiegt, gestand sie ihm, was sie nun seit Tagen schon in der Brust verschlossen trug. Er wollte es nicht recht ernst nehmen. Er war überzeugt, daß sie sich irrte. Man müßte doch noch einige Zeit abwarten, dann würde man ja weiter sehen. Und er sagte mancherlei Dinge, die sie geschmerzt hätten, wenn sie sie völlig hätte verstehen, ja, nur recht hätte anhören wollen.

Als sie miteinander die Treppe hinuntergingen, war zwischen ihnen alles so, als wenn sie ihm überhaupt nichts gesagt hätte. Mitternacht war lange vorbei, als sie vor Theresens Haustor Abschied nahmen. Er hatte es heute wieder besonders eilig; es war ja auch alles verabredet, seine Adresse kannte sie, er die ihre, und vielleicht in wenigen Wochen schon würde man wieder beisammen sein – im Grünen unter dem Sternenhimmel.

33

Die Ischler Villa lag vornehm in einem großen Garten. Vom Balkon aus sah man das Kur- und Badepublikum auf der Esplanade hin und her wandeln. Die Stimmung im Hause Eppich, dessen männliche Mitglieder noch in der Stadt verblieben waren, schien wie befreit, die beiden Mädchen fröhlich, wie Therese sie noch niemals gesehen, und die Mutter freundlicher, liebenswürdiger zu ihr, als sie es in der Stadt zu sein pflegte. An Besuchen fehlte es nicht. Ein eleganter junger Mann mit einer kleinen Glatze, der in der Stadt manchmal, auch mit anderen Gästen, bei Eppichs zu Mittag gespeist hatte, erschien beinahe täglich, und in der Dämmerung saß er mit der Frau des Hauses rückwärts im Garten. Therese unternahm mit den beiden Mädchen längere Spaziergänge, jüngere und ältere Freundinnen mit ihren Erzieherinnen, ziemlich erwachsene Knaben, auch junge Herren schlossen sich an, zuweilen fuhr man an einen nahen See zu kleinen Ruderpartien, und daheim gab es harmlose Gesellschaftsspiele, an denen auch Therese sich beteiligte; das ältere Mädchen, Bertha, schloß sich Theresen mit einer unerwarteten Innigkeit an, machte sie zur Vertrauten unschuldiger Herzensgeheimnisse, zuweilen gingen sie, abgesondert von den andern, Arm in Arm. Die Anmut der Landschaft, die sommerliche Luft, der Aufenthalt im Freien, die Abwechslung, all das tat Therese sehr wohl; und da jeden zweiten Tag kurze Briefchen von Kasimir eintrafen, so war ihr Gemüt von Unruhe ziemlich frei. Plötzlich aber blieben seine Briefe aus. Therese geriet in heftige Erregung, ihr Zustand, an dessen Tatsächlichkeit sie immer wieder zu zweifeln begonnen und den sie manchmal wieder fast als beglückend empfunden hatte, kam ihr in seinem ganzen ungeheuren Ernst zu Bewußtsein. Sie sandte einen Expreßbrief an Kasimir, in dem sie sich rückhaltlos über ihre Besorgnisse aussprach. Keine Antwort von ihm; dagegen ein Brief ihrer Mutter, ob Therese, die ja jetzt nur wenige Stunden von ihr entfernt sei, sie nicht gelegentlich besuchen wollte. Therese erwähnte Frau Eppich gegenüber fast absichtslos dieser Einladung, und als hätte man eine Anregung solcher Art nur erwartet, wurde ein Ausflug nach Salzburg in größerer Gesellschaft beschlossen.

Schon tags darauf reiste Therese in Begleitung der Damen Eppich, einer befreundeten Dame mit Sohn und Tochter und des eleganten jungen Mannes mit der kleinen Glatze nach Salzburg. Gleich am Bahnhof trennte sich Therese von den übrigen und eilte zu ihrer Mutter, die in ein geräumiges, lichtes Erkerzimmer in einem neuen Haus übersiedelt war. Frau Fabiani empfing ihre Tochter mit ruhiger Herzlichkeit; jenes fahrig-unheimliche Wesen der letzten Jahre war beinahe verschwunden, doch schien sie plötzlich eine ganz alte Frau geworden. Sie freute sich, zu hören, daß es ihrer Tochter gut ginge; auch sie habe sich glücklicherweise nicht zu beklagen. Sie verdiene, was sie brauche, und etwas darüber; und das Alleinsein, sie gestand es gerne, kam ihrer Arbeit in jeder Hinsicht zustatten. Sie ließ sich von Theresen über ihre jetzige Stellung und über ihre früheren allerlei berichten, und Therese war beinahe gerührt über das Interesse, das ihr die Mutter entgegenbrachte. Doch während des Mittagsmahls, das aus einem benachbarten Gasthof besorgt und an dem kleinen Tischchen im Erker aufgetragen wurde, fing die Unterhaltung zu stocken an, und Therese empfand mit Unbehagen, daß sie bei einer zerstreuten, alten, fremden Frau zu Gaste war.

Während die Mutter auf dem Diwan ihre Nachmittagsruhe hielt, blickte Therese durch das Erkerfenster auf die Straße hinab, die sie weit verfolgen konnte, bis zur Brücke über den Fluß, dessen Rauschen herdrang. Sie dachte an die Leute, mit denen sie hiehergefahren war und die nun im Hotel bei der Mittagstafel sitzen mochten, sie dachte an Max, an Alfred und endlich an den Fremdesten unter all diesen Fremden, an Kasimir, von dem sie ein Kind unter dem Herzen trug und der ihre letzten Briefe nicht beantwortet hatte. Aber wenn er ihr auch weniger fremd gewesen wäre, was konnte er ihr helfen? *Mit* seiner Liebe und *ohne* seine Liebe – sie war in gleicher Weise allein.

Sie entfernte sich leise, ohne die Mutter aufzuwecken, und wandelte eine Weile in den Straßen der Stadt umher, die zu dieser heißen Sommernachmittagsstunde still und verlassen waren. Zuerst war sie versucht gewesen, allerlei Stellen aufzusuchen, die mit Erinnerungen für sie verknüpft waren; aber diese Erinnerungen schienen ihr nun ohne Glanz. Und sie selbst fühlte sich so müde, so ausgelöscht, als wenn das Leben für sie zu Ende wäre. So begab sie sich bald, ohne inneren Anlaß, fast mechanisch, in das Hotel, wo ihre Reisegesellschaft abgestiegen war; diese aber hatte einen Ausflug unternommen, und Therese in der kühlen Halle durchblätterte illustrierte Zeitungen; und als ihr Blick durch die Glastüre zufällig in das Schreibzimmer fiel, kam ihr der Gedanke, nochmals einen Brief an Kasimir zu richten. Sie schrieb in Worten einer heißen Zärtlichkeit, die gemeinsame Stunden der Lust in seinem Gedächtnis neu erwecken sollten, schilderte ihm verlockend die Möglichkeit eines Zusammenseins nachts im Garten der Villa oder im Wald und erwähnte mit Absicht nichts von dem, was sie eigentlich bewegte.

Als sie den Brief geendet, verließ sie etwas erleichtert das Hotel, und es blieb ihr nichts anderes übrig, als sich wieder in die Wohnung ihrer Mutter zu begeben. Diese saß schon bei ihrer Arbeit, Therese nahm von der Bücherstellage einen Band, der ihr eben in die Hand geriet; es war zufällig ein Kriminalroman, von dem sie bis in die Dämmerung hinein vollkommen gefangen blieb. Nun legte auch die Mutter ihre Arbeit beiseite und lud Therese zu einem kleinen Spaziergang ein; schweigsam gingen die beiden Frauen in der kühlen Abendluft den Fluß entlang und saßen endlich in einem bescheidenen, von Reisenden kaum je besuchten Wirtsgarten, wo Frau Fabiani vom Wirt als Stammgast begrüßt wurde und zu Theresens Verwunderung drei Krügel Bier trank. Zur Nacht mußte sich Therese, so gut es ging, auf dem Diwan behelfen. Sie wachte auf wie zerschlagen; obwohl sie erst mittags mit den andern an der Bahn zusammentreffen sollte, verabschiedete sie sich bald von ihrer Mutter, die in einem durch Vorhänge abgeschlossenen Alkoven zu Bette lag, und war froh, als sie die Treppe wieder unten war.

Der Morgen war hold und hell, Therese saß im Mirabellgarten im Farbenglanz und Duft von tausend Blumen. Zwei junge Mädchen, Schulkolleginnen von einst, kamen vorüber, von denen sie nicht gleich erkannt wurde, aber bald wandten sie sich wieder nach ihr um, kamen auf sie zu, und ein Grüßen und Fragen ging hin und her. Therese erzählte, sie sei Gesellschafterin in einem vornehmen Wiener Hause und habe hier ihre Mutter besucht, dann erkundigte sie sich, was es in der kleinen Stadt Neues gäbe. Aber da sie sich weder nach Max, noch nach Alfred zu fragen getraute, hörte sie nur lauter Klatsch, der sie nicht im geringsten anging. Es war ihr, als sei sie den beiden Schulkameradinnen, die im gleichen Alter mit ihr waren, um Jahre voraus; sie hatte mit ihnen, mit dieser Stadt nichts mehr zu schaffen und war froh, als sie eine Stunde später auf dem Bahnhof mit ihrer Ischler Gesellschaft zusammentraf, um abzureisen.

34

Die nächsten Tage in der Ischler Villa erwartete sie fieberig eine
Nachricht von Kasimir. Vergebens. Ihr erregtes Wesen begann
aufzufallen, es wurde ihr klar, daß sie irgend etwas unternehmen, daß sie zum mindesten mit irgend jemandem sprechen
mußte. Wem aber sollte sie sich anvertrauen? Am nächsten
fühlte sie sich der fünfzehnjährigen Bertha, die jeden Tag in
einen andern verliebt war und sich vor dem Schlafengehen an
Theresens Herz auszuweinen pflegte. Gerade dieses Kind, so
schien es ihr, hätte sie am besten verstehen und trösten können.
Aber bald sah sie die Unsinnigkeit ihres Einfalls ein, und sie
schwieg. Unter den Erzieherinnen und Gesellschafterinnen,
denen das sommerliche Beisammensein sie näher gebracht
hatte, war keine, zu der sie sich hingezogen fühlte. Manche von
ihnen mochte wohl ihre persönlichen Erfahrungen haben, doch
Therese fürchtete Spott, Indiskretion, Verrat. Sie wußte natürlich, daß es Mittel und Wege gäbe, ihr zu helfen, doch es war ihr
auch nicht unbekannt, daß dergleichen mit Gefahr verbunden
war, daß man krank werden, sterben oder auch in den Kerker
kommen konnte. Und irgendeine halb vergessene Geschichte,
die sich vor zwei oder drei Jahren in Salzburg ereignet und ein
tragisches Ende genommen hatte, wachte dumpf in ihrem
Gedächtnis auf.

Sie gab sich eine letzte Frist von acht Tagen, um eine Nachricht von Kasimir zu erwarten. Während dieser Zeit fand sie in
den Zerstreuungen des Landaufenthalts immerhin einige trügerische Ablenkung und Beruhigung. Als die acht Tage verstrichen
waren, erbat sie sich drei Tage Urlaub. Sie hätte wegen der Ver-
lassenschaft von ihrem Vater her mit ihrem Bruder dringend persönlich zu sprechen. Der Urlaub wurde ohne weiteres gewährt.

35

Sie kam in Wien zur Mittagsstunde an und fuhr geradeswegs
nach dem Wohnhause Kasimirs. Sie eilte die Treppen hinauf.
Eine alte Frau öffnete. Hier wohnte kein Herr Kasimir Tobisch,
hier hatte nie ein Herr dieses Namens gewohnt. Vor einigen

Wochen allerdings hatte ein junger Mann dieses Zimmer bezogen, eine kleine Angabe geleistet, doch schon am nächsten Tag war er wieder verschwunden, ohne sich polizeilich gemeldet zu haben. Therese ging betroffen und beschämt. Beim Hausbesorger erfuhr sie, daß einige Briefe an einen Herrn Kasimir Tobisch im Hause eingelaufen seien; der erste sei auch abgeholt worden, die andern waren unbehoben. Therese sah sie vor sich, erkannte ihre eigene Schrift. Sie bat, daß man sie ihr ausfolge. Der Hausbesorger weigerte sich. Sie entfernte sich glührot im Gesicht und fuhr nach dem Hause, wo Kasimir das Atelier bewohnt hatte. Hier war der Name Tobisch dem Hausbesorger völlig unbekannt. Vielleicht, daß die zwei Maler etwas wüßten, die jetzt im Atelier oben wohnten? Therese eilte hinauf. Ein älterer Mensch in einem weißen, farbenbeschmutzten Kittel öffnete ihr. Er wußte nichts von einem Herrn namens Kasimir Tobisch; vor ihm selbst hätte ein Ausländer hier gewohnt, ein Rumäne, der abgereist sei, ohne den Rest der Miete zu bezahlen. Therese stammelte einen Dank für die Auskunft, in den Augen des Malers schimmerte es wie Mitleid. Als sie die Treppe hinunterging, fühlte sie seinen Blick im Nacken.

Nun stand sie auf der Straße. Trotz allem glaubte sie nicht, daß Kasimir Wien verlassen habe. Sie mußte ja nicht gleich zurück, sie konnte auch ein paar Tage lang in den Straßen herumwandern, so lange, bis er ihr endlich in die Arme laufen mußte. Und wenn sie auch im Innern die Lächerlichkeit ihres Beginnens spürte, sie begann tatsächlich in der Stadt hin und her zu irren, die Kreuz und die Quer, stundenlang, bis endlich Müdigkeit und Hunger sie in ein Gasthaus trieben. Es war eine ungewohnte Speisestunde; so saß sie allein in dem geräumigen, anmutlosen Lokal, und wie im Fieber zählte sie, während sie auf das Essen wartete, unablässig die weißgedeckten Tische, von denen an, die in der Helligkeit der Fensternischen standen, bis zu den letzten, die im Dämmer des unbeleuchteten Hintergrundes verschwanden. Ihr Blick fiel auf ihre Handtasche, die sie beim Eintritt auf einen Stuhl gelegt hatte, und jetzt erst besann sie sich, daß sie die ganze Zeit über mit diesem Gepäckstück in den Straßen umhergeirrt und daß sie noch obdachlos war. Das Restaurant, in dem sie saß, gehörte zu einem Vorstadtgasthof minderen Rangs, sie beschloß, hier Quartier zu nehmen.

Als sie sich in ihrem Zimmer vom Staub der Reise und des Umherlaufens gereinigt, war noch lange der Abend nicht da. Von ihrem Fenster im vierten Stock blickte sie in den Dunst der Straße, aus der das Rauschen und Rattern eintönig und feindselig zu ihr heraufdrang. Wenn hier unten Kasimir vorüberginge, fragte sie sich, und sie geschwind die Treppe hinabliefe – könnte sie ihn noch erreichen? – Ja, würde sie ihn überhaupt erkennen von hier oben aus? Die Gesichter da unten verschwammen ihr alle. Vielleicht ging er wirklich eben vorüber, und sie wußte es nicht. Sie beugte sich hinab, es wurde ihr schwindlig; sie trat vom Fenster zurück und setzte sich an den Tisch. Der Straßenlärm dämpfte sich ab, ihre Einsamkeit, ihre Losgelöstheit, das Bewußtsein, daß in diesem Augenblick niemand ahnte, wo sie sich befinde, gab ihr für kurze Zeit eine merkwürdige Ruhe, fast ein Wohlgefühl. Warum war ihr denn nur in den letzten Tagen und Wochen so schlimm zumute gewesen, als wenn irgendeine wirkliche Gefahr sie bedrohte? Was hatte sie denn zu fürchten im Grunde? Wem war sie Rechenschaft schuldig? Ihrer Mutter? Ihrem Bruder vielleicht? Die sich doch beide nicht um sie kümmerten? Den Leuten, bei denen sie in Stellung war, von denen sie bezahlt wurde und von denen sie in jedem Fall, ob nach Jahren oder nach Monaten, wenn es ihnen gerade paßte, wie irgendeine Fremde an die Luft gesetzt werden würde? Was gingen sie alle diese Leute an? Überdies besaß sie, wie sie neulich in Salzburg von der Mutter erfahren, aus der Erbschaft eine etwas größere Summe, als sie bisher gedacht, mit der man ein paar Monate wohl sein Auslangen finden konnte; sie hing also von niemandem ab. Und so traf es sich vielleicht ganz gut, daß sie Kasimir nicht begegnet war, daß sie mit ihm überhaupt nichts mehr zu schaffen hatte. Der wäre am Ende auch imstande gewesen, sie um die paar Gulden zu bringen, die ihr über die schwere Zeit hinweghelfen konnten und sollten. Warum war sie denn nur nach Wien gefahren? Was wollte sie von ihm? Ach, wozu die Frage! Sie wußte es ja. Ihn wollte sie, ihn selbst, seine Küsse und seine Umarmungen. Und nun mit einemmal nach einer kurzen, trügerischen Beruhigung kam es wieder wie Verzweiflung über sie. Seinetwegen war sie nach Wien gefahren, hoffnungsvoll, sehnsüchtig und doch schon in Angst, daß sie ihn nicht finden würde; und nun wußte

sie, über allem Zweifel, daß er fort war, daß er sich davonge-
macht hatte, einfach davon, um sich jeder Verantwortung, ja,
jeder Unannehmlichkeit zu entziehen. Wie töricht von ihm! Sie
hätte ja keine Forderungen an ihn gestellt. Hatte er das nicht
gewußt? Warum hatte sie es ihm nicht von allem Anfang an
gesagt? Er hatte ja keinerlei Verpflichtungen gegen sie. Sie war
kein unerfahrenes, unschuldiges Mädchen gewesen, als sie die
Seine wurde. Und sie hatte ja immer gewußt, daß er ein armer
Teufel war. Nie hätte sie von ihm etwas gefordert. Und das Kind?
Das war ihre Angelegenheit, ihre ganz allein.

Es war im Zimmer ganz dunkel geworden. Vor dem offenen
Fenster lag der trübe Lichtschein der abendlichen Stadt. Was
nun? Hinunter auf die Straße? Ziellos hin und her? Und dann die
Nacht? Und morgen? Sie würde ihm ja doch nicht begegnen,
auch wenn er da war. Was hatte sie hier noch zu tun? Und erlö-
send kam ihr der Entschluß, in dieser Stunde noch, mit dem
Nachtzug, nach Ischl zurückzufahren. Sie klingelte, beglich ihre
Rechnung, lief die Treppen hinab, fuhr mit ihrer Handtasche zur
Bahn und verfiel in ihrer Coupéecke in einen so tiefen Schlaf,
daß sie erst eine Viertelstunde vor dem Ziele aufwachte.

36

Therese wurde im Hause Eppich mit viel Rücksicht behandelt,
auch die Gäste kamen ihr mit Höflichkeit entgegen, wie einem
zwar mit Glücksgütern weniger gesegneten, aber sonst gleich-
berechtigten Mitglied der Familie. Ein junger Rechtsanwalt, unansehnlich, kurzsichtig, mit feinen, etwas leidenden Zügen, bemühte sich um sie, sprach von seiner trüben Jugend, seinen
Studien, seinen Erfahrungen als Lehrer und Hofmeister, und sie
fühlte, daß er sie ein wenig überschätzte, ja, sie wohl für eine
andere Art von Wesen hielt, als sie war. Auch sie erzählte ihm
mancherlei: von den Eltern, dem Bruder, von Alfred, ihrer »Jugendliebe« – in der etwas beiläufigen und öfters unwahren, dem
augenblicklichen Zuhörer etwas angepaßten Art, die sie sich an-
gewöhnt hatte; über Max schwieg sie völlig; von ihrem Abenteuer mit Kasimir berichtete sie wohl, aber so, als wenn es ein
ganz harmloses gewesen und als wenn sie nach jenem ersten

Praterabend nur ein paarmal freundschaftlich mit ihm spazierengegangen wäre. Am letzten Tage seines Urlaubs, im Wald, da sie beide hinter der übrigen Gesellschaft ein wenig zurückgeblieben waren, versuchte der junge Anwalt in etwas ungeschickter Weise sie zu umarmen. Sie stieß ihn zuerst heftig zurück, dann verzieh sie ihm und erlaubte ihm, ihr zu schreiben. Sie hörte niemals wieder von ihm.

Ende August kam der junge Herr Eppich an. Seine Schwestern, die sich in der Stadt nicht sonderlich mit ihm vertrugen, waren glückselig über sein Kommen, ihre Freundinnen waren alle in ihn verliebt. Er hatte sich, wie es jetzt Mode war, sein kleines Schnurrbärtchen abrasieren lassen, und man fand, daß er einem sehr bekannten Schauspieler und Frauenliebling ähnlich sehe. Gegenüber Theresen benahm er sich anfangs zurückhaltend; doch eines Nachmittags, auf der Stiege bei einer zufälligen Begegnung, ließ er sie wie zum Scherz nicht vorbei, und sie setzte seinen Zudringlichkeiten nicht so viel Widerstand entgegen, als sie sich vorgenommen hatte. Sie versperrte die Türe hinter sich und sah bald von ihrem Fenster aus, wie der junge Herr unten aus dem Gartentor schritt, eine Zigarette zwischen den Lippen, ohne sich auch nur umzuwenden.

Indes war Dr. Eppich zwei Tage lang hier gewesen; zwischen ihm und seiner Gattin schien etwas Ärgerliches vorgefallen zu sein, wie alle merkten; und er war ohne Abschied wieder abgereist. Die jüngere Tochter ging am nächsten Tag verweint herum, und Therese merkte bald, daß diese Zwölfjährige von den Dingen, die sich rings um sie abspielten, mehr wußte und daß sie sie schmerzlicher fühlte als die andern.

In einer Nacht schreckte Therese plötzlich auf, es war ihr, als hätte sie ein Geräusch an der Tür gehört. Der Gedanke kam ihr, daß vielleicht George sich bei ihr Einlaß verschaffen wollte. Aber statt Angst empfand sie vielmehr eine angenehme Erregung, und als es dann weiterhin stille blieb, eine unzweifelhafte Enttäuschung. Was ihr seit jener Begegnung auf der Stiege schon einige Male flüchtig durch den Sinn gegangen war, wurde ihr in dieser schlaflosen Nacht zu einer Art von Plan: sie wollte es darauf anlegen, sich in George eines Vaters für ihr Kind zu versichern. Freilich war es die höchste Zeit. Aber als hätte der junge Mann ihre Absichten erraten – er hielt sich von nun an völlig fern von ihr, und Therese, zuerst verwundert, hatte bald entdeckt, daß sich im Laufe der letzten Tage zwischen ihm und einer jungen Frau, die im Hause verkehrte, ein Liebesverhältnis angeknüpft hatte. Eifersucht verspürte sie in keiner Weise. Ihr Zorn über sich selbst wandte sich bald in Scham, sie erschien sich wie eine Verworfene, und immer tiefer empfand sie die Peinlichkeit ihres Zustands und die Gefahr ihrer Lage. Insbesondere der Gedanke, ihrem Bruder zu begegnen, erfüllte sie neuerdings mit einer fast lächerlichen Angst. Zugleich aber war sie von der Überzeugung durchdrungen, daß die meisten weiblichen Personen, die sie kannte, besonders aber manche ihrer Berufsgenossinnen, schon Ähnliches durchgemacht wie sie und zur rechten Zeit Abhilfe zu schaffen gewußt hatten. Man konnte freilich nicht geradezu fragen, aber es mußte doch möglich sein, das Gespräch so zu wenden, daß man etwas Zweckdienliches erfahren konnte. Unter den Bonnen und Erzieherinnen ihrer Bekanntschaft gab es zwei, mit denen sie zuweilen in eine leichtere und freiere Unterhaltung geraten war, ohne daß jemals ein wirklich delikates Thema berührt worden wäre. Die eine war ein hageres, blasses, verblühtes und sanft scheinendes Wesen, das sich nicht nur über die Familie, wo sie in Stellung war, sondern auch über alle dort verkehrenden Personen in der boshaftesten Weise zu äußern pflegte. Man wußte, daß sie Witwe oder geschieden war, doch wurde sie immer als Fräulein angesprochen. Die andere war eine Brünette, noch nicht dreißig, von fröhlichem Temperament, der man eine ganze Menge Liebschaften zumutete, ohne ihr auch nur eine einzige nachweisen zu können. Dies war das Geschöpf, bei dem Therese glaubte sich am ehesten Rat holen zu dürfen. Und so begann sie an einem regnerischen Nachmittag Mitte September auf einem Spaziergang, während die Zöglinge vorausgingen, nach einem zurechtgemachten Plan und in etwas ungeschickter Weise von dem Kinderreichtum im Hause des Bankdirektors zu sprechen, wo Fräulein Rosa in Stellung war. Aber da sie sich scheute, eine direkte Frage an sie zu richten, erfuhr sie nichts, als was sie ohnehin schon wußte: daß es gefällige Frauen gab, auch Ärzte, die für dergleichen zu haben seien, und daß die Gefahren im allgemeinen nicht allzu groß waren. Dieses oberflächliche Gespräch beruhigte Therese sonderbarerweise, da ihr durch die heitere, fast spaßhafte Art, in der die andere das Thema behandelte, allerlei, das ihr vorher gefahrvoll und grauenhaft erschienen war, nicht so schwer, ja, gewissermaßen selbstverständlich vorkam. Das Ganze war ein Zwischenfall, wie er sich im Leben mancher Frau ereignete, ohne weitere Spuren zu hinterlassen; für sie sollte es auch nichts anderes bedeutet haben.

37

Das Herbstwetter brach an, man übersiedelte in die Stadt, und Therese studierte in den Zeitungen, wie früher die Stellenangebote, andere, die ihr augenblicklich von Nutzen sein konnten. Eines Nachmittags stieg sie in einem alten Haus der inneren Stadt eine winkelige Treppe hinauf und saß wenige Minuten später einer freundlichen Dame von mittleren Jahren gegenüber, die von der Farbe der Fenstervorhänge in blaßrötliches Licht gebadet war. Der behagliche, in der Art eines bürgerlichen Salons ausgestattete Raum ließ den Beruf der Mieterin in keiner Weise ahnen, und Therese brachte ohne Scheu, wenn auch mit einiger Vorsicht, ihr Anliegen vor. Die freundliche Dame erwähnte, daß vor kaum einer halben Stunde eine junge Baronesse in gleicher Angelegenheit bei ihr vorgesprochen habe, und zwar schon zum zweitenmal in diesem Jahr. Sie erzählte weiteres von ihrem vornehmen Kundenkreis, der sich bis in die allernächste Nähe des Hofes zu erstrecken schien, scherzte mild über den Leichtsinn der jungen Mädchen, kam dann ziemlich unvermittelt auf einen steinreichen Fabrikanten zu sprechen, der neulich mit einer Schauspielerin hier gewesen sei, und trug Theresen an, zwischen ihr und dem Fabrikanten, der seiner Geliebten schon müde sei, eine Bekanntschaft zu vermitteln. Therese empfahl sich mit dem Bemerken, daß sie sich die Sache überlegen und morgen wiederkommen wolle. Als sie aus dem Tor trat, stand ein Herr da in dunklem Überzieher mit schwarzem, abgeschabtem Samtkragen und einer Aktentasche und musterte Therese von oben bis unten. Das Herz klopfte ihr bis in den Hals hinauf, schon sah sie sich verhaftet, angeklagt, verurteilt, im Gefängnis – und erst als sie wieder in der Menge untergetaucht war, beruhigte sie sich allmählich.

Diese erste Erfahrung entmutigte sie übrigens nicht, und schon am Abend darauf begab sie sich zu einer Frau, die gleichfalls in der Zeitung Damen Rat und Hilfe angeboten, doch ihre Adresse erst auf briefliche Anfrage angegeben hatte. In einer vorstädtischen Hauptstraße, im dritten Stockwerk eines neugebauten Hauses, stand auf einer Tafel in goldenen Lettern der Name Gottfried Ruhsam zu lesen. Das nett gekleidete Stubenmädchen führte Therese in einen kleinen, beinahe eleganten Salon, wo sie eine Weile wartete und in einem Photographiealbum mit allerlei Familienporträts und Bildern bekannter Bühnenkünstler blätterte. Endlich trat ein Herr ein, der flüchtig grüßte und durch eine andere Tür wieder verschwand. Nach wenigen Sekunden schon kam er in Begleitung einer schlanken, nicht mehr ganz jungen Dame in bequemem, aber gut fallendem Hauskleid zurück, murmelte ein leises Pardon und verschwand wieder. Therese sah noch, wie Frau Ruhsam einen zärtlichen Blick der Türe zusandte, die er hinter sich geschlossen hatte. »Mein Mann«, sagte sie, und wie entschuldigend setzte sie hinzu: »Er ist meistens auf Reisen. Also, womit kann ich dienen, mein liebes Kind?« Therese drückte sich noch vorsichtiger aus, als sie es gestern getan; doch die Frau verstand sie ohne weiteres und fragte sie einfach, wann sie die Wohnung bei ihr zu beziehen gedächte. Als sie aus Theresens Erwiderung entnahm, daß diese keineswegs plante, hier ihre Entbindung abzuwarten, wurde sie etwas steif und erklärte, daß sie sich zu dem, was Therese offenbar wünschte, nur in den seltensten Fällen zu entschließen pflege, und nannte dann sofort einen Betrag, für den sie ausnahmsweise das Risiko auf sich zu nehmen bereit sei. Er war unerschwinglich für Therese. Daraufhin riet ihr Frau Ruhsam, doch lieber keine Dummheiten zu machen, erzählte ihr von einem Herrn, der ein junges Mädchen erst geheiratet hatte, nachdem er erfahren, daß es von einem andern Mann ein Kind gehabt hatte, warnte Therese vor den annoncierenden Damen und erwähnte zwei, die erst in den letzten Tagen verhaftet worden seien.

Therese ging, hochrot und verwirrt. Wie traumbefangen wandelte sie unter einem lauen Herbstregen durch die Straßen der Stadt. Zufällig kam sie an dem Hause vorüber, in dem sie zuletzt mit Kasimir zusammengewesen war. Einem plötzlichen Einfall nachgebend, fragte sie beim Hausbesorger nach, ob Herr Tobisch vielleicht indes Briefe hier abgeholt habe, und erfuhr zu ihrem Erstaunen, daß es tatsächlich, und zwar erst gestern, der Fall gewesen war. Eine neue Hoffnung durchzuckte sie. Im nächstgelegenen Kaffeehaus schrieb sie an Kasimir einen Brief, der keinerlei Vorwürfe enthielt, nur leidenschaftliche Versicherungen ihrer unwandelbaren Liebe. Sie wolle nicht fragen, sie wisse ja, daß es im Leben eines Künstlers immer geheimnisvolle Dinge gäbe, ihr selbst gehe es vorzüglich, und sie sehne sich unendlich, ihn wiederzusehen, wo immer es sei, wäre es auch nur für eine Viertelstunde. Sie hinterlegte den Brief bei dem Hausbesorger, schlief in dieser Nacht ruhig und erwachte mit einem unklar-wohligen Gefühl, als wenn ihr gestern etwas Angenehmes begegnet sei.

38

Die nächste Zeit verstrich, ohne daß Therese irgend etwas unternommen hätte. Kam nach peinlichst erfüllter Tagespflicht die abendliche Ruhe des Alleinseins über sie, so geschah es manchmal, daß ihr, während sie schlaflos im Bette lag, nicht nur ihr gegenwärtiger Zustand – daß ihr ganzes Leben, die Vergangenheit bis zum heutigen Tage, ihr so fern und fremd erschien, als wenn es gar nicht die ihre wäre. Ihr Vater, ihre Mutter, Alfred, Max, Kasimir schwebten wie unwirklich durch ihre Erinnerung, und wie das Unwirklichste, ja, wie das Unmöglichste von allem empfand sie es, daß in ihrem Schoße sich etwas Neues, etwas Lebendiges, etwas Wirkliches bilden sollte, ohne daß sie selbst auch nur das geringste davon spürte; daß in ihrem stummen, fühllosen Schoße ihr Kind heranwuchs, ihrer Eltern Enkelkind, ein Geschöpf, das zu Schicksalen bestimmt war, zu Jugend und Alter, zu Glück und Unglück, zu Liebe, Krankheit, Tod, wie andere Menschen, wie sie selbst. Und da sie es durchaus nicht zu verstehen vermochte, war es ihr immer wieder, als wenn es überhaupt niemals sein könnte, als wenn sie sich – trotz allem – täuschen müßte.

Eine flüchtige, gutgemeinte, aber nicht mißzuverstehende Bemerkung des Dienstmädchens brachte ihr zu Bewußtsein, daß man ringsum zu vermuten begann, wie es mit ihr stünde. In einem plötzlichen herzlähmenden Schrecken empfand sie wieder einmal den Ernst ihrer Lage, und noch am gleichen Tag machte sie sich auf einen Weg, den sie schon zweimal vergeblich gegangen war. Diesmal hatte sie es mit einer Frau zu tun, die ihr sofort Vertrauen einflößte. Sie sprach sachlich und beinahe gütig zu ihr, betonte, daß sie sich über das Ungesetzliche ihrer Tätigkeit keiner Täuschung hingebe, daß die grausamen Gesetze aber auf die sozialen Verhältnisse keine Rücksicht nähmen, und schloß mit dem philosophischen Satz, daß es für die meisten Menschen überhaupt am besten sei, nicht geboren zu werden. Der Betrag, den sie forderte, war nicht übermäßig hoch, und es wurde bestimmt, daß Therese sich am übernächsten Tage zu gleicher Stunde hier einfinden sollte.

Therese war wie erlöst. Die ruhige Stimmung, in der sie die ihr gesetzte Frist verbrachte, ließ ihr wieder zu Bewußtsein kommen, wie angstvoll und bedrückt bei eingebildeter Ruhe sie die letzten Wochen verlebt hatte. Ihr Zustand erschien ihr vollkommen natürlich und beinahe unbedenklich. Die Unannehmlichkeiten oder gar die Gefahren, die sie gefürchtet, hörten auf zu bestehen, alles war ohne Grauen.

Doch als sie zur bestimmten Stunde die Treppe hinaufschritt, war es mit ihrer Ruhe plötzlich wieder vorbei. Sie klingelte rasch, um nicht versucht zu sein, die Treppe hinunterzueilen und die Flucht zu ergreifen. Das Dienstmädchen teilte ihr mit, daß ihre Herrin zu einer Kundschaft aufs Land gefahren sei und erst in einigen Tagen wiederkommen werde. Therese atmete befreit auf, so, als wäre nun eine peinliche Angelegenheit nicht etwa aufgeschoben, sondern ein für allemal erledigt. Im ersten Stockwerk, an einer halb offenen Gangtür, standen zwei Frauen im Gespräch, brachen es plötzlich ab und betrachteten Therese mit einem sonderbaren, hinterhältigen Lächeln. Unten vor dem Tor stand ein Fiaker. Der ihr unbekannte Kutscher grüßte so devot, als wollte er sie zum besten halten. Auf dem Heimweg hatte sie ein Gefühl, als ob man sie verfolgte; sie erkannte freilich bald, daß das nur eine Täuschung gewesen war, fand es nun auch nicht mehr auffallend, daß jener Kutscher sie höflich gegrüßt, und nicht bedrohlich, daß zwei Weiber im Stiegenhaus mit hinterhältigem Blick sie gemessen hatten; trotzdem war sie sich klar darüber, daß sie diesen Weg unmöglich noch einmal gehen oder auch bei einer anderen gefälligen Dame ihr Glück versuchen könne. Es kam ihr der Einfall, nach Salzburg zu ihrer Mutter zu fahren und ihr alles zu gestehen. Die mußte doch begreifen, mußte irgendeine Hilfe für die Tochter wissen. In ihren Romanen kamen doch viel schlimmere Dinge vor, und am Schlusse ging alles gut aus. Und in dem Salzburger Haus, was waren da für verdächtige Geschichten passiert! Waren nicht nachts Offiziere und verschleierte Damen aus dem Tor auf die Straße geschlichen? Und hatte die Mutter nicht sie selbst an einen alten Grafen verkuppeln wollen? Aber bei all dem – wie sollte die Mutter ihr helfen? Sie verwarf den Plan wieder. Dann dachte sie aufs Geratewohl irgendwohin zu reisen, wo man sie nicht kannte, in der Fremde das Kind auf die Welt zu bringen, es einem kinderlosen Ehepaar zur Pflege zu überlassen oder zu schenken oder einfach nachts vor eine Türe zu legen und zu fliehen. Endlich fiel ihr ein, ob sie nicht Alfred aufsuchen, sich ihm anvertrauen, seinen Rat erbitten könnte. Solche Einfälle und noch andere mehr, die sie gleich wieder verwarf, gingen ihr durch den Kopf, nicht nur nachts oder wenn sie sonst allein mit sich war; auch während sie mit der Familie Eppich bei Tische saß, mit den Mädchen spazieren ging, ja, sogar während sie ihnen bei den Aufgaben half. Und sie war schon so gewohnt, ihre Berufspflichten mechanisch und seelenlos zu erfüllen, daß wirklich niemand zu merken schien, was mit ihr und in ihr vor sich ging.

Indes mußte die Frau, bei der sie zuletzt Rat und Hilfe gesucht hatte, längst vom Lande zurückgekehrt sein, und an irgendeinem Morgen sagte sich Therese, daß sie nichts Vernünftigeres tun konnte, als doch noch einmal den Weg zu ihr zu gehen. Schriftlich, ohne ihren Namen zu nennen, aber mit deutlicher Bezugnahme auf die neulich stattgehabte Unterredung, kündigte sie sich für den nächsten Tag an.

39

Wenige Stunden vor dem beabsichtigten Besuch kam ein Brief von Kasimir. Er war daheim gewesen, so schrieb er ihr, daheim bei seiner Mutter, wundere sich, daß er aus Ischl nichts von Therese gehört habe, heute erst, soeben, hatte er ihren Brief bei dem Portier des Hauses vorgefunden, – »wo wir einst so selig gewesen sind«. Ja, so stand wörtlich zu lesen, und es schwindelte Theresen. Er müsse sie wiedersehen, so endete sein Schreiben, und wenn sein Leben auf dem Spiel stünde.

Sie wußte, daß er log. Er war sicher gar nie fort gewesen, er hatte auch gewiß alle ihre Briefe erhalten, nicht diesen letzten nur; aber auch seine Lügen gehörten zu ihm, ja, gerade die waren es, die ihn so liebenswert und verführerisch machten. Und sie fühlte ihre eigene Liebe zu ihm so stark, daß sie sich vermessen wollte, ihn von nun an halten, ihn für alle Ewigkeit an sich fesseln zu können. Und vorerst, solange es eben noch möglich war – oh, es war noch lange möglich –, noch viele Wochen lang, sollte er von ihrem Zustand nichts erfahren. Was sie ihm früher davon erzählt, das hatte er gewiß längst vergessen. Oder, wenn er sich erinnerte und sie nichts davon sprach, so würde er eben gerne annehmen, daß sie sich geirrt hatte. Nur wieder zu ihm, endlich wieder in seinen geliebten Armen ruhen.

Sie trafen einander beim Stadtpark, wie in jenen fernen schönen Zeiten. Es war ein kalter unfreundlicher Herbstabend, und Kasimir wartete schon, als sie kam. Er schien ihr noch schlanker, hagerer geworden; trug keinen Havelock, sondern einen ziemlich kurzen, allzu leichten, hellen Überzieher mit aufgestelltem Kragen. Er begrüßte sie, als hätten sie einander tags zuvor zum letztenmal gesehen. Ja, wie kam es nur, fragte er, daß sie ihm gar nicht geschrieben hatte? Aber sie habe es doch getan, versicherte sie schüchtern, und die Briefe seien auch abgeholt worden. Wie? Abgeholt? Offenbar von einem Unberufenen! Ungeheuerlich! Er würde dem Portier schon einen Tanz machen. Sie fragte ihn, warum er ihr denn nicht einfach nach Ischl geschrieben, daß er zu seiner Mutter gefahren sei? – Ja, damit habe sie freilich nicht unrecht. Aber wenn sie eine Ahnung hätte von den Zuständen daheim. Ein Bruder seiner Mutter habe Selbstmord verübt, und er wies leicht auf den schwarzen Flor, den er um seinen grauen weichen Hut trug. Aber er wollte heute lieber nichts von den Dingen erzählen, die er daheim erfahren hatte. »Davon, Geliebte, ein andermal.« So drückte er sich aus. Jetzt sei ja alles wieder gut. Er habe sogar Aussicht auf eine fixe Anstellung bei einer illustrierten Zeitung, außerdem habe ein Kunsthändler einige seiner Bilder zum Verkauf übernommen.

Im Gasthofzimmer – ach, sie kannte es von früher her – und es war seither nicht freundlicher geworden – war er zärtlich wie noch nie und lustig, wie in jenen allerersten Tagen. Er fragte nach ihren Sommererlebnissen und erkundigte sich scherzhaft, ob sie ihm denn auch treu geblieben sei. Sie starrte ihn nur an und begriff seine Frage wirklich so wenig, als hätten gewisse verworfene Pläne bei ihr niemals bestanden. Sie erzählte von ihren Spaziergängen, ihren Ausflügen, ihrer Reise nach Salzburg, den Anforderungen ihres Berufs, die sie ein wenig übertrieb. Kasimir schüttelte unzufrieden den Kopf. Unwürdig sei es, er blieb dabei, in solcher Sklaverei zu leben. Aber das sollte nicht lange mehr dauern. Jedenfalls müsse sie das Haus der Familie Eppich verlassen und sich lieber durch Lektionen fortzubringen suchen. Da habe sie doch mehr Freiheit. Er würde ja auch bald sein fixes Einkommen haben, sie könnten eine gemeinsame Wohnung beziehen, und warum – alles wohl erwogen – sollte man eigentlich nicht heiraten? Wäre es nicht das Vernünftigste, sogar praktisch in gewissem Sinn? Es half nichts, sie fühlte sich bereit, ihm zu glauben. Leichte Zweifel wollten zwar in ihr aufsteigen, aber sie duldete nicht, daß sie Macht über sie gewannen. Trotzdem aber hütete sie sich, Kasimir etwas von ihrem Zustand zu verraten. Der rechte Augenblick dazu war noch nicht gekommen. Wer weiß, wie bald ihm das Geständnis nur reine Freude bereiten würde!

Schon drei Tage darauf, an einem Sonntagnachmittag, waren sie wieder beisammen. Er hatte ihr, das erstemal seit ihrer Bekanntschaft, ein paar Blumen gebracht, und was sie am meisten ergriff: er bot ihr einen ganz kleinen Betrag als Rückzahlung eines Teils seiner Schuld an. Sie lehnte ab; er drang in sie, und sie erklärte sich endlich bereit, das Geld von seinem ersten fixen Monatsgehalt anzunehmen, aber früher in keinem Fall. Damit gab er sich zufrieden und steckte das Geld wieder ein. Und nun hatte er sie noch um Entschuldigung zu bitten wegen einer Sache, von der er ihr noch nichts verraten und die er ihr nun nicht länger verhehlen wollte. Die Einleitung machte sie ängstlich; aber wie bat sie ihm ab, als er ihr nichts anderes zu gestehen hatte – als daß er diesmal mit seiner Mutter von ihr gesprochen. Warum auch nicht? Wie bald sollten sich die beiden Frauen von Angesicht zu Angesicht kennen- und lieben lernen. Theresen standen die Tränen im Auge. Und nun wollte auch sie kein Geheimnis mehr vor ihm haben. Er hörte sie ruhig, ernst, ja mit offenbarer Rührung an. Er hatte es ja geahnt; und im Grunde war es ein Zeichen, daß sie füreinander bestimmt seien, daß sie ewig zusammenbleiben sollten; ein wahres Schicksalszeichen. Aber er hielt es für seine Pflicht, sie vor Übereilung zu warnen. Sie solle vorläufig ihre Stelle im Hause Eppich doch lieber nicht aufgeben; man sehe ihr ja nicht das geringste an, vor Neujahr müsse sie das Haus keineswegs verlassen, bis dahin seien es noch zwei Monate, was könnte indessen alles geschehen, insbesondere, da seine, Kasimirs, Angelegenheiten sich sichtlich zum Besseren wendeten. Sie schied beruhigt, beinahe glücklich aus seinen Armen, in zwei bis drei Tagen spätestens wollte er wieder von sich hören lassen.

Doch sie mußte auf die versprochene Nachricht eine Woche lang warten; und als sie kam, war es eine bittere Enttäuschung, denn Kasimir hatte in der leidigen Erbschaftsangelegenheit unvermutet nach Hause reisen müssen. Sie schrieb ihm sofort an die Adresse, die er ihr angegeben; schrieb ein zweites, ein drittes Mal; es kam keine Antwort. Endlich entschloß sie sich, auf das Kuvert, was sie bisher nicht getan, ihren Namen und ihre Adresse zu setzen; – drei Tage darauf nahm sie persönlich von dem Postboten den Brief wieder in Empfang mit dem Vermerk: Adressat hierorts unbekannt. Ihre Erschütterung war nicht so tief, als sie erwartet hätte; sie war ja im Innersten auf dergleichen vorbereitet gewesen. Aber sie wußte nun auch, daß es keinen Ausweg mehr für sie gab als den einen längst beschlossenen, wie immer die Sache enden sollte. Dennoch verschob sie die Ausführung des Entschlusses von Tag zu Tag; ihre angstvolle Unruhe wuchs. In der Nacht quälten sie böse Träume. Der Zufall wollte überdies, daß eben wieder in der Zeitung von einem Prozeß gegen einen Arzt wegen Verbrechens gegen das keimende Leben zu lesen war, und plötzlich war Therese völlig überzeugt davon, daß es ihr sicherer Tod wäre, wenn sie den gefürchteten Eingriff an sich vornehmen ließe. Und als sie sich entschieden hatte, nichts zu unternehmen und den Dingen ihren Lauf zu lassen, kam eine seltsame, ihr zugleich unheimliche und sie doch beglückende Ruhe über sie.

40

Als sie einmal mit ihren Zöglingen durch die innere Stadt ging, trat sie mit ihnen halb zufällig, halb absichtlich in die Stefanskirche. Seit jenem Sommertag, an dem ihr die Kunde vom Tod ihres Vaters geworden war, hatte sie kein Gotteshaus betreten. Sie standen vor einem Seitenaltar fast im Dunkel. Das jüngere Mädchen, das zu Frömmigkeit neigte, ließ sich auf die Knie nieder und schien zu beten. Das ältere ließ ihre Blicke gleichgültig und etwas gelangweilt umherschweifen. Therese fühlte ihr Herz in wachsendem Vertrauen der eigenen Zukunft entgegenschwellen. Sie war niemals im eigentlichen Sinne gläubig gewesen. Als Kind und junges Mädchen hatte sie an allen vorgeschriebenen Religionsübungen mit Beflissenheit, aber ohne tieferes Ergriffensein teilgenommen. Heute zum erstenmal beugte sie aus einem inneren Drang das Haupt, faltete die Hände in wortlosem Gebet und verließ die Kirche mit dem Vorsatz, bald und oft wiederzukehren. Und wirklich ergriff sie von nun an jede Gelegenheit, entweder allein oder mit den beiden Mädchen, wenn auch nur auf Minuten, in irgendeine Kirche zu treten, die eben auf dem Wege lag, um eine kurze Andacht zu verrichten. Bald genügte ihr das nicht mehr, und am ersten Dezembersonntag erbat sie sich von Frau Eppich, die nicht verwundert schien, Urlaub zur Frühmesse. Dort, ob es nun morgendliche Ermüdung war oder Mangel an wahrer Frömmigkeit, wie sie sich selbst vorwarf – unter den vielen Menschen, trotz Orgelklang und weihevoller Zeremonie, blieb sie unberührt, und als sie in den kalten Wintermorgen hinaustrat, war ihr öder ums Herz als sonst. Mit um so tieferer Inbrunst betete sie nun jeden Abend daheim, wie sie es in verflossenen Kinderzeiten getan. Und so, wie sie damals mit selbstgefundenen Worten für sich, die Eltern, die Lehrerinnen, die Freundinnen, ja sogar für ihre Puppen die Gnade des Himmels erfleht hatte, so erflehte sie jetzt göttliche Nachsicht und Verzeihung nicht nur für sich, sondern auch für ihre Mutter, die sie als eine verirrte und verwirrte Seele erkannte, für das Kind, dessen erste Lebensregungen sie nun in ihrem Schoße zu fühlen begann, ja sogar für Kasimir, der, was er nun immer sonst sein mochte, dieses Kind gezeugt hatte und vielleicht doch später einmal zu ihm und auch zu ihr zurückfinden würde. Und einmal geschah es ihr, daß sie auch für ihres Vaters ewige Seligkeit ein Gebet emporschickte und nachher inbrünstige befreiende Tränen in ihre Kissen weinte.

Wenige Tage vor Weihnachten bat Frau Eppich Therese zu sich ins Zimmer und eröffnete ihr, daß man sie nun leider nicht länger im Hause behalten könne. Eigentlich habe sie erwartet, daß Therese selbst rechtzeitig ihren Abschied nehmen werde; da diese sich aber offenbar einer in solchen Fällen nicht seltenen Täuschung hingebe, müsse sie schon mit Rücksicht auf die beiden Mädchen darauf bestehen, daß Therese heute, spätestens morgen das Haus verlasse. »Morgen«, wiederholte Therese tonlos. Frau Eppich nickte kurz. »Man ist im Hause schon vorbereitet. Ich habe erzählt, daß Ihre Mutter in Salzburg erkrankt sei.« – Leise und wie mechanisch erwiderte Therese: »Jedenfalls danke ich Ihnen für Ihre Güte, gnädige Frau«, begab sich in ihr Zimmer und packte ihre Sachen.

Der Abschied ging rasch und ohne besondere Rührung vonstatten. Doktor Eppich äußerte die Hoffnung, daß ihre Mutter sich bald wieder erholen werde, die Mädchen glaubten oder taten so, als glaubten sie an eine baldige Rückkehr Theresens; in dem spöttischen Blick des jungen Herrn George aber las sie deutlich: Oh, wie bin ich klug gewesen!

41

Sie übernachtete wieder einmal bei Frau Kausik. Doch schon am nächsten Morgen sah sie ein, daß in diesen trübselig-dürftigen Verhältnissen ihres Bleibens nicht mehr sein konnte. Sie machte einen Überschlag. Da der Rest des kleinen väterlichen Erbteils an sie ausbezahlt worden war, hoffte sie bei einiger Sparsamkeit wohl ein Jahr lang auszulangen. Vor allem galt es, eine Zuflucht für die nächste schwere Zeit zu finden; aber was dann, fragte sie sich, wenn es sich nicht mehr um sie allein handeln würde? Gedanke und Atem stockten ihr, als wäre ihr nun erst, was ihr bevorstand, mit völliger Klarheit zu Bewußtsein gekommen. Und plötzlich, als wäre dies das einzige Wesen, bei dem sie Verständnis nicht nur für ihre äußere Lage, sondern auch für ihren Seelenzustand finden könnte, fiel ihr Frau Ruhsam ein, deren freundliche Erscheinung in ihrer Erinnerung wie eine neue Hoffnung auftauchte, und sie machte sich auf den Weg zu ihr, ohne sich einzugestehen, daß auch noch eine andere Hoffnung sie dorthin zog als die, für die Dauer der schwersten Zeit ein Heim bei ihr zu finden.

Frau Ruhsam schien gar nicht erstaunt, Therese wiederzusehen. Als diese zögernd und ungeschickt mit ihren Fragen hervorrückte, ließ Frau Ruhsam einige Ungeduld merken, nahm offenbar an, daß ihr zu der eigentlich beabsichtigten Frage nur der Mut fehle, kam ihr zu Hilfe und erklärte sich bereit, ihr einen Arzt zu empfehlen, der die kleine Operation hier im Hause vornehmen könne. Die Kosten freilich – Therese unterbrach sie. Nicht darum war sie gekommen, an dergleichen denke sie nicht mehr. »Also, wegen der Wohnung«, meinte Frau Ruhsam. »Das wäre dann« – sie maß Therese mit prüfenden Blicken – »für Mitte oder Ende März.« Allerdings hätte sie einige Vormerkungen gerade für diese Zeit, aber sie wolle sehen, was sich machen ließe. Therese hatte zwar auch daran nicht gedacht, aber das Anerbieten lockte sie. Hier gab es Ruhe, Freundlichkeit, vielleicht sogar Güte; – alles, wonach es ihr so sehr verlangte. Sie erkundigte sich nach den Bedingungen; – ein Aufenthalt von drei Wochen hätte Theresens ganzes Vermögen aufgezehrt. »Es ist wirklich nicht übertrieben«, meinte Frau Ruhsam. »Vielleicht kommt die Dame einmal mit dem Herrn Gemahl herauf, und der Herr Gemahl schaut sich selber alles an!« Die Herrschaften würden gewiß nichts Besseres finden und überdies die absoluteste Diskretion. Sogar was die polizeiliche Meldung anbelange – auch in dieser Hinsicht habe man seine Verbindungen. Therese erwiderte, daß sie die Sache »mit ihrem Gemahl« besprechen werde, und ging.

So entschloß sie sich denn, vorläufig weiter bei Frau Kausik zu wohnen, und schickte sich bald wieder in die kleinen Verhältnisse, die sie dort vorfand. Frau Kausik war den ganzen Tag außer Haus; um so mehr war Therese mit den Kindern zusammen, und es war ihr lieb, indem sie ihnen bei den Aufgaben half und mit ihnen spielte, ihre eigenen erzieherischen Talente anfangs in einer gewissen Übung zu erhalten. Überdies empfand sie sich hier außerhalb jeder Entdeckungsmöglichkeit, wie in einer fremden Stadt, wie in einem anderen Land beinahe. Und allmählich, nicht nur in ihrer äußeren Existenz, auch in ihrer Redeweise, ja, fast im Dialekt, paßte sie sich dem Ton der Leute an, unter denen sie jetzt lebte. Auf ihre Kleidung verwandte sie von Tag zu Tag weniger Sorgfalt, und die rasch fortschreitende Veränderung ihrer Gestalt förderte sie in einer Nachlässigkeit, die gleichfalls angetan war, sie von ihrer früheren Welt, von ihrem früheren Dasein gleichsam abzuschließen.

Um sich die Langeweile zu vertreiben, die sie oftmals überkam, nahm sie in einer vorstädtischen Leihbibliothek ein Abonnement, und wahllos, aber immer gespannt und oft ganz versunken in eine phantastisch-triviale Welt, durchflog sie ganze Bände während der zahlreichen Stunden, die sie allein in ihrer trübseligen Kammer verbrachte. Gelegentliche Unterhaltungen gab es nur, meist im Stiegenhaus, mit den kleinbürgerlichen Nachbarsfamilien, und wenn von irgendeiner Seite eine Bemerkung über Theresens Zustand fiel, so geschah das beiläufig, gutmütig, scherzhaft, ohne daß irgendwer in diesen Kreisen an Theresens Schwangerschaft etwas Besonderes gefunden oder gar daran Anstoß genommen hätte.

Doch gab es Augenblicke, besonders am frühen Morgen, wenn sie noch zu Bette lag, in denen sie, aus ihrer Dumpfheit erwachend, ihr ganzes Dasein als unbegreiflich und beinahe als unwürdig empfand. Aber kaum war sie wieder, meist schon nach der ersten unwillkürlichen Bewegung, zum Bewußtsein ihrer Körperlichkeit gelangt, da war ihr, als flute von dem neuen Leben, das sich in ihr entwickelte, durch alle ihre Glieder wie aus einem verborgenen Quell ein Strom süßen Erschlaffens, in dem ihr ganzes Wesen, einem naturhaften Geschick angstlos und demütig hingegeben, sich wundersam löste. Von all den Beschwerden, die die Schwangerschaft so vielen Frauen zu bringen pflegt, blieb sie vollkommen frei, ja, eher befand sie sich in einem Zustand erhöhten Wohlseins. Nur eine gewisse körperliche Trägheit steigerte sich von Tag zu Tag, und es begegnete ihr, daß sie des Morgens, während sie auf dem Bett sitzend sich kämmte, minutenlang wie erstarrt blieb, den Kamm in den Haaren, und das fremde Gesicht anblickte, das ihr aus dem holzgerahmten Spiegel an der im übrigen kahlen Wand entgegensah – ein bleiches, feistes, beinahe gedunsenes Gesicht mit halb offenen, etwas bläulichen Lippen und großen, staunenden, leeren Augen. Dann, aus ihrer Erstarrung zu sich kommend, schüttelte sie wohl den Kopf, kämmte sich weiter, sang leise vor sich hin, erhob sich schwer und trat näher zum Spiegel hin, so daß ihr Bild für eine kurze Weile im Hauch ihres Atems verschwand. Wenn es dann wieder erschien, lag eine seltsame Traurigkeit darin, von der Therese früher nichts geahnt hatte.

An einem klaren Febertag hatte die Lektüre eines Romankapitels, darin großstädtisches Treiben in abendlich erleuchteten Straßen verlockend geschildert war, die Sehnsucht in ihr wachgerufen, selbst wieder einmal etwas so Fröhliches und Leuchtendes zu schauen; und es fiel ihr ein, daß nichts leichter war, als diese Sehnsucht zu befriedigen. Es genügte, das Gesicht hinter einem Schleier zu verbergen; an ihrer Gestalt, dessen konnte sie sicher sein, würde sie niemand erkennen. Am späten Nachmittag verließ sie das Haus, verspürte anfangs eine beträchtliche Schwere in den Beinen, die aber wie durch einen Zauber verschwand, als Therese auf eine Hauptstraße geraten war, deren lange wohlbeleuchtete Zeile ihr schon einen Gruß aus noch helleren und prächtigeren Regionen zuzuwinken schien. Sie fuhr mit der Trambahn bis zur Oper, ließ sich von der Menge weitertreiben, blieb da und dort vor Auslagen stehen und war von Licht, Lärm und Gedränge beunruhigt und beglückt zugleich. Sie besorgte einige kleine, längst notwendig gewordene Einkäufe, und es berührte sie merkwürdig, daß man sie zum erstenmal in ihrem Leben als »gnädige Frau« ansprach. Als sie das Geschäft verließ, überfiel sie eine große Müdigkeit, sie eilte heimzukommen und legte sich sofort zu Bett. Frau Kausik stellte beiläufig die Frage an sie, was sie denn eigentlich für die nächste Zeit für Absichten habe. Hier könne sie ja doch nicht bleiben, und es wäre hohe Zeit für sie, sich um ein geeignetes Quartier umzusehen. Frau Kausik ließ das Wort Findelhaus fallen. Therese erschrak, davon wollte sie nichts wissen, und am nächsten Morgen machte sie sich auf, ein Zimmer zu suchen.

42

Das Unternehmen war schwieriger, als sie gedacht hatte. Jedes Quartier hatte seine Unzukömmlichkeiten, die sich nicht immer im ersten Augenblick erkennen ließen, und so war Therese innerhalb von wenigen Wochen dreimal genötigt zu übersiedeln, bis sie endlich bei einer ältlichen Frau in einem vierten Stockwerk ein Zimmer fand, das reinlich und nett gehalten war – und in dessen Nachbarschaft nicht ein halbes Dutzend Kinder schrien und lärmten oder ein betrunkener Mann seine Frau prügelte. Die Vermieterin, Frau Nebling, schien nach Aussehen und Redeweise besseren Kreisen anzugehören. Sie trug zu Hause ein abgetragenes, aber gutgeschnittenes Morgenkleid aus rosa Samt, und beim Aufräumen, das sie selbst besorgte, hatte sie lange, freilich vielfach gestopfte Handschuhe über die Finger gezogen. In den ersten Tagen sprach sie nur wenig mit Theresen und besorgte ihr das bescheidene Mittagessen, ja, nahm auch zuweilen daran teil, ohne sich mit ihr in längere Unterhaltungen einzulassen. Nachmittags entfernte sie sich und kam erst am späten Abend oder nachts wieder nach Hause.

So war Therese viel allein und machte gern von dem ihr eingeräumten Recht Gebrauch, sich im sogenannten Salon aufzuhalten, der mit seinen hellen Vorhängen und den Ölbildern an den Wänden freundlicher erschien als das schmucklose Kabinett, in dem Therese wohnte. Nach den vielen Umzügen der letzten Wochen fühlte sie sich so müde, so schwer, daß sie sich kaum entschließen konnte, das Haus zu verlassen. Sie las keine Bücher mehr, immer nur die Zeitung, diese aber vom ersten bis zum letzten Wort, ganz mechanisch, ohne am Ende eigentlich zu wissen, was darin stand. Dann versuchte sie sich wohl die verschiedenen Menschen in ihre Erinnerung zurückzurufen, die bisher in ihrem Leben bedeutungsvoll gewesen waren. Aber es gelang ihr selten, die Gedanken auch nur für kurze Zeit fest an eine bestimmte Gestalt zu heften; jede entschwebte ihr gleich wieder, und so geisterten sie alle durcheinander, traumhaft, fremd und fern. Mit sich selbst erging es ihr kaum anders. Wieder einmal kam sie sich gleichsam abhanden, sie faßte ihr Schicksal, sie faßte ihr Wesen nicht mehr; – daß der unförmliche Leib, an dem sie herunterblickte, daß die Hände, die verschlungen auf ihren Knien lagen, ihr zugehörten, – daß ihr Vater im Irrenhaus gestorben war, daß sie die Geliebte eines Leutnants gewesen, daß irgendwo in einem mährischen oder böhmischen Nest oder weiß Gott wo in der Welt ein Mensch lebte, von dem sie ein Kind bekommen sollte … all das war ebenso unwirklich für sie, als es dieses Kind selbst war, das sich doch seit vielen Wochen schon mit unerbittlichen Zeichen seines Daseins in ihr regte und dessen Herz sie gleichsam in ihrem eigenen klopfen fühlte. Es war ihr, als hätte sie dieses noch ungeborene Kind früher einmal geliebt; sie wußte nicht recht wann, und ob stunden- oder tagelang; aber jetzt spürte sie von dieser Liebe nichts in sich und weder Staunen noch Reue darüber, daß es sich so verhielt. *Mutter …* Sie wußte, daß sie es werden sollte, daß sie es war, aber es ging sie eigentlich nichts an. Sie fragte sich wohl, ob es anders wäre, wenn sie ihr Frauenlos in einer anderen, in einer schöneren Weise hätte erleben dürfen, als ihr nun einmal beschieden war, wenn sie, wie andere Mütter, in einer wenigstens äußerlich gefestigten Beziehung zu dem Vater des Kindes, oder wenn sie gar als Ehefrau innerhalb eines geordneten Hausstandes die Stunde der Geburt hätte erwarten dürfen. Aber all das war ihr so unvorstellbar, daß sie es sich auch nicht als ein Glück vorstellen konnte.

Und ein oder das andere Mal kam ihr wieder der Einfall – da sie jetzt so gar keine Regung von Mütterlichkeit in sich verspürte, keine Sehnsucht nach, kaum ein Wissen von dem Kinde –, ob nicht doch alles nur ein Schein, nur ein Irrtum sein könnte? Sie hatte einmal gehört oder gelesen, daß es gewisse Zustände gebe, die eine Schwangerschaft nur vortäuschten. War es nicht denkbar, da ihre Seele so gar nichts von diesem Kinde wußte und wissen wollte, daß das, was sie in diesen letzten Monaten körperlich erlebte, nichts anderes war als Reue, schlechtes Gewissen, Angst – die sie vor sich selbst ableugnen wollte – und die von ihrem Vorhandensein auf diese Weise Kunde gaben? Das seltsamste aber war, daß sie sich nach dem Ende dieser Zeit gar nicht sehnte, ja, eher empfand sie eine gewisse Scheu davor, wieder in die Welt zurück zu müssen, die sie verlassen. Würde sie sich jemals wieder in den geordneten Gang des Lebens zu finden verstehen, jemals wieder mit gebildeten Menschen reden, sich einer regelmäßigen Tätigkeit widmen, eine Frau unter anderen Frauen sein können? Sie war jetzt außerhalb alles Seins und alles Tuns gestellt; und es bestand eigentlich keine Beziehung für sie als die zu dem unendlich fernen bläulichen Stück Himmel, in das ihr Blick versank, wenn sie in der Ecke des Diwans lehnte. So verschwebte, so irrte, so träumte Theresens Sinn sich ins Leere und verlor sich gerne darin, als wenn ihr ahnte, daß, sobald sie sich in die Wirklichkeit zurückfand, doch nur Sorge und Kummer zum Empfang bereitstehen würden.

Was Therese zuweilen sonderbar berührte, das war, daß Frau Nebling von ihrem Zustand überhaupt nichts zu bemerken schien, jedenfalls in keiner Weise die geringste Notiz davon nahm. Mittags aßen die beiden Frauen gemeinsam, nachmittags verließ Frau Nebling das Haus und kam nach wie vor erst in später Stunde wieder. Zuweilen überfiel Therese das Gefühl ihrer Einsamkeit drohend, wie ein plötzlicher Schreck. Da kam ihr einmal der Einfall, Sylvie mittelst eines kurzen Billetts zu sich zu bitten. Doch als diese tatsächlich am darauffolgenden Sonntag nach ihr fragte, ließ Therese ihr durch Frau Nebling bestellen, daß sie schon wieder, unbekannt wohin, übersiedelt sei.

Eines Tages, als sie zum Fenster hinausblickte, sah sie ihren Bruder um die Ecke biegen, hatte eben noch Zeit, rasch ins Zimmer zurückzutreten, und ängstigte sich ein paar Minuten lang, daß er sie gesehen haben, ins Haus treten und nach ihr fragen könnte. Dann wieder schämte sie sich dieser lächerlichen Angst in der Erwägung, daß sie doch keinem Menschen auf der Welt weniger Rechenschaft schuldig sei als gerade ihm. Im übrigen befand sie sich wohl und sicher; Frau Nebling hatte mit keinem Worte darauf angespielt, daß ihr ein weiterer Aufenthalt Theresens unbequem oder gar peinlich sein könne, an Geldmitteln mangelte es ihr vorläufig nicht – wenn es not tat, konnte sie auch einen Arzt holen lassen, der in jedem Fall zur Diskretion verpflichtet war; daß Frau Nebling sie etwa mit dem Kind von heute auf morgen aus dem Hause jagen würde, hielt sie für undenkbar, und in jedem Fall würde sich von hier aus alles weitere ohne Übereilung in Ordnung bringen lassen.

In diesen Tagen spielte sie auch manchmal mit dem Gedanken, an Alfred zu schreiben. Sie wußte zwar, daß sie es doch nicht tun würde; aber sie spann den Gedanken gerne fort, stellte sich vor, daß er zu ihr hereinträte, von ihrem Schicksal ergriffen, ja erschüttert wäre; – und sie träumte weiter: er liebte sie noch immer, ganz gewiß, auch ihr Kind würde er lieben; er nahm sie zur Frau; er war Arzt auf dem Lande, sie lebten zusammen in einer schönen Gegend, sie bekam zwei Kinder von ihm, drei; – und war er denn nicht eigentlich auch der Vater dieses ersten, das sie erwartete? Jener Kasimir Tobisch, existierte denn der wirklich? Hatte er nicht immer etwas Gespenstisches an sich gehabt? Ja, war er nicht vielleicht der Satan selber gewesen? Alfred war ihr Freund, ihr einziger Freund, ja, ihr Geliebter, auch wenn er nichts davon wußte. Und seine Erscheinung veränderte sich wundersam in der Erinnerung ihres Herzens. Sein sanftes, allzu sanftes Antlitz veredelte sich, so daß es beinahe dem eines Heiligen glich; seine Stimme klang ihr dunkel und süß durch Zeitenfernen, und wenn sie sich in rückgewandten Gedanken mit ihm auf jener weiten abendlichen Ebene zärtlich umschlungen sah, so war es ihr zugleich, als schwebte sie mit ihm vom Erdboden langsam empor dem Himmel zu.

43

In einer Aprilnacht, wohl zehn Tage früher, als sie erwartet, wurde sie von den Wehen überrascht. Sie sprang aus dem Bett, klopfte an die Türe der Frau Nebling, die aber noch nicht zu Hause war, dachte daran, die Stiegen hinunterzueilen oder wenigstens im Treppenhaus nach der Hausbesorgerin zu rufen; aber an der Wohnungstüre hielt sie inne; die Schmerzen hatten nachgelassen; sie begab sich in ihr Zimmer zurück und legte sich zu Bett. Doch nach wenigen Minuten schon setzten die Schmerzen wieder ein. Ob nicht noch Zeit wäre, ins Krankenhaus zu fahren – ob sie nicht vom Fenster aus nach einem Wagen rufen sollte? Konnte sie nicht auch zu Fuß hingehen? Es war ja nicht gar weit. Wieder erhob sie sich, öffnete den Schrank, begann Kleidungsstücke und Wäsche herauszunehmen, dann, ermüdet, ließ sie die Hände sinken und setzte sich wieder hin. Nach kurzer Zeit, in neuen, immer furchtbareren Schmerzen, lief sie im Zimmer hin und her, dann in den Vorraum, ins Zimmer zurück, legte sich hin, stöhnte, schrie; sie ließ es darauf ankommen, daß man sie hörte. Warum sollte man sie nicht hören? War es denn eine Schande, was ihr geschah? Niemand im Hause wußte, wer sie war. Der Name selbst bedeutete ja nicht viel. Warum aber hatte sie den richtigen angegeben? Warum war sie überhaupt in Wien geblieben? Hätte sie sich nicht irgendwo auf dem Land verbergen können? War es denn möglich!? Sie bekam ein Kind? Sie, Therese Fabiani, die Tochter eines Oberstleutnants und einer Adligen, bekam ein Kind? Nun sollte es wirklich wahr werden, daß sie ein uneheliches Kind bekam?

Frau Nebling stand plötzlich in der offenen Tür mit erschrockenen Augen. Nun ja, bis ins Stiegenhaus hatte sie Therese schreien gehört. Wie, sie hatte geschrien? Oh, es war nichts. Es konnte ja auch noch nichts sein. Frühestens in zehn Tagen. Sie war nur aus einem bösen Traum aufgefahren. Frau Nebling entfernte sich wieder. Therese hörte das Möbelrücken, das Huschen im Nebenzimmer, wie sie es allnächtlich gewohnt war; ein Fenster wurde aufgemacht und wieder geschlossen. Sie begann einzuschlafen. Plötzlich weckte der Schmerz sie von neuem auf. Sie verbiß ihn in ungeheuerer Überwindung, preßte ihr Taschentuch zwischen die Zähne, krampfte die Hände in die Bettkissen. Bin ich verrückt? fragte sie sich. Was tu' ich denn, was will ich denn? Ach, könnte ich sterben. Vielleicht sterbe ich, dann wäre alles gut. – Was soll ich mit einem Kinde anfangen? Was würde mein Bruder dazu sagen? Alle Scham ihrer Mädchenjahre war in ihr erwacht. Es kam ihr unfaßbar vor, wie ein böser Traum, daß es dahin mit ihr gelangt war, daß so schreckliche Dinge, wie sie doch sonst nur andern passierten, wie man sie manchmal in der Zeitung oder in Romanen las – daß sich die an ihr, an Therese Fabiani erfüllen sollten. War es nicht jetzt noch Zeit, allem ein Ende zu machen? »Hilfe! Hilfe!« schrie sie plötzlich auf. Wieder sprang sie aus dem Bett, schleppte sich durch das Nebenzimmer vor die Türe der Frau Nebling, horchte, klopfte, alles blieb still. Sie erholte sich wieder. Was wollte sie denn von Frau Nebling? Sie brauchte sie nicht. Niemanden brauchte sie. Allein wollte sie sein, auch weiterhin, wie sie es die ganze Zeit über gewesen war. Es war besser so. Dann, auf ihrem Bett, lag sie wieder still, bis die Schmerzen plötzlich mit einer so ungeheueren Macht über sie kamen, daß sie nicht einmal mehr zu schreien vermochte. Nun war es wohl auch zu spät, irgendeine Hilfe zu holen. Nein, keine Hilfe, nein. Sie wollte ja zugrunde gehen. Es war das beste, wenn sie zugrunde ginge, – sie und das Kind und mit ihr die ganze Welt.

44

Die Erlösung war da. In todestiefer und doch beglückender Ermattung lag Therese. Eine Kerze auf dem Tisch brannte durch die Nacht. Wann nur hatte sie jene angezündet? Sie wußte es nicht mehr. Und da war das Kind. Mit halboffenen, blinzelnden Augen, mit einem verrunzelten, häßlichen Greisengesicht lag es da und rührte sich nicht. Es war wohl tot. Gewiß war es tot. Und wenn es nicht tot war, – in der nächsten Sekunde würde es sterben. Und das war gut. Denn auch sie, die Mutter, die es geboren, mußte sterben. Sie hatte nicht die Kraft, den Kopf zu wenden, die Lider fielen ihr immer wieder zu, und sie atmete flach und rasch.

Mit einem Male war ihr, als regte sich etwas in den Zügen des Kindes; auch die Ärmchen und Beinchen bewegten sich, der Mund aber verzog sich wie zum Weinen, und ein leises klägliches Wimmern klang an ihr Ohr. Therese erschauerte. Nun, da das Kind Zeichen seines Lebens gab, wurde ihr sein Dasein unheimlich, ja bedrohlich. Mein Kind, dachte sie. Und dieses Kind war ein selbständiges, ganz für sich allein bestehendes Wesen, hatte Atem, Blick und ein Stimmchen, ein ganz kleines, wimmerndes Stimmchen, das aber doch aus einer neuen lebendigen Seele kam. Und es war ihr Kind. Aber sie liebte es nicht. Warum liebte sie es nicht, da es doch ihr Kind war? Ach, das kam wohl daher, daß sie müde war, viel zu müde, um irgend etwas auf der Welt lieben zu können. Und es war ihr, als wenn sie aus dieser Müdigkeit ohnegleichen nie wieder völlig erwachen könnte. »Was willst du in der Welt?« sprach sie in der Tiefe ihres Herzens zu dem leise wimmernden, verrunzelten Geschöpf, während sie zugleich den rechten Arm darnach ausstreckte und es an sich zu ziehen versuchte. Was sollst du ohne Vater und Mutter auf der Welt, und was soll ich mit dir? Es ist gut, daß du gleich sterben wirst. Ich werde allen sagen, daß du überhaupt nie gelebt hast. Wer wird sich darum kümmern? Warst du denn nicht schon tot? War ich denn nicht bei drei Frauen oder vieren, nur damit du nie auf die Welt kämest? Was soll ich denn jetzt mit dir? Soll ich mit dir in der Welt herumziehen? Ich habe mich ja nur um andere Kinder zu sorgen; – ich müßte dich ja doch weggeben; ich hätte dich ja gar nicht. Und ich habe dich ja schon drei- oder viermal umgebracht, bevor du da warst. Was soll ich denn mit einem toten Kind ein ganzes Leben lang? Tote Kinder gehören ins Grab. Ich will's ja nicht zum Fenster hinauswerfen oder ins Wasser oder in den Kanal … Gott behüte. Ich will dich nur fest anschauen, damit du weißt, daß du tot bist. Wenn du weißt, daß du tot bist, dann wirst du gleich einschlafen und eingehen ins ewige Leben. Es dauert ja nicht lang, so komm ich nach. Oh, das viele, viele Blut!! Frau Nebling, Frau Nebling!!! Ach, warum ruf' ich sie denn? Sie werden mich schon finden. Komm, Kinderl, komm, kleiner Kasimir … Nicht wahr, du willst kein so böser Mensch werden wie dein Vater. Komm, da liegst du gut. Ich deck' dich gut zu, daß dir nichts weh tun wird. Da unter dem Kissen schläft sich's gut, stirbt sich's gut. Noch ein Kissen, daß dir wärmer wird … Adieu, mein Kind. Eins von uns zweien wacht nimmer auf – oder wir beide nimmermehr. Ich mein's dir ja gut, mein süßes Kinderl. Ich bin nicht die rechte Mutter für dich. Ich verdien' dich ja gar nicht. Du darfst nicht leben. Ich bin ja für andere Kinder da. Ich hab' keine Zeit für dich. Gute Nacht, gute Nacht …

Sie wachte auf wie aus einem furchtbaren Traum. Sie wollte schreien, aber sie vermochte es nicht. Was war denn nur geschehen? Wo war das Kind? Hatte man es ihr weggenommen? War es tot? War es begraben? Was hatte sie denn mit dem Kind getan? Da sah sie die Kissen hoch aufgeschichtet neben sich. Sie schleuderte sie fort. Und da lag das Kind. Mit weit offenen Augen lag es da, verzog die Lippen, die Nasenflügel, bewegte die Finger und nieste. Therese atmete tief, fühlte sich lächeln und hatte Tränen im Aug'. Sie zog den Knaben nah an sich heran, nahm ihn in die Arme, preßte ihn an ihre Brust. Er drängte sich an sie und trank. Therese seufzte tief auf, sie schaute um sich, es war ein Erwachen wie nie zuvor. Morgenschein schwebte durch den Raum, Geräusche des Tages drangen herauf, die Welt war wach. Mein Kind, fühlte Therese, mein Kind! Es lebt, lebt, lebt! Aber wer wird es an die Brust nehmen, wenn ich tot bin? Denn sie selbst wollte ja, mußte ja sterben. Doch in ihrer Todessehnsucht war eine Wonne ohnegleichen. Das Kind trank ihr das Leben aus der Seele fort, es schlürfte ihr Leben in sich ein, Zug für Zug, und ihre eigenen Lippen wurden dürr und trocken. Sie streckte den Arm nach der Teetasse aus, die noch von gestern abend her auf dem Nachtkästchen stand, aber sie fürchtete, das Kind zu stören, und so zögerte sie eine Weile. Das Kind aber, als könnte es verstehen, ließ von ihrer Brust ab, so vermochte Therese die Teeschale zu ergreifen, hatte sogar die Kraft, sich ein wenig aufzurichten und die Tasse an die Lippen zu führen. Mit dem andern Arm aber hielt sie das Kind, hielt es fest; und eine ferne Stunde stieg gespenstisch in ihrer Erinnerung auf, eine Stunde in einem kleinen trübseligen Gasthofzimmer, darin sie eines fremden Manns Geliebte gewesen war und dieses Kind empfangen hatte. Jene Stunde – und diese; – jene Nacht – und dieser Morgen; – jener Rausch – und diese Klarheit ohnegleichen ... standen die wirklich in irgendeinem Zusammenhang? Fester drückte sie den Knaben an sich und wußte, daß er ihr allein gehörte.

45

Als Frau Nebling eintrat, zeigte sie sich über das Vorgefallene nicht im geringsten erstaunt. Sofort, ohne sich mit Bemerkungen oder Fragen aufzuhalten, mit der Geschicklichkeit einer gelernten Hebamme, sorgte sie für alles, was der Augenblick erforderte, und es erwies sich nun, daß sie in jeder Hinsicht auch trefflich vorgesorgt hatte. Ein Arzt erschien, ein freundlicher älterer Herr, auch etwas altmodisch gekleidet, setzte sich an Theresens Bett, nahm, soweit es nötig, seine Untersuchungen vor, gab Verordnungen und Ratschläge und tätschelte beim Abschied Theresens Wangen väterlich und zerstreut.

An diesem ersten Tage und an den nächstfolgenden befand sich Therese in so guter Hut und Pflege, daß es auch einer glücklichen jungen Ehefrau im Wochenbett eines wohlgeordneten Heims nicht besser hätte ergehen können. Frau Nebling selbst aber schien seit der Geburt des Kindes geradezu eine andere geworden. Die früher so schweigsam gewesen, plauderte mit Therese wie eine alte Freundin, und ohne auch nur fragen zu müssen, erfuhr Therese allerlei aus ihrem Leben, unter anderm, daß sie an einer Operettenbühne für ältere Rollen engagiert sei, wo sie zufällig gerade in diesen Wochen unbeschäftigt sei, daß sie dreimal Mutter gewesen war und alle ihre Kinder sich am Leben, jedoch in der Fremde befanden. Ob sie jemals verheiratet gewesen, ob die Kinder alle von demselben Vater stammten, davon sprach sie nichts, so wenig es Theresen einfiel, von dem Vater ihres eigenen Kindes und den Begleitumständen ihres traurigen Abenteuers zu erzählen; und soviel auch von *Mutter*schaft und *Mutter*glück die Rede war, von Liebesglück und -leid hatten die beiden Frauen einander so wenig mitzuteilen, als hätten diese Dinge mit Mutterleid und Mutterglück überhaupt nicht das geringste zu tun. Der Arzt erschien noch etliche Male zu eher freundschaftlichen Besuchen; es stellte sich heraus, daß er Theaterarzt war und mit Frau Nebling auf gutem Fuße stand; gelegentlich erzählte er mit einem gewissen trockenen Humor spaßhafte Geschichten aus seiner Welt, Anekdoten, auch Zweideutigkeiten, die ihm Therese nicht übel nahm. Ein anderer Besuch stellte sich gleichfalls öfters ein: der einer jungen Frau, die im gleichen Hause wohnte; die kinderlose Gattin eines kleinen Angestellten, der den ganzen Tag auswärts im Amte war. Sie saß am Bette Theresens und starrte mit feuchten Augen auf den Buben, den die Wöchnerin an der Brust liegen hatte.

Nach einer Woche besann sich Therese, daß es nun wohl an der Zeit sei, sich um die Zukunft zu kümmern, und es zeigte sich, daß Frau Nebling auch in dieser Hinsicht nicht untätig gewesen war. Eines Tages meldete sich eine wohlgenährte ländlich gekleidete Frau, die sich bereit erklärte, das Kind gegen einen verhältnismäßig geringen Monatsbetrag in Pflege zu nehmen. Ihr eigenes Kind, ein achtjähriges Mädchen, Agnes, hatte sie mitgebracht, das vertrauenerweckend rotbäckig aussah und unmerklich schielte. Sie hatte schon öfters Kinder in Pflege gehabt, erzählte sie. Das letzte sei erst kürzlich aus ihrem Hause geschieden, da die Eltern geheiratet und das Kleine zu sich genommen hätten. Dies erwähnte sie freundlich lächelnd, als müßte es auch für Therese als gute Vorbedeutung gelten. Und ein paar Tage darauf saß Therese, ihren Kleinen im Arm, mit Frau Nebling in einem Einspänner, der sie zum Bahnhof führte. Bald, nachdem sie das Haus verlassen, an einer Straßenecke, überquerte ein Fußgänger die Fahrbahn und warf einen zufälligen Blick in den Wagen. Therese hatte sich schon früher vorsichtshalber unter das aufgespannte Dach gelehnt, doch ein Aufleuchten in dem Blick des Fußgängers verriet ihr, daß er sie gesehen und erkannt hatte, gerade so wie sie ihn. Es war Alfred, dem nach so langer Zeit zum erstenmal und unter solchen Umständen zu begegnen, Therese im tiefsten berührte. Ein Zufall, der ihr nicht unangenehm war, hatte es gefügt, daß in der Sekunde vorher Frau Nebling das Kind für eine Weile aus Theresens Armen in die ihren genommen hatte. »Das war er«, sagte Therese, wie vor sich hin, mit einem glücklichen Lächeln. Frau Nebling beugte sich aus dem Wagen, sah nach rückwärts, wandte sich zurück zu Therese: »Der junge Mensch mit dem grauen Hut?« Therese nickte. »Er steht noch immer da«, sagte Frau Nebling bedeutungsvoll. Und jetzt erst war es Theresen klar, daß nach ihrem Ausruf Frau Nebling den jungen Menschen mit dem grauen Hut wohl für den Vater des Kindes halten mußte. Therese klärte sie nicht auf. Es war ihr eigentlich ganz recht so, und in lächelndem Schweigen verharrte sie bis zum Bahnhof.

46

Nach einer Fahrt von kaum zwei Stunden im Bummelzug waren sie an ihrem Bestimmungsort angelangt. Die Bäuerin, Frau Leutner, erwartete sie an der Station, und zwischen freundlichen, meist noch unbewohnten kleinen Villen wanderten sie langsam durch den Ort, bis ein schmalerer Seitenweg gelinde aufwärts zu einem von blühenden Obstbäumen umstandenen, nicht unansehnlichen Gehöft führte, von dem aus, trotz der geringen Höhe, sich eine ausgebreitete Rundsicht bot. Das Dorf, zugleich eine bescheidene Sommerfrische, lag ihnen zu Füßen, das Bahngeleise lief ins Weite; die Landstraße verlor sich zwischen Hügeln in den Wald. Hinter dem Gehöft zog sich die

Wiese bis an einen nahen Steinbruch, dessen oberer Rand von Sträuchern überwachsen war. In einem reinlich gehaltenen, etwas muffig riechenden niederen Raum setzte die Bäuerin ihren Besuchern Milch, Brot und Butter vor, fing gleich an, sich mit Theresens Kind zu beschäftigen, erklärte weitläufig, wie sie es mit der Ernährung und Pflege halten wolle; dann, während Frau Nebling bei dem Kleinen blieb, wies sie Theresen das Haus in allen seinen Räumen, den Garten, den Hühnerhof, die Scheune. Der Bauer, hochaufgeschossen, gebeugten Ganges, mit hängendem Schnurrbart, kam vom Felde heim, machte nicht viel Worte, betrachtete das Kind mit glasigen Augen, nickte ein paarmal, schüttelte Theresen die Hand und ging wieder. – Agnes, die Achtjährige, kam aus der Schule, schien erfreut, daß wieder ein Kleines im Hause war, nahm es in die Arme, und ihr ganzes Verhalten zeigte, daß auch sie es schon vortrefflich verstand, mit kleinen Kindern umzugehen. Frau Nebling lag indessen auf ihrem Regenmantel unter einem Ahornbaum, der vereinzelt etwas abseits vom Hause stand und an dessen Stamm unter Glas und Rahmen, von einem welken Kranz umgeben, ein Marienbild befestigt war.

Die Stunden flogen dahin; erst als der Augenblick des Scheidens nahte, kam es Theresen zu Bewußtsein, daß sie nun von ihrem Kind fort sollte, fort mußte und daß ein merkwürdiger und bei allen Sorgen schöner Abschnitt ihres Lebens ein für allemal abgeschlossen war. Auf der Heimfahrt sprach sie kein Wort mit Frau Nebling, und als sie ihr Zimmer wieder betrat, in dem sie noch alles an den Buben erinnerte, war ihr kaum anders zumute, als käme sie von einem Begräbnis nach Hause.

Das Erwachen am nächsten Morgen war so traurig, daß sie am liebsten gleich wieder nach Enzbach hinausgefahren wäre. Ein plötzlich einbrechender Regenguß hinderte sie daran; auch am nächsten Tage regnete und stürmte es, und am übernächsten erst konnte sie wieder bei ihrem Kinde sein. Es war mildes Frühlingswetter, man saß im Freien unter einem stillen blaßblauen Himmel, der sich in den Augen des Kindes widerspiegelte. Frau Leutner sprach viel mit Therese, über allerlei häusliche und ländliche Angelegenheiten und allerlei Erfahrungen, die sie im Laufe der Jahre mit ihren Pflegekindern gemacht hatte; der Bauer gesellte sich diesmal für etwas länger zu ihnen, im übrigen verhielt er sich so schweigsam wie das erstemal. Agnes ließ sich nur beim Mittagessen sehen, kümmerte sich heute wenig um das Kind und tollte gleich wieder davon. Therese nahm beruhigter und minder traurig Abschied als das vorige Mal.

47

Am Abend dieses Tages bemerkte sie zu Frau Nebling, daß es nun hohe Zeit wäre, sich nach einer neuen Stellung umzusehen. Auch darum hatte sich Frau Nebling in ihrer umsichtigen Weise schon gekümmert und hielt eine ganze Anzahl von geeigneten Adressen bereit. Schon am Tage darauf sprach Therese in einigen Häusern vor, hatte am Abend die Wahl zwischen dreien und entschied sich für eines, wo sie nur ein siebenjähriges Mädchen zu betreuen hatte. Der Vater war ein wohlhabender Kaufmann, die Mutter eine gutmütige, etwas phlegmatische Frau, das Kind lenksam und hübsch, und Therese fühlte sich sofort in ihrer neuen Umgebung ausnehmend wohl. Für jeden zweiten Sonntag und für einen Nachmittag in jeder zweiten Woche hatte sie sich Ausgang bedungen, bis tief in den Sommer hinein bereitete man ihr keinerlei Schwierigkeiten, bis am Morgen eines schönen Julisonntags die Mutter aus irgendeinem Grunde Therese ersuchte, über diesmal auf den Urlaub zu verzichten und sich dafür einen beliebigen Tag der kommenden Woche zu wählen. Therese aber hatte sich so unbändig auf das Wiedersehen mit ihrem Kind gefreut, daß sie ganz gegen ihre sonstige Art, unwirsch beinahe, auf ihrem Recht bestand, das ihr schließlich auch zugebilligt wurde; doch blieb ihr nichts übrig, als nach der üblichen Kündigungsfrist das Haus zu verlassen.

Rasch fand sie eine neue Stellung als Erzieherin im Haus eines Arztes zu zwei Mädchen und einem Knaben. Die beiden Mädchen, zehn und acht Jahre alt, besuchten die Schule, eine Französin und ein Klavierlehrer erteilten häuslichen Unterricht; der sechsjährige Knabe war völlig Theresens Obhut anvertraut. Es war ein musterhafter Haushalt: Wohlhabenheit ohne Überfluß, das beste Verhältnis zwischen den Ehegatten, die Kinder alle gutartig, wohlerzogen; und trotz der angestrengten Tätigkeit, aus der der Arzt immer heimkam, gab es niemals ein Wort der Ungeduld oder gar der Ungüte, nie Übellaune oder gar Zank, wie sie das von so manchen andern Familien her kannte.

Gegen Mitte August durfte sie drei volle Tage bei ihrem Kind verbringen. Unglücklicherweise waren zwei Regentage darunter, und es gab ein paar Stunden, in denen sich, während sie mit den Bauersleuten in der muffigen Stube saß, ein Gefühl der Langeweile und Ödigkeit ihrer zu bemächtigen anfing. Als ihr das deutlicher bewußt wurde, eilte sie, wie von einem inneren Vorwurf getrieben, zu ihrem Kinde hin, das ruhig schlafend in der Wiege lag. In der trüben Beleuchtung dieses Regentages erschien ihr das kleine rundliche Antlitz seltsam blaß, schmal und fremd. Erschrocken beinahe hauchte sie auf die Lider des Kindes, das nun den Mund verzog wie zum Weinen und dann, da es das bekannte Gesicht der Mutter über sich gebeugt sah, zu lächeln anfing. Therese, neu beseligt, nahm das Kind in die Arme, herzte und liebkoste es und weinte vor Glück. Die Bäuerin, anscheinend gerührt, prophezeite ihr allerlei Gutes und ganz besonders einen braven Vater für das Kind. Aber Therese schüttelte den Kopf. Sie habe nicht die geringste Lust, erklärte sie, ihr geliebtes Kleines mit irgend jemandem zu teilen. Es gehörte ihr – und sollte weiter ihr ganz allein gehören.

Nach diesen drei Tagen war die Trennung dreifach schwer. Und als Therese auf dem Semmering ankam, wo Frau Regan mit den Kindern Sommeraufenthalt genommen hatte, konnte der bekümmerte Ausdruck ihrer Mienen der Mutter ihrer Zöglinge nicht verborgen bleiben. In ihrer milden freundlichen Art, ohne irgendeine Frage zu stellen, sprach Frau Regan die Hoffnung aus, daß Therese in der frischen Bergluft sich bald wieder wohl fühlen würde. Unwillkürlich küßte ihr Therese wie gerührt die Hand, nahm sich aber gleich vor, nichts von ihrem Geheimnis zu verraten. In der Tat erholte sie sich rascher, als sie gedacht, gewann Farbe und Laune wieder, Spaziergänge, auch größere Ausflüge wurden unternommen, und der sommerlich leichte Verkehrston brachte es mit sich, daß Therese gelegentlich jüngere und ältere Herren kennenlernte, die ihr Wohlgefallen und ihre Wünsche zu verbergen sich keine Mühe nahmen. Doch Therese blieb jedem Annäherungsversuch gegenüber gleichgültig, und als man schon in den ersten Septembertagen wieder in die Stadt zog, bedauerte sie das nicht im mindesten und war nur froh, daß sie nun wieder ihrem Kind näher sein durfte.

Die wenigen Stunden, die sie alle acht bis vierzehn Tage draußen in Enzbach verbrachte, bedeuteten ihr immer von neuem das reinste Glück. Und jenes Gefühl der Ödigkeit und Leere, das einmal an einem sommerlichen Regentage sie draußen überkommen hatte, stellte sich auch in den trübsten Herbststunden nicht wieder ein. Vor den winterlichen Fahrten hatte sie sich ein wenig gefürchtet, doch in dieser Hinsicht erfuhr sie die angenehmste Enttäuschung. Nichts Köstlicheres, als wenn das Gehöft rings im Schnee lag und sie aus dem wohlgeheizten Zimmer, ihr Kind im Arm, durch die angelaufenen Fensterscheiben auf die weißverdämmernde Landschaft mit ihren schlafenden Landhäusern und auf den kleinen Bahnhof hinuntersah, von dem aus die dunklen Linien der Geleise in die durchfrostete Ferne hinausliefen. Später kamen wundervolle Sonnentage, an denen sie, den Nebeln der Stadt entflohen, draußen nicht nur Helligkeit und Weite, sondern auch frühlingshafte Wärme fand und sich auf der Bank vor dem Hause mit ihrem Buben in Sonnenglanz baden konnte.

Als das Frühjahr wiederkam, glaubte sie einen tiefen Zusammenhang zwischen der Entwicklung ihres Kindes und dem Erblühen der Natur zu verspüren. Für sie war der Tag der ersten Kirschblüten zugleich derjenige, an dem ihr der Bub von der Haustüre aus ein paar Schritte ohne alle Hilfe entgegenlief; der Tag, an dem im Garten der weißen Villa »Gute Rast« in der Bahnhofstraße die Rosenstöcke von der Strohumhüllung befreit wurden, der gleiche, an dem Franz den zweiten Schneidezahn bekam; und als an einem der letzten Apriltage – denn es war diesmal ein langer Winter gewesen – die Landschaft mit ihren Gärten, Wäldern, Hügeln sie in sprossendem Grün empfing, war es derselbe Tag, an dem ihr Bub am offenen Fenster, von der Bäuerin festgehalten, in die Händchen klatschte, da er die Mutter, mit kleinen Päckchen in der Hand – denn immer hatte sie etwas mitzubringen – über die Wiese herankommen sah. Und an dem Junitag, da sie draußen die ersten Kirschen pflückte, hatte der Bub zum erstenmal ein paar zusammenhängende Worte gesprochen.

48

Drei Jahre folgten, so gleichmäßig in ihrem Verlauf, daß sie später in Theresens Erinnerung immer ein Frühjahr ins andere, Sommer in Sommer, Herbst in Herbst, Winter in Winter gleichsam zusammenflossen; – trotzdem sie oder weil sie eine Art von Doppelleben führte: das eine als Erzieherin in der Familie Regan, das andere als die Mutter eines kleinen Jungen, der draußen auf dem Lande bei Bauersleuten in Pflege war.

Wenn sie in Enzbach den Tag verbrachte, ja, schon auf der Fahrt hinaus, versank alles, was sie in der Stadt zurückließ, das Ehepaar Regan und die Kinder, versank für sie das Haus, das Zimmer, das sie bewohnte, die ganze Stadt in einen grauen Dunst von Unvorstellbarkeit, aus dem alles, wenn sie aus dem Zuge stieg, und oft erst, wenn sie die Wohnung betrat, wieder zur Wirklichkeit emportauchte.

Wenn sie aber mit der Familie Regan bei Tische saß, mit den Kindern lernte oder spazieren ging oder abends nach erfüllter Berufspflicht ermüdet sich ins Bett strecken durfte, dann erschien ihr wieder die Enzbacher Landschaft, in Sommerglanz oder in Winterstarre – das Gehöft auf dem Hügel in Grün oder in Weiß gebettet – der Ahornbaum mit dem umkränzten Marienbild – das Bauernpaar auf der Bank vor dem Haus oder in dem niederen Wohnraum am Ofen –, wie eine unwahrscheinliche, gleichsam märchenhafte Welt; und immer war es ein Wunder, wenn sie den mählich ansteigenden Weg zum Leutnerhof emporschritt und alles da war, wie sie es vor Tagen oder Wochen verlassen, und sie ihren Buben, immer denselben und doch von einemmal zum andern ein neues Geschöpf, in ihren Armen, auf ihrem Schoße halten durfte; und manchmal geschah es, wenn sie für eine Weile die Augen geschlossen hatte und sie dann wieder auftat, daß ein anderes Kind in ihren Armen lag, als sie es sich mit geschlossenen Augen vorgestellt hatte.

Nicht immer war ihr draußen so wohl, als ihre Sehnsucht es ihr vorgespiegelt hatte. Herr Leutner hatte zuweilen seine bösen Tage, auch die Bäuerin, meist wohlgelaunt und allzu schwatzhaft, war manchmal wie ausgewechselt, unfreundlich, feindselig geradezu, und wenn Therese sich nur im geringsten unzufrieden zeigte, widersprach sie heftig, schalt über die Plage, die sie mit dem Buben habe und die man ihr nicht genügend danke und lohne. Auch nach wiederholter Erhöhung des Kostgeldes gab es Mißstimmungen aller Art. Einmal hatte man verabsäumt, Therese von einer allerdings leichten Erkrankung des Kindes zu verständigen, dann wieder wurden Ausgaben für Arzneimittel angerechnet, die offenbar nicht ganz stimmen konnten, und immer wieder glaubte Therese an dem oder jenem Anzeichen zu merken, daß Frau Leutner sich keineswegs so sehr um den Buben kümmerte, wie es ihre Pflicht war. Andere Male wieder gab es Eifersüchteleien nicht nur zwischen Therese und der Bäuerin, sondern auch zwischen Therese und der kleinen Agnes; und dann beklagte sich Therese geradezu, daß Frau Leutner und ihre Tochter das Kind so verzärtelten, als wenn sie es ihr abspenstig machen wollten. Auch gelegentliches schlechtes Wetter war nicht angetan, die Launen und das Einvernehmen zu fördern. Es war zu ärgerlich, wenn man mit nassen Füßen in dem kalten oder überheizten Raume sitzen mußte und es nach schlechtem Tabak roch, der in die Augen biß und gewiß auch dem Kind schadete. – Nicht ganz selten ertappte sich Therese auf dem Wunsch, nicht nach Enzbach hinausfahren zu müssen, und sie ließ einen und den andern freien Sonntag hingehen, ohne ihr Kind zu sehen. Andere Male wieder glaubte sie es vor Sehnsucht gar nicht aushalten zu können, und in ihrer Sehnsucht war so viel Angst, daß sie die Nächte in bösen Träumen hinbrachte.

Im ganzen aber war es doch eine schöne Zeit. Und oftmals dachte Therese, daß sie eigentlich besser dran sei als manche Mutter, die ihr Kind immer bei sich haben durfte und dieses Glück nicht zu würdigen verstand, während für sie, Therese, ein solches Zusammensein, wenigstens in der Vorfreude, stets einen Festtag zu bedeuten hatte.

Im Hause Regan fühlte sie sich auch weiterhin recht zufrieden. Der Doktor, in seiner Tüchtigkeit von Selbstgefälligkeit nicht ganz frei, blieb immer liebenswürdig, trotz angestrengtester Berufstätigkeit. Frau Regan erwies sich auch weiterhin zwar als sehr genaue, aber doch nie launenhafte und stets gerechte Hausfrau, die Mädchen waren lebhaft, doch fleißig und gehorsam und ihrer Erzieherin sehr zugetan, der Knabe war von stillerer Art, sehr musikalisch, so daß er schon in seinem achten

Jahr an musikalischen Familienabenden den Klavierpart in Haydn- und Mozartschen Quartetten durchzuführen imstande war; Therese spielte öfters vierhändig mit ihm und heimste an solchen Abenden ihren bescheidenen Anteil am Beifall für sich ein. In der Atmosphäre von Tätigkeit, Ordnung und Beständigkeit, die sie hier umgab, war sie selbst mehr als zuvor auf ihre eigene Fortbildung bedacht und fand Zeit, ihre Klavier- und Sprachstudien in beschränktem Maße weiter zu betreiben.

In diesem wohlgeordneten Dasein gab es kleine Ereignisse, die den gewohnten Lauf der Tage unterbrachen. Etliche Male geschah es, daß Frau Fabiani nach Wien kam, um persönlich mit Redakteuren und Verlegern zu verhandeln, und die Familie Regan bestand liebenswürdigerweise darauf, die Mutter des Fräuleins zu Tische einzuladen, bei welchen Gelegenheiten Frau Fabiani ein tadelloses, geradezu vornehmes Benehmen zur Schau trug und auch ihres Sohnes Erwähnung tat, des Medicinae-Studiosus, der trotz seiner Jugend an der Universität bereits eine politische Rolle zu spielen beginne und neulich anläßlich eines Kommersabends eine aufsehenerregende Rede gehalten habe.

Nach einem dieser mütterlichen Besuche traf Therese den Bruder, den sie wieder einige Monate lang nicht gesehen hatte, in der Stadt, und sie redeten von der Mutter, über deren letzten, in einer Wiener Zeitung laufenden Roman Karl sich in spöttisch-abschätziger Weise äußerte. Therese fühlte sich sonderbarerweise verletzt; die Geschwister nahmen kühlen Abschied; an der nächsten Ecke wandte Therese sich nach dem Bruder um, und es fiel ihr auf, wie sehr er sich im Laufe weniger Jahre nicht eben zu seinem Vorteil verändert hatte. Er trug sich wohl sorgfältiger als früher, doch die leicht gesenkte Haltung des Kopfes, die etwas zu langen, schlecht geschnittenen, den Kragen streifenden Haare, der rasche, fast hüpfende Gang verliehen seinem ganzen Wesen für Therese etwas Unvornehmes, Unsicheres, Subalternes, wovon sie sich abgestoßen fühlte.

Anfangs hatte sie auch einige Male die Verpflichtung verspürt, Frau Nebling aufzusuchen, und eines Abends wohnte sie einer Operettenvorstellung bei, zu der ihr die Schauspielerin ein Billett geschenkt hatte. Mit schriller, fremder Stimme sang und spielte sie ein ältliches, männersüchtiges, aufgeputztes Weib und betrug sich in einer Weise, daß Therese sich für sie beinahe schämte und bei dem Gedanken schauerte, einer der Söhne könne aus der Fremde zurückkehren und die eigene Mutter in so unanständigem Aufzug, scharlachrot geschminkt, mit lüsternen Gebärden und Blicken, zum Gespötte selbst der Mitspielenden, wie Therese deutlich merkte, auf der Bühne umherspringen sehen.

Einmal auf der Straße war ihr, als käme ihr Kasimir Tobisch entgegen. Doch sie hatte sich getäuscht, eine Ähnlichkeit zwischen dem Vater ihres Kindes und dem an ihr vorbeistreifenden Herrn war kaum vorhanden, und als ihr in kurzen Zwischenräumen solche Irrtümer noch zwei- oder dreimal begegneten und sie immer die gleiche peinliche Erregung verspürte, erkannte sie, daß sie im Grunde Angst hatte, Kasimir Tobisch wiederzusehen; ungefähr so, als wenn er, gerade er, von ihrer weiteren Existenz, insbesondere aber von dem Dasein des Kindes, seines Kindes, nie und nimmer etwas erfahren dürfe. Das Bild eines andern aber, den sie gerne wiedergesehen hätte, Alfred, täuschte ihr auch kein zufällig Begegnender vor. Ihn, von dem sie bestimmt wußte, daß er in derselben Stadt lebte wie sie, führte nie ein freundlicher Zufall ihr entgegen.

Auch die Sommerwochen mit der Familie Regan, obwohl sie jedesmal an einem anderen Gebirgsort verbracht wurden, flossen später für Therese in sonderbarer Weise wie in *einen* Sommeraufenthalt zusammen, und die jüngeren und älteren Herren, die sich ihr auf dem Lande zu nähern versuchten, unterschieden sich später in der Erinnerung wenig voneinander. Daß ihr von all diesen keiner wirklich nähertrat, lag vielleicht nicht so sehr an ihrem eigenen Widerstand, an ihrer Vorsicht, an ihrer Kühle – denn im Gegensatz zu manchen früheren und manchen späteren Epochen ihres Lebens schienen in jenen Jahren ihre Sinne fast in Schlummer zu liegen – als vielmehr an der in ihrer Stellung begründeten Unfreiheit, durch die immer wieder die entschiedene Fortführung einer im Entstehen begriffenen, der Abschluß einer etwas weiter gediehenen Beziehung vereitelt wurde. Und so geschah es zuweilen, daß sich in ihr der Neid auf andere regte, die es glücklicher getroffen als sie – auf manche der Damen, die an lauen Sommerabenden, wenn das Fräulein sich mit den Kindern schon auf ihre Zimmer zurückgezogen, auf dem großen erleuchteten Platz vor dem Hotel umherspazieren konnten, solange und mit wem es ihnen beliebte, oder auch im Dunkel verschwanden. Sie sah und hörte, was ihr freilich nichts Neues mehr war, wie Frauen, Mütter, junge Mädchen mit Herren vieldeutige Blicke wechselten, verfängliche Reden führten, und wußte, wie sich solche Anfänge weiter zu entwickeln pflegten. Frau Regan selbst, obzwar immer noch eine hübsche, ja begehrenswerte Frau, war eine von den wenigen, die von der Atmosphäre ringsum so gut wie gar nicht berührt schien, wodurch Therese ihrerseits sich auch beruhigt, behütet, ja, vielleicht bewahrt fühlte. –

Nichts deutete auf eine kommende Veränderung hin; Doktor Regan und seine Frau kamen ihr nach wie vor mit Freundlichkeit, ja mit Herzlichkeit entgegen, zwischen ihr und den Mädchen, besonders dem älteren, hatte sich fast eine Art von Freundschaft herausgebildet, und das Vierhändigspiel mit dem begabten Knaben war ihr eine liebe Gewohnheit geworden, – als eines Morgens im Juni, kurz bevor man aufs Land ziehen sollte, Frau Regan sie zu sich ins Zimmer rief und ihr, gewiß in einiger Verlegenheit, aber doch recht gefaßt und kühl, ankündigte, daß man sich entschlossen habe, eine Französin ins Haus zu nehmen, und man sich daher – freilich mit dem größten Bedauern – genötigt sehe, sie, Therese, ziehen zu lassen. Natürlich eile das nicht im geringsten, man gab ihr Wochen, Monate lang Frist, bis sie eine geeignete Stellung gefunden, und was die nächste Zeit anbelange, so stehe es ganz in Theresens Belieben, ob sie die Familie Regan in die Dolomiten begleiten oder, was ihr unter diesen Umständen vielleicht lieber sein würde, die ganzen Ferien ungestört zu ihrer Verfügung haben wolle.

Therese stand blaß, ins Herz getroffen, erklärte aber sofort – ohne von ihrer Bewegung etwas zu verraten –, von dem Entgegenkommen der Frau Regan keinerlei Gebrauch zu machen und womöglich noch vor Ablauf der üblichen vierzehn Tage das Haus verlassen zu wollen. Seltsam erschien es ihr selbst, daß ihre Erschütterung nicht andauerte, ja, daß sie noch in der gleichen Stunde eine gewisse Befriedigung, wenn nicht gar Freude über die bevorstehende Veränderung in sich aufsteigen fühlte. Sie gestand sich bald, daß sie in diesem Hause keineswegs so glücklich gewesen war, als sie sich manchmal hatte einbilden wollen, und in einem zufällig in diesen Tagen stattfindenden Gespräch mit Fräulein Steinbauer, der Erzieherin in einem mit dem Reganschen befreundeten Hause, einem ältlichen, verbitterten Geschöpf, ließ sie sich unschwer überzeugen, daß sie im Hause Regan einfach ausgenützt und dann auf die Straße gesetzt worden sei, wie es eben ihrer aller sich immer wiederholendes Schicksal sei. Die gleichmäßige Liebenswürdigkeit der Frau Regan erschien ihr nun als ein Gemisch von Temperamentlosigkeit und Falschheit, das selbstzufriedene und von sich eingenommene Wesen des beliebten Arztes war ihr, wie sie nun wußte, immer in der Seele zuwider gewesen, der Knabe, wenn auch ein großes musikalisches Talent, war geistig zurückgeblieben, die beiden Mädchen, wenn man ihnen auch Fleiß nicht absprechen konnte, waren doch nur recht mäßig begabt, das jüngere schon ein wenig verdorben, das ältere nicht ohne Tücke; und daß Frau Regan die beiden Mädchen längst in die geplante Veränderung eingeweiht hatte, darüber konnte ein Zweifel kaum bestehen. Falschheit und Hinterlist überall.

Sie verließ das Haus mit Bitterkeit im Herzen und schwor sich zu, es niemals wieder zu betreten.

49

Die nächsten Wochen verbrachte sie in Enzbach bei ihrem Kind. Die ländliche Atmosphäre beruhigte, ja beglückte sie anfangs so sehr, daß ihr der Gedanke kam, sich vorläufig um Lektionen bei den Sommerparteien zu bemühen und sich später vielleicht in dem Orte ansässig zu machen. Es war ihr diesmal, als müßte sie sich innerhalb der einfachen und ihr gegenüber meist freundlichen Menschen immer viel wohler fühlen können als in der Stadt unter den Leuten, deren Kinder sie aufziehen mußte und die sie dann vor die Türe setzten.

Es gab unter den Einheimischen gar manche, mit denen sie zuweilen zu reden pflegte und die ihr wie auch ihrem Buben eine gewisse Sympathie entgegenbrachten. Schon vor längerer Zeit hatte sie einen Vetter der Frau Leutner kennengelernt, Sebastian Stoitzner, einen noch ziemlich jungen Menschen, der vor kurzem Witwer geworden war. Er sah nicht übel aus, war wohl gewachsen, befand sich in auskömmlichen Verhältnissen und suchte nach einer zweiten Gattin, die seinem Hof und seinem Hauswesen vorstehen könnte. Es fügte sich, nicht eben zufällig, daß er öfters bei den Leutners vorsprach und auf Therese durch seine ungezwungene, manchmal humorvolle Art erfrischend wirkte und sich auch mit dem Buben in einer ungeschickten und dabei rührenden Weise beschäftigte. Seine wachsende Neigung zu Therese war unverkennbar; Frau Leutner ließ es an überdeutlichen Anspielungen nicht fehlen, und es gab Stunden, in denen Therese ernstlich eine Verbindung mit ihm in Erwägung zog. Aber je öfter er sich sehen ließ und je unverhohlener er seine Gefühle zum Ausdruck brachte, insbesondere, als er sie einmal auf einem Spaziergang mit unerwartet brutaler Leidenschaft an sich riß, fühlte sie, daß es hier eine dauernde Gemeinschaft niemals geben könne, und sie ließ es ihn so deutlich merken, daß er seine Bemühungen ein für allemal einstellte. Als nun nach seinem Verzicht wieder die Langeweile über sie kam, machte sie sich anfangs Vorwürfe darüber, daß das Beisammensein mit ihrem Kind nicht vermochte, ihr Dasein völlig auszufüllen. Aber bald sagte sie sich, daß sie bei aller Liebe zu dem Buben einfach nicht fähig war, die Untätigkeit länger zu ertragen, daß sie überdies gar nicht das Recht hatte, ein müßiges Leben auf dem Lande zu führen, ohne an ihren Beruf und vor allem ohne ans Geldverdienen zu denken.

50

Und so war der Sommer noch lange nicht zu Ende, als sie neuerlich eine Stellung annahm, und zwar in einem, dem ersten Anschein nach, ziemlich vornehmen Haus als Erzieherin oder Gesellschafterin bei der vierzehnjährigen Tochter. Schon wenige Tage nach ihrem Eintritt reiste sie mit Mutter und Kind in einen kleinen steiermärkischen Kurort, wo man in einem schlecht geführten, nicht einmal ganz reinlichen Gasthof Wohnung nahm, während der Gatte, ein höherer Staatsbeamter, in Wien zurückgeblieben war. Die Baronin war höflich gegenüber Theresen, ohne je ein überflüssiges Wort an sie zu richten. Es gab in dem Ort fast nur alte, meist gichtkranke Leute; ein hagerer, schlecht angezogener sechzigjähriger Herr, der zu Theresens Verwunderung den Namen eines großen, alten ungarischen Adelsgeschlechtes trug, mit einem Krückstock, ließ sich manchmal nach dem Mittagessen an dem Tisch der Damen nieder, unterhielt sich mit ihnen in seiner Muttersprache, sonst verkehrte man mit niemandem. Im übrigen sparte man bei den Mahlzeiten so sehr, daß sich Therese an die traurigsten Tage ihrer Jugend erinnert fühlte. Zuweilen, wenn sie mit der jungen Baronesse allein war, versuchte sie mit ihr irgendeine Art von Gespräch einzuleiten, indem sie an Begegnungen auf der Promenade und im Kurpark, an eine oder die andere lächerliche Erscheinung mit einem heiteren Wort anknüpfte. Das Mädchen aber war offenbar unfähig, irgendeinen harmlosen Scherz auch nur zu verstehen, und eine belanglose, wenn nicht alberne Antwort war alles, was Therese zu erreichen imstande war.

In der schlimmsten Sommerhitze zog man nach Wien zurück, und die Mahlzeiten gestalteten sich keineswegs unterhaltender dadurch, daß der Hausherr daran teilnahm, der an Therese überhaupt niemals das Wort richtete. Als Therese zum erstenmal wieder Gelegenheit hatte, nach Enzbach zu fahren, atmete sie auf, wie wenn sie einem Gefängnis entronnen wäre. In der Entfernung erschien ihr das Haus der Baronin, in dem sie nun zu leben verdammt war, noch unleidlicher als sonst, ja geradezu unheimlich, und sie verstand kaum, daß sie es so lange dort ausgehalten hatte. Aus einer gewissen Trägheit, vielleicht auch ein wenig bestochen durch den Klang des adeligen Namens, schob sie ihren Abschied immer wieder hinaus, bis endlich, als man sie zu Weihnachten mit einem beschämend niedrigen Geldgeschenk abfand, ihre Geduld zu Ende war und sie kündigte.

51

Doch nun kam eine schlimme Zeit für sie. Es war, als hätte es das Schicksal darauf angelegt, sie alle Widerwärtigkeiten und Häßlichkeiten bürgerlicher Familienverhältnisse in der Nähe sehen zu lassen. Oder war es nur, daß allmählich ihre Augen sich weiter aufgetan hatten als bisher? Dreimal hintereinander sah sie in verwüstete Ehen. Zuerst waren es zwei noch junge Eheleute, die, ohne Rücksicht auf ihre zwei Kinder von sechs und acht Jahren und ohne die geringste Rücksicht auf Therese, einander während der Mahlzeiten so furchtbare Dinge ins Gesicht sagten, daß sie glaubte, vor Scham vergehen zu müssen. Bei dem ersten Streit, den sie miterleben mußte, stand sie einfach von Tische auf. Als sie das ein paar Tage darauf wieder versuchte, rief der Gatte sie zurück, verlangte, daß sie bliebe, er müsse unbedingt einen Zeugen für die Beschimpfungen haben, denen er von seiner Frau ausgesetzt sei. Das nächste Mal war es wieder die Frau, die das gleiche von Theresen forderte. Die beiden sahen oft Gesellschaft bei sich, bei welcher Gelegenheit sie vor den Eingeladenen sich als glückliches Paar gebärdeten. Zuweilen aber, und das war für Therese das Unbegreiflichste, schienen sich die beiden Gatten auch wirklich aufs beste zu verstehen, und wie sonst von gegenseitigen Beschimpfungen, so war Therese manchmal auch Zeugin von Zärtlichkeiten, die sie fast noch peinlicher und widerwärtiger berührten als die üblichen Zänkereien.

Die nächste Stellung in einem wohlgehaltenen und wohlhabenden Hause, wo ihr der Beruf des Mannes, der auch abends nur selten daheim war, ein Geheimnis blieb, behagte ihr anfangs nicht übel. Das siebenjährige Mädchen, das ihrer Obhut anvertraut war, war hübsch, zutraulich und klug, die Mutter, die an manchen Tagen ihr Zimmer kaum verließ, an anderen von früh bis abends außer Hause blieb und sich um ihr Kind in einer für Therese völlig unfaßbaren Weise überhaupt nicht zu kümmern schien, kam ihr besonders freundlich entgegen; diese Freundlichkeit nahm immer zu, und allmählich nahm sie eine Form an, die Therese anfangs mit Befremden, bald mit Abscheu und endlich mit Angst erfüllte. Fluchtartig verließ sie eines Morgens, nach einer Nacht, in der sie ihr Zimmer hatte versperrt halten müssen, das Haus und schrieb am Bahnhof, von dem aus sie für ein paar Tage zu ihrem Buben nach Enzbach fuhr, an den Herrn des Hauses, daß sie plötzlich zu ihrer erkrankten Mutter habe reisen müssen.

In der nächsten Stellung als der Erzieherin zweier aufgeweckter Knaben von sieben und acht Jahren war es das Verhalten ihres Dienstherrn, das ihr ein Verbleiben unmöglich machte.

Zuerst glaubte sie gewisse Blicke und scheinbar zufällige Berührungen nur mißzuverstehen, um so mehr, als das Verhältnis zwischen dem Mann und der jungen, noch hübschen Frau ein völlig ungetrübtes zu sein schien. Bald aber konnte sich Therese über die Absichten des Gatten, der ihr im übrigen gar nicht übel gefiel, keiner Täuschung mehr hingeben, sie mußte sich gestehen, daß sie ihm auf die Dauer nicht hätte Widerstand leisten können oder gar wollen, bis ein ganz brutaler Annäherungsversuch, den er eines Abends wagte, während Frau und Kinder im Nebenzimmer weilten, sie mehr mit Schrecken als mit Widerwillen erfüllte und sie wieder zu überstürztem Abschied nötigte.

52

Nun trat sie in ein sogenanntes großes Haus ein, was die Stellenvermittlerin als einen besonderen und gewissermaßen unverdienten Glücksfall angesehen wissen und wofür sie auch mit einem besonderen Honorar bedacht werden wollte. Der Bankdirektor Emil Greitler war ein Mann von über fünfzig, von höflich-liebenswürdigem, fast diplomatisch-reserviertem Benehmen; seine Gattin, unscheinbar und verblüht, hing an ihm mit unerwiderter Liebe und schaute mit Bewunderung zu ihm auf. Es waren vier Kinder da; mit den beiden älteren, einem Studenten der Rechte und einem, der sich dem Bankfach widmete, hatte Therese nichts zu tun, das dreizehnjährige Mädchen und der jüngste, neunjährige Sohn besuchten öffentliche Lehranstalten und hatten überdies so viele Privatlehrer, daß Theresens Wirksamkeit sich so ziemlich darauf beschränkte, die beiden Kinder zur Schule, von dort nach Hause und auf Spaziergängen zu begleiten. Gern hätte sie sich dem jungen Mädchen herzlicher angeschlossen, doch dieses, auch in den Gesichtszügen dem Vater ähnlich, in all ihrer Kindlichkeit unnahbar wie er, blieb ihrem gleichsam mütterlichen Werben gegenüber kühl. Therese kränkte sich anfangs, wurde dann selbst herber, ja strenger zu dem Kinde, als sie gewollt, bis sich endlich eine gleichgültige Beziehung entwickelte, in der nur zuweilen eine lächerliche Gereiztheit von Theresens, eine hochmütige Ver-

schlossenheit von Margaretens Seite an den vergeblichen, halb
unbewußt geführten Kampf von früher erinnerte. Der neunjährige Siegfried war ein fröhliches, für sein Alter merkwürdig
witziges Kind, dem Therese öfters sein vorlautes Wesen verweisen, über dessen spaßhafte Einfälle und Redewendungen sie
aber doch, wie die anderen Leute, manchmal lachen mußte. Sie
hatte viel freie Zeit für sich, doch sah man es nicht gerne, wenn
sie auf allzu lange das Haus verließ, und obwohl man ihrer
wenig bedurfte, mußte sie doch immer zur Verfügung stehen.
Oft gab es kleinere und größere Gesellschaften, denen sie kaum
jemals beigezogen wurde. Gegen Schluß des Karnevals aber
fand ein Ball statt, zu dessen Vorbereitungen Frau Greitler, die
etwas leidend war, Theresens Hilfe vielfach in Anspruch genommen hatte, und so konnte sie nicht umhin, das Fräulein an der
Festlichkeit teilnehmen zu lassen. Erst nach der Pause wurde sie
von einem hübschen jungen Menschen mit kleinem blonden
Schnurrbart zum Tanzen aufgefordert, auch die beiden jungen
Herren des Hauses, der Jurist und der Bankbeamte, sowie
andere Gäste tanzten mit ihr, der junge Blonde kam immer wieder und unterhielt sie in einer lustigen, etwas frechen Art, ein
Dragonerleutnant reichte ihr beim Büfett ein Glas Champagner
und stieß mit ihr an, ein schwarzer Krauskopf mit einem zarten
und wohlgefälligen Schmiß auf der Stirn, der sie beim Tanzen
ganz unverschämt an sich gedrückt, aber kaum ein Wort gesprochen hatte, wagte um drei Uhr morgens so verwegene
Anspielungen, daß sie tief errötete und nichts zu erwidern vermochte. Und endlich wurde sie von dem Blonden ganz einfach
um ein Rendezvous gebeten. Sie wies ihn ab, aber an den Tagen,
die dem Ball folgten, bei jedem Gang auf die Straße hegte sie
immer wieder die Hoffnung, ihm zu begegnen, und als er eine
Woche später einen Besuch im Hause abstattete, dessen bei
Tische wie anderer auch Erwähnung getan wurde, empfand sie
eine Art von Enttäuschung, die sich aber nicht so sehr auf dieses
versäumte Wiedersehen bezog, sondern auf manche andern
unwillkürlichen und unverschuldeten Versäumnisse der letzten
Jahre, die ihr nun mit einem Male bewußt wurden.

Da die Gehaltsauszahlung im Hause Greitler sich meistens
um einige Tage verzögerte, war es ihr nicht aufgefallen, als einmal der ganze Monat verstrichen war, ohne daß sie ihre Entloh-

nung erhalten hätte. Doch als auch am nächsten Fälligkeitstag die Bezahlung ausblieb, sah sich Therese, die das Geld brauchte, genötigt, Frau Greitler zu mahnen. Sie wurde gebeten, sich nur noch ein paar Tage zu gedulden, und erhielt tatsächlich bald darauf den größeren Teil ihres Gehaltes ausbezahlt. Sie wäre nun einigermaßen beruhigt gewesen, wenn nicht am gleichen Tag das Dienstmädchen die Frage an sie gerichtet hätte, wieviel man ihr schuldig sei. Es war bisher ihr Grundsatz gewesen, sich niemals mit dem Personal eines Hauses, in dem sie selbst in Stellung war, in Unterhaltungen über die »Herrschaft« einzulassen, – diesmal konnte sie der Versuchung nicht widerstehen, und so erfuhr sie bald, daß das Haus Greitler nach allen Seiten hin verschuldet, daß zum Beispiel nicht einmal die Rechnung des Zuckerbäckers vom letzten Ball her beglichen sei. Therese konnte und wollte das einfach nicht glauben. Denn im Hause ging alles den alten Gang. Es wurde vornehm serviert, vortrefflich gegessen, man empfing Gäste, der Wagen stand vor dem Haus, die Sommertoiletten für die gnädige Frau waren bei einem ersten Schneider bestellt wie gewöhnlich; auch in der Laune des Herrn Greitler zeigte sich keine Änderung; er war von derselben etwas kühlen und unbeteiligten Freundlichkeit gegenüber Frau und Kindern wie bisher, verriet keine Spur von Hast oder Ungeduld, bei Tische wurde die Frage des Landaufenthalts erwogen, und kein Anzeichen ließ vermuten, daß irgendeine bedeutsame Veränderung bevorstünde. Eines Tages aber im Mai verreiste Herr Greitler, wie es häufig geschah, nahm heiteren Abschied wie gewöhnlich, in zehn Tagen sollte er wiederkommen; auch während seiner Abwesenheit veränderte sich anfangs nicht das geringste im Hause, bis eines Morgens in sehr früher Stunde eine merkwürdige Unruhe im Vorzimmer Therese erwachen und aufhorchen ließ. Zwei Stunden später meldete das Dienstmädchen, daß auch Frau Greitler plötzlich abgereist sei. Am Mittagstisch erzählte der älteste Sohn von der plötzlichen Erkrankung eines entfernten Verwandten. Doch vor Abend schon erschien Frau Greitler wieder, – totenblaß und verweint. Es ließ sich nicht länger verheimlichen, was sich ereignet hatte. Schon die Abendblätter brachten die Nachricht. Der Zusammenbruch war erfolgt; Herr Greitler war am Morgen im Eisenbahnzug, zwei Stunden weit von Wien, verhaftet worden. Frau

Greitler stellte Therese frei, das Haus sofort zu verlassen, diese aber erbot sich, so lange zu bleiben, bis sie eine neue Stellung gefunden hätte. Sonderbar erschien es ihr, wie rasch sich alle Familienmitglieder in den Wechsel der Verhältnisse hineinzufinden wußten, von dem äußerlich kaum etwas zu merken war. Man speiste geradeso gut wie vorher, die Kinder gingen weiter in die Schule, Margarete blieb hochmütig, wie sie gewesen, Siegfried machte weiter seine Späße, die Lehrer erschienen zu den gewohnten Stunden, auch an Besuchern fehlte es nicht; – manche waren allerdings darunter, die man früher nicht im Hause gesehen hatte, und andere blieben aus. Als Therese schied, gab ihr Frau Greitler, die gerade in diesen schweren Tagen eine ihr sonst nicht eigene Ruhe und Tatkraft gezeigt hatte, die herzlichsten Wünsche auf den Weg, der noch fällige Gehalt wurde ihr freilich nicht ausbezahlt.

53

Sie hatte die erste beste Stellung annehmen müssen, die sich ihr geboten: als »Fräulein« bei drei völlig unerzogenen Kindern zwischen sechs und zehn Jahren, mit denen sie in jeder Hinsicht ihre Plage hatte; der Vater war ein Versicherungsagent, nur abends daheim und stets von übler Laune, die Mutter eine dicke, törichte, anscheinend phlegmatische Person, die aber zwei- bis dreimal im Tage, wie anfallsweise, mit den Kindern herumzuschreien, mit jedem, der ihr in die Nähe kam, zu zanken, Therese wie einen Dienstboten abzukanzeln begann, um dann wieder in eine Art von Lethargie zu versinken, aus der weder wirtschaftliche Verpflichtungen noch das Toben der Kinder sie zu erwecken imstande waren, so daß Theresen die ganze Verantwortung aufgelastet blieb. Zwei Monate hielt sie diese Existenz aus, dann kündigte sie und fuhr nach Enzbach.

Es war nicht allein der Widerwille, die Ermüdung nach den Aufregungen der letzten Monate; es war auch eine plötzliche, von Gewissensregungen nicht ganz freie Sehnsucht nach Franz, die sie diesmal so mächtig dort hinzog. In den letzten drei Jahren hatte sie sich allzu wenig um ihn gekümmert, an seinem Wachsen und Werden kaum mehr inneren Anteil genommen.

So sehr sie sich damit zu beruhigen suchte und wohl auch durfte, daß es ihr an Zeit gemangelt, daß auch an Urlaubstagen ihr körperlicher und seelischer Zustand sie selbst die kleine Reise nach Enzbach schon als Mühe empfinden ließ, so war sie sich doch klar darüber, daß allzu oft der Wunsch, ihren Buben wieder zu sehen, sich nicht eben sehr dringend gemeldet hatte; ja, daß er in den Wochen der Trennung ihr immer ferner und fremder wurde und daß sie manchmal die verhältnismäßig geringe materielle Verpflichtung gegenüber der Frau Leutner als eine Last empfand. Dies entschuldigte sie bei sich wieder damit, daß ihr Franzens Anhänglichkeit an seine Pflegemutter manchmal stärker schien als an sie selbst, daß er allmählich ein rechtes Bauernkind zu werden anfing und daß er trotzdem in gewissen Augenblicken in einer fast unheimlichen Weise dem kläglichen Menschen ähnlich sah, der sein Vater war. In der letzten Zeit nun gesellte sich diesen Regungen, wie es immer wieder geschah, ein gewisses Schuldgefühl bei, es war ihr, als hätte sie an ihrem Buben etwas gutzumachen, als müßte die Schwäche und Unsicherheit ihres mütterlichen Gefühls sich sowohl an ihr wie an ihm einmal rächen, und so kam es, daß sie die Anhöhe zu dem Leutnerschen Gehöft mit einer Bangigkeit hinaufstieg, wie es schon lange nicht der Fall gewesen. Sie verspürte eine plötzliche Angst, ihren Buben krank zu finden. Tatsächlich hatte sie schon beinahe drei Wochen keinerlei Nachricht von ihm erhalten. Oder er wollte vielleicht nichts mehr von ihr wissen; er würde ihr sagen: Was kommst du denn immer wieder? Ich brauch' dich nicht mehr.

Und sie brach in Tränen aus, als er ihr freudig entgegenlief, wie kaum je zuvor, und sie drückte ihn ans Herz, als hätte sie sich ihn für immer wiedergewonnen. Auch die Frau Leutner erschien ihr herzlicher denn je, sie schien ganz erschrocken über Theresens schlechtes Aussehen und riet ihr dringend, doch bis zum Herbst auf dem Lande zu bleiben. Therese fühlte sich körperlich und seelisch so ermüdet, daß sie sich sofort einverstanden glaubte, und in den ersten Tagen schon erholte sie sich sichtlich. Sie hatte mehr Freude an ihrem Buben als seit langer Zeit, das Fremde seines Wesens schien diesmal geschwunden; er schloß sich ihr, was er früher nie getan, freiwillig auf kleinen Spaziergängen an, sein Blick erschien ihr, zum ersten Male eigentlich, ganz offen und frei. Seit ein paar Monaten besuchte er die Schule, und der Lehrer, mit dem sie einmal sprach, nannte ihn ein kluges und aufgewecktes Kind. Frau Leutner hatte allerlei Unerläßliches für ihn angeschafft; da Therese auch mit dem Kostgeld in Rückstand war, konnte sie die Bezahlung nicht lange aufschieben, und zum erstenmal sah sie sich genötigt, ihre Mutter um Hilfe anzugehen. Das Geld blieb einige Zeit hindurch aus, worauf sich die Haltung und die Laune der Frau und besonders des Herrn Leutner Theresen gegenüber in unerfreulicher Weise zu ändern anfing. Der Betrag, den ihr die Mutter endlich auf eine neue Mahnung sandte, war so geringfügig, daß er nicht ausreichte. Therese beglich einen Teil ihrer Schuld. Die Stimmung wurde übler von Tag zu Tag, Therese erkannte, daß ihres Bleibens in Enzbach nicht länger sein konnte, und an einem glühend heißen Augusttag, kaum zehn Tage nach ihrer Ankunft, reiste sie wieder nach Wien zurück, um eine neue Stellung anzutreten, die erste beste, die sich auf ihre schriftlichen Bemühungen hin ihr geboten.

54

Die zwei Mädchen von vier und sechs Jahren, die ihrer Obhut anvertraut waren, machten ihr um so mehr zu schaffen, als die Mutter, den ganzen Tag in einem Bureau tätig, am späten Abend erst nach Hause kam. Der Vater befand sich angeblich auf einer Geschäftsreise, es kamen niemals Briefe von ihm, und Therese war sich bald klar darüber, daß er seiner Frau, einem reizlosen und mürrischen Geschöpf, auf Nimmerwiedersehen durchgegangen war. Das jüngere Mädchen war kränklich, in der Nacht meist unruhig, was die im Nebenzimmer schlafende Mutter kaum zu stören schien. Als Therese einmal davon sprach, daß es doch vielleicht gut wäre, einen Arzt zu Rate zu ziehen, herrschte die Mutter Therese an, erklärte ihr, daß sie selber wisse, was sie zu tun habe, ein Wort gab das andere, und Therese kündigte ihre Stellung. Sie hatte vorher nicht gewußt, daß ihr der Abschied von dem kleinen kränklichen Mädchen so nahe gehen würde, als es nun der Fall war; und noch lange mußte sie an das blasse, rührende Antlitz des Kindes denken und an sein Lächeln, wenn es nachts wimmernd die Ärmchen um ihren Hals gelegt hatte.

Sie wollte nicht früher wieder nach Enzbach fahren, als sie ihre kleine Schuld an Frau Leutner abtragen konnte, und da sich nicht sofort eine neue Stellung fand, zog sie es vor, in einem kleinen Gasthof abzusteigen. Niemals hatte sie in einem kläglicheren und verwahrlosteren Quartier gewohnt. Sie schlief, ohne sich auszukleiden. Unglücklicherweise regnete es während dieser Tage, an denen sie in hundert Straßen treppauf treppab nach einer neuen Stellung lief, beinahe ununterbrochen. Sie wollte diesmal nicht voreilig sein und sich lieber einige Zeit behelfen, wie es eben ging, als wieder in ein Haus eintreten, wo ihres Bleibens nicht sein könnte. Es begegnete ihr, daß man in Häusern, wo sie selbst offenbar sympathisch wirkte und wo sie auch gern geblieben wäre, wegen ihrer fast dürftigen Kleidung – wie sie an den Blicken der Leute wohl merkte – nicht aufgenommen wurde. Was sollte sie tun? Sich noch einmal an die Mutter wenden und mit einer Art Almosen abgefunden werden? Den Bruder aufsuchen, mit dem sie nun fast jahrelang in keinerlei Verbindung mehr stand? Irgendeine der Damen anbetteln, bei denen sie früher in Stellung gewesen war? Vor all dem scheute sie zurück. Auch wußte sie nicht, wo sie eine ausgiebige Hilfe hätte erwarten dürfen. Wieder einmal, in einer endlosen Nacht, da sie angekleidet auf dem miserabeln Bett lag, das nun ihr Lager bedeutete, kam ihr, wie schon vor Jahren in einer ähnlichen Lebenslage, der Gedanke, sich zu verkaufen. Sie dachte daran wie an etwas Gleichgültiges, nur schwer Durchführbares. War sie denn noch eine Frau? Fühlte sie auch nur die geringste Sehnsucht darnach, in den Armen eines Mannes zu liegen? Das erbärmliche Dasein, das sie führte, als ein Geschöpf, das nie sich selber gehörte, das keine Heimat hatte, das eine Mutter war und, statt das eigene Kind, die Kinder fremder Leute behüten und aufziehen mußte, das heute nicht wußte, wo es morgen sein Haupt hinlegen sollte, das an einem Tag zwischen den Erlebnissen, Geschäften und Geheimnissen fremder Leute als eine Zufallsvertraute oder als eine absichtlich Eingeweihte umherging, um am nächsten als eine gleichgültige Fremde auf die Straße gesetzt zu werden, – was hatte solch ein Geschöpf für Anrecht auf ein Menschen-, auf ein Frauenglück? Sie war allein und zum Alleinsein bestimmt. Gab es denn noch irgendein Wesen, an dem sie hing? Ihr Kind? Ihr Mutterherz war abgenützt, wie ihre ganze Seele, wie ihr Leib und wie alles, was sie am Leibe trug. Auch mit ihrer Schönheit – ach, sie war ja niemals wirklich schön gewesen –, mit ihrer Anmut, mit ihrer Jugend war es vorbei. Sie fühlte, wie ihre Lippen zu einem müden Lächeln sich verzogen. Siebenundzwanzig Jahre war sie alt. War das nicht doch zu früh, um alle Hoffnung aufzugeben? Jener Ball im Hause Greitler fiel ihr ein, der noch gar nicht so weit zurücklag und auf dem sie so viele Eroberungen gemacht hatte.

In der Stille und Dunkelheit des Gemachs, während an das Fenster unablässig die Regentropfen schlugen, unter ihrem abgetragenen Mantel, innerhalb der ärmlichen Hüllen und Kleidungsstücke wurde sie sich plötzlich wieder ihres Leibes, ihrer Haut, ihrer pulsenden Adern so schwellend heiß bewußt, wie es ihr kaum je in einem lauen Bade oder in jenen, freilich längst vergessenen Umarmungen geliebter Männer begegnet war.

Des Morgens erwachte sie wie aus einem wollüstigen Traum, dessen sie sich in den Einzelheiten nicht zu erinnern vermochte. In dieser Stimmung mit neuerwachtem Mut wagte sie den Gang zu einer ihr von besseren Zeiten her bekannten Schneiderin. Man kam ihr mit der größten Freundlichkeit entgegen; zur Entschuldigung ihres etwas defekten Aussehens erzählte sie eine Geschichte von einem verlorengegangenen Koffer, auf ihre Bitte verfertigte man ihr innerhalb vierundzwanzig Stunden ein einfaches, gutsitzendes Kostüm, ohne auf sofortiger Bezahlung zu bestehen, und so trat sie ihre Wanderung – ach, wie oft, wie zum Überdruß oft, hatte sie es schon getan – mit erhöhter Zuversicht wieder an.

Sie fand eine ihr zusagende Stellung im Hause einer Professorswitwe, wo sie die Erziehung zweier stiller blonder Mädchen von zehn und zwölf Jahren zu leiten hatte, die ihrer Kränklichkeit wegen in diesem Jahre eine öffentliche Schule nicht besuchten. Die gute Behandlung, die Therese in diesem Hause zuteil wurde, der angenehme Verkehrston, die Bescheidenheit und Folgsamkeit der jungen Mädchen, die Freundlichkeit der Mutter, deren Wesen noch von der Trauer um den erst kürzlich verstorbenen Gatten umschattet schien, wirkte anfangs wohltuend auf sie ein. Auch der Unterricht bereitete ihr um so mehr Vergnügen, als er ausschließlich in ihre Hand gelegt war; sie begann wieder, wie sie es bei Eppichs getan, sich für die Lektionen vorzubereiten, frischte dabei ihre Kenntnisse in manchen Gegenständen auf und fand in sich manches Interesse wieder, das sie schon erloschen geglaubt hatte. Über Weihnachten erteilte man ihr gerne Urlaub, sie fuhr nach Enzbach, hatte diesmal besonders viel Freude an ihrem Buben – und was sie trotzdem schon am frühen Nachmittag des zweiten Feiertags in die Stadt hineintrieb, hätte sie selbst nicht zu sagen gewußt. Als sie am Abend mit der Witwe und den zwei Mädchen bei dem kärglichen Nachtmahl saß, schweigsam wie gewöhnlich, während von den andern in melancholischen Andeutungen des verstorbenen Familienoberhauptes gedacht wurde, überfiel sie plötzlich eine so quälende Langeweile, daß sie einen dumpfen Groll gegen diese Menschen zu empfinden begann, in deren trübselige Stimmung sie als ganz Unbeteiligte hineingezogen wurde. Sie hatte es freilich oft genug erfahren, daß auf ihre eigene seelische Verfassung niemals die geringste Rücksicht genommen wurde, daß man sich vor ihr in Freude und in Schmerz mit gleicher Lässigkeit gehen ließ; aber noch nie war ihr dies mit einem solchen Gefühl innerer Auflehnung bewußt geworden als gerade hier, wo sie sich eigentlich über nichts zu beklagen hatte, ja, wo man ihr offenbar wohl wollte. Dazu kam noch, daß man auf ihr Nachhausekommen zum Abendessen heute nicht gerechnet hatte und sie daher noch hungriger von Tische aufstand als sonst. Sie faßte in dieser Nacht schon den Entschluß, das Haus baldmöglichst zu verlassen; doch es dauerte noch bis zum Frühjahr, ehe Therese ihren Entschluß zur Ausführung bringen konnte.

55

Nach einem beinahe schmerzlichen Abschied, bei dem sie sich vielleicht zum ersten Male gegenüber den Menschen, deren Haus sie verließ, im Unrecht fühlte, trat sie ihren neuen Posten bei einer wohlhabenden Kaufmannsfamilie, einem Hutmacher

in der inneren Stadt, als Erzieherin des einzigen, recht verzogenen und besonders schönen siebenjährigen Buben an. Was Theresen am meisten auffiel, war die ununterbrochen gute Laune,
die in diesem Hause herrschte. Zu Tische war beinahe immer
irgendwer zu Gaste – ein Onkel, eine Kusine, ein Geschäftsfreund, ein verwandtes Ehepaar aus der Provinz –, es wurde vorzüglich gegessen und getrunken, man erzählte Anekdoten,
Tratsch aus der Nähe und aus der Ferne, lachte viel und war
sichtlich erfreut, ja, irgendwie geschmeichelt, wenn Therese
mitlachte. Man behandelte sie wie eine gute alte Bekannte,
fragte sie nach ihrem Elternhaus, nach ihren Jugenderlebnissen;
es war das erstemal, daß sie wieder von ihrem Vater, dem
verstorbenen hohen Offizier, von ihrer Mutter, der beliebten
Romanschriftstellerin, von Salzburg, von allerlei Menschen, die
sie im Laufe der Zeit kennengelernt, reden durfte, ohne vor-
dringlich zu erscheinen. So konnte sie sich leicht behaglich
fühlen. Der Bub aber, soviel er ihr auch durch sein verwöhntes,
anspruchsvolles Wesen zu schaffen machte, entzückte sie geradezu. Sie entdeckte bald, daß seine Eltern ihn wohl zu
verwöhnen, aber doch eigentlich nicht ganz zu würdigen verstanden. Sie fand, daß er nicht nur klug, weit über seine Jahre,
sondern von einer ganz eigenen, fast überirdischen Schönheit
war, die sie übrigens an das Kostümbild irgendeines Prinzen
erinnerte, sie wußte nicht, an welches, das sie einmal in einer
Galerie gesehen. Und bald erkannte sie, daß sie dieses Kind
geradesosehr, ja, noch mehr liebte als ihr eigenes. Als es eines
Abends an hohem Fieber erkrankte, war sie es, die angstverzehrt
drei Nächte lang an seinem Bette wachte, während die Mutter,
in diesen Tagen selbst etwas leidend, sich nur Bericht über den
Zustand des Kindes erstatten ließ, das übrigens am dritten Tag
schon vollkommen hergestellt war. Bald nachher wurden allerlei Sommerpläne gemacht; man zog die Umgebung von Salzburg in Betracht, und auch Theresens Rat war willkommen.

Da geschah es an einem heitern Sonntagmorgen, daß die Frau
des Hauses sie zu sich ins Zimmer bat und ihr freundlich wie immer mitteilte, daß in wenigen Tagen die frühere Erzieherin
zurückerwartet würde, die nur zum Besuch von Verwandten
einen halbjährigen Urlaub in England verbracht hatte. Therese
glaubte zuerst nicht recht zu verstehen. Als sie nicht länger

daran zweifeln konnte, daß sie fort sollte, brach sie in Tränen aus. Die Frau tröstete sie, redete ihr zu und lachte sie endlich in ihrer gutmütigen und gedankenlosen Art wegen dieser »Raunzerei« ein wenig aus. Weder sie noch ihr Gatte schienen im geringsten die Empfindung zu haben, daß man Theresen ein Unrecht oder gar einen Schmerz antäte. Der Ton ihr gegenüber im Hause nach der Kündigung änderte sich so wenig, daß Therese immer wieder zu glauben versucht war, sie werde doch weiter hier bleiben dürfen. Ja, man besprach auch nach wie vor mit ihr verschiedene Einzelheiten des bevorstehenden Urlaubs, und der Bub redete von Ausflügen, Kahnfahrten, Bergpartien, die er mit ihr unternehmen wollte. Immer wieder hatte sie während der Mahlzeiten mit Tränen zu kämpfen. Es gab eine Nacht, da sie halb im Traum allerlei romanhafte Pläne erwog: Entführung des Knaben, einen Anschlag gegen die aus England zurückkehrende Erzieherin; – auch noch dunklere Vorsätze, die sich gegen das Kind und gegen sie selbst richteten, gingen ihr durch den Sinn. Am Morgen waren sie natürlich alle in nichts zerflossen.

Endlich war der Tag des Abschieds da. Es war Sorge dafür getragen, daß der Kleine sich auf Besuch bei den Großeltern befand; man gab Theresen eine billige Bonbonniere und die besten Wünsche mit auf den Weg, ohne auch nur mit einem Worte anzudeuten, daß man sie gelegentlich wiederzusehen wünsche. Als sie die Treppe hinunterschritt, starr und tränenlos, wußte sie, daß sie dieses Haus nie wieder betreten würde. Es war nicht das erstemal, daß sie sich dergleichen vorgenommen; aber auch dort, wo ein solcher Vorsatz nicht in ihr aufgetaucht war, wo sie in Frieden, ja, sozusagen in Freundschaft geschieden war, auch dorthin hatte sie beinahe niemals wieder den Fuß gesetzt. Wann hätte sie auch Zeit dazu gefunden?

Sie fuhr nach Enzbach mit der Hoffnung, sich in der freien Natur zu erholen, mit der Sehnsucht, sich unter den Menschen draußen wohl zu fühlen, mit dem gleichsam verzweifelten Wunsch, ihr Kind mehr, besser zu lieben, als sie es bisher getan. Nichts von all dem glückte ihr, alles schien vielmehr aussichtsloser als je. Niemals noch war sie in einer so völlig fremden Welt gewesen. Es war ihr, als käme man ihr übelgesinnt, geradezu feindselig entgegen, und so sehr sie sich Mühe gab, es gelang ihr kaum, mütterliche Zärtlichkeit für ihr Kind zu fühlen.

Am schlimmsten wurde es, als Agnes, die indes in Wien Kindermädchen gewesen war, für ein paar Tage nach Enzbach kam. Die Zärtlichkeit der Sechzehnjährigen für den Buben war Theresen in der Seele zuwider, sie ertrug es nicht, das junge Mädchen dem Kind gegenüber sich gleichsam mütterlicher gebärden zu sehen, als sie selbst es vermochte. Manchmal wieder schien ihr das Verhalten von Agnes keineswegs von mütterlichen Gefühlen bestimmt; es hatte vielmehr den Anschein, als habe Agnes es nur darauf angelegt, Therese zu ärgern, zu verletzen, eifersüchtig zu machen. Als ihr das Therese auf den Kopf zusagte, erwiderte sie höhnisch und frech. Frau Leutner schlug sich auf die Seite ihrer Tochter; es kam zu einem Zank, in dem auch Therese alle Haltung verlor; empört über die andern, unzufrieden mit sich selbst, erkannte sie, daß alles nur schlimmer werden konnte, wenn sie noch länger blieb, und es geschah zum erstenmal, daß sie Enzbach ohne eigentlichen Abschied – fluchtartig verließ.

56

Über die neue Stellung, die sie an einem heißen Augusttag antrat, war sie von ihrem Bureau, wie sich bald zeigte, ziemlich falsch unterrichtet worden. Sie kam keineswegs in eine elegante Villa zu einem gutsituierten Fabrikanten, wie man ihr vorgespiegelt, es war vielmehr ein höchst vernachlässigtes, freilich als Landhaus gebautes weitläufiges Gebäude, in dem vier Familien zum Sommeraufenthalt wohnten, die sich nebst ihren Kindern in stetem Hader miteinander befanden, so daß man sich sogar im Garten um die Plätze, die Bänke, die Tische zu zanken pflegte und es immer wieder gegenseitige Beschwerden auszutragen gab. Die schlechtest erzogenen Kinder von allen waren die drei – im Bureau hatte man ihr nur von zweien gesagt –, die Theresens Obhut anvertraut waren, drei Buben zwischen neun und zwölf Jahren. Die Mutter war eine noch leidlich junge, zu früh fett gewordene, schon am frühen Morgen geschminkte Person, die zu Hause und im Garten in Hauskleidern von fragwürdiger Reinlichkeit umherzugehen, sich aber für die Promenade um so großartiger und auffallender herzurichten pflegte. Sie selbst, wie auch die Kinder, sprachen einen häßlichen jüdischen Jargon, gegen den, wie gegen die Juden überhaupt, Therese seit jeher eine gewisse Abneigung verspürte, obzwar sie sich in manchen jüdischen Häusern keineswegs übler als in andern befunden hatte. Daß auch die Eppichs, wenn auch getauft, einer Rasse angehörten, der gegenüber sie von einem Vorurteil nun einmal nicht ganz frei war, hatte sie erst kurz vor ihrem Austritt mit einiger Verwunderung erfahren. Der Vater ihrer neuen Zöglinge, ein kleiner bedrückter Mensch mit melancholischen Hundeaugen, kam meistens nur an Feiertagen, gegen Mittag, aufs Land hinaus, bei welcher Gelegenheit es beinahe immer Auftritte zwischen ihm und seiner Gattin gab. Nachmittags verschwand er eiligst und begab sich, wie Therese aus hämischen Bemerkungen seiner Frau entnahm, ins Kaffeehaus, wo er bis zum späten Abend Karten spielte und sein Geld, ja, nach den Behauptungen der Gattin, allmählich die ganze Mitgift verlor. Therese begriff nicht recht, warum die Frau sich immer darüber beklagte, daß er sie vernachlässige, da sie selbst keineswegs für ihn Zeit hatte. Nachmittags lag sie stundenlang auf dem Diwan, dann kleidete sie sich für die Promenade an und kam meist später zurück, als man sie erwartet hatte. Theresen gegenüber war sie bald freundlich, geradezu um ihre Gunst beflissen, bald heftig und ungeduldig und in jeder Beziehung von einer Ungeniertheit, die Therese oft peinlich berührte. Unter anderen Pflichten hatte der Gatte auch die, seiner Frau Bücher aus der Leihbibliothek mitzubringen, die aber meist ungelesen auf den Gartenbänken oder auf den Zimmermöbeln herumlagen. Es war Theresens Absicht, gleich nach der Rückkehr aus der Sommerfrische das Haus zu verlassen. So kümmerte sie sich um die drei Judenbengels, wie sie sie bei sich zu nennen pflegte, nicht mehr als unumgänglich notwendig war, überließ sie ihren Spielen, ihren Ungezogenheiten; und da sie mit ihrer Zeit nichts Rechtes anzufangen wußte, nahm sie manchmal mechanisch einen Leihbibliotheksband zur Hand, las da und dort ein Kapitel, ohne innerlich recht dabei zu sein. Da fiel ihr einmal ein Buch ihrer Mutter in die Hände. Sie griff kaum mit größerem Interesse darnach als nach irgendeinem der andern, da ihr, was sie bisher von den Leistungen der Schriftstellerin Fabiani kennengelernt, nicht nur langweilig, sondern überdies lächerlich erschienen war. Sie las nachmittags im Garten zu einer verhältnismäßig ruhigen Stunde in einer Ferienstille, die nur durch das Klavierspiel irgendeiner Hausbewohnerin gestört war, las ohne Anteilnahme eine Geschichte, die sie glaubte schon hundertmal gelesen zu haben, bis sie einmal an eine Stelle geriet, von der sie sich bewegt fühlte, ohne recht zu wissen warum. Es war der Brief eines betrogenen und verzweifelten Liebhabers, der so unvermutet mit einem ergreifenden Ton von Wahrheit an Theresens Seele rührte. Ein paar Seiten darauf folgte ein zweiter, ein dritter Brief ähnlicher Art; und nun erkannte Therese, daß die Briefe, die sie hier gedruckt las, keine anderen waren, als die Alfred ihr vor vielen Jahren geschrieben und die die Mutter ihr damals aus der Lade gestohlen hatte. Sie waren wohl etwas verändert, wie es der Inhalt des Romanes verlangte, gewisse Sätze aber waren deutlich erhalten. Zuerst fühlte Therese nur die leise Wehmut, die sie immer überkam, wenn sie auf irgendeine Weise an Alfred erinnert wurde. Dann aber erfaßte sie eine heftige Erbitterung gegen die Mutter, doch hielt sie nicht lange an, – ja, sie mußte bald lachen, und noch am selben Abend schrieb sie ihrer Mutter halb im Scherze, wie geschmeichelt sie sich fühle, an den Werken der berühmten Schriftstellerin, was sie bisher nicht geahnt, in bescheidener Weise mitarbeiten zu dürfen.

Wenige Tage später langte eine sehr sachlich und doch zugleich herzlich gehaltene Anfrage der Mutter ein, auf welches Honorar Therese für ihre Mitarbeiterschaft Anspruch erhebe, und schon zwei Tage darauf, unerbeten, traf zwar nicht eine Geldsumme, aber einige Wäschestücke und eine weiße Batistbluse ein, die Therese zwar anfangs zurückschicken wollte, aber dann doch lieber behielt, da sie ihr sehr gelegen kamen.

Wenige Tage, ehe man aus der Sommerfrische nach Wien übersiedeln sollte, erhielt Therese einen Brief, in dem sie um ein Rendezvous ersucht wurde. Mit vollem, ihr bis dahin unbekanntem Namen unterschrieben war ein Offizier, der kein anderer sein konnte als ein gewisser, sehr hagerer Oberleutnant mit schwarzem Schnurrbart, dem sie oft im Kurpark flüchtig zu begegnen und der sie mit besonders frechen Blicken zu mustern pflegte. In unverblümten Worten, die sie anfangs empörten, dann aber tief erregend in ihr nachwirkten, gestand ihr der Offizier seine Liebe, seine Leidenschaft, sein Verlangen.

Nachdem sie den ganzen Tag über inneren Widerstand geleistet, fand sie sich in später Abendstunde, sobald sie die Kinder zu Bette gebracht hatte, im Kurpark ein, der Oberleutnant, der sie erwartet, trat auf sie zu, ergriff ihre Hand in wilder, fast gewalttätiger Weise; in einer dunklen Allee gingen sie eine Weile auf und ab; bald, fast ohne zu wissen, wie ihr geschah, erwiderte sie seine gierigen Küsse. Er wollte sie in noch dunklere, abgelegene Partien des Parkes locken, da riß sie sich von ihm los und ging nach Hause. Jetzt erst kam ihr zu Bewußtsein, daß sie mit dem Oberleutnant während dieses leidenschaftlichen Zusammenseins kaum zehn Worte gewechselt hatte, und sie schämte sich sehr. Morgen wollte er sie wieder erwarten, und sie nahm sich fest vor, nicht an den Ort des Stelldicheins zu kommen. Sie hatte eine schlaflose Nacht, in der ihre Sehnsucht nach ihm zu fast körperlichem Schmerze anwuchs. Mittags bekam sie einen Brief von unbekannter Hand. Er enthielt von einer »wohlmeinenden Freundin«, die ihren Namen allerdings verschwieg, den guten Rat, sich die Leute doch besser anzusehen, mit denen sie sich nachts im Kurpark herumtreibe. Jemand, der es leider wisse, mache sie darauf aufmerksam, daß der Offizier sich in diesem Kurort zur Behandlung einer gewissen, ansteckenden Krankheit aufhalte und noch lange nicht geheilt sei. Hoffentlich treffe diese Warnung noch rechtzeitig ein. Therese erschrak tödlich. Sie rührte sich vom Hause nicht fort; dunkel war ihr bewußt, daß am Ende auch schon die Küsse des gestrigen Abends verhängnisvolle Folgen haben konnten. Aber sie hoffte zugleich, daß Gott sie nicht so hart strafen würde, wenn sie nur die Kraft hätte, den gefährlichen Menschen nicht wiederzusehen. Es gelang ihr tatsächlich, sich die nächsten Tage zu Hause zu halten; eine heftige Auseinandersetzung mit der Mutter ihrer Zöglinge ermöglichte es ihr, ihre Stellung vor Ablauf der Kündigungsfrist zu verlassen; auf dem Weg zum Bahnhof erblickte sie den Oberleutnant von ferne, und es glückte ihr, zu entkommen, ohne daß er sie bemerkt hätte.

57

In dem Hause eines Großindustriellen, wo sie ihre nächste Stellung antrat, sollte sie, wie sich bald herausstellte, nicht so sehr als Erzieherin denn vielmehr als Pflegerin bei einem rettungslos dahinsiechenden, fast gelähmten neunjährigen Mädchen Dienste leisten. In einem ihr selbst kaum begreiflichen qualvollen Mitleid mit dem armen Kind, das sich nicht nur seiner Leiden, sondern auch des nahen Todes bewußt schien, und auch im Mitgefühl für die unglücklichen Eltern, die schon Jahre hindurch diesen Leiden hilflos zusehen mußten, glaubte sich Therese anfangs bereit, das Opfer zu bringen, das man von ihr verlangte. Aber schon nach wenigen Wochen sah sie ein, daß weder ihre körperlichen noch ihre seelischen Kräfte dem gewachsen waren, was man von ihr verlangte, und nahm ihren Abschied.

Von einem freundlichen Briefe ihrer Mutter bestimmt, fuhr sie für einige Tage nach Salzburg, wo sie mit Herzlichkeit empfangen wurde. Die Stellung der Frau Fabiani in der kleinen Stadt schien sich im Laufe der letzten Jahre auf das vorteilhafteste verändert zu haben. Damen der Gesellschaft besuchten ihr Haus, und Therese lernte unter anderem die Frau eines erst kürzlich hieher versetzten Majors und die Gattin eines Redakteurs kennen, die der Schriftstellerin Julia Fabiani alle nur denkbare Achtung erwiesen. Therese fühlte sich in dem Hause der Mutter wohler und doch zu gleich fremder als früher – etwa so, als wenn sie nicht bei ihrer Mutter, sondern bei einer älteren Dame zu Besuch wäre, mit der sie auf Reisen vertrautere Bekanntschaft geschlossen. Als Therese gesprächsweise von allerlei Menschen erzählte, denen sie während der letzten Jahre begegnet, hörte die Mutter mit wachsendem Interesse zu, scheute sich nicht, Notizen zu machen, ja, manche von Theresens Berichten wörtlich aufzuzeichnen, und erklärte ihrer Tochter endlich, daß sie darauf bestehe, ihr für solche »Berichte aus dem Leben«, die sie von ihr regelmäßig zu erhalten hoffe, ein angemessenes Honorar zu bezahlen. Auch in Salzburg hatte sich indes allerlei zugetragen: so war der Graf Benkheim, der sich um Therese bemüht, dann jene Schauspielerin, die ihm nahe gestanden, geheiratet hatte, kürzlich gestorben und hatte seiner Witwe ein bedeutendes Vermögen hinterlassen. Auch von

dem Bruder wurde gesprochen, der in der Wiener Studenten-
schaft als Vizepräsident eines deutsch-nationalen Vereins eine
immer größere Rolle spiele und nun öfters nach Salzburg
komme, wo er in politisch interessierten Kreisen zu verkehren
pflegte. Daß er sich um seine Schwester nicht im allerentfernte-
sten, aber auch um die Mutter nur wenig kümmerte, schien ihm
diese, die nun auf ihn stolz zu werden begann, nicht weiter
übelzunehmen.

58

Als Therese in den letzten Oktobertagen wieder nach Wien reiste, fühlte sie sich zwar körperlich erholt, doch innerlich verarmt. Sie war im besten Einvernehmen von ihrer Mutter
geschieden und wußte tiefer als je, daß sie keine hatte. Die
besten Stunden, deren sie sich aus ihrem dreiwöchigen Aufenthalt in Salzburg erinnerte, waren doch diejenigen gewesen, die
sie auf einsamen Spaziergängen und in der Kirche verbracht
hatte, wo sie kaum jemals betete und sich doch immer beruhigt
und in guter Hut fühlte.

Therese trat nun eine Stellung bei einem Landesgerichtsrat
an, der mit Frau und Kindern, zusammen mit einer anderen
Partei, von der man nichts sah und hörte, ein kleines Haus in
einer Gartenvorstadt bewohnte. Der Landesgerichtsrat war ein
schweigsamer, unfroher, aber höflicher Mann, die Mutter
beschränkt und gutmütig, die beiden Töchter, zehn und zwölf
Jahre alt, nicht sonderlich begabt, aber sehr gutartig und leicht
lenkbar. Man lebte sparsam, aber Therese hatte nichts zu entbehren, auch was man ihr an menschlicher Teilnahme entgegenbrachte, war gerade so viel, daß sie sich weder verwöhnt und
beschenkt, noch aber zurückgesetzt oder vernachlässigt
erscheinen durfte.

In der gleichen Wohnung lebte als Zimmerherr ein junger
Bankbeamter, der in keinerlei Verkehr mit der Familie stand.
Therese sah ihn nur selten im Vorzimmer, auf der Stiege; bei
flüchtigen Begegnungen grüßte man einander, gelegentlich
wurden ein paar Worte über das Wetter gewechselt, trotzdem
empfand sie es nicht als Überraschung, sondern fast als etwas

längst Erwartetes, als er sie einmal spät abends, da sie im Vorzimmer zusammentrafen, heftig in die Arme nahm und küßte. In der Nacht darauf – sie wußte kaum, ob er sie darum gebeten, ob sie es ihm versprochen – war sie bei ihm, und von dieser Nacht an, manchmal nur auf Viertelstunden – denn sie hatte immer Angst, daß die beiden Mädchen, mit denen gemeinsam sie in einem Zimmer schlief, ihre Entfernung bemerken könnten – war sie allnächtlich bei ihm. Außerhalb dieser Zeit dachte sie seiner kaum, und wenn sie ihm begegnete, kam es ihr kaum zu Bewußtsein, daß er ihr Geliebter war. Trotzdem bereute sie oft genug, daß sie so viele Jahre ihres Lebens, wie sie sich nun sagte, versäumt, daß sie seit Kasimir Tobisch keinen Geliebten gehabt hatte. Als sie anfing zu merken, daß er eine ernstlichere Leidenschaft für sie faßte und Fragen an sie richtete, die Eifersucht auf ihre Vergangenheit verrieten, hielt sie es für angezeigt, mit ihm zu brechen. Sie machte ihn glauben, daß man in der Familie des Landesgerichtsrates Verdacht gefaßt habe, und spiegelte ihm immer wieder von neuem eine zuweilen auch echte Angst vor möglichen Folgen ihres Verhältnisses vor. Endlich machte sie ein rasches Ende, in dem sie sich ohne sein Wissen nach einer anderen Stellung umsah und eines Morgens das Haus für immer verließ, ohne ihn verständigt zu haben.

59

In der nächsten Stellung bei dem Inhaber eines kleinen Wechslergeschäftes der inneren Stadt fügte es sich, daß sie sehr viel freie Zeit übrig hatte. Ja, die Mutter des siebenjährigen Knaben, der ihr Zögling war, eine in ihrer Ehe sehr unglückliche Frau, schien niemals froher, als wenn sie mit ihrem Einzigen ungestört und allein beisammen sein konnte. So hätte Therese öfter als je Gelegenheit gehabt, nicht nur für Stunden, sondern auch für Tage nach Enzbach zu Franzl zu fahren, doch zog sie es manchmal vor, in den Straßen der Stadt planlos umherzuspazieren, und als erwünschte Ausrede vor sich selber diente ihr der Umstand, daß die Bauersleute draußen, daß insbesondere Agnes in ihrer vorlauten und doch wieder hinterhältigen Art ihr nun völlig unleidlich geworden waren.

So geschah es eines Abends, daß Therese in der Stadt dem hübschen Krauskopf begegnete, den sie auf dem Ball bei Greitlers vor bald zwei Jahren kennengelernt hatte. Er nannte es Schicksalsfügung, daß man einander wieder traf, und mit einer Willensschwäche, die sie sich selbst nicht erklären konnte, war sie schon beim nächsten Zusammensein bereit, ihm alles zu gewähren, was er verlangte. Er war Student der Rechte, lustig und frech; Therese verliebte sich heftig in ihn und opferte ihm öfters die Tage, die eigentlich für ihr Kind bestimmt gewesen wären. Ihm hätte sie gern mehr von sich erzählt, aber er schien darauf keinen Wert zu legen, ja, wenn sie ernsthafter mit ihm zu reden versuchte, langweilte ihn das offensichtlich, und aus Angst, ihn zu verstimmen, gab sie es auf, ihn mit ihren persönlichen Angelegenheiten zu belästigen. Zu Beginn des Sommers kam ein fröhlicher Abschiedsbrief: sie wäre ein famoses Mädel gewesen, und sie möge ihm ein so freundliches Angedenken bewahren wie er ihr. Sie weinte zwei Nächte lang, dann fuhr sie nach Enzbach zu ihrem Kind, das sie ganze vier Wochen nicht gesehen hatte, liebte es mehr als je, tat vor dem Marienbild am Ahornbaum ein Gelübde, Franzl nie wieder zu vernachlässigen, vertrug sich auch mit den alten Leutners aufs beste, da Agnes nicht daheim war, und kehrte am Abend des gleichen Tages ziemlich getröstet nach Wien zurück.

Sie fand nun wieder zu sich selbst zurück. Es war ihr im Grunde nicht anders, als hätte sie einen quälenden Durst gestillt und könnte nun wieder beruhigt ihren Pflichten und ihrem Berufe leben. Doch als sie nun ihren Einfluß auf ihren kleinen Zögling wieder gewinnen wollte, sah sie bald, daß das von der Mutter scheel, ja mit Mißtrauen angesehen wurde. Eines Tages kam es wirklich so weit, daß die Frau, deren Gatte indes Beziehungen zu einem anderen weiblichen Wesen angeknüpft hatte, Theresen vorwarf, diese suche ihr die Liebe ihres Kindes zu entziehen, und als sich diese eifersüchtigen Regungen ins Krankhafte zu steigern begannen, blieb Therese nichts anderes übrig, als ihren Abschied zu nehmen.

60

Sie kam nun in ein ruhiges, behagliches Haus, in dem sie hoffte lange bleiben zu dürfen: zu einem Fabrikanten, der tätig und seiner Tätigkeit froh zu sein schien, einer liebenswürdigen und heiteren Frau und zwei Mädchen, die eben der Kindheit zu entwachsen begannen, klugen, wohlerzogenen, leicht zu behandelnden Geschöpfen, die beide musikalisch besonders begabt waren. Therese war nun gewöhnt, sich rasch in neue Verhältnisse zu finden, und sie verstand es, die Elemente von Fremdheit und Vertrautheit, die beide gewissermaßen das Wesen ihres Berufes ausmachten, gegeneinander auszugleichen und in das richtige Verhältnis zu bringen. Vor allem hütete sie sich, ihr Herz an die jungen Wesen zu hängen, deren Erziehung ihr überantwortet war, blieb aber doch keineswegs gleichgültig; eine Art von kühler Mütterlichkeit, die sie beinahe nach Belieben ein paar Grade höher oder niederer stellen konnte, blieb die Grundstimmung dieser Beziehungen. So war sie innerlich vollkommen frei, wenn sich die Türe des Hauses hinter ihr schloß, und doch wieder daheim, wenn sie zurückkehrte. Ihren Buben besuchte sie regelmäßig, ohne daß in der Trennungszeit besondere Sehnsucht nach ihm sie gequält hätte.

Einmal zu Beginn des Winters, als sie nach Enzbach hinausfuhr, mußte sie wegen Überfüllung des Zuges in einem Coupé erster Klasse Platz nehmen. Ein eleganter, nicht mehr ganz junger Mann, neben ihr der einzige Passagier in diesem Coupé, knüpfte ein Gespräch mit ihr an. Er befand sich auf einer Reise ins Ausland, und nur, weil er zu kurzem Aufenthalt auf einem, von einer kleinen Zwischenstation aus erreichbaren Gut genötigt war, hatte er für den ersten Abschnitt seiner Fahrt diesen Personenzug benützt. Er hatte eine etwas affektierte Art zu reden und mit dem Zeigefinger der rechten Hand seinen englisch gestutzten Schnurrbart zu streichen. Sie ließ es sich gerne gefallen, daß er sie für eine verheiratete Frau hielt, und er hatte keinen Grund, an ihrer Angabe zu zweifeln, daß sie auf Besuch zu einer Freundin fahre, einer Arztensfrau, Mutter von vier Kindern, die das ganze Jahr auf dem Lande wohne. Als sie in Enzbach ausstieg, hatte der Herr von ihr das Versprechen erlangt, in vierzehn Tagen, nach seiner Rückkehr aus München, sie wiedersehen zu dürfen, und empfahl sich von ihr mit einem Handkuß.

Als sie den verschneiten Weg dem wohlbekannten Ziele zuwanderte, fühlte sie ihren Schritt leichter als sonst und ihr Selbstbewußtsein gehoben. Ihrem Kind gegenüber aber hatte sie diesmal ein merkwürdiges Gefühl von Entfremdung, und in erhöhtem Maße fiel ihr Franzls Sprechweise auf, die, wenn nicht gerade entschiedenen Dialekt, doch immer unverkennbarer den bäuerischen Tonfall merken ließ. Sie erwog, ob es nicht an der Zeit und ob es nicht ihre Pflicht wäre, den Buben von hier weg und in die Stadt zu nehmen. Aber wie ließ sich das ermöglichen? Und während sie in dem niederen, muffelnden Raum bei dem Schein einer Petroleumlampe Kaffee trank, Frau Leutner ihr allerlei vorschwatzte, Agnes in ihrem Sonntagsgewand mit einer Näharbeit am Ofen saß, Franz in einem Bilderbuch leise vor sich hin buchstabierte, sah sie immer den fremden Herrn vor sich, wie er jetzt allein im Coupé in seinem eleganten Reisepelz mit gelben Handschuhen durch den treibenden Schnee in die weite Welt hineinsauste, und erschien sich selbst ein wenig als die verheiratete Frau, die sie ihm vorgespielt hatte. Wenn er ahnte, daß sie keineswegs zu einer Freundin aufs Land gefahren war, sondern zu ihrem Kind, zu einem unehelichen Kind, das sie von einem Schwindler namens Kasimir Tobisch hatte? Gleich aber durchschauerte es sie; sie rief ihren Buben herbei, herzte und küßte ihn, als hätte sie etwas an ihm gutzumachen.

Die nächsten vierzehn Tage verflossen in einer so quälenden Langsamkeit, als hätte das Wiedersehen mit jenem Fremden das Ziel ihres Lebens zu bedeuten, und je näher es heranrückte, um so mehr fürchtete sie, daß der Fremde die Verabredung nicht einhalten würde. Doch er war da; er hatte sogar schon eine Weile an der Straßenecke gewartet. Sein Anblick enttäuschte sie heute ein wenig. Im Coupé war es ihr nicht aufgefallen, daß er von etwas kleinerer Statur als sie und beinahe kahlköpfig war. Aber seine Art, die Worte zu setzen, und insbesondere der Ton seiner Stimme übte gleich wieder die Wirkung von neulich auf sie aus. Sie habe nicht mehr als eine halbe Stunde Zeit, erklärte sie gleich, sie sei zu einem Tee geladen, wo sie ihren Mann treffen wollte, um mit ihm ins Theater zu gehen. Der fremde Herr war nicht zudringlich; er wollte auch nicht indiskret sein; er gab sich zufrieden und legte Wert darauf, ein Versäumnis von neulich gutmachen zu dürfen, indem er sich vorstellte: »Ministerialrat Dr. Bing. Ich verlange nicht Ihren Namen zu wissen, gnädige Frau«, fügte er hinzu. »Sobald Sie überzeugt sind, mir Ihr Vertrauen schenken zu dürfen, werden Sie ihn mir nennen – oder auch nicht. Ganz wie es Ihnen beliebt.« Dann erzählte er von seiner Reise. Es war keineswegs eine Vergnügungsreise gewesen, sondern eine Geschäfts-, eine politische Reise gewissermaßen. Immerhin habe er in Berlin einige Male die Oper besucht, was im Grunde auch hier seine einzige Zerstreuung sei. Die gnädige Frau sei wohl auch musikalisch? – Ein wenig, doch habe sie nicht viel Gelegenheit, Opern und Konzerte zu besuchen. – Freilich, meinte der Ministerialrat, Hausfrauenpflichten, Familienpflichten, man könnte sich wohl denken. – Therese schüttelte den Kopf. Sie habe keine Kinder. Eins habe sie gehabt, das sei gestorben. Sie wußte selbst nicht recht, warum sie log, warum sie verleugnete, warum sie sich versündigte. Der Ministerialrat bedauerte, an eine wunde Stelle gerührt zu haben. Sein Zartgefühl tat ihr so wohl, als wenn sie ihm die Wahrheit gesagt hätte. An einer bestimmten Ecke bat sie ihn, sie nun ihren Weg allein gehen zu lassen. Nachdem er sich höflich von ihr empfohlen, tat es ihr leid, denn nun blieb ihr nichts anderes übrig, als einen Abend zu Hause zu verbringen, den sie sich schon frei gemacht hatte und dessen selbstverschuldete Leere sie fast wie eine Pein empfand.

Beim nächsten Zusammentreffen an einem kalten Winterabend lud der Ministerialrat sie in sehr respektvoller Weise ein, bei ihm den Tee zu nehmen. Sie zierte sich nicht länger als dringend nötig war, und es hätte vielleicht nicht einmal der behaglichen Wohnung, des zartgedämpften Lichtes und des zweck- und geschmackvoll zusammengestellten Mahles bedurft, um das Abenteuer zu dem von ihr vorhergesehenen und gewünschten Abschluß zu führen. Er fragte zwar nichts und schien bereit, ihr alles zu glauben, was sie ihm erzählte; und doch, schon das nächste Mal, um nicht eines Tages als entlarvte Lügnerin dazustehen, hielt sie es für richtig, ihm doch wenigstens einen Teil der Wahrheit zu gestehen. Sie sei zwar verheiratet gewesen, aber nun seit zwei Jahren geschieden. Ihr Mann habe sie nach dem Tode des Kindes verlassen; und da sie von dieser Seite trotz gerichtlichen Anspruches darauf keinerlei Unterstützung genieße, habe sie sich entschlossen, ihren Unterhalt als Erzieherin zu erwerben. Der Ministerialrat küßte ihr die Hand und war noch respektvoller als früher.

Sie trafen einander regelmäßig alle vierzehn Tage. Und Therese freute sich auf die stimmungsvolle Wohnung mit dem zartgedämpften Licht, sogar auf das jedesmal mit besonderem Raffinement zusammengestellte Abendessen, ja, einfach auf die Abwechslung, die dieser Tag in ihrem Leben bedeutete, beinahe mehr als auf den Geliebten selbst. Seine Stimme klang noch immer so angenehm verschleiert, seine Redeweise noch immer so entzückend affektiert wie am ersten Tag, aber an den Dingen, die er ihr erzählte, vermochte sie kein besonderes Interesse zu finden. Am liebsten hörte sie ihm noch zu, wenn er von seiner Mutter sprach, die er eine »edle und gütige« Frau nannte, und von seinen Opernbesuchen, über die er übrigens in Phrasen zu berichten pflegte, die ihr aus Zeitungen wohl bekannt erschienen. Auch von Politik sprach er zuweilen, so sachlich und trocken, als wenn er einen Kollegen aus dem Ministerium vor sich hätte, und tat das manchmal auch in Stunden, die für solche Erörterungen wenig geeignet waren. In seiner diskreten Weise, die von Selbstgefälligkeit nicht ganz frei war, hatte er sich erbötig gemacht, ihre materielle Lage durch einen kleinen monatlichen Zuschuß zu erleichtern, was sie nach anfänglicher Weigerung annahm.

Es war im ganzen eine ruhige, es hätte geradezu eine glückliche Zeit für sie sein können; trotzdem empfand sie das Richtungs-, ja das Sinnlose ihres Lebens noch stärker als sonst. Manchmal drängte es sie, dem Manne, der doch am Ende ihr Geliebter war, ihr Herz auszuschütten. Aber immer wieder hielt sie eine innere Hemmung oder auch, wie ihr manchmal schien, ein Widerstand von seiner Seite zurück; ja, sie merkte deutlich, daß er solche Anzeichen ihres Vertrauens abwehren wollte, um Unbequemlichkeiten oder eine höhere Verantwortlichkeit zu vermeiden. So blieb sie sich bewußt, daß auch diese Beziehung in absehbarer Zeit enden würde, ebenso, wie sie nicht daran zweifelte, daß sie auch in dem Hause des Fabrikanten, so freundlich sich ihr Verhältnis zu Eltern und Töchtern auch gestaltet, eine dauernde Stellung oder gar ein Heim keineswegs gefunden hatte.

So stand sie immer und überall auf schwankem Grunde, und auch in der Nähe ihres Kindes kam sie kaum je zu einem Gefühl der Sicherheit. Ja, sie konnte sich nicht verhehlen, daß Franz, wie es nun einmal die Umstände mit sich brachten, mit der Frau Leutner und sogar mit der kleinen Agnes, die in ihrer Frühreife schon fast wie ein erwachsenes Mädchen wirkte, vertrauter stand als mit ihr, der eigenen Mutter. Manchmal sehnte sie sich darnach, sich über ihre seelischen Nöte mit irgendeinem Menschen aussprechen zu können, und ein oder das andere Mal war sie nahe daran, einer der Berufs- und Schicksalsgenossinnen, mit der der Zufall sie zusammenführte und die ihr gegenüber ihre kleineren und größeren Geheimnisse preiszugeben pflegten, auch ihr eigenes Herz aufzuschließen. Aber am Ende ließ sie es doch lieber sein; sie begann als verschlossen, ja als hochmütig zu gelten, was Wohlwollende damit zu entschuldigen suchten, daß sie einer verarmten Adelsfamilie entstamme und sich darum besser dünke als andere ihres Standes.

Im Mai, nach Tagen, in denen Sorge und trügerische Beruhigung miteinander gewechselt hatten, konnte sie sich keiner Täuschung mehr darüber hingeben, daß sie wieder in der Hoffnung war. Ihre erste Regung war natürlich, ihren Geliebten davon in Kenntnis zu setzen. Doch als sie es beim nächsten Zusammensein aus einer ihr unbegreiflichen Scheu versäumt hatte, war sie völlig entschlossen, ihn überhaupt nichts wissen zu lassen und ihrem Zustand diesmal auf alle Gefahr hin ein schleuniges Ende zu machen. Lieber den Tod als noch ein Kind. Sie zögerte diesmal nicht lang, und nach wenigen Tagen schon, gegen Zahlung einer nicht übergroßen Summe, die sie ursprünglich für ein neues Kleid bestimmt hatte, war sie rasch und ohne jede böse Folge von ihrer Sorge befreit. In der Familie des Fabrikanten wurde es übel vermerkt, daß sie ein paar Tage das Bett hüten mußte. Man schien Verdacht zu hegen, die Stimmung gegen sie verschlechterte sich, sie empfand die Ungerechtigkeit des Tones, den man gegen sie anschlug, gab sich nicht die Mühe, es zu verbergen, und fühlte, daß ihre Stellung in dem Hause unhaltbar zu werden anfing. Davon, ohne Angabe der Gründe, erzählte sie das nächste Mal ihrem Geliebten, dem Ministerialrat. Seine offenbare Gleichgültigkeit, die er diesmal unter affektierten Phrasen des Bedauerns zu verbergen sich nur wenig Mühe nahm, erbitterte sie. Alles, was sich an unausgesprochenen Vorwürfen nicht nur gegen ihn, sondern gegen ihr Schicksal im Laufe der letzten Monate in ihr angesammelt hatte, ergoß sich über ihn, und Worte kamen über ihre Lippen, deren sie sich gleich nachher schämen mußte. Doch als er sich sofort wieder als derjenige benahm, der ihr zu verzeihen hatte, brach ihre Empörung von neuem aus; sie schleuderte ihm nun ins Gesicht, daß sie von ihm in der Hoffnung gewesen war und daß sie es ihm nur deshalb verschwiegen hatte, weil er ja doch nichts von ihr wisse und von ihr wissen wolle und sie ihm nicht mehr bedeute als irgendein Frauenzimmer von der Straße. Mit gerührten, aber etwas ungeschickten Worten versuchte er sie zu beruhigen. Sie spürte nur, wie froh er war, daß die Sache für ihn so gut ausgegangen, sagte es ihm ins Gesicht, wollte davon, er hielt sie sanft zurück; er küßte ihre Hände, es kam zu einer Versöhnung, von der sie wußte, daß sie nicht von Dauer sein konnte.

Wenige Tage später nahm die Familie des Fabrikanten Landaufenthalt; man benützte die Gelegenheit, um auf Theresens weitere Dienste zu verzichten. Sie atmete auf. Der schöne Sommertag, an dem sie den nun schon hundertmal gegangenen, langsam ansteigenden Weg von Enzbach nach dem Leutner-Hof hinaufschritt, erschien ihr von vorbedeutungsvoll versöhnender Anmut. Nicht nur ihrem Buben, sondern auch Herrn und Frau Leutner und sogar Agnes, die sie immer weniger leiden mochte, hatte sie kleine Geschenke mitgebracht. In diesem Sommer wollte sie sich ernstlich mit der Erziehung ihres Buben beschäftigen; doch sie fühlte immer wieder, daß es nicht leicht war, gegenüber den stillen und stetig wirkenden Einflüssen einer so völlig anderen, durchaus ländlichen Umgebung ihr eigenes Wesen und ihren eigenen Willen durchzusetzen. Mit Schreck merkte sie, daß Franz eine Redeweise, ja sogar gewisse Gebärden angenommen hatte, die in einer manchmal fast komischen Weise an die unwirsche Art des Herrn Leutner erinnerten. Therese versuchte vor allem, ihm die schlimmsten bäuerlichen Redewendungen und Gebärden abzugewöhnen und sich über seine Fortschritte in den verschiedenen Lehrgegenständen klar zu werden. Über Lesen, Schreiben und die Anfangsgründe des

Rechnens war er natürlich noch nicht hinausgekommen. Er faßte ziemlich leicht auf, doch machte ihm das Lernen kein Vergnügen. Gern hätte sie ihn an ihrer eigenen Naturfreude teilnehmen lassen, lenkte seinen Sinn auf die Anmut von Landschaften, auf den Duft der Wiesen und Wälder, den Flug der Schmetterlinge hin. Aber sie mußte bald erkennen, daß er noch nicht reif oder gar nicht geschaffen war, all das zu empfinden. Freilich war das, was Therese täglich selbst mit neuem Entzücken erfüllte, ihm als Bedingung und Atmosphäre seines Daseins vom ersten Lebenstage so gewohnt, daß es ihm unmöglich besondere Schönheit und Freude bedeuten konnte. Mehr als je fiel es diesmal Theresen auf, wie abgeschieden und abgeschlossen, durchaus auf sich selbst und den nächsten Kreis angewiesen die Familie Leutner und ebenso wie diese auch die anderen Familien in dieser Gegend ihr Dasein hinbrachten. Man sah einander oft genug, traf sich auf dem Feld, im Wirtshaus, beim Kirchgang; ein wirklicher Verkehr von Familie zu Familie oder von Person zu Person bestand eigentlich nirgends. Die Gespräche drehten sich beinahe immer um das gleiche, und oft genug geschah es, daß Therese ein und dieselbe unbedeutende Neuigkeit immer wieder, beinahe mit den gleichen Worten, von verschiedenen Leuten berichten hörte. Sie selbst hatte längst aufgehört, den Enzbachern interessant zu sein. Man wußte, daß sie die Mutter vom Franzl und in Wien in Stellung sei. Sie selbst war freundlich gegen jedermann, ließ sich in Unterhaltungen ein, und erst nachträglich pflegte sie zu merken, daß auch sie die Gewohnheit angenommen hatte, irgendeine vollkommen gleichgültige Geschichte ein dutzendmal und immer mit den gleichen Worten zu erzählen.

Um sich die Langeweile zu vertreiben, die sie in den zwei Monaten ihres Aufenthaltes öfter empfand, als sie sich eingestehen wollte, schrieb sie mehr Briefe als seit langer Zeit. Mit einigen ihrer Berufsgenossinnen stand sie in flüchtiger Korrespondenz, bei manchen ihrer früheren Zöglinge brachte sie sich durch gewohnheitsmäßige Kartengrüße in Erinnerung; am ausführlichsten pflegte sie ihrer Mutter zu schreiben, der sie bis zum heutigen Tage von der Existenz ihres einen Kindes noch immer keine Mitteilung gemacht hatte und der wie den meisten anderen Leuten sie weiter vorspiegelte, daß sie sich auf dem Lande bei einer Freundin zur Erholung für ein paar Sommerwochen befinde. Daß ihre Mutter etwas ahnte, wenn nicht gar wußte, davon war sie überzeugt; der einzige Mensch, der ihrem Wunsch nach niemals von der Existenz ihres Kindes etwas erfahren sollte, war ihr Bruder, zu dem sich gerade im letzten Jahr nach einer zufälligen Begegnung auf der Straße eine neue, ziemlich förmliche Beziehung entwickelt hatte, so daß er sie im Hause des Fabrikanten, wo sie zuletzt in Stellung gewesen war, einmal besucht hatte.

An den Ministerialrat hatte Therese im Anfang ihres Enzbacher Aufenthaltes einige Briefe gerichtet. Seine Antworten in ihrer kurzen und formellen Art, zu denen die glühenden Anreden und Unterschriften in einem lächerlichen Mißverhältnis standen, wirkten auf Therese unleidlich. Einmal schob sie ihre Erwiderung lange hinaus und ließ es darauf ankommen, ob er sich melden würde oder nicht. Sie hörte nichts mehr von ihm und war im Grunde froh darüber.

61

Im September trat sie eine neue Stellung an als eine Art von Gesellschafterin bei einem siebzehnjährigen, blassen, unscheinbaren und etwas einfältigen jungen Mädchen, der einzigen Tochter eines verwitweten und seit vielen Jahren erblindeten, ehemaligen Großkaufmanns, dem überdies zwei erwachsene Söhne, Jurist der eine, der andere Techniker, im Hause lebten. Man wohnte in einer stillen Vorstadtstraße im ersten Stockwerk eines ziemlich alten, etwas düsteren, jedoch wohlgehaltenen Gebäudes, in das manche moderne Neuerungen, wie zum Beispiel elektrische Beleuchtung, noch keinen Eingang gefunden hatten. Der Kaufmann, ein fünfzigjähriger, graubärtiger, noch stattlicher Mann, hatte Therese persönlich aufgenommen mit der Bemerkung, daß ihn ihre Stimme, ihre treue Stimme, wie er sich ausdrückte, angenehm berühre. Da seiner Tochter jede Eignung zur Führung des Haushaltes fehlte, war Therese vorzugsweise die Sorge dafür überlassen, und sie freute sich, auch nach dieser Richtung hin eine ausgesprochene Begabung in sich zu entdecken. Es ging im Hause geselliger und heiterer zu, als Therese erwartet hätte. Die jungen Herren sahen Kollegen bei sich, die Tochter Berta erhielt Besuche von Verwandten und Freundinnen; und dem alternden blinden Mann tat es offenbar wohl, einen jugendlich lebendigen, manchmal sogar ziemlich lauten Kreis um sich zu versammeln und an den Unterhaltungen teilzunehmen. Therese konnte sich hier durchaus als Gleichgestellte, ja, bald wie eine Angehörige der Familie fühlen. Eine der Kusinen, ein aufgewecktes, übermütiges Ding, machte Therese zur Vertrauten einer ernsten Leidenschaft, die sie für ihren älteren Vetter, den Juristen, zu hegen behauptete. Theresen aber schien es, als gefiele dem jungen Mädchen der andere Bruder oder auch ein gewisser blonder junger Mensch in Freiwilligenuniform, der öfters ins Haus kam, mindestens ebensogut als der angeblich heißgeliebte Vetter. Sie verspürte eine eifersüchtige Regung, die sie sich um so weniger eingestehen wollte, als sie sich geschworen hatte, sich niemals wieder in aussichtslose Beziehungen einzulassen. Sie war es endlich müde, in der Welt herumgestoßen zu werden; sie sehnte sich nach Ruhe, nach Heimat, nach einer eigenen Häuslichkeit. Warum sollte ihr nicht zufallen, was so manche andere Frauen in ähnlicher Stellung und mit weniger innerem und äußerem Anrecht ohne besondere Mühe erreicht hatten? Erst neulich hatte eine ihrer Berufsgenossinnen, ein dürftiges, fast verblühtes Wesen, einen wohlsituierten Buchhalter geheiratet; eine andere, noch dazu eine Person von ziemlich schlechtem Ruf, einen wohlhabenden Witwer, in dessen Haus sie Erzieherin gewesen war. Dergleichen sollte ihr nicht glücken? Ihr Bub konnte und durfte kein Hindernis sein. Es war ja am Ende doch gerade so, als wenn sie einmal verheiratet gewesen und nun geschieden oder Witwe geworden wäre. Herr Trübner war zwar nicht mehr jung und überdies des Augenlichtes beraubt, doch er war ein stattlicher, fast schön zu nennender Mann, und es war nicht schwer zu merken, daß ihre Nähe ihm wohl tat. Er ließ sich gerne von ihr vorlesen, meist aus philosophischen Schriften, was ihr zuerst einige Langeweile verursachte, bis er ihr, sie durch freundliche Fragen immer wieder unterbrechend, allerlei zu erklären, ja, gewissermaßen zusammenhängende Vorträge zu halten begann und so in ihr Verständnis und Interesse für eine ihr im allgemeinen recht fernliegende Gedankenwelt zu erwecken glaubte. Manchmal, in zarter

Weise, versuchte er, sie über ihre Vergangenheit auszuholen. Sie erzählte ziemlich wahrheitsgetreu von ihrer Kindheit, ihren Eltern, der Salzburger Zeit und von mancherlei Erfahrungen, die sie in ihrem Beruf gesammelt hatte. Über ihre Herzenserlebnisse sprach sie nur in Andeutungen, ließ vermuten, daß sie manches Schwere durchgelitten und daß sie vor Jahren für kurze Zeit einmal »so gut wie verheiratet« gewesen sei. Herr Trübner fragte nicht weiter, aber eines Abends, zwischen zwei Absätzen eines philosophischen Buches, erkundigte er sich bei Theresen in mild-ernster Weise, wie es ihrem Kind gehe, klärte die Errötende, als sie mit der Antwort zögerte, dahin auf, er habe es dem Ton ihrer Stimme lange schon angehört, daß sie Mutter sei, und da sie schwieg, behielt er ihre Hand in der seinen, ohne diesmal weiter in sie zu dringen.

Einmal, als sie abends von einer Besorgung nach Hause kam, begegnete sie auf der mattbeleuchteten Treppe dem blonden Freiwilligen. Wie zum Scherze wich er ihr nicht aus, sie lächelte, und in der nächsten Sekunde preßte er sie in einer heftigen Umarmung an sich, um sie erst wieder freizugeben, als man oben die Türe gehen hörte. Sie stürzte hinauf, ohne sich noch einmal nach ihm umzuwenden, und wußte zugleich, daß sie ihm verfallen war. Sie fühlte, daß es sinnlos wäre, einen doch nur scheinbaren Widerstand zu leisten, und ehe sie ihm beim nächsten Zusammentreffen ein geheimes Wiedersehen zugestand, bedang sie sich nur ehrenwörtlich strengste Verschwiegenheit aus. Er ging darauf ein, hielt sein Wort, und es bedeutete für sie einen besonderen Reiz, wenn sie ihrem jungen Freund etwa bei einem Abendessen im Hause Trübner gegenübersaß und er, den Schimmer eben verflossener Liebesstunden noch im Aug', höflich respektvolle Worte an sie richtete. Er benahm sich übrigens zu den anderen jungen Mädchen nicht minder liebenswürdig und galant als zu Theresen, brachte allen Blumen und Bonbons, und wenn man zur Faschingszeit in dem kleinen Kreise Lust zum Tanzen verspürte, war er es, der auf dem Klavier dazu aufspielte.

Wenn aber niemand auch nur das geringste von den Beziehungen zwischen ihm und Theresen zu ahnen schien, der Kaufmann, blind und seherisch zugleich, hatte offenbar etwas gemerkt, und seiner Art nach, in etwas salbungsvoller Weise, warnte er Therese vor den Enttäuschungen und Gefahren, denen junge Geschöpfe in ihrer Lebenslage ganz besonders ausgesetzt seien. Obwohl Therese wohl fühlte, daß hier nicht allein Sorge um ihre Tugend im Spiele war, verfehlten seine Worte nicht ihren Eindruck, und unwillkürlich änderte Therese ihr Verhalten gegenüber Ferdinand. Sie war nicht mehr das heiter-unbedenkliche Geschöpf, das er in den Armen zu halten gewohnt war, ließ Besorgnisse laut werden, mit denen sie die schönen Stunden des Beisammenseins zu stören bisher unterlassen hatte, und nach einem neuerlichen Gespräch mit Herrn Trübner, in dem er wieder in ziemlich allgemein gehaltenen Worten von der Leichtfertigkeit der jungen Leute und von den sittlichen Verpflichtungen alleinstehender weiblicher Wesen geredet hatte, schrieb Therese, fast wie unter einem Bann, an Ferdinand einen Abschiedsbrief. Zwar war sie schon drei Tage später wieder in der alten Weise mit ihm zusammen, aber sie wußten beide, daß es zu Ende gehe.

Einmal im Vorfrühling bei einem Einkaufsgang durch die Stadt begegnete sie Alfred, den sie zum letztenmal vor acht Jahren von dem Wagen aus gesehen hatte, in dem sie mit ihrem neugeborenen Kind und Frau Nebling zur Bahn gefahren war. Er blieb stehen, nicht weniger erfreut als sie selbst; sie gerieten ins Plaudern, und nach wenigen Minuten konnten sie beide nicht glauben, daß sie einander wirklich so viele Jahre lang nicht gesehen und gesprochen hatten. Alfred hatte sich kaum verändert. Auch die leichte Befangenheit seines Wesens war noch da, doch wirkte sie jetzt nicht so sehr als Unbeholfenheit denn als Zurückhaltung. Therese erzählte ihm, was sie ihm eben erzählen wollte, verschwieg manches, wonach zwar nicht seine Lippen, doch seine Augen fragten, und kam sich keineswegs unaufrichtig vor. Daß sie nach dem Liebeshandel mit Max noch mancherlei erlebt hatte, das konnte er sich wohl denken. Er war ja indessen auch ein Mann geworden. Wieder stieg die seltsame Empfindung in ihr auf, als stände ihr in Alfred der Vater ihres Kindes gegenüber, und brachte auf ihrem Antlitz ein geheimnisvolles Lächeln hervor, das in Alfreds Blick als Frage sich widerspiegelte. Er erzählte von den Seinen: beide Schwestern seien verheiratet, die Mutter etwas leidend, er selbst mache im Laufe dieses Sommers das Doktorat, ein wenig verspätet, – er sei leider nicht so fleißig gewesen wie andere Kollegen, ihr Bruder

Karl zum Beispiel, der schon erster Sekundararzt sei und gewiß eine große Karriere vor sich habe; jedenfalls, fügte er hinzu, als Politiker. Ob Therese denn wisse, daß Karl demnächst nicht mehr Fabiani heißen werde, sondern Faber, ein Name, der sich für einen Mann echtdeutscher Gesinnung jedenfalls besser schicke als einer von welschem Klang, der später übrigens leicht gegen ihn ausgenützt werden könnte. Therese sah vor sich hin. »Ich sehe ihn beinahe nie«, meinte sie beiläufig. Dann bat sie Alfred, ihr zu schreiben, sobald er Doktor geworden sei. »Und früher darf's nicht sein?« fragte Alfred. Sie schaute lächelnd auf, reichte ihm die Hand zum Abschied und lächelte noch den ganzen Weg bis nach Hause.

Herr Trübner ließ sich bald nicht nur philosophische Werke vorlesen; es gab, zu anfangs willkommene Abwechslung, auch leichtere Lektüre, und Therese geriet zuweilen an Stellen, über die sie nur verlegen und stockend hinwegzulesen vermochte. Einmal aber, in einem Kapitel eines übersetzten französischen Memoirenwerkes, hielt sie inne, da sie ihre Stimme nicht nur aus einem gewissen Schamgefühl, sondern auch in plötzlicher Erregung versagen fühlte. Herr Trübner faßte nach ihrer Hand, zog sie an seine Lippen; dann, als Therese zugleich erschreckt und erschüttert es sich gefallen ließ, wurde er verwegener, und Therese, mit halberstickter Stimme, mußte ihn endlich bitten, von ihr abzulassen. Sie blieb noch eine Weile stumm an seiner Seite sitzen, dann, mit einer flüchtigen Entschuldigung, verließ sie das Zimmer. Am nächsten Tag bat er sie in seiner salbungsvollen, sie heute besonders peinlich berührenden Art um Verzeihung. Trotzdem wiederholte er ein paar Tage später seinen Versuch; sie riß sich los, und schon wenige Tage später, unter dem Vorwand, daß sie zu ihrer erkrankten Mutter reisen müsse, verließ sie das Haus.

62

Mit dem vorzüglichen Zeugnis, das sie erhalten, hatte sie Freiheit der Wahl. Sie entschied sich für eine Familie Rottmann, wo ihr die beiden Töchter von dreizehn und zehn Jahren durch ihr offenes und lebhaftes Wesen schon bei der ersten Begegnung sympathisch gewesen waren. Die Mutter, Pianistin und, wie Therese gleich bei der ersten Unterredung erfuhr, häufig auf Konzertreisen, kam ihr mit fast übertriebener Liebenswürdigkeit entgegen, doch ihr unruhig-fahriges Wesen behagte Theresen nicht sonderlich. Aus dem Vater, einem ernsten, etwas melancholisch und auffallend jung wirkenden Mann, vermochte sie anfangs nicht klug zu werden. In den ersten Tagen hatte sie den Eindruck, als wenn er ein gern gesehener, mit Zuvorkommenheit behandelter Gast, aber nicht eigentlich der Herr des Hauses wäre. Dies änderte sich mit einem Schlag, als Frau Rottmann sich auf eine Konzertreise begab. Der Ton im Hause wurde freier, ungezwungener, von den beiden Mädchen schien ein Druck genommen, die Melancholie des Vaters verschwand, und die Dienstleute ordneten sich dem neuen Fräulein viel lieber unter, als sie es der Hausfrau gegenüber getan hatten. Von der Abwesenheit wurde kaum gesprochen; Briefe von ihr kamen nie, nur flüchtige Kartengrüße aus den verschiedenen deutschen Städten, in denen sie konzertierte. Therese war tätiger und befriedigter von ihrer Tätigkeit als jemals vorher, – sowohl als Leiterin des Haushaltes wie auch als Erzieherin der Kinder, deren erfreuliche Begabung den Unterricht geradezu zu einem Vergnügen gestaltete.

Als Frau Rottmann nach sechs Wochen wiederkam, wurde das sofort wieder anders, ja, ihr übler Einfluß wurde auch darin offenbar, daß die beiden Mädchen geringere Fortschritte machten als während ihrer Abwesenheit und Herr Rottmann wieder in seine alte Melancholie verfiel. Den August verbrachte man in einer nahen einfachen Sommerfrische. Hier zog Frau Rottmann, anscheinend nur aus Langeweile, Therese plötzlich ins Vertrauen und erzählte ihr von allerlei Erlebnissen und Abenteuern, die ihr auf ihren Konzertreisen begegnet seien. Therese hätte sie lieber nicht angehört, wovon aber Frau Rottmann nichts merkte oder nichts merken wollte, da es ihr, wie Therese immer deutlicher fühlte, nur darauf ankam, in der für sie unerträglichen Einförmigkeit des Landlebens von verfänglichen Dingen zu sprechen, gleichgültig zu wem.

Kaum war man wieder in die Stadt gezogen, als die Geständnisse der Frau Rottmann ein jähes Ende nahmen. Im Herbst begab sie sich neuerdings auf Reisen, diesmal nach London, angeblich zu dem Zweck, um sich dort bei einem Pianisten von Weltruf weiter auszubilden. Sofort atmete wieder alles im Hause auf, und Therese fühlte sich in der Gesellschaft der beiden Mädchen und ihres Vaters so wohl, ja heimatlich, daß sie oft mit dem Gedanken spielte, ob sie sich nicht viel besser zu Rottmanns Frau und zur Mutter seiner Töchter eignen würde als jene andere. Der Mann gefiel ihr ganz besonders; sie ließ es ihn merken, die Nähe und Vertrautheit des täglichen Umganges tat das Weitere, und sie wurde seine Geliebte. Beide legten Wert darauf, daß das Verhältnis geheim bliebe, und sie hüteten sich sorgfältig im Beisammensein mit den andern, sich auch nur durch das geringste Zeichen gegenseitigen Einverständnisses zu verraten. Doch als Frau Rottmann vor Weihnachten wieder zurückkehrte, schien er mit einemmal vollkommen vergessen zu haben, was sich indes zwischen ihm und Therese ereignet hatte. Seine übergroße Vorsicht verletzte Therese, sie litt sehr, nicht nur aus beleidigtem Stolz; und als er wenige Wochen darauf nach neuerlicher Abreise seiner Gattin die Beziehungen zu Therese wieder aufnehmen wollte, wehrte sie sich anfangs mit Entschiedenheit. Aber er verstand es so gut, ihr die Notwendigkeit seines Verhaltens zu erklären, daß sie sich bald wieder seinen Wünschen fügte. Zuweilen ertappte sie sich auf dem Wunsche, daß Herr Rottmann auf irgendeine Weise, etwa durch anonyme Briefe, die Wahrheit über seine Frau erfahren möge; und einmal, in einer zärtlichen Stunde, wagte sie sogar selbst eine leise, wie scherzhafte Anspielung auf die Gefahren, denen schöne Frauen, insbesondere Künstlerinnen, auf Reisen ausgesetzt seien. Aber Rottmann schien nicht einmal zu verstehen, daß es seine eigene Gattin war, von der in solchem Zusammenhang die Rede sein könnte.

Frau Rottmann kehrte um einige Tage früher als erwartet von ihrer Tournee heim, zeigte sich in ihrem Benehmen gegen Therese völlig verändert, richtete kaum das Wort an sie und hatte noch in der Ankunftsstunde hinter geschlossenen Türen eine Auseinandersetzung mit ihrem Gatten. Kaum hatte dieser das Haus verlassen, berief sie Therese zu sich, erklärte ihr, daß sie alles wisse, und nachdem sie anfangs die Überlegene gespielt, beschimpfte sie sie in der unflätigsten Weise.

Therese fand kein Wort der Erwiderung, ihre Empörung, daß

der Mann sich feige jeder Auseinandersetzung entzogen und offenbar seiner Frau Vollmacht gegeben, die Angelegenheit ganz nach ihrem Willen zu erledigen, war stärker als ihr Schmerz. Frau Rottmann hatte auch dafür gesorgt, daß die Töchter einige Stunden vom Hause abwesend waren, und verlangte von Therese kategorisch, daß sie innerhalb dieser Zeit das Haus verlassen haben müsse.

Während Therese, in ihrem Zimmer allein gelassen, ihre Sachen packte, kam ihr die ganze schmachvolle Unsinnigkeit ihres Erlebnisses zu Bewußtsein. Und plötzlich faßte sie den Entschluß, nicht zu gehen, ehe sie der Frau und auch dem Manne alles ins Gesicht geschleudert, was sie zu hören verdienten. Aber Frau Rottmann war nicht mehr daheim, und das Dienstmädchen verständigte Therese mit einem unverschämten Grinsen, daß das Ehepaar sich gemeinsam ins Theater begeben habe. Ob sie vielleicht für das Fräulein den Wagen holen und das Gepäck hinunterbringen solle? Nein, erwiderte Therese, sie habe mit den Herrschaften noch zu sprechen, sobald sie aus dem Theater kämen. Zum Fortgehen angezogen saß sie da, mit zusammengebissenen Lippen; Handkoffer, Reisetasche lagen bereit; ein ungeheurer Zorn wühlte in ihr; und sie wartete. Die beiden Mädchen kamen nach Hause, waren aufs höchste erstaunt, als sie Therese reisefertig fanden. Sie bestürmten sie mit Fragen; Therese schluchzte, konnte längere Zeit nicht reden, endlich erklärte sie, sie habe ein Telegramm erhalten, daß ihre Mutter schwer erkrankt sei und sie sofort nach Salzburg reisen müsse. Dann erhob sie sich, umarmte die Mädchen so zärtlich, als wenn sie ihre eigenen gewesen wären, bat sie, ihr den Abschied nicht schwer zu machen, ging, wartete im Hausflur, bis ihr das Dienstmädchen einen Wagen geholt hatte, und fuhr davon.

63

In später Nachtstunde kam sie in Enzbach an; eine Davongejagte, Erniedrigte, Unglückliche, angeekelt von der Welt, aber mehr noch von sich selbst. Ihr Bub schlief fest; im Dunkel sah sie eben nur einen blassen Schimmer des geliebten Kindergesichtes; es fiel ihr schwer auf die Seele, daß sie zwei Monate lang nicht bei ihm gewesen war. Andern Menschen hatte sie gehört, hatte andern gehören müssen; wieder einmal ging ihr das Ungerechte ihres Schicksals auf, und sie schwor sich zu, daß sie sich nicht in aller Zukunft für die Kinder fremder Leute aufopfern, daß ihr eigenes Kind nicht lange mehr unter fremden Leuten leben sollte.

Es dauerte lange, ehe der Schlummer sich ihrer erbarmen wollte. In der Nacht vorher – sie faßte es kaum – hatte sie noch im Hause Rottmanns, ja, in seinem Bett geschlafen. Als könnte sie damit etwas ungeschehen machen, hüllte sie sich tief in Kissen und Decke. Was war aus ihr geworden in diesem letzten Jahr!

Des Morgens aber erwachte sie frischer, froher als seit langer Zeit. Es war wie ein Wunder. Diese eine Nacht fern von der Stadt, der Familie Rottmann entronnen, hatte sie, so schien es ihr, geradezu gesund gemacht. Blieb das Leben nicht leicht, solange solche Wunder möglich waren? Das freie Sonnenlicht, die ländliche Ruhe, immer wohltuend für sie, beglückten sie diesmal, wie sie es noch nie getan. Wenn man hier bleiben könnte! Immerhin – eine Reihe von guten Tagen lag vor ihr, und sie war nun froh, daß sie trotz anfänglicher Weigerung es nicht verschmäht hatte, gelegentlich kleine Geldgeschenke von Herrn Rottmann anzunehmen, die es ihr ermöglichten, den Enzbacher Aufenthalt etwas länger auszudehnen als sonst. An ihrem Buben entzückte sie diesmal alles, ja sogar eine gewisse Haltung des Kopfes, die ihr früher manchmal peinlich, ja unheimlich gewesen war, weil Franzl sie in solchen Momenten allzusehr an Kasimir Tobisch erinnert hatte, störte sie kaum. Sie machte weite Spaziergänge mit ihm, tollte auf den Wiesen mit ihm herum, sie war jung, ein Kind, und Franzl war es auch, ja, er war es eigentlich niemals so sehr gewesen.

Eines Tages, kaum eine Woche nach Theresens Eintreffen, kam Agnes aus der Stadt zu Besuch. Franzl empfing sie mit Ausbrüchen der Freude, die Therese befremdeten, und kümmerte sich an diesem Tag so gut wie gar nicht um seine Mutter. Und als er beim Abschied von Agnes sich ganz ungebärdig, geradezu verzweifelt anstellte, verspürte Therese eine so heftige Erbitterung gegen ihn, als wäre er ein erwachsener Mensch, der ihr ein schweres Unrecht zugefügt und den sie zur Verantwortung ziehen durfte. Gegen Agnes aber, deren Wesen ihr diesmal besonders hinterhältig und frech erschienen war, empfand sie einen wahrhaftigen Haß.

Ihre Stimmung schlug an diesem einen Tage völlig um. Den Gedanken, ihr Kind zu sich zu nehmen, hatte sie schon früher als vorläufig unausführbar wieder verworfen. Es blieb ihr ja doch nichts anderes übrig, als auch weiterhin ihren Lebensunterhalt als Erzieherin fremder Kinder zu erwerben und den Buben auf dem Land zu lassen. Eines aber schwor sie sich zu: niemals wieder eine Dummheit zu machen. In der letzten Zeit war sie, wie sie wohl empfand, als Frau immer reizvoller geworden; so einfach, ja beinahe ärmlich sie sich notgedrungen kleidete, sie wußte die Vorzüge ihrer Gestalt immer besser zur Geltung zu bringen, und trotz ihres anständigen, ja im allgemeinen zurückhaltenden Auftretens hatte sie zuweilen eine Gebärde, ein Aufblitzen im Blick, das auch dann allerlei zu verheißen schien, wenn sie nicht im entferntesten daran dachte, ein solches Versprechen einzulösen. Sie nahm sich vor, von nun an besseren Gebrauch von den Gaben zu machen, die ihr die Natur geschenkt. Nach ihren letzten Erfahrungen im Hause Rottmann fühlte sie sich berechtigt, innerlich bereit und fähig, den Männern gegenüber berechnend, kalt, nur auf ihren eigenen Vorteil bedacht zu sein. Sie stand in Verhandlung mit einigen Büros und bot sich auf Annoncen hin da und dort als Erzieherin an, insbesondere bei Witwern mit Kindern, aber es wollte vorerst nichts zum Abschluß kommen.

Unter den Briefen, die sie erhielt, befand sich einmal unter anderen die verspätete gedruckte Einladung zu Alfreds Promotion, die indes schon stattgefunden hatte; – und zufällig am gleichen Tage kam eine Anfrage ihrer Mutter, ob sie nicht den Aufenthalt bei ihrer Freundin – das Wort war mit Anführungszeichen versehen – abkürzen und für einige Tage nach Salzburg kommen wollte. Therese nahm dies als Schicksalswink und verließ Enzbach am Morgen darauf. Was sie aber vor allem nach Salzburg zog, war die Hoffnung, Alfred dort anzutreffen, der, wie sie vermutete, nach der Promotion eine Zeitlang bei seinen Eltern verweilen würde.

Sie hatte sich nicht getäuscht. Am ersten Tag ihres Aufenthaltes schon, auf dem Domplatz, trat er ihr entgegen. Sie nahmen einen Weg, den sie vor vielen Jahren oft gegangen waren, und in der Mittagsschwüle – kein Blatt rührte sich über ihnen – saßen sie auf der gleichen Bank, an der einstmals zwei junge Offiziere, der eine schwarzäugig, die Kappe in der Hand, an ihnen vorüberspaziert waren. Therese erzählte diesmal Alfred gar manches aus ihrem Leben; sie fühlte, daß er alles verstehen müßte und daß er wohl noch mehr hätte verstehen können, als sie ihm anvertraute. Auch daß sie Mutter eines neunjährigen Buben war, verschwieg sie ihm nicht, und Alfred gestand ihr, daß er das längst gewußt habe. Als sie damals in dem Wagen mit aufgeschlagenem Dach an ihm vorübergefahren war, hatte er wohl gemerkt, daß ihre Begleiterin, eine alte Frau, ein Kind auf dem Schoße gehalten, und hatte keinen Augenblick gezweifelt, daß es Theresens Kind sei. Er war übrigens gar nicht damit einverstanden, daß sie die Existenz ihres Kindes so geheim hielte. Man sei doch im ganzen etwas vorurteilsfreier geworden, und es gebe Familien, wo man ihre Vergangenheit gewiß nicht übelnehmen würde.

Sie trafen einander auch in den nächsten Tagen, immer zufällig, und hatten es doch immer beide vorher gewußt. Alfred sprach von seinem Beruf, im Herbst sollte er als Sekundararzt ins Allgemeine Krankenhaus eintreten. Sie verabredeten nichts Bestimmtes miteinander, aber als er ihr bei der letzten Begegnung seine Abreise nach Wien für denselben Abend ankündigte, wußten sie, daß sie einander in Wien bald wiedersehen würden.

Drei Tage später fuhr auch Therese nach der Hauptstadt. Die Mutter begleitete sie zur Bahn. Noch nie war sie so herzlich zu der Tochter gewesen als in diesen Tagen, und trotzdem verspürte Therese noch immer eine Art von innerem Widerstand, ihr Allerpersönlichstes mitzuteilen. Da, unvermuteterweise, als Therese schon am Coupéfenster stand, als Abschiedswort, rief ihr die Mutter zu: »Küß mir deinen Buben.« Therese errötete zuerst, dann lächelte sie, und als der Zug sich in Bewegung gesetzt hatte, nickte sie der Mutter zu wie einer neugewonnenen Freundin.

Es war nun doch kein Witwer, sondern ein Ehepaar mit einem Kind, bei dem sie ihre neue Stellung antrat. Der Knabe, den sie zu unterrichten hatte, stand im gleichen Alter mit Franz. Der Vater war Zeitungsredakteur, ein noch ziemlich junger, aber grauhaariger, schmächtiger Mensch, freundlich, zerstreut und meistens etwas aufgeregt, der gegen Mittag aufzustehen und nachts um drei nach Hause zu kommen pflegte. Seine Frau, zierlich und klein wie er, war Direktrice eines Modesalons und verließ das Haus stets zu sehr früher Stunde. Die Mahlzeiten wurden getrennt und zu den verschiedensten Zeiten genommen; trotzdem erinnerte sich Therese nicht, jemals einen so wohlgeordneten Haushalt und eine so gute Ehe gesehen zu haben. Dem Rate Alfreds getreu, hatte sich Therese im Monat zwei freie Tage nacheinander ausbedungen, um ihren Buben auf dem Land besuchen und ein wenig bei ihm verweilen zu können. Frau Knauer hatte nichts einzuwenden, ja, sie schien, als sollte sich Alfreds Voraussage gleich erfüllen, gerade um dieses Umstandes willen eine besondere Sympathie für Therese zu gewinnen und ließ sich gleich nach der ersten Rückkehr Theresens aus Enzbach und von nun an oft und gern mit ihr in Gespräche über das Kind ein.

Ihr eigenes, der neunjährige Robert, war ein blondlockiger, besonders wohlgestalteter Knabe, so bildhübsch, daß Therese kaum begreifen konnte, wie diese Eltern eigentlich zu diesem Kind gekommen wären. Vom ersten Augenblick an schloß sie es mit einer Zärtlichkeit in ihr Herz, wie sie sie noch keinem ihrer Zöglinge gegenüber empfunden hatte. Da Robert keine öffentliche Schule besuchte, hatte Therese den ganzen Unterricht zu leiten und widmete sich dieser Beschäftigung mit einer Inbrunst wie nie zuvor. Nicht selten war ihr, als hätte sie ihrem eigenen Kind etwas abzubitten; sie war dann liebevoller zu ihm als sonst, und sie freute sich, daß er, wenn auch nicht gerade hübscher und vornehmer, doch jedenfalls kräftiger und rotbäckiger aussah als ihr Pflegebefohlener. Und wenn auch Franzls Redeweise vom bäuerischen Dialekt keineswegs frei und sein Gehaben manchmal ein wenig zu ländlich schien, an Auffassungsgabe stand er hinter dem kleinen Robert gewiß nicht zurück. Doch immer von neuem gewann Robert den Vorrang in ihrem Herzen; sie begann darunter zu leiden, wie unter einer Schuld, und wußte, daß es nicht die erste war, deren sie sich ihrem Kind gegenüber anzuklagen hatte.

Eines Tages, als sie mit dem kleinen Robert spazieren ging, begegnete ihr Alfred, den sie seit Salzburg nicht gesehen hatte, und sie nahm die Gelegenheit wahr, ihm zu sagen, daß sie ihn möglichst bald ausführlicher zu sprechen wünsche. In einer freien Abendstunde traf sie nach Verabredung in der Nähe des Krankenhauses mit ihm zusammen. Sie sprach von ihren Beziehungen zu ihrem eigenen Kind und zu dem andern und von dem Vorrang, den dieses in ihrem Herzen einzunehmen scheine. Alfred beschwichtigte ihre Gewissensskrupel: es sei ja nur selbstverständlich, daß sie ihrem Kind nicht die gleichen Gefühle entgegenbringen könne, wie es unter anderen glücklicheren Umständen gewiß der Fall gewesen wäre, jede Beziehung, auch die natürlichste, erfordere Gegenwart und stete Erneuerung, um sich in natürlicher Weise zu entwickeln, ja, um überhaupt bestehen zu können. Übrigens würde er gern einmal ihren Buben von Angesicht zu Angesicht kennenlernen. Therese war von Alfreds Wunsch sehr erfreut, und nachdem bei Gelegenheit eines folgenden Abendspazierganges Näheres verabredet worden war, ließ sie sich am ersten Weihnachtsfeiertag von ihm nach Enzbach begleiten. Er hatte dem Buben ein Bilderbuch mitgebracht, blätterte es mit ihm durch, war freundlich, doch forschend zurückhaltend, doch gütig, und Therese war von Bewunderung für ihn erfüllt. Nicht nur Frau Leutner, auch ihrem dumpferen, unzugänglicheren Mann gegenüber traf er den richtigen Ton, und so vergingen die paar Stunden auf dem Lande in durchaus angenehmer und gemütlicher Weise. Doch auf der Rückfahrt nach Wien machte Alfred Theresen gegenüber kein Hehl daraus, daß er weder die Umgebung, in der das Kind aufwuchs, noch insbesondere das Wesen seiner Kosteltern als gedeihliche Vorbedingungen für dessen weitere Entwicklung zu betrachten imstande sei, und gab ihr zu bedenken, ob sie es nicht anderswohin, vielleicht in eine Vorstadt Wiens, in Pflege geben wollte, um es doch mehr in der Nähe zu haben und öfters sehen zu können. Bevor sie in Wien ausstiegen, küßten sie einander. Es war der erste Kuß seit jenem Abend, an dem sie in

Salzburg, ohne es zu ahnen, auf so lange Zeit voneinander Abschied genommen hatten.

Bald darauf fügte es sich einmal, daß Therese von Frau Knauer gebeten wurde, auf ihren nächsten zweitägigen Urlaub zu verzichten, doch stellte man es ihr frei, zum Ersatz ihren Buben einmal nach Wien zu Knauers zu bringen. Therese hatte zuerst eine gewisse Scheu, diesen Vorschlag anzunehmen, sie fürchtete halb unbewußt, die beiden Kinder nebeneinander zu sehen. Alfred, den sie um Rat fragte, verscheuchte ihre Bedenken, und so ließ sie sich an einem der nächsten Tage von Frau Leutner Franzl ins Haus bringen. Der Tag verlief besser, als Therese gefürchtet. Die beiden Buben freundeten sich rasch miteinander an, plauderten und spielten; und als Franzl gegen Abend von Frau Leutner wieder abgeholt wurde, bestand Robert darauf, daß jener bald wiederkommen müsse. Frau Knauer nickte Theresen ermunternd zu, fand ihren Buben lieb und wohlerzogen und sagte auch nachher allerlei Gutes über ihn, was Therese unverhältnismäßig stolz machte. Es wurde nun bestimmt, daß Frau Leutner den Buben zwei- bis dreimal im Monat nach Wien bringen solle, und immer wurde er von Robert mit gleicher Freude, von Frau Knauer mit echter Herzlichkeit aufgenommen, und auch Herr Knauer, der sich manchmal auf ein halbes Stündchen im Kinderzimmer sehen ließ, schien Gefallen an ihm zu finden. Dies hatte allerdings wenig zu bedeuten, da Herr Knauer, immer vergnügt und immer zerstreut, mit allen Menschen und allen Dingen durchaus einverstanden schien und stets die gleiche oberflächliche Liebenswürdigkeit nach allen Seiten hin zur Schau trug. Für Therese aber behielt der kleine, grauhaarige, zerraufte Journalist trotzdem, ja, er gewann immer mehr etwas Fremdes und Undurchdringliches für sie, und es war ihr manchmal, als hätte seine stete Spaßmacherei eine Maske zu bedeuten, unter der er sein wahres Wesen verbarg.

Über ihre sämtlichen Beobachtungen und Ansichten pflegte sie sich Alfred gegenüber auszusprechen, der zu ihrer Neigung, überall Eigentümlichkeiten und Sonderbarkeiten zu entdecken, wo wahrscheinlich gar keine vorhanden wären, nachsichtig lächelte. Bei ihren meist sehr flüchtigen, aber doch immer häufiger werdenden Zusammenkünften, auch bei Gelegenheit gemeinsamer Theaterbesuche mit darauffolgendem Abendessen in bescheidenen Gasthäusern wurden sie immer vertrauter, und es erging Theresen ähnlich mit dem Freunde, wie so viele Jahre vorher: sie wünschte ihn verwegener, draufgängerischer, als er war. Und doch, sobald er etwas kühner wurde, fühlte sie sich verängstigt, beinahe abgestoßen, als sei das Schönste, was sie bisher erlebt, gerade dadurch, daß es noch schöner würde, zu allzu frühem Ende bestimmt.

66

Als sie endlich an einem Vorfrühlingsabend in dem etwas kahlen, doch sehr ordentlich gehaltenen Zimmer der Alservorstadt, das er bewohnte, die Seine wurde, hatte sie weniger das Gefühl einer lang ersehnten Erfüllung als das Bewußtsein einer endlich eingelösten Verpflichtung; und es war das erstemal, daß sie über eine ihrer Seelenregungen mit Alfred zu sprechen nicht imstande war, was ihr beinahe leid tat. Allmählich aber begann sie sich in seiner Nähe, in seinen Armen so beglückt zu fühlen, wie es ihr noch niemals begegnet war. Alfred war doch der erste Mensch, dem sie wirklich vertrauen, der erste, den wahrhaft zu kennen und von dem gekannt zu werden sie sich einbilden durfte. Aller andern gedachte sie wie fremder Menschen, denen sie sich in einem nicht ganz zurechnungsfähigen Zustand hingegeben hatte oder denen sie zum Opfer gefallen war. Er aber gehörte ihr. Das einzige, was sie manchmal befremdete, war, daß er es nun gern vermied, sich mit ihr öffentlich zu zeigen, mit der Begründung, daß es ihm peinlich wäre und doch auch ihr peinlich sein müßte, wenn sie zusammen zufällig Karl begegneten. Ihre gelegentlichen Aufforderungen aber, sie doch wieder einmal nach Enzbach hinauszubegleiten, schienen ihn geradezu zu verstimmen, und so stand sie in der Folge von der Äußerung solcher Wünsche ab.

Einer ihrer schönsten Tage war es, als Frau Knauer ihr einmal gestattete, Robert mit sich aufs Land zu nehmen, und ihr nun die Freude ward, »ihre beiden Kinder«, wie sie sie manchmal für sich selbst und diesmal auch vor Frau Leutner nannte, miteinander auf der Wiese umhertollen zu sehen. Sie faßte den festen

Entschluß, im kommenden Herbst Franzl aus Enzbach fortzunehmen und in ihrer Nähe einzuquartieren.

Rascher, als sie selbst es für möglich gehalten, wurde diese Veränderung ins Werk gesetzt. Ohne sonderliche Mühe fand sie Unterkunft für ihren Sohn in der Familie eines in Hernals wohnenden Schneidermeisters, und so hätte Therese Gelegenheit gehabt, ihr Kind viel öfter zu sehen als bisher. Doch sie machte davon weniger Gebrauch, als sie sich vorgenommen hatte. Insbesondere die Sonntagnachmittage verbrachte sie regelmäßig mit Alfred, der indes Sekundararzt im Allgemeinen Krankenhaus geworden war.

Im nächsten Frühjahr schon war sie genötigt, ihren Buben aus dem Hause des Schneidermeisters zu entfernen, weil er sich mit dessen Sohn, der etwas älter war als Franz, durchaus nicht zu vertragen schien. Es kam zu einer Auseinandersetzung zwischen Theresen und der Schneidersgattin, in der diese unklare Andeutungen über gewisse Unarten Franzls vorbrachte, Andeutungen, die Therese vorerst nicht ernst nahm und geneigt war, als Bosheiten aufzufassen. Sie fand bald ein anderes Quartier für ihn bei einer kinderlosen ältlichen Lehrerswitwe, das überdies in einem netteren Haus gelegen war, und so hatte Therese keinen Anlaß, sich über die Veränderung zu beklagen. In der Schule kam Franzl leidlich vorwärts, in der Familie Knauer war er so gern gesehen wie früher, und niemand schien hier das geringste von den Ungezogenheiten und Ungebärdigkeiten zu bemerken, über die, wie früher die Schneidersfrau, sich bald die Lehrerswitwe, wenn auch in recht milder Weise, aufzuhalten Ursache hatte.

Dies ging Therese nicht so nahe, als natürlich gewesen wäre, und sie konnte sich nicht verhehlen, daß im Mittelpunkt ihres Gefühlslebens nicht die Liebe für ihr eigenes Kind, auch nicht die Neigung für Alfred, sondern die Beziehung zu dem kleinen Robert stand, die allmählich den Charakter einer fast krankhaften Schwärmerei angenommen hatte. Sie hütete sich, von diesem Überschwang die Eltern etwas merken zu lassen, als würde dadurch die Gefahr einer Trennung heraufbeschworen. Aber wenn jene es auch an äußerer Zärtlichkeit für ihr Kind nicht fehlen ließen, Theresen entging es nicht, daß dieses im Grunde ihnen doch nicht viel mehr bedeutete als eine Art von Spielzeug, freilich ein sehr lebendiges und köstliches. Sicher war, daß sie ihr Glück in seiner ganzen Größe nicht zu schätzen wußten. Der Kleine selbst schien in seinen Gefühlen gegenüber den Eltern und denjenigen gegenüber seiner Erzieherin kaum einen Unterschied zu machen und nahm nach Art verwöhnter Kinder alle ihm dargebrachte Liebe und Vergötterung wie etwas Selbstverständliches hin.

Im Laufe des Winters erkrankte Frau Knauer an Lungen- und Rippenfellentzündung und schwebte einige Tage in Lebensgefahr. Obwohl Therese ihr alles erdenkliche Gute wünschte, vermochte sie gewisse, nicht in Worte, kaum in Gedanken zu fassende Hoffnungen nicht völlig zu unterdrücken. Zwar hatte Herr Knauer niemals auch nur durch einen Blick vermuten lassen, daß Therese als Frau im geringsten auf ihn wirke; ihr selbst war er in seiner leeren Freundlichkeit so fremd geblieben wie je und als Mann eine fast widerwärtige Erscheinung, aber sie wußte: wenn er nach dem Tode seiner Frau um ihre Hand anhielte, sie würde keinen Moment zögern, die Stiefmutter Roberts zu werden. Um diesen Preis hätte sie sich ohne weitere Überlegung auch von Alfred losgesagt, um so eher, als sie deutlich fühlte, daß dieses Verhältnis, wenn auch vorläufig nichts auf ein nahes Ende hindeutete, als Liebesbeziehung keineswegs zu Dauer bestimmt war.

Frau Knauer erholte sich langsam, war als Rekonvaleszentin höchst reizbar geworden, und es gab etliche, freilich unbeträchtliche Auseinandersetzungen zwischen ihr und Therese, an die diese im Augenblick nachher nicht mehr dachte. So geschah es einmal, daß Therese einen Einkauf für Frau Knauer hätte besorgen sollen. Sie fühlte sich an diesem Tage nicht wohl und schickte sich an, dem Stubenmädchen diesen Auftrag zu überweisen. Frau Knauer wollte nichts davon wissen, Therese erwiderte lebhafter, als es sonst ihre Art war, und Frau Knauer stellte ihr anheim, das Haus zu verlassen, wann es ihr beliebe. Therese nahm diese Äußerung nicht ernst, sie war ja hier überhaupt nicht mehr zu entbehren, und man konnte doch nicht daran denken, sie von Robert oder Robert von ihr zu entfernen. Und es war auch tatsächlich in den nächsten Tagen weder im Benehmen der Frau noch des Herrn Knauer ihr gegenüber eine Veränderung, eine Entfremdung oder gar eine Feindseligkeit zu bemerken. Schon war Therese daran, den kleinen Zwischenfall völlig zu vergessen, als eines Tages Frau Knauer wie von einer Tatsache, über die eine Diskussion gar nicht mehr möglich war, von dem bevorstehenden Scheiden Theresens aus dem Hause sprach. Sie erkundigte sich mit der größten Liebenswürdigkeit, ob Therese schon eine neue Stellung gefunden, und bemerkte, daß sie selbst während der kommenden Sommermonate auf dem Land ganz ohne Erzieherin auszukommen gedächte. Therese war überzeugt, daß eben sie für den Herbst als Erzieherin ausersehen sei, aber sie war zu stolz, sich selber anzutragen oder auch nur eine Frage zu stellen, und so vergingen die Tage wieder ungenützt. Noch immer war es ihr unmöglich zu glauben, daß sie wirklich fort sollte; eine solche Grausamkeit, nicht nur gegen sie, sondern auch gegen den kleinen Robert, war ja nicht auszudenken; und wenn nicht früher, davon war sie überzeugt, im letzten Augenblick noch würde man sie zurückzuhalten suchen. So schob sie alle Vorbereitungen hinaus bis zum letzten Tag, an dessen Morgen sie das erlösende Wort von Frau Knauer zu hören hoffte. Doch diese stellte nur die freundliche Frage an sie, ob sie noch das Mittagessen mit ihnen einnehmen wolle. Therese fühlte Tränen in ihre Augen, ein Schluchzen in ihre Kehle steigen, vermochte nur hilflos zu nicken, und als Frau Knauer, doch in einer plötzlichen Verlegenheit, das Zimmer verlassen hatte, sank Therese vor Robert, der eben an seinem kleinen weißen Tischchen die Frühstückschokolade trank, schluchzend in die Knie, faßte seine Händchen und küßte sie hundertmal. Das Kind, zu dem man nur von einem vorübergehenden Urlaub des Fräuleins gesprochen, nahm den Schmerzensausbruch Theresens, dessen Ausmaß zu beurteilen es nicht imstande war, ohne Erstaunen hin, fühlte sich aber doch zu einer Art dankbarer Erwiderung verpflichtet und küßte sie auf die Stirn. Als Therese aufsah und die kühlen gleichgültigen Augen des verwöhnten Knaben auf sich gerichtet sah, durchschauerte es sie plötzlich, sie fuhr dem Kind wie scherzend mit den Fingern durch die Haare, erhob sich langsam, trocknete die Augen und war ihm endlich, wie gewöhnlich, beim Anziehen behilflich. Dann begleitete sie ihn in das Zimmer der Mutter, der er vor dem täglichen Spaziergang Adieu zu sagen pflegte, und stand dabei, mit einem freundlich starren Gesicht. Auf dem Spaziergang plauderte Therese mit dem Kind wie immer; sie hatte auch nicht vergessen, eine Semmel zum Füttern der Schwäne vom Hause mitzunehmen. Robert traf ein paar Gespielen, Therese unterhielt sich etwas herablassend mit einer ihr oberflächlich bekannten Bonne und fragte sich in irgendeinem Augenblick, aus welchem Grunde eigentlich sie sich immer wieder ihren Berufs-, ihren Schicksalsgenossinnen innerlich überlegen fühlte. War sie selbst etwas anderes, etwas Besseres? War sie nicht ein ebenso heimatloses Geschöpf wie all diese andern, die, ob sie nun Kindermädchen, Bonnen oder Gouvernanten hießen, in der Welt herumgestoßen wurden, von einem Haus ins andere, und die, auch wenn sie die Pflichten gegen ein ihnen anvertrautes Kind mütterlicher erfüllten, als die eigene Mutter es wollte oder vermochte, – ja, auch wenn sie ein Kind geliebt oder mehr geliebt hatten als ihr eigenes, auf jenes doch nicht das geringste Recht besaßen. Sie lehnte sich in ihrem Herzen auf, fühlte sich hart, beinahe böse werden, und plötzlich rief sie Robert, der mit anderen Kindern längs des Teiches hinlief und sich etwas bequem, wie es seiner Natur entsprach, fangen ließ, bevor er noch ermüdet war, mit ungewohnter Strenge an; es war später geworden als sonst und höchste Zeit, nach Hause zu gehen. Er kam sofort, folgsam und innerlich unberührt, und man begab sich auf den Heimweg.

Nach dem Mittagessen bat Therese Frau Knauer um die Erlaubnis, in dieser Nacht noch hier schlafen zu dürfen. Frau Knauer erteilte sie ihr ohne weiteres, doch war ihr anzumerken, daß sie sich dabei etwas gnädig vorkam. Therese versprach, als wäre sie dazu verpflichtet, morgen früh das Haus zu verlassen, ohne Robert noch einmal zu sehen. Herr Knauer dankte Theresen für die musterhaften Dienste, die sie geleistet, er hoffe, sie manchmal wiederzusehen, sie würde, mit ihrem Buben, im Hause immer willkommen sein.

Alfred gegenüber, zu dem sie sich in den Nachmittagsstunden dieses Tages flüchtete, machte sie kein Hehl aus ihrer Verzweiflung. Sie erklärte, daß sie diese Existenz überhaupt nicht mehr zu ertragen imstande sei, daß sie irgendeinen anderen Beruf ergreifen wolle, daß sie nach Salzburg zu ihrer Mutter ziehen werde. Alfred setzte ihr geduldig auseinander, daß sie ja Zeit habe zu überlegen; diesen Sommer müsse sie jedenfalls ganz ihrer Erholung widmen; sie solle ein paar Wochen in Salzburg und eine Zeit mit Franzl verbringen, am besten in Enzbach, wo sie ja immer wieder bei Frau Leutner freundliche Aufnahme finden würde. Durch einen Schleier von Tränen blickte sie in Alfreds Antlitz und merkte, daß er mit gleichgültigen, ja gelangweilten Augen über sie hinweg oder durch sie hindurch sah, ganz in der gleichen Art, wie es Herr Knauer, wie es Frau Knauer, wie es wenige Stunden vorher ihr geliebter kleiner Robert getan. Ihr Befremden, ihre innere Qual entging ihm nicht; er lächelte befangen, bemühte sich, zärtlich zu sein, sie nahm es hin, denn sie lechzte nach Liebe. Und zugleich fühlte sie, daß heute, auch wenn sie noch Jahre, wenn sie noch das ganze Leben lang mit Alfred zusammenbliebe, daß in diesem Augenblick der Abschied, der große Abschied anfing. Wie er es schon öfters bisher ohne Erfolg getan, bot ihr Alfred für die nächsten Monate seine Unterstützung an, die sie diesmal nicht zurückweisen konnte.

67

Am nächsten Morgen verließ sie das Haus. Sie fuhr nach Salzburg und wurde von der Mutter herzlich aufgenommen. Es schien Theresen diesmal, als hätte alles Krankhafte, Zerfahrene, Unreine im Wesen der Mutter, das Therese so oft peinlich und schmerzlich berührt hatte, sich in ihre Bücher hineingezogen und sich darin verdichtet; und sie selbst sei nun eine ganz vernünftige, brave alte Frau geworden, mit der man nicht nur gut auskommen, sondern die man sogar liebgewinnen konnte. Sie sprach die Absicht aus, nach Wien zu übersiedeln: sie habe mehr und vielfältigere Anregung nötig, als in Salzburg zu finden sei; dazu kam, daß Karl sich verlobt hatte und sie davon träumte, als alternde Frau in der Nähe oder gar im Kreise heranwachsender Enkelkinder zu leben. Wieder ließ sie sich von Therese über die Familien berichten, in denen sie als Erzieherin gelebt hatte, auch von Theresens ganz persönlichen Erlebnissen – sie machte kein Hehl daraus – hätte sie gern mehr erfahren, und nach dem Eingeständnis, daß es ihr mit den Jahren immer schwerer fiele, gewisse unerläßliche Szenen der Leidenschaft mit den rechten Worten darzustellen, fragte sie Therese, ob diese nicht versuchen wolle, für einen Roman, mit dem sie, die Mutter, eben jetzt beschäftigt sei, die betreffenden Kapitel abzufassen. Jedenfalls bestand sie darauf, daß Therese das Manuskript daraufhin einer Durchsicht unterziehe. Therese las, erklärte sich außerstande, den Wunsch der Mutter zu erfüllen, was diese anfangs geneigt war, als Ungefälligkeit aufzufassen, ohne es ihr aber weiter nachzutragen.

Nach einer Woche holte Therese ihren Buben aus Wien ab, um für eine Weile mit ihm nach Enzbach zu ziehen. Sie war diesmal entschlossen, ihn sehr zu lieben, und es gelang ihr vorerst, während sie an Robert, nach dem sich ihr Herz in Sehnsucht verzehrte, nur mit Bitterkeit zu denken vermochte. Alfred holte sie ab und machte mit ihr eine kleine Reise in die steierischen Voralpen, auf der Therese sehr glücklich war. Er mußte wieder nach Wien ins Spital; sie kam allein nach Enzbach zurück. Frau Leutner vermochte Theresen nicht lange zu verschweigen, daß sie sich über Franzl diesmal in mancher Beziehung zu beklagen habe. Der Aufenthalt in Wien schien ihm doch gar nicht gutgetan zu haben. Er sei ungebärdig, ja frech, in einer Villa unten mit anderen Jungen zusammen hatte er mutwillig Gartenbeete verwüstet, und das schlimmste war, daß er sogar kleine Diebereien beging. Der Bub leugnete. Ein paar Blumen hatte er in jenem Garten gepflückt, das war alles. Und daß er die paar Kreuzer eingesteckt, die Frau Leutner auf dem Tisch hatte liegen lassen, das war nur zum Spaß gewesen. Auch Therese konnte und wollte diese Kleinigkeiten nicht recht ernstnehmen. Sie versprach Frau Leutner, daß sich Franzl wieder bessern werde, und brachte ihn dazu, die gutmütige Frau um Verzeihung zu bitten. Sie selbst aber verdoppelte ihre Zärtlichkeit für ihn. Sie beschäftigte sich mit ihm den ganzen Tag, unterrichtete ihn, ging viel mit ihm spazieren, und es war ihr, als wenn schon innerhalb weniger Tage sein Wesen sich zum Besseren wandle.

Einmal kam Agnes zu Besuch in auffallendem Sonntagsputz, mit ihren achtzehn Jahren um vier oder fünf Jahre älter aussehend, und Franzl empfing sie wieder mit Entzücken. Sie küßte ihn, als wenn sie seine Mutter wäre, und doch ganz anders, und schielte dabei frech zu Theresen hin. Bei Tisch erzählte sie allerlei Schlimmes über das vornehme Haus, wo sie »zweites Stubenmädchen« war, behandelte Therese gleich zu gleich, erkundigte sich, wo sie jetzt »in Dienst« sei, und ließ es an Anspielungen nicht fehlen über mancherlei, was man sich als junge hübsche Person von den jungen und ganz besonders von den älteren Herren gefallen lassen müßte, – wovon Therese wohl auch etwas erzählen könne. Therese, entrüstet, verbat sich Bemerkungen solcher Art. Agnes wurde anzüglich; Frau Leutner machte dem beginnenden Zank ein Ende. Agnes sagte: »Komm, Franzl«, und lief mit ihm davon. Therese weinte bitterlich. Frau Leutner tröstete sie; es kam Besuch aus der Nachbarschaft; der Bub und Agnes kamen wieder zurück; und ehe diese ziemlich früh am Abend wieder in die Stadt hineinfahren mußte, trat sie auf Therese zu, streckte ihr die Hand hin: »Sein S' nicht bös, es war ja nicht so gemeint« – und der Friede schien wieder hergestellt.

Indes nahte die Zeit heran, in der Therese sich nach einer Stellung umsehen mußte. Ein Versuch, an einer Erziehungsanstalt als Lehrerin einzutreten, war erfolglos geblieben, da sie die notwendigen Prüfungen nicht abgelegt hatte. Wieder einmal nahm sie sich vor, dies bei nächster Gelegenheit nachzutragen. Sie tat nun, was sie schon so oft getan: las Zeitungsannoncen, schrieb Offerte; es kam ihr alles mühseliger und aussichtsloser vor als je. Manchmal fiel ihr ein, daß sich auch Alfred ein wenig für sie bemühen könne, zum mindesten, indem er sie auf Zeitungsanzeigen aufmerksam machte, die ihm zufällig vor Augen kämen, doch um alle Dinge, die ihren Beruf angingen, schien er sich wie mit Absicht nicht zu kümmern. In Enzbach hatte er sich nicht mehr blicken lassen.

68

Therese fand eine Stellung im Hause eines Bankdirektors zu zwei kleinen Mädchen von acht und zehn Jahren. Sie hatte sich fest vorgenommen, niemals wieder etwas über ihre Pflicht hinaus zu tun, ihr Herz und ihre Seele ganz unberührt zu halten und stets eingedenk zu sein, daß sie in jedem Hause eine Fremde war und blieb. Trotzdem verspürte sie schon nach wenigen Tagen eine lebhafte, immer wachsende Sympathie für das jüngere Mädchen, das von rührend anschmiegsamer Natur war; um so absichtsvoller verhärtete sich ihr Herz gegenüber dem älteren Mädchen. Der Bankdirektor war ein Mann in den Fünfzigern, noch immer das, was man einen schönen Mann zu nennen pflegt, nicht ohne Geckenhaftigkeit, die sich hauptsächlich in der Gewohnheit eines koketten Augenaufschlags und einer höchst gewählten Umgangssprache kundgab. Er hatte auch eine gewisse Art, im Vorübergehen wie zufällig an Theresen anzustreifen und seinen Atem in ihren Nacken zu hauchen, und Therese war vollkommen überzeugt, daß es nur von ihr abgehangen hätte, in ein näheres Verhältnis zu ihm zu treten, um so mehr, da seine Frau, nicht mehr jung, etwas schwerfällig, im Äußeren beinahe vernachlässigt und immer leidend war. Jedenfalls war sie sorgfältig auf ihre Gesundheit bedacht, und immer wieder erbitterte es Therese, daß die Frau Direktor sich bei jeder Gelegenheit nach Herzenslust schonen und ins Bett legen konnte, während man auf sie, die am Ende doch auch eine Frau war, nie und nimmer Rücksicht nahm und niemals Rücksicht genommen hatte. Sie erinnerte sich, wie sie vor Jahren in einem ihrer Häuser im Zustande eines heftigen Unwohlseins bei miserablem Wetter die Kinder aus der Schule hatte abholen müssen und beinahe schwer krank geworden wäre; und was sie damals als eine der unvermeidlichen Peinlichkeiten ihres Berufs hingenommen, das ließ sie nun in ihrem Herzen die Leute entgelten, bei denen sie jetzt in Stellung war, ohne es sie äußerlich merken zu lassen. Wenn Alfred aber, zu dem sie sich über alle diese Dinge aussprach, ihr gelegentliche Übertriebenheiten und offenbare Ungerechtigkeiten nachwies und sie zu einiger Milde und Nachsicht zu überreden suchte, dann warf sie ihm vor, daß er als Sohn aus gutem bürgerlichen Hause, der niemals Sorgen gekannt, sich natürlich auch mit jüdischen Bankdirektoren solidarisch fühle, schalt ihn egoistisch und herzlos und ging endlich so weit, ihm ins Gesicht zu sagen, daß er, nur er allein an ihrem ganzen Elend schuld sei, weil er sie in Salzburg als junges, unschuldiges Mädchen schon allein gelassen. Auf solche Bemerkungen hatte Alfred nur ein mildes Achselzucken, das sie völlig rasend machte, und so kam es immer wieder bei ihren seltenen Zusammenkünften zu Auseinandersetzungen, Verstimmungen und Streit.

Ihren Sohn hatte sie zwischen Stadt und Land in dem Vorort Liebhartstal, der für sie leicht erreichbar war, günstig untergebracht, zufällig wieder im Hause eines Schneidermeisters; und da Therese längst nicht mehr daran dachte, Franzl eine Mittelschule besuchen zu lassen, so nahm sie das als ein Schicksalszeichen und ließ Franz, noch während er eine nahegelegene Volksschule besuchte, seine Lehrlingszeit beginnen. Es schien ihr, als entwickle er sich nun wieder besser als im vergangenen Jahr: der Meister, ein gutmütiger, nur dem Trunk etwas zugeneigter Mensch, wie auch die Meisterin hatten nichts an ihm auszusetzen, mit dem Sohn, der um etliche Jahre älter war als Franzl, vertrug er sich ganz gut, und so glaubte Therese wieder einmal, sich hinsichtlich seiner Zukunft beruhigen zu dürfen.

Alfred überraschte sie eines Tages mit der Mitteilung, daß er demnächst eine kleine Universitätsstadt in Deutschland beziehen werde, um sich bei einem berühmten Psychiater in seinem Spezialfach weiter auszubilden. So sehr er selbst überzeugt schien, daß das keine dauernde Trennung bedeuten sollte, Therese zweifelte nicht, daß nun das Ende da war. Aber sie ließ sich nichts anmerken und war in diesen letzten Wochen, die ihnen noch übrig blieben, von einer Gefaßtheit und zugleich von einer Zärtlichkeit, die Alfred lange nicht mehr an ihr gekannt hatte.

In den ersten Briefen aus seinem neuen Aufenthaltsort gab er sich freier und heiterer, als es zuletzt im persönlichen Beisammensein mit ihr der Fall gewesen war. Doch dem freundschaftlichen Ton dieser Briefe fehlte fast jeder Beiklang von Liebe oder gar Leidenschaft; und Therese, halb absichtlich, halb unbewußt, verstand es bald, sich diesem Tone anzupassen. Im Sommer bezog sie mit den Kindern und der Frau des Bankdirektors eine behagliche Villa in der Umgebung Wiens; fing eben an, sich zu erholen, ja, dank dem freundlich-herzlichen Entgegenkommen der Frau Direktor und dem heiteren Wesen der Kinder wohl zu fühlen, als ein Brief von der Frau des Schneidermeisters eintraf mit der kurzen Mitteilung, daß man Franz aus Familiengründen leider nicht länger im Hause behalten könne.

Werd' ich nie Ruhe haben? dachte Therese, erbat sofort Urlaub, fuhr nach Wien und erfuhr im Liebhartstal ohne eigentliche Überraschung, daß Franzl »recht verdorben« sei, den Sohn des Hauses »zu allerlei Schlechtigkeiten« anhalte, sowie auch, daß der Schullehrer sie dringend zu sprechen wünsche. Therese begab sich sofort zu ihm und erhielt unter leicht verständlichen Andeutungen von dem freundlichen und klugen Mann den Rat, den Buben möglichst rasch aus der Schule zu nehmen und ihn wieder aufs Land unter gesündere Verhältnisse zu bringen. Trotz ihres Vorsatzes, sich nichts mehr, was den Buben betraf, zu Herzen gehen zu lassen – diese Eröffnungen trafen sie schwerer, als sie erwartet, und sie vermochte dem bitteren Gefühl der Reue nicht länger zu wehren, daß ihr einmal im gegebenen Moment der Mut gemangelt, eine gefällige Frau aufzusuchen, die sie vor all der Plage und all der Schande behütet hätte, unter deren Zeichen seither ihr Leben stand. Und gegen jenen eigentlich längst vergessenen, lächerlichen und nichtigen Kasimir Tobisch stieg ein so dumpfer Groll in ihr auf, daß sie sich fähig meinte, ihm etwas Böses anzutun, wenn er ihr jemals wieder begegnete.

Es kam ihr der Einfall, ihren ungeratenen Sohn von einem kinderlosen Ehepaar adoptieren zu lassen, was Alfred einmal flüchtig im Gespräch berührt und sie entrüstet zurückgewiesen hatte, und sich dann nicht mehr um ihn zu kümmern. Doch kaum hatte sie begonnen, diesen Plan weiterzudenken, als ihre Stimmung wieder umschlug. Alle mütterlichen Gefühle für den armen Buben, der ja an seiner Natur und an seinem Los völlig unschuldig war, der sich unter anderen Umständen ganz anders, vielleicht zu einem braven, tüchtigen Menschen entwickelt hätte, brachen mit ungeheurer Macht wieder hervor, und sie fühlte ihre eigene Schuld tiefer denn je. War sie denn innerlich jemals treu zu ihm gestanden? War sie nicht immer wieder von ihm abgefallen und manchmal sogar zugunsten von andern Kindern, die sie gar nichts angingen und die sie vielleicht nur deshalb liebte, weil sie aus besseren Häusern, weil sie wohlgepflegt, weil sie glücklicher waren als ihr eigenes Kind?

Und an einem heißen Sommertag, während der Staub der Stadt durch den ärmlichen Vorort gegen die Hügel zu fegte, saß Therese mit ihrem Buben auf einer Bank am Rande der Straße, die bergaufwärts führte, redete ihm ins Gewissen, glaubte in seinen Augen etwas wie Einsicht, ja wie Reue zu lesen, fühlte neue Hoffnung in sich aufsteigen, als er sich näher an sie herandrängte, glaubte zu spüren, daß in seinem Herzen jene Starrheit, die sie so oft verzweifeln machte, sich zu lösen anfing, und richtete, wie in einer plötzlichen Erleuchtung, die Frage an ihn, ob er von nun an mit ihr, mit seiner Mutter, zusammenwohnen wolle. Und Tränen kamen ihr ins Auge, als er sich über diese Aussicht geradezu beglückt zeigte, ihr erklärte, daß er überhaupt nur sie liebhabe, daß er alle anderen Menschen nicht leiden könne. Oh, er würde auch gern mehr lernen und in der Schule brav sein, aber die Lehrer seien ihm aufsässig, und er wolle ihnen keine Freude machen. Daß er aber der Frau Meisterin ein Tüchel gestohlen habe, das sei eine Lüge, und auch die Frau Leutner in Enzbach sei eine falsche Person. Wie sie nur über die Mutter gesprochen habe zu ihrem Mann und zur Agnes und zu anderen Leuten, da könnte er manches erzählen! Und nun gar die Schneidermeisterin – eine Kanaille sei das. Therese erschrak, sie verwies ihm seine Worte. Aber Franz redete hemmungslos weiter über die Meisterin, über ihren Mann, über einen Fuhrwerksbesitzer, der öfters ins Haus käme, gebrauchte Ausdrücke, die Therese noch niemals gehört hatte, und sie konnte nichts anderes tun, als ihn immer wieder zurechtweisen und endlich, da gar nichts half, das Gespräch abbrechen und auf andere Dinge bringen.

In einer unendlichen Traurigkeit ging sie den Weg mit ihm über die staubige Straße wieder hinab. Noch hielt sie seine Hand in der ihren, aber unmerklich glitten die Finger auseinander, und sie war allein. Sie führte Franz für diesmal noch in das Haus seiner Kostgeber zurück, begab sich, fürs erste ohne Erfolg, auf die Suche nach einem neuen Quartier, nach neuen Pflegeeltern für ihren Sohn, übernachtete in einem kleinen Vorstadtgasthof und schrieb Alfred einen ausführlichen Brief, in dem sie sich wieder einmal zu ihm wie zu einem Freunde aussprach. Und am nächsten Morgen in einer beruhigteren Stimmung glückte es ihr, für Franz bei einem kinderlosen Ehepaar ein reinliches Kabinett zu finden, so daß sie immerhin im Gefühl einer erledigten Pflicht aufs Land zurückkreisen konnte. Diese letzten Wochen in der Villa hatte sie Gelegenheit, sich zu erholen, ja aufzuatmen. Die Mädchen gaben ihr wenig zu tun, man lebte zurückgezogen; der Herr des Hauses war auf einer größeren Reise abwesend, kaum jemals erschien ein Gast, – so verbrachte auch Therese beinahe den ganzen Tag lesend und viel schlummernd, von der Frau Direktor und von den Kindern wenig gestört, in dem großen schattigen Garten, dessen Mauer das ganze Haus und seine Inwohner gegen die Umwelt abschloß.

69

Im Herbst übersiedelte Frau Fabiani nach Wien, vorerst in eine Fremdenpension. Ihr Sohn hatte indes eine Hausbesitzerstochter aus einer österreichischen Provinzstadt geheiratet, wo er kurze Zeit hindurch Hilfsarzt gewesen war, und sich in Wien als praktischer Arzt etabliert. Doch blieb die Politik nach wie vor der Hauptgegenstand seines Interesses. Materieller Sorgen war er nun so ziemlich enthoben, was ihn auch liebenswürdiger und umgänglicher zu machen schien, wie Therese anläßlich einer Begegnung, die zufällig bei ihrer Mutter stattfand, zu bemerken Gelegenheit hatte. Seine junge Frau, die zugleich anwesend war, gutmütig, hübsch, beschränkt, von ziemlich kleinstädtischem Gehaben, kam Therese mit naiver Herzlichkeit entgegen, lud sie sofort ins Haus, und so fügte es sich, daß Therese, worauf sie noch vor wenigen Wochen keineswegs gefaßt sein konnte, an einem Familienessen bei Doktor Faber, wie ihr Bruder nun wirklich mit behördlicher Bewilligung hieß, teilzunehmen das Vergnügen hatte. Von einer verwandtschaftlichen Atmosphäre fühlte sie wenig, einmal mehr in ihrem Leben war sie bei Fremden zu Gaste, und trotzdem das Zusammensein harmlos und unbefangen verlief, behielt sie von diesem Familienmahl einen unangenehmen Nachgeschmack zurück.

Ihren Sohn sah sie nicht viel häufiger als früher. Die Leute, bei denen er in Pflege war, ein pensionierter Beamter namens Mauerhold und seine Frau, hatten ihn nicht aus Erwerbsgründen bei sich aufgenommen, sondern weil sie ihr einziges Kind vor einigen Jahren verloren hatten und bei nahendem Alter das Bedürfnis fühlten, wieder ein junges Geschöpf in ihrer Umgebung zu wissen. Es hatte den Anschein, als übte die Gutmütigkeit und Nachsicht der beiden Leute auf Franzls Wesen einen höchst günstigen Einfluß; weder von ihnen, noch von seinem Lehrer bekam Therese Abfälliges über ihn zu hören, und so verlief dieser Winter ohne sonderliche Aufregungen für sie. Daß Alfreds Briefe immer seltener und immer kühler wurden, berührte Therese kaum; in der gewissenhaften Erfüllung ihrer Pflichten als Erzieherin und als Stütze der Hausfrau, wozu sie sich in der letzten Zeit bei dem meistens leidenden Zustand der Frau Direktor immer mehr herangebildet hatte, fand sie fast völlige Befriedigung.

Manchmal, ganz flüchtig, kam ihr der Gedanke, ob nicht einer der Herren, die im Hause verkehrten, der Hausarzt zum Beispiel, ein älterer Junggeselle, oder der verwitwete Bruder des Direktors, die ihr beide ein wenig den Hof machten, sich ernstlicher in sie verlieben oder sie gar heiraten könnte, wenn sie es nur geschickt genug anstellte. Doch da Geschicklichkeit und Schlauheit ihre Sache niemals waren, zerflossen solche immer nur vagen Aussichten bald wieder in nichts, ohne daß sie sich weiter darüber gekränkt hätte. Einmal entschloß sie sich, eine Zeitungsannonce zu beantworten, in der ein wohlhabender kinderloser Witwer, Mitte der Vierzig, eine Wirtschafterin zu suchen vorgab. Die unflätige Antwort, die sie erhielt, bewahrte sie vor einer Wiederholung solcher Versuche.

70

Im Stadtpark, wo sie bei beginnendem Frühjahr mit den beiden Mädchen öfters spazieren zu gehen pflegte, traf sie nach Jahren wieder mit Sylvie zusammen, die dort mit ihrem Zögling, einem achtjährigen Knaben, sich auf einer Bank sonnte. Sie zeigte sich höchst erfreut, Therese wiederzusehen, erzählte, daß sie zuletzt auf einem ungarischen Gut, vorher noch weiter, in Rumänien, in Stellung gewesen sei, und schien sich im übrigen innerlich nicht im geringsten verändert zu haben. Immer wohlgelaunt, empfand sie ihr Los keineswegs als ein beklagenswertes oder gar, wie es bei Theresen doch noch zuweilen der Fall war, als ein ihrer nicht ganz würdiges, sah zwar etwas faniert, im ganzen aber beinahe reizvoller aus als zu der Zeit, da Therese sie kennengelernt hatte.

Beim nächsten Zusammentreffen schon, ganz unvermittelt, lud sie Therese für den nächsten freien Sonntag zu einem Ausflug ein. Sie sei mit einem guten Freund verabredet, Einjährig-Freiwilligem bei den Dragonern, der auch seinerseits, wenn Therese mit von der Partie sein wolle, einen Kameraden mitbringen werde. Therese maß sie mit einem erstaunten, fast beleidigten Blick, der Sylvie nur lächeln machte. Es war ein schöner Frühlingstag; die beiden saßen nahe dem Teich, die Kinder, die ihrer Obhut anvertraut waren, fütterten die Schwäne, und Sylvie plauderte unbeirrt weiter. Sie hatte ihren Freund in diesem Winter auf einem Maskenball kennengelernt – ja, auf Maskenbälle ging sie auch, warum denn nicht –, er war hübsch, blond, eher klein, der lustigste Junge, den man sich denken konnte; er werde wahrscheinlich beim Militär bleiben, weil ihm das Studieren nicht viel Spaß mache; und als Sylvie ihm neulich von der wiedergetroffenen Freundin erzählt habe, sei er gleich auf den Einfall dieser kleinen Partie zu viert gekommen. Man würde auf einem Donauarm spazierenfahren, Schinakel, sie sprach es halb französisch Chinaquéle aus, dann irgendwo zu Abend essen, auf dem Konstantinhügel oder im dritten Kaffeehaus, man müsse ja kein Programm machen, es finde sich schon alles von selbst. Therese lehnte ab, Sylvie ließ nicht nach, und endlich verblieb man dabei, die Sache vom Wetter abhängig zu machen.

Als Therese am Morgen des nächsten Sonntags erwachte und den Himmel mit dunklen Wolken verhängt sah, empfand sie das wie eine Enttäuschung; doch mittags heiterte es sich auf, Sylvie holte Therese am frühen Nachmittag ab, und man fuhr zum Praterstern, wo die beiden Herren am Tegetthoffmonument Zigaretten rauchend warteten. Sie begrüßten die Damen mit vollendeter Höflichkeit, sahen in ihren Uniformen recht elegant aus – vollendete Kavaliere, dachte Therese – und auf den ersten Blick gefiel ihr der blonde kleine Mensch, der Sylvies Geliebter war, viel besser als der andere. Der war ein hagerer, in seiner Figur an Kasimir Tobisch erinnernder Mensch mit einem schmalen, fahlen, etwas gelblichen Gesicht, schwarzem Schnurrbart und einem Spitzbärtchen, wie es bei österreichischen Freiwilligen und Offizieren sonst kaum üblich war, und hatte auffallend schlanke, allzu magere Hände, von denen Therese in einer sonderbaren, ihr unbegreiflichen Weise wie gebannt war. Man dankte ihr, daß sie gekommen war; Sylvie führte das Gespräch sofort in ihrer flinken und lustigen Weise, sie redeten alle französisch, der Blonde sehr geläufig, der andere etwas mühseliger, aber mit einem viel besseren, wenn auch etwas affektierten Akzent. Man ging durch die Hauptallee, aber da gab es so viele Menschen – und sie dufteten nicht besonders gut, wie der Hagere bemerkte –, und so nahm man bald einen Seitenweg, der unter hohen frühlingsgrünen Bäumen in ein stilleres Revier führte. Der Blonde erzählte von seinem vorjährigen Aufenthalt in Ungarn, wohin man ihn zur Jagd geladen; Sylvie nannte die Namen einiger Aristokraten, die sie in ihrer letzten Stellung kennengelernt hatte, ihr Freund erlaubte sich freche Anspielungen, die sie lachend hinnahm und mit ähnlichen erwiderte. Der andere, mit Theresen ein wenig zurückbleibend, schlug einen ernsteren Ton an, seine Stimme war leise, klang manchmal wie absichtlich verschleiert; er hatte das Monokel aus dem Auge fallen lassen und sah mit einem blasierten Blick unter etwas geröteten Lidern vor sich hin. Er konnte nicht recht glauben, daß Therese eine Wienerin sei, eher dächte man an eine Italienerin, ja, eine von den kastanienbraunen Norditalienerinnen aus der Lombardei. Sie nickte nicht ohne Stolz; ihr Vater stammte ja wirklich aus italienischer Familie und ihre Mutter aus kroatischem Adel. Richard wunderte sich, daß sie Erzieherin sei. Es gab doch so viel andere Berufe, die sicher viel besser für sie getaugt hätten; mit ihrer Erscheinung, ihren strahlenden Augen, ihrem dunklen Organ hätte sie auf der Bühne gewiß ihren Weg gemacht. Und jedenfalls blieb es völlig unbegreiflich für ihn, wie man sich freiwillig, jawohl freiwillig, denn sie hatte es gewiß nicht nötig, in eine solche Sklaverei begeben könne. Sie mußte an Kasimir Tobisch denken, der vor Jahren ganz das gleiche Wort gebraucht, und blickte ins Weite. Und Richard, immer lebhafter: Alle heilige Zeiten einmal ein paar Stunden zur freien Verfügung haben – unverständlich, wie man eine solche Existenz überhaupt zu ertragen im Stande sei. Therese spürte den Nebensinn dieser Worte, wenn auch das Antlitz ihres Begleiters unbeweglich blieb.

Auf dem Konstantinhügel trank man Kaffee und aß Kuchen. Die beiden Herren äußerten sich spöttisch über die etwas »mindere« Gesellschaft an den anderen Tischen. Therese fand die Leute gar nicht so übel, und es schien ihr, als vergäßen die beiden Kavaliere allzusehr, daß sie da mit zwei armen Geschöpfen zusammensaßen, die man wohl auch eher zur minderen Gesellschaft rechnen mußte. Am Ufer des kleinen Teiches unterhalb des Konstantinhügels mietete man ein »Schinakel«. Therese fühlte wohl, daß es den beiden jungen Herren wie ein Spaß, ja wie eine Art von Herablassung vorkam, als sie sich unter das Volk mischten und ihren Kahn zwischen anderen, in denen »mindere Leute« saßen, vorwärts und allmählich in den schmalen Flußarm ruderten, der sich zwischen grünen Ufern gegen die Donauauen hin schlängelte. Sylvie rauchte eine Zigarette, auch Therese versuchte es nach langer Zeit wieder, seit den Salzburger Abenden in der Offiziers- und Schauspielergesellschaft hatte sie es nicht getan; es schmeckte ihr so wenig wie damals, und ihr Begleiter, der es merkte, nahm ihr die Zigarette aus den Fingern und rauchte sie selbst weiter. Er legte die Ruder hin und überließ dem Blonden alle Arbeit. Dem würde es sehr gesund sein, bemerkte er, bei seiner Anlage zum Dickwerden. An den Ufern, unter hohen uralten Bäumen, lagerten Paare und Gruppen. Später wurde es stiller und einsamer. Endlich stiegen sie aus und machten den Kahn an einem der hierfür bestimmten Pflöcke fest. Dann spazierten sie weiter auf immer schmaleren Wegen durch immer dichteres Grün den Auen zu. Sie gingen paarweise, eingehängt; einmal noch hatten sie eine breite Straße zu überqueren, dann schlugen sie einen Pfad ein, der sie unerwartet rasch, fast zauberhaft, in eine umwandelte Entrücktheit brachte. Sylvie ging mit ihrem blonden Freund in enger Umschlingung voraus, der andere blieb plötzlich stehen, umfaßte Therese und küßte sie lange auf den Mund. Sie wehrte sich nicht im geringsten. Er redete gleich wieder, ernst, als hätte, was eben geschehen, eigentlich nichts zu bedeuten, und dann, auf eine beiläufige Frage Theresens, begann er von sich zu erzählen. Er studierte Jus und wollte Advokat werden. Sie wunderte sich, sie hatte sich vorgestellt, daß er Berufsoffizier werden wolle wie der andere. Er schüttelte beinahe verächtlich den Kopf. Er dachte nicht daran, beim Militär zu bleiben; und selbst, wenn er wollte, dazu brauche man Geld, und er sei im Grunde ein armer Teufel. Sie müsse das nicht gerade wörtlich nehmen, aber gegen seinen blonden Kameraden sei er wirklich ein Schnorrer. Weit vor ihnen hörten sie ihn lachen. »Immer fidel«, sagte Richard – »und dabei hat er die fixe Idee, daß er ein Melancholiker ist.« Ein junges Paar begegnete ihnen. Das Mädchen, eine wohlgekleidete, hübsche Blondine, betrachtete Richard mit einem solchen Ausdruck des Wohlgefallens, daß Therese sich unwillkürlich geschmeichelt fühlte. Von dem nahen, nicht sichtbaren Fluß wehte feuchter Duft heran. Der Weg wurde immer schmäler, es war kaum ein Weg mehr; sie mußten manchmal die Äste zurückschlagen, um vorwärts zu kommen. Sylvie rief einmal zurück zu Theresen hin in ihrem hellen Französisch: »A la fin je voudrais savoir, où ces deux scélérats nous mènent.« Therese hatte jede Orientierung verloren. Der Fluß schimmerte durch Schilf und Weiden, um sich gleich wieder in einer Biegung zu verlieren. Irgendwoher tönte der langgezogene Pfiff einer Lokomotive; nah und doch unsichtbar ratterte ein Bahnzug über eine Brücke. Theresen war es, als hätte sie das alles schon einmal erlebt, aber sie wußte nicht wann und wo. Sylvie und ihr Begleiter waren gänzlich verschwunden, man hörte Lachen, verklingende Worte gespielter Abwehr, Kichern, leises Schreien. Therese fühlte ihr eigenes, wie erschrockenes Gesicht. Richard lächelte, sah sie an, warf seine Zigarette zu Boden, trat das Feuer aus, nahm Therese in die Arme und küßte sie. Dann hielt er sie fest an sich gedrückt, ging tiefer mit ihr ins Schilf und zog sie mit sich nieder. Wieder hörte sie das Lachen Sylvies, zu ihrer Verwunderung ganz nah. Mit fast entsetzten Augen blickte sie zu Richard auf und schüttelte lebhaft den Kopf. Sein Antlitz erschien ihr dunkel und fremd. »Man sieht uns nicht«, sagte er, und wieder hörte sie die Stimme von Sylvie. Es war eine Frage, eine Frage an Therese, frech und schamlos. Wie darf sie sich das erlauben, dachte Therese. Und plötzlich, in den Armen Richards, hörte sie sich antworten, hörte ihre eigene Stimme, hörte Worte aus ihrem eigenen Mund, beinahe gerade so frech und ausgelassen, wie Sylvies Worte gewesen waren. Was ist mit mir? dachte sie. Richard streichelte ihr die feucht gewordenen Haare aus der Stirn und flüsterte leidenschaftlich-zärtliche Worte in ihr Ohr. Ein Wagen rollte fern, ganz fern. Der Fluß, den sie nicht sehen konnte, spiegelte sich seltsam im dunkelblauen Himmel über ihr.

Als sie später durch Dickicht wieder auf einen schmalen Weg gelangten, schmiegte sie sich hingebungsvoll an den Mann, den sie vor drei Stunden noch nicht gekannt hatte und der jetzt ihr Geliebter war. Er sprach von gleichgültigen Dingen: »Die Rennen müssen gerade aus sein«, sagte er. »Die ersten heuer, die ich versäumt habe.« Und als sie wie gekränkt zu ihm aufsah: »Tut's dir leid?« – strich er ihr übers Haar und küßte sie, mitleidig gleichsam, auf die Stirn: »Dummes Mädel.« Sie traten aus den Auen ins Freie, und bald sahen sie, der breiten Fahrbahn sich nähernd, in dünnen Staub gehüllt, die Wagen und Equipagen vorbeisausen. Sie kamen zu dem Uferplatz, wo der Kahn ihrer wartete, und fuhren die Strecke zurück, die sie gekommen waren. Therese fürchtete sich zuerst, in Sylvies Blicken eine frivole oder unzarte Anspielung entdecken zu müssen, doch zu ihrer angenehmen Verwunderung schien Sylvie vielmehr ernster und gelassener als sonst. Ihr Freund begann von einer gemeinsamen Reise zu faseln, die man zu viert im Sommer unternehmen könnte. Doch sie wußten alle, daß das nur Geschwätz war, und Richard stand nicht an, das Reisen ganz im allgemeinen zu mißbilligen. Die mit jeder Ortsveränderung nun einmal verbundenen kleinen Unannehmlichkeiten empfand er als unleidlich; fremde Gesichter waren ihm in der Seele zuwider, und als ihm darauf der andere entgegnete, daß er doch auch für seine Bekannten und Freunde niemals besondere Sympathie zu erkennen gebe, ließ er das ohne weiteres gelten. Sylvie, vor sich hinsehend, bemerkte, daß es doch immerhin Momente gäbe, die des Lebens wert seien. Richard zuckte die Achseln. Das ändere im wesentlichen nichts. Im Grunde sei doch alles traurig, das Schöne erst recht; und darum sei die Liebe das allertraurigste auf der Welt. Therese empfand tief die Wahrheit seiner Worte. Sie erschauerte leise; sie fühlte eine Träne in ihrem Auge, Richard berührte ihre Stirn mit seinen schmalen kühlen Händen. Die schmetternden Klänge einer Militärkapelle drangen zu ihnen, während der Kahn weiterglitt. Es dämmerte. Sie stiegen aus, bald war wieder das Getriebe der Menschen um sie, immer noch rollte ein geschlossener Zug von Wagen durch die breite Fahrbahn; Musik von einem halben Dutzend Orchestern wirbelte durcheinander. Alle Gasthausgärten waren übervoll. Die beiden Paare schlugen sich in stillere Gegenden, sie kamen an dem gleichen bescheidenen Wirtshaus vorbei, in dem Therese vor vielen, vielen Jahren als Prinzessin oder Hofdame mit irgendeinem Gespenst oder Narren gesessen war. Sie erkannte sofort den Kellner von damals, der von einem Tisch zum andern hastete, und wunderte sich, daß der sich in so vielen Jahren nicht im geringsten verändert hatte, beinahe, als wäre er der einzige von allen lebenden Menschen, der nicht gealtert war. Ist das alles nur ein Traum? dachte sie flüchtig, warf einen raschen Blick auf ihren Begleiter, als wollte sie sich vergewissern, daß es nicht Kasimir Tobisch sei, der an ihrer Seite ging. Und noch einmal sah sie sich nach dem Kellner um, der schwitzend, die flatternde Serviette unterm Arm, von Tisch zu Tische lief. Wie viele Sonntage seit jenem, dachte Therese, wie viele Paare haben sich seither gefunden, wieviel sogenannte selige Stunden, wie viel wirkliches Elend, wie viel Kinder seitdem, wohlgeratene und andere; und wieder einmal kam ihr die ganze Unsinnigkeit ihres Schicksals, die Unverständlichkeit des Lebens überhaupt niederdrückend zu Bewußtsein. Und der junge Mensch neben ihr, wie seltsam, war der nicht eigentlich der erste, der, was eben jetzt in ihr vorging, ohne weiteres verstanden hätte, ja vielleicht wußte, ohne daß sie selbst es aussprach? Und sie fühlte sich ihm, dem sie sich in den ersten Stunden ihrer Bekanntschaft hingegeben und der sie, wie sie wußte, darum doch nicht verachtete, näher, verwandter, als sie sich jemals Alfred oder irgendeinem anderen gefühlt hatte.

In einem der stilleren Gasthausgärten aßen sie zu Abend. Therese trank mehr, als sie gewohnt war, und wurde bald so müde, daß sie kaum mehr die Augen offenhalten konnte und das Geplauder der andern nur wie von ferne an ihr Ohr klingen hörte. Sie wünschte sehr, auf dem Heimweg ihrem Freund sagen oder wenigstens andeuten zu können, was ihr früher durch den Sinn gegangen war. Aber es kam keine Gelegenheit mehr dazu. Der Aufbruch geschah plötzlich; morgen früh vier Uhr war Ausrückung zu den großen Manövern, am nächsten Wagenstandplatz ließ man die beiden Damen in einem offenen Einspänner Platz nehmen, den Richard gleich bezahlte, flüchtig wurde noch eine Zusammenkunft für den übernächsten Sonntag verabredet. Richard küßte Theresen kavaliermäßig die Hand, sagte: »Auf Wiedersehen hoffentlich«, sie sah ihn mit weiten, wie erschrockenen Augen an; die seinen waren kühl und fern.

Auf der Heimfahrt durch die abendlichen Straßen ließ sie Sylvie reden, die nun plötzlich von unerwünschten Geständnissen übersprudelte. Therese hörte ihr kaum zu, ein bitterer Nachgeschmack war ihr zurückgeblieben, und sie dachte ihres Geliebten von heute abend mit einer sonderbaren Rührung, als hätte er für immer von ihr Abschied genommen, ja als wäre er schon weit, weit fort.

71

Wenige Tage später wurde sie von Herrn Mauerhold brieflich um ihren »ehebaldigsten« Besuch gebeten. Sie hatte Franzl schon drei Wochen lang nicht gesehen und geriet sofort in eine unverhältnismäßig heftige Aufregung. Herr Mauerhold empfing sie freundlich, aber in sichtlicher Verlegenheit. Seine Frau schwieg befangen. Endlich erklärte er, daß er aus Familienrücksichten mit seiner Frau Wien verlassen, in ein kleines niederösterreichisches Städtchen übersiedeln und daher Therese bitten müsse, den Buben anderswohin in Pflege zu geben. Therese atmete erleichtert auf; sie äußerte, daß es vielleicht ganz gut wäre, wenn Franzl aus der Großstadt wieder fort und in eine kleine Ortschaft käme, und sie erklärte sich gerne bereit, ihn auch nach der Übersiedlung bei seinen jetzigen Pflegeeltern zu belassen, wo er sich ja so wohl zu fühlen scheine. An der wachsenden Verlegenheit der beiden merkte sie, daß man ihr offenbar irgend etwas verschwieg, und als sie immer dringender Aufklärung verlangte, erfuhr sie endlich, daß Franzl sich neulich einen kleinen Hausdiebstahl hatte zuschulden kommen lassen. Und nun, da dies ausgesprochen war, hielt die Frau, die bisher stumm dagesessen war, nicht mehr länger an sich. Diese kleinen Diebereien waren nicht das Schlimmste. Der Bub hatte noch allerlei Unarten und Angewohnheiten, von denen sie lieber gar nicht reden wolle. Auch aus der Schule seien Klagen gekommen. Die ungeratenste Jugend in der Nachbarschaft sei sein Verkehr, bis in die Nacht hinein treibe er sich auf der Straße herum, und es sei gar nicht abzusehen, wohin das bei dem elfjährigen Buben mit der Zeit noch führen solle. Therese saß mit gebeugtem Haupt wie eine Schuldbeladene. Nun ja, sie sah ein, daß sie unter diesen Umständen ihren Vorschlag nicht aufrecht halten könne, sie wollte nur warten, bis der Bub aus der Schule käme, und ihn lieber gleich mitnehmen. Herr Mauerhold, mit einem Blick auf seine Frau, meinte vorsichtig, es sei ja nicht gar so eilig, auf ein paar Tage käme es nicht an, man wolle den Buben gern noch im Hause behalten, bis Therese ein neues Heim für ihn ausfindig gemacht habe. Therese merkte mit Verwunderung, daß dem gutmutigen Mann Tränen in den Augen standen. Er war es nun, der sich anschickte, sie zu trösten: manche Knaben hätten in diesem bedenklichen Alter nicht viel getaugt, aus denen dann noch ganz anständige Menschen geworden wären. Die Stunde, in der Franz aus der Schule nach Hause kommen sollte, war längst vorüber; Therese aber, die sich nur ein paar Stunden Urlaub erbeten hatte, konnte nicht länger bleiben; sie dankte Herrn Mauerhold, versprach, sich sofort nach einem neuen Quartier für Franzl umzusehen, und ging. Auf dem Heimweg wurde sie ruhiger und nahm sich vor, die Angelegenheit mit irgend jemandem zu besprechen. Aber mit wem? Sollte sie ihre Mutter ins Vertrauen ziehen? An Alfred schreiben? Was konnten die raten oder gar helfen? Sie mußte schon alles mit sich selber ausmachen und allein in Ordnung bringen.

Zufällig traf sie am nächsten Tag im Stadtpark wieder mit Sylvie zusammen. Sie wäre wohl die letzte gewesen, die Therese unter anderen Umständen ins Vertrauen ziehen und um Rat hätte fragen wollen. Aber in ihrer Unruhe, ihrer Ungeduld, ihrem Drang, eine mitfühlende Seele zu finden, sprach sie sich zu Sylvie aus und erzählte ihr alles, mehr als sie je irgend jemand anderem erzählt hatte; und als wollte sich dieses Vertrauen belohnen, gerade in Sylvie fand sie eine Ratgeberin, eine Freundin so herzlich, klug und ernst, wie Therese es nie und nimmer erwartet hätte. Sie redete Theresen zu, ihre jetzige Stellung aufzugeben, überhaupt keine von dieser Art vorläufig anzunehmen, mit ihrem Sohn zusammen eine kleine möblierte Wohnung zu nehmen und nur mehr Privatlektionen zu erteilen. Sie selbst, Sylvie, machte sich anheischig, ihr in kürzester Zeit einige solche Stunden zu verschaffen, und stellte ihr auch für die nächste Zeit einiges Geld zur Verfügung; sie habe immerhin kleine Ersparnisse, fügte sie mit einem verschmitzten Lächeln hinzu, das Therese nicht bemerken wollte. Sylvies Anerbieten aber nahm sie dankbar an.

Und mit neuer Hoffnung und plötzlich wiedergefundener Energie wurde die Ausführung des erfolgversprechenden Entschlusses ins Werk gesetzt. Ihre Kündigung wurde in der Familie des Bankdirektors mit einiger Überraschung aufgenommen, die beiden Mädchen ließen das Fräulein nur ungern ziehen, das ältere weinte herzbrechend, und Therese war gerührt von der Liebe, die sie in einem jungen Mädchenherzen erweckt hatte, ohne es auch nur zu ahnen.

72

An einem schwülen Hochsommertag bezog Therese mit Franzl zwei möblierte Zimmer mit Küche in einer bequem gelegenen stillen Vorstadtstraße, in einem ziemlich neuen, bescheidenen, aber reinlich gehaltenen Hause. Vorher schon durch Bemühungen aller Art: Anfragen bei Familien, wo sie früher in Stellung gewesen, Antworten auf Zeitungsannoncen, zum Teil unter tätiger Mithilfe von Sylvie, hatte sie sich ein paar Lektionen gesichert, mit deren Ertrag sie zur Not ihr Auskommen zu finden hoffte. Auch eine kleine Summe, die die Frau des Bankdirektors ihr beim Abschied geschenkt hatte, kam ihr zustatten. Unendlich viel bedeutete es für sie, daß sie nun, eigentlich zum erstenmal in ihrem Leben, in einer Art von eigenem Heim wohnen durfte. Sie glaubte zu fühlen, daß ihrem Sohn bisher vielleicht gar nichts anderes zu einer gedeihlicheren Entwicklung gefehlt hatte als das Zusammenleben mit seiner Mutter. Die Schule, die er jetzt besuchte, war von der früheren weit genug entfernt, um den Verkehr mit den bisherigen Kameraden so gut wie unmöglich zu machen. Wie sie es nun schon öfters erfahren, in den ersten Wochen ließ er sich in der neuen Umgebung gar nicht übel an. Ja, ihr war, als lerne sie ihn erst jetzt wirklich kennen. Eine gewisse Kindlichkeit seines Wesens, die allzu früh verlorengegangen war, kam allmählich aufs neue zum Vorschein. Wie schön war es doch, mit ihm gemeinsam am Mittagstisch zu sitzen bei einem Mahl, das sie selbst bereitet, wie wunderbar, abends, wenn sie von ihren Lektionen nach Hause kam, mit einer stürmischen Umarmung von ihm empfangen zu werden, und wie schwoll ihr das Herz, wenn er ihr die Ehre erwies, sie bei irgendeiner schwierigen Aufgabe um Rat zu fragen. Sie fühlte sich wohl, zufrieden, beinahe glücklich. In Briefen an Alfred, die zu schreiben sie plötzlich wieder ein lebhaftes Bedürfnis trieb, sprach sie sich über alle diese Dinge weitläufig aus, und wie der Rückkunft eines Freundes, nicht eines ehemaligen Geliebten, freute sie sich entgegen, als er ihr seine baldige Wiederkunft nach Wien ankündigte, wo er eine Assistentenstelle an der psychiatrischen Klinik antreten sollte.

73

Eines Tages, zu ihrer Überraschung, erhielt sie nach fast einem Jahr wieder eine Einladung zum Mittagstisch bei ihrem Bruder und fand dort noch andere Gäste, einen jungen Arzt und einen Gymnasialprofessor, beide mit Dr. Karl Faber, wie das Gespräch bei Tische bald erwies, durch politische Interessen verbunden. Karl war es, der das große Wort führte, die beiden andern, auch der um mindestens zehn Jahre ältere Professor, lauschten respektvoll, und Therese gewann den Eindruck, als lege ihr Bruder Wert darauf, ihr einen deutlichen Begriff von seiner hervorragenden Stellung unter den Parteigenossen zu geben. Ihre Schwägerin, die vor wenigen Monaten Mutter eines Kindes geworden war, entfernte sich nach Schluß des Mittagsessens, Therese aber blieb in Gesellschaft der Herren, die Unterhaltung nahm eine gemütliche Wendung, und als von dem Beruf Theresens und von ihren persönlichen Erfahrungen als Erzieherin und Lehrerin die Rede war, verhehlte der Gymnasialprofessor nicht sein Bedauern, daß sie so oft genötigt gewesen, in einer untergeordneten, ja, man dürfe wohl sagen, dienenden Stellung im Hause fremdrassiger Leute zu leben, und er bezeichnete es als eine der wichtigsten Aufgaben der Gesetzgebung, so unwürdige Zustände ein für allemal unmöglich zu machen. Er sprach volltönend und druckfertig, im Gegensatz zu dem jungen Arzt, der immer wieder ins Stottern geriet; der Bruder aber, wenn auch beifällig nickend, blinzelte manchmal spöttisch, ja, zuweilen streifte er den Professor mit jenem eigentümlichen, etwas tückischen Blick, den Therese so gut an ihm kannte.

Von Richard hatte sie Wochen, ja Monate nichts gehört und

glaubte sich im Grunde froh, ihn vergessen zu dürfen, als sie eines Tags ganz unerwartet von Sylvie einen Brief erhielt, der sie zu einer neuen Zusammenkunft »avec nos jeunes amis de l'autre jour« einlud. Ihre erste Regung war: abzulehnen. Sie war nun seit längerer Zeit gewohnt, jeden Abend mit ihrem Buben zu Hause zu verbringen. Doch als Sylvie die Einladung persönlich wiederholte, ließ Therese sich überreden und erlebte mit ihr, ihrem blonden Freund und Richard einen Abend, der sich harmlos anließ, immer stürmischer verlief und in ausgelassenster Weise endete. Als sie in der Morgendämmerung nach Hause kam, empfand sie es wie ein unerwartetes, ja unverdientes Glück, daß sie ihren Buben ruhig schlafend in seinem Bette fand. Obwohl sie Richard so wenig etwas übelzunehmen hatte als er ihr, war sie fest entschlossen, ihn niemals wiederzusehen.

Die Einladungen in das Haus ihres Bruders wiederholten sich von Zeit zu Zeit, und bald begegnete Therese dort auch dem Professor wieder, der nun einen ungeschickt-galanten Ton ihr gegenüber anzuschlagen begann und es sich nicht nehmen ließ, sie gegen Abend den ziemlich langen Weg bis zu ihrem Hause zu begleiten. Wenige Tage später eröffnete ihr der Bruder, daß der Professor sich lebhaft für sie interessiere, sich voraussichtlich bei nächster Gelegenheit ihr gegenüber in aller Form erklären werde, und gab ihr den brüderlichen Rat, einen Antrag auch für den Fall, daß sie sich augenblicklich anderweitig gebunden fühle, nicht ohne weiteres von der Hand zu weisen. »Ich habe keinerlei Verpflichtungen«, erwiderte Therese hart und ablehnend. Karl schien ihren Ton nicht bemerken zu wollen und äußerte sich in Worten trockener Anerkennung über seinen Parteigenossen, der, bei den Vorgesetzten sehr gut angeschrieben, im Laufe der nächsten Jahre wahrscheinlich zum Gymnasialdirektor in einer größeren Provinzstadt ernannt werden dürfte. »Und um gleich alles in Betracht zu ziehen«, fügte er mit einem schiefen Blick hinzu, »das, woran du jetzt eben denkst, braucht auch kein Hindernis zu sein.« Theresen stieg das Blut ins Gesicht. »Du hast dich nie um meine Gedanken gekümmert, sie dürften auch jetzt keinerlei Interesse für dich haben.« Er tat wieder, als wenn er ihren ablehnenden Ton nicht merkte, und sprach unbeirrt weiter. »Man könnte es ja auch so auffassen, daß du schon einmal verheiratet warst. Nehmen wir an, du warst es wirklich – und es hat sich herausgestellt, daß es eine rechtsungültige Ehe war. Solche Dinge kommen bekanntlich vor. Du bist an der Sache sozusagen ganz unschuldig.« Er blinzelte an ihr vorbei. – Therese lehnte sich auf: »Ich kann vor jedem verantworten, was ich getan habe, ich werde auch mein Kind nicht verleugnen. Ich hätte es auch dir gegenüber nicht getan. Aber hast du mich je darnach gefragt?« – »Du regst dich ohne Anlaß auf. Eben damit du nichts zu verleugnen brauchst, bin ich ja auf den Einfall mit der rechtsungültigen Ehe gekommen. Du solltest mir eher dankbar sein.« Und einem heftigen Einwand von ihr zuvorkommend: »Der Mutter wäre es jedenfalls auch eine Beruhigung, wenn du endlich in gesicherte Verhältnisse kämst.« Und plötzlich dachte Therese: Warum nicht? Der Mann, den ihr der Bruder vorschlug, war ihr gleichgültig, aber er mißfiel ihr nicht geradezu. Und war sie es ihrem Sohn nicht schuldig, eine solche Möglichkeit nicht ungenützt vorübergehen zu lassen? Ihr Bruder begann ihr die Vorteile dieser Verbindung auseinanderzusetzen: ihr selbst würde die Stellung ihres Mannes in ihrem Beruf zustatten kommen, den sie keineswegs aufzugeben brauchte, im Gegenteil, gerade ein Lehrer, ein Professor wäre der richtige Mann für sie und würde ihre Position festigen.

Ihre Schwägerin trat ein, mit dem Kind im Arm. Therese nahm es in die ihren, erinnerte sich der ersten Lebenswochen ihres eigenen Sohnes, der kärglichen Stunden, da sie ihn so wie jetzt das Kind ihres Bruders an ihre Brust hatte drücken dürfen. Und es fiel ihr ein, daß sie ja nun vielleicht in einer neuen, in einer wirklichen Ehe wieder ein Kind bekommen und ein Glück erleben konnte, das ihr mit Franzl versagt geblieben war. Doch diesen Gedanken empfand sie gleich wieder wie ein Unrecht, ja, wie eine Untreue gegen ihren Sohn. All das andere Unrecht kam ihr zu Sinn, das sie im Lauf der Jahre mit und ohne Schuld an ihm begangen hatte. Tränen traten ihr in die Augen, während sie das Kind des Bruders noch in den Armen hielt. Sie fühlte sich außerstande, die Unterredung fortzusetzen, und verabschiedete sich in der schmerzlichsten Verwirrung.

Der Zufall fügte es, daß sie wenige Tage nachher Richard begegnete. In seiner Zivilkleidung erschien er ihr diesmal zugleich elegant und herabgekommen. Der schwarze Samtaufschlag des vortrefflich sitzenden Überziehers war etwas abgeschabt und der Lack der wohlgeformten Schuhe an manchen Stellen abgesprungen. Das Monokel saß ihm unbeweglich im Auge. Er küßte ihr die Hand und fragte sie, fast ohne weitere Einleitung, ob sie nicht den heutigen Abend mit ihm verbringen wolle. Sie lehnte ab. Er drängte keineswegs, gab ihr für alle Fälle die Adresse seiner Eltern, bei denen er wohnte, und sie schrieb ihm schon am nächsten Tag. Es wurde ein seltsames Zusammensein, und sie begriff eigentlich nicht recht, warum er darauf bestanden hatte, sich mit ihr in ein separiertes Zimmer eines vornehmen Restaurants zurückzuziehen, da er sich völlig zurückhaltend benahm und kaum ihre Hand berührte. Aber er gefiel ihr nur um so besser. Er sprach heute viel von sich. Mit seiner Familie, erzählte er, stünde er nicht zum besten. Sein Vater, ein bekannter Advokat, war, wie übrigens gewöhnlich, höchst unzufrieden mit ihm – »und eigentlich hat er ja recht« –, mit seiner Mutter hatte er sich niemals verstanden und nannte sie beiläufig eine dumme Gans, was Therese erschreckte. Demnächst sollte er seine dritte Staatsprüfung machen, und er fragte sich wozu. Er würde ja doch nie Advokat oder Richter werden. Und auch sonst nichts Rechtes. Er habe nämlich zu nichts Talent, wie ihn im Grunde auf der Welt auch nichts wirklich freue. Sie fand, daß solche Bemerkungen mit seinem sonstigen Wesen doch in Widerspruch stünden. Wenn einem die ganze Welt so gleichgültig war, wie konnte man zum Beispiel auf die Farbennuance einer Krawatte besonderen Wert legen, wie er es doch eingestandenermaßen tat? Er sah sie beinahe mitleidig an, was sie verletzte, und sie verspürte den brennenden Wunsch, ihn zu überzeugen, daß sie wohl imstande sei, auch solche scheinbaren Gegensätze zu begreifen. Aber sie fand die rechten Worte nicht. Nach dem Abendessen, sie waren kaum eine Stunde zusammen gewesen, brachte er sie im offenen Wagen bis zu ihrer Wohnung. Er küßte ihr sehr höflich die Hand, und sie glaubte nicht, daß sie ihn jemals wiedersehen würde.

Doch schon wenige Tage darauf erhielt sie einen Brief von ihm. Sein Wunsch, wieder mit ihr zusammenzukommen, freute sie mehr, als sie vorher erwartet hätte. Beglückt folgte sie seinem Ruf. Diesmal war er ein ganz anderer, heiter, ausgelassen beinahe, und es war ihr, als begänne er erst heute, sich um sie, ihr eigentliches menschliches Wesen und um ihre äußere Existenz zu kümmern. Sie mußte ihm viel von sich erzählen, von ihrer Jugend, ihren Eltern, ihrem Verführer, ihren anderen Liebhabern. Und in dieser Stunde sprach sie auch von ihrem Kind, von ihren Pflichten gegenüber diesem Kind und davon, daß sie diese oft vernachlässigt habe. Fast ärgerlich zuckte er die Achseln. Es gebe keine Pflichten, sagte er, man sei niemandem etwas schuldig, die Kinder nicht den Eltern und die Eltern den Kindern auch nicht. Alles nur Schwindel, alle Leute seien Egoisten, sie geständen es sich nur nicht ein. Übrigens, das würde sie vielleicht interessieren: gestern hatte er eine für ihn nicht geringe Summe beim Rennen gewonnen. Das sah er als einen Wink des Schicksals an und hatte die Absicht, sein Glück weiter zu versuchen. Im nächsten Winter gedenke er nach Monte Carlo zu gehen, er habe sich auch schon ein System erdacht, um die Bank zu sprengen. Das sei überhaupt das einzig Erstrebenswerte auf der Welt: Geld haben, auf die Leute pfeifen können. Sie solle doch mit ihm kommen – nach Monte Carlo. Sie würde dort sicher ihren Weg machen, freilich nicht als Lehrerin. So sehr sie widersprach, ja, ihn zurechtwies, gerade von Äußerungen solcher Art strömte ein besonderer Reiz auf sie aus. Und an diesem Abend war sie sehr glücklich mit ihm.

Dieser Erinnerung gegenüber wirkte ein Brief, der am nächsten Morgen von Alfred an sie anlangte, unsäglich langweilig und öde auf sie. Sie hatte ihm von der wahrscheinlich bevorstehenden Werbung des Professors Mitteilung gemacht, und Alfred riet ihr zwar, die Sache sorgfältig zu überlegen, doch war deutlich aus seinen Worten herauszulesen, daß ihm eine Heirat Theresens, die ihn auch von der letzten Verantwortung befreit hätte, keineswegs unerwünscht war. Sie erwiderte ihm kühl, übellaunig, beinahe mit Hohn.

74

Mit Franzl war sie weiterhin leidlich zufrieden. Wenn sie nach Hause kam, fand sie ihn meist über Büchern und Heften sitzen, von seiner früheren Ungebärdigkeit war wenig mehr zu merken; schlug er gelegentlich einen etwas mürrischen Ton gegenüber der Mutter an, ließ er sich in seiner Ausdrucksweise, in seinem Betragen allzusehr gehen, so genügte meist eine Mahnung von ihrer Seite, ihn sein Unrecht einsehen zu lassen. Sie war daher aufs peinlichste erstaunt, als er zu Semesterschluß ein ganz schlechtes Zeugnis heimbrachte, das überdies eine große Anzahl versäumter Stunden auswies. In der Schule erfuhr sie zu ihrem Schreck, daß er im Laufe der letzten Monate überhaupt nur selten dem Unterricht beigewohnt hatte, und der Klassenvorstand wies ihr Entschuldigungen vor, die ihre Unterschrift trugen. Therese hütete sich, zu gestehen, daß sie gefälscht waren, sie behauptete vielmehr, der Bub sei in diesem Jahr oft krank gewesen, sie werde selbst das Versäumte mit ihm nachholen, man möge nur Geduld mit ihm haben. Zu Hause nahm sie ihn ins Gebet, er war zuerst verstockt, dann gab er freche Antworten, endlich lief er einfach aus dem Zimmer, aus dem Haus. In später Abendstunde erst erschien er wieder, legte sich sofort im Wohnzimmer auf den Diwan, der zugleich seine Schlafstelle war, die Mutter setzte sich zu ihm, drängte in ihn, wo er gewesen, er antwortete nicht, sah nach der Seite, drehte sich an die Wand, manchmal nur traf sie ein böser Blick, ein Blick, in dem Therese diesmal nicht nur Verstocktheit, Mangel an Einsicht und an Liebe, sondern auch Bitterkeit, Hohn, ja, einen versteckten Vorwurf las, den auszusprechen er sich, aus einer letzten Rücksicht vielleicht, enthielt. Und unter diesem fahlen Blick stieg eine Erinnerung in ihr auf, fern, verschwommen, die sie zu verscheuchen suchte, die aber immer näher, immer lebendiger vor ihr sich aufrichtete. Zum ersten Male nach langer Zeit dachte sie der Nacht, in der sie ihn geboren, – der Nacht, in der sie ihr neugeborenes Kind zuerst tot geglaubt, in der sie es tot gewünscht hatte. Gewünscht –? Nur gewünscht? Das Herz erstarrte ihr vor Angst, daß der Bub, der sich feindselig abgewandt und die Decke über das Gesicht gezogen hatte, sich wieder nach ihr umwenden und seinen wissenden, hassenden, tödlichen Blick auf sie richten würde. Sie erhob sich, stand eine Weile bebend mit verhaltenem Atem, dann, auf den Zehenspitzen, ging sie in ihr Zimmer. Nun wußte sie, daß dieses Kind, dieser zwölfjährige Bub, nicht nur als ein Fremder, daß er als Feind neben ihr lebte. Und niemals noch hatte sie zu gleicher Zeit so schmerzlich tief gefühlt, wie sehr und wie unglücklich, wie ohne jede Hoffnung auf Erwiderung sie dieses Kind liebte. Sie durfte es nicht verloren geben. Alle ihre Versäumnisse, ihre Leichtfertigkeit, ihr Unrecht, ihre Schuld, sie mußte all das wieder gutmachen, und dafür mußte sie auch zu jeder Sühne bereit sein, zu Opfern jeder Art, zu schwereren, als sie sie bisher gebracht. Und wenn sich die Gelegenheit bot, ihr Kind in günstigere Verhältnisse zu bringen, als ihm bisher beschieden war; die Möglichkeit, es unter eine männliche, eine väterliche Aufsicht und Obhut zu stellen, so durfte sie nicht zögern, diese Gelegenheit zu ergreifen. Und war denn das Opfer wirklich so groß? Konnte eine Heirat nicht am Ende auch ihre eigene Rettung bedeuten?

Und als der Professor Wilnus bei einem nächsten Zusammentreffen mit ihr im Hause des Bruders, da man sie beide nach dem Mittagessen offenbar mit Absicht allein gelassen, an Therese die Frage richtete, ob sie seine Frau werden wolle, zögerte sie zuerst, und mit einem festen Blick in den seinen fragte sie: »Kennen Sie mich denn auch gut genug? Wissen Sie denn auch, wen Sie heiraten wollen?« Als er darauf ungeschickt nach ihrer Hand faßte, mit einem verlegenen Neigen des Kopfes, ohne sie anzusehen, entzog sie ihm ihre Hand und sagte: »Wissen Sie, daß ich ein Kind habe, einen bald dreizehnjährigen, ziemlich ungeratenen Buben? Aber was man Ihnen auch gesagt hat, verheiratet bin ich nie gewesen.« – Der Professor runzelte die Stirn, wurde rot, als hätte sie ihm eine unanständige Geschichte erzählt, faßte sich aber gleich wieder: »Ihr Herr Bruder hat mir erzählt, nicht Einzelheiten, aber – aber ich hatte etwas Ähnliches vermutet«, und er ging im Zimmer auf und ab, die Hände auf dem Rücken. Dann blieb er vor ihr stehen, und in wohlgesetzter Weise, als hätte er sich während des Auf- und Abgehens eine kleine Rede einstudiert, kam er ihr gleich mit einem fertigen Vorschlag. Keineswegs dürfe daran, daß dieses Kind existiere, ihre und seine Zukunft scheitern. »Wie meinen Sie das?« Es gäbe kinderlose Ehepaare, die nichts sehnlicher wünschten, als ein Kind zu adoptieren, und wenn man mit Sorgfalt –. Sie unterbrach ihn heftig, blitzenden Auges: »Ich werde mich nie von meinem Kinde trennen.« Der Professor schwieg, überlegte, und schon in wenigen Sekunden, mit einer hellen, gleichsam edel gewordenen Stimme, bemerkte er, daß er vor allem einmal den Buben kennenlernen möchte. Dann könnte man ja über alles andere weiterreden. Ihre erste Regung war, brüsk abzulehnen, sich auf keinerlei Bedingungen einzulassen. Aber zu rechter Zeit noch kamen ihr wieder die letztgefaßten Vorsätze in den Sinn, und sie erklärte sich bereit, den Professor am Abend des nächsten Tages bei sich zu empfangen.

Es war ihr gelungen, Franz, der sich eben wieder wie gewöhnlich zu dieser Stunde hatte davonmachen wollen, zu Hause zu halten. Der Professor erschien nicht ohne Befangenheit, die er unter einem aufgeräumten, sozusagen weltmännischen Gebaren nur mit Mühe zu verbergen imstande war. Franz betrachtete den Besucher mit unverhohlenem Mißtrauen. Und als dieser nun plötzlich den überraschenden Wunsch äußerte, in die Schulhefte Franzls Einsicht zu nehmen, kostete es einige Mühe, den Widerstand des Knaben zu überwinden. Was sich endlich den Augen des Professors Wilnus darbot, war nicht eben erfreulich. Doch er begnügte sich, sein Mißfallen in nachsichtig-humoristischer Weise auszudrücken. Dann versuchte er sich durch Fragen aller Art über die Kenntnisse und den Bildungsgrad des Knaben Klarheit zu schaffen, half ihm immer wieder bei den Antworten nach, legte sie ihm geradezu in den Mund, benahm sich überhaupt wie ein Lehrer, der sich alle Mühe gibt, einen schlechten Schüler aus irgendeinem Grund bei der Prüfung doch nicht durchfallen zu lassen. Am meisten hatte er an der Aussprache Franzls zu bemängeln, die er als ein fatales Gemisch von bäuerlichem und vorstädtischem Dialekt bezeichnete. Während er mit beiläufigem Hinweis auf die Verbindungen, über die er verfüge, die Möglichkeit andeutete, den Knaben in der Schule eines oberösterreichischen Stiftes unterzubringen, war Franz unversehens aus dem Zimmer verschwunden, und die Mutter wußte, daß er nicht so bald wiederkommen würde. Sie entschuldigte ihn bei dem Professor: an schönen Abenden pflege er mit Schulkameraden ein wenig in die freie Luft zu gehen. Der Professor schien eher erfreut, mit Therese allein zu sein. Von dem Stift wollte sie nichts wissen, und auf eine neue, vorsichtig geäußerte Anregung des Professors, Adoptiveltern für das Kind zu suchen, wiederholte Therese mit Entschiedenheit, daß sie sich von ihrem Sohn unter keinen Umständen trennen werde. Der Professor zeigte sich nachgiebig, seine Augen begannen zu flackern, er rückte Theresen näher, versuchte kühner zu werden und erschien ihr mit jedem Augenblick nur lächerlicher und widerwärtiger. Sie überlegte eben, ob sie ihm nicht ein für allemal die Türe weisen sollte, da klopfte es, und zu Theresens Befremden trat Sylvie ein, die sich schon viele Wochen nicht hatte blicken lassen. Eine flüchtige Vorstellung erfolgte, der Professor sprach die Hoffnung aus, Theresen am nächsten Sonntag bei ihrem Bruder zu begegnen, und ging.

Sylvie war blaß und erregt. Hastig fragte sie Therese, ob sie heute noch keine Zeitung gelesen habe. »Was ist geschehen?« fragte Therese. – »Richard hat sich umgebracht«, erwiderte Sylvie. – »Um Gottes willen«, rief Therese aus, und hilflos legte sie ihre Hände auf Sylviens Schultern. Sie habe Richard schon lange nicht mehr gesehen. Und Sylvie, mit gesenktem Blick, gestand, daß sie um so öfter mit ihm zusammengewesen war. Therese verspürte keinerlei Eifersucht, aber auch keinen wirklichen Schmerz. Sie war mit einemmal die Überlegene; sie war es, die die Freundin zu trösten hatte. Sie strich ihr über die Haare, streichelte ihr die Wangen, niemals noch hatte sie sich ihr so schwesterlich nahe gefühlt. Und Sylvie erzählte. Heute in den Morgenstunden war es geschehen. Die Nacht hatte er mit ihr verbracht. Gerade diesmal war er besonders wohlgelaunt gewesen, im Fiaker hatte er sie bis zum Tor ihres Hauses begleitet, ihr aus dem Wagen zugewinkt, dann war er in den Prater gefahren, und im Wagen hatte er sich erschossen. Sie hatte es schon lange kommen sehen. – »Schulden?« fragte Therese. – Nein. Gerade in der letzten Zeit habe er bei den Rennen immer gewonnen. Aber das Leben war ihm zuwider. Die Menschen vielmehr. Alle beinahe. »Sie, Therese, hat er sehr gern gehabt«, sagte Sylvie. »Viel, viel lieber als mich. Wissen Sie, warum er Sie nicht mehr sehen wollte?« – Therese faßte erregt nach Sylviens Hand und schaute ihr fragend ins Auge. »Die ist zu gut für mich. Das waren seine Worte. Trop bonne.« Und beide weinten.

Zwei Tage darauf, zur Einsegnung, waren sie beide in der Kirche. Nach Schluß der Zeremonie bewegte sich der Zug der Trauernden an Therese vorüber, die weit rückwärts am Ende einer Bank saß. Richards Mutter, eine hagere, blasse Frau, in deren verschlossenen, hochmütigen Zügen Therese etwas von Richards Ausdruck wiederzufinden glaubte, streifte so nahe an ihr vorbei, daß sie unwillkürlich fortrückte. Im gleichen Augenblick, es war ihr peinlich, ergriff Sylvie heftig ihren Arm. Die Trauergäste kamen vorüber; auch bekannte Gesichter sah Therese unter ihnen, darunter den Bankdirektor, in dessen Hause sie zuletzt in Stellung gewesen war und der sie anstarrte, ohne sie im Dämmerlicht der Kirche zu erkennen, und einen jungen Menschen, der einmal ihr Geliebter gewesen war, den Krauskopf. Mit dem Taschentuch, als wenn sie weinte, verbarg sie ihr Gesicht. Sie sah dem Sarg nach, während er durch das Kirchentor ins Freie hinausgetragen wurde, wo ein dunkelblaues Sommerlicht ihn empfing. Jener Abend in den Donauauen fiel ihr ein, der in wenigen Tagen sich zum zweitenmal jähren mußte. Zu gut für ihn? dachte sie. Warum eigentlich? Als ob sie überhaupt für jemanden zu gut oder zu schlecht wäre. Sie hörte, wie draußen der Leichenwagen sich in Bewegung setzte. Das Kirchentor schloß sich langsam, Duft von Weihrauch war um sie. Sylvie hatte den Kopf auf dem Betpult liegen und schluchzte leise. Therese erhob sich lautlos und ging allein. Ein lauer Sommertag nahm sie draußen auf. Sie mußte rasch nach Hause, um fünf Uhr erwartete sie Zöglinge zum Unterricht.

75

Eine Zeitlang lebte sie vollkommen und ausschließlich ihrem Berufe, in dem sie sich nicht nur durch dessen fortgesetzte Ausübung, sondern auch durch Arbeit in freien Stunden weiter ausgebildet hatte und immer weiter ausbildete, so daß sie allmählich zu einer tüchtigen und gesuchten Lehrerin wurde. Es waren durchaus junge Mädchen, die sie unterrichtete und zu Prüfungen vorbereitete. Zwei Jünglinge, die sich gemeldet, hatte sie fortweisen müssen, da sie offenbar andere Zwecke im Auge hatten, als sich im Englischen und Französischen zu vervollkommnen. Einen Brief des Professor Wilnus mit der Bitte, sie wieder einmal besuchen zu dürfen, hatte sie mit einer endgültigen Absage beantwortet. Sie bereute es keinen Augenblick, obwohl ihr manchmal war, als hätte sie ihm dankbar sein können, denn seit seinem Besuch war in Franzens Verhalten eine vorläufig noch andauernde Wandlung zum Bessern erfolgt, er schien regelmäßig zur Schule zu gehen, wie eine gelegentliche Erkundigung Theresens bestätigte, – wo und mit wem er die vielen Stunden außer Hause verbrachte, dem wagte sie freilich nicht nachzuforschen.

Von ihrem Bruder hörte sie nichts, und sie war überzeugt, daß er ihr die Absage an den Professor übelnahm. Auch die Mutter blieb ihr fern, und so wäre sie ganz allein gewesen, wenn nicht Sylvie manchmal des Abends sie besucht hätte. Richard verschwand merkwürdig schnell aus den Gesprächen, doch allerlei andere Erlebnisse aus früheren Tagen teilten sie einander mit, Therese mehr in Andeutungen, Sylvie in manchmal überlebhaften Schilderungen. Und wenn auch die Männer, denen die beiden Frauen im Lauf des Daseins begegnet waren, nicht eben gut wegzukommen pflegten, beide wärmten ihre müden Herzen an der Erinnerung vergangener Jugend. Sylvie hatte die Absicht, baldmöglichst in ihre Heimat nach Südfrankreich zurückzukehren, die sie fast zwanzig Jahre lang nicht gesehen hatte. Was sie dort tun, wie sie sich dort erhalten sollte, da sie doch nur wenig hatte ersparen können, wußte sie freilich nicht, aber ihre Sehnsucht nach Hause hatte einen fast krankhaften Charakter angenommen. Dem immer noch heiteren Geschöpf liefen die Tränen über die Wangen, wenn sie von ihrer Heimatstadt sprach; Therese merkte in solchen Momenten, wie welk, wie alt die Züge Sylvies geworden waren, und sie erschrak. Doch sie beruhigte sich damit, daß sie selbst um sieben oder acht Jahre jünger war.

In dieser Epoche ihres Lebens bedeutete ihr wieder die Kirche eine oft besuchte, wohltuende Aufenthaltsstätte, und sie betete oder wünschte doch inbrünstig, daß sie sich weiter mit ihrem Lose bescheiden, daß ihr Franz nicht allzuviel Kummer bereiten, und insbesondere, daß niemals wieder Leidenschaft den ruhigen Lauf ihres Daseins stören und ihr innerstes Wesen trüben möge.

In diesem Sommer traf es sich, daß sie eine zehnjährige Schülerin, das jüngste Kind eines bekannten Schauspielers, zur Aufnahmeprüfung ins Lyzeum vorbereiten sollte und man sie zu diesem Zweck an einen Salzkammergutsee mitnahm. Ihre Tätigkeit beschränkte sich fast nur darauf, die Kleine täglich ein paar Stunden, meistens im Garten, zu unterrichten. Eine ältere, schon achtzehnjährige Tochter war in einen jungen Mann verliebt, der häufig zu Besuch kam. Ein Vetter machte der noch immer hübschen Hausfrau den Hof, der Gatte brachte seine Aufmerksamkeit einer kaum sechzehnjährigen Freundin der Tochter entgegen, einem höchst verdorbenen Geschöpf, ja, er stellte ihr recht eigentlich nach. Es war für Therese sonderbar, zu beobachten, wie Vater, Mutter, Tochter, jeder für sich, kaum etwas von dem bemerkten oder zum mindesten ganz harmlos zu nehmen schienen, was die andern durchfühlten und durchlitten. Therese selbst, mit ihren durch so viele Erfahrungen geschärften Augen, sah diesem Spiel der Leidenschaften zu, ohne selbst berührt zu sein, war kaum anders bewegt als eine Zuschauerin im Theater, und vor allem war sie sehr froh, daß sie mit solchen Herzensdingen äußerlich und innerlich abgeschlossen hatte. Es schien wirklich alles recht harmlos abzulaufen; zum Schluß aber hatte es doch den Anschein, als wenn ein Opfer fallen sollte. Die Tochter des Hauses verübte einen Selbstmordversuch, und nun war es, als ob alle mit einemmal aus einem gefährlichen Traume jäh erwachten. Ohne daß es zu irgendwelchen peinlichen Auseinandersetzungen gekommen wäre, lösten sich alle diese Beziehungen, die nur im Spiel der Sommerlüfte sich geknüpft hatten, gleichsam in nichts auf; früher, als beabsichtigt gewesen war, verließ man die Villa, die ganze Familie reiste nach dem Süden, und Therese kam früher wieder nach Wien zurück, als sie gedacht.

Ihren Sohn hatte sie indes der Obhut einer Nachbarin empfohlen, einer Beamtenswitwe, einer gutmütigen, ziemlich einfältigen Person, selbst Mutter eines achtjährigen Buben. Wenn sie auch nichts geradezu Nachteiliges über Franzl aussagen wollte, sie konnte nicht verschweigen, daß sie ihn manchmal ganze Tage nicht zu Gesicht bekommen habe. Therese nahm ihn ins Gebet; er log in so törichter Weise, daß Therese auch das Wahrscheinliche nicht mehr zu glauben imstande war. Auf ihre Vorwürfe hin wurde er noch ausfälliger als sonst, doch waren es nicht so sehr seine Worte als Miene und Blick, die Therese im Tiefsten erschreckten. Hier war kein Zug eines Knaben-, eines Kindergesichtes, – ein frühreifer, verdorbener, bösartiger Bursche starrte ihr frech ins Gesicht. Als Therese endlich von der Schule zu sprechen begann, erklärte Franz höhnisch, er denke gar nicht daran, sie weiter zu besuchen, er habe andere, gescheitere Dinge vor, dann äußerte er sich in den häßlichsten Worten über seine Lehrer, und ein besonders unflätiger Ausdruck verletzte Therese so sehr, daß sie sich nicht zurückhalten konnte, Franz ins Gesicht zu schlagen. Dieser, das Antlitz verzerrt, erhob den Arm, es gelang Therese nicht mehr, den Schlag abzuwehren, und so fuhr Franzls geballte Faust über Theresens Lippen nieder, die zu bluten begannen. Ohne sich weiter um sie zu kümmern, rannte er davon und schlug die Türe hinter sich zu. Fassungslos, verzweifelt blieb Therese zurück, aber sie hatte keine Tränen mehr.

Noch am gleichen Abend, nach langer Zeit wieder, schrieb sie an Alfred. Die Antwort traf schon am übernächsten Tage ein, Alfred gab Theresen den Rat, den Buben irgendwohin in die Provinz zu schicken, als Lehrling, als Kommis, als was immer, – ihre Verpflichtungen habe sie reichlich erfüllt, sie solle sich keinerlei Skrupel machen, das Wichtigste sei, daß sie endlich von Angst und Sorge befreit werde. Angst? fragte sie sich; das Wort befremdete sie zuerst, doch gleich fühlte sie, daß es das richtige war. In einem neuen Absatz teilte Alfred ihr mit, daß er sich mit der Tochter eines Tübinger Universitätsprofessors verlobt habe, zwischen Weihnachten und Neujahr vermutlich werde er mit seiner jungen Gattin nach Wien zurückkehren. Niemals aber werde er vergessen, was sie, Therese, für ihn bedeutet habe, was er ihr schuldig sei, und sie könne in jeder Lebenslage auf ihn als auf ihren besten Freund zählen. Ein bitterer Geschmack trat auf ihre zuckenden Lippen, aber auch jetzt weinte sie nicht.

Für den nächsten Sonntag war sie zu ihrem Bruder zum Mittagessen eingeladen. Da sie nicht fürchten mußte, den abgewiesenen Freier dort zu finden, nahm sie an. Karl empfing sie mit auffallender Freundlichkeit, und sie merkte bald, daß er ihre Absage an den Professor durchaus guthieß: dieser habe sich als ein sehr unzuverlässiger Mensch erwiesen, aus opportunistischen Gründen war er aus dem deutschnationalen Lager ins christlich-soziale übergegangen und kandidierte mit vieler Aussicht auf Erfolg für den Gemeinderat. Dann kam Karl auf die Mutter zu reden, die ihm, wie er behauptete, ernstliche Sorgen verursache. Was tat die alte Frau, so frage er sich, mit ihrem Geld, und was wollte sie weiter damit tun? Es war leicht zu berechnen, daß sie sich schon eine hübsche Summe erspart haben mußte. Die Kinder hatten zweifellos die Pflicht, insbesondere er, Karl, als Familienvater, sich darum zu kümmern. Ob Therese, die es als unversorgte Tochter doch am ehesten dürfe, das heikle Thema nicht einmal mit der Mutter zur Sprache bringen und bei dieser Gelegenheit andeuten wolle, daß er, Karl, gerne geneigt sei, die alte Frau zu sich ins Haus zu nehmen, wo sie doch gewiß billiger draus käme als in einer Pension. Obwohl die Art, wie Karl diese Frage behandelte, Theresen höchst widerwärtig war, sagte sie zu, mit der Mutter in gewünschtem Sinne zu reden, dachte aber vorläufig nicht daran, ihr Versprechen einzulösen.

Eines Abends begegnete ihr in der inneren Stadt Agnes. Therese erkannte sie nicht gleich. Sie sah auffallend, fast verdächtig aus, und Therese war es unbehaglich, mit ihr auf der Straße stehen zu bleiben. Agnes erzählte, daß sie seit einiger Zeit nicht mehr »im Dienst«, sondern Verkäuferin in einem Parfümeriegeschäft sei. Therese erkundigte sich nach den alten Leutners, Agnes erwiderte, daß sie nur selten nach Enzbach käme, übrigens sei der Vater im vergangenen Sommer gestorben. Dann trug sie ihr einen Gruß für den Franzl auf und verabschiedete sich.

Und wenige Tage darauf, unaufgefordert, fand sie sich bei Theresen ein. Franz, mit dem Therese kein Wort mehr gesprochen, seit er die Hand gegen sie erhoben, und der sich nur mehr, und immer verspätet, zu den Mahlzeiten einfand, war sonderbarerweise zu Hause, begrüßte Agnes nicht ohne einige Verlegenheit, die sich aber ihrer Ungezwungenheit gegenüber rasch verlor; und bald, Theresens Anwesenheit kaum beachtend, plauderten sie in einer Art kameradschaftlichen Straßenjargons miteinander, dem Therese kaum zu folgen vermochte. Sie tauschten Enzbacher Erinnerungen aus, mit versteckten Anspielungen, von denen sie mit einigem Recht annehmen durften, daß sie für Therese unverständlich blieben. Manchmal aber, mit ihrem frechen, schiefen Blick, grinste Agnes zu Therese hinüber, und es stand deutlich darin zu lesen: Du glaubst, er gehört dir? Mir gehört er.

Endlich schüttelte sie Theresen derb-freundschaftlich die Hand, ging, und Franz, ohne ein Wort an die Mutter, schloß sich ihr an. Wie er nur aussah in seinem billigen, gar nicht mehr knabenhaft zugeschnittenen Anzug mit den großkarierten Beinkleidern, dem zu kurzen Rock, dem rot umränderten Taschentuch, wie bleich und wie verworfen und dabei nicht unhübsch das Gesicht! Ein Bub? nein, das war er wahrhaftig nicht mehr. Wie sechzehn, siebzehn Jahre sah er aus. Ein junger Mann –? das Wort paßte nicht recht für ihn. Ein anderes drängte sich ihr in den Sinn, von dem sie gleichsam wieder weghörte. Ihre Brust hob und senkte sich schwer von ungeweinten Tränen.

76

Wenige Tage später erkrankte Franz unter schweren Allgemeinerscheinungen. Der Arzt stellte Gehirnhautentzündung fest, und beim dritten Besuch schien er den Kranken aufgeben zu wollen. Therese sandte mit einem flehentlichen Brief nach ihrem Bruder. Dieser kam, schüttelte bedenklich den Kopf und verordnete innere und äußere Mittel, die tatsächlich die Gewalt der Krankheit schon nach wenigen Stunden zu brechen schienen. Er kam an den folgenden Tagen wieder, und bald war Franz außer Gefahr. Karl verbat sich jeden Dank. Und nun war es für Therese überraschend und wunderbar, wie Franz sich in dieser Zeit allmählichen Gesundwerdens zu verändern schien. Wenn Therese an seinem Bette saß, hielt er gern ihre Hand in der seinen, sie empfand den Druck seiner Finger wie eine Bitte um Verzeihung und wie ein Versprechen. Zuweilen las sie ihm vor. Mit dankbaren, ja, kindlichen Blicken hörte er zu. Es schien ihr, als wenn er für mancherlei Gegenstände, insbesondere für Geschichten aus dem Tierleben, für Reisen und Entdeckungen, ein gewisses Interesse erkennen ließe, und sie nahm sich vor, sobald als möglich ernsthaft mit ihm über die Zukunft zu reden. Sie träumte sogar davon, daß er das Studium fortsetzen, daß er vielleicht Lehrer oder gar Doktor werden könnte. Aber noch getraute sie sich nicht, ihm von solchen Plänen mehr zu sagen.

Doch die Täuschung dauerte nicht lang, und sie wußte bald, daß sie sich Franzens Wandlung im Grunde nur hatte einbilden wollen. Je entschiedener Franz sich erholte, um so rascher wandelte er sich wieder in den, der er früher gewesen war. Der kindlich-dankbare Blick seiner Augen verschwand, seine Sprache nahm den Tonfall, seine Stimme den Klang wieder an, wie ihn Therese aus der Zeit vor seiner Krankheit allzu gut kannte. Anfangs tat er sich noch einigen Zwang an; er gab der Mutter immerhin noch Antworten, doch wurden sie immer ungeduldiger, unwirscher und roher. Kaum durfte er das Bett verlassen, so war er auch nicht mehr im Hause zu halten. Und bald kam eine Nacht, und es blieb nicht die letzte, in der Franz erst gegen Morgen nach Hause kam.

Therese fragte nicht mehr, sie ließ alles geschehen, sie war müde. Es gab Stunden, in denen sie sich ohne jeden Schmerz mit ihrem Leben am Ende fühlte. Sie war kaum dreiunddreißig Jahre alt, doch wenn sie in den Spiegel sah, besonders des Morgens gleich nach dem Erwachen, fühlte sie, daß sie um Jahre älter aussah, als sie war. Solange ihre tiefe Mattigkeit andauerte, nahm sie das ruhig hin. Doch als der Frühling wieder kam und sie sich frischer werden fühlte, lehnte sie sich auf, ohne recht zu wissen, gegen was. Die Lektionen begannen ihr eine peinigende Langeweile zu verursachen. Es kam vor, daß sie ihren Schülerinnen gegenüber, was bisher niemals geschehen war, Ungeduld, ja Unfreundlichkeit zeigte. Sie fühlte sich einsam, doch war ihr niemals schlimmer zumute, als wenn Franz daheim war, was sie zugleich wieder als ein Unrecht gegen ihn empfand. Am liebsten hätte sie mit Sylvie gesprochen, die aber ihre Stellung gewechselt, bei einer Familie auf dem Lande und unerreichbar war. So besuchte sie öfters, um sich von dem manchmal unerträglichen Gefühl der Verlassenheit zu befreien, das Haus ihres Bruders, was, wie sie selbst merkte, von diesem nicht ohne Verwunderung, jedenfalls aber ohne Freude aufgenommen wurde. Um so herzlicher kam ihr die Schwägerin entgegen, die nun das zweite Kind erwartete. Ein und das andere Mal sprach sich Therese ihr gegenüber aus, beichtete ihr mancherlei, war gerührt, bei ihr ein Verständnis, ein Mitgefühl zu finden, das sie nicht erwartet hatte. Es war, als machte die Schwangerschaft sie nicht nur weicher, sondern auch klüger, als sie von Natur aus war. Doch kaum hatte sie das Kind geboren, so verfiel sie wieder in ihre frühere Teilnahmslosigkeit und Beschränktheit, und es war, als wüßte sie überhaupt nichts mehr von den Geheimnissen mancher Art, die die Schwägerin ihr vertraut hatte. Im Grunde war Therese froh darüber.

77

Zu Beginn des Winters geschah es, daß sie Alfred in der Stadt zufällig begegnete. Auf ihren letzten Brief war keine Antwort erfolgt. Er behauptete, niemals einen erhalten zu haben. Anfangs ein wenig kühl und nicht ganz unbefangen ihr gegenüber, war er bald wieder so herzlich wie nur je. Die Art, wie er von seiner jungen Gattin sprach, ließ nicht auf besondere Leidenschaft von seiner Seite schließen. Therese stellte sie sich sofort als eine dürftige, blasse, deutsche Kleinstädterin vor, an deren Seite er sich gewiß oft nach ihr, Theresen, zurücksehnte. Er gefiel ihr besser denn je. Auch auf seine äußere Erscheinung schien er mehr Sorgfalt aufzuwenden, als er es früher getan. Sie verabredeten nichts, als sie voneinander Abschied nahmen, aber nun war er wieder da, und es lag nur an ihr, ihn wiederzusehen, wann sie wollte. Sie träumte sich in eine neue Verliebtheit und war beglückt. Sie begann wieder frischer und jünger auszusehen. Ein junger Mann, fast Knabe noch, der manchmal seine Schwester von ihrer Lektion bei Therese abholte, verliebte sich in sie. Einmal erschien er am frühen Morgen, um ihr eine Bestellung von seiner Schwester zu überbringen. Seine Schüchternheit belustigte sie; sie kam ihm ein wenig entgegen. Er blieb so schüchtern, wie er war, verstand wohl kaum ihr Lächeln, ihre Blicke, – als er wieder fort war, schämte sie sich und benahm sich von nun an völlig abweisend gegen ihn.

Eines Tages wurde Therese wieder in die Schule beschieden und erfuhr, daß Franz seit vielen Wochen nicht mehr dort gewesen war. Sie war nicht sonderlich überrascht. Als sie ihn daheim zur Rede stellte, teilte er ihr seinen Entschluß mit, als Matrose auf ein Schiff zu gehen. Therese besann sich, daß er Ähnliches schon früher geäußert, daß auch in seinem Gespräch mit Agnes, dem sie beigewohnt, flüchtig davon die Rede gewesen war. Nun aber schien es ihm ernst damit zu sein. Therese hatte nichts dawider, ja, sie sprach mit ihm diesen Plan gründlich durch, und nach langer Zeit redeten sie vernünftig und geradezu freundschaftlich miteinander, nicht wie Feinde, die zusammen unter einem Dache wohnen mußten. Aber in den nächsten Tagen war von diesem Plan nicht weiter die Rede. Therese getraute sich nicht, darauf zurückzukommen, als fürchtete sie sich, dereinst den Vorwurf hören zu müssen, daß sie selbst ihn in die Welt hinausgetrieben habe.

Ein hoch aufgeschossener Bursch, angeblich Verkäufer in einem Delikatessengeschäft, war in der letzten Zeit zuweilen in der Wohnung erschienen, holte Franz ins Theater ab, für das er, wie er erzählte, immer Freibilletts geschenkt bekomme. Nach dem Theater pflegte Franz bei seinem Freund zu übernachten, wie er wenigstens der Mutter sagte. Einmal geschah es, daß er auch den ganzen nächsten Tag nicht nach Hause kam. In einer plötzlichen Angst, die sie sich eigentlich schon abzugewöhnen begonnen hatte, lief sie zu den Eltern seines Freundes, und sie erfuhr, daß auch der noch nicht daheim war. Am selben Abend noch wurde Therese auf die Polizei beschieden. Es ergab sich, daß Franz zusammen mit einigen anderen, durchaus halb erwachsenen Burschen und Mädchen aufgegriffen worden war, die einer jugendlichen Diebesbande angehörten. Franz als der einzige, der noch nicht das sechzehnte Jahr erreicht hatte, wurde seiner Mutter zur häuslichen Züchtigung übergeben. Der Kommissär ließ ihn hereinführen, redete ihm ins Gewissen und sprach in gleichgültiger, wie auswendig gelernter Rede die Hoffnung aus, daß ihm diese Erfahrung zur Lehre dienen und daß er von nun an ein anständiger Mensch bleiben werde. Schweigend ging Therese mit ihrem Sohn nach Hause. Sie trug das Abendessen auf wie gewöhnlich. Endlich entschloß sie sich, Fragen an ihn zu stellen. Er erwiderte anfangs in sonderbar geschraubter Weise, wie eine Verteidigung, die er sich schon zur Verantwortung vor Gericht einstudiert hatte. Hörte man ihm zu, so war das Ganze eigentlich nur ein Spaß gewesen. Es war ja auch wirklich nichts gestohlen worden. Als Therese ihm ins Gewissen zu reden versuchte, schien er ihr nicht so verstockt, als er es sonst zu sein pflegte, ja, es war, als hätte ihm das erzwungene Geständnis in Anwesenheit der Mutter eine Aufrichtigkeit leicht gemacht, zu der er bisher nicht den Mut gefunden. Er erzählte von den Freunden und Freundinnen, mit denen er abends zusammenzutreffen pflegte, und es war anfangs wirklich so, als wenn nur von Kinderspielen die Rede wäre, die sie trieben. Er nannte Namen, die unmöglich wirkliche sein konnten, es waren, wie er zugestand, Spitznamen von sonderbarem Klang und zweideutigem Sinn. Allmählich schien er zu vergessen, daß

es seine Mutter war, die ihm gegenübersaß. Er erzählte von Pra-
ternächten des vergangenen Sommers, wo sie alle, Buben und
Mädeln, in den Auen geschlafen hatten, und erst als ihn ein ent-
setzter Blick der Mutter traf, lachte er kurz und frech auf und
verstummte. Und sie wußte, daß diese plötzliche Freimütigkeit
ihn ihr endgültiger und rettungsloser entfremdet hatte als
irgend etwas je zuvor.

78

Sie fragte von nun an nach nichts mehr, ohne jeden Widerstand
ließ sie es geschehen, daß er jeden Abend das Haus verließ und
erst in den Morgenstunden zurückkehrte. Doch einmal, als der
Morgen da war, ohne daß er heimgekehrt wäre, geriet sie in eine
ihr unerklärliche, ahnungsvolle Angst. Sie zweifelte nicht, daß er
wieder bei einem schlimmen Streich abgefaßt worden war und
daß es diesmal nicht so glimpflich abgehen würde als das erstemal. Und als er endlich vor ihr stand, gab sich ihre Erregung,
gerade weil sie eigentlich überflüssig gewesen war, in besonders
erbitterter Weise kund. Er ließ sie eine Weile reden, erwiderte
kaum, ja, lachte zu ihren Worten, als hätte er seine Freude an
ihrem Zorn. Therese, dadurch noch heftiger aufgebracht, redete
sich in eine Erbitterung ohne Maß. Da, ganz plötzlich, schrie er
ihr ein Wort ins Gesicht, das sie zuerst nur falsch verstanden zu
haben glaubte. Mit großen, fast irren Augen sah sie ihn an, er
aber wiederholte den Schimpf, sprach weiter. »Und so eine will
mir was sagen. Was glaubst denn du eigentlich?« Seine Zunge
war entfesselt. Weiter sprach er, schimpfte, höhnte, drohte, und
sie hörte zu, wie erstarrt. Es war das erstemal, daß er ihr den
Makel seiner Geburt ins Gesicht schrie. Aber er sprach nicht zu
ihr wie etwa zu einer Unglücklichen, die von einem Liebhaber
im Stich gelassen worden war, sondern wie zu einem Frauenzimmer, das eben einmal Pech gehabt und gar nicht wußte, wer
der Vater ihres Kindes sei. Es waren auch nicht Vorwürfe eines
Kindes, das durch seine uneheliche Geburt sich benachteiligt,
gefährdet oder gar geschändet fühlte, es waren bübische,
gemeine Schimpfworte, wie Gassenjungen sie Dirnen auf der
Straße nachrufen. Sie fühlte auch, daß er bei all seiner Verdor-

benheit in seiner tiefsten Seele kaum verstand, was er sagte. Er drückte sich eben so aus, wie es in seinen Kreisen üblich war, sie empfand weder Kränkung noch Schmerz, es war nur das Grauen einer ungeheuren, nie von ihr geahnten Einsamkeit, in das aus unendlicher Ferne die Stimme eines unbegreiflich Fremden tönte, der ein Mensch war wie sie und den sie geboren hatte.

Noch in dieser Nacht schrieb sie an Alfred, daß sie ihn dringend zu sprechen wünsche. Es verstrichen einige Tage, ehe er sie zu sich beschied. Er war freundlich, aber etwas kühl, und sein prüfender Blick erregte in ihr das Bedürfnis, sich zu vergewissern, ob an ihrer Kleidung, ihrem Aussehen irgend etwas nicht in Ordnung sei. Während sie von dem Anlaß ihres Besuches sprach und in einer wenig gewandten, kaum recht zusammenhängenden Weise von ihren letzten Erfahrungen mit Franz erzählte, suchte sie immer zwanghaft im Wandspiegel gegenüber ihr Bild zu erspähen, was ihr anfangs nicht gelingen wollte. Als sie geendet, schwieg Alfred eine Weile und äußerte seine Ansicht, ja, er hielt eine Art von Vortrag über den Fall, aus dem Therese eigentlich nicht viel Neues erfuhr. Auch das Wort »moral insanity« hörte sie nicht zum erstenmal aus seinem Munde. Und er schloß damit, daß er ihr nun einmal nichts Besseres raten könne, als er es schon kürzlich getan: den Jungen aus dem Hause zu geben; womöglich danach zu trachten, daß er in eine andere Stadt übersiedle, ehe sich irgend etwas Nichtwiedergutzumachendes ereignet hätte.

Therese, auf ihrem Sessel hin und her rückend, hatte indes ihr Gesicht im Wandspiegel erblickt und erschrak. Freilich, die Beleuchtung war nicht die beste; aber daß das Glas aus schön häßlich und aus jung alt machte, war keineswegs anzunehmen; und sie sah, glaubte es in diesem fremden, ungewohnten Spiegel unwidersprechlich zu entdecken, daß sie mit ihren vierunddreißig Jahren verblüht, ältlich, fahl aussah, wie eine Frau von über vierzig. Nun, sie war allerdings gerade in den letzten Wochen erheblich abgemagert, überdies war sie unvorteilhaft gekleidet, der Hut besonders stand ihr übel zu Gesicht. Aber selbst all dies in Betracht gezogen, das Antlitz, das ihr aus dem Spiegel entgegenblickte, bedeutete ihr eine traurige Überraschung. Als Alfred im Sprechen innehielt, ward ihr bewußt, daß sie ihm zuletzt kaum mehr zugehört hatte. Er trat nun vor sie hin, fühlte sich verpflichtet, einige mildernde Worte hinzuzufügen, ließ es als möglich gelten, daß bis zu einem gewissen Grad die Entwicklungsjahre an dem unerfreulichen Verhalten Franzens schuld sein mochten, und vor allem warnte er Therese vor Selbstvorwürfen, zu denen sie ja in hohem Maße zu neigen scheine und zu denen doch wahrhaftig kein Grund vorhanden sei. Dem widersprach sie heftig. Wie, sie hätte keinen Grund zu Selbstvorwürfen? Wer denn, wenn nicht sie? Sie war ja niemals eine wahre Mutter für Franz gewesen, immer nur für ein paar Tage oder Wochen, anfallsweise sozusagen, habe sie sich mütterlich gegen ihn betragen. Meistens sei sie doch nur mit ihren eigenen Angelegenheiten, mit ihrem Beruf, ihren Sorgen und – ja, warum sollte sie es leugnen – mit ihren Liebesgeschichten beschäftigt gewesen. Und wie oft habe sie den Buben als Last empfunden, ja, es sei nun einmal so, als Unglück geradezu, schon in früherer Zeit, lange bevor sie von seiner moral insanity etwas geahnt oder gar etwas gemerkt hatte. Schon zur Zeit, als er ein kleines, unschuldiges Kind gewesen sei, ja, schon ehe er auf die Welt gekommen, habe sie nichts von ihm wissen wollen. Und in der Nacht, da sie ihn geboren, habe sie gehofft, gewünscht, daß er überhaupt nicht lebendig zur Welt komme. Sie hatte noch mehr, noch Wahreres sagen wollen, aber im letzten Augenblick hielt sie sich zurück, aus Angst, durch ein noch weitergehendes Geständnis sich dem Freund zu entfremden, sich ihm, und am Ende nicht ihm allein, gewissermaßen auszuliefern. Und sie schwieg. Alfred aber, wenn er auch tröstend, gütig beinahe die eine Hand auf ihre Schulter legte, – es konnte ihr nicht entgehen, daß er mit der andern die Uhr aus der Westentasche zog; und als Therese daraufhin sich mit einer gewissen Hast erhob, bemerkte er wie entschuldigend, daß er leider vor sechs auf der Klinik sein müsse. Therese aber solle keineswegs etwas veranlassen, ehe sie noch einmal mit ihm gesprochen. Und – es war wohl vorerst nicht seine Absicht gewesen, so weit zu gehen – er schlug ihr vor, nächstens mit Franz zu ihm in die Sprechstunde zu kommen oder besser noch, er selbst wolle dieser Tage, vielleicht Sonntags um die Mittagsstunde, sie besuchen, um bei dieser Gelegenheit wieder einmal mit Franz zu reden, und so zu einem klaren, persönlichen Eindruck zu gelangen.

Therese verstand selbst nicht, daß dieses so natürliche Anerbieten des einstigen Geliebten, des Freundes, des Arztes auf sie
wirkte, als hätte er ihr damit die Hand zur Rettung gereicht. Sie
dankte ihm aus erfülltem Herzen.

79

Der angekündigte Besuch Alfreds fand nicht statt, denn am
nächsten Morgen war Franz aus der Wohnung der Mutter verschwunden, ohne auch nur ein Wort der Erklärung zu hinterlassen. Theresens erste Regung war, die Polizei zu verständigen,
aber sie unterließ es in der Besorgnis, daß die Behörde Grund
haben möchte, Franzls Verschwinden als eine Art von Flucht
aufzufassen, und gerade durch eine Anzeige vorzeitig auf eine
Spur gelenkt werden könnte. Sie setzte sich in Verbindung mit
Alfred, der zuerst ungehalten schien, daß sie ihn anrief, dann
aber ihr zu verstehen gab, daß er diese neueste Wendung keineswegs schlimm finden könne, daß sie ganz gut daran tue,
keinerlei Schritte zu unternehmen, und lieber den Dingen
ihren Lauf lassen solle. Seine Gleichgültigkeit tat Theresen weh,
ja, sie konnte sich kaum verhehlen, daß Alfreds Verhalten ihr
weher tat als Franzens Flucht. Bald freilich kamen Stunden des
Schmerzes, ja, der Verzweiflung; in schlaflosen Nächten fühlte
sie eine ungeahnte Sehnsucht nach dem Verschwundenen, und
sie dachte daran, eine Anzeige in die Zeitung einzurücken von
der Art, wie sie sie schon manchmal gelesen hatte: »Kehre
zurück, alles verziehen!« Wenn der Morgen kam, sah sie die
Unsinnigkeit eines solchen Beginnens ein, sie tat nichts dergleichen, und nach wenigen Wochen merkte sie, daß sie zwar nicht
froher, aber ruhiger dahinlebte als zur Zeit, da sie ihren Sohn
noch bei sich gehabt hatte.

In der Nachbarschaft erzählte sie, daß Franz eine Stellung in
einem österreichischen Provinzstädtchen gefunden habe. Ob
man es nun glaubte oder nicht – es kümmerte sich niemand
besonders um die Familienverhältnisse des Fräuleins Fabiani.

Ihre Berufstätigkeit, die sie geraume Zeit hindurch ohne
innere Anteilnahme, mechanisch gleichsam, ausgeübt hatte,
begann ihr wieder eine gewisse Befriedigung zu gewähren. Sie

erteilte nicht nur Einzelunterricht, sie kam auch in die Lage, aus einigen auf ungefähr gleicher Stufe stehenden jungen Mädchen Kurse zusammenzustellen.

Im übrigen lebte sie wieder völlig eingezogen, weder Mutter noch Bruder und Schwägerin kümmerten sich um sie, und auch Alfred ließ nichts von sich hören. Sie ging so wenig wie möglich aus dem Hause und wußte es so einzurichten, daß sie nur selten mehr außerhalb ihrer vier Wände Unterricht zu erteilen hatte. Kaum jemals geschah es, daß sie an einer ihrer Schülerinnen ein persönliches Interesse nahm, das über die Dauer der Unterrichtsstunden hinausgegangen wäre, und manchmal erinnerte sie sich fast wehmütig früherer Zeiten, da sie als Erzieherin, freilich ihren Zöglingen schon durch gemeinsame Häuslichkeit näher, als es heute der Fall war, an manchen mit ihrem ganzen Herzen gehangen, ja, fast wie eine Mutter für sie empfunden hatte.

Einmal aber, ein paar Monate nachdem Franz das Haus verlassen, ereignete es sich, daß eines der Mädchen, die den Kurs besuchten, ein paar Tage ausblieb und sie sich durch das Fehlen dieses kaum sechzehnjährigen Wesens stärker berührt fühlte, als es jemals bei solcher Gelegenheit der Fall gewesen war. Als ein Brief des Vaters das Ausbleiben der Tochter mit einer fieberhaften Halsentzündung entschuldigte, geriet Therese in eine ihr selbst kaum begreifliche Unruhe, die nicht weichen wollte; und als endlich nach kaum einer Woche Thilda wieder erschien, fühlte Therese, wie ihr eigenes Antlitz vor Freude sich rötete und ihre Augen zu leuchten begannen. Das wäre ihr selbst kaum zu Bewußtsein gekommen, wenn nicht, wie zur Antwort darauf, um Thildas Lippen ein sonderbares, wohl liebenswürdiges, aber zugleich etwas überlegenes, ja spöttisches Lächeln gespielt hätte. In diesem Augenblick wußte Therese, daß sie die Kleine liebte und daß sie sie gewissermaßen unglücklich liebte. Sie wußte auch, daß diese Sechzehnjährige – und nicht nur dank den günstigeren äußeren Lebensumständen – zu einer anderen Art von Wesen gehörte als sie, zu den klugen, kühlen, in sich geschlossenen, denen niemals etwas ganz Ernstes und Schweres begegnen kann, weil sie sich selbst immer zu bewahren und von jedem anderen, der in ihre Nähe, unter ihren Einfluß, in ihren Zauberkreis gerät, so viel zu nehmen verstehen, als ihnen eben nötig oder auch nur ergötzlich scheint. Und dieser Augenblick, da Thilda nach achttägiger Abwesenheit, um ein paar Minuten verspätet wie gewöhnlich, mit einem anmutigen Gruß ins Zimmer getreten war, ihren Stuhl gleich an den Tisch zu den fünf anderen Teilnehmerinnen des Kurses heranrückte und mit einer fast unmerklichen, weltdamenhaften Geste Therese davon abhielt, um ihretwillen die Stunde etwa zu unterbrechen – dieser Augenblick war einer von denjenigen, da in Theresens dämmernde Seele gleichsam ein Lichtschein fiel, in dem ihr das gefühlsmäßige Verhältnis zwischen ihr und Thilda ein für allemal mit unbedingter Klarheit bewußt wurde.

Nach Beendigung des Unterrichts fügte es sich diesmal ganz natürlich, daß Thilda allein bei der Lehrerin zurückblieb und sich ein Gespräch entspann, das von der eben überstandenen Krankheit seinen Ausgang nahm. Im Anfang – so gestand Thilda zu – hatte die Sache etwas bedenklich ausgesehen, es war sogar eine Pflegerin aufgenommen worden. – »Wie? Eine Pflegerin?« – Nun ja, die Mutter lebte nicht in Wien. Wie? Fräulein Fabiani wußte das nicht? Freilich, die Eltern seien geschieden, die Mutter hielte sich schon seit Jahren in Italien auf, weil ihr das Wiener Klima nicht zuträglich sei. Den vorigen Sommer bis tief in den Herbst hinein habe sie mit der Mutter in einem italienischen Seebad verbracht. Thilda nannte den Namen nicht; sie liebte es, beiläufig zu sein, und Therese fühlte, daß eine Frage nach dem Namen des Seebades unerlaubt und zudringlich gewesen wäre. Die Pflegerin habe sich sehr nett und freundlich benommen, aber am vierten Tag habe »man« sie Gott sei Dank weggeschickt. Und es sei ihr wie eine Erlösung gewesen, allein und ungestört im Bett zu liegen und ein schönes Buch zu lesen. – Was für ein Buch? hätte Therese beinahe gefragt, aber sie hütete sich. »So leben Sie also ganz allein mit Ihrem Herrn Papa?« fragte sie. – Thilda lächelte ein wenig, und in ihrer Antwort war sehr betont nicht von einem Papa, sondern von einem Vater die Rede. Und während sie von ihm erzählte, wurde sie etwas wärmer, als es sonst ihre Art war. Oh, es ließe sich sehr gut mit ihm allein leben. Nachdem die Mutter »abgereist« war, hatte Thilda eine Zeitlang ein Fräulein gehabt, aber es hatte sich gezeigt, daß es ohne ein Fräulein auch ganz gut und sogar viel besser gehe. Bis zum vorigen Jahr hatte sie ein Lyzeum besucht, jetzt nahm sie Lektionen zu Hause, Klavier- und sogar Harmoniestunden, mit der englischen Lehrerin ging sie zuweilen spazieren, und – ein Zug von Neid huschte über Theresens Züge – zweimal in der Woche höre sie kunstgeschichtliche Vorträge mit Freundinnen zusammen. Sie verbesserte sich gleich: mit guten Bekannten, denn »Freundinnen« besitze sie eigentlich nicht. Mit dem Vater unternehme sie Sonntags kleine Ausflüge, auch Konzerte besuche er mit ihr, eigentlich nur ihr zuliebe, denn persönlich sei er gar nicht besonders musikalisch. Und nun neigte sie ganz leicht den Kopf – Therese verstand nicht einmal gleich, daß es ein Abschiedsgruß sein sollte – und nach einem sehr leisen Händedruck war Thilda zur Türe hinaus.

In einer Art Benommenheit blieb Therese zurück. Etwas Neues war in ihr Leben getreten. Sie fühlte sich älter und jünger: mütterlich-älter und schwesterlich-jünger zugleich.

Sie hütete sich, sowohl vor den übrigen Mädchen als auch vor Thilda selbst merken zu lassen, daß sie zu ihr anders stand als zu den übrigen; und sie fühlte, daß Thilda ihr dafür Dank wußte. Die Belohnung ließ nicht lange auf sich warten: eines Tages nach Beendigung des Kurses lud Thilda im Namen des Vaters Therese für den nächsten Sonntag zum Mittagessen ein. Therese errötete vor Freude, und Thilda tat ihr den Gefallen, es nicht zu bemerken. Sie brachte mehr Zeit als sonst mit dem Zuklappen der Hefte und Bücher zu, dann, den Mantel nehmend, sprach sie von einem Bulwerschen Roman, den ihr Therese empfohlen und der sie ein wenig enttäuscht habe, und endlich mit einem fröhlichen Gesicht wandte sie sich nochmals an Therese: »Also morgen um eins, nicht wahr?« und war fort.

80

Das alte, wohlerhaltene, offenbar erst in der letzten Zeit wieder instand gesetzte Haus in einer Seitenstraße der Mariahilfer Vorstadt gehörte der Familie Wohlschein seit beinahe hundert Jahren. Im rückwärtigen Trakt befand sich die Fabrik für Leder und Galanteriewaren, im Erdgeschoß des vorderen der Verkaufsladen. Ein größerer und vornehmerer war in der inneren Stadt gelegen, aber die alten Kunden zogen es vor, ihre Einkäufe im

Stammhaus zu besorgen. Die Wohnräume lagen im ersten Stockwerk. Der Salon, in den man Therese eintreten ließ, war behaglich und etwas altmodisch mit dunkelgrünen, schweren Vorhängen und gleichfarbigen Plüschmöbeln eingerichtet. Das Speisezimmer, zu dem die Türe offen stand, wirkte dagegen hell und modern. Thilda kam heiter auf den Gast zu und sagte: »Der Vater ist auch schon zu Hause, wir können uns gleich zu Tisch setzen.« Sie trug ein blaues Stoffkleid mit weißem Seidenkragen, die braunen Haare fielen ihr offen über die Schulter herab, während Therese sie bisher immer nur mit aufgestecktem Zopf gesehen hatte; sie sah jünger und kindlicher aus als sonst. Es war ein trüber Wintertag; in der massiven Bronzelampe über dem gedeckten Tisch brannten die Flammen. »Was denken Sie, wo wir heute waren, der Vater und ich?« sagte Thilda. »Im Dornbacher Park und auf dem Hameau. Um halb acht sind wir fortgegangen.« – »War's nicht etwas neblig?« – »Nicht so arg, und gegen Mittag wurde es fast klar. Wir hatten eine sehr schöne Fernsicht über die Donauebene.«

Herr Siegmund Wohlschein trat aus dem Nebenzimmer. Er war ein etwas untersetzter und trotz kleiner Glatze und grauer Schläfen noch jugendlich aussehender Herr mit vollem Gesicht, dichtem, dunklem Schnurrbart und hellen, nicht großen, aber freundlichen Augen. »Freut mich, Sie bei uns zu sehen, Fräulein Fabiani. Thilda hat mir schon viel von Ihnen erzählt. Bitte zu entschuldigen, daß ich als Hochtourist vor Ihnen erscheine.« Er sprach mit auffallend tiefer Stimme, den Dialekt leicht wienerisch gefärbt, trug einen eleganten Touristenanzug und zu den dunkelgrünen Stutzen Hausschuhe aus schwarzem Lackleder. Die Suppe wurde von einem nicht mehr ganz jungen Dienstmädchen aufgetragen. Herr Wohlschein selbst teilte vor, und so hielt er es auch bei den nächsten Gängen. Es war ein bürgerlichsonntägliches, trefflich zubereitetes Mahl mit einem leichten Bordeauxwein als Getränk. Die Unterhaltung führte aus dem Wiener Wald, dessen herbstliche Reize Herr Wohlschein rühmte, bald in andere Hügel und Gebirgsgegenden, die er als begeisterter Tourist durchwandert hatte; Therese, freundliche Fragen beantwortend, erzählte von ihrer Jugend, von Salzburg, von ihrem verstorbenen Vater, dem Oberstleutnant, und von ihrer Mutter, der Schriftstellerin, deren Name in diesem Hause völlig unbekannt schien. Auch ihres Bruders tat sie beiläufig Erwähnung, ohne zu bemerken, daß er einen anderen Namen trug als sie, von ihrem Sohn sprach sie natürlich kein Wort, obzwar sie annehmen konnte, daß dessen Existenz Thilda, wie auch anderen ihrer Schülerinnen, nicht unbekannt war, die ihn früher, als er noch bei der Mutter wohnte, gesehen haben mochten. Niemals noch war ihr sein Dasein, sein Zusammenhang mit ihr so fern und unwirklich erschienen als in dieser Stunde. Herr Wohlschein zog sich bald nach Tisch zurück, Thilda aber führte Therese in ihr helles Mädchenzimmer, in dem sich eine kleine, gewählte Bibliothek befand, und besah mit ihr die Illustrationen eines kunstgeschichtlichen Werkes. Bei der Betrachtung des »Barberino« fragte Thilda Therese, ob sie denn nicht das Original kenne, es hinge hier im Kunsthistorischen Museum; Therese mußte gestehen, daß sie dieses seit einem längst verflossenen Besuch mit einer ihrer Schülerinnen nicht wieder betreten hatte. »Das muß nachgeholt werden«, meinte Thilda.

Herr Wohlschein erschien später, in städtischem Gewand, mit hohem, etwas zu engem Kragen, im Pelz, küßte seine Tochter auf die Stirn und sagte, daß er sich zu einer Tarokpartie in ein nahes Café begebe, aber um acht zum Abendessen wieder daheim sein werde. »Und du?« wandte er sich wie entschuldigend an Thilda. »Was hast du vor?« – »Du darfst auch länger ausbleiben«, erwiderte sie nachsichtig lächelnd. »Ich habe Briefe zu schreiben.« – Briefe? dachte Therese, wahrscheinlich auch an die Mutter, die im Ausland lebt. Gewiß hatte Herr Wohlschein den gleichen Gedanken, denn er schwieg eine Weile, und seine gutmütige Stirn runzelte sich ein wenig. Dann empfahl er sich freundlich von Therese, ohne den Wunsch nach einem Wiedersehen auszusprechen. Bald nach ihm hielt es auch Therese an der Zeit, zu gehen, und Thilda hielt sie nicht zurück.

So war ihr Eintritt in dieses Haus vollzogen, es folgten in Abständen von zwei bis drei Wochen weitere Einladungen zu sonntäglichen Mahlzeiten, bei denen manchmal auch andere Gäste anwesend waren: die verwitwete Schwester des Hausherrn, eine sehr gesprächige Dame in mittleren Jahren, die trotz ihres heiteren Temperaments immer wieder mit betrübtem Kopfschütteln von bedenklichen Erkrankungen im Bekanntenkreis zu erzählen liebte, – der bescheidene und schweigsame ältliche Prokurist der Firma Wohlschein, eine ältere Freundin Thildas, Kunstgewerbeschülerin, die in lustiger, oft boshafter Art von ihren Professoren und Kolleginnen sprach, – aber sie alle, wie noch andere gelegentliche Teilnehmer verblieben nur ganz schattenhaft in Theresens Erinnerung, ja, sie hatte sie gleichsam schon vergessen, ehe sie aus der Türe trat; denn es war, als löschten in Thildas Nähe, auch wenn sie sich an der Unterhaltung kaum beteiligte, die übrigen alle gewissermaßen aus. Therese konnte nicht umhin, ununterbrochen ihre Klugheit, ihre Überlegenheit und irgendwie auch ihre Ferne zu spüren.

Und diese Ferne blieb. Immer, nicht nur in den Unterrichtsstunden, auch bei den Gesprächen nachher oder in Thildas Mädchenzimmer, auch im Museum, das sie mit Thilda zuerst an einem der Weihnachtsfeiertage besuchte, war Therese dieser etwas schmerzlichen Ferne sich bewußt, und manchmal war ihr, als müßte sie die blonde Frau des Palma Vecchio, den Maximilian von Rubens und manche andere dieser entrückten Bildnisse beneiden, denen gegenüber Thilda sich freier, vertrauter, inniger zu geben schien als gegenüber Theresen und vielleicht gegenüber allen anderen lebenden Menschen.

Eines Abends – sie wollte eben zu Bette gehen – wurde an ihrer Türe geklingelt. Es war Franz, der draußen stand, beschneit, ohne Winterrock, doch in einem anscheinend neuen Anzug von vorstädtisch elegantem Schnitt. Das rot geränderte Taschentuch ragte ihm wie üblich aus der Rocktasche. Ein ganz anderer stand vor ihr als der, den sie vor mehr als einem halben Jahr zum letztenmal gesehen. Nicht im geringsten ein Knabe mehr – ein junger Herr, wenn auch keiner von der besten Sorte, ja, mit seinem blassen Gesicht, dem pomadisierten, gescheitelten Haar, der Ahnung eines Schnurrbartes unter der stumpfen Nase, den unsicheren und stechenden Augen eine einigermaßen verdächtige Erscheinung.

»Guten Abend, Mutter«, sagte er mit einem trotzigen und dummen Lachen. Sie sah ihn groß, nicht einmal erschrocken an. Er klopfte sich den Schnee von Kleid und Schuhen, und mit einer linkischen Höflichkeit, als träte er in einen fremden Raum, folgte er der Mutter. Ein Rest des Abendessens stand auf dem Tisch. Sein Blick, gierig beinahe, fiel auf den Teller mit Käse und Butter. Therese schnitt ein Stück Brot ab, wies auf das Essen und sagte: »Bitte.« – »Ja, die Kälte macht einem Appetit«, meinte er, strich sich Butter aufs Brot und aß.

»Also, du bist wieder da«, sagte Therese nach einiger Zeit und fühlte, daß sie blaß geworden war. – »Nicht auf ständig«, erwiderte Franz mit vollem Mund und rasch, als müsse er sie beruhigen. »Weißt, Mutter, ich bin nämlich krank geworden auf dem Weg.«

»Auf dem Weg nach Amerika«, ergänzte Therese ungerührt.

Ohne darauf zu achten, sprach Franz weiter: »Eigentlich war es nur ein weher Fuß, aber – es ist halt auch mit dem Geld nicht ausgegangen, und mein Freund, der mit war, hat mich im Stich gelassen. Dann hat mir einer g'sagt, man muß einen Ausweis haben auf'm Schiff. Also mit der Zeit verschaff' ich mir schon einen. Aber für'n Moment hab' ich mir denkt, is doch das gescheiteste, fahrst wieder retour.«

»Seit wann bist du denn wieder da?« fragte sie langsam.

»Ich hab' nicht sehr weit zurück gehabt«, erwiderte er ausweichend mit seinem trotzigen Lachen. Dann erzählte er, daß er auch »gearbeitet« habe, nämlich als Aushilfskellner an Sonn- und Feiertagen in einem Wirtshaus. Und wie er behauptete, hatte er Aussicht, in der allernächsten Zeit als »Speisenträger« fest angestellt zu werden. Er hätte schon längst eine solche Anstellung gekriegt, wenn es ihm nicht an allerlei Notwendigem fehlte, vor allem an Hemden; und auch mit seinem Schuhwerk sei es übel bestellt. Er wies der Mutter das Paar, das er an den Füßen trug: dünne Lackstiefeletten mit völlig durchtretenen Sohlen.

Therese nickte nur. Sie wußte selbst nicht, ob die Regung, die sie verspürte, Mitleid war oder Angst, daß der Junge ihr wieder in der Tasche liegen würde.

»Wo wohnst du denn eigentlich?« fragte sie. – »Ah, mit dem Quartier hat's keine Not. Obdachlos, Gott sei Dank, bin ich nicht. Da hat man immer schon Freunde.« – »Du kannst ja hier wohnen, Franz«, sagte sie. Doch kaum hatte sie's ausgesprochen, so bereute sie's schon.

Er schüttelte den Kopf. »Da g'hör' ich nicht her«, sagte er trocken. »Aber wenn du mich für heut nacht da möchtest schlafen lassen, da saget ich nicht nein. Ich hab' einen weiten Weg, und bei dem Schneegestöber mit die Schuh' –«

Therese erhob sich, zögerte aber gleich wieder. Sie hatte aus dem Wäscheschrank eine der wenigen Banknoten nehmen wollen, die sie dort verwahrte, aber sie fühlte, daß das höchst unvorsichtig wäre. So sagte sie: »Ich mach' dir dein Bett auf dem Diwan, und – vielleicht finden sich auch ein paar Gulden, daß du dir ein Paar Schuhe kaufen kannst.« – Franz runzelte die Stirn und nickte, ohne zu danken. »Kriegst es zurück, Mutter, ich versprech dir's, in spätestens drei Wochen.«

»Ich verlang' nichts zurück«, sagte sie. Franz zündete sich eine Zigarette an und starrte in die Luft. – »Eine Flasche Bier hast nicht zu Hause, Mutter?« Sie schüttelte den Kopf. – »Aber – einen Rum vielleicht?« – »Ich mach' dir einen Tee.« – »Ah, kein Tee, Rum allein macht wärmer. Ich weiß ja, wo du ihn aufgehoben hast.« Er stand auf und ging in die Küche.

Therese breitete die Leinwand auf den Diwan. Draußen hörte sie Franz rumoren. Mein Sohn?! fragte sie sich fröstelnd. Während Franz noch draußen war, nahm sie rasch eine Fünf-Gulden-Banknote aus ihrem Schrank, aber noch während sie wieder zusperrte, stand Franz, unhörbar hereingeschlichen, hinter ihr, die Rumflasche in der Hand. Er tat, als hätte er nichts gesehen. Sie hielt den Schein in der hohlen Hand verborgen und hielt ihn weiter so, bis das Lager fertig war. Er schenkte sich den Rum in ein Wasserglas, füllte es fast zur Hälfte, setzte es an die Lippen. »Franz!« rief sie. Er trank aus und zuckte die Achseln. »Wann einem kalt ist«, sagte er. Er warf Rock, Gilet und Kragen ab. Er hatte nur ein zerschlissenes Trikotleibchen an, kein Hemd, streckte sich auf den Diwan und zog die Decke über sich. »Gute Nacht, Mutter«, sagte er.

Sie stand regungslos, stumm; er drehte sich zur Wand hin und schlief gleich ein. Da nahm sie eine zweite Banknote zu fünf Gulden aus dem Schrank und legte beide Scheine auf den Tisch. Dann setzte sie sich eine Weile hin, den Kopf in die Hände gestützt. Endlich löschte sie das Licht und ging in ihr Schlafgemach, sie kleidete sich nicht völlig aus, legte sich hin, versuchte einzuschlafen, doch es gelang ihr nicht. Kurz nach Mitternacht erhob sie sich wieder, auf den Zehenspitzen schlich sie ins Nebenzimmer. Franz atmete ruhig. Sie mußte daran denken, wie sie in früherer Zeit manchmal seinen Kinderschlaf bewacht hatte; auch heute lag er da, wie er als Kind meistens da gelegen war: die Decke übers Kinn gezogen, und da es dunkel war, sah sie im Geist nicht sein Gesicht von heute, sondern eines aus längst verflossenen Zeiten. Ja, auch er hatte einmal ein Kindergesicht gehabt, auch er war einmal ein Kind gewesen, und auch heute – oh, das war gewiß – sähe sein Gesicht anders aus, wenn sie ihn nicht einmal umgebracht hätte.

Unwillkürlich, wie aus einer verschütteten Tiefe, war dieses Wort ihr ins Bewußtsein emporgestiegen, und sie hatte doch etwas ganz anderes gemeint: wenn ich mich um ihn mehr hätte kümmern können – das hatte sie denken wollen –, dann sähe er wohl anders aus. Wenn ich eine andere Mutter gewesen wäre, wäre mein Sohn ein anderer Mensch geworden. Sie erbebte in tiefster Seele. Leise, fast ohne ihn zu berühren, strich sie ihm über das gescheitelte, pomadisierte Haar. Ich will ihn bei mir behalten, sagte sie vor sich hin. Morgen früh will ich noch einmal mit ihm reden. Dann begab sie sich wieder zu Bette und schlief nun wirklich ein.

Als sie um sieben Uhr früh erwachte und ins Nebenzimmer trat, lag die zerknüllte Decke auf dem Fußboden, die Rumflasche war zu drei Vierteilen leer, und Franz war fort.

82

Sie sprach zu niemandem ein Wort von diesem Besuch, und rascher, als sie gedacht, wurde er eine blasse Erinnerung. Auch der Umstand, daß etwa acht Tage nachher ein übel aussehendes, ältliches Frauenzimmer mit Kopftuch ihr einen Brief Franzens überbrachte, in dem nur dieses stand: »Hilf mir noch einmal, Mutter, ich brauche dringend zwanzig Gulden«, berührte sie nur wenig. Ohne ein Begleitschreiben schickte sie ihm die Hälfte des verlangten Betrags, was freilich auch schon ein Opfer für sie bedeutete.

Wieder kurz darauf, höchst unerwartet, erschien ihre Schwägerin. Sie war freundlich, doch befangen. Längst schon wäre sie da gewesen, aber das Hauswesen und die zwei Kinder nähmen ihre ganze Zeit in Anspruch, und wenn sie heute käme – sie stockte und reichte Theresen einen Brief hin. Es waren ein paar Zeilen von Franz in kindisch unbeholfener Schrift und mangelhafter Orthographie: »Sehr geehrte Frau Faber. In einer augenblicklichen Verlegenheit gestatte mir, mich an Sie zu wenden. Wenn Euer Wohlgeboren nämlich die Güte haben wollten, da mir meine Mutter augenblicklich nicht aushelfen kann, zur dringenden Anschaffung von einem Paar Schuhen mit einem kleinen Betrag von elf Gulden beizustehen. Mit Hochachtung Franz Fabiani.«

»Du hast ihm hoffentlich nichts geschickt?« sagte Therese hart.

»Ich hätt' gar nicht können, ich muß ja so genau Rechnung legen. Ich hab' dich nur bitten wollen, daß du ihm sagst, er soll um Gottes Willen nicht noch einmal – wenn mein Mann so einen Brief erwischt – es ist auch deinetwegen, Theres'.«

Therese runzelte die Stirn. »Der Franz wohnt längst nicht bei mir, ich weiß überhaupt nichts mehr von ihm. Was mir möglich war, hab' ich getan, hab' ihm erst vor ein paar Tagen wieder was geschickt – was an mir liegt – du glaubst doch nicht, ich hab' ihn angeleitet? Ich weiß nicht einmal, wo er wohnt.« Und plötzlich brach sie in Tränen aus.

Die Schwägerin seufzte auf. »Es hat halt jeder sein Kreuz.« Und als hätte sie nur eine Gelegenheit gesucht, selbst ihr Herz zu erleichtern, sprach sie weiter. Ihr ging es auch nicht zum besten. Wenn sie die Kinder nicht hätte, – das dritte sei schon auf dem Weg. Eine Sorge mehr – hoffentlich auch ein Glück mehr, sie könnte es brauchen. »Du kannst dir ja denken, mit dem Karl ist es nicht so einfach.« Er habe nur mehr Sinn für seine Versammlungen und Vereine, keinen Abend beinahe sei er zu Hause, die Praxis leide natürlich darunter. Sie klagte bitter über seine Unfreundlichkeit, seine Härte, seinen Jähzorn.

Sie hatte noch Tränen im Auge, als sie ging, weil sie gehen mußte, denn eben kamen zwei Schülerinnen zum Kurs. Thilda war die eine. Ihr Blick ruhte fragend, nicht ohne Mitgefühl, auf Therese, so daß diese zu einer Erklärung sich gewissermaßen verpflichtet fühlte. Und sie bemerkte: »Es war die Frau meines Bruders.«

»My brother's wife«, übersetzte Thilda kühl, packte ihre Hefte und Bücher aus, und ihr Interesse an Theresens Familienangelegenheiten war damit erschöpft.

83

In den nächsten Wochen war von gemeinsamen Spaziergängen und Galeriebesuchen keine Rede. Auch blieb Thilda nach Beendigung der Unterrichtsstunde bei der Lehrerin nicht zurück, wie es früher so oft geschehen war. Eines Tages aber, schon gegen das Frühjahr zu, lud sie Therese plötzlich wieder für den Sonntagmittag ein. Therese atmete auf, denn sie hatte schon gefürchtet, daß sie weiß Gott wodurch im Hause Wohlschein Mißfallen erregt hätte. Überdies war sie gerade gestern durch eine neue Geldforderung ihres Sohnes – in gleicher Weise durch jenes übel aussehende Frauenzimmer mit dem Kopftuch ihr überbracht – in Unruhe versetzt worden. Sie hatte ihm fünf Gulden gesandt und die Gelegenheit benützt, ihn dringend zu warnen, sich jemals wieder an ihren Bruder zu wenden. »Warum suchst du nicht einen Posten auswärts«, schrieb sie weiter, »wenn du hier keinen findest? Ich bin nicht mehr in der Lage, dir auszuhelfen.« Kaum war der Brief fort, so hatte sie ihn schon wieder bereut in der Empfindung, daß es gefährlich sei, Franz zu reizen. Nun, da Thilda wieder gut zu ihr war, schien sie sich selbst stärker, wie gewappnet gegen manches Unheil, das drohen mochte.

Thilda war allein. Mit besonderer Herzlichkeit begrüßte sie die Lehrerin und gab ihrer Freude Ausdruck, sie heute wohler aussehend zu finden als neulich. Und wie zur Antwort auf Theresens fragenden Blick, beiläufig und etwas altklug, bemerkte sie: »Es ist schon so, Familienbesuche bringen selten was Angenehmes, besonders unerwartete.« – »Nun«, erwiderte Therese, »glücklicherweise bekomme ich selten welche, weder erwartete noch unerwartete.« Und sie sprach von ihrer zurückgezogenen, fast einsamen Lebensweise. Seit auch ihr Sohn »draußen« eine Stellung gefunden – sie wurde dunkelrot, und Thilda machte sich an der Bibliothek zu schaffen –, sehe sie fast niemanden von ihrer Familie. Die Mutter scheine völlig in ihre Schreibereien versponnen, der Bruder habe seinen Beruf und überdies mit der Politik viel zu tun, und die Schwägerin gehe völlig in der Sorge für Haus und Kinder auf.

Ganz unvermittelt bemerkte Thilda: »Wissen Sie, Fräulein Fabiani, was mein Vater neulich gesagt hat? Aber Sie dürfen nicht böse sein.« – »Böse?« wiederholte Therese etwas betroffen; und Thilda fügte rasch hinzu: »Der Vater findet – wie hat er sich nur ausgedrückt –, daß Sie nicht genug aus sich zu machen verstehen.« Und auf Theresens fragenden Blick: »Er meint, daß eine so ausgezeichnete Lehrerin berechtigt, ja, eigentlich verpflichtet wäre, auch höhere Honorare zu verlangen.«

Therese wehrte ab. »Ach Gott, Thilda, den meisten ist ja schon das zuviel. Ich bin nur Privatlehrerin, habe nie Prüfungen gemacht, bin nie öffentlich angestellt gewesen.« Und sie erzählte, wie früh schon sie sich selbst hatte erhalten müssen, wie sie nie dazu gekommen sei, das Versäumte nachzuholen – nun ja, vielleicht bis zu einem gewissen Grad durch eigene Schuld –, aber wie es nun immer sei, jetzt war es zu spät, von vorn anzufangen.

»Ach Gott, es ist nie zu spät«, meinte Thilda. Und wieder ganz unvermittelt richtete sie an Therese die Frage, ob sie sich eine Bitte erlauben dürfe. Sie wisse nämlich nicht genau, wann Theresens Namenstag sei. »Bei uns gibt's nämlich keine.« Und daher bitte sie Fräulein Fabiani recht sehr, heute ein nachträgliches Namenstagsgeschenk anzunehmen; und ehe Therese etwas erwidern konnte, war Thilda im Nebenzimmer verschwunden, kam mit einem englischen Drap-Mantel auf dem Arm zurück, ersuchte Fräulein Fabiani, sich freundlichst erheben zu wollen, und half ihr in die Ärmel. Der Mantel paßte wie nach Maß gemacht; wenn aber vielleicht doch noch etwas zu richten sei, die Firma, wo er gekauft war, übernehme jede Änderung.

»Was fällt Ihnen nur ein«, sagte Therese. Sie stand vor dem großen Schrankspiegel in Thildas Mädchenzimmer und betrachtete sich. Wahrhaftig, es war ein geschmackvoller, vortrefflich sitzender Mantel, und sie sah aus, wie eine noch ziemlich junge Dame aus wohlhabenden Kreisen.

»Ja richtig«, sagte Thilda und reichte Theresen ein kleines Päckchen in Seidenpapier. »Das gehört dazu.« Es waren drei Paar Handschuhe, weiß, dunkelgrau und braun, von bester schwedischer Sorte. »Sechsdreiviertel, die Nummer stimmt doch?«

Während Therese eben daran war, einen Handschuh zu probieren, trat Herr Wohlschein ein. »Ich gratuliere, Fräulein Fabiani«, sagte er. – »Wozu denn, Herr Wohlschein?« – »Sie haben Geburtstag, sagt mir Thilda.« »Aber nein, weder Geburtstag noch Namenstag, ich weiß wirklich nicht –« »Nun, heute wird er gefeiert«, erklärte Thilda, »und damit basta.«

Das Mittagsmahl verlief in bester Laune, auch einen weißen Burgunder gab es; man trank auf Theresens Wohl, und Therese kam sich wirklich vor wie ein Geburtstagskind. Zum schwarzen Kaffee erschien die Schwester des Herrn Wohlschein und später ein Geschäftsfreund, ein Herr Verkade aus Holland, nicht mehr ganz jung, bartlos, dunkelhaarig, mit ergrauten Schläfen und sehr hellblauen Augen unter den schwarzen Brauen. Man sprach von Java, wo Herr Verkade jahrelang gelebt hatte, von Schiffsreisen, von Luxusdampfern, Ballabenden auf See, von den Fortschritten des Verkehrswesens in der ganzen Welt und von gewissen Rückständigkeiten in Österreich. Die Schwester des Herrn Wohlschein nahm ihre Heimat in Schutz. Herr Verkade wollte sich natürlich kein Urteil über die hiesigen Zustände anmaßen, gewandt führte er die Unterhaltung auf ein harmloseres Gebiet, auf Opernvorstellungen, berühmte Sängerinnen, Konzerte und dergleichen, wobei er sich manchmal mit besonderer Zuvorkommenheit auch an Therese wendete.

Wie oft hatte sie in früherer Zeit solchen Unterhaltungen beigewohnt und kaum je als völlig gleichberechtigt an ihnen teilgenommen. Sie ertappte sich heute darauf, daß sie wohl gelegentlich auch ein Wort hätte sagen mögen, sich aber nicht recht getraute. Bei irgendeinem Anlaß aber – niemand außer Therese merkte die Absicht – zog Thilda sie ins Gespräch; allmählich – auch der Wein mochte ein wenig schuld daran sein – schwand Theresens Befangenheit, sie sprach frei und lebhaft, wie schon lange nicht mehr, und sah manchmal den etwas verwunderten, aber höchst wohlgefälligen Blick des Hausherrn auf sich gerichtet.

84

Am nächsten Sonntag ereignete sich endlich, was schon öfters geplant, aber bisher noch nie zur Ausführung gelangt war: ein gemeinsamer kleiner Ausflug mit Thilda und ihrem Vater, dem sich auch ein Ehepaar anschloß, das man zufällig in der Straßenbahn getroffen hatte. Es war ein schöner Frühlingstag, in einem Waldwirtshaus ließ man sich zu einem Imbiß nieder, und Therese merkte, daß es das gleiche war, in dem sie vor vielen Jahren einmal mit Kasimir eingekehrt war. Saß sie nicht an demselben Tisch, vielleicht auf demselben Stuhl wie damals? Waren es nicht am Ende dieselben Kinder, wie damals, die dort auf der Wiese herumliefen, – wie es der gleiche Himmel über ihr, die gleiche Landschaft und das gleiche Gewirr von Stimmen war? Saßen nicht dieselben Leute dort am Nebentisch, mit denen damals ihr Begleiter zu ihrem Mißvergnügen sich in eine Unterhaltung eingelassen hatte? Erst in der Sekunde drauf besann sie sich, daß der Mann, dessen sie sich jetzt erinnerte, der Vater ihres Kindes war; und noch etwas anderes fiel ihr ein, woran sie rätselhafterweise seit heute morgen nicht mehr gedacht hatte, daß dieses Kind, daß ihr Sohn Franz sich am gestrigen Abend wieder in unerfreulichste Erinnerung gebracht hatte. Er hatte ihr einen Brief geschickt: zweihundert Gulden brauche er. Damit wäre er gerettet, mehr als das, damit könne er sich eine Existenz gründen. »Laß mich nicht im Stich, Mutter, ich beschwöre dich.« Nicht die alte Frau mit dem Kopftuch hatte den Brief abgegeben, ein hagerer, abgerissen aussehender Bursch war draußen vor der Tür gestanden, hatte sich hereingedrängt und die Türe hinter sich geschlossen mit frechem Blick und, ohne ein Wort zu reden, ihr den Brief gereicht; es war, als hätte Franz es darauf angelegt, der Mutter durch die Erscheinung des Boten Angst einzujagen. Sie hatte ihm dreißig Gulden geschickt, es war ihr schwer genug. Wie sollte das nur weitergehen? Ah, wäre er doch damals nach Amerika gegangen! Hätte man nur Geld genug, ihm das Billett für die Überfahrt zu zahlen! Aber wer stand dafür ein, daß er sich auch wirklich einschiffte und davonfuhr? Und plötzlich, wie auf einem Bild, sah sie ihn vor sich: auf dem Verdeck eines Frachtendampfers, in abgetragenem Anzug, mit zerrissenen Schuhen, ohne Überzieher mit hoch hinaufgeschlagenem Kragen, in Sturm und Regen. Und in demselben Augenblick war auch wieder das Schuldgefühl da, das sie immer wieder, wenn auch auf Minuten nur, überfiel und das, wenn es geschwunden war, sie gleichsam im

Leeren dahinschwebend, dahintreibend zurückließ, als wenn alles, was sie erlebte, gar nicht wirklich wäre, sondern ein Traum.

»Ihre Suppe wird kalt, Fräulein Fabiani«, sagte Thilda.

Therese blickte auf und wußte gleich wieder, wo sie war. Die andern hatten ihre Versunkenheit kaum bemerkt, sie aßen, plauderten, lachten, und auch Therese atmete wieder frei, ließ sich das Essen schmecken, freute sich an der Luft, der Landschaft, den Menschen, dem Frühling und der Sonntagslaune ringsum. Das befreundete Ehepaar empfahl sich, es wollte noch weiter auf eine der nahen Anhöhen. Die anderen traten den Rückweg an. An einer schönen freien Stelle mit weitem Ausblick über die Donau gegen die Ebene zu rasteten sie. Herr Wohlschein legte sich auf die Wiese hin und schlief ein, Therese und Thilda lagerten sich in einiger Entfernung und kamen ins Plaudern. Therese war die Gesprächige. Es fiel ihr heute so viel aus vergangenen Zeiten ein; viele Menschen, deren sie längst nicht mehr gedacht, die sie völlig vergessen zu haben glaubte, Familien, in denen sie gelebt, Väter, Mütter, die Kinder, die sie erzogen oder wenigstens unterrichtet, gleichgültige und allzu sehr geliebte; – es war, als wenn sie ein Album mit Photographien aufblätterte, manche überschlagend, auf der einen flüchtig, auf der anderen länger oder gar gerührt verweilend, und es war traurig und doch auch beruhigend zu denken, daß von all diesen Kindern, deren manchem sie fast eine Mutter gewesen, kaum eines heute sich ihrer noch erinnerte und keines vielleicht von ihrer jetzigen Existenz etwas wußte. Aufmerksam, die Hände um die Knie geschlungen, bald mit neugierigen Kinderaugen, bald ernsthaft bewegt, lauschte Tilda, und in ihrem Zuhören erstanden Theresen die Bilder der Erinnerung zu einer lebendigeren Gegenwart, als sie ihnen damals eigen gewesen war. Und sie dankte es Thilda, daß so ihr armes Leben für die Dauer einer Frühlingsstunde reicher geworden war.

Herr Wohlschein blinzelte zu ihnen herüber, erhob sich, trat herbei und fragte, ob sie einander viel Interessantes zu erzählen hätten. Therese und Thilda erhoben sich nun auch, schüttelten Gras und Staub von ihren Rücken, und alle drei stiegen weiter nach abwärts. Thilda hing sich zutraulich in Theresens Arm, sie liefen manchmal voraus, Herr Wohlschein, den Rock über-

gehängt, folgte ihnen. Es war der gleiche Weg, den Therese vor
vielen Jahren mit Kasimir Tobisch hinabgegangen war ... in den
ersten Tagen, da sie sein Kind unter dem Herzen trug.

Noch lange vor Dunkelheit nahmen Wohlschein und Thilda
von Theresen an ihrem Haustor Abschied. Doppelt einsam war
ihr an diesem Feiertagsabend in ihrem Heim zumute, in das die
Wärme des beginnenden Frühlings noch keinen Eingang gefunden, und bald war das Leben wieder so arm wie vorher.

85

Eine Woche und mehr vergingen, während deren sich Thilda
Theresen gegenüber kaum vertrauter benahm als die anderen
Schülerinnen und es nach den Kursen sogar immer recht eilig
hatte, bis sie ihr, wieder ganz unerwartet, eines Tages eine Einladung des Vaters in die Oper überbrachte. Für Therese bedeutete es ein Fest, nach vielen Jahren wieder einmal in dem
prächtigen weiten Raum, noch dazu an Thildas Seite, wie eine
ältere Schwester beinahe, einer Aufführung des Lohengrin beizuwohnen, und es hätte kaum der außerordentlichen Orche-
ster- und Gesangsleistungen bedurft, um sie glücklich zu stimmen. Auch Herr Verkade war in die Loge geladen, und nachher
soupierte man gemeinsam in einem vornehmen Hotel-Restau-
rant, wo sich Therese freilich in ihrem für die Gelegenheit etwas
ärmlichen Kleid nicht mehr recht als Thildas ältere Schwester zu
fühlen vermochte, um so weniger, als der Holländer sich fast
nur mit Thilda unterhielt und der sonst ziemlich gesprächige
Wohlschein auffallend wortkarg schien. Therese, ohne recht zu
wissen warum, vermutete geschäftliche Verdrießlichkeiten als
Ursache, war aber von einer solchen Möglichkeit keineswegs
unangenehm berührt. Ja, ganz im Gegenteil spann sie diesen
Gedanken weiter bis zu der Vorstellung, daß die alte Fabrik
zugrunde gegangen sei, Wohlschein sein Vermögen verloren
habe und daß Thilda keine reiche junge Dame mehr wäre, sondern ein armes Mädel, das sich selber ihr Brot verdienen mußte
und dadurch ihr, Theresen, unendliche Male näher sein würde
als jetzt.

Aber die wirkliche Ursache von Wohlscheins Verstimmung

oder von dem, was Therese dafür gehalten, wurde ihr wenige Tage später klar, als Thilda sie in ganz leichtem Ton mit der Mitteilung überraschte, daß sie sich mit Herrn Verkade verlobt habe. Die Heirat sollte im Spätherbst stattfinden, als künftiger Aufenthalt des Paares war Amsterdam vorgesehen, wohin übrigens Herr Verkade gestern für längere Zeit wieder abgereist sei. Während Thilda das erzählte, war nur ein starres Lächeln in Theresens Antlitz; es konnte zugleich als Gebärde eines Glückwunsches gelten, den mit Worten über die Lippen zu bringen Therese nicht vermochte.

Sie begriff Wohlschein nicht, der die Zustimmung zu dieser Heirat gegeben, schalt ihn bei sich schwach oder gefühllos, ja, sie schob ihm sogar niedrige Motive unter, wie etwa, daß die Firma sich in finanziellen Schwierigkeiten befände und Wohlschein selbst die Verlobung kupplerisch gefördert, um sich und die Fabrik zu retten. Sie konnte nicht glauben, daß Thilda, ein Kind beinahe, diesen um zwanzig oder fünfundzwanzig Jahre älteren, nicht sonderlich interessanten, kaum hübschen Mann wirklich liebte. Sie war geneigt, das holde junge Geschöpf als ein unschuldiges Opfer anzusehen, das sich ihres Schicksals nicht recht bewußt sei, und flüchtig kam ihr sogar der Einfall, Herrn Wohlschein selbst ins Gewissen zu reden; doch sie spürte gleich die Lächerlichkeit, ja Unausführbarkeit eines solchen Beginnens, um so untrüglicher, als sie bei sich sehr wohl wußte, daß Thilda keineswegs das Wesen war, sich zu irgend etwas überreden oder gar zwingen zu lassen, was ihr selbst nicht genehm war.

Der Gedanke der nahen Trennung erfüllte sie so sehr, daß die anderen mannigfachen kleineren und größeren Sorgen des Alltags kaum von ihr empfunden wurden. Da sie eine Anzahl von Schülerinnen verloren hatte, war sie genötigt, noch bescheidener zu leben als bisher. Sie spürte die Unannehmlichkeiten, ja die Entbehrungen kaum. Aber auch der Umstand, daß eines Abends Franz plötzlich wieder erschien mit einem kleinen Köfferchen und eine Schlafstelle sowie Teilnahme an den Mahlzeiten wie sein selbstverständliches gutes Recht wortlos in Anspruch nahm, bedeutete eben eine Widerwärtigkeit mehr, aber keine schlimmere als die anderen. Es fügte sich auch anfangs, daß er sie wenig störte; meist lag er bis gegen Mittag auf dem Diwan, dann verschwand er nach einer flüchtigen

Mahlzeit, um erst in später Abendstunde, öfter in der Nacht oder erst gegen Morgen heimzukehren, so daß auch keine Begegnung mit ihren Schülerinnen erfolgte, wie ihr solche immer unerwünscht gewesen waren.

Manchmal wurde Franz, der sich stiller und höflicher betrug als früher, gleich nach Tisch von Freunden abgeholt. Einer von ihnen war ein langer, aufgeschossener, ganz hübscher Junge, der aussah wie ein Student aus ärmeren bürgerlichen Kreisen. In einem anderen aber erkannte sie den übel aussehenden Burschen wieder, den Franz ihr zuletzt mit einem Bettelbrief ins Haus geschickt hatte. Er schien als verdächtiges Subjekt gleichsam kostümiert zu sein, so daß er jedem Wachmann hätte auffallen müssen: karierte lichte Hose, kurzer brauner Janker, graue Kappe, im linken Ohrläppchen ein kleiner Ring, die Stimme heiser, der Blick schief und verschlagen. Therese schämte, ja ängstigte sich beinahe bei dem Gedanken, daß irgendeine Hauspartei ihn aus ihrer Türe könnte treten sehen, und sie vermochte nicht eine Bemerkung in diesem Sinn Franz gegenüber zu unterdrücken. Daraufhin stellte sich Franz plötzlich feindselig vor sie hin und verbat sich in gröbster Weise, daß sie seine Freunde beleidige. »Der ist aus einem besseren Haus als ich«, rief er, »der hat wenigstens einen Vater.« Therese zuckte die Achseln und verließ das Zimmer. Auch dies drang kaum an ihre Seele, die von Schmerzlicherem bedrückt war.

86

Thilda kam weiter regelmäßig in den Kurs, sprach aber weder jemals von ihrem Bräutigam noch überhaupt von der Tatsache ihrer bevorstehenden Heirat, so daß Therese sich zuweilen mit der Hoffnung schmeichelte, das Verlöbnis sei gelöst worden. Doch als sie an einem der nächsten Sonntage wieder einmal bei Wohlscheins zu einem Mittagessen geladen war, an dem auch die Schwester des Hausherrn teilnahm, war kaum von etwas anderem die Rede als von Dingen, die mit der Hochzeit in Zusammenhang standen, von holländischen Sprachstunden, die Thilda in der letzten Zeit nahm und von denen Therese erst jetzt erfuhr, von der Ausstattung, von der Villa des Herrn Verkade am Strande von Zandvord, von der Farm in Java, die einem seiner Brüder gehörte. Und Herr Wohlschein war heute keineswegs verstimmt oder nachdenklich, er war geradezu vergnügt, als wäre diese Heirat ganz nach seinem Sinn und das Natürlichste von der Welt, daß man sein eigenes Kind, das einem durch Jahre so unendlich nahe gewesen, eines Tages einfach in die Welt hinausschickte mit einem fremden Mann, um es für ewig zu verlieren.

Früher als anfänglich festgesetzt, in den ersten Julitagen schon, fand im Rathaus die Hochzeit statt. Therese erfuhr es tags darauf aus einer gedruckten Anzeige, die die Post ihr brachte. Als sie die Karte in der Hand hielt, glaubte sie dergleichen vorher geahnt zu haben; es war ihr, als hätte Thilda ihr neulich nach der letzten Unterrichtsstunde bedeutungsvoller als sonst die Hand gedrückt; und auch eines Blickes von der Türe her erinnerte sie sich, in dem zwar ein gewisser Ausdruck des Bedauerns, zugleich aber eine Spur von Spott gelegen war, wie der eines Kindes, dem ein Streich geglückt, dessen Tragweite für den Betroffenen es gar nicht zu beurteilen vermöchte. Trotzdem hoffte Therese, wenigstens an einem der nächsten Tage von der Hochzeitsreise aus eine persönliche Nachricht zu erhalten; aber nichts dergleichen kam und sollte noch lange nicht kommen; kein Brief, keine Karte, kein Gruß.

An einem schönen Sommerabend gegen Ende der Woche nahm Therese den Weg nach Mariahilf mit dem uneingestandenen Vorsatz, Herrn Wohlschein nachträglich zur Vermählung der Tochter ihren Glückwunsch abzustatten. Doch als sie vor dem Hause stand, sah sie alle Fenster verhängt, und es fiel ihr ein, daß vor Wochen schon Herr Wohlschein die Absicht ausgesprochen, sofort nach der Verheiratung seiner Tochter einen Urlaub anzutreten. Langsam machte sie sich auf den Rückweg durch die sommerschwülen, ziemlich leeren Straßen nach ihrem einsamen Heim. Denn auch Franz war nicht mehr da. Am Morgen vorher hatte Therese ihn hinausgewiesen, da er spät nachts in Gesellschaft eines Freundes und irgendeines Frauenzimmers nach Hause gekommen war, die sie zwar beide nicht gesehen, deren Flüstern und Lachen sie aber aus dem Schlaf geweckt. Franz hatte zuerst zu leugnen versucht, daß auch eine Frauensperson dagewesen war, bald aber, mit einem höhnischen Achselzucken, gab er es zu, packte seine Sachen zusammen, und ohne Gruß war er aus der Wohnung verschwunden.

Als der Juli fortschritt und nun auch die letzten Schülerinnen auf Sommerferien gegangen waren, wurde die Einsamkeit um Therese eine vollkommene. Ihrer Gewohnheit nach stand sie früh am Morgen auf und wußte kaum, was mit dem Tag beginnen. Die häusliche Arbeit war rasch geleistet, Vormittagsgänge in den heißen Straßen der Stadt ermüdeten sie, nachmittags versuchte sie zu lesen, meist Romane, die sie entweder langweilten oder in ihrer Ausmalung bewegterer Lebensschicksale und zärtlicher Liebesgeschichten unnütz und oft schmerzlich erregten.

Mit der tiefsten Traurigkeit aber erfüllten sie Abendspaziergänge auf dem Ring oder in Parkanlagen. Immer noch geschah es, daß sich in den Dämmerstunden irgendein Herr, der auf Abenteuer aus war, an ihre Schritte heftete, aber sie hatte eine Scheu, sich ansprechen oder gar begleiten zu lassen. Sie wußte, daß ihre Erscheinung im ganzen immer noch jugendlich genug wirkte, sie selbst aber trug unausgesetzt das Bild in sich, das ihr der Spiegel des Morgens nach dem Aufstehen zu zeigen pflegte: ein blasses, feines, aber vor der Zeit verblühtes Antlitz mit zwei dicken grauen Strähnen in dem immer noch vollen braunen Haar. Wenn dann die Einsamkeit, die sie tagsüber mit leidlicher Geduld getragen, wie eine immer schwerere Last auf ihre Schultern drückte, kam ihr wohl flüchtig der Gedanke, das Haus des Bruders aufzusuchen, aber sie schreckte doch davor zurück, unsicher, in welcher Weise, ja, ob man sie dort überhaupt empfangen würde. Die Mutter aber wiederzusehen, empfand sie eine fast noch größere Scheu, gerade weil sie einen Besuch bei ihr innerhalb des letzten Jahres immer wieder aufgeschoben hatte.

Und doch, an einem strahlenden Sommermorgen, machte sie sich plötzlich, als wäre ihr der Entschluß im Traum gekommen, auf den Weg zu ihr. Nicht Sehnsucht war es, nicht das Gefühl einer lang versäumten Pflicht, von der sie plötzlich dorthin getrieben wurde, sondern einfach die Tatsache, daß sie niemanden andern wußte, von dem sie sich das Geld hätte leihen können, um ein paar Wochen in Ruhe auf dem Land zu leben. Denn der Wunsch, auf ein paar Tage wenigstens die Stadt zu verlassen, aufs Land zu fliehen, war so übermächtig in ihr geworden, als hinge von seiner Erfüllung ihre Gesundheit, ja ihr Leben ab. Und diese Begriffe: Land, Ruhe, Erholung, stellten sich ihr seit einiger Zeit immer unter dem gleichen Bilde dar: unter dem einer bestimmten Wiese in Enzbach, wo sie vor vielen, vielen Jahren mit einem kleinen Buben gespielt hatte, der damals ihr Kind gewesen war.

Die Mutter wohnte in einem häßlichen vierstöckigen Zinshaus der Hernalser Hauptstraße, in einem armseligen Kabinett bei einer Beamtenswitwe. Es war Theresen unbekannt, ob die Mutter das Geld, das sie ein paar Jahre hindurch reichlich verdient, in einer unglücklichen Spekulation verloren, ob sie es töricht verschenkt hatte oder ob es nur ein krankhafter Geiz war, der sie ein so klägliches Leben führen ließ. Doch so gering demnach die Aussichten auf ein Darlehen von dieser Seite waren – vielleicht war es die Dringlichkeit ihres Wunsches, vielleicht die anfängliche Freude der Mutter über den unerwarteten Besuch, vielleicht nur die abergläubische Zuversicht, mit der Therese ihre Bitte vorbrachte –, ohne Zögern fast fand sich die Mutter bereit, Theresen hundertfünfzig Gulden zur Verfügung zu stellen, gegen einen Schuldschein allerdings, mit Rückzahlungsverpflichtung spätestens ersten November und einer Verzinsung von monatlich zwei Prozent bei Nichteinhaltung des Termins. Im übrigen fragte sie die Tochter kaum, wozu sie den Betrag benötige, fragte überhaupt nach nichts, was jene betraf, schwätzte nur in einer seltsam hemmungslosen Weise von alltäglichen Wirtschaftsdingen, geriet von da aus auf den gleichgültigsten Nachbarnklatsch, zeigte ihr dann unvermittelt das Manuskript ihres neuen Romans, hunderte eng beschriebene Blätter, die sie in der Lade des Küchentisches aufbewahrt hatte, beantwortete eine Frage Theresens nach der Familie des Bruders zerstreut und unklar, grüßte vom offenen Fenster aus zu einer Frau gegenüber, die die Blumen auf dem Fensterbrett begoß, und ließ die Tochter endlich gehen, ohne den Versuch, sie noch eine Weile zurückzuhalten oder sie zum Wiederkommen aufzufordern.

87

Am nächsten Morgen schon fuhr Therese nach Enzbach. Sechs Jahre war es nun her, daß sie zum letzten Male dort gewesen. Bald nach dem Tod des alten Leutner hatte die Witwe in eine benachbarte Ortschaft geheiratet, Therese hatte zuerst daran gedacht, sich in einem der anderen Bauernhäuser einzumieten, aber in der Scheu, mit irgendeinem der früher bekannten Einwohner in nähere Berührung zu treten, zog sie es vor, in dem höchst bescheidenen Gasthof des Ortes Quartier zu nehmen.

Auf einem kleinen Spaziergang in der vertrauten Gegend, über Wiesen und Felder nach dem nahen Wäldchen, begegnete sie wohl manchem ihr von früher her bekannten Dorfbewohner, doch auch von diesen schien keiner sie zu erkennen. Sie war so allein, als sie es gewünscht hatte, aber das Wohlgefühl, das sie erhofft, wollte sich nicht einstellen. Sie war recht müde, als sie wieder in ihren Gasthof zurückkam. Der Wirt erkannte sie, während sie bei Tische saß, und fragte sie sogar nach dem Franzl. Innerlich so unbewegt, daß ihr selbst leise schauerte, erzählte sie, daß ihr Sohn in Wien eine gute Stellung habe.

Nachmittags blieb sie auf ihrem Zimmer, draußen flimmerte die heiße Sommerluft, und durch die schadhaften Rolläden in blendenden schmalen Streifen glühte die Sonne auf die Wand. Im halben Schlummer lag sie auf dem harten unbequemen Bett, Fliegen summten, Stimmen, nah und fern verhallend, allerlei Geräusche, vielleicht von der Straße, vielleicht von den Feldern her, drangen in ihren Traum. In der Dämmerung erst erhob sie sich und ging wieder ins Freie. Sie kam an dem Haus vorüber, in dem der Franz Kind gewesen und das nun in anderen Besitz übergegangen war. Fremd lag es da, als hätte es niemals etwas für sie bedeutet. Auf der Wiese vor dem Haus war ein feiner Bodennebel, als melde der Herbst sich vorzeitig an. Unverändert und ungerührt, von verwelkten Blätterkränzen umgeben wie sonst und immer noch mit dem Sprung im Glas, schaute das Muttergottesbild unter dem Ahorn sie an. Von der Anhöhe stieg sie zur Hauptstraße nieder, wo die bescheidenen Villen standen; auf Veranden da und dort unter Deckenampeln saßen Sommergäste, Ehepaare, Kinder, geradeso wie sie immer dagesessen waren. Andere Eltern, andere Kinder, und doch immer dieselben für die Spaziergängerin, der die unbekannten Gesichter im Halbdunkel verschwanden. Oben auf dem Bahndamm sauste eben der Expreßzug vorüber, verklang mit seinem Gedröhn und Geschmetter unbegreiflich rasch in der Ferne, und eine Traurigkeit, immer drückender, senkte sich über Therese, die ins Dunkel schritt. – Später saß sie in der Wirtsstube beim Abendessen, und da sie nur wenig Lust verspürte, ihr muffiges Zimmerchen aufzusuchen, aus dem die Hitze noch nicht gewichen war, blieb sie lange unten, nahm die Zeitungen von den Haken, las den »Bauernboten von Niederösterreich«, die »Leipziger Illustrierte«, die »Forst- und Jagdzeitung«, bis sie müde wurde, und schlief dann, da sie gegen ihre Gewohnheit zwei Glas Bier getrunken hatte, tief und traumlos die ganze Nacht.

Die nächsten Tage aber vermochte sie sich schon an der Sommerluft, der Stille, dem Heuduft zu freuen, wie so oft in früherer Zeit. Sie lag lang am Waldesrand, dachte manchmal an den Franz von einst, wie an ein Kind, das längst gestorben war, und verspürte Sehnsucht nach Thilda in einer milden, fast wohltuenden Art. Diese Sehnsucht, so fühlte sie, war nun das Beste in ihrem Leben und trug sie in irgendeine Höhe, wo sie für gewöhnlich gar nicht zu Hause war, und ein alter Wunsch stieg langsam in ihr wieder auf, der Wunsch, irgendwo auf dem Land, im Grünen, möglichst fern von den Menschen, ruhig dahinzuleben. Lebensabend, dachte sie, das Wort stand plötzlich vor ihr, und da sie ihm gleichsam ins Auge sah, lächelte sie ein wenig trüb. Abend? War es schon so weit?

Ihre Müdigkeit schwand allmählich, ihre Wangen hatten sich gerötet, und im Spiegel erschien sie sich gegenüber den letzten Wochen ganz erheblich verjüngt. Unbestimmte Hoffnungen wachten in ihr auf: es kam ihr der Einfall, daß sie sich wieder einmal bei Alfred in Erinnerung bringen könnte, dann dachte sie, daß Herr Wohlschein doch bald wieder zurück sein müßte, bei dem sie Erkundigungen nach Thilda einholen wollte, von der sie noch immer keine Zeile erhalten hatte.

Auch der Gedanke an ihren Beruf meldete sich wieder und damit eine leise Sehnsucht nach Tätigkeit. Die letzten Urlaubstage, die sie sich noch zu vergönnen beabsichtigt hatte, verbrachte sie in einer wachsenden Ungeduld, ja Unruhe, und als plötzlich Regenwetter eintrat, kürzte sie ihren Aufenthalt ab und traf noch vor dem Termin, den sie sich selbst gesetzt hatte, in der Stadt wieder ein.

88

Die Schülerinnen sammelten sich allmählich, auch ein Kurs kam wieder zustande, und ausgeruht und frisch, wie sie nun war, kam sie ihren Pflichten mindestens ohne Überwindung nach. Nach ihrer Art trat sie allen Schülerinnen mit der gleichen, etwas gleichgültigen Freundlichkeit gegenüber, und wenn ihr auch die eine oder andere mehr Sympathie einflößen mochte, eine Thilda war nicht unter ihnen. – Da geschah es an einem Nachmittag, daß sie in der inneren Stadt einen bürgerlich elegant gekleideten älteren Herrn mit steifem, schwarzem, ganz wenig auf die Seite gerücktem Hut begegnete, in dem sie erst, als er ihr in Aug' in Aug' gegenüberstand, Herrn Wohlschein erkannte. Sie lächelte über das ganze Gesicht, als wäre ihr ein unerwartetes Glück geschehen, auch er war sichtlich erfreut und schüttelte ihr kräftig die Hand.

»Warum sieht man Sie denn gar nicht, liebes Fräulein? Ich hätte Ihnen schon geschrieben, ich wußte aber leider Ihre Adresse nicht.«

Nun, dachte Therese, die wäre wohl zu erfahren gewesen. Aber sie unterließ jede Bemerkung und fragte gleich: »Wie geht es Thilda?«

Ja, wie mochte es der wohl gehen? Nun waren es wieder einmal vierzehn Tage oder mehr, daß Herr Wohlschein keine Nachricht von ihr hatte. Übrigens war es kein Wunder, denn die Hochzeitsreise des jungen Paares – wie, auch das wußte Fräulein Fabiani nicht? – sei zu einer Art Reise um die Welt geworden. Und jetzt befänden sie sich wohl irgendwo auf dem Weltmeer, und vor dem Frühling würden sie nicht wieder zurück sein. »Und Sie, Fräulein Fabiani, haben wirklich noch gar keine Nachricht von Thilda?« – Und da sie, fast beschämt, den Kopf schüttelte, zuckte er die Achseln. »Ja, so ist sie nun einmal, und dabei – Sie können mir glauben – für Sie, Fräulein Fabiani, hat sie eine ganz besondere Zuneigung gehabt.« Und er redete weiter von der geliebten, fernen Tochter, die man nun einmal nehmen müsse, wie sie sei, sprach von seinem trübseligen, leeren, großen Haus, seinen langweiligen Whistpartien im Klub und von dem traurigen Schicksal, sich eines schönen Tages, nachdem man manches Jahr hindurch ein Mann mit Weib und Kind gewesen, ganz unversehens als eine Art von Junggeselle oder Hagestolz wiederzufinden, als wären zehn Jahre glücklicher und ein paar Jahre unglücklicher Ehe, als wäre dieses ganze Dasein mit Frau und Kind überhaupt nur ein Traum gewesen.

Sie wunderte sich, daß er sich ihr gegenüber so offen, freundschaftlich geradezu aussprach, und hörte ihm wohl an, daß er froh war, sich allerlei vom Herzen reden zu können. Plötzlich aber, nach einem Aufseufzen, sah er auf die Uhr und bemerkte, daß er heute abend mit einem guten Bekannten ins Theater gehe, zu einer Operette, um die Wahrheit zu gestehen, nicht etwa zu einem klassischen Stück, denn er brauche dringend Zerstreuung und Aufheiterung. Ob Fräulein Fabiani nicht auch manchmal das Theater besuche? – Therese schüttelte den Kopf: seit jenem Abend in der Oper hatte sie keine Gelegenheit mehr dazu gehabt – und keine Zeit. – Ob sie denn noch immer so viele und – er zögerte ein wenig –, und auch so schlecht bezahlte Lektionen gäbe? – Sie zuckte die Achseln, leise lächelnd, und sie merkte, daß ihm noch weitere Fragen auf den Lippen schwebten, die er vorläufig doch lieber unterließ. Und er empfahl sich ein wenig überhastet mit einem herzlichen, aber keineswegs verpflichtenden: »Auf Wiedersehen!« Sie spürte im Weitergehen, daß er stehengeblieben war und ihr nachschaute.

Am nächsten Sonntag aber brachte ihr morgens die Post einen Expreßbrief mit einem Theaterbillett, dem eine Visitenkarte beigelegt war: »Siegmund Wohlschein, Leder- und Galanteriewarenhandlung, gegründet 1804.« Irgend etwas der Art hatte sie wohl erwartet, nur war die Form der Einladung nicht recht nach ihrem Geschmack; immerhin leistete sie ihr Folge. Das Haus war schon verdunkelt, als Herr Wohlschein erschien, neben ihr Platz nahm und eine Tüte Bonbons in ihre Hand drückte. Sie nickte zum Dank, ließ sich aber weiter nicht stören. Die schmeichelnden Tanzmelodien behagten ihr, der spaßige Text unterhielt sie; sie fühlte selbst, daß ihre Wangen sich allmählich röteten, ihre Züge sich strafften, daß sie von Szene zu

Szene gewissermaßen jünger und hübscher wurde. Herr Wohlschein war in den Zwischenakten recht galant zu ihr, aber doch nicht ganz unbefangen, und als das Stück zu Ende war, beim Fortgehen und in der Garderobe, hielt er sich wohl in ihrer Nähe, aber nicht wie jemand, der unbedingt zu ihr gehörte, sondern etwa so, als hätte man einander zufällig im Theater begegnet.

Es war ein schöner klarer Herbstabend, sie wollte gern zu Fuß gehen, er begleitete sie den langen Weg nach Hause; jetzt erst sprach er von Thilda, von der natürlich noch immer keine Nachrichten gekommen seien. Seine Einladung zum Abendessen lehnte sie ab, er drang nicht in sie und nahm an ihrem Haustor höflichen Abschied.

Die Woche war noch nicht abgelaufen, als Herr Wohlschein Therese neuerlich zu einem Theaterbesuch einlud, diesmal zur Aufführung eines modernen Gesellschaftsstückes im Volkstheater; und nachher in einer behaglichen Gasthausecke bei einer Flasche Wein plauderten sie miteinander weit unbefangener und angeregter als das letztemal; er, andeutungsweise, von den letzten schweren Jahren seiner Ehe; sie von manchen trüben Erfahrungen ihres Daseins, ohne daß irgendein Erlebnis in bestimmteren Umrissen erschienen wäre, doch sie fühlten beim Abschied beide, daß sie heute viel vertrauter geworden waren.

Tags drauf, mit einem Strauß von Rosen, sandte er ihr die Bitte, ihn am nächsten Sonntag – »zur Erinnerung an Thilda« – auf einem Spaziergang in den Wiener Wald zu begleiten. Und so wanderte sie mit ihm im ersten milden Schneefall dieses Winters denselben Weg, wie sie ihn an jenem Frühlingstag vor einem halben Jahr in Gesellschaft von Thilda gewandert waren. Wohlschein hatte drei Ansichtskarten von Thilda mitgebracht, die, alle zugleich, gestern angelangt waren. Auf einer stand als Nachschrift zu lesen: »Und möchtest du dich nicht auch einmal um Fräulein Fabiani kümmern? Sie wohnt Wagnergasse 74, zweiter Stock. Grüße sie vielmals, ich schreibe ihr demnächst ausführlich.« Auf diesem Spaziergang war es auch, daß Therese Herrn Wohlschein zum erstenmal von ihrem Sohn erzählte, der vor einem Jahr nach Amerika ausgewandert sei und von dem sie seither nichts mehr gehört habe.

Nach einigen weiteren gemeinsamen Abenden in Theatern

und Restaurants wußte Herr Wohlschein nicht wenig von Therese trotz aller Flüchtigkeiten und willkürlichen Abänderungen, die sie sich in ihren Erzählungen gestattete und die er gläubig hinnahm. Er selbst sprach auch weiterhin viel von seiner Frau und zu Theresens Verwunderung immer in einem Ton von Hochachtung, fast von Anbetung, wie von einem besonderen Wesen, das man nicht mit dem gleichen Maße messen dürfe wie andere Menschenkinder; und Therese glaubte zu fühlen, daß Wohlschein Thilda eigentlich vor allem als die Tochter dieser ihm verlorenen Frau liebte, mit der sie manche verwandte Züge zu haben schien; und sie wußte, daß sie, Therese, ihr die echtere, in sich selbst ruhende, unmittelbarere Liebe entgegenbrachte.

Auch in den nachfolgenden Wochen änderte sich zwischen Wohlschein und Therese nicht viel. Sie gingen miteinander in Theater und Gasthäuser; er schickte ihr weiter Blumen, Backwerk; und endlich kam ein ganzer Korb mit Konserven, Südfrüchten und Wein, was sie ihm, nicht sehr ernsthaft, verwies. Als Anfang Dezember zwei Feiertage aufeinanderfolgten, lud er sie zu einem Ausflug in eine kleine Ortschaft am Fuße des Semmering ein. Sie war überzeugt, trotz seiner bisherigen Zurückhaltung, daß er mit dieser Einladung bestimmte Absichten verband, und nahm sich sogleich vor, sich nichts zu vergeben. Auf der Fahrt wurde er in einer etwas ungeschickten Weise zärtlich, was sie sich milde gefallen ließ; daß ihre Zimmer im Gasthof nicht nebeneinander lagen, beruhigte und enttäuschte sie zugleich. Immerhin sperrte sie ihre Türe nicht ab und erwachte am nächsten Morgen nach einem köstlichen Schlaf so allein, als wie sie sich zu Bette gelegt hatte. Wie respektvoll! dachte sie. Doch als sie sich beim Ankleiden in dem großen Schrankspiegel betrachtete, glaubte sie plötzlich die Ursache seiner Zurückhaltung anderswo zu entdecken. Sie war einfach nicht mehr schön genug, um einen Mann zu reizen. Wenn auch ihr Körper seine jugendlichen Formen bewahrt hatte, ihre Züge waren ältlich und vergrämt. Wie konnte es auch anders sein. Sie hatte zu viel erlebt, zu viel erlitten, sie war Mutter, die ledige Mutter eines fast erwachsenen Sohnes, und lange schon hatte kein Mann sie begehrt. Und sie selbst, hatte sie denn diesem älteren, gewöhnlichen Herrn gegenüber jemals irgend etwas wie eine

Verlockung gespürt? Er war der Vater einer ihrer Schülerinnen, der ihr um seiner Tochter willen mit einer gewissen Sympathie entgegenkam, und einfach aus Gutherzigkeit hatte er sie für zwei Tage in die frische Winterluft mitgenommen. Nur ihre immer wieder verderbte Phantasie, so sagte sie sich, hatte ihr die Möglichkeit eines Liebesabenteuers vorgespiegelt, nach dem sie sich selbst nicht einmal sehnte.

Als sie fertig angekleidet war, in ihrem Touristenkostüm, erschien sie sich wieder frischer, jünger, anmutig beinahe. Nach einem gemeinsamen Frühstück in dem zirbelholzduftenden Gasthofzimmer, aus dessen Ecke der hohe Kachelofen knisternde Wärme verbreitete, fuhren sie im offenen Schlitten zwischen Kiefern und Tannen durch ein enges Tal, saßen mittags inmitten eines beschneiten Wiesenplanes im Freien, von der Sonne so prall beschienen, daß Therese ihre Jacke, Herr Wohlschein seinen kurzen Pelz ablegte, worauf er in Hemdärmeln, den Jägerhut mit Gemsbart auf dem Kopf und mit dem aufgezwirbelten schwarzen, schneefeuchten Schnurrbart eigentlich etwas komisch aussah. Auf der Rückfahrt wurde es rasch empfindlich kalt, man war recht froh, wieder in dem behaglichen Gasthof einzukehren, und nahm das Abendessen in Theresens Zimmer, wo es gemütlicher war als unten in der Wirtsstube. Am nächsten Morgen fuhren sie nach Wien zurück als ein Paar, das sich endlich gefunden.

89

Es war, als hätte Franz aus unbekannten Fernen her die Veränderung gewittert, die in den äußeren Lebensverhältnissen seiner Mutter eingetreten war. Gerade als Therese wieder einmal einen Korb mit allerlei Eßwaren erhalten hatte, erschien er unerwartet und sah im Winterrock, trotz des abgeschabten Samtkragens, fürs erste recht anständig, fast vertrauenerweckend aus. Doch als er den Rock zurückschlug und unter einem etwas fleckigen Smoking eine auch nicht mehr ganz weiße Hemdbrust sichtbar wurde, war der anfangs günstige Eindruck gleich wieder fort. »Was verschafft mir das Vergnügen?« fragte die Mutter kühl. Nun, er war wieder einmal stellenlos und ohne Obdach. Das Kabinett, in dem er ein paar Wochen lang gewohnt, war ihm gekündigt worden. Daheim sei er schon seit ein paar Monaten wieder. »Na ja«, meinte er hämisch, »wenn man auch keinen Vater hat, eine Vaterstadt hat man doch.« Und es sei doch eigentlich sehr rücksichtsvoll von ihm gewesen, daß er sich in der ganzen Zeit nicht gemeldet. Ob ihm die Mutter nicht zur Belohnung auf zwei, drei Tage Quartier und Kost geben möchte?

Therese schlug es ihm rundweg ab. Aus dem Korb da, den ihr die Schülerinnen zum Nikolofeste gemeinsam geschenkt, könne er sich nehmen, was er wolle. Und zehn Gulden schenke sie ihm auch. Aber ein Einkehrwirtshaus halte sie nicht. Basta. Er steckte ein paar Konservendosen ein, nahm eine Flasche unter den Arm und wandte sich zum Gehen. Die Absätze seiner Schuhe waren vertreten, sein Hals dünn, die Ohren standen ab, merkwürdig gebeugt war sein Rücken. »Na, so eilig ist es nicht«, sagte Therese in plötzlich aufsteigender Rührung. »Setz' dich ein bissl her und – erzähl' mir.« – Er wandte sich um und lachte auf. »Nach so einem Empfang – könnt' mir einfallen«; er klinkte die Türe auf und schlug sie hinter sich zu, daß es durch das Haus dröhnte.

Von diesem Besuch erzählte sie Herrn Wohlschein nichts. Doch als er sie eine Woche darauf abends aus ihrer Wohnung abholen wollte und sie blaß, erregt, die Augen noch von Tränen gerötet antraf, vermochte sie nicht zu verschweigen, daß Franz eben dagewesen sei, zum zweitenmal innerhalb von acht Tagen, und Geld verlangt habe. Sie hatte den Mut nicht gehabt, es ihm zu verweigern. Und sie gestand Wohlschein auch, daß Franz niemals in Amerika gewesen sei, hier in Wien eine dunkle Existenz führe, von der sie nichts Näheres wisse, auch nichts wissen wolle. Und da ihr nun einmal die Zunge gelöst war, erzählte sie ausführlicher und aufrichtiger als je zuvor von allem, was sie mit ihrem Sohn bisher durchgemacht hatte. Anfangs, sie spürte es wohl, war Wohlschein ziemlich peinlich berührt. Doch je länger er ihr zuhörte, um so mehr wurde sein Mitleid rege. Er erklärte endlich, daß er ihrem kümmerlichen und geplagten Leben nicht länger zusehen könne, er schäme sich geradezu, sorgenfrei, ja in Wohlstand dahinzuleben, während sie manchmal – oh, er merke es wohl – am Notwendigsten Mangel leide.

Sie widersprach. Und unter keiner Bedingung wollte sie etwa davon hören, als er ihr eine kleine Monatsrente zur Verbesserung ihrer Lebensumstände anbot. Sie habe ihr anständiges Auskommen, und es sei ihr Stolz, ihr einziger Stolz vielleicht, daß sie zeitlebens mit ihrem Berufe sich selbst und lange genug auch ihren Sohn habe erhalten können.

Doch als er in einem nächsten Gespräch darauf bestand, sich wenigstens die Auffrischung und Ergänzung ihrer Garderobe in bescheidenem Maße angelegen sein zu lassen, widersprach sie kaum mehr; und als sie eine Woche lang wegen einer fieberhaften Erkältung gezwungen war, das Bett zu hüten, mußte sie sich's, wohl oder übel, gefallen lassen, daß er für die Bezahlung des Arztes und des Apothekers, für die notwendige Kostverbesserung und am Ende auch für den Schaden aufkam, der ihr durch den Entfall der Lektionen erwachsen war. Auch bestand er darauf, daß sie nach ihrer Erkrankung sich Schonung auferlegte, und es blieb ihr nichts übrig, als seine Unterstützungen dankbar anzunehmen.

90

Eines Tages im Januar gab es eine wunderbare Überraschung. Thilda war plötzlich da, ehe der Vater nur gewußt hatte, daß das junge Paar schon in Europa gelandet war. Therese erfuhr die Neuigkeit durch Wohlschein, der sich am Telephon – das sie auch seiner Güte zu verdanken hatte – entschuldigte, daß er heute Abend wegen Thildas plötzlichen Eintreffens nicht, wie besprochen war, sie abholen könne; – er tat es so hastig, verlegen, schuldbewußt beinahe, daß Therese überhaupt nicht dazu kam, weitere Fragen zu stellen. Als sie das Hörrohr hinlegte, empfand sie kaum Freude, ja, eher eine gewisse Bangigkeit und Bedruckung. Sie fühlte sich benachteiligt, ja verraten; doppelt verraten – von Thilda, die ihr niemals geschrieben, ihr auch bei Gelegenheit der spärlichen Nachrichten an den Vater keinen Gruß mehr gesandt hatte; – und von Wohlschein, für den sie – oh, sie fühlte es – in dem Augenblick, da Thilda wieder da war, zu einer gleichgültigen, wenn nicht gar störenden Person herabgesunken war. Den ganzen nächsten Tag – wie richtig hatte sie doch geahnt – ließ er nichts von sich hören, um am dritten gegen Mittag plötzlich in Person zu erscheinen, sehr zur Unzeit freilich, denn sie hatte ihn nicht erwartet; und nach der kaum erst überstandenen Krankheit keineswegs noch ganz erholt, in ihrem grauen Flanellhauskleid, mit flüchtig in Ordnung gebrachtem Haar, sah sie ganz anders aus, als sie sich vor ihm zu zeigen liebte. Aber er schien nichts davon zu merken, war zerstreut und aufgeräumt; und das erste, was er berichtete, war, daß Thilda sich aufs angelegentlichste nach ihr erkundigt habe und sich besonders freuen würde, wenn sie morgen, Sonntag, bei ihnen zu Mittag essen wollte. Therese aber freute sich nicht. Mit einemmal kam ihr das Schiefe ihrer Stellung peinlich zu Bewußtsein; daß sie Mutter eines unehelichen Kindes war, daß sie oft genug an Unwürdige sich weggeworfen hatte, das bedeutete plötzlich nichts gegenüber der Tatsache, daß sie die ausgehaltene Geliebte von Thildas Vater war. Sie sprach es nicht aus; Wohlschein aber merkte, was in ihr vorging, und versuchte sie durch Zärtlichkeit zu beschwichtigen. Anfangs blieb sie kühl, starr beinahe. Allmählich aber wurde sie sich doch des Glücks bewußt, daß Thilda wieder da war, daß sie sie morgen wiedersehen sollte; und als sie Wohlschein zum Abschied einen Gruß an das geliebte Wesen mitgab, war sie schon so weit, im Gefühl einer gewissen Überlegenheit scherzhaft zu bemerken: »Du mußt ihr ja nicht sagen, daß du mich besucht hast, du kannst mich ja zufällig getroffen haben.« Er aber, in Pelz, Stock und Hut in der Hand, erwiderte ernst und würdig: »Ich habe ihr selbstverständlich gesagt, daß wir uns öfters sehen, daß wir – sehr gute Freunde geworden sind.«

Thilda kam Theresen so unbefangen entgegen, als hätte sie ihr tags zuvor Lebewohl gesagt, und dieser Eindruck verstärkte sich noch weiter durch den Umstand, daß sie fast unverändert, mädchenhaft, zart, wie früher, nur etwas blässer aussah. Sie für ihren Teil fand, daß Therese sich sehr zu ihrem Vorteil verändert, ja, sich geradezu verjüngt habe, fragte beiläufig nach einigen Kolleginnen aus dem vorjährigen Kurs, ohne sich bei Theresens Antworten aufzuhalten, und bestellte Grüße ihres Gatten. »Er ist nicht mitgekommen?« fragte Therese unschuldig, als wäre sie verpflichtet, sich nicht genau unterrichtet zu zeigen. – »Ach nein«, erwiderte Thilda, »das wäre doch nicht das Rechte gewesen.« Und leise errötend: »Man will doch wieder vollkommen junges Mädchen sein, wenn man auf ein paar Tage« – und wie unter Anführungszeichen – »im Vaterhause weilt.« – »Wie, nur auf ein paar Tage?« – »Freilich, es ist doch nur ein Ausflug, Herr Verkade«, so nannte sie ihren Gatten, und Therese war nicht unangenehm berührt davon, »wollte mich eigentlich gar nicht fortlassen. Nun, ich stellte ihn vor ein Fait accompli, löste mein Billett im Reisebureau, packte, und eines Tages sagte ich: Heute abend, acht Uhr dreißig geht mein Zug.« – »Und haben Sie sich sehr nach Hause gesehnt?«

Thilda schüttelte den Kopf: »Wenn ich mich sehr gesehnt hätte – dann wäre ich vielleicht nicht gekommen.« Und auf Theresens etwas verwunderten Blick, mit einem Lächeln, das diesen verwunderten Blick gleichsam wiedererkannte: »Dann hätte ich nämlich versucht, dagegen anzukämpfen. Wo käme man hin, wenn man einmal anfinge, jeder Sehnsucht nachzugeben. Nein, gesehnt habe ich mich nicht besonders. Aber nun freue ich mich sehr, daß ich da bin. Übrigens, daß ich nicht vergesse ...«

Sie reichte Theresen ein verschnürtes Päckchen, das auf dem Diwan bereit lag. Während Therese es öffnete und eine große Schachtel holländischer Schokolade und ein halbes Dutzend gestickter Taschentücher von feinster Seide zutage förderte, trat Herr Wohlschein ins Zimmer, zugleich mit seiner Schwester; und während die Tante Thilda umarmte, konnte die Begrüßung zwischen Therese und Herrn Wohlschein in aller Unbefangenheit durch einen verständnisvoll herzlichen Blick geschehen.

Es war kein weiterer Gast zugezogen, das Mittagessen verlief ganz wie in früheren Zeiten in gedämpfter Gemütlichkeit; und hätte Thilda nicht allerlei von ihrer Reise und von ihrer neuen Heimat zu erzählen gehabt, so hätte man glauben können – und Herr Wohlschein unterließ nicht, es zu bemerken –, daß sie überhaupt nicht weggewesen sei. Doch mehr als von den Landschaften und Städten, die sie gesehen, mehr als von dem Haus mit den Riesenglasfenstern und den vielen Blumen, in dem sie nun wohnte, sprach sie von den Stunden, da sie, mit Himmel und Meer allein, auf dem Schiffsdeck gelegen war. Und wenn sie auch in ihrer Art vor allem die köstliche Langeweile dieser Stunden rühmte, Therese fühlte, daß diese Stunden der Einsamkeit, des Traums, der Ferne für Thilda das eigentliche und tiefste Erlebnis ihrer Reise gewesen waren, bedeutungsvoller als der Besuch auf einem südamerikanischen Landsitz, von dem sie berichtete, als der abendliche Blick von den Höhen um Rio de Janeiro auf die in hunderttausend Lichtern flammende Bucht, bedeutungsvoller sogar als der Tanz mit dem jungen französischen Astronomen, der auf dem gleichen Schiff zur Beobachtung einer Sonnenfinsternis nach Südamerika gereist war. Bald nach Tisch empfahl sich Therese in der leisen Hoffnung, daß Thilda sie zum Dableiben nötigen würde. Doch Thilda tat nichts dergleichen; sie vermied auch, etwas Bestimmtes für die nächsten Tage zu verabreden, und begnügte sich mit der herzlichen, aber keineswegs verpflichtenden Bemerkung: »Hoffentlich sehe ich Sie noch vor meiner Abreise, Fräulein.« – »Hoffentlich«, wiederholte Therese etwas kleinlaut und fügte hinzu: »Bitte empfehlen Sie mich – Herrn Verkade.« Und das Paket mit Schokolade und Taschentüchern in der Hand, nahm sie Abschied und ging langsam die Treppe hinab – eine einstige Lehrerin, der die verheiratete Schülerin, weil sich das nun einmal so gehörte, etwas mitgebracht hatte.

Es war ein recht trauriger Abend daheim, zwei traurige Tage folgten, in denen weder von Herrn Wohlschein noch von Thilda eine Nachricht kam, und ungute Gedanken stiegen in ihr auf.

91

Am dritten Tag aber, schon in früher Morgenstunde, erschien Herr Wohlschein in Person. Er kam geradeswegs von der Bahn, hatte Thilda begleitet, die früher als geplant, auf ein dringliches Telegramm des Gatten hin, plötzlich abgereist war. Ach, sie stellte sich wohl selbständiger und überlegener an, als sie war, die gute Thilda. Wie eilig und erregt sie nur die Depesche geöffnet, wie sie dann die Stirne gerunzelt und ein wenig gelacht hatte, und wie sie dunkelrot geworden war, ob vor Ärger oder vor Freude, das war freilich schwer zu entscheiden. Sicher war jedenfalls, daß sie nun wieder im Expreßzug saß, der sie nach Holland entführte, in die Arme ihres ungeduldigen Gatten. Im übrigen habe sie sehr bedauert, daß sie Fräulein Fabiani kein zweites Mal gesehen, und lasse sie viele Male grüßen. Aber nun gab es auch noch etwas anderes, etwas Angenehmes – etwas sehr Erfreuliches gab es zu erzählen. Und Wohlschein fragte Therese, ob sie wohl erraten könne, was. Er faßte sie beim Kinn wie ein kleines Mädchen und küßte sie auf die Nasenspitze, wie er es in guter Laune zu Theresens Mißvergnügen gern zu tun pflegte. Therese war leider nicht imstande, das Erfreuliche zu erraten; oder vielleicht doch? – eine Einladung am Ende? – eine Einladung nach Holland für die Pfingstfeiertage? – oder für den Sommer nach Zandvord in die Villa? Nein, das war es nicht. Für dieses Jahr wenigstens stand eine solche Einladung noch nicht in Aussicht. Was also? Sie sei nun einmal nicht sehr geschickt im Rätselraten, er müsse schon so freundlich sein, ihr mitzuteilen, worüber sie sich eigentlich freuen sollte.

Nun, Thilda hatte gestern bei Tische eine Bemerkung gemacht, die ihr eigentlich ganz ähnlich sah, aber doch überraschend gekommen war: »Nun, Vater«, hatte sie gesagt, »warum heiratest du sie eigentlich nicht?« – »Wen, sie?« – Herr Wohlschein lachte: ob ihn Therese für einen Don Juan hielte, dem die Wahl gleich zwischen einer ganzen Anzahl von Damen freistünde? Nein, Thildas Bemerkung hatte sich ganz zweifellos ausschließlich auf Fräulein Therese Fabiani bezogen. »Warum heiratest du sie eigentlich nicht?« Sie konnte einfach nicht begreifen, warum er, Herr Wohlschein, Therese nicht zur Frau nähme. Denn wie es zwischen ihnen stünde, das hätte das kleine, schlaue Frauenzimmer sofort erkannt, aus der Art schon, behauptete sie, wie er in seinen Briefen Theresens Namen schrieb. Ja, Graphologin war sie auch. Und: »Du könntest wahrhaftig nichts Vernünftigeres tun«, hatte sie hinzugesetzt, »meinen Segen habt ihr.« Nun, was meinte Fräulein Therese dazu?

Therese lächelte, aber ihr Lächeln war keineswegs heiter. Und Herr Wohlschein wunderte sich, daß vorerst keine andere Antwort kam als dieses etwas starre Lächeln. Und fast noch mehr als er wunderte sich Therese selbst. Denn was sich in ihr regte, war nicht Freude, war gewiß kein Gefühl von Glück; es war eher Unruhe, wenn nicht gar Bangigkeit, war Angst vor der großen Veränderung, die ein solches Ereignis für ihr Leben bedeuten müßte und in die sie sich, ein ältliches, an Selbständigkeit gewöhntes Fräulein, nicht so leicht würde finden können. Oder war es gar Angst davor, für alle Zukunft an diesen Mann gebunden zu sein, dem sie wohl zugetan war, dessen Liebesbeweise aber ihr im Grunde gleichgültig, zuweilen unangenehm und meistens lächerlich erschienen? Oder war am Ende auch Angst dabei vor Unannehmlichkeiten, die gerade im Anschluß an ihre Verheiratung sie von seiten ihres Sohnes bedrohen konnten und denen Wohlschein kaum in der richtigen Weise begegnen, ja, für die er sich irgendwie an ihr schadlos halten würde?

»Warum sprichst du nicht?« fragte Wohlschein endlich betroffen.

Da faßte Therese nach seiner Hand. Etwas hastig, mit einer Miene, die sich allzu rasch erhellte, und in einem anfangs wie zweifelnden, dann aber eher scherzhaften Ton fragte sie: »Glaubst du denn, daß ich die rechte Frau für dich wäre?« – Wohlschein, rasch beruhigt, wie zur Erwiderung, näherte sich ihr in der etwas täppischen Weise, die sie meistens abzuwehren pflegte, sich aber diesmal doch gefallen ließ, um nicht die Stimmung und damit vielleicht mehr als die Stimmung dieses Augenblicks zu gefährden. Er wünschte, daß sie schon von den nächsten Tagen an ihre Lektionen einzuschränken beginne. Sie wollte anfangs davon nichts wissen, ja, sie erklärte sogar, daß sie auch nach ihrer Verheiratung eine Tätigkeit keineswegs völlig aufzugeben gedenke, die ihr Befriedigung, manchmal sogar Freude gewähre. – Immerhin, als ihr zufällig im Laufe der nächsten Tage eine neue Lektion angeboten wurde, lehnte sie ab, und in einer anderen Familie setzte sie die bisherige Anzahl der wöchentlichen Unterrichtsstunden von sechs auf drei herab, was Wohlschein fast wie eine ihm erwiesene Gefälligkeit zur Kenntnis nahm.

In diesen Tagen kam ein Brief von Franz mit einer sehr bündigen Geldforderung. Er nannte zugleich eine Deckadresse, an die der Betrag von hundert Gulden unverzüglich zu senden sei. Therese wollte und konnte die Tatsache ihrem Bräutigam nicht verschweigen, um so weniger, als ihr die Summe bei der Bezahlung des bald fälligen Zinses gefehlt hätte. Wohlschein gab ihr ohne weiteres den Betrag und nahm den Anlaß wahr, um eine offenbar schon längst von ihm gehegte Absicht kundzutun: er war bereit, Franz die Überfahrt nach Amerika zu bezahlen, vielmehr – da man doch einem solchen Menschen gegenüber keine

Vorsicht außer acht lassen durfte – ihn in Begleitung einer Vertrauensperson nach Hamburg zu schicken und ihn dort, mit dem Billett versehen, an Deck bringen zu lassen. Doch Therese, statt Wohlscheins Vorschlag als willkommenste Lösung aufzunehmen und dankbar zuzustimmen, brachte Bedenken und Einwendungen vor; und je mehr Wohlschein sie mit naheliegenden Gründen zu überzeugen suchte, um so hartnäckiger blieb sie dabei, daß sie den Gedanken, von ihrem Sohn durch das Weltmeer getrennt zu sein, nicht zu ertragen imstande sei; insbesondere jetzt, da ihre eigenen Verhältnisse sich so sichtlich zum Bessern wendeten, erscheine ihr ein solches Vorgehen gegenüber ihrem unglücklichen Sohn herzlos, ja geradezu eine Sünde, die sich irgend einmal rächen müsse. Wohlschein widersprach; wie es bei solchen Anlässen leicht der Fall zu sein pflegt, übersteigerte ein jeder noch die eigene Meinung, der Streit wurde immer heftiger, Wohlschein ging finster im Zimmer auf und ab, Therese brach endlich in Tränen aus, beide sahen ein, daß sie zu weit gegangen waren, Therese überdies, daß ihr Betragen gegen ihren Bräutigam der Klugheit doch allzu sehr ermangele, und ihre Beziehungen waren immerhin noch jung genug, um diesen ersten ernstlichen Streit in Zärtlichkeit enden zu lassen.

Als Wohlschein aber ein paar Tage darauf eine kleine Geschäftsreise antrat, von der er vorher nicht gesprochen hatte, hielt Therese es keineswegs für ausgeschlossen, daß diese vorübergehende Trennung vielleicht einen endgültigen Bruch vorbereiten sollte; und ein größeres Geldgeschenk, das er für sie zurückgelassen, hätte sie beinahe in ihrer Befürchtung bestärken können. Sie merkte aber, daß diese zeitweilige Trennung ihr eher wohltat, und bildete sich ein, daß sie sich auch mit dem Gedanken eines wirklichen Abschieds nicht allzu schwer abfinden würde.

Er kam früher zurück, als sie ihn erwartet, trat ihr mit sonderbarer Gemessenheit gegenüber, so daß ihr wieder etwas ängstlich zumute wurde, doch er ließ sie nicht lange in Ungewißheit, daß er sich indes auf eigene Faust mit der Angelegenheit ihres Sohnes weiter befaßt und in Erfahrung gebracht habe, Franz, womit auch die Deckadresse sich ungezwungen erklärte, büße eben im Landesgericht eine mehrmonatige Gefängnisstrafe ab;

– nicht seine erste, wie sie wohl wissen dürfte. Nein, – sie wußte nichts. Nun, und was meinte Therese jetzt? Wollte sie, wollten sie beide – und er faßte ihre Hände – ihr ganzes Leben unter einem solchen Druck verbringen? War denn überhaupt abzusehen, wohin dieser Bursche noch geraten, was er noch anstellen, in welche peinliche Situationen er sie beide noch bringen konnte, wenn er weiterhin in der Stadt oder auch nur im Lande verbliebe! Er selbst, Wohlschein, wollte die Sache nun mit Hilfe eines tüchtigen Kriminalbeamten, der ihm auch bisher bei seinen Nachforschungen beigestanden, ein für allemal in Ordnung bringen. Vielleicht ließe es sich machen, daß Franz geradeswegs vom Tor des Landesgerichtes aus die Reise nach Hamburg und Amerika antreten könnte.

Sie hörte still zu, ohne Widerrede, aber von Sekunde zu Sekunde spürte sie eine nagendere und schlimmere Qual im Herzen, die niemand hätte verstehen können, Herr Wohlschein am wenigsten, da doch auch sie selbst sie kaum verstand. »Wann kommt er heraus?« fragte sie, sonst nichts. – »Noch sechs Wochen, glaube ich, hat er abzusitzen«, erwiderte Wohlschein. – Sie schwieg, aber sie war entschlossen, Franz im Landesgericht zu besuchen, ihn einmal noch zu umarmen, ehe sie für ewig von ihm Abschied nehmen sollte.

Und doch schob sie den Besuch im Gefängnis immer wieder auf. Denn so schmerzlich ihr der Gedanke war, Franz nie wiedersehen zu sollen – sie verspürte doch keine Sehnsucht nach ihm und viel eher eine Scheu vor einem solchen Wiedersehen. Zwischen ihr und Wohlschein wurde vorläufig weiter über die Sache nicht gesprochen, aber auch die Frage des Hochzeitstermins wurde nicht berührt. Immerhin nahm der Verkehr zwischen ihnen einen gewissermaßen offizielleren Charakter an. Während er bisher mit ihr meist einfachere Wirtshäuser aufgesucht, soupierten sie jetzt manchmal in feineren Stadtrestaurants, zuweilen verbrachte er die ganze Nacht bei ihr, nahm oben das Frühstück, und endlich lud er sie für Sonntag mittag in sein Haus ein. Aber gerade dieses Zusammensein verlief freudlos und befangen. Und daß Wohlschein, da sie doch nun einmal so gut wie verlobt waren, vor dem die Speisen auftragenden Mädchen immer Sie zu ihr sagte und auch seiner nachher offenbar ohne sein Vorwissen erscheinenden, etwas über-

raschten Schwester gegenüber sich keineswegs als Theresens
Bräutigam benahm, erschien ihr allzu vorsichtig und beinahe
geschmacklos.

92

Was die abendlichen Kunstgenüsse anbelangt, so tat er nun seinem etwas bequemen Geschmack keinen Zwang mehr an.
Eines Abends besuchten sie gemeinsam ein Varieté in der Vorstadt, ein Tingeltangel von der geringsten Sorte, wo so Armseli-
ges dargeboten wurde, daß es beinahe schon wie Parodie
wirkte. Eine Sängerin trat auf, nahe den Fünfzig, lächerlich
geschminkt, in kurzem Tüllröckchen, die mit zerbrochener
Stimme ein neckisches Liedchen von einem feschen Leutnant
zum besten gab und am Schluß jeder Strophe militärisch
salutierte. Ein Clown vollführte Kunststücke, zu denen die kleinen Zauberkästen ausgereicht hätten, die man in Spielwaren-
handlungen für Kinder zu kaufen bekam. Ein ältlicher Herr mit
Zylinder führte zwei dressierte Pudel vor; ein Tiroler Quartett,
bestehend aus einem robusten Mann mit Andreas-Hofer-Bart,
einem unnatürlich mageren Greis mit stechenden Augen und
zwei dicken, bleichen Bauerndirnen mit Kreuzbandschuhen,
sang G'stanzeln und jodelte; eine Akrobatentruppe mit dem
Namen »The three Windsors« präsentierte sich: ein dicker Mann
in schmutzigem rosa Trikot, der zwei Kinder von ungefähr zehn
Jahren mit den Händen in die Höhe stemmte und voltigieren
ließ, worauf nach magerem Applaus die drei vortraten und
Kußhändchen ins Publikum warfen. Therese wurde immer trauriger, Herr Wohlschein aber schien sich ganz in seinem Element
zu fühlen. Es fiel Theresen auf, daß dieses Tingeltangel sich ein
kleines Orchester vergönnen konnte, das aus einem Pianino,
einer Violine, einem Cello und einer Klarinette bestand. Auf
dem Deckel des Klaviers stand ein Glas Bier, das aber nicht für
den Spieler allein bestimmt schien. Von Zeit zu Zeit griff auch
einer der anderen Musiker darnach und nahm einen Schluck.
Eben rauschte ein lächerlicher Papiervorhang herunter oder
knitterte vielmehr herab, auf den eine Muse in blauer Gewan-
dung mit purpurrotem Gürtel, eine Lyra im Arm, sowie ein lau-

schender Hirtenknabe mit Sandalen und einer roten Schwimmhose gemalt war, – als Theresens Auge ganz zufällig dem Bierglas folgte, das sich eben wieder vom Klavier entfernte. Ihr Blick fiel auf die Hand, die das Glas ergriffen hatte, eine magere, etwas behaarte Hand, die aus einem manschettenlosen, grünweiß gestreiften Hemdärmel hervorkam, es war die Hand des Cellisten, der für eine Weile den andern Musikern die Mühe des Musizierens überließ. Er setzte das Glas an die Lippen, trank, und auf seinem grauen Schnurrbart blieb ein wenig Schaum stehen. Er erhob sich leicht von seinem Stuhl, um das Glas wieder auf den Pianinodeckel zu stellen, und während er seinen Bogen ergriff, beugte er sich zu dem Klarinettisten hin und flüsterte ihm angelegentlich etwas zu. Der Klarinettist, ohne sich darum zu kümmern, blies weiter, der andere aber wiegte nun, völlig sinnlos, den Kopf hin und her und leckte sich den Bierschaum vom Schnurrbart ab. Seine Stirn war unnatürlich hoch; das dunkle, graumelierte, kurzgeschorene Haar stand borstenartig in die Höhe, und er kniff das eine Auge zusammen, als er wieder mit den übrigen zu spielen begann. Es war ein ärmliches Instrument, überdies spielte er offenbar ganz falsch, und ein böser Blick des Pianisten traf ihn. Der Vorhang hob sich, ein Neger in schmierigem Frack, mit grauem Zylinder, trat auf, wurde vom Publikum mit Gejohl begrüßt; der Cellospieler hob den Bogen und winkte dem Neger einen Gruß hinauf, der von niemandem, nicht einmal von dem Neger, sondern ausschließlich von Therese bemerkt wurde. Und nun hatte sie keinen Zweifel mehr: es war Kasimir Tobisch, der in diesem Tingeltangel Cello spielte. Sie saß mit Wohlschein ganz nahe der Rampe, er füllte ihr eben von neuem das Weinglas, sie setzte es an die Lippen und starrte immer noch Kasimir an, bis sie endlich seinen Blick zu sich herangezwungen hatte. Er betrachtete sie, dann ihren Begleiter, dann andere Leute, die im Zuschauerraum saßen, ließ die Augen zu ihr zurück schweifen, sah wieder weg, und es war ganz offenbar, daß er sie nicht erkannte. Die Vorstellung ging weiter, ein schmieriger Pierrot, eine brustkranke Pierrette und ein betrunkener Harlekin stellten mit einer Art von verzweifeltem Humor eine Pantomime dar, und Therese lachte viel, ja, sie vergaß für eine Weile, daß dort im Orchester Kasimir Tobisch Cello spielte, vergaß, daß das der

Vater ihres Sohnes, daß dieser Sohn ein Dieb und Zuhälter war und im Gefängnis saß, vergaß auch Herrn Wohlschein, der neben ihr behaglich seine Zigarre aus einem weißen Spitz rauchte, und lachte mit ihm laut auf, als der Harlekin bei dem Versuch, die Pierrette zu umarmen, der Länge nach hinfiel.

Ein paar Stunden später aber, in ihrem Bett an der Seite des schnarchenden Wohlschein, lag sie ohne Schlaf, weinte still, und das Herz tat ihr weh.

93

Einmal in früher Vormittagsstunde – Therese hielt eben ihren Kurs ab – erschien zu ihrer Überraschung Karl bei ihr. Seine Miene, schon die Art, wie er eintrat, ließen sie Böses ahnen. Da sie ihn fragte, ob er sich nicht eine Viertelstunde gedulden wolle, bis die Stunde zu Ende sei, ersuchte er sie brüsk, ihre »jungen Damen« – auch dies war wie mit Hohn vorgebracht – wegzuschicken. Was er ihr mitzuteilen habe, dulde keinen Aufschub. Therese konnte nicht anders, als ihm willfahren. Er wandte den Blick ab, als die jungen Mädchen an ihm vorüber das Zimmer verließen, wie um sie nicht grüßen zu müssen, und kaum mit der Schwester allein, ohne jede Einleitung, begann er: »Dein Sohn, der Lumpenkerl, hat die unerhörte Frechheit, mir aus dem Landesgericht diesen Brief zu schicken«, und er reichte ihn Theresen.

Sie las für sich: »Werter Herr Onkel. Da ich in wenigen Tagen nach unverschuldeter, wegen widriger Umstände verbüßter Haft das Gericht verlasse und ferne von der Heimat eine neue Existenz gründen will, ersuche ich Euer Hochwohlgeboren in Anbetracht näherer Verwandtschaft um Beitrag zu Reisekosten im Betrag von zweihundert Gulden österreichischer Währung, die ich von morgen an bereit zu halten bitte. Mit vorzüglicher Hochachtung bin ich, sehr werter Herr Onkel, Ihr –«

Therese ließ den Brief sinken, zuckte die Achseln.

»Nun«, schrie Karl, »möchtest du so freundlich sein, dich zu äußern.«

Therese unbeweglich: »Ich habe mit diesem Brief nicht das geringste zu tun, und ich weiß nicht, was du von mir willst.«

»Ausgezeichnet. Dein Sohn schreibt mir aus dem Landesgericht einen Erpresserbrief – jawohl, einen Erpresserbrief.« Er riß ihr den Brief aus der Hand und wies auf die Stellen: »in Anbetracht naher Verwandtschaft« – »von morgen an bereit zu halten bitte«. – »Dieser Lump weiß, daß ich mich in öffentlicher Stellung befinde. Er wird zu anderen Leuten gehen, sie anbetteln, sich dort als mein Neffe ausgeben, als der Neffe des Abgeordneten Faber …«

»Von einer solchen Absicht kann ich in dem Brief nichts entdecken, und dein Neffe ist er ja wirklich.«

Die abweisende, spöttische Haltung Theresens machte Karl völlig rasend. »Du wagst es, dieses Subjekt noch in Schutz zu nehmen? Meinst du, ich weiß nicht, daß er ein paarmal zu uns um Geld geschickt hat? Marie, gutmütig, aber blöd wie immer, hat es mir verheimlichen wollen. Glaubt ihr, mir kann man etwas verheimlichen? Meinst du vielleicht, ich hab' nicht immer gewußt, was du für eine Existenz führst, unter dem Deckmantel deines sogenannten Berufes? Ja, schau' mich nur an mit deinen großen Kuhaugen. Glaubst du, ich fall' dir darauf hinein? Ich bin dir nie hineingefallen. Du wirst noch auf dem Mist krepieren, genau so wie dein Herr Sohn. Du willst 's ja nicht anders. Wenn man dir schon einmal einen Ausweg gezeigt und wenn sich schon ein Esel gefunden hat, der dich beinahe geheiratet hätte – nein, lieber in Freiheit weiterleben, Liebhaber wechseln wie 's Hemd, das ist bequemer und lustiger. Und mit den Mäderln da, was machst du denn mit denen? Lektionen –? Haha! Werden wahrscheinlich herangebildet zum Gebrauch für semitische Wüstlinge –?«

»Hinaus«, sagte Therese. Sie hob nicht den Arm, streckte die Hand nicht aus, unhörbar beinahe sagte sie: »Hinaus!«

Karl aber ließ sich nicht beirren. Er sprach weiter, ungehemmt, wie es ihm über die Lippen kam. Ja, so, wie Therese es in der Jugend getrieben, sagte er, so treibe sie es jetzt weiter, – in einem Alter, wo andere Frauenzimmer doch allmählich zur Besinnung zu kommen pflegen, schon aus Angst, sich lächerlich zu machen. Ob sie sich denn einbilde, daß sie ihm je etwas habe vormachen können? Als junges Mädel schon habe sie mit seinem Freund und Kollegen angebandelt, dann war die Geschichte mit dem lumpigen Leutnant gekommen, – und von wem der saubere Sohn sei, an dem sich nun ihr Schicksal erfülle, das werde sie wohl selbst schwerlich mit Sicherheit sagen können. Was sie dann später als »Fräulein«, als »Hüterin der Kleinen« angestellt, das sei ja nur gelegentlich gerüchtweise an sein Ohr gedrungen. Und nun – auch darüber sei er informiert – ziehe sie mit irgendeinem älteren, reichen Juden umher, den sie jedenfalls dadurch zu halten versuche, daß ihre sogenannten Schülerinnen –

In diesem Augenblick trat Herr Wohlschein ein. Es war ihm zwar nicht anzumerken, daß er die letzten Worte gehört oder gar verstanden hätte; immerhin blickte er betroffen von Karl zu Theresen hin. Karl hielt den Augenblick gekommen, sich zu entfernen. »Ich will nicht länger stören«, sagte er; und mit einer kurzen, fast höhnischen Verneigung gegenüber Wohlschein schickte er sich an, das Zimmer zu verlassen. Therese aber: »Einen Augenblick, Karl«, hielt ihn zurück. Sie stellte vor, völlig ruhig: »Doktor Karl Faber, mein Bruder; Herr Wohlschein, mein Bräutigam.« Karl verzog leicht den Mund. »Besondere Ehre.« Und er wiederholte: »Um so weniger will ich stören.« – »Pardon«, sagte Herr Wohlschein, »ich habe fast den Eindruck, als wenn ich derjenige wäre, der gestört hat.« – »Nicht im geringsten«, sagte Therese. – »Gewiß nicht«, bekräftigte Karl, »kleine Meinungsverschiedenheit, wie das in Familien nicht zu vermeiden ist. Also nichts für ungut«, setzte er hinzu, »und viel Glück. Meine Verehrung, Herr Wohlschein.«

Kaum war er zur Tür draußen, so wandte sich Therese an Wohlschein. »Verzeih, ich konnte nicht anders.« – »Wie meinst du das, daß du nicht anders konntest?« – »Ich meine, es verpflichtet dich zu nichts, daß ich dich als meinen Verlobten vorgestellt habe. Du bist nach wie vor völlig frei in deinen Entschließungen.« – »Ach so – so meinst du das. Aber ich will gar nicht frei sein, wie du das nennst«, er riß sie mit brutaler Zärtlichkeit an sich, »und jetzt möchte ich wissen, was dein Herr Bruder eigentlich von dir gewollt hat.«

Sie war froh, daß er von der Unterhaltung nichts gehört hatte, und erzählte ihm so viel davon, als sie eben für richtig hielt. Beim Abschied stand fest, daß die Hochzeit am Pfingstsonntag stattfinden und daß die Abreise Franzens nach Amerika jedenfalls vorher erfolgen solle.

94

Bis zu Pfingsten war es noch lang, drei Monate beinahe. Daß Herr Wohlschein die Hochzeit so weit hinausschob, hatte seine Ursache darin, daß er vorher zwei Geschäftsreisen zu erledigen hatte, nach Polen und nach Tirol; und auch darin, daß gewisse bauliche Veränderungen in der Wohnung vorgenommen werden mußten. Überdies gab es allerlei mit dem Anwalt zu besprechen, da gewisse, testamentarische Bestimmungen – »wir sind alle sterblich«, bemerkte Wohlschein – besser schon vor der Hochzeit getroffen werden sollten. Therese hatte gegen den Aufschub nichts einzuwenden; es war ihr nicht unlieb, daß sie nicht alle ihre Lehrverpflichtungen kurzerhand lösen mußte, die ihr um so mehr Zerstreuung bereiteten, je weniger sie nun als eigentliche Verpflichtungen erschienen.

Die Tage von Wohlscheins Abwesenheit, eine Woche im Februar, eine andere im März, in denen sie keine seiner plötzlichen Morgenbesuche befürchten mußte, empfand sie als Erholung; trotzdem verspürte sie zuweilen einige Sehnsucht nach ihm. Sie hatte sich doch im Laufe der letzten Monate an eine Art von Eheleben gewöhnt, das, wie sie sich nicht verhehlen konnte, in jeder Art günstig auf sie wirkte. Und an manchen Anzeichen, äußeren und inneren, spürte sie, daß ihr Dasein, auch ihr Frauendasein, noch lange nicht zu Ende war. Zu ihrer angenehmen Stimmung trug es auch bei, daß sie sich besser kleiden konnte als jemals vorher, und sie freute sich darauf, zusammen mit Wohlschein, wie er ihr versprochen, allerlei noch notwendige Neuanschaffungen zu besorgen.

Die Osterfeiertage, bald nach Wohlscheins Rückkehr von der zweiten Reise, verbrachte sie mit ihm in einem behaglichen kleinen Gasthof der Wiener Umgebung. Es waren noch recht kühle Tage, aber die Bäume schlugen schon aus, und die ersten Sträucher blühten. Und Abende gab es in ihrem gemütlichen Zimmer, wo die beiden sich ganz als Liebespaar fühlten, so daß es ihr, als sie nach der Rückkehr viele Stunden allein in ihrer Wohnung verbrachte, manchmal vorkam, als werde sie sich in einem gemeinsamen Heim als verehelichte Wohlschein sehr gut zu behagen wissen. Köstlicher als alles aber wirkte eine Karte von Thilda in ihr nach, die ihr Wohlschein gezeigt hatte: »Mit tausend Ostergrüßen für Dich und Therese« – ja, so stand es geschrieben, einfach: Therese.

Zu einem Besuch im Gefängnis hatte sich Therese noch immer nicht entschließen können. Ihre Scheu vor diesem Wiedersehen, das doch zugleich ein Abschied auf immer sein sollte, blieb unüberwindlich. Wohlschein hatte die ganze letzte Zeit über kein Wort von Franz gesprochen, Therese nahm an, daß er sie erst verständigen wollte, bis alles erledigt sein würde. Und wirklich teilte er ihr bald nach ihrem Osterausflug mit, daß er seinen Anwalt zu Franz ins Gefängnis geschickt, daß dieser sich aber dem Amerikaplan gegenüber vorläufig unzugänglich erwiesen und erklärt habe, er sei ja nicht zur Deportation verurteilt; trotzdem war Wohlschein überzeugt, daß sich Franz durch die verbriefte Zusage eines größeren Geldbetrages, der ihm erst in Amerika ausbezahlt werden sollte, – noch umstimmen lassen würde.

95

Einige Tage später erwartete Therese Herrn Wohlschein, der sie um zehn Uhr vormittags mit dem Wagen abholen sollte, um mit ihr, wie schon einige Male vorher, Einkäufe zu besorgen. Es war ein warmer Frühlingstag, das Fenster stand offen, und es duftete aus den nahen Wäldern. Wohlschein pflegte pünktlich zu sein; als er eine halbe Stunde nach der verabredeten Zeit noch immer nicht da war, wunderte sich Therese. Sie stand wartend am Fenster, im Mantel, eine weitere halbe Stunde verging, sie wurde unruhig und entschloß sich zu telephonieren. Es meldete sich niemand. Nach einer Weile rief sie wieder an. Eine unbekannte Stimme: »Wer ist dort?« – »Ich wollte nur fragen, ob Herr Wohlschein schon von Hause weggegangen ist.« – »Wer spricht?« fragte die unbekannte Stimme. – »Therese Fabiani.« – »Oh, Fräulein – leider – leider –«, jetzt erkannte sie die Stimme, es war die des Buchhalters »Herr Wohlschein ... Herr Wohlschein ist plötzlich gestorben.« – »Wie, was ...?« – »Er ist heute früh tot im Bette gefunden worden.« – »Um Himmels willen!« – Klingelzeichen – sie hing das Höhrrohr hin und lief die Treppe hinab.

Sie dachte nicht daran, in die Trambahn zu steigen, sich einen Wagen zu nehmen; mechanisch, wie in einem dumpfen Traum, nicht eigentlich erschüttert, zuerst nicht einmal eilig, dann freilich immer geschwinder, nahm sie den Weg in die Zieglergasse.

Da war das Haus. Keine Veränderung zu bemerken. Ein Wagen stand vor dem Tor, wie es häufig der Fall war. Sie eilte die Treppe hinauf, die Tür war geschlossen. Therese mußte klingeln. Das Mädchen öffnete. »Küss' die Hand, Fräulein.« Es klang wie gewöhnlich. Einen Augenblick dachte Therese, es sei nicht wahr, sie hätte falsch verstanden oder man habe sich einen niederträchtigen Spaß mit ihr gemacht. Und sie fragte in der merkwürdigen Empfindung, als könnte ihre Frage noch etwas ändern: »Ist Herr Wohlschein –«

Aber sie sprach nicht weiter. »Ja, wissen denn Fräulein nicht?« – Nun nickte sie rasch, machte eine sinnlos abwehrende Bewegung mit der Hand, und ohne weiter zu fragen, öffnete sie die Türe in den Salon. Um den Tisch saßen der Buchhalter und zwei Herren, die sie nicht kannte, einer empfahl sich eben. Zwei Damen saßen in der Nähe des Kamins, die eine war die Schwester des Verstorbenen. Auf sie trat Therese zu: »Ist es denn wahr?« Die Schwester nickte, reichte ihr die Hand. Therese schwieg hilflos. Die Türe ins Nebenzimmer stand offen, dorthin wandte sich Therese und fühlte, wie man ihr nachschaute. Das Speisezimmer war leer. Im nächsten, dem kleinen Rauchzimmer, standen zwei Herren am Fenster und redeten angelegentlich, aber leise miteinander. Auch die Türe ins nächste Zimmer war offen. Hier stand Wohlscheins Bett. Die Umrisse eines menschlichen Körpers waren sichtbar, ein weißes Linnen war über sie gebreitet. Da lag er also, tot und so allein, wie nur Tote sind. Therese spürte nichts als Scheu und Fremdheit, immer noch keinen Schmerz. Gern wäre sie niedergekniet, irgend etwas hielt sie davon ab. Warum ließ man sie nur allein? Die Schwester hätte ihr wohl folgen können. Ob das Testament schon eröffnet war? Dachte sie jetzt daran! Es war freilich nicht bedeutungslos, das wußte sie auch in diesem Augenblick, aber alles Übrige war wichtiger. Er war tot, der Bräutigam, der Liebhaber, der gute Mensch, dem sie so viel verdankte, Thildas Vater. Ah, nun würde wohl auch Thilda kommen müssen. Hatte man ihr schon telegraphiert? Gewiß. Unter diesem Tuch da sein Gesicht. Warum brannten noch keine Kerzen? Gestern um diese Zeit noch war sie mit ihm beim »Herrnhuter« gewesen, und sie hatten Bettwäsche bestellt. Was raunten sie nebenan? Der Unbekannte mit dem schwarzen Schnurrbart war wohl der Anwalt. Wußten die Leute überhaupt, wer sie war? Nun, die Schwester wußte es jedenfalls. Sie hätte doch wohl etwas herzlicher sein können mit der Geliebten ihres Bruders. Wenn ich schon seine Frau gewesen wäre, so benähmen sie sich alle anders, das ist gewiß. Ich will wieder zu seiner Schwester hineingehen, dachte sie. Wir zwei sind ja die eigentlichen Leidtragenden, wir und Thilda. Ehe sie das Zimmer verließ, schlug sie ein Kreuz. Hätte sie nicht einen Blick auf das Antlitz des Toten tun sollen? Aber sie wünschte sich gar nicht, sein Gesicht noch einmal zu sehen – dieses etwas feiste, glänzende Gesicht; sie hatte eher Angst davor. Ja, er war etwas fett gewesen, darum wohl – – Aber er war doch noch nicht einmal fünfzig. Und sie war nun seine Witwe, ohne verheiratet gewesen zu sein. Auf dem Tisch im Salon stand Backwerk, Wein, Gläser. »Wollen Sie nicht etwas nehmen, Fräulein Fabiani?« fragte die Schwester. – »Danke«, sagte Therese, nahm nichts, aber setzte sich zu den Damen. Die Schwester stellte vor. Den Namen der Dame verstand Therese nicht. Und nun kam der ihre: »Fräulein Fabiani, die langjährige Lehrerin von Thilda.« Die Dame reichte Theresen die Hand. »Das arme Kind«, bemerkte die Dame. Die Schwester nickte. »Jetzt wird sie wohl das Telegramm schon haben.« – »Lebt sie in Amsterdam oder im Haag?« fragte die Fremde. – »In Amsterdam«, erwiderte die Schwester. – »Waren Sie einmal in Holland?« – »Nein, noch nie. In diesem Sommer wollte ich hin – mit meinem armen Bruder.« – Kurzes Schweigen. – »Er war doch nie so eigentlich leidend gewesen«, meinte die fremde Dame. – »Manchmal ein wenig Herzschmerzen«, erwiderte die Schwester, und zu Theresen: »Wollen Sie nicht doch etwas nehmen, Fräulein Fabiani? Einen Schluck Wein?« – Therese trank. Ein Herr kam; ältlich, in grauem Sommeranzug. Mit ergriffener Miene, runden Traueraugen, die im Zimmer umherirrten, schritt er auf die Schwester zu, drückte ihr die Hand, zweimal, dreimal. »Es ist ja furchtbar, so unerwartet.« – Die Schwester seufzte. Nun drückte er Theresen die Hand und merkte, daß er sie nicht kannte. Die Schwester stellte vor. Den Namen des Herrn verstand Therese nicht. Dann:

»Fräulein Fabiani, eine langjährige Lehrerin meiner Nichte Thilda.«

»Das arme Kind«, bemerkte der Herr. Therese empfahl sich, man hielt sie nicht zurück.

96

In seinen letztwilligen Verfügungen hatte Wohlschein ein ganz einfaches Begräbnis bestimmt. Universalerbin war Thilda. Legate waren ausgesetzt für wohltätige Zwecke; für seine geschiedene Frau war ausreichend gesorgt, die langjährigen Angestellten aus der Fabrik waren nicht vergessen, die Dienstboten gingen nicht leer aus, die Klavierlehrerin, zwei frühere Erzieherinnen Thildas und Fräulein Therese Fabiani, diese nach einem Kodizill aus dem vergangenen Sommer, erbten je tausend Gulden. Durch eine besondere Verfügung war dafür gesorgt, daß die Legatäre sofort nach Eröffnung des Testaments verständigt werden und ihre Anteile ausbezahlt erhalten sollten.

Therese war zum Anwalt beschieden, um den für sie bestimmten Betrag persönlich in Empfang zu nehmen. Der Anwalt, in dem sie einen der Herren erkannte, die sie am Todestag in der Wohnung des Verstorbenen angetroffen hatte, schien eingeweiht, und er bemerkte bedauernd zu Fräulein Fabiani, daß Herr Wohlschein leider allzu früh abberufen worden sei. Er habe, wie der Anwalt nicht verschwieg, kurz vor seinem Tode die Absicht geäußert, wesentliche Änderungen an dem Testament vorzunehmen, dies aber nach leidiger Gewohnheit immer aufgeschoben, bis es zu spät geworden war.

Therese war kaum enttäuscht. Sie merkte nun erst, daß sie niemals ernstlich erwartet hatte, Frau Therese Wohlschein zu heißen, daß sie nie geglaubt hatte, es würde ihr jemals ein ruhiges, sorgenfreies Leben beschieden sein und sie könnte je die Stiefmutter von Frau Thilda Verkade werden.

Wie andere Verwandte und Bekannte stand auch sie am nächsten Morgen an Wohlscheins Grabe, und wie jene andern ließ sie eine Erdscholle auf den Sarg gleiten. Auch Thilda war anwesend; ein Blick wurde zwischen den beiden Frauen über das Grab hin gewechselt, und in den Augen Thildas schimmerte so viel Wärme und Verstehen, daß in Therese eine unbestimmte Hoffnung und fast eine Ahnung von Glück aufstieg. Ganz in Schwarz, am Arme ihres hochgewachsenen Gemahls, ihm so nah, wie sich Therese Thilda niemals an irgendeines Menschen Seite geschmiegt hatte vorstellen können – so sah Therese sie nach Abschluß der Zeremonie durch das Friedhofstor schreiten und verschwinden. Am nächsten Nachmittag hätte Therese auf Thildas Wunsch sie in der Zieglergasse besuchen sollen, sie fand die Kraft nicht, hinzugehen. Am nächsten Morgen, als sie vorsprechen wollte, war die Tochter des Verstorbenen mit ihrem Gatten schon abgereist.

97

Und nun war sie allein, so völlig allein, wie sie es noch nie gewesen war. Sie hatte Wohlschein niemals geliebt. Und doch, an manchem Abend, wie schmerzlich-qualvoll war es, daß diese Türe sich niemals wieder öffnen, daß die Klingel draußen niemals sein Kommen wieder anzeigen sollte.

Und einmal klingelte es doch am späten Abend. Ihr Wissen um das unwiderruflich Entschwundensein Wohlscheins war noch nicht so eins mit ihr geworden, daß sie den Bruchteil einer Sekunde nicht gedacht hätte: – Er! Was will er denn noch so spät? – Freilich, noch ehe sie sich erhob, wußte sie, daß es jeder sein konnte, nur nicht er.

Es war Franz, der vor der Türe stand. War er schon frei? Im schlecht beleuchteten Stiegenhaus, die Kappe in die Stirn gedrückt, einen Zigarettenstummel zwischen den Lippen, hager und blaß, den Blick zugleich flatternd und gesenkt, sah er eher bedauernswert als gefährlich aus. Therese aber fühlte nichts; weder Angst noch Mitleid. Am ehesten noch eine gewisse Befriedigung, wenn nicht gar eine kleine Freude, daß doch irgend jemand kam und sie für eine Weile von dem furchtbaren Druck des Alleinseins befreien würde, der auf ihr lastete. Und milde sagte sie: »Guten Abend, Franz.«

Er schaute auf, wie verwundert über den milden, fast liebevollen Ton ihrer Begrüßung. »Guten Abend, Mutter.« – Sie reichte ihm die Hand, behielt sogar die seine in der ihren, während sie ihn hereinbegleitete. Sie machte Licht. »Setz' dich.« Er blieb stehen. »Also du bist schon frei?« Sie sagte es ganz ohne Betonung, wie wenn sie gefragt hätte: Du bist schon von der Reise zurück?

»Ja«, sagte er. »Seit gestern schon. Wegen braver Aufführung habens' mir eine Wochen g'schenkt. Was, da schaust, Mutter. Also keine Angst brauchst nicht haben. Quartier hab' ich auch schon. Aber sonst nichts.« Er lachte kurz.

Ohne erst zu antworten, deckte Therese den Tisch für ihn, setzte ihm vor, was sie eben zu Hause hatte, und schenkte ihm Wein ein. Er ließ es sich schmecken. Und da er sogar ein Stück geräucherten Lachs aufgetischt bekam, sagte er: »Dir geht's ja gut, Mutter.« In seinem Ton lag nun mit einem Male eine Forderung, beinahe eine Drohung.

Sie sagte: »Nicht gar so gut, wie du glaubst.«

Er lachte auf. »Na, ich trag' dir nix fort, Mutter.«

»Möchtest auch nicht mehr viel finden.«

»Na, Gott sei Dank, – es wird ja bald wieder nachgeliefert.«

»Ich wüßt' nicht, woher.«

Franz blickte sie böse an. »Bin ja nicht wegen Einbruch gesessen. Wenn einer sein Tascherl liegen läßt, da kann ich ja nix dafür. Mein Verteidiger hat auch gesagt, man könnte mich höchstens wegen Fundverheimlichung verurteilen.«

Sie wehrte ab. »Ich hab' dich um nichts gefragt, Franz.«

Er aß weiter. Dann plötzlich: »Aber mit Amerika is nix. Ich kann mich hier auch fortbringen. Übermorgen tret' ich einen Posten an. Jawohl. Man hat, Gott sei Dank, noch Freunde, die einen nicht im Stich lassen, auch wenn man einmal Malheur g'habt hat.«

Therese zuckte die Achseln. »Warum soll ein gesunder junger Mensch keinen Posten finden? Ich wünschte nur, daß es diesmal von Dauer wäre.«

»Von mir aus wär' schon mancher von Dauer gewesen. Aber die Leut' glauben, man muß sich alles gefallen lassen. Und dazu bin ich nicht der Mensch. Von niemand. Verstehst du, Mutter? Und wenn ich nach Amerika gehen möcht', ging' ich von selber. Verschicken lass' ich mich nicht. Das kannst deinem – das kannst dem Herrn sagen.«

Therese blieb ganz ruhig. »Es war gut gemeint von ihm«, sagte sie – »kannst mir glauben.«

»Was war gut gemeint?« fragte er grob.

»Das mit Amerika. Übrigens kannst du unbesorgt sein, es wird nicht mehr vorkommen. Der Herr – mein Bräutigam – ist vor drei Wochen gestorben.«

Er sah sie an, ungläubig zuerst, als mutete er ihr zu, daß sie sich durch eine Unwahrheit vor neuen Forderungen sicherstellen wollte. Doch auf ihrer blassen Stirn, in ihren vergrämten Mienen vermochte sogar er zu lesen, daß es kein Vorwand, keine Lüge war. Er aß weiter, sprach nichts, dann zündete er sich eine Zigarette an. Und nun erst – und so kalt und gleichgültig es auch klang und wohl auch gedacht war –, Therese hörte doch das erstemal irgend etwas wie Mitgefühl aus seinem Ton: »Hast auch kein Glück, Mutter.«

Dann erklärte er, daß er zu müde sei, um noch sein entlegenes Quartier aufzusuchen, streckte sich, wie er war, auf den Diwan hin, schlief bald ein und war am nächsten Tage fort, ehe Therese erwacht war.

Doch zu Mittag schon, mit einem kleinen, schmutzigen Pappendeckelkoffer, war er wieder zur Stelle, logierte sich bei der Mutter ein, auf drei Tage, wie er erklärte, bis er seinen neuen Posten antreten könne, über dessen Natur er weiter nichts verlauten ließ. Therese erreichte immerhin von ihm, daß er sich vom Hause fernhielt, während sie unterrichtete. Doch sie konnte sich nicht dagegen helfen, daß ein Freund und eine Freundin – es mochten auch drei oder vier Menschen sein, von denen sie übrigens keinen zu Gesicht bekam – die halbe Nacht trinkend, flüsternd, lachend bei ihm verbrachten. Was sie noch an Lebensmitteln daheim besaß, lieferte sie ihm für seine Gastereien aus. Am vierten Morgen wartete er ihr Erwachen ab, erklärte, daß er ihr nun weiter nicht mehr zur Last fallen werde, und verlangte Geld. Sie gab ihm, was sie eben zu Hause hatte, den größeren Teil ihrer Barschaft hatte sie vorsichtigerweise in die Sparkasse getan. Es war ihr Glück, denn Franz scheute sich nicht, ehe er ging, Schrank und Kommode zu durchstöbern. Und nun blieb er viele Wochen lang für sie verschwunden.

98

Die Tage gingen hin, und der Pfingstsonntag kam, an dem die Hochzeit hätte stattfinden sollen. Sie benützte ihn, um Wohlscheins Grab zu besuchen, auf dem noch neben verwelkten Totenkränzen ohne Namen und Schleife auch ihr eigener kleiner Veilchenstrauß lag. Lange stand sie da unter einem klaren, blauen Sommerhimmel, ohne zu beten, fast ohne zu denken, ja, ohne eigentlich traurig zu sein. Jenes Wort ihres Sohnes, das einzige, in dem sie gleichsam sein Herz klingen gehört hatte, tönte in ihr nach: »Hast auch kein Glück, Mutter.« Aber in der Erinnerung bezog es sich nicht eben, und keineswegs allein, auf den Tod ihres Bräutigams, sondern vielmehr auf ihr ganzes Dasein. Wahrhaftig, sie war nicht auf die Welt gekommen, um glücklich zu sein. Und als verehelichte Frau Wohlschein wäre sie es gewiß so wenig geworden als auf jede andere Weise. Daß jemand starb, das war am Ende nur eine jener hundert Arten, unter denen einer verschwindet oder sich davonstiehlt. Es waren so viele tot für sie, Gestorbene und Lebendige. Der Vater war es, der nun schon so lange moderte, Richard, der ihr von allen Männern, die sie geliebt, doch der Nächste gewesen; doch auch die Mutter war es, der sie wenige Tage vor Wohlscheins Hinscheiden von der bevorstehenden Vermählung Mitteilung gemacht, die es aber kaum zur Kenntnis genommen und immer nur mit großer Wichtigkeit von ihrem »literarischen Nachlaß« gesprochen, den sie der Stadt Wien zu vererben gedachte; auch der Bruder, der seit seinem letzten unerwünschten Erscheinen nichts mehr von sich hatte hören und sehen lassen; auch Alfred, der einst ihr Geliebter und Freund gewesen, auch ihr verlorener Sohn, der Zuhälter und Dieb; und Thilda, die in Holland hinter hohen, blanken Fensterscheiben träumte und des Fräuleins längst nicht mehr dachte; und die vielen Kinder, – Buben und Mädchen, denen sie Lehrerin und manchmal fast Mutter gewesen; die vielen Männer, denen sie gehört hatte, – sie waren alle tot. Und fast war es, als wollte sich dieser Herr Wohlschein etwas darauf zugute tun, daß er so unwiderruflich unter diesem Hügel ruhte, und als bildete er sich ein, richtiger tot zu sein als die andern alle. Ach nein, sie hatte keine besonderen Tränen für ihn. Die sie jetzt weinte, die flossen für so viele andere; – und vor allem weinte sie sie wohl für sich selbst. Und vielleicht waren es nicht einmal Tränen des Schmerzes, nur Tränen der Müdigkeit. Denn müde war sie, wie sie es noch niemals gewesen; manchmal überhaupt nichts mehr als nur müde. Jeden Abend sank sie so schwer ins Bett, daß sie dachte, sie werde irgend einmal aus lauter Müdigkeit ins Nichts hinüberschlafen.

Aber so leicht sollte es ihr nicht werden. Sie lebte und sorgte sich weiter. Zweimal geschah es, daß sie Franz wieder aushelfen mußte. Das erstemal kam er selbst am hellichten Tag mit seinem kleinen Koffer angerückt, während sie eben Schülerinnen bei sich hatte. Er wollte sich neuerdings bei ihr einmieten. Sie wies ihn ab, ließ ihn nicht einmal zur Türe herein, doch um Schlimmeres zu vermeiden, blieb ihr nichts übrig, als ihm alles zu geben, was sie noch an Bargeld im Hause hatte. Das nächstemal erschien nicht er selbst, sondern zwei seiner Freunde. Sie sahen aus wie eben seinesgleichen, redeten wirres und hochtrabendes Zeug, behaupteten, des Kameraden Leben und Ehre stünden auf dem Spiel, und entfernten sich nicht früher, als bis Therese auch diesmal fast alles hergegeben hatte, was sie besaß.

Nun aber war der Sommer da, die Stunden hatten vollkommen ausgesetzt, die letzten ersparten Gulden waren aufgezehrt, und sie verkaufte ihre unbeträchtlichen Schmuckstücke, ein schmales, goldenes Armband und einen Ring mit einem Halbedelstein, die ihr Wohlschein geschenkt hatte. Der Erlös wäre immerhin ausreichend gewesen, um ihr bis zum Herbst weiterzuhelfen, und sie war sogar leichtsinnig oder kühn genug, im August für ein paar Tage aufs Land zu ziehen, an den gleichen Ort, wo sie die Weihnachtstage mit Wohlschein verbracht hatte, nur diesmal in einem einfacheren Gasthof.

In diesen Tagen war es, daß sie für eine Weile aus ihrer Müdigkeit, aus ihrem Dahindämmern erwachte und sich vornahm, in ihr Dasein, soweit es noch möglich war, Sicherheit und Sinn zu bringen. Vor allem faßte sie den festen Entschluß, jeden weiteren Erpressungsversuch Franzens rücksichtslos abzuweisen, ja, wenn nötig, bei der Polizei gegen ihn Schutz zu suchen. Was lag daran? Man wußte ja doch überall, daß sie einen ungeratenen Sohn hatte, der sogar schon gesessen war, und niemand auf der Welt würde es ihr verübeln, wenn sie ihn endlich seinem Schicksal überließ. Und ferner nahm sie sich vor, sich wieder einmal bei früheren Schülerinnen, die zum Teil schon verheiratet waren, in Erinnerung zu bringen und Empfehlungen zu erbitten. Sie hatte sich bisher durchgebracht, es konnte ihr auch weiterhin nicht fehlen. Schon diese wenigen Tage auf dem Land, die frische Luft, die Ruhe, das Verschontsein von peinlichen und schmerzlichen Aufregungen – wie günstig wirkte es auf ihre Stimmung ein. Sie war doch nicht so verbraucht, wie sie in den letzten Monaten gefürchtet hatte; und daß sie auch als weibliches Wesen immerhin noch zählte, das erkannte sie an manchem Männerblick, der dem ihren begegnete. Und wenn sie den jungen Touristen ein wenig ermutigt hätte, der, allabendlich von seiner Bergwanderung heimkehrend, im Gastzimmer seine Pfeife rauchte und immer wieder seine Augen mit Wohlgefallen auf ihr verweilen ließ, so hätte sie auch wieder ein »Abenteuer« erleben können. Aber diese Möglichkeit zu wissen, daran ließ sie sich völlig genügen. Es wäre ihr nicht recht würdig, fast wie ein Übermut, ja, wie eine Herausforderung des Schicksals erschienen, den jungen Menschen durch Künste der Koketterie an sich heranzulocken, in ihm Hoffnungen zu erwecken, die zu erfüllen sie ja doch nicht ernstlich gesonnen war.

Eines Morgens, von ihrem Fenster aus, sah sie einen Wagen davonrollen, in dem er saß, den Rucksack zu seinen Füßen, und als hätte er geahnt, daß sie ihm nachschaute, wandte er sich plötzlich nach ihr um, lüftete mit übertriebener Gebärde den Hut mit dem Gamsbart, und sie winkte ihm einen Gruß zurück. Er aber zuckte leicht die Achseln, wie bedauernd, als wollte er sagen: »Nun ist es leider zu spät« – und fuhr davon. Ihr war einen Augenblick schmerzlich zumut. Fuhr da nicht ein Glück, vielleicht ein letztes Glück davon? Unsinn, sagte sie sich selbst und schämte sich ein wenig solcher rührseliger Gedanken.

Am Abend des gleichen Tages – wie übrigens schon vorher bestimmt war – reiste sie nach Wien zurück.

99

Sie hatte, hauptsächlich aus Angst vor Franz, keine Mitteilung zurückgelassen, wohin sie gefahren war. So fand sie erst jetzt bei der Heimkehr, um beinahe acht Tage verspätet, einen Partezettel mit der Nachricht vom Tode ihrer Mutter vor; neben Bruder und Schwägerin stand auch ihr Name unterzeichnet. Sie war mehr erschrocken als ergriffen. Am nächsten Morgen, zu einer Stunde, da Karl voraussichtlich nicht zu Hause sein würde, begab sie sich dahin und wurde von der Schwägerin kühl empfangen. Frau Faber machte ihr einen Vorwurf daraus, daß sie unauffindbar gewesen, der um so begründeter schien, als die Verstorbene in ihrer letzten Stunde nach der Tochter dringend verlangt habe. Nun sei man leider genötigt gewesen, alle Verfügungen ohne die Abwesende zu treffen; das Testament, in das Therese nach Belieben Einsicht nehmen könne, liege beim Notar, enthalte übrigens fast nur Bestimmungen über den literarischen Nachlaß, der in überraschender Menge vorhanden sei, mit dem aber die Gemeinde Wien als tatsächliche Erbin nichts anzufangen wisse und der vorläufig noch nicht abgeholt worden sei. Bargeld sei beinahe keines vorhanden gewesen, hingegen hatten sich einige Gläubiger, kleine Geschäftsleute aus der Nachbarschaft, gemeldet, und zur Begleichung der dringendsten Schulden sollten demnächst die geringen Habseligkeiten der Verstorbenen verkauft werden. Im unwahrscheinlichen Falle eines Überschusses würde man Therese durch den Notar verständigen lassen. Therese entging es nicht, daß die Schwägerin den Blick immer wieder nach der Türe schweifen ließ. Sie begriff, daß die Frau dem Erscheinen des Gatten mit Bangen entgegensah, und bemerkte: »Es ist wohl besser, daß ich jetzt gehe.« Die Schwägerin atmete auf. »Ich komme zu dir, sobald ich kann«, sagte sie, »aber es ist wirklich gescheiter, du triffst jetzt nicht mit Karl zusammen, du kennst ihn ja. Er war nicht einmal beim Begräbnis, in der Besorgnis, daß du vielleicht dabei sein könntest.« – »Wieso stehe ich dann auf der Parte?« – »Die Parte, denke dir, die war schon vorbereitet, die hatte die Mutter schon vor ihrem Tod abgefaßt. Ich erzähl' dir das alles nächstens ausführlich.« Und sie drängte sie beinahe zur Türe hinaus.

Auf dem Heimweg betrat Therese nach langer Zeit wieder einmal eine Kirche. Es war ihr, als müßte sie es zum Andenken der Mutter tun, so wenig diese selbst religiöse Gebräuche jemals gehalten hatte. Und wieder geschah es ihr, wie in verflossenen Jahren so oft, daß in dem Halbdunkel des hohen, weihrauchduftenden Raumes eine wunderbare Ruhe über sie kam, eine andere und tiefere, als die Ruhe war, von der sie sich je in der Stille eines Waldes, auf einer Bergwiese, in irgendeiner anderen Einsamkeit beglückt gefühlt hatte. Und während sie mit unwillkürlich gefalteten Händen in einem Kirchenstuhle saß, erschienen ihr im Dämmer nicht nur die Gestalt der Mutter, wie sie sie zum letztenmal gesehen, auch andere Verstorbene, die ihr im Leben etwas bedeutet hatten, zeigten sich ihr, doch wieder nicht als Tote, sondern vielmehr wie Auferstandene, die zur ewigen Seligkeit eingekehrt waren; auch Wohlschein war unter ihnen, der ihr nun zum erstenmal nicht als ein plötzlich Dahingeraffter, als ein Verwesender vor Augen stand, sondern wie einer, der vom Himmel aus lächelnd und verzeihend zu ihr herunterblickte. Und fern, unrein, verdammt beinahe, erschienen ihr nun die Lebendigen. Nicht nur Menschen, die ihr Leid gebracht, wie ihr Bruder, ihr Sohn, wie jener jämmerliche Kasimir Tobisch einer war, und die man sich alle auch schon bei Lebzeiten als verdammt vorstellen konnte, – auch Menschen, die ihr niemals Böses getan; selbst ein Wesen wie Thilda war ihr ferner, entrückter, als ihr die Toten waren, erschien ihr fremd, beklagenswert, ja, wahrhaft verdammt.

100

Mit dem Herbst war die Schul- und Lehrzeit wieder da. Nur wenige Schülerinnen vom vergangenen Jahr meldeten sich wieder, doch es gelang Theresen, was sie geradezu als Glücksfall empfand, eine Nachmittagsstellung zu finden, und zwar zu den beiden Töchtern eines vorstädtischen Warenhausbesitzers, die sie zu unterrichten und auf Spaziergängen zu begleiten hatte. Der Vater, selbst nur mäßig gebildet und in eher bescheidenen Verhältnissen, legte um so mehr Wert darauf, seinen Kindern ein Fräulein zu halten, als die Mutter gleichfalls im Geschäfte tätig war. Die beiden Mädchen waren von freundlicher, aber etwas geistesträger Art, und manchmal, wenn Therese an sonnigen Herbstnachmittagen mit ihnen in einer nahen, recht armseligen Gartenanlage spazieren ging und mehr aus Gewohnheit und Pflichtgefühl als aus innerem Bedürfnis mit ihnen vergeblich ein Gespräch zu führen versuchte, sank jene Müdigkeit über sie nieder, die sie wohl von früher her schon kannte, die aber nun so schwer, so bedrückend auf ihr lastete, daß sie manchmal eher einer dumpfen Verzweiflung glich; und die günstige Nachwirkung des kurzen Landaufenthaltes schwand mit bedrohlicher Raschheit wieder dahin.

Und als Franz eines Abends plötzlich erschien, nicht so unwirsch und frech wie sonst, sondern etwas kleinmütig und still, hatte sie nicht die Kraft, ihm, wie es doch ihr Vorsatz gewesen, das Obdach zu verweigern, um das er sie bat. Die ersten Tage störte er sie tatsächlich wenig. Er verbrachte die Zeit auswärts, bekam auch keine Besuche und verhielt sich weiterhin so schweigsam und bedrückt, daß Therese schon nahe daran war, ihn zu fragen, was ihm eigentlich fehle. Am dritten Abend erschien er, als sie schon zu Bett gegangen war. Er war sehr eilig, behauptete, endlich ein Kabinett gefunden zu haben, das er aber sofort in dieser Nacht noch beziehen müsse, doch sei dazu ein Betrag von zehn Gulden unbedingt erforderlich, den sie ihm augenblicklich geben solle. Therese weigerte sich, erklärte, was fast die Wahrheit war, überhaupt nichts mehr zu besitzen, Franz glaubte ihr nicht – und machte Miene, unverzüglich selbst in der Wohnung Nachschau zu halten. Da er sich immer drohender benahm, hielt Therese es für das klügste, den Schrank zu öffnen und vor seinen Augen ein paar Gulden hervorzukramen, die sie zwischen Wäschestücken aufbewahrt hatte. Er zweifelte, daß dies alles sei, was sie versteckt hatte. Sie schwor ihm, daß sie ihm nun ihr Letztes gegeben, und atmetete erleichtert auf, als er von weiteren Nachforschungen abstand und sich plötzlich mit auffallender Hast entfernte.

Am nächsten Morgen wurde ihr klar, warum es Franz so eilig gehabt hatte: ein Kriminalbeamter weckte sie um sechs Uhr früh aus dem Schlaf, fragte nach Franz und erkundigte sich, ob ihr dessen neues Quartier bekannt sei, machte sie aber höflich aufmerksam, daß sie das Recht habe, die Auskunft zu verweigern. »Wir werden ihn auch so bald wieder haben«, bemerkte er freundlich und entfernte sich mit amtlich bedauerndem Blick.

Nun glaubte Therese auch den letzten Rest von Gefühl für den Sohn in ihrem Herzen erloschen, und alles, was sie noch mit ihm verband, war Angst vor seiner Wiederkehr. Der böse Blick, den er auf sie gerichtet, während sie ihre paar Gulden aus dem Schrank hervorgesucht, ließ sie für ein nächstes Mal Schlimmeres befürchten. Und sie faßte den Entschluß, ihn niemals wieder, unter keiner Bedingung, in ihre Wohnung hereinzulassen, auf die Gefahr hin, die Polizei rufen zu müssen.

Ernstliche Sorgen schlichen immer näher an sie heran. Niemals bisher hatte sie einen Menschen geradezu um Hilfe angegangen, und sie verhehlte sich nicht, daß ein solcher Versuch in ihrer gegenwärtigen Lage nichts anderes zu bedeuten hätte als eine Art von Bettelei. Und wer war denn da, von dem sie eine Hilfe erhoffen durfte? Alfred freilich hätte sie ihr nicht verweigert; auch Thilda würde ihr in der Not sicher beistehen, aber schon der Gedanke, sich brieflich an einen von diesen beiden zu wenden, trieb ihr die Schamröte ins Gesicht. Die Lektionen brachten immerhin noch so viel ins Haus, daß sie nicht hungern mußte, Neuanschaffungen erwiesen sich vorläufig nicht als notwendig, ein kärgliches Dasein war sie gewohnt, so lebte sie denn eingezogen und dürftig, aber doch, da Franz wieder einmal verschollen blieb, in leidlicher Ruhe weiter.

Und eines Morgens im Winter erfuhr sie sogar eine wirkliche kleine Freude. Ein Brief von Thilda kam und duftete köstlich nach dem wohlbekannten Parfüm, das sie immer schon als junges Mädchen benützt hatte. »Mein liebes Fräulein Therese Fabiani«, so schrieb sie, »ich denke so oft an Sie, fast so oft, als ich an den armen Papa denke. Wollen Sie nicht so gut sein, liebstes Fräulein, und das nächstemal, wenn Sie auf den Friedhof gehen, auch für mich ein paar Blumen auf sein Grab legen. Und besonders lieb wäre es von Ihnen, wenn Sie mir doch wieder einmal schrieben, wie es Ihnen geht. Existiert der ›Kurs‹ noch? Wie geht's der kleinen Grete? Kann sie noch immer nicht orthographisch richtig schreiben? Bei uns ist es recht neblig in diesen Wintertagen, das macht die Nähe des Meeres. Schnee gibt es fast gar keinen. Mein Mann empfiehlt sich Ihnen bestens. Er ist ziemlich oft auf Reisen, da sind die Abende manchmal recht einsam und lang, aber Sie wissen ja, daß ich gar nicht so ungern für mich allein bin, und so fällt es mir gar nicht ein, mich zu beklagen. Ich grüße Sie herzlich, liebes Fräulein Therese. Hoffentlich sieht man sich einmal wieder. Ihre dankbare Thilda.

P.S. Ein Betrag für die Blumen liegt bei.«

Lange starrte Therese auf den Brief. »Hoffentlich sieht man sich einmal wieder.« Nun, besonders verheißungsvoll klang das im Grunde nicht. Ob der Brief nicht eigentlich nur wegen der Blumen für Vaters Grab geschrieben war? Was übrigens den »Betrag« anbelangte, so lag er nicht bei. Entweder hatte Thilda vergessen, ihn beizuschließen, oder man hatte ihn herausgestohlen. Nun, es mußten ja nur ein paar Astern sein, das konnte man zur Not noch aus Eigenem bestreiten. »Wenn Sie das nächstemal auf den Friedhof gehen.« Seit dem Pfingstsonntag war Therese nicht mehr draußen gewesen. An einem der Weihnachtsfeiertage wollte sie es nachholen. Denn darum eine Stunde versäumen und überdies noch Blumen kaufen, das ging doch über ihre Verhältnisse. Und den Brief wollte sie erst nachher beantworten. Frau Thilda Verkade hatte sie auch lange genug warten lassen.

101

Wenige Abende darauf zu später Stunde tönte die Klingel. Therese blieb das Herz stehen. Ganz leise schlich sie zur Türe hin und sah durchs Guckloch. Es war nicht ihr Sohn. Eine noch junge Frauensperson stand vor der Türe, die Therese nicht gleich erkannte. »Wer ist da?« fragte sie zögernd. Eine helle, aber etwas heisere Stimme antwortete: »Eine gute, alte Bekannte. Machen S' nur auf, Fräul'n Therese. Die Agnes bin ich, die Agnes Leutner.«

Agnes? Was wollte die? Was mochte die ihr bringen? Wohl irgendeine Nachricht von Franz. Und sie öffnete.

Ganz beschneit trat Agnes ein und schüttelte im Vorraum die Flocken von sich ab. »Guten Abend, Fräulein Theres'.« – »Wollen Sie nicht weiterspazieren?« – »Aber sagen S' mir doch Du, Fräul'n Therese, wie früher.«

Sie folgte Theresen ins Zimmer, ihr irrender Blick fiel vor allem auf den Tisch mit den blau eingeschlagenen Heften und Büchern. Therese betrachtete sie. Oh, man konnte keinen Augenblick in Zweifel sein, was für eine Art von Frauenzimmer man da vor sich hatte. Das Gesicht geschminkt, geradezu angestrichen, unter dem violetten Filzhut mit der billigen

Straußenfeder, die blond gefärbten, gebrannten Lockcn in die Stirn fallend, große falsche Brillanten im Ohr, eine imitierte, ausgefranste Astrachanjacke mit gleichem Muff – so stand sie da, frech und befangen zugleich.

»Nehmen Sie Platz, Fräulein Agnes.« Agnes hatte den musternden, aburteilenden Blick Theresens wohl bemerkt, und in etwas höhnischem Ton, sich entschuldigend, sagte sie: »Also, ich hätte mir natürlich nicht erlaubt – wenn ich nicht mit einer Post zu Ihnen käme.«

»Vom – Franz?«

»Bin so frei.« Und sie setzte sich. »Nämlich, er liegt im Inquisitenspital.«

»Um Gottes willen«, rief Therese, und sie wußte plötzlich, daß es ihr Sohn war, der im Spital lag, vielleicht krank auf den Tod.

Agnes beruhigte sie. »Na, es is nicht g'fährlich, Fräul'n Therese, er wird schon wieder g'sund werden, noch vor der Verhandlung. Er is nämlich noch in Untersuchung. Übrigens werden s' ihm diesmal nix nachweisen können, grad bei der G'schicht war er nicht dabei. Die Polizei erwischt ja meistens die Unrichtigen.«

»Was fehlt ihm?«

»Aber nix Besonders, eine Kleinigkeit.« Sie trällerte: »Das ist die Liebe ja ganz allein …«, und mit einem frechen Lachen. »Na, es dauert halt eine Weil'. Und später muß man noch achtgeben. Schon wegen der andern. Als wenn die andern achtgeben täten! Na, ich bin auch wieder g'sund worden. Und mich hat's ordentlich g'habt! Sechs Wochen bin ich im Spital gelegen.«

Therese wurde abwechselnd blaß und rot. Diesem Frauenzimmer gegenüber erschien sie sich wie ein junges Mädchen. Sie hatte nur den einen Wunsch, die Person möglichst bald wieder draußen zu haben. Und weit von ihr abrückend, fragte sie: »Was haben Sie mir von Franz zu bestellen?«

Agnes, sichtlich gereizt, in einem äffenden Hochdeutsch: »Was ich von ihm zu bestellen habe?! Wird wohl nicht so schwer zu erraten sein. Oder meinen S' vielleicht, Fräul'n Theres', sie geben denen Inkulpaten genug zu essen im Spital? Da muß einer bereits tuberkulos sein oder so was, daß sie ihm was Ordentliches geben. A Geld brauch' er halt zur Aufbesserung der Kost. Das muß doch eine Mutter einsehn.«

»Warum hat er mir nicht geschrieben? Wenn er krank ist. Ich hätt's mir schon irgendwie verschafft.«

»Er wird schon wissen, warum er nicht geschrieben hat.«

»Ich hab' ihm immer noch ausgeholfen, wenn ich nur selber …« Sie hielt inne. War es nicht beschämend, daß sie sich vor dieser Person gewissermaßen zu rechtfertigen suchte?

»Na, nix für ungut, ich kann mir ja denken, daß Sie's auch nicht grad sehr dick haben, Fräul'n Therese. Es geht einem halt bald besser, bald schlechter. Aber Sie schau'n ja noch ganz gut aus. Es kommt schon wieder einmal wer, der was ausläßt.«

Wieder stieg Theresen das Blut in die Stirn. Diese Frauensperson – sprach sie zu ihr nicht gerade so, als wäre sie ihresgleichen? Oh, wie mußte Franz über sie zu Agnes und zu andern Leuten auch geredet haben, der Sohn über die Mutter! Wie mußte er sie sehen! Sie suchte nach einer Erwiderung und fand keine. Endlich, hilflos, stockend beinahe, sagte sie: »Ich – – ich gebe Stunden.«

»Aber freilich«, erwiderte Agnes. Und mit einem verächtlichen Blick auf die Bücher und Hefte: »Man sieht's ja. Das ist halt ein Glück, wenn man eine Bildung genossen hat. Ich möcht' mir auch lieber meine Herren immer aussuchen können.«

Therese erhob sich. »Gehen Sie. Ich werde dem Franz selber bringen, was er braucht.« Auch Agnes stand auf, langsam, wie schmollend. Aber sie schien nun selbst zu spüren, daß sie einen unrichtigen Ton angeschlagen, vielleicht auch lag ihr daran, nicht mit leeren Händen zu Franz zurückzukehren. Und so sagte sie: »No ja, wenn S' einmal selber zu ihm ins Spital wollen – aber darauf hat er wahrscheinlich nicht gerechnet. Und Sie haben doch auch selber gar nicht dran gedacht.«

»Ich hab' nicht gewußt, daß er im Spital liegt.«

»Ich ja auch nicht. Es war der reine Zufall. Ich hab' einen alten Freund von mir dort besucht, hab' ihm was zu essen mitgebracht. Ja, unsereiner muß sich auch allerlei absparen und verdient sich's schwerer, das können S' mir glauben, Fräulein Theres', als mit Stundengeben. Na, und Sie können sich denken, Fräul'n Theres', es war eine Überraschung, wie ich da den Franz liegen seh', vis-à-vis von meinem Freund. Und er hat sich auch g'freut. Alte Liebe rostet nicht. Na, und wie dann ein Wort das andre gegeben hat, hab' ich ihn gefragt, ob er nicht was braucht von draußen, und da hat er gesagt: Wenn du vielleicht zu meiner Mutter hinschauen möcht'st und sie mir vielleicht ein paar Gulden schicken tät zur Aufbesserung meiner Kost. Warum nicht, hab' ich ihm g'sagt, deine Mutter wird sich doch auch noch an mich erinnern. Und es is ihr vielleicht lieber, sie gibt mir was mit, als daß sie da herkommt ins Inquisitenspital. Das ist ja schenant für Leute, die's nicht gewohnt sind.«

Therese hatte zufällig noch ein paar Gulden in ihrer Geldbörse. »Da, nehmen Sie. Leider hab' ich nicht mehr.« Sie merkte, daß Agnes einen Blick zum Schrank hinwarf, auch darüber also war sie durch Franz unterrichtet. – Und mit zuckenden Mundwinkeln fügte sie hinzu: »Da drin hab' ich auch nichts mehr, vielleicht, daß ich zu Weihnachten – aber da komm' ich schon selber.«

»Zu Weihnachten, da is er vielleicht schon heraußen. Ich sag' Ihnen ja, Fräulein Therese, sie werden ihm diesmal nichts beweisen können. Also, ich dank' vielmals in seinem Namen. Und – wir sind ja wieder gut, nicht wahr? Hätten S' nicht vielleicht ein paar Zigaretten für ihn?«

Ich hab' keine, wollte sie sagen, aber da fiel ihr ein, daß noch eine angebrochene Schachtel da war von Wohlscheins Zeiten her. Sie verschwand im Nebenraum für ein paar Sekunden und brachte Agnes eine Handvoll Zigaretten mit.

»Das wird den Franz besonders freuen«, sagte Agnes und schob sie in den Muff. »Und eine darf ich selber rauchen, was?« – Therese erwiderte nichts, aber sie reichte ihr die Hand zum Abschied. Sie spürte plötzlich keinen Groll mehr gegen sie und auch keine Überheblichkeit. Es war ja wirklich kein so ungeheurer Unterschied zwischen Agnes und ihr. Hatte sie sich Herrn Wohlschein am Ende nicht auch verkauft?

»Grüßen Sie ihn von mir, Agnes«, sagte sie milde.

Im Stiegenhaus war es schon dunkel, Therese begleitete Agnes hinab; diese, ehe der Hausbesorger aufzuschließen kam, stellte den Kragen ihrer Astrachanjacke hoch, und Therese fühlte, daß es aus Rücksicht für sie geschah.

Lange noch an diesem Abend saß sie wach. Dies hatte sie nun auch erlebt. War es am Ende etwas so Merkwürdiges? Sie hatte nun einmal einen Sohn, der ein Nichtsnutz war, sich mit Strolchen und Dirnen herumtrieb, öfters von der Polizei gesucht, manchmal auch gefunden wurde und der nun mit einem unsauberen Leiden im Inquisitenspital lag. Sie hätte sich wohl endlich darein finden können – und doch, er war ihr Sohn. Immer wieder, sie mochte sich dagegen wehren, wie sie wollte, – in ihrem eigenen Herzen schwang Mitleid, schwang Mitschuld mit, wenn er Übles litt und Übles tat. Mitschuld, ja, das war es. Seltsam freilich, daß sie in solchen Augenblicken immer nur ihrer Schuld dachte, als wäre nur sie, die ihn geboren, mitverantwortlich für alles, was er tat, und als hätte der Mann, der ihn gezeugt und sich dann ins Dunkel seines Daseins davongeschlichen, überhaupt nichts mit ihm zu tun. Nun ja, für Kasimir Tobisch war die Umarmung, in der das Kind zum irdischen Sein erweckt worden war, unter vielen eine – nicht beglückender und nicht folgenschwerer als jene andern. Er wußte ja nicht, daß der Mensch, den er in die Welt gesetzt, ein Lump war, wußte ja überhaupt nicht, daß er ein Kind hatte. Und hätte er es zufällig erfahren, was wäre ihm daran gelegen – was hätte er davon verstanden? Was hatte der verlorene Junge, der nun im Inquisitenspital lag, mit ihm, dem alternden Mann, zu tun, der nach dunklen, törichten, schwindelhaften zwanzig Jahren draußen in einem Tingeltangel die Baßgeige spielte und dem Klavierspieler das Bier wegtrank? Wie sollte er Zusammenhang und Schicksal spüren, da es doch sogar ihr Mühe verursachte, sich als Wirklichkeit vorzustellen, daß aus einem flüchtigen Moment der Lust ein Mensch hervorgegangen war, der ihr Sohn war. Jene Gemeinsamkeit eines längst vergangenen Augenblicks und diese Gemeinsamkeit von heute – wie war es möglich, sie überhaupt mit dem gleichen Wort zu benennen? Und doch, was ihr durch Jahre hindurch völlig gleichgültig gewesen, nun nahm es plötzlich eine ungeahnte Bedeutung und Wichtigkeit an; als müsse von dem Augenblick an, da auch Kasimir von der Existenz seines Sohnes wüßte, ihr eigenes Leben eine neue Form, einen neuen Inhalt, einen neuen Sinn erhalten. Es war ihr zumute wie einer, die am Bette eines Schlafenden stünde, ungewiß, ob sie ihm nur leise zum Abschied über die Stirne streichen sollte, ohne seinen Schlaf zu stören, oder ihn aufrütteln zu Wachsein und Verantwortung. Und es war ihr bewußt, daß Kasimir Tobisch in Wahrheit ein Träumender war, der gerade vom Wesentlichsten seiner eigenen Existenz nichts wußte. Weiber hatte es gewiß noch manche in seinem Dasein gegeben. Er hatte vielleicht auch noch andere Kinder, wußte wohl auch von dem einen oder dem andern, denn nicht immer mochte es ihm geglückt sein, sich so rechtzeitig davonzustehlen; – aber daß eine plötzlich vor ihm stand, die er vergessen, bis auf Gesicht und Blick, vor ihm stand, zwanzig Jahre nachdem er sie verlassen, und ihm sagte: Kasimir, es ist ein Kind da von dir und mir – das wäre gewiß etwas, was ihm noch niemals begegnet war. Und bildhaft beinahe sah sie es vor sich, wie sie ihn aus dem Schlaf weckte, seine Hand faßte, durch zahllose Straßen geleitete, die zugleich die verwirrten Wege seines Lebens vorstellten, wie sie mit ihm an ein Tor klopfte, das Tor des Inquisitenspitals, und ihn weiterführte ans Bett eines kranken Jungen, der sein Sohn war; wie er die Augen auftat, staunend und weit, gleichsam zu verstehen begann, am Bett seines unglücklichen Sohnes hinsank, sich nach ihr zurückwandte, ihre Hand ergriff und flüsterte: Verzeih mir, Therese.

102

Am ersten Weihnachtsfeiertage fuhr sie auf den Friedhof. Es war ein trügerisches Frühlingswetter. Ein lauer Wind wehte über die Gräber, und die Erde war durchweicht von geschmolzenem Schnee. Sie hatte Astern mitgebracht, weiße für Thilda, violette für sich selbst. Sie fand das Grab Wohlscheins nicht so leicht wieder, als sie geglaubt hatte. Noch war der Grabstein nicht gesetzt, und nur eine Nummer verriet ihr, wo der Vater Thildas begraben lag. Thildas Vater, – daran dachte sie früher, als daß es ihr Geliebter war, der hier den ewigen Schlummer schlief. Nun wären wir fast dreiviertel Jahre verheiratet, fiel ihr ein. Ich säße heute in einem wohlgeheizten, hübsch eingerichteten Raum und sähe wie Thilda durch ein blankes Fenster auf die Straße hinaus und hätte keine Sorgen. Doch sie empfand kaum ein Bedauern, daß es nicht so gekommen war, und ohne jede Zärtlichkeit gedachte sie des Toten. Bin ich so undankbar? fragte sie sich, so gefühlskalt, so ausgelöscht? Ungerufen stiegen in ihrem Gedächtnis Gestalten anderer Männer auf, denen sie gehört hatte, und sie wußte heute, daß es immer nur solche Erinnerungen an andere gewesen waren, die auch ihren Liebesstunden mit Wohlschein flüchtige Lust geliehen hatten.

Und mit einemmal – doch ihr schien, als wäre sie sich auch zu seinen Lebzeiten solcher Einsicht oft bewußt geworden – fragte sie sich, ob ihr Geliebter diese immer sich wiederholende, hinterhältige Untreue nicht im Innersten geahnt und in einem Augenblick, da ihm seine traurige Rolle beschämend zu Bewußtsein gekommen, an dieser Erkenntnis zerbrochen und, wie man es eben ausdrückte, an Herzschlag gestorben war? Oh, es gab solche Zusammenhänge, das fühlte sie. Geheimnisvolle, tief verborgene Schuld gab es, die zuweilen nur flackernd in der Seele aufleuchtet und gleich wieder verlischt – und ihr war, als wenn die Mitschuld an Wohlscheins Ende nicht die einzige wäre, die wie eine unsichere, bleiche Flamme auf dem tiefsten Grund ihrer Seele schwelte. Das Wissen von einer schwereren, dunkleren Schuld schlummerte in ihr; und nach langer, langer Zeit dachte sie wieder einmal einer fernen Nacht, da sie ihren Sohn geboren und umgebracht hatte. Dieser Tote aber gespensterte immer noch in der Welt herum. Nun lag er in einem Bett des Inquisitenspitals und wartete, daß seine Mutter, seine Mörderin käme, ihre Schuld zu bekennen.

Die violetten und die weißen Astern sanken ihr aus der Hand, und mit weit aufgerissenen Augen, wie eine Wahnsinnige, starrte sie ins Leere.

Und doch war es dieselbe, die am Abend dieses gleichen Tages im Familienkreise des Warenhausbesitzers an einem wohlgedeckten Tische saß und mit Mann und Frau sowie einem gleichfalls zu Gast geladenen kleinbürgerlichen Ehepaar über mancherlei Dinge des Alltags, über das Schneewetter, über Marktpreise, über den Unterricht an Bürger- und Volksschulen sprach und ihrer Toten kaum gedachte.

103

In den nächsten Tagen erwog sie, ob sie an Kasimir Tobisch schreiben sollte. Er hieß vielleicht nicht einmal so. Keineswegs war es sicher, ob er sich so oder anders nannte. Ferner war es möglich, daß er von dem Brief überhaupt keine Notiz nehmen würde, um so weniger vielleicht, je mehr er vermutete, wer ihn abgeschickt. So schien es ihr am Ende das klügste, ihn nach der Vorstellung abzupassen. Sie konnte ja auch tun, als begegne sie ihm zufällig.

Und eines Abends um elf Uhr strahlte ihr das erleuchtete Schild des »Universum« entgegen. Unter der Einfahrt stand ein riesiger Portier in einer abgetragenen grünen Livree mit goldenen Knöpfen, einen langen Stock mit silberner Tresse in der Faust. Die Vorstellung war noch nicht aus. Therese suchte nach der Türe, durch die Kasimir Tobisch das Lokal verlassen müßte. Sie war leicht gefunden: um die Ecke, die Straße weiter, um die nächste Ecke, in eine andere kaum beleuchtete Straße, da stand über einer halb verglasten Tür zu lesen: »Eingang für Mitwirkende«. Eben kam eine Frauensperson heraus, ein mageres, ordinär aussehendes Geschöpf in einem armseligen, viel zu dünnen Regenmantel, und verschwand um die Ecke. Nun, ihr eigener Mantel war dem Schneewetter auch wenig angepaßt. Sie trug den eleganten Frühjahrsmantel, den ihr Thilda geschenkt, darunter freilich eine dicke Wolljacke. Oh, sie war immerhin besser ausgerüstet als manche andere Frauen in ihren Verhältnissen. Nur die Füße wurden ihr kühl und feucht; sie hätte doch lieber die festen Schuhe nehmen sollen, die sie zuletzt auf dem Lande in Wohlscheins Gesellschaft getragen. Trotz steten Hin- und Hergehens fror sie geradezu. Es wäre vielleicht klüger gewesen, sich einen billigen Platz zu kaufen und im Zuschauerraum das Ende der Vorstellung abzuwarten. Und weiter lief sie, hin und her, in den verschneiten Straßen rings um das Gebäude, so daß sie bald den Eingang, bald die Bühnentür im Auge hatte. Es kam ein Moment, in dem ihr dieses Warten unvernünftig, ja, unsinnig vorkam. Was wollte sie eigentlich, wen erwartete sie denn? Einen alten Musikanten, der da drin Cello spielte, oder einen jungen Mann mit Schlapphut, dessen Schnurrbart nach Reseda duftete? Der ging sie doch eigentlich gar nichts an, und doch war ihr immer, als müßte aus der Glastür dort so ein junger Mensch mit einem Havelock treten, den weichen Hut in der Hand. Und sie selber kam sich für eine Weile wie das hübsche Fräulein vor, das am Sonntag Ausgang hatte und sich auf das Zusammensein mit ihrem Liebhaber freute. Aber freilich, damals war Frühling gewesen. Was machte sie nun eigentlich da? Es war nicht Frühling, und sie war auch nicht das junge, hübsche Fräulein mehr. War sie nicht eigentlich das Fräulein Steinbauer, die ihr damals so leid getan hatte, weil sie keinen Liebhaber hatte? Sie war es nicht, und er war es nicht – was wollten sie denn voneinander? Nein, wirklich, in ihrem ganzen Leben hatte sie nichts so völlig Unsinniges unternommen wie diesen Weg hier heraus. War es nicht besser, die Sache aufzugeben und vielleicht ein andermal wiederzukommen, in richtigerer Stimmung? Schon entfernte sie sich allmählich von dem Gebäude, doch als nun der beleuchtete Umkreis ihr entschwand, tat es ihr leid, sie machte kehrt und merkte, daß eben die Vorstellung zu Ende gegangen war. Der Portier stand in Positur mit emporgestrecktem Stock, an dem die Silbertresse baumelte; die Leute strömten aus dem Tor ins Freie, Wagen fuhren vor. Therese überquerte rasch die Straße, lief zum Bühneneingang, stellte sich auf der entgegengesetzten Seite hin, um die Glastüre im Auge zu behalten; und der erste, der heraustrat, war er; – hager, im Havelock, den Schlapphut in der Hand, eine Zigarette zwischen den Lippen, und er sah kaum anders aus als vor zwanzig Jahren. Es war wie ein Wunder, wahrhaftig. Er blickte sich nach allen Seiten um, dann schaute er in die Höhe, schüttelte den Kopf, als wundere er sich über den Schneefall und mißbillige ihn. Er setzte den Hut auf, dann, plötzlich, als wüßte er, daß drüben ihn jemand erwartete, eilte er mit langen Schritten über die Straße, geradeswegs auf Theresen zu, streifte sie mit einem ganz flüchtigen Blick und war auch schon vorüber. »Kasimir«, rief sie. Er wandte sich gar nicht um und ging rasch weiter. »Kasimir Tobisch!« rief sie nun. Er blieb stehen, wandte den Blick, wandte sich selbst, ging auf Therese zu, sah ihr ins Gesicht. Sie lächelte, obzwar er nun ganz anders aussah, älter noch, als er war, mit vielen Falten auf der Stirn und noch tieferen um die Mundwinkel. Jetzt erkannte er sie. »Was sehen meine Augen!« rief er aus. »Das ist ja – das ist ja – Ihre Hoheit, die Prinzessin!« Ihr Lächeln blieb. Dies war's, was ihm vor allem einfiel, nach zwanzig Jahren, daß er sich zuerst angestellt, als ob er sie für eine Erzherzogin oder Prinzessin hielte! Nun, jedenfalls hatte sie sich weniger verändert, als sie gefürchtet. Sie nickte wie bestätigend, ihr Lächeln wurde leerer, und sie sagte: »Ja, ich bin Therese.«

»Das ist aber wirklich eine Überraschung«, sagte er und

reichte ihr die Hand. Sie hätte ihn allein an dem harten, hageren Griff seiner Finger erkannt. »Ja, wie kommst denn du daher?«

»Ich war zufällig in der Vorstellung und hab' dich gesehen.« Sie hielt inne.

»Und mich wiedererkannt?« – »Selbstverständlich. Du hast dich ja kaum verändert.« – »Du eigentlich auch nicht besonders.« Er faßte sie beim Kinn und starrte ihr ins Gesicht mit glasigen Augen. Sein Atem roch nach saurem Bier. »Also, das ist wirklich die Therese. Nein, daß wir zwei uns wieder einmal begegnen. Wie ist es dir denn immer ergangen, Therese?«

Sie fühlte immer noch das Lächeln auf ihren Lippen; sie konnte es gar nicht wegbringen, obwohl es kaum etwas zu bedeuten hatte. »Das ist nicht so einfach zu erzählen, wie es mir ergangen ist.«

»Freilich, freilich«, bestätigte er. »Es ist ja schon eine halbe Ewigkeit, daß wir uns nicht gesehen haben.«

Sie nickte. »Zwanzig Jahre bald.«

»Ja, da kann viel passieren, in zwanzig Jahren. Du bist jedenfalls verheiratet, – hast Kinder?«

»Eins.«

»So, so, ich hab' vier.«

»Vier?«

»Ja, zwei Buben und zwei Mädeln. Aber wollen wir nicht weitergehen? Es wird einem im Stehen so kalt.«

Sie nickte. Plötzlich fühlte sie wieder, daß sie in den Füßen fror. »Wo wartet denn deine Begleitung?« fragte er dann, plötzlich wieder innehaltend. – Sie sah ihn verständnislos an. – »Du bist doch nicht allein in dem Lokal dadrin gewesen? Mit dem Herrn Gemahl wahrscheinlich?«

»Nein. Mein Herr Gemahl ist leider tot. Schon lang. Ich war mit Bekannten, sie haben aber schon früher fortgehen müssen.«

»Das sind nicht sehr höfliche Bekannte. Also kann ich dich vielleicht zu der nächsten Tramwayhaltestelle begleiten?«

Sie gingen die Straße hinab, Therese Fabiani und Kasimir Tobisch, wie sie vor zwanzig Jahren manche Straße hinauf und hinab gegangen waren, und hatten einander nicht sehr viel zu erzählen. »Das ist aber wirklich eine Überraschung«, begann Kasimir von neuem. »Also verheiratet, vielmehr verwitwet bist du?« Und sie sah, wie er von der Seite ihren Frühjahrsmantel einigermaßen prüfend betrachtete. Und sein Blick trübte sich ein wenig, als er an ihr heruntersteifte und an ihren Schuhen haftenblieb. Und rasch sagte sie: »Ich habe gar nicht gewußt, daß du auch Cello spielen kannst.«

»Aber geh.«

»Damals warst du doch Maler?«

»Maler und Musikus. Ich bin auch noch immer Maler, das heißt, jetzt mehr Anstreicher, um die Wahrheit zu sagen. Man braucht ja einen Nebenverdienst.«

»Das kann ich mir denken – mit vier Kindern muß es nicht leicht sein.«

»Zwei davon sind schon erwachsen. Der Älteste ist Gehilfe bei einem Zahntechniker.« – »Wie alt ist er denn?« – »Zweiundzwanzig wird er den Monat.« – »Wie?«

Nun standen sie an der Tramwayhaltestelle.

»Zweiundzwanzig –? Da warst du ja schon verheiratet, wie wir uns kennengelernt haben.« Sie lachte hell auf.

»O je«, meinte er und lachte mit. »Mir scheint gar, jetzt hab' ich mich verplauscht.«

»Macht nichts«, sagte sie. Und tatsächlich hatte seine Mitteilung sie kaum bewegt. Sie dachte einfach: Also damals schon hat er eine Frau gehabt und ein Kind. Darum wohl die Flucht und der falsche Name. Denn das war ihr nun ganz klar, Kasimir Tobisch hatte er nie wirklich geheißen. Wie hieß er denn nur, dieser Mann? Wer war er denn eigentlich, dieser Mann, neben dem sie da einherging und von dem sie einen Sohn hatte, der im Inquisitenspital lag und mit dem sie ihn hatte bekanntmachen wollen. Sie hätte ihn ja jetzt um seinen wahren Namen fragen können, und er hätte ihr vielleicht sogar die Wahrheit geantwortet, aber es war ihr über alle Maßen gleichgültig, wie er hieß, ob er Maler war oder Cellospieler oder Anstreicher, ob er vier Kinder hatte oder zehn. Ein dummer, armer Teufel war er jedenfalls und wußte es nicht einmal. Da war sie gewissermaßen noch besser dran.

»Da kommt grad eine Tram«, sagte er und atmete sichtlich auf. »Ja, da kommt eine«, wiederholte sie heiter. Aber nun tat es ihr mit einem Male leid, daß dieses Wiedersehen vorüber war und daß Kasimir Tobisch, wie er auch hieße, für sie wieder verschwinden sollte unter andern Namenlosen – für immer. Die

Tramway hielt, aber sie stieg nicht ein, obwohl sein Blick sie freundlich dazu einlud. Und sie sprach: »Ich hätte dich eigentlich gern ein bißchen länger gesprochen. Willst du mich nicht einmal besuchen?«

Er sah sie an. Oh, er nahm sich keineswegs Mühe, sich zu verstellen; ganz deutlich las sie in seinem Blick: Besuchen? wozu denn? Als Weib kommst du doch nicht mehr in Betracht für mich, und auf deinen Frühjahrsmantel fall' ich dir nicht hinein. Aber er schien doch die leise Angst in ihren Augen zu merken, und höflich erwiderte er: »Aber gern. Ich werde so frei sein.« – Sie gab ihm ihre Adresse. »An meinen Namen erinnerst du dich wohl noch?« setzte sie hinzu, lächelte ein wenig traurig und flüsterte: »Ich heiße Therese.« – »Freilich«, sagte er, »ich weiß doch. Aber – mit dem Zunamen?« – »Den hast du vergessen?« – »Was fällt dir denn ein, aber – entschuldige, jetzt heißt du doch jedenfalls anders.« – »Nein, ich heiße noch immer Therese Fabiani.« – »Du warst also nicht verheiratet?« – Sie schüttelte nur den Kopf. – »Aber hast du denn nicht gesagt, daß du ein Kind hast?« – »Ja, ein Kind habe ich.« – »So, so, da schau her.«

Wieder rollte eine Tramway heran. Therese sah Kasimir Tobisch voll ins Gesicht. Jetzt wäre es wohl an ihm gewesen, weiter zu fragen, jetzt hätte er fragen dürfen, fragen müssen; und in seinem Auge schimmerte sogar etwas wie eine Frage, vielleicht sogar wie eine Ahnung. Ja, gewiß war es eine Ahnung, die in seinem Auge schimmerte, und gerade darum fragte er lieber nicht.

Die Tramway hielt, und Therese stieg ein. Von der Plattform aus sagte sie ihm noch rasch: »Du kannst mir auch telephonieren.« – »So, ein Telephon hast du gar? Dir geht's aber gut. Ich muß immer zum Milchmeier gehen, wenn ich telephonieren will. Also, auf Wiedersehen.«

Die Tramway rollte davon. Kasimir Tobisch blieb eine Weile stehen, winkte Theresen nach. Ihr Lächeln schwand plötzlich. Grußlos, ernst und fern ließ sie von der rückwärtigen Plattform aus ihren Blick auf ihm ruhen, sah noch, wie er sich wandte und den Weg zurück nahm. Sanft und dicht fiel der Schnee, die Straßen waren fast menschenleer. Und der Mann, der so lange Kasimir Tobisch geheißen, der Vater ihres Kindes, entschwand ihr, ein Namenloser unter anderen Namenlosen, und entschwand für immer. –

104

Der kleine Betrag, den Therese nach dem Besuch der Agnes Leutner an Franz geschickt hatte, kam an sie zurück. Der Adressat war aus dem Inquisitenspital entlassen worden und für die Post unauffindbar. So hatte man ihn also wirklich freigelassen? Es war Theresen nicht sehr behaglich, das zu denken. Und nicht zum erstenmal erwog sie, ob es nicht geraten wäre, die Wohnung zu wechseln. Aber was sollte das helfen? Er würde sie ja doch zu finden wissen. Nur leider, es fragte sich, ob sie überhaupt in der Lage war, die bisherige Wohnung weiter zu behalten. Der Zins war ihr allmählich zu hoch geworden, im Februar war er wieder fällig, und sie wußte kaum, wie sie ihn dann beisammen haben sollte. Der Kurs hatte sich aufgelöst, es mochte wohl daran liegen, daß die Eltern der Schülerinnen mit den Fortschritten nicht mehr ganz zufrieden waren. Nun, was sie leistete, sie gab sich darüber keiner Täuschung hin, war niemals sehr erheblich gewesen. Nur ihre Gewissenhaftigkeit, ihre freundliche Art, mit den Schülern umzugehen, hatten ihr geholfen, die Konkurrenz mit Lehrkräften besserer Art aufzunehmen. Wie sehr sie in den letzten Monaten nachgelassen, fühlte sie selbst.

Doch knapp vor dem Fälligkeitstermin erhielt sie durch den Notar die Verständigung, daß aus der mütterlichen Erbschaft ein kleiner Betrag, aus dem Erlös des Mobiliars gewonnen, für sie bereit liege. Bis zum Herbst durfte sie sich nun leidlich gesichert fühlen. Das hob ihre Stimmung so sehr, daß sie mit neuer Kraft ihre Bemühungen aufzunehmen vermochte, und so fanden sich im März zwei neue, wenn auch recht schlecht bezahlte Lektionen in der Vorstadt für sie.

Und wieder einmal kam eine Nachricht von Franz. Ein ältliches Frauenzimmer brachte den Brief: er habe eine Stelle in Aussicht, die Mutter solle ihm ein letztes Mal beistehen. Er nannte eine bestimmte Summe: hundertfünfzig Gulden. Die Forderung erschreckte sie. Er mußte offenbar wissen, daß sie etwas geerbt hatte. Wortlos sandte sie ihm den fünften Teil und beeilte sich tags darauf, was ihr noch blieb, etwa fünfhundert Gulden, in die Sparkasse zu tragen. Sie atmete auf, nachdem das geschehen war.

Der Frühling war da. Und mit den ersten schmeichlerisch lauen Tagen eine wohlbekannte Mattigkeit, zugleich eine Schwermut von tieferer Art, als sie sie jemals gekannt hatte. Alles, was ihr sonst eine gewisse Erleichterung zu bringen pflegte, machte sie diesmal nur noch trauriger, kleine Spaziergänge, auch ein Theaterbesuch, den sie sich einmal vergönnte. Am traurigsten aber machte sie ein Brief von Thilda, der als verspätete Antwort einlangte auf ihre eigene Mitteilung, daß sie für Thilda des Vaters Grab mit Blumen geschmückt, und der die Andeutung enthielt, daß sie sich in anderen Umständen befände. Therese fühlte nur das eine: wie leer und hoffnungslos ihr eigenes Leben war. Und gerade in diesen Tagen war es, nach langen Monaten, daß sich unbestimmt, ohne eigentlichen Wunsch, doch seltsam quälend, wieder ihre Sinne regten. Sie hatte Träume von lüsterner Art, häßliche und schöne, aber es waren immer Unbekannte, ja, Männer ohne ein bestimmtes Gesicht, in deren Umarmungen sie sich träumte. Ein einziges Mal nur war es ihr, als wandelte sie mit Richard durch die Donauauen, wo sie zuerst die Seine gewesen war. Gerade dieser Traum war völlig unsinnig, doch sie fühlte sich wie eingehüllt von einer Zärtlichkeit, die sie gerade von ihm ersehnt hatte und die ihr niemals von ihm geworden war; eine schmerzlich-unstillbare Sehnsucht und die Erkenntnis unendlicher Einsamkeit blieben ihr zurück.

105

Eines späten Abends im Mai klingelte es wieder einmal an ihrer Tür. Sie schrak zusammen. Gerade heute, zur Bezahlung einer morgen fälligen Rechnung, hatte sie einen größeren Geldbetrag aus der Sparkasse abgehoben und zu Hause in Aufbewahrung. Und gerade darum zweifelte sie nicht, daß es Franz war, der draußen vor der Türe stand. Sie schwor sich zu, daß er keinen Kreuzer von ihr bekommen sollte. Im übrigen hatte sie das Geld so sorgfältig verborgen, daß sie überzeugt war, er könnte es nicht finden. Das Fenster stand offen, schlimmstenfalls würde sie rufen. Auf den Zehenspitzen schlich sie hinaus, zögerte, wagte nicht einmal, durchs Guckloch zu blicken – da schlug es heftig an die Tür, sie fürchtete, die Nachbarn könnten es hören, und öffnete.

Franz, dem ersten Anschein nach besser gekleidet als sonst, sah kränker und bleicher aus denn je. »Guten Abend, Mutter«, sagte er, wollte weiter, Therese aber verstellte ihm den Eingang. »Na, was ist denn?« fragte er mit bösen Augen.

»Was willst du?« fragte sie hart. Er schloß die Türe hinter sich. – »Kein Geld«, erwiderte er, höhnisch auflachend. »Aber wenn du mich heut nacht da möchtest schlafen lassen, Mutter.« – Sie schüttelte den Kopf. – »Für eine Nacht, Mutter. Morgen bist du mich für immer los.« – »Das kenn' ich schon«, sagte sie. – »Ah, ist vielleicht schon wer da? Liegt vielleicht schon einer auf dem Diwan?«

Er schob sie fort, öffnete die Tür des Wohnzimmers, blickte sich nach allen Seiten um. »In meiner Wohnung wirst du nimmer schlafen«, sagte Therese.

»Die eine Nacht, Mutter.« – »Du hast doch irgendeine Schlafstelle, was willst du bei mir?« – »Für heute nacht bin ich ausquartiert, das kommt halt vor, und für ein Hotel hab' ich kein Geld.« – »Soviel, als du für ein Hotel brauchst, kann ich dir geben.« – Seine Augen blitzten auf »Na, her damit, her damit!«

Sie griff in ihre Geldbörse, reichte ihm ein paar Gulden. »Das soll alles sein?« – »Damit kannst du drei Tage im Hotel wohnen.« – »Also, meinetwegen, ich geh'.« Doch er blieb stehen. Sie sah ihn fragend an. Er fuhr fort mit höhnischem Lachen: »Ja, ich geh', wenn du mir mein Erbteil auszahlst.« – »Was für ein Erbteil? Bist du verrückt?« – »O nein. Was mir zukommt von der Großmutter, will ich haben.« – »Was kommt dir zu?« –

Er trat ganz nah an sie heran. »Also, pass einmal auf, Mutter. Du hast's ja g'hört, du siehst mich heut zum letztenmal. Ich hab' einen Posten, nicht da in der Stadt, draußen wo. Und ich komm' überhaupt nie wieder. Wie soll ich denn zu meinem Erbteil kommen, wenn du's mir jetzt nicht gibst?« – »Was redest du denn? Was für einen Anspruch hast du auf ein Erbteil, noch dazu, wo ich selbst nichts geerbt hab'.« – »Ja, glaubst du, Mutter, ich bin aufs Hirn gefallen? Glaubst du, ich weiß nicht, daß du ein Geld hast von Herrn Wohlschein und von deiner Frau Mutter? Und ich soll mir die paar Gulden zusammenbetteln, die ich dringend brauch'. So benimmt sich eine Mutter zu ihrem Sohn?«

– »Ich hab' nichts.« – »So, das werden wir gleich sehen, ob du nichts hast.«

Er ging auf den Schrank zu.

»Was unterstehst du dich?« rief sie und faßte ihn bei dem einen Arm, mit dem er sich an der Schranktür zu schaffen machte.

»Den Schlüssel her!« Sie ließ von ihm ab, machte einen Schritt zum Fenster hin, beugte sich hinab, als wollte sie hinunterrufen. Er zu ihr hin, stieß sie vom Fenster fort, schloß es ab. Sie eilte auf die Wohnungstüre zu. Er war sofort neben ihr, drehte den Schlüssel um und steckte ihn ein. Dann faßte er ihre beiden Hände. »Gib's gutwillig her, Mutter.« – »Ich hab' nichts«, flüsterte sie durch die krampfhaft geschlossenen Zähne. – »Ich weiß, daß du was hast. Ich weiß, daß du's da hast. Gib was her, Mutter.« – Sie war erbittert, sie hatte keine Angst, sie haßte ihn. »Und wenn ich tausend Gulden hätte, nicht einen Kreuzer so einem Menschen.« – Er ließ einen Augenblick von ihr ab, schien etwas ernüchtert. »Mutter, ich will dir was sagen. Gib mir die Hälfte von dem, was du hast, ich brauch's zum Abfahren. Ich hab' kein' Posten, abfahren muß ich. Wenn s' mich diesmal erwischen, krieg' ich ein Jahr oder zwei.« – »Um so besser«, zischte sie. – »So? Glaubst? Na gut.« Und er stürzte wieder auf den Schrank zu, schlug mit der Faust darauf. Es half nichts; er überlegte einen Augenblick, zuckte die Achseln, nahm dann aus der Tasche ein Stemmeisen und sprengte die Türe auf. Wieder stürzte Therese auf ihn zu, versuchte, seine Arme zu fassen, er stieß sie fort, wühlte unter den Wäschestücken, entfaltete sie, schleuderte eins nach dem andern auf den Fußboden. Wieder versuchte Therese seine Arme zu fassen. Er stieß sie von sich, so daß sie bis zum Fenster flog, und fuhr fort, in der Wäsche zu wühlen, die einzelnen Stücke hinauszuschleudern; indessen hatte Therese einen inneren Fensterflügel geöffnet, schon wollte sie den äußeren auftun, da war er wieder bei ihr und riß sie zurück. »Räuber!« schrie sie, »Diebe!« Er, mit geröteten Augen, heiser, vor sie hin gepflanzt: »Willst es hergeben oder nicht?« – »Räuber!« schrie sie noch einmal. Nun packte er sie, hielt ihr mit der einen Hand den Mund zu und schleppte, schob, stieß sie in das kleine Schlafkabinett bis vor ihr Bett. »Hast es vielleicht da wo? In der Matratzen? In den Polstern?« Er mußte sie nun wieder loslassen, um im Bett zu wühlen. Und sofort schrie sie wieder: »Diebe! Räuber!« Da hatte er sie schon mit einer Hand an beiden Armen gepackt, mit der andern verschloß er ihr den Mund. Sie stieß mit den Füßen nach ihm. Er ließ nun ihre Hände los, faßte sie am Hals. »Räuber! Mörder!« schrie sie. Er begann, sie zu würgen; sie sank neben dem Bette nieder, er ließ ihren Hals locker, nahm ein Taschentuch, knüllte es zusammen, steckte es ihr in den Mund, nahm ein Handtuch, das am Waschtisch hing, band ihr die Hände zusammen. Sie röchelte, hatte große, starre Augen, die im Dunkel zu ihm aufleuchteten. Nur vom Nebenzimmer her fiel ein Lichtstrahl herein. Er, wie ein Rasender, suchte überall im Bett, riß die Polsterüberzüge auf, sah in der Waschschüssel, im Krug, in der Kommode, unter dem Bettvorleger nach; plötzlich aber hielt er inne, denn von draußen tönte die Klingel, und durch die zwei geschlossenen Türen hörte er Stimmen. Kein Zweifel, man hatte die Mutter rufen gehört, und vielleicht auch den Lärm, den er mit den Fäusten und mit dem Stemmeisen verursacht hatte. Rasch löste Franz das Handtuch von seiner Mutter Händen, rasch zog er den Knebel aus ihrem Mund, sie lag auf dem Boden, röchelte, atmete. »Es is ja nix g'schehn, Mutter«, rief er plötzlich. Ihre Augen waren offen. Sie blickte, sie schaute. Nein, tot war sie nicht. Es konnte nicht viel geschehen sein.

Wieder die Klingel, dreimal, fünfmal, immer rascher hintereinander. Was sollte man tun? Zum Fenster hinaus? Drei Stock tief? Wieder ein Blick auf die Mutter. Nein, es war nichts geschehen. Sie blickte mit offenen Augen, bewegte die Arme, ja, ihre Lippen zuckten. Die Klingel schrillte ununterbrochen weiter. Es blieb nichts übrig, als zu öffnen. Man konnte dann immer noch an den Leuten vorbei, hinunter über die Treppe und auf die Straße. Wenn sie nur nicht da auf dem Boden läge wie tot. Er beugte sich herab zu ihr, versuchte sie aufzurichten. Aber es war, als wenn sie sich wehrte. Sie schüttelte sogar den Kopf. Also, tot war sie nicht. Nein. Ohnmächtig. Oder stellte sie sich nur so, um ihn zu verderben?

Die Klingel schrillte weiter. Klopfen zuerst, dann Faustschläge an die Tür. »Aufmachen! Aufmachen!« brüllte es draußen. Franz stürzte in den Vorraum, die Wohnungstür zitterte unter den klopfenden Fäusten draußen. Es blieb nun einmal nichts übrig, er mußte öffnen. War es möglich! Nur zwei Frauen standen da und sahen ihn entgeistert an. Er stieß sie beiseite, lief die Treppen hinab. Da hörte er hinter sich: »Aufhalten! Aufhalten!« Auch eine Männerstimme tönte mit. Sie kam von oben. Und noch ehe er durch das Haustor auf die Straße trat, hatte ihn schon irgendwer von rückwärts bei den Schultern ergriffen. Er konnte sich nicht losmachen. Er schimpfte und schrie. Dann wurde er stumm. Aus war's. Aber die Mutter war ja nicht tot. Ohnmächtig höchstens. Was wollten denn die Leute von ihm? Es war der Mutter doch bestimmt nichts geschehen. Rings um ihn standen Leute. Auch ein Polizist war zur Stelle.

Die beiden Frauen waren indes in die Wohnung hinein gestürzt und sahen das Fräulein Therese Fabiani ausgestreckt zu Füßen des Bettes liegen. Gleich hinter ihnen kamen andere, noch eine Frau, noch ein Mann, man legte Therese auf das zerwühlte Bett. Sie blickte um sich, zu reden vermochte sie nicht. Sie erkannte wohl auch kaum die Leute, die allmählich in das Zimmer traten, die Nachbarn, den Polizeikommissär, den Polizeiarzt, verstand wohl auch die Fragen nicht, die man an sie richtete. Man stand daher vorläufig von einer Konfrontation ab, der Tatbestand war ja leicht festgestellt, der Arzt konnte auch konstatieren, daß anscheinend keine lebensgefährliche Verletzung vorlag. Die Wohnung wurde amtlich verschlossen und Therese noch in der gleichen Nacht ins Spital geschafft.

Dort wurde festgestellt, daß ein Kehlkopfknorpel gebrochen war, was die Vorhersage ungünstiger gestaltete, auch für den Sohn. Aussagen der Hausbewohner ergaben, daß die Lehrerin Therese Fabiani die Schwester des Abgeordneten Faber sei, und so wurde dieser noch im Laufe der Nacht von dem Verbrechen verständigt, das an seiner Schwester begangen worden war. In frühester Morgenstunde erschien er in Begleitung seiner Frau am Bette der Leidenden, die in einer Extrakammer lag. Es hatte sich erhöhte Temperatur eingestellt, was die Ärzte nicht so sehr auf die Verletzung als auf den Nervenschock zurückführen zu müssen glaubten. Ihr Bewußtsein war offenbar gestört, sie erkannte die Besucher nicht, die sich bald entfernten.

106

Gegen Mittag erschien Alfred an ihrem Bett, der die Sache aus der Zeitung erfahren hatte. Um diese Zeit war die Temperatur gesunken, doch waren Delirien eingetreten. Unruhig warf sich Therese hin und her mit bald offenen, bald geschlossenen Augen und flüsterte unverständliche Worte. Auch den neuen Besucher schien sie vorerst nicht zu erkennen. Nachdem der behandelnde Sekundarius sich zu dem Herrn Dozenten Dr. Nüllheim über den Fall fachlich ausgesprochen, ließ er ihn allein bei der Kranken. Alfred setzte sich an ihr Bett, fühlte ihren Puls, er war schwach und erregt. Und nun, als ginge von dieser einstens geliebten Hand eine Wirkung auf die Leidende aus, die andern gleichgültigen Berührungen versagt war, schien die Unruhe der Kranken nachzulassen; und als der Arzt den Blick eine Weile ohne besondere Absicht auf ihre Stirn, ihre Augen gerichtet hielt, geschah noch Merkwürdigeres: diese Augen, die bisher, auch wenn sie geöffnet waren, offenbar niemanden zu erkennen vermocht hatten, schimmerten wie in allmählich erwachendem Bewußtsein. Die verfallenen, gleichsam verdämmernden Züge erhellten, strafften, ja verjüngten sich; und wie Alfred sich näher zu ihr herabbeugte, flüsterte sie: »Dank.« Er wehrte ab, faßte nun ihre beiden Hände und sprach tröstliche, herzliche Worte, wie sie sich auf seine Lippen drängten. Sie schüttelte den Kopf, immer heftiger, nicht nur, als wenn sie von Trost nichts hören wollte, es war klar, daß sie ihm irgend etwas zu vertrauen hatte. Er beugte sich noch näher zu ihr, um sie zu verstehen. Und sie begann: »Du mußt es vor Gericht sagen, versprichst du mir das?« – Er dachte, das Delirium beginne wieder. Er legte die Hand auf ihre Stirn, versuchte sie zu beschwichtigen. Aber sie sprach, vielmehr sie flüsterte weiter, da sie kein lautes Wort hervorbringen konnte: »Du bist ja Doktor, dir müssen sie glauben. Er ist unschuldig. Er hat mir nur vergolten, was ich ihm getan habe. Man darf ihn nicht zu hart strafen.« Wieder versuchte Alfred, sie zu beruhigen. Sie aber sprach hastig weiter, als ahnte sie, daß ihr nicht mehr viel Zeit gegönnt sei. Was sich in jener fernen Nacht ereignet und was doch nicht Ereignis geworden war – was sie zu tun begonnen und doch nicht bis zu Ende getan – woran ihr Wunsch mehr gewirkt hatte als ihr Wille

– wessen sie sich immer wieder erinnert und was sie sich doch niemals ins Gedächtnis zu rufen gewagt hatte; – die Stunde – vielleicht war es nur ein Augenblick gewesen –, in dem sie Mörderin gewesen war, lebte mit so völliger Klarheit wieder in ihr auf, daß sie sie fast wie etwas Gegenwärtiges erlebte. – Es waren nur wenige, nicht immer dem Laut nach verständliche Worte, die Alfred, ihren flüsternden Lippen nah, zu vernehmen vermochte. Doch er faßte Theresens Selbstbeschuldigung auf als das, was sie sein sollte, als einen Versuch, ihren Sohn zu entsühnen. Ob dieser Zusammenhang nun vor einem himmlischen oder irdischen Richter tatsächlich gelten mochte – für diese Sterbende – denn sie war es, auch wenn ihr noch Jahrzehnte des Daseins bestimmt sein sollten, – für Therese bestand er nun einmal; und Alfred fühlte, daß das Bewußtsein ihrer Schuld in dieser Stunde sie nicht bedrückte, sondern befreite, indem ihr nun das Ende, das sie erlitten hatte oder erleiden sollte, nicht mehr sinnlos erschien. So versuchte er es gar nicht mit Worten der Beruhigung und des Trostes, die in dieser Stunde ihren Sinn nicht erfüllt hätten; denn er ahnte, daß sie den Sohn, der ihr so lange ein Verlorener gewesen war, gleichsam wiedergefunden, in dem Augenblick, da er zum Vollstrecker einer ewigen Gerechtigkeit geworden war.

Nachdem sie gesprochen, sank sie schwer zurück. Alfred fühlte, wie sie ihm nun wieder entrückt war und immer weiter entrückte, und endlich erkannte sie ihn nicht mehr.

Im Laufe der nächsten Stunden trat eine Verschlimmerung ein, mit der die behandelnden Ärzte immerhin gerechnet hatten, und plötzlich, unerwartet, erlosch sie, noch ehe man eine rettende Operation an ihr auszuführen vermochte.

Alfred sprach mit dem Ex-officio-Verteidiger, der für den Muttermörder Franz bestellt war, und in der Verhandlung versuchte der beflissene junge Anwalt, jenes Geständnis der Mutter, das Alfred ihm zur Verfügung gestellt hatte, als mildernden Umstand geltend zu machen. Er hatte beim Gerichtshof nicht viel Glück. Der Staatsanwalt bemerkte mit nachsichtigem Spott, daß der Angeklagte jene erste Stunde seines Daseins wohl kaum im Gedächtnis bewahrt haben dürfte, und sprach sich im allgemeinen gegen gewisse, sozusagen mystische Tendenzen aus, die man nun auch schon zur Verdunkelung völlig klarer Tatbestände und damit, wenn auch manchmal in zweifellos guter Absicht, zur Beugung des Rechtes auszunützen versuche. Der Antrag auf Ladung eines Sachverständigen wurde abgelehnt, schon darum, weil man ja wirklich nicht entscheiden konnte, ob in diesem Fall ein Arzt, ein Priester oder ein Philosoph zu so verantwortlichem Amt berufen gewesen wäre. Als mildernden Umstand ließ man einzig und allein des Angeklagten uneheliche Geburt und die damit verbundenen Mängel seiner Erziehung gelten. So lautete das Urteil auf zwölf Jahre schweren Kerker, verstärkt durch Dunkelhaft und Fasten an jedem Jahrestage der Tat.

Therese Fabiani war zu dem Zeitpunkt, als die Verhandlung stattfand, längst begraben. Doch neben einem bescheidenen, dürren, immergrünen Kranz mit der Aufschrift: »Meiner unglücklichen Schwester« lag ein blühender Frühlingsstrauß, noch unverwelkt, auf dem Grab; die schönen Blumen waren mit erheblicher Verspätung aus Holland angelangt.

NACHWORT

I

Am 27. März 1899 wird Arthur Schnitzler der renommierte Bauernfeld-Preis zuerkannt; auch offiziell ist er nun ein erfolgreicher und angesehener Autor. Am 15. Mai, seinem 37. Geburtstag, notiert er im Tagebuch: »Brief von Fännchen, mit Handarbeit«. Eine Woche später, Pfingstmontag, trifft er sich mit ihr, »wie verabredet«, in der Secession; er nimmt zur Kenntnis, daß sie seit drei Jahren verwitwet ist und mit ihrem Sohn in Bielitz lebt, einem Städtchen von 14.000 Einwohnern in Österreichisch-Schlesien, dessen »sehr starke Schafwollwaren-Industrie«, die der Brockhaus von 1882 verzeichnet, so bedeutend ist, daß ihr die einzige Literaturangabe des Artikels gewidmet ist: »Vgl. Haase, ›Die Bielitz-Bialaer Schafwollwaren-Industrie‹ (Teschen-Bielitz 1874)«. Was die Begegnung selbst betrifft, so beschränkt Schnitzler sich auf die Feststellung, er sei von ihrem »jüdeln und plappern unangenehm berührt« gewesen, den Rest setzt er in distanzierende Anführungszeichen: »Abds. mit ihr Riedhof; sie sehr zärtlich – ›so wird ein Wunsch erfüllt‹«. Drei Tage später holt er sie nach einer Vorstellung des Volkstheaters ab und begibt sich mit ihr ins Hotel Victoria, wo die Romanze eine Entwicklung nimmt, die keine Wünsche offenläßt: »anfangs ging sie mir auf die Nerven, dann siegte der Trieb!« Kurz darauf findet der Liebesroman ein abruptes Ende: »Fännchen abgeschrieben«. Zu einem weiteren Zusammentreffen ist es nicht gekommen.

Die Anfänge der Liebesgeschichte, deren Verlauf Schnitzler so lakonisch und schnöde aufzeichnet, wie sie sich wohl auch in der Realität zugetragen hat, reichen zurück bis in den Frühling des Jahres 1876, in dem er und Franziska – »Fännchen« – Reich festgestellt hatten, daß sie genau gleichaltrig seien: Beide sind am 15. Mai 1862 geboren; aufgrund dieses »Schicksalszeichens« beschließen die Nachbarskinder, sich »unverzüglich ineinander zu verlieben«. Aus der Tatsache, daß Franziska Reich »jüdelt«, kann geschlossen werden, daß die Familie – der Vater ist »Kaufmann oder Börsianer« – erst seit kurzem in Wien ansässig ist, zugezogen aus dem Osten der Österreichisch-Ungarischen Monarchie. Das mit dem Siegeszug des Liberalismus verbundene Recht der Freizügigkeit hatte in der zweiten Hälfte des 19. Jahrhunderts zu einem starken Zuzug von Juden aus dem Osten in die Haupt- und Residenzstadt Wien geführt. Von 6.000 (2,16 %) im Jahre 1857 über 72.000 (1880) stieg der Anteil der Juden an der Bevölkerung Wiens bis zum Jahre 1900 auf 146.000 (8,7 %). Die jüdische Erfolgsgeschichte jener Jahre (deren düstere Folgeerscheinungen Arthur Schnitzler später in seinem Roman *Der Weg ins Freie* zum Thema machen wird) spiegelt sich im Wechsel der Wohngegenden, wie auch das Beispiel der Familie Reich zeigt. Schon bald verläßt sie die zwischen Opern- und Burgring gelegene Eschenbachgasse, während es dem angesehenen (aus der ungarischen Provinz stammenden) Arzt Prof. Dr. Johann Schnitzler erst später gelingen wird, standesgemäß zu residieren (Burgring 1). Die durch den Umzug getrennten Bande der jugendlichen Liebenden können erst im Herbst 1878 neu geknüpft werden. Obwohl dieses Mal das »Verhältnis, wenn auch noch immer unschuldig genug, doch beträchtlich zärtlicher und unruhvoller« sich entwickelt, bleiben Schnitzler vor allem die »Spaziergänge in den sommerlich verlassenen Gassen der inneren Stadt« in Erinnerung; »die wunderbare Kühle, die uns von den hohen steinernen Mauern der Minoritenkirche und der umliegenden alten Paläste anwehte«. In der Autobiographie wird es eines bewußten Willensaktes bedürfen, um über Fännchen mehr zu schreiben, »als daß sie blond war«. Sie sei »leidlich hübsch, nicht eben dumm« gewesen und habe »gerade so viel Bildung« besessen, »als man in jener Zeit den Töchtern mittlerer jüdischer Hausstände zu geben für nötig fand. Niemals konnte (...) mir (...) das Gefühl, das uns verband, als etwas Besonderes erscheinen, vielmehr kam mir das Typische der ganzen Liebesgeschichte, auch während ich mitten darinnen stand, mit vollkommener Deutlichkeit zum Bewußtsein (...). Denn schon damals besaß ich keineswegs das, was man Illusionen zu nennen pflegt (...). Weder an Glück noch an Unglück bin ich darum ärmer gewesen als ein anderer, und daß ich niemals versucht habe, mich über die

Natur meiner Gefühle, über das Wesen der Menschen, denen ich nahestand, zu täuschen, hat mich weder davor bewahrt, Unrecht zu leiden, noch, Unrecht zu begehen.« Daß im Jahre 1899 Schnitzler seiner einstigen Jugendliebe Unrecht getan, daß er ihre Situation bedenkenlos ausgenutzt hat, ist den kargen Notizen des Tagebuchs ohne weiteres zu entnehmen, selbst wenn man in Rechnung stellt, daß die Witwe des Versicherungs-agenten Simon Lawner mit dem mehr oder weniger festen Vor-satz aus der Provinz angereist ist, die Geliebte des inzwischen zu Berühmtheit gelangten Jugendfreundes zu werden. Mit keiner Silbe gibt Schnitzler zu erkennen, daß ihm sein Verhalten in irgendeiner Weise fragwürdig erschienen sei oder daß er im mindesten versucht hätte, auf die Gefühle seiner zärtlichen Besucherin einzugehen.

Ein literarisches Werk »biographistisch« zu erläutern, es zurückzuführen auf tatsächliche Erlebnisse des Autors, gilt zu Recht als bedenklich, da in diesem Falle der ästhetische Vermitt-lungsprozeß, die formende Gestaltung durch die Sprache, außer acht gelassen wird. Arthur Schnitzlers Prosawerk *Frau Berta Garlan*, mit dessen Niederschrift er am ersten Tag des Jahres 1900 beginnt, bildet eine Ausnahme, da hier – gerade weil die Handlung bis ins Detail den Lebensumständen Franziska Law-ners, geborener Reich, nachgebildet ist – die Differenz zwischen außerliterarischem Erlebnis und literarisch geformtem Ereignis sich in besonders eindrucksvoller Weise demonstrieren läßt. Daß Berta Garlan offensichtlich katholisch ist und ihren kleinen Sohn zu Hause läßt, während »Fännchen« das Kind nach Wien mitnimmt, sind schon fast die einzigen Veränderungen von einiger Bedeutung, die Schnitzler vorgenommen hat. Dafür erreicht ihn, als er Ostermontag, den 16. April 1900, die Arbeit abschließt, die Nachricht, daß die Witwe Lawner nach Wien übersiedeln will, »ganz entsprechend dem Brief in der Novelle«, wie Schnitzler mit Befriedigung festhält. Die Antizipation tatsächlicher Vorgänge im literarischen Werk wird er auch später – das gilt besonders für den Roman *Der Weg ins Freie,* in dem zahlreiche Gestalten ein Urbild in der Wirklichkeit haben – immer wieder als Bestätigung seiner Fähigkeit werten, die innere Logik von Charakteren oft früher und genauer als diese selbst zu erfassen.

Hatte, auf dem Gebiet des Dramas, *Liebelei* (1895) den künstlerischen Durchbruch bedeutet, so setzt mit *Frau Berta Garlan* eine neue Epoche in Schnitzlers erzählerischem Werk ein, und zwar in inhaltlicher wie in formaler Hinsicht. Dabei spielt die verstärkte Beschäftigung mit der Psychoanalyse, die sich in dieser Zeit vollzieht, eine geringere Rolle als gemeinhin angenommen wird. Nicht zu leugnen ist allerdings, daß Freuds gerade erschienene *Traumdeutung*, die Schnitzler im Jahre 1900 liest, unübersehbare Spuren in *Frau Berta Garlan* hinterlassen hat, wie ein mit besonderer Sorgfalt ausgearbeiteter Traum der Protagonistin zeigt. So träumt Berta, nach dem ersten Aufenthalt in Wien, sie habe sich mit dem Jugendfreund Emil Lindbach, der inzwischen ein berühmter Geigenvirtuose geworden ist, bereits getroffen und mit ihm ein vornehmes Restaurant aufgesucht; zu dem im Traum auftretenden Ehepaar Martin ist zu sagen, daß in der Realität Frau Martin durch indiskrete Angeberei mit ihrem ehelichen Glück sowohl Bertas Abscheu wie ihren Neid hervorruft: »Sie [Berta] sah auch schön aus, das neue Kleid war schon fertig, und die Kellner bedienten sie mit großer Höflichkeit, besonders ein kleiner Junge, der den Wein brachte, – aber das war eigentlich ihr Neffe, der selbstverständlich hier Kellnerjunge geworden war, statt zu studieren. Plötzlich traten in den Saal Herr und Frau Doktor Martin, sie hielten einander so innig umschlungen, als wenn sie ganz allein wären, da stand Emil auf, nahm den Geigenbogen, der neben ihm lag, und hob ihn gebieterisch, worauf der Kellner das Ehepaar Martin zur Tür hinausjagte.« Schon der Freud-Schüler Theodor Reik hatte es sich nicht nehmen lassen, in seinem Buch *Arthur Schnitzler als Psycholog* (1913) Bertas Traum nach Art des Meisters auszulegen: »Die Art, wie Emil das Ehepaar verjagt, ist immerhin auffällig: er nimmt den Geigenbogen und hebt ihn gebieterisch. Es ist in diesem Zusammenhange (...) mehr als wahrscheinlich, daß dieser Zug einer sexuellen Symbolik entstammt. Der erhobene Geigenbogen bedeutet, wie aus vielen Traumanalysen bekannt ist, fast immer den erigierten Penis. Er ist in dieser Verwendung ein Darstellungsmittel für die Potenz. Also Bertas Traum sagt damit: Hier seht her, auch ich bin glücklich, ich habe einen sehr potenten Geliebten.« In inhaltlicher Hinsicht ist gegen diese Deutung so wenig einzuwenden wie gegen Michaela Perlmanns

Nachweis, daß in Bertas Traum die wesentlichen, von Freud analysierten Aspekte der Traumentstellung – von Verdichtung und Verschiebung über die metaphorische Repräsentation abstrakter Sachverhalte bis hin zur sekundären Bearbeitung – »lückenlos« aufzufinden seien. Perlmanns Schlußfolgerung, Bertas Traum enthülle »die erotischen Hintergründe ihres Handelns«, ist allerdings eine Banalität; unzutreffend ist ihre Behauptung, »Schnitzlers innovatorische Leistung« liege »in der Überwindung tradierter Erzählformen durch eine neue Art der Traumdarstellung«; tatsächlich könnte die Geschichte von Frau Berta Garlan »auch ohne den Traum auskommen« (Hinck). Schnitzler hat einmal ironisch angemerkt, seine Werke enthielten immer noch etwas mehr, »als die Psychoanalytiker sich (tag)träumen lassen«. Vergleicht man Bertas Traum mit der Art und Weise, wie er noch kurz zuvor (in seinem Drama *Der Schleier der Beatrice*) dieses Thema behandelt hatte:

> *Doch Träume sind Begierden ohne Mut,*
> *Sind freche Wünsche, die das Licht des Tags*
> *Zurückjagt in die Winkel unsrer Seele,*
> *Daraus sie erst bei Nacht zu kriechen wagen;*
> *Und solch ein Traum, mit ausgestreckten Armen*
> *Sehnsüchtig läßt er, durstig dich zurück (...)*

– so wird sofort deutlich, daß der Einfluß Freuds sich vor allem in der größeren Differenziertheit und Präzision der Traumdarstellungen bemerkbar macht. Wäre Bertas Traum indessen tatsächlich, wie Perlmann meint, ohne psychoanalytische Deutung »nicht verständlich«, so hätte Schnitzler sein eigenes Werk als mißlungen angesehen. Hätten seine Gestalten prinzipiell nicht die Fähigkeit, sich selbst und damit das auf ihnen lastende »Schicksal« zu verstehen, so wäre die Befassung mit ihnen ebenso sinnlos wie die Erfindung noch so fachmännisch konstruierter Träume nichtig. Heinrich Manns überaus treffende Bemerkung »Schnitzler: das ist (...) Schwermut über so vieles, was wir wohl vermocht hätten, aber versäumt haben« setzt voraus, daß der aufklärerische Gedanke von Freiheit und Autonomie mehr ist als ein bloßes Wunschgebilde oder ein theoretisches Konstrukt. Es geht Schnitzler nicht darum, durch möglichst korrekte Anwendung psychoanalytischer Lehrsätze Berta Garlan als einen Fall unter vielen anderen gleichen oder vergleichbaren darzustellen; genau das aber setzt Reik voraus, wenn er seine Deutung durch Berufung auf andere Fälle – »wie aus vielen anderen Traumanalysen bekannt ist« – bekräftigt. Während die Psychoanalyse – zumindest in der Gestalt, wie sie von Reik verstanden wird – nach dem Modell der Naturwissenschaften ihr Erkenntnisziel dann erreicht hat, wenn es ihr gelungen ist, den Einzelfall in einem übergeordneten Gesetz aufgehen zu lassen, verfolgt das dichterische Kunstwerk, wie Schnitzler es begreift, die entgegengesetzte Richtung: ausgehend von dem »Typischen«, das Berta Garlans Leben entstellt und unter dem sie leidet, stellt es gerade den Versuch dar, ihre Person im Typus nicht aufgehen zu lassen. In der Technik, die er zu diesem Zweck entwickelt, nicht in der sachgerechten Traumdarstellung, besteht Schnitzlers eigentlich »innovatorische« Leistung.

Die Unsicherheit, wie *Frau Berta Garlan* einzuschätzen sei (das Werk wurde lange Zeit von der Literaturwissenschaft vernachlässigt, erst die bedeutende Studie von Horst Thomé hat die Tiefendimension des Textes ausgeleuchtet), zeigt sich nicht zuletzt auch darin, daß die angemessene Gattungsbezeichnung von Anfang an strittig war. Während Schnitzler selbst wohl geneigt war, an dem Begriff *Novelle* festzuhalten, plädierte bereits ein zeitgenössischer Rezensent, Max Lorenz (in den *Preußischen Jahrbüchern*, Berlin, Juli–September 1901), mit guten Gründen für die Bezeichnung *Roman.* »In dem Roman ›*Frau Bertha Garlan*‹ hat Schnitzler ein (...) in seiner Art vollendetes (...) Kunstwerk geschaffen. (...) Noch nie hat ein Roman auf mich in seiner Komposition so sehr den Eindruck (...) gemacht, (...) ein *Lebensgemälde* zu sein.« Novellistisch sind an dem Werk die eingeschränkte Personenzahl, die Perspektivierung auf die Sichtweise einer einzigen Gestalt, sowie der dramatisch zugespitzte, mit einem deutlichen Wendepunkt (der Liebesnacht Bertas mit Emil Lindbach) versehene Handlungsverlauf. Andererseits ist nicht zu übersehen, daß *Frau Berta Garlan* den Rahmen von Schnitzlers früheren Erzählungen sprengt, und zwar nicht nur im Hinblick auf den Umfang. In seinen Anfängen habe ihn (wie er am 10. Dezember 1903 an Hofmannsthal über seine Erzählung *Sterben* schreiben wird) »der ›Fall‹ mehr interessiert (...) als die Menschen, und ich denke das meiste aus dieser Epoche muß wie luftlos wirken«. Ganz besonders trifft diese Feststellung auf Erzählungen zu wie *Der Andere, Der Witwer, Die Frau des Weisen, Die Toten schweigen,* auch noch auf *Der Sohn,* aus dessen Handlung Jahrzehnte später der umfangreiche Roman *Therese* hervorgehen wird. *Frau Berta Garlan* beginnt zwar noch mit der für den jungen Schnitzler typischen Exposition – geringe Abweichungen von einer im übrigen alltäglichen Situation verweisen darauf, daß für die im Zentrum stehende Gestalt eine krisenhafte Entwicklung einsetzen wird –, im weiteren Verlauf der Handlung wird jedoch sehr bald deutlich, daß es nicht um einen einzelnen »Fall« oder um eine »unerhörte Begebenheit« geht, sondern daß der gesamte Lebenskontext der Hauptperson in die Erzählung einbezogen wird. Die Bezeichnung »Kleiner Roman«, von Marie von Ebner-Eschenbach geprägt für ihre ähnlich angelegten Werke – *Unsühnbar, Božena, Lotti die Uhrmacherin* und natürlich die exemplarisch *Ein kleiner Roman* genannte, mit Schnitzlers *Therese* thematisch verwandte Geschichte einer Gouvernante –, dürfte daher auch für *Frau Berta Garlan* zutreffend sein.

Die Neuartigkeit von Schnitzlers »kleinem Roman« wurde nicht von allen Kritikern verstanden; das zeigen Äußerungen wie die eines anonymen Rezensenten, der befand, bei Berta Garlan handle es sich um »ein ganz dummes Gänschen«, das »garnicht verdient, daß von ihr die Rede ist«. Dagegen dürften es gerade die Durchschnittlichkeit, das Typische Berta Garlans bzw. ihres Urbildes Franziska Lawner, geb. Reich sein, die für Schnitzler bei der Wahl des Stoffes ausschlaggebend waren. Daß es sich hierbei nicht um eine Ausnahme oder einen bloßen Zufall handelte, geht allein schon aus der Tatsache hervor, daß Schnitzler dasselbe Jahr, das er mit *Frau Berta Garlan* begonnen hat, beschließen wird mit der Veröffentlichung (am 25. Dezember in der *Neuen Freien Presse*) der formal verwandten Novelle *Leutnant Gustl,* in deren Zentrum gleichfalls ein durchschnittlicher und eben deshalb repräsentativer Charakter steht. Die Intention, die Schnitzler hierbei verfolgt, ist eine doppelte: Einerseits sollen die Schwächen der Gestalten, ihre Velleitäten, ihre Unaufrichtigkeiten sich selbst und anderen gegenüber, unnachsichtig offengelegt und damit der Kritik zugänglich gemacht werden, andererseits jedoch erfolgt die Darstellung nicht in denunziatorischer Absicht, vielmehr geht es dem Erzähler nicht zuletzt darum, die gänzliche Auslöschung ihrer Individualität zu verhindern, sie zu »retten«. Das gilt selbst für den vielgescholtenen Leutnant Gustl, auf den die Schnitzlerforschung seit Jahrzehnten einprügelt, als käme es darauf an, durch seine rituell wiederholte Verurteilung den Wert der eigenen, moralisch und politisch korrekten Persönlichkeit um so strahlender zur Geltung zu bringen.

Daß Kritik und »Rettung« einer literarischen Gestalt gleichzeitig möglich werden, erreicht Schnitzler dadurch, daß er vor Augen führt, wie das »Typische«, das Durchschnittliche und Dürftige zustande kommen. Die gesellschaftlichen Konventionen, von denen Berta Garlan, wie jede unverheiratete bzw. verwitwete Frau um die Wende vom 19. zum 20. Jahrhundert, umstellt ist, haben die massiven Denkverbote zur Folge, die für diese Gestalt an erster Stelle charakteristisch sind; sie vor allem bringen den Eindruck der Mittelmäßigkeit und Beschränktheit hervor, der die zeitgenössischen Rezensenten zu dem Urteil veranlaßte, es lohne nicht, eine solche Gestalt ins Zentrum eines literarischen Werkes zu stellen. Gewiß ist die Haltung des Erzählers Berta Garlan gegenüber von einer zuweilen kaum nachweisbaren Ironie geprägt, wenn er sie etwa, nachdem der Rückzug Lindbachs schon absehbar geworden ist, sich selbst Mut zusprechen läßt: »O ja! sie würde auch bei ihm leben, ohne seine Frau zu sein, und es wäre ihr sehr gleichgültig, was die Leute sagten (...)! Und später würde er sie ja doch heiraten … . Ganz gewiß. Sie war ja auch eine so vortreffliche Hausfrau … .« Während jedoch in *Leutnant Gustl,* vor allem aber in der durch Thema und Erzähltechnik verwandten Novelle *Doktor Gräsler, Badearzt,* die Titelgestalt schonungsloser Kritik ausgesetzt wird – bei der Gestalt des Dr. Gräsler kann von »Rettung« keine Rede sein, er wird mit einer selbst bei Schnitzler ungewöhnlichen Radikalität in menschlicher wie in moralischer Hinsicht geradezu vernichtet –, gibt in *Frau Berta Garlan* der Erzähler seine Gestalt an keiner Stelle preis; das ist wohl mit dem Begriff »Tact« gemeint, den Hofmannsthal in einem Brief an Schnitzler (8. XII. 1903) dem Werk zuschreibt. Eine zu weitgehende Abwertung Bertas wird auch dadurch vermieden, daß die Gebunden-

heit an Konventionen nicht etwa mit intellektuellem Unvermö-
gen gleichzusetzen ist. Im Verlauf der Handlung wird klar erkennbar, daß Herr und Frau Rupius, die Berta Garlan an Verstand wie
an Bildung weit überlegen und sogar in der Lage sind, die aller
Inhalte entleerten Konventionen zu durchschauen, ihnen dennoch ausgeliefert sind, und zwar in einem Ausmaß, das nicht
anders als tragisch genannt werden kann. Der gelähmte Herr
Rupius hat Verständnis dafür, daß seine Frau von Zeit zu Zeit
nach Wien fährt, wo sie offenbar – wie allen Beteiligten klar ist –
sich mit einem Liebhaber trifft. Da beide von aufrichtiger Liebe
zueinander erfüllt sind, sprechen sie diesen Sachverhalt jedoch
nicht aus, sondern halten an der Fiktion fest, Frau Rupius besuche lediglich ihre Schneiderin. Als sie von einer ihrer Wienreisen
(der ersten, an der Berta teilgenommen hat) mit der Gewißheit
zurückgekommen ist, schwanger zu sein (hierauf verweisen
zahlreiche ihrer Äußerungen, die Berta jedoch nicht zu deuten
versteht), plant sie offenbar, wie in vergleichbaren Fällen üblich
und von Schnitzler in seinem Roman *Der Weg ins Freie* ausgeführt, eine längere Reise zu unternehmen, um das Kind andern-
orts zur Welt zu bringen und es anschließend auf dem Land in
Pflege zu geben. Da ihr Mann, dem sie die bevorstehende Reise
(aber ohne Angabe des eigentlichen Grundes) offenbar schon
angekündigt hat, mit tiefem Erschrecken reagiert, weil er überzeugt ist, daß sie ihn verlassen wolle und die Reise nur vorge-
schoben habe, um ihm »den Abschied (...), vielmehr die Komödie des Abschieds« zu ersparen, gibt sie den Plan auf und
entschließt sich, eine Abtreibung vornehmen zu lassen, an
deren Folgen sie stirbt. Obwohl Herr Rupius nach ihrem Tod zu
erkennen gibt, daß er bereit gewesen wäre, sich über alle Vorurteile hinwegzusetzen (»Ich hätt' es aufgezogen, aufgezogen wie
mein eigenes Kind«), obwohl beide also aus Liebe und wechsel-
seitiger Rücksichtnahme handeln, behalten die gesellschaftlichen Konventionen ihre verhängnisvolle Gewalt über sie. Wenn
also selbst diese Menschen bei dem Versuch scheitern, trotz
besserer Einsicht die *contrainte sociale* (Émile Durkheim), den
durch die Vergesellschaftung der Menschen verursachten
Druck, der auf die Individuen ausgeübt wird, zu durchbrechen,
dann dürfte es der naiven und ungleich schwächeren Berta Garlan erst recht nicht gelingen, sich aus eigener Kraft zu befreien.

Im übrigen dürfte hier der Grund zu suchen sein für die eigenartige, an die magischen Praktiken Pubertierender erinnernde Überzeugung Bertas, daß es einen »unbegreiflichen Zusammenhang« zwischen ihr und Frau Rupius gebe. Diese Überzeugung, die sich immer wieder einstellt, findet erst nach dem Tod der bewunderten Freundin ihre entschiedenste Ausprägung: »Ob Anna auch hätte sterben müssen, wenn heut' ein anderer Brief von Emil gekommen wäre? .... Wahrhaftig, sie verlor den Verstand ... Das waren ja Dinge, die gar nicht zusammenhingen – und doch ... warum konnte sie sie nicht voneinander trennen?« Da Berta spürt, daß Frau Rupius auf dem mühsamen Weg der Selbstbefreiung, den zu bewältigen sie sich nicht recht zutraut, ihr bereits ein gutes Stück vorangegangen ist, bindet sie ihr eigenes Schicksal an das der – vermeintlich oder tatsächlich – so viel stärkeren Frau. Die Befreiung von Autoritäten, unter deren Gewalt sie sich verkümmern fühlt, zaghaft ins Auge fassend, fühlt sie sich nicht stark genug, ganz ohne eine übergeordnete Autorität auszukommen. Gelingt ihrer Freundin Anna Rupius die Emanzipation, dann, so mag sie sich sagen, wird auch sie selbst, Berta Garlan, erfolgreich sein. Daher ist mit dem Tod der Frau Rupius auch ihr eigenes Scheitern unausweichlich geworden: »Es konnte gar nicht anders sein, der Tod Annas war eine Vorbedeutung, ein Fingerzeig Gottes. Und zugleich tauchte die Erinnerung in ihr auf, an jenen Spaziergang an der Wien vor zwölf Jahren, da Emil sie geküßt und sie das erstemal heiße Sehnsucht nach einem Kind empfunden. Warum hatte sie keine empfunden, als sie neulich in seinen Armen lag? ... Ja, nun wußte sie: sie hatte nichts anderes wollen als die Lust eines Augenblicks, sie war nicht besser gewesen als eine von der Straße, und es wäre nur eine gerechte Strafe des Himmels, wenn auch sie an ihrer Schande so zugrunde ginge wie die Arme, die da drin lag. (...) Und sie ahnte das ungeheure Unrecht in der Welt, daß die Sehnsucht nach Wonne ebenso in die Frau gelegt ward, als in den Mann; und daß es bei den Frauen Sünde wird und Sühne fordert, wenn die Sehnsucht nach Wonne nicht zugleich die Sehnsucht nach dem Kinde ist.« Am Ende ist Berta Garlan zwar zur Einsicht in das dem Verhältnis der Geschlechter zugrunde liegende »Unrecht« gelangt, aber es ist eine Erkenntnis, die keine die Realität und das eigene Leben verändernde Kraft mehr hat; daher ist die Meinung Horst Thomés, sie konstituiere sich schließlich als »autonomes Subjekt«, ganz abwegig. Mit dem Tod der Frau Rupius ist auch Berta Garlans Bemühen um ein erfüllteres Leben definitiv gescheitert, einen zweiten Versuch zu unternehmen, wird sie wohl nie mehr in der Lage sein.

Neben der verstärkten Hinwendung zu dem Beziehungs-geflecht, in das seine Gestalten verstrickt sind, sind es vor allem zwei literarische Techniken, die den Einschnitt in Schnitzlers erzählerischem Werk markieren. Im Verlauf des Jahres 1900, von *Frau Berta Garlan* zu *Leutnant Gustl*, entwickelt er aus der *Erlebten Rede* den *Inneren Monolog*, zwei Techniken, die Schnitzler zwar nicht erfunden hat, die er aber mit einer zuvor nicht zu beobachtenden Virtuosität einzusetzen lernen wird. War seit dem Beginn der Moderne der sogenannte »allwissende Erzähler« zunehmend problematisch geworden, so lassen die beiden Techniken, unter (scheinbarer) Umgehung einer objekti-ven Instanz, des Erzählers, die im Bewußtsein einer literari-schen Gestalt ablaufenden Prozesse so unmittelbar wie möglich erscheinen. Leutnant Gustl, der es nach dem Oratorium plötz-lich sehr eilig hat, weil er einem hübschen Mädchen nachgehen will, entdeckt gerade noch rechtzeitig einen Vorgesetzten, der ebenfalls das Konzert besucht hat: »Oh, ein Major von Fünf-undneunzig ... Sehr liebenswürdig hat er gedankt ...« Die zwi-schen Wahrnehmung und Reflexion ablaufende Aktion – der Leutnant steht stramm und führt die Hand zur Kappe – bleibt unerwähnt, weil sie ein Automatismus ist, der Gustl längst in Fleisch und Blut übergegangen ist. Da auf diese Weise das Erzähltempo erheblich gesteigert wird, eignet der *Innere Mono-log* sich besonders zur Vergegenwärtigung solcher Situationen, in denen eine Gestalt unter starkem Druck steht (wie es bei dem durch das nächtliche Wien irrenden Leutnant, der glaubt, am nächsten Tag sich erschießen zu müssen, tatsächlich ja auch der Fall ist); wenn dagegen, wie in Édouard Dujardins Erzählung *Les lauriers sont coupés* (1888), ein eher episches Geschehen vor-herrscht – der durch Paris flanierende Student Daniel Prince denkt über seine unglückliche Liebe zu der Schauspielerin Léa d'Arsay nach –, dann verliert diese Technik ihre Funktion; der *Geschnittene Lorbeer* war ein Mißerfolg und wurde erst sehr viel später, durch James Joyce und Valéry Larbaud, dem Vergessen entrissen.

Während durch den »dramatischen«, die Regeln der Syntax häufig ignorierenden, stets in der ersten Person Präsens abgefaßten *Inneren Monolog* auch bisher nur halb bewußte, ins Abseits gedrängte Bewußtseinsinhalte an die Oberfläche des Bewußtseinsstroms gerissen werden, ist die »epische«, der dritten Person Imperfekt folgende *Erlebte Rede* eher geeignet zur Wiedergabe ausgedehnter Reflexionsprozesse, durch die ein Individuum zur Klarheit über sich selbst zu kommen sucht. Das gilt zum Beispiel für Paul, den Protagonisten von Richard Beer-Hofmanns Erzählung *Der Tod Georgs*, der auf verschlungenen Pfaden schließlich zu der Einsicht gelangt, daß er seine Isolation und Vereinsamung dadurch überwinden kann, daß er sich als Teil des jüdischen Volkes und der jüdischen Geschichte begreift; und natürlich für Berta Garlan, die sich aus der Dumpfheit ihres bisherigen Lebens zu befreien versucht und in diesem Zusammenhang sich ihrer Jugendliebe zu dem mittlerweile berühmt gewordenen Emil Lindbach erinnert: »sie begriff es mit einemmal nicht mehr, wie leicht sie damals ihre eigenen Hoffnungen, ihre künstlerische Zukunft und den Geliebten aufgegeben, um ein sonnenloses Dasein zu führen und in der Menge zu verschwinden. Es war wie ein Schauer, der sie erfaßte, als sie sich darauf besann, daß sie nichts anderes war als die Witwe eines unansehnlichen Menschen, die in einer kleinen Stadt lebte, sich mit Klavierlektionen fortbrachte und langsam das Alter herankommen sah. (...) Und mit dem gleichen Schauer dachte sie daran, wie sie sich immer an ihrem Schicksal hatte genügen lassen, wie sie ohne Hoffnung, ja ohne Sehnsucht in einer Dumpfheit, die ihr in diesem Augenblick unerklärlich erschien, ihr ganzes Dasein hingebracht.« Wie der *Innere Monolog*, so gibt auch die *Erlebte Rede* einen Prozeß der Bewußtwerdung wieder: daß ihr vor drei Jahren verstorbener Ehemann »unansehnlich« war, daß sie sich mit Klavierlektionen »fortbringen« muß, daß sie »ohne Hoffnung«, dumpf, dahinlebt – das alles sind Einsichten, die sie sich bisher nicht eingestanden hätte, zumindest nicht in dieser Klarheit; insbesondere hätte sie niemals zugegeben, ein »sonnenloses« Dasein zu führen, da sie auf penetrante (und daher nicht ganz überzeugende) Art und Weise bei jeder

Gelegenheit sich selbst und allen anderen zu versichern pflegt, ihr Kind, das sie »abgöttisch« liebe, mache ihr Glück aus, das sie ganz ausfülle. Die Tatsache, daß das Kind an dieser Stelle in ihren Gedanken nicht präsent ist, läßt erkennen, daß von einem Glück, das keine anderen Wünsche offenließe, nicht die Rede sein kann.

Dabei kommt dem Motiv des Kindes von Anfang an zentrale Bedeutung in Berta Garlans psychischem Haushalt zu; als sie – damit beginnt der kleine Roman – vom Friedhof, wo sie das Grab ihres verstorbenen Mannes besucht hat, zurückkehrt, ist alles wie immer und doch um eine Winzigkeit aus den Fugen geraten: »Und selbst die wenigen Minuten, die verstrichen waren, seit sie am Grabe ihres Mannes gestanden, schienen ihr schon weit zu liegen.« Das lineare, kaum merkliche Fließen der Zeit, das es Berta ermöglicht hatte, sich selbst als ruhig und ausgeglichen zu verstehen, ist außer Kraft gesetzt, eine krisenhafte Entwicklung bahnt sich an. In diesem Zusammenhang werden plötzlich die geringfügigsten Erscheinungen bedeutsam: »Langsam schritt sie den Hügel hinab; nicht über die breite Fahrstraße (...), sondern über den schmalen Weg zwischen den Weingeländen. Ihr kleiner Bub, den sie an der Hand hielt, ging immer einen Schritt voraus, denn für beide war nicht Platz genug.« Schnitzlers Roman verleugnet nicht, daß zur Zeit seiner Entstehung die Epoche des europäischen Symbolismus noch nicht ganz der Vergangenheit angehört; die vom Erzähler scheinbar nur im Hinblick auf die Außenwelt eingefügte Bemerkung, daß »für beide (...) nicht Platz genug« sei, ist zwar nicht ohne einen bedeutungsvollen Unterton, aber doch auch von einer gewissen Vordergründigkeit ohne direkten Bezug zu Bertas Psyche. Das ändert sich in dem Maße, als mit dem Gebrauch der *Erlebten Rede* in Verbindung mit dem diskreten Eingreifen des Erzählers das Geschehen in die Innenperspektive verlagert wird. Nachdem ihr die Unzufriedenheit über das eigene Leben bereits zu Bewußtsein gekommen ist, heißt es über einen weiteren Friedhofsbesuch: »In einer milden, beinah süßen Müdigkeit spazierte sie durch die große Mittelallee, ließ den Buben voranlaufen und kümmerte sich nicht, wie er hinter einem Grabstein ihrem Blick auf Sekunden entschwand, was sie sonst nie leiden mochte.« Auch der Grabstein hat, wenn man so will, »symbolische« Bedeutung; diese aber ist mit Bertas Psyche in ungleich stärkerem Maße verknüpft, als zu Beginn der schmale Pfad es war. Berta kann es »nicht leiden«, wenn das Kind hinter einem Grabstein ihrem Blickfeld entzogen ist, weil offenbar in diesem Augenblick die latente Angst, das Kind zu verlieren, mobilisiert wird; die Tatsache, daß, nachdem sie sich bereits seit einiger Zeit mit dem Gedanken eines Wiedersehens mit ihrem Jugendfreund trägt, diese Angst ihr abhanden gekommen ist, läßt zwar gewiß nicht den Schluß zu, sie hege einen geheimen Todeswunsch gegen ihren Sohn, aber sie läßt doch erkennen, wie weit der Weg ist, den sie innerlich bereits zurückgelegt hat.

Auf diesem Weg läßt der Erzähler sie niemals allein. Es ist, als traue er seiner Gestalt noch nicht zu, auf sich selbst gestellt den schwierigen Prozeß der Selbsterkenntnis zu bestehen. So kommt es, daß (wie Silvia Jud im einzelnen gezeigt hat) mitunter nicht klar ist, auf wen eine Bemerkung oder ein Kommentar eigentlich zurückgeht; von Emil Lindbach heißt es einmal, er habe, nachdem er Berta gerade eine ausweichende Antwort gegeben hat, den Arm um sie gelegt, »als wollte er ihr so die Zärtlichkeit geben, die nicht im Ton seiner Worte lag«. In der Tat ist hier nicht eindeutig, »ob es sich um Figuren- oder Erzählerperspektive handelt« (Jud). Dabei kann es durchaus geschehen, daß Schnitzler handwerkliche Fehler unterlaufen, wenn er etwa einen Perspektivenwechsel abrupt und ohne erkennbare Funktion sich vollziehen läßt: »›Grüß dich Gott, Emil‹, sagt sie, und beide schauen einander an. In seinem Blick ist mancherlei: Vergnügen, Liebenswürdigkeit und irgend etwas Prüfendes. All das fühlt sie sehr genau, während sie ihn mit Augen anschaut, in denen nichts ist als lauteres Glück.« Während die Feststellung, Lindbachs Blick habe »etwas Prüfendes« enthalten, im Wahrnehmungs- und Erkenntnishorizont Bertas verbleibt und damit der für dieses Werk charakteristischen Erzählhaltung folgt, mischt der Erzähler sich mit der Bemerkung über das lautere Glück in ihren Augen, das sie selbst ja nicht wahrnehmen kann, allzu unvermittelt ein. Indessen bleiben derartige Mißgriffe die Ausnahme, die Regel ist das subtile Zusammenspiel von Erlebter Rede und behutsamer Deutung des Geschehens durch den Erzähler, das die »Rettung« der Gestalt der Berta Garlan ermöglicht. Hierin besteht der eigentliche Sinn bzw. der Gehalt des Romans. Franziska Lawner wird nach den beiden Treffen mit Schnitzler der Anonymität ihres öden Daseins in der Provinz überantwortet und verschwindet aus dem Leben des berühmten Schriftstellers; der Erzähler dagegen holt nach, was Schnitzler in der Realität versäumte, Verständnis für eine Frau, deren Lebensumstände typisch sind in einer Gesellschaft, die von männlichem Denken geprägt ist.

Wenn es in *Frau Berta Garlan* um die »Wiedergewinnung einer Lebensphase« geht, die »für das Erotische offen war« (Thomé), so muß zunächst sichergestellt sein, daß Berta als literarische Figur überhaupt »rettenswert« ist; wie das Beispiel des gegenüber sich selbst und den anderen Menschen unaufrichtigen Doktor Gräsler zeigt, ist das alles andere als selbstverständlich. Von ihm unterscheidet Berta Garlan sich dadurch, daß sie eben nicht durch und durch trivial ist, auch wenn sie sich, um einen Ausgleich für die Monotonie ihres Daseins zu finden, auf die Lektüre der Werke Friedrich Gerstäckers (1816–1872), dessen abenteuerliche, literarisch wenig anspruchsvolle Reisebeschreibungen eingeschränkte bürgerliche Existenzen mit einem Hauch von Ferne und Abenteuer versorgten, zurückgezogen hat. Andererseits aber beläßt sie es nicht bei der Lektüre trivialer Ersatzstoffe, sondern sie macht sich auf den Weg, um die Erfüllung zu finden, die sie, wie es ihr vorübergehend scheinen mochte, in ihrem bisherigen Leben nicht einmal mehr vermißt hatte.

Denn in ihrem Innersten hat sie sich eine Sehnsucht bewahrt, die – wie die Begegnung mit ihrer gleichaltrigen Cousine Agathe zeigt – in anderen Menschen ihres Alters längst erloschen ist: »Später machte Agathens Gatte eine Anspielung, aus der hervorging, daß seine Frau wieder Mutterfreuden entgegensah. Aber während Berta sonst für Frauen in solchen Umständen ein Gefühl der Sympathie hatte, war sie hier fast unangenehm berührt. Auch lag in der Art, wie der Gatte davon sprach, keine Spur von Liebe, sondern eher ein gewisser alberner Stolz erfüllter Pflicht. (...) ›Ja‹, sagte Agathe, ›nun steht mir das wieder einmal bevor.‹ Und nun begann sie in einer geschäftsmäßigen, kühlen Art von ihren früheren Entbindungen zu reden, mit einer Aufrichtigkeit und Schamlosigkeit, die Berta um so mehr auffiel, als sie einander doch so fremd geworden waren. Aber während Agathe weitersprach, fuhr Berta plötzlich der Gedanke durch den Sinn, wie schön es sein müßte, von einem Mann, den man liebt, ein Kind zu bekommen. Sie hörte nicht mehr auf die widerwärtigen Reden ihrer Cousine, sie dachte nur mehr an die unendliche Sehnsucht, die sie selbst manchmal in ganz jungen Jahren überkommen, Mutter zu werden, und sie erinnerte sich eines Augenblicks, da diese Sehnsucht tiefer gewesen war als jemals früher oder später. Es war an einem Abend, da Emil Lindbach sie vom Konservatorium aus nach Hause begleitete, ihre Hand in der seinen. Sie wußte noch, daß es ihr damals zu schwindeln begonnen und daß sie in jenem einzigen Momente verstanden hatte, was die Phrase besagen wollte, die sie zuweilen in Romanen gelesen: ›er hätte aus ihr machen können, was er wollte‹.« Es ist die noch nicht ganz verschüttete Sehnsucht ihrer Jugend, die Berta liebenswert macht, auch wenn in der Folgezeit die Sehnsucht nach einem Kind mit dem Verlangen nach erotischer Erfüllung eine – wie sich im Verlauf der Handlung herausstellen wird – ideologisch fixierte, unauflösbare Verbindung eingegangen ist. Das war, wie allerdings nur an einer einzigen Stelle angedeutet wird, nicht immer so: »Was Emil damals gesprochen, wußte sie nicht mehr, doch erinnerte sie sich, daß er die ganze Zeit, während er vor ihr gestanden, seinen Hut in der Hand gehalten, was ihr unsagbar gefiel. Ob er das heute noch täte, wenn sie ihm begegnete?« Daß – wie es in Schnitzlers Komödie *Die Schwestern oder Casanova in Spa* heißt – »alle Frauen Schwestern« sind, daß die zentralen Frauengestalten seiner drei Romane, Berta Garlan, Anna Rosner und Therese Fabiani, untergründig miteinander kommunizieren, wird an dieser Stelle erkennbar. Auch Therese gefällt es »unsagbar«, daß der Leutnant Max seine Kappe in der Hand zu halten pflegt; während sie dem mit dieser Geste verbundenen erotischen Impuls folgt, sich von dem Leutnant verführen läßt, was letzten Endes ihren sozialen Abstieg auf das Niveau einer kümmerlich sich durch das Leben bringenden Gouvernante zur Folge hat, schlägt Berta Garlan (die einmal findet, »sie sehe aus wie eine Gouvernante in einem gräflichen oder fürstlichen Hause«) an dieser Stelle einen anderen Weg ein: sie entscheidet sich, um sozial abgesichert zu sein, für den biederen Herrn Garlan, den sie nicht liebt. Um vor sich selbst zu verschleiern, daß sie damit die Liebe verraten und den eigenen Glücksanspruch preisgegeben hat – die Einsicht, daß sie mit der Eheschließung eigentlich sich selbst prostituiert hat, kommt ihr erst sehr viel später –, muß sie künftig Erotik und Sexualität als »etwas Schmutziges und Niedriges« abtun, das nur dann nicht abzulehnen sei, wenn es mit der Zeugung eines Kindes verbunden ist. Daher kommt ihr nicht zu Bewußtsein, daß die Frage, die sie sich selbst gestellt hat, ob Lindbach auch »heute noch« den Hut in der Hand hielte, »wenn sie ihm begegnete«, bei dem ersten Wiedersehen eine Antwort findet: »er hatte den Hut abgenommen und hielt ihn in der Hand.« Das Motiv bleibt hier blind und unbegriffen.

Das Maß, in dem sich die zwanghafte Verbindung von Erotik und Kinderwunsch lockert, ist Index des Gewinns an selbständigem Denken, das sich bei Berta Garlan allmählich durchsetzt; zugleich wird aber auch – nur scheinbar paradox – die Liebe zu ihrem Sohn glaubwürdiger. Während die ständigen Beteuerungen, daß sie in der Liebe zu ihrem Kinde völlig aufgehe, zunächst unaufrichtig und bigott klingen, wirken sie sehr viel weniger aufdringlich, nachdem sie einmal, um mit ihren Erinnerungen an die Jugend allein zu sein, »das Kindermädchen mit ihrem Buben fortgeschickt« hat: »sie sehnte sich nicht einmal nach ihm.« Die an dieser Stelle bereits gewonnene Distanz zu ihrem bisherigen Leben beeinträchtigt die Liebe zu ihrem »Buben« nicht, sie kommt ihr zugute.

Die genaue Nachzeichnung dieses Distanzierungsprozesses, einschließlich aller Halbheiten und Rückfälle, macht die erzählerische Einheit des kleinen Romans aus. Wie zum Ausgleich für etwas Unerlaubtes »empfindet« sie am Abend des Tages, an dem, nach dem Besuch des Friedhofs, nach langer Zeit sie wieder sexuelle Regungen verspürt hatte, »für ihr Kind eine noch größere Zärtlichkeit als sonst«, und aus demselben Grunde fühlt sie sich wohl auch verpflichtet, das »Porträt ihres verstorbenen Mannes« besonders lange zu betrachten: »Er hatte sich in ganzer Figur aufnehmen lassen, im Frack, mit weißer Krawatte, den Zylinder in der Hand, zum Gedächtnis an den Hochzeitstag. Berta wußte in diesem Augenblick ganz bestimmt, daß Herr Klingemann beim Anblick dieses Porträts spöttisch gelächelt hätte.« Da sie den Eindruck des latent Spießigen und Lächerlichen, der sich in diesem Augenblick wohl einstellt, nicht mehr ganz beseitigen kann, verschiebt sie wenigstens die Verantwortung für die unwillkommene Einsicht auf eine andere Person, einen als Zyniker übel beleumundeten Provinz-Don Juan. Nachdem sie sich entschlossen hat, mit Frau Rupius nach Wien zu fahren, spürt sie zunächst »eine Scheu, als wäre diese Reise etwas Verbotenes«, und als sich schließlich die Erkenntnis durchsetzt, sie fahre »nur nach Wien, um seine [Lindbachs] Geliebte zu werden«, ist sie bereit, »nachher, wenn's sein muß, zu sterben«. Am weitesten ist ihr Erkenntnisprozeß fortgeschritten, als ihre Cousine und deren Mann ihr vor Augen führen, wie lieblos, roh und animalisch eine auf die Fortpflanzung reduzierte Geschlechtlichkeit in Wahrheit ist. Hier fehlt nur noch ein Schritt, um ihr bewußtzumachen, daß die Bindung der Sexualität an die Funktion der Fortpflanzung gerade nicht dazu führt, die romantischen Vorstellungen, die sie sich von der Liebe macht, Wirklichkeit werden zu lassen. Gewiß wäre auch die Einsicht, vor der sie fast bis zuletzt immer wieder zurückschreckt: daß es weniger romantische als vielmehr hormonelle Gründe sind, die sie dem Geigenvirtuosen in die Arme treiben, einigermaßen ernüchternd; auf die Zukunft hin gesehen aber eröffnete sie für Berta Garlan die Möglichkeit, sich selbst und ihre Bedürfnisse ohne Denkverbote ins Auge zu fassen und auf diese Weise ein freieres, von Ängsten weniger belastetes Leben zu führen.

Durch den Tod der Frau Rupius wird dieser Prozeß jäh abgebrochen, die alten Fixierungen – »daß es bei Frauen Sünde wird und Sühne fordert, wenn die Sehnsucht nach Wonne nicht zugleich die Sehnsucht nach dem Kinde ist« – behaupten sich mit einer Gewalt, gegen die auch der Erzähler nichts mehr auszurichten vermag. Zu den »Illusionen«, die Schnitzler nicht geteilt hat, zählt, nicht zuletzt, die Überschätzung der Möglichkeit, mit den Mitteln der Literatur die gesellschaftliche Realität zu verändern. Immerhin aber ist es ihm mit *Frau Berta Garlan* zum erstenmal gelungen, durch eine neuartige Technik das Bewußtsein seiner Gestalten so aufzuhellen, daß es durchscheinend wird auf seine gesellschaftlichen Bedingtheiten und damit auf eine Freiheit, die zwar noch nicht Realität, wohl aber möglich ist.

Seine um die Jahrhundertwende ausgebildete Technik, das in einem literarischen Werk erzählte Geschehen aus dem Bewußtsein der jeweiligen Hauptfigur zu entwickeln, wird Schnitzler immer wieder anwenden, zuletzt in dem großen Roman *Therese. Chronik eines Frauenlebens*. Das hat zur Folge, daß zeitgeschichtliche Bezüge zwar nicht vollständig ausgeklammert, aber doch nur insoweit erwähnt werden, als sie für die betreffende Gestalt von Bedeutung sind. Wohl aus diesem Grund läßt der Erzähler, im Unterschied zu ihrem Urbild, Berta Garlan katholisch sein; allem Anschein nach wollte Schnitzler vermeiden, von dem Problem, um das es ihm hier vor allem ging, abzulenken. Was die erst kurz vor Ausbruch des Weltkriegs endende Handlung seines letzten Romans betrifft, so ist hier von den sozialen und rassistischen Spannungen, die schließlich zum Untergang der Österreichisch-Ungarischen Monarchie führen werden, nur am Rande etwas zu bemerken, in Gestalt von Thereses Bruder Karl, der sich in den Dienst radikal nationalistischer und antisemitischer Strömungen gestellt hat.

Daß es sich mit Schnitzlers umfangreichstem Werk, dem Roman *Der Weg ins Freie* (erschienen 1908), anders verhält, geht schon aus der (von Schnitzler autorisierten) Ankündigung des Verlags hervor: »Der erste große Roman Arthur Schnitzlers ist zu gleicher Zeit der erste zeitgeschichtliche Roman des heutigen Wien. Reich bewegte Bilder aus den verschiedensten Gesellschaftskreisen werden vor uns entrollt. Eine Fülle von Gestalten lernen wir kennen (...). Allerlei Probleme der Zeit werden berührt, insbesondere den Schicksalen der modernen Juden, innerhalb der eigentümlichen Gruppierung der Wiener Gesellschaft, wird mehr noch nach der seelischen als der rein sozialen Seite nachgegangen (...).« Trotz der breiten Anlage des Romans – kein anderes Werk Schnitzlers (allenfalls abgesehen von dem dramatisch-epischen Bilderbogen *Der junge Medardus*) weist eine vergleichbare Vielzahl von Personen und Situationen auf – wird man nur unter Vorbehalt sagen können, daß mit dem *Weg ins Freie* Schnitzler in der Tradition des »europäischen Gesellschaftsromans« (Jacques Le Rider) stehe. Den Anspruch, eine Gesamtdarstellung der Epoche zu sein, kann der Roman jedenfalls nicht erheben, da beträchtliche Bevölkerungsteile, die seit Jahren kontinuierlich an politischem Gewicht gewinnen, nicht ins Blickfeld treten. Das Personal des Romans gehört im wesentlichen dem jüdisch geprägten liberalen Bürgertum an, mit dem Salon Ehrenberg als seinem Zentrum, der mittleren Aristokratie (die höfischen Kreise spielen keine Rolle), sowie, mit der Familie der Anna Rosner, dem Kleinbürgertum. Für Baron Georg von Wergenthin ist dieser Umstand nicht zuletzt deshalb von Bedeutung, weil er, anders als in bürgerlichen oder aristokratischen Kreisen, nicht damit rechnen muß, von den männlichen Familienmitgliedern wegen der verletzten Ehre der Tochter bzw. Schwester zur Rechenschaft gezogen oder zur Heirat gezwungen zu werden. Schon als er, kurz nach dem Tod seines Vaters, zum erstenmal die Familie seiner künftigen Geliebten aufsucht, wird erkennbar, daß Wahrnehmung und gesellschaftliche Einschätzung für den vornehmen Besucher eine unauflösbare Einheit bilden: »›Ja, es ist sehr unerwartet gekommen‹, sagte Georg leise und blickte auf den dunkelroten, verschossenen Teppich zu seinen Füßen.« Von diesen Leuten – für Wergenthin handelt es sich wohl eher um ein Milieu als um eine Familie – hat er nichts zu befürchten, zumal der noch immer sich als sozialer Aufsteiger fühlende Vater Rosner sich durch den vornehmen Besuch deutlich geehrt fühlt und sich in entsprechender Konversation versucht, während Sohn Karl zwar schon Ressentiments zu entwickeln beginnt, einstweilen jedoch über eine ungeschickte Verquickung von Aufsässigkeit und Servilität nicht hinauskommt: »›Also ein plötzlicher Tod, sozusagen‹, bemerkte Herr Rosner, und alles ringsum schwieg. Georg nahm eine Zigarette aus seinem Etui und bot Josef eine an. ›Küß die Hand‹, sagte Josef, nahm die Zigarette und verbeugte sich, indem er ohne ersichtlichen Grund die Hacken aneinander schlug. Während er dem Baron Feuer gab, glaubte er dessen Blicke auf sein Sacco gerichtet und bemerkte entschuldigend und mit noch tieferer Stimme als gewöhnlich: ›Bureaujanker‹.« Selbst Anna Rosner, die aufgrund ihrer Ausbildung, ihrer Erscheinung und ihres Umgangs sich am weitesten von ihrem Ursprung entfernt zu haben scheint, gibt einmal unvermittelt zu erkennen, daß sie die borniert Sichtweise ihrer Klasse nicht überwunden hat: »›Ich bewundere sie sogar‹, sagt sie einmal über Therese Golowski. »»Ich bewundere überhaupt alle Leute, die imstande sind, für etwas, was sie im Grunde nichts angeht, so viel zu riskieren. (...) Sie müssen nämlich wissen, daß Therese eine der Führerinnen der sozialdemokratischen Partei ist.‹ ›Und wissen Sie, wofür ich sie gehalten habe?‹ sagte Georg. ›Für eine angehende Schauspielerin!«« Weil das Kleinbürgertum mit dem Proletariat nichts mehr zu tun haben will und doch dauernd fürchten muß, den eigenen, zäh verteidigten Status wieder zu verlieren, stimmt sie an dieser Stelle vorbehaltlos mit dem Vertreter der Aristokratie überein, der es nicht nötig hat, die unteren Schichten überhaupt zur Kenntnis zu nehmen, und politisches Engagement daher als Schauspielerei glaubt abtun zu können. Das ist um so bemerkenswerter, als in demselben Jahr, da die Romanhandlung einsetzt, 1897, der Kaiser, nachdem er sich dreimal geweigert hatte, Dr. Karl Lueger, den Führer der christlichsozialen Partei, die bereits seit 1895 über die Mehrheit im Gemeinderat verfügt, endlich zum Bürgermeister von Wien ernennt und damit der Sammlungsbewegung der sich bedroht fühlenden kleinbürgerlichen Massen nun auch offiziell politische Macht verleiht.

Schnitzler selbst sah sein Werk, dem er von Anfang an besondere Bedeutung einräumte, in der Perspektive des Bildungsromans, also der spezifisch deutschen Variante des Gesellschaftsromans: »(...) geht es aber weiter wie bisher«, notiert er während der Arbeit, »so wird dieser Roman auf der großen Linie der deutschen Romane Meister, Heinrich, Buddenbrooks, Assy, liegen.« Bei aller Kritik am Liberalismus, der in Österreich schon 1879 die politische Macht an konservative Kräfte abgeben mußte und seitdem mehr oder weniger zu einem Repertoire von Phrasen über das Gemeinwohl heruntergekommen war – im Roman sind es der Schriftsteller Edmund Nürnberger und der junge Dr. Stauber, durch die der Autor seine kritische Einstellung zum Ausdruck bringt –, ist Schnitzler selbst durch den Geist der spezifisch bürgerlichen Sichtweise immerhin noch so stark geprägt, daß er die Vermittlung von Individuum und Gesellschaft, wie im Bildungsroman üblich, als eine dem einzelnen Menschen aufgegebene Anpassungsleistung verstehen kann. Darauf verweist auch die auffälligste Aussage in der Verlagsankündigung des Romans: die Tatsache, daß der Situation der Juden im Roman »mehr noch nach der seelischen als der rein sozialen Seite nachgegangen« wird. Obwohl gerade in den letzten Jahrzehnten des 19. Jahrhunderts das judenfeindliche Ressentiment aus einer Art Marotte – der Deutschlehrer, heißt es in den Aufzeichnungen zur Autobiographie, »noch recht harmlos (...), Wagnerianer, deutschnational, spricht die jüdischen Vornamen spöttisch aus, begeht aber keinerlei Ungerechtigkeiten, heiratet eine Jüdin« – sich zu einem schlagkräftigen politischen Instrument, mit dem besonders Lueger virtuos umzugehen verstand, entwickelt hatte, sieht Schnitzler das Problem noch immer als ein psychologisches, das also von seiten des Individuums zu lösen ist. Noch im Jahre 1912, bei den Vorarbeiten zur Autobiographie, notiert er: »In diesen Blättern wird viel von Judentum und Antisemitismus die Rede sein, mehr als manchem geschmackvoll, notwendig und gerecht erscheinen dürfte. Aber zu der Zeit, in der man diese Blätter möglicherweise lesen wird, wird man sich, so hoffe ich wenigstens, kaum mehr einen rechten Begriff zu bilden vermögen, was für eine Bedeutung, seelisch fast noch mehr als politisch und sozial, zur Zeit, da ich diese Zeilen schreibe, der sogenannten Judenfrage zukam. Es war nicht möglich, insbesondere für einen Juden, der in der Öffentlichkeit stand, davon abzusehen, daß er Jude war, da die andern es nicht taten, die Christen nicht und die Juden noch weniger. Man hatte die Wahl, für unempfindlich, zudringlich, frech oder für empfindlich, schüchtern, verfolgungswahnsinnig zu gelten. Und auch wenn man seine innere und äußere Haltung so weit bewahrte, daß man weder das eine noch das andere zeigte, ganz unberührt zu bleiben war (...) unmöglich (...).« Der Roman unternimmt es, von der Gestalt des altliberalen Dr. Stauber bis hin zu den Vertretern eines mehr oder weniger entschlossenen Zionismus die unterschiedlichen Positionen innerhalb des jüdischen Bürgertums vor Augen zu führen.

Als Entwicklungsroman ist *Der Weg ins Freie* jener Gattung zugehörig, die das Ziel verfolgt, das Individuum mit der Gesellschaft zu versöhnen. Je weiter das vielfältige Handlungsgeflecht des Romans sich entfaltet, desto deutlicher wird indessen, daß dieser Anspruch nicht mehr einzulösen ist. Hier ist wohl der Grund dafür zu suchen, daß das Werk, das mehr als alle anderen dem Autor am Herzen lag, noch zwei Jahre nach seinem Erscheinen zu einer schweren Verstimmung zwischen Schnitzler und Hofmannsthal führte, als dieser gestand, das Buch seinerzeit »halb zufällig, halb absichtlich« in der Eisenbahn liegengelassen zu haben. Es ist deutlich, was Hofmannsthal, dessen Bemühen um freundschaftliche Nähe bis zur Identifizierung mit dem Adressaten führen konnte – einen Brief unterschrieb er, mit einer für ihn überaus charakteristischen Fehlleistung, als »Ihr Arthur« –, an Schnitzlers Roman abschreckte: auf ihn, der, wie er einmal schrieb, von der »Einheit der Welt sehr stark durchdrungen« war, mußte *Der Weg ins Freie,* in dem von dieser »Einheit« nichts mehr übriggeblieben war, zutiefst erschreckend wirken. Was den Roman zusammenhält, ist nicht mehr eine epische Totalität, sondern allein noch das Bewußtsein des Erzählers: daher der häufige Perspektivenwechsel, der zunächst den Eindruck nahelegt, Schnitzler habe willkürlich auf den klassischen »allwissenden Erzähler«, der nach Belieben die intimsten Gedanken aller Romanfiguren wiedergeben konnte, zurückgegriffen. Weil diese Menschen nichts mehr miteinander verbindet, weil sie auf keine intakte gesellschaftliche Ordnung mehr verpflichtet sind, kann allein noch der Erzähler verhindern, daß sie beziehungslos auseinanderfallen. Am ehesten spart die Allwissenheit des Erzählers die Gestalten aus, die noch, wie Felician von Wergenthin, einen vollendeten Typus darstellen, das heißt, die noch eine intakte Identität aus ihrer klar definierbaren sozialen Herkunft ableiten können: neben Felician von Wergenthin, dem vollendeten Aristokraten, ist das nur noch bei der alten Frau Golowski der Fall, deren bürgerliches Weltbild unerschüttert ist. Vor ihnen verstummt der »allwissende Erzähler«: sie sind ihm, der schon einer anderen Gesellschaft angehört, zum vollendeten Rätsel geworden.

Unter diesem Aspekt ist die vorsichtige Kritik bedeutsam, die Georg Brandes, der berühmte dänische Kritiker und jahrzehntelange Freund Schnitzlers, unmittelbar nach Erscheinen des Romans anmeldete: »Aber haben Sie nicht zwei Bücher geschrieben? Das Verhältnis des jungen Barons zu seiner Geliebten ist eine Sache, und die neue Lage der jüdischen Bevölkerung in Wien durch den Antisemitismus eine andere, die mit der ersteren, scheint mir, in nicht notwendiger Verbindung steht. Die Geliebte ist nicht Jüdin. Ich (…) sehe ja sehr gut die vielen Zusammenhänge (…) aber nicht den strengen notwendigen Zusammenhang.« Natürlich hat Brandes recht mit der Feststellung, daß die Geschichte der Verbindung von Anna Rosner und Georg von Wergenthin nicht direkt etwas mit der vielgestaltigen jüdischen Problematik zu tun hat; gerade deshalb aber kann Schnitzler nicht darauf verzichten, die beiden Handlungsstränge nebeneinander zu entwickeln. Da Georg sich für nichts wirklich interessiert – weder für seine Kunst, von der ihm die »Atmosphäre« genügt, noch für andere Menschen, weshalb er auch keine tiefergehenden Gefühle, sondern nur sentimentale Anwandlungen kennt –, ist er sozusagen der ideale Gesprächspartner für die jüdischen Gestalten des Romans, die ihre extrem unterschiedlichen Auffassungen der eigenen Situation fast ununterbrochen zum Gegenstand kontroverser Debatten machen, ohne daß eine Einigung jemals absehbar würde. Ohne den wohlerzogenen, geduldig zuhörenden, innerlich unbeteiligten Freiherrn, der sich in seiner gesellschaftlichen Stellung von keiner Seite bedroht sieht und dem daher antisemitische Regungen fremd sind, würden die detaillierten Debatten über die *conditio judaica* die Ökonomie des Romans sprengen. Wenn es in dieser zerklüfteten Gesellschaft schon keine Gemeinsamkeiten mehr gibt, so bedarf es wenigstens einer Projektionsfläche, um ihre Probleme darstellbar zu machen.

Die Sorge, daß der Roman, bei allem Reichtum im Detail, als Ganzes verfehlt sein könnte, ist Schnitzler jedenfalls nicht fremd: »Ich deducirte die Fehler des R(omans) aus Wurzelfehlern meiner Persönlichkeit. Meine ›Weltanschauung‹: ›Sicherheit ist nirgends‹ widerspricht der Idee des Kunstwerks, das das Motto zu tragen hat: Sicherheit ist überall – oder vielmehr: ›Sicherheit ist nirgends außer in mir.‹« Tatsächlich jedoch ist der »Fehler« hier zum Ausdruck eines Gehalts geworden, der anders nicht darstellbar wäre: im Auseinanderfallen von individuellem Schicksal und gesellschaftlichem Hintergrund tritt zutage, daß beide Bereiche nicht mehr sinnvoll aufeinander zu beziehen sind. Werden sie dennoch kurzgeschlossen, so entsteht Verlegenheit, wie es einmal im Salon der Familie Ehrenberg, einem der gesellschaftlichen Zentren, sich ereignet: »Das Gespräch stockte einen Augenblick, wie es leicht geschieht, wenn mit einemmal hinter einer allgemeinen Bemerkung die persönliche Nutzanwendung allzudeutlich hervorblinkt.« In der rasch überspielten Unterbrechung wird für einen Augenblick der die Gesellschaft prägende Hiatus erkennbar. In ihr ist Kommunikation – in der gesellschaftlich approbierten Form der Konversation – nur solange möglich, als sie, bei aller scheinbaren Offenheit (die bis zum Zynismus gehen kann), unverbindlich bleibt; sie bricht zusammen, wenn die Bereiche des Allgemeinen und des Besonderen sich unversehens einmal überschneiden. Umgekehrt kann eine authentische menschliche Beziehung dort entstehen, wo Entfremdung nicht verleugnet, sondern als Voraussetzung des Gesprächs begriffen wird: Als für die bevorstehende Niederkunft Annas Georg von Wergenthin, natürlich unter einem Vorwand, ein geeignetes Landhaus sucht, begleitet ihn der Schriftsteller Edmund Nürnberger, ohne zu erkennen zu geben, daß er die Mystifikation längst durchschaut hat. »Dabei wurde immer die Fiktion gewahrt, als suchte Georg für die befreundete Familie, als glaubte Nürnberger daran, und als glaubte Georg, daß Nürnberger daran glaubte.« Indem Nürnberger den Fiktionscharakter der Kommunikation auf die Spitze treibt, erscheint für einen Augenblick ein versöhnliches Moment: Unaufrichtigkeit, ironisch in die Totale erhoben, schlägt ins Positive um und wird zu Takt.

Der Roman enthält jedoch nicht nur »Bilder aus den verschiedensten Gesellschaftskreisen«, er reflektiert darüber hinaus seine eigenen Entstehungsbedingungen, und zwar in Gestalt der beiden Schriftsteller Edmund Nürnberger und Heinrich Bermann. Obgleich beide (besonders aber Bermann) im Verlauf der Handlung eine Reihe von zeitdiagnostischen Aussagen treffen, die auch Schnitzler selbst zugeschrieben werden könnten, hat der Autor sich mit keinem von ihnen identifiziert; wohl aber sieht er in den Problemen, die beide mit ihrer Existenz als Schriftsteller haben, die gleichen Gefährdungen, denen er selbst ausgesetzt ist. Für die Gestalten der Erzählgegenwart, die, wie sich aus einem Hinweis auf den ersten Basler Zionistenkongreß (1897) schließen läßt, sich von Mai 1897 bis zum Spätsommer des Jahres 1898 erstreckt, stammt Nürnbergers einziger, bereits vor Jahren erschiener Roman aus einer »nun halbvergangenen Zeit (...). Über jener lügendumpfen Welt, in der erwachsene Menschen für reif, altgewordene für erfahren und Leute, die sich gegen kein geschriebenes Gesetz vergingen, als rechtlich; in der Freiheitsliebe, Humanität und Patriotismus schlechtweg als Tugenden galten, auch wenn sie dem faulen Boden der Gedankenlosigkeit oder der Feigheit entsproßt waren, hatte Nürnberger grimmige Leuchten angezündet; und zum Helden seines Buches hatte er einen tätigen und braven Mann gewählt, der, von den wohlfeilen Phrasen der Epoche emporgetragen, auf der Höhe Überblick und Einsicht gewann und in der Erkenntnis seines schwindelnden Aufstiegs von Grauen erfaßt, in das Leere hinabstürzte, aus dem er gekommen war.« Nürnbergers Roman befaßt sich offensichtlich mit der Epoche, die den wirtschaftlichen und weltanschaulichen Triumph des Liberalismus, aber auch, spätestens seit dem großen Börsenkrach von 1873, seine Diskreditierung bei der Masse der Bevölkerung mit sich gebracht hatte. Damals war Lueger, der als Liberaler seine politische Karriere begonnen hatte, dazu übergegangen, sich als Vertreter der Bevölkerungsschichten darzustellen, die am schwersten durch ihr Vertrauen in die liberalistische Ideologie, daß jeder aus eigener Kraft es zu Wohlstand und gesellschaftlichem Ansehen bringen könne, geschädigt waren. Dabei verstand er es geschickt, die Kritik am liberalistischen System nicht zu einer umfassenden Kapitalismuskritik sich ausweiten zu lassen, sondern sie auf die Bevölkerungsgruppe zu konzentrieren, die durch den Liberalismus am meisten profitiert hatte und sich daher weitgehend mit ihm identifizierte: »Lueger sprach klug und gemäßigt über Korruption und Wucher«, heißt es in einem zeitgenössischen Bericht (von Franz Stauracz) über einen Auftritt des virtuosen Demagogen vor dem Christlichsozialen Verein, »und ließ dabei einfließen, daß bei Korruption und Wucher überall Juden zu treffen seien. Die Liberalen (...) waren außer sich. Die judenliberalen Blätter beschimpften und verleumdeten Dr. Lueger in der ärgsten Weise.« Das Spekulationsfieber, das auch die kleinbürgerliche Bevölkerung erfaßt hatte, die vor dem Börsenkrach von 1873 grassierende »Bedenkenlosigkeit des breiten Publikums, das den Börsenkomptoirs (...) sein Geld zur Verfügung stellte« (Matis), das bedingungslose Vertrauen in die Versprechungen, mit denen betrügerische Spekulanten für die Gründung immer neuer, oft nur auf dem Papier existierender

Aktiengesellschaften warben, war der Versuch, durch dasselbe System, durch das die Masse der Bevölkerung hoffnungslos ins Hintertreffen geraten war, doch noch eine Wendung des wirtschaftlichen Schicksals zu erzwingen. Diese Entwicklung ist es, die dazu führt, daß der Protagonist von Nürnbergers Roman »in der Erkenntnis seines schwindelnden Aufstiegs von Grauen erfaßt« wird und ins Nichts stürzt. Schnitzlers Generation wächst auf in einer Zeit, in der die Parolen des Liberalismus vom Gemeinwohl, dem die wirtschaftliche Aktivität jedes einzelnen angeblich diente, noch immer das öffentliche, insbesondere auch das politische Leben beherrschen, obwohl sie längst als Phrasen durchschaut sind.

»Über das Wohinaus«, notiert Hofmannsthal, »allgemeine Unklarheit. (…) Verlogenheit, resultiert zumeist aus dem fortgesetzten ehrerbietigen Gebrauch von Begriffen, denen eine lebende Achtung versagt ist.« Daher konnte Nürnbergers Roman keine befreiende Wirkung haben, weder für die Öffentlichkeit noch für den Autor selbst, dem nur die Bitterkeit des bestätigten Propheten bleibt; sein »Ekel« läßt ihn als Schriftsteller verstummen. Damit ist das Ende bürgerlicher Kunst, die von der Möglichkeit lebt, durch die Kritik das Bessere sichtbar werden zu lassen, absehbar geworden. In Schnitzlers Roman wird der Verfallsprozeß des Liberalismus, die Verwandlung seiner Ideologie in das Leichengift der Phrase, durch die Doktoren Stauber, Vater und Sohn, vor Augen geführt. Auch der ältere Dr. Stauber, ein Altliberaler, ist nicht ganz frei von der Pose, die dem Liberalismus durch seine ständige Berufung auf das Gemeinwohl von Anfang an nicht fremd war: »(…) der alte Doktor Stauber (…) war eingetreten und wurde herzlich begrüßt. Er reichte Georg (…) die Hand und sah ihn so freundlich an, daß sich Georg sofort zu ihm hingezogen fühlte. (…) Die Augen, wenn sie nicht eben mit einiger Absicht gütig oder klug schauten, schienen sich hinter den müd gewordenen Lidern gleichsam für den nächsten Blick auszuruhen.« Ihm ist bewußt, daß die Begriffe und Ideale, denen er sich in seinen jüngeren Jahren verbunden gefühlt hatte, in der Gegenwart die Verbindlichkeit, die sie vielleicht niemals ganz zu Recht beansprucht hatten, verloren haben; in der Epoche, aus der er komme, sagt er einmal zu Georg von Wergenthin, seien die Begriffe »unwiderruflich festgestanden«, so daß »jeder zum Beispiel genau gewußt« habe: »man hat seine Eltern zu verehren, sonst ist man ein Schuft … oder: eine wahre Liebe gibt es nur einmal im Leben … oder: es ist ein Vergnügen für das Vaterland zu sterben …« Dennoch hält er an den Grundlagen der liberalistischen Weltanschauung, der er seinen gesellschaftlichen Aufstieg verdankt, unerschütterlich fest. »Besinn dich doch auf dich! Persönlichkeit und Leistung setzen sich am Ende immer durch«, hält er seinem Sohn entgegen, der sich entschlossen hat, den Beruf des Arztes mit dem des Politikers zu vertauschen. In den Gesprächen zwischen Vater und Sohn wird deutlich, welche verheerende Wirkung die Politik nach Schnitzlers Überzeugung – denn hier stimmen Romanfigur und Autor überein – auf die Menschen ausübt. Obwohl das politische Engagement des jungen Stauber offensichtlich aus der Empörung über die österreichischen Zustände, insbesondere über den zunehmenden Antisemitismus, erwachsen ist, verfällt er zwangsläufig in die Redegewohnheiten seiner Gegner und endet, wenn er sein politisches Programm darlegt, zielstrebig bei der Propagierung der Euthanasie. »Die Menschenliebe, die du meinst, Vater, halt ich für ganz überflüssig, eher für schädlich. (…) Und gerade, wenn man ganzen Menschengruppen helfen will, muß man gelegentlich hart sein können gegen den einzelnen, ja muß imstande sein, ihn zu opfern, wenn's das allgemeine Wohl verlangt. Du brauchst nur dran zu denken, Vater, daß die ehrlichste und konsequenteste Sozialhygiene direkt darauf ausgehen müßte, kranke Menschen zu vernichten, oder sie wenigstens von jedem Lebensgenuß auszuschließen. Und ich leugne gar nicht, daß ich in dieser Richtung allerlei Ideen habe, die auf den ersten Blick grausam erscheinen könnten. Aber Ideen, glaub ich, denen die Zukunft gehört. Du brauchst dich nicht zu fürchten, Vater, daß ich gleich damit beginnen werde, den Mord der Schädlichen und Überflüssigen zu predigen. Aber philosophisch geht mein Programm ungefähr darauf hinaus.« Mit der Verwandlung des Begriffs in die Phrase wird das Wort zur Waffe, die, gerade weil sie »philosophisch« vorgeht, schließlich auch noch die Vernunft in Dienst nimmt und sich damit endgültig jeder Kontrolle entzieht.

Nürnbergers Widerpart im Roman, Heinrich Bermann, hat die Fähigkeit der Selbstanalyse ins Extrem getrieben. Wie Nürnberger literarisch paralysiert wird durch das Gefühl des Ekels, so droht Bermann über der Analyse die Fähigkeit des Gestaltens abhanden zu kommen; die politische Tragikomödie, die er plant, wird nicht vollendet: »Ich entwerfe viel, aber ich mache nichts fertig. Das Vollenden interessiert mich überhaupt selten. Offenbar bin ich innerlich zu rasch fertig mit den Dingen.« Es ist offenkundig, daß Schnitzler, über mancherlei autobiographische Züge hinaus, die er Bermann beilegte, in den beiden Schriftstellern die Gefahren objektivierte, von denen er sich selbst bedroht sah. Für Bermann wie für Schnitzler bleibt der Übergang von theoretischer Einsicht in gesellschaftliche Praxis überaus problematisch: »Aber, lieber Freund, das Verstehen hilft ja gar nichts. Das Verstehen ist ein Sport wie ein anderer. (…) Es ist eine Sackgasse gewissermaßen. Das Verstehen bedeutet immer ein Ende.« Es ist bezeichnend, daß Bermann hier den Sport ins Spiel bringt, jene Tätigkeit, die, indem sie Anspannung und Inhaltslosigkeit verbindet, der Dynamik einer Gesellschaft entspricht, die keine vernünftigen Ziele mehr zu verwirklichen hat. Schnitzlers Gesellschaftsdrama *Das weite Land* und die Nachkriegsnovelle *Fräulein Else* haben unermüdliche sportliche Aktivitäten als Hintergrund.

Die Ursache von Bermanns Scheitern ist seine Erkenntnis der tiefen Dissoziation der Gesellschaft; sie läßt es ihm unmöglich erscheinen, die Einsichten, zu denen er gelangt ist, in einem nicht nur oberflächlichen Sinne mitteilbar zu machen: »Als wenn ein Mensch mit den Erfahrungen eines andern das geringste anfangen könnte! Die Erfahrungen des einen können für den andern manchmal amüsant, öfters verwirrend, aber nie lehrreich sein …« Mit diesen Worten hat auch Bermann sich als Schriftsteller preisgegeben, denn dessen Aufgabe wäre es, private Erfahrungen zu öffentlichen zu machen und Öffentliches in seinen privaten Auswirkungen aufzusuchen. Auch Bermann hat also resigniert, zumindest in dem Sinne, daß er von seiner Tätigkeit keine in die Realität eingreifende und sie verändernde Wirkung mehr erwartet. Seine Resignation ist daher ein eminent politischer Vorgang, in einem Roman, in dem die Auswirkungen der Politik auf private Verhaltensweisen mit Händen zu greifen sind. Trotzdem bleibt Politik nach dem Willen des Autors aus dem Romangeschehen in gleicher Weise ausgeschlossen wie der Prinz von Guastalla, der, offenbar ein ehemaliger Exponent fortschrittlicher politischer Bestrebungen, stets an der Peripherie des Geschehens bleibt: wiederholt in den Gesprächen erwähnt, wird er nur ein einziges Mal sichtbar, in einer Episode außerhalb des eigentlichen Bereichs des Romans (im »Süden«).

»Politische Überzeugung? – – Das ist oft nichts anderes als die bequeme Larve, hinter der ein Lump seine widerliche Fratze verstecken möchte, um unter dem Schutz der Maskenfreiheit auf dem politischen Faschingsrummel, den wir am Aschermittwoch Weltgeschichte zu nennen lieben, ungestraft oder gar bejubelt sein feiges Unwesen zu treiben.« Hinter Schnitzlers antipolitischer Haltung verbirgt sich, bei aller Kritik, sein Festhalten an den freiheitlichen Tendenzen des Liberalismus. Nach der Grundannahme des Liberalismus, der durch den Marktmechanismus hervorgebrachten und garantierten Harmonie von Gemeinwohl und individuellem Interesse, war der Politiker im Grunde genommen überflüssig. Verliert nun der Markt aufgrund fortschreitender Konzentrations- und Monopolisierungsprozesse an Bedeutung, so gewinnt der Politiker zunehmend an Einfluß, was natürlich das prinzipielle Mißtrauen, das das liberale Bürgertum diesem Berufsstand entgegenbringt, nur noch steigert; der Politiker, der ins System eingreift, kann nur aus eigennützigen Motiven handeln. Noch 1927, in dem philosophischen Diagramm *Der Geist im Wort und der Geist in der Tat,* sieht Schnitzler im »Politiker« den »negativen Gegentypus des Staatsmannes«, wobei er betont, daß es zwischen beiden Typen »keine Übergänge« geben könne. Das ist wohl so zu verstehen, daß der Staatsmann, gleich dem deistischen Gott der Aufklärung, ein funktionierendes Ganzes errichtet, das er anschließend, ohne einzugreifen, seiner Entwicklung überlassen kann, während der Politiker, der nur innerhalb dieses harmonischen Ganzen intrigiert, seine persönlichen Interessen verfolgt.

Folgerichtig verweist der Roman auf zwei Möglichkeiten – zwei »Wege ins Freie« –, die den Menschen noch offenstehen. Eine besteht darin, trotz aller Widrigkeiten am liberalen Individualismus festzuhalten; Heinrich Bermann vertritt sie: »Für unsere Zeit gibt es keine Lösung, das steht einmal fest. Keine allgemeine wenigstens. Eher gibt es hunderttausend verschiedene

Lösungen. (…) Ich glaube überhaupt nicht, daß solche Wanderungen ins Freie sich gemeinsam unternehmen lassen … denn die Straßen dorthin laufen ja nicht im Lande draußen, sondern in uns selbst. Es kommt nur für jeden darauf an, seinen inneren Weg zu finden. Dazu ist es natürlich notwendig, möglichst klar in sich zu sehen, in seine verborgensten Winkel hineinzuleuchten! Den Mut seiner eigenen Natur zu haben. Sich nicht beirren lassen.« Aber wenn es »hunderttausend verschiedene Lösungen« gibt, gibt es in Wahrheit keine; am Schluß muß der radikale Individualist Bermann eingestehen, daß der »Mut« zur »eigenen Natur« sinnlos ist, wenn eine Verständigung mit anderen Menschen nicht einmal mehr ins Auge gefaßt werden kann: »In mir sieht's nämlich greulich aus. Sollten Sie das noch nicht bemerkt haben? Was hilft's mir am Ende, daß in allen meinen Stockwerken die Lichter brennen? Was hilft mir mein Wissen von den Menschen und mein herrliches Verstehen? Nichts … Weniger als nichts.« Der Individualismus endet im sichersten aller Gefängnisse, der eigenen Innerlichkeit.

Die Alternative wäre ein konsequent ästhetisches Verhalten, das die anderen Menschen auf sicherer Distanz hält. Das ist der Weg Georg von Wergenthins, dem es mit seiner Kunst kaum ernst ist; ihre »Atmosphäre« genügt ihm. Während der Ästhet Claudio in Hofmannsthals lyrischem Drama *Der Tor und der Tod* unter der Distanz zu den anderen Menschen leidet und sie nur um den Preis des eigenen Lebens zu überwinden vermag, ist es Wergenthin darum zu tun, diese Distanz niemals ganz aufzugeben, auch nicht in seinem Verhältnis zu Anna Rosner. Ungemein praktisch an dieser Lösung ist, daß den Preis des Lebens, der natürlich auch hier fällig ist, die anderen zu entrichten haben; zudem handelt es sich, wie die Abschiedsszene von Wergenthin und Anna Rosner erkennen läßt, um einen Mord ohne Leiche: »Sie erhob leicht die Hand, als bäte sie ihn zu schweigen. Er stand auf, drückte sie an sich, küßte ihren Mund, der kühl war und seinen Kuß nicht erwiderte, und verließ das Zimmer. Sie blieb zurück, mit schlaffen Armen, stehend, die Augen geschlossen.« Kein Zweifel: von allen Romanfiguren leidet Georg am wenigsten. »Georg aber war gut und frei zumut. (…) In Georgs Seele war ein mildes Abschiednehmen von mancherlei Glück und Leid (…); und zugleich ein Grüßen unbekannter Tage, die aus der Weite der Welt seiner Jugend entgegenklangen.« Trotzdem stellt auch die Lebensform, die er sich wählt, keine Lösung dar, die diesen Namen verdiente. Der Weg ins Freie, den außer ihm keine andere Romangestalt realisiert, hat den Verzicht auf jede, auch die geringfügigste Entwicklung zur Voraussetzung; der Roman mündet, was ihn betrifft, in den Anfang. Dort hatte es geheißen: »Während er so am Fenster stand und in den Park hinunterschaute, (...) empfand er es wie beruhigend, daß er zu keinem menschlichen Wesen in engerer Beziehung stand und daß es doch manche gab, mit denen er wieder anknüpfen, in deren Kreis er wieder eintreten durfte, sobald es ihm nur beliebte.« Wie seine Kunst ihm kaum mehr bedeutet als eine angenehme Art, sich die Zeit zu vertreiben, so neigt er dazu, die Menschen, denen er scheinbar nahesteht, zu bloßen Mitteln seiner Zerstreuung zu machen. Wenn er sich, als seine Beziehung zu Anna zu Ende geht, darüber wundert, daß diese Entwicklung niemanden überrascht – »Die Leute wußten alles früher als er selbst« –, dann bedeutet die Tatsache, daß die Gerüchte über ihn das letzte Wort haben, eine Bestätigung der monströsen Banalität seines Charakters: alles kommt so, wie es nach Ansicht der »Leute« kommen muß, wenn ein Baron ein Verhältnis mit einem Mädchen aus kleinbürgerlichen Verhältnissen beginnt. Der riesige Aufwand des Romans war, was Georg von Wergenthin betrifft, umsonst: seine Geschichte hätte sich auch in wenigen Sätzen abhandeln lassen, sie ist, strenggenommen, der Erwähnung nicht wert. Der Entwicklungsroman nimmt sich selbst zurück.

Damit endet der Roman, mit dessen Erscheinen im Jahre 1908 das Zeitalter des Liberalismus endgültig abgeschlossen ist. In demselben Jahre läßt ein Mann sich in Wien nieder, der entschlossen ist, aus dem Antisemitismus mehr als ein bloß »psychologisches« Problem zu machen. Er setzt nicht mehr auf das Individuum, sondern auf die Masse, nicht auf das Argument, sondern auf Propaganda. »Aussicht auf den Sieg« hat nur, wer es versteht, »die breite Masse als Trägerin der neuen Lehre« zu mobilisieren: »Die Macht aber, die die großen historischen Lawinen religiöser Art ins Rollen brachte, war seit urewig nur die Zauberkraft des gesprochenen Wortes.« *(Mein Kampf)* Aber das ist eine andere Geschichte.

III

Auch mit seinem letzten Roman, *Therese. Chronik eines Frauen-lebens* (1928), setzt Schnitzler die Entwicklung fort, die mit *Frau Berta Garlan* eingesetzt hatte:»Von 1900 an beginnt sich Schnitzler in einem für die damalige Literatur ungewöhnlichen Maß mit der sozialpsychologischen Situation der Frau zu be-schäftigen; und zwar nicht bloß thesenhaft (...), sondern so, daß (...) durch die Erzählperspektive (...) Empfindungen und Gedanken der Frauen, aus dem Denkschema der Männer her-ausgelöst, unmittelbar zur Sprache kommen. (...) Er sieht als Dichter von seiner privilegierten männlichen Position soweit als möglich ab, und es ist ihm fortan nicht mehr allein wichtig, was die Männer von den Frauen halten und wie sie über sie denken, sondern er stellt auch aus der Perspektive der Frauen dar, wie diese in der Gesellschaft zurechtkommen, von der sie geformt werden (...).« (Doppler) So unterschiedlich Schnitzlers Romane in bezug auf Konstruktion, Handlungsverlauf und Perspektive aufgebaut sind, gemeinsam ist ihnen, daß die jeweilige weibli-che Hauptfigur sich in einer Art gesellschaftlichem Niemands-land bewegt. Für Berta Garlan scheint das noch am wenigsten zu gelten: als Witwe braucht sie ihr Kind nicht zu verleugnen, sie muß es nicht – im Unterschied zu den ledigen Müttern Anna Rosner und Therese Fabiani – in Pflege geben, sondern kann mit ihm zusammenleben und es selbst aufziehen. Da sie sich den für nicht verheiratete Frauen gültigen Normen unterwirft, bleibt gesellschaftliche Ächtung ihr erspart. Immerhin ist absehbar, daß, je länger sie allein lebt, ihre Lebensführung im Zeichen einer gewissen Zweideutigkeit stehen wird: sie hat die Wahl, von den Männern der Provinzstadt allmählich als mehr oder weni-ger leicht zu erjagende erotische Beute angesehen zu werden, als »Freiwild« (in dem Sinne, wie Schnitzler diesen Begriff in einem frühen Stück auf den Status von Schauspielerinnen bezog) – die dreisten Annäherungsversuche des Herrn Klinge-mann zeigen, daß diese Entwicklung bereits in Gang gekommen ist –, oder sie kann ihren Ruf als »anständige Frau« weiter vertei-digen, allmählich wieder eine Art Jungmädchenrolle annehmen und schließlich als alte Jungfer enden. Als Witwe, die, wenn auch sehr kärglich, »versorgt« ist, kann sie die »Lektionen«, die sie erteilt, vor sich selbst und anderen als kultivierten Zeitvertreib ausgeben, dem sie nicht aus wirtschaftlicher Notwendigkeit nachgehe. Der sozialen Deklassierung, die für Frauen, die sich selbst ernähren müssen, unausweichlich ist, kann sie auf diese Weise mit knapper Not entgehen.

Die Aussichten, die sich für Anna Rosner (im *Weg ins Freie*) eröffnen, sind wesentlich schlechter, und zwar insbesondere dann, wenn man ihr Schicksal mit den Augen der Zeitgenossen betrachtet: »Wie verächtlich der falsche Elegant, Baron Georg, dieses Ebenbild des Autors«, urteilt Marie von Ebner-Eschenbach. Die unvermittelte Gleichsetzung Wergenthins mit dem Autor – beiden spricht sie »unerträgliche Selbstbespiegelung« zu – ist in dieser Kraßheit zwar nicht aufrechtzuerhalten (obwohl das Verhalten Schnitzlers gegenüber dem Urbild der Anna Rosner, Marie Reinhard, die im August 1897 ein totes Kind zur Welt gebracht hatte, sich von demjenigen Wergenthins nicht wesentlich unterschieden haben dürfte), die Schärfe ihres Urteils ist jedoch wohlbegründet, wenn man sich das wahrscheinliche Schicksal Anna Rosners vergegenwärtigt. Trotz ihrer Herkunft aus dem Kleinbürgertum hat sie aufgrund ihrer Erscheinung, ihrer Ausbildung und ihres Auftretens zunächst gute Chancen, durch eine entsprechende Heirat die engen Verhältnisse ihres Ursprungs hinter sich zu lassen; selbst ein Freiherr von Wergenthin könnte sich mit ihr ehelich verbinden, ohne einschneidende gesellschaftliche Sanktionen fürchten zu müssen. Damit ist es nach der Liaison mit ihm vorbei. Nicht nur wird sie weiter Lektionen geben müssen, es ist auch nicht auszuschließen, daß sie auf die Stufe Thereses absinken oder als völlig vereinsamte Klavierlehrerin, ähnlich der ergreifend trostlosen Gestalt in *Flucht in die Finsternis*, enden wird. Wäre das Kind, das sie zur Welt bringt, am Leben geblieben, so hätte sie schon bald Thereses Schicksal insofern geteilt, als sie es zu Fremden in Pflege hätte geben müssen. Für Georg von Wergenthin wäre das ein völlig normaler Vorgang gewesen.

Die Zeitgenossen Schnitzlers wußten, was das zu bedeuten hatte. Die unehelichen Kinder von Frauen, die für ihren Lebensunterhalt selbst aufkommen mußten, wurden in der Regel zu Bauernfamilien gegeben, für ein geringes Kostgeld, das oft genug dem Kind nicht einmal ungeteilt zugute kam, da die

Pflegeeltern, denen es nicht mehr war als eine Erwerbsquelle, nicht selten danach trachteten, ihren ohnehin kargen Verdienst zu erhöhen. In der frühen Novelle *Das Kind* von Schnitzlers Freund Richard Beer-Hofmann ist der Leidensweg eines solchen elternlosen Wesens dokumentiert, gefiltert durch die von seelischer Verhärtung, Bigotterie und mühsam in Zaum gehaltener Geldgier geprägten brieflichen Verlautbarungen der Bauernfamilie. Als eines Tages die Nachricht vom Tode des Kindes eintrifft, kann sein plötzlich von Gewissensbissen heimgesuchter Erzeuger, ein fashionabler junger Herr, der einige Ähnlichkeit mit dem Freiherrn von Wergenthin hat, sich nur zu gut vorstellen, was sich in der ländlichen Idylle abgespielt haben mag: »*Sein Kind, sein* Kind war das gewesen, das die Leute elend umkommen ließen, als sie sahen, daß es nichts zu erpressen gab. Wenn es schrie, weil es hungerte oder weil es Schmerz empfand, hatten sie ihm ein branntweingetränktes Tuch in den Mund gesteckt, daß es schlafe. In Schmutz und Unrat war es in der Wiege gelegen, und keine Hand hatte es geliebkost, kein Mund ihm zärtliche, schmeichelnde Worte – wie sie nur Mütter erfinden – zugeflüstert, – daß es lächle. Er sah die enge, dumpfe Bauernstube, in der sie das Kind einsperrten, wenn sie zur Arbeit gingen. Da lag es dann, umsummt von großen Schmeißfliegen, die es quälten und ängstigten, allein, klagend, bis ihm die Stimme versagte, und zur niederen Decke starrten lichte, hilflose Kinderaugen empor, nichts wissend, nichts ahnend, den Tod nicht begreifend, – nur angstvoll fragend, wie die eines Tieres, das verendet!« Wie schon in der frühen Erzählung *Der Sohn*, so läßt Schnitzler auch in *Therese* die verzweifelte Mutter im letzten Augenblick davor zurückschrecken, den Tötungsversuch zu Ende zu führen; je weiter jedoch das komplexe Geschehen des Romans sich entfaltet, desto deutlicher wird, daß Thereses Sohn zwar nicht den physischen, wohl aber den seelischen Tod gestorben ist. »Wir müssen einen Dolch blitzen sehen«, lautet ein von Schnitzler mehrfach gebrauchter und variierter Schlüsselsatz, »um zu begreifen, daß ein Mord geschehen ist.« Im Roman, der, anders als die frühe Erzählung, nicht mehr auf den »Fall« fixiert ist, hat Schnitzler die metaphysische Spekulation über die ein Leben lang fortwirkende Schuld zwar nicht beseitigt, aber er hat sie in einem die gesellschaftlichen Gegebenheiten umfassenden größeren Zusammenhang konkretisiert und damit wohl auch einer Antwort nähergebracht.

Bindeglied zwischen den in beiden großen Romanen geschilderten Frauenleben ist das Bild kreatürlicher Einsamkeit und Verlassenheit, das der Erzähler im *Weg ins Freie* mit dem Motiv der trächtigen Bernhardinerhündin evoziert. »Oft, in schwüleren Nachmittagsstunden, wenn Anna noch schlief, setzte er sich in der gedeckten Holzveranda (...) und las. (...) Dann (...) kam wohl auch eine trächtige Bernhardinerhündin herbei (...), begrüßte Georg mit tränenvoll-ernsten Augen (...) und streckte sich (...) zu seinen Füßen hin. Später, wenn ein gewisser, strenger, dem Tiere wohlbekannter Pfiff ertönte, erhob es sich, mit der Schwerfälligkeit seines Zustands, schien sich durch einen schwermütigen Blick zu entschuldigen, daß es nicht länger bleiben durfte, und schlich davon.« Wäre Wergenthin nicht in seiner »Selbstbespiegelung« (Ebner-Eschenbach) befangen, er könnte vielleicht im Anblick des schwermütigen Tieres – der »Kreatur«, wie der alte Briest wohl gesagt hätte – ein Sinnbild der Existenz Annas erkennen.

Während Anna Rosner jedoch in der Zeit der Schwangerschaft zumindest physisch nicht allein ist, ist Therese Fabiani – in Schnitzlers zweitem großen Roman *Therese. Chronik eines Frauenlebens* (1928) – schon als Sechzehnjährige ganz auf sich selbst zurückgeworfen. Die beiden einleitenden Kapitel wirken wie eine frühe, verwackelte Photographie: nichts fehlt, was zum Bild einer intakten bürgerlichen Familie gehört, bis hin zum Klavier samt der dazugehörigen Unterweisung der Tochter; nichts jedoch, was nicht zugleich das dementierte, wofür es eigentlich steht, bürgerliche Verläßlichkeit und Beständigkeit: das Pianino ist »immer verstimmt«, die Klavierlehrerin »billig«. Im Zeichen solcher Zweideutigkeiten, die sich verstärken, als die Geisteskrankheit des Vaters zum Ausbruch kommt, wird Thereses gesamte Existenz stehen. Die Blicke der Mutter und des Bruders genügen, um, wie Elsbeth Dangel gezeigt hat, Therese in der eigenen Familie zur Fremden werden zu lassen: »Ihre Augen leuchten in der Erinnerung an Wien, als sie plötzlich den Blick des Bruders ›mißbilligend‹ auf sich gerichtet fühlt. In diesem Moment wird sich Therese bewußt, daß nicht nur der Bruder, sondern auch die Mutter ›sich immer verdrossener, feindse-

lig beinahe« von ihr abwenden. (…) Einen Grund für dieses Weg-
wenden der anderen kann Therese nicht finden. Wie dem Para-
noiker, so entzieht sich auch ihr die Welt erklärungslos.« Schon
hier ist absehbar, daß es für Therese einen anderen Beruf als
den der Gouvernante nicht geben wird. Als Tochter eines Offiziers und einer als »Baronesse« geborenen Mutter entstammt
Therese dem klassischen Gouvernantenmilieu, wie es sich
besonders in England während der ersten Hälfte des 19. Jahrhunderts herausgebildet hatte. Aufgrund ihrer Herkunft und
ihrer Bildung können die Erzieherinnen beanspruchen, von
ihren Arbeitgebern nicht als Domestiken, sondern als Damen
behandelt zu werden, ein Anspruch, der sich schon bei der
Titelgestalt von Charlotte Brontës Roman *Jane Eyre* als
Besserwisserei und Selbstgerechtigkeit, die Berufskrankheit der
Gouvernanten, bemerkbar macht. Das starke Selbstgefühl Jane
Eyres, das seine letzte Bestätigung in der Eheschließung mit
ihrem Arbeitgeber findet, wird in einem Werk der Marie von
Ebner-Eschenbach (deren Kindheit von drei sehr verschieden-
artigen Gouvernanten geprägt worden war) noch überboten: in
Ein kleiner Roman lehnt die in jeder Beziehung vorbildliche
Erzieherin den Heiratsantrag ihres Brotgebers, eines verwit-
weten Grafen, ab, da seine ihr anvertraute Tochter ihr unsympathisch ist. Mit solcher Gouvernantenherrlichkeit ist es im
Wien Arthur Schnitzlers vorbei. Seine eigene Erzieherin, Berta
Lehmann – der in der Autobiographie immerhin mehr Platz ein-
geräumt wird als der Mutter –, zeigt zwar noch Spuren der besseren Tage, die auch sie einmal gesehen haben mag, insgesamt
aber fristet sie ein ebenso ärmliches Leben wie Therese; über
Jahre wird Schnitzler sie auf ihre brieflichen Bitten hin mit kleinen Beträgen unterstützen. Therese Fabiani teilt das Schicksal
der meisten ihrer Berufsgenossinnen: Sie verwerten die Reste
ihrer einstmals genossenen Bildung, indem sie »Lektionen«
geben; zu ihren besten Zeiten scheinen sie beinahe ein Teil der
Familien, deren Kinder ihnen anvertraut sind, zu sein. Dennoch
bleiben sie Fremde, die aus nichtigem Anlaß von einem Tag auf
den anderen gekündigt werden können. Zweideutigkeit und
Exterritorialität, die schon für Thereses Stellung in der eigenen
Familie kennzeichnend waren, werden ihre Existenz zeitlebens
prägen.

Noch im Jahre 1932 schreibt Freud über die »Weiblichkeit«: »Ein Mann um die Dreißig erscheint als ein jugendliches, eher unfertiges Individuum (...) Eine Frau um die gleiche Lebenszeit aber erschreckt uns häufig durch ihre psychische Starrheit und Unveränderlichkeit (...) Wege zu weiterer Entwicklung ergeben sich nicht; es ist, als wäre der ganze Prozeß bereits abgelaufen, bliebe von nun an unbeeinflußbar, ja als hätte die schwierige Entwicklung zur Weiblichkeit die Möglichkeiten der Person erschöpft.« Der Satz könnte auch zur Beschreibung von Therese Fabianis Zustand dienen, als sie, nur wenige Jahre jenseits der Dreißig, ihre Möglichkeiten erschöpft sieht: »Lebensabend, dachte sie, das Wort stand plötzlich vor ihr, und da sie ihm gleichsam ins Auge sah, lächelte sie ein wenig trüb. Abend? War es schon so weit?« Aber während Freud den vorzeitigen Alterungsprozeß der Frau als biologisch bedingt und daher als unabänderlich ansieht, zeigt Schnitzler in seiner letzten großen Prosaarbeit, daß es sich um einen Prozeß handelt, der alles andere als ein ausschließlich natürlicher Vorgang ist.

Der große Roman, der das Leben Thereses in 106 kurze Kapitel zerlegt, steht der Form wie dem Inhalt nach in Schnitzlers Werk einzigartig da. Der Autor selbst war zunächst eher skeptisch: »Dieser Roman nimmt eine sonderbare Stellung in meiner Gesamtproduction ein. Im ganzen hab ich mir ihn eher abgerungen und warum eigentlich. Nur die Grundidee, und in manchen Details hat er innere Notwendigkeit, als ›Arbeit‹ kaum.« Was Schnitzler an dem Roman gestört haben mag, dürfte die Tatsache sein, daß er kaum mehr der Kategorie des »Werkes«, dessen Form aus dem Inhalt notwendig hervorgeht und mit diesem ein sinnvolles Ganzes ergibt, zu entsprechen scheint. So verweist die strenge Symmetrie der *Traumnovelle* – sie führte ursprünglich den Arbeitstitel *Doppelnovelle* – auf das Verhältnis der beiden Ehepartner zueinander, die bei allen Verwirrungen immer einander zugewandt bleiben und ihr Handeln aufeinander ausrichten; die Form enthält hier vorab das Versprechen der Versöhnung. Dagegen ist die Einteilung in kurze Kapitel dem Leben Thereses, die immer allein bleibt, durchaus äußerlich und zufällig (notwendig nur insofern, als die Form hier Ausdruck eines vollkommen entfremdeten Lebens ist). Die Kapiteleinteilung folgt über weite Teile den willkürlich wechselnden

Stellungen des Kinderfräuleins, verweist also auf die Unmöglichkeit der Kontinuität von Erfahrung und damit auf die Gefahr eines völligen Identitätsverlusts. Der unmittelbar nach Erscheinen des Romans vielfach erhobene Vorwurf, Schnitzler begebe sich mit *Therese* unter das eigene Niveau, er bewege sich hart an der Grenze zur Trivialliteratur, ist zwar bereits in den achtziger Jahren durch die wegweisenden Studien von Elsbeth Dangel und Konstanze Fliedl eindrucksvoll widerlegt worden, aber dennoch bis in die Gegenwart nie ganz verstummt. »Denn hier bedient sich der Meister des inneren Monologs«, heißt es im Nachwort einer neueren Ausgabe des Romans, »eines anspruchslos realistischen Stils und dringt nur selten unter die Oberfläche des Bewußtseins. Eine sachlich beschriebene Episode scheint wie zufällig an die vorhergehende gereiht (...). Man fragt sich, ob hier mehr als ein Prinzip der Häufung im Spiel ist. Die Handlung ist einfach und wäre vollends banal, wenn sie ein *happy end* hätte.« (Ruth Klüger) Unter Beiziehung einiger politisch inkorrekter Äußerungen des Autors kommt Zdenko Škreb zu dem Ergebnis, daß Schnitzler »das geistige Format nicht besaß, einen großen Zeitroman zu verfassen«; ein Urteil, das von einem Autor, der in derselben Studie es fertigbringt zu schreiben, *Therese* erscheine »in einigen Hauptzügen v o r p r o g r a m m i e r t in Ferdinand v. Saars Novelle *Sappho*«, wohl nicht anders zu erwarten ist.

Die Technik des Romans gleicht sich der des Films an, die Kapitel entsprechen den Schnitten, die jede Konstruktion von Sinn zerschlagen und dadurch jenen »choc« beim Zuschauer auslösen, von dem Benjamin spricht (in dem Aufsatz *Das Kunstwerk im Zeitalter seiner technischen Reproduzierbarkeit*). Schnitzlers Besorgnis, der Roman werde »gegen Ende allzu düster«, läßt erkennen, daß er, was die Form betrifft, hier eher dem Zwang der Sache folgt als einer bewußten Entscheidung. Bei aller Skepsis weigert er sich bis zuletzt, das Versprechen von Sinn, das die aufeinander bezogenen Teile eines »Werks« ergeben – in *Casanovas Heimfahrt* war es ja allein die klassische Novellenform, die der allgemeinen Korruptheit Widerstand leistete –, definitiv preiszugeben.

Daß der Roman *Therese* weder im Stofflichen aufgeht, noch mit den Kategorien einer herkömmlichen Werkästhetik ange-

messen zu begreifen ist, hat niemand besser erfaßt als Hofmannsthal, der am 10. Juli 1928 an den Autor schrieb: »Ganz
besonders groß aber tritt Ihr Vorzug, einem Stoff den Rhythmus
zu geben, wodurch er Dichtung wird, hier hervor. Eben was dem
stumpfen Leser monoton scheinen könnte, daß sich sozusagen
die Figur des Erlebnisses bis zur beabsichtigten Unzählbarkeit
wiederholt, das hat Ihnen ermöglicht, Ihre rhythmische Kraft
bis zum Zauberhaften zu entfalten.« Der »Rhythmus«, von dem
Hofmannsthal spricht, kommt durch das äußerste Maß an Entfremdung zustande, das Therese durchmacht. Das ihr Leben
grundierende Gefühl, »völlig allein zu sein«, das sie mit besonderer Stärke immer dann überkommt, »wenn irgendwer sich ihr
gegenüber besonders aufgeschlossen und vertrauensvoll zu
geben vermeint hatte«, erreicht seinen Höhepunkt in der
Stunde der Niederkunft: »Nach kurzer Zeit, in neuen, immer
furchtbareren Schmerzen, lief sie im Zimmer hin und her, dann
in den Vorraum, ins Zimmer zurück, legte sich hin, stöhnte,
schrie (…). War es denn möglich!? Sie bekam ein Kind? Sie, Therese Fabiani, die Tochter eines Oberstleutnants und einer Adligen, bekam ein Kind? Nun sollte es wirklich wahr werden, daß
sie ein uneheliches Kind bekam? (…) Therese hörte das Möbelrücken, das Huschen im Nebenzimmer, wie sie es allnächtlich
gewohnt war; ein Fenster wurde aufgemacht und wieder
geschlossen. (…) Bin ich verrückt? fragte sie sich. Was tu' ich
denn, was will ich denn? (…) Es kam ihr unfaßbar vor, wie ein
böser Traum, daß es dahin mit ihr gelangt war, daß so schreckliche Dinge, wie sie doch sonst nur andern passierten, wie man
sie manchmal in der Zeitung oder in Romanen las –, daß sich
die an ihr, an Therese Fabiani erfüllen sollten. (…)« Im Augenblick eines nicht mehr steigerbaren Verlassenheitsgefühls
kommt sie nicht nur sich selbst abhanden, sie verliert sich geradezu an die Außenwelt; das Gesetz ihres Lebens, das zugleich
das Formgesetz des Romans ist, die Fremdbestimmung noch
durch die schäbigsten äußeren Umstände, ist hier wie in einem
Punkt zusammengezogen.

An dieser Stelle berühren sich die Extreme. Der Augenblick
des Grauens, da sie sich selbst verliert, verweist zugleich auf die
Erfüllung ihrer innersten Sehnsucht, des »Kindertraums: sich
auf fremden Wegen verlieren, von irgendwo wieder zurückkeh-

ren, wo einen niemand vermutet hatte«. Hier weist der Roman zugleich die größte Nähe und die entscheidende Differenz auf zu der Erzählung *Flucht in die Finsternis*, die den allmählichen Ausbruch eines Verfolgungswahns zum Inhalt hat; Schnitzler hatte sie im Jahre 1917 beiseite gelegt mit dem »Entschluß, es nicht zu veröffentlichen«. Der Wunsch, »sich auf fremden Wegen« zu »verlieren«, begleitet Therese ein Leben lang, da mit ihm die Vorstellung verbunden ist, das auf ihr lastende Identitätsprinzip, das sie ihre Existenz als andauerndes Verhängnis empfinden läßt, wenigstens vorübergehend außer Kraft zu setzen. Auch in *Flucht in die Finsternis* bedeutet die Preisgabe der eigenen Identität, die, am Ende der Novelle, mit dem endgültigen Durchbruch des Wahns verbunden ist, für das kranke Subjekt Erlösung: »Robert (…) stürmte immer fort, immer weiter, nichts in sich als den festen Willen, niemals zur Besinnung zu kommen – durch eine klingende blaue Nacht, die niemals für ihn enden durfte. Und er wußte, daß er diesen gleichen Weg schon tausende Male dahingerast und daß es ihm bestimmt war, ihn noch tausende Male bis in alle Ewigkeit durch klingende blaue Nächte hinzufliehen.« Das Zerbrechen des Identitätsprinzips bedeutet zugleich, durch die als Glücksgefühl ohnegleichen erlebte Verschmelzung des Ich mit der Außenwelt, das Ende von Entfremdung. Auch Fräulein Else lernt, kurz vor dem Schwinden des Bewußtseins, ein imaginäres Ende aller Entfremdung kennen. »Was ist denn das? Ein ganzer Chor? Und Orgel auch? Ich singe mit. Was ist es denn für ein Lied? Alle singen mit. Die Wälder auch und die Berge und die Sterne. Nie habe ich etwas so Schönes gehört. Noch nie habe ich eine so helle Nacht gesehen.« Während jedoch die »Flucht« des Kranken »in die Finsternis« ein endgültiges Sich-Verlieren bedeutet, während Fräulein Else nach dem Erwachen aus der Bewußtlosigkeit (denn an den vier oder fünf Veronal-»Pulvern« wird sie nicht sterben) von ihrem glückseligen Traum vielleicht nicht einmal die Erinnerung bewahren wird, ist von Thereses »Kindertraum« die Rückkehr nicht zu trennen. Bei Else wie bei Therese bleibt der Impuls, sich an die Außenwelt zu verlieren, verbunden mit der Bewahrung des Ich. Das ist der alles entscheidende Unterschied zu der Erzählung *Wahn* (wie *Flucht in die Finsternis* ursprünglich heißen sollte). »Das rein Pathologische ist nun einmal für die Kunst verloren«, hatte Schnitzler während der Arbeit notiert, da weder die erkrankte Gestalt noch der Leser zu unterscheiden vermag, was objektive Realität ist und was das kranke Subjekt nur in der Einbildung als Bedrohung erlebt.

Der in Schnitzlers letztem Roman im einzelnen schwer dingfest zu machende, dennoch unabweisbare Eindruck, daß Therese, bei allem Elend, niemals sich ganz verlieren kann, ist wohl darauf zurückzuführen, daß durch die Lockerung des Zwanges, mit sich selbst identisch zu sein, bei gleichzeitiger Bewahrung des Ich, die strenge Trennung von Subjekt und Objekt, von seelischem Innenraum und Außenwelt, gelockert wird. Man mag an dieser Stelle an einen späten Reflex der um die Jahrhundertwende wirkungsmächtigen Lehre des Physikers und Philosophen Ernst Mach (1838–1916) denken, derzufolge es keinen substantiellen Unterschied gebe zwischen psychischen und außerpsychischen Vorgängen. Da die äußeren und inneren Wahrnehmungen mit den entsprechenden psychischen Reaktionen im Subjekt ständig wechselnde Verbindungen eingingen; da das Ich mithin nichts anderes sei als ihr in jedem Augenblick sich verändernder Schnittpunkt, sei es, so folgerte Mach, »unrettbar«. Eben hierin, in der »Rettung« des Ich, besteht jedoch der eigentliche Gehalt von Schnitzlers Roman. Deshalb wäre eher zu verweisen auf eines der bedeutendsten erzählerischen Werke des frühen 20. Jahrhunderts, Marcel Prousts Romanwerk *A la Recherche du Temps perdu*. Über Proust als »Psychologen« bemerkt Ernst Robert Curtius: »Proust beschreibt nicht als Maler, wie es die Goncourts getan hätten. Er gibt nicht meteorologische oder optische Erscheinungen, sondern Dinge der Seele – nicht physikalische, sondern psychische Vorgänge. Oder vielmehr: er nimmt das Materielle in das Geistige hinein. (…) Ich halte es für nur bedingt richtig, wenn man in Proust lediglich einen großen Psychologen sieht. Ein Stendhal ist mit dieser Bezeichnung zutreffend charakterisiert (…). Er konnte sagen: *La description physique m'ennuie*. Stendhal steht damit in der cartesianischen Tradition des französischen Geistes. Aber Proust erkennt die Trennung zwischen der denkenden und der ausgedehnten Substanz nicht an. Er zerschneidet die Welt nicht in Psychisches und Physisches. (…) Wenn Proust Psycholog ist, so ist er es in einem ganz neuen Sinn: indem er alles Wirkliche, auch die sinnliche Anschauung in ein seelisches Fluidum taucht. Aber damit hat der Begriff des Psychologischen seinen Gegensatz verloren – und eben darum taugt er nicht mehr zur Charakterisierung.« Die Tatsache, daß am Ende ihres Lebens, nach dem Zerbrechen aller Hoffnungen, Therese »ein Erinnern gegen alle Wahrscheinlichkeit« gelingt (Fliedl), wäre nicht möglich, wenn ihr Ich sich nicht zugleich verloren und bewahrt hätte. Es sind gerade Schnitzlers Zweifel an seinem Werk, die erkennen lassen, daß der Autor selbst, aus einer ihm nicht ganz deutlichen künstlerischen Notwendigkeit heraus, mit seinem letzten großen Werk sich auf »fremden Wegen« verloren hat. Einen anderen Weg, sich der Utopie zu nähern, gäbe es ohnehin nicht, denn sie hat, wie ihr Begriff sagt, »keinen Ort« in der Wirklichkeit.

Hartmut Scheible

ZEITTAFEL

1862 15. Mai: Arthur Schnitzler in Wien, Jägerzeile 16, geboren (seit 1862 Praterstraße). Eltern: Prof. Dr. Johann Schnitzler (1835–1893), Laryngologe, Direktor der Allgemeinen Wiener Poliklinik, und Louise Schnitzler geb. Markbreiter (1838–1911)

1865 13. Juli: Geburt des Bruders Julian (gest. 1939)

1867 20. Dezember: Geburt der Schwester Gisela (gest. 1953)

1871–1879 Besuch des Akademischen Gymnasiums

1879 8. Juli: Reifeprüfung (mit Auszeichnung). – 30. August – 15. September: Reise nach Amsterdam (über Frankfurt a. M., Ems, Köln). – Herbst: Beginn des Medizinstudiums in Wien

1880 13. November: Erste Veröffentlichung (*Liebeslied der Ballerine*) in »Der Freie Landesbote« (München). – 15. November: Aufsatz *Über den Patriotismus* (ebd.)

1882 1. Oktober: Dienstantritt als Einjährig-Freiwilliger im Garnisonsspital Nr. 1 in Wien

1885 30. Mai: Promotion zum Dr. med. – August: Reise nach Mailand. – Ab September: Assistenzarzt im Allgemeinen Krankenhaus und in der Poliklinik

1886 6. Januar: Festspiel zum 25. Promotionsjubiläum des Vaters. – April: Schnitzler lernt in Meran, wo er sich wegen eines Tuberkuloseverdachts aufhält, die Wirtin des »Thalhofes« in Reichenau, Olga Waissnix (1862–1897), kennen. – 1. November: Sekundararzt bei Theodor Meynert (Psychiatrie). – Ab November: Veröffentlichung von Gedichten und Prosa (Skizzen, Aphorismen) in der »Deutschen Wochenschrift« und in »An der schönen blauen Donau«

1887 1. Januar: Redakteur an der »Internationalen Klinischen Rundschau« (begr. von Johann Schnitzler)

1888 Bei O. F. Eirich (Wien) erscheint als Bühnenmanuskript *Das Abenteuer seines Lebens. Lustspiel in einem Aufzuge*. – 5. April – 12. Mai: Studienreise nach Berlin. – 21. Mai – 25. August: Studienreise nach London. Die *Londoner Briefe* erscheinen als »Original-Korrespondenz der ›Internationalen Klinischen Rundschau‹«. – Ab Herbst: Assistent des Vaters an der Poliklinik. Beschäftigung mit Suggestion und Hypnose

1889 *Über funktionelle Aphonie und deren Behandlung durch Hypnose und Suggestion* (in: »Internationale Klinische Rundschau«). Beginn des Verhältnisses mit der Schauspielerin Marie (Mizi) Glumer (1873–1925). – *Amerika, Der Andere, Mein Freund Ypsilon, Episode*

1890 Schnitzler kommt in nähere Berührung mit Literatenzirkeln (»Jung Wien«); er lernt Hugo von Hofmannsthal (1874–1929), Felix Salten (1869–1947), Richard Beer-Hofmann (1866–1945), Hermann Bahr

(1863–1934) kennen. – Veröffentlichungen: *Alkandis Lied, Die Frage an das Schicksal, Anatols Hochzeitsmorgen*

1891   13. Mai: Uraufführung von *Das Abenteuer seines Lebens* am Theater in der Josefstadt (Wien). – Veröffentlichungen: *Das Märchen* (Bühnenmanuskript), *Denksteine, Reichtum, Weihnachtseinkäufe*

1892   Erster Kontakt mit Karl Kraus (1874–1936). – Veröffentlichungen: *Der Sohn. Aus den Papieren eines Arztes* (später ausgeführt zu dem Roman *Therese* [1928]), *Anatol* (mit dem Prolog von Loris [= Hugo von Hofmannsthal])

1893   2. Mai: Tod des Vaters. Schnitzler verläßt die Poliklinik und eröffnet eine Privatpraxis. – 14. Juli: Uraufführung von *Abschiedssouper* am Stadttheater Bad Ischl. – 1. Dezember: Uraufführung von *Das Märchen* am Deutschen Volkstheater (Wien) mit Adele Sandrock als Fanny Theren. Erster Skandal um Schnitzler

1894   12. Juli: Erste Begegnung mit der Gesangslehrerin Marie Reinhard (1871–1899). – Beginn des Briefwechsels mit dem dänischen Kritiker, Literarhistoriker und historischen Schriftsteller Georg Brandes (1842–1927). – Veröffentlichungen: *Blumen* (Erzählung; Versuch – wie in *Das Märchen* –, die Erlebnisse mit Marie Glümer literarisch zu verarbeiten), *Die drei Elixiere, Sterben* (in: »Neue Deutsche Rundschau«, die Buchausgabe 1895 bei S. Fischer macht Schnitzler als Erzähler einem größeren Publikum bekannt), *Der Witwer, Das Märchen* (Buchausgabe)

1895   9. Oktober: Uraufführung von *Liebelei* am Burgtheater (Wien). – Beginn des Briefwechsels mit Otto Brahm (1856–1912), dem Direktor des Deutschen Theaters (Berlin). – Veröffentlichung: *Die kleine Komödie*

1896   26. Januar: Erste öffentliche Aufführung von *Die Frage nach dem Schicksal* am Carola-Theater (Leipzig). – 4. Februar: Erstaufführung von *Liebelei* am Deutschen Theater. – Schnitzler lernt Alfred Kerr (1867–1948) kennen. – 4. Juli – 29. August: Nordlandreise. – 25./26. Juli: Besuch bei Henrik Ibsen in Christiania. – 3. November: Uraufführung von *Freiwild* am Deutschen Theater. – Veröffentlichungen: *Liebelei, Ein Abschied, Die überspannte Person*

1897   4. November: Tod von Olga Waissnix. – 27. November: Prager Erstaufführung von *Freiwild.* – Veröffentlichungen: *Die Frau des Weisen, Der Ehrentag, Halbzwei, Die Toten schweigen*

1898   13. Januar: Uraufführung von *Weihnachtseinkäufe* in den Sofien-Sälen (Wien). – 26. Januar: Uraufführung von *Episode* am Ibsen-Theater (Leipzig). – 11. Juli – 3. September: Reise mit dem Fahrrad durch Österreich, die Schweiz, Oberitalien (z. T. gemeinsam mit Hofmannsthal). – 8. Oktober: Uraufführung von *Das Vermächtnis* am Deutschen Theater; 30. November: Wiener Erstaufführung am Burgtheater. – Veröffentlichungen: *Die Frau des Weisen. Novelletten* (enthält: *Die Frau des Weisen, Ein Abschied, Der Ehrentag, Blumen, Die Toten schweigen), Freiwild* (sämtlich bei S. Fischer, mit dem seit 1895 ein Generalvertrag besteht), *Paracelsus*

1899   1. März: Uraufführung der Einakter *Paracelsus, Die Gefährtin, Der
       grüne Kakadu* am Burgtheater. – 18. März: Marie Reinhard stirbt an
       einer Sepsis nach Blinddarmdurchbruch. – 27. März: Bauernfeld-Preis
       »für Ihre Novellen und dramatischen Arbeiten«. – 11. Juli: Schnitzler
       notiert im Tagebuch die erste Begegnung mit der Schauspielerin Olga
       Gussmann (1882–1970), seiner späteren Frau. – Veröffentlichungen:
       Der grüne Kakadu, Um eine Stunde
1900   1. Dezember: Uraufführung von *Der Schleier der Beatrice* am Lobe-
       Theater (Breslau). – Veröffentlichungen: *Der blinde Geronimo und sein
       Bruder, Leutnant Gustl* (in: »Neue Freie Presse« vom 25. Dezember),
       Reigen (»Als unverkäufliches Manuskript gedruckt« in 200 Exemplaren
       auf eigene Kosten)
1901   14. Juni: Wegen der Veröffentlichung von *Leutnant Gustl* wird Schnitz-
       ler nach einem ehrenrätlichen Verfahren der Offiziersrang abgespro-
       chen. – 13. Oktober: Uraufführung von *Anatols Hochzeitsmorgen* im
       Langenbeck-Haus (Berlin). – Veröffentlichungen: *Frau Berta Garlan,
       Lebendige Stunden, Sylvesternacht*
1902   Uraufführung des Einakterzyklus *Lebendige Stunden* am Deutschen
       Theater (*Die Frau mit dem Dolche, Die letzten Masken, Literatur*). – 9.
       August: Geburt des Sohnes Heinrich. – 18.–20. Oktober: Schnitzler mit
       Otto Brahm bei Gerhart Hauptmann in Agnetendorf. – Veröffentli-
       chungen: *Die Fremde, Andreas Thameyers letzter Brief, Die griechische
       Tänzerin, Exzentrik, Lebendige Stunden*
1903   17. März: Bauernfeld-Preis für den Zyklus *Lebendige Stunden*. – 25.
       Juni: Das Münchner Studententheater Akademisch-Dramatischer Ver-
       ein, das die *Reigen*-Dialoge IV–VI uraufgeführt hatte, zieht sich Sank-
       tionen von seiten der Regierung zu. – 26. August: Schnitzler heiratet
       Olga Gussmann, die Mutter seines Sohnes Heinrich. – 12. September:
       Uraufführung von *Der Puppenspieler* am Deutschen Theater. – Veröf-
       fentlichungen: *Der Puppenspieler, Die grüne Krawatte, Reigen*
1904   13. Januar: Uraufführung von *Der einsame Weg* am Deutschen Thea-
       ter. – 16. März: Buchausgabe von *Reigen* in Deutschland verboten. –
       Uraufführung von *Der tapfere Cassian* am Kleinen Theater (Berlin;
       Direktion: Max Reinhardt). Der für denselben Abend vorgesehene
       Einakter *Das Haus Delorme* wird von der Zensur verboten. – Veröffent-
       lichungen: *Der tapfere Cassian, Das Schicksal des Freiherrn von Leisen-
       bohg*
1905   28. Januar: Erstaufführung von *Freiwild* am Deutschen Volkstheater
       (Wien). – 12. Oktober: Uraufführung von *Zwischenspiel* am Burgthea-
       ter. – Veröffentlichungen: *Das neue Lied, Die Weissagung, Zum großen
       Wurstel*
1906   24. Februar: Uraufführung von *Der Ruf des Lebens* am Lessing-Theater
       (Berlin; Direktion: Otto Brahm). – 16. März: Uraufführung von *Zum
       großen Wurstel* am Lustspiel-Theater (Wien, Prater); ab 4. April Über-
       nahme in das Theater in der Josefstadt
1907   Veröffentlichungen: *Die Geschichte eines Genies, Der tote Gabriel*
1908   15. Januar: Grillparzer-Preis (für *Zwischenspiel*). – Veröffentlichungen:

Der Weg ins Freie, Komtesse Mizzi oder der Familientag, Der Tod des Junggesellen

1909 5. Januar: Uraufführung von *Komtesse Mizzi* am Deutschen Volkstheater (Wien). – 13. September: Geburt der Tochter Lili. – 30. Oktober:
Uraufführung von *Der tapfere Kassian* (Singspiel mit Musik von Oscar
Straus) am Neuen Stadttheater (Leipzig). – Veröffentlichung: *Der tapfere Kassian*

1910 22. Januar: Uraufführung von *Der Schleier der Pierrette* (Pantomime
mit Musik von Ernst von Dohnányi) am Königlichen Opernhaus
(Dresden). – 17. Juli: Einzug in das von Schnitzler erworbene Haus
Sternwartestraße 71, Wien XVIII (Währing). – 18. September: Uraufführung von *Liebelei* (Oper mit Musik von Franz Neumann) in Frankfurt a. M. – 24. November: Uraufführung von *Der junge Medardus* am
Burgtheater. – Veröffentlichung: *Der Schleier der Pierrette*

1911 9. September: Tod der Mutter. – 14. Oktober: Uraufführung von *Das
weite Land* zugleich am Lessing-Theater (Berlin), Lobe-Theater (Bres-
lau), Residenztheater (München), Deutsches Landestheater (Prag),
Altes Stadttheater (Leipzig), Schauburg (Hannover), Stadttheater
Bochum, Burgtheater. – Veröffentlichungen: *Die dreifache Warnung,
Der Mörder, Die Hirtenflöte, Das Tagebuch der Redegonda*

1912 10. Februar: Uraufführung von *Marionetten (Der Puppenspieler, Der
tapfere Cassian, Zum großen Wurstel)* am Deutschen Volkstheater
(Wien). – 13. Oktober: Uraufführung von *Reigen* in Budapest (in unga-
rischer Sprache) verboten. – 25. Oktober: Die am Deutschen Volkstheater (Wien) geplante Uraufführung von *Professor Bernhardi* kommt
durch ein Verbot der Zensur nicht zustande. – 28. November: Uraufführung von *Professor Bernhardi* am Kleinen Theater (Berlin; Direktion: Viktor Barnowsky). Otto Brahm stirbt am gleichen Abend.
Schnitzlers allmählicher Rückzug vom Theater dürfte mitbedingt sein
durch den Verlust des Freundes. – Veröffentlichungen: Zum 50.
Geburtstag erscheinen bei S. Fischer *Gesammelte Werke in zwei Abtei-
lungen* (*Erzählende Schriften*, 3 Bde.; *Theaterstücke*, 4 Bde.)

1913 Veröffentlichung: *Frau Beate und ihr Sohn*

1914 22. Januar: Premiere von »Elskovsleg« (= *Liebelei* [erster Film nach
einer Vorlage von Schnitzler]). – 27. März: Raimund-Preis für *Der
junge Medardus*. – Veröffentlichungen: *Die griechische Tänzerin und
andere Novellen*

1915 12. Oktober: Uraufführung der Einakter *Komödie der Worte* (*Stunde
des Erkennens, Große Szene, Das Bacchusfest*) zugleich am Burgtheater,
Neuen Theater (Frankfurt a. M.), Hoftheater (Darmstadt)

1916 15. Mai: Uraufführung von *Denksteine* im Volksbildungshaus der Wiener Urania (Wohltätigkeitsabend zugunsten der Kriegsfürsorge)

1917 14. November: Uraufführung von *Fink und Fliederbusch* am Deutschen
Volkstheater (Wien). – Veröffentlichung: *Doktor Gräsler, Badearzt*

1918 21. Dezember: Erstaufführung von *Professor Bernhardi* am Volkstheater (Wien). (Die Zensur war nach dem Ende der Monarchie abge-
schafft worden.) – Veröffentlichung: *Casanovas Heimfahrt*

1919 Veröffentlichung: *Die Schwestern oder Casanova in Spa*
1920 26. März: Uraufführung von *Die Schwestern oder Casanova in Spa* am Burgtheater. – 8. Oktober: Volkstheaterpreis für *Professor Bernhardi.* – 23. Dezember: Uraufführung von *Reigen* am Kleinen Schauspielhaus (Berlin)
1921 1. Februar: Erstaufführung von *Reigen* in den Kammerspielen des Volkstheaters (Wien). – 17. Februar: Nach einem Tumult während einer *Reigen*-Aufführung in Wien werden weitere Aufführungen polizeilich verboten (Verbot aufgehoben am 17. Februar 1922). – 22. Februar: In Berlin organisierter spontaner Skandal während einer *Reigen*-Aufführung. – 26. Juni: Scheidung der Ehe. – 11. September: Premiere des amerikanischen Stummfilms »The Affairs of Anatol«. – September: Anklageerhebung wegen Erregung öffentlichen Ärgernisses gegen Direktion, Regisseur und Schauspieler des Kleinen Schauspielhauses. – 8. November: Freispruch aller Beteiligten
1922 16. Juni: Nach Sigmund Freuds Brief zum 60. Geburtstag von Schnitzler erstes längeres Zusammentreffen. – Veröffentlichungen: Aus Anlaß des 60. Geburtstages werden die *Erzählenden Schriften* und die *Theaterstücke* um je einen Band ergänzt
1923 5. Oktober: Wiener Premiere des Stummfilms »Der junge Medardus«
1924 11. Oktober: Uraufführung von *Komödie der Verführung* am Burgtheater. – Veröffentlichungen: *Komödie der Verführung, Fräulein Else*
1925 Veröffentlichungen: *Die Frau des Richters, Traumnovelle*
1926 21. Juni: Burgtheaterring (gestiftet vom Journalisten- und Schriftstellerverein Concordia). – 27. Dezember: In Berlin letztes Zusammentreffen mit Freud. – 31. Dezember: Uraufführung von *Sylvesternacht* (einmalige Vorstellung der »Schauspieler des Theaters in der Josefstadt«). – Veröffentlichungen: *Der Gang zum Weiher, Spiel im Morgengrauen*
1927 15. März: Premiere des Stummfilms »Liebelei« in Berlin. – 30. Juni: Lili Schnitzler heiratet den italienischen Hauptmann Arnoldo Capellini. – Veröffentlichungen: *Buch der Sprüche und Bedenken, Der Geist im Wort und der Geist in der Tat*
1928 März: Premiere des Stummfilms »Freiwild« in Berlin. – 26. Juli: Die Tochter Lili nimmt sich in Venedig das Leben. – 27.–31. Juli: Flug nach Venedig zum Begräbnis der Tochter. – Veröffentlichungen: Ergänzung der *Erzählenden Schriften* um zwei weitere Bände (Bd. 5: Erstausgabe von *Therese. Chronik eines Frauenlebens*)
1929 »Fräulein Else« (Stummfilm) mit Elisabeth Bergner (Else) und Albert Steinrück (Dorsday). – 21. Dezember: Uraufführung von *Im Spiel der Sommerlüfte* am Volkstheater (Wien)
1930 Veröffentlichung: *Im Spiel der Sommerlüfte*
1931 14. Februar: Uraufführung von *Der Gang zum Weiher* am Burgtheater. – 19. September: Premiere des Tonfilms »Daybreak« (= *Spiel im Morgengrauen*). – 21. Oktober: Arthur Schnitzler stirbt in Wien nach einer Gehirnblutung.

LITERATURVERZEICHNIS

I. Forschungsliteratur

zu *Frau Berta Garlan*

Eicher, Thomas: ›*Interessieren Sie sich auch für Bilder?*‹ *Visualität und Erzählen in Arthur Schnitzlers »Frau Berta Garlan«*. In: *Literatur für Leser* 1993, H. 1, S. 44–57.

Hinck, Valeria: *Der Leser als Analytiker und der Träumer als Laie am Beispiel der Novelle »Frau Berta Garlan« (1900)*. In: dies.: *Träume bei Arthur Schnitzler (1862 bis 1931)*. Köln 1986, S. 227–230.

Jud, Silvia: *Arthur Schnitzler: »Frau Berta Garlan«*. In: *Erzählkunst der Vormoderne*. Hg. v. Rolf Tarot. Bern; Franfurt am Main u. a. 1996, S. 417–447.

Levene, Michael: *Erlebte Rede in Schnitzler's »Frau Berta Garlan«*. In: *Robert Musil and the Literary Landscape of his Time*. Hg. v. Hannah Hickman. Salford 1991, S. 228–246.

Lorenz, Max: Rez. zu Arthur Schnitzler: *»Der Schleier der Beatrice«, »Frau Bertha [sic!] Garlan«, »Leutnant Gustl«*. In: *Preußische Jahrbücher* 105 (Juli bis September 1901), S. 165–169.

Neymeyr, Barbara: *Libido und Konvention. Zur Problematik weiblicher Identität in Arthur Schnitzlers Erzählung »Frau Berta Garlan«*. In: *Jahrbuch der Deutschen Schillergesellschaft* 41 (1997), S. 329–368.

Paetzke, Iris: *Verbotene Wünsche. Arthur Schnitzler: »Frau Berta Garlan«*. In: dies.: *Erzählen in der Wiener Moderne*. Tübingen 1992, S. 95–110.

Rumpold, Andrea: *Sexuelle Attraktion – gespielte Tugend. Die erotische Ausstrahlung von Schnitzlers Frauenfiguren in »Frau Berta Garlan« und »Der Weg ins Freie«*. In: *Austriaca. Cahiers universitaires d'information sur l'Autriche* 39 (Décembre 1994) [= Bd. *Arthur Schnitzler*], S. 89–100.

Thomé, Horst: *Die Konstitution des Ich zwischen Triebnatur und gesellschaftlicher Norm. Zu »Frau Berta Garlan«*. In: ders.: *Autonomes Ich und ›Inneres Ausland‹. Studien über Realismus, Tiefenpsychologie und Psychiatrie in deutschen Erzähltexten (1848–1914)*. Tübingen 1993, S. 645–670.

Weinberger, G. J.: *Arthur Schnitzler's »Frau Berta Garlan«. Genesis and Genre*. In: *Modern Austrian Literature* 1992, H. 3/4, S. 53–73.

zu *Der Weg ins Freie. Roman*

Abels, Norbert: *Sprache und Verantwortung. Überlegungen zu Arthur Schnitzlers Roman »Der Weg ins Freie«*. In: *Arthur Schnitzler in neuer Sicht*. Hg. v. Hartmut Scheible. München 1981, S. 142–163.

Arens, Detlev: *Untersuchungen zu Arthur Schnitzlers Roman »Der Weg ins Freie«.* Frankfurt am Main; Bern 1981.

Bittrich, Burkhard: *»Unsere Wege gehen getrennt«. Freiheit und Bindung in Schnitzlers Roman »Der Weg ins Freie« und Hofmannsthals Lustspiel »Der Schwierige«.* In: *Die Seele ist ein weites Land. Kritische Beiträge zum Werk Arthur Schnitzlers.* Hg. v. Joseph P. Strelka. Bern u. a. 1997, S. 43–56.

Daran, Valéry de: *Juifs et non-juifs dans »Der Weg ins Freie«.* In: *Les écrivains juifs autrichiens.* Hg. v. Jürgen Doll. Poitiers 2000, S. 123–143.

Dieterle, Bernard: *Traumreflexion in Literatur und Film. Zu Arthur Schnitzler und Karin Brandauer: »Der Weg ins Freie«.* In: *Träumungen. Traumerzählung in Film und Literatur.* Hg. v. Bernard Dieterle. St. Augustin 1998, S. 183–202.

Eicher, Thomas, und Heiko Hartmann: *»Auf dämmernden Fluten ... unbekannten Zielen entgegen«. Die Ägidius-Dichtung Heinrich Bermanns in Arthur Schnitzlers »Der Weg ins Freie«.* In: *Modern Austrian Literature* 1992, H. 3/4, S. 113–128.

Farese, Giuseppe: *Individuo e società nel romanzo »Der Weg ins Freie« di Arthur Schnitzler.* Rom 1969.

Fliedl, Konstanze: *Merkbuch und Memento.* Nachwort in: Arthur Schnitzler: *Der Weg ins Freie. Roman.* Salzburg 1995, S. 447–476.

Gidion, Heidi: *Haupt- und Nebensache in Arthur Schnitzlers Roman »Der Weg ins Freie«.* In: *Arthur Schnitzler. Text + Kritik. Zeitschrift für Literatur.* Hg. v. Heinz Ludwig Arnold. H. 138/139. April 1998. München 1998, S. 47–60.

Gölter, Waltraud: *Weg ins Freie oder Flucht in die Finsternis – Ambivalenz bei Arthur Schnitzler. Überlegungen zum Zusammenhang von psychischer Struktur und soziokulturellem Wandel.* In: *Arthur Schnitzler in neuer Sicht.* Hg. v. Hartmut Scheible. München 1981, S. 241–291.

Grzesiuk, Ewa: *Der Traumdichter. Zur Darstellbarkeit und Funktion des Traumes in Arthur Schnitzlers »Der Weg ins Freie«.* In: *Convivium. Germanistisches Jahrbuch Polen.* 1995, S. 9–28.

Hawes, J. M.: *The Secret Life of Georg von Wergenthin: Nietzschean Analysis and Narrative Authority in Arthur Schnitzler's »Der Weg ins Freie«.* In: *The Modern Language Review* 1995, H. 2, S. 377–387.

Hinck, Valeria: *Georgs Traum – Wunscherfüllung oder Lebenskritik?* In: dies.: *Träume bei Arthur Schnitzler (1862 bis 1931).* Köln 1986, S. 170–175.

Krobb, Florian: *»Der Weg ins Freie« im Kontext des deutsch jüdischen Zeitromans.* In: *Arthur Schnitzler – Zeitgenossenschaften / Contemporaneities.* Hg. v. Ian Foster und Florian Krobb. Bern u. a. 2002, S. 199–216.

Low, David S.: *Questions of Form in Schnitzler's »Der Weg ins Freie«.* In: *Modern Austrian Literature* 1986, H. 3/4, S. 21–32.

Miller, Norbert: *Das Bild des Juden in der österreichischen Erzählliteratur des Fin de siècle. Zu einer Motivparallele in Ferdinand von Saars Novelle »Seligmann Hirsch« und Arthur Schnitzlers Roman »Der Weg ins Freie«.* In: *Juden und Judentum in der Literatur.* Hg. v. Herbert A. Strauss und Christhard Hoffmann. München 1985, S. 172–210.

Nehring, Wolfgang: *Zwischen Identifikation und Distanz. Zur Darstellung der jüdischen Charaktere in Arthur Schnitzlers »Der Weg ins Freie«.* In: *Kontroversen, alte und neue.* Bd. 5. Hg. v. Albrecht Schöne, Walter Rölle und Hans-Peter Bayerdörfer. Tübingen 1986, S. 162–170.

Pape, Matthias: »*Ich möcht' Jerusalem gesehen haben, eh' ich sterbe«. Antisemitismus und Zionismus im Spiegel von Arthur Schnitzlers Roman »Der Weg ins Freie«.* In: *Jahrbuch des Freien Deutschen Hochstifts* 2001, S. 198–236.

Scheffel, Michael: *Der Weg ins Freie. Figuren der Moderne bei Fontane und Schnitzler.* In: *Erzählstrukturen: Studien zur Literatur der Jahrhundertwende.* Bd. 2. Hg. v. Károly Csúri u. a. Szeged 1999, S. 7–18.

Segar, Kenneth: *Aesthetic Coherence in Arthur Schnitzler's Novel »Der Weg ins Freie«.* In: In: *Modern Austrian Literature* 1992, H. 3/4, S. 95–111.

Strümper, Sabine und Florian Krobb: »*Ein Mensch wie ein anderer«: Einige Bemerkungen zur Figur des Prinzen Gustalla in Arthur Schnitzlers Roman »Der Weg ins Freie«.* In: *Modern Austrian Literature* 1992, H. 3/4, S. 129–139.

Willi, Andrea: *Artur Schnitzlers »Der Weg ins Freie«. Eine Untersuchung zur Tageskritik und ihren zeitgenössischen Bezügen.* Heidelberg 1989.

zu *Therese. Chronik eines Frauenlebens*

Angress, Ruth K. [d. i. Ruth Klüger]: *Schnitzlers »Frauenroman« Therese.* In: *Modern Austrian Literature* 1977, H. 3/4, S. 265–282 [vgl. Klüger, Ruth: Nachwort in: Arthur Schnitzler: *Therese. Chronik eines Frauenlebens.* Frankfurt am Main 2000 [= Schnitzler, Arthur: *Ausgewählte Werke in acht Bänden.* Hg. v. Heinz Ludwig Arnold], S. 305–322].

Colin, Amy: *Time, Death, and Secrets in Arthur Schnitzler's »Therese. Chronik eines Frauenlebens«.* In: *Modern Austrian Literature* 1992, H. 3/4, S. 215–239.

Dangel, Elsbeth: *Vergeblichkeit und Zweideutigkeit. »Therese. Chronik eines Frauenlebens«.* In: *Arthur Schnitzler in neuer Sicht.* Hg. v. Hartmut Scheible. München 1981, S. 164–187.

Dangel, Elsbeth: *Wiederholung als Schicksal: Arthur Schnitzlers Roman »Therese. Chronik eines Frauenlebens«.* München 1985.

Fliedl, Konstanze: *Verspätungen. Schnitzlers »Therese« als Anti-Trivialroman.* In: *Jahrbuch der Deutschen Schiller-Gesellschaft* 33 (1989), S. 323–347.

Low, David S.: »*Therese. Chronik eines Frauenlebens«: Reflections on Schnitzler's other novel.* In: *Modern Austrian Literature* 1992, H. 3/4, S. 199–213.

Müller, Heidy Margrit: *Divergenz. »Therese. Chronik eines Frauenlebens« von Arthur Schnitzler.* In: dies.: *Töchter und Mütter in deutschsprachiger Erzählprosa von 1885–1935.* München 1991, S. 189–202.

Schmid-Bortenschlager, Sigrid: *Ritournelle et épisode dans »Thérèse« de Arthur Schnitzler.* In: *Arthur Schnitzler. Actes du Colloque du 19.–21. Octobre 1981.* Paris 1983, S. 47–59.

Schüppen, Franz: *Arthur Schnitzlers »Therese« als ein Roman von Schuld und Sühne. Eine Skizze.* In: *Die Seele ist ein weites Land. Kritische Beiträge* zum Werk Arthur Schnitzlers. Hg. v. Joseph P. Strelka. Bern u. a. 1997, S. 131–148.

Škreb, Zdenko: Schnitzlers »Therese«. In: Neohelicon 1984, H. 1, S. 171–184.

Thieberger, Richard: Arthur Schnitzler: »Therese«. In: ders.: Gedanken über Dichter und Dichtungen. Essays aus fünf Jahrzehnten. Hg. v. Alain Faure, Yvon Flesch und Armand Nivelle. Bern, Frankfurt am Main 1982, S. 75–77.

II. Gesamtdarstellungen und weiterführende Literatur

Ergänzende Literaturangaben zu Arthur Schnitzler und seiner Zeit finden sich am Ende des ersten Bandes dieser Ausgabe, Arthur Schnitzler, Erzählungen.

Abels, Norbert: Sicherheit ist nirgends: Judentum und Aufklärung bei Arthur Schnitzler. Königstein 1982.

Arthur Schnitzler. Text + Kritik. Zeitschrift für Literatur. Hg. v. Heinz Ludwig Arnold. H. 138/139. April 1998. München 1998 [mit ausführlicher, kommentierter Bibliographie].

Arthur Schnitzler in neuer Sicht. Hg. v. Hartmut Scheible. München 1981.

Beer-Hofmann, Richard: Das Kind. In: ders.: Novellen. Hg. und mit einem Nachwort von Günter Helmes. Paderborn 1993 [= Große Richard Beer-Hofmann-Ausgabe in sechs Bänden. Hg. v. Günter Helmes, Michael M. Schardt und Andreas Thomasberger. Werke Bd. 2], S. 7–82.

Benjamin, Walter: Das Kunstwerk im Zeitalter seiner technischen Reproduzierbarkeit. In: ders.: Illuminationen. Ausgewählte Schriften. Hg. v. Siegfried Unseld. Frankfurt am Main 1961, S. 148–184.

Georg Brandes – Arthur Schnitzler: Ein Briefwechsel. Hg. v. Kurt Bergel. Mit zwei Tafeln. Bern 1956.

Bunzl, John und Bernd Marin: Antisemitismus in Österreich. Sozialhistorische und soziologische Studien. Mit einem Vorwort v. Anton Pelinka. Innsbruck 1983.

Burstyn, Ruth: Theodor Herzl, Georg von Schönerer und der Antisemitismus. In: Theodor Herzl und das Wien des Fin de siècle. Hg. v. Norbert Leser. Wien 1987, S. 77–96.

Curtius, Ernst Robert: Marcel Proust. In: ders.: Französischer Geist im zwanzigsten Jahrhundert. Gide – Rolland – Claudel – Suarès – Péguy – Proust – Valéry – Larbaud – Maritain – Bremond. 2. Aufl. Bern; München 1960, S. 274–355.

Doppler, Alfred: Mann und Frau im Wien der Jahrhundertwende: Die Darstellungsperspektive in den Dramen und Erzählungen Arthur Schnitzlers. In: ders.: Geschichte im Spiegel der Literatur. Aufsätze zur österreichischen Literatur des 19. und 20. Jahrhunderts. Innsbruck 1990, S. 95–109.

Ebner-Eschenbach, Marie von: Tagebücher VI. 1906–1916. Kritisch hg. und kommentiert von Karl Konrad Polheim und Norbert Gabriel. Tübingen 1997.

Farese, Giuseppe: *Arthur Schnitzler: ein Leben in Wien 1862–1931*. München 1999.

Fliedl, Konstanze: *Arthur Schnitzler. Poetik der Erinnerung*. Wien; Köln; Weimar 1997.

Freud, Sigmund: *Neue Folge der Vorlesungen zur Einführung in die Psychoanalyse*. Vorlesung 33: *Die Weiblichkeit*. In: ders.: *Vorlesungen zur Einführung in die Psychoanalyse. Neue Folge der Vorlesungen zur Einführung in die Psychoanalyse*. 8., korrigierte Aufl. Frankfurt am Main 1978 [= ders.: *Studienausgabe*. Hg. v. Alexander Mitscherlich, Angela Richards und James Strachey. Frankfurt am Main 1969 ff. Bd. I], S. 544–565.

Fuchs, Albert: *Geistige Strömungen in Österreich*. Wien 1978.

Gay, Peter: *Das Zeitalter des Doktor Arthur Schnitzler: Innenansichten des 19. Jahrhunderts*. Aus dem Amerikanischen von Ulrich Enderwitz u. a. Frankfurt am Main 2002.

Glücklich ist, wer vergißt...? Das andere Wien um 1900. Hg. v. Hubert Ch. Ehalt, Gernot Heiß und Hannes Stekl. Wien; Köln; Graz 1986 [= Kulturstudien. Hg. v. Hubert Ch. Ehalt und Helmut Konrad. Bd. 6].

Gutt, Barbara: *Emanzipation bei Arthur Schnitzler*. Berlin 1978.

Hamann, Brigitte: *Hitlers Wien: Lehrjahre eines Diktators*. 5. Aufl. München u. a. 1997.

Hitler, Adolf: *Allgemeine politische Betrachtungen aus meiner Wiener Zeit*. In: ders.: *Mein Kampf*. Erster Band: *Eine Abrechnung*. München 1933, S. 71–137.

Hugo von Hofmannsthal – Arthur Schnitzler: *Briefwechsel*. Hg. v. Therese Nickl und Heinrich Schnitzler. Frankfurt am Main 1964.

Janz, Rolf-Peter und Klaus Laermann: *Arthur Schnitzler: Zur Diagnose des Wiener Bürgertums im Fin de siècle*. Stuttgart 1977.

Klüger, Ruth: »*Die Ödnis des entlarvten Landes*«. Antisemitismus im Werk jüdisch-österreichischer Autoren. In: dies.: *Katastrophen. Über deutsche Literatur*. Göttingen 1994, S. 59–82.

Koch-Didier, Adelheid: »*Gegen gewisse, sozusagen mystische Tendenzen*«. *L'Œuvre romanesque d'Arthur Schnitzler*. In: *Austriaca. Cahiers universitaires d'information sur l'Autriche* 50 (2000), S. 89–108.

Le Rider, Jacques: *Das Ende der Illusion. Die Wiener Moderne und die Krisen der Identität*. Aus dem Französischen übers. v. Robert Fleck. Wien 1990.

Le Rider, Jacques: *Arthur Schnitzler ou la Belle Époque viennoise*. Paris 2003.

Lindken, Hans Ulrich: *Arthur Schnitzler. Aspekte und Akzente. Materialien zu Leben und Werk*. Frankfurt am Main 1987.

Lorenz, Dagmar: *Wiener Moderne*. Stuttgart 1995.

Mann, Heinrich: »*Schnitzler: das ist (...) Schwermut über so vieles (...)*«. In: *Arthur Schnitzler zu seinem sechzigsten Geburtstag (15. Mai 1922)*. In: *Die Neue Rundschau*. XXXIII. Jahrgang der freien Bühne. Hg. v. Oskar Bie, S. Fischer und S. Saenger. Heft 5. Mai 1922, S. 498–513.

Matis, Herbert: *Die Wirtschaft der francisko-josephinischen Epoche*. In: *Die Wirtschaftsgeschichte Österreichs*. Hg. v. Institut für Österreichkunde. Wien 1971, S. 151–184.

Perlmann, Michaela L.: *Der Traum in der literarischen Moderne. Unter-*

suchungen zum Werk Arthur Schnitzlers. München 1987 [bes. Kap. *Der Traum vom unerreichbaren Geliebten – »Frau Berta Garlan«,* S. 99–108, *Soziale Zwänge und Versagensängste – »Der Weg ins Freie«,* S. 132–150].

Perlmann, Michaela: *Arthur Schnitzler.* Stuttgart 1987.

Pulzer, Peter G. J.: *Die Entstehung des politischen Antisemitismus in Deutschland und Österreich 1867 bis 1914.* Gütersloh 1966.

Reik, Theodor: *Arthur Schnitzler als Psycholog.* Mit einer Einleitung und Anmerkungen hg. v. Bernd Urban. Ungekürzte Ausg. Frankfurt am Main 1993 [zuerst ersch.: Minden/Westfalen o. J. [1913]].

Riedmann, Bettina: »*Ich bin Jude, Österreicher, Deutscher«: Judentum in Arthur Schnitzlers Tagebüchern und Briefen.* Tübingen 2002.

Scheible, Hartmut: *Arthur Schnitzler.* Reinbek bei Hamburg 1976, 13. Auflage 2002.

Scheible, Hartmut: *Arthur Schnitzler und die Aufklärung.* München 1977.

Scheible, Hartmut: *Literarischer Jugendstil in Wien.* München; Zürich 1984.

Scheible, Hartmut: *Liebe und Liberalismus. Über Arthur Schnitzler.* Bielefeld 1996.

Schnitzler, Arthur: *Der Schleier der Beatrice. Schauspiel in fünf Akten.* In: ders.: *Die Dramatischen Werke.* Erster Band. Frankfurt am Main 1962 [= Schnitzler, Arthur: *Gesammelte Werke*], S. 553–679.

Schnitzler, Arthur: *Die Schwestern oder Casanova in Spa. Ein Lustspiel in Versen. Drei Akte in einem.* In: ders.: *Die Dramatischen Werke.* Zweiter Band. Frankfurt am Main 1962 [= Schnitzler, Arthur: *Gesammelte Werke*], S. 651–737.

Schnitzler, Arthur: *Der Geist im Wort und der Geist in der Tat. Vorläufige Bemerkungen zu zwei Diagrammen.* In: ders.: *Aphorismen und Betrachtungen.* Hg. v. Robert O. Weiss. Frankfurt am Main 1967 [= Schnitzler, Arthur: *Gesammelte Werke*], S. 135–166.

Schnitzler, Arthur: *Jugend in Wien. Eine Autobiographie.* Hg. v. Therese Nickl und Heinrich Schnitzler. Mit einem Nachwort v. Friedrich Torberg. Wien 1968.

Schnitzler, Arthur: *Briefe 1875–1912.* Hg. v. Therese Nickl und Heinrich Schnitzler. Frankfurt am Main 1981.

Schnitzler, Arthur: *Tagebuch 1879–1926.* 9 Bde. Unter Mitwirkung von Peter Michael Braunwarth u. a. hg. v. der Kommission für literarische Gebrauchsformen der Österreichischen Akademie der Wissenschaften, Obmann: Werner Welzig. Wien 1987 ff.

Schnitzler, Arthur: *Leutnant Gustl.* In: ders.: *Erzählungen.* Hg. und mit einem Nachwort versehen von Hartmut Scheible. Düsseldorf; Zürich 2002 [= ders.: *Gesammelte Werke in drei Bänden.* Hg. v. Hartmut Scheible. Düsseldorf; Zürich 2002 f. Bd. I], S. 230–261.

Schnitzler, Arthur: *Flucht in die Finsternis.* In: ebd., S. 791–882.

Schnitzler, Arthur: *Fräulein Else.* In: ebd., S. 557–620.

Schorske, Carl E.: *Wien. Geist und Gesellschaft im Fin de siècle.* Frankfurt am Main 1982.

Stauracz, Franz: *Dr. Karl Lueger. Zehn Jahre Bürgermeister. Im Lichte der*

Tatsachen und nach dem Urteile seiner Zeitgenossen, zugleich ein Stück Zeitgeschichte. Wien; Leipzig 1907.

Swales, Martin: *Arthur Schnitzler. A Critical Study.* Oxford 1971.

Swales, Martin: *»Und immer wieder / Vernehmen wir und reden viele Worte ...«. Textliches und Metatextliches bei Schnitzler.* In: Arthur Schnitzler im 20. Jahrhundert. Beiträge des Schnitzler-Symposions vom Mai 2002 in Wien. Hg. v. Konstanze Fliedl. Wien: Picus [erscheint im Oktober 2003].

Thomé, Horst: *Kernlosigkeit und Pose. Zur Rekonstruktion von Schnitzlers Psychologie.* In: *Fin de siècle. Zur Naturwissenschaft und Literatur der Jahrhundertwende im deutsch-skandinavischen Kontext.* Hg. v. Klaus Bohnen und Conny Bauer. Kopenhagen; München 1984, S. 62–87.

Thomé, Horst: *Sozialgeschichtliche Perspektiven der neueren Schnitzler-Forschung.* In: *Internationales Archiv für Sozialgeschichte der deutschen Literatur* 13 (1988), 158–187.

Tietze, Hans: *Die Juden Wiens. Geschichte – Wirtschaft – Kultur.* 2. Aufl. Wien 1987.

Urbach, Reinhard: *Schnitzler-Kommentar zu den erzählenden Schriften und dramatischen Werken.* München 1974.

Wandruszka, Adam: *Österreichs politische Struktur. Die Entwicklung der Parteien und politischen Bewegungen.* Kap. 1: *Die drei Lager.* Kap. 2: *Das christlichsozial-konservative Lager.* In: *Geschichte der Republik Österreich.* Unter Mitwirkung von Walter Goldinger u. a. hg. v. Heinrich Benedikt. München 1954, S. 289–358.

Weinzierl, Ulrich: *Arthur Schnitzler. Lieben – Träumen – Sterben.* Frankfurt am Main 1994.

Zohn, Harry: *Arthur Schnitzler und das Judentum.* In: ders.: *Wiener Juden in der deutschen Literatur.* Essays. Tel-Aviv 1964, S. 9–18.

EDITORISCHE NOTIZ

Die in dieser Ausgabe enthaltenen Romane Arthur Schnitzlers sind chronologisch – in der zeitlichen Abfolge ihrer Entstehung – angeordnet. Die nachfolgende Datierung von Entstehung und Erstdruck orientiert sich am bibliographischen Verzeichnis der bei S. Fischer erschienenen *Gesammelten Werke* (Arthur Schnitzler: *Die Erzählenden Schriften*. Zweiter Band. Frankfurt am Main 1961) sowie an den editions- und entstehungsgeschichtlichen Angaben von Reinhard Urbach (Schnitzler-Kommentar zu den erzählenden Schriften und dramatischen Werken. München 1974).

Abkürzungen: EN = Entstehung, ED = Erstdruck

FRAU BERTA GARLAN. EN: Januar – Mai 1900. ED: *Neue Deutsche Rundschau* 12, Heft 1, Januar 1901, S. 41–64; Heft 2, Februar 1901, S. 181–206; Heft 3, März 1901, S. 237–272.

DER WEG INS FREIE. ROMAN. EN: August 1902 – Januar 1908. ED: *Die Neue Rundschau* 29, Heft 1, Januar 1908, S. 31–71; Heft 2, Februar 1908, S. 183–221; Heft 3, März 1908, S. 327–361; Heft 4, April 1908, S. 471–517; Heft 5, Mai 1908, S. 643–693; Heft 6, Juni 1908, S. 801–857.

THERESE. CHRONIK EINES FRAUENLEBENS. EN: Oktober 1924 – März 1927. ED: *Therese. Chronik eines Frauenlebens*. Berlin: S. Fischer 1928 [= Gesammelte Werke. Bd. V].

INHALTSVERZEICHNIS

Frau Berta Garlan 5
Der Weg ins Freie. Roman 137
Therese. Chronik eines Frauenlebens 484

Anhang

Nachwort 760
Zeittafel 803
Literaturverzeichnis 808
Editorische Notiz 815